G. A. Aiken
Dragon Touch · Dragon Fire

PIPER

Zu diesem Buch

Für jene, die er liebt, riskiert der Drachenwandler Gwenvael der Schöne sein Leben. Er reist in die Nordlande, um durch Verhandlungen mit einem berüchtigten Biest die Stellung seiner Drachenfamilie zu verbessern – und findet dabei durch Zufall seine große Liebe. Doch Dagmar zeigt ihm die kalte Schulter. Aber Gwenvael weiß, wie man Eis zum Schmelzen bringt ... Keita ist eine begehrte Drachin, doch für ihre Verehrer hat sie nichts übrig. Dies ändert sich schlagartig, als der sexy Drache Ragnar aufaucht. Sein Desinteresse fordert sie heraus – und bald würde sie alles tun, um ihn von ihrer Qualität zu überzeugen ...

G. A. Aiken ist die New-York-Times-Bestsellerautorin der erfolgreichen Serie um die Drachenwandler. Sie lebt an der Westküste der USA und verbringt ihre Zeit meist mit Schreiben und dem Versuch, ihren Hund daran zu hindern, sich von der Leine loszureißen. Beim Piper Verlag veröffentlicht G. A. Aiken neben ihrer Drachenwandler-Saga außerdem die Werlöwen-Reihe »Lions« sowie die Werwolf-Serie »Wolf Diaries«. Weiteres zur Autorin unter: www.gaaiken.com

G. A. Aiken

DRAGON
TOUCH ✦ FIRE

Zwei Romane in einem Band

Aus dem Amerikanischen
von Karen Gerwig

Piper München Zürich

Entdecke die Welt der Piper Fantasy:

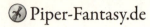 Piper-Fantasy.de

Von G. A. Aiken liegen bei Piper vor:
Dragon Kiss
Dragon Dream
Dragon Touch
Dragon Fire
Dragon Sin
Dragon Fever
Lions. Hitze der Nacht
Lions. Feuriger Instinkt
Lions. Leichte Beute
Lions. Wilde Begierde
Wolf Diaries. Gezähmt
Wolf Diaries. Besiegt
Wolf Diaries. Erlegen

Für Kate Duffy

 MIX
Papier aus verantwortungsvollen Quellen
FSC® C083411

Taschenbuchsonderausgabe
November 2013
© 2009 und 2010 G. A. Aiken
Titel der amerikanischen Originalausgaben:
»What A Dragon Should Know« und »Last Dragon Standing« Zebra Books,
New York 2009 und 2010
© der deutschsprachigen Ausgaben:
2011 Piper Verlag GmbH, München
Umschlaggestaltung: Guter Punkt, München / www.guter-punkt.de
Umschlagabbildung: Sabine Dunst, Guter Punkt unter Verwendung von Motiven von Shutterstock und Hotdamnstock
Satz: Satz für Satz, Barbara Reischmann, Leutkirch
Papier: Munken Print von Arctic Paper Munkedals AB, Schweden
Druck und Bindung: CPI – Clausen & Bosse, Leck
Printed in Germany   ISBN 978-3-492-26956-8

Dragon Touch

Roman

PIPER

Liebe Leserin, lieber Leser,

weil ich selbst eine Quasselstrippe und aufrührerische kleine Schwester war, habe ich mich darauf gefreut, die Geschichte des immer zu Streichen aufgelegten, schwatzhaften kleinen Bruders von Fearghus dem Zerstörer und Briec dem Mächtigen zu schreiben. Aber ich kann nicht sagen, dass es leicht war, die Geschichte von Gwenvael dem Schönen zu schreiben, denn ich wusste, er braucht eine Heldin, die viel mehr kann als ihn im Schlafzimmer zu fordern. Damit einem mehr als zweihundert Jahre alten Drachen auch weitere sechshundert Jahre lang nicht langweilig wird, wenn dieser Drache den Großteil seiner Tage damit verbringt, Späße und Streiche zu planen und auszuhecken, brauchte ich eine Heldin, die förmlich für Späße und Streiche *lebt*. Und diese Heldin ist Dagmar Reinholdt, die Bestie der Nordländer.

Aber auch wenn es vielleicht nicht ganz einfach war, dieses Buch zu schreiben, hat es Spaß gemacht. Wie könnte es auch anders sein, mit zwei durchtriebenen Unruhestiftern am Ruder?

Obwohl meine Bücher in sich abgeschlossene Geschichten sind und auch so gelesen werden können, gibt es in der Welt der Drachenpolitik oft ziemlich viele Mitspieler, deshalb möchte ich Ihnen vorschlagen, als Erstes Fearghus' Buch »Dragon Kiss« und Briecs Geschichte »Dragon Dream« zu lesen, damit Sie, was die Drachensippe angeht, auf dem neuesten Stand sind.

Und jetzt, nach dieser kurzen Nebenbemerkung, lade ich Sie in die Welt meiner Drachenfamilie ein – wo die Drachen sehr viel vernünftiger sind als es die Menschen um sie herum je zu sein hoffen können.

G. A. Aiken

I Es war nicht das erste Mal, dass er um sein Leben rannte. Und es würde höchstwahrscheinlich auch nicht das letzte Mal sein. In den vergangenen Jahrzehnten war er allerdings meistens vor wütenden Vätern geflohen, die ihn an Orten vorgefunden hatten, wo er ihrer Meinung nach nicht hätte sein sollen.

Doch heute rannte Gwenvael vor seiner eigenen Verwandtschaft davon. Nicht, dass das in irgendeiner Form neu gewesen wäre, aber es war schon eine Weile her, seitdem das zum letzten Mal hatte sein müssen.

Es stimmte schon, dass er den Mund hätte halten sollen. Dabei war es eine durchaus legitime Frage gewesen. Wie immer hatte seine Sippe aber alles unverhältnismäßig aufgebauscht und ließ ihre deplatzierte Wut jetzt an ihm aus.

Warum gaben sie nicht einfach zu, dass sie neidisch waren? Denn er war Gwenvael der Schöne. Drittgeborener Sohn und viertgeborener Nachkomme der Drachenkönigin, ehemaliger Hauptmann der Streitkräfte der Drachenkönigin im Norden und meistgeliebtes männliches Wesen im gesamten Gebiet der Dunklen Ebenen: Gwenvael war prachtvoll, großmütig und liebevoll.

Und seine Sippe hasste ihn dafür.

Abgesehen davon: Wer sollte ahnen, dass eine Königin so empfindlich sein konnte? Selbst eine menschliche.

Er hatte doch nur eine einfache Frage gestellt – »Ist das normal, dass du schon im siebten Schwangerschaftsmonat so dick bist?« Eine einfache Frage, die Tränen, unattraktive Schnieflaute und geschleuderte Waffen zur Folge gehabt hatte. Die Menschenkönigin mochte ihre Fähigkeit verloren haben, schnell zu laufen, aber ihr Wurfarm war immer noch effektiv. *Sie hat mir fast mein verdammtes Ohr abgeschnitten!*

Jetzt hatte der Gefährte der Königin – auch bekannt als Gwenvaels ältester Bruder und zukünftiger Drachenkönig der Südländer, Fearghus – das Bedürfnis, ihn wie ein Karnickel zu jagen.

Das war der Grund, warum Gwenvael davonrannte. Denn wenn Fearghus der Zerstörer Gwenvaels hübsches Gesicht tatsächlich zerstörte, würde man den großen Mistkerl nie dafür bestrafen. Man würde ihm wie immer seine brutalen Übergriffe verzeihen, während man Gwenvael seine sinnlichen nie verzeihen würde.

Er wurde nackt mit ein paar Küchenmädchen seines Großvaters erwischt? Sofort bekam er die Klaue seines Vaters am Hinterkopf zu spüren. Er deutete an, seine Mutter solle sich, wenn sie sich in ihrer menschlichen Gestalt befand, besser Dinge vermeiden, die die Größe ihres Hinterns betonten? Sofort bekam er die Klaue seines Vaters am Hinterkopf zu spüren. Er schmiss eine kleine Party zum achtzehnten Geburtstag seines jüngsten Bruders Éibhear, an der auch ein paar Mädchen aus dem örtlichen Bordell beteiligt waren? Sofort bekam er die Klaue seiner *Mutter* am Hinterkopf zu spüren.

Fearghus dagegen hatte ihm vor mehr als einem Jahrhundert die Schwanzspitze abgehackt und war bis heute nicht dafür bestraft worden. Während seine stachelbewehrte Schwanzspitze, die die meisten Drachen als Waffe benutzten, irgendwo in einem Fluss schwamm, schleppte Gwenvael einen Stumpf durch die Gegend. Glücklicherweise hatte er andere Verwendungsmöglichkeiten für seinen tragisch lahmen, entstellten Schwanz gefunden. Die meisten weiblichen Wesen wussten diese sehr zu schätzen.

Gwenvael schoss um eine Ecke, auf die Ställe zu und zum Hintereingang wieder hinaus. In diesem Moment sah er die süße Izzy, die Tochter der attraktiven Talaith und von Gwenvaels idiotischem Bruder Briec.

Izzy war nicht Gwenvaels echte Nichte; ihr leiblicher Vater war ein Mensch aus den Südländern gewesen, der viele Jahre zuvor in einer Schlacht gestorben war – lange, bevor Talaith und Briec sich kennengelernt hatten. Doch Izzy gehörte zur Familie, und er liebte sie heiß und innig, genau wie sie ihn. Oder zumindest hatte er das geglaubt, bis sie in ihn hineinrannte, als er vorbeistürmte, sodass er gegen eine der Stalltüren flog. Er vergaß ständig, wie stark seine menschliche Nichte war. Ihre Mutter mochte eine kleine, zarte Hexe sein, die dazu ausgebildet war, auf Befehl zu töten, doch Izzy war ein ziemlicher Rabauke – und gefiel sich in dieser Rolle ungemein.

Izzy stand über ihm und rief: »Hab ihn!«

»Iseabail!«, schrie er, am Boden zerstört. »Mein Liebling! Meine geliebte Nichte! Wie konntest du nur?«

»Du hättest nicht ihre Gefühle verletzen sollen. Das war gemein.« Sie wackelte mit dem Finger vor seinem Gesicht. »Sei nicht immer so gemein!«

Izzy. Die süße, schöne, aber ewig sonderbare Izzy. Ihre Treue der Königin gegenüber stand außer Frage. Selbst jetzt trainierte sie täglich mit den Soldaten, in der Hoffnung, in den Krieg geschickt zu werden, damit sie ihre Loyalität mit Blut beweisen konnte. Warum irgendwer das Bedürfnis zu so etwas hatte, ging über Gwenvaels Verstand. Er mochte es nicht zu bluten oder auf sonst eine Art verletzt zu werden. Er hatte seine Körperteile gern genau dort, wo sie hingehörten – und zwar funktionsfähig. Er hatte es seinem Vater mehr als einmal sagen müssen: »Ich sagte, ich würde für den Thron meiner Mutter *kämpfen*. Ich habe nie gesagt, ich würde dafür *sterben*!« Einfach nur, um den alten Dummkopf zu einem seiner schäumenden Wutanfälle zu provozieren, fügte er jedes Mal hinzu: »Findest du nicht, ich sehe viel zu gut aus, um zu sterben?«

»Ich dachte, du liebst mich!«, schrie Gwenvael Izzy an.

»Nicht, wenn du gemein bist!« Ihre Herzensgüte war so echt, dass ihm nur einmal ganz kurz – na ja, vielleicht auch zweimal – der Gedanke kam, sie für diesen Verrat mittels eines Feuerballs aus seinem Leben zu streichen.

Große, grobe Hände schnappten Gwenvael bei den Haaren und zerrten ihn von den Ställen fort.

»Lass mich los, du Bastard!«

»Du gehst wieder da rein, du Hurensohn«, knurrte Fearghus. »Du gehst wieder da rein und entschuldigst dich, und wenn es das Letzte ist, was du tust!«

»Es gibt nichts, wofür ich mich entschuldigen müsste!«

Als Beweis, dass er da anderer Meinung war, hielt Fearghus kurz an, um ihm mit seinem Riesenfuß in den Magen zu treten.

»*Au!*«

»Du hast sie zum Weinen gebracht. Niemand bringt sie ungestraft zum Weinen!«

Sie durchquerten jetzt den Rittersaal des Schlosses auf der Insel Garbhán. Einst war dies ein Ort des Schreckens gewesen, das Machtzentrum von Lorcan dem Schlächter. Jetzt gehörte es der Frau, die Lorcans uneheliche Halbschwester war und gleichzeitig diejenige, die ihn geköpft hatte.

»Ich kann allein gehen«, erklärte er Fearghus, als ihm klar wurde, dass die elende Echse nicht die Absicht hatte, in absehbarer Zeit anzuhalten. Obwohl Gwenvael bei seinem Fluchtversuch seine natürliche – und prächtige – Drachengestalt hätte annehmen können, hätte er damit nur unnötig die Menschen verstört, die hier lebten. Und das tat er sehr ungern. Er mochte Menschen ... Nun, er mochte weibliche Menschen. Die Männer hätte er auch entbehren können.

»Ich jage dich nicht noch mal«, knurrte Fearghus und schleppte Gwenvael die harte Steintreppe hinauf. Als Gwenvael anfing zu treten und versuchte, sich aus Fearghus' Griff loszureißen, schnappte der Zweitälteste, Briec, Gwenvaels Beine und half Fearghus.

»Du verräterischer Mistkerl!«

»Was machen wir mit ihm?«, fragte Briec erwartungsvoll.

»Werfen wir ihn aus einem Fenster? Komm, lass ihn uns aus einem Fenster werfen! Oder vom Dach!«

»Wir bringen ihn zu Annwyl.«

»Meinst du nicht, dass unsere Mutter es merkt, wenn er keinen Kopf mehr hat?«

»Sie wird es merken«, antwortete Fearghus, der Gwenvaels Gezappel ignorierte. »Die Frage ist: Macht es ihr etwas aus?«

Jetzt, vor dem Schlafgemach der Königin, trat Fearghus die

Tür auf und warf gemeinsam mit Briec den armen Gwenvael in den Raum hinein. Die Tür knallte zu, und Gwenvael ging auf, dass ihn seine Brüder auf Gedeih und Verderb der Königin der Dunklen Ebenen ausgeliefert hatten. Man nannte sie auch die Blutkönigin der Dunklen Ebenen, die Köpfende, die Verrückte Schlampe von Garbhán, oder noch markiger: Annwyl die Blutrünstige. Aus irgendeinem Grund war die Menschenkönigin dafür bekannt, ein kleines bisschen aufbrausend zu sein.

Sich innerlich wappnend, blickte Gwenvael zu der schönen Königin Annwyl auf und sagte: »Meine liebe, süße Annwyl. Meine Seele sehnt sich nach dir. Mein Herz verzehrt sich nach dir. Sag mir, dass du mir meine vorschnellen, törichten Worte vergibst und dass unsere Liebe nie vergehen wird.«

Sie starrte ihn lange an, und dann, zu Gwenvaels größtem Entsetzen, brach sie schon wieder in Tränen aus.

In diesem Augenblick wusste er, dass er das seinen Brüdern nie verzeihen würde.

Sie nannten sie Die Reinholdt-Bestie. Oder kurz: Die Bestie.

Das gefiel ihr nicht, vor allem, weil ihr Name eigentlich Dagmar war, aber sie tolerierte es. Es gab schlimmere Dinge in ihrer Welt als einen Namen zu bekommen, von dem sie nicht glaubte, dass sie ihn verdiente.

Na gut ... vielleicht verdiente sie ihn ein *bisschen*.

Dagmar klappte ihr Buch zu und seufzte. Sie wusste, dass sie sich nicht den ganzen Tag in ihrem Zimmer verstecken konnte, egal, wie sehr sie sich das wünschte. Sie wusste, sie musste sich ihrem Vater stellen und ihm sagen, was sie getan hatte. Die Tatsache, dass sie es für das Herrschaftsgebiet und das Volk ihres Vaters getan hatte, würde Dem Reinholdt, dem mächtigsten Warlord der Nordländer, wenig bedeuten. Doch sie hatte früh in ihrem Leben gelernt, die »fünf Minuten« ihres Vaters, wie sie sie gern nannte, zu ignorieren, wenn sie letztendlich das bekam, was sie wollte.

Sie legte ihr Buch beiseite, stand auf und zog eines ihrer grauen Wollkleider an. Sie zog es zurecht und schlang sich dann einen schlichten Ledergurt um die Hüften. Den kleinen Dolch, den sie benutzte, um kleinere Dinge zu schneiden, steckte sie in den Gurt und band sich dann ein graues Kopftuch um; ihr langer, geflochtener Zopf reichte ihr weit über den Rücken hinab.

Bevor sie sich in dem mannshohen Spiegel neben ihrem Bett einen flüchtigen Blick zuwarf, setzte sich Dagmar vorsichtig ihre Augengläser auf die Nase. Zum Lesen brauchte sie sie nicht, aber für alles andere. Vor vielen Jahren war es ein Mönch, der liebe Bruder Ragnar gewesen, der Dagmar ihre ersten Augengläser geschenkt hatte, als er bemerkte, wie oft sie blinzelte, wenn sie mehr als ein paar Zentimeter über ihre Nase hinausschaute. Er hatte die Augengläser selbst gemacht, und sie trug sie seitdem.

Ein schneller Blick in den Spiegel sagte ihr, dass das Ganze nicht zu furchtbar aussah, also verließ sie ihr Zimmer und erlaubte ihrem Hund vorauszurennen. Dagmar schloss ihre Tür ab und kontrollierte zweimal, ob sie auch wirklich fest verschlossen war, bevor sie die steinernen Hallen der Festung ihres Vaters durchquerte. Sie war hier geboren und hatte sich nie weiter als bis in die nächste Stadt entfernt. Sie wusste, sie würde eines Tages hinter diesen Mauern sterben, es sei denn, sie konnte ihren Vater überreden, ihr ein kleines Haus irgendwo in den umliegenden Wäldern vor den Toren zu schenken. Tragischerweise würde sie noch mindestens zehn Jahre warten müssen, bis sie ganz sicher in die Kategorie »alte Jungfer« gehörte.

In den Nordländern entfernten sich Frauen niemals weit von ihren Angehörigen, bis sie ihren Ehemännern übergeben wurden. Nach drei Eheversuchen bezweifelte sie, dass noch irgendein Mann daherkommen würde, der närrisch genug war, im Reinholdt-Clan seinen Hals zu riskieren, nur um sie ins Bett zu bekommen. Was sie, wenn sie ehrlich mit sich war – und wann war sie das nicht? – sehr erleichternd fand.

Einige Dinge gehörten von Natur aus zu den Eigenschaften ihres Geschlechts. Gefällig zu sein, liebevoll, charmant und zärtlich – sie kannte viele Frauen, die diese Gaben von Natur aus besaßen. Dagmar dagegen besaß keine dieser Eigenschaften –

wenn sie auch für kurze Zeit so tun konnte, als ob. Wenn sie durch Vortäuschung bekam, was sie wollte, warum also nicht? Denn Dagmar wusste, dass es Schlimmeres auf dieser Welt gab als vorzugeben, eine liebevolle, sittsame Frau zu sein. Nämlich zum Beispiel, *wirklich* eine liebevolle, sittsame Frau zu sein. Die Nordländer waren eine raue, harte Gegend und nichts für solche, die reinen Herzens und schwachen Geistes waren. Sich tatsächlich zu kümmern oder wirklich so schwach zu sein, wie die Nordmänner es von ihren Frauen erwarteten, war ein ausgezeichneter Weg, jung zu sterben.

Und Dagmar hatte die Absicht, hundert Jahre alt zu werden. Mindestens.

Das intensive Studium der Papiere in ihren Händen erlaubte es Dagmar, alles zu ignorieren, was um sie herum vorging. Die heftigen Streits, die betrunkenen Angehörigen, die überall auf dem Boden herumlagen, die sich windenden Körper in dunklen Ecken.

Ein Morgen wie jeder andere in der Reinholdt-Festung.

Sie hatte sich selbst schon vor langer Zeit beigebracht, all die irrelevanten Aktivitäten um sich herum einfach auszublenden, die sie nur von den wichtigen Dingen ablenkten.

Das war einfach, wenn ihr Hund Knut kühn neben ihr herging, mit Argusaugen wachte und sie beschützte. Sie hatte ihn von seiner Geburt an aufgezogen, und jetzt war er ihr treuer Gefährte. Er war einer der vielen Kampfhunde, die sie für ihren Vater gezüchtet und ausgebildet hatte, seit sie neun Winter alt gewesen war, aber Knut gehört ihr und niemandem sonst. Seit drei Jahren beschützte er sie, wie Knuts Vater sie beschützt hatte: wild, grimmig und brutal. So wild, grimmig und brutal, dass niemand in ihre Nähe kommen konnte. Das gefiel ihr.

Dagmar war sich wohl bewusst, dass es für eine Frau ungewöhnlich war, für die Hunde zuständig zu sein, die ein Warlord wie ihr Vater im Kampf benutzte, aber er hatte die Augen nicht davor verschließen können, wie gut sie mit Hunden umgehen konnte. Aber vor allem konnte er die Tatsache nicht ignorieren, dass sie jeden einzelnen Kampfhund innerhalb seines Gebietes darauf trainiert hatte, nur auf ihre Stimme, ihren Befehl zu reagieren. Es war einen Monat vor ihrem zehnten Geburtstag gewesen, als sie ihren ersten Sieg ausgeheckt, geplant und durchgeführt hatte. Sie erinnerte sich gut daran, wie sie vor ihrem Vater gestanden hatte und sämtliche bösartigen, unbändigen Kampfhunde in Habtachtstellung vor, neben und hinter ihr, die nur auf ihren Befehl gewartet hatten. Sie hatte mit zusammengekniffenen Augen zu ihrem Vater hinaufgeblinzelt, denn schon damals war sie kurzsichtig gewesen, und hatte ihm leise erklärt: »Es tut mir leid, dass dein Hundetrainer seinen Arm verloren hat, Vater. Vielleicht brauchst du jemanden, der ein bisschen besser mit diesen Tieren zurechtkommt, eher mit Freundlichkeit als mit Brutalität.«

»Du bist noch ein kleines Mädchen«, hatte er zurückgeknurrt und dabei mit dem zerfetzten, blutgetränkten Arm seines Ausbilders gestikuliert. »Was verstehst du schon von Krieg und Kampf?«

»Gar nichts«, hatte sie fast geflüstert, die Augen niedergeschlagen. »Aber ich kenne mich mit Hunden aus.«

»Dann zeig es mir. Zeig mir, was du kannst.«

Sie hatte den Blick gehoben, ihrem Vater in die Augen gesehen und auf einen Hund gedeutet, dann auf einen der Wächter. Nur einer der achtzehn Hunde stürmte los und ging auf den Mann los, der sie einmal als »hässliches Mädchen« bezeichnet hatte.

Ihr Vater hatte dem Hund dabei zugesehen, wie er tat, wozu er ausgebildet war, und sich nicht im Geringsten um die Hilfeschreie des Wächters gekümmert.

»Sehr gut«, hatte er schließlich gesagt, aber sie hatte gewusst, dass die Prüfung noch nicht vorüber war.

»Danke.«

»Jetzt ruf ihn zurück.«

Sie hatten beide gewusst, dass das die wahre Herausforderung war, denn die Kampfhunde der Reinholdts wurden oft unkontrollierbar, wenn sie im Blutrausch waren. Viele von ihnen wurden am Ende der Schlacht von ihren Hundeführern getötet.

Also hatte Dagmar, immer noch ohne den Blick von dem ihres Vaters abzuwenden, ihre Finger gehoben, kurz gepfiffen und eine Geste mit der Hand gemacht. Der Hund hatte seine schreiende, weinende und blutende Beute auf der Stelle losgelassen, war zurück an ihre Seite getrottet und hatte sich auf den Platz gesetzt, den er verlassen hatte. Mit hängender Zunge, Blut an der Schnauze, hatte er Dagmar angesehen und auf den nächsten Befehl gewartet.

Damals hatte ihr Vater nur gegrunzt und war weggegangen, den Arm seines Ausbilders mitsamt einer Blutspur hinter sich herziehend. Doch bis ihr sechzehnter Winter vergangen war, hatte Dagmar die volle Kontrolle über die Hundezwinger und sämtliche Hunde – Arbeitshunde und Haustiere – in sämtlichen Ländereien ihres Vaters innegehabt.

Als Knut abrupt stehen blieb, tat sie es ihm nach und wartete, bis ein Kelch an ihrem Kopf vorbeiflog und an die Wand neben ihr krachte. Mal wieder ein Streit zwischen einem ihrer Brüder und seiner Frau.

Ohne ihn auch nur eines Blickes zu würdigen, stieg sie über den auf dem Boden rollenden zerbeulten Kelch und ging auf die Haupthalle zu. Ihr Vater saß an der Haupttafel; mehrere ihrer Brüder saßen mit ihren Frauen um ihn herum, doch der Stuhl neben ihm war frei, denn das war Dagmars Stuhl. Sie wusste, dass das ihre Schwägerin Kikka ärgerte, die sie über den Tisch hinweg böse anstarrte.

Während sie hereinkam und sich setzte, schaufelte ihr Vater sich Essen in den Mund, als fürchte er, der zähe Haferbrei könnte versuchen zu fliehen. Wie immer ignorierte sie den Anblick ihres Vaters beim Essen.

In ihrer Welt gab es schlimmere Dinge als schlechte Tischmanieren.

»Vater.«

Ihr Vater grunzte. Er war noch nie besonders gesprächig gewesen, aber seiner einzigen Tochter hatte er besonders wenig zu sagen. Nach zwölf strammen Söhnen von drei verschiedenen Ehefrauen – zwei waren davongelaufen, und Dagmars Mutter war nach der Geburt gestorben – hatte er nicht mit einer Tochter gerechnet. Vor allem hatte er nicht mit einer Tochter wie ihr gerechnet. Wenn er betrunken war, beklagte er oft die Tatsache, dass sie nicht als Junge geboren worden war. Er hätte mehr mit ihr anfangen können, wenn sie nützlich für ihn gewesen wäre, statt nur etwas, das er beschützen musste.

Es hätte sie verletzen sollen, dass ihr Vater nach all der Zeit immer noch nicht anerkannte, was sie für sein Lehen tat. Wie viel sie beitrug, unter anderem die Verteidigungsmaßnahmen, die sie entwarf, die Hunde, die sie ausbildete, um seinen Männern im Kampf das Leben zu retten, oder die wichtigen Waffenstillstände, die sie ihm auszuhandeln half. Doch warum Zeit damit verschwenden, verletzt zu sein? Es hätte nichts geändert und sie nur wertvolle Zeit gekostet.

Dagmar griff nach einem Brotlaib und riss ihn auseinander. »Der neue Wurf Welpen sieht sehr vielversprechend aus, Vater. Sehr stark. Kräftig.« Sie riss das halbe Brot in ihren Händen noch einmal auseinander und gab Knut einen Teil.

Ihr Vater grunzte noch einmal, doch statt auf eine Antwort zu warten, die sie gar nicht erwartete, machte sich Dagmar über den heißen Haferbrei her, den einer der Diener vor sie hinstellte. Das gemeinsame Frühstück, wenn er nicht fort war, um sein Land zu verteidigen, lief oft so ab. Um genau zu sein, hatte sie sich so sehr an das Schweigen oder gelegentliche Grunzen gewöhnt, dass sie sich fast an ihrem Essen verschluckte, als ihr Vater plötzlich doch mit ihr sprach.

»Wie bitte?«, fragte sie, nachdem sie geschluckt hatte.

»Ich wollte wissen, was für eine Botschaft du vor ein paar Tagen mit meinem Siegel drauf verschickt hast.«

Verdammt. »Du erlaubst mir, dein Siegel zu benutzen und fast alle Korrespondenz mit deinem Namen zu unterschreiben. Also musst du dich schon genauer ausdrücken, Va...«

»Mach's kurz!«, knurrte er.

Na gut: »Ich habe eine Botschaft an Annwyl von den Dunklen Ebenen geschickt.«

Er starrte sie so lange an, dass ihr klar war, dass er keine Ahnung hatte, wen sie meinte. »Na gut.«

Ohne ein weiteres Wort stand er auf und nahm seine Lieblings-Streitaxt. Die Vormittage, wenn die zwei Sonnen am Himmel standen, aber die Luft noch am kältesten war, waren in den Nordländern dem Kampftraining vorbehalten. Als ihr Vater den Hauptsaal verließ, legte Kikka ihren Löffel nieder und fragte laut: »Nennt man Annwyl von den Dunklen Ebenen nicht auch die Verrückte Schlampe von Garbhán?«

Dagmar hatte nur einen Augenblick, um ihrer nutzlosen Schwägerin einen frostigen Blick zuzuwerfen, bevor Der Reinholdt wieder hereingestürmt kam, während Dagmars Brüder es angesichts der rasenden Wut ihres Vaters plötzlich eilig hatten zu verschwinden.

Die Axtklinge Des Reinholdts schlug in den Esstisch ein, und beim Geräusch des splitternden Holzes stieben die restlichen Diener, die noch im Raum waren, in alle Richtungen auseinander. Bevor Dagmar ein Wort sagen konnte, brüllte ihr Vater: »*Du hast dieser Wahnsinnigen eine Botschaft geschickt?*«

Gwenvael sah die Königin der Dunklen Ebenen an und machte sich Sorgen. Sie erschien ihm so schwach. Schwächer als er sie je erlebt hatte. Und bleich, was einer Kriegerkönigin, die den Großteil ihrer Zeit mit ihren Soldaten im Freien verbrachte und alles tötete, was sich ihr in den Weg stellte, gar nicht gut zu Gesicht stand. Ihre Haut war von der Sonne immer goldbraun getönt gewesen, wenn auch nicht so braun wie die von Talaith und Izzy, aber die kamen auch aus den Wüsten von Alsandair, wo alle in verschiedenen Braunschattierungen geboren wurden. Das war Annwyl nicht.

Doch in den letzten Monaten, während ihr Bauch wuchs und ihre Zwillinge in ihr aktiver wurden, hatte Annwyl irgendwie nichts von dem inneren Glühen anderer erstgebärender menschlicher Mütter, die er auf seinen Reisen gesehen hatte. Sie sah abgespannt und müde aus.

»Was ist los, Annwyl?«

Zumindest hatte sie endlich aufgehört zu weinen, aber jetzt stand sie am Fenster und starrte schweigend hinab in den Hof.

»Was ist los, meine Königin? Du bist anders als sonst.«

Sie lächelte. »Ich bin nicht deine Königin.«

»Du bist es, wenn ich hier bin. Und als dein treuer und dich am meisten liebender Untertan will ich nur helfen.«

»Das weiß ich.«

»Also, was ist los, Annwyl? Was macht dir solche Sorgen, dass ich fünf Goldstücke verwetten würde, dass du es nicht einmal Fearghus gesagt hast?« Als sie sich weiter von ihm abwandte, setzte er sich auf einen der robusten Stühle mit den geraden Lehnen und hielt Annwyl seine Hand hin – er war nicht so dumm, sich ihr noch einmal zu nähern, wenn sie schlecht gelaunt war. Nicht, wenn diese verdammten Schwerter gerade mal eine Armeslänge von ihr entfernt waren. »Komm, erzähl Gwenvael, was du meinem lieben – aber nicht annähernd so gut aussehenden und charmanten – Bruder nicht sagen kannst.«

Nach einem langen Moment nahm Annwyl Gwenvaels Hand und ließ sich von ihm auf seinen Schoß ziehen. Er streichelte ihr den Rücken, während sie in der Tasche ihres Kleids grub. Sie reichte ihm ein Stück Pergament, und Gwenvael sah sofort auf das Wachssiegel, das immer noch an einem Teil davon klebte. Er hielt sich nicht damit auf, den Brief selbst sofort zu lesen, denn er hatte festgestellt, dass es fast so wichtig, wenn nicht sogar wichtiger war, von wem Briefe kamen als was tatsächlich darin gesagt wurde.

»Wessen Siegel ist das? Ich kenne es nicht.«

Annwyl seufzte laut auf. »Der Reinholdt.«

»Der Reinholdt?« Er runzelte nachdenklich die Stirn; dann ging ein Ruck durch seinen Körper. »Gute Götter! Dieser Verrückte aus dem Norden?«

»Genau der.«

»Ehrlich ...« Er warf noch einen Blick auf den Brief. »Ich wusste gar nicht, dass irgendwer aus dem Reinholdt-Clan schreiben kann.«

Dagmar wartete geduldig, während ihr Vater wetterte. Er hatte wohl wieder eine schlaflose Nacht hinter sich, denn er brauchte länger als gewöhnlich. Zwei Dinge beeindruckten sie immer, wenn ihr Vater so zu ihr war: Er hatte sie in seiner Wut nicht ein Mal angerührt oder war gewalttätig geworden, und er wurde bei seinen Schreikrämpfen niemals persönlich. Während mehr als eine ihrer Schwägerinnen sie schon »dumme Schlampe« oder »hässliche Kuh« genannt hatte, wenn ihr nichts Geistreicheres mehr eingefallen war, blieb ihr Vater immer bei seinem Streitpunkt. Und sein Streitpunkt war normalerweise, dass Dagmar wieder einmal ihre Grenzen überschritten hatte.

Normalerweise hatte sie das dann auch.

Als ihr Vater endlich lange genug schwieg, dass sie antworten konnte, sagte sie: »Ich glaube, du unterschätzt, was Königin Annwyl für uns tun kann.«

»Außer ihren Blutdurst in unser Zuhause mitzubringen?«

»Vater«, sagte sie besänftigend, »du solltest nicht auf Gerüchte hören.« Sie lächelte. »Das ist mein Job.«

»Oooh, du hast jetzt einen Job?«, fragte Kikka zuckersüß und strahlte übers ganze Gesicht dabei.

Und Dagmar gab, ebenfalls strahlend, zurück: »Ich wusste gar nicht, dass Eymund dir ein neues Kleid gekauft hat. Es ist schön!«

Ihr Bruder Eymund, der durch Abwesenheit geglänzt hatte, seit ihr Vater zurück war, kam wieder in den Saal. »Was? Was für ein neues Kleid?« Er warf seiner jungen Frau einen wütenden Blick zu. »Ein neues Kleid?«

Kikkas Blick war fast jeden Augenblick wert, in dem Dagmar sich mit Dem Reinholdt auseinandersetzen musste.

Sie wandte sich wieder ihrem Vater zu und hob die Stimme,

damit er sie über das Gebrüll ihres Bruders hinweg hören konnte.

»Vater, ich verstehe deine Sorge. Aber wir können nicht ignorieren, was für eine Verbündete Königin Annwyl für uns wäre. Man sagt, sie habe fast hundert Legionen zur Verfügung. Alle gut ausgebildet und kampfbereit.«

Ihr Vater legte seine großen Fäuste auf den Tisch, und Dagmar wusste, dass sie jetzt nicht mehr mit dem beängstigenden Warlord sprach, der in den gesamten Nordländern gefürchtet wurde, sondern mit Sigmar Reinholdt. Dem Mann, dem sein Volk und seine Familie sehr viel bedeuteten. »Du machst dir Sorgen wegen Jökull, nicht wahr?«, fragte er, ohne sie anzusehen.

»Aus gutem Grund. Wir können deinen Bruder nicht länger ignorieren.«

»Ich ignoriere ihn nicht!«

»Er verstärkt seine Truppen, kaufte sie anscheinend ein. Deine Männer bereiten sich eindeutig auf eine Belagerung vor. Ich will helfen, und Königin Annwyl macht mir das möglich.«

»Ich brauche deine Hilfe nicht, kleine Miss.«

»Nein. Du brauchst ihre. Und ich sehe keine Schande darin.«

Ihr Vater räusperte sich, sah sich um und murmelte: »Du weißt, dass es nicht deine Schuld ist.«

Leider wusste sie das nicht. Aber als sie nicht antwortete, holte ihr Vater tief Luft und stieß sie langsam wieder aus. »Was geben wir ihr?«

»Informationen.« Sie konnten ihr wenig mehr bieten.

»Du und deine verdammten Informationen.«

»Damit handle ich.« Sie beugte sich vor und sah ihm direkt in die Augen – sie war eine der wenigen, die das wagten. »Du musst mir in dieser Sache vertrauen.«

Er schnaubte und starrte auf den Tisch hinab, während Dagmar geduldig wartete.

Als er endlich seine Axt am Griff packte und die Waffe aus dem Tisch riss, wusste sie, dass sie gewonnen hatte – oder zumindest eine kurze Galgenfrist erlangt hatte.

»Treib es nicht zu weit mit mir, kleine Miss«, grummelte er.

Natürlich würde sie das. Sie war so gut darin.

Als ihr Vater den Raum verließ, kam ein Diener hereingeeilt. »Mylady, Bruder Ragnar ist auf dem Weg hierher.«

Sie nickte und stand auf; den Appetit hatte sie schon längst verloren.

»Schau an« – Kikka lächelte höhnisch, während ihr Ehemann immer noch über »das ganze verfluchte Geld, das du aus dem Fenster wirfst!« schimpfte – »noch ein männliches Wesen, das es nicht mit unserer kleinen Dagmar treiben wird.«

»Ganz im Gegensatz zu dir, Schwester.« Dagmar beugte sich nieder und beendete den Satz flüsternd: »Die offenbar alles vögeln würde.«

Während sie auf die Tür und ihre Ruhepause von dieser Idiotie zuging, hörte Dagmar ihren Bruder schnauzen: »Was hat sie gesagt? Was machst du?«

Gwenvael überflog die Nachricht flüchtig. »Der Reinholdt will, dass du – und sie betonen dieses ›Du‹ sehr deutlich – in sein Herrschaftsgebiet kommst, um das Leben deiner ungeborenen Kinder zu retten. Du weißt, ich persönlich schätze es gar nicht, dass er versucht, meine liebliche Königin herumzukommandieren, aber was mir wirklich Sorgen macht …«

»… ist, dass die Barbaren schon wissen, dass ich Zwillinge bekomme?« Auf Gwenvaels Nicken hin fügte sie hinzu: »Und wenn sie das wissen, könnten sie auch schon wissen, dass ich nicht mehr so hart bin, wie ich einmal war.«

»Du wirst nicht ewig schwanger sein, Annwyl. Und wenn die Zwillinge erst da sind, wirst du wieder genauso wild, grausam und irre blutrünstig sein wie immer.«

»Du versuchst doch nur, mich zu trösten.«

»Funktioniert es?«

»Ein bisschen.« Sie schloss die Augen, und er wusste, dass sie Schmerzen hatte, wieder die »Stiche«, wie sie sie nannte, was in letzter Zeit immer öfter vorkam. Sie holte tief Luft und sprach weiter. »Aber selbst wenn ich persönlich in die Nordländer aufbrechen wollte, würde Fearghus das niemals zulassen. Und Morfyd! Götter, was das für ein Gequengel gäbe!« Gwenvaels ältere Schwester, eine mächtige Drachenhexe und Heilerin, konnte sogar einen Stein zermürben, wenn ihr danach war.

»Abgesehen davon hat mir jemand, von dem ich eigentlich dachte, er wäre verrückt nach mir, gesagt, ich sei zu *fett* um zu reisen.«

»Das habe ich nicht gesagt, auch wenn ich es großartig finde, wie ihr alle mich absichtlich falsch versteht. Und wie schnell wir vergessen, dass ich auch bemerkt habe, dass deine Brüste noch voller und sogar noch hübscher als vorher geworden sind. Wenn das überhaupt möglich ist.«

Annwyl schüttelte lachend den Kopf. »Nicht einmal ein Mindestmaß an Schamgefühl.«

»Nicht einmal einen Teelöffel voll. Also, wir wissen beide, dass du nicht reisen kannst. Was soll ich also tun? Willst du, dass ich ihnen zurückschreibe? Ich denke, wir müssen beide zugeben, dass ich besser mit dem geschriebenen Wort umgehen kann als du mein Liebling.«

»Das ist wohl wahr.« Sie drehte sich ein wenig auf seinem Schoß, damit sie ihn direkt ansehen konnte. »Aber ich dachte, vielleicht könntest du an meiner Stelle hingehen.«

»Ich? Zurück in die Nordländer?« Er verzog das Gesicht. »Da würde ich noch lieber Baumrinde essen.«

»Glaubst du, ich bitte dich gerne darum, so ein Risiko einzugehen? Vor allem bei dem Eindruck, den du dort hinterlassen hast?« Sie hob eine Augenbraue.

»Weißt du, sie waren gar keine Jungfrauen«, argumentierte er, wie er schon seit Jahrzehnten argumentierte. »*Sie* sind an diesem See zufällig auf *mich* gestoßen. *Sie* haben *mich* benutzt! Sie haben ihre Schwänze auf eine Art benutzt, die ich verführerisch fand, und ich habe getan, was ich tun musste, um die Schrecken des Krieges zu überleben.«

»Stimmt es, dass du, und zwar nur du allein, ausdrücklich in der Waffenstillstandsvereinbarung erwähnt wirst?«

»Solange ich mich von Blitzdrachinnen fernhalte – du kennst die Blitzdrachen vielleicht auch als die Hordendrachen, meine schöne Majestät« – er schenkte ihr sein reizendstes Lächeln, aber sie starrte ihn nur an, also fuhr er fort – »darf ich für kurze Aufenthalte in die Nordländer reisen.«

»Dann musst du gehen. Aber um ganz ehrlich zu sein, bist du der Einzige, den ich schicken kann.«

Das Eingeständnis überraschte ihn. »Bin ich das?«

»Morfyd kann ich nicht schicken. Sie ist eine Frau, und die Blitzdrachen würden sie schneller schnappen als du ein Mädchen aus dem Dorf in dein Bett locken kannst.«

»Was für eine hübsche Analogie! Danke!«

»Abgesehen davon wird deine Schwester hier gebraucht, weil sie die Einzige ist, die Fearghus davon abhalten kann, seine eigenen Eltern umzubringen.«

Gwenvael hielt sein zorniges Stirnrunzeln gerade noch zurück; er wollte den Ton ihres Gesprächs so leicht wie möglich halten. »Dann weigert sich Mutter also immer noch zu glauben, dass deine Babys von Fearghus sind?«

»Ich weiß nicht, was sie glaubt, und es ist mir auch egal. Sie war schon seit sechs Monaten, seit sie es erfahren hat, nicht mehr hier, und das ist mir auch ganz recht so.« Gwenvael wusste, dass das gelogen war. Dieser Streit war der hässlichste gewesen, den er in seiner Sippe je erlebt hatte, und obwohl alle von Fearghus' Geschwistern an diesem Tag hinter ihm und Annwyl gestanden hatten, hatte es Annwyl mehr verletzt, als einer von ihnen zugeben wollte.

»Keita kann ich auch nicht schicken«, fuhr sie fort, »weil sie dafür sorgen würde, dass sämtliche Männer aufeinander losgehen und darüber völlig vergessen würde, warum ich sie geschickt habe. Abgesehen davon: Wann ist sie schon einmal hier, dass ich sie fragen könnte?«

Das konnte Gwenvael nicht bestreiten. Seine kleine Schwester war ihm ähnlicher als jeder andere in der Familie. Sie lagen im Alter nur ein paar Dekaden auseinander, hatten sich immer nahegestanden und verstanden sich sehr gut. Doch er hatte bemerkt, dass Keita in den letzten Jahren fast ihre gesamte Zeit so weit wie möglich vom Berg Devenallt und den Dunklen Ebenen entfernt verbracht hatte. Sie hatte eine eigene Höhle, war aber fast nie da, und wenn sie einmal nach Hause kam, wurde es oft ungemütlich zwischen ihr und ihrer Mutter. Gwenvael konnte sich an keine Zeit erinnern, zu der Mutter und Tochter miteinander ausgekommen waren, was Familienzusammenkünfte immer ziemlich anstrengend gemacht hatte. Andererseits liebte Gwenvael diese Art von Spannung und fand oft ein perverses Vergnügen daran, die Situation zu verschlimmern.

»Natürlich ist da noch Briec, aber …« Annwyl suchte nach Worten, schien aber nichts zu finden, was sie über den arroganten, silberhaarigen Drachen sagen konnte, und endete mit: »Muss ich das mit Briec wirklich erklären?«

»Mir nicht.«

»Und Éibhear ist noch zu klein. Abgesehen davon bist du offen gesagt der politisch Erfahrenste aus eurem ganzen Haufen.«

Gwenvael lächelte, schockiert und ehrlich geschmeichelt von ihrer Feststellung. »Meinst du das ernst?«

»Natürlich. Ich bin nicht blind. Und man sollte immer die Stärken und Schwächen der Verbündeten kennen, die man um sich hat. Mein Vater hat das immer gesagt … du weißt schon, bevor er loszog und etwas oder jemanden vernichtete.«

Sie kaute auf ihrem Daumennagel, eine Angewohnheit, die sie über die letzten Monate entwickelt hatte, während ihr Stresspegel stieg. »Im Endeffekt bin ich mir sicher, dass du der Einzige bist, der das wirklich kann.«

»Und ich bin mir sicher, dass du damit durchaus recht hast, aber was springt für mich dabei heraus?«

Annwyl ließ ihre Hand in den Schoß fallen. »Was für dich dabei herausspringt?«

»Aye. Was ist meine Belohnung dafür, dass ich diese Aufgabe ausführe, die du mir aufgetragen hast?«

»Was willst du?«

Grinsend neigte Gwenvael ein wenig den Kopf vor und zupfte mit seinem Daumen und Zeigefinger behutsam am oberen Saum ihres Mieders.

»Hör auf damit!« Sie schlug lachend nach seiner Hand.

»Komm schon. Ich bitte doch nur darum, einen Augenblick in den üppigen Garten deiner Brust eintauchen zu dürfen.«

»Der üppige Garten meiner …« Annwyl schüttelte den Kopf. »Du wirst in keinen meiner Körperteile eintauchen, Lord Gwenvael.«

»Na, na. Ich bitte doch nur darum, ein bisschen mit ihnen zu spielen.« Er steckte seine Nase in ihren Ausschnitt, und Annwyl lachte und stemmte sich gegen seinen Kopf.

»Gwenvael! Hör auf!«

Die Tür ging krachend auf und Fearghus stolzierte herein. »Was zum Teufel geht hier …« Schwarzer Rauch quoll aus seinen Nasenlöchern. »Nimm deine Nase da raus!«

In aller Seelenruhe hob Gwenvael den Blick und sah in Fearghus' wütendes Gesicht. »Oh. Hallo, Bruder. Was machst du denn hier?«

Dagmar lächelte herzlich, als die Tore aufgingen und einige Mönche hereinkamen; zwei von ihnen zogen einen großen Wagen voller Bücher. Bücher für sie.

»Bruder Ragnar.« Sie neigte respektvoll den Kopf.

»Lady Dagmar. Es ist so schön, dich zu sehen, Liebes.«

Bruder Ragnar, schon seit vielen Jahren Mönch in dem rätselhaften und selten in die Öffentlichkeit tretenden Orden des Kriegshammers, brachte Dagmar schon Bücher, seit sie zehn war. Es war das Einzige in der Festung ihres Vaters und den umgebenden Dörfern, das dafür sorgte, dass sie nicht den Verstand verlor: friedliche Reisende, die immer nützliche Informationen für sie hatten. Bruder Ragnar war ihr definitiv der liebste unter allen regelmäßigen Besuchern, aber sie hatte im Lauf der Jahre viele kennengelernt und gesprochen – die meisten von ihnen Mönche und Gelehrte – und viel über eine Welt gelernt, die sie nie gesehen hatte. Sie brachten ihr Bücher, Klatsch und Neuigkeiten, die sie oft benutzte, um ihrem Vater und ihrem Volk zu helfen, aber es war Bruder Ragnar, der ihr Unterricht im Lesen, Schreiben und Verhandeln gegeben hatte.

Er hatte ihr von Anfang an viel beigebracht und ihr gezeigt, wie sie von ihren Verwandten bekommen konnte, was sie wollte, ohne dass es jemand merkte. »Warum ein Rammbock sein, mein Liebes, wenn du einfach an die Tür klopfen und eingelassen werden kannst?«

Er hatte natürlich recht gehabt. Wie immer.

Dagmar nahm seinen rechten Arm, denn in seiner linken Hand hielt er seinen Wanderstab. Sie konnte wegen der Kapuze seiner Kutte, die er immer trug, nie viel von seinem Gesicht sehen, doch dem Klang und der Kraft seiner Stimme nach bezweifelte sie, dass er sehr alt war. Und obwohl er schwer verwundet worden, sein Körper gebrochen und schwach war, hatte er nichts von seinem Wesen verloren. Die Augen, die sie aus der Dunkelheit seiner Kapuze ansahen, waren von einem strahlenden Blau mit seltsamen silbernen Flecken auf der Iris und immer fröhlich und aufgeweckt.

Sein Ordensgelübde zwang Bruder Ragnar, selbst mit seinem kaputten Körper alle Wege zu Fuß zu machen, obwohl sie ihm mehr als einmal angeboten hatte, ihm ein Pferd zu kaufen. Doch es gehörte zu den Opfern, die Mönche aller Orden bringen mussten, was Dagmar nie verstehen würde – war das Leben nicht schwierig und schmerzhaft genug, auch ohne zusätzliches Elend?

»Ich bin so froh, dich zu sehen, Bruder.« Sie drückte seine behandschuhte Hand. »Du siehst gut aus.«

»Es ist immer noch schön, unterwegs zu sein. Auch wenn ich mich nicht gerade auf den Winter freue.« Der Winter in den Nordländern war für sie alle eine schwere Zeit, und nur die Wackersten – oder Dümmsten – zogen durch die Winterstürme ins Land der Reinholdts.

»Aber jetzt bist du ja hier. Und wir haben viel zu besprechen.«

»Ja, das haben wir.« Er machte eine Geste zu dem Wagen hin.

»Und ich habe dir ein paar wunderbare neue Bücher mitgebracht, die du sicher mögen wirst.«

Sie warf einen Blick auf den Wagen und lächelte. »Du bringst mir die besten Geschenke.«

Indem sie Bruder Ragnars Hand auf ihren Arm legte, führte sie ihn und seine Gefährten in die Haupthalle, um ihnen warmen Wein und etwas zu essen anzubieten. »Also, Bruder … gibt es Neues von meinem Onkel?«

»Viel, leider. Es gefällt mir nicht, Dagmar. Es gefällt mir ganz und gar nicht.«

»Das wird mir genauso gehen, da bin ich sicher.«

»Hast du der Königin der Südländer eine Nachricht geschickt, wie ich dir geraten habe?«

»Ja, aber mein Vater war nicht sonderlich begeistert.«

»Sie ist eine Frau«, stichelte er. »Ihre Schwäche ist offensichtlich.«

»Aber ihr Ruf, Bruder …«

»Ich weiß. Sie ist vollkommen verrückt, aber sie hat fast hundert Legionen zur Verfügung, Mylady. Stell dir vor, was auch nur eine Legion tun könnte, um deinem Vater zu helfen.«

»Aber wenn sie so völlig wahnsinnig ist, wie jeder sagt, wird sie dann überhaupt verstehen, in welcher Gefahr sie schwebt?«

»Mylady, die meisten Monarchen der Südländer sind ziemlich irre. Aber sie sind immer von den verlässlichsten und schlauesten Köpfen unserer Zeit umgeben. Königin Annwyl wird da keine Ausnahme sein.« Er drückte leicht ihre Hand. »Keine Sorge, Mylady. Falls die Königin nicht selbst kommt, habe ich keine Zweifel, dass sie an ihrer statt nur ihren angesehensten Stellvertreter schicken wird.«

2 *Wie lange soll ein Drache meines Formats noch ohne ein warmes weibliches Wesen überleben?*

Seit Tagen reiste er nun schon durch die kalten und unerbittlichen Nordländer, über Ozeane der Verzweiflung, Wälder des Todes und Flüsse des Zorns hinweg. Er nannte sie nicht aus Spaß so. Er nannte sie so, weil die meisten davon wirklich so oder so ähnlich hießen.

Und nach so vielen Tagen unausgesetzten Reisens durch – davon war er inzwischen überzeugt – eine besondere Form der Hölle, hatte er immer noch keine Frau. Er war die Männer leid; er wollte Frauen sehen. Er wollte ihre Haare riechen, ihre Haut schmecken und sich in ihren Körpern verlieren. Und er wollte ganz sicher nicht noch einen wütenden, knurrigen, unattraktiven männlichen Nordländer sehen.

Das waren die Gedanken, die Gwenvael durch den Kopf schossen, als er in Sichtweite der Reinholdt-Festung kam. Noch mehr nutzlose, wertlose Nordland-Männer mit ihren nichtsnutzigen Kodexen und Regeln. Er dachte kurz darüber nach, seine menschliche Gestalt anzunehmen, entschied sich aber dagegen. Er brauchte den Vorteil gegenüber Dem Reinholdt und seinem Kriegersohn, Der Bestie.

Mit diesem Entschluss landete Gwenvael in all seiner Drachenpracht vor den Toren der Reinholdt-Festung.

Krallenbesetzte Füße gruben sich in den Boden und ließen die Festungsmauern erzittern; goldene Flügel streckten sich weit von seinem Körper, die langsamen, gleichmäßigen Bewegungen wirbelten Staub und Luft auf. Dann neigte Gwenvael den Kopf zurück und blies eine Flammenzunge in den Himmel hinauf.

Als er genug davon hatte, sah er hinab auf die Menschen, die zu ihm hinaufstarrten. »Nur zu«, bot er großzügig an. »Habt keine Hemmungen, euch in die Hosen zu machen und euch verängstigt und hilflos zusammenzukauern.«

Götter, manchmal überwältigte ihn sein Großmut geradezu selbst.

Dagmar hob ein Buch vom Boden auf und blätterte rasch die Seiten durch. Sie war so konzentriert auf ihre Arbeit, dass ihr nicht auffiel, dass etwas fehlte, bis Knut aufsprang und die Tür anknurrte. Sie sah bereits in diese Richtung, als einer ihrer Brüder ohne zu klopfen eintrat. Es war das typische unhöfliche Benehmen der Reinholdt-Männer, aber Knut wollte ihn trotzdem angreifen. Dagmar hielt ihn mit einem einfachen »Nein« zurück.

Der Hund hatte die Zähne gefletscht und befand sich schon im Flug, doch er riss sich automatisch zurück, traf auf dem Boden auf und rollte sich hastig herum. Er knurrte und schnappte ein wenig zum Schein, bevor er zurück an Dagmars Seite kam.

»Was ist los?«

Ihr Bruder Fridmar, dritter Nachkomme Des Reinholdts, lehnte lässig im Türrahmen und aß einen Apfel. Zwischen zwei Bissen nuschelte er: »Drache draußen.«

»Ja, schon gut, ich bin gleich ... warte.« Sie sah von ihrer Arbeit auf. »Wie bitte?«

»Drache«, sagte er gelassen. »Vor den Toren. Eymund hat zum Angriff gerufen, aber Pa meinte, ich soll erst dich holen.«

Dagmar legte sorgsam die Schreibfeder auf den Schreibtisch, drehte sich langsam auf ihrem Stuhl herum und legte den Arm auf die Lehne. »Ein Drache? Bist du sicher?«

»Er ist groß, schuppig und hat Flügel. Was zum Teufel könnte es sonst sein?« Sie wäre vielleicht weniger genervt gewesen, wenn er bei dieser Antwort nicht Apfelstückchen gespuckt hätte.

»Und was für eine Art?«

Ihr Bruder runzelte die Stirn. »Art? Es ist ein Drache, hab ich doch gesagt.«

Es erstaunte sie, dass sie immer noch die Geduld für so etwas aufbrachte, aber was sie früh gelernt hatte und was ihre Schwägerinnen wohl nie begreifen würden – ihre Brüder und ihr Vater dachten und bewegten sich nicht schneller als absolut notwendig. Sie anschreien, kreischen ... totale Zeitverschwendung. Also mühte sich Dagmar ab, bis sie hatte, was sie brauchte. Sie nannte es die »Steter Tropfen höhlt den Stein«-Methode. »Es gibt verschiedene Arten von Drachen, Bruder. Violette. Blaue. Tannengrüne.«

»Tannen ...« Er schüttelte den Kopf. »Klar. Egal. Er ist gelb.«

»Gelb?« Dagmar tippte mit dem Finger auf den Schreibtisch und benahm sich genauso schwer von Begriff wie ihre Verwandtschaft. Und sie liebte es, dass sie die Stirn hatten, sich darüber aufzuregen, wenn sie das tat. »Es gibt keine gelben Drachen, Bruder. Meinst du golden?«

»Ja. Na gut. Dann golden.«

Dagmar blinzelte. »Ein Goldener? So weit im Norden?« Sie durchforstete ihr Gedächtnis nach allem, was sie im Lauf der Jahre über Drachen gelernt hatte – viel war es nicht. Es war nicht so, dass sie nicht geglaubt hatte, dass sie existierten, aber sie hatte bezweifelt, dass sie viel mit Menschen zu tun hatten. Warum sollten sie auch?

Die Hordendrachen des Nordens lebten weit in den höchsten Gebirgen und blieben meistens für sich. Ihre Farben waren ausgeprägt, aber einfach, und reichten von tiefen dunklen Lilatönen bis hin zu fast weiß, und sie trugen die Macht der Blitze in sich. Wie die Menschen der Nordländer waren sie überwiegend Krieger und Kämpfer.

Die Drachen der Südländer besaßen ein größeres Farbenspektrum und hatten ihre eigene Königin. Feuer war ihre innere Kraft, und sie waren oft Gelehrte und Lehrer.

»Wen interessiert, wie weit er gereist ist?«

»Dich sollte es interessieren. Und Vater. Warum sonst sollte ein Goldener von so weit her kommen und das Risiko eingehen, mit den Hordendrachen aneinanderzugeraten? Soweit ich weiß, sind sie Todfeinde.« Sie betrachtete ihren Bruder. »Und warum will Vater, dass ich da rausgehe? Du weißt, dass es ein Mythos ist, was man über Jungfrauenopfer und Drachen sagt, oder?«

»Natürlich weiß ich das«, blaffte er auf eine Art, dass Dagmar sofort wusste, dass er an den Mythos glaubte. »Und nach den drei Hochzeiten bist du ja wohl auch nicht mehr wirklich Jungfrau, oder?«

»Die letzten beiden haben ja wohl kaum gezählt.«

»Hör zu, Weib« – Fridmar warf das Kerngehäuse seines Apfels auf ihren Fußboden, und Dagmar schnappte empört nach Luft – »dieser Drache da draußen hat nach Pa verlangt, und Pa hat nach dir verlangt.«

»Er hat verlangt?« Sie machte große Augen und blinzelte ihren Bruder an. Ihren »überraschten Blick« nannte sie das. »Du lässt zu, dass ein Drache etwas von Dem Reinholdt *verlangt*? Wo ist dein Heldenmut? Deine Ehre?«

»Hältst du vielleicht den Mund?« Der Kiefermuskel ihres Bruders begann ganz leicht nervös zu zucken. »Du wirst sauer, wenn wir anfangen zu töten ohne ... ohne ...« Sein Gesicht verzog sich ein wenig, während er sehr scharf nachdachte. Es schmerzte sie, ihre Brüder und ihren Vater zu beobachten, wenn sie versuchten nachzudenken. Es tat wirklich körperlich weh. »Wie war das Wort noch mal?«, fragte er schließlich.

»Provokation?«

»Ja, genau. Du wirst sauer, wenn wir anfangen zu töten ohne dieses ›Provo‹-Wort, und jetzt bist du sauer, weil wir ihn noch nicht umgebracht haben.«

»Ich bin nicht sauer, dass ihr nicht ... es gibt einen Unterschied zwischen ...« Sie schüttelte den Kopf. »Vergiss es.«

»Wo zum Teufel ist sie?« Valdís – zweitgeborener Sohn Des Reinholdt und ein sehr nervöser Einfaltspinsel – stürmte in Dagmars Zimmer. »Was ist los? Warum bist du immer noch hier? Vater hat dich gerufen!«

»Und ich springe nicht bei jeder Aufforderung. Geh und finde erst einmal heraus, was er will.«

»Was wer will?«

»Der Drache.« Sie wedelte beide mit der Hand davon. »Geht und findet es heraus.«

Ohne einen weiteren Gedanken an ihre Brüder zu verschwenden machte sich Dagmar wieder an ihre Arbeit.

Sigmar Reinholdt, Beschützer der Reinholdt-Ländereien und ihres Volkes, Warlord der Liegenschaften des Nordwestens, achtzehnter Nachkomme von Dechard Reinholdt, Mörder von Dechard Reinholdt und Erzeuger Der Bestie, wandte sich seiner männlichen Nachkommenschaft zu.

»*Was* hat sie gesagt?«

Einer seiner Söhne – er hatte keine Ahnung, wie er hieß, denn er konnte sich wirklich nicht erinnern und es war ihm auch nicht wichtig genug, um es zu versuchen – zuckte die Achseln. »Sie sagte, wir sollen den Drachen fragen, was er will.«

»Und ihr habt ihr das durchgehen lassen?«

»Du weißt, wie sie ist, Pa. Abgesehen davon sah sie echt beschäftigt aus.«

»Beschäftigt mit was?«

Der Sohn warf einem anderen Sohn, dessen Name Sigmar entfallen war, einen Blick zu.

»Also?«, drängte er, als sie nicht schnell genug antworteten.

»Lesen ... glaub' ich.«

»Lesen? Du konntest sie nicht von irgendeinem verflixten Buch losreißen?«

»Du weißt doch, wie sie ist«, antwortete er.

Das stimmte. Sie alle wussten, wie sie war. Nach so vielen verfluchten Söhnen hatte Sigmar Hoffnung auf eine Tochter gehegt. Ein süßes, folgsames Ding, das den Reinholdts eine solide Verbindung durch Heirat bescheren würde und dann vielleicht ein paar Enkeltöchter. Aber er hatte Dagmar bekommen. Die Bestie. Sein schon lange toter Neffe hatte sie grausamerweise so benannt, aber sie hatte diesem Spitznamen seither alle Ehre gemacht. Obwohl sie immer wie die Harmloseste unter ihnen allen wirkte.

Sigmar schnappte seinen Zweitältesten am Kragen und riss ihn dicht zu sich heran. »Du bewegst jetzt deinen mageren Hintern zurück in ihr Zimmer und sagst ihr, sie soll sich herablassen, hier runterzukommen ... *sofort!*«

»Ich bin hier.« Dagmar warf einen Blick auf ihren Bruder. »Ich wusste irgendwie, dass Valdís es nicht richtig hinbekommen würde.«

Kurz davor zu fragen, wer zum Teufel Valdís sei – bevor ihm klar wurde, dass es der Sohn war, dessen Kragen er immer noch in den Händen hielt –, knurrte Sigmar und blaffte seine Tochter an: »Drache. Draußen.«

»Ja. Ich habe es gehört.« Ruhig wie immer, diese Dagmar. Immer beherrscht und gelassen. Wie eine Krähe, die vom Dach eines Gebäudes blickte und wusste, dass es zu hoch war, um sie mit Pfeil und Bogen zu erreichen. »Er ist ein bisschen weit nördlich, wenn es ein Goldener ist. Aber wenn er noch nicht angegriffen hat, würde ich sagen, dass er aus einem bestimmten Grund hier ist.«

»Diese Blutkönigin, an der du so interessiert bist – sie hat ihn geschickt.«

Die Augen seiner Tochter weiteten sich, und sie schaute zur Tür, dann zurück zu ihm. Es war seit vielen Jahren die erste wirklich verblüffte Reaktion, die er aus der kleinen Miss herauslocken konnte.

»Die Blutkönigin hat ihn geschickt? Bist du sicher?«

»Ich bin sicher. Er hat ganz deutlich gesagt: ›Königin Annwyl aus den Südländern schickt mich. Ich bin hier, um Den Reinholdt oder Die Bestie zu sprechen.‹ Dann hat er noch was gesagt, das klang wie ›Ihr könnt euch ruhig in die Hose pissen.‹ Ich dachte, es wäre das Beste, ihn nicht zu fragen, was er damit meint.«

Sie kicherte. »Er ist an die Drachenfurcht der Bewohner der Südländer gewöhnt.«

»Es ist mir egal, wie du es nennst. Kein Mann aus den Nordländern würde ...«

»Ich weiß, ich weiß. Kein Nordland-Mann würde je Angst zeigen.« Sie tat den Kodex, nach dem alle Männer der Nordländer lebten, mit einer Handbewegung ab. »Wichtiger ist jetzt, ob er in ihrem Namen verhandeln darf.«

»Du willst, dass wir mit einer Echse verhandeln?«

»Sie sind keine Echsen, Vater. Sie sind außergewöhnliche Kreaturen, die schon hier waren, lange, bevor irgendein Mensch auf dieser Erde herumgekrochen ist. Sie sind Krieger und Gelehrte und ...«

»Er hat lange Haare wie eine Frau«, plapperte einer von Sigmars Söhnen daher – welcher Sohn allerdings, das sei dahingestellt.

Das Mädchen schloss die Augen und seufzte. Tief. Das tat sie manchmal, wenn sie von den Männern ihrer Familie umgeben war. »Um dem Ganzen hier zu entgehen, werde ich einfach hinausgehen und ihn fragen, warum er hier ist und was er will.« Aus ihrem Mund klang es ganz einfach, während sie an ihren Brüdern vorbei auf die Tür zuging, doch Sigmar fing sie am Oberarm ab und riss sie zurück.

»Du gehst nicht da raus.«

»Warum hast du mich dann hergerufen?«

»Damit du mir sagst, was du vorhast, damit ich mich um diesen Goldenen kümmern kann.«

Sie presste die Lippen zusammen und starrte ihn an. Diesen Ausdruck kannte er besser als jeden anderen. Sie würde ihm jetzt überhaupt nichts sagen, denn sie wollte selbst mit dieser riesigen Echse sprechen, die vor ihren Toren stand. Die Bestie hielt sich für eine Politikerin. Sie verstand nicht, dass das Männerarbeit war. Sie konnte gut mit Korrespondenz und solchen Dingen umgehen – vor allem da sie eine der wenigen von ihnen war, die richtig gut lesen und schreiben konnte –, aber es war Männersache, sich um die Dinge zu kümmern, die man von Angesicht zu Angesicht klärte, über einem Fässchen Ale und mit ein oder zwei Huren zur Unterhaltung. Dagmar wollte das einfach nicht lernen, und Sigmar sorgte sich, was passieren würde, wenn sie einen würdigen Ehemann fand, der ihr den Unsinn nicht mehr erlauben würde, den er ihr durchgehen ließ.

Wohl wissend, dass es nichts nützte, mit ihr zu streiten, wenn sie diesen speziellen Ausdruck im Gesicht trug, lenkte Sigmar ein winziges bisschen ein: »Du wirst hinter den Wachen warten, bis ich es dir sage. Verstanden?«

»Wenn wir unbedingt Zeit verschwenden wollen …«

»Wollen wir.« Er sah hinab auf den Hund, der ihr nie von der Seite wich. Knut hatte sie ihn getauft. Seltsam, dass er sich den Namen des Hundes merken konnte … »Und für ihn suchst du am besten einen sicheren Platz. Sonst hält ihn das Ding da draußen noch für einen Leckerbissen.«

»Ja, Vater.«

»Und ärgere mich heute nicht noch mal.«

»Nein, Vater.«

Und sie wussten beide, dass sie log.

3 Dagmar schaute noch einmal an ihrem Kleid hinab und vergewisserte sich, dass ihr Kopftuch richtig saß, bevor sie die Augengläser, die auf ihrer Nase balancierten, zurechtrückte.

Ein Drache. Ein echter Drache hier, vor der Festung ihres Vaters, und sie würde ihn gleich kennenlernen. Noch nicht einmal ein Nordländer, sondern ein Drache aus den Südländern. Ein Wissenschaftler, ein Lehrer, ein Intellektueller.

Die Vernunft möge ihr helfen, aber Dagmar merkte, dass sie so aufgeregt deswegen war, dass ihr fast ... wagte sie, es auszusprechen ... schwindlig war?

Sie fragte sich, wie alt der Drache wohl war. Er konnte sechs- oder siebenhundert Jahre alt sein! Denn natürlich würde die mächtigste Königin der Dunklen Ebenen nur den fachkundigsten ihrer Gelehrten schicken, den erfahrensten Gesandten, um sie in den Hallen Des Reinholdts zu vertreten.

Dagmar zuckte zusammen, als sie ihren Vater den Drachen ansprechen hörte.

»Ich bin Sigmar«, erklärte er dem Drachen, und Dagmar konnte sich kaum zurückhalten, eine angemessenere und würdigere Begrüßung über das Tor zu schreien.

»Du hast nach mir gefragt, Reinholdt?«

Was für eine Stimme! Tief und satt, und allein das Timbre ließ ein wenig die Fenster klirren, denn er schrie nicht. Er klang ruhig und ziemlich ... seriös.

»Nein. Ich habe nach eurer Annwyl gefragt«, schnauzte ihr Vater geradezu zurück.

Dagmar begann, mit der Faust gegen ihren Oberschenkel zu klopfen.

»Tja«, antwortete der Drache ruhig, »sie ist im Moment indisponiert, deshalb hat sie mich als ihren Gesandten geschickt.«

»Ein Drachengesandter für einen Menschen?«

Dagmar knirschte frustriert mit den Zähnen. Was hatte der

alte Mistkerl bloß vor? Warum stellte er unhöfliche Fragen? Fragen, die man über einem Essen stellen und beantworten konnte, wenn der Drache entspannter war. Sie wusste mit Sicherheit, dass einer der Hirten der Umgebung Kühe auf den östlichen Feldern grasen ließ – genug, um einen Drachen satt zu bekommen, da war sie sich sicher.

Mal ehrlich, war das die Vorstellung ihres Vaters von Diplomatie? Kein Wunder, dass sie so hart darum kämpfen musste, einen Krieg zwischen den Reinholdts und den benachbarten Lehen zu verhindern. Weil ihre Familie aus Idioten bestand!

»Noch einmal, Reinholdt, du wolltest mich oder jemanden aus den Dunklen Ebenen sprechen?«, drängte der Drache. Es war offensichtlich, dass seine Geduld zur Neige ging. Na ja, offensichtlich für jeden, der etwas Verstand besaß.

»Nay. Nicht ich, Drache. Die Bestie hat darum gebeten.«

Die Bestie? Ihr Vater sprach von ihr als Die Bestie?

Hätte sie geglaubt, damit durchkommen zu können, wenn sie sie alle umbrachte und das Land, auf dem sie standen, dem Erdboden gleichmachte –, sie hätte es ohne zu zögern getan.

»Und könnte ich Die Bestie dann vielleicht sprechen?«, erwiderte der Drache.

Dagmar trat vor, aber Valdís hielt sie hinten am Kleid fest.

»Weg!«, befahl sie.

»Du wartest!«, knurrte er.

»Bist du dir da sicher, Drache?«, fragte ihr Vater, und jetzt wusste sie, dass er mit der Kreatur spielte. Und er hatte die Stirn, sich zu fragen, woher sie ihre negative Einstellung hatte!

»Ja«, grollte der Drache. »Bin ich.«

Ihr Vater musste ein Zeichen gegeben haben, denn ihr Bruder ließ ihr Kleid los, und die Soldaten, die die Vorderseite der Festung schützten, gingen aus dem Weg. Dagmar ging hinaus, überquerte den Hof und trat durch das Tor. Die Wachen ihres Vaters bildeten zwei Reihen, um sie passieren zu lassen. Dagmar schritt zu dem herrlichen Geschöpf hinüber. Es glitzerte golden im trüben Licht der zwei Sonnen, jede einzelne Schuppe glänzte und schimmerte. Der Drache war selbst fast wie eine Sonne, er brachte ein klein wenig Licht in ihre Welt. Seine Schwingen streckten sich weit von seinem Körper weg. Die Flügel waren ebenfalls mit Schuppen bedeckt, aber sie wirkten irgendwie schwerelos und zart, wie das erlesenste Metall, das je geschaffen worden war. Jede Flügelspitze besaß eine scharfe, goldene Kralle, genau wie die Klauen. Zwei leuchtend weiße Hörner saßen auf seinem Kopf, und langes, glänzend goldenes Haar fiel ihm über Rücken und Körper und schleifte sanft über den Boden. Seine schönen goldenen Augen richteten sich auf sie, sobald sie näher trat.

Sie hatte eine Begrüßung für ihn vorbereitet. Die Worte – eine *angemessene* Begrüßung für so einen wichtigen Diplomaten – lagen ihr auf der Zunge, aber sie brachte keinen Ton heraus. Nicht jetzt, wo sie ihn sah.

In den dreißig Jahren ihres Lebens war ihr nie etwas so Schönes begegnet.

Als Dagmar fürchtete, sie könne sich mit ihrem Schweigen lächerlich machen, fand sie endlich ihre Stimme wieder und machte den Mund auf, um zu sprechen. Aber die Worte blieben ihr wieder im Hals stecken.

Nur diesmal blieben sie stecken, weil er lachte! Über sie!

Und es war auch nicht nur ein Lachen. Kein gedämpfter Laut hinter seiner Klaue. Auch kein ungläubiges Schnauben. Das erlebte sie täglich und war einigermaßen daran gewöhnt. Nein. Dieses übergroße ... *Kind* rollte auf dem Boden herum, als hätte es nie etwas Amüsanteres gesehen als sie. Die riesigen Drachenbeine und -arme schlugen wild um sich, während sein schallendes Lachen im Hof und der ganzen Umgebung widerhallte.

Eine schuppige Echse lachte sie aus! Die Einzige Tochter Des Reinholdts! Und das auch noch auf Reinholdt-Gebiet!

Alle Ehrfurcht und Bewunderung, die Dagmar empfunden hatte, war im selben Augenblick weggewischt, und sie spürte diese gewisse Kälte, die sie so gut vor Außenstehenden verbarg. Sie floss durch sie hindurch wie eine Lawine. Die Männer hinter ihr begannen untereinander zu murmeln, Füße scharrten und ihr

Vater räusperte sich. Ein paar Mal. Es war nicht der Drache, der ihnen Unbehagen verursachte. Jedenfalls nicht direkt.

Dagmar wartete, bis sein Lachen zu einem Kichern abgeebbt war. »Bist du fertig?«, fragte sie mit ruhiger Stimme.

»Tut mir leid, äh ... Bestie.« Schon wieder prustete er vor Lachen.

»Dagmar genügt. Dagmar Reinholdt. Dreizehntes Kind von Dem Reinholdt und seine Einzige Tochter. Ich habe deine Königin hergebeten«, fuhr sie fort, »weil ich etwas erfahren habe, das ihr und ihren ungeborenen Welpen vielleicht das Leben retten wird.«

Der belustigte Gesichtsausdruck des Drachen verwandelte sich augenblicklich in einen finsteren Blick. Anscheinend schätzte er den Ausdruck, den sie benutzt hatte, nicht sehr, aber das war ihr egal. All ihre Träume davon, ein Bündnis mit der Blutkönigin einzugehen, waren verschwunden, sobald diese Frau diesen *Idioten* als ihren Vertreter hergeschickt hatte. Nein, Dagmar würde andere Verbündete für ihren Vater finden müssen. Die Blutkönigin der Dunklen Ebenen genügte ganz einfach nicht.

»Sag es *mir*, süße Dagmar«, höhnte der Drache, drehte sich zurück auf den Bauch und hob den Kopf ein wenig. »Und ich werde es ihr sagen.«

Dagmar schwieg sehr lange, dann antwortete sie schlicht: »Nein.«

Der Drache blinzelte überrascht und schob sich abrupt ein bisschen hoch, sodass seine Schnauze nur noch Zentimeter von ihrer Nase entfernt war. Die goldenen Augen waren fest auf ihre gerichtet, und sie fragte sich, wie sie sie je hatte hübsch finden können. Sie waren so hässlich wie der Rest des Drachen. Hässlich und höhnisch und absolut nutzlos.

»Was meinst du mit Nein?«, wollte er wissen.

»Ich meine, du hast mich beleidigt. Du hast meine Sippe beleidigt. Und du hast Den Reinholdt beleidigt. Also kannst du zu deiner Schlampe von Königin zurückkehren und zusehen, wie sie stirbt.«

Überzeugt, ihren Standpunkt dargelegt zu haben, drehte sich Dagmar Reinholdt auf dem Absatz um und ging. Ein paar Schritte weiter hielt sie allerdings inne und warf einen Blick über die Schulter zurück.

»Das, Drache«, höhnte sie, indem sie seinen Tonfall nachahmte, »*das* ist witzig.«

Ohne ein weiteres Wort kehrte sie in die mächtige Festung ihres Vaters zurück. Doch bevor sie in ihrem Schutz verschwand, hörte sie ihren Vater fragen: »Du bist ein ziemlich dämlicher Bastard, was, Drache?«

In Momenten wie diesem wusste sie die Grobheit ihres Vaters ehrlich zu schätzen.

Eine Frau! Die Bestie war eine Frau! Warum hatte ihm das keiner gesagt? Warum taten alle so, als wäre sie ein Mann? Hätte Gwenvael das gewusst, dann wäre er die ganze Sache völlig anders angegangen.

Aber er hatte es nicht gewusst, und seine erste Reaktion bei ihrem Anblick … nun ja, es war nicht gerade einer seiner brillantesten Momente gewesen. Selbst er musste das zugeben. Dennoch: Warum war es seine Schuld, wenn alle ihm ständig sagten, dass Die Bestie eine Art mächtiger Riesenkrieger war, der direkt aus einer der vielen Gruben der Hölle zu kommen schien?

Während er ruhelos in der verlassenen Höhle auf und ab ging, die er hoch in den Bergen des Leids entdeckt hatte – ein recht passender Name im Moment –, zerbrach sich Gwenvael den Kopf darüber, wie er die Lage wieder in Ordnung bringen konnte.

Sein erster Gedanke war natürlich, die Frau zu verführen. Sie sah schließlich aus wie eine alte Jungfer, oder nicht? Eine verbitterte, unglückliche Jungfrau, die Männern nicht genug vertraute, um sie in ihr Bett zu lassen. In der Vergangenheit hatte er bei solchen Frauen großen Erfolg gehabt. Und dennoch …

Er seufzte und rieb sich die Augen.

Und dennoch war diese hier wiederum irgendwie überhaupt nicht so, oder?

Sie war eine graue Maus, das stimmte. Aber hässlich war sie nicht. Er hatte bei ihrem Anblick nicht das Bedürfnis, schreiend davonzulaufen. Und sie hatte diese Augen – stahlgrau und kalt wie ein Berggipfel. Augen wie ihre konnten es weit bringen, wenn sie richtig eingesetzt wurden, aber sie trug ein tristes, graues Kleid, das sie mehr verhüllte als kleidete. Es hatte keine Verzierungen, kein ausgeschnittenes Mieder, das ihren Busen betonte. Es besaß auch keinen hoch geschnittenen und prüden Kragen bis zum Kinn, sodass man unbedingt wissen wollte, was es verbarg. Der Gürtel bestand aus langweiligem braunem Leder, wo ein Silbergeflecht so viel hübscher gewesen wäre. Der Dolch, den sie hineingesteckt hatte, war durchaus hübsch, aber so …? Die Stiefel an ihren kleinen Füßen waren ebenfalls aus grauem Fell. Und sie trug dieses Kopftuch, als wollte sie gerade losziehen und eine Küche schrubben.

Nein, es war nicht ihr Aussehen, das ihr einen Namen wie Die Bestie bescherte. Sie war nicht hässlich, aber sie war auch keines dieser prachtvollen Tiere, die Männer in ihrem Bett verschlangen.

Genauso wenig war sie eine rasende Wahnsinnige, wie man es von einer Frau erwarten würde, die von Nordmännern Die Bestie genannt wurde.

Die Kälte in diesen Augen ging einem durch und durch. Ohne einen Gedanken daran zu verschwenden, was ein mächtiger Drache tun konnte, wenn man ihn verärgerte, hatte sie die Information über Annwyl für sich behalten. Um ehrlich zu sein, war sich Gwenvael nicht einmal sicher, dass die Reinholdt-Männer wussten, was sie an ihr hatten.

Der Reinholdt selbst schien vollkommen unbeholfen zu sein, wenn er keine Axt in den Händen hatte. Seine überraschend geringe Größe für einen Nordländer glich er durch Breite aus – seine Schultern und die Brust waren beunruhigend breit, seine Muskeln platzten beinahe aus seinen Kleidern heraus. Doch abgesehen von den Äußerlichkeiten erinnerte der stämmige Nordländer Gwenvael ein wenig an seinen eigenen Vater, Bercelak den Großen. Der war erst glücklich, wenn er jemanden oder etwas im Kampf töten konnte – Politik und Diplomatie langweilten den älteren schwarzen Drachen zu Tode.

Gwenvael kratzte sich am Kopf. Ja, ja, er durchschaute den alten Reinholdt zur Genüge. Aber dieses Mädchen ... verdammt! Sie war der Schlüssel. Er wusste es. Es war auch nicht nur das Wissen, das sie über Annwyl besaß. Da war noch etwas anderes an diesem Mädchen ... dieser Frau ... wie auch immer. Wirklich, wenn er es nicht besser gewusst hätte, hätte er geschworen, dass sie ein Drache war, mit diesen verfluchten kalten Augen und Eigenschaften. Sie hatte ein junges Gesicht, aber diese Augen waren voll von zeitlosem Wissen, das sie zu ihrem eigenen Vorteil einsetzte.

Das bewunderte er durchaus ein bisschen, denn er selbst machte es ja genauso.

Er musste zurück. Er wusste es. Und ihm wurde jetzt klar, dass es nicht funktionieren würde, zurückzugehen, sie einfach zu nehmen und zu verführen. Nicht bei ihr. Sie würde nicht beim bloßen Anblick seiner menschlichen Gestalt schwach werden. Sie würde sich nicht von der außergewöhnlichen Schönheit seines Gesichtes oder seines herrlichen menschlichen Körpers verzaubern lassen. Noch würde er sie mit Drohungen und Gebrüll einschüchtern können.

Er musste einen anderen Weg gehen, aber zuerst musste er hineinkommen und sie sehen. In seiner wahren Gestalt zurückzugehen wäre nutzlos. Er musste in Menschengestalt sein und ...

Gwenvael lächelte, als ihm plötzlich die Etikette der Herrscher der Nordländer wieder einfiel. *Ja, ja. Das würde funktionieren.* Die Frau, die er heute getroffen hatte, kannte die Etikette, besaß ihren eigenen Rat und spielte nach den Regeln. Zumindest, soweit es alle anderen anbelangte.

Damit würde er zwar nur eine Nacht herausschlagen, aber das war genug.

Er würde dafür sorgen, dass es genügte, denn er würde Annwyl in dieser Sache nicht enttäuschen. Nicht diesmal. Sie hatte ihm fast das Herz gebrochen, als sie ihn weggeschickt, ihn auf die

Wange geküsst und lange umarmt hatte, bevor sie ihm sagte: »Hör nicht auf die anderen. Ich weiß, dass du deine Sache im Norden ganz großartig machen wirst. Sei nur vorsichtig und pass auf dich auf, Gwenvael.«

In diesem Augenblick hatte er gewusst, dass sie mehr an ihn glaubte als sein eigen Fleisch und Blut. Sie vertraute ihm ihr Leben und das ihrer Babys an. Und wenn er so weit nach Norden gehen musste, dass er das verbotene Eisland betrat – er würde es tun. Er würde nicht zulassen, dass Annwyl etwas zustieß.

Er ging zum Höhleneingang, blieb einen Moment dort stehen und starrte hinab auf die Landschaft, die sich unter ihm erstreckte, bis ihm ein wohlbekannter Geruch in die Nase stieg. Er hätte ihn früher wahrnehmen müssen, aber er war tief in Gedanken versunken gewesen, und jetzt hatte er nur noch einen Augenblick, um die Schatten um sich herum zu nutzen. Es war ein Geschenk, das ihm sein geliebter Großvater Ailean vererbt hatte: Gwenvaels Schuppen änderten ihre Farbe, bis er mit den Schatten der Höhle verschmolz.

Es war auch höchste Zeit, denn Sekunden später kamen sie in Sicht. Vier von ihnen, alle groß, kräftig und ... lila.

Blitzdrachen. Auch Hordendrachen genannt. Er hatte zum ersten Mal während eines Krieges vor fast einem Jahrhundert gegen sie gekämpft. Sie waren Barbaren, aber mächtige Krieger, und er hatte bleibende Narben, die das bewiesen.

Heutzutage mochten manche sagen, dass die Blitzdrachen in Frieden mit den Drachen der Südländer lebten, doch das war nicht einmal im Entferntesten wahr. Es war ein Waffenstillstand, aber ein labiler, der jeden Augenblick ganz leicht gebrochen werden konnte. Was einen neuen Kriegsausbruch verhinderte, war allein die Tatsache, dass die Blitzdrachen in Lehen aufgesplittert waren, ähnlich wie die Menschen der Nordländer. Sie betrachteten sich nicht als Monarchen, sondern als Warlords. Oft waren sie so damit beschäftigt, sich gegenseitig zu bekämpfen, dass sie kaum die Energie oder Zeit hatten, die Armeen der Drachenkönigin der Südländer anzugreifen.

Dennoch hatte sich Gwenvael auf dem Weg zu seinem Ziel vorsichtig durch ihre Territorien bewegt. Olgeir der Verschwender kontrollierte die Äußeren Ebenen – die Grenzgebiete zwischen dem Norden und dem Süden – sowie das Gebiet, das sich mit dem Land der Reinholdts überschnitt, und er hatte sich nie besondere Mühe gegeben, einen Hehl aus seinem Hass gegen Königin Rhiannon zu machen. Er hielt den Waffenstillstand ein, aber er tat es nicht gern. Und Gwenvael zweifelte nicht eine Minute daran, was Olgeir tun würde, falls er einen von Rhiannons männlichen Nachkommen auf seinem Territorium erwischte. Vor allem den, den die männlichen Hordendrachen den »Verderber« nannten.

Die Blitzdrachen flogen an der Höhle vorbei, nur einer hielt inne und schwebte vor dem Eingang.

Gwenvael rührte sich nicht und vermied jedes Geräusch. Er würde den Mistkerl sicherlich nicht angreifen. Er war nicht hier um zu kämpfen, und er war auch nicht so dumm zu denken, er könne sich mit einem Spähtrupp von Blitzdrachen anlegen und unversehrt aus dem Kampf hervorgehen.

Der Blitzdrache schnüffelte und kam ein kleines bisschen näher. Genauso wie Gwenvael den Blitz in dem Barbaren riechen konnte, konnte der Barbar das Feuer in Gwenvael riechen.

Also kauerte sich Gwenvael langsam und zum Sprung bereit nieder, bereitete seinen Körper und seine Flamme zum Angriff vor.

Der Blitzdrache war kurz davor, die Höhle zu betreten, als Gwenvael das Krächzen einer Krähe über dessen Kopf hörte. In den Nordländern gab es anscheinend massenweise Krähen. Und in diesem Moment war Gwenvael dankbar wie nie zuvor, als der Krähendreck ganz ungeniert auf der Schnauze des Blitzdrachen landete.

Der Drache versuchte schielend, ihn zu sehen und knurrte: »Du kleiner Mist ...«

»Komm schon, du Idiot!«, schrie eine andere Stimme von weiter weg. »*Beweg dich!*«

Sich den Dreck aus dem Gesicht wischend, folgte der Blitzdrache seinen Kameraden.

Mit einem tiefen Seufzer stand Gwenvael am Höhleneingang und sah hinauf zu den Krähen. Es mussten Hunderte von ihnen sein, die auf den Ästen und Kletterpflanzen saßen, die aus der felsigen Oberfläche des Berges ragten.

»Vielen Dank dafür«, sagte er freundlich. Als Antwort erleichterte sich eine zweite Krähe, und Gwenvael trat hastig einen Schritt zurück. »He, ihr kleinen Scheißer! Passt auf meine Haare auf!«

Dass all diese verdammten Vögel anfingen, ihn auszulachen, gefiel ihm gar nicht.

4 Dagmar verließ die Bibliothek, die nur sie je betrat und die nur sie pflegte. Knut war wie immer an ihrer Seite, und seine Pfoten machten tapsende Geräusche auf dem Steinboden.

Es war Zeit fürs Training, und sie kam nicht gern zu spät. Aber sie war auch nicht gerade erstaunt, als ihr Vater neben ihr auftauchte und klugerweise auf Knuts anderer Seite blieb.

»Na, das lief ja gut«, grummelte er. Ihr Vater war nie ein Mann verschwendeter oder einleitender Worte gewesen.

»Bist du gekommen, um mir das unter die Nase zu reiben?«, fragte sie.

»Nein. Um rauszufinden, was du vorhast.«

Dagmar sah weiter stur geradeaus, das Gesicht bewusst ausdruckslos. »Wie kommst du darauf, dass ich etwas vorhabe?«

»Du lebst noch, oder? Hat ja noch keinen Tag gegeben, an dem du nichts vorhattest. Pläne schmieden nennt man das.«

Zur Abwechslung musste Dagmar einmal nicht Menschen ausweichen, als sie den Hauptsaal durchquerte; die Leute gingen Dem Reinholdt und jedem, der gerade bei ihm war, automatisch aus dem Weg.

»Ich plane überhaupt nichts«, versicherte sie ihm. »Aber sei nicht überrascht, wenn es in ein oder zwei Tagen wiederkommt.«

»›Es‹? Meinst du nicht ›er‹?«

»Es. Er. Wie auch immer.«

»Und warum kommt er zurück? Um die Festung niederzureißen?«

»Eher nicht. Er wird den, der die Informationen hat, nicht verletzen wollen.«

»Du bist dir immer so sicher. So verdammt sicher, dass du recht hast.«

Mit einem Achselzucken ließ sie ihren Vater an der Tür stehen, die aus der Haupthalle führte. »Wann habe ich mich je geirrt?«, fragte sie selbstzufrieden.

Dagmar ging quer über den Hof. Sie kam an Gruppen von Männern vorbei, die hart trainierten, um die Krieger zu werden, die ihr Vater erwartete. Der Reinholdt hatte keine Geduld mit Schwäche oder Verletzungsbeschwerden. Man kämpfte – und man kämpfte jedes Mal gut –, sonst war im Kampf zu sterben das geringste Problem, das man hatte.

Als sie vorüberging, wurde sie vollkommen ignoriert, wie jeden Tag, wenn sie vorüberging. Auch nichts Neues.

Über den Trainingsplatz und an einigen Baracken vorbei ging Dagmar zu dem großen Trainingsfeld, das ihr und nur ihr allein gehörte. Um dort hinzukommen, musste sie das weitläufige Gebäude betreten, das nach ihren Anweisungen gebaut worden war. Es beherbergte alle Kampfhunde Des Reinholdts, und sie hatte den Zutritt nie auf die von ihr ausgewählten Hundetrainer beschränken müssen, denn nur wenige der Krieger ihres Vaters wären idiotisch genug, hier hereinzukommen und zu riskieren, dass auch nur einer der Hunde los war.

Sobald Dagmar eintrat, begrüßten sie die Hunde, die noch in ihren Zwingern waren, mit Gebell und Geheul. Mit einfachen Befehlen dämpfte sie die Aufregung ihrer Hunde und ging durch den Hinterausgang hinaus auf das Übungsgelände. Johann, ihr Assistent, arbeitete bereits mit den jungen Welpen, die bald Kampfhunde von zweihundert Pfund sein würden. Er war eine gute Wahl gewesen. Wie sie selbst zog er die Gesellschaft von Hunden der von Menschen vor.

»Wie läuft es, Johann?«

»Gut, Mylady.«

Dagmar gab Knut ein Handsignal, sich hinzulegen und außerhalb des Rings zu bleiben, bis sie zu ihm zurückkehrte. Dann schloss und verriegelte sie das Tor hinter sich und wartete geduldig, bis Johann fertig war. Er befahl den Hunden, liegen zu bleiben und auf sein nächstes Signal zu warten. Sie würden sich nicht rühren, bis er es ihnen sagte. Sie waren von Natur aus die folgsamsten Hunde, die man in den Nordländern finden konnte. Außerdem die folgsamsten und blutrünstigsten wegen ihrer Trainingsmethoden. Nur die tierischen Begleiter der Kyvich-Hexen – riesige, wolfsartige Bestien mit Hörnern – wurden mehr gefürchtet als Dagmars Hunde. Sie war stolz darauf.

Während sie auf Johann wartete, zog sie ihre Liste aus der Tasche und studierte die verbleibenden Aufgaben für diesen Tag. Doch ihre Gedanken waren nicht bei den Worten auf dem Papier, sondern bei diesem verdammten Drachen.

Hätte es noch schlechter laufen können? Sie hatte immer bezweifelt, dass die Blutkönigin selbst kommen würde, aber Dagmar hätte nie gedacht, dass die verrückte Monarchin einen echten Drachen als ihren Vertreter schicken könnte. Doch hatte sie einen der Südland-Ältesten geschickt, von denen Bruder Ragnar ihr bei seinem letzten Besuch erzählt hatte? Nein! Stattdessen hatte sie diesen ... diesen ... Schweinehund geschickt! Er hatte sie ausgelacht! *Ausgelacht*! Laut! Vor ihrer Sippe!

In Wahrheit war das der schlimmste Teil gewesen. Dass ihre Brüder alles gehört hatten – was bedeutete, dass auch ihre Schwägerinnen alles gehört hatten.

Johann ließ die Hunde noch ein paar Sekunden warten, bevor er sie losließ. Als er es tat, rannten sie zu Dagmar und begannen, bellend an ihr hochzuspringen. Sie waren heute mitteilsam. Aufgeregt. Sie lächelte und streichelte sie alle.

Sie liebte ihre Hunde. Vor ihnen musste sie sich niemals verstellen. Sie urteilten nie über sie und erwarteten auch nichts von ihr, und ihr unscheinbares Gesicht machte ihnen nichts aus.

Die Grobheit des Drachen vorhin war schon vergessen. Dagmar ging in die Hocke, und die Hunde leckten ihr das Gesicht und den Hals, während sie versuchten, sich gegenseitig aus dem Weg zu drängen. Sie wollte sie gerade zurück in die Trainingsformation schicken, als sie Knuts wütendes Bellen von der anderen Seite des Tores hörte. Er mochte es nicht, wenn sie ihn allein ließ, aber sie wagte es nicht, ihn mit in den Ring zu nehmen, wenn die anderen Hunde in der Nähe waren. Doch als er nicht aufhörte zu bellen, gab sie den anderen Hunden ein Zeichen zu bleiben und ging hinüber zum Tor.

Indem sie die Füße zwischen die unteren Latten stellte, zog sich Dagmar hoch, lehnte sich über den Zaun ... und blickte direkt in goldene Augen.

Er schaute zu ihr herauf und sah schuldbewusst drein, eine Hand an Knuts Nacken.

»Was machst du mit meinem Hund?«, fragte sie.

»Nichts?«

»Warum sagst du das wie eine Frage?«

»Tue ich nicht?«

»Doch, tust du. Und lass ihn los!«

Er hatte ein hübsches Gesicht, wer auch immer er war. Auch als er auf ihren Befehl hin einen kleinen Schmollmund zog. Er sah wieder hinab zu dem Hund und ließ ihn dann mit einem Schulterzucken los. Knut wich zurück und begann wieder zu knurren und zu bellen.

»Ruhig«, befahl sie sanft.

Knut hörte auf zu bellen, aber nicht zu knurren.

»Was willst du?«, fragte sie den Fremden, neugierig, wer er war. Er konnte nicht aus den Nordländern sein. Seine Haut war zu goldbraun von der Sonne, und die goldenen Haare, die ihm bis über die Knie hingen, flossen locker und wild um sein Gesicht. Die Männer der Nordländer trugen ihr Haar nicht so lang und lösten ihren Zopf nur, wenn sie schlafen gingen.

Der Fremde richtete sich langsam auf ... immer höher, bis er sie weiter überragte als ihre Brüder, und das wollte etwas heißen. Anders als ihr Vater waren die Söhne Des Reinholdts alle große, bärenstarke Männer. Aber dieser Kerl hier war unverschämt groß. Und kräftig. Dicke, starke Muskeln zeichneten sich unter seinem Kettenhemd und der Hose ab, der blassrote Wappenrock spannte sich über seiner Brust.

Eigentümlicherweise starrte er sie auf eine Art an, die ihr das Gefühl gab ... aber nein. Kein Mann sah Dagmar so an. Dennoch war da etwas unbestreitbar Vertrautes an ihm – hatte sie ihn schon einmal gesehen? Vor langer Zeit?

Während sie versuchte, sich zu erinnern, wo sie ihn gesehen

oder getroffen hatte, grinste er. Und es war dieses Grinsen, das sie wiedererkannte. Dieses verdammte spöttische, unhöfliche Grinsen. Auch ohne die lange Schnauze und die scharfen Reißzähne hätte sie dieses unhöfliche Grinsen überall erkannt!

»Du«, sagte sie rundheraus.

Er hob überrascht die Brauen. »Sehr gut! Die meisten Menschen zählen nicht eins und eins zusammen.«

»Ich dachte, ich hätte mich vorhin klar ausgedrückt.«

»Ja, aber ich habe Bedürfnisse.«

Sie blinzelte und blickte bewusst ausdruckslos. *Er hat Bedürfnisse? Was sollte das heißen?*

»Deine Bedürfnisse gehen mich nichts an.«

»Aber bist du nicht die Hausherrin hier?«

Da hatte er recht. Solange ihr Vater keine neue Frau hatte, verlangte es die Etikette, dass diese Aufgabe Dagmar zufiel.

»Und als Hausherrin, ist es da nicht deine Aufgabe, dich um deinen Besucher zu kümmern?«

»Nur dass ich dich gebeten hatte zu gehen.«

»Ich bin gegangen. Dann bin ich zurückgekommen. Wie du es vorhergesehen hast, da bin ich mir sicher.« Er stützte sich mit dem Ellbogen auf das Gatter, das Kinn auf die Hand gestützt. »Ich habe Hunger.«

Die Art, wie er das sagte ... *also ehrlich!* Dagmar wusste einfach nicht, wie sie aus diesem Drachen schlau werden sollte.

Er warf einen Blick über ihre Schulter. »Meinst du, ich kann einen von denen da haben?«

Dagmar wandte sich um und sah ihre Hunde in ihre Richtung knurren und schnappen, während der arme Johann vollkommen verdutzt herumstand. Dieses eine Mal ignorierten die Hunde seine Befehle, und er hatte keine Ahnung, warum.

»Einen haben?«, fragte sie, genauso verdutzt.

»Aye. Ich habe Hunger und ...«

Sie fuhr herum und hielt ihm den Mund zu. »Wenn du das sagst, was ich glaube, dass du sagen willst«, warnte sie ihn leise, »bin ich gezwungen, dich töten zu lassen. Also sag nichts weiter.«

Sie spürte es. An ihrer Hand. Wieder dieses verdammte Lächeln. Sie ignorierte das Gefühl der Haut eines anderen Lebewesens an ihrer eigenen. Es war so lange her, dass es sich verwirrend fremd anfühlte.

Sie zog ihre Hand weg und wischte sich unverhohlen die Handfläche am Kleid ab. »Geh.«
»Warum?«
»Weil dein bloßer Anblick meinen Hunden Angst macht.«
Er beugte sich näher zu ihr. »Und was ruft mein bloßer Anblick bei *dir* hervor?«
Sie starrte zu ihm hinauf und bekundete rundheraus: »Außer mich anzuekeln, meinst du?«
Sein selbstgefälliges Lächeln verschwand. »Wie bitte?«
»Ekel. Auch wenn dich das wohl kaum überraschen dürfte. Du kommst als Mensch verkleidet in die Festung meines Vaters, während es in Wahrheit nichts als eine Lüge ist. Aber ich frage mich, wie viele arglose Frauen diesem abgeschmackten Charme erlegen sind, den du deiner Meinung nach besitzt, nur um später zu erkennen, dass sie nur mit einer riesigen, schleimigen Echse im Bett waren. Also ekelst du mich als Mensch an.« Sie grinste ein bisschen. »Na, bist du jetzt froh, dass du gefragt hast?«

Um ehrlich zu sein … nein, er war nicht froh. Wie unhöflich! Sie war unhöflich! Gwenvael mochte Frauen, die gemein werden konnten, aber unhöfliche mochte er nicht besonders. Schleimig? Er war *nicht* schleimig!

Aber wenn sie es auf diese Art spielen wollte – bitteschön.

Er beugte sich weiter vor und musterte ihr Gesicht. Er konnte an der Art, wie ihr gesamter Körper sich bei seiner Annäherung versteifte, erkennen, dass sie sich ganz und gar nicht wohlfühlte, wenn er ihr so nahe kam. Das konnte er, wenn nötig, zu seinem Vorteil nutzen. »Was sind das für *Dinger* in deinem Gesicht?«

Bis auf ein winziges nervöses Zucken in ihrer Wange blieb ihr Gesicht bemerkenswert ausdruckslos. »Was genau meinst du?«

Gwenvaels Kopf neigte sich ein wenig zur Seite, nicht sicher,

was sie sonst meinen konnte. »Das Glas.« Er wollte mit dem Finger auf eines davon klopfen, aber sie schlug seine Hand weg.
»Das sind meine Augengläser.«
»Du meinst wie ›zwei Gläser Whisky‹?«
»Nein«, antwortete sie matt. »Damit kann ich sehen.«
»Bist du blind?« Er wedelte mit der Hand vor ihrem Gesicht herum. »*Kannst du mich sehen?*«, rief er so laut, dass all die lecker aussehenden Hunde noch wütender bellten und knurrten.
Die immerfort kühle Fassade bröckelte plötzlich, als sie noch einmal, diesmal aber heftiger, seine Hände wegschlug. »Ich bin nicht blind! Und auch nicht taub!«
»Kein Grund, schnippisch zu werden.«
»Ich bin nicht schnippisch!«
»Nur in meiner Gegenwart.«
»Vielleicht bringst du das Schlimmste in den Leuten zum Vorschein, und das ist nichts, worauf man stolz sein kann.«
»Du kennst meine Familie nicht. Wir sind auf die komischsten Dinge stolz.«
Ihre Lippen kräuselten sich. »Es gibt noch mehr von deiner Sorte?«
»Nicht genau wie ich. Ich bin unglaublich einzigartig und, ich darf wohl sagen: bezaubernd. Aber ich habe eine Familie.«
Er zuckte die Achseln. »Es tut mir so leid wegen vorhin«, log er. »Und ich hoffe, du wirst mir helfen.«
Da war wieder dieses ausdruckslose Gesicht. Sie sah einfach konstant unbeeindruckt aus. Von allem und jedem. Dennoch fing er langsam an, das irgendwie … süß zu finden. Und ärgerlicherweise faszinierend.
»Ich bin sicher, dass du es lieber hättest, wenn ich dir helfe, aber ich bin entzückt über die Tatsache, dass ich das nicht tun werde.«
Das war ihr entzückter Gesichtsausdruck? *Autsch!*
Gwenvael wich ein wenig zurück. »Und warum willst du mir nicht helfen, wo ich mich doch entschuldigt habe? Und dann auch noch so lieb!«

»Erstens, weil du es nicht ernst gemeint hast, und zweitens ... weil ich dich wirklich nicht mag.«

»Alle mögen mich! Ich bin liebenswert! Selbst die, die mich am Anfang hassen, mögen mich am Ende.«

»Dann sind sie Narren. Denn ich mag dich nicht, und ich werde dich auch nie mögen.«

»Ich bin sicher, dass du deine Meinung änderst.«

»Ich ändere meine Meinung nicht.«

Gwenvael runzelte die Stirn. »Noch nie?«

»Einmal ... aber dann wurde mir klar, dass ich ursprünglich recht gehabt hatte, also habe ich meine Meinung nie mehr geändert.«

Mit dieser hier würde es nicht leicht werden. Dennoch widersetzte sie sich ihm nicht direkt, sie reagierte nur nicht auf ihn. Egal, wie sehr er sie reizte, sie weigerte sich, darauf einzugehen. Das ärgerte ihn wahnsinnig!

»Na schön«, schnappte er. »Dann rede ich mit deinem Vater. Mal sehen, ob er dich überreden kann, dich wie eine echte und gute Gastgeberin zu verhalten.«

»Tu das.«

Gwenvael blieb stehen und starrte auf sie hinab, bis sie gezwungen war zu fragen: »Also ...?«

»Weiß nicht, wo er ist.«

»Such ihn.«

»Eine gute Gastgeberin würde mir den Weg zeigen.«

»Eine gute Gastgeberin würde so etwas wie dich gar nicht in ihrem Heim dulden.«

»Das war gemein.«

»Ja.«

»Dann hilfst du mir also nicht?«

»Nein.«

»Warum nicht?«

»Ich habe es doch schon erklärt. Ich mag dich nicht. Gut, ich mag die meisten Leute nicht, aber dich kann ich besonders wenig leiden. Ich könnte meine eigene Religion gründen, die darauf gründet, wie wenig ich dich mag.«

Weil ihm die Ideen ausgingen, wie er mit diesem Weib zurechtkommen sollte, ging Gwenvael zu einer seiner altbewährten Methoden über. Er schniefte ... und dann schniefte er noch einmal.

Die Bestie blinzelte verwirrt, doch als sie die erste Träne fallen sah, weiteten sich ihre Augen vor Schreck.

»Warte ... warte mal ... *weinst* du etwa?«

Diese Fähigkeit hatte er sich selbst beigebracht, als er kaum zehn Jahre alt war. Bei seinen Brüdern brauchte er das, um seine Mutter dazu zu bringen, ihren Lieblingssohn so gut wie möglich zu beschützen. Heute nutzte er diese Technik nur noch selten, aber er befand sich schließlich in einer verzweifelten Lage.

»Du bist so gemein zu mir«, beschwerte er sich unter Tränen.

»Ja, aber ...«

»Warum hilfst du mir nicht?«, jammerte er.

»Also gut, also gut.« Sie hob die Hände. »Ich bringe dich zu meinem Vater.«

Er schnüffelte die Tränen weg. »Versprochen?«

»Muss ich ...« Sie seufzte und stieg vom Zaun. Sie sprang nicht, noch stieg sie anmutig herab. Es war ein vorsichtiger, bewusster Schritt. Er hätte gewettet, dass sie viele vorsichtige Schritte in ihrem Leben tat.

Sie kam durch das Tor und schloss es hinter sich. »Knut, hierher.« Der Leckerbissen, der beinahe Gwenvaels Nachmittagssnack geworden wäre, ging sofort bei Fuß, wobei er Gwenvael mit seinen gelben Hundeaugen genau beobachtete.

»Und du«, sagte sie zu Gwenvael, »komm mit.«

Gwenvael sah ihr nach. Ihr Kleid war unförmig und farblos. Er konnte kein bisschen von ihrem Körper erkennen, und er musste sich einfach fragen, wie sie unter alledem aussehen mochte. War sie spindeldürr, oder hatte sie ein paar Kurven? Waren ihre Brüste große Hände voll oder so klein, dass man nur hineinzwicken konnte? War ihr Hintern flach, oder würde er sich an ihm festhalten können? Stöhnte sie, oder schrie sie eher?

Sie blieb stehen und warf ihm über die Schulter einen finsteren Blick zu. »Also, was ist … kommst du?«
Und sie schien es nicht sehr zu schätzen, dass er schon wieder anfing, über sie zu lachen.

5 Sobald sie den Hof betraten, spürte Dagmar, dass die Blicke aller auf ihnen ruhten. Menschen hielten in ihrer Arbeit inne; die Soldaten und Krieger unterbrachen ihre Übungen. Und die Frauen ... Dagmar war überrascht, dass keine in Ohnmacht fiel. Seufzer hörte sie mit Sicherheit. Tiefe, lange Seufzer. Ein Dienstmädchen, das einen großen Korb Brot in den Speisesaal der Soldaten trug, lief gegen eine Wand, weil sie so damit beschäftigt war, den Drachen anzustarren, der so tat, als wäre er ein Mensch. Dagmar konnte nur noch die Augen verdrehen.

»Sind diese Männer nackt?«

Dagmar blinzelte über den Hof zu einem der vielen Trainingsplätze hinüber und nickte. »Ja.«

»Warum?«

»Wenn man in dieser Kälte nackt kämpfen lernt, hat man gute Chancen, kämpfen zu können, egal, was man trägt.«

»Gibt es viele Nacktkämpfe zwischen Nordlandmännern? Machen sie so etwas gern?«

Sein neckender Tonfall hätte sie fast zum Lachen gebracht.

»Wenn sie es gerne tun, versichere ich dir, dass nicht ein Einziger es zugeben wird.«

»Ich wundere mich, dass du mir noch keine Fragen gestellt hast.«

»Was hätte ich dich fragen sollen?«

»Nach Königin Annwyl. Nach ihrer Beziehung zu Drachen. Oder vielleicht einfach nach meinem Namen.«

»Das interessiert mich nicht.«

»Das ist eine Lüge. Und mein Name ist Gwenvael der Schöne.«

»Faszinierend. Und ich kenne meinen Platz, Lord Gwenvael. Ich kenne meine Rolle.«

»Ach, komm schon. Du kannst mich etwas fragen.«

»Also gut.« Sie warf einen Blick auf seine Brust. »Dieses Wappen auf deinem Wappenrock.«

»Was ist damit?«

»Ich habe gelesen, dass das Volk, das es trug, vor mehr als fünfhundert Jahren ausgelöscht wurde.«

Er blieb stehen und sah prüfend auf das Wappen. »Verdammt«, sagte er nach einer Weile. »Ich hasse das.«

»Hast du sie selbst umgebracht?«

»Vielen Dank auch, so alt bin ich nicht. Und ich glaube, es war einer meiner Onkel. Aber es ist so peinlich.«

»Ach ja?«

»Stell dir vor, du plauderst nett mit irgendeinem menschlichen Mitglied eines Königshauses, und dann schaut es sich dein Wappen näher an. Sein Gesicht wird ganz bleich und schwitzig, und dir wird plötzlich klar – Götter, ich habe die gesamte männliche Linie deiner Familie ausgelöscht, nicht wahr? Das ist peinlich.«

»Ich kann es mir vorstellen.«

Sie gingen weiter, und es überraschte Dagmar nicht im Geringsten, dass er fragte: »Und wie bist du zu dem Namen Bestie gekommen?«

Dagmar hielt vor der breiten Eingangstür an, die in den Hauptsaal führte. Sie senkte den Blick und sprach leise. Mit verletztem Unterton. »Die Frau eines meiner Brüder hat mir diesen Spitznamen gegeben, weil ich so unscheinbar bin. Sie wollte mich verletzen, und das hat sie auch geschafft.«

Ein langer, starker Finger legte sich unter ihr Kinn und hob ihr Gesicht an. Sie hielt den Blick abgewandt und gab sich große Mühe, am Boden zerstört auszusehen. Sie hatte aufgehört zu zählen, wie viele Geschichten sie im Lauf der Jahre darüber erfunden hatte, wie sie zu ihrem Spitznamen gekommen war. Sie log nicht nur aus Spaß, sondern weil sie die Wahrheit nie jemandem erzählen würde. Die Schuldgefühle über ihre Taten des damaligen Tages und deren Folgen waren auch nach all der Zeit immer noch frisch.

Doch die Geschichte immer auf den Fragenden umzumünzen, war eine angenehme Art der Unterhaltung und hatte ihr immer entweder Mitleid oder Furcht eingebracht, je nachdem, was sie gerade brauchte. Sie hielt die Geschichten einfach und schnörkellos und mied mögliche Fallen, falls ihr Gedächtnis sie später im Stich ließ.

»Meine süße, süße Dagmar«, sagte er sanft, verführerisch. »Das wäre fast perfekt gewesen – wenn du es nur geschafft hättest, noch ein Tränchen zu zerdrücken.«

Dagmar achtete darauf, nur verwirrt zu erscheinen, und nicht verärgert. »Wie bitte, Mylord?«

»Du musst lernen zu weinen. Sonst geht das Ganze am Ende in die Binsen. Eine einzige Träne wirkt Wunder. Genau hier.«

Er fuhr mit dem Finger über ihre Wange, und Dagmar zog reflexartig den Kopf zurück.

Der Goldene lächelte. »Das ist dein wahres Ich. Sieh sich einer diese Augen an. Wenn sie Dolche wären, würden sie mich in Streifen schneiden.«

»Ich habe keine Ahnung, was du meinst, Mylord.«

»Natürlich nicht. Du bist nur eine törichte Frau. Ohne Hirn.« Er ging um sie herum, und sie spürte, wie eine Hand über ihren Hintern strich. Sie zuckte zusammen, und er hatte die Stirn, erschrocken dreinzublicken. »Na komm schon, törichte Frau. Stell mich den wichtigeren Männern vor.«

Gwenvael folgte der lügnerischen Lady Dagmar – erwartete sie wirklich, dass er diese Geschichte glaubte? – in die Reinholdt-Festung. Diese war nicht so kümmerlich wie er erwartet hatte, aber er hatte schon unbewohnte Höhlen gesehen, die wärmer und freundlicher gewirkt hatten.

Das Erdgeschoss bestand hauptsächlich aus einem großen Raum mit einer ansehnlichen Feuerstelle, über der mehrere Wildschweine brieten. Davor standen Reihen um Reihen von Esstischen. Eine kleine Gruppe von Frauen saß schwatzend an einem Tisch, und falls sie den Mann sahen, der unter ihrem Tisch schlief, schenkten sie ihm keine Aufmerksamkeit. Hunde, die überhaupt nicht wie die aussahen, die Die Bestie züchtete, rannten frei in der Halle herum und fraßen alles, was sie auf dem Boden fanden.

Bis Gwenvael und Dagmar die Mitte des Raumes erreicht hatten, war alle Betriebsamkeit verebbt und aller Augen ruhten auf ihnen.

Ein großer, massiger Mann mit einem Krug Ale in der Hand trat vor sie hin, den misstrauischen Blick auf Gwenvael gerichtet.

»Dagmar.«

»Bruder.«

»Wer ist das?«

»Das ist Lord Gwenvael. Ich bringe ihn zu Vater.«

Der Nordländer musterte Gwenvael aufmerksam, bevor er sagte: »Er muss aus dem Süden sein. So braun wie er ist.«

»Ich ziehe golden vor«, korrigierte Gwenvael. »Es ist wirklich ein tragischer Fluch, dass ich in einem Teil der Welt lebe, wo die zwei Sonnen tagsüber auch wirklich herauskommen und sich nicht hinter Wolken verstecken aus Angst, von den furchterregenden Nordmännern gesehen zu werden.«

Als Dagmars Bruder ihn nur anstarrte, schaute Gwenvael zu Dagmar hinunter. Sie grinste, und er wusste, dass er recht hatte. Sämtliche Intelligenz in dieser Sippe war an diese Frau gegangen.

»Lord Gwenvael, das ist mein Bruder und ältester Sohn Des Reinholdt, Eymund. Und ich glaube, er hat deinen Scherz nicht verstanden.«

Das war leider wahr. »Lord Eymund.«

Der Nordländer grunzte, starrte aber weiter. Gwenvael hatte keine Ahnung, ob das eine unausgesprochene Herausforderung war, also sagte er: »Die Männer des Nordens sind sehr gut aussehend. Vor allem du.«

Es brauchte eine Weile, bis diese Aussage durch den riesigen Schädel drang, der sein überaus langsames Hirn umschloss, aber als es so weit war, beäugte Eymund ihn angestrengt.

»Äh ... was?«

»Wenn du uns bitte entschuldigen willst, Bruder« – Dagmar

bedeutete Gwenvael, zum Ende der riesigen Halle weiterzugehen –»wir gehen Vater sprechen.«

Als sie eine schmucklose Holztür erreichten, klopfte sie.

»Rein.«

Sie schob die dicke Tür auf und führte Gwenvael hinein, nachdem sie ihrem Leckerbissen von einem Hund bedeutet hatte, draußen zu bleiben. Als sie die Tür hinter ihnen geschlossen hatte, trat sie vor den Schreibtisch ihres Vaters. Sie hielt die Hände vor sich verschränkt und versuchte so harmlos wie möglich zu wirken.

»Vater, hier ist jemand, der dich sprechen will.«

Der Reinholdt hob den Blick von den Landkarten vor sich, sah Gwenvael kurz an und wandte sich sofort wieder seinen Karten zu. »Kenn ich nicht.«

»Ich weiß. Aber du hast ihn schon kennengelernt.«

»Hab ich?«

»Es ist der Drache von heute Morgen.«

Seine grauen Augen, die denen seiner Tochter ähnelten, hoben sich langsam, und der breit gebaute Mann beugte sich auf seinem Stuhl vor und blickte an Dagmar vorbei zu Gwenvael.

»Willst du mich auf'n Arm nehmen?«, fragte er seine Tochter.

»Weil ich für meinen ausgeprägten Sinn für Humor bekannt bin?«

So trocken, wie sie das sagte, fand Gwenvael sie tatsächlich außerordentlich witzig.

»Gutes Argument«, sagte ihr Vater. »Aber trotzdem …«

»Ich weiß, es ist schwer zu glauben. Aber er ist es.«

Der Reinholdt stieß ein unendlich müdes Seufzen aus und lehnte sich auf seinem Stuhl zurück. »Ja, dann … Was macht er hier?«

»Er möchte dich sprechen.«

»Soweit ich mich erinnere, sagen wir ihm gar nichts.«

»Richtig. Aber ich hatte keine große Wahl als ihn herzubringen. Er hat um Obdach gebeten, und als einzelnem Außenstehenden musste ich es ihm nach den Bräuchen der Nordländer, die er offensichtlich studiert hat, gewähren.«

»Du tust gerade, als wär er 'n halb verhungerter Förster, der dir vor die Füße gefallen ist. Er ist 'n verdammter Drache!«

»Stimmt. Aber es war schwer, es ihm abzuschlagen, als er geweint hat.«

Mit geweiteten Augen beugte sich der Warlord wieder über seinen Tisch und starrte Gwenvael mit offenem Mund an. »*Geweint?*« Dieses eine Wort triefte vor Widerwillen.

»Ja, Vater. Es waren definitiv Tränen. Ein Hauch Schluchzen.«

»Ich bin sehr sensibel«, warf Gwenvael ein.

»Sensibel?« Und er sagte es, als habe er das Wort noch nie zuvor gehört. »Er ist ... *sensibel?*«

Dagmar nickte. »Sehr sensibel, und er neigt dazu zu weinen. Also ... Dann lasse ich euch mal allein.«

»Schwing deinen mageren Hintern hierher!«, befahl der Warlord unwirsch, bevor sie auch nur mehr als drei Schritte gemacht hatte. Gwenvael kam ihr nicht sofort zu Hilfe, wie er es bei den meisten Frauen getan hätte. Sein Instinkt sagte ihm, dass sie seine Hilfe nicht brauchte, und er wusste mit Sicherheit, dass sie nicht wie die meisten Frauen war.

Sie sah ihren Vater mit hochgezogener Braue an, und er hob ebenfalls eine.

»Wenn du mich so nett bittest, Vater ...«

»Freches Gör«, murmelte er, bevor er seine Aufmerksamkeit wieder auf Gwenvael richtete. »Also, was willst du?«

Eine Hand an die Brust gelegt, antwortete Gwenvael sanft: »Warmes Essen, ein weiches Bett und guten Schlaf. Mehr brauche ich nicht.«

Der Warlord schenkte ihm etwas, was fast blinde Wesen vielleicht für ein Lächeln gehalten hätten. »Hoffst du, sie ändert morgen ihre Meinung? Wird sie nicht. Kann ich dir gleich sagen.«

»Kannst du es nicht aus ihr herausprügeln?«

Er hörte es, obwohl sie verzweifelt versuchte, es zu verbergen – ein leises Husten, das ein Lachen verdecken sollte.

»So was machen wir hier nicht«, erklärte ihm Der Reinholdt. »Das überlassen wir den Südländern. Hier in den Nordländern schätzen wir unsere Frauen.«

»Oooh! Du meinst, wie Rinder!«

Ihr Vater warf ihr einen Blick zu, dass Dagmar sich fragte, ob dem Drachen sein Kopf überhaupt etwas bedeutete. Oder wollte er als Trophäe an der Schlafzimmerwand ihres Vaters zwischen den beiden halbtonnenschweren Bären enden, die ihr Vater im vorigen Winter abgeschlachtet hatte?

»Lord Gwenvael, ich bin sicher, dass du nicht versuchst, meinen Vater zu beleidigen. Nicht schon wieder.«

»Versuchen? Mich anstrengen? Nein.«

Na gut, sie musste es zumindest vor sich selbst zugeben ... Er war witzig. Und er verschwendete keinen Gedanken an seine persönliche Sicherheit.

Nicht nur das, aber warum musste er sagen, wie gut aussehend die Männer im Norden waren – auch wenn sie wusste, dass das eine Lüge war – und hier vor ihrem Vater zugeben, dass er geweint hatte? Er war nicht dumm, dieser Drache. Er kannte sich recht gut mit den Sitten und Gebräuchen des Nordens aus. Was in aller Welt tat er dann da?

Sie wusste es nicht, aber sie konnte es gar nicht erwarten, es herauszufinden.

»Wie es unserer Sitte entspricht, Vater, sollten wir ihn über Nacht hierbleiben lassen.«

»Gut.«

»Und kann ich mit euch allen zusammen abendessen?«, fragte der Drache freundlich und blinzelte mit seinen großen, goldenen Augen.

»Abendessen?« Ihr Vater sah sie an. Er war jetzt so verwirrt, dass es fast rührend war.

»Aye. Ich würde so gern mit dem großen Reinholdt beim Abendessen plaudern. Und mit der entzückenden Lady Dagmar.«

»Na ja … denke schon.«

»Und deine großartigen, strammen Söhne! Sie sind noch nicht alle vergeben, oder?«

Das Prusten war aus ihrer Nase heraus, bevor sie es zurückhalten konnte, aber als sie sah, wie ihr Vater sich anschickte aufzustehen, hob sie eine Hand.

»Schon gut, Vater.« Sie beugte sich vor und flüsterte laut: »Ich behalte ihn im Auge.«

»Tu das.«

Ihr Vater lehnte sich wieder zurück, und Dagmar deutete auf die Tür. »Lord Gwenvael. Ich geleite dich zu deinem Zimmer.«

6

Sie führte Gwenvael hinauf in den ersten Stock in einen anderen Teil des Gebäudes. Die Haupthalle war schon so gigantisch, dass man eine kleine Armee darin hätte unterbringen können, aber dahinter befand sich ein achtstöckiger Gebäudeteil, der eine beträchtliche Anzahl an Söhnen, Ehefrauen und deren Nachwuchs beherbergte.

»Hier wirst du wohnen.« Dagmar betrat den Raum und wartete, dass er ebenfalls eintrat. »Hier ist frische Wäsche, und die Felle sind gelüftet.«

Er ging durch den Raum. *Es könnte schlimmer sein, denke ich.*

»Falls du sonst noch etwas brauchst ...«

»Ein Bad. Bitte.« Gwenvael setzte sich ans Fußende des Bettes. Der Tag war lang gewesen, und er war müde.

»Na ja, da drüben ist ein See.« Sie ging zum Fenster und sah hinaus. »Und ich glaube, heute Nacht könnte es regnen, wenn du dich draußen hinstellen möchtest.«

Gwenvael ließ den Kopf in die Hände sinken.

»Stimmt etwas nicht?«, fragte sie.

»Bei allem, was heilig ist, sag mir, dass ihr eine Badewanne habt!«

Als sie nicht antwortete, blickte er auf und stellte fest, dass sie eine Hand vor den Mund hielt und ihre Schultern bebten, als lachte sie ihn aus.

»Frau, bring mich nicht schon wieder zum Weinen! Denn diesmal verspreche ich dir Schleim.«

Sie lachte jetzt ein bisschen freier. »Verfechter der Vernunft, bitte nicht schon wieder weinen!«

Gwenvael rieb sich die müden Augen und gähnte. »Verfechter der Vernunft? Den Ausdruck habe ich seit der Zeit von Aoibhell nicht mehr gehört.«

»Du hast von Aoibhell gehört? Dann hast du also ein Buch gelesen.«

»Ich habe mindestens zwei gelesen, aber ich kannte sie sogar persönlich.«
»Du kanntest Aoibhell die Gelehrte? Die Philosophin?« Sie trat näher. »Du?«
»Meinst du nicht eher Aoibhell die Ketzerin?« Die Arme hinter sich, die Hände flach aufs Bett gestützt, streckte Gwenvael die Beine aus. Sie war nahe genug, dass er mit dem Fuß an der Innenseite ihres Schenkels hätte hinaufstreichen können, wenn er gewollt hätte. Nun ja … Er wollte es tatsächlich, aber er fürchtete das, was unter ihrem Rock lauern und ihm die Zehen abbeißen könnte. »Habt ihr wirklich keine Badewanne?«
»Ich habe eine Badewanne. Und Ketzerin war ein ungerechter Titel. Und wie war sie so?«
»Wie sie war?« Er zuckte die Achseln. »Sie war ganz nett. Aber sie musste immer über alles diskutieren. Glaubst du wirklich nicht an die Götter?«
Dagmar hatte die Hände locker verschränkt. Allem äußeren Anschein nach war sie die vollendete unverheiratete Tochter aus königlichem Haus. Sittsam, wortgewandt, unterrichtet in Etikette und gerade schlau genug, um Konversation machen zu können. Doch er wusste es bereits besser. Nur die Genialen und die Mutigen folgten Aoibhells Lehren. Offen den Glauben anderer anzufechten, bedeutete ein großes Risiko.
»Nichts in Aoibhells Lehren besagt, dass die Götter nicht existieren. Aber wie sie verehre ich sie nicht.«
Gwenvael lächelte, während er sich an die leidenschaftliche Diskussion erinnerte, die er mit Aoibhell der Gelehrten über die Götter und ihre Überzeugung geführt hatte, dass nur Vernunft und Logik nötig waren, um erfolgreich und glücklich durchs Leben zu kommen. Gwenvael war damals nicht einmal anderer Meinung gewesen, aber er hatte gewusst, dass sie gern debattierte.
»Machst du dir keine Sorgen, dass du eines Tages einen Gott gebrauchen könntest?«
»Nein. Man kann sich nicht auf sie verlassen. Frau ist besser dran, wenn sie auf eigenen Füßen steht und sich auf sich selbst

verlässt, statt auf die Knie zu fallen und zu Göttern zu beten, die nicht zuhören.«

Er kicherte. »Sie hätte dich gemocht.«

»Wirklich?«

»Sie mochte Denker. ›Diejenigen, die über ihren alltäglichen Käfig hinaussehen‹, nannte sie sie.«

»Du hast sie wirklich gekannt. Ich habe diesen Satz nur in Briefen von ihr gelesen, die ein Freund mir gab. Nie in ihren Büchern. Warst du dabei, als sie verschied?«

»Nein.« Bei der Erinnerung daran verzog er das Gesicht. »Wir haben aufgehört miteinander zu reden, als sie mich mit einer ihrer Töchter im Bett erwischt hat. Sie war so sauer – sie hat mich mit einer Mistgabel gejagt.«

Ihre züchtige Pose endete, als sie die Hände geringschätzig in die Hüfte stemmte. »Du hast ihre Tochter entehrt?«

»Ich habe niemanden entehrt. Ihre Tochter war eine junge Witwe. Ich habe ihr lediglich zurück ins Leben geholfen.«

»Wie selbstlos von dir.«

Er grinste. »Das fand ich auch.« Gwenvael streckte die Arme aus und ließ sich rückwärts aufs Bett fallen. »Ein Bad! Oder ich fange an, mit den Füßen zu stampfen und zu schreien.«

»Tu dir keinen Zwang an. Mein Vater sah sowieso aus, als wäre er kurz davor, dich hinauszuwerfen.«

»Ja, nicht wahr?«

»Ein hübscher Heulkrampf dürfte ihm den Rest geben.«

»Das wäre aber schade, oder?«

»Wäre es das?«

»Ja. Annwyl ist eine mächtige Königin. Ein Bündnis mit ihr wäre weise.«

»Du darfst ein Bündnis für die Königin aushandeln?«, fragte sie misstrauisch.

»Natürlich.«

»Also schickt dich die Blutkönigin als Gesandten, und du hältst es für eine gute Idee, die Einzige Tochter Des Reinholdts vor seinen Söhnen und Soldaten auszulachen?«

Gwenvael zuckte zusammen. Damit hatte sie ins Schwarze getroffen.

Er zwang sich, sich wieder aufzusetzen. »Schon gut. Ich gebe zu, das war nicht gerade eine Glanzleistung von mir. Das weiß ich. Aber du musst verstehen, dass ich die ganze *lange* Reise über ständig nur von dir als Der Bestie gehört habe. Die Bestie, Die Bestie, Die Bestie! Die unheimliche, furchterregende Bestie. Gebaut wie ein Bär, mit dem listenreichen Kampfgeschick und den Reißzähnen eines Luchses. Und dann kommst du heraus. Und du bist ... du bist ...«

»Unscheinbar, langweilig und ohne Reißzähne?«

»Ich wollte eigentlich ›zart‹ sagen.«

»Zart? Ich?«

Er musste lächeln. »Im Vergleich mit den Frauen, die ich kenne, bist du zart wie eine Elfe.« Er umschloss ihren Körper mit einer Geste. »Sieh dich an. Deine Füße sind klein, deine Hände feingliedrig, dein Hals lang und geschmeidig, und du hast keine einzige Narbe. Nicht, dass ich ein Problem mit Narben hätte. Sie können recht verführerisch sein. Aber es ist eine Weile her, seit ich eine Frau gesehen habe, die nicht mindestens ein paar davon hatte.« Er deutete auf ihre Brille. »Und dass du fast blind bist, lässt dich nur noch unschuldiger und verletzlicher erscheinen.«

»Ich bin *nicht* fast blind! Und im Norden glaubt man, dass einer Frau mit Narben, die nicht von ihrer normalen täglichen Arbeit stammen, ein Mann in ihrem Leben fehlt, der gut auf sie aufpasst.«

»Und die Frauen, die ich kenne, brauchen keinen Mann, der auf sie aufpasst.«

»Stößt dich das nicht ab? Solche Frauen?«

»Kaum. Aber immer finden meine Brüder sie zuerst, und dann lassen sie sie nicht mehr los. Nicht einmal für eine Nacht.«

Ihre Lippen begannen, sich zu einem Lächeln zu verziehen, aber sie schaffte es, sie aufzuhalten, bevor es aus dem Ruder lief. »Ich habe tatsächlich eine Badewanne, die du benutzen kannst. Ich lasse sie hier hereinbringen. Es könnte aber eine Weile dauern. Sie ist schwer.«

»Nur keine Umstände. Ich werde einfach mit in dein Zimmer kommen.«

Es war nur ein Grinsen, aber es war tödlich. »Ach, wirst du das?«

»Traust du mir nicht, meine unschuldige Lady Dagmar?«

Ihr kalter Blick prüfte ihn lange. »Ich vertraue niemandem«, gab sie schließlich zu, und Gwenvael wusste instinktiv, dass sie es vollkommen ehrlich meinte. Vollkommene Ehrlichkeit, von der er bezweifelte, dass sie sie oft anwandte.

»Mein Zimmer ist rechts, fünf Türen weiter«, sagte sie. »Ich muss mich um meine Hunde kümmern, nachdem du sie zu Tode erschreckt hast, also wird es bis nach dem Abendessen frei sein.«

»Danke, Lady Dagmar.«

Sie durchquerte den Raum und öffnete die Tür. Dieser sogenannte Hund stand davor und wartete auf sie. Er senkte den Kopf und sah Gwenvael zähnefletschend an.

»Knut. Aus.« Sie hob niemals die Stimme. Und anscheinend musste sie das auch nicht, denn der Hund hörte augenblicklich auf.

»Das erinnert mich an etwas«, sagte er und stand auf. Er wusste, wenn er sich wieder hinlegte, würde er in den nächsten Stunden nicht wieder hochkommen.

»Und was ist das?«

Er warf dem Hund einen langen Blick zu, bevor er Dagmar anlächelte. »Ich sterbe vor Hunger. Gibt es etwas zu ... naschen vor dem Abendessen?«

Sie sah ihn mit schmalen Augen an und machte eine rasche Geste mit den Händen. Der Hund machte sich auf der Stelle davon. »Ich lasse dir ein bisschen Brot und Käse heraufbringen.«

»Brot und Käse? Hast du nichts mit ein bisschen mehr Flei ...«

»Brot und Käse, Südländer. Sei froh, dass du überhaupt etwas bekommst. Und halte dich von meinen Hunden fern.«

Sie ging hinaus, und Gwenvael rief ihr nach: »Hier sorgt jemand nicht gerade gut für mich!«

7

»Wir haben ein Problem.«

Briec blickte von seinem Buch auf und direkt ins Gesicht von Brastias, General von Annwyls Truppen und einer der wenigen männlichen Menschen, die Briec ertragen konnte.

Er klappte das Buch zu und fragte: »Was hat Gwenvael jetzt wieder angestellt? Muss ich meine Mutter kontaktieren? Befinden wir uns schon im Krieg, oder kommt er nur auf uns zu?«

Brastias, dessen narbiges Gesicht meistens grimmig aussah, lächelte. »Jedes Mal, wenn ich ein Gespräch so anfange, stellt ihr alle dieselben Fragen.«

»Mein Bruder zieht Ärger an, wie Pferdeäpfel die Fliegen. Und das wissen wir alle.«

»Es ist leider nichts dergleichen. Und du wirst dir wahrscheinlich noch wünschen, dass es ein Problem mit Gwenvael gäbe.«

»Was ist los?«

»Du musst es dir ansehen. Wenn ich es dir sage, nützt das gar nichts.«

Brastias führte ihn hinaus auf die Kampfübungsplätze. In der Geschwindigkeit in der Annwyls Truppen anwuchsen, waren auch die verschiedenen Bereiche mitgewachsen, die speziell zum Training benutzt wurden. Der Platz, auf den Brastias ihn führte, war der, den sie für neue Lehrlinge benutzten. Briecs Tochter war einer dieser Lehrlinge. Sie verbrachte die meisten Tage mit ihrer Übungseinheit, aber kam und ging im Schloss, wie es ihr beliebte. Und obwohl ihre Mutter – seine liebe, süße, *ruhige* Talaith – ungeduldig darauf wartete, dass Izzy ihr Interesse am Soldatendasein verlor, fürchtete Briec, dass dieser Tag niemals kommen würde, denn Izzy sprach und träumte pausenlos vom Kampf und davon, eine Kriegerin zu sein.

Doch jedes Mal, wenn Briec seine Izzy sah, hatte sie eine neue Prellung oder Schnittwunde, oder ein Teil von ihr war auf das Doppelte der normalen Größe angeschwollen. Wenn sie einmal mit ihnen allen zusammen aß, kam sie mit einem finsteren Blick, der den Göttern Angst einjagen konnte, hinkte, hatte einen Arm geschient oder einen Verband um eine böse Kopfverletzung. Beim Essen schlief sie regelmäßig am Tisch ein, und Talaith und Briec trugen sie in ihr Zimmer, damit sie in ihrem eigenen Bett schlafen konnte. Morgens war sie dann wieder fort, wieder draußen mit ihrer Einheit, trainierte und zog sich noch mehr Verletzungen und Schmerzen zu.

Zu sagen, dass es seine Talaith in den Wahnsinn trieb, wäre eine grobe Untertreibung gewesen. Sechzehn Jahre lang hatte sie getan, was sie konnte, um ihre Tochter zu beschützen, die sie nie in den Armen gehalten hatte. Izzy war ihr brutal entrissen worden von Leuten, die eine Göttin anbeteten, die vollkommen racheversessen war. Sie hatten Izzys Leben als das Joch benutzt, das Talaith in der Spur hielt, und hatten Talaith selbst dazu ausgebildet, eines Tages auf Befehl zu töten. Als Mutter und Tochter sich endlich begegneten, war alles wunderbar. Bis Izzy beschloss, ein Teil von Annwyls Armee werden zu wollen. Nach so vielen Jahren, in denen sie versucht hatte, ihre Tochter zu beschützen, in denen sie Dinge getan hatte, auf die sie niemals stolz sein würde, damit ihre Tochter in Sicherheit war, musste sich Talaith nun Sorgen machen, dass ihr geliebtes und einziges Kind auf dem Schlachtfeld getötet wurde. Diese Sorge hatten wahrscheinlich alle Eltern von Kriegern, doch Talaith weigerte sich einfach zu akzeptieren, dass Izzy das wirklich wollte. Zumindest im Moment.

Talaith klammerte sich an die Hoffnung, dass Izzy, die dazu neigte, gegen Wände zu rennen oder über ihre eigenen großen Füße zu stolpern, irgendwann genug davon haben würde, wie sie anscheinend von den meisten Dingen schnell genug hatte. Und obwohl er es niemals zugegeben hätte, hoffte ein Teil von ihm dasselbe. Izzy mochte nicht seine leibliche Tochter sein, aber sonst war sie ganz und gar seine Tochter. Er wollte genauso wenig wie ihre Mutter, dass Izzy verletzt wurde oder in Gefahr geriet. Talaith und Izzy gehörten zu den wenigen Lebewesen, die er überhaupt ertrug. Selbst wenn sie ihm auf die Nerven gingen, kam ihm nie in den Sinn, sie mit Flammen zu vernichten und die zurückbleibende Asche aus seinem Leben zu kehren. Es gab nicht viele, von denen er das sagen konnte.

Briec lehnte sich an den Holzzaun, der den Kampfplatz umgab, und warf einen Blick in die Runde der anderen Offiziere und einigen von Annwyls Leibwächtern, die mit ihm herumstanden. »Also, was ist los?«

Brastias stützte sich mit den Armen auf den Zaun und seufzte tief, bevor er begann. »Als wir Izzy aufnahmen, haben wir das unter der Voraussetzung getan, dass sie gehen muss, wenn sie versagt. Nicht nur zu ihrer eigenen Sicherheit, sondern zur Sicherheit derer, die mit ihr kämpfen.«

»Natürlich. Ich lasse nicht zu, dass meine Tochter in Gefahr gerät, weil sie den Wunschtraum hegt, eine Kriegerin zu sein.«

»Aye«, murmelte Brastias. »Den Wunschtraum.«

Briec zuckte kurz zusammen. »Wie schlecht ist sie?«

»Du musst es gesehen haben.«

Brastias gab einem der Ausbilder ein Zeichen, und der Mann rief: »Iseabail, Tochter der Talaith, tritt vor und kämpfe!«

Briec konnte sich vorstellen, worauf das hinauslaufen würde. Brastias, schwach wie er war, wollte, dass Briec Izzy die Nachricht übermittelte, dass sie immer noch viel üben musste, bevor sie weiterkommen konnte. Nicht gut, denn seine Tochter hatte wenig Geduld für den normalen Lauf der Dinge und wollte *sofort* Soldatin in Annwyls Armee sein.

Izzy trat auf den Übungsplatz. Sie hatte noch mehr Schrammen im Gesicht, und ihre Lippe war aufgeplatzt. Doch das konnte die Schönheit nicht schmälern, die sie von ihrer Mutter geerbt hatte. Auch wenn sie mit ihren erst siebzehn Wintern nur aus langen Beinen zu bestehen schien und noch nicht voll entwickelt war. Und sie wuchs immer noch. Im Moment war sie so groß wie Annwyl und konnte der sechs Fuß großen Menschenkönigin direkt in die Augen sehen. Aber in ein paar Jahren würde Izzy erblühen, ein wenig kurviger werden und ihrer Mutter noch ähnlicher sehen, nur mit hellbraunen Augen und helleren Haaren.

Allerdings sahen sich die nichtsnutzigen Jungen der Umgebung Briecs Tochter schon jetzt genau an. Ein wenig zu genau. Und diejenigen, die versuchten, über das bloße Hinsehen hinauszugehen, wurden von Briec, Fearghus und Gwenvael mit großem Vergnügen so lange geohrfeigt, bis sie lernten, dass alles außer einem Blick auf seine Tochter tödlich enden konnte.

Beladen mit einem Kurzschwert und dem mannshohen Metallschild, das Annwyls Armee für Nahkämpfe verwendete, sah sich Izzy auf dem Kampfplatz um. Sie sah sich nicht nach jemand Bestimmtem um, nahm er an, sondern sie ließ ihre Gedanken schweifen. Izzy ließ ihre Gedanken anscheinend viel schweifen.

Izzy entdeckte ihn und ihr Grinsen wurde breiter. »Daddy!«, quiekte sie und winkte aufgeregt mit der Hand, die das Schwert hielt. Dabei traf sie sich fast selbst damit am Kopf und hatte offenbar vergessen, dass sie Briec erst an diesem Morgen bei den Ställen gesehen hatte.

Er lächelte zurück. »Hallo Kleine.«

»Bist du zum Zusehen hier?«

»Bin ich.«

Sie runzelte nervös die Nase und sagte: »Oh. Na gut, aber denk dran ... ich lerne noch!« Und sie schenkte ihm einen hoffnungsvollen Blick, der ihm das Herz zerriss.

Er nickte ihr zu und murmelte Brastias zu: »Es sind erst sieben Monate. Vielleicht könntest du ihr noch ...«

»Du musst es dir ansehen.« Brastias gab dem Ausbilder ein Zeichen, der auf einen riesigen Bär von einem Mann deutete. Ein Mann, den Briec aus gemeinsamen Kämpfen kannte. Das war kein Mit-Lehrling, sondern einer von Annwyls bevorzugten Kriegern, den sie liebevoll »Kampfbär« nannte.

Briec spürte, wie Zorn in ihm aufstieg, während er sich fragte, warum sie versuchten, seine Tochter hinauszudrängen. Die meisten Lehrlinge durften bis zu ihrem einundzwanzigsten Winter beweisen, dass sie mehr Zeit und Übung verdient hatten, bevor

sie packen geschickt wurden.»Das ist grausam, Brastias. Ich werde nicht zulassen...«
»Du musst es gesehen haben«, sagte Brastias wieder.»Los!«, schrie er den beiden Kämpfern zu, und Izzy lächelte und nickte. Da sah Briec es. Er sah es so deutlich, dass er wusste, dass sein Problem schlimmer war als er es sich hätte ausmalen können. Schlimmer als er es sich hätte träumen lassen. Zum ersten Mal in seinem Leben wusste er nicht, wie er mit etwas umgehen sollte. Denn er wusste, dass das noch richtig hässlich werden würde, bevor es je besser wurde. Und er wusste, es gab keinen Weg vorbei. Nicht im Moment.

Sämtliche Krieger, die außerhalb des Übungsplatzes standen, verzogen die Gesichter, als sie Knochen brechen und einen Schmerzensschrei hörten, nur Augenblicke bevor Annwyls bester Krieger in den Zaun flog, einen Teil davon komplett umwarf und das Bewusstsein verlor.

»Oh!«, sagte Izzy und kaute kurz auf der Unterlippe.»Tut mir leid, Hauptmann, wegen deinem ... äh ... Gesicht.« Sie zog eine Grimasse und spähte vorsichtig zu Brastias hinüber.»Tut mir leid, General. Ich glaube, ich habe vergessen zurückzuweichen ... schon wieder.«

Langsam, sehr langsam, wandte Brastias den Kopf zu Briec herum. Der Gesichtsausdruck des Mannes, das nervöse Zucken unter seinem Auge, machten deutlich, was Briec tun musste.

Doch wie sollte ein Drache der Frau, die er liebte, sagen, dass ihre einzige Tochter, die noch nicht einmal achtzehn war, in den Krieg ziehen würde?

Dagmar vergewisserte sich, dass sämtliche Hunde in ihren Zwingern, gefüttert und versorgt waren. Es brauchte eine Weile, sie zu beruhigen, da die Angst vor dem Drachen noch nachklang, aber dafür, dass sie noch nicht einmal ein Jahr alt waren, hatten sie sich gut geschlagen. Sie waren keinen Schritt vor dem Drachen zurückgewichen. Gut. Sie konnte sich nicht leisten, dass die Hunde im Kampf ängstlich Rückzieher machten.

Nachdem sie Johann eine gute Nacht gewünscht hatte, machte sich Dagmar auf den Rückweg zur Festung, Knut an ihrer Seite.

Als sie in die Haupthalle trat, war sie nicht direkt überrascht, ihre Familie mitten in einem Streit vorzufinden. Bisher war es nur eine verbale Auseinandersetzung, noch keine körperliche. Auch wenn es höchstwahrscheinlich so enden würde. Ihre Brüder brauchten sehr wenige Gründe für eine Prügelei, aber solange sie aus dem Weg ging, wurde sie selten verletzt.

Der Streit endete jedoch abrupt, als sie hereinkam, und ihre Brüder wandten sich augenblicklich ihr zu.

Dagmar wartete. »Ja?«

»Er ist in deinem Zimmer?«, fragte Eymund, der an einem der langen Esstische lehnte.

»Ja. Er wollte ein Bad nehmen.«

»Ein Bad?«

»Ja. In einer Wanne. Nicht jeder hat ein Bedürfnis nach dem eiskalten Wasser im Fluss.«

»Das ist alles schön und gut, aber er sollte nicht in deinem Zimmer sein, Schwester.«

Dagmar war nicht in der Stimmung für dergleichen, sie ging weiter und warf über die Schulter zurück: »Ich weiß. Es könnte sein, dass er sich auf meinem Bett wälzt wie eine große Katze oder an meinen Schuhen riecht.«

»Oder sich einen herzhaften Snack gönnt.«

Es war etwas an seinem Tonfall, das Dagmar innehalten ließ.

»Ich habe ihm Brot und Käse hinaufgeschickt.«

»Das ist nicht herzhaft. Nicht für *ihn*.«

»Stimmt es?« Valdís legte einen Arm auf Eymunds Schulter. »Pa sagt, dass es der Drache von heute Morgen ist, der sich nur verwandelt hat und jetzt aussieht wie ein Mensch. Können die das wirklich?«

»Ja. Es stimmt.«

»Das muss von diesen Göttern kommen, an die du nicht glaubst.«

Seinen Sarkasmus ignorierend, sagte sie: »Ich sage es noch

einmal, ich erkläre mein Glaubenssystem keinen ...« Sie unterbrach sich abrupt. Sie lächelten alle. Ihre Brüder lächelten nie, es sei denn, sie waren betrunken oder hatten etwas umgebracht. Den Drachen würden sie nicht umbringen oder es auch nur versuchen, da er für diese Nacht unter dem Schutz ihres Vaters stand. Was hatten sie dann getan?

Dagmar sah sich im Raum um und suchte nach etwas, das ihr sagen konnte, was los war. Etwas, das anders war als sonst oder fehlte ...

Sie sah sich noch einmal um, diesmal zählte sie. »Wo ist der Welpe aus Toras Wurf?« Anders als der Rest der Welpen, die schon in Ausbildung waren, sollte dieses zu klein geratene, ängstliche Bündel ein Haustier statt ein Kampfhund werden. Er würde Essensabfälle schlemmen, mit den Kindern spielen und im Grunde ein glückliches, wenn auch nutzloses Leben führen.

»Was für ein Welpe?«, fragte Eymund und versuchte, angemessen unschuldig auszusehen.

Dagmar starrte sie alle wütend an. »Ihr Mistkerle!«, schrie sie beinahe, hob den Saum ihres Kleides an und stürmte durch die Halle. Das Gelächter ihrer Brüder folgte ihr, als sie durch den hinteren Flur zu den Treppen und hinauf in den ersten Stock rannte.

Sie keuchte, bis sie ihre geschlossene Schlafzimmertür erreichte, und spürte entsetzt, wie ein winziges bisschen Schweiß ihren Rücken hinabrann. Sie schwitzte *nie*! Und dass ihre Brüder sie dazu brachten, sich auf irgendeine Art anzustrengen, war etwas, wofür sie sich später einmal rächen würde. Im Moment jedoch ...

Dagmar schob die Tür auf, doch der Drache saß nicht in der Wanne. Rasch sah sie sich um und entdeckte schließlich seinen nassen, nackten Hintern, der versuchte, sich unter ihr Bett zu quetschen.

»Komm her, Kleiner«, lockte er. »Nur ein kleines bisschen näher, du leckeres kleines Ding, du.«

Empört, angewidert und wütend, wie sie es nie zuvor gewesen

war, packte Dagmar den nackten Mistkerl am Knöchel und riss ihn unter dem Bett hervor – ihre Entrüstung verlieh ihr vorübergehend die Kraft, die sie brauchte, um so einen großen, hundefressenden Mistkerl von der Stelle zu bewegen.

»*He!*«, schrie er auf, bevor er sich umdrehte und das beängstigend große Waffenarsenal, das er zwischen den Beinen hatte, mit den Händen bedeckte. Und wäre sie nicht so aufgebracht gewesen, hätte sie vielleicht seinen verblüffend prachtvollen menschlichen Körper bemerkt. Anders als ihre Brüder, die aus Muskelbergen bestanden und von denen manche wirkten, als wären sie ohne Hälse geboren worden, so breit waren ihre Schultern, war der Drache zu ihren Füßen groß, aber schlank. Kein Fett, keine seltsam geformten, überentwickelten Muskeln. Seine Schenkel waren stark und kraftvoll, sein Bauch flach und fest, mit einer interessanten, aber deutlichen Abgrenzung zu seinen Hüftknochen hin.

Während sie auf ihn hinabstarrte, wurde ihr bewusst, dass ihre Finger zuckten und ihre Zunge am Gaumen rieb, doch sie beschloss, das alles zugunsten ihres Zorns zu ignorieren.

Er blickte finster zu ihr auf. »Ich schätze es gar nicht, wenn meine Eier über Stein reiben, Frau!«

»Und ich schätze es nicht, wenn du meine Hunde verfolgst – schon wieder!«

»Oh. Das.« Er räusperte sich mit einem kleinen Achselzucken. »Jemand hat die Tür geöffnet und ihn hereingeworfen. Ich habe einfach angenommen, dass es eine kleine Nascherei von dir für mich sei.«

Also hatte die kleine Barbarin doch Temperament. Zumindest, wenn es um ihre Hunde ging. Und ihr Temperament war auf vollen Touren, als sie ihr Bein anhob und ihren Fuß auf sein Gemächt niedersausen ließ.

Er wusste, dass er die Gegend mit den Händen schützte, doch Gwenvael wand sich trotzdem zur Seite und grunzte vor Schmerzen, als ihr Fuß stattdessen in die Nähe seiner Niere traf.

»Halt dich von meinen Hunden fern, Drache. Von *all* meinen Hunde. Von den kleinsten bis zu den größten«, befahl sie und marschierte über ihn und ihr Bett hinweg, um das kleine Fellknäuel aufzustöbern, das sich auf der anderen Seite versteckte. »Alle Hunde in dieser Festung und auf diesen Ländereien gehören *mir*. Du wirst sie weder anfassen, noch mit ihnen sprechen oder auch nur irgendwie in ihre Nähe kommen!«

Sie marschierte über das Bett und über ihn hinweg zurück, jetzt mit dem Welpen auf dem Arm. Sie streichelte ihn und sprach beruhigend auf ihn ein.

»Es ist ein Hund, kleine Barbarin«, seufzte er absolut ohne Mitleid. »Und nur ein Hund. Manchmal benutze ich ihre Knochen als Zahnstocher.«

Mit einem Knurren beugte sie sich nieder, packte eine Handvoll seiner nassen Haare und riss sie ihm fast vom Kopf.

»Au! Lass los!« Er schlug nach ihren Händen und versuchte, die aufgebrachte Frau dazu zu bringen, seine schönen, geliebten Haare loszulassen. Frauen sprachen immer davon, wie sehr sie es liebten, wenn seine Haare ihre Körper einhüllten und wie sie es liebten, sie zu streicheln, bevor sie schließlich anfingen, ihn zu streicheln. Das Letzte, was er brauchte, war, dass eine Wahnsinnige sie ihm ausriss.

Sie riss noch einmal kräftig an den Haaren, bevor sie ihn losließ und aus seiner Reichweite trat. »Hör gut zu, du *Vieh*. Wenn du noch einmal meine Hunde anrührst, mache ich mit dir, was ich mit den männlichen Hunden mache, mit denen ich nicht züchten will!«

Fasziniert beobachtete Gwenvael, wie Dagmar bedacht und präzise ihren plötzlichen Wutanfall zügelte. Als die grauen Augen sich wieder auf ihn richteten, waren sie kalt wie Eis.

»Jetzt, wo wir das geklärt haben, lasse ich dich dein Bad beenden, Lord Gwenvael.«

Sie wollte gehen, hielt aber inne. »Eines noch. Die Männer dieses Landes tragen ihr langes Haar nicht offen. Sie haben einen Zopf auf dem Rücken. Das ist Brauch, und um Beschwerden meiner Geschwister vorzubeugen, wüsste ich es zu schätzen, wenn du dich daran halten würdest.«

»Natürlich.«

Sie nickte und ging wieder in Richtung Tür.

»Leider«, sagte Gwenvael zu ihrem Rücken und genoss es, wie sie innehielt und ihr ganzer Körper sich spannte.

»Leider ... was?«

»Mein Haar ist so lang und widerspenstig ... Ich würde es nie schaffen, es ordentlich zu flechten.« Er grinste. »Vielleicht kannst du das für mich machen.«

»Ich schicke einen Diener, der sich für dich darum kümmert.«

»Aber als Hausherrin ...«

Sie drehte sich zu ihm um. »Als Hausherrin ... was?«

»Solltest nicht *du* dich um deinen Gast kümmern?«

Ihr Gesicht zeigte gar nichts. Ihre Haltung änderte sich nicht im Geringsten. Doch er wusste, dass er ihr auf die Nerven ging, denn der Welpe jaulte in ihren Armen, und sie musste ihren Griff lockern, damit er aufhörte zu zappeln.

»Wenn du darauf bestehst, Mylord.«

»Oh.« – Gwenvael grinste – »ich bestehe in der Tat darauf!«

Sein Gestöhne war fürchterlich übertrieben und unterstrich nur die Absurdität ihrer Lage.

Eigentlich sollte sie so etwas für ihren Ehemann oder ihre Brüder tun, und nur, bevor sie in die Schlacht ritten. Sie flocht ihrem Vater schon seit Jahren Kriegerzöpfe. Und wenn er dann vom Kampf zurückkam, verbrachte sie mindestens eine Stunde mit dem Versuch, das restliche Blut herauszubekommen, das sein »Bad« im Fluss nicht erreicht hatte.

Was sie *nicht* tun sollte, war das Haar dieses Drachen zu flechten. Und was noch erschreckender war: Er wollte nicht nur, dass sie es flocht.

Nachdem sie den Welpen draußen abgesetzt hatte, hatte er ihr, als wäre sie irgendein Dienstmädchen, erklärt: »Als Erstes kämm es für mich, Mäuschen. Vorsichtig. Wir wollen ja nicht, dass du mir die Haare ausreißt, wir wollen nur die Knoten herausbekommen.« Aber damit nicht genug: »Dann dreihundert Bürstenstriche – auf jeder Seite hundert und dann noch mal hundert hinten.«

Nachdem er all das erklärt hatte, hatte er es sich auf seinem Sessel bequem gemacht, ein Fell nachlässig über seinen nackten Schoß geworfen, und sah aus, als würde er jeden Moment eindösen.

Kurz ging ihr der Gedanke durch den Kopf, das Messer zu benutzen, das sie in ihrem Ledergurt trug, und ihm die Kehle durchzuschneiden, aber das wäre nicht im Interesse ihres Volkes gewesen. Und, was noch wichtiger war, in ihrem *eigenen*. Also nahm sie stattdessen den Elfenbeinkamm, den ihr Vater von einem seiner Raubzüge mitgebracht hatte, und begann vorsichtig, damit die Haare des Drachen zu entwirren. Sie reichten bis auf den Boden, es war also keine leichte Aufgabe.

Und was noch schlimmer war: Er hielt keine Sekunde den Mund.

Dagmar hatte keine Ahnung gehabt, dass irgendein Wesen auf diesem Planeten so viel reden konnte wie dieser Drache. Er redete und redete, und dann redete er noch ein bisschen mehr.

Vielleicht hätte es ihr nicht so viel ausgemacht, wenn er tatsächlich etwas von Bedeutung gesagt hätte. Der Funken Hoffnung, den sie gehabt hatte, als er erwähnt hatte, dass er Aoibhell gekannt hatte, war schnell wieder erloschen. Wie hatte die große Philosophin, auf die Dagmar zum größten Teil ihr Glaubenssystem aufbaute, ein ganzes Dinner gemeinsam mit diesem ... diesem ... Drachen ertragen? Er schien nur albernes Geplapper über all die Frauen, die er gekannt hatte, zustande zu bringen – und das waren offensichtlich viele gewesen!

Schließlich hatte Dagmar dann den Kamm gegen ihre Bürste ausgetauscht, und da hatte das Gestöhne angefangen und hörte leider auch nicht wieder auf.

»Das fühlt sich wunderbar an«, hatte er irgendwann aufgeseufzt. »Hast du mal daran gedacht, deinen Lebensunterhalt damit zu verdienen? Du machst das sehr gut.«

Dagmar schwieg und brachte die ersten hundert Bürstenstriche hinter sich. Als sie auf der anderen Seite begann, dachte sie sich, der Drache würde gewiss nicht merken, ob sie nun fünfzig oder fünfzehnhundert Mal bürstete. Sie irrte sich.

»Das waren nur fünfundsiebzig, Mäuschen«, hatte er ihr erklärt, als sie sich dem Hinterkopf zuwandte. »Noch einmal fünfundzwanzig, dann bist du fertig mit der Seite. Dann kannst du die Mitte machen.«

Noch einmal dachte sie daran, ihn zu töten, überlegte es sich aber anders.

Dreihundert Bürstenstriche später knallte Dagmar die Bürste auf den Tisch. Und jetzt musste sie all diese Haare flechten!

Sie begann und war auf der Hälfte seines Rückens damit, als sie sagte: »Der Rest wäre einfacher, wenn du aufstehen würdest.«

»Na gut.«

Er stand auf, und Dagmar sah sich seinem nackten Hintern gegenüber. Einem prachtvollen nackten Hintern, wie sie sich eingestehen musste. Seine Vorderseite war schon exquisit gewesen, aber sein Rücken war … Mochte die Vernunft ihr helfen!

»Meinst du, du könntest das Fell ganz um dich legen?« Sie fürchtete, sie könnte anfangen, seinen Hintern zu streicheln, wie sie den Kopf des Welpen gestreichelt hatte.

»Das könnte ich. Aber wolltest du nicht eher fragen ›willst du‹?«

»Du weißt, dass ich und mein Messer hier sehr viel Rückenfläche vor uns haben und …«

Sie musste den Satz nicht beenden, so schnell wickelte er das Fell komplett um seine Hüften.

»Danke, Mylord«, sagte sie honigsüß.

»Gern«, brummelte er zurück.

Sie brauchte eine Weile, aber schließlich hatte sie all das goldene Haar geflochten und einen Lederriemen um das Ende gewunden. Als sie aufstand, taten ihr die Finger weh, und der Drache bemerkte, wie sie sie lockerte, als er sich umdrehte.

Er griff nach ihrer Hand. »Brauchst du Hilfe?«

»Nein«, beschied sie ihn und zog ihre Hand weg, bevor er sie ergreifen konnte. »Ich habe Kleider für dich – in deinem Zimmer. Abendessen gibt es in einer Stunde. Bis dahin halte dich von meinen Hunden fern!«

»Das werde ich.« Er machte einen Schritt auf sie zu. »Das war alles sehr nett von dir, Mylady. Danke.«

»Gern geschehen.«

Noch ein Schritt. »Vielleicht könntest du mit in mein Zimmer kommen und mir beim Anziehen helfen.«

Sie presste einen Finger gegen seine Brust, und der Drache hielt mitten im Schritt an. »Was tust du da?«

Sein Lächeln war schamlos. »Was ich immer tue.«

»Tja, tu es nicht mit mir.«

»Bist du sicher? Ich bin berühmt für meine Fähigkeiten.«

»Und ich bin sicher, dass es die *einzige* Fähigkeit ist, die du besitzt. Aber im Nordland bringt man Frauen, auch den Dienstmädchen, Respekt entgegen. Egal, wie ihre Ehemänner sie vielleicht behandeln, glaub nicht, dass jemand anderes, vor allem ein Außenstehender, dasselbe tun kann.«

»Ich habe nicht vor, dich zu verletzen, Mylady.«

»Da bin ich mir sicher. Aber glaub nicht, dass meine Brüder dich fürchten werden, nur weil du ein Drache bist. Wenn du also darauf hoffst, dass deine Männlichkeit intakt bleibt, solltest du am besten aufpassen, was du tust.«

Sein Grinsen, die vollkommene Schönheit dieses Grinsens, erleuchtete den Raum. »Was willst du mir damit sagen, Mylady?«

»Ich sage dir, dass du dein Ding in der Hose lassen und deine Hände bei dir behalten sollst.« Sie ging zur Tür und öffnete sie, woraufhin Knut draußen nervös aufsprang, bereit, ihre Ehre zu verteidigen. »Nimm es als eine freundschaftliche Warnung.«

»Hast du mir gerade geraten, mein Ding in der Hose zu lassen?«

Dagmar ignorierte ihn und schloss die Tür hinter sich. Sie war halb den Flur hinunter, als sie auf dem Absatz kehrtmachte und zurückging. Sie klopfte, und der Drache öffnete die Tür.

»Das ist *mein* Zimmer!«, knurrte sie.
Sein Lachen ließ sie mit den Zähnen knirschen. »Ich hatte mich schon gefragt, wann du es merken würdest.«

8 Sie hatte keine Ahnung, was er tat, aber sie war absolut fasziniert.

Natürlich ignorierte er sie, aber Dagmar war seit Langem an so eine Behandlung gewöhnt. Woran sie jedoch nicht gewöhnt war, war ein Mann – oder in diesem Fall ein männlicher Drache –, der ihre Schwägerinnen ignorierte. Sie waren nicht alle schön. Einige hatten Gesichtszüge, die Dagmar dankbar machten, dass sie selbst nur unscheinbar war. Doch was ihnen an Schönheit fehlte, machten sie durch Willigkeit wett. Und Kikka – die Eymunds geliebte erste Frau ersetzt hatte, nachdem diese vor einigen Jahren bei einem unverschämten Angriff von Jökull getötet worden war – war willig *und* schön.

Doch Kikkas großzügig dargebotener Busen, ihr perfekt frisiertes Haar und das Parfüm, in dem sie sich schlicht ertränkte, schienen genauso wenig die Aufmerksamkeit des Drachen zu wecken wie Eymunds Angewohnheit, mit den Fingern zu essen.

»Hast du in vielen Schlachten gekämpft, Lord Gwenvael?«, fragte Kikka und beugte sich vor, damit er einen besseren Blick auf ihre Brust hatte.

»Ein paar konnte ich nicht vermeiden. Aber ich bin kein großer Schwertkämpfer.« Er drehte sich auf seinem Stuhl um und sah Eymund an. »Aber du kannst sicher gut mit dem Schwert umgehen. So stark, wie du bist.«

Dagmar spuckte beinahe ihren Wein aus.

Während sie behutsam ihren Kelch auf dem Tisch abstellte, schaute Dagmar zu ihren anderen Brüdern und ihrem Vater hinüber. Sie sahen aus, als fühlten sie sich genauso unbehaglich wie Eymund und genauso … panisch? Ja. Es war definitiv Panik, die sie bei ihren männlichen Verwandten sah.

Das verblüffte sie. Sie entdeckten, dass er ein Drache war, und sie zuckten kaum mit der Wimper. Keiner hatte ein Wort gesagt oder auch nur im Geringsten Interesse gezeigt, als er ungebeten bei ihrem Vater, ihren vier ältesten Brüdern, deren Frauen und Dagmar am Kopf des Tisches Platz genommen hatte.

Doch der Gedanke, er könnte mehr an ihnen interessiert sein als an einer ihrer Frauen, ließ sie alle fast die Flucht aus dem Raum ergreifen. Der Drache wusste das ebenfalls. Er wusste genau, was er tat und schien jede Sekunde davon zu genießen.

Ihr Vater fing ihren Blick auf und deutete auf den Drachen.

Sie zuckte die Achseln, nicht sicher, was er wollte. Ihr Vater hatte sie nie einem Mann angeboten, es sei denn als Ehefrau, und sie bezweifelte, dass er jetzt damit anfangen würde.

Aber ihr Vater blickte noch finsterer, und sie konnte nur mutmaßen, dass sie die Aufmerksamkeit des Drachen von ihren Brüdern ablenken sollte.

Wenn es schon sein musste, konnte sie genauso gut etwas daraus machen.

»Also, Lord Gwenvael ... Welcher Art genau ist deine Verbindung zu Königin Annwyl?«

Er schenkte ihr ein träges Lächeln, während er weiter den armen Eymund anstarrte. »Sie ist eine sehr gute Freundin von mir.«

»Machst du für all deine Freunde Botengänge, die dich Tausende von Wegstunden von zu Hause wegführen?«

»Nur wenn sie Annwyl heißen. Es ist aber sinnvoll, findest du nicht? Meinesgleichen kann in der Hälfte der Zeit hierherfliegen, die Menschen brauchen würden, um zu Pferd über Stock und Stein zu reiten.«

»Sehr richtig. Und doch sagst du, dass sie dich bevollmächtigt hat, in ihrem Namen zu verhandeln. Sie setzt eine Menge Vertrauen in dich, vor allem, weil in der Botschaft, die wir ihr geschickt haben, nichts von einem Bündnis stand.«

»Aber warum sonst solltet ihr die Königin selbst hier sehen wollen, wenn nicht zu Gesprächen über ein Bündnis zwischen den Königreichen? Bei all diesen Sicherheitsmaßnahmen, die ich auf den Reinholdt-Ländereien gesehen habe, muss ich wohl auf die Idee kommen, dass ihr vielleicht ein gutes Bündnis braucht.«

»Und ich muss mich fragen, was an Annwyls ungeborenen Kindern besonders ist, das sie zu solch einem wichtigen Ziel macht.«

»Weißt du es nicht?«

Ihren Kelch in beiden Händen stützte Dagmar die Ellbogen auf den Tisch. »Ich weiß nur, wer ihr die Babys herausschneiden will wie eine eitrige Infektion. Warum, ist eine Frage, auf die ich keine Antwort bekommen konnte.«

Er lehnte sich mit einer lässigen Haltung auf seinem Stuhl zurück, die sie ihm keine Sekunde lang abnahm. »Warum, sollte für dich nicht von Bedeutung sein, aber ich bin sicher, wir beide können zu einer … Übereinkunft kommen, die für alle Beteiligten annehmbar sein wird.«

»Wir beide? Nein, nein.« Dagmar stieß ein kurzes, falsches Lachen aus und stellte ihren Kelch zurück auf den Tisch. Einen Augenblick lang, einen herrlichen Augenblick lang, spürte er, während sie sprachen, dass nur Hitze und Sex von ihr ausgingen. Sie liebte das Spiel genauso wie er, doch diese Barbaren bremsten sie. Eine Schande, wirklich. Denn er fragte sich, was sie tatsächlich getan hätte, wenn sie freie Hand gehabt hätte. »Ich würde niemals Verhandlungen von solcher Wichtigkeit führen.«

»Wie bitte, Schwägerin?«, schaltete sich die ein, die in dem ekelerregenden Parfum, das sie benutzte, was auch immer es war, gebadet haben musste – *Kikka, richtig?* »Bist du nicht die Politikerin der Ländereien deines Vaters?«

Dagmar rührte sich nicht, ihr Gesichtsausdruck blieb unbewegt, und sie tat nichts, das nahelegte, dass die Worte der Frau einen Nerv getroffen hatten. Doch Gwenvael durchschaute Lady Dagmar wegen ihrer kalten, grauen Augen.

Wussten diese Weiber nicht, mit was für einem gefährlichen Tier sie spielten? Sahen sie es wirklich nicht? Oder machte sie ihre Eifersucht blind für die Risiken, die sie eingingen?

Kikka legte eine zarte, makellose Hand auf seinen Unterarm. »Du musst wissen, Lord Gwenvael, dass unsere kleine Dagmar hofft, dass die Regeln sich eines Tages ändern werden und sie als weiblicher Warlord über alles regieren wird, was du hier siehst. Dass unsere großartigen Krieger, wenn sie in die Schlacht reiten, ›Für Die Bestie‹ skandieren werden und nicht ›Für Den Reinholdt‹.«

Aaah, nicht blind. Dumm.

Die faden Frauen am Tisch lachten über Kikkas Witz, bis Kikka aufschrie, ihren Stuhl zurückschob und vom Tisch wegstolperte.

Eymund verdrehte die Augen. »Was ist denn jetzt wieder?«

»Eines von ihren bösartigen Viechern hat mich gebissen!«

Dagmar legte eine Hand auf die Brust. »O Kikka, es tut mir so leid!« Sie warf einen Blick unter den schweren Holztisch. »Komm her, Kleine. Komm her.« Ein Hund, der groß genug war, dass Gwenvael auf ihm hätte in die Dunklen Ebenen zurückreiten können, tauchte unter dem Tisch auf. »Na, na, Idu, ich weiß, dass du mit Knut spielen willst, aber nicht heute Abend. Geh jetzt nach draußen.«

Die große, nach ihrer weißen Schnauze und dem Grau in ihrem Fell zu urteilen schon ältere Hündin, kam unter dem Tisch hervor und schlenderte aus dem Saal.

»Du hast sie absichtlich da runtergeschickt!«, fluchte Kikka, während ihr einer der Diener das Blut vom Knöchel wischte.

»Und warum sollte ich das tun?«

»Du weißt, dass der Hund mich hasst!«

»Der Hund hasst dich. Verstehe. Und deshalb schicke ich ihn unter den Tisch, damit er dich angreift, wenn du etwas sagst, was ihm nicht passt? Das war der Masterplan des *Hundes*, oder?«

»Nein! Ich meinte, du ... du weißt, was ich meinte, verdammt!«

»Setz dich!«, befahl Eymund. »Du machst dich lächerlich!«

»Aber sie ...«

»*Setz dich!*«

Das Gesicht rot vor Wut, den zornigen Blick allein auf Dagmar gerichtet, zog Kikka ihren Stuhl zurück und setzte sich. Sie sah Gwenvael an, und er wusste, was er in ihren Augen sah. Eine eindeutige Aufforderung. Mit dem richtigen Wort oder Blick von ihm würde sie einen Weg finden, ihn in ihr Zimmer einzuladen oder sich später am Abend irgendwo draußen zu treffen.

Als Antwort drehte sich Gwenvael auf seinem Stuhl um und konzentrierte sich wieder auf Eymund. »Da deine Schwester keine Verhandlungen führen kann, hoffe ich, dass dann *wir beide* zusammenarbeiten werden. Sehr eng.«

Er genoss es so sehr, wie der Mann jedes Mal erstarrte, wenn er das tat. Der Mensch sah aus wie das Reh, auf das Gwenvael ein paar Tage zuvor im Wald gestoßen war. Er fragte sich, was Eymund dazu bringen würde, vollends davonzujagen.

Dagmar schob ihren Stuhl zurück und stand auf. »Ich gehe ins Bett, Vater. Lord Gwenvael.«

»Lady Dagmar«, antwortete er, ließ seine Aufmerksamkeit aber weiter auf Eymund gerichtet – sehr zu dessen Entsetzen.

»Also, sag mir, Eymund …« Gwenvael knabberte an einem knackigen Stück Obst. »Was hast du heute noch vor … nach dem Dessert?«

Morfyd die Weiße Hexe riss sich das Kleid vom Leib, das sie nur Augenblicke zuvor übergestreift hatte, und griff nach einem anderen. Wann war sie nur so geworden? So jämmerlich und … und … weiblich? Ehrlich! Hatte sie das alles wirklich nötig?

Sie zog das rote Kleid an und starrte sich im Spiegel an. Sie runzelte die Stirn. Sie … in Rot. Gab es dagegen keine Gesetze?

Während sie begann, das Kleid auszuziehen, um ein anderes anzuprobieren, hallte die Stimme ihres Bruders in ihrem Kopf wider.

Sie hielt abrupt inne, fühlte sich schuldig, als wäre sie gerade in flagranti erwischt worden, bis ihr wieder einfiel, dass er in den Nordländern war. Und, ermahnte sie sich, er konnte nicht ihre Gedanken lesen. Doch wie die meisten Drachen konnten sie allein per Gedankenübertragung miteinander kommunizieren. Eine wahre Gabe … es sei denn, man hatte etwas zu verbergen und war schreckhaft wie ein Sperling.

Bist du nun da oder nicht?, wollte die Stimme ihres Bruders wissen.

Schnauz mich nicht an! Sie rieb sich die Stirn und versuchte, sich ein bisschen zu beruhigen. *Was ist los?*

Nichts. Aber ich bin in der Reinholdt-Festung.

Im Kerker?

Sehr lustig. Sie lächelte und ließ sich auf die Bettkante fallen. Eigentlich war es tatsächlich sehr lustig. *Ich bin nicht im Kerker. Ich bin in einem Zimmer. Habe gerade mit der ganzen Bagage zu Abend gegessen. Was, gelinde gesagt, ermüdend war.*

Und was haben sie dir erzählt? Was wissen sie?

Ich arbeite noch daran.

Du arbeitest ... Morfyd knirschte mit den Zähnen. *Was hast du getan?*

Nichts.

Gwenvael!

Würdest du das bitte mir überlassen? Warum vertraust du mir nicht?

Willst du das wirklich wissen? Sie seufzte. *Ich habe ihr doch gesagt, wir hätten dich nicht schicken sollen.*

Und vielen Dank auch für dein unendliches Vertrauen, Schwester!

Morfyd verzog das Gesicht, als ihr zu spät klar wurde, dass sie diesen Gedanken für sich hätte behalten sollen.

Gwenvael, es tut mir leid. Bitte ...

Aber sie wusste schon, dass er nicht mehr da war.

Sie hatte ihm nicht wehtun wollen, aber es handelte sich schließlich um Gwenvael. Sie und Fearghus hatten versucht, es Annwyl auszureden, Gwenvael als ihren Botschafter zu schicken, aber ihre Freundin hatte darauf bestanden.

Morfyd wusste, dass ihr Bruder es versuchen würde, aber dennoch ... er war und blieb Gwenvael!

»Ist es wieder Gwenvael?«

Ihr Körper spannte sich bei der plötzlichen Störung, bis eine vertraute Hand über ihren Rücken streichelte.

»Ich habe seine Gefühle verletzt«, sagte sie ohne sich umzudrehen. »Das wollte ich nicht.«

Lippen strichen über ihre Wange, ihren Nacken. Zähne knabberten leicht an ihrem Ohr. »Ich weiß. Aber manchmal fordert er es einfach heraus.«

Morfyd lehnte sich mit dem Rücken gegen den Mann hinter ihr. Er war auf dieselbe Art in ihr Zimmer gekommen wie in den letzten Monaten – durchs Fenster. Ihre Tage mochten den Königreichen gehören, denen sie dienten, doch ihre Nächte gehörten einander.

»Er sagt, dass wir ihm nicht vertrauen.«

Sir Brastias, oberster General der gesamten Armeen der Dunklen Ebenen, legte seine Arme um Morfyds Körper und drückte sie eng an sich, das Kinn auf ihrer Schulter. »Vertrauen muss man sich verdienen, Morfyd, und dein Bruder spielt zu viel, als dass das der Fall sein könnte. Abgesehen davon kann er nicht den Tiger am Schwanz ziehen und sich dann wundern, wenn er angreift.«

»Aber es ist ihm wichtig. Auf seine Art. Ich weiß, niemand glaubt das, aber es ist so. Er will Annwyl wirklich helfen. Er macht sich Sorgen um sie.«

»Das tun wir alle. Sie sieht in den letzten Wochen nicht gut aus.«

»Ich weiß. Und ich weiß es zu schätzen, dass du dafür sorgst, dass sie nicht zu viel um die Ohren hat.« Und dass er ihre Beziehung als wundervolles Geheimnis bewahrte. Morfyd wünschte, sie hätte sagen können, dass es nur ihre Sorge um Brastias' körperliche Gesundheit war, wenn ihre Brüder es herausfanden, die sie davon abhielt, die Wahrheit zuzugeben. Aber es war mehr als das. Sie hätte es auch ihrer Mutter sagen müssen, und das machte sie fast starr vor Angst, sodass sie sich am liebsten in ihrem Bett zusammengerollt und die Decken über den Kopf gezogen hätte. Königin Rhiannon konnte manchmal schwierig sein, und die Götter wussten, dass sie ihre Söhne ganz anders behandelte als ihre Töchter.

»Ich versuche, sie zu beschützen, aber manchmal durchschaut sie mich.« Er lächelte und strahlte vollkommene Schönheit dabei aus. Sie hatte immer das Gefühl, dass sein Lächeln ein besonderes Geschenk nur für sie war. »Wie lange noch?«

»Ich weiß nicht. Es müssten noch mindestens zwei Monate sein. Aber selbst mit Zwillingen ... so dick dürfte sie noch nicht sein.«

»Machst du dir große Sorgen?«

»Ich mache mir Sorgen.« Sie lehnte den Kopf an seinen. »Ich mache mir definitiv Sorgen.«

»Du tust schon dein Bestes für sie. Mehr kann sie nicht verlangen. Das kann keiner von uns.«

»Ich weiß.«

»Sie wird heute Abend nicht beim Essen sein. Hat man dir das schon gesagt?«

»Nein.« Sofort machte sie sich Gedanken. »Geht es ihr gut?«

»Es geht ihr gut. Fearghus sagte, sie will heute Abend einfach im Bett bleiben. Es klingt, als wären dann nur wenige im Rittersaal.«

»In Ordnung.«

»Also dachte ich, wir beide könnten hier oben essen. Auch im Bett bleiben.«

Sie drehte ihr Gesicht zu ihm herum und ließ das Gefühl seines Kusses durch ihren Körper spülen.

»Wirst du dieses Kleid heute Abend beim Essen tragen?«

Ihre Lider öffneten sich flatternd, und ihr wurde bewusst, dass er aufgehört hatte, sie zu küssen. Sie hasste es, wenn er aufhörte, sie zu küssen.

»Das? Äh ... ich habe es nur anprobiert. Ich wollte es nicht tragen.«

»Lass mal sehen.« Er schob sie von sich. »Geh ein Stück. Ich schaue es mir mal an.«

Sie fühlte sich unwohl, stand aber auf und drehte sich langsam zu ihm um. Sie sollte kein Rot tragen. Ihre Mutter hatte ihr ausdrücklich gesagt, dass sie nie Rot tragen sollte. Was hatte sie sich dabei nur gedacht?

»Geh mal ein Stück zurück, damit ich das ganze Kleid sehen kann.«

Sie machte mehrere Schritte rückwärts. »Und?«

»Hübsches Kleid. Du siehst toll aus in Rot.«

»Wirklich?«

»Aye.« Sein Blick wanderte von Kopf bis Fuß und wieder zurück. »Wirklich.«

Morfyd spürte, wie ihr Selbstbewusstsein unter diesem Blick wuchs. Gedieh. »Danke.«

Er streckte sich auf dem Bett aus und stieß ein wunderbar zufriedenes Seufzen aus, ohne dabei den Blick von ihr abzuwenden. »Es ist wirklich tragisch, dass du es nicht lange tragen wirst.«

Während sie auf ihn zuging und ihre Finger schon die Ärmel des Kleides von ihren Schultern schoben, sagte sie: »Ja, Brastias. Tragisch.«

Gwenvael schüttelte seine Haare aus diesem dummen Zopf und begann, im Zimmer auf und ab zu gehen.

»Natürlich«, murmelte er vor sich hin, »schick nicht Gwenvael. Er verpfuscht es nur. Nutzloser, wertloser Gwenvael.«

Wäre sie von einem seiner drei Brüder gekommen, hätte Gwenvael Morfyds Bemerkung einfach abgetan. Aber von Morfyd oder seiner kleinen Schwester Keita schmerzte es. Tief. Dass sie glaubten, er nähme das Ganze nicht ernst, tat wirklich weh. Annwyl bedeutete ihm alles, und niemals hätte er sie oder ihre Zwillinge in Gefahr gebracht. Warum sah seine Familie das nicht? War es, weil er sich weigerte, jede Herausforderung mit tödlichem Ernst zu betrachten? Sollte er etwa wie Fearghus jedes Lebewesen finster anstarren? Oder nichts als ständige Verachtung an den Tag legen wie Briec? Oder vielleicht permanent mit großen Augen und durch und durch ernsthaft durchs Leben gehen wie Éibhear? Konnte ihn seine Sippe nur dann ernst nehmen? Wie konnten sie es nach all den Jahren immer noch nicht sehen?

Und er weigerte sich, sich noch länger anzuhören, dass es an seiner »Hurerei« lag, wie sein Vater es so gern nannte. Keiner aus seiner Sippe lebte wie ein Mönch, auch wenn Morfyd diesem Ideal näher kam als alle anderen.

Dennoch schien letztendlich nur Annwyl, eine Menschliche, die er seit noch nicht einmal fünf Jahren kannte, seinen Wert zu erkennen. Nur sie glaubte wirklich an ihn.

Und deshalb war sie der Grund, warum er nicht versagen würde.

Ein Klopfen riss ihn aus seinen depressiven Gedanken – und die Götter wussten, er hasste es, rührselig zu sein –, und er ging durch den Raum, um die dicke, robuste Holztür zu öffnen. Wenn er darüber nachdachte, schienen ihm die meisten Dinge im Norden hölzern und robust zu sein. Selbst die Leute.

Gwenvael blinzelte auf das Dienstmädchen hinab, das vor ihm im Flur stand.

»Aye?« Als sie die Stirn runzelte, sagte er: »Ja?«

»Ich … äh …« Sie sah ihn sich genau an und schauderte ein bisschen, bevor sie mutig sein Zimmer betrat.

»Kann ich dir irgendwie helfen, Mäuschen?«

»Ich bin ein Geschenk«, sagte sie und zog schon ihr Kleid aus. »Ein Geschenk für dich, Mylord.«

Sie verschlang ihn mit Blicken. Sie wollte seine Männlichkeit, aber das überraschte ihn nicht wirklich.

»Ach ja? Ein Geschenk von wem?«

»Von Dem Reinholdt natürlich.«

»Verstehe.« Gwenvael ging durchs Zimmer und lehnte sich mit dem Rücken an die Wand neben dem Fenster, die Arme vor der Brust verschränkt. »Und was für eine Art Geschenk bist du?«

Ihr Kleid fiel zu Boden, und sie stand vor ihm: selbstbewusst und erfreulich nackt.

Sein Körper regte sich, aber auch das überraschte ihn nicht. Es war *wirklich* schon eine Weile her. Fast eine ganze Woche! Und dennoch …

Gwenvael wirbelte abrupt zum Fenster herum und sah, wie Dagmar Reinholdt aus den Schatten neben einem der Ställe glitt und sich von den Festungsmauern entfernte. Sie war warm angezogen, mit einem wollenen Umhang und Handschuhen, eine Tasche über der Schulter.

Wo geht die denn hin?

Er musste zugeben, dass er Lady Dagmar ziemlich unterhaltsam fand. Beim Essen hatte sie verwirrt gewirkt, aber neugierig, was er vorhatte – und durchaus amüsiert. Irgendwie kam ihm immer das Bild einer Katze mit eingezogenen Krallen in den Sinn, wenn er sie sah. Vor allem, wenn sie sich mit diesen kalten, grauen Augen im Raum umsah, alles aufnahm, verarbeitete und sortierte, was sie sah.

Also, was wanderte eine sittsame Einzige Tochter eines Warlords der Nordländer abends draußen herum?

Er musste es wissen!

»Mylord?«

Gwenvael sah das Mädchen stirnrunzelnd an, und sie trat zurück. Um ehrlich zu sein, hatte er ganz vergessen, dass sie im Raum war.

Er machte sein Stirnrunzeln mit einem vollkommen überzeugenden Lächeln wieder gut. Die Art, die er für ältere Damen und verabscheuenswerte kleine Kinder reserviert hatte. »Tut mir leid, Mäuschen. Kann nicht heute Abend.«

»Was?«

Er hob ihr Kleid auf, drückte es ihr in die Arme und schob sie so sanft wie möglich in Richtung Tür.

»Ich weiß es allerdings ehrlich zu schätzen, dass du vorbeigekommen bist. Sehr nett von dir.« Er öffnete die Tür und schob das Mädchen hinaus in den Flur. »Sag Lord Sigmar vielen Dank und, äh … hübsche Titten.«

Dann schloss er die Tür und verriegelte sie. Er zog die Kleider aus, ging zum Fenster und riss es auf. Kaum war er draußen in der kalten Nordlandnacht, hatte er sich auch schon in einen Drachen verwandelt und seine Klauen in die Steinwände gegraben. Dann passte er seine Farbe der Umgebung an und folgte Dagmar Reinholdt.

Eymund und seine Brüder sahen zu, wie die liebliche Lagertha aus dem Zimmer des Drachen in den Flur gestolpert kam, wie die Tür zugeknallt und sofort verriegelt wurde. Sie war nackt, hielt ihr Kleid aber vor sich. Sie war keine drei Minuten da drin gewesen. Das war Eymunds Einschätzung nach nicht einmal Zeit genug für einmal ordentlich lutschen, geschweige denn für einen angemessenen Fick.

Er machte ihr ein Zeichen, und sie kam mit gerötetem Gesicht und bebendem Körper zu ihm herübergerannt.

»Dieser Mistkerl hat mich rausgeworfen! *Mich!*« Es gab wenige Männer im Reinholdt-Land, die nicht schon ihren Spaß in Lagerthas Bett gehabt hatten. Sie wusste einen guten Ritt zu schätzen und entschuldigte sich nicht dafür. Als sie ihr den Drachen gezeigt hatten, als er in sein Zimmer zurückging, war sie vor Lust praktisch über ihre eigene Zunge gestolpert und hatte bereitwillig zugestimmt, sein »Geschenk« zu sein.

»Was hat er zu dir gesagt? Hat er dir einen Grund genannt?«

»Nein. Er war nur nicht interessiert.«

Eymund sah seine Brüder an, und sie waren genauso verwirrt. Wie konnte der Mistkerl, auch wenn er ein Drache war, der vorgab, menschlich zu sein, kein Interesse an einem kostenlosen Abenteuer haben? Welchen Mann hätte das nicht interessiert?

»Vielleicht mag er nur seine eigene Rasse«, überlegte einer seiner Brüder laut. »Ich würde mich wohl auch nicht mit einem von diesen Drachenweibchen im Bett wohlfühlen.«

»Ich glaube nicht, dass es nur deshalb ist, weil er eine Drachin will«, sagte Valdís. »Sondern eher, weil er nur Eymund will.«

Und das machte ihm Sorgen. Normalerweise war es Dagmar, die vor Fremden von außen geschützt werden musste. Doch dieses eine Mal schien sie in keinerlei Gefahr zu sein. »Ich gehe zu Vater«, sagte Eymund abrupt.

Und sie machten sich alle auf den Weg zur Schenke.

Dagmar machte es sich auf dem Dach einer der Kasernen gemütlich. Sie hatte zusätzliche Felle dabei, weil sie wusste, dass es kalt werden würde. Außerdem hatte sie in ihrer Lieblingstasche noch eine Flasche Wein, das Dessert vom Abendessen von vorhin und einen Becher. Als alles arrangiert war, setzte sie sich im Schneidersitz hin und zog ihren schmucklosen, aber angenehm warmen Rock über ihre Knie und Füße. Dann wartete sie, dass die Show begann.

Und sie musste nicht lange warten.

Kikka schlich auf Zehenspitzen aus den Schatten, sah sich nach allen Seiten um und vergewisserte sich, dass keiner sie sehen konnte. Doch sie trug den teuren Umhang, den sie sich unbedingt hatte kaufen müssen. Er war hellgelb, und obwohl es dunkel draußen war, kam genug Licht aus den Gebäuden, dass sie sich abhob wie ein Fleck auf einer der verdammten Sonnen.

Dummes Ding.

Seit sie in die Reinholdt-Festung gekommen war, um Eymund zu heiraten, hatte Kikka es sich zur Aufgabe gemacht, Dagmar kirre zu machen. Sie vertraute ihr nicht, mochte sie nicht und fühlte sich von ihr bedroht. Aber das war schon in Ordnung, denn Dagmar ging es andersherum genauso. Der Unterschied war nur, dass Kikka dumm war. Dagmar fragte sich manchmal, ob in ihrem hohlen kleinen Kopf überhaupt ein Gehirn steckte. Während Kikka Sigmar bezirzte, Dagmar wegzuschicken und ihren Mann dazu verführte, sie dabei zu unterstützen, hatte Dagmar eine hübsche und immer länger werdende Liste von Kikkas Liebhabern der letzten fünf Monate angelegt, inklusive Orte, Zeiten und Stellungen.

Natürlich hätte sie Kikkas Hurerei schon vor Ewigkeiten aufdecken können, doch warum Energie verschwenden? Wichtiger war, dass Kikka ihren Bruder mit noch mehr Blagen glücklich machte, während Sigmar sich weniger Sorgen um den Zustand der Ehen seiner Söhne machen musste und sich mehr um wichtigere Dinge wie Jökull kümmern konnte.

Außerdem konnte sie vor sich selbst zugeben, während sie da

oben auf dem Kasernendach saß, dass Kikka ihr eine Form der Unterhaltung verschaffte, der Dagmar anders nicht hätte frönen können.

Sie sah gerne zu. Es war eine Charakterschwäche, aber sie setzte sie nur gegen diejenigen ein, die versuchten, ihr wegzunehmen, wofür sie all die Jahre so schwer gekämpft hatte. Solange Kikka erfolglos blieb, waren ihre Geheimnisse bei Dagmar sicher aufgehoben.

Kikka schlüpfte ins Zimmer des Stallmeisters. Pferde waren so wichtig in den Nordländern und wurden von den Kriegern so verehrt, dass die Position des Stallmeisters unglaublich gut bezahlt wurde und oft ein Haus auf dem Gelände mit einschloss.

Glücklicherweise besaß das kleine Haus dieses Stallmeisters hübsche Fenster, deren kleine hölzerne Fensterläden er nie schloss. Als er mit eindeutigen Absichten auf Kikka zuging, griff Dagmar in ihre Tasche und zog die speziell hergestellten Augengläser heraus, die Bruder Ragnar ihr vor Jahren geschenkt hatte. Anders als die, die sie im Gesicht trug, waren diese hier viel größer, sie musste sie mit beiden Händen halten. Außerdem trug sie sie nicht direkt, sondern hielt sie nur vor die Augen; das Leder, mit denen sie ummantelt waren, lag gut in der Hand. Während ihre normalen Augengläser lediglich dazu dienten zu sehen, was sie normalerweise nicht vor sich sehen konnte, konnte sie mit diesen hier viel weiter sehen ... und faszinierende Details dazu.

Sie grinste, als sie sah, wie der Stallmeister Kikka das Kleid vom Leib riss. Wie würde das Mädchen den Zustand seines Kleides erklären, wenn es in die Festung zurückkehrte? Und sie musste inzwischen wissen, dass Eymund es merken würde, dass schon wieder ein Kleid »versehentlich« beschädigt worden war. Ihr Bruder war knausrig mit seinem Geld, und Kikkas Reiz auf ihn hatte schon lange nachgelassen. Sehr zu Kikkas wachsender Bestürzung, wenn Dagmar richtig riet. Die Diener erzählten Dagmar von bösen Streits und davon, dass ihr Bruder mehr und mehr Zeit mit seinen Kameraden und Brüdern in den örtlichen Schenken verbrachte – und mit den Schenkmädchen.

Nachdem er Kikkas Kleid und Unterkleid aufgerissen hatte, legte der Stallmeister Valtemar sie über seinen Arm und schwelgte in ihren absurd großen Brüsten. Während Dagmar zusah und sich dabei großartig amüsierte, verzog sie dennoch ein wenig das Gesicht über seine Darbietung.

»Schlechte Technik, oder?«

Gleichzeitig beschämt und geschockt, ließ Dagmar die dicken Augengläser in ihren Schoß sinken und wandte den Kopf nach links. Sie blinzelte, sah hinter sich, dann nach rechts.

»Er gibt sich Mühe, aber er … na ja … schlabbert auch ein bisschen.«

Wieder schaute sie nach links. Doch alles, was sie sehen konnte, waren in der Nähe die Dächer anderer Gebäude und in der Ferne die Baumwipfel. Aber obwohl sie neben sich nichts sehen konnte, spürte sie dennoch …

Als sie die Hand ausstreckte, traf sie etwas Hartes und Glattes. Ihre Hand glitt über die Oberfläche nach unten, während sie versuchte zu verstehen, was sie da berührte.

»Das fühlt sich wunderbar an.«

Dagmar riss ihre Hand zurück. »Zeig dich, Drache!«

Die Dunkelheit schimmerte, und wo zuvor nichts gewesen war, war plötzlich doch etwas. Goldene Schuppen, eng an seinem Körper anliegende weite Schwingen, Klauen, Zähne. Er saß ihr zugewandt, sein langer Schwanz mit dem abgehackten Ende schwang träge über der Dachkante hin und her.

»Lady Dagmar. Es ist eine wunderschöne Nacht.«

Sie antwortete nicht; zu verärgert war sie, dass er sie gefunden hatte. Zu verärgert, dass er sie gesehen hatte.

Feuer umhüllte den Drachen, und Dagmar drehte rasch den Kopf weg: Die Hitze war viel zu nah für ihren Geschmack. Dann, Augenblicke später, setzte er sich neben sie. Als Mensch.

Und nackt.

Wie er es auch in seinem Zimmer getan hatte, stützte er die Arme hinter sich auf, um seinen Oberkörper aufzurichten, die Handflächen flach auf den Dachziegeln. Seine langen Beine waren angewinkelt, seine lächerlich großen Füße fest vor ihm aufgestützt. Aber es war seine Männlichkeit von ansehnlicher Größe, die faul an seinem Schenkel ruhte, die ihr augenblicklich den Mund trocken werden ließ. *Große Vernunft, wenn er schon in schlaffem Zustand so ist ...*

Sie zwang sich, den Blick abzuwenden und fragte: »Ist dir nicht kalt?«

»Nein.«

Sie reichte ihm eine ihrer Felldecken. »Zieh trotzdem das hier über.«

Er kicherte und breitete die Decke über seinen Schoß. »Hast du eben geguckt?«

»Das muss ich nicht. Ich sehe jeden Tag nackte Männer.«

»Aber keinen so prächtigen wie mich.« Das stimmte, aber das hätte sie nie laut ausgesprochen.

»Warum bist du hier?«

»Wollte die Aussicht bewundern. Genau wie du.« Dagmar antwortete nicht auf seine schlagfertige Bemerkung; stattdessen analysierte sie, wie schlimm das Ganze hier für sie werden konnte.

Er konnte versuchen, es gegen sie zu verwenden, aber nur, wenn sie es zuließ. Ihr Vater wäre nicht erfreut, aber egal wie sie es betrachtete, für Kikka war es immer schlimmer, was die Aufmerksamkeit ganz leicht von Dagmar ablenken konnte. Es war Kikka, die Eymund betrog. Es war Kikka, die ...

»Du kannst damit aufhören.«

Dagmar sah ihn böse an. »Womit kann ich aufhören?«

»Zu versuchen, dir zu überlegen, wie ich es gegen dich verwenden könnte.«

»Ich habe nicht ...«

»Weil ich es nicht tun werde.«

Dagmar schloss den Mund und starrte stur geradeaus. »Wirst du nicht?«

»Nein. Ist das Wein?« Er beugte sich über sie und griff nach der Flasche.

»Warum?«

»Warum was?« Er öffnete die Flasche, nahm einen großen Schluck – und würgte. »Götter der Unterwelt! Was ist das denn?«

»Der Wein meines Vaters. Er ist nicht so weich wie die Weine aus dem Süden.«

»Er ist nicht so weich wie gesplittertes Glas!« Aber er nahm trotzdem noch einen Schluck, bevor er ihr die Flasche zurückgab. Sie wollte nach dem Becher greifen, aber es schien ihr die Art von Nacht zu sein, in der man direkt aus der Flasche trank. Also tat sie es und nahm mehrere Mundvoll, bevor sie sie wieder verschloss.

»Du sagst also, dass du das nicht gegen mich verwenden wirst.«

»Das werde ich nicht, nein.«

»Und warum nicht? Wir wissen beide, dass du etwas von mir willst. Etwas, das ich dir nicht geben werde. Also warum solltest du das hier dann nicht benutzen?«

»Aus zwei Gründen. Erstens würde dich das zu meiner Feindin machen. Und ich will dich nicht zur Feindin. Um genau zu sein, bist du die letzte Person in allen Nordländern, die ich mir als Feindin leisten kann.«

»Da hast du recht«, räumte sie ein.

»Ich weiß. Würde ich das hier benutzen, würde ich die Wahrheit erfahren, das ist sicher. Aber nur einen Teil davon. Genug, damit ich gehe, aber nicht genug, dass es mir wirklich hilft. Nicht genug, damit Königin Annwyl in Sicherheit ist.«

Er hatte recht. Er hatte *haargenau* recht. »Und der zweite Grund?«

Der Drache lächelte. »Ich schaue auch gern zu. Es wäre heuchlerisch von mir, das gegen einen anderen zu verwenden.«

»Ich schaue nicht zum Vergnügen zu. Ich muss lediglich sicher sein ...«

»Nicht.« Er schüttelte mit ernstem Gesicht den Kopf. »Lüg mich nicht an.« Er schwang den Arm herum und umschloss mit der Geste die weiten Ländereien um sie herum. »Lüg alle an. Sag ihnen alles, was sie hören wollen, wenn du dadurch bekommst, was du willst. Aber lüg mich nicht an.«

»Warum sollte ich nicht?«

»Weil wir einander zu gut verstehen, Dagmar, um uns mit diesen kleinen Spielchen aufzuhalten.«

Sie war verwirrt von seiner Direktheit. Verwirrt und neugierig.

»Was schlägst du also vor, Lord Gwenvael?«

»Ist das das Dessert von heute Abend?«

Sie warf einen Blick auf das reichhaltige Angebot von Süßspeisen, das auf einem Tuch neben ihr lag. Einen Augenblick schien es, als erinnere sie sich nicht einmal daran, es mitgebracht zu haben. »Ja.«

»Darf ich?«, fragte er, während er über sie hinweggriff und sich ein Gebäckstück schnappte. »Es war wirklich gut. Ihr habt exzellente Köche.«

»Das stimmt.«

Er riss mit den Fingern ein Stück ab und steckte es in den Mund. Dann seufzte er, als der Geschmack auf seiner Zunge explodierte. »Einfach wunderbar.«

»Was schlägst du vor, Drache?«

Er leckte sich die Lippen und sagte: »Ich schlage mehrere Dinge vor. Aber am wichtigsten ist, dass wir uns gegenseitig nicht als Gegner sehen.«

»Aber sind wir das nicht?«

»Nur, wenn wir nichts hier herausholen wollen.« Er leckte sich die köstliche Füllung und Gebäckreste von den Fingerspitzen. »Ich bin nicht blind, Dagmar. Hier auf dem Land deines Vaters gibt es schwere Verteidigungsanlagen. Es gibt verborgene Gruben voller Öl, die nur darauf warten, angezündet zu werden, ständige Spähtrupps, die hübschen Spieße, die ihr in den Boden eingebaut habt und die auf den richtigen Auslöser warten. Und ich weiß, dass das nur die wenigen Dinge sind, die ich entdeckt habe.«

»Und worauf willst du hinaus?«

»Es gibt die übliche Verteidigung, und es gibt Kriegsverteidigungsanlagen. Hier wird eindeutig ein Krieg erwartet.«

»Er ist schon da.« Sie atmete hörbar aus, und in diesem Augenblick verschwanden alle Vorwände und alle Illusionen, und Gwenvael wusste, dass er zu der echten Dagmar Reinholdt sprach. Die, die ihre Sippe niemals zu sehen bekam und auch nicht sehen wollte. Und es war diese Dagmar, die jetzt das Risiko einging, sich ihm anzuvertrauen.

»Mein Vater hat dieses Land bekommen, als er erst siebzehn war. Sechs seiner Brüder waren ihm gegenüber loyal, drei sind tot, zwei haben sich auf Jökulls Seite geschlagen, und dann gibt es noch Jökull selbst.«

Sie riss ein Stück von dem Gebäck ab, das er ihr hinhielt. »Jökull ist entschlossen, sich dieses Land zu nehmen. Er und seine Armeen haben vor ein paar Jahren die Stadt und die Ländereien in der Nähe der Festung überfallen. Wir waren nicht darauf vorbereitet und ... Es war sehr schlimm. Eymunds erste Frau war dort und wurde getötet. Es ist eine große Schande für ihn.«

»Jökull hat sie umgebracht?«

»Es kommt darauf an, wen man fragt. Der Kodex, nach dem mein Vater und meine Sippe leben, besagt, dass blutsverwandte oder angeheiratete Frauen unversehrt gelassen werden müssen.« Sie blickte auf, hinaus über das Land. »Die Männer meiner Familie weigern sich zu glauben, dass Jökull so tief sinken würde, dass er aus freien Stücken den Kodex bricht. Sie glauben lieber, ihr Tod sei ein Unfall gewesen.«

»Und du glaubst das nicht.«

»Ich glaube, Jökull befolgt keinen Kodex außer seinem eigenen.«

»Und du denkst, dass er plant, wieder zuzuschlagen.«

»Ob er es tut oder nicht: Wir müssen bereit sein.«

Gwenvael riss noch ein Stück Gebäck ab. »Und durch ein Bündnis mit Annwyl ...«

Sie schüttelte den Kopf. »Ich kann nicht mit dir über dieses Bündnis verhandeln. Das wirst du mit meinem Vater tun müssen.«

»So charmant deine männlichen Verwandten auch sein mögen, Lady Dagmar« – er leckte sich Creme vom Daumen – »du bist es, der ich zutraue, alles abzuwickeln, das Überlegung und Vernunft erfordert.«

Sie wandte abrupt den Blick ab, und er wusste, dass sie versuchte, nicht zu lachen.

»Erlaube mir, mich um deinen Vater zu kümmern, Lady Dagmar.«

Ihr spöttisches Grinsen verriet ihren fehlenden Glauben an seine Fähigkeiten. »Wenn du meinst, dass du das kannst.«

»Ich weiß, dass ich es kann.«

Dagmar nahm noch einen Schluck Wein und reichte ihm die Flasche.

»Interessant«, sagte er endlich.

»Was?«

Er gestikulierte mit der Weinflasche zu den offenen Fenstern des Stallmeisters hinüber. »Was er mit ihr macht.«

Dagmar hob wieder die großen, in Leder gewickelten Glasstücke an ihre Augen. »Ach, du meine Güte.« Sie senkte die Gläser und sah ihn an. »Muss man sich auf so etwas nicht irgendwie vorbereiten?«, fragte sie.

»Wenn man will, dass es *ihr* auch Spaß macht ... ja.«

»Dann ist das einfach nur grob.« Sie hob die Gläser wieder an. »Er ist total planlos, oder?«

»Besonders elegant ist es nicht. Sie wäre besser dran, wenn ein Bär sie zerfleischen würde.«

Dagmar lachte, während sie weiter zusah. Etwas sagte ihm, dass sie nicht annähernd so sehr lachte, wie sie es gerne täte.

»Drei Goldstücke, dass sie genau die Geschichte von dem Bärenangriff meinem Bruder erzählt, wenn sie erklären muss, was mit ihr passiert ist.«

»Nein, nein. Drei Goldstücke, dass er es glaubt.«

Sie sahen bis zum bitteren Ende zu, und die Kommentare des Drachen trieben ihr vor Lachen fast die Tränen in die Augen. Noch schöner war, dass sie ihn ebenfalls zum Lachen gebracht hatte. Sie hatte sich vorher nie für besonders unterhaltsam gehalten, und sie erkannte durchaus den Reiz darin.

Als Kikka schließlich zurück zur Festung hinkte und schwankte, packte Dagmar die Sachen zusammen, die sie mitgebracht hatte, und der Drache machte einen Schritt vom Dach, wobei er in der Luft mühelos wieder seine eigentliche Gestalt annahm.

»Komm, Bestie. Ich bringe dich zurück.«

»Du bringst mich zurück?«

Er landete auf dem Kasernendach und überraschte sie mit seiner Leichtigkeit. Am Morgen würden sich die Soldaten nicht fragen müssen, was ihr Gebäude erschüttert hatte.

»Aye.« Er drehte sich ein bisschen und kauerte sich nieder. »Steig auf.«

Fliegen? Er wollte mit ihr fliegen?

»Ich …«

»Na komm schon. Du weißt, dass du es versuchen willst.« Er grinste und zeigte all seine Zähne. Es beunruhigte sie vor allem, dass sie überhaupt nicht beunruhigt war. »Ich verspreche, ich lasse dich nicht fallen.«

»Wie tröstlich.«

»Halt dich an meiner langen, üppigen Mähne fest und hiev dich hoch.«

»Ich hieve mich nicht, Drache.«

»Dann halt dich fest.«

Sie legte den Gurt ihrer Tasche über ihre Schultern und griff in seine Mähne. Sie spürte, wie sein Schwanz unter ihr Hinterteil glitt und sie hochhob. Sie quiekte erschrocken auf.

»Ich will nur helfen«, sagte er, bevor sie mit ihrem Messer nach seinem Schwanz stechen konnte. »Jetzt halt dich mit den Schenkeln an meinem Hals fest und mit den Händen in meinen Haaren.«

Er trat über den Rand des Gebäudes und breitete die Flügel aus. Die Nordlandwinde trugen ihn und hoben ihn hoch. Er glitt ein wenig dahin, bevor er die Flügel bewegte, um höher zu steigen. Dagmar blickte über die Welt hinweg, fasziniert davon, was sie sah. Es war unglaublich, auf alles hinabzusehen, diese Freiheit zu spüren machte süchtig.

Er flog mit ihr fast eine Stunde über Stadt und Land. Sie hatte keine Ahnung, warum er sich so lange Zeit nahm, aber sie beschwerte sich nicht. Warum sollte sie auch, wenn sie jede Sekunde davon genoss?

Er brachte sie zurück zur Festung, und sie zeigte ihm ihr Fenster. Er landete an der Wand und hielt sich mit seinen Klauen fest. Sie klammerte sich an ihn, voller Angst, sie könnte von seinem Rücken rutschen und zu Tode stürzen. Doch dann wand sich sein Schwanz um sie und hob sie hoch.

»Mach dein Fenster auf.«

Sie tat es, und der Schwanz hob sie hinein. Er löste sich erst von ihrer Taille, als ihre Füße den Boden berührten.

»Ich muss sagen, Lady Dagmar, so gut habe ich mich schon lange nicht mehr amüsiert, wenn nicht ich derjenige war, der mit einer Frau im Bett war.«

Dagmar stützte den Ellbogen auf den Fenstersims, das Kinn auf die Faust gestützt. »Ich weiß, es fiel dir schwer, ihm keine Anweisungen zu geben.«

»Das war es! Er war furchtbar!«

Sie schürzte vor Abscheu die Lippen. »Das stimmt. Glaubst du, dass meine Schwägerin es genossen hat?«

»Wie könnte sie, wenn sie die ganze Zeit darüber nachdenken musste, wie sie das deinem Bruder erklären soll?«

»Woher weißt du, dass sie darüber nachgedacht hat?«

»Ich weiß es. Ich habe diesen Blick schon mal gesehen.«

Darauf hätte sie gewettet.

»Morgen früh, Lady Dagmar, musst du mir vertrauen.«

»Das klingt nicht besonders gut.«

»Keine Sorge. Aber du musst mir vertrauen.«

Sie nickte, in der Hoffnung, dass er ihr auch vertrauen würde – auch wenn sie es höchstwahrscheinlich nicht verdienen würde.

Er ging leichtfüßig zurück in sein Zimmer, obwohl seine Klauen sich in den Steinboden gruben.

Knut knurrte hinter ihr, und Dagmar drehte sich um und hob die Hand. Knut setzte sich auf der Stelle. »Guter Junge.«

Dann spürte sie es; es glitt über ihren Hintern, rutschte kurz unter ihr Kleid und zwischen ihre Beine ...

Bis sie herumgewirbelt war, war der Schwanz fort. Sie lehnte sich aus dem Fenster, und Gwenvael sagte: »Wir sehen uns morgen früh, Lady Dagmar«, und verschwand in seinem Zimmer – nachdem Flammen und eine nackte Männergestalt aufgeblitzt waren und sie verspottet hatten.

Sie schloss das Fenster und legte eine Hand an die Brust. Sie hoffte ehrlich, dass sie ihn richtig einschätzte. Falls nicht, konnte es sein, dass sie nicht besser endete als diese Idiotin Kikka.

Nur, dass Dagmar viel mehr zu verlieren hatte als nur ihre Würde.

9 Olgeir der Verschwender von der Olgeirsson-Horde spuckte neben seinen Klauen auf den Boden. Er hatte allen Grund wütend zu sein. Sie befanden sich auf *seinem* Territorium. Als einer der mächtigen Nordlanddrachen-Warlords reichte sein Territorium von den Bergen des Argwohns in den nördlichen Hochebenen bis zum Fluss der Zerstörung im Westen und bis hinüber zu den Wüsten Meeren im Osten. Es endete an den Äußeren Ebenen, die die Grenze zwischen ihm und dieser Drachenschlampenkönigin bildeten.

Auch wenn er davon träumte, die gesamten Nordländer zu regieren, war es der Gedanke daran, das Gebiet dieser Südländerschlampe für sich zu beanspruchen, der ihn erregte. Er und einige andere Warlords hatten sich vor mehr als einem Jahrhundert kurzzeitig zusammengeschlossen und Königin Rhiannon den Krieg erklärt, aber sie hatten nicht lange genug aufhören können, sich gegenseitig zu beharken, um eine ordentliche Verteidigung aufzubauen, ganz zu schweigen von einem anständigen Angriff. Diese zimperlichen Südländer hatten schneller angegriffen als irgendwer gedacht hätte, waren über die Grenzen der Nordländer ausgeschwärmt und hatten einige der besten Krieger dezimiert, die Olgeir je gekannt hatte.

Er hatte versucht, die anderen Warlords zu warnen. Hatte versucht, sie vor Rhiannons Gefährten zu warnen. Bercelak der Rachsüchtige war kein verhätschelter Monarch, der gern Krieg spielte. Er war einer aus dem Cadwaladr-Clan, Echsen von niederer Herkunft, die die Königshäuser der Südländer benutzten, wie die Menschen ihre Kampfhunde benutzten. Sie riefen sie zu den Waffen, wenn das Königshaus einen Krieg führte oder Schutz brauchte, warfen ihnen Essensreste hin und schlossen sie draußen in der Kälte ein, wenn Frieden war. Doch keinem von dieser Bande schien das etwas auszumachen; stattdessen verbrachten sie den Großteil ihres Lebens damit, von einer Schlacht zur anderen zu ziehen und sogar in Menschengestalt an der Seite der Menschen zu kämpfen, wenn die Drachen in Frieden lebten. Doch sogar innerhalb des Cadwaladr-Clans hatte Bercelak bei allen Drachenvölkern den Ruf, der Brutalste zu sein.

Olgeir erinnerte sich noch, was passiert war, als in einem Krieg vor mehreren Jahrhunderten, als Rhiannons Mutter auf dem Thron gewesen war, eine von Barcelaks Kriegerschwestern von Nordland-Warlords gefangen genommen worden war. Bercelak hatte die ältesten Söhne der feindlichen Warlords gefangen genommen und ihnen die Schuppen ausgerissen, einzeln. Dann hatte er den jeweiligen Vätern die Schuppen zurückgeschickt, jeden Stapel einzeln verpackt wie ein Geschenk. Er hatte weder eine schriftliche Botschaft dazugelegt, noch hatten diejenigen, die die Stücke überbrachten, etwas zu übermitteln. Doch die Botschaft war eindeutig gewesen ... Entweder wurde seine Schwester freigelassen – mit intakten Flügeln – oder die Warlords würden als Nächstes Flügel und Gliedmaßen als »Geschenke« zugeschickt bekommen.

Bercelak regierte immer noch an der Seite der derzeitigen Drachenkönigin, aber er war älter geworden. Seine Söhne stürzten sich in jeden Kampf, als wäre es ihr letzter. Sie kämpften ganz gut, aber Olgeir machte sich ihretwegen weniger Sorgen als wegen ihres Vaters. Damals war die Horde einfach nicht darauf vorbereitet gewesen; dennoch musste er sich auch heute noch vor den Cadwaladrs in Acht nehmen. Olgeir hatte erst vor Kurzem gehört, dass sie in den Westlichen Bergen kämpften, doch wenn er sich zum Angriff entschloss, musste er zuerst einen Plan machen.

Und Olgeir würde angreifen. Er würde diese Drachin in seine Gewalt bringen und ihr Land übernehmen, und wenn es das Letzte war, was er tat.

Als Erstes musste er sich allerdings um seinen verräterischen Sohn kümmern.

Olgeir hatte viele Söhne, oh ja. Neunzehn waren es bei der letzten Zählung. Aber dieser eine, sein Achtgeborener ... er war der Cleverste des ganzen Haufens – und konnte die meisten Probleme verursachen. Er hatte schon mindestens zwei seiner Vettern auf seine Seite gezogen, und Olgeir hatte keine Zweifel, dass mindestens einer seiner Söhne dem Verräter folgen würde. Der Junge war überzeugend und schmiedete pausenlos Pläne, die Macht zu übernehmen ... als würde Olgeir sie ihm einfach so übergeben.

Olgeir hatte die Mutter dieses Idioten immer gewarnt, dass er zu viel las, zu viel Zeit mit den Magiern und Mönchen verbrachte, die überall im Land herumstreunten. Jetzt hielt er sich für besser als sein Vater.

Und er würde wohl leider auf die harte Tour lernen müssen, dass er es nicht war.

Eine starke Klaue schloss sich um Olgeirs Schulter; einer seiner vielen Neffen beugte sich zu ihm hinab. »Ich habe eben Nachricht erhalten, dass ein Südland-Drache über dem Gebiet der Reinholdts gesichtet wurde.«

Olgeir verzog die Oberlippe. »Jemand, den wir kennen?«

»Noch nicht sicher.«

Er deutete auf drei seiner Enkelsöhne. »Schick sie los, das zu überprüfen.«

»Sie werden ihn vielleicht erledigen müssen.«

»Na und? Wir haben, was wir brauchen.« *Und sie ist perfekt*, seufzte er innerlich, als er an die Beute dachte, die sicher in seiner Bergfestung angekettet war.

Sein Neffe schickte die drei mit ihren Anweisungen los und kam zu seinem Onkel zurück. »Und was ist mit denen da?«

Olgeir sah zu denen hinüber, die dabei erwischt worden waren, als sie durch sein Gebiet gereist waren. Ihretwegen war er hier draußen, noch bevor die zwei Sonnen aufgingen. Ihresgleichen wurde selten so weit entfernt von den brutalen Eisländern gesichtet. Doch wenn sie gesehen wurden – diesmal wegen eines Tunneleinbruchs –, schrillten die Alarmglocken. Wie die meisten Bewohner der Eisländer waren sie wankelmütig, aber mächtige Kämpfer. Sogar Drachen mussten in ihrer Anwesenheit vorsichtig sein.

Es waren über vierzig von ihnen, alle groß und stark, aber sie waren nur Tiere. Dennoch hatten diese Tiere ein höheres Ziel. Ein höheres Ziel, das er bedenkenlos unterstützen konnte.
»Bringt sie zu den Tunnels in der Nähe der Brücke und schickt sie ihrer Wege.«
»Du weißt, wohin diese Tunnels führen, Onkel. Bist du sicher?«
Olgeir grinste, amüsiert darüber, dass jedes einzelne dieser Tiere den Namen der Göttin Arzhela mit Messern in die Brust geschnitten trug. Sie hatten sich nicht einmal die Mühe gemacht, das Blut abzuwischen, und einige der Wunden heilten nicht besonders gut. Doch sie waren Eiferer, und genau so etwas taten Eiferer.
»Oh, ich bin mir sicher.« Er klopfte seinem Neffen auf die Schulter. »Lasst sie zu ihr gehen. Lasst sie ihre tote Göttin ehren.«
Er ging zurück in seine Höhle, gefolgt von seiner Wache hinter sich. »Wenn sie *sie* töten, ist unser Kampf halb gewonnen.«

Dagmar war mitten in einem seltsamen Traum, in dem es um Schlagsahne und einen Drachenschwanz ging, als ihre Schlafzimmertür aufgerissen wurde. Augenblicklich saß sie aufrecht im Bett, immer noch gefangen zwischen Wachsein und Schlaf, und gellte: »*Ich habe nicht gelogen!*«
Drei ihrer Brüder standen im Türrahmen und starrten sie an. Welche? Sie hatte keine Ahnung. Alles, was sie sehen konnte, waren verschwommene Umrisse.
»Was ist los?«, verlangte sie laut über Knuts hysterisches Gebell hinweg zu wissen. »Knut!« Der Hund ging zu einem leisen, bedrohlichen Knurren über, während sie auf dem kleinen Tisch neben ihrem Bett herumtastete und versuchte, ihre Augengläser zu finden.
»Vater braucht dich unten. Sofort.« Sie erkannte Valdís' Stimme und spürte, wie seine Hände ihr ihre Augengläser in die Hand drückten.

»Warum? Was ist los?«
»Zieh dich einfach an. Wir warten draußen auf dich.«
Sie hatte keine Zeit für ein Bad, also musste sie sich damit begnügen, sich an der Waschschüssel zu schrubben und eilig anzuziehen. Sobald sie ihr Kopftuch umgebunden hatte, ging sie in den Flur, und sofort schoben ihre Brüder sie in Richtung Treppe.

In dem Augenblick, als sie durch die Tür in die Haupthalle traten, schickte Dagmar Knut nach draußen, damit er eine Pause hatte und mit den anderen Hunden im Hof spielen konnte.

Kaum war der Hund durch die Tür verschwunden, schnappte Valdís sie am Handgelenk und schleppte sie in die privaten Gemächer ihres Vaters.

Er zog die Tür auf und schob sie hinein. Sie sah ihren Vater sofort an dem großen Tisch stehen, der den größten Teil des Raumes einnahm. Wie üblich war dieser mit Karten und Berichten von Soldaten, die an Schlüsselpunkten des ganzen Landes stationiert waren, bedeckt.

Auf der gegenüberliegenden Seite des Tisches stand Gwenvael. Sobald die Tür aufging, drehte er sich mit einem breiten Grinsen um und rief: »Eymund!« Dann sah er sie, und sein Lächeln fiel in sich zusammen. »Oh. Hallo, Lady Dagmar.«

»Lord Gwenvael. Valdís, würdest du mir bitte von einem Diener …« Doch ihre Brüder waren längst weg und knallten die Tür hinter sich zu. Kopfschüttelnd ging sie zum Tisch hinüber. »Du hast mich hergebeten, Vater?«

»Aye. Äh … Lord Gwenvael hier braucht eine Information von dir.«

»Nein.«

Ihr Vater richtete einen Finger auf sie. »Hör mal zu …«

»Ich habe doch gesagt, dass es mir leidtut«, unterbrach ihn Gwenvael und verdrehte dabei meisterhaft die Augen wie ein kleines Kind.

»Das ist ganz großartig von dir. Und doch bin ich nicht in nachsichtiger Stimmung.«

Ihr Vater knallte die Hände auf den Tisch und stand auf. Dagmar machte ein Zeichen in Richtung Tür. »Kann ich dich einen Moment draußen sprechen, Vater?«

Sie ging hinaus in den Flur; ihre Brüder – alle zwölf – waren nirgends zu sehen. Sie wartete, bis ihr Vater herausgekommen war, dann schloss sie die Tür und wandte sich ihm zu. »Was ist los?«

»Er muss gehen.«

»Warum? Er ist äußerst höflich und ...«

»Ich will keine große Sache daraus machen, Kleine, aber er muss gehen. Heute. Also sag ihm einfach, was er wissen will.«

Jetzt hatte es begonnen, und sie hatte nur eine Möglichkeit, es mit allen Beteiligten hinzubiegen. Zuerst – mit ihrem Vater.

»Und eine perfekte Gelegenheit versäumen?«, fragte sie; ihr Herz raste, obwohl sie wusste, dass ihr Gesicht ihrem Vater nichts verriet.

»Was für eine Gelegenheit? Was meinst du, was du von ihm bekommen wirst?«

»Vater«, sagte sie und achtete darauf, ein wenig Ungeduld in ihrer Stimme mitschwingen zu lassen, »wenn du ihm sowieso einfach die Information geben willst, gib mir zehn Minuten, damit ich sehen kann, was ich selbst herausschlagen kann. Was kann es schaden?«

»Ich weiß nicht ...«

»Lass es doch zumindest Eymund versuchen«, schlug sie unschuldig vor. »Lord Gwenvael scheint ihn zu mögen.«

»Nein!« Ihr Vater schnappte nach Luft und rang um Gelassenheit. Sie gab sich Mühe, angemessen verwirrt auszusehen – jetzt machte sich das stundenlange Üben vor dem Spiegel endlich bezahlt. Er deutete zur Tür. »Geh. Rede mit ihm. Du hast Zeit, etwas aus ihm herauszuholen, bis ich mir ein Ale geholt habe. Danach sagst du ihm alles und sorgst dafür, dass er hier verschwindet.«

»Ja, Vater.« Sie schob die Tür auf, ging hinein und schloss sie leise wieder.

Sie setzte sich auf den Stuhl ihres Vaters ihm gegenüber. Der

Drache, in Kettenhemd und Wappenrock, hatte seine Füße mitsamt den Stiefeln auf den Tisch gelegt.

Er lächelte sie an. »Und?«

»Wir haben zehn Minuten.«

»Also gut.« Er ließ die Füße zu Boden fallen und legte seine Hände auf das Holz. Sie starrten sich über den Tisch hinweg an. »Also, was willst du?«

»Fünf Legionen.«

»Fünf?«, fragte er ungläubig. »Bist du verrückt?«

»Nein. Du willst deine geliebte Königin retten, oder?«

»Zehn Heereseinheiten. Das scheint mir fair.«

»Beleidige mich nicht, Lord Gwenvael. Vier Legionen.«

»Woher weiß ich, dass deine Information auch nur eine Heereseinheit wert ist, ganz zu schweigen von vier ganzen Legionen?«

»Ist sie.«

Er lehnte sich auf seinem Stuhl zurück. »Wenn das, was du mir zu sagen hast, verlässlich ist … vielleicht eine Legion.«

»Eine?«

»Das sind fünftausendzweihundert Männer, Lady Dagmar.«

Dagmar seufzte und trommelte mit den Fingern auf den Tisch, bevor sie widerwillig antwortete: »Na schön.«

»Gut. Jetzt sag mir, was du weißt.«

»Jemand will eure Königin tot sehen.«

Dagmar zuckte zusammen, als Gwenvaels Kopf den Tisch traf und er die Arme zur Seite warf. »Ist das das *Beste*, was du mir sagen kannst?« Bei aller Vernunft, er liebte es wirklich dramatisch!

Sein Kopf hob sich vom Tisch, und er durchbohrte sie mit Blicken. »Das weiß ich schon. Jeder will ihren Tod. Sie wollen ihren Tod seit Jahren! Sag mir, dass ich hier nicht meine Zeit verschwendet habe!«

»Bist du fertig? Ich nämlich nicht.«

»Den Göttern sei Dank.« Er machte ihr ungeduldig ein Zeichen fortzufahren.

»Soweit ich weiß, ist eine Abordnung aus den Eisländern auf dem Weg nach Süden, in Richtung Dunkle Ebenen.«

»Die Eisländer? Ich wusste nicht, dass dort überhaupt jemand lebt.«
»Doch. Du glaubst, dass diese Gegend hier rau ist? Es ist nichts im Vergleich zu dort. Die Bewohner dort sind stark, robust und sehr unfreundlich. Und das größere Problem für euch ist, dass die meisten unter der Erde reisen.«
»Wozu?«
»In den Eisländern gibt es plötzliche, tödliche Eisstürme, die jederzeit hereinbrechen können – daher der Name.« Sie schnaubte, dann fuhr sie fort: »Also begannen die Zwerge, Tunnel zu graben. Zuerst nur von Mine zu Mine, von Clan zu Clan. Doch ihnen wurde schnell klar, dass sie Geld damit verdienen konnten, auch für andere Wege in und aus ihrem Territorium heraus anzubieten.«
»Willst du damit sagen, dass jemand unterirdisch Assassinen geschickt hat? Das ist ungefähr zwanzig Heereseinheiten wert, Mylady.«
»Es sind keine Assassinen. Es gibt Hunderte von Kulten in den Eisländern. Sie leben dafür, den Göttern zu dienen, die sie meiner Meinung nach schon lange verlassen haben. Die, die hinter deiner Königin her sind, haben Arzhela angebetet. Ihr zu Ehren wollen sie die Babys deiner Königin. Sie wollen ihr Blut. Wie du sehr wohl weißt, Mylord, unterscheiden sich diejenigen, die für einen Kampf angeworben wurden, sehr von denen, die an eine Sache glauben. Letztere machen vor nichts halt. Absolut gar nichts wird sie davon abhalten, deine Königin und ihre ungeborenen Nachkommen zu töten.«

Alle Dramatik und Heiterkeit wich aus dem Gesicht des Drachen, während er sie anstarrte und die Wahrheit ihrer Worte in sein Bewusstsein drang. Er ließ sich auf seinen Stuhl zurückfallen. »Bist du sicher, dass diese Information korrekt ist?«
»Meine Quelle ist unfehlbar.«
»Verstanden.« Er schob seinen Stuhl vom Tisch weg. »Eine Legion.«
»Hervorragend.«

Er stand auf, und Dagmar wusste, dass sie es jetzt versuchen musste.

»Da ist noch etwas.«

Gwenvael sah auf sie herab. »Was?«

»Die Tunnel von den Eisländern führen durch die Nordländer in den Süden bis zu den Wüstenländern von Alsandair.«

Sein Gesichtsausdruck wurde leer, sein Kiefer schlaff. »Ich verstehe nicht ... was?«

»Falls sie den richtigen Tunnel genommen haben, könnten sie mitten in eurem Rittersaal auftauchen, und ihr würdet es erst merken, wenn sie euch sauber aufgespießt, sie zerfetzt und ihre Babys mitgenommen haben.« Sie lehnte sich zurück. »Keiner von euch weiß von den Tunnels, oder?«

»Ich verstehe nicht. Wenn diese Tunnels existieren, wie kommt es, dass keiner von eurer Sippe ...«

»Eine ganze Armee durchzuschicken wäre unmöglich. Dafür sorgen die Zwerge. Außerdem sind sie nicht für die aus den Nordländern gedacht, sondern für die aus den Eisländern, die selten jemandem den Krieg erklären außer sich gegenseitig. Die meisten Nordländer wissen nicht einmal, dass die Tunnels existieren. Und die wenigen, die es wissen, sind nicht erpicht darauf, unterirdisch zu kämpfen. Tunnels sind immer riskant.«

»Aber *du* hast diese Information.«

»Ich habe gelehrte Freunde.«

»Du sagtest, falls sie die richtigen Tunnel genommen haben. Ich muss wissen, welche Tunnel das sind – ich muss alle Tunnel kennen.«

Dagmars Zehen zogen sich in ihren Stiefeln zusammen. »Ich könnte dir diese Information besorgen.« Sie holte Luft. »Aber nicht umsonst.«

Er verdrehte die Augen. »Na schön. Zwei Legionen. Komplett.«

»Nein.«

»Wir sind nicht wieder bei fünf, oder?«

»Nein. Eine Legion für meinen Vater. Wie du versprochen hast.«

»Dann verstehe ich nicht …«

»Ich weiß, wer euch helfen kann, wer dir die Information geben kann.«

»Ja?«

»Alles, was du tun musst … ist mich mitzunehmen.«

Gwenvael starrte sie lange an, den geraden Rücken, die Augen, die ihn durch diese Glasstücke angespannt ansahen. »Du willst mit mir durchbrennen?«

Es wäre nicht das erste Mal, dass eine Frau ihn darum bat, ihn sogar anflehte, sie aus ihrem Leben herauszuholen. Doch Dagmar lachte nur. »Bei aller Vernunft! Natürlich will ich nicht mit dir durchbrennen!«

»Was willst du dann?«

»Der, der uns die Information geben kann, ist nur einen Tagesritt von hier entfernt. Sogar weniger, wenn wir fliegen. Ich gehe mit dir und helfe dir, die Information zu bekommen, und bevor du es aussprichst: Doch, du wirst meine Hilfe brauchen, um diese Information zu bekommen. Dann bringst du mich zurück.« Sie schnippte mit den Fingern. »Noch besser: Du kannst mich zu Gestur bringen.«

»Wer zum Teufel ist Gestur?«

»Er ist mein Onkel. Meinem Vater treu ergeben.«

»Und warum willst du dorthin?«

»Ich habe meine Gründe. Abgesehen davon hat er sowieso vor, in ungefähr einem Monat hierherzukommen. Ich könnte mit ihm zurückkehren. Es wäre mein persönlicher kleiner Urlaub von allem hier.«

»Bevor du anfängst, in deinem Urlaub zu schwelgen: Dein Vater wird dich niemals gehen lassen. Dieser ganze Nordmänner-Kodex, mit dem man sich auseinandersetzen muss.«

»Mein Vater kann sich kaum meinen Namen merken. Er nennt mich Mädchen oder Kleine.«

»Ich dachte, das wären Kosenamen.«

»Sieht er für dich aus, als würde er Kosenamen verwenden? Aber wenn du darauf bestehst, kann es Teil des Handels sein, zusätzlich zu der Legion und der Ausrüstung ...«

»Was für eine Ausrüstung?«

»Die Ausrüstung, die du versprochen hast.«

»Ich habe dir nie irgendwelche Ausrüstung versprochen.«

»Aber du hattest es vor.«

»Nein, hatte ich nicht!« Sie genoss das Ganze hier entschieden zu sehr! Er sah es an dem kleinen Grinsen in ihrem Gesicht. Sie wusste, dass er die Information über diese verdammten Tunnel brauchte, und sie hatte keine Skrupel, ihn damit zu erpressen.

Die Welt konnte froh sein, dass sie nicht als Mann geboren war. Sie wäre inzwischen schon Imperatorin.

»Ich mache das nicht.«

»Warum nicht?«

»Weil du etwas aushechst.«

»Ein paar Stunden Freiheit sind alles, was ich verlange, Lord Gwenvael. Ist das wirklich zu viel?«

Verdammtes Weib!

»Du schwörst, dass du mir wirklich helfen wirst.«

»Auf mein Leben als eine Reinholdt: Alles, was ich tun kann, um deiner Königin zu helfen, werde ich tun.«

»Schön.« Er senkte den Kopf, holte mehrmals tief Luft, und als er sie wieder ansah, sah er sie durch einen Tränenschleier hindurch.

Sie wich etwas zurück. »Was *tust* du?«

Gwenvael hatte keine Zeit, sie zu warnen, bevor ihr Vater hereingestürmt kam; die einfache Tatsache, dass der Warlord mindestens zwei Tage nicht gebadet hatte, hatte ihn Gwenvaels armen Nüstern verraten. »Was zum Teufel geht hier vor?«, wollte Sigmar wissen, ein Pint in der Hand.

Dramatisch schniefend, sah Gwenvael anklagend über den Tisch zu Dagmar hinüber. Ohne mit der Wimper zu zucken, stand diese auf und ging zu ihrem Vater hinüber. »Entschuldige uns einen Moment, ja, Lord Gwenvael?«

»Natürlich«, würgte dieser hervor, und das kleine zusätzliche Schluchzen am Schluss beeindruckte ihn sogar selbst.

Dagmar nahm ihren Vater noch einmal mit hinaus in den Flur. Sie wäre am liebsten auf und ab gesprungen und hätte in die Hände geklatscht, aber das wäre definitiv kontraproduktiv gewesen. Stattdessen sagte sie: »Tut mir leid. Er ist sehr aufgebracht.«

»Bei allen Kriegsgöttern – was hast du zu ihm gesagt?«

»Es liegt nicht daran, was ich gesagt habe, Vater, sondern daran, was ich nicht sagen konnte. Ich weiß, dass Bruder Petur noch mehr Informationen hat. Du erinnerst dich doch an ihn?« Gute Götter, warum zog sie ausgerechnet den Namen dieses Mannes hervor?

Vielleicht, weil ihr Vater Petur nicht im Geringsten bedrohlich fand. Er gehörte zu einem Orden, der Toleranz statt Krieg predigte. Anders als Bruder Ragnars Orden des Kriegshammers oder ihr anderer Lieblingsorden, der Orden des Brennenden Schwertes.

»Kannst du ihm nicht auf einer Karte zeigen, wie er zum Konvent dieses Idioten kommt?«

»Es ist kein Konvent, Vater; das ist für Frauen.« Und wie viele Male hatte sie sich gewünscht, er würde sie in einen schicken? »Es ist ein Kloster. Und ich habe ihm den Weg beschrieben, aber er will, dass ich mitkomme.«

»Nicht, solange ich lebe, Mädchen. Ich lass dich nicht mit diesem ... diesem ... dieser *Heulsuse* hier raus!«

»Komm schon, wieso nicht? Du machst dir doch sicher keine Sorgen um meine Keuschheit!« Sie lachte, obwohl ihr aufregende Visionen von Schlagsahne und einem frechen Drachenschwanz durch den Kopf schossen.

»Was meinst du mit ›wieso nicht‹? Er kann dich nicht beschützen. Er wäre zu sehr damit beschäftigt zu schluchzen wie ein verdammtes Mädchen, während du von irgendeinem anderen Warlord entführt wirst!«

»Nicht so laut! Und allein seine Größe wird mich beschützen.« Ihr Vater grunzte, was die Hoffnung in ihr weckte, ihn doch noch überzeugen zu können. »Wie wäre es, wenn wir es so machen? Ich begleite ihn heute, was nur ein paar Stunden dauern wird. Dann kann er mich zu Gestur bringen. Er ist kaum zwei Stunden zu Fuß von diesem Kloster entfernt. Ich kann Gestur die Botschaften bringen, die du für ihn hast, und wäre vor Einbruch der Nacht wieder sicher auf Reinholdt-Land.«

Ihr Vater sah sie aus zusammengekniffenen Augen an. »Du hast dir das alles anscheinend schon genau überlegt.«

Sie zuckte die Achseln. »Es ist ewig her, seit die Vettern hier waren. Und Gestur kann mich nächsten Monat mitnehmen, wenn er herkommt.«

»Nächsten Monat?« Ihr Vater sah sie seltsam an, und sie hatte keine Ahnung, was dieser Ausdruck bedeutete. »Das gefällt mir nicht. Und du hast mir immer noch keinen guten Grund geliefert, dich zu schicken.«

»Eine Legion.«

»Was?«

»Wie ich dir sagte: Er will Annwyl die Blutrünstige schützen. Er hat uns eine Legion von ihren Truppen versprochen.«

»Und du glaubst ihm?«

»Ja. Das sind 5.200 Männer, Vater.«

»Südländer«, schnaubte er.

»Menschliche Ziele, sage ich. Damit kannst du Jökull beschäftigen, bis du ihm die Haut von den Knochen reißen kannst.«

Ein seltenes Lächeln ging über das Gesicht ihres Vaters. »Du bist manchmal wirklich wie deine Mutter. Du hast einen rachsüchtigen Zug an dir.« Die Komplimente ihres Vaters waren rar und seltsam, aber sie sog sie trotzdem gierig auf.

»Das stimmt. Und wenn wir bekommen, was wir wollen, wenn wir der Heulsuse helfen ... Das ist ein geringer Preis, den wir zahlen müssen. Vertrau mir bitte dieses eine Mal, Vater.«

»Ich bin mir sicher, dass du etwas aushecken, Kleine.« Aber er gab ihr kein Kontra mehr, und das wussten sie beide. »Aber du bist dir sicher? Mit ihm allein sein zu wollen, meine ich? Bist du sicher, dass du bei ihm gut aufgehoben bist – er ist schließlich immer noch ein männliches Wesen, und ich hab doch gesehen, wie deine Schwägerinnen ihn anschauen.«

Sie schob die Tür einen Spalt auf, und ihr Vater schaute hinein und sah Gwenvael, der sich in ein Taschentuch schnäuzte und noch immer schluchzende Geräusche von sich gab. Dagmar hob eine Augenbraue. »Solange ich mich nicht plötzlich in Eymund verwandle ... bin ich mir relativ sicher, dass ich zurechtkommen werde.«

10

»Mylady? Mylady, bitte wach auf.«

Morfyd öffnete die Augen. »Was ist los, Taffia?«

»Du beeilst dich besser, Mylady. Die Wachen haben die Warnung ausgerufen, dass deine Mutter sich nähert.«

»Ich bin in fünf Minuten unten. Die Sonnen sind noch kaum aufgegangen.« Dann drehte sie sich um und vergrub ihren Kopf an einer warmen, muskulösen Brust.

»Mylady, wenn du nicht nach unten gehst, um sie zu empfangen, wird sie hier heraufkommen.«

»Mhmmm.«

Ja, ja. Ihre Mutter würde in ihr Zimmer heraufkommen und sie hier an Brastias geschmiegt sehen ...

Morfyd war mit einem Ruck wach und saß aufrecht im Bett, den ganzen Körper wie unter Strom. »Gute Götter! Sie ist hier? Warum ist meine Mutter hier?«

»Ich weiß nicht, Mylady. Aber sie nähert sich und wird bald landen.«

Morfyd krabbelte hastig aus dem Bett und deutete auf ihren Kleiderschrank. »Hol mir mein Gewand, Taffia! Beeil dich!« Sie sah, dass Brastias sie beobachtete. »Schau mich nicht so an!«

»Wie denn?«

Sie seufzte ungeduldig und goss Wasser in die Schüssel auf ihrem Waschtisch. »Ich kann es ihr nicht sagen. Noch nicht.«

»Wann dann? Wann wirst du es irgendeinem von ihnen sagen?«

»Hängst du an deinen Armen und Beinen? Denn meine Brüder würden dafür sorgen, dass du bald keine mehr hast. Und mein Vater ...« Sie schauderte bei dem Gedanken. Bercelak der Große hatte einmal einem jungen Drachen die Flügel ausgerissen, der einen ganzen Mondzyklus lang fast jeden Tag in der Höhle ihrer Eltern vorbeigekommen war, um seine Liebe zu Morfyd zu beweisen. Ihr Vater war erbost gewesen. »Du bist gerade mal vierzig geworden!«, hatte er geschrien und die Flügel ihres armen Verehrers geschüttelt, sodass das Blut in der ganzen Kammer herumspritzte. »Du bist noch ein Kind!«

»Wie lange willst du noch deine Familie als Ausrede benutzen?«, fragte Brastias leise.

Sie sah ihn über die Schulter an und merkte, dass er schon aus dem Bett heraus und fast angezogen war und jetzt auf das Fenster zusteuerte.

»So einfach ist das nicht«, erklärte sie seinem Rücken, während er sein Hemd anzog.

»Für den Rest deiner Geschwister ist es ganz einfach.«

»Du kannst uns doch nicht damit vergleichen, was Fearghus und Briec ...«

»Ich gehe besser.« Er schob das Fenster auf und kletterte mühelos hindurch und hinaus auf den winzigen Sims. Sie hatte keine Ahnung, wie er das jede Nacht und jeden Morgen schaffte, aber sie würde ihm ewig dankbar dafür sein, dass er es tat.

»Brastias, warte.«

Er drehte sich auf dem Fußballen zu ihr herum; seine großen Füße waren das Einzige, was ihn vor dem Absturz bewahrte. Wenn er nicht zu Tode stürzen würde, hätte er doch zumindest ein oder zwei gebrochene Körperteile.

»Ich liebe dich«, sagte er. Dann war er weg.

Morfyd hatte keine Ahnung, wie lange sie dastand und wie ein liebeskrankes Kind auf den Fleck starrte, wo er gestanden hatte. Er liebte sie? Das hatte er bisher noch nie gesagt, und sie wusste, dass er es auch nicht gesagt hätte, wenn er es nicht so meinte. Und tragischerweise liebte sie ihn auch. Konnten sie noch törichter sein? Taffia zog sie am Ellbogen. »Mylady? Deine Mutter.«

»Ja, ja.«

Zu sagen, sie sei nicht in der Stimmung, ihre Mutter zu sehen, wäre eine Untertreibung gewesen, aber sie hatte keine Wahl. Rasch legte sie ihr Hexengewand an und rannte hinunter ins Erdgeschoss, durch den Rittersaal und hinaus auf den Hof. Sie hatten den Hof vor fast zwei Jahren vergrößert, um Drachen das

Starten und Landen zu erleichtern, und die meisten Menschen waren inzwischen ganz gut an sie gewöhnt. Doch an die Drachenkönigin war keiner gewöhnt. Ihre bloße Anwesenheit weckte die Drachenfurcht in fast allen Menschen, die Annwyl dienten.

Morfyd sah zu, wie ihre Mutter landete. Neben und hinter ihr flogen die treuen Drachenwächter, die die Drachenkönigin mit ihrem Leben beschützten. Keine einfache Aufgabe, wenn ihre Mutter unbedingt meinte, menschliche Gestalt annehmen zu müssen und dann so laut, dass alle es hören konnten, fragte: »Also, wo ist die Hure?«

Morfyd schloss kurz die Augen, versuchte, ihr selten ausgelebtes Temperament zu zügeln und entgegnete: »Hör auf, sie so zu nennen.«

»Aber das ist sie schließlich, oder? Die Hure, die meinen Sohn betrogen hat?«

»Warum weigerst du dich zu glauben, dass sie Fearghus' Babys austrägt?«

»Weil es unmöglich ist.«

»Von allen Lebewesen solltest du, Mutter, doch am besten wissen, dass nichts unmöglich ist, wenn die Götter beteiligt sind.«

Ein panischer Schrei erklang, und Morfyd stampfte beim Anblick eines von Rhiannons Leibwächtern, der einen Stallburschen im Maul hatte, mit dem Fuß auf.

Frustriert zischte sie: »Mutter!«

Ihre Mutter prustete ungeduldig. »Na schön. Na schön. Lass ihn runter, Cairns.«

»Aber meine Königin« jammerte der Drachenwächter um den Mundvoll schreienden Mensch herum, »ich habe Hunger!«

»Dann geh zur Lichtung und such dir eine Kuh oder so etwas. Aber setz ihn ab!«

Der Mann wurde grob ausgespuckt und kullerte über den Hof. Morfyd gab Taffia ein Zeichen, und ihre getreue Helferin ging sich um den armen Jungen kümmern.

»Also, wo ist sie?«, blaffte ihre Mutter. »Wo ist die Schlampe von Garbhán?«

»Ich fasse es nicht, dass du immer noch nicht mit mir redest!«

»Und ich fasse es nicht, dass du meinen Hund nicht mitnehmen wolltest.« Dagmar wartete, bis Gwenvael auf einer Lichtung landete, ihrer Schätzung nach nicht weiter als ungefähr eine Wegstunde von ihrem Ziel entfernt, bevor sie von seinem Rücken glitt. Sie versuchte, sich von ihm zu entfernen, doch ihre Beine trugen sie nicht, und sie musste sich am Hals des Drachen festhalten, damit sie nicht in die Knie ging.

»Götter!«, knurrte Gwenvael, ihre Beschwerden ignorierend.

»Das schon wieder?«

»Ja! Das schon wieder. Du hast gesehen, wie aufgebracht er war!«

»Frau, er ist ein Hund! Und ich bin nicht der Lastesel für deine Haustiere!«

»Er ist mehr als ein Haustier. Er ist mein ständiger Begleiter und beschützt mich.«

»Ab jetzt beschütze *ich* dich.«

»Irgendwie beruhigt mich das wenig.«

Der Drache setzte sich in Bewegung, und Dagmar stolperte und fiel fast hin. Doch sein Schwanz landete an ihrem Hintern, hielt sie aufrecht ... und nahm sich gewisse Freiheiten heraus!

»Oh!« Sie stemmte die Beine in den Boden, griff nach hinten und schlug ihn auf seinen forschenden Schwanz. »Hör auf, mich mit diesem Ding da zu belästigen!«

»Das tue ich nicht. Ich habe dich nur gestützt, damit du nicht fällst.«

Sie knirschte mit den Zähnen. »Was macht er dann zwischen meinen Beinen?«

»Du hast dich bewegt.«

Dagmar spürte, wie mit ihrem Ärger auch ihre Kraft wiederkehrte, trat zurück, hob den Fuß und trat kräftig auf die Schwanzspitze.

»Au! Du barbarische Schlange!« Er stieg auf die Hinterbeine und umklammerte mit den Vorderklauen seinen Schwanz. »Ist dir klar, dass der an mir dranhängt?«

»Ja! Daher wusste ich ja auch, dass er frech ist!«

Gwenvael steckte die Spitze in den Mund und saugte daran wie an einem Finger, den man sich in der Tür eingeklemmt hat. Sie starrten einander finster an, keiner von ihnen sprach ein Wort. Dann driftete sein Blick ab, und er sagte: »Ich kenne diese Stadt.«

Dagmar sah über den Fluss hinweg und atmete auf. »Die großartige Stadt Spikenhammer. Ich wollte schon immer einmal herkommen. Sie haben hier die unglaublichste Bibliothek des ganzen Nordens.«

»Spikenhammer«, schnaubte er. »Könnte der Name noch naheliegender sein?« Der Drache ließ abrupt seine Schwanzspitze fallen und runzelte die Stirn. »Warte. Ich verstehe nicht. Ich dachte, wir wären auf dem Weg zu einem Kloster.«

»Was sollten wir in einem Kloster?« Sie deutete auf die große Stadt, von der sie schon so viel gehört, in der sie aber noch nie gewesen war. »Da gehen wir hin.«

»Aber du hast deinem Vater gesagt …«

»Ich habe gelogen. Er hätte mich nie herkommen lassen, nicht einmal mit ihm.« Sie lief den Bergrücken hinab, da sie es kaum erwarten konnte, die Stadt endlich zu erreichen. »Wir haben noch ein Stück Weg vor uns, du beeilst dich also besser.«

»Worüber hast du sonst noch gelogen?«, rief er ihr nach.

Dagmar lachte. »Die Frage wirst du sehr viel konkreter formulieren müssen, fürchte ich.«

Die Wachen sagten ihm, dass seine Mutter angekommen sei, doch das hätte er auch ohne Benachrichtigung gewusst. Er hörte das Geschrei durchs ganze Schloss.

Er trat in den Rittersaal und sah die zwei Frauen wie immer in direkter Konfrontation. Weil keine die andere einen Satz beenden lassen wollte, hatte Fearghus keine Ahnung, *worüber* sie stritten, doch es war definitiv eine hitzige Diskussion, und die arme Morfyd stand wie immer zwischen den Fronten und versuchte verzweifelt, die Wogen zu glätten.

Seine Mutter ragte hoch über der anderen schreienden Frau auf, doch das ließ die Kleinere nicht zurückweichen – und das würde sie auch niemals tun. Fearghus hatte diesen Wesenszug schon kurz nach ihrem Kennenlernen bemerkt, und im Augenblick schätzte er ihn sehr.

Während die beiden Frauen stritten, bemerkte niemand, dass er sich neben dem Stuhl der Frau, die er liebte, niederkauerte.

»Was habe ich verpasst?«, murmelte er, und seine Lippen strichen über Annwyls Wange.

»Keine Ahnung. Ich kam rein, deine Mutter sah mich, und von da an war es ein Selbstläufer. Sie überschreien sich gegenseitig, deshalb weiß ich nicht genau, worum es geht. Aber Talaith scheint ziemlich wütend zu sein.«.

Fearghus lachte leise. Es amüsierte ihn, wie Talaith, die Gefährtin seines Bruders, seine Mutter praktisch dazu herausforderte, sie in eine Flammenkugel zu verwandeln. »Ich bin froh, dass sie sich darum kümmert. Ich wäre nicht halb so nett.«

»Lass deine Mutter über mich sagen, was sie will, Fearghus. Es ist mir egal.« Es stimmte, es war ihr wirklich egal. Nicht wie früher. Nicht wie die Annwyl in seiner Erinnerung, die, wie Gwenvael einmal gesagt hatte, »gegen ihren eigenen Schatten kämpfen würde, wenn sie der Meinung wäre, dass er ein bisschen überheblich wäre.«

Aber seine Gefährtin, seine Gemahlin, war müde. Mit neunundzwanzig Wintern sollte sie nicht so müde sein. Obwohl sie mit Zwillingen schwanger war, sollte sie nicht *so* müde sein. Mit Ringen unter den Augen und Falten um den Mund. Sie alterte nicht wirklich, es war eher ... Er wusste es nicht. Er wusste nicht, was los war. Und es jagte ihm eine höllische Angst ein.

»Warum gehst du nicht zu Bett?« Er machte einem der Diener ein Zeichen, der herumstand und den Nebenkriegsschauplatz beobachtete. »Ich bin auch gleich oben, und dann machen wir gemeinsam ein Nickerchen.«

»Deine Mutter ist aus einem bestimmten Grund hier. Ich sollte herausfinden, was es ist.« Sie sah auf ihre Hände hinab, die auf dem Tisch ruhten. Es waren starke, tüchtige Hände, die viele Narben trugen und über die Jahre viel Schaden angerichtet hatten. »Aber es ist mir einfach egal, Fearghus.«

»Und das sollte es auch sein. Ich kümmere mich darum. Genau wie Morfyd.« Er küsste sie auf die Stirn, trat zurück und half ihr vom Stuhl auf. Dem Diener, dem er sie anvertraute, sagte er: »Bring sie in unser Schlafzimmer und sorg dafür, dass sie alles hat, was sie braucht. Dann komm wieder her. Achte darauf, dass die Tür zu unserem Zimmer geschlossen ist, wenn du gehst.«

Ein Lächeln flackerte auf Annwyls Lippen auf. »Das war schrecklich detailliert, Fearghus.«

»Du magst es doch, wenn ich in die Details gehe. Und jetzt geh.«

Er lehnte sich an den Tisch und sah zunächst Annwyl nach, wie sie sich langsam und mühevoll die Treppe hinaufquälte. Als sie im Flur verschwand, richtete er seine Aufmerksamkeit auf seine Mutter und Talaith.

»Was habe ich verpasst?«, fragte Briec, als er neben Fearghus trat.

»Die Ankunft unserer Mutter.«

»Talaith ist ja ordentlich in Rage ... hat Mutter Annwyl mal wieder eine Hure genannt?«

»Weiß nicht.« Fearghus warf seinem Bruder einen Blick zu. »Was ist mit deinem Gesicht passiert?« Der Schnitt zog sich von seiner Wange bis unters Kinn hinab, und seine nackte Brust und die schwarze Hose waren voller Schmutz und Blut.

»Meine Tochter.«

Fearghus verzog das Gesicht. »Bei den dunklen Göttern – du bist doch nicht mit ihr in den Ring gestiegen, oder?«

»Ich musste mich vergewissern, dass Brastias recht hat, bevor ich mit ihrer Mutter rede.«

»Und?«

Briec grinste. »Er hat recht.«

»Das hätte ich dir auch sagen können.« Er reichte seinem Bruder einen Lappen, der auf dem Tisch lag. »Du tropfst.«

Während er sich den Lappen ins Gesicht drückte, sagte Briec: »Ich habe heute Morgen von Gwenvael gehört.«

»Und?«

»Eine Sekte aus den Eisländern ist hinter Annwyl her.«

»Aus den Eisländern?« Er hatte gehört, dass dort Leute lebten, hatte sich aber trotzdem nie vorstellen können, wie jemand in dieser grausamen Gegend überlebte. »Dürfte nicht zu schwer sein, sie auszumachen. Wir alarmieren unsere Truppen in der Nähe der Außenebenen ...«

»Er meint, sie könnten unterirdisch reisen.«

Na wunderbar. Fearghus atmete aus und schloss kurz die Augen. »Hat uns das Glück total verlassen?«

»Nein. Aber nichts ist je einfach. Nicht für uns. Aber mach dir keine Sorgen. Wir kümmern uns darum.«

»Wir?«

»Gwenvael hatte einen Vorschlag. Ich fand ihn auch gut, und also haben wir Éibhear darauf angesetzt, den Rest zu erledigen.«

»Warum Éibhear?«

»Weil Vater ihn nie schlägt.«

»Gwenvaels großer Plan hat mit Vater zu tun?«

»Mach dir deswegen keine Sorgen. Wir haben alles unter Kontrolle.«

Das bezweifelte Fearghus, aber er war nicht in der Stimmung zu streiten und einfach dankbar, dass seine Brüder bei alledem hinter ihm und Annwyl standen. Sie waren ein nervtötender Haufen, aber sie waren auf seiner Seite. Der Diener erschien am Fuß der Treppe und bedeutete Fearghus, dass er erledigt hatte, was er ihm aufgetragen hatte. Als er wusste, dass Annwyl sich ausruhte und außer Hörweite war, richtete Fearghus sich auf, gab seinem Bruder ein Zeichen, ein Stück zurückzugehen, schwang seine Faust über den Kopf und ließ sie auf den Tisch niedersausen. Der Tisch splitterte und wölbte sich, wo seine Faust landete. Sowohl Rhiannon als auch Talaith fuhren auseinander; Talaith hielt mittlerweile ihren Dolch in der Hand und Rhiannon hatte einen Zauberspruch auf den Lippen.

»Du kommst hierher«, sagte er zu seiner Mutter, die Stimme leise und kaum unter Kontrolle, »und nennst meine Gefährtin eine Hure, und dann regst du dich auf, dass man dir kein höfliches Willkommen bereitet?«

»Ich nenne sie nicht Hure.« Als alle sie nur anstarrten, erklärte Rhiannon: »Ich habe ihr nicht ins Gesicht gesagt, sie sei eine Hure ... zumindest nicht heute.«

»Was ist dann hier los?«

Rhiannons Hände landeten auf ihren Hüften, und ihr Fuß tippte auf den Boden. Wäre sie in Drachengestalt, wäre es eine ihrer Krallen gewesen. »Ich habe nur nicht verstanden, warum sich keine von diesen beiden Idiotinnen früher mit mir in Verbindung gesetzt hat.«

Talaith ließ ihren Dolch wieder zurück in das Futteral gleiten, das an ihrem Oberschenkel befestigt war. »Warum? Damit du ihr ins Gesicht sagen kannst, dass sie eine Hure ist?«

»Ich habe sie eine Hure genannt, als ich dachte, sie wäre mit einem anderen ins Bett gegangen.«

Fearghus ging auf seine Mutter zu. »Und jetzt?«

»Und jetzt weiß ich es besser.«

Er konnte sich ein wenig Argwohn nicht verkneifen. »Was? Einfach so?«

»Aye. Einfach so.«

Nein, da stimmte etwas nicht. Er sah von einer Hexe zur anderen, die alle drei verschiedene Kenntnisstufen hatten – Talaith lag Jahrhunderte hinter den anderen beiden, holte aber rasch auf –, und er wusste, dass sie etwas verbargen.

»Was verschweigt ihr mir?«

Rhiannon streichelte ihm die Wange und schenkte ihm ein sanftes Lächeln. In diesem Augenblick war sie nicht die Furcht einflößende Drachenkönigin. Sie war seine Mutter. Er sah es in ihren Augen, fühlte es bei ihrer Berührung. »Mein Sohn, es gibt keinen Grund zur Sorge. Wir versuchen ganz einfach, einen Weg zu finden, ihr ihre Energie wiederzugeben, damit sie sich die nächsten Wochen nicht so dahinschleppen muss.«

Seine Mutter log ihn an. Er wusste es, tief in seinem Inneren. Doch er konnte sie nicht drängen, denn er war noch nicht so weit, die Wahrheit zu hören. Nicht jetzt. Denn er wusste, dass sie nicht log, um ihn zu verletzen – sie log, um ihn zu schützen.

»In Ordnung?«, fragte sie sanft.

Er nickte. »In Ordnung.«

Talaith blickte zu Briec auf und ihre Augen wurden schmal, als sie die offene Wunde sah, die nicht aufhören wollte zu bluten.

»Was ist mit deinem Gesicht passiert?«

Briec starrte sie einen langen Augenblick an, bevor er ruhig antwortete: »Nichts.«

Und Talaith wirkte nicht im Mindesten überzeugt.

»Na, sind wir ein bisschen müde? Sind die Füße wund?«

Dagmar biss die Zähne zusammen und antwortete: »Mir geht's gut.«

Es ging ihr nicht gut. Sie litt. Ihre Füße waren nicht wund, sie *schmerzten höllisch*! Sie konnte fühlen, wie sich mit jedem ihrer Schritte offene Wunden bildeten. Ihre Muskeln hatten ebenfalls angefangen, lauthals zu protestieren. Und ihre Stirn brannte von den tief hängenden zwei Sonnen, denn die Wolken, die sie immer verbargen, boten lange nicht so viel Schutz, wie sie immer geglaubt hatte.

Dagmar hatte immer gedacht, dass ihre gelegentlichen zügigen Spaziergänge um die Festung ihres Vaters sie in Form gehalten hätten. Allerdings hielten die Arbeiter den ebenen, gepflasterten Boden sauber. Die Hauptstraße nach Spikenhammer war dagegen leider mit Felsen und tiefen Furchen gespickt, die sie nicht sah, bevor ihr Fuß darauftraf. Außerdem war die Straße kein gerader Weg, sondern ein gewundener Pfad, der hügelauf, hügelab führte, was wiederum hieß, dass die Stadt nicht annähernd so nahe war, wie ihre Augen und diese ungenauen Landkarten es sie hatten vermuten lassen. Seit mehr als drei Stunden waren sie nun auf dieser Straße unterwegs, es war kein Ende in Sicht, und der Drache schien nur zu gern weiterzugehen.

»Sicher, dass du nicht fliegen willst? Ich kann uns direkt hinfliegen, damit deine winzigen königlichen Füße diesen schmutzigen, bösartigen Boden keinen Augenblick länger berühren müssen.«

Sein Sarkasmus war sicherlich noch eine Spur schlimmer geworden, seit er entdeckt hatte, dass sie ihn angelogen hatte. Doch zu ihrer Überraschung hatte er nicht darauf bestanden, sofort zu ihrem Vater zurückzukehren. Es war ungewohnt, mit jemandem unterwegs zu sein, dessen Verhalten sie nicht so leicht vorhersagen konnte. Auf diese spezielle Begabung hatte sie sich immer sehr verlassen.

»Und uns dabei abschießen lassen?«, fragte sie. »Spikenhammer duldet keinen von deiner Art innerhalb seiner Mauern.«

»Drachen mögen vielleicht nicht erlaubt sein, aber ich kann dir versichern, dass es irgendwo in der Stadt welche gibt. Wir sind überall.«

Dagmar blieb stehen, verwirrt und fasziniert von seiner Aussage. »Selbst im Land meines Vaters?«

»Ich war dort.«

»Du zählst nicht.« Sie tat ihn mit einer Handbewegung ab. »Und nein, nein. Das kann nicht sein. Ich hätte es bemerkt. Im Gegensatz zu anderen lasse ich mich nicht von der Magie der Götter täuschen. Ich hätte es bemerkt«, bekräftigte sie noch einmal, eher in dem verzweifelten Versuch, sich selbst zu überzeugen als ihn.

»Und zwar wie?« Er deutete auf das Wappen auf seinem Wappenrock. »Natürlich wusstest du von dieser Armee, aber kennst du jedes Wappen jeder Armee, die über die Jahrhunderte ausgelöscht wurde?«

»Du meinst, weil die Hordendrachen natürlich genauso eine widerwärtige Bande von Lügnern sind wie die Südlanddrachen?«

»Gib es einfach zu. In eurer Festung sind vielleicht Blitzdrachen ein und aus gegangen, und ihr hattet keine Ahnung davon. Vielleicht Soldaten auf der Durchreise, die versuchten, nicht zu groß auszusehen oder immer ihre Kapuzen trugen, um ihre violetten Haare zu verbergen. Es ist keine Schande, es nicht zu bemerken. Wir täuschen euch Menschen seit Äonen. Warum sollte sich das jetzt ändern? Zum Beispiel …«

»Aaaaah!« Dagmar fiel nach vorn; ihr Fuß hatte sich in einem dieser teuflischen Löcher im Boden verfangen, und sie streckte die Arme nach vorn, um sich abzufangen. Ihre Hände knallten auf den unerbittlich harten Nordlandboden, ihre weichen Handflächen wurden von den scharfen Felsen, Glassplittern, Steinen und anderem Müll, der hier überall herumlag, aufgerissen. Sie stieß den Atem aus, und ihre Augengläser fielen ihr von der Nase.

Von alledem beunruhigte sie der Verlust ihrer Augengläser am meisten.

Sie tastete blinzelnd um sich und versuchte, die kleinen runden Gläser zu finden, auf die sie inzwischen so angewiesen war. Wenn sie wieder zu Hause war, würde sie Bruder Ragnar um mehrere neue Paare bitten.

»Wie ich sehe, hat dir nie jemand beigebracht, wie man richtig fällt.«

Erschöpft, voller Schmerzen und in Angst, sie könnte die einzigen Dinge zerbrochen haben, mit deren Hilfe sie deutlich sehen konnte, starrte Dagmar den Drachen neben sich wütend an. Er hatte sich neben sie gekauert, deshalb verschwamm seine Gestalt nur an den Rändern. »Nein, Lord Gwenvael, mir hat nie jemand beigebracht, wie man richtig fällt.«

»Brauchst du Hilfe?«, fragte er.

»Ich brauche meine Augengläser.«

Er griff vor sie und nahm etwas in die Hand. »Ist das das einzige Paar, das du hast?«

Panik stieg in ihr auf. »Sind sie kaputt?«

»Nein. Ich frage nur. Wenn man unterwegs ist, zerbrechen Dinge gern oder werden gestohlen oder gehen einfach verloren. Wenn das dein einziges Paar ist …«

»Es ist im Moment mein einziges Paar, aber ich habe jetzt wohl kaum Zeit, mir Gedanken um ein neues Paar zu machen, oder?«

»Du bist furchtbar schnippisch.«

Sie biss so fest die Zähne zusammen, dass sie fürchtete, sie würde sie in kleine Stücke zermalmen, griff nach ihren Augengläsern und hoffte, sie ihm aus der Hand reißen zu können. Er hielt seine Hand ganz einfach höher, außerhalb ihrer Reichweite.

»Gib sie mir!«

»Nein. Du machst sie nur blutig. Deine Handflächen bluten.« Er sah sich um; die anderen Leute auf der Straße gingen um das Paar herum, als wären sie einfach tote Tiere, die ihnen im Weg lagen. »Hier. Lass uns von der Straße runtergehen.« Er streckte die Hand nach ihr aus, und sie hob ihre, in der Erwartung, er werde sie nehmen. Doch er tat es nicht. Er schob nur ihren Arm beiseite und hob sie an der Taille hoch.

»Ich muss nicht getragen werden!«

»Natürlich musst du das, du armes, schwaches, ungeschicktes Ding.«

Gwenvael trug sie tief in den Wald neben dem Weg und setzte sie mit dem Rücken an den Stamm eines großen, alten Baumes gelehnt ab. »Schau zu mir hoch.«

Sie tat es, und er setzte ihr vorsichtig die Augengläser auf die Nase, wobei er darauf achtete, dass die Bügel perfekt hinter ihren Ohren saßen. »So. Besser?«

Sie blinzelte, die Welt um sie herum wurde wieder scharf. »Du hast ja keine Ahnung.«

»Eigentlich schon. Als ich achtundneunzig war, hat mich mein Bruder in einen Vulkan geschubst.«

Er erzählte ihr die merkwürdigsten, brutalsten Geschichten über seine Familie. Und was hatte das überhaupt mit ihrer Lage zu tun?

»Bitte sag mir, dass an dieser Geschichte noch mehr dran ist.«

»Ist es. Wie du dir vorstellen kannst, kann Lava unserer Gattung nicht viel anhaben. Obwohl sie« – er lehnte sich ein bisschen vor und senkte die Stimme – »obwohl sie großartig ist, wenn man Blitz- oder Sanddrachen foltern will.«

»Ich werde es mir merken.«

»Tu das. Man weiß nie, wann man Informationen dieser Art gebrauchen kann. Jedenfalls ...« Er bewegte langsam und vorsichtig ihre Hand und das Handgelenk von einer Seite zur anderen, auf und ab, und beobachtete sie genau, während er weitersprach: »Die Lava hat schon ein bisschen gebrannt, aber nicht so, dass es wirklich gestört hätte. Aber ich habe meine Augen nicht fest genug zugemacht. Ein bisschen davon ist hineingekommen. Ich habe wochenlang nur verschwommen gesehen. Als ich dann mitten im Hof meiner Mutter stand und schrie: ›Will keiner dem Blinden helfen? Wird mich niemals mehr jemand lieben, jetzt, wo ich blind bin?‹, hat mich meine Mutter dann schließlich zu einer Heilerin geschleppt.«

Dagmar verzog die Lippen, um ein Lachen daran zu hindern, sich hinauszustehlen. Sie wollte wütend auf ihn bleiben.

»Ich bin sicher, du warst erleichtert, als deine Augen wieder funktionierten.«

»Stimmt. Aber ich muss zugeben, dass es großen Spaß gemacht hat, die Hände zu meinen Brüdern hinaufzustrecken, ihre Gesichter zu befühlen und zu sagen: ›Bist du das, Briec? Ich ... ich weiß es wirklich nicht.‹« Er lachte. »Und wenn Briec nicht so ein Arsch wäre, hätte er großes Mitleid mit mir gehabt. Stattdessen hat er meinen Kopf gegen alles geknallt, was gerade in der Nähe war.«

Er untersuchte sämtliche Finger und Knöchel. »Gut. Da scheint nichts gebrochen zu sein.« Er machte mit ihrem Körper weiter und hob den Saum ihres Kleides. Er zog ihr einen Stiefel aus und lächelte. »Wollsocken?«

»Die sind warm.«

»Ein Mitglied des Königshauses trägt Wollsocken?«

»Ich bin kein Mitglied des Königshauses, wir haben keine Königshäuser in den Nordländern. Und wenn ich Eitelkeit gegen die Frage aufwiege, ob ich in unseren Wintern alle meine Zehen behalten möchte ... rate mal, was da gewinnt.«

»Verständlich.« Er zog ihr die Socken aus, und sie zuckten beide zusammen. »Du brauchst eine Heilerin, Lady Dagmar.«

Sie wandte den Blick von den Wunden ab, die ihre Füße übersäten, und musste ihm zustimmen: »Dummerweise ... ja, ich glaube, du hast recht.«

Rhiannon eilte die Treppe hinab und um die Ecke zu einer freien Stelle, von der aus sie abheben konnte. Sie schickte ihren Wachen einen Gedanken, erst später zu ihr zu stoßen, was ihr ein paar Augenblicke allein mit ihrer Tochter verschaffte.

»Ich kann nicht fassen, dass du mich nicht schon früher gerufen hast.«

»Du hast sehr deutlich gemacht, dass du ihr nicht glaubst. Warum hätte ich dich rufen sollen?«

Sie wirbelte zu ihrer Tochter herum, den Zeigefinger auf das Gesicht ihres Kükens gerichtet. »Ich musste sie nur sehen, um es zu wissen. Ist es schon die ganze Zeit so?«

»Nein. Ungefähr seit einem Monat.« Morfyd warf die Hände in die Luft. »Talaith und ich haben alles versucht. Aber es ist, als ob sie ...«

»Ausgezehrt wird. Von innen.«

»Genau.« Morfyd rieb sich die Stirn. »Vielleicht sollten wir sie nach Devenallt bringen. Dort können wir ...«

»Nein.«

»Warum nicht?«

»Sie wäre dort nicht sicher.«

»Seit wann?«

»Seit die Ältesten beschlossen haben, Annwyls Zwillinge in den Fokus zu nehmen. Ich dachte, sie würden sie rundheraus ablehnen, aber das haben sie nicht – und das macht mich noch nervöser.«

»Warum? Was könnten sie tun?«

»Diese Situation ist vollkommen neu, und das gibt ihnen freie Hand, denn wir haben keine Gesetze dafür. Und solange wir uns nicht mitten in einem Krieg befinden, teile ich die Herrschaft mit den Ältesten.«

»Du meinst nicht die Ältesten, Mutter. Du meinst Eanruig.«

Der Älteste Eanruig. Es war schon lange her, seit Rhiannon

einen Feind gehabt hatte, der so lästig und hinterhältig war wie der stammbaumbesessene Eanruig. Er war der Meinung gewesen, ihre Küken seien schon von Bercelaks niederen Familienbanden befleckt – bei dem Gedanken, dass der Drachenstammbaum von einem Menschen besudelt werden könnte, wurde ihm jetzt sicher ganz schwindlig.

»Überlass ihn mir, Morfyd.« Sie warf ihr Gewand ab, das zu tragen ihre Tochter sie gezwungen hatte, wenn sie unter Menschen war, und verwandelte sich zurück in ihre natürliche Form. Sie breitete die Schwingen aus und warf die Haare zurück. Sie verstand einfach nicht, wie ihre Kinder Tag für Tag in diesen menschlichen Körpern eingesperrt verbringen konnten. Ein paar Stunden vielleicht – aber Tage? »Annwyl ist sicherer hier bei dir. Du und Talaith tut weiterhin, was ihr könnt. Ich werde sehen, was ich von meiner Seite aus tun kann.«

Die königlichen Wachen standen jetzt hinter ihr, bereit, nach Hause zurückzukehren.

»Etwas von Keita gehört?«, fragte ihre Tochter plötzlich.

Rhiannons jüngste Tochter und Nervensäge Nummer eins, Keita die rote Schlange der Verzweiflung und des Todes, hatte selten Kontakt zu ihrer Mutter, was Morfyd sehr wohl wusste. Doch Morfyd wusste auch, dass Rhiannon immer eine ziemlich gute Vorstellung hatte, wo ihre Sprösslinge sich zu jeder Zeit aufhielten und wann sie sie brauchten, ob sie sie um Hilfe baten oder nicht. Mit Keita war das nicht anders, auch wenn sie ihre Mutter weder zu brauchen schien noch ihre Hilfe wollte.

Keita war nicht nur unabhängig; sie war streitlustig und immer davon überzeugt, dass Rhiannon nichts weiter war als eine alte Drachin, die sich ständig einmischte und ganz versessen darauf war, ihr das Leben schwer zu machen. Es schien so viel unangebrachte Wut in diesem Küken zu stecken, obwohl Rhiannon oft das Gefühl hatte, dass sie die Einzige war, die dies je sah. Ihren Geschwistern und Bercelak gegenüber war Keita die Lebensfrohste und Unbekümmertste von allen und hatte ihren Spaß, wo immer sie ihn finden konnte.

Doch Rhiannon wusste es besser. Sie sah Keita genau so, wie sie war, und behandelte sie genau so, wie sie es verdiente. Also antwortete sie, Morfyds Frage wörtlich nehmend: »Nicht mehr, seit sie mir gesagt hat, ich solle mich verpissen, nein.«

»O Mutter ...«

Rhiannon beendete das Gespräch über ihre jüngste Tochter mit einem Krallenschnippen. »Gwenvael?«, erkundigte sie sich. Ihr Sohn konnte nervtötend sein, aber er war nie so feindselig wie Keita.

»In den Nordländern«, erklärte Morfyd widerstrebend. »Auf der Jagd nach mehr ... Informationen.«

»Und wessen geniale Idee war es, die männliche Schlampe aus dem Süden allein in die Nordländer zu schicken?«

»Annwyls.«

»Und daran hättest du erkennen müssen, dass etwas nicht mit ihr stimmen *kann*.«

»Mutter!«

»Was denn? Ich habe sie immer noch nicht Hure genannt!«

Ihre Blasen wurden geöffnet und gesäubert und eine Salbe in die Wunden gerieben. Zerschrammte Handflächen wurden sorgfältig abgewischt und Blut weggeputzt, dann eine andere Salbe aufgetragen. Die Wunden an ihren Füßen und Handflächen wurden mit sauberen Binden umwickelt, und ein Gebräu, das ihr praktisch mit Gewalt eingeflößt wurde, sollte gegen die Schmerzen helfen und dafür sorgen, dass sie später in der Nacht kein Fieber oder eine Infektion bekam. Dann, nach viel Diskutieren und Feilschen um die Bezahlung – er hatte vergessen, wie sehr die Nordländer das Schachern liebten –, schaffte Gwenvael es endlich, die schwierige Lady Dagmar in ein hübsches Bett im Gasthaus zum Stampfenden Pferd zu zwingen. Denn selbst mit ihren verbundenen Händen und Füßen wäre sie liebend gern noch auf ihre »kleinen Besorgungstouren« gegangen, wie er sie nannte, weil es sie so ärgerte. Doch er wollte nichts davon hören. Nicht, wenn sie den traditionelleren Weg der Heilung gehen mussten.

Es war Ewigkeiten her, seit er erlebt hatte, dass jemand darauf bestand, dass nur Kräuter ihm helfen konnten. Seine Schwester und Talaith woben immer noch zusätzliche Zauber mit ein, um den Heilungsprozess zu beschleunigen, doch Dagmar hatte darauf beharrt, dass das bei ihr nicht funktionieren würde.

»Weil ich die Götter nicht verehre«, hatte sie erklärt. »Magie von Hexen und Priesterinnen oder was auch immer funktioniert nie bei mir. Einer meiner Lehrer sagte mir sogar einmal, dass die Götter höchstpersönlich sich einschalten müssten, damit Magie irgendwelcher Art mir helfen kann.«

Da er und die Heilerin bezweifelten, dass die Götter sich bei Dagmars geschwollenem Knöchel und ihren Blasen einschalten würden, war Dagmar darauf angewiesen, ein ekelhaft aussehendes Gebräu zu trinken und den Rest der Nacht zu ruhen.

»Wenn du heute Nacht auf diesen Füßen herumwanderst, bist du morgen früh direkt wieder hier«, hatte die Heilerin gewarnt.

Obwohl sie sich immer noch wehrte, ließ Gwenvael sie schließlich im Gasthof aufs Bett fallen und ging wieder, um ihr etwas zur Aufmunterung zu holen. Als er mit dem Hündchen zurückkehrte, das er auf irgendeinem Hof gefunden hatte, dachte er, sie wäre glücklich darüber.

»Du hast jemand sein Hündchen gestohlen?«, hatte sie ihn beschuldigt.

»Drachen stehlen nicht. Wir nehmen uns einfach, was wir wollen. Dieses kleine Mädchen braucht ihn schließlich nicht mehr als du.«

Sie hatte auf die Tür gezeigt und dabei hochmütiger ausgesehen als je zuvor, selbst mit bandagierten Händen und Füßen. »Bring ihn zurück!«

»Aber ...«

»Sofort!«

Er hatte es widerwillig getan, obwohl es ihm gar nicht gefallen hatte, wie sie ihn weggeschickt hatte, und hatte noch ein paar andere Dinge besorgt. Als er zum zweiten Mal wiederkam, fand er sie nicht schlafend vor, sondern arbeitend mit Federkiel, Tinte und Pergament. Verärgert nahm er ihr den Federkiel aus der Hand.

»Ich bin noch nicht fertig!«

»Doch, bist du.« Er nahm das Pergament und die Tinte und legte alles auf eine leere Kiste am Fuß ihres Bettes. »Die Heilerin wollte, dass du dich ausruhst.«

»Nein. Sie wollte nicht, dass ich herumlaufe. Sie hat nichts von Schreiben gesagt.«

»Widersprich mir nicht. Ich bin sehr schlecht gelaunt wegen dir.«

»Wer hat dir gesagt, dass du einem Kind das Haustier stehlen sollst?«

»Bring mich nicht dazu, dir ein Kissen aufs Gesicht zu drücken, bis du meine Seite der Dinge verstehst.«

»Nennt man das nicht Mord?«

»In einigen Teilen der Welt schon.« Er setzte sich aufs Bett. »Obwohl du total undankbar für dieses blöde Hündchen warst, habe ich dir andere Geschenke besorgt.« Er zog einen Sack hervor, den er mitgebracht hatte.

»Ich hätte eigentlich lieber etwas zu essen.«

»Das Essen kommt in fünf Minuten oder so. Bis dahin, undankbares Weib, habe ich das hier für dich.« Er legte ihr das Buch, das er gekauft hatte, auf den Schoß, damit sie nicht versuchte, es mit den Händen zu nehmen. »Man hat mir gesagt, dass es relativ neu ist, deshalb hoffe ich, dass du es noch nicht gelesen hast.«

Sie studierte den Einband. »*Jani. Leben und Liebe eines Schenkmädchens.*« Dagmar atmete hörbar aus. »Nein. Ich kann ganz ehrlich sagen, dass ich das noch nicht gelesen habe.«

»Gut.« Er wandte sich wieder dem Sack zu und zog die nächsten Gegenstände heraus.

»Ich besitze schon Stiefel.«

»Das sind bessere. Besser, wenn du viel zu Fuß gehst. Du willst doch nicht noch mal solche Blasen bekommen, oder?«

»Und die Socken?«

»Genauso warm wie Wolle, aber weniger rau auf der Haut. die wohlhabenden Söldner benutzen sie immer, wenn sie von Kampf zu Kampf ziehen.«

Ihre Fingerspitzen rieben über das Leder der Stiefel. »Danke. Das ist sehr nett.«

»Gern geschehen. Außerdem hatte ich auch keine Lust, noch mal Furunkel aufzustechen.«

»Blasen«, schnappte sie. »Es waren Blasen, keine Furunkel.«

»Blasen. Furunkel. Ist das wichtig?« Er sah auf ihre Füße hinab. »Wie geht's dem Knöchel?«

»Besser. Die Schwellung ist schon deutlich zurückgegangen.«

»Siehst du, was passiert, wenn du auf mich hörst? Nur Gutes.« Er lächelte sie an. »Wirst du mir jetzt angemessen danken?«

»Ich habe ›danke‹ gesagt. Das wird in manchen Kulturen als angemessener Dank betrachtet.«

»Ich hatte auf ein wenig mehr gehofft.«

Sie musterte ihn lange, bevor sie nickte.

»Na gut.« Sie rutschte auf dem Bett ein wenig tiefer, zog ihr Kleid über ihre Schenkel nach oben und legte sich zurück. »Wenn du es schnell machen könntest, bevor das Essen kommt, wäre das großartig.«

Gwenvael spürte ein kleines Zucken unter dem Auge. Etwas Ähnliches hatte er öfter direkt auf dem Augenlid, aber nur, wenn er sich mit seinem Vater auseinandersetzen musste. Anscheinend hatte sich ein neuer Tick entwickelt, der nur Dagmar gehörte.

»Das meinte ich nicht.«

»Ich hoffe, du erwartest nicht, dass ich auf die Knie gehe, denn ich glaube nicht, dass die Heilerin …«

»Nein!« *Gute Götter, diese Frau!* »Das meinte ich auch nicht.«

»Das meinen Männer doch immer, wenn sie verlangen, dass man ihnen angemessen dankt.«

»Deine Welt macht mir Angst. Ich will, dass wir uns da richtig verstehen.« Er beugte sich vor, umfasste ihre Taille und hob sie hoch, bis ihr Rücken wieder an den Kissen lehnte.

»Dann ist mir nicht ganz klar, was du willst.«

»Einen Kuss«, sagte er, während er ihr das Kleid wieder bis zu den Knöcheln zog. »Einen einfachen Kuss.«

»Wofür?«

»Weil ich das als Dankeschön haben möchte.« Und weil er sicher war, dass ein Kuss von diesem offensichtlich kalten Fisch genau das war, was er brauchte, damit er aufhören konnte, an sie zu denken und sich wieder auf die wichtigen Dinge konzentrieren konnte.

»Was genau erwartest du?«

»Wie bitte?«

»Ich meine: Gibt es eine bestimmte Reaktion, die du von mir erwartest, damit du zufrieden bist? Soll ich in Ohnmacht fallen oder schon allein bei der Berührung stöhnen? Vielleicht könnte ich ein bisschen zittern, was nicht schwierig wäre, weil ich solchen Hunger habe.«

»Kannst du dich nicht einfach so verhalten, wie du es immer tust, wenn du geküsst wirst?«

»Ich dachte nur, du wärst an dramatischere Reaktionen gewöhnt, als du sie je von mir erwarten kannst.«

»A-ha!« Er zeigte mit dem Finger auf sie. »Du bist Jungfrau!«

»A-ha!« Sie zeigte zurück. »Nein, bin ich nicht.« Sie blinzelte plötzlich heftig und nahm mit einer Hand ihre Augengläser ab, während sie Daumen und Zeigefinger der anderen benutzte, um sich die Augen zu reiben. »Tatsächlich war ich dreimal verheiratet.«

»Wirklich? Was ist passiert?«

Sie setzte die Augengläser wieder auf. »Der Erste hat beim ersten gemeinsamen Essen nach der Hochzeit meinen Vater beleidigt, hatte es aber in der Nacht zuvor geschafft, mich betrunken ins Frausein einzuführen. Bis zum nächsten Mittag hatten ihn vier Schlachtrösser meines Vaters in Stücke gerissen, sehr zum Vergnügen des betrunkenen Publikums. Der Zweite hat sich mich schlauerweise direkt nach der Zeremonie in den Ställen zu Willen gemacht, aber dann die Frau eines meiner Brüder beim Festmahl beleidigt. Er verlor seinen Kopf direkt vor

Ort, während das gefüllte Schwein aufgefahren wurde. Und der Dritte, das arme Ding, schaffte es gerade durch die Zeremonie, zitternd und bebend wie ein Lamm. Dann entschuldigte er sich direkt nach dem Eheversprechen, und ich sah ihn nie wieder. Nicht, dass ich ihm einen Vorwurf machen könnte. Vater bestand darauf, dass ich die Ehe annullieren lasse, also tat ich es.«

Dagmar legte die Hände mit den Handflächen nach oben in den Schoß. »Also«, fragte sie, »bist du froh, dass du gefragt hast?«

Sie liebte es wirklich, diese Geschichten zu erzählen. Sie waren alle wahr, jedes Wort. Sie entschied nur je nach Zuhörer, was sie für sich behielt oder verriet.

Ihr Vater hatte zum Beispiel ihren ersten Mann nicht angegriffen, bevor er am Tag nach der Hochzeit ihr Gesicht gesehen hatte. Sie hatte versucht, in ihrem Zimmer zu bleiben, hatte versucht, zu verstecken, wie sie nach nur einer Nacht mit ihrem Ehemann aufgewacht war. Es war nicht so, dass Dagmar nicht willig gewesen wäre; sie hatte nur nicht die Art Reaktionen gezeigt, die ihr Mann erwartete.

Doch ihre damalige Dienerin, eine sehr viel ältere Frau, die schon Dagmars Mutter gedient hatte, hatte darauf bestanden, dass Dagmar an der ersten Mahlzeit nach der Hochzeit teilnahm, wie es die Etikette verlangte. Dagmar würde den Blick ihres Vaters nie vergessen, als er sie gesehen hatte. Oder wie ihre Brüder über den Tisch gesprungen waren, um ihren immer noch betrunkenen Ehemann in die Finger zu bekommen. Und sie hatten nur deshalb bis nachmittags gewartet, bis sie ihre Pferde in Bewegung setzten, weil ihr Vater der Meinung war: »Wir wollen, dass der Mistkerl hübsch nüchtern ist, wenn die Pferde loslaufen.«

Nein, dieser Teil der Geschichte gehörte nur ihr, denn damals war es für sie das Allerwichtigste gewesen.

»Ich bin froh, dass ich gefragt habe«, sagte der Drache schließlich. »Dadurch habe ich ein viel besseres Gefühl, wenn Annwyl deinem Vater eine Legion schickt.«

»Ach ja?«

»Aye. Wie ein Mann seine weiblichen Familienmitglieder behandelt, zeigt mir, was für ein Mann er in Wahrheit ist. Mein Vater hat einen Drachen zweigeteilt, als er herausfand, dass der Bastard all seinen Freunden erzählt hatte, er sei mit meiner kleinsten Schwester im Bett gewesen – was auch stimmte. Aber dennoch hätte er nicht so damit angeben sollen; also probierte mein Vater seine eigene Streitaxt an ihm aus. Hat ihn von Kopf bis Fuß sauber in zwei Hälften gespalten. Keita geht jetzt hauptsächlich mit Menschen ins Bett. Drachen meiden sie.«

»Schockierend.«

»Feige. Wenn man sich nicht traut, für das zu kämpfen, was man will.« Er lächelte. »Also ... kann ich jetzt meinen Kuss haben?«

»Wenn du mich nach diesem ganzen Gerede über Zerstückelungen und Spaltungen in zwei Hälften immer noch küssen willst, dann nur zu.«

Er rutschte auf dem Bett höher, bis seine Hände links und rechts von ihrer Taille ruhten.

»Na komm schon, Liebes«, sagte er mit einer hohen Alte-Damen-Stimme, die sie zum Lachen brachte, »spitz deine Lippen für mich!«

Sie tat es, schloss die Augen und spitzte die Lippen wie ein Fisch. Sie hörte ihn kichern, dann spürte sie seinen Atem an ihrem Mund, nur Sekunden, bevor sie seine Lippen spürte. Sie drückten sich gegen ihre, fest und warm. Merkwürdig sanft und fast unerträglich süß. Immer noch mit geschlossenen Augen, entspannte Dagmar ihren Mund, und Gwenvael neigte den Kopf zur Seite, die Lippen immer noch auf ihren. Er drängte sie nicht, versuchte nicht, seine Zunge in ihren Mund zu schieben oder sie aufs Bett zu drücken. Stattdessen leckte seine Zungenspitze sanft an ihren Lippen. Zuerst an der Ober-, dann an der Unterlippe, dann zwischen beiden. Die Bewegung war langsam und neckend.

Dagmar war sich wohl bewusst, dass Gwenvael der Schöne viele vor ihr geküsst hatte. Er würde sich seinen Weg in ihren

Mund bahnen, wie er es bei anderen getan hatte. Aber sie hatte keine Geduld für sein spezielles Spielchen und öffnete einfach ihren Mund. Vielleicht würde er sie, wenn er erst drin war, in Ruhe lassen, und sie konnte ihre Botschaft fertig schreiben, die sie am folgenden Morgen ihrem Vater schicken musste.

Gwenvaels Zunge sank tief in ihren Mund, und Dagmar legte ihre Hände an seine Schultern, um ihn wegzuschieben. Sie wollte nicht anfangen zu würgen, und sie war auch schon ein wenig gelangweilt, und sie musste zurück an ihren … an ihren … äh …

Moment. Woran hatte sie vorher noch gleich gesessen?

Im Augenblick konnte sie sich an nichts davon erinnern, und irgendwie interessierte es sie auch gar nicht, während ihre Finger sich um Gwenvaels Schultern schlossen und sein Kettenhemd sich rau unter ihren Fingerspitzen anfühlte.

Der Drache stöhnte, und dieses Geräusch ging ihr durch und durch. Seine Zunge spielte mit ihrer, und Dagmars Körper reagierte darauf. Ihre Brustwarzen wurden hart, ihre Schenkel spannten sich, und die Wände ihres Geschlechts zogen sich immer wieder zusammen, verlangten, dass etwas hineinglitt, woran sie sich klammern konnten.

Sie wäre angeekelt von ihrer Schwäche gewesen, wenn die sanften Liebkosungen des Drachen nicht immer drängender geworden wären, fordernder. Seine Hand glitt in ihren Nacken und hielt sie fest, die Finger drückten die Muskeln dort und ließen wieder los. Sein Körper rückte näher, seine freie Hand ergriff ihre Hüfte.

Dagmar wollte mehr. Sie ließ eine Schulter los und senkte die Hand in seinen Schoß. Als sie das harte Glied unter ihrer Hand spürte, stieß sie ein Wimmern aus. Sogar durch das Kettenhemd hindurch merkte sie, dass es groß und mächtig war. Gebaut, um eine Frau dazu zu bringen, alles zu versprechen, wenn sie nur vielleicht eine Nacht damit spielen durfte. Sie streichelte ihn mit der Hand, und der Drache erbebte. Das gefiel ihr, und sie tat es noch einmal. Jetzt wimmerte und stöhnte er, während er sie weiterküsste. Ihre Hand streichelte ihn weiter, immer weiter, und entwickelte einen Rhythmus, den er ungemein zu genießen schien. Die menschliche Gestalt des Drachen spannte sich, und dann kroch er plötzlich eilig von ihr fort, stolperte durch den kleinen Raum, bis er auf dem einzigen Stuhl landete, den sie hatten. Er starrte sie an, als habe er Angst. Die Augen aufgerissen, der Atem schnell und keuchend, während sein Körper ganz leicht zitterte.

Die Art, wie er sie prüfend ansah, war Dagmar unangenehm. Sie wandte den Blick ab und verzog das Gesicht, als sie versuchte, die Hand zu schließen. Sie sah nach unten und merkte, dass der Verband an ihrer rechten Hand sich gelöst hatte. Sie griff nach der Leinenbinde, die auf dem Bett lag, als ein kurzes Klopfen an der Tür ihnen sagte, dass das Essen da war.

Gwenvael ging zur Tür und ließ das Dienstmädchen ein. Sie stellte das Essen ab, und ihre blauen Augen flackerten zwischen den beiden hin und her. Sie schien ihnen das Essen nicht schnell genug hinstellen zu können, um so schnell wie möglich wieder zu verschwinden.

»Iss«, befahl Gwenvael ihr. »Ich besorge dir mehr Salbe für deine Hand.«

Bevor sie ihm sagen konnte, dass das nicht nötig war, war er schon verschwunden.

»Wo gehst du hin?«

Éibhear der Blaue, der jüngste Sohn von Königin Rhiannon und Bercelak dem Großen, verzog das Gesicht, als er diese Stimme hinter sich hörte.

Diese Stimme. Diese verfluchte Stimme!

»Meinen Vater sprechen.«

»Kann ich mitkommen?«

»Nein.«

»Warum nicht?«

Er blieb stehen. »Solltest du nicht beim Training sein?«

»War ich. Aber mein Kommandeur hat gesagt, ich kann mir den restlichen Tag freinehmen.«

Das lag wahrscheinlich daran, dass niemand in ihrer Einheit mehr gegen sie kämpfen wollte. In weniger als einem Jahr war das verzogene Gör zu einem Ein-Frau-Abrissunternehmen geworden.

»Tja, dann such dir eine andere Beschäftigung.«

»Ich will lieber Großvater besuchen.«

Éibhear zuckte. »Nenn ihn nicht so.«

»Warum nicht? Er *ist* doch mein Großvater.«

Genau das war das Problem. Iseabail, Tochter der Talaith, war nicht mit ihnen blutsverwandt, aber seine Eltern und Geschwister akzeptierten sie als Briecs Tochter. Und damit hatten sie sie zu einem verzogenen kleinen Gör gemacht ... und zu seiner Nichte.

Seine nervtötende, verzogene, pausenlos plappernde Nichte.

»Deine Mutter will nicht, dass du fliegst.«

»Wenn es nach ihr ginge, würde ich überhaupt nichts tun.«

Er hörte den Frust in ihrer Stimme – das verstand er. Obwohl er schon einundneunzig Winter alt war, hatte er erst wenige Kämpfe mitgemacht. Die meisten davon waren unvorhergesehene Scharmützel gewesen, an denen hauptsächlich menschliche Truppen beteiligt waren – sehr leicht zu töten, diese Menschen – und nur sehr wenige Drachen. Wie Izzy war er bereit für mehr. Bereit, sich einen Namen zu machen. Auch wenn er immer gern Éibhear der Blaue gewesen war, war es jetzt Zeit für etwas Bedeutenderes. Éibhear der Wohltätige vielleicht. Oder Éibhear der Starke.

Er hatte große Pläne für seine Zukunft, und es ging dabei nicht um eine Göre, die sich für eine Kriegerin hielt. Er konnte es immer noch nicht fassen, dass die Anführer ihrer Einheit sie in den Kampf schicken wollten. Sie war gerade erst siebzehn geworden, und was noch wichtiger war: Éibhear sah, wie die Männer in den Truppen – und auch einige von den Frauen – sie ansahen. Sie würde in großer Gefahr sein, ganz allein da draußen, ohne jemanden aus der Familie, der auf sie aufpasste. Sich um sie kümmerte. Der sie fest im Arm hielt und an ihren Haaren roch und an dieser appetitlich aussehenden Narbe an ihrem Hals leckte ...

»Verdammt!«

»Was?« Sie stand jetzt vor ihm; sie ließ es einfach nie zu, dass er sie ignorierte – egal, wie sehr er es versuchte. Niemand durfte mit einem böse blutunterlaufenen Auge und einer gerade abheilenden gebrochenen Nase so hübsch sein.

Er musste einfach daran denken, dass sie seine Nichte war. Genau das. Seine Nichte!

Seine attraktive Nichte mit den festen Brüsten und dem perfekten Arsch!

»Was ist los, Éibhear?«

»Nichts. Ich muss los.«

»Ach, komm schon.« Sie griff nach seinem Arm. »Nimm mich mit! Ich verspreche auch, dass ich ganz ruhig bin und dir die Haare flechte.«

»Nein!« Er versuchte, ihr seinen Arm wegzuziehen, aber dieses Mädchen hatte einen ordentlichen Griff. Manchmal, wenn er allein war, konnte er immer noch den Griff spüren, mit dem sie ihn einmal, vor vielen Monaten, am Schwanz festgehalten hatte. Es war eine dieser Erinnerungen, die ihn mitten in der Nacht hochschrecken ließen – schwitzend.

»Biiiiiiiiitteeeeeee!«

»*Nein!*« Er riss seinen Arm fort. »Geh mit deinen Freunden spielen!«

Ihre hellbraunen Augen blickten durch ihre verflucht langen Wimpern zu ihm auf, ihre vollen Lippen verzogen sich ganz leicht in den Mundwinkeln. »Aber ... ich will lieber mit dir spielen!«

Knurrend schob sich Éibhear an ihr vorbei und stapfte zu einer freien Stelle, wo er sich verwandeln und in Frieden losfliegen konnte.

»Das habe ich nicht so gemeint, wie es klang!«, schrie sie hinter ihm her. Und er hätte ihr vielleicht geglaubt, wenn sie nur nicht dabei gelacht hätte.

Dagmar streckte sich, als sie zum wiederholten Mal aufwachte. In den letzten Stunden hatte sie mit Unterbrechungen geschlafen. Jedes Mal, wenn sie aufwachte, war sie immer noch allein, und ihr Körper reagierte noch immer auf diesen Kuss. Wenn er zu ihr zurückgekommen wäre, das wusste sie, hätte sie ihn in ihr Bett geholt wie so viele Frauen vor ihr. Doch bisher war der Drache nicht zurückgekommen.

Nein, er hatte wahrscheinlich eine andere gefunden. Eine mit volleren Hüften und einem hübscheren Gesicht. Das war vermutlich das Beste für sie beide.

Dagmar bewegte ihre rechte Hand und wartete auf den sengenden Schmerz, den sie spürte, seit sie mit der Handfläche über seine Hose gerieben hatte. Doch da war kein Schmerz. Sie konnte ihre Hand auch nicht richtig bewegen. Sie blinzelte und hob die Hand dichter vors Gesicht, um besser sehen zu können. Sie war wieder ordentlich verbunden, und unter der Binde spürte sie jetzt auch die frische Salbe.

Blinzelnd sah sich Dagmar im Raum um und sah Gwenvael auf dem einzigen Stuhl sitzen und aus dem einzigen Fenster starren.

»Gwenvael?«

»Ich bin's. Du bist in Sicherheit.«

»Bist du ... ist alles ... Ich wollte nur ...«

»Schlaf jetzt, Dagmar. Ich wecke dich, wenn die zwei Sonnen aufgehen. Bis dahin« – der verschwommene Fleck, der Gwenvael war, wandte den Kopf, um sie anzusehen – »schlaf weiter.«

Da war etwas in seiner Stimme, eine Ernsthaftigkeit, die sie vorher nie bei ihm gehört hatte, die sie nicken, sich von ihm abwenden und sich auf die Seite drehen ließ.

»Gute Nacht, Dagmar.«

»Gute Nacht«, flüsterte sie.

War er bei einer anderen gewesen? Ihr Instinkt sagte nein, aber sie konnte sich irren und versuchen, ihre Hoffnungen wahr werden zu lassen. Würde sie es ihm vorwerfen, wenn es so war?

Wem versuchte sie hier etwas vorzumachen? Natürlich würde sie das.

Diese verdammte Frau. Diese verdammte Frau mit ihren eiternden Füßen! Mehrere Mädchen in der Schenke hatten ihm sehr deutlich zu verstehen gegeben, dass er ein warmes, *einladendes* Bett für die Nacht haben konnte, wenn er wollte. Doch aus irgendeinem unbekannten Grund hatte er sie alle abgewiesen und war zu der Lügnerin zurückgekehrt. Sie war nicht einfach eine Lügnerin, weil sie log, wann immer es ihr gelegen kam. Sie war eine Lügnerin, weil sie vorgegeben hatte, etwas zu sein, was sie nicht war.

Kalt? Diese Frau war nicht kalt, ganz egal, was sie der Welt vorspielen wollte. Dagmar Reinholdt war beherrscht. Ein stiller Vulkan, der darauf wartete, auszubrechen.

Und warum sollte ihn das beschäftigen?, könnte man fragen. Weil seine Reaktion auf sie ihn so verwirrte. Während dieses Kusses und ein paar Liebkosungen ihrer kleinen, bandagierten Hand durch seine Kettenhose hindurch war er beinahe gekommen, wie er nie zuvor gekommen war.

Selbst jetzt konnte er ihre Berührung noch spüren. Und der Gedanke, was direkter Kontakt mit ihm anstellen würde, hatte ein hässliches Summen in seinem Kopf ausgelöst, das er einfach nicht mehr loswurde.

Und das war nur ihre Hand, Mann. Stell dir vor, was der Rest von ihr mit dir anstellen würde!

Seine Gedanken mussten endlich die Klappe halten! Wenn er anfing, *darüber* nachzudenken, war er verloren. Dann waren sie beide verloren.

Gwenvael starrte finster durch den Raum auf ihre schlafende Gestalt. *Ihr Götter, worauf hatte er sich da nur eingelassen?*

11

Er wusste, dass es völlig sinnlos war, dass sie sich in einem Kleidergeschäft befanden. Auch wenn er nur eine Stunde geschlafen hatte, was das anging, war er klar im Kopf. Es handelte sich hier schließlich um *Dagmar*. Er konnte sich nicht vorstellen, dass sie freiwillig in ein Kleidergeschäft ging, es sei denn, ihr Vater hielt ihr seine Streitaxt an den Kopf.

Und doch wanderte er am frühen Morgen in einem Kleidergeschäft herum. Er nahm ein verspieltes hellrosa Kleid und hielt es vor sie hin. Dagmars entsetzter Gesichtsausdruck war unbezahlbar.

»Du machst wohl Witze!«

Das tat er. Überladene Kleider hätten nur dafür gesorgt, dass sie sich unwohl fühlte. Und es war ihr Selbstbewusstsein, das er so verführerisch fand.

»Was war das für eine Botschaft, die du vorhin verschickt hast?«, fragte er, während er das Kleid zurückhängte und sich weiter umsah.

»An meinen Vater.«

»Bist du sicher, dass das eine gute Idee war?«

»Hätte er nicht bald etwas von mir gehört, wäre er mich suchen gekommen. Es ist das Beste, ihm zu sagen, dass ich zwar noch nicht bei Gestur bin, aber in Sicherheit. Die Alternative wäre, dass dein Kopf am Tor meines Vaters hängen und umwerfend dabei aussehen würde.«

Er wandte ihr den Kopf zu. »Warum sind wir hier?«

Sie antwortete ihm nicht, sondern lächelte die junge Verkäuferin an, die aus dem hinteren Teil des Ladens kam.

»Lady Dagmar!«

»Hallo Saamik.«

Zu Gwenvaels Überraschung umarmte die Verkäuferin Dagmar, als wären sie lange verschollene Cousinen.

»Du siehst gut aus«, sagte Dagmar zu ihr.

»Danke.«
»Bist du glücklich?«
»Ich bin sehr glücklich, Mylady.« Sie nahm Dagmars Hand. »Ich weiß nicht, wie ich dir dafür danken soll. Ich habe jetzt ein kleines Haus und eine Dame, die sich tagsüber um Geoff kümmert.«
»Das freut mich zu hören.« Dagmar trat näher. »Meinst du, wir können uns kurz unterhalten? Unter vier Augen?«
»Natürlich. Gib mir ein paar Minuten.«
Die Verkäuferin eilte davon, und Dagmar grinste ihn an.
»Eine Verkäuferin?«, murmelte er leise, nachdem er näher getreten war. »Du bekommst deine Informationen von einer Verkäuferin?«
»Die Ehefrauen und Schwestern sehr wichtiger Männer kommen jeden Tag hierher. Und jeden Tag verbringen sie Stunden damit, sich neue Kleider anpassen zu lassen.« Sie lächelte. »Ehefrauen wissen mehr als Männer glauben, Lord Gwenvael. Und ihre Diener wissen *alles*.«

Dagmar nippte an ihrem Tee und hörte Saamik aufmerksam zu.
Saamik war auf dem Gebiet der Reinholdts aufgewachsen. Ihre Eltern und deren Eltern und die Eltern von deren Eltern waren alle im selben kleinen Gebiet geboren und aufgewachsen. Auch Saamik war zur dieser Art von Leben bestimmt gewesen; ihr zukünftiger Ehemann war schon für sie ausgewählt worden. Als Dagmar angeboten hatte, Saamik eine Ausbildung in einem Kleidergeschäft zu verschaffen, hatte sie nicht um eine Gegenleistung gebeten. Sie hatte Saamik auch nie etwas für dieses Geschenk versprechen lassen. Sie hatten sich einfach nur Briefe geschrieben. Saamik wusste, wie sehr Dagmar Klatsch mochte, und Dagmar hielt Saamik über ihre Familie und Freunde auf dem Laufenden, die sie zurückgelassen hatte.
Es funktionierte alles gut, doch Dagmar wollte ihr jetzt ganz besondere Fragen stellen und hätte kein gutes Gefühl dabei ge-

habt, das in einem Brief zu tun, den möglicherweise auch andere lesen konnten.

»Du hattest recht, Mylady.« Saamik rührte Milch in ihren Tee. »Lord Jökull erweitert seine Truppen. Er hat mit mindestens drei anderen Warlords im Westen Waffenstillstände geschlossen.«

»Waffenstillstand? Kein Bündnis?«

»Nein. Er bekommt keine Soldaten von ihnen, aber er wird auch nicht gegen sie kämpfen.«

»Woher bekommt er seine Soldaten?«

»Er heuert sie an. Massenweise, wenn ich richtig informiert bin.«

Dieses eine Mal machte es Dagmar keine Freude, recht zu haben. »Verstehe.«

»Lord Tryggvi …« Die junge Saamik warf einen Blick zu Gwenvael hinüber – zum wiederholten Mal – und erklärte: »Lord Tryggvi ist der Anführer dieses Gebiets.« Sie atmete hörbar aus und konzentrierte sich wieder auf Dagmar. »Seine Schwester sagt, dass er nicht allzu glücklich über all das ist.«

»Wäre er für ein Bündnis mit Dem Reinholdt offen?«

»Vielleicht. Das ist bei ihm schwer zu sagen. Er ist kein freundlicher Mann, soweit ich weiß.«

»Wer von ihnen ist das schon?« Dagmar wollte nach einem Keks greifen, doch ihre Hand fand nur eine leere Stelle auf dem kleinen Tisch. Sie sah den Drachen verwundert an. »Musstest du den ganzen Teller nehmen?«

»Ich wollte sie halt haben.«

»Bist du ein Kind?«

Saamik stand auf. »Ich habe noch mehr, Mylady.« Das warme Lächeln ärgerte Dagmar nur, deshalb hatte sie das Gefühl, sich durchaus gleich mehrere Kekse verdient zu haben, als Saamik ihr die Dose hinhielt.

»Da ist noch etwas …« Saamik setzte sich wieder. »Aber es ist nur ein Gerücht. Ich weiß nicht, ob überhaupt etwas daran wahr ist.«

»In jedem Gerücht steckt normalerweise ein Stückchen Wahrheit, Saamik. Du kannst es mir ebenso gut erzählen.«

Saamik beugte sich mit unbehaglichem Gesichtsausdruck vor. »Sie sagen ... na ja ... Sie sagen, dass er ein Bündnis mit Drachen geschlossen hat.«

Dagmar schnaubte. Nicht, weil sie Saamik nicht glaubte, sondern weil ihr eigener Drache so verblüfft war, dass ihm der Keks, den er gerade aß, mit Schwung aus den Fingern glitt und gegen seine Stirn schwirrte.

»Ich weiß, ich weiß«, sprach Saamik weiter. »Es klingt lächerlich. Ich meine, sie sind Tiere, nicht wahr?«

»Ja«, stimmte Dagmar bereitwillig zu. »Ja, das sind sie.«

»Wie kommuniziert man überhaupt mit ihnen? Sie können weder lesen noch schreiben. Und ich habe gehört, dass sie unsere Worte nur so verstehen wie Hunde das tun.«

»Alles sehr richtig. Ich bin mir sicher, dass ich einen von ihnen ohne Probleme dazu abrichten könnte, zu tun, was ich will. Auch wenn sie nicht annähernd so schlau sind wie mein Knut. Ihre Gehirne sind ziemlich langsam. Also ist es sehr gut möglich, dass jemand wie mein Onkel Jökull sie seinem Willen unterwerfen kann.«

»Tragischerweise glaube ich, dass du recht hast, Mylady.«

Ein leises Klingelgeräusch aus dem Geschäft ließ Saamik aufspringen. »Ich bin gleich zurück. Lass mich kurz nachsehen, wer das ist.«

»Natürlich.« Dagmar trommelte mit dem Finger auf den Tisch. Das Ganze war noch viel schlimmer als sie gedacht hatte. Viel schlimmer. Saamik hatte Dagmar einen guten Ausgangspunkt verschafft, doch jetzt konnte ihr nur Bruder Ragnars Wissen weiterhelfen.

»›Langsame Gehirne‹?«

»Na ja«, antwortete sie abwesend, »wir wissen beide, dass das stimmt, oder?«

Er war so schnell aufgesprungen, dass Dagmar nur überrascht quieken und protestieren konnte, bevor er sie von ihrem Stuhl riss.

»Wie Hunde abrichten, was?«

Sie schlug nach seinen Händen, was eher Zeitverschwendung war, doch als seine Finger sie seitlich unter den Armen griffen, stieß Dagmar ein ersticktes Kichern aus und begann sich zu wehren. Und zwar erbittert.

»Warte. Haben wir da einen schwachen Punkt entdeckt?«, neckte er sie, während seine Hände scheinbar überall waren.

»Nein, haben wir nicht!«

»Doch, ich glaube, das haben wir.« Seine Finger bewegten sich an ihren Seiten auf und ab, was Dagmar quieken ließ wie ein Kind. Auch wenn sie selbst als Kind nicht der Typ gewesen war, der quiekte. Oder lachte. Oder kicherte. Ein Schmunzeln hier und da, doch das war das Äußerste, das sie an einem guten Tag herausgebracht hatte.

Es half nicht gerade, dass Gwenvael sich ziemlich gut zu amüsieren schien und sie herumschwang wie ein winziges Kätzchen, während seine Finger sie weiter festhielten.

Plötzlich hörte er auf und befahl: »Entschuldige dich!«

»Niemals.«

Er fing wieder an und wirbelte sie dabei herum. Sie lachten beide, und Dagmar versuchte verzweifelt, seine Hände abzustreifen, als sie Saamik im Türrahmen stehen sah. Sie wusste, dass Gwenvael sie auch sah, als ihre Füße plötzlich hart auf dem Boden auftrafen.

»Ich kann später wiederkommen, Mylady«, sagte Saamik und bemühte sich nicht einmal, ihr Lächeln zu verbergen.

»Nein, nein. Sei nicht albern.«

»Eigentlich«, schaltete sich Gwenvael ein. » wären fünf Minuten länger … au!«

Bercelak der Große, Gefährte der Drachenkönigin, Oberster Drachenkrieger der Alten Garde, Oberster Befehlshaber der Armee der Drachenkönigin und Allgemeiner In-Den-Hintern-Treter Der Königlichen Gören, landete in der Nähe des blutbedeckten Schlachtfeldes. Sein jüngster Sohn Éibhear begleitete ihn und hatte seit Stunden keine Minute den Mund gehalten.

Bercelak liebte all seine Nachkommen. Ehrlich. Aber sie alle hatten Charakterzüge, die ihn selbst an seinen besten Tagen den letzten Nerv kosteten. Und dies war keiner seiner besten Tage. Weit entfernt davon. Botengänge für seine Königin und die Liebe seines Lebens zu machen war nichts Neues, und normalerweise machte es ihm nichts aus.

Doch dieser spezielle Botengang ärgerte ihn maßloser als alle anderen, denn er wusste, dass es ein zu gefährlicher Schritt war. Aber hörte sie auf ihn? Natürlich nicht. Stattdessen folgte sie den Vorschriften ihrer idiotischen Küken. *Seiner* idiotischen Küken.

Aber die Cadwaladrs mit hineinzuziehen war dumm. Bercelak hatte seine Verwandtschaft immer als letzten Ausweg betrachtet.

Wenn man eine ganze Stadt dem Erdboden gleichmachen wollte – und zum Schluss einer seiner Vettern sagte: »Oooh ... das wollte ich alles gar nicht, ehrlich!« – dann rief man die Cadwaladrs.

Ursprünglich hatte Rhiannon gefordert, dass er *alle* seine Verwandten um Hilfe bat, doch das war einfach eine zu entsetzliche Aussicht, denn er wusste ohne den allergeringsten Zweifel, dass sie wirklich gekommen wären. Stattdessen hatte er versprochen, seine eher rationale Schwester und seinen Bruder zu finden. Sie kämpften schon seit Monaten mit dem Großteil ihrer Sprösslinge und etlichen anderen aus der Cadwaladr-Blutlinie im Westen. Das sollte mehr als genug sein, um eine Menschenkönigin und die Brut seines Sohnes zu beschützen.

»Ich verstehe das nicht«, plapperte sein Jüngster weiter. »Wie soll ich ein großer Krieger werden, wenn du mich nie in echte Kämpfe schickst?«

»Das wird schon noch kommen. Hör einfach auf zu jammern.«

»Ich jammere nicht. Es ist eine berechtigte Frage. Du hältst mich zurück.«

»Glaubst du das wirklich?«

»Es stimmt, nicht wahr? Fearghus, Briec und sogar Gwenvael

wurden lange, bevor sie in ihren Neunzigern waren, in den Kampf geschickt. Und ich mache Botengänge und werde behandelt, als wäre ich gerade erst geschlüpft.«

Éibhear verstand es wirklich nicht, oder? Er konnte sich nicht mit seinen älteren und sehr viel verschlageneren Brüdern vergleichen. Anders als sie *sorgte* sich Éibhear. Nicht nur um sich selbst, was die akzeptable egoistische Haltung der meisten Drachen war, sondern um alle. Er sorgte sich, ob Menschen in Sicherheit waren und ob sie glücklich waren. Sogar ob *Drachen* glücklich waren! Wann waren Drachen jemals glücklich – zumindest in diesem lächerlichen menschlichen Sinn des Wortes? Und warum sollte es ihn kümmern, ob sie es waren oder nicht?

»Ich finde es einfach ungerecht, dass du mir keine Chance gibst wie den anderen. Was ist an ihnen so verflucht besonders?«

Als Bercelak sich seinem Sohn zuwandte, spürte er, wie sich hinter ihm die Luft bewegte und vibrierte. Dank seinem Instinkt und dem jahrelangen »Training« – wie sein Vater es bezeichnet hatte – schob Bercelak seinen Sohn zur Seite, als das Breitschwert eines Drachen – so lang wie der Speer eines menschlichen Soldaten und so breit wie ein mittelalter Baumstumpf – an dem Fleck einschlug, an dem Éibhear eben noch gestanden hatte.

Sein Sohn riss die silbernen Augen auf und starrte auf den Punkt, wo die Spitze der mächtigen Klinge seine Klauenspuren traf.

»Und das, mein *Junge*, ist der Unterschied zwischen dir und deinen Brüdern«, blaffte Bercelak, dessen Worte die Angst um seinen jüngsten Sohn hart klingen ließ. »Sie hätten dieses Schwert kommen sehen.«

Sein Sohn musste sich eingestehen, dass sein Vater recht hatte, während die Klinge aus dem Boden gerissen wurde.

Ghleanna die Dezimiererin grinste Bercelak an. »Ts, ts, ts, Bruder. Scheint, als hättest du deine Sprösslinge nicht gut genug ausgebildet. Vater wäre schrecklich enttäuscht, Bercelak der Schwarze.«

»Das bereitet mir schlaflose Nächte«, schoss er zurück.

»Aaaah. Mein kleiner Bruder ist immer noch so charmant wie am Tag, als er geschlüpft ist.« Sie ließ die Klinge zurück in die Scheide gleiten, die sie auf den Rücken geschnallt trug, bevor sie sich in Bercelaks Arme warf. »Du alter Mistkerl. Du änderst dich nie.«

»Du dich auch nicht.« Er umarmte seine Schwester kurz, aber fest, bevor er sie auf Armeslänge von sich hielt und auf das blutbedeckte Schlachtfeld deutete, das vor ihnen lag. »Ist das alles dein Werk?«

»Nicht ganz.« Sie drehte sich um und lächelte. »Der kleine Éibhear?«, fragte sie aus voller Kehle lachend.

»Das war ich einmal.« Die beiden umarmten sich. »Jetzt bin ich viel größer.«

»Das bist du wirklich.« Den Arm um Éibhears Schulter gelegt, während ihr Schwanz liebevoll seinen Kopf kraulte, fragte Ghleanna: »Also, Bruder, was führt dich hierher in den Westen? Und rede nicht um den heißen Brei herum; du weißt, dass ich das hasse.«

»Das ist eine lange Geschichte, und ich bin müde. Hast du eine Höhle, in der wir …«

»Zelte. Wir leben in letzter Zeit bei den menschlichen Kriegern.«

Bercelaks Kopf fiel nach hinten, und er seufzte. »Ihr lebt als Menschen … schon wieder?«

»Du weißt, wie viel Spaß uns das macht. Aber es gibt Essen, einen warmen Ort zum Schlafen und deine Familie, die dir hilft, Bruder. Ehrlich, was sonst könnte ein Drache sich wünschen?«

»Eine verdammte Höhle!«

»Grummel, grummel. Knurr, knurr.« Sie machte ihm ein Zeichen, während sie über das ehemalige Schlachtfeld ging, den starken Arm immer noch um Éibhear gelegt. »Na komm, Lord Ärgerlich.«

Bercelak murmelte etwas vor sich hin und folgte seiner Schwester zum Lager. Als sie nur noch ein paar Schritte davon entfernt waren, nahmen Vater und Sohn ihre menschliche Gestalt an und zogen die Kleider über, die sie mitgebracht hatten. Ghleanna rammte ihr Breitschwert mitsamt der Scheide in den Boden neben mehreren Reihen von Drachenwaffen. Sie verwandelte sich, nahm sich Kleider von einer Wäscheleine und zog sich an.

Sie betraten das Lager, und Bercelak sah sofort seinen älteren Bruder Addolgar mit einem seiner sechs Söhne ringen. Eine von Addolgars sieben Töchtern versuchte gleichzeitig, ihren Vater niederzuringen, und stellte sich jämmerlich dabei an, soweit Bercelak das beurteilen konnte. Wie die meisten der Cadwaladrs wussten seine Geschwister anscheinend nie, wann sie genug Küken hatten. Dreizehn waren es bei Addolgar, acht bei Ghleanna und fürchterliche achtzehn bei seiner Schwester Maelona. Und Bercelak selbst hatte vierzehn Geschwister, die Rhiannas Mutter immer »Shalins Brut« genannt hatte. Eine Beleidigung, die Shalin, Bercelaks innig geliebte und schmerzlich vermisste Mutter, immer mit einem Lächeln hingenommen hatte, denn sie hatte das große Los gezogen. Sie hatte Bercelaks Vater Ailean gehabt.

Mit seinen nur sechs Kindern, wurde Bercelak von seinen Geschwistern oft bemitleidet. Doch das war eine bewusste Entscheidung von ihm und Rhiannon gewesen. Und hätte seine Sippschaft gewusst, wie viel Ärger die sechs königlichen Nervensägen machen konnten, hätten sie ihn aus anderen Gründen bemitleidet.

»He, Addolgar!« Ghleanna blieb neben dem Kochfeuer stehen und nahm sich ein durchgebratenes Hähnchen. »Sieh mal, wer da ist.« Sie warf Éibhear den ganzen Vogel zu.

»Au, danke. Ich sterbe vor Hunger.«

»Dachte ich mir. Konnte deinen Magen von hier aus knurren hören. Es klingt, als würden sich Berge verschieben.«

Addolgar warf seinen Sohn in den Dreck und kam zu Bercelak herüber. »He, Bruder!« Sie gaben sich die Hände, und Addolgar lächelte. Bercelak sah nicht böse drein, was bei ihm immer einem Lächeln gleichkam.

Mit einem Blick über die Schulter fragte Addolgar: »Bist du fertig?«

»Oh!« Die junge Drachin ließ ihren Vater los und fiel zu Boden. Ihre menschliche Gestalt war nicht sehr kräftig, und Bercelak nahm an, dass sie das frustrieren müsse. »Es ist noch nicht vorbei!« Sie stürmte davon, und Addolgar lachte.

»Genau wie ihre Mum.« Addolgar beäugte seinen Bruder. »Also, was führt dich her, Königinnengemahl?«

»Mein idiotischer Sohn und seine menschliche Gefährtin.« Addolgar verschränkte die Arme vor der Brust. »Hast du inzwischen nicht zwei Sprösslinge mit diesem Makel?«

Bercelak entblößte einen Reißzahn, während das Gelächter seines Bruders durch das ganze Lager schallte.

»Wo gehen wir jetzt hin?«, fragte Gwenvael und sah sich in der Gasse um, in die sie gerade hinausgetreten waren.

»Zur Großen Bibliothek.« Dagmar schloss die Hintertür der Schneiderei hinter sich. »Ich muss jemanden finden.«

»Wen?«

»Einen Freund.«

»Hat er auch einen Namen?«

»Warum nicht?«

»Hast du vor, ihn mir zu verraten?«

»Warum musst du das wissen?«

»Warum sollte ich es *nicht* wissen müssen?«

Dagmar hob die Hände, um ihn und sich selbst zu stoppen. »Die Vernunft weiß, dass wir das den ganzen Tag machen könnten.« Sehr wahr. Er könnte ihr Fragen stellen, bis ihre schwachen kleinen Augen bluteten. »Aber wir verschwenden Zeit. Ich muss eine großartige Bibliothek besichtigen, und du musst zu deiner geliebten Königin zurück.«

»Richtig, aber du schuldest mir immer noch Informationen.«

»Die wirst du bekommen, sobald ich hier fertig bin und du mich zu Gestur gebracht hast.« Sie hob ihre Röcke ein wenig und ging davon, eingehüllt in ihren Hochmut wie in einen Umhang.

»Versnobte Ziege«, murmelte er, als er dachte, sie könne es nicht mehr hören.

Dass sie das, was ihren Augen fehlte, durch ihr Gehör ausglich, wurde ihm schnell klar, als sie auf dem Absatz herumwirbelte und ihm den Mittelfinger zeigte, bevor sie sich schnell wieder zurückdrehte. Sie ließ keinen Schritt aus und war aus der Gasse heraus, bevor Gwenvael sich versah.

»Und ziemlich ruppig noch dazu!«, rief er hinter ihr her.

12

Die Große Bibliothek von Spikenhammer übertraf mit ihren Marmorsäulen und -böden und den unendlichen Reihen von ausnehmend schön gefertigten, deckenhohen Bücherregalen Dagmars Vorstellungen sogar noch. Fast die gesamte Regalfläche war mit Büchern aus allen Teilen der Nordländer, Südländer und dem Westen gefüllt. Der Osten war weniger vertreten, da ein gewaltiges und äußerst temperamentvolles Meer sie davon trennte.

»Geht's dir gut?«

»Ist das nicht unglaublich?«, seufzte sie.

Gwenvael zuckte die Achseln. »Sind doch nur Bücher.«

»Das sind nicht nur Bücher, du Kretin. Das ist Wissen!«

»Nicht das Wissen, das man täglich gebrauchen kann. Das erlangt man, wenn man mit Leuten redet. Wenn man sie in den Schenken und auf dem Markt anquatscht.«

»Widersprichst du mir mit Absicht?«

»Ich wusste nicht, dass ich widerspreche. Ich dachte, wir hätten eine Unterhaltung.«

»Eigentlich nicht.« Sie machte einen Schritt von ihm weg und ihre Finger glitten über die großen Marmortische, auf denen aufgeschlagen übergroße Bücher lagen, die jeder nach Belieben studieren konnte. »Wenn ich als Mann geboren worden wäre ... Das wäre mein Traum gewesen. Den ganzen Tag, die ganze Nacht mit nichts als Büchern.«

Er schüttelte den Kopf. »Du bist so eine Lügnerin.«

Beleidigt, dass das so schnell aus ihm herausgeplatzt war, drehte sie sich zu ihm um. »Wie bitte?«

»Willst du mir wirklich erzählen, dass du hier eingeschlossen glücklich wärst? Mit all diesen schweigenden, langweiligen Büchereimönchen und ihren Leidensgelübden? Lady Dagmar, wir wissen beide, dass das *kein* Leben für dich wäre.«

»Ach ja? Und was dann?«

Er machte einen Schritt und war jetzt nur noch wenige Zentimeter von ihr entfernt. »Ränke schmieden, planen, verhandeln und – sehr oft – lügen.«

Dagmar machte den Mund auf, um ihm zu widersprechen, doch er stoppte sie mit einer erhobenen Hand. »Ich rede nicht von der Art von Lügen, wie deine Schwägerin sie erzählt. Sie würde die Wahrheit nicht einmal erkennen, wenn man sie ihr in den erst kürzlich missbrauchten Hintern rammen würde.« Dagmar lachte, hörte aber sofort auf, als einer der Mönche ihr einen bösen, warnenden Blick zuwarf. »Ich spreche von der Fähigkeit, die Wahrheit und Fakten erfolgreich so zu handhaben, dass du bekommst, was du brauchst. Und das, Lady Vernunft, ist eine Gabe.«

»Ich muss sagen, dass ich vorher noch nie so hübsch verpackt beleidigt wurde.«

Er strahlte. »Und das ist *meine* Gabe.«

Sie lachten jetzt gemeinsam und ignorierten die Blicke der Mönche, bis einer der älteren zu ihnen gestürmt kam, mit der flachen Hand auf den Marmortisch schlug und sie beide damit erschreckte.

»Vielleicht«, erklärte Gwenvael dem Mönch fröhlich, »wärst du nicht so verspannt, Bruder, wenn du mal ordentlich durchge…«

Dagmar trat ihm mit Kraft auf den Fuß, bevor Gwenvael den Satz beenden konnte, und neigte den Kopf vor dem Mönch. »Es tut mir sehr leid, Bruder. Wir werden leise sein.«

Mit einem Naserümpfen stürmte der Mönch davon, und Dagmar sah zu, wie Gwenvael sich den Fuß rieb. Es war eine merkwürdige Körperhaltung für so einen großen Mann, aber sie passte irgendwie zu ihm.

»Würde es dir etwas ausmachen, dafür zu sorgen, dass wir nicht hinausgeworfen werden, bis ich bekomme, was ich brauche?«

»Was du brauchst?« Er ließ seinen Fuß los. »Du hättest etwas sagen sollen.«

»Was hätte ich sagen sollen?«

Als Antwort nahm er sie an der Hand und zog sie tief zwischen die Regale. »Wo willst du hin?«, wollte sie wissen. »Ich brauche im Moment keine Bücher.«

»Ich auch nicht«, knurrte er, bevor er sich umdrehte und sie rückwärts in eine Ecke drängte.

Dagmars Hände flogen hoch und stemmten sich gegen seine Schultern. »Was soll das?«

»Ich helfe dir zu bekommen, was du brauchst.« Gwenvael nahm ihre Hände, hielt sie auf ihrem Rücken fest, und zog sie so auf die Zehenspitzen hoch, ihre Brust angehoben und an ihn gedrückt. »Und ich will wissen, ob ich diesen verdammten Kuss letzte Nacht geträumt habe oder nicht.«

»Aber wir sind in der Bibliothek!«, schaffte sie zu keuchen, bevor sein Mund ihren verschloss und Dagmar plötzlich keinen Pfifferling mehr darauf gab, wo sie war. Nicht, wenn die süßesten Lippen der Welt ihre drängten, sich zu teilen, damit seine Zunge hineingleiten konnte.

Sie seufzte tief, als seine Zunge sie sanft streichelte und neckte. So einen süßen, geduldigen Kuss hatte sie nie zuvor erlebt. Zumindest keinen, der so den verdammten Wunsch nach mehr in ihr weckte.

Er löste seinen Mund von ihrem, und Dagmar wurde bewusst, dass ihre Zunge ihm beinahe gefolgt wäre.

»Nein. Kein Traum.«

Verfluchte Vernunft … er keucht! Meinetwegen!

Er gab ihr kleine Küsse auf den Mund, ihr Kinn, ihren Hals hinab. Sie stöhnte und ließ zu, dass ihr Körper sich an seinen drängte.

»Ich sollte dich direkt hier und jetzt nehmen, Lady Dagmar«, flüsterte er, sein Atem wie Seide an ihrem Ohr. »Zwischen all deinen geliebten Büchern und langweiligen Mönchen. Sie würden hören, wie du kommst«, neckte er sie, »und sie würden sich alle wünschen, sie wären an meiner Stelle.«

Dagmar biss sich auf die Lippe und dachte darüber nach, sich auf der Stelle von ihm auf den Boden ziehen zu lassen. Oder gegen die Regale drängen, sodass die Bücher über Alchemie und andere Wissenschaften erschüttert würden, während er in sie stieß mit seinem prachtvollen, riesigen …

»*Was, bitteschön, soll das werden?*«

Dagmar zuckte zusammen, als ein Gehstock gegen Gwenvaels Rücken knallte.

»He!«, knurrte der Drache.

»Du lässt sie sofort los, du Rüpel!«

Gwenvael starrte auf sie herab. »Rüpel?«, fragte er tonlos, und sie musste den Blick abwenden.

Der Gehstock sauste erneut nieder, und Gwenvael ließ sie los. Der Drache drehte sich zu dem Mönch um und blaffte mit einem phantastischen Nordland-Akzent, von dem sie keine Ahnung gehabt hatte, dass er ihn beherrschte: »Warum schlägst du mich? Sie wollt's doch so! Schau sie dir doch an!«

Sie sahen sie wirklich an, und Dagmar nahm sich einen Augenblick Zeit, um ihre Augengläser und ihr graues Kleid zurechtzuzupfen, bevor sie den Blick langsam zum Gesicht des Mönches hob. Ihren »Welpenblick« nannte sie das gerne.

»O … Bruder!«, rief sie aus, schlug die Hand vor den Mund und zitterte.

Der alte Mönch hob wieder seinen Gehstock und zielte nach Gwenvael. »Du!«

»Also gut, ich gehe, ich gehe!« Mehrere Mönche folgten Gwenvael zum Ende des Gangs, und er warf einen Blick zu ihr zurück, blinzelte kurz und machte eine Kopfbewegung zur Tür, bevor er verschwand.

Der Mönch legte seinen Arm um Dagmars bebende Schultern. »Du armes kleines Ding!«

»Bruder, er war einfach so … einfach so … *stark*!«

»Ich weiß, Liebes. Du musst vorsichtig sein mit Rohlingen wie ihm.«

»Das werde ich, Bruder«, antwortete sie tapfer, während der Mönch sie zum Hauptschalter führte, wo sie hoffentlich eine Antwort auf ihre Fragen bekommen würde. »Ich will so ein Gräuel nie wieder erleben.«

Gwenvael ließ sich von den Mönchen durch die massiven Türflügel auf die Vortreppe der Bibliothek drängen.

»Ihr seid alle arrogante Mistkerle!«, schrie er, als die Tür ihm vor der Nase zugeschlagen wurde. Dann grinste er. »Ich bin ja so ein Fiesling.«

Er drehte sich um und merkte, dass er die allgemeine Aufmerksamkeit auf sich gezogen hatte. »*Was denn?*«, schnappte er mit einem angemessen finsteren Blick, und sie flohen in alle Richtungen.

Jetzt grinste Gwenvael wieder, stieg mehrere Treppenstufen hinab und sah sich um. Er sah einen hübschen Gasthof nicht zu weit entfernt und überlegte, dort mit Dagmar eine schnelle Mahlzeit einzunehmen, bevor sie weiterreisten.

Doch eigentlich wollte er ein Zimmer nehmen und sie für den Rest des Tages und die ganze Nacht dort festhalten. Was war nur an dieser Frau, das ihm die Knie weich werden ließ?

Er hatte in seinem Leben nur eine andere Frau getroffen, die diesen Effekt auf ihn hatte, und sie war seine Erste gewesen. Eine ältere Seedrachin namens Catriona, die ihm alle wichtigen Grundlagen beigebracht hatte, wie man einer Frau Vergnügen bereitete. Doch damals war er noch ein Kind gewesen – nicht älter als dreißig – und hatte zu spät erkannt, dass er einer von vielen war. Sie hatte gewartet, bis Gwenvael richtig an ihr hing, bevor sie eines Morgens verschwunden war, zurück in das Meer, aus dem sie gekommen war. Sein lieber Großvater Ailean hatte ihn sturzbetrunken in einem Bordell in der Umgebung aufgespürt. Und sein Großvater hatte ihm auch gesagt, dass er eines Tages jemanden finden würde, der für ihn bestimmt war, und nur für ihn allein …

Götter, was war bloß los mit ihm? Er war noch nicht einmal mit der kleinen Barbarin im Bett gewesen, und jetzt dachte er wehmütig daran, was sein Großvater ihm im Vollrausch über die Liebe erklärt hatte.

Offensichtlich verlor er an diesem kalten, unerbittlichen Ort den Verstand. Dagmar war nicht die Richtige für ihn und würde es auch nie sein. Nicht für mehr als vielleicht eine Nacht oder zwei, und er war sicher, dass er das ohne größere Probleme einfädeln konnte. Er wusste, dass sie es genauso wollte wie er, und es gab keinen Grund, einem von ihnen das Vergnügen zu verwehren.

Heute Nacht würde er sie sich nehmen, morgen würde er sie zu ihrem geliebten Volk zurückbringen, und mit wertvollen Informationen in der Hand würde er dann zu den Seinen zurückkehren. Aye, ein perfekter Plan.

Gwenvael holte tief Luft – versuchte, seine Männlichkeit zu beruhigen, bevor jemand etwas bemerkte – und sah hinauf zum Himmel. Wie immer waren da diese tief hängenden Wolken, die ständig die Schönheit der zwei Sonnen abzuschirmen schienen, aber eigentlich hatte er dunklere Wolken erwartet, denn es roch, als zöge ein Sturm …

Zu spät wurde ihm klar, dass er seine Umgebung besser im Auge hätte behalten sollen, statt am helllichten Tag von winzigen Intrigantinnen zu träumen. Er drehte sich gerade rechtzeitig um, um den Kriegshammer noch zu sehen, bevor er ihm auf den Kopf krachte.

Yrjan arbeitete schon in der Großen Bibliothek, seit er vierzehn Winter alt war. Sein Vater hatte recht früh erkannt, dass Yrjan nie die Fähigkeiten oder Kraft seiner Brüder haben würde, und er wurde ihn los, so schnell er konnte, indem er ihn dem Orden des Wissens übergab – dem einzigen Orden, der sich allein den Bibliotheken der Nordländer widmete. Nicht, dass es Yrjan etwas ausgemacht hätte, sich dem Orden anzuschließen. Er war seinem Vater sogar recht dankbar dafür.

Normalerweise war er in der Großen Bibliothek sicher vor der Art von Gewalt, die er täglich von seiner eigenen Familie hatte erleiden müssen, denn er war immer ein leichtes, schwaches Ziel gewesen. Die Brüder seines Ordens, die anderen Bibliothekare, waren alle stille, gelehrte Männer, die ihre Zeit damit verbrachten, anderen zu helfen, Bücher zu finden oder selbst Neues zu lernen.

Doch jetzt war die Gewalt in ihr ruhiges Leben eingedrungen. Die arme Frau, die dieser schreckliche Krieger zwischen die Regale gedrängt hatte. Diese Typen dachten wohl, sie könnten alles haben, was sie wollten, indem sie es sich einfach nahmen – und oft war das auch so. Aber der Widerling unterschätzte Yrjans Orden. Sie ließen so etwas zwischen ihren heiligen Büchern ganz einfach nicht zu!

Dennoch konnte er jetzt nichts dagegen tun. Stattdessen wurde er gebeten, die angegriffenen Nerven der jungen Frau zu beruhigen. Armes Ding. Sie schien so gebeutelt von diesem Tier!

Sie war ein winziges, farbloses Ding und verbrachte höchstwahrscheinlich den Großteil ihrer Zeit wie Yrjan und sein Orden in der sicheren Umgebung von Büchern. Wie viele seiner Bibliotheksbrüder trug sie kleine, runde Augengläser und die schmucklose Kleidung einer echten Gelehrten. Yrjan war überzeugt, dass der Rohling sie ins Visier genommen hatte, wie er es mit einem kleinen Reh oder Elch getan hätte.

»Du bist jetzt völlig sicher, Mylady«, versprach er ihr und drückte ihr einen Becher heißen Tee in die Hände. »Ich kann die Stadtwache rufen, wenn du möchtest.«

»Nein. Bitte nicht. Das ist nicht nötig. Mir geht es gut.«

Er machte ihr keinen Vorwurf. Die Stadtwache war nicht viel besser als der Krieger, der sie so behandelt hatte, auch wenn sein Orden einen gewissen Einfluss auf sie hatte. Aber er würde sie nicht drängen, wenn sie nicht wollte.

»Du kannst so lange hierbleiben, wie du möchtest, Mylady, und ...«

»Um genau zu sein, Bruder, bin ich aus einem besonderen Grund hergekommen.« Sie stellte ihren Tee unangerührt auf den Tisch und sah ihn an. »Ich brauche deine Hilfe, wenn es geht.«

»Wenn es in meiner Macht steht, werde ich tun, was ich kann.«

»Ich suche einen Mönchsorden.«

Er lächelte selbstbewusst. Die verschiedenen Mönchsorden der Nord- und Südländer gehörten zu seinen diversen Fachgebieten. »Tatsächlich kenne ich die meisten Orden. Welchen suchst du?«

»Den Orden des Kriegshammers?«

»Aaah, ja. Ein großartiger Orden. Wir haben viele von ihren Büchern und Dokumenten in einem besonderen Raum. Ich bin sicher, dass ich dir die Erlaubnis besorgen kann ...«

»Nein, nein, Bruder. Ich muss den Orden selbst kontaktieren. Man hat mir gesagt, dass sein Kloster in der Nähe von Spikenhammer liegt, und ich hatte gehofft, ich könnte eine Wegbeschreibung bekommen.«

Yrjan blinzelte überrascht und lehnte sich auf seinem Stuhl zurück.

»Stimmt etwas nicht?«, fragte sie.

»Mylady ... der Orden des Kriegshammers existiert nicht mehr.«

Sie runzelte verwirrt die Stirn. »Was redest du da?«

»Er wurde ausgelöscht.«

Ihre Hand flog an ihre Brust, entsetzt riss sie die Augen hinter ihren Augengläsern auf. Sie sah absolut am Boden zerstört aus von dieser Neuigkeit. »Nein! Das ist unmöglich!«

»Es tut mir leid, Mylady, aber es ist wahr. Die Bücher und Papiere, die wir haben, sind alles, was von ihm übrig ist.«

»Und Bruder Ragnar?«

Er schüttelte den Kopf. »Ich habe nie von einem Bruder Ragnar gehört.«

»Du musst. Er ist einer der Anführer des Ordens.«

»Bruder Ölver war der Ordensführer zur Zeit der Vernichtung, Mylady.« Sie sah so erschüttert aus, dass Yrjan eine Hand auf ihre behandschuhte Hand legte. »Vielleicht hast du nicht den richtigen Namen. Es gibt viele Orden, die sich nach Kriegsgöttern nennen, und ich bin mir sicher ...«

Sie sah ihm plötzlich durchdringend in die Augen, und Yrjan verspürte eine Angst, die er nicht mehr gekannt hatte, seit er das Haus seines Vaters verlassen hatte, um sich dem Orden anzuschließen.

»Hast du irgendwelche Gewänder oder Kleidung von ihnen? Irgendetwas, das sie getragen haben?«

»Nein. Wir haben angenommen, dass all das zerstört wurde ...«

»Wann?«, knurrte sie.

»Mylady?«

»Wann wurde der Orden ausgelöscht?«

Yrjan holte tief Luft, um seine Nerven zu beruhigen. »Nach meiner Information vor sechsundachtzig oder siebenundachtzig Jahren während des Winters von ...«

Er kam nicht dazu, seinen Satz zu beenden, denn ihre kleine Faust schlug auf den Tisch, und sie sprang so heftig auf, dass ihr Stuhl auf den Marmorboden fiel. Viele der anderen Brüder kamen in den Lesesaal geeilt und sahen zu, wie die zierliche Frau wütend vor ihnen auf und ab ging.

»Mylady, ich bin sicher, es gibt ...«

»Lügner.«

Yrjan war beleidigt, bis sie »*Dieser verdammte Lügner!*« brüllte und er wusste, dass sie nicht von ihm sprach.

»Mylady, bitte!«

Sie stürmte auf den Ausgang zu, und als seine Brüder ihr den Weg versperrten, schrie sie: »*Aus dem Weg!*«

Sie gehorchten und stieben in alle Richtungen davon wie Ameisen.

Yrjan folgte ihr, bis sie durch das Hauptportal stürmte und es hinter sich zuknallte.

Zitternd und keuchend ging er zurück in den Lesesaal, und die Brüder beeilten sich, ihm ebenfalls einen heißen Tee und ein paar beruhigende Kräuter für seine angegriffenen Nerven zu holen.

Abstinenz. Eine sehr gute Entscheidung.

Dagmar stolzierte aus der Großen Bibliothek. Sie hielt auf der dritten Stufe an und sah sich um. *Wo ist der Idiot hin?*

Sie war aus gutem Grund wütend. Wütender als sie es in ihrem Leben je gewesen war. Wütender als sie es für möglich gehalten hätte.

Er hatte sie angelogen. Nicht ein paar Tage lang oder bei einem bestimmten Thema, sondern es war über zwei verdammte Jahrzehnte hinweg alles eine einzige Lüge gewesen!

Dagmar hatte sich noch nie so betrogen gefühlt. So verletzt. Ragnar hatte sie verletzt, wie es niemand sonst konnte.

Ein plötzlicher Anfall purer Furcht und Panik spülte über sie hinweg, und sie rannte die Stufen hinab und auf die eine Seite des kolossalen Gebäudes. Die Hände an der Steinmauer gestützt, beugte sie sich vornüber und erbrach all die Kekse und den Tee, mit denen Saamik sie gefüttert hatte.

Die Panikanfälle trafen sie selten so schlimm. Normalerweise konnte sie sie mit tiefen Atemzügen unter Kontrolle halten oder indem sie sich auf etwas ganz anderes konzentrierte. Doch sie *konnte* sich auf nichts anderes konzentrieren.

Mit wem hatte sie es all die Jahre zu tun gehabt?

Die Worte ihres Vaters spukten ihr durch den Kopf: »Bist immer so sicher, dass du recht hast, Kleine.«

Sie war sicher gewesen. Sie hatte Ragnar ihr Leben und das Leben ihrer Familie anvertraut, jedes Mal, wenn sie ihn in die Festung ihres Vaters gelassen hatte.

Zitternd lehnte sie sich mit dem Rücken an die Wand.

Also gut, sie war dumm gewesen. Das wusste sie nun, aber es nützte nichts, deswegen zu zittern und zu weinen wie ein neugeborener Welpe. Ragnar musste etwas von ihr gewollt haben; und sie musste herausfinden, was.

Dagmar wischte sich den Mund mit einem Tuch aus ihrem Tornister ab und ging zurück zur Treppe. Sie setzte sich in die Mitte und wartete. Der Drache war wahrscheinlich etwas zu essen holen gegangen. Irgendwie schien er immer hungrig zu sein. Wenn er zurück war, konnten sie aufbrechen. Abgesehen davon würden ihr ein paar Minuten allein helfen, sich wieder etwas in den Griff zu bekommen und darüber nachzudenken, was als Nächstes zu tun war.

Absolut niemand hatte das Recht, sie zum Narren zu halten!

13

Dagmar saß auf den Stufen der Großen Bibliothek, bis die zwei Sonnen untergingen. Gwenvael kam nicht zurück. Als sie denselben Mann zweimal an ihr vorbeigehen sah, wusste sie, dass sie nicht länger hier im Freien sitzen konnte und beschloss, in den Gasthof zurückzukehren, in dem sie die letzte Nacht verbracht hatten.

Sie ging los, hin- und hergerissen zwischen der Sorge, dass Gwenvael etwas Furchtbares zugestoßen sein könnte und Selbstmitleid, weil sie überzeugt war, dass sie von noch einem männlichen Wesen betrogen worden war und er sie verlassen hatte. Das Selbstmitleid gefiel ihr viel besser, also konzentrierte sie sich darauf.

Denn natürlich hatte er sie verlassen! Küsse bedeuteten jemandem wie ihm überhaupt nichts, da er jede Frau, die er wollte, haben oder bezahlen konnte. Dagmar war sich sicher, dass er sich gerade im Bett von irgendeinem Weib herumtrieb und seine Zusage ihr gegenüber vollkommen vergessen hatte, während er sich immer wieder mit der Hure amüsierte.

Dagmar hielt einen Augenblick inne. Dieses innere Bild brauchte sie überhaupt nicht. Vor allem, als sich die »Hure« plötzlich in sie selbst verwandelte.

»Reiß dich zusammen, Idiotin!« Sie war in einer schlimmen Lage. Falls er nicht zurückkehrte, wie sollte sie zu ihrem Onkel Gestur, nach Hause oder sonst irgendwohin kommen? Und was bedeutete das für das Bündnis mit Königin Annwyl? Die ganze Sache wurde immer schlimmer.

Vor allem, als sie über die Schulter blickte und jemanden in die Schatten zurückweichen sah, damit sie ihn nicht sah.

Ja. Es wurde definitiv schlimmer.

Mit viel schnelleren Schritten eilte Dagmar zurück zum Gasthaus Zum Stampfenden Pferd. Sie trat ein und stieß einen Seufzer der Erleichterung aus. Im Gastraum war ziemlich viel los, und sie fühlte sich sicherer in dem gut beleuchteten Gasthaus mit vielen Menschen um sich.

»Mylady, du bist zurückgekommen.«

Dagmar lächelte den Besitzer an. »Ja. Könnte ich vielleicht einen Tisch bekommen?«

»Für dich haben wir alles.« Sie hatte ihm am Morgen ein gutes Trinkgeld gegeben und war jetzt sehr froh darüber. Er zwang ein paar Männer, Platz zu machen, und gab Dagmar ihren Tisch. Er war im hinteren Teil des Raums, und sie setzte sich mit Blick zur Tür, in der Hoffnung, Gwenvael hereinkommen und nach ihr suchen zu sehen. Der Besitzer gab sich die größte Mühe, ihr die Männer des Ortes vom Hals zu halten, doch ein paar kamen herüber und versuchten, sie anzusprechen.

Männer waren so seltsam. Sie wusste, dass sie nicht von ihrem Aussehen fasziniert waren, aber je kälter und abweisender sie wurde, desto mehr umschwärmten sie sie. Um sie herum waren überall willige einheimische Frauen, aber die Männer wollten die »eiskalte Schlampe«, wie ein abgewiesener Mann sie brummelnd bezeichnete.

Sie starrte zur Tür und versuchte, sie durch Willenskraft dazu zu bringen, sich zu öffnen und Gwenvael einzulassen. Der Stuhl auf der anderen Seite ihres kleinen Tisches kratzte über den Boden, als er zurückgezogen wurde, und Dagmar stieß ein genervtes Seufzen aus.

»Geh weg.«

»Ich glaube, wir müssen reden.«

Dagmar hatte das Gefühl, als durchbohre ihr schon wieder eine Klinge das Herz, als sie sich umdrehte und tief in blaue Augen mit silbernen Sprenkeln auf der Iris blickte. Und bis ihre zu Klauen gebogenen Hände auf sein Gesicht losgingen, hatte sie keine Ahnung, dass sie so heftig reagieren würde. Doch Ragnar schnappte nur ihre Handgelenke und knallte sie zurück auf den Tisch.

»Setz dich«, befahl er ruhig.

»Mylady?« Der Wirt kam herbeigeeilt. »Ist alles in Ordnung?«

Ragnar hob eine Braue, und Dagmar zwang sich, zu dem Wirt hinaufzulächeln. »Alles in Ordnung. Danke.«

Er nickte ihr zu und warf Ragnar einen bösen Blick zu.

Als sie wieder allein waren, entriss sie ihm ihre Hände und knurrte: »Du verdammter Lügner.«

Diesmal trug er kein Mönchsgewand, keine Kutte, sondern einen einfachen schwarzen Umhang mit Kapuze, die er bis in die Stirn gezogen hatte – um seine violetten Haare zu verbergen, nahm sie an.

»Glaubst du, es war leicht für mich, dich die ganzen letzten zwanzig Jahre zu belügen? Dich, die du immer so freundlich zu mir warst?«

»Warum hast du es dann getan? Was wolltest du von mir?«

»Was ich bekommen habe.«

Sie musterte ihn eingehend. Die Vernunft mochte ihr helfen, aber er war schön. Diese wundervollen Augen, kombiniert mit den hohen Wangenknochen, vollen Lippen und einer beinahe-aber-nicht-wirklich-zu-langen Nase hätten jede Frau dazu gebracht, stehen zu bleiben und ihn anzustarren – und zu träumen.

»Er hat mich gewarnt, dass ihr überall seid«, sagte sie. »Aber ich glaubte, ein Nordländer wäre zu ehrbar dafür. Ich Dummchen, ich.«

»Wäre es sicher gewesen, hätte ich dir die Wahrheit gesagt. Geschichten über Drachen zu hören ist etwas ganz anderes, als wenn du merkst, dir sitzt einer gegenüber und trinkt deinen Wein.«

»Du weißt, dass es mir nichts ausgemacht hätte.«

»Nein. Das wird mir jetzt auch bewusst.« Sein Lächeln war liebevoll. »Das spricht nicht gerade für mein Urteilsvermögen, Dagmar.«

»Dein Name, Drache. Wie lautet er?«

»Ragnar der Listige, von der Olgeirsson-Horde.«

»Wie passend.« Sie schaute in sein hübsches Gesicht. »Und warum bist du jetzt hier?«

»Ich habe Kontakte in der Großen Bibliothek. Es wäre mir allerdings lieber gewesen, du hättest es nicht auf diese Art erfahren.« Er lehnte sich auf seinem Stuhl zurück. »Warum hast du mich gesucht?«

»Ich habe versucht, ein Gerücht zu bestätigen über Jökulls Waffenstillstand mit der Horde.«

Er kicherte. »Wo hast du denn das gehört?«

»Ist es wahr?«

»Nein. Auch wenn es ein geniales Gerücht ist, findest du nicht?«

»Weißt du, was jede einzelne Horde tut?«

»Muss ich nicht. Ich muss nur wissen, dass das Gebiet deines Vaters auf dem Gebiet meines Vaters liegt – und dass Olgeir der Verschwender keine Waffenstillstände mit Menschen schließt. Er betrachtet euch eher als … nun ja, wie eure Küchenhunde. Als Haustiere, die nett sind und Essensreste vom Boden entfernen, aber keinem wirklichen Zweck dienen.«

Dagmar stützte einen Ellbogen auf den Tisch und das Kinn in die Hand. »Wenn ich glauben würde, dass ich es schaffen könnte – dann würde ich dich auf der Stelle töten.«

Er schenkte ihr ein überraschend warmes Lächeln. »Ich mochte dich immer sehr gern, Dagmar. Sehr, sehr gern. Wenn ich dich davor hätte bewahren können, verletzt zu werden, dann hätte ich es getan.«

»Aber du willst noch mehr. Nicht wahr? Deshalb bist du jetzt hier.«

»Du kombinierst schnell wie immer.«

»Wie man es mich gelehrt hat.«

»Dein Feuerspucker. Der Goldene.«

Sie spürte, wie sich ihr Magen zusammenzog; die Erwähnung Gwenvaels gefiel ihr gar nicht. »Hat mich über Nacht im Stich gelassen, vermute ich.«

»Du weißt, dass das nicht stimmt. Aber er war dumm, dich herzubringen. Töricht zu glauben, dass die Spione meines Vaters ihn nicht beachten würden oder dass der Waffenstillstand zwischen den Horden und der Drachenkönigin ihn aus jeder Gefahr heraushalten würde.«

Dagmar atmete hörbar aus; sie rang um Gelassenheit. »Du hast ihn.«

»Nein. Ich habe keine Verwendung für ihn. Aber die Horde meines Vaters hat ein gutes Gedächtnis, und wir beschützen unsere Frauen genauso gut wie deine Leute es tun. Aller Wahrscheinlichkeit nach wird er die Nacht nicht überstehen ... es sei denn, ich helfe ihm.«

»Du meinst, für eine Gegenleistung.«

»Eine Gegenleistung, die du gern erbringen wirst, um ihn zurückzubekommen, nehme ich an.« Er nahm ihre Hand in seine und studierte sie. »Hat er dich auch verführt, Lady Dagmar? Wie er das mit so vielen anderen getan hat? Wurde dieses kalte Herz, das zu haben du immer vorgegeben hast, von einem Feuerspucker zum Schmelzen gebracht?«

Dagmar wollte ihm nichts in die Hand geben, nichts, was er in den kommenden Jahren gegen sie verwenden konnte. Aber sie konnte nicht vor sich selbst leugnen, dass sie um Gwenvaels Sicherheit fürchtete.

Sie hatte selbst gesehen, was ihre Brüder mit jenen machten, die sich mit der falschen Frau einließen oder den guten Namen einer ihrer Frauen besudelten.

Sie wusste, dass Gwenvael in den Händen seiner Feinde fürchterlich litt, während sie hier dem lügnerischen Hordendrachen gegenübersaß. Sie wusste auch, dass Hysterie sie nicht weiterbrachte. Wenn sie ruhig blieb, kalt und gnadenlos, dann konnte sie sie vielleicht beide aus dieser Lage befreien.

»Im Moment sind wir Geschäftspartner. Das ist alles. Du kennst mich gut genug, Mylord. Du weißt, wenn ich etwas will, dann tue ich alles, was nötig ist, um es zu bekommen.« Sie lehnte sich auf ihrem Stuhl zurück und verschränkte die Hände geziert im Schoß. »Wir wissen beide, dass ich ihn lebend brauche, wenn ich die Hoffnung habe, zu bekommen, was er mir von dieser verrückten Schlampenkönigin versprochen hat. Also, was willst du dafür? Was muss ich tun, damit du mir den Südländer wiederbringst – lebendig?«

»Das ist einfach.« Sein kleines Lächeln wurde breit und strahlend. »Hilf mir, einen Krieg zu beginnen.«

Gwenvael knirschte mit den Zähnen und unterdrückte einen Schmerzensschrei, als die Dolchklinge unter eine seiner Schuppen geschoben und angehoben und die Schuppe damit aus ihrer Verankerung in der Haut gerissen wurde. Doch sie wurde nicht komplett entfernt. Nein. Das war eine leichtere Form der Folter. Stattdessen wurde ein kleines, gezacktes Stück Metall zwischen Schuppe und Fleisch geschoben und die Schuppe wieder an ihren Platz gedrückt. Innerhalb von Minuten würde das Fleisch sich wieder mit der Schuppe verbinden und das schartige Metall einschließen. Dieser Schmerz würde im Lauf der Stunden immer schlimmer werden.

Es war eine sehr alte Form der Folter; zur Zeit seines Großvaters war sie sehr beliebt gewesen.

Als die Blitzdrachen ihn in die Tunnel der Stadt gezerrt hatten, hatte er gedacht, dass sie Informationen von ihm wollten. Informationen, die er ihnen nie geben würde, aber er hatte angenommen, dass sie es zumindest versuchen wollten. Doch seit Stunden hatten sie kein Wort zu ihm gesagt. Sie hatten ihm keine Fragen gestellt oder etwas verlangt. Sie hatten ihn einfach nur geschlagen, bis er seine Drachengestalt annahm, und dann hatten sie ihn an einer Kette an ein dickes Stahlrohr gehängt. Seither schlugen sie ihn weiter, immer wieder. Wenn er ohnmächtig wurde, weckten sie ihn mit Wasser oder Kräutern auf und schlugen ihn weiter. Wenn sie eine Pause vom Schlagen machten, hob einer von ihnen mehrere seiner Schuppen an und schob die Metallstücke darunter.

Ein guter Teil seines Körpers war jetzt von ihnen bedeckt, und während er mit gefesselten Handgelenken und Knöcheln in den Ketten hing, spürte er nichts als Schmerzen. Qualvolle, fast unerträgliche Schmerzen. Und es würde nur noch schlimmer werden. So viel wusste er.

Ihm war durch den Kopf gegangen, seine Geschwister zu rufen, aber er hatte sich dagegen entschieden. Sie hätten Tage gebraucht, um zu ihm zu kommen, und dann hätten sie einen neuen Krieg mit den Blitzdrachen angefangen. Dafür wollte er nicht verantwortlich sein.

Kaum lagen die Schuppen wieder an ihrem Platz, begann wieder das Schlagen. Einer hatte sehr große Fäuste und schien es zu genießen, Gwenvael damit ins Gesicht zu treffen. Beim zehnten Schlag sackte er in seinen Ketten zusammen.

In diesem Augenblick hörte er ihre Stimme zum ersten Mal. »Gwenvael«, sang sie. »Gwenvael. Mein lieber, lieber Gwenvael.«

»Er ist schon wieder ohnmächtig. Gib mir Wasser.«

»Wir haben keins mehr.«

»Dann hol welches, du Idiot.«

Eine Klaue griff nach seinem Kinn und hob seinen Kopf. »Mach dir keine Sorgen, Feuerspucker. Wir sorgen dafür, dass man sich um dich kümmert.«

»Es ist Zeit zu kämpfen, Gwenvael«, sagte die liebliche Stimme. »Es ist Zeit zu leben. Du musst zu mir kommen. Komm zu mir, so schnell du kannst.«

Gwenvael nickte. »Das werde ich.«

»Dann bist du also wach? Gut. Dann können wir …«

Gwenvael riss den Mund auf und umschloss die Schnauze des Blitzdrachen. Er biss zu, genoss das Geschrei und entfesselte seine Flamme. Die violetten Schuppen des Blitzdrachen schützten diesen zwar bis zu einem gewissen Grad, aber er konnte nicht durch Flammen atmen, wie Gwenvaels Gattung das konnte. Also hielt er die Flamme aufrecht, ertränkte den Mistkerl praktisch in Feuer und ließ ihn zucken und strampeln.

Er hörte andere Schreie und wusste, dass die Verwandten des Blitzdrachen kommen würden, um ihn zu beschützen, doch sie kamen nicht, und irgendwann wurde der Drache zwischen seinen Kiefern schlaff. Gwenvael ließ ihn los und starrte hinab auf das halb versengte Gesicht seines Peinigers.

»Götter, seht ihn euch an.«

Gwenvael hob den Kopf. Noch mehr Blitzdrachen, ihre Schwerter blutverschmiert, beobachteten ihn.

»Und sieh dir das an.« Einer von ihnen hob etwas mit der Klaue auf und zeigte es den anderen beiden.

»Machen sie das immer noch? Ragnar kriegt einen Anfall, wenn er das erfährt.«

»Darüber machen wir uns später Gedanken. Lasst ihn uns runterbringen.«

»Kannst du gehen?«, fragte einer von ihnen, und Gwenvael nickte.

»Kannst du dich verwandeln?«

Er nickte wieder. Zumindest würde er es versuchen.

»Also gut, Kumpel. Komm mit.«

14

Dagmar sah zu, wie drei andere Hordendrachen Gwenvael aus dem Tunnel halfen.

»Mein Bruder und zwei Vettern«, murmelte Ragnar.

Sie eilte an Gwenvaels Seite und hob seinen Kopf an. »Er braucht eine Heilerin.«

Gwenvael überraschte sie, indem er den Kopf schüttelte und sich von den Dreien, die ihn stützten, losmachte. Sie fragte sich, woher er die Kraft nahm. »Nein«, sagte er.

»Sie hat recht, Feuerspucker. Ich sehe doch, was sie dir angetan haben«, fügte Ragnar mit finsterem Blick hinzu. »Lass mich dir helfen.«

»Hilfe? Von einem Blitzdrachen? Ich glaube, ich hatte schon mehr als genug Hilfe von euch Bastarden.« Gwenvael nahm ihre Hand.

»Sei nicht dumm«, wandte Ragnar ein. »Lass mich dir helfen.«

»Nein. Ich suche mir meine eigene Hilfe.«

»In den Nordländern? Glaubst du wirklich, dass nicht noch mehr von uns nach dir suchen? Oder dass unsere Drachenhexen einem von euch helfen werden?«

Gwenvael zog Dagmar fort; er weigerte sich stur, sich anzuhören, was Ragnar noch zu sagen hatte.

Sie warf einen Blick zurück zu den Hordendrachen, die sie beobachteten, und Ragnar nickte kurz mit dem Kopf. Sie drehte sich wieder zurück und ließ sich von Gwenvael durch die mittlerweile ruhigen Straßen schleppen.

»Wo gehen wir hin?«, schaffte sie schließlich zu fragen.

»Irgendwohin, wo es sicher ist. Sie ruft mich und sagt, dass ich in Sicherheit sein werde.«

»Wer?«

Gwenvael grunzte plötzlich, hielt an und knickte nach vorne ab, die Hände in die Taille gestützt. Da sah sie all das Blut und die Verletzungen, die seinen menschlichen Körper übersäten, wie sie auch seinen Drachenkörper übersät haben mussten. Aber es waren nicht nur Prellungen und offene Wunden. Da war noch etwas anderes. Unter seiner Haut? Sie war sich nicht sicher. Aber sie wusste, dass er Schmerzen hatte – echte Schmerzen, und er gab sich große Mühe, sie nicht zu zeigen.

»Was ist los?« Sie legte ihm sanft die Hände auf den Arm, und er sprang zurück, als hätte er sich verbrüht. »Gwenvael, was ist los?«

»Nichts. Wir müssen gehen. Sie ruft.«

»Nicht, solange wir nicht bei einer Heilerin waren.«

»Keine menschliche Heilerin kann mir helfen.« Er zog sie um eine dunkle Ecke. »Wenn ich mich verwandle, steig auf meinen Rücken.«

»Du kannst das hier nicht tun. Alle werden es sehen.«

»Sie werden nur dich sehen, und nur, wenn sie genau hinsehen. Wenn wir schnell genug sind, können wir es schaffen.«

»Aber Gwenvael ...«

»Widersprich mir nicht«, blaffte er, doch dann wurde seine Stimme ruhig. »Bitte. Tu einfach, was ich dir sage.«

Sie hatte keine Wahl. »Also gut.«

Er entfernte sich ein Stück, und sie sah, wie Flammen seinen Körper umhüllten. Als die Flammen erstarben, war er wieder Drache.

»Jetzt.«

Sie eilte zu ihm und hielt sich an seiner Mähne fest. Sein Schwanz hob sie von hinten hoch und setzte sie auf seinen Rücken. Als seine Flügel sich bewegten, stiegen sie in die Luft.

Ein paar Leute sahen nach oben und runzelten die Stirn beim Anblick einer Frau, die scheinbar über der Stadt dahinflog, doch bis sie geblinzelt hatten und noch einmal hinsahen, war sie in den Wolken verschwunden.

Rhiannon blätterte den nächsten der antiken Wälzer durch, die sie ganz hinten in den königlichen Archiven gefunden hatte.

Dieser Bereich war den Gelehrten, Hexen und Magiern vorbehalten. Anders als viele Drachen, die sie kannte, hatte sich Rhiannon nie besonders für das Lernen um des Lernens willen interessiert. Sie war nur eine Gelehrte, weil es als Hexe notwendig war. Um ganz ehrlich zu sein, fand sie diese Art von Recherchen todlangweilig. Doch sie hatte nicht viel Zeit, und das wusste sie. Annwyls Körper war einfach nicht dafür gemacht, die Art von Nachwuchs auszutragen, den sie bald gebären sollte. Für diejenigen, die wie Rhiannon die Finger der Magie sehen konnten, wo immer sie hinsahen, war die Macht, die Annwyl umgab, fast blendend. Bei jemandem wie Rhiannon hätte eine Geburt dieser Art zwar ihren menschlichen Körper erschöpft, aber ihre natürlichen magischen Abwehrmechanismen hätten sie höchstwahrscheinlich gesund erhalten. Doch Annwyl war eine echte menschliche Kriegerin. Es war absolut keine Magie in ihr. Keine jenseitigen Fähigkeiten, die bisher in ihr geschlummert hatten. Ihre Gabe war ihre Wut. Diese Macht war wie ein plötzlicher Sturm, der ein ganzes Dorf in einer Nacht auslöschen konnte.

Letztendlich waren es die Reinheit von Annwyls Geist und ihr starker Wille, die alle um sie herum anzogen, vom einfachsten bäuerlichen Soldaten bis zu den Erben von Rhiannons Thron.

Doch all das zu wissen hatte Rhiannon nicht dabei geholfen, einen Weg zu finden, der Menschenkönigin zu helfen. Sie hatte die besten und sogar die umstrittensten Drachenmagier, die sie kannte, aus dem ganzen Land zusammengerufen. Auch jetzt forschten und schufteten diese in anderen Nischen der Archive und der Bibliothek und versuchten, einen Weg zu finden, Annwyl zu helfen.

Rhiannon blätterte die letzte Seite um und knallte das Buch zu. *Noch so ein nutzloses Stück Zentaurenmist*, dachte sie, als sie das Buch auf einen Haufen zu ihrer Linken schleuderte, während ihr Schwanz ein anderes vom Stapel zu ihrer Rechten ergriff.

»Du bist heute Abend lange auf, meine Königin.«

So sehr Rhiannon seufzen und sich dramatisch zu Boden plumpsen lassen wollte, wie Gwenvael es immer tat, wenn ihn etwas hoffnungslos langweilte, lächelte sie nur leicht und antwortete: »Ja, ja, Ältester Eanruig. Viel zu tun.«

»Natürlich. Vor der Geburt dieser Kinder.« Er ging durch den Raum zu einem der Regale, sein Schwanz glitt hinter ihm her. Er schien nie viel Kontrolle über dieses Ding zu haben. Anders als die meisten anderen ihrer Gattung. Sie musste immer an eine niedere Schlange denken, die über den Boden glitt und sich immer von Mist ernährte, den sie zufällig auf ihrem Weg fand. »Wir müssen wirklich darüber reden, was wir mit ihnen tun, wenn sie erst geboren sind.«

Rhiannon blickte auf; der Tonfall dieser Aussage gefiel ihr gar nicht. »Mit ihnen tun?«

»Ja.« Er nahm etwas aus dem Regal und drehte sich zu ihr um, wobei sein Schwanz hinter ihm her flitzte. Es wunderte sie, dass er nicht klapperte, wenn er sich bewegte. »Die Ältesten und Eure Majestät müssen diskutieren, wohin der Nachwuchs gebracht werden soll, wenn er erst einmal geboren ist.«

»Gebracht werden? Warum sollten sie irgendwohin gebracht werden?«

»Du kannst nicht ernsthaft daran denken, einem Menschen zu erlauben, sie zu erziehen?«

»Einem Menschen und meinem Sohn, Ältester Eanruig. Und da die Kinder sowohl menschlich als auch Drachen sein werden, wäre das nur ...«

»Dein Sohn, meine Königin, ist kaum der Typ, um Nachwuchs großzuziehen. Vor allem nicht seinen eigenen.«

Die Metallspitze von Rhiannons Schwanz, die sie mindestens einmal, wenn nicht sogar zweimal am Tag schärfte, kratzte über den Steinboden der Höhle. »Ich weiß nicht, ob ich verstehe, was du meinst, Ältester.«

Er ging auf sie zu. Er war ein alter Golddrache, und sein goldenes Haar war mit dem Alter fast weiß geworden, seine Schuppen nicht mehr glänzend und klar, sondern trüb und abgenutzt. Doch je länger sie diesen Drachen kannte, desto weniger glaubte sie, dass das Alter etwas damit zu tun hatte. Bercelaks Vater war fast neunhundert Jahre alt gewesen, als er dahingeschieden war, und er war damals noch genauso schön gewesen wie an dem Tag, an dem sie ihm das erste Mal begegnet war. Er war natürlich gealtert, aber er hatte nie seine Energie oder seine Liebe zu fast allen Dingen verloren. Eanruig der Gelehrte dagegen hatte nichts dergleichen zu verlieren. Er lebte sein Leben zwischen Büchern und glaubte an die strikten Grenzen der Blutlinien.

Für ihn war ihre Mutter, Königin Adienna, schon allein deshalb perfekt gewesen, weil sie sich mit einem Gleichgestellten gepaart hatte. Rhiannon hatte diese Möglichkeit zur Perfektion in seinen Augen verloren, als sie von Bercelak in Besitz genommen wurde, einem Drachen von niederem Rang aus dem Cadwaladr-Clan. Eine Brut von Kriegerdrachen, die vögelten, aßen und kämpften. Schon als Küken hatte Rhiannon gehört, dass man die Cadwaladrs als die Kampfhunde der Drachenkönige bezeichnete. Und genau so hatte Adienna sie behandelt. Kriege in weit entfernten Ländern, die keine Finesse erforderten, oder ein bereits vorbereiteter Waffenstillstand? Schickt die Cadwaladrs! Sollte eine Belagerung dauern, bis in zehn Jahren der letzte Verhungernde aus der Festung gezerrt wurde? Schickt die Cadwaladrs!

Noch wichtiger aber war, dass es den Cadwaladrs nichts ausmachte. Solange sie weiterhin vögeln, essen und kämpfen konnten, war es ihnen egal, wo man sie hinschickte oder was man von ihnen erwartete.

Doch was Eanruig vergaß – was all diese wichtigtuerischen Mitglieder des Königshofes immer vergaßen: Leg dich nie mit einem Cadwaladr an. Ihre Blutlinie mochte nicht königlich sein, aber sie schützten sie, wie jeder Kampfhund seine Welpen beschützen würde.

Und Annwyls und Fearghus' Nachkommen gehörten zur Cadwaladr-Blutlinie.

Der Älteste, den sie mehr als alle anderen hasste, stand jetzt neben ihr und grinste auf sie herab.

»Du weißt genau, was ich sagen will, meine Königin. Dein

Sohn hat seine Gattung betrogen, indem er dieses Menschenmädchen für sich beanspruchte, und die Götter haben sie mit diesen ... diesen Anomalien geschlagen. Leider können wir jetzt nichts dagegen tun, außer die Situation unter Kontrolle zu bekommen, bevor sie noch schlimmer wird. Der Rat wird über den besten Weg zur Erziehung dieser Nachkommenschaft entscheiden.« Er beugte sich ein wenig näher, und Rhiannon kämpfte gegen das Bedürfnis ihres Körpers an, ihn in Stücke zu reißen, eine verdammte Schuppe nach der anderen. »Und ich hoffe wirklich, dass du deinen hohlköpfigen Sohn – Gwenvael, glaube ich – nicht nur in den Norden geschickt hast, damit er einen kleineren Krieg anzettelt und du die Gewalt über den Rat übernehmen kannst. Ich weise inständig darauf hin, dass das sehr unklug wäre.«

Rhiannon war kurz davor, ihm das Grinsen aus dem Gesicht zu schlagen, als ein Schwanz, der viel größer und tödlicher als ihr eigener war, zwischen ihnen auf den Boden krachte. Eanruig ließ erschrocken sein Buch fallen. Rhiannon konnte ihr Lächeln nicht unterdrücken, als Bercelaks Kopf langsam hinter Eanruig auftauchte.

»Lord Bercelak.«

Oh, wie sie es genoss, wie matt die Stimme des Ältesten plötzlich klang!

»Ältester Eanruig. Kann ich dir weiterhelfen?«

»Nein, nein. Nur ein kleiner Plausch mit unserer Königin.«

»Der Plausch ist vorbei, Schlappschwanz. Verzieh dich.«

Eanruig nickte Rhiannon kurz zu. »Meine Königin.«

»Ältester.«

Sie sahen ihm nach, als Eanruig aus dem Archiv glitt.

Als sie sicher waren, dass er weg war, drehte sich Bercelak wieder zu ihr um. »Warum lässt du mich nicht auf ihn los?«

Sie schlang ihren Schwanz um seinen und zog ihn dichter an sich. »Weil ich es mir nicht leisten kann, dass du ihn umbringst. Er wäre begeistert, wenn sein Tod einen Bürgerkrieg an meinem Hof auslösen würde. Das werde ich nicht zulassen. Also, was tust du hier? Du solltest im Westen sein.«

»Das war ich auch. Und Addolgar und Ghleanna kommen mit einem handverlesenen Trupp. Sie brechen in den nächsten ein bis zwei Tagen mit Éibhear auf, aber ich wollte schon heute Abend bei dir zu Hause sein.«

»Du hast Éibhear mit ihnen allein gelassen?«

»Ghleanna kümmert sich um ihn. Abgesehen davon wird es Zeit, dass er lernt, dass er nicht immer seine Mutter um sich hat, die ihn verhätschelt.«

»Ich verhätschle ihn nicht. Und Ghleanna ist gemein.«

»Ich weiß.« Er strich ihr mit der Klaue über die Wange. »Du siehst müde aus.«

»Das bin ich auch. Eanruig hat mir die letzte Energie geraubt.«

»Dann wird es Zeit, dass du in unsere Kammer zurückkehrst.« Er nahm ihre Klaue in seine und führte sie zum Ausgang. »Wir spielen ›Passt mein Schwanz da rein?‹«

Rhiannon lachte. »Ich liebe dieses Spiel!«

Gwenvael hörte sie wieder, die süße, sanfte Stimme in seinem Kopf. So süß, dass er bei ihrem Klang einfach hätte einschlafen können. Sie lockte ihn, und er wusste nicht mehr, wo er war.

»Gwenvael«, sagte sie wieder. »Folge meiner Stimme. Komm zu mir, Gwenvael.«

Er hatte das unbestimmte Gefühl, nicht auf dem richtigen Weg zu sein, aber sein Sehvermögen schien zu versagen, was nichts Gutes bedeuten konnte. Außerdem konnte er nicht besonders gut atmen. Was es noch schlimmer machte, war, dass er sich Tausende von Wegstunden über der Erde befand, mit einer zerbrechlichen Menschenfrau auf dem Rücken.

Die Stimme rief ihn weiter. »Gwenvael. Süßer, süßer Gwenvael.«

Diese verdammten Blitzdrachen hatten ihm mehr Schaden zugefügt als ihm bewusst gewesen war. Er spürte, wie Gift durch seinen Körper floss wie warmes Wasser.

Dagmar. Er musste Dagmar nach Hause bringen, wo sie in Sicherheit war. Dennoch konnte er diese Stimme nicht ignorieren.

»Gwenvael!«

Das war nicht derselbe liebliche Ton, der ihn in ein trügerisches Gefühl der Sicherheit lockte. Dazu war er viel zu kreischend und panisch.

»Was?«, fragte er Dagmar.

»Berg.«

»Was?«

»*Berg! Berg! Berg!*«

Er wich aus, als er den Sinn des Wortes, das Dagmar ständig wiederholte, verstand; seine linke Flügelspitze streifte die Felswand, als er ihr gerade noch auswich.

Was für Berge waren das? Wenn er das herausfand, wüsste er, wo sie waren und in welcher Richtung ihr Zuhause lag.

»Du musst uns absetzen«, schrie sie über den tosenden Wind hinweg.

»Wenn ich dich nach Hause gebracht habe«, versprach er. »Irgendeine Ahnung, wo das ist?«

»Woher zum Teufel soll ich das wissen?«

»Das ist ein Problem. Denn im Moment sehe ich nicht allzu gut. Vielleicht kann ich mir deine Augengläser ausleihen.«

»Verfluchte Vernunft! Dann lande!«

»Das wäre eine gute Idee, aber …«

»Aber? Was aber?«

Er antwortete ihr nicht, sondern wich nur nach links aus, als Blitze seinen Flügel streiften.

»Jemand ist hinter uns her!«

»Das habe ich gespürt«, sagte er. Noch mehr Blitzdrachen, aber nicht jene, die ihm aus dem Tunnel geholfen hatten. Wer waren diese Blitzdrachen überhaupt gewesen? Und warum hatten sie ihm geholfen?

Und vielleicht sollte er sich darüber später Gedanken machen, wenn er nicht mitten in einem Kampf mit einer anderen Truppe von Blitzdrachen steckte, die ihn umbringen wollten.

»Du musst dich festhalten«, erklärte er Dagmar. »Lass nicht los.«

»Was meinst du mit ›Lass nicht los‹?«

Wieder antwortete er nicht, schwenkte nur abrupt herum und stieg höher. Dagmar schrie panisch auf, und er spie seine Flamme gegen seine Verfolger. Die Blitzdrachen beeilten sich auszuweichen, und Gwenvael warf sich auf den Nächsten von ihnen. Sobald er ihn berührte, wickelte er sich um seinen Körper, bis er eine Schwertscheide an seinem Arm spürte. Er griff nach der Klinge, die am Rücken des Drachen befestigt war, riss sie heraus und schwang sie vor und zurück. Die perfekt gepflegte und geschärfte Klinge trennte ihrem Besitzer sauber den Hals durch.

Ein anderer Drache spie einen Blitz, und Gwenvael legte die Flügel an. Er fiel und war froh, wieder Dagmars kräftigen Schrei zu hören. Das bedeutete, dass sie noch nicht zu Tode gestürzt war. Er war ziemlich erleichtert.

Die restlichen Blitzdrachen rückten wieder dichter heran, und Gwenvael breitete blitzartig die Flügel aus und stieg wieder auf. Er spie noch eine Runde Flammen und tauchte hindurch – schnell genug, so hoffte er, dass Dagmar unverletzt blieb –, während er mit dem Schwert einen Bogen über sich beschrieb. Die Klinge traf den Körper eines der Blitzdrachen und blieb dort stecken, aber zumindest hatte er Schaden angerichtet. Er ließ los, und das Schwert und der Leichnam fielen auf die Erde hinab.

»Gwenvael!«

Er reagierte sofort auf den Klang ihrer Stimme, drehte sich zur Seite und streckte den Arm aus. Seine Klauen schlossen sich um den Schaft eines Speers, allerdings erst, als dieser ihn in die Brust traf, direkt unter dem Schlüsselbein.

Gwenvael brüllte vor Schmerz und Wut auf, während der Speer sich tiefer bohrte. Eine Klaue am Speer, brach er den Schaft mit dem anderen Arm in der Mitte durch. Der Blitzdrache versuchte, ihm den zerbrochenen Schaft zu entreißen; doch Gwenvael wusste sehr gut, dass das sein und Dagmars Ende bedeutet hätte. Also benutzte er seinen letzten Rest an Kraft und riss den Schaft aus den violetten Klauen, die sich mit aller Macht daran festklammerten. Als er ihn hatte, drehte er das zerbrochene

Ende heraus und stieß es in einer schnellen Bewegung nach oben.

Der Schaft durchbohrte den weichen unteren Bauch des Blitzdrachen, und Gwenvael dankte den Göttern im Stillen, dass seine Angreifer ihre Kampfpanzer nicht trugen.

Der Blitzdrache brüllte vor Schmerzen und klammerte sich an Gwenvaels Schultern. Verzweifelt drehte der den Schaft wieder und wieder, grub ihn immer tiefer hinein, bis der Blitzdrache gegen ihn sackte.

Nun war seine Kraft aufgebraucht; er konnte den großen Kerl nicht einmal von sich wegschieben, und gemeinsam stürzten sie dem Boden entgegen. Der Blitzdrache oben, Gwenvael unter ihm.

Doch irgendwie hörte er es. Während ihm vollends schwarz vor Augen wurde und sein Gehirn um einen Gedanken rang, hörte er es. Schreie. Die Schreie einer Frau.

Dagmar.

Er befand sich nur noch einige Fuß über dem Boden, als er sich in der Luft herumrollte. Der Blitzdrache war jetzt unter ihm. Sein Schwanz peitschte vor, schlang sich um ihre Taille und hob sie empor – nur Sekunden, bevor sie alle auf die harte, unerbittliche Erde krachten.

Brastias wachte auf, als Morfyds Körper neben ihm hochschnellte. Er streckte die Hand nach ihr aus, aber sie krabbelte schon über das Bett.

»Nein, nein, nein, nein«, wiederholte sie beschwörend immer und immer wieder.

»Morfyd?«

Sie taumelte nackt zur Tür und öffnete sie, blieb dort stehen, als warte sie auf etwas. Er wusste, dass sie schrecklich frieren musste, denn sie fror oft in ihrer menschlichen Gestalt, also schnappte er sich ein Fell vom Bett, trat hinter sie und legte es um sie.

»Was ist los, Liebling? Ist etwas passiert?«

Die Tür zu Annwyls Zimmer ging auf, und Fearghus trat auf den Flur hinaus. Morfyd zuliebe hätte Brastias sich normalerweise versteckt, aber der Gesichtsausdruck des Drachen ließ ihn erstarren. Bruder und Schwester starrten sich an, bis Briec die Treppe heraufgerannt kam, auf dem Absatz stehen blieb und seine Geschwister ansah.

»Also?«, wollte Briec wissen.

Morfyd machte sich von Brastias los und zog die Felldecke enger um sich. »Ich weiß nicht.«

»Wie kannst du das nicht wissen?«

»Schrei sie nicht an.« Fearghus ging zu seiner Schwester und nahm sie in die Arme. »Ich bin mir sicher, wir wüssten es alle, wenn Gwenvael ...« Er schloss die Augen und küsste seine Schwester auf den Scheitel. »Ich bin sicher, dass es ihm gut geht.«

»Die Schmerzen, Fearghus. Er hatte solche Schmerzen.«

»Ich weiß, ich habe es auch gespürt.« Er funkelte Briec warnend an, und sein jüngerer Bruder kam herüber und tätschelte seiner Schwester die Schulter.

»Mach dir keine Sorgen. Es ist schließlich Gwenvael. Er gerät in Schwierigkeiten und kommt auch wieder heraus.«

»Alles klar?«, fragte Fearghus sanft.

»Aye.« Sie trat zurück und rieb sich die Stirn. »Und jetzt kreischt Mutter in meinem Kopf. Ich brauche Wein.« Sie ging an ihren Brüdern vorbei die Treppe hinunter.

Sie ließ Brastias allein zurück, vergessen ... und nackt.

Fearghus bemerkte ihn als Erster. Brastias hatte diesen finsteren Blick erst einmal im Gesicht des Drachen gesehen. Als Annwyl zum ersten Mal nach Devenallt gegangen war und dem Drachen nichts davon gesagt hatte. Brastias hatte diesen Blick schon damals nicht gemocht, und jetzt hasste er ihn umso mehr.

Briecs finsterer Blick war irgendwie noch viel bedrohlicher. Vielleicht, weil er gleichzeitig so verblüfft und wütend aussah. Keine gute Kombination. Ein Wesen zu erschrecken, das Feuer spucken konnte, war Brastias' Einschätzung nach immer eine schlechte Idee.

»Unsere ... Schwester?«, grollte Fearghus.
»Unsere kleine Schwester?«, knurrte Briec.
»Sie ist zweihundertzweiundfünfzig Jahre alt.«
»Unsere *unschuldige* kleine Schwester?«, sprach Briec weiter und ignorierte ihn einfach.
Unschuldig? Nein. Aber vielleicht war es das Beste, ihnen in diesem Punkt nicht zu widersprechen.
Brastias zuckte die Achseln. »Ich liebe sie.«
Briec zuckte ebenfalls die Achseln. »Dann werden wir dich wohl umbringen müssen.«
Talaith kam die Treppe herauf und blieb am selben Fleck stehen wie vorher Briec. Sie musterte die drei, bevor sie fragte: »Was ist hier los?«
»Er entehrt unsere Schwester«, sagten beide Brüder im Chor.
»Natürlich tut er das. Und soweit ich weiß, genießt sie jede Sekunde davon, also lasst ihn in Ruhe.«
Briec starrte seine Gefährtin an. »Du wusstest es?«
Brastias wusste, dass er nur eine Chance hatte, deshalb warf er rasch ein: »Hat Briec schon erwähnt, dass er Izzy in den Kampf ziehen lassen will?«
Die Brüder erstarrten. Fearghus riss die Augen auf, während Briec seine schloss und das Gesicht verzog.
Talaith starrte alle drei mit offenem Mund an, während ihr Verstand versuchte, seine Worte zu verarbeiten. »Sie ... du ... äh ...« Sie schüttelte den Kopf. »Tut mir leid. Was hast du gesagt?«
»Du *Mistkerl*!«, flüsterte Briec.
»Du hast mich dazu getrieben!«
»Briec?«
Er stieß hörbar den Atem aus und wandte sich Talaith zu. »Ich weiß, du bist noch nicht so weit, das zu hören, Talaith, aber – he, geh nicht weg!«
Nachdem Briec sich an Talaiths Fersen geheftet hatte und verschwunden war, sagte Fearghus: »Gut gespielt, Mensch.« Er ging zurück zu den Zimmern, die er mit Annwyl teilte. »Aber sobald Talaith damit fertig ist, Briec eine Abreibung mit der Faust

zu verpassen und wir wissen, ob Gwenvael tot ist oder nicht ... kommen wir wieder.«

Daran zweifelte Brastias keinen Augenblick.

Sein seltsamer, aufdringlicher Schwanz hatte Dagmar das Leben gerettet, indem er sie hoch in die Luft hielt, als sie auf den Boden krachten.

Selbst jetzt, wo die beiden Drachen nichts weiter waren als ein großes Knäuel aus leuchtend violetten und goldenen Schuppen, hielt Gwenvaels Schwanz sie immer noch fest umschlungen, und sie mühte sich ab, ihn von ihrer Taille zu lösen. Als sie es endlich geschafft hatte, fiel sie ein paar Zentimeter, und ihr Hintern schlug hart auf eine dicke Baumwurzel auf.

Sie verzog das Gesicht vor Schmerzen, schaffte es aber, zu Gwenvael hinüberzukriechen. Aus der Nähe konnte sie sein Gesicht sehen und schob ihm die Haare aus den Augen. »Gwenvael?«

Er rührte sich nicht, und sie war sich nicht einmal sicher, ob er atmete. Sie griff mit beiden Händen nach seiner Klaue, wobei sie auf seine rasiermesserscharfen Krallen achtgab. »Gwenvael, bitte antworte mir.«

Dagmar hatte keine Ahnung, wie lange sie dastand und Gwenvael festhielt. Sie wusste, dass sie etwas tun musste, aber ausnahmsweise einmal war sie ratlos. Sie konnte ihn nicht bewegen, hatte aber Angst, ihn auch nur einen Augenblick allein zu lassen. Sie hatte keine Ahnung, wo sie waren und wusste, dass überall noch mehr Drachen auf der Lauer liegen konnten. Ein Teil von Dagmar wünschte sich, dass sie ihr Zuhause nie verlassen hätte und immer noch sicher unter dem Schutz ihres Vaters lebte, in seliger Unwissenheit um die Wahrheit um sich herum.

»Da bist du ja.«

Erschreckt ließ Dagmar Gwenvaels Klaue fallen und griff nach ihrem Messer. Sie wirbelte herum, um sich der Bedrohung zu stellen, bereit, Gwenvael mit ihrem Leben zu schützen, als das Messer ihr aus der Hand glitt, jämmerlich über den Boden hüpfte und zu Füßen des Eindringlings liegen blieb.

»Hmmm. Keine große Kämpferin, was?« Die Frau im Hexengewand hob die Klinge auf und stapfte zu Dagmar hinüber. »Du solltest das Ding nicht ziehen, solange du nicht genau weißt, was du tust.« Sie reichte Dagmar das Messer. »Denn nichts kann schlimmer sein als mit der eigenen Waffe getötet zu werden.« Dagmar gaffte die Frau an. »Wer bist du?«

»Esyld.«

»Esyld wer?«

Sie beantwortete Dagmars Frage nicht, sondern beugte sich über Gwenvael. »Armes Ding. Ich hatte befürchtet, dass er es nicht so weit schafft, aber er hat viel Kraft in sich.« Sie sah Dagmar an. »Und viel Leidenschaft, dich zu beschützen.«

»Ich frage dich noch einmal: Wer bist du?«

»Eine Freundin. Ich bin nur hier, um zu helfen. Aber wir müssen euch beide nach drinnen bringen, wo es sicher ist.«

Sie bedeutete Dagmar zurückzutreten, und hob die Hände über Gwenvael.

»Was tust du?«

Wieder kam keine Antwort, aber die Frau begann etwas zu singen. Flammen stiegen über Gwenvaels Körper auf und enthüllten, als sie sich zurückzogen, seinen menschlichen Körper.

»So ist es viel leichter für mich.«

»Wie hast du …?«

Die Hexe nahm Gwenvaels Arm und Bein und hob seinen Körper auf ihre Schulter. »Komm mit.«

Selbst in seiner menschlichen Gestalt besaß Gwenvael ein gewaltiges Gewicht. Keine menschliche Hexe von ihrer Größe konnte ihn anheben.

»Du bist ein Drache.«

»Das bin ich.«

»Ihr seid überall.« Dagmar konnte sich ein höhnisches Schnauben nicht verkneifen. »Anscheinend weiß ich nie, wann ich es mit einem zu tun habe.«

»Aber du lernst dazu«, sagte die Frau mit einem Lachen. »Das merke ich.«

15

Dagmar folgte Esyld zu einem kleinen Haus tief in einem Wäldchen. Es war wirklich ein charmantes kleines Häuschen. Aus dem Kamin stiegen Rauchwölkchen, und es besaß einen Kräutergarten und einen steinernen Gartenweg, der zur Haustür führte. Große Bäume standen um das Haus herum, deren Äste und Blätter ihm Schutz boten.

Die Drachin hatte die Eingangstür offen gelassen und ging auf direktem Weg hinein, gefolgt von Dagmar.

Das Innere des Hauses war so gemütlich und charmant wie das Äußere, auch wenn es nur einen Raum besaß. Dagmar konnte sich vorstellen, glücklich hier allein zu leben. Wahrhaftig, sie wusste, dass sie es genießen würde, und sie hatte immer gehofft, wenn sie ungefähr ihren vierzigsten Winter erreichte, würde sie ein kleines Häuschen wie dieses hier in der Nähe der Festung ihres Vaters bekommen. Sie wusste, dass ihre Schwägerinnen dieses Thema nur zu gern bei ihren Ehemännern vorantreiben würden.

Esyld trug Gwenvael zu dem langen Bett, das dicht an der Wand stand. Sie hob ihn von ihrer Schulter und legte ihn vorsichtig ab. Mit einem sanften Lächeln strich sie ihm die Haare aus dem Gesicht. »Er ist zu so einem hübschen Kerl herangewachsen.«

Dagmar verengte die Augen zu Schlitzen. Wer zur Hölle war das? Und warum hielt sie es für akzeptabel, ihn auf so eine Art zu berühren? »Wirst du mir nun sagen, wer du bist oder nicht?«

»Das habe ich schon. Mein Name ist Esyld.« Und bevor Dagmar ihr widersprechen konnte, deutete sie auf Gwenvael. »Siehst du die?«

Dagmar kauerte sich neben das Bett und schob die Augengläser auf den Kopf, damit sie sich aus der Nähe ansehen konnte, wie sich seine Haut an mehreren Stellen wölbte.

An vielen Stellen, um genau zu sein. Am ganzen Körper.

»Was ist das?«
»Eine brutale Foltermethode.«
Esyld zog ihren Umhang aus. Darunter trug sie ein einfaches, blaues Kleid. Es passte perfekt zu ihren roten Haaren.
»Du bist keine von den Horden.«
»Nein, bin ich nicht.« Sie kniete sich neben Dagmar auf den Boden. Ihre Finger schwebten leicht über einer der Beulen. »Das ist die alte Art, einem Drachen Schaden zuzufügen. Wenn man in Drachengestalt ist, werden einem die Schuppen gewaltsam vom Fleisch abgehoben und kleine, gezackte Stahlstücke daruntergeschoben. Allein dieser Prozess ist ziemlich schmerzhaft. Es ist nicht leicht, Schuppen vom Fleisch wegzustemmen. Normalerweise muss man ein Messer in die Fugen schieben.«
»Ich habe nie bemerkt ... ich meine ...« Dagmar, die nicht mehr kauern konnte, kniete sich hin und rieb sich die Augen mit den Fäusten. Fragte sie gerade wirklich nach mehr Informationen über verdammte Fugen zwischen Drachenschuppen? »Vergiss, dass ich etwas sagen wollte.«
»Man muss sehr genau hinsehen, damit man die Fugen sehen kann. Also, wenn die Schuppe dann wieder an ihren Platz zurückgedrückt wird, heilt sie wieder zu und schließt das gezackte Metallstück ein. Der Schmerz ist ziemlich qualvoll«, sagte sie leichthin, fast fröhlich. »Noch schlimmer ist, dass das Fleisch um das Metall herum heilt und den Schmerz noch verstärkt.«
Dagmars geballte Fäuste landeten in ihrem Schoß. »All das aus Rache?«
»Sie wollten, dass er leidet.« Sie stützte einen Arm auf das Bett. »Ich bezweifle, dass sie hofften, Informationen aus ihm herauszubekommen. Er mag ein Mitglied des Königshauses sein, aber er ist auch ein Nachkomme des Cadwaladr-Clans. Die bringt man nie zum Reden.«
»Er ist ...« Dagmar richtete sich auf. »Er ist ein Mitglied des Königshauses?«
»Ein Sohn der Drachenkönigin höchstpersönlich.« Esyld betrachtete sie genau. »Er hat es dir nie gesagt, oder?«

»Er war schnell dabei, mir von dem Moment zu erzählen, als er in einem Abflussrohr in Kerezik aufgewacht ist. Aber seine königliche Abstammung ... *Darauf* kam das Gespräch nie.« Und weiß die Vernunft, er *verhielt* sich auch nie wie ein Mitglied des Königshauses.

Die Drachin kicherte. »Das ist mein Gwenvael.«

Und Dagmar spürte es wieder. Dieses merkwürdige Gefühl im Magen, jedes Mal, wenn Esyld irgendeine Art von Beziehung zu Gwenvael geltend machte. »Wer bist du?«

Und *wieder* bekam Dagmar keine Antwort, weil Esyld zu beschäftigt damit war, mit der Zunge zu schnalzen. »Jetzt sehe ich, was los ist«, sagte sie. »Diese Schweinehunde haben Gift auf die Metallspitzen gegeben.«

»Sie haben *was*?« Dagmar legte sofort die Hand auf Gwenvaels Stirn. Er fühlte sich kalt an. Nicht gut, wenn er eigentlich aus Feuer bestand. »Du musst etwas tun.«

»Das werde ich. Ich werde die Stücke herausschneiden müssen. Eines nach dem anderen. Ich habe ihm seine menschliche Gestalt gegeben, weil es so einfacher ist. Keine Schuppen, die man wieder aufreißen muss.«

Verärgert, dass die Drachin einfach nur so dasaß, schnauzte Dagmar: »Solltest du nicht schon längst etwas tun?«

»Warum? Er geht nirgendwohin.«

»Das Gift?«

»Dafür ist es zu spät. Es ist schon in seinem Blutkreislauf.«

Dagmar hob die zitternden Hände und legte sie auf ihre Augen. Der ruhige, schonungslose Klang der Stimme dieser Frau brachte sie um den Verstand. Um die Logik.

»Na, na, Liebes. Kein Grund zu weinen. Ich bin mir sicher ... *wah!*«

Sie ließ die Frau nicht einmal zu Ende reden, bevor sie sie im Nacken packte und ihren Kopf auf das metallene Bettgestell schlug. Zum ersten Mal in Dagmars Leben wusste sie, wie es sich anfühlte, wie einer ihrer Brüder zu sein – und es war ein ziemlich berauschendes Gefühl.

Esyld hielt sich die Stirn. »Au! *Bist du wahnsinnig?*«

Dagmar stand auf. »Jetzt hör mir mal gut zu, Esyld. Du tust, was du tun musst, damit es ihm besser geht. Mixe an Tränken, was auch immer nötig ist, ruf die nutzlosen Götter an, die du verehrst, und egal, welche Tiere diese nutzlosen Götter verlangen: opfere sie – es ist mir egal. Aber sorg dafür, dass es ihm wieder gut geht. Oder ich schwöre bei aller Vernunft …«

»Was?« Die Drachin ragte jetzt über Dagmar auf. »Was wirst du tun, du Vernunft-Liebhaberin? Was glaubt eine offensichtliche Anhängerin von Aoibhell, mir antun zu können?«

»Ich kann dafür sorgen, dass das hier deine letzte ruhige Nacht im Wald ist. Ich kann dafür sorgen, dass jedes männliche Wesen – Mensch, Drache oder sonst etwas – erfährt, dass du hier lebst. Allein. Ich werde dafür sorgen, dass dich zu jagen ein Sport wird, dem sie nicht widerstehen können.«

»Und vielleicht verwandle ich dich einfach auf der Stelle in Asche.«

»Glaubst du wirklich, das würde mich aufhalten?«, grinste Dagmar höhnisch. »Wirklich?«

Nach einem Augenblick des gegenseitigen Anstarrens schüttelte die Drachin mit gerunzelter Stirn den Kopf. »Nein. Ich glaube nicht.« Sie trat von Dagmar zurück. »Wer bist du?«

Sie fand es fast amüsant, dass die Frau die Stirn hatte zu fragen. »Ich bin Dagmar Reinholdt, Einzige Tochter Des Reinholdts.«

»*Du* bist Die Bestie?«

»Manche sagen das.«

»Ich muss zugeben, dass man es nicht gleich sieht … bis man in diese Augen schaut.« Esyld rieb sich die Stirn und verzog das Gesicht, dann ging sie zu einem kleinen Tisch voller getrockneter Kräuter, halb abgebrannter Ritualkerzen, mehreren verschiedenen Dolchen und einem Zauberstab. »Ich muss sagen, ich weiß es zu schätzen, wie du ihn beschützt. Das hat er verdient.«

Um nicht noch einmal dieselbe Frage zu stellen, versuchte es Dagmar diesmal mit: »In welcher Verbindung stehst du zu ihm?«

»Nicht, was du denkst.« Sie ließ über die Schulter ein kurzes Lächeln aufblitzen. »Er ist mein Neffe.«

»Neffe?«

»Aye.« Sie brachte eine große Schüssel, ein sauberes Tuch und einen scharfen Dolch hinüber zum Bett. »Meine Schwester ist Königin Rhiannon. Als sie an die Macht kam, floh ich. An ihrem Hof werde ich jetzt Esyld die Verräterin genannt.«

»Und bist du es?«

»Nicht mehr seit ein paar Jahrhunderten. Und jetzt« – sie sah auf Gwenvael hinab – »hilf mir, ihn ans Bett zu binden. Und ihn zu knebeln.«

Es war nicht das erste Mal, dass er an ein Bett gefesselt aufwachte. Noch war es das erste Mal, dass er an ein Bett gefesselt und geknebelt aufwachte.

Doch wenn er sonst gefesselt und geknebelt aufwachte, verspürte er wunderbares Vergnügen. Keinen Schmerz. Zumindest nicht diese Art von Schmerz. Schmerz, der so roh und brutal war, dass er mehrmals versuchte, sich zurückzuverwandeln, aber nicht konnte. Er spürte, dass es etwas mit dem Halsband zu tun hatte, das er trug. Es besaß große Macht und beschnitt so seine eigene.

Jemand hatte ihn mit dem Gesicht nach unten am Bett festgebunden, damit er etwas aus seinem Körper herausreißen konnte. Etwas Lebenswichtiges? Er hatte keine Ahnung. Er wusste nur, dass es wehtat, und er wollte, dass der Schmerz aufhörte. Er musste aufhören. Er konnte nicht denken mit all diesen Schmerzen. Konnte nicht verstehen, wo er war oder wie er hergekommen war. Er konnte auch nichts sehen wegen all dem Schweiß, der ihm in die Augen rann und brannte. Doch er konnte eine sanfte Stimme hören, die ihm sagte, dass alles wieder gut werde. *Kein Grund zur Sorge. Nur noch ein kleines bisschen.* Aber er wusste, dass sie log. Er wusste, dieser Schmerz würde ewig anhalten, und er verstand nicht, warum sie ihn nicht einfach umbrachte. Niemand sollte so leiden. Am wenigsten er selbst.

Er spürte, wie die Klinge wieder in sein Fleisch eindrang, und schrie, etwas gedämpft durch den Knebel. Ihr Götter, warum brachte sie ihn nicht einfach um?

Dagmar hörte wieder Gwenvaels gedämpften Schrei, zog die Beine auf den Felsblock, auf dem sie saß und schlang die Arme darum. Sie hatte versucht, drinzubleiben, aber ihre ständigen Drohungen gegen Esyld hatten die Drachin schließlich gezwungen, ihr zu befehlen zu gehen.

Sie schämte sich, es zuzugeben, aber sie war bereitwillig gegangen. Sie hatte nicht gewusst, dass es sie so sehr durcheinanderbringen könnte, jemanden leiden zu hören. Sie hatte bei ihren Schwägerinnen die teilweise schweren Geburten erlebt, und stets war sie die Kühle, Verantwortungsvolle im Raum gewesen, auf die sich die Hebamme immer verlassen konnte. Sie hatte auch schon Heilerinnen assistiert, wenn ihre Brüder und Vettern schwer verwundet gewesen waren. Einem ihrer Vettern war von seinem Pferd das Bein zerquetscht worden. Sie war die Einzige gewesen, die geblieben war, um der Heilerin zu helfen, es abzunehmen. Er war den ganzen Eingriff über wach gewesen und hatte sie angefleht, es nicht zu tun, aber Dagmar wusste, dass die Heilerin keine Wahl hatte.

Auch wenn sie erleichtert gewesen war, als ihr Vetter schließlich doch das Bewusstsein verlor, hatte sie damals nie so ein Gefühl gehabt wie jetzt – als könnte sie jeden Messerschnitt, jedes Ziehen fühlen, wenn Esyld die gezackten Metallstücke aus Gwenvaels erschöpftem Körper riss. Dagmar hatte sogar das Gefühl, das ekelhafte Gebräu schmecken zu können, das Esyld ihm in die Kehle gegossen hatte, bevor sie begonnen hatte, ihn aufzuschneiden. Sie hatte gehofft, dass es etwas gegen die Schmerzen wäre, aber es sollte Gwenvaels Körper nur helfen, das Gift durch die Haut auszuspülen.

Gwenvael schrie wieder, und Dagmar schloss fest die Augen und legte die Stirn auf die Knie. Sie atmete tief ein und aus und zwang sich zur Ruhe.

Leise Geräusche aus dem Wald um sie herum weckten Dagmars Aufmerksamkeit. Sie hob den Kopf und beobachtete den riesigen Wolf, der leise auf sie zugetrottet kam. Bei seinem Anblick lächelte sie.

Ein hundeartiges Tier, egal, welcher Art, war ein willkommener Anblick für sie. Ohne Knut war sie für den Trost eines vierbeinigen Freundes durchaus bereit, das Risiko einzugehen, gebissen zu werden.

»Hallo.« Er kam ohne Zögern zu ihr, und Dagmar streichelte ihm mit den Fingerknöcheln den Kopf. »Du brauchst ein Bad«, neckte sie ihn.

»Du bist mutig.« Eine Frau trat aus dem Wald und kam auf Dagmar zu. »Die meisten haben Angst vor ihm.«

»Ich komme gut mit Hunden zurecht.«

»Darf ich?« Die Frau deutete auf den Teil des Felsbrockens neben Dagmar, der noch frei war.

»Ja.«

»Danke.« Sie legte das große Bündel, das sie auf dem Rücken hatte, ab, und setzte sich schwer ausatmend hin. »Ich bin verflucht fertig.«

Sie war eine Kriegerin. Eine Kriegerin, die schon bessere Tage gesehen hatte … oder Jahre. Sie sah aus, als wäre sie um die vierzig Winter alt und war von Narben übersät. Sie hatte Narben im Gesicht, auf den Händen, am Hals. Dagmar nahm an, dass sie unter ihrer Kleidung noch mehr hatte. Es schien, als sei die Kriegerin zu arm für eine ordentliche Rüstung. Sie besaß nur einen Waffenunterrock und ein gepolstertes Oberteil, eine Leinenhose und äußerst abgetragene Lederstiefel. Ihre braunen Haare waren lang und lockig, und von mehreren Kriegerzöpfen durchwebt. Aber was Dagmar am meisten faszinierte, war die Farbe ihrer Haut. Sie war eine von den Wüstenmenschen. Selten fand jemand, der so weit im Süden geboren war, den Weg in die Nordländer. Und vor allem keine Frau allein.

»Ich bin Eir«, sagte die Frau, während sie ihre Stiefel auszog und extrem große Füße enthüllte, die aus mehreren wunden

Stellen bluteten. Sie wackelte mit den Zehen und stöhnte vor Schmerz.
»Ich bin Dagmar. Keine Socken?«
»Sie waren so durchgescheuert, das hatte keinen Sinn mehr.« Dagmar öffnete ihren Tornister. »Hier. Du kannst die hier haben.«
Eir nahm die Wollsocken aus ihrer Hand. »Sicher?«
»Ja. Ein ... Mein Freund hat mir ein neues Paar geschenkt. Also kannst du das übrige Paar haben. Du solltest sie aber vorher waschen.«
Die Kriegerin zuckte die Achseln und zog sie an, während Dagmar über die mangelnde Hygiene das Gesicht verzog.
»Ich kann sie später waschen«, entschied sie, und Dagmar beschloss, das nicht infrage zu stellen.
Gwenvael schrie wieder, und Dagmar knirschte mit den Zähnen. Der Wolf, der sich zu ihren Füßen niedergelegt hatte, drückte seinen extrem großen Kopf an ihre Beine. Sie wusste den Trost zu schätzen.
»Is' das dein Freund?«
»Ja.«
»Klingt, als hätte er es nicht leicht.«
»Nein.«
»Ich würde mir keine Sorgen machen. Ich habe gehört, die Hexe ist eine gute Heilerin.« Sie zog ihre alten Stiefel über ihre neuen Socken und seufzte. »Viel besser. Danke.«
»Gern geschehen.« Dagmar, die verzweifelt versuchte, sich auf etwas anderes zu konzentrieren als auf Gwenvaels Schmerz und ihre Panik, fragte: »Warum bist du hier?«
»Ich tu', was ich immer tue. Nach einer guten Schlacht suchen, in die ich mich schmeißen kann. Ein ordentlicher Kampf. Gibt nichts Besseres als in einen Krieg zu stolpern, der einen 'ne Weile beschäftigt.«
Eine Söldnerin. Eine der unbeständigsten Beschäftigungen, von denen Dagmar je gehört hatte. »Tust du das gern?«
»Ich bin gern unterwegs. Bleib nie gern zu lange an einem Ort.

Eine wirklich gute Schlacht beschäftigt mich eine Weile, und dann ziehe ich weiter.« Sie stupste Dagmar mit einer Hand, an der der kleine Finger fehlte, an der Schulter an. »Weißt du etwas?«

»Ich würde dich nicht weiter in den Norden schicken. Deinesgleichen geht es dort nicht besonders gut.«

»Meinesgleichen?«

»Ja. Frauen.« Eir lachte, und Dagmar sprach weiter. »Du wirst mehr Arbeit im Süden finden, und ich habe gehört, dass es im Westen einen Riesenkrieg gibt. Du solltest zu den Dunklen Ebenen gehen. Man hat mir erzählt, Königin Annwyl hat recht viele Frauen in ihrer Armee.«

»Das werde ich. Willst du auch dorthin?«

»Ich weiß nicht. Ich weiß nicht, was ich im Moment mache.«

»Ich verstehe.« Sie stand wieder auf, und ihre Größe weckte einen Verdacht in Dagmar. »Du bist kein Drache, oder?«

»Ich?« Sie lachte. »Götter, nein! Ich wünschte, ich wär einer. Ich fände es toll, einen Schwanz zu haben.«

Zum ersten Mal seit Stunden lächelte Dagmar. »Wer fände das nicht? Äh...«

»Eir«, erinnerte sie sie freundlich.

»Eir. Ja. Wenn du eine halbe Wegstunde in diese Richtung gehst, wirst du einen toten Drachen finden.«

Eir starrte in die Richtung, in die Dagmar zeigte. »Ehrlich?«

»Vielleicht gibt es bei ihm was zu holen. Er hatte einen Beutel. Könnte was drin sein, das du gebrauchen könntest.« Sie hielt ihren Tornister hoch. »Ungefähr so groß. Allerdings ist es für ihn nur ein kleiner Beutel.«

»Alles klar.«

Dagmar deutete nach vorn. »Und irgendwo da drüben sind noch ein paar andere tote Drachen, ich bin mir aber nicht sicher wie weit entfernt. Da ist vielleicht auch noch was für dich zu holen.«

Eir grinste sie an, und Dagmar zählte mindestens zwölf Narben in ihrem Gesicht, eine von ihnen ein riesiger Schnitt, der vom Haaransatz bis unter ihr Kinn reichte. »Danke. Ich schulde dir was. Für die Socken«, fügte sie hinzu und lachte.

»Das habe ich sehr gern gemacht.« Dagmar streichelte dem Wolf über Kopf und Rücken, als er aufstand. »Pass gut auf ihn auf. Er hat einen tollen Charakter.«

»Nur wenn er in Stimmung ist.« Sie wuchtete ihr schweres Gepäck auf den Rücken und machte sich auf den Weg. »Gute Nacht, Dagmar.«

»Dir auch, Eir.« Sie lächelte dem Wolf zu. »Leb wohl, neuer Freund.« Der Wolf schnüffelte an ihrer Nase und trottete hinter seiner Herrin her.

Sie sah ihnen nach, bis sie im Wald verschwanden und die Tür von Esylds Haus aufging. Die Drachin kam heraus und wischte sich mit einem nassen Tuch das Blut von den Händen. »Er ist fertig.«

16

Izzy starrte ihre Mutter an. Das frühe Morgenlicht ergoss sich durch das Schlafzimmerfenster, vor dem sie stand, und machte sie noch schöner, als Izzy sie sowieso schon fand. Dieses lockige, lange, schwarze Haar und dieser weiche, weibliche Körper. Überhaupt nicht wie Izzy mit ihren riesigen Füßen, zu langen Armen und absolut keinen nennenswerten Kurven. Es war nicht viel an ihr selbst, das sie für weiblich hielt ... oder für weich.

Sie war einfach nur die gute alte Izzy, deren Leben im Moment total in sich zusammenstürzte.

»Was meinst du damit, ich darf nicht gehen?«

»Habe ich mich unklar ausgedrückt? Ich schicke dich nicht in den Krieg. Du bist gerade mal siebzehn Winter alt!«

»Mein achtzehnter ist in ein paar Monaten!«

»Dann wird das Warten ja nicht allzu schmerzhaft.«

Wie konnte ihre Mutter sie nur so wenig ernst nehmen? Alles, wofür Izzy trainiert hatte, alles, was sie wollte, lag in greifbarer Nähe. Sie wollten, dass sie mit einer der Legionen zog, um gegen einen Adligen nahe der südländischen Küste zu kämpfen. Er hatte seine eigene Armee gegründet und man sagte, dass er einen Marsch auf die Dunklen Ebenen vorbereitete. Annwyl wollte wie immer als Erste angreifen.

Izzys gesamte Trainingseinheit würde gehen, und es könnte eine perfekte Gelegenheit für sie sein, sich vor Annwyl als würdig zu erweisen. Wie konnte ihre Mutter ihr das nur nehmen?

»Das ist ungerecht!« Sie hasste es, dass sie klang wie ein quengelndes Kind, aber es *war* ungerecht!

Talaith seufzte und wandte sich zum Fenster um, sah hinaus über den Hof. »Die Welt ist nicht gerecht, Izzy. Aber du wirst nirgendwohin gehen, solange ich es nicht erlaube. Und versuch nicht, deinen Vater dazu zu bringen, mich zu überreden. Wir haben es zwei Tage lang ausgiebig besprochen, und mein Entschluss steht fest.«

Izzy wusste, wenn ihr Vater ihre Mutter nicht überzeugen konnte, dann konnte es keiner.

Ihre Augen füllten sich mit Tränen und sie stürmte aus dem Zimmer ihrer Mutter und die Schlosstreppe hinab. Ihre Kameraden, die in den nächsten Tagen an die Küste aufbrechen sollten, riefen sie, als sie eilig den Hof überquerte, doch sie ignorierte sie. Sie wollte nur noch weg. Sie hörte sogar ihren Vater nach ihr rufen, doch ihn ignorierte sie ebenfalls, während sie zum Schlosstor hinaus in Richtung Fluss rannte. Als sie ihn erreicht hatte, hielt sie am erstbesten Baum an und boxte auf ihn ein. Rinde flog in alle Richtungen, und der fünfhundert Jahre alte Baum schwankte ein wenig. Dann brach Izzy in Tränen aus.

Es war alles so ungerecht. Sie war eine gute Soldatin. Eine sehr gute. Und sie hatte vor, die beste Kriegerin zu werden. Sie wollte die beste Kämpferin der Königin sein. Zur Hölle, sie wollte eines Tages die Generalin der Königin sein. Aber all das brauchte Arbeit und Zeit. Jede kleine Verzögerung schien ihren Traum in weitere Ferne rücken zu lassen, bis er nur noch das Luftschloss eines dummen Mädchens war.

»Warum weinst du?«

Izzy drehte sich zu der Stimme um und ihr Blick musterte das Mädchen, das vor ihr stand, grob. Sie hatte glatte, schwarze Haare bis zu den Schultern und schwarze Augen. Eine große Wunde, die fast verheilt aussah, zierte eine Seite ihres Gesichts, und sie trug ein Kettenhemd und eine Hose, aber keinen Wappenrock. Izzy wäre davon ausgegangen, dass sie ungefähr im selben Alter waren, aber sie wusste es verdammt noch mal besser.

»Du bist ein Drache.«

»Ja. Ich bin Branwen die Schwarze.«

Und wenn man von der Wunde in ihrem Gesicht und den anderen Prellungen und Kratzern ausging, war Branwen die Schwarze im Kampf gewesen.

Izzy hasste sie.

»Ich bin Iseabail, Tochter der Talaith.« *Der zickigsten, gefühllosesten, gleichgültigsten Mutter der Welt!*

Das Mädchen trat näher, ohne zu wissen, wie neidisch Izzy in diesem Augenblick auf sie war. Hätte Izzy Annwyls Temperament gehabt, sie hätte sie schon geschlagen. Oh, hätte sie nur Annwyls Temperament!

»Und warum weinst du?«, fragte Branwen.

Izzy schluckte Tränen und Wut hinunter. »Meine Mum.« Sie schluckte erneut, verlor beinahe den Kampf gegen ihre Tränen. »Sie will mich nicht mit dem Rest meiner Kameraden in den Kampf ziehen lassen.«

»Wie alt bist du?«

Izzy blickte wütend. »Wie alt bist denn *du*?«, schoss sie zurück.

»Dreiundachtzig.«

»Oh.« *Verdammt.*

Dann grinste Branwen. »Aber bei Drachen ist das ungefähr dein Alter, schätze ich. Und meine Mum nervt so! Sie benimmt sich, als wäre ich immer noch ein Küken! Sie will mich nicht allein in den Kampf lassen. Immer muss ich neben ihr bleiben. Mein Bruder ist auch noch keine hundert und darf allein in den Kampf ziehen. Das ist unfair.«

»Das stimmt! Aber das sehen sie nie ein, oder?«

»Nein, tun sie nicht. Das kann einem echt auf den Geist gehen, was?«

Izzy lächelte endlich. »Allerdings.«

Branwen musterte Izzy von oben bis unten.

»Also, bist du jetzt fertig mit Heulen, Iseabail, Tochter der Talaith? Denn ich kann dir aus Erfahrung sagen: Tränen wirken bei Müttern nie. Nur bei Vätern. Wozu also die Mühe?«

Jetzt grinste Izzy. Sie konnte Branwen einfach nicht hassen.

»Du hast recht. Wozu die Mühe? Und alle nennen mich Izzy.«

»Also gut, Izzy.«

»He!«, rief eine Stimme aus der Ferne hinter ihnen. »Branwen! Wo bist du, du blöde Kuh?«

Branwen seufzte. »Das sind mein Idiot von Bruder und meine Vettern.« Sie zog Izzy am Arm, und sie gingen zusammen los.
»Und was sagt dein Vater dazu, dass du in den Krieg willst?«
»Er hat für mich gekämpft. Ich weiß es. Aber er kann meine Mum nicht überzeugen ... keiner kann das.« Inzwischen fühlte sie sich sicher, deshalb fügte sie hinzu: »Mein Vater ist übrigens Briec der Mächtige. Nicht mein leiblicher Vater, aber ... du verstehst schon. Meine Mum ist seine Gefährtin.«
»Briec?« Branwen blieb stehen und sah sie an, die dunklen Augen weit aufgerissen. »Du bist Briecs Tochter?«
Ihre plötzliche Begeisterung überraschte Izzy ein bisschen. Auch wenn Briecs Brüder und Schwestern sie freundlich aufgenommen hatten, tolerierten sie die anderen Drachen zwar – »die idiotischen Royals«, wie ihr Großvater immer brummelte –, aber es war nicht schwer zu sehen, dass sie sie nur für eine von vielen Menschen und eine mögliche Mahlzeit hielten.

»Aye«, sagte sie mit einem Hauch von Selbstvertrauen. »Die bin ich.«

Branwen schlug Izzy auf den Arm, und Izzy schnappte vor Schmerzen nach Luft. »Also dann, du Heulsuse, bist du meine Cousine!«

Izzy blinzelte. »Bin ich das?«

»Aye! Ich bin eine Cadwaladr. Briecs Cousine. Meine Mum ist die Schwester von deinem Großvater. Damit sind wir Cousinen zweiten Grades ... glaube ich. Jedenfalls sind wir verwandt. Verstehste? Familie.«

»Also gut.« Izzy konnte Branwens Begeisterung nicht ignorieren. Sie schien so froh, sie kennenzulernen.

»Das ist genial! Das ändert alles!«

»Ach ja?«

Branwen legte ihren Arm um Izzys Schultern. »Sag mal, Cousine, hast du schon mal Renn und Spring gespielt?«

»Nein.«

»Tja, als deine ältere Cousine ist es mein Recht, es dir beizubringen. Das ist das Schöne an der Blutsverwandtschaft.«

»Wird meine Mutter was dagegen haben?«

»Unglaublich viel, wette ich.«

Izzy zögerte nicht. »Dann zeig mir, wo's langgeht, Cousine.«

Er roch Weihrauch, Kräuter und frisches Gemüse, und es duftete köstlich nach Eintopf.

Gwenvael sah sich langsam um. Er wusste nicht, wo er war, und doch kam ihm der Raum merkwürdig bekannt vor. Es war ein Haus. Er hatte vor langer Zeit davon geträumt, doch er wusste, dass er nie hier gewesen war.

Vielleicht war er noch gar nicht wach. Im Moment war das schwer zu sagen. Er schloss die Augen, aber die Gerüche blieben. Und darüber hinweg roch er sie. Seine Nasenflügel blähten sich, und seine Augen gingen wieder auf und suchten nach ihr. Sie saß an einem kleinen Esstisch neben der offenen Feuerstelle in der Wand. Sie hatte einen Metallbecher vor sich und den Kopf in die Hände gestützt. Ihr Kopftuch und die Augengläser lagen auf dem Tisch, und ihr Tornister stand zu ihren Füßen.

Sie dort wohlbehalten zu sehen half ihm mehr als alles andere.

Sie hob den Kopf aus den Händen und wandte sich zu ihm um. Er lächelte sie an, aber sie lächelte nicht zurück. Stattdessen senkte sie den Kopf und blinzelte ihn an.

»Wenn du mich nicht sehen kannst, du faule Kuh, dann setz deine verdammten Augengläser auf.«

Ihr Rücken streckte sich, und sie sah ihn finster an. »Ich sehe dich perfekt, was bedeutet: so gut wie gar nicht.«

»Lässt du mich warten?«

»Bis ans Ende der Zeit.«

Gwenvael schob die Unterlippe vor und zitterte ein bisschen. »Aber ich habe solche Schmerzen.«

»Bei aller Vernunft, hast du überhaupt kein Schamgefühl?«

»Kein bisschen.« Er streckte die Hand nach ihr aus. »Jetzt komm her.«

Sie setzte ihre Augengläser wieder auf, stand auf und ging

durch den Raum. Sie legte ihre Hand in seine, und er zog sie zu sich, bis sie neben ihm kauerte.

»Geht es dir gut?« Jetzt neckte er sie nicht mehr, denn er brauchte eine direkte Antwort auf diese Frage.

»Alles in Ordnung.«

»Gut.« Er küsste ihre Fingerknöchel. »Wo sind wir?«

»In den Außenebenen zwischen den südlichen und nördlichen Territorien. In der Nähe der Aatsa-Berge.«

»Wie zum Teufel sind wir hierhergekommen?«

»Du hast uns hergebracht.«

»Ich? Ich erinnere mich nicht.«

»Woran erinnerst du dich dann?«

»Dass ich dich geküsst habe.« Er grinste. »Zwischen den Bibliotheksregalen.«

»Das konntest du natürlich nicht freundlicherweise vergessen.«

»Niemals. Aber sag mir eines, Lady Dagmar, warum habe ich Schmerzen? Hast du versucht, mir in deiner verborgenen Leidenschaft bei lebendigem Leib die Haut abzuziehen?«

»Meine verborgene ... oh. Vergiss es. Du bist in den letzten Stunden durch die Hölle gegangen, das ist passiert. Du wurdest entführt und gefoltert und hattest einen Kampf mit Hordendrachen.«

»Wirklich?« Er senkte den Kopf und die Stimme. »Findest du mich jetzt wilder, wo du mich im Kampf gesehen hast? Willst du mich mehr als du es je für möglich gehalten hättest? Bist du bereit, mich jetzt auf der Stelle zu vernaschen?«

»Vielleicht, wenn der Schorf abgefallen ist.«

Gwenvael hatte keine Ahnung, was sie meinte und blickte an seinem Körper hinab. Entsetzt richtete er sich auf. »Was ist das? Was ist mit mir passiert?«

»Beruhige dich. Es wird schnell verheilen, da bin ich mir sicher.«

»Verheilen? Ich sehe scheußlich aus!«

»Du bist am Leben.«

»Scheußlich am Leben!« Er schlug die Hände vors Gesicht.

»Sieh mich nicht an! Sieh woanders hin!«

»Hör auf!« Sie zog an seinen Händen. »Hast du den Verstand verloren?«

Gwenvael ließ sich aufs Bett zurückfallen und drehte den Kopf zur Wand. »Du weißt, was das bedeutet, oder?«

»Gwenvael ...«

»Ich werde allein leben müssen, irgendwo auf der Turmspitze eines Schlosses. Ich werde mich vor dem Tageslicht verstecken und nur bei Nacht herauskommen.«

»Hör bitte auf damit.«

»Ich werde allein sein, aber nicht lange, denn ihr werdet mich alle noch mehr begehren. Ihr werdet nach dem schönen Krieger gieren, der ich einst war und die hässliche Kreatur bemitleiden, zu der ich geworden bin. Das Wichtigste: Ihr werdet meinen Schmerz lindern wollen.« Er sah sie wieder an. »Willst du meinen Schmerz lindern? Jetzt sofort? Ohne dieses Kleid an?«

»Nein, will ich nicht.«

Dagmar versuchte aufzustehen, aber Gwenvael schnappte ihre Hand und zog sie wieder zu sich herab. »Du kannst mich nicht verlassen. Ich bin gemartert und depressiv. Du musst mir zeigen, wie sehr du mich vergötterst, damit ich wieder lernen kann, mich selbst zu lieben.«

»Du hast nie aufgehört, dich selbst zu lieben.«

»Weil ich unglaublich bin.«

Sie riss ihre Hand weg, aber Gwenvael fing sie einfach wieder und zog an ihr, bis sie auf ihm lag.

»Lass mich los!«

»Nicht, bevor du mein gequältes Grübeln weggeküsst hast.«

»Ich küsse überhaupt nichts weg.« Dagmar erstarrte. »Und nimm deine Hände da weg, Sir.«

»Aber sie fühlen sich da so warm und gemütlich!«

Er war unmöglich! Unglaublich, dass sie sich tatsächlich *Sorgen* um ihn gemacht hatte. Wozu? Was nützte es, sich um jemanden zu sorgen, der geistesgestört war?

»Nimm deine Hände von meinem Hintern!«

»Erst musst du mich küssen.«

»Ich küsse dich nicht.«

»Weil ich so scheußlich aussehe!«

»Du siehst nicht …« Warum diskutierte sie überhaupt mit ihm? War sie dadurch nicht noch geistesgestörter als er? »Lass mich los.«

»Küss mich, dann tue ich es.«

»Na schön.« Sie beugte sich hinab und platzierte einen kurzen Kuss mit geschlossenen Lippen auf seinem Mund. »Da.«

»Das kannst du besser.«

»Nein. Kann ich nicht. Also …« Dagmar keuchte auf, als seine Hände ihren Hintern durch all ihre Schichten von Kleid und Unterröcken drückten. Und während ihr Mund sich öffnete, griff er an, richtete sich auf und küsste sie fest. In Sekunden war seine Zunge in ihren Mund eingedrungen und schlängelte sich hartnäckig um ihre.

Mehr brauchte es nicht. Sie schmolz dahin, ihre Hände hoben sich zu seinem Gesicht. Ihr Magen ballte sich zusammen, und alles wurde warm und feucht zwischen ihren Beinen.

Sie wollte ihn. Es war unvernünftig, aber sie wollte ihn. Egal, wie seltsam, fordernd oder nervtötend er sein konnte.

Sein Griff an ihrem Hintern verstärkte sich bis kurz vor die Schwelle des Schmerzes, aber es war ihr egal. Ebenso wenig machte es ihr etwas aus, dass er sie so dicht an sich zog, dass sie die Härte spüren konnte, die er zwischen seinen Beinen hatte. Ganz langsam wiegte er sie gegen seine Leiste, die Hände auf ihrem Hintern bewegten sie und drückten jedes Mal zu.

Sie begann zu stöhnen, die Wucht eines Höhepunktes begann in ihr anzuschwellen.

»*Was tust du da?*« Starke Hände griffen nach Dagmars Arm und rissen sie von Gwenvael herab.

Betäubt, keuchend und unglaublich erregt, konnte sie Esyld nur anstarren, unfähig, etwas zu sagen.

»Er muss sich erholen!«, schalt die Drachin. »Er hat nicht die Energie für so etwas!«

»Sie ist über mich hergefallen«, schaltete sich Gwenvael ein, und Dagmar stand vor Empörung der Mund offen. »Ich konnte sie nicht aufhalten.«

»Also ehrlich!« Esyld schleppte sie zur Tür und drückte ihr einen Eimer in die Hand. »Geh Wasser aus der Quelle holen! Vielleicht kühlt dich das ab und du bekommst dich wieder in den Griff!«

Sie knallte ihr die Tür vor der Nase zu, und Dagmar konnte nur mit immer noch offenem Mund dastehen und vor sich hin starren.

Gwenvael grinste die Drachin an, die ihn prüfend ansah.

»Macht es dir Spaß, sie zu foltern?«, fragte sie.

»Kommt auf die Art der Folter an.«

Sie kicherte. »Ich nehme an, du bist hungrig, Gwenvael.«

»Bin ich.« Er legte den Kopf schief. »Du kommst mir sehr bekannt vor. Haben wir ... äh ... uns schon mal gesehen?«

Sie stützte die Hände auf die Knie und beugte sich weit zu ihm hinab. »Schau mir ins Gesicht und sag das noch mal. Im selben Tonfall.«

Gwenvael sah ihr tatsächlich ins Gesicht und wusste, was ihn da so spöttisch angrinste.

Seine Mutter.

»Das ist mir jetzt wirklich unangenehm.«

»Gut. Zu Recht.« Sie ging zur Feuerstelle und löffelte Eintopf in eine Schale. »Ich bin deine Tante Esyld.«

Gwenvael wusste nur von einer Tante Esyld, und bis zum heutigen Tag wurde sie von seiner Familie gejagt.

»Dann bin ich dir ewig dankbar für deine Hilfe.« Gwenvael stemmte sich hoch, bis sein Rücken an den Metallstäben des Bettgestells lehnte. Luft zischte zwischen seinen Zähnen, als der

Schmerz ihn daran erinnerte, dass es noch eine Weile dauern würde, bis er wieder ganz der Alte war. Das musste er allerdings auch irgendwie seinem Gemächt erklären. Er hätte Dagmar hier und jetzt vernascht, wenn seine Tante nicht zurückgekommen wäre. Um alles in der Welt, er verstand einfach nicht, was diese Frau für eine Wirkung auf ihn hatte!

»Überrascht, dass ich dich nicht im Schlaf umgebracht habe?« Sie reichte ihm die Schale und einen Löffel.

»Darauf gibt es keine gute Antwort. Also esse ich lieber.«

Esyld zog sich einen Stuhl ans Bett und setzte sich, die Beine übereinandergeschlagen. »Sie hat mir erzählt, dass du schlau bist.«

»Meinst du die schöne Dagmar?«

Sie runzelte die Stirn. »Die schö ... vergiss es. Ich meine Keita.«

»Meine Schwester?« Gwenvael ließ den Löffel mit einem Platschen zurück in die Schale fallen. »Meine Schwester war hier?«

»Mehr als einmal. Wir stehen uns inzwischen sehr nahe.« Wie sie das sagte, gefiel Gwenvael gar nicht, aber bevor er etwas sagen konnte, sprach sie weiter: »Nur die Ruhe, Gwenvael der Goldene. Deine Schwester ist zu mir gekommen. Und ich kann dir versichern, dass ich nicht vorhabe, sie zu verderben.«

»Du wirst am Hof meiner Mutter immer noch gesucht.«

»Ich bin mir dessen wohl bewusst. Aber ich habe nicht vor, deiner Mutter den Thron streitig zu machen.«

»Warum ist Keita zu dir gekommen?«

»Was glaubst du wohl? Weil sie wusste, dass es deine Mutter zur Weißglut bringt, wenn sie es herausfindet. Sie verstehen sich genauso gut wie Rhiannon und unsere Mutter. Hoffentlich wird es nicht dasselbe Ende nehmen.«

Wenn man bedachte, dass Rhiannon ihre eigene Mutter hatte töten müssen, um ihren Thron zu sichern und das Leben Bercelaks und seiner Familie zu schützen, schätzte Gwenvael diese letzte Bemerkung nicht besonders. »Wenn ja, mache ich dich dafür verantwortlich.«

»Da bin ich mir sicher. Aber ich will nichts weiter als das, was ich habe, Gwenvael. Ich will weder ihren Thron, noch ihre Macht. Ich will einfach nur in Ruhe gelassen werden.«

»Wenn das wirklich alles ist, was du willst, dann lass mich mit meiner Mutter reden.«

»Nein.«

»Du solltest im Süden sein, bei den Deinen. Nicht hier bei den Barbaren.«

»Das ist sehr lieb von dir. Und vielleicht würde deine Mutter sogar ernsthaft darüber nachdenken. Aber dein Vater nicht. Seine Familie sucht immer noch nach mir. Wenn sie wüssten, dass ich hier bin, würde ich keinen Tag länger überleben. Also ist es mir lieber, wenn sie beide nichts von meiner Anwesenheit wissen.«

Er konnte ihr nicht widersprechen; sie hatte absolut recht. Es gab wenige Drachen, die ihre Verpflichtungen so ernst nahmen wie Bercelak der Große. Und er hatte keine wichtigere Verpflichtung als Königin Rhiannon.

»Wie du willst. Du hast mir das Leben gerettet; ich bin dir zumindest das schuldig.«

Sie deutete auf sein Essen. »Es wird kalt. Iss.«

Der Eintopf war abgekühlt, aber er war immer noch warm genug und ziemlich gut. Während er aß, kehrte Dagmar zurück. »Du hast ja ewig gebraucht«, sagte er mit vollem Mund.

Sie knallte den vollen Eimer auf den Tisch und marschierte quer durch den Raum auf ihn zu. Dann schnippte sie ihm gegen eine seiner heilenden Wunden.

»Au!«, schrie er auf und zog den Arm weg.

»Ich hatte keine Ahnung, wo die Quelle ist, du Dummkopf. Also bin ich in der ganzen Umgebung herumgestolpert und habe dieses verdammte Ding gesucht! Euch hätte es auch nicht gekümmert, wenn ich hineingefallen wäre!«

»Sag das nicht, Dagmar. Heute Nacht, morgen ... irgendwann hätten wir schon bemerkt, dass du fort bist. Au!«, schrie er auf, als Dagmar gegen eine zweite Wunde schnippte. »Hör auf damit!«

Vigholf der Bösartige von der Olgeirsson-Horde wartete ungeduldig im Park von Spikenhammer. Ein ruhiger Ort der Schönheit und Stille, den Vigholf wie die Pest gemieden hätte, wenn er einen sichereren Ort zum Reden gekannt hätte. Doch er kannte keinen. Die Spione seines Vaters waren überall und suchten nach dessen verräterischen Sohn.

Das war allerdings nicht Vigholf. Soweit sein Vater wusste, war Vigholf ihm gegenüber immer noch loyal. Sein Bruder hatte ihn angefleht, diese Illusion aufrechtzuerhalten, auch wenn es an Vigholfs Nerven zerrte. Er war normalerweise so ein ehrlicher Drache, dass seine Mutter ihn oft mit dem Schwanz auf den Hinterkopf schlug und ihn anschrie, er solle »*erst denken und dann reden!*«.

Aber zu seiner großen Enttäuschung verdiente Olgeir der Verschwender die Ergebenheit seines Sohnes nicht mehr. Der alte Drache hatte den Waffenstillstand mit den Südländern gebrochen und einen der Drachenwarlords betrogen, mit denen er ein Bündnis hatte. Der Nordland-Kodex war für Drachen wie Vigholf alles. Eine klare Reihe von Regeln und Richtlinien, deren wichtigste Loyalität war. Doch sein Vater war niemandem als sich selbst gegenüber loyal – wie konnte er dann erwarten, dass andere im Gegenzug ihm gegenüber loyal waren?

Vigholf hörte die stampfenden Hufe des Schlachtrosses seines Bruders und drehte sich zu ihm um, als er auf ihn zuritt. Es erstaunte Vigholf immer wieder, wie sein Bruder das machte. Die meisten Huftiere hielten sich klugerweise von ihresgleichen fern, denn sie wussten, wie schnell sie zu einer Mahlzeit werden konnten. Doch sein Bruder hatte dieses Problem nie. Tiere fühlten sich von ihm angezogen, Vögel setzten sich auf seine Schultern, Wölfe und Wild legten sich ihm zu Füßen, und Pferde trugen ihn, wohin er auch wollte, auch wenn er leicht hätte fliegen können.

In ihrer Kindheit und Jugend hatten sie sich nicht besonders nahegestanden, denn Ragnar der Listige war eine verwirrende Mischung aus hervorragendem Kampfgeschick, Philosophensprache und Magie. Doch Vigholf hatte die Fähigkeiten seines Bruders und dessen wahren Nordlandgeist zu schätzen gelernt.

»He, Bruder!«

»Vigholf. Du hast Neuigkeiten für mich?«

»Die habe ich.«

Sein Bruder stieg ab und hieß sein Pferd zu warten, indem er ihm einfach mit der Handfläche über die Stirn strich.

»Also?«

»Ich habe herausgefunden, warum die Familie zum Versteck der Horde zurückkehrt. Dad hat sich eine Beute geschnappt.«

Ragnars Gesicht verzog sich, als erwarte er einen Schlag. »Sag mir, dass es nicht wieder dieser verflixte Goldene ist.« Dann sah er panisch aus. »Sag mir, dass Vater nicht Dagmar hat!«

Seine Treue dieser Menschlichen gegenüber hatte Vigholf immer verblüfft. Sie wirkte so farblos und uninteressant auf ihn, aber Ragnar hatte seit zwanzig Jahren ein Auge auf sie. Beschützte sie, wo er konnte, tröstete sie, wenn er es nicht geschafft hatte.

»Beruhige dich, Bruder. Es ist keiner von beiden. Um genau zu sein hat Vater sich etwas viel Wertvolleres geschnappt als einen der Söhne der Drachenkönigin.«

»Und das wäre?«

»Die Tochter der Drachenkönigin.«

Ragnar trat näher, seine Erregung war offensichtlich. »Die Drachenhexe? Morfyd?«

»Nein. Die andere.«

Sein Bruder machte ein langes Gesicht. »Die Schlampe?«

Vigholf schubste ihn gegen die Schulter. »Sei nicht gemein, Ragnar! Wir leben nicht alle wie Mönche!«

»Es macht mich nicht gleich zu einem Mönch, wenn ich mir meine Bettgefährtinnen ein bisschen sorgfältiger aussuche. Wie hat er sie überhaupt in die Klauen bekommen?«

»Sie war anscheinend auf der falschen Seite der Außenebenen.«

»Wie dumm von ihr. Und *wieder* bricht er den Waffenstillstand, indem er eine von ihren Frauen entführt.« Ragnar begann, auf und ab zu gehen. Was er immer tat, wenn er angestrengt über etwas nachdachte. »Also kehren sie alle für Die Ehre zurück.«

»Natürlich. Eine frische, junge Drachin, um die man kämpfen kann, bis nur noch ein Drache überlebt? Wer aus unserer Familie würde sich das entgehen lassen?«

»Wann ist es?«

»Ich weiß nicht. Dad hat noch kein genaues Datum genannt, was ihm gar nicht ähnlich sieht. Er hat es doch normalerweise am liebsten, wenn die Kampfpaare so schnell wie möglich aufgestellt werden und er sie vom Hals hat. Ich weiß nicht genau, worauf er wartet.«

»Ich weiß es. Er will, dass sie ihre Sippe ruft. Damit sie herfliegen, um ihr zu helfen, und dann bekommt er seinen Krieg.«

»Und jeder Warlord wird sich auf seine Seite stellen, wenn er glaubt, die Königin hätte zuerst angegriffen. Aber ich glaube nicht, dass die kleine Rote jemanden gerufen hat. Der Goldene, ihr Bruder – wenn er etwas von seiner Schwester wusste, dann hat er es zumindest nicht gezeigt.«

»Er wusste es nicht. Genauso wenig wie Dagmar, sonst hätte sie es mir gesagt.«

»Selbst, nachdem sie herausgefunden hat, dass du sie all die Jahre belogen hast?«

»Sie erreicht mehr, wenn sie mir Informationen weitergibt, als wenn sie sie zurückhält. Ich bin nicht stolz darauf, was ich getan habe, Bruder, also sprich mich nicht noch mal darauf an.«

Vigholf hatte keine Ahnung, warum sein Bruder sich damit so belastete, aber Ragnar war kein einfach zu verstehender Drache.

Ragnar blieb stehen. »Die Südlanddrachen sind nicht gekommen, weil sie sie nicht gerufen hat. Sie wird versuchen, sich allein zu befreien.«

»Warum zum Teufel sollte sie das tun?«

Ragnar wandte sich ihm mit einem strahlenden Lächeln zu. »Das ist das Gute an einer Mutter-Tochter-Beziehung, mein lieber Bruder.«

»Was soll das heißen?«

»Das heißt, dass sie Himmel, Erde und alle möglichen Höllen in Bewegung setzen wird, um da herauszukommen, ohne dass ihre Mutter davon erfährt.«

Vigholf schüttelte den Kopf. »Du wirst das ausnutzen, oder?« Ragnar legte den Arm um seinen jüngeren Bruder und umarmte ihn ruppig. »Was für ein durchtriebener, intriganter Mistkerl wäre ich, wenn ich das nicht täte?«

Gwenvael schlief mit kurzen Unterbrechungen den Rest des Tages und bis weit in die Nacht hinein. Der Duft von frischem Essen weckte ihn, und nach einer weiteren Mahlzeit und einem köstlichen Gebräu aus Wein, der mit heilenden Kräutern vermischt war, konnte er aufstehen und im Haus seiner Tante herumwandern. Es sah ihm nach einem großen Rückschritt für eine Prinzessin aus, die gehofft hatte, nach dem Tod ihrer Mutter deren Thron zu erben – und nach dem Tod aller anderen Geschwister, die ihr im Weg standen –, aber Esyld schien recht zufrieden zu sein.

Sie plauderten eine Weile, und Gwenvael brachte sie auf den neuesten Stand des Familientratsches, ließ aber jegliche Politik dabei aus. Während sie – immer noch lachend – getrocknete Kräuter zu Sträußen zusammenband, ging er hinaus, um nachzusehen, wohin Dagmar gegangen war.

Er fand sie hinter Esylds Haus, wo sie auf einem umgestürzten Baumstamm saß und auf einen kleinen Bachlauf starrte. Mit einer Flasche Wein und frischem Obst ging er zu ihr hinüber.

»Siehst du?«, neckte er sie. »Ich habe bemerkt, dass du gegangen bist.«

Sie fuhr beim Klang seiner Stimme zusammen und hielt den Kopf gesenkt. »Ich habe dich nicht kommen gehört.«

»Das geht den meisten so.« Er trat vor sie und musterte sie aufmerksam. Ihre Augengläser hatte sie sich in die Haare geschoben, und sie grub nach etwas in der Tasche ihres Kleides. Sie war nervös und schniefte.

Gwenvael wusste, dass er keine direkte Antwort aus ihr herausbringen würde; er nahm ihr Kinn und hob ihren Kopf, bis sie ihm in die Augen sah.

Tränen. Echte Tränen.

Sie schüttelte ihn ab. »Mir geht es gut. Du kannst aufhören, mich so anzusehen.«

»Sag's mir.«

»Nein.«

Er setzte sich neben sie auf den Baumstumpf. »Ich habe Wein.«

Sie wischte sich die Augen und ignorierte ihn, bis er die Flasche öffnete und sie ihr hinhielt.

»Es ist guter Wein.«

Sie nahm die Flasche und trank mehrere Schlucke. Als sie sie ihm zurückgab, murmelte sie: »Er ist ein bisschen schwach.«

Gwenvael nahm einen herzhaften Schluck und spuckte ihn fast wieder aus. »Schwach«, quiekte er. »Eindeutig.«

Er verschloss die Flasche wieder und stellte sie vor sich auf den Boden. »Und jetzt will ich, dass du mir alles erzählst. Sag mir, was du bezahlen musstest, um mich von der Horde zu befreien.«

Sie begann zu schluchzen, und als Gwenvael versuchte, ihr die Arme um die Schultern zu legen, schüttelte sie ihn ab. Er spürte, wie eiskalte Furcht ihn ergriff. »Götter, Dagmar, was haben sie dir angetan?«

Immer noch schluchzend griff sie in eine versteckte Tasche in ihrem Kleid und zog ein Stück Pergament heraus. Sie schob es ihm zu.

Er warf einen Blick auf das Siegel, erkannte es aber nicht. Rasch brach er es und las. Es war in der alten Sprache aller Drachen geschrieben; auch wenn die Feder bei ein paar Buchstaben ein wenig anders geführt worden war und ein paar der Wörter eine andere Bedeutung besaßen, war das Geschriebene für ihn doch lesbar, wenn auch nicht für Menschen wie Dagmar.

»Es ist an meine Mutter gerichtet. Von einem gewissen Ragnar von der Olgeirsson-Horde.«

Er blinzelte und hob eine Braue. »Ragnar? Doch nicht der

liebe, fürsorgliche Bruder Ragnar, von dem du mir erzählt hast, oder etwa doch?«

Sie nickte und schluchzte weiter.

Gwenvael verzog das Gesicht. »Ich verstehe, dass du darüber aufgebracht bist, Dagmar, aber ich kann dir versichern, das ist gang und gäbe. Meine Großmutter hat als Mensch an Universitäten in den ganzen Südländern studiert, und keiner hat es je erfahren.«

Sie deutete auf den Brief und schluchzte weiter.

»Dagmar, darin steht nur, dass er dafür verantwortlich ist, dass ich am Leben und in Sicherheit bin und dass er mit meiner Mutter über ein Bündnis sprechen möchte, damit sie ihm hilft, seinen Vater zu stürzen.«

Als sie nicht aufhörte zu weinen, sprach er weiter: »Das ist der übliche politische Mist. Ich verstehe nicht, warum du dich so aufregst.«

Sie schluckte ihre Tränen hinunter: »Wir wissen beide, dass das« – sie zeigte auf das Pergament in seiner Hand – »verzeih mir den Ausdruck meines Vaters: Elchscheiße ist. Wir wissen beide, dass er nicht nur will, dass ich dich überrede, mich in die Südländer zu bringen, um der Drachenkönigin diesen lächerlichen Brief zu übergeben.«

»Und?«

»Das bedeutet, dass er mich eigentlich aus einem anderen Grund dort haben will. Wenn ich erst dort bin, wird er wollen, dass ich etwas für ihn tue.«

»Das stimmt wahrscheinlich ... und?«

»Und normalerweise hätte ich diese Gelegenheit nur zu gern ergriffen. In die Südländer zu reisen. Königin Annwyl zu treffen und einen viel besseren Handel abzuschließen als mit *dir*.«

»Das war ein ganz hervorragender Handel!«

»Normalerweise würde ich lügen und mitspielen und alles tun, was nötig ist, damit du mich in den Süden bringst.«

»Aber ...«

Noch mehr Tränen begannen zu fließen. »Aber das Ding ...«

»Ding? Was für ein Ding?«

»Das Ding ... das, das man im Kopf hat ... das einem sagt, wenn etwas falsch ist. Es lässt mich nicht.«

Plötzlich verstimmt fragte Gwenvael vorsichtig: »Meinst du ... dein Gewissen?«

Ihre Tränen wurden zu hysterischen Schluchzern, und sie ließ sich zur Seite fallen, den Kopf in seinem Schoß vergraben.

»Dagmar! Jeder hat ein Gewissen.«

»Ich nicht!«

»Natürlich hast du eines.«

»Ich bin Politikerin, Gwenvael! Natürlich habe ich kein Gewissen. Zumindest hatte ich keines. Und jetzt bin ich mit einem geschlagen. Und das ist deine Schuld!«

Irgendwie hatte er gewusst, dass das passieren würde.

Warum verstand er es nicht? Warum konnte er es nicht sehen? Ein Gewissen machte sie schwach und verwundbar. Machte sie zu einer armen Frau, die man ausnutzen konnte. Als Nächstes würde sie, ehe sie es sich versah, Partys planen, ihren Vater anflehen, ihr potenzielle Ehemänner vorzustellen und daran denken, Kinder zu bekommen.

Es war ein Albtraum!

»Hör auf damit!«, befahl er, nahm sie bei den Schultern und zwang sie, sich aufzusetzen. »Hör sofort damit auf!«

»Sag es ruhig. Sag, dass ich jämmerlich bin. Dass ich zugelassen habe, dass dieser Mistkerl mich zwanzig Jahre lang täuscht und ich es nie bemerkt habe, und jetzt habe ich auch noch ein verdammtes Gewissen! Sag einfach, dass ich nutzlos bin, dann habe ich es hinter mir.«

»Ich werde nichts dergleichen tun. Du hast ein Gewissen. Du hast immer ein Gewissen gehabt. Du kannst es dir auch gleich eingestehen.«

Sie sah ihn unter Tränen finster an. »Lügner! Ich hatte bis jetzt nie ein Gewissen.«

»Dagmar, du hast einen Feuer speienden Drachen angegriffen, weil er deinen kleinen Hund essen wollte!«

»Ich musste ihn doch beschützen.« Und als er grinste, fügte sie eilig hinzu: »Er ist nützlich.«

»Sieht ein bisschen klein dafür aus, dass er einer deiner Kampfhunde sein soll. Was für einen Nutzen hat er dann?«

»Wer sonst würde die ganzen Essensreste vom Boden fressen?«

»Dagmar.«

»Na schön, na schön. In Ordnung. Ich habe ein Gewissen. Bitte. Zufrieden?«

»Ekstatisch.« Er kauerte sich vor sie und wischte ihr das Gesicht mit dem Ärmel seines Leinenhemdes ab. »Annwyl wird dich mögen. Ihr gefällt der Gedanke auch nicht, dass sie ein Gewissen hat.«

»Ich komme nicht mit dir, aber ich werde dir die Informationen geben, die du brauchst, und ich habe eine Karte, die hilfreich sein dürfte.«

»Gut. Nimm sie mit, wenn wir morgen früh in die Südländer aufbrechen.«

Er musste wissen, dass es gefährlich war. Ragnar wollte sie aus gutem Grund im Süden haben, doch sie wussten beide nicht, warum. »Sei nicht dumm, Gwenvael.«

»Bin ich nicht.« Er nahm den Wein und setzte sich, mit dem Rücken gegen den Baumstamm gelehnt, auf den Boden. Dann nahm er ihre Hand und zog sie neben sich. Dem Gedanken, auf dem Boden zu sitzen, konnte sie nicht allzu viel abgewinnen, aber es schien ihr ein Abend für so etwas zu sein.

Er nahm einen Schluck und gab ihr die Flasche. »Bevor wir aber irgendetwas tun, brauche ich Antworten auf wichtige Fragen. Ehrliche, direkte Antworten.«

»Na gut.«

»Was ist auf dem Weg zu Annwyl?«

»Minotauren.«

Er seufzte. »Ich habe um ehrliche, direkte Antworten gebeten.«

»Und die hast du bekommen.«

»Minotauren? Kühe auf zwei Beinen trachten Annwyl nach dem Leben? Und das soll ich wirklich glauben?«

»Kühe auf zwei Beinen, die von Geburt an zum Töten ausgebildet wurden, im Namen irgendwelcher Götter, die ihre Ältesten anbeten.«

»Hat Ragnar dir von den Minotauren erzählt?«

»Ja. Aber ich habe es auch von anderen gehört. Ich glaube, es ist wahr.«

»Schön. Dann glaube ich auch, dass es wahr ist.« Gwenvael nahm noch einen Schluck Wein. »Ich muss sagen, der Tag wird immer seltsamer.«

»Und deine zweite Frage?«

»Wie bist du an den Namen Bestie gekommen?«

Dagmar rieb sich die Stirn, als der Schmerz ihrer Vergangenheit mit Macht über sie hereinbrach. »Und warum ist das wichtig zu wissen?«

»Sag es mir.«

Dagmar streckte die Hand aus. »Mehr Wein.«

»Als ich dreizehn war«, begann sie und sah plötzlich viel jünger aus als ihre dreißig Winter, »kam ein Neffe meines Vaters zu Besuch. Er war viel älter als ich, aber wir haben uns nie verstanden. Angeblich war ich eine ›besserwisserische Zicke, die man in ein Kloster sperren sollte‹, und ihn hätte man ›bei der Geburt erdrosseln und in eine Schlucht werfen sollen, wie es unsere Vorfahren getan haben‹. Ich muss wohl nicht extra sagen, dass wir Abstand gewahrt haben, als er zu Besuch kam. Aber er war nie besonders schlau, und es breiteten sich schnell Gerüchte aus, dass er sich vor seinen Männern über mich lustig gemacht hatte. Dass er ihnen gesagt hatte, ich würde mich ›zu einer richtigen Bestie auswachsen‹. Ich ignorierte es, obwohl mein Vater und meine Brüder die Gerüchte auch gehört hatten. Aber ich sagte kein Wort und beschwerte mich nicht. Sah keinen Sinn darin.

Eines Nachts, ungefähr einen Tag bevor er zu seinem Vater zurückkehren sollte, kam ich von den Hundezwingern und wollte gerade zurück in die Festung. Ich hörte eines der Dienstmädchen und ging um die Ecke, um nachzusehen, ob alles in Ordnung war. Mir gefiel nicht, was ich da sah, und sie schien noch unglücklicher zu sein, also habe ich meinen Vetter geschnappt und weggezogen. Wütend und betrunken hat er mich an der Kehle gepackt, mir ins Gesicht geboxt und meine Augengläser zerbrochen.«

»Mistkerl.«

Sie kicherte, erzählte aber weiter: »Allerdings war ich wie immer nicht allein. Ich hatte Knuts Urgroßvater dabei. Wie man es ihn gelehrt hatte, riss er meinen Vetter zu Boden und hielt ihn dort an der Kehle fest, während er auf meinen nächsten Befehl wartete.« Sie hielt inne und nahm noch einen Schluck Wein. »Mein Vetter flehte mich an, ihn zurückzurufen. Da standen auch schon mein Vater und meine drei ältesten Brüder hinter mir, die von den Dienern gerufen worden waren. Ich sah meinen Vater an und sagte: ›Ich sollte es nicht tun.‹ Er antwortete: ›Aber als Nordländerin wirst du es tun, das wissen wir alle.‹ Ich wusste, was von mir erwartet wurde, also tat ich es.« Sie schluckte hart. »Ich gab das Kommando, und mein Hund … gab ihm den Rest. Am nächsten Tag schickte mein Vater seine Überreste zurück zu meinem Onkel, mit einer Botschaft, in der stand: ›Ein kleines Geschenk von Der Bestie.‹«

»Und dieser Onkel war Jökull?«

Sie nickte. »Und es war Jökulls Lieblingssohn. Nicht lange danach war die Belagerung, bei der die Frau meines Bruders ums Leben kam.«

»Du gibst dir die Schuld.«

»Manchmal. Ich kann nicht anders, ich frage mich immer wieder, wo wir heute stünden, wenn ich nur einen anderen Befehl gegeben hätte.«

»Für solche Gedanken ist es zu spät. Sie helfen nicht. Übrigens mache ich mir keine Gedanken darüber, was ich hätte tun sollen. Ich mache mir nur Gedanken darüber, was ich jetzt tue.«

»Ja. Das klingt ganz nach dir.«

Er stand auf. »Na, komm. Wir müssen uns fertig machen.«

»Du hast immer noch vor, mich in den Süden zu bringen?« Sie streckte die Hand aus, und er nahm sie und zog sie mühelos auf die Beine. »Erscheint mir unklug.«

»Vielleicht. Wir werden sehen.« Doch das glaubte er nicht. Nichts hatte sich je zuvor in Gwenvaels Leben richtiger angefühlt, als Dagmar Reinholdt mit in die Dunklen Ebenen zu nehmen.

»Ich muss meinem Vater noch einen Brief schreiben, bevor wir gehen.« Sie wischte sich mit beiden Händen den Schmutz von der Rückseite ihres Kleides und grinste dieses boshafte kleine Grinsen, das ihm so gefiel. »Und ich glaube, ich könnte deine Hilfe beim Formulieren gebrauchen.«

Sigmar schaufelte sich Essen in den Mund und ignorierte seine Schwiegertochter komplett. Seit Dagmar mit dem Drachen weggegangen war, wurde die Frau seines ältesten Sohnes immer unmöglicher.

Es war nichts Neues, dass sie seine Tochter hasste, aber sie musste sich damit abfinden, dass sie nicht die geringste Chance gegen Die Bestie hatte. Das hatten wenige.

»Ich will doch nur sagen, dass eine Hochzeit zwischen ihr und Lord Tryggvi sehr gut für dich wäre.«

»Ach ja?«, fragte Sigmar und legte seinen Löffel hin. »Was weißt du über ihn?«

»Er ist der Herrscher von Spikenhammer und ein ausgezeichneter Krieger.«

»Das ist allerdings wahr. Was noch?«

»Was noch? Na ja, ich weiß, dass seine Mutter ...«

»Seine Mutter? Was geht mich seine Mutter an? Ich meine, was ist mit ihm? Welche Götter verehrt er?«

»Ich weiß es nicht. Wen interessiert das?«

»Dich sollte es interessieren. Was ist, wenn er Götter verehrt, die Opfer verlangen? Menschenopfer«, sagte er, bevor sie Ochsen oder Hirsche nennen konnte.« »Wie geht er mit Verbrechen in seiner Stadt um? Welche Art von Exekutionen führt er durch? Glaubt er an Folter? Und wenn ja, an welche Art?«

Ihr Mund öffnete und schloss sich mehrmals, aber sie hatte keine Antworten.

»Das ist der Unterschied zwischen euch beiden.« Er sah seine Söhne an, die alle herzhaft aßen, bevor sie zum Training gingen. »Nicht wahr?«

Sie grunzten zustimmend mit vollem Mund.

»Du kennst diese Antworten nicht, Mädchen, aber *sie* würde sie kennen. Sie würde verdammt sicher nicht mit so einer halb garen Idee daherkommen. Sie hätte die Fragen schon gestellt und die Antworten herausgefunden.« Er hämmerte sich mehrmals mit dem Finger gegen die Schläfe. »Weil sie *denkt*. Was man von dir nicht gerade sagen kann.«

Sie sah Sigmars Ältesten an. »Willst du zulassen, dass er so mit mir redet?«

»Nur, wenn er recht hat. Und er hat recht.«

»Mylord.« Einer der Diener kam hereingestürmt. Es war derjenige, der am engsten mit Dagmar zusammenarbeitete und der viele ihrer Aufgaben übernommen hatte, während sie fort war. Er war schlauer als die meisten, fürchtete Sigmar aber genug, um nichts zu überstürzen. »Noch eine Botschaft von Lady Dagmar. Sie scheint fast drei Tage alt zu sein.«

»Lies vor«, befahl Sigmar ihm.

Rasch öffnete er die versiegelte Rolle und begann: »›Liebster Vater. Ich hoffe, dieser Brief erreicht dich bei guter Gesundheit. Ich weiß, ich hatte versprochen, inzwischen bei Gestur zu sein, aber es gab noch eine Planänderung.‹«

Sigmar seufzte und lehnte sich auf seinem Stuhl zurück. »Verdammt.«

»A-ha!«, sagte seine Schwiegertochter, doch als alle sie anstarrten, beruhigte sie sich wieder.

»Lies weiter«, forderte Sigmar den Diener auf.

»›Ich mache mich auf den Weg in den Süden, um Königin

Annwyl persönlich zu treffen. Ich hoffe, mindestens eine Legion mehr für dich zu bekommen. Vielleicht zwei.‹«

»Verdammt, dieses Mädchen!«

»Sollten wir ihr nicht folgen?«, fragte sein Ältester, während er einem der Dienstmädchen ein Zeichen gab, ihm mehr Essen zu bringen.

»Vor ein paar Wochen hätte ich Ja gesagt. Aber dieser Mönch, Ragnar, ist vor zwei Tagen vorbeigekommen und hat mir gesagt, dass Jökull unterwegs hierher ist. Ich würde mich besser fühlen, wenn ich wüsste, dass sie woanders ist. Selbst mit diesem« – er schnaubte – »mit dieser Heulsuse.«

»Ich auch«, stimmte sein Sohn zu. »und hoffentlich erreicht sie etwas bei der Verrückten Schlampe von Garbhán.«

»Also willst du es ihr durchgehen lassen, wenn sie dir nicht gehorcht?«, schrie seine Schwiegertochter beinahe.

»Ruhe!« Er deutete auf den Diener mit dem Brief in der Hand. »Lies zu Ende.«

»›Ich weiß, dass das nicht das ist, was du von mir hören wolltest, aber du musst mir vertrauen, dass ich tue, was das Beste für unser Volk ist.‹« Das wusste Sigmar schon. *Daran* hatte er keine Zweifel und würde auch nie welche haben. »›Bitte sei vorsichtig und denk nach, bevor du handelst.‹«

Sigmar und seine Söhne lachten, während der Diener weiterlas.

»›Und Kikka hat es mit dem Stallmeister getrieben. Die Heulsuse und ich haben sie dabei beobachtet, wie sie sich fast zwei Stunden lang benommen hat wie eine Hure. Es tut mir leid, dass ich es dir auf diese Art sagen musste, aber ich dachte, es wäre das Beste, wenn du es weißt. Deine Dagmar.‹«

Der ganze Raum war verstummt, und alle, selbst die Diener, starrten jetzt mit offenen Mündern seine Schwiegertochter an.

»Sie lügt!«, kreischte sie verzweifelt.

Doch keiner hatte irgendeinen Zweifel an der Wahrheit dessen, was Dagmar geschrieben hatte, und Sigmar kannte sowohl seine Tochter als auch seine Schwiegertochter gut genug, um zu wissen, dass er, wenn er danach suchte, mehr als genug Beweise finden würde.

So ein dummes Ding, dachte Sigmar, als er aufstand und seine Lieblingsstreitaxt aufnahm. Er würde es seinem Ältesten überlassen, mit seiner Frau fertig zu werden, während er sich um den Stallmeister kümmerte.

Als er in den Hof hinausging, elf seiner Söhne hinter sich, musste er allerdings grinsen und fragte sich: *Hat dieses dumme Ding wirklich geglaubt, sie könne sich mit Der Bestie anlegen – und gewinnen?*

17

»Dagmar!«

Sofort setzte sich Dagmar aufrecht hin, riss die Augen auf und schrie: »*Ich lüge nicht!*«

Der große Drache unter ihr seufzte. »Wach auf, du Schlafmütze. Wir sind fast zu Hause.«

Sie gähnte und streckte sich, rieb sich mit den Händen übers Gesicht, und grub dann in ihrem Tornister nach ihren Augengläsern. Sie hatte sie eine Stunde nach Beginn ihres Rückfluges abgesetzt. Zu viele Male war der Drache im Sturzflug geflogen, oder hatte sich mitten im Flug zur Seite gedreht, und Dagmar hatte festgestellt, dass sie, wenn sie sich an seine Mähne klammerte, als hinge ihr Leben davon ab, nicht auch noch gleichzeitig ihre Augengläser festhalten konnte.

Sie setzte sie ordentlich auf, achtete darauf, dass sie sicher saßen, und sah sich um. »Es ist schön hier«, sagte sie schließlich. Alles war voll üppigem Grün und Bäumen mit dicken Blättern.

»Ja. Fast so schön wie ich.«

Die Hände fest in seiner Mähne, beugte sich Dagmar ein wenig vor und schaute auf einen der vielen Seen hinab, die das Land übersäten. »Was ist dort los?«

Der Drache blickte nach unten. »Bei den Göttern, sie haben den alten Mistkerl tatsächlich überredet. Halt dich fest!«

Sie brachte nur ein kurzes Kreischen heraus, bevor sie scheinbar direkt auf den See und die Drachen dort unten zustürzten. Noch furchterregender war der dunkelbraune Drache, der direkt auf sie zusteuerte. Sie schienen auf Kollisionskurs zu sein, und Dagmar konnte nichts tun außer die Zähne zusammenzubeißen und sich darauf vorzubereiten, sich mit einem Sprung in den See zu retten. Natürlich würde sie bei einem Aufprall aus dieser Höhe sterben, doch was hatte sie für eine Wahl?

Aber die beiden Drachen stoppten Nase an Nase.

»Du Vollidiot! Hast du geglaubt, du könntest es mit mir aufnehmen?«, wollte der Dunkelbraune wissen.

»Natürlich kann ich das. Aber ich wollte nicht der Königin erklären müssen, dass ich einen von meinem eigen Fleisch und Blut umgebracht habe.«

Lachend richteten sie sich auf und umarmten sich, wodurch Dagmar vom Rücken des Drachen rutschte und nur deshalb nicht zu Tode stürzte, weil sie sich immer noch an seinen Haaren festklammerte.

»Ich falle!«, schrie sie. »Ich falle! Ich falle! Ich falle!«

»Was?« Gwenvael warf einen Blick zu ihr nach hinten. »Oh!« Er ging wieder in ein horizontaleres Schweben über, und Dagmar ruhte keuchend auf seinem Rücken.

»Entschuldige. Hatte vergessen, dass du da hinten bist.«

»Mistkerl«, murmelte sie.

Der andere Drache flog um ihn herum, um sie anzusehen.

»Na, hallo!« Er schenkte ihr ein Lächeln, von dem sie annahm, dass er es für gewinnend hielt, doch bei der Anzahl der Zähne in seinem Maul war es alles andere als das. »Ich bin Fal vom Cadwaladr-Clan. Die mächtigsten Drachen im Land.«

Sie hörte Gwenvael schnauben, ignorierte ihn aber. »Dagmar Reinholdt. Aus den Nordländern.«

»Eine Nordlandfrau? Ho, ho, Vetter! Du hast dich selbst übertroffen!«

»Halt die Klappe.«

Er streckte eine lange, schwarze Kralle aus, und Dagmar hielt sie fest. Eine Art Handschlag zwischen Drache und Mensch. »Ich freue mich sehr, dich kennenzulernen, Lady Dagmar.« Er beugte sich etwas vor und seine Schnauze kam ihr äußerst nahe. »Was auch immer dieser goldene Blödmann dir gesagt hat ist eine Lüge, und *ich* bin der Hübsche.«

»Das weiß ich schon, und ich bin sicher, dass du das bist.« Sie zwinkerte ihm zu, und Fal lachte.

»Ich mag sie, Vetter.«

»Griffel weg, Junge. Sie steht unter meinem Schutz.«

»Ach ja?« Fal sah erst sie und dann wieder Gwenvael an. »Ist das nicht das, was die Menschen ›den Bock zum Gärtner machen‹ nennen?«

»Du redest ja immer noch. Ich höre dich immer noch reden.«

Besorgt, die beiden könnten einen freundlichen Familienstreit beginnen, der damit endete, dass sie tot am See lag, schaltete sich Dagmar ein: »Wisst ihr, ich hätte furchtbar gerne noch einmal festen Boden unter den Füßen, bevor ich sterbe.«

»Was?«, fragte Gwenvael. »Oh! Entschuldige. Entschuldige.« Er versetzte seinem Vetter einen Rippenstoß. »Beweg dich, du eingebildeter Trottel. Ich muss Mylady in Sicherheit bringen.«

»Ich würde erst hier haltmachen, bevor ich zum Schloss weiterfliege. Es sei denn, Mylady hätte Angst vor so vielen Drachen an einem Fleck?«

Dagmar schniefte. »Ich ertrage ihn schon länger als ich mir vorstellen konnte. Inzwischen komme ich mit allem klar, da bin ich mir sicher.«

»Was soll das heißen?«

Aber Fal lachte. »Ich mag sie. Sie wird hier schon zurechtkommen. Na los!« Der Braune sank tiefer, und Gwenvael folgte ihm.

»Ich mag deinen Vetter«, sagte Dagmar spontan und war schockiert, als Gwenvael abrupt anhielt.

»Und er ist eine männliche Schlampe, also halt dich von ihm fern.«

»Aber« – Dagmar tippte sich ans Kinn – »Ragnar hat mir gesagt, *du* seist der Schänder.«

»Es heißt *Verderber*. Sag es nicht immer falsch! Und für mich gibt es Grenzen. Für meinen Vetter nicht. Also, egal was er dir erzählt, er versucht nur, dir an die Wäsche zu gehen.«

Da sie vorher noch nie vor einem männlichen Wesen gewarnt worden war, lehnte sich Dagmar amüsiert zurück. »Aber was, wenn ich nichts dagegen habe, wenn er mir an die Wäsche geht? Was, wenn es mir sogar gefällt?«

»Wenn du plötzlich beschließt, dass du unbedingt jemanden brauchst, der dir an die Wäsche geht, dann sag mir Bescheid.«

Dagmar verspürte einen kurzen Schauer. Der Drache hatte sie seit damals auf Esylds Bett nicht mehr geküsst oder sonst etwas getan. In den drei Tagen, die sie nun zusammen reisten, war er höflich und beschützend gewesen und außerdem extrem redselig, aber er hatte sie nicht angerührt. Sie hatte angenommen, dass er einfach das Interesse verloren hatte, wie es ihres Wissens nach männliche Wesen sämtlicher Spezies taten, egal, wie schön oder nicht schön eine Frau sein mochte.

»Ich soll dir Bescheid sagen? Und warum?«

»Weil du jetzt bei meiner Sippe in Sicherheit bist, Bestie, und deshalb kann ich mich wieder auf meine eigenen Bedürfnisse konzentrieren.« Er warf einen Blick zu ihr zurück. »Unser beider Bedürfnisse, möchte ich wetten.«

»Bist du dir da so sicher?«

»Eigentlich, Lady Dagmar« – Dagmar quiekte, als Gwenvaels Schwanz ihr auf den Hintern klatschte – »bin ich mir sogar sehr sicher.«

Gwenvael hatte eigentlich vorgehabt, sobald er gelandet war seine Menschengestalt anzunehmen und Dagmar zum Schloss zu bringen, aber seine Familie drängelte sich um ihn, und bevor er es sich versah, konnte er sich kaum vor Umarmungen und Klapsen auf den Rücken retten, die ihm fast das Rückgrat brachen. Einige Verwandte hatte er eine ganze Weile nicht mehr gesehen, was ein Beobachter aber nicht bemerkt hätte, so leicht fielen sie in ihre ungezwungene Kameradschaft zurück.

Während er seine Sippe begrüßte, behielt er Dagmar wachsam im Auge. Auch wenn sie vollkommen fehl am Platz aussah, schienen die Drachen um sie herum sie nicht nervös zu machen oder zu verängstigen. Sie versuchte nicht, sich zu verstecken oder hinter einem Baum in Sicherheit zu bringen. Sie stand einfach da. Sein kleiner, selbstbeherrschter Vulkan.

Fast drei Nächte war er nun allein mit Dagmar gewesen. Fast drei Nächte lang hatte er alles dafür getan, dass sie sich nicht unbehaglich oder unsicher fühlte. Und seit drei Tagen sagte sein

Ding ihm immer wieder, was er doch für ein Idiot sei. Doch sie vertraute ihm ihr Leben an, selbst nachdem sie von dem Betrug des Blitzdrachens erfahren hatte.

Ein solches Vertrauen war nicht selbstverständlich, das wusste er.

Er blickte nach unten und sah Dagmar ungezwungen zwischen seinen Verwandten herumgehen, den Blick stets auf den Boden gerichtet. Ab und zu blieb sie stehen, sah etwas an und ging dann weiter. Irgendwann, als er es zum wiederholten Mal beobachtete, machte er sich von einem seiner vielen Vettern los und musste sie einfach fragen: »Was tust du da?«

»Vergleichen.«

»Was vergleichen.«

Sie sah zu ihm auf, die Brauen zu einem leichten Stirnrunzeln zusammengezogen. »Warum unterscheidet sich dein Schwanz von dem der anderen?«

Auch mitten in dieser Gruppe, die niemals schwieg, konnte man plötzlich die Vögel zwitschern hören.

»Sie haben alle so eine scharfe Spitze am Ende«, sagte sie und deutete auf den Schwanz eines seiner Vettern. »Nur du nicht.« Er sah, wie sie mit ihrem typischen boshaften Lächeln rang, als sie fragte: »Bist du schon so furchtbar entstellt *geboren* worden? Oder fehlen allen Mitgliedern des Königshauses Verteidigungsgrundlagen, mit denen alle anderen Drachen ausgestattet sind?«

Fal beugte sich vor, bevor sein Vetter es tun konnte und begann: »Das, Mylady, solltest du seine Brüder fragen ...«

Mit einem festen Griff um eines von Fals Hörnern drehte Gwenvael seinen Vetter herum und riss ihn zurück, sodass er in den See schlitterte.

»Lass uns gehen.« Er machte Dagmar mit der Kralle ein Zeichen.

»Willst du meine total unschuldige Frage nicht beantworten?«

»Nein, du vorlautes Weibsstück.« Er gab ihr mit seinem ›furchtbar entstellten‹ Schwanz einen Klaps auf den Hintern. »Und jetzt los!«

»Gwenvael! Gwenvael!«

Er drehte sich nach der Stimme um, die er so gut kannte, und er hatte schon jetzt ein unangenehmes Gefühl in der Magengrube.

»Hier oben!«

Langsam hob Gwenvael den Blick zum Himmel – und zuckte zusammen. »Iseabail! Was in aller Höllen Namen tust du da?«

Sie grinste. »Ich fliege!«

Ja. Das tat sie allerdings. Und ihre Mutter würde einen Anfall bekommen. Izzy saß nicht etwa auf dem Rücken eines der älteren Drachen, sondern hatte sich mit den Jugendlichen angefreundet ... und dann auch noch mit Celyn, dem Sohn von Gwenvaels kampferprobter Tante Ghleanna. Er würde eines Tages ein ausgezeichneter und berühmter Krieger werden, wenn er seine volle Leistungskraft erreicht hatte. Bis dahin war er wie jedes andere männliche Wesen des Cadwaladr-Clans in diesem Alter: lüstern.

»Komm da runter!«

»Was? Ich höre dich so schlecht!«

Er verdrehte die Augen, während Celyn zwinkerte und einen beeindruckenden Sturzflug zum Besten gab, sodass Izzy kreischte und lachte.

»Hör auf, dir Sorgen zu machen, Neffe. Wir lassen nicht zu, dass Briecs Mädchen etwas geschieht.«

Er sah seine Tante Ghleanna an. Ihre schwarzen Haare mit den silbernen Strähnen, die ihr Alter verrieten, waren kurz geschnitten – wie immer bereit für den Kampf. Narben von unzähligen Kämpfen überzogen ihr Gesicht und den Oberkörper ihrer Drachengestalt.

»Ihre Mutter will nicht, dass sie fliegt. Und ich will nicht, dass sie mit Celyn fliegt.«

»Celyn weiß, dass sie zur Familie gehört. Und sie und Branwen sind gute Freunde geworden. Außerdem passen wir auf sie auf.« Sie wedelte ihn mit ihren Vorderklauen davon. »Geh. Bring deine Lady ins Schloss und geh deine Schwester besuchen. Ich weiß, dass sie sich Sorgen um dich macht.«

Er lächelte, neigte sich zu ihr und küsste sie auf die Wange. Bevor er sich wieder zurückzog, flüsterte er: »Sie ist jung, Ghleanna. Zu jung für Celyn.«

»Sie ist nicht so jung, wie du gern glauben möchtest«, flüsterte sie zurück. »Aber ich glaube, wir wissen beide, dass ihr Herz einem anderen gehört.«

Verdutzt neigte Gwenvael sich zurück und fragte: »Ach ja?«

Sie lachte und schubste ihn an der Schulter, sodass er beinahe rückwärts davonflog. »Na geh schon, Junge.«

Gwenvael warf seiner Nichte noch einen letzten Blick zu und zuckte zusammen, als sie die Arme in die Luft riss und jubelte, während sie sich eigentlich mit beiden Händen an Celyns Mähne hätte halten sollen.

Nein. Am besten dachte er nicht darüber nach. Aber er musste Briec Bescheid sagen, damit er sie im Auge behielt. Auf ihn hörte Izzy am ehesten.

»Also gut, Bestie, lass uns gehen.« Er winkte Dagmar mit einer Klaue zu sich heran. »Zeit, dass du die Königin kennenlernst.«

Sie hatten eine ganze Palette von menschlichen Kleidungsstücken direkt vor den Toren der Insel Garbhán gelagert, und dennoch wagte sich kein Bauer oder Reisender in ihre Nähe. Sie schienen alle zu wissen, dass es Kleider für die Drachen waren.

Es musste seltsam für die Menschen der Südländer gewesen sein, wurde Dagmar bewusst, plötzlich festzustellen, dass so selbstverständlich Drachen unter ihnen lebten. Dagmar selbst hatte sich noch nicht ganz daran gewöhnt. An die Existenz eines Wesens zu glauben, war doch etwas anderes als herauszufinden, dass man zumindest von einem in den letzten zwanzig Jahren unterrichtet worden war.

Gwenvael zog seine Kleider an, und sie betraten Garbhán durch das massive Eisentor. Hier entschied Dagmar, dass sie wohl bei der Wahl ihrer Verbündeten eine gute Entscheidung getroffen hatte. Sie wusste nicht aus eigener Erfahrung, wie Garbhán unter dem Regiment des ehemaligen Warlords gewesen war, aber jetzt war es eine blühende Stadt, die vor Macht pulsierte – und vor Soldaten. Händler verkauften alles von Obst, Gemüse und Fleisch über Felle und Schmuck bis hin zu mehr Waffen als sie sich je hätte vorstellen können. Waffen nicht nur für Menschen, sondern auch für Drachen. Eigentlich schien es sogar genauso viele Waren für Drachen wie für Menschen zu geben, von ganzen gehäuteten Kühen und Rehen für das Abendessen bis hin zu riesigen Lanzen aus dem feinsten Stahl für den Kampf.

»Es ist toll, oder?«, fragte Gwenvael, die Hand an ihrem Rücken, während er sie durch die Menge der Soldaten, Reisenden, Händler und Bauern führte.

»Das ist es.«

»Ich hoffe, meine Familie war nicht zu viel für dich dort am See«, murmelte er, während er sie behutsam um zwei streitende Händler herumführte.

»Ich finde es lustig, dass du fragst, nachdem du meine Verwandtschaft kennengelernt hast.«

Er kicherte, die Hand an ihrer Taille, als er sie aufhielt. »Aber bevor wir reingehen ...«

»Gwenvael!« Der dreifache Schrei erschreckte Dagmar, und sie drehte sich gerade rechtzeitig um, um zu sehen, wie sich drei junge und ziemlich attraktive Frauen auf den Goldenen warfen und ihm die Arme um Hals, Schultern und Brust schlangen. Sie quiekten noch einmal und bedeckten sein Gesicht mit Küssen.

Dagmar sah sich um und vermutete schnell, dass sie sich in einem Teil des Marktes befanden, wo Sex verkauft wurde. Sie verdrehte die Augen und fragte sich, warum der Idiot keinen weniger anstößigen Ort für einen Plausch hatte wählen können.

Gwenvael erinnerte sich an die Namen aller Frauen, begrüßte sie freundlich und küsste jede auf die Wange. Er fragte nach ihren Kindern und dem Geschäft und überraschte Dagmar mit seinem Wissen über ihr Privatleben. Ihre Brüder kannten kaum die Namen der Lagermädchen, ganz zu schweigen davon, ob sie Kinder hatten oder nicht.

Dagmar drehte sich um, als jemand sie am Ärmel zog; ein Mann stand neben ihr. »Ja?«

»Na, wie viel für die Blonde?«

Dagmar blinzelte und warf einen Blick zu Gwenvael und den drei Mädchen, bevor sie fragte: »Wie bitte?«

»Die Blonde. Wie viel kostet die Blonde? Die Größere. Nur für eine Stunde oder so?«

Natürlich. Es war klar, dass Dagmar niemals eine der Huren sein konnte ... sie musste diejenige sein, die die Huren *verkaufte*.

»Fünf Kupferstücke die Stunde«, antwortete sie. »Jede Minute länger kostet extra.«

»Eine Stunde reicht.« Er griff in seine Tasche und reichte ihr fünf Kupferstücke. Sie ließ sie in ihren Tornister fallen, tippte Gwenvael auf die Schulter und sagte: »Er hat dich für eine Stunde Sex gekauft. Viel Spaß.«

Sie ging davon, auf ein anderes Tor zu, hinter dem sie an weiteren Ställen und Soldatenquartieren vorbei über einen Haupthof schließlich zum Schloss der Königin gelangte. Sie lachte, als der Mann hinter ihr herschrie: »He, Moment mal, verdammt!«

Warum war *sie* eigentlich die Böse in dieser Geschichte? Warum war sie diejenige, über die sich jeder empörte, wenn sie doch nur ihre einzige Tochter beschützen wollte?

Seit drei Tagen hörte sie nichts anderes als Plädoyers für Izzy, als hätte Talaith ihre Exekution angeordnet. Es war unfair, und sie hatte genug davon. Sie hatte vor allem genug von ihrem Gefährten. So sehr sie ihn liebte: Es gab Tage, an denen sie gute Lust hatte, ihn mit bloßen Händen zu erwürgen.

Warum wollte sich niemand erinnern? Izzy war ihr einziges Kind und würde auch ihr einziges Kind bleiben. Den Nolwenn-Hexen von Alsandair erlaubten die Götter nur ein Kind. Das war der Preis, den ihre Vorfahren für ihr langes Leben und ihre Macht vereinbart hatten.

»Ich will nicht mehr darüber reden«, schnauzte sie Briec an und stürmte an ihm vorbei aus ihrem gemeinsamen Zimmer.

»Du kannst nicht ewig vor diesem Gespräch davonlaufen«, rief er ihr nach. »Du wirst dich damit auseinandersetzen müssen. Und ich glaube, du wirst das sogar sehr bald tun müssen.«

»Es gibt nichts zum Auseinandersetzen. Sie kann hierbleiben und diese Grenzen schützen. Es ist erst sieben Monate her, dass wir angegriffen wurden.«

»Das war eine völlig andere Situation, und das weißt du auch. Außerdem will sie nicht hierbleiben.«

Talaith marschierte durch den Rittersaal und drängte sich an irgendeiner Reisenden mit traurigem Gesicht und grauem Umhang vorbei, die herumstand und verwirrt und verloren dreinblickte. Normalerweise hätte sie sich Gedanken über die Anwesenheit von Fremden gemacht, aber sie war zu verärgert, um es wirklich zu registrieren und ging direkt weiter nach draußen, Briec immer noch auf ihren Fersen.

»Sie ist noch ein Kind«, erinnerte sie ihren Gefährten zum vielleicht zehnmillionsten Mal.

»Sie ist eine Kriegerin. Oder wird eine sein.«

»Sie ist ein Kind.« *Ihr* Kind, verdammt, aber das vergaßen ja alle ständig. »Es ist mir egal, wie gut sie mit dem Schwert ist oder mit dem Speer oder mit sonst etwas, womit sie ausgebildet wurde. Eine echte Schlacht ist etwas anderes als gegen jemanden anzutreten, der Schutzpolster trägt.«

»Das weiß ich. Aber sie wird nie lernen, wie man in einer echten Schlacht überlebt, ohne je in einer gewesen zu sein. Und wo zum Teufel gehst du überhaupt hin?«

»Seit drei Tagen ist deine Familie jetzt unten am See, und keiner hat sie bisher angemessen begrüßt. Ich habe Fearghus gesagt, dass ich mich darum kümmere, da ja anscheinend keiner von euch …« Briec schnappte sie am Arm und drehte sie so schnell um, dass sie nicht einmal ihren Satz zu Ende sprechen konnte.

»*Er hat was?*«

Bevor Talaith ihrem Gefährten sagen konnte, er solle seine verdammten Finger von ihr nehmen, kam Gwenvael auf sie zu. »He, Bruder!«

»Halt die Klappe!«, knurrte Briec und wandte seine Aufmerksamkeit sofort wieder ihr zu.

»Ja, ich bin auch *so* froh, wieder hier zu sein!«, redete Gwenvael fröhlich weiter. »Und es bedeutet mir so viel, dass alle sich so große Sorgen gemacht haben, weil ich Schmerzen leiden musste und fast gestorben wäre, während ich versucht habe, unsere Geheimnisse zu schützen.«

»Wir haben keine Geheimnisse, du Idiot!«

Talaith entriss Briec ihren Arm und stellte sich auf die Zehenspitzen, um Gwenvaels täuschend lieb ausehendes Gesicht zu küssen. »Hallo, Hübscher.«

»Meine süße, süße Talaith. Hast du mich vermisst?«

»Jeden Tag und jede Nacht, mein Liebster.«

Gwenvael war ihr mehr ans Herz gewachsen als jedes andere sexbesessene männliche Wesen je zuvor. Es steckte viel Herz hinter so viel Idiotie.

»Morfyd wartet auf dich«, blaffte Briec. »Und jetzt verpiss dich.«

Talaith kniff Briec in den Arm.

»Au!«

»Sei nett! Und hör auf zu knurren und alle anzuschnauzen! Was ist bloß los mit dir?«

»Schrei mich nicht an!«

»Ich schreie dich nicht an! *Glaub mir*«, schrie sie, »*du würdest es merken, wenn ich schreie!*«

Sie stapfte davon, Briec hinterher, und sie ignorierten beide Gwenvaels ahnungsvolle Drohung: »Ich würde an eurer Stelle nicht runter zum See gehen.«

»Talaith, bleib stehen!«

»Nein. Ich bin fertig mit diesem Gespräch und mit dir.«

Sie trat durchs erste Tor, stemmte sich gegen den Strom der Fußgänger auf dem Markt, bis sie es durchs zweite Tor hinaus in den Wald geschafft hatte. Sie steuerte auf den größten See zu, der Garbhán am nächsten lag. Fearghus hatte ihr gesagt, dass sie dort seine Familie finden würde.

»Ich kann das machen«, verlangte Briec schroff.

»Nein, Briec, das kannst du nicht. Gwenvael war fast zwei Wochen in gefährlichen feindlichen Gebieten unterwegs, er ist mit allen möglichen Narben übersät, und trotzdem hast du es nicht geschafft, höflich mit ihm zu sprechen. Also werde ich mich darum kümmern, und du verziehst dich!«

Talaith stampfte zwischen den Bäumen hindurch auf die Lichtung am See. Der Cadwaladr-Clan hatte es sich recht gemütlich gemacht. Sie hatte noch nie so viele Drachen sowohl in menschlicher als auch in Drachengestalt herumliegen sehen. Sie schienen alle gleichzeitig zu reden. Oder stritten sie? Es war wirklich schwer zu sagen, denn anscheinend schrien sie alles, was sie sagten. Sie erinnerten sie an einen Baum voller Krähen. Schwatzhafte, schnatternde Krähen.

»Ich rede mit ihnen«, sagte Briec und versuchte, sich an ihr vorbeizudrängen.

»O nein!« Sie hielt ihn am Arm fest und trat vor ihn hin, um ihn aufzuhalten, den Rücken den Drachen zugewandt. »Fearghus hat ausdrücklich gesagt, dass du *nicht* mit ihnen reden sollst.«

Seine veilchenblauen Augen verengten sich. »Seit wann seid ihr zwei so gute Freunde?«

»Hör auf, mich anzubellen!«

»Ich belle dich an, wann ich will! Und noch was: ... Ich ... ich ...« Sein Blick war an ihr vorbeigewandert – und nach oben.

»Was ist los?« So einen leeren Ausdruck hatte sie noch nie auf seinem Gesicht gesehen. Als wüsste er nicht, was er davon halten sollte, was auch immer er da sah.

»Bitte«, sagte er ruhig – *zu* ruhig. »Um alles, was heilig ist, dreh dich nicht um.«

Das klang nicht im Entferntesten gut, also tat Talaith genau das.

Ihr suchender Blick schweifte über die Menge der Drachen, doch sie sah nichts. Dann hörte sie es. Dieses Kichern, das sie erst seit kurzer Zeit kannte, das sie aber mehr als alles andere auf der Welt zu lieben gelernt hatte. Talaith hatte entsetzliche Angst davor, was sie sehen würde, wusste aber, dass sie es sehen musste und hob den Blick zum Himmel. Ihr Mund blieb offen stehen, und sie sah schreckerstarrt, wie ihre Tochter – noch einmal: ihre einzige Tochter – auf dem Rücken irgendeines Drachen entlangrannte, den Talaith noch nie gesehen hatte und der durch die Luft schoss. Und zu allem Überfluss und zu Talaiths Grausen hörte Izzy nicht auf zu rennen. Nein, sie rannte einfach weiter. Über den Rücken und Hals des Drachen, bis sie seinen Kopf erreichte … und dann sprang sie hinunter.

Und gerade, als Talaith annahm, ihre Tochter begehe eine Art rituellen Selbstmord, stürzte sie auf einen weiteren Drachen, der unter dem ersten hindurchgetaucht war. Leider saß sie nicht richtig und rutschte ab. Sie schnappte nach seiner Mähne und hielt sich fest, während er kreuz und quer durch die Luft flog.

All das allein war wirklich schon albtraumhaft genug. Doch die Tatsache, dass Izzy lachte und den Drachen noch anstachelte, machte es nur noch furchterregender. Nun ja, zumindest furchterregend für Talaith.

Denn niemand, der klar bei Verstand war, konnte so etwas genießen. Briec musste immer noch Wege finden, Talaith für einen einfachen Flug zu seiner Höhle durch Tricks auf seinen Rücken zu locken.

Ein dritter Drache flog unter dem durch, an den Izzy sich klammerte, und in diesem Moment ließ Izzy die Mähne los. Ihr Körper fiel auf den nächsten Drachen zu, doch einer von ihnen musste sich verrechnet haben, denn sie knallte gegen seine Seite und prallte ab. Sie stürzte trudelnd auf die Erde zu, bis eine schwarzhaarige Drachin heranraste und Izzy mit ihren Klauen schnappte.

Nun schrie Izzy doch. Allerdings nicht aus Angst oder in Panik – was Talaith in diesem Augenblick ehrlich zu schätzen gewusst hätte, denn es hätte ihr bewiesen, dass ihre Tochter zumindest ein Fünkchen gesunden Menschenverstand besaß –, sondern aus unverfrorenem Vergnügen. Aus reiner, ungetrübter Freude an dem, was sie da tat.

»Talaith?« Sie spürte Briecs Hand an ihrem Rücken. »Talaith, Liebling, du hast aufgehört zu atmen. Du musst atmen.«

»Ich ...« Sie deutete auf seine Sippe. »Du ...«

»Ich rede mit ihnen.«

Sie nickte, immer noch unfähig zu sprechen oder einen zusammenhängenden Gedanken zu formen. Dann drehte sie sich um, stolperte zum Schloss zurück und bemühte sich den ganzen Weg über, sich nicht zu übergeben.

Dagmar wanderte durch das Schloss, denn sie war nicht in Stimmung, auf Gwenvaels Erscheinen zu warten. Vor allem, da ein Teil von ihr sich Sorgen machte, dass er *gar* nicht auftauchen könnte, und der Gedanke an ihn mit diesen Frauen verdarb ihr die Laune.

Sie bemerkte sofort, dass nichts an diesem Ort königlich wirkte. Es gab teure Wandteppiche hier und da und Marmorböden in manchen Fluren. Doch ansonsten ... Es erinnerte Dagmar an das Haus ihres Vaters. In fast jedem Raum, fast jeder Ecke lagen Waffen bereit. Und ein paar Waffen zierten die Wände, aber Dagmar musste lächeln, als sie sah, dass an einigen davon noch getrocknetes Blut klebte. Eine durchaus Furcht einflößende Art, seinen Feinden zu drohen, auch wenn die mit den Waffen abgeschlagenen Köpfe mittlerweile nur noch zerbröselnde Knochen waren.

Sie hatte außerdem bemerkt, dass alle eher ... zwanglos schienen. Dagmar hatte von der Königin der Dunklen Ebenen und ihrem Königshof viel mehr Glanz und Gloria erwartet. Viel mehr herumwuselnde Diener und geflüsterte höfische Dramen. Nichts davon schien es hier zu geben.

Je mehr sie herumwanderte, desto mehr interessierte es sie tatsächlich, die berüchtigte Blutkönigin kennenzulernen. Doch als Erstes musste sie Gwenvael ausfindig machen. Sie musste sich säubern, bevor man sie einer Königin vorstellen konnte. Sie war mit dem Schmutz der Reisenden bedeckt, und ihr armseliger Umhang und das Kleid mussten gründlich geschrubbt werden.

Grinsend fragte sie sich, ob sie für ihre gerade verdienten fünf Kupfermünzen wohl ein fertig genähtes Kleid bekommen konnte. Nichts Ausgefallenes natürlich, aber ein weniger schwerer Stoff, mit dem sie sich bei ihrem ersten Erscheinen bei Hof sehen lassen konnte.

Dagmar ging an einem Raum vorbei und blieb abrupt stehen. Sie kehrte um und warf einen Blick hinein. Die Bibliothek. Eine sehr hübsche noch dazu, wenn auch klein. Sie ging hinein und begann, die Bücher auf den Regalen zu studieren. Viele erfundene Geschichten. Nicht ganz Dagmars Geschmack, aber normalerweise las sie alles, was sie in die Finger bekommen konnte. Sie bog um eine Ecke und fand Bücher über Geschichte und Philosophie. Das war definitiv eher ihr Lektüregeschmack, vor allem, als sie eine seltene Ausgabe der *Kriegskünste des Dubnogartos* entdeckte. Er war einer der bedeutendsten Warlords der längst erloschenen Westlichen Armeen gewesen. Und auch wenn einige seiner Methoden heute überholt waren, konnte sie es sich einfach nicht entgehen lassen zu wissen, wie der Mann gedacht und Strategien entworfen hatte.

Sie nahm das Buch aus dem Regal und begann vorsichtig darin zu blättern. Es war alt, aber sehr gut gepflegt, also suchte sie nach einem Stuhl, auf den sie sich setzen konnte, um ein paar Seiten zu lesen ... oder ein paar Kapitel. Nur ein paar. Sie ging tiefer in die Bibliothek hinein und war überrascht, als sie entdeckte, dass sie nicht sehr breit war, aber schrecklich tief. In der Nähe der Rückwand, wohin das Tageslicht von den Vorderfenstern nicht mehr kriechen konnte, folgte Dagmar dem Kerzenlicht. Als sie um eine Ecke bog, sah sie sie. Eine Frau saß an einem Tisch, die Ellbogen auf das Holz gestützt; Gesicht, Brust und Arme waren alles, was man in dem gedämpften Kerzenlicht erkennen konnte. Sie hatte ein in der Mitte aufgeschlagenes Buch vor sich liegen, und mehrere brennende Kerzen standen auf dem Tisch. Doch sie las nicht ... sie weinte.

Da sie sie nicht unterbrechen wollte – oder dazu gezwungen sein, sie zu trösten –, begann Dagmar einen lautlosen Rückzug.

Doch sie trat auf ein loses Bodenbrett, und die Frau hob mit einem Ruck den Kopf.

Dagmar zuckte zusammen. Die arme Frau weinte wohl schon eine ganze Weile. »Es tut mir leid. Ich wollte nur ...«

»Schon gut.« Die Frau wischte sich das Gesicht mit den Händen ab. »Es geht schon wieder.« Während sie sich mit dem Handrücken über die tropfende Nase rieb, fragte sie: »Was liest du da?«

»Oh. Äh ... *Die Kriegskünste des Dubnogartos.*«

Ihr Gesicht hellte sich auf, und Dagmar sah plötzlich all die Narben, die die schummrige Beleuchtung bisher verborgen hatte. »Tolles Buch«, schwärmte sie. »Sein Kampf gegen die Zentauren in Hicca ... verflucht genial zu lesen.«

Sie deutete auf einen Stuhl. »Du kannst dich setzen, wenn du möchtest. Ich bin fertig mit meinem Heulkrampf, glaube ich.«

Dagmar ging langsam zu dem Tisch hinüber. »Einen schweren Morgen gehabt?«

»Das kann man wohl sagen.«

Dagmar zog den Stuhl gegenüber der Frau unter dem Tisch hervor, setzte sich und legte das Buch auf den Tisch.

Sie sah zu, wie die Frau einen Seufzer ausstieß und ihren Nacken streckte. Doch erst als sie noch einmal die Hände hob, um sich übers Gesicht zu wischen, sah Dagmar sie – von den Handgelenken bis zum Ellbogen, an beiden Armen.

Die Frau hob eine Augenbraue. »Stimmt etwas nicht?«

»Äh ...« Dagmar konnte nicht aufhören zu starren, und schließlich platzte sie heraus: »Du bist Königin Annwyl. Oder?« Wenn auch sonst nichts, so verrieten sie die Drachenbrandmale auf ihren Armen. Nur eine Monarchin wäre mutig genug, diese Male für alle sichtbar zu tragen.

»An manchen Tagen. Aber du kannst mich Annwyl nennen.«

Diese leise schluchzende Frau war die Königin der Dunklen Ebenen?

Und Dagmar begann sich zu fragen, ob ihr arrangiertes Bündnis mit dieser Monarchin nicht ein wenig übereilt gewesen sein könnte. Ihr Vater brauchte eine starke Anführerin als Verbündete, kein Häufchen Elend, das sich in einer Bibliothek versteckte. Es stimmte zwar, das wusste sie, dass schwanger zu sein für jede Frau hart war, aber selbst Dagmars Schwägerinnen verbargen ihr Elend besser.

»Und du bist …?«

»Dagmar«, sagte sie rasch, als ihr klar wurde, dass sie jegliche Enttäuschung, die sie im Augenblick verspüren mochte, verbergen musste. »Dagmar Reinholdt.«

Die Königin runzelte die Stirn. »Ich erkenne dich nicht wieder, aber dieser Name kommt mir schrecklich bekannt vor.«

»Dagmar Reinholdt. Die Einzige Tochter Des Reinholdts.«

»Dagmar? Ein ungewöhnlicher Name.«

Sie musste lächeln. »Ja. Ich werde in manchen Gegenden auch Die Bestie genannt.«

»Ich wusste nicht, dass Der Reinholdt überhaupt eine Tochter hat.« Sie beugte sich ein bisschen vor. »Wie bist du hierhergekommen?«

»Oh. Gwenvael hat mich hergebracht.«

Es war merkwürdig anzusehen, wie dieses weiche, angenehme, narbenbedeckte Gesicht so plötzlich und brutal hart und sehr, *sehr* wütend wurde.

Die Faust der Königin sauste auf den dicken Holztisch herab, und Dagmar spürte, wie er sich unter dem Aufprall bog, hörte das splitternde Geräusch.

»*Dieser Idiot!*«

Sie brauchte eine Weile, um ihre Körperfülle von ihrem Sitz zu wuchten, doch sie schaffte es ohne jede Hilfe – ihre Wut verlieh der Königin eine Geschmeidigkeit, die ihr ansonsten in letzter Zeit meistens versagt blieb, nahm Dagmar an. Dann trampelte sie davon, während Worte aus ihrem Mund sprudelten, die Dagmars Brüder eher wie heilige Priester als wie die rauen Krieger des Reinholdt-Clans erscheinen ließen.

Sie blieb noch einen Augenblick sitzen und atmete langsam aus. »Das ist also die Blutkönigin.« Sie wusste jetzt, dass die Gerüchte stimmten … Diese Frau war vollkommen wahnsinnig.

»Oh.« Sie schlug die Hand vor den Mund, als ihr bewusst wurde, was sie getan hatte. »Gwenvael!«
Dann war sie auch schon aufgesprungen und rannte los.

»Stimmt etwas nicht mit dir? Ich meine, abgesehen davon, was wir schon wissen?«
Gwenvael sah seine Schwester an, das Stück frisches Obst, das er gerade von ihrem Teller genommen hatte, immer noch in der Hand. »Hm?«
Morfyd setzte sich an den Tisch, wo täglich Schlachtpläne entworfen und Entscheidungen getroffen wurden, die Annwyls Königreich betrafen.
»Was hat dich geritten, sie hier herzubringen?«
»Ich hatte keine Wahl.«
»Was meinst du damit – du hattest keine Wahl?«
»Wie sollte ich herausfinden, warum dieser Blitzdrache sie hier haben will, wenn ich sie nicht mitbringe? Natürlich« – er sah sich um – »habe ich sie anscheinend verlegt. Aber ich bin mir sicher, dass ich sie wiederfinde.«
Morfyd rieb sich die Augen und holte noch einmal tief Luft. »Gwenvael, sie ist die *Einzige* Tochter Des Reinholdts. Und die Männer der Nordländer haben, was ihre Töchter angeht, einen ausgeprägten, beinahe fanatischen Beschützerinstinkt. Und du latschst einfach mit einer von ihnen davon!«
»Ich bin nicht gelatscht. Und ich weiß nicht, warum du so wütend auf …«
»Sag nichts.« Sie hielt ihm die ausgestreckte Hand entgegen. »Sag einfach nichts. Wir müssen uns überlegen, was wir Annwyl erzählen, bevor sie es« – die Tür flog krachend hinter ihnen auf, und Annwyl starrte sie beide wütend an – »selbst herausfindet.«
»*Du Idiot!*«
»Annwyl! Mein Herz!«
Annwyl stolzierte durch den Raum, immer ihrem Bauch folgend. Um genau zu sein immer ihrer Wut folgend, mit dem Bauch direkt dahinter. »Was zur Hölle hast du dir dabei gedacht?«

»Na ja ...«

»Sag nichts!«, schnitt ihm Morfyd das Wort ab. »Sag einfach nichts.«

Dagmar kam hinter Annwyl in den Raum gestürmt. Sie war außer Atem und schwitzte leicht. Trainierte diese Frau außer ihren manipulativen Fähigkeiten überhaupt irgendetwas? *Schwächlich wie ein Kätzchen.*

»Wenn du mir bitte nur einen Augenblick gewähren würdest, Majestät«, keuchte sie. »Ich kann erklären, was mich herführt.«

Gwenvael kicherte. »Sie hat dich ›Majestät‹ genannt.«

Annwyl schlug ihm mit der flachen Hand auf die Stirn.

»Au!«

»Wie machst du das?«, wollte Annwyl von Gwenvael wissen. »Wie überredest du andere immer, deine Schuld auf sich zu nehmen?«

»Es sind meine Hände«, gab er zurück.

»Ich versichere dir, ich nehme für gar nichts die Schuld auf mich, Maje...«

»Nenn mich noch einmal so, und ich reiße dich von den Eingeweiden bis zur Nase auf. Ich heiße Annwyl, du Kuh!«

Gwenvael sah, wie Dagmars Augen schmal wurden, ihre Nasenflügel sich blähten, und er sprang ein, bevor die kleine Barbarin etwas sagen konnte, das sie den Kopf kosten würde. »Erzähl ihnen, wie du mich erpresst hast.«

Dagmars Kopf fuhr herum; Annwyls Grobheit war augenblicklich vergessen. »Was?«

»Sie benutzt mich nur«, erklärte er Annwyl. »Sie benutzt mich, um an dich heranzukommen.«

Ihr Augengestell zurechtrückend, sagte Dagmar: »Es wird Zeit, dass du den Mund hältst.«

»Ich will aber nicht.«

»Aber du *wirst* den Mund halten.«

»Wir sind jetzt auf meinem Territorium, Bestie. Du kannst nicht hier herumstolzieren und so tun, als könntest du bestimmen, was ...«

»Ruhe.«
»Aber ...«
Sie hob den rechten Zeigefinger.
»Sie ...«
Dagmar hob den verfluchten rechten Zeigefinger höher.
»Es ist nur ...«
Jetzt fuchtelte sie mit beiden Zeigefingern. »Stopp.«
Er zeigte ihr seinen schönsten Schmollmund, was sie komplett ignorierte; sie wandte ihm den Rücken zu und sprach wieder zu Annwyl: »Glaubst du, es gibt vielleicht einen etwas *privateren* Ort, wo wir uns unterhalten können, Mylady?«
Gwenvaels Mund klappte auf. »Schickst du mich etwa ...?«
Dagmar hob wieder ihren verfluchten Zeigefinger, doch diesmal machte sie sich nicht einmal die Mühe, ihn dabei anzusehen.
Annwyls Grinsen war breit und strahlend. Ein Grinsen, das Gwenvael viel zu lange nicht mehr an ihr gesehen hatte. »Hier entlang, Lady Dagmar.«
»Danke.« Dagmar schnippte schroff mit den Fingern nach Gwenvael. »Und vergiss nicht, meine Taschen nach oben zu bringen, sobald ich ein Zimmer habe, Schänder.«
Annwyl glühte förmlich, als sie Dagmar aus dem Zimmer folgte, und ihr Grinsen wurde von Sekunde zu Sekunde breiter. Gwenvael wandte sich seiner Schwester zu. »Es heißt Verderber, das ist ein großer Unterschied.«
»Äh ...«
»Also sag es nicht immer falsch!«, schrie er den leeren Türrahmen an. Er schüttelte den Kopf und kämpfte gegen ein Lächeln an. »Unhöfliches Weibsstück.«
Seine Schwester sah ihn so lange an, dass er anfing, sich Sorgen zu machen. »Was?« Er rieb sich mit den Händen übers Gesicht. »Trübt etwas meine Schönheit? Abgesehen von diesen hässlichen Narben, die ich mir zugezogen habe, als ich diejenigen beschützte, die ich liebe?«
»Du magst sie.«
»Ich mag jeden. Ich bin voller Freude und Liebe und ...«

»Nein. Schwachkopf. Du *magst* sie.«

»Mach dich nicht lächerlich. Sie ist nicht einmal mein Typ.«

»Weil sie vollständige Sätze konstruieren und wörtlich wiedergeben kann?«

»Das steht ganz oben auf meiner Liste.«

Morfyd beugte sich vor. »Gute Götter ... du hast sie doch nicht gevögelt, oder doch?«

»Was ist denn das für eine Ausdrucksweise? Und das von meiner Schwester!« Er drohte ihr mit dem Finger. »Das ist dieser Brastias. Schlechter Einfluss. Ich weiß, da geht etwas vor sich. Ich werde es herausfinden.«

»Versuch nicht, vom Thema abzulenken! Du magst ein Mädchen!«

»Tu ich nicht.«

»Tust du doch. Du magst sie.«

»Halt die Klappe.«

Lachend schob sich Morfyd vom Tisch weg und stand auf. »Das ist ein großer Tag für die Dunklen Ebenen! Ich muss es von den Dächern trompeten!«

»Du wirst nichts dergleichen tun. Und interessiert es eigentlich überhaupt niemanden, dass ich eine Nahtoderfahrung mit Blitzdrachen hatte?«

»Nein!«, krähte seine Schwester und verließ immer noch lachend den Raum.

»Dein Verrat wird nicht vergessen werden!«, schrie er dramatisch.

Diese Prophezeiung wäre allerdings bedeutsamer gewesen, wenn jemand sie gehört hätte.

18

Dagmar konnte nicht fassen, in was für ein Zimmer die Diener sie führten. Die Königin und Lady Morfyd gingen dicht hinter ihr – und beide lachten hysterisch. Sie hatte keine klare Vorstellung, was sie so amüsant fanden, aber sie war an zickige Frauen gewöhnt. Sie lebte schon seit Jahren mit einer ganzen Gruppe von ihnen zusammen. Doch für ihr Volk und ihren Vater würde sie sich einschleimen und vorgeben, sie sei nichts Besseres als sie.

Das Zimmer, das sie in den nächsten Tagen benutzen sollte, war riesengroß, mit einem gewaltigen Bett, einem Tisch, den man sowohl als Schreibtisch als auch zum Essen benutzen konnte, einer Feuerstelle, die direkt in die Wand eingebaut war, mehreren Plüschsesseln in verschiedenen Stilrichtungen, mehreren Stühlen, einer großen Standtruhe voller Schubladen, in der sie all ihre Besitztümer verstauen konnte, einer ausladenden Badewanne mit Klauenfüßen, die zu benutzen sie kaum erwarten konnte, und einem Waschtisch.

»Das ist wunderbar«, sagte sie und drehte sich im Kreis. Als sie einmal komplett herum war, sah sie, wie Lady Morfyd der Königin etwas zuflüsterte und diese sich an die Wand lehnte, um aufrecht stehen zu bleiben, während *Ihre Majestät* vor Lachen heulte.

Dies hier war fast so schlimm wie ihre erste Begegnung mit Gwenvael.

»Wir sind fertig, Lady Annwyl«, sagte einer der Diener.

»Gut. Lasst Essen heraufschicken und ...« Sie warf Dagmar einen langen Blick zu, bevor sie hinzufügte: »Fannie.«

»Sofort.«

Der Diener ging, und Morfyd half Annwyl zu einem der Stühle. Als die Königin saß, sagte sie: »Ich muss sagen, Lady Dagmar, und ich meine das vollkommen ernst ... ich mag dich wirklich gern.«

Jetzt geriet Dagmar langsam in Panik. »Äh ... Mylady ...«

»Die Sache mit den Zeigefingern. Ich dachte, ihm platzt gleich eine Ader.«

Das Gelächter begann von Neuem, so heftig, dass Morfyd sich auf den Boden setzen musste und Annwyl einfach nicht aufhören konnte.

»Wir müssen aufhören, sonst passiert mir noch ein Missgeschick.«

»Aber sein Gesichtsausdruck!«

»Das war das Beste!« Annwyl fing schon wieder an zu lachen.

Da verstand Dagmar es: Sie lachten nicht über sie. Ganz und gar nicht.

Es klopfte an der Tür, und eine Frau trat ein, die mindestens zehn Jahre älter war als Dagmar. »Mylady? Du hast nach mir gerufen?«

»Aye, Fannie.« Annwyl wischte sich die Tränen vom Gesicht und holte tief Luft. Zumindest weinte sie jetzt nicht mehr aus Traurigkeit. »Das ist Lady Dagmar Reinholdt. Während sie hier ist, will ich, dass sie alles bekommt, was sie braucht.«

»Natürlich.«

Annwyl lehnte sich auf ihrem Stuhl zurück. »Sag ihr, was du brauchst.«

Dagmar hatte keine Ahnung, worum sie bitten sollte. Wenn sie zu viel oder das Falsche verlangte, konnte es sein, dass sie Annwyl verstimmte. Und wenn sie bedachte, dass die Monarchin ihr fast den Hals umgedreht hätte, nur weil Dagmar sie mit ihrem korrekten Titel angesprochen hatte, war das ein weit größeres Risiko als sie es sich vorgestellt hatte.

Dagmar starrte die Dienerin mit dem freundlichen Gesicht an, und Fannie lehnte sich etwas zurück, damit sie Dagmar genauer mustern konnte.

»Wasser für ein Bad, frische Kleidung, und ich glaube, das Essen steht schon bereit«, schlug Fannie vor.

Dagmar nickte zustimmend. »Das wäre schön.«

»Warte.« Annwyl deutete auf sie. »Ich dachte, du hättest

Gwenvael gesagt, dass du Taschen hast. Soll ich jemanden schicken, um ...«

Kopfschüttelnd verzog Dagmar das Gesicht. »Äh ... ich habe ... ich war nur gemein zu ihm. Ich habe keine Taschen.«

Die drei Frauen wechselten Blicke untereinander, und dann begann das Gelächter von Neuem. Nur dass Dagmar diesmal fröhlich mit einstimmte.

Gwenvael ging ins Schlafzimmer der Königin. Fearghus saß an einem Tisch und schrieb, Éibhear hockte mit einem Buch auf dem Schoß auf dem Boden.

»Interessiert es niemanden, dass ich nicht tot bin?«

Éibhear sah auf und lächelte. »Doch, mich.«

»Du zählst nicht.«

Fearghus sprach mit Gwenvael, ohne in seinem wichtigtuerischen Gekritzel innezuhalten. »Warum sagen mir die Diener ständig, du hättest eine Trophäe aus dem Norden mitgebracht?«

»Sie ist keine Trophäe.« Er setzte sich aufs Bett. »Sie ist eher ein Spielzeug zum Zeitvertreib.«

Éibhear kicherte, bis Fearghus einen bösen Blick auf ihn abschoss.

Der Älteste der Geschwister legte seine Schreibfeder nieder und drehte sich mit seinem Stuhl zu Gwenvael um. »Ich weiß, ich werde es bereuen, dass ich gefragt habe, aber was zum Teufel geht da vor?«

»Du hast recht. Du wirst es bereuen, dass du gefragt hast.«

Die Tür ging auf, und Briec kam herein. Er sah Gwenvael und knallte die Tür hinter sich zu. »Danke für die Warnung wegen Izzy, du Idiot.«

»Ich habe dich doch gewarnt, aber du warst zu beschäftigt mit eurer Briec-Talaith-Oralsex-Variante, um mir zuzuhören.«

»Tja, wenn ihr vorher schon dachtet, sie sei verrückt ...«, verkündete Briec dem Raum.

Fearghus stützte die Ellbogen auf die Knie. »Was ist mit Izzy passiert?«

Briec warf sich mit dem Gesicht nach unten aufs Bett und murmelte etwas in die Felldecke.

»Was?«

Er hob den Kopf. »Ich sagte: ›Sie hat Renn und Spring gespielt‹.«

Fearghus verzog das Gesicht. »Und Talaith hat es gesehen? Ihr Götter!«

»Du hast das Beste vergessen«, fügte Gwenvael hinzu. »Sie hat mit *Celyn* Renn und Spring gespielt.«

Briec vergrub das Gesicht wieder im Bettzeug, während Fearghus sich gerade hinsetzte und finster dreinsah. »Dieser dreckige kleine Bastard.«

»Genau meine Meinung, Bruder. Ich sage, wir gehen da raus und verpassen ihm eine ordentliche Tracht Prügel.«

Éibhear stieß ein gelangweiltes Seufzen aus. »Wen interessiert's?«

Gwenvael sah Fearghus an, Fearghus sah Briec an, und Briecs Kopf hob sich wieder vom Bett.

Gwenvael lehnte sich über das Fußende des Bettes und fragte: »Was hast du gesagt?«

»Ich sagte: ›Wen interessiert's?‹.«

»Dich nicht?«

»Nein.«

»Er ist so ein Lügner«, gab Gwenvael Fearghus tonlos zu verstehen.

»Ich weiß«, antwortete der ebenso tonlos.

Éibhear schlug sein Buch zu. »Und was auch immer ihr zwei Idioten da macht: Hört auf damit.«

Dagmar ließ sich in der Wanne einweichen; ihre Haare und ihr Körper waren schon sauber geschrubbt. Und während sie sich in dem dampfenden Wasser entspannte, aßen Annwyl und Lady Morfyd von ausladenden Platten voller Essen, die auf dem Tisch vor ihnen standen.

Morfyd war, wie sich herausstellte, auch eine verdammte getarnte Drachin und außerdem Gwenvaels große Schwester. Sie war schön, mit langen, weißen Haaren und einem langen, schlanken Körper, den man gut erkennen konnte, seit sie ihr voluminöses Hexengewand ausgezogen hatte und entspannt in einem dünnen, hellrosa Kleid am Tisch saß. Dennoch war sie ganz anders als Gwenvael; das war eindeutig. Liebenswürdig, fast schon schüchtern, und mit leiser Stimme, schien sie rein gar nichts mit ihrem Bruder gemein zu haben.

»Hier.« Morfyd reichte ihr einen Teller, auf den sie Essen gehäuft hatte, das man leicht ohne Besteck essen konnte. »Eine Kleinigkeit, während du dich entspannst.«

»Danke.« Dagmar steckte sich eine frittierte Teig-Kugel in den Mund und seufzte.

Oh ja, daran könnte sie sich definitiv gewöhnen.

»Minotauren?«, fragte Annwyl noch einmal. »Ich dachte, die gibt es gar nicht.«

»Du hast dasselbe von Zentauren gesagt«, erinnerte Morfyd die Monarchin, »bis du diesen Huf an den Hinterkopf bekommen hast.«

»Sie hat sich an mich angeschlichen«, knurrte Annwyl mit zusammengebissenen Zähnen. Und schon schwand ihr Ärger genauso schnell wieder, und sie hielt eine Flasche hoch. »Wein, Dagmar?«

»Ja, bitte.«

Die Königin goss einen Becher Wein ein, und Dagmar stellte die Frage, die sie schon seit einer ganzen Weile beschäftigte: »Warum wollen sie deinen Tod? Darauf konnte ich keine Antwort bekommen.«

»Das ist ganz einfach …«, begann Annwyl, doch Morfyd unterbrach sie rasch.

»Es ist sehr kompliziert. Dafür gibt es viele Gründe. Also fange ich am besten von vorne an …«

»Fearghus hat mich geschwängert«, platzte Annwyl heraus.

»Götterverdammt, Annwyl!«, explodierte Morfyd.

»Das ist der Hauptteil der Geschichte.«

»Ich weiß nicht recht, was das damit zu tun hat.« Dagmar nahm noch ein Stück fritiertes Irgendwas und schmolz in ihrer Badewanne fast dahin, so köstlich schmeckte es.

»Gwenvael hat dir nicht erzählt, wer Fearghus ist, oder?«

»Er ist Annwyls Gemahl.«

»Und unser Bruder.«

Dagmar schluckte ihr Essen. »Also ist er ein …«

»Ja.«

»Aber Annwyl ist …«

»Ja.«

»Wie ist das möglich?«

»Noch einmal«, sagte Morfyd geduldig: »Es ist sehr komplex. Wenn wir auf die Geschichte zurückblicken und zum Beginn des …«

»Der Gott Rhydderch Hael hat mein Innenleben durcheinandergebracht.«

»*Götterverdammt, Annwyl!*«

»Du brauchst immer so verdammt lang!«

»Bevor ihr aggressiv werdet«, schaltete sich Dagmar leichthin ein, »sollten wir uns vielleicht über die Tunnel unterhalten, von denen ich euch erzählt habe?«

Morfyd musterte sie gründlich und fragte: »Stört es dich nicht?«

Sie wusste, dass sie nicht die Tunnel meinte. »Was soll mich stören?«

»Die bald stattfindende unheilige Geburt von Annwyls Brut?«

»He!«, protestierte Annwyl.

»Wie bitte?«, fragte Dagmar, bevor sie sich noch eine Köstlichkeit in den Mund schob.

»Nichts für ungut, Dagmar, aber bisher hat noch jeder Mensch, der ohne die nötige Vorgeschichte von Annwyls Schwangerschaft gehört hat, Annwyl recht schnell als Hure bezeichnet und ihre Kinder als Dämonen. Aber dir scheint das egal zu sein.«

»Trage *ich* ihre Kinder aus?«, wollte Dagmar wissen, während sie sich die Finger ableckte.

Morfyd hob eine weiße Augenbraue. »Nicht, dass ich wüsste.«

»Dann, um meinen Vater zu zitieren, interessiert mich das einen Schlachtenscheiß.«

Annwyl prustete heraus, was sie sich gerade in den Mund gesteckt hatte und traf Morfyd damit im Gesicht.

»Ich mache mir hingegen durchaus Sorgen um diese Tunnel, also konzentrieren wir uns doch darauf.«

Gwenvael streckte die Beine aus und wackelte mit den Zehen. »Ich bin so erschöpft. Diese ganze blöde Fliegerei.«

»Nicht einschlafen«, sagte Briec, der gemütlich neben ihm saß. »Du musst heute Abend zum Essen kommen, sonst machen dir die Tanten ewig Vorwürfe.«

»Muss ich?«

»Jammer nicht«, blaffte Fearghus, der neben Briec saß. »Und ja, du musst. Du musst zumindest unseren Nordland-Gast unterhalten. Und ich habe immer noch nicht gehört, warum du sie hergebracht hast.«

»Weil dieser Blitzdrache sie hierhaben will, und solange ich nicht herausgefunden habe, warum – bleibt sie hier.«

»Du willst sie doch nur vögeln.«

»Ja«, zischte er Briec an. »Aber das ist nicht alles. Sie ist extrem schlau und hat einen herrlichen Sinn für Boshaftigkeit, den ich wirklich sehr zu schätzen weiß.«

»Und du willst sie vögeln.«

Er seufzte. »Ist es zu viel verlangt, dass meine Brüder auch mal an etwas anderes denken?«

»Sei vorsichtig, Gwenvael«, warnte Fearghus. »Sie war zwanzig Jahre lang mit Olgeirs Sohn befreundet.«

»Sie wusste es nicht.«

»Das sagt sie. Aber letzten Endes darfst du nicht vergessen, dass sie immer eine Nordländerin war und es auch immer bleiben wird. Sie leben nach anderen Regeln als wir.«

»Ich weiß. Sie haben einen Kodex. Wie kommt es, dass wir keinen Kodex haben?«

»Wir können dich nicht einmal dazu bringen, die allgemeinen Regeln des Anstands einzuhalten … wie sollen wir dann einen Kodex durchsetzen?«

»Gutes Argument.« Gwenvael blickte von einem Bruder zum anderen. »Noch einmal?«

Sie nickten zustimmend.

»Also gut. Auf drei. Eins, zwei … *drei!*«

Alle drei standen gleichzeitig auf und ließen sich sofort wieder fallen, sodass sie noch einmal auf Éibhears Rücken krachten. Er jaulte vor Schmerz auf und versuchte erneut, sich unter ihnen herauszuwinden.

»*Ihr seid alle Mistkerle!*«

»Jammer nicht!«, schalt ihn Gwenvael. »Gib einfach zu, dass du verrückt bist nach Iz …«

»*Halt die Klappe!*«

Dagmar zog den viel zu großen, aber herrlich weichen Morgenrock über und knotete den Gürtel in der Mitte. Sie nahm noch ein Glas Wein von Morfyd und ließ sich in den Sessel fallen, den Annwyl frei gemacht hatte. »Danke.«

»Sehr gerne.« Morfyd studierte noch einmal die Karten, die Dagmar ihr gegeben hatte. »Die gebe ich Brastias. Vielleicht kann er herausfinden, wo all diese Linien hinführen. Oder mein Bruder Éibhear. Er kann sehr gut mit Karten umgehen.«

»Ich werde helfen, so gut ich kann«, versprach sie.

Morfyd blickte von ihren Notizen auf. »Sag mal, Dagmar, redest du mit Gwenvael?«

»Ja.«

»*Vollständige* Gespräche?«

»Ja.«

»Und er interessiert dich trotzdem?«

Annwyl lachte darüber, aber Dagmar nicht. »Um genau zu sein, Lady Morfyd, finde ich deinen Bruder ziemlich intelligent, mit ausgezeichneten Ideen und Gedanken zu einer ganzen Reihe von Themen. Vielleicht solltest *du* dir die Zeit nehmen, ein vollständiges Gespräch mit ihm zu führen, bevor du über etwas urteilst, was du nicht weißt.«

Morfyd starrte sie mit großen Augen an, und Dagmar fühlte sich ein bisschen schuldig. Doch bevor sie sich entschuldigen konnte, flog die Schlafzimmertür auf und noch eine Frau marschierte herein. Sie war einige Zentimeter größer als Dagmar und atemberaubend schön, mit brauner Haut, genau wie die Söldnerin, die Dagmar kennengelernt hatte. Inzwischen sah sie schon die zweite Frau aus den Wüstenländern in weniger als einer Woche, während sie vorher dreißig Jahre lang keine einzige gesehen hatte.

»Ich habe euch zwei überall gesucht«, knurrte die Frau und knallte die Tür hinter sich zu. »Würde mir vielleicht irgendwer erklären, was Renn und Spring ist?«

Annwyl wälzte sich langsam auf ihre Seite, *weg* von der Frau, die alle im Raum wütend anstarrte.

»Ich warte auf eine Antwort!«, bellte diese und sah dabei recht ungezwungen und trotzdem umwerfend aus in ihrer schlichten schwarzen Leggings, die sie mit schwarzen Stiefeln, einem weit geschnittenen cremefarbenen Leinenhemd und einem schmalen Lederband trug, das ihre wilde schwarze Lockenmähne zusammenhielt. Sie trug keinen Schmuck am Körper, bis auf eine Silberkette, die unter ihrem Hemd verschwand, und einen kleinen Dolch, den sie sich in einem Futteral an den Oberschenkel geschnallt hatte.

Sie brauchte am Tag wahrscheinlich alles in allem fünf Minuten, um sich anzuziehen, aber Dagmar wusste, dass die Frauen seiner Brüder Stunden mit dem Versuch verbrachten, so mühelos gut auszusehen wie diese Frau.

»Na ja …« Morfyd zuckte leicht mit den Achseln. »Wenn du von Drachen sprichst: Das ist ein kleines Spiel, das Küken mit ihren Eltern spielen. Du weißt schon, bevor ihre Flügel sie richtig tragen können, wenn die Familie einen Rundflug macht. Die Küken rennen und springen von einem Elternteil zum nächsten. Ich habe es mit meinen Eltern auch gespielt. Es macht Spaß, aber es hilft den Küken auch beim Fliegenlernen, denn man erwischt oft eine Bö und lernt zu gleiten.«

»Natürlich«, sagte die Frau, deren Lächeln Dagmar ganz und gar nicht täuschen konnte. »Spaß und eine Lernerfahrung.« Dann beugte sie sich hinab und schrie der armen Morfyd ins Gesicht: »*Und deshalb macht meine Tochter das mit deiner Familie!*«

Morfyds Augen wurden groß. »Oh.«

»Ja! ›Oh‹!« Sie wandte sich an Annwyl. »Und dich und deinen fetten Hintern mache ich dafür verantwortlich, du schwangere Kuh!«

»Mich?« Annwyl wälzte sich zurück auf die andere Seite und wandte sich ihnen zu. »Wieso ist das verdammt noch mal *meine* Schuld?«

»Sie ist nicht mehr zu bändigen, und das ist sehr wohl deine Schuld!« Die Frau warf sich in einen Sessel und imitierte eine kindliche Stimme: »›Sie haben gesagt, ich kann in den Krieg ziehen. Sie sagen, ich bin richtig gut. Ich will eines Tages die beste Kämpferin der Königin werden.‹ *Deine* Schuld!«, schloss sie mit einem herzhaften Schrei, jetzt wieder mit ihrer eigenen Stimme.

»Ich habe das Training seit drei Monaten nicht mehr überwacht; wieso ist das meine Schuld?«

»Jetzt spricht doch Brastias für dich, oder etwa nicht?«

Annwyl schürzte die Lippen, bevor sie langsam erklärte: »Er hat die volle Verantwortung für meine Armeen, bis ich wieder auf mein Schlachtross steigen kann, ohne dass es panisch wiehert, ja.«

»Dann ist es deine Schuld! Denn er sagt, dass sie bereit ist, in den Krieg zu ziehen, und deshalb will sie es auch tun.«

Morfyd beugte sich etwas vor, die Hände fest vor sich auf dem Tisch verschränkt. »Vielleicht ...«

»Halt die Klappe, Schuppentier!«

Morfyd lehnte sich in ihrem Sessel zurück. »Also schön.«

Schließlich bemerkte die Frau auch Dagmar, und der Blick ihrer dunklen Augen schweifte an ihr auf und ab, bevor sie sagte: »Talaith.«

Dagmar hatte keine Ahnung, was das bedeuten sollte, bis Morfyd sich einschaltete: »Entschuldigt. Talaith. Tochter der Haldane. Das ist Dagmar Reinholdt. Von den Nordland-Reinholdts.«

Aaah. Talaith war ihr Name.

Talaith richtete ihren tödlichen Blick wieder auf Morfyd. »Gibt es auch Reinholdts im Süden?«

Morfyds Augen verengten sich gefährlich. »Nicht, dass ich wüsste.«

»Dann schmück's nicht aus!«, schrie sie.

»Tu ich nicht!«, schrie Morfyd zurück.

Plötzlich setzte sich Annwyl auf, eine Hand auf dem Bauch, und ließ einen markerschütternden Schrei ertönen. Sofort hörten die Frauen auf zu keifen.

»Ihr Götter, Annwyl. Was ist los?«, wollte Morfyd wissen.

Annwyls grüne Augen wandten sich ihnen zu, und sie schnaubte: »Nichts. Ich wollte nur, dass ihr zwei die Klappe haltet. Euretwegen machen wir einen schlechten Eindruck vor der Barbarin!«

Das Schweigen, das nun folgte, war, gelinde gesagt, ungemütlich. Und dauerte gute dreißig Sekunden. Bis Morfyd mit dem ersten Lachen herausplatzte und alle einfielen. Und scheinbar konnten sie nicht wieder damit aufhören. Sogar als Gwenvael hereinkam, sie alle eine Weile anstarrte, dann wieder hinausging und die Tür hinter sich zuknallte, lachten sie weiter.

19

Gwenvael kehrte mehrere Stunden später zu Dagmars Zimmer zurück, als er sicher war, dass seine Schwester und die Gefährtinnen seiner Brüder weg waren. Sie lag ausgestreckt auf dem Bauch auf einem Bett, das viel zu groß für sie war, und ihr langes Haar, das jetzt sauber und köstlich nach Blumen duftete, hing an der Seite herab und berührte fast den Boden. Ihr frisch gewaschener Körper war nur mit einem Morgenrock bedeckt, und ihre kleine Hand war zur Faust geballt und lag neben ihrem Mund. Die andere Hand ruhte neben ihrer Hüfte, die Handfläche nach oben, und ihre Augengläser lagen auf dem Beistelltisch auf der anderen Seite des Zimmers.

Außerdem schnarchte sie, aber nur ein bisschen.

Er ging um das Bett herum und kauerte sich neben ihren Kopf. Sanft strich er ihr das Haar aus dem Gesicht und lächelte, weil sie so unschuldig aussah. Überhaupt nicht wie die manipulative kleine Barbarin, mit der er seit Tagen reiste.

»Dagmar.« Er sagte ihren Namen leise, sanft, während er ihr mit den Fingern über die Wange strich. Es gefiel ihm, wie weich sich ihre Haut unter seinen Fingerspitzen anfühlte. »Dagmar«, sagte er noch einmal leise.

Und dann, als sie nicht reagierte: »*Dagmar!*«

Mit einem Ruck war sie wach, Kopf und Brust vom Bett hochgestemmt, die Augen sofort weit offen und in Alarmbereitschaft. »*Es ist keine Lüge!*«

»Entschuldige, Liebling«, sagte er sanft. »Habe ich dich aufgeweckt?«

Dagmar verdrehte die Augen und ließ sich wieder aufs Bett zurückfallen. »Geh weg.«

»Nein. Du warst gemein zu mir, und ich will eine Wiedergutmachung.«

»Du willst – was tust du da?«

»Ich mache es mir gemütlich«, erklärte er, während er aufs

Bett und über sie hinwegkroch, bis er sich quer über ihrem Rücken befand. Dann ließ er sich mehr oder weniger auf sie fallen und genoss das Geräusch, als die Luft aus ihren Lungen gepresst wurde.

»Geh runter von mir!«

»Nicht, bevor du dich entschuldigt und dafür gesorgt hast, dass es mir besser geht. *Viel* besser.«

Sie versuchte, sich unter ihm herauszuwinden, aber er rührte sich nicht und blieb mit seinem ganzen Gewicht auf ihrem Rücken liegen.

»Entschuldigen wofür?«

»Dass du vor meiner viel geliebten Sippe gemein zu mir warst.«

»Ich weiß nicht, wovon du sprichst.«

Gwenvael wippte mit seinem Unterleib auf und ab, sodass seine Leistengegend gegen ihren Hintern klatschte.

»Hör auf! Hör auf!«

»Nimm es zurück!«

Es entstand eine lange Pause, dann kam etwas, was verdächtig nach einem Kichern klang. »Nein.«

Sie quiekte, als er von Neuem begann, auf ihr zu wippen.

Als Gwenvael sich schließlich hochstemmte, krabbelte Dagmar vom Bett und stolperte durch den Raum.

Sie drehte sich um und hielt ihren sich lösenden Morgenrock zu. »Bleib weg von mir, du Wahnsinniger!«

Gwenvael ging auf alle Viere und begann, übers Bett zu krabbeln. »Entschuldige dich.«

»Niemals.«

»Bestie.«

»Schänder.«

Mit den Knien auf der Bettkante streckte Gwenvael den Arm aus, um nach Dagmar zu greifen. Sie quiekte wieder und rannte noch einmal davon. Gwenvael sprang vom Bett auf und versuchte noch einmal nach ihr zu schnappen. Er verfehlte sie ... aber erwischte dafür den Morgenrock.

Er hielt ihn hoch. »Schau mal, was ich hier habe!«

Dagmar blieb mitten im Lauf stehen und wirbelte zu ihm herum. Sie hatte den rechten Arm vor der Brust und die linke Hand vor ihrer Scham. »Gib ihn mir zurück!«

»Ich glaube nicht.«

»Gwenvael, gib ihn mir zurück!«

Er warf ihn sich über den Arm und stellte sich breitbeinig hin. »Nein, Mylady, ich denke, ich werde...«

»Gwenvael«, drängte sie, als er aufhörte zu reden. »Was ist los mit dir?«

Er atmete schwer aus, den Blick unverwandt auf ihren Körper gerichtet. Ihre Hände und Arme verdeckten viel, aber dennoch...

»Ihr Götter, Frau, was hast du verborgen gehalten?«

Dagmar sah sich um und an sich hinab. »Nichts. Glaube ich. Ich meine, ich habe Morfyd und Annwyl alles gesagt, was ich wusste...«

Gwenvael schüttelte den Kopf. »Nicht das. Das.« Er ging auf sie zu, und sie trat rasch zurück. »Wir müssen wirklich Kleider für dich finden, die dir gerecht werden.«

»Ich weiß nicht, was du meinst.«

»Rühr dich nicht«, fuhr er sie an, und Dagmar blieb augenblicklich stehen.

Gwenvael ging langsam um sie herum und verschlang sie mit Blicken.

»Was im Namen der Vernunft tust du da?«

Hinter ihr sank Gwenvael auf die Knie. »Ich amüsiere mich.«

Als Dagmar etwas über ihren Hintern streichen spürte, zuckte sie am ganzen Körper zusammen. »Hast du gerade...« Sie räusperte sich. »Hast du gerade meinen... meine Rückseite geküsst?«

Gwenvael antwortete nicht, aber als sie spürte, wie sich eine warme Zunge träge ihren Weg zu ihrer Hüfte suchte, machte sie einen Satz weg von ihm.

»Was tust du da?«, fragte sie noch einmal, während sie sich rasch zu ihm umdrehte.

»Wenn du dich wieder umdrehst« – er schnurrte! – »wirst du es herausfinden.«

»Ich kann nicht ... Wir können nicht ... Ich weiß, wir sind darum herumgeschlichen, aber ... äh ...«

Als Gwenvael aufstand, machte sie einen Schritt rückwärts. »Es ist schon gut.«

Dagmar wurde bewusst, dass sie keuchte, als würde sie wieder diese Straße nach Spikenhammer hinunterlaufen.

»Ich wollte nicht in Panik verfallen. Es ist nur ... Ich bin es nicht gewöhnt ...«

»Schsch.« Er kam auf sie zu, und sie machte noch einen Schritt rückwärts.

»Bleib stehen!«, befahl er.

Und sie tat es.

Gwenvael legte ihr den Morgenrock um die Schultern, nahm einen ihrer Arme und steckte ihn durch den Ärmel, dann machte er dasselbe mit dem anderen. Er schloss den Morgenrock fest und verknotete den Gürtel.

»Besser?«

Sie atmete zitternd aus. »Ja.«

»Fühlst du dich unwohl mit mir?«

»Nein.«

»Willst du, dass ich gehe?«

Sie schluckte. »Nein.«

Er nahm ihre Hand, ging mit ihr hinüber zum Bett, kniete sich darauf und zog an ihr, bis sie sich ihm anschloss.

Als sie einander gegenüberknieten, sagte er: »Weißt du, Dagmar, nicht alles muss so ernst sein und nicht jeder Augenblick eine Frage von Leben und Tod, die analysiert und unter die Lupe genommen werden muss.«

Sie verzog das Gesicht. »Ich versuche, nicht spießig zu sein.«

»Und das bist du zum Glück auch nicht. Aber die Spiele, bei denen es um ganze Königreiche geht, brauchen wir hier nicht. Hier geht es nur um uns – und wir können tun, was immer wir wollen.«

Es dämmerte Dagmar, dass er recht hatte. Sie war nicht in der Festung ihres Vaters, wo jeden Moment einer ihrer Brüder ohne Vorwarnung hereinkommen konnte. Noch musste sie sich Sorgen machen, dass ihre Schwägerinnen an der Tür lauschen könnten oder die Diener für Informationen bestechen. Sie war Tausende von Meilen von ihrer Familie entfernt und an einem Ort, wo man nichts von ihr wusste.

Dagmar spürte, wie ein köstlicher, verruchter Schauer durch ihren Körper ging und erklärte vorsichtig: »Ich besitze nicht deine Freiheit, Mylord. Ich muss an meine ... *Ehre* denken. Sie bewahren.«

»Deine Ehre?« Verwirrt starrte Gwenvael sie lange an, dann hellte sich sein Gesichtsausdruck auf und er begann langsam und vorsichtig mitzuspielen. »Aaah, ja. Deine kostbare Ehre. Heute Nacht wird es keine Bewahrung geben. Nicht mit mir.«

Gwenvael senkte den Kopf, sein Mund bewegte sich auf ihren zu. Dagmar drehte den Kopf weg, stemmte die Hände fest gegen seine Brust und versuchte, ihn wegzudrücken, obwohl ihre Hände darum flehten, ihn erkunden zu dürfen.

Doch er ließ nicht zu, dass sie sich abwandte, nahm eine Handvoll ihrer Haare und zwang ihren Kopf zurück, bis sie ihn ansehen musste und sein Mund sich wieder auf ihren senkte.

Seine Zunge glitt hinein, nahm Besitz von ihrem Mund, streichelte und neckte, bis Dagmar verzweifelt wimmerte und ihre Finger sich in seine hemdbedeckte Brust gruben. Es lag keine Eile in diesem Kuss, kein drängender Übergriff. Er nahm sich ganz einfach, was er wollte, er ließ sich Zeit – und sie ließ ihn gewähren.

Sie war so in seinen Kuss versunken, dass sie erst bemerkte, dass er ihren Morgenrock wieder geöffnet hatte, als er eine Hand auf ihre Brust legte. Erschrocken über den Körperkontakt, versuchte Dagmar instinktiv, sich zurückzuziehen, doch sein Griff in ihrem Haar hielt sie fest. Sie konnte nicht entkommen.

In diesem Augenblick, auf diesem Bett, hatte der Drache die totale Kontrolle über sie. Und die Heftigkeit des Schauders, der sie überlief, sprach Bände. Sie brauchte diesen Augenblick, dieses Lösen von aller Verantwortung. Eine lang ersehnte Pause, die nichts damit zu tun hatte, zu bekommen was sie wollte oder die zu schützen, die ihr wichtig waren, sondern in der es nur um ihr eigenes Vergnügen ging.

Seine Lippen knabberten an ihrem Kinn entlang zu ihrem Hals und weiter. Sein warmer Mund schloss sich über ihrer Brustwarze und begann zu saugen, während ein Finger in sie glitt. Dagmars Hüften zuckten, versuchten, dem Finger zu entkommen, der so leicht in sie hinein- und wieder herausglitt. Doch er hielt sie immer noch an den Haaren fest und knurrte leise und warnend.

Ohne ein Wort machte er deutlich, dass er sie nicht gehen lassen würde, bis er fertig war, und sie dankte es ihm mit neuer Feuchtigkeit zwischen ihren Schenkeln, die es ihm ermöglichte, noch einen zweiten Finger zu nehmen.

Sie verzog etwas das Gesicht und zog scharf die Luft zwischen den Zähnen ein, als sie daran dachte, dass ihre wenigen Beziehungen sehr kurz, Jahre her und hauptsächlich widerwärtig gewesen waren.

Diesmal hatte ihr Wimmern allerdings nichts mit Widerwillen zu tun. Sie konnte nicht erklären, worin der Unterschied lag, doch es gab einen. Seine Behutsamkeit, seine Kontrolle über sie, ohne brutal zu sein. Es ließ sie dahinschmelzen und sie gab sich ihm hin wie sie es nie zuvor getan hatte. Sein Mund bewegte sich zu ihrer anderen Brust, saugte, bis die Brustwarze hart war und um mehr bettelte.

Er hielt sie jetzt nach hinten gebeugt und stützte sie mit seinem Unterarm, sodass ihr Körper vollkommen offen war – für ihn und alles, was er tun wollte. Ihre Hände wanderten über seine Schultern, klammerten sich an ihn, während ihre Hüften begannen, vor- und zurückzuwippen und seine Finger in ihrem Inneren zu reiten. Sie versuchte, sich zurückzuhalten, doch ihr Körper war ihr schon lange weit voraus. Er hatte seinen eigenen Willen, und er schien genau zu wissen, was er wollte.

Das Tempo der Finger in ihr steigerte sich, sie bewegten sich grob, die Fingerspitzen bogen sich und rieben einen namenlosen Punkt, der ihre Knie zittern ließ. Sie konnte sich nicht mehr aufrecht halten, doch auch darum kümmerte sich der Drache. Er kümmerte sich um alles, während sein Mund zu ihr zurückkehrte, seine Zunge sich ihren Weg zurück hineinbahnte, während er sie fest im Arm hielt. Und als er die volle Kontrolle über ihren Mund hatte und ihr Wimmern zu kurzen, verzweifelten Aufschreien geworden war, legte Gwenvael seinen Daumen an ihre Klitoris und begann, sie mit festem Druck zu umkreisen.

Mehr brauchte sie nicht, und sie war dankbar für den Mund, der ihren bedeckte, als sie den ersten Höhepunkt hinausschrie, den sie je gehabt hatte, ohne dass ihre eigene Hand beteiligt war.

Sie klammerte sich an Gwenvael, während ihr Körper zitterte und bebte, und als sie spürte, wie die Welle abebbte und dachte, sie sei fertig, drehte er seine Finger ein bisschen und korrigierte die Stellung seines Daumens. Und schon war die Welle wieder da, ließ ihren Körper zucken und sich winden, wrang ihn aus wie einen Lappen. Sie versuchte, ihn anzuflehen, damit aufzuhören, sie zu erlösen, doch sein Mund auf ihrem schien irgendwie eine endgültige Sache zu sein, während er sich noch einmal bewegte und ihr Körper von Neuem geschüttelt wurde.

Als sie nicht mehr atmen konnte und ihr das Schluchzen im Hals stecken blieb, ließ er sie endlich los. Sein Daumen verlangsamte sein Tempo, bevor er schließlich ganz aufhörte; seine Finger glitten mit überraschender Sanftheit aus ihr heraus, und der brutale Übergriff auf ihren Mund wurde zu zärtlichen Küssen an ihrem Kieferknochen entlang.

Er hielt sie fest, bis ihr Keuchen zu langsamen, tiefen Atemzügen wurde und ihre Finger sich von seiner Schulter lösten.

Er wollte sie gerade auf das Bett sinken lassen, als sie ein kurzes Klopfen an der Tür hörte.

»Mylady?«, sagte Fannies Stimme von der anderen Seite.

Gwenvael zog sie wieder hoch und flüsterte ihr rau ins Ohr: »Antworte ihr. Antworte ihr jetzt.«

»Ja?«, fragte Dagmar klar.

»In einer Stunde gibt es Abendessen. Ich habe ein Kleid für dich. Brauchst du Hilfe beim Ankleiden?«

Immer noch nicht in der Lage, ihre ansonsten doch immer so ordentlichen Gedanken zu ordnen, war Dagmar dankbar, als Gwenvael ihr einflüsterte: »Sag ihr ja, aber du brauchst noch zehn Minuten für dich.«

Dagmar schluckte und sagte: »Ja, aber ich mache gerade noch ein Nickerchen. In zehn Minuten, bitte.«

»Natürlich, Mylady.«

»Danke.«

Sie hörte die Frau nicht gehen, aber der Schatten unter der Tür verschwand.

Der Drache ließ sie endlich los, und Dagmar zog sofort ihren Morgenrock über, als er vom Bett kletterte und zur Tür ging. Sie blieb, wo er sie zurückgelassen hatte – unfähig, sich zu rühren.

»Ich komme später am Abend wieder«, sagte er, als er ging.

»Wer sagt, dass ich hier sein werde?«

Er hielt inne, bevor er die Tür öffnete, und wandte sich ihr zu.

»Du wirst das Fenster für mich offen lassen, und du wirst nackt sein. Wenn ich zurückkomme, werde ich mir nehmen, was ich von dir will, so oft ich will.« Er grinste; es war unverfälscht und roh und erstaunlich schön. »Verstanden, Lady Dagmar?«

Sie schüttelte den Kopf. »Nein. Du wirst es mir erklären müssen.«

»Das werde ich. Sogar wenn ich dich ans Bett fesseln und es dir wieder und wieder erklären muss.« Er ließ noch einmal den Blick über sie schweifen. »Und spiel nicht mit dir selbst, wenn ich weg bin. Ich will nicht, dass du etwas abnutzt, bevor ich eine Chance hatte, es zu nutzen.« Mit der Hand auf dem Türgriff schenkte Gwenvael ihr das wärmste Lächeln, das sie je von jemandem gesehen hatte. »Abgesehen davon siehst du sehr schön aus, wenn du kommst, ich will keine Sekunde davon verpassen.«

Dann war er fort, die Tür schloss sich leise hinter ihm. Ein paar Minuten später, als Fannie mit dem Kleid wiederkam, fand sie

Dagmar in derselben Position vor, wie Gwenvael sie zurückgelassen hatte – auf dem Bett kniend, den Morgenrock mit den Händen zuhaltend ... und keuchend.

»Sie hätte mich warnen müssen, Jack.«
»Aye, Lord Gwenvael. Das hätte sie.«
»Sie hätte mir die Wahrheit über sich sagen müssen.«
»Sehr wahr, Mylord.«
»Alte Jungfer? Alte Jungfer, von wegen! Diese Frau ist ein Vulkan, Jack. Ein selbstbeherrschter Vulkan, der nur darauf wartet, in die Luft zu gehen und mir die Schuppen zu zerschmelzen. Und, wie ich hinzufügen möchte, ein bisschen ein Plagegeist.«
»Klingt so, Mylord. Also dann ... bist du dir sicher?«
»Wenn ich das Abendessen überleben will, habe ich kaum eine andere Wahl. Tu's einfach.«
»Wie du willst.«
Jack trat zurück und machte ein paar männlichen Dienern unter seiner Leitung ein Zeichen. Einer nach dem anderen gossen sie das Eiswasser aus, das sie aus einer tiefen Quelle hochgezogen hatten, die man entdeckt hatte, kurz nachdem Annwyl Garbhán übernommen hatte.

Sobald das Wasser Gwenvaels menschliche Gestalt traf, zischte und knisterte es, die großen Eisbrocken schmolzen vollständig bei der Berührung mit seinem Körper, und nach kurzer Zeit stieg Dampf auf. Zum Glück wirkte es aber.

Gwenvael lehnte sich in der Badewanne zurück und seufzte: »Danke, Jack.«

»Sehr gern, Mylord. Kann ich sonst noch etwas für dich tun?«
»Wenn du mir meine Zurechnungsfähigkeit wiederbesorgen könntest, wäre das nett.«
»Was das angeht, stehst du allein da, Mylord. Leider können Diener da nicht viel tun.«

20

Gwenvael schloss seine Schlafzimmertür und machte sich auf den Weg zur Treppe. Er fühlte sich jetzt ruhiger. Kontrollierter. Er war es nicht gewöhnt, dass eine Frau ihn so durcheinanderbrachte. Und was noch schlimmer war: Er wusste nicht, ob ihm das gefiel.

Als er sich der Treppe näherte, die zum Rittersaal führte, hätte er es fast nicht bemerkt. Er blieb stehen, blähte die Nasenflügel und erkannte auf der Stelle all die Gerüche, die aus einem der nahe liegenden Räume kamen. Er machte mehrere Schritte zurück und klopfte einmal kurz, bevor er die Tür öffnete.

Seine junge Cousine Branwen lag auf dem Bauch ausgestreckt auf dem Bett und las. Sie trug immer noch ihr Kettenhemd und die Hose, und ihre abgewetzten Stiefel standen in Habtachtstellung neben dem Bett, bereit, jeden Augenblick wieder angezogen zu werden. Wie ihre Mutter schien sich Branwen in ihrer Kampfkleidung wohler zu fühlen als in den Kleidern, die ihre Schwestern oft trugen, wenn sie nicht mitten in einer Schlacht waren. Es erinnerte ihn daran, warum er Branwen immer gemocht hatte.

Auf der anderen Seite des Raums standen Izzy und Celyn. Gemeinsam hielten sie eine der Schlacht-Lanzen in den Händen, die Gwenvaels Vorfahren, die Cadwaladr-Zwillinge, entwickelt hatten. Man konnte die Waffe verlängern oder verkürzen, falls ein Drache während des Kampfes beschloss, seine menschliche Gestalt anzunehmen oder sich wieder zurückzuverwandeln. Die Zwillinge hatten, wie sein Großvater, in ihren Jahren als Krieger genauso viel Zeit in Menschen- wie in Drachengestalt verbracht und daher war der Gebrauch dieser Waffe sehr wichtig für sie gewesen. Und bis heute hielt man sie immer noch für zwei der tödlichsten Wesen, die je gelebt hatten.

Doch Izzys Gestalt würde sich nie verwandeln, also gab es keinen wirklichen Grund, ihr zu zeigen, wie man die Waffe benutzte, außer dass es Celyn die Gelegenheit verschaffte, hinter ihr zu stehen, seine Arme um sie gelegt und die Hände auf ihren, um langsam mit ihr gemeinsam von einer Kampfhaltung zur anderen zu gehen.

Gwenvaels extrem geschulter Meinung nach schmiegte sich Celyns Becken ein klein wenig zu dicht an das Hinterteil seiner Nichte.

Als er den Raum betrat, hob Izzy den Kopf. Der konzentrierte Gesichtsausdruck – oder der finstere Blick, je nachdem, wen man fragte –, den sie immer trug, wenn sie etwas lernte, das mit Krieg oder Kampf zu tun hatte, verwandelte sich rasch in ihr Begrüßungslächeln, in das Gwenvael einfach vernarrt war. Er hätte sich keine bessere Nichte als Izzy wünschen können.

»Gwenvael! Du bist wieder da!«

»Hallo, mein Herz. Bald gibt es Abendessen. Bist du sicher, dass deine Mutter dich so sehen soll?«

Izzy blickt an ihren schmutzverkrusteten Kleidern hinab. Den ganzen Tag mit jungen Drachen zu spielen war harte und schmutzige Arbeit, und Izzy hatte ganz eindeutig jede Sekunde davon ausgekostet.

»Du hast recht. Mum wird stinksauer sein, was?«

»Nachdem sie dich beim Renn und Spring spielen gesehen hat? Was glaubst du wohl?«

Sie schenkte ihm ihr breitestes Grinsen, wodurch sich ihre entzückende Mopsnase kräuselte und ihn zum Lachen brachte.

Mit einem Blick hinab zu seiner jungen Cousine fragte er: »Und wie geht es dir, Branwen?«

»Ich verhungere. Wann gibt es Essen?«

»Bald. Ihr zwei zieht euch besser mal um, damit ihr keinen Ärger mit euren Müttern bekommt.« Er sah Celyn an. »Kann ich dich mal kurz sprechen, Celyn?«

Celyn gab sich nicht einmal Mühe, sein selbstzufriedenes Grinsen zu verbergen, als er sich von Izzy löste. Fraglos war dies nicht das erste Mal, dass ein männlicher Verwandter eines Mädchens, auf das Celyn ein Auge geworfen hatte, ihn um eine Unterredung bat – noch würde es das letzte Mal sein.»Natürlich. Wir sehen uns beim Abendessen, Cousine Izzy.« Er zwinkerte ihr zu, immer noch mit diesem eingebildeten Grinsen auf dem Gesicht.

Gwenvael folgte dem jungen Drachen nach draußen, schloss die Tür hinter sich und war recht erfreut, das schallende Gelächter der Mädchen zu hören, das ihrem Abgang folgte. Solange Izzy Celyn nicht ernst nahm, musste sich Gwenvael weniger Sorgen machen.

Dennoch, es würde nicht schaden, sich den Jungen vorzuknöpfen. Ihn ruhig und bedacht daran zu erinnern, dass Izzy, auch wenn sie keine Blutsverwandte war, doch Gwenvaels und Fearghus' Nichte und die viel geliebte und geschätzte Tochter von Briec war.

Celyn drehte sich zu ihm um.»Kommt jetzt der Teil, wo du mich daran erinnerst, dass die kleine Izzy da drin zur Familie gehört und ich mich von ihr fernhalten soll?«

Und dann fiel es Gwenvael wieder ein. Celyn war ein Cadwaladr. Erklärungen und vernünftige Warnungen waren nur eine Verschwendung von Gwenvaels wertvollem Atem.

Daher schnappte sich Gwenvael seinen jungen Vetter am Nacken und knallte ihn mit dem Gesicht voraus gegen die Steinwand. Als er ihn zurückzog, blieb ein hübscher Blutfleck dort zurück, wo Celyns Nase gebrochen war.

Der Kleine sank fast auf die Knie, doch Gwenvael hielt ihn im Nacken fest und nahm – oder besser: schleppte – ihn mit zur Treppe.

»Ich mache es dir einfach, Celyn. Du lässt die Finger von meiner Nichte, sonst wirst du bald den Jungfrauenhexen aus dem Osten als Eunuch dienen können. Verstanden?«

Celyn nickte mit den Händen an seiner gebrochenen Nase.

»Gut. Jetzt lauf weg.« Und das tat das Küken, schoss den Gang entlang und verschwand aus Gwenvaels Blickfeld.

»Das dürfte eine gute Nacht werden«, sagte er mit einem Lächeln.

Dagmar blieb mitten auf der Treppe stehen, die zum Rittersaal hinunterführte. Der Raum war brechend voll, alle Tische voller lachender, redender und streitender Leute. Platten mit Essen wurden durchgereicht, jeder nahm sich, was er wollte, bevor er sie wieder weiterschickte. Diener eilten hin und her, brachten frisches Essen und nahmen leere Platten mit. Mehrere Dienerinnen schenkten Wein aus und lachten mit den am Tisch Sitzenden.

Glücklicherweise gab es kein unangenehmes Grabschen und keine Warnungen wie »Pass auf deine Hände auf«.

»Lady Dagmar!«

Gwenvaels Cousin Fal stürmte die Treppe herauf und nahm ihre Hand. »Wenn ich dich hinabgeleiten dürfte, Mylady.«

»Danke.«

»Lass dich nicht von denen einschüchtern. Sie sind laut, aber harmlos.«

»Harmlos, solange nicht ich der Feind bin.«

»Genau.« Sie erreichten die letzte Stufe. »Du kannst neben mir sitzen. Ich würde zu gern mehr über die Nordländer erfahren.«

Lieber hätte sie Baumrinde gegessen, doch sie hatte keine Zeit, sich eine Ausrede einfallen zu lassen, als schon Gwenvael hinter ihnen auftauchte und Fal an den Haaren schnappte. Mit einem ordentlichen Ruck wurde der junge Mann davongeschleudert, und Gwenvael nahm ihre Hand. »Bestie.«

»Schänder.«

Er grinste und legte ihre Hand in seine Armbeuge. »Komm mit. Es gibt viel zu sehen und zu lästern.«

Sie lachte. »Klingt herrlich.«

Gwenvael führte sie an den Tisch der Königin, doch sie blieben stehen, als eine breite Wand vor sie hintrat.

»Lady Dagmar, das ist mein kleinster Bruder, Éibhear.«

Dagmar blickte hinauf in ein hübsches, aber grimmiges Gesicht … bis es anfing zu lächeln. Dieses bezaubernde Lächeln nahm das ganze Gesicht ein, und Dagmar konnte nicht anders als zurückzulächeln.

»Hallo«, sagte Éibhear.
»Hallo.« Bei aller Vernunft ... Seine Haare waren blau. Nicht so schwarz, dass sie blau erschienen, sondern richtig blau! Sie überlegte kurz, ob Gwenvael wohl etwas dagegen hätte, wenn sie mit den Händen hindurchfuhr.
»Stimmt es, dass du in der Großen Bibliothek von Spikenhammer warst?«
»Ganz richtig.«
»Da wollte ich schon immer mal hin. Ich habe gehört, ihre Büchersammlung ist phänomenal.«
»Das ist sie. Und dein Bruder wurde wegen anzüglichen Benehmens hinausgeworfen.«
Éibhears hinreißendes Lächeln schwand und wurde von einem beängstigend finsteren Blick ersetzt. »Mit dir kann man nirgendwohin gehen«, klagte er seinen Bruder an.
»Ich war's nicht«, log Gwenvael. »Sie hat mich zwischen den Regalen belästigt. Sie behandelt mich wie eine männliche Hure.«
»Er hat recht«, stimmte sie zu und überraschte damit beide Brüder. »Ich hab ihn auch gleich noch für fünf Kupferstücke auf dem Markt verkauft. Vielleicht kaufe ich mir von meinen Einnahmen ein neues Kleid.«
»Nur damit du es weißt«, übertönte Gwenvael das Lachen seines Bruders, »ich bin viel mehr als fünf Kupferstücke wert. Wenn du schon meinen Hintern auf der Straße feilbieten musst, dann tu's zumindest zu seinem wahren Wert!«

Izzy und Branwen traten rasch zur Seite, als Branwens älterer Bruder Fal an ihnen vorbeirauschte, dann gingen sie weiter zusammen die Treppe hinab.
»Wer ist das?«, fragte Branwen, die beobachtete, wie Gwenvael eine Frau zum Tisch der Königin, an dem auch Gwenvaels sämtliche Geschwister saßen, führte. Und Izzys Mum – mit der Izzy immer noch nicht sprach!
»Das muss die Nordländerin sein.«
»Vetter Gwenvael scheint sehr angetan von ihr zu sein.«

»Dann muss sie schlau sein. Er mag nur die Klugen wirklich.«

Als sie die Treppe verlassen hatten, warf Izzy einen Blick zum Haupttisch hinüber. Sie wusste, dass sie einen Platz für sie frei gehalten hatten – direkt neben ihrer Mutter.

Branwen nahm sie am Arm. »Komm, Cousine. Du sitzt bei uns.« Die junge Drachin zog Izzy zu einem Tisch. Es gab dort mehrere freie Plätze, aber Branwen riss trotzdem eine ihrer Schwestern an den Haaren von ihrem Stuhl.

»Au! Du wild gewordene Kuh!«

Es folgte Geschrei, und Izzy versuchte, den Schlägen auszuweichen.

»Setz dich, Izzy.« Ghleanna winkte sie zu einem Platz. »Setz dich. Ignorier die beiden. Die wussten noch nie, wie man sich richtig benimmt.« Sie saugte das Mark aus einem Hühnchenknochen, warf ihn über die Schulter und traf einen Diener am Kopf. »Es ist peinlich.«

Izzy hatte eben mehrere köstlich riechende Rippchen von einem vorbeikommenden Tablett auf ihren Teller fallen lassen, als Celyn kam und seine Schwestern beiseiteschob. Er hatte sich kaum auf den Platz neben Izzy gesetzt, als Branwen anfing, ihn anzuschreien, während ihre Schwester immer noch sie anschrie. Ein ordentlicher Flammenstoß ihrer Mutter machte dem Ganzen ein Ende.

»Branwen. Hierher. Dera. Hierher. Und jetzt haltet ihr beide den Mund!«

Sich Ruß aus den Gesichtern wischend, setzten sich die Schwestern, und Izzy wandte sich Celyn zu.

»Bei den Göttern!«, keuchte sie, als sie ihn sah. »Was ist bloß mit deinem Gesicht passiert? Geht es dir gut? Ich schaue mal, ob Morfyd etwas für dich hat.«

Sie wollte aufstehen, doch seine Hand auf ihrem Arm hielt sie fest.

»Ich brauche nichts, Iz. Und das« – er deutete auf seine geschwollene Nase und das blaue Auge – »war nur eine Warnung von Gwenvael.«

»Eine Warnung? Wovor?«

Er grinste. Selbst mit geschwollenem Gesicht war Celyn extrem gut aussehend – und er wusste es. Aber Izzy mochte ihn trotzdem. Er brachte sie zum Lachen und zeigte ihr all die interessanten Waffen, die die Drachen benutzten. »Er hat versucht, mich vor dir zu warnen.«

»Vor mir?« Sie musste kichern. »Ehrlich?«

»Ehrlich. Deine Onkel und dein Vater meinen, sie müssten dich beschützen. Briec hat mich gegen einen Baum geworfen. Gegen einen von diesen echt alten, die kein Stück nachgeben. Dein Onkel Fearghus hat mich gebissen.«

Izzy legte eine Hand auf die Celyns. »Er … hat dich *gebissen*?«

»Aye. Er lag am Boden und …«

»Warum lag er am Boden?«

»Ich weiß nicht.«

»Wolltest du nicht fragen?«

»Nein.« Er deutete auf sein Bein. »Der Mistkerl hat mir fast den Wadenmuskel abgerissen.«

Mit den Fingerspitzen spielte sie mit einem der Rippchen auf ihrem Teller. »Und Éibhear?«

»Was ist mit ihm?«

»Er ist auch ein Onkel von mir. Hat er dich auch ohne guten Grund brutal angegriffen?«

»Nein. Ein Vetter, mit dem ich mich immer ziemlich gut verstanden habe, hat schon seit drei Tagen kein Wort mehr mit mir geredet.« Celyn nahm eines der Rippchen von ihrem Teller. »Nicht, seit er gesehen hat, wie ich mit dir herumgeflogen bin.«

Celyn beugte sich weiter zu ihr herüber, sodass seine Schulter gegen ihre drückte. »Und wenn ich das so offen sagen darf: Wenn du Éibhear deinen Onkel nennen willst, liegt das an dir, aber das würde ihn zu einem sehr schmutzigen, unartigen Onkel machen, denn ich habe gesehen, wie er dich ansieht.«

Unter dem Tisch wischte sich Izzy ihre plötzlich schwitzigen Handflächen an ihrem Kleid ab. »Wie sieht er mich denn an?«

»Genauso wie ich.«

Erschrocken wandte Izzy rasch den Blick ab. »Ich dachte, mein Vater und meine Onkel hätten dich vor mir gewarnt.«

»Ich sagte, sie haben es versucht.« Er nahm noch ein Rippchen von ihrem Teller und lachte, als sie das andere Ende schnappte und daran zog. »Ich habe nicht gesagt, dass sie Erfolg damit hatten.«

Als er sah, wie Brastias sich vorbeugte und seiner Schwester etwas zuflüsterte, hatte Gwenvael plötzlich gute Lust, den Mistkerl in Brand zu setzen.

»Hör auf damit«, murmelte Dagmar.

»Aufhören womit?«

Dagmar lachte. »Sieh *mich* nicht so unschuldig an. Ich habe den unschuldigen Blick erfunden. Und ich kann nicht erkennen, was mit ihm nicht in Ordnung sein sollte.«

»Er ist nicht gut genug für sie. Sie verdient ...«

»Etwas Besseres als einen Menschen?«

»Habe ich das gesagt?«

»Das musst du nicht.« Einen Becher Wein in der Hand, lehnte sich Dagmar auf ihrem Stuhl zurück, und Gwenvael tat es ihr nach. Nach der ersten Viertelstunde hatte Dagmar diese Haltung schon den größten Teil des Abends eingenommen. Sie neigten sich einander zu und plauderten, sie fragte, er antwortete; dann übernahm er das Fragen und sie die Antworten. Es gefiel ihm sehr, wie listig sie aussah, während sie alle beobachtete und sich alles anhörte. Er wusste, dass sie es nicht merkte, aber sie hatte ihre Deckung fallen lassen. Die permanente Bedrohung an Annwyls Hof unter den Mitgliedern der Königsfamilie der Gwalchmai fab Gwyar und dem Cadwaladr-Clan war im Vergleich zum Leben unter Menschen geringfügig. Seine Familie klärte Dinge sofort. Eine Faust hier, ein Flammenstoß da. Das hielt den allgemeinen Frieden aufrecht und tötete nicht die Stimmung – oder einen Lieblingsvetter. Die Menschen waren dagegen viel gefährlicher.

Sie hätte es vermutlich nie zugegeben, doch sie amüsierte

sich. Das konnte er sehen. Sie zog ihn am Hemd, und er lehnte sich wieder zurück.

»Warum sieht der süße Éibhear so wütend aus? Er hat nicht ein einziges Mal gelächelt, seit wir uns hingesetzt haben.«

»Er gibt vor, nicht wegen meiner Nichte Izzy eifersüchtig zu sein.«

»Das hübsche Mädchen, das du mir gezeigt hast? Talaiths Tochter?« Sie schnaubte. »Dummer, dummer Junge.«

Gwenvael kicherte. »Ich weiß.«

Sie beobachtete andere am Tisch, bevor sie fragte: »Und hören diese zwei je auch mal auf zu streiten?« Er musste nicht hinsehen, um zu wissen, von wem sie sprach, doch er tat es trotzdem, um herauszufinden, was das Streitthema des Abends war.

Talaith hielt Briec einen Apfel vors Gesicht, gefährlich nahe an seiner Nase. »Der sieht nicht reif genug aus. Warum ist der nicht reif?«

»Als Gebieter über Obst und Gemüse werde ich mich darum kümmern.«

»Du erwartest doch wohl nicht, dass ich Obst esse, das nicht absolut reif ist, und ich bin höchst enttäuscht, dass du dir keine Gedanken über meine Bedürfnisse machst.«

»Ich erwarte ja auch nicht von dir, dass du einen vernünftigen Gedanken im Kopf hast, aber ich hege trotzdem gern die Hoffnung. Und um deine Bedürfnisse, Weib, werde ich mich heute Nacht kümmern.«

Gwenvael biss in sein eigenes Stück Obst, bevor er die Achseln zuckte. »Das ist kein Streit. Das ist ihre bizarre Vorstellung von einem Vorspiel.«

»Ach ja? Und was ist deine Vorstellung von einem Vorspiel?«

Der Bissen Obst, den er nur Augenblicke zuvor geschluckt hatte, blieb ihm im Hals stecken. Er hustete zwei Mal, bis er sich ein bisschen rührte und ungehindert seine Speiseröhre hinunterrutschen konnte.

»Alles in Ordnung?«

»Es wird mir besser gehen, wenn ich dich zurück in dein Zimmer bringe.«

»Das kann noch Stunden dauern.« Sie hielt ihren Becher hoch, sodass ihr ein Diener mehr Wein eingießen konnte.

»Ich wusste nicht, dass du so eine kleine Nervensäge sein kannst, Bestie.«

»Willst du, dass ich aufhöre?«

»Im Leben nicht.«

Die beiden rutschten ein bisschen zurück, als ihnen bewusst wurde, dass der Esstisch nicht mehr vor ihnen stand.

»Waren wir fertig mit dem Essen?«, fragte Dagmar und warf einen misstrauischen Blick in ihr Weinglas.

»Du hast nicht zu viel getrunken – der Tisch ist wirklich weg. Und es scheint, es ist Zeit zu tanzen.«

Er hielt ihr die Hand hin und wollte etwas sagen, doch Dagmar schnitt ihm das Wort ab.

»Nein.«

»Willst du es nicht wenigstens versuchen?«

»Nein. Glaub mir. Es gibt andere Dinge, die ich lieber tun würde.«

»Und die wären?«

»Mich in Brand setzen. Mich ertränken. Oder mich am Dachbalken aufhängen. All das wäre dem vorzuziehen.«

Gwenvael lachte, bis ihn seine Nichte bei der Hand nahm. »Komm, Gwenvael! Wir tanzen!« Izzy zog ihn mit der ihr eigenen beträchtlichen Kraft von seinem Stuhl hoch.

»Wäre das in Ordnung für dich?«, fragte er Dagmar, während seine Nichte sich mit ihrem ganzen Gewicht an seine Hand hängte und versuchte, ihn vorwärtszuziehen.

»Ich komme zurecht.« Sie wedelte ihn mit ihrem Becher fort. »Geh. Tanze. Wir sehen uns später – wenn du mich findest.«

Bösartiger kleiner Plagegeist! »Das werde ich.«

Abrupt ließ er Izzys Hand los, und seine Nichte quiekte und krachte auf den Boden. »Iseabail! Was tust du denn da auf dem Boden? Steh auf, Mädchen! Benimm dich mal ein bisschen!«

Dagmar fühlte sich wie verliebt. Fürchterlich, wahnsinnig verliebt.

Sie hätte sich nie träumen lassen, dass sie das je erleben würde. Doch wie hätte sie es wissen können? Wer hätte wissen können, dass diese Drachin mit dem freundlichen Gesicht und der sanften Stimme so viel Klatsch und Tratsch kannte und – was noch viel wichtiger war – so bereitwillig alles mit Dagmar teilte!

»Und siehst du den kleinen Rothaarigen, der neben Briec steht? Den Fürst?«

Dagmar wollte durch ihre Augengläser blinzeln – was weiter weg war, sah dank ihres ausschweifenden Weingenusses an diesem Abend verschwommener aus als sonst –, aber sie wollte es nicht allzu offensichtlich machen. Zum Glück war Morfyds Bruder Briec aber recht leicht auszumachen. Arroganz wie seine konnte einen ganzen Raum ausfüllen. »Ja.«

»Ich habe gehört«, flüsterte Morfyd und beugte sich dabei näher zu ihr hinüber, »dass er gern die Kleider seiner Frau trägt. Und wenn er das tut, erwischt ihn seine Frau zufällig in besagten Kleidern.«

»Und dann gibt es Schelte?«

»Aye!« Morfyd senkte wieder die Stimme. »Offenbar liebt sie es, ihn sehr, sehr, *sehr* eindrücklich zu schelten. Um genau zu sein schilt sie ihn, bis sie beide ziemlich erschöpft und glücklich sind.«

Dagmar legte die Hand an die Brust. »Das ist *sagenhaft*!«

»Nicht wahr?« Morfyd tätschelte ihr Bein. »Ich muss sagen, Dagmar, ich bin so froh, dass du zu Besuch bist. Es gibt sehr wenige, die delikaten Tratsch ehrlich zu schätzen wissen. Abgesehen natürlich von Gwenvael.«

»Das dachte ich mir«, gab sie zu. »Aber sonst niemand?«

»Fearghus möchte von nichts und niemandem gestört werden. Meinen ältesten Bruder nervt einfach alles. Alles. Bis auf Annwyl natürlich, aber selbst sie kann ihm auf die Nerven gehen. Briec ist alles und jeder völlig egal, abgesehen von ihm selbst und der Frage, ob er etwas finden kann, worüber er sich mit Talaith streiten kann.«

Dagmar wollte mehr hören und begann zu fragen, doch Morfyd hob Einhalt gebietend die Hand. »Frag nicht. Das Ganze ist eine Sache zwischen den beiden und einfach idiotisch. Éibhear nützt mir gar nichts, weil er sich weigert, von irgendwem das Schlimmste anzunehmen, deshalb unterbricht er mich ständig mit: ›Das kann nicht stimmen. Das kann nicht stimmen.‹ Was dann überhaupt keinen Spaß macht.«

»Annwyl?«

»Die liest nur die ganze Zeit. Die Frau lebt in der Bibliothek und hasst es, wenn man sie von ihren geliebten Büchern ablenkt. Wenn sie nicht gerade tötet, liest sie. Wenn sie nicht liest, tötet sie. Dazwischen gibt es nichts bei ihr.«

»Und Talaith?«

»Meine einzige Rettung, aber ich kann nicht zu lange mit ihr reden, sonst fängt sie an, paranoid zu werden.«

»Paranoid?«

Sie verdrehte die Augen. »›Was sagen sie über mich? Und was sagst du über mich?‹ Auch das macht schlicht keinen Spaß.«

Dagmar lachte. »Tja, du wirst dich freuen, wenn ich dir sage, dass ich mir meine Paranoia für die wichtigen Dinge aufspare.« Ihr Blick schweifte durch den Raum. »Mich interessiert nur, was alle anderen im Schilde führen.«

Morfyd nahm Dagmars Hand und presste sie an ihre Brust. »Versteh mich jetzt nicht falsch, aber ... ich liebe dich.«

Dagmar legte ihre freie Hand auf Morfyds. »Und ich dich.«

Sie begannen wieder zu lachen – etwas, was sie an diesem Abend mehr getan hatte als vorher in ihrem ganzen Leben.

Talaith kam heran und ließ sich schwer auf den Stuhl auf Dagmars anderer Seite fallen. »Ich amüsiere mich königlich!«

Morfyd flüsterte an Dagmars Ohr: »Sie ist voll wie ein Dudelsack.«

»Ich bin nicht betrunken«, protestierte Talaith. »Du Hexe.« Sie kicherte. »Du Schuppenhexe.«

Talaith wedelte mit den Händen. »Also gut. Vielleicht hatte

ich mehr Wein als nötig. Aber ich kenne trotzdem die wichtige Frage des Tages.«

»Und das wäre?«

»Hat die kleine Dagmar hier mit unserem Gwenvael gevögelt?«

Dagmar rieb sich das Bein, wo Talaith ihr einen Hieb versetzt hatte, um ihre unhöfliche Frage zu unterstreichen, und Morfyds Gesicht nahm einen hübschen Rotton an, als sie keuchte: »Das geht dich nichts an!«

»Komm schon. Ich will es von jemandem hören, der nicht völlig von seinen großen, dummen Drachenaugen fasziniert ist. Ich will die Wahrheit! Ist er so gut, wie er behauptet?«

»Ruhe!«, zischte Morfyd.

»Ich kenne die Wahrheit nicht.« Als die Frauen sie anstarrten, zuckte Dagmar die Achseln. »Wirklich nicht.«

»Dann tu's auch nicht«, sagte Talaith ernsthaft. »Vertrau mir.«

»Warum nicht?«

Sie legte einen Arm um Dagmar und gestikulierte mit dem anderen zu Morfyd hinüber. »Halt dir die Ohren zu, Frau, das willst du nicht hören.«

»Die Götter mögen mir helfen.«

Talaith neigte sich dicht zu ihr herüber. »Wie ich schon sagte, Magdar ...«

»Ich heiße Dagmar.«

»Egal. Du willst das nicht wirklich, denn falls er seinem Bruder auch nur ein bisschen ähnelt, steckst du in der Falle. Für immer.«

»Und warum sollte das passieren?«

»Weil er dich vögeln wird, bis man nur noch das Weiße in deinen Augen sieht, und das war's dann! Da kommst du dann nicht mehr raus, meine Liebe. Du wirst gefangen sein. In dieser Hölle.«

Dagmar sah sich ruhig um. »In dieser Hölle?«, fragte sie ausdruckslos. »In dieser Schloss-Hölle mit freundlichen Dienern, die tun, was du willst, hübschen grünen Hügeln und Wäldern voll frischem Wild, einer gütigen Königin, wilden Drachen, die dich und deine Tochter beschützen und einem umwerfenden, silberhaarigen Krieger, der verrückt nach dir ist? In dieser Hölle?«

»Ja! Du hast es verstanden!«

»Voll und ganz. Und ich werde es mir merken, falls und wenn es dazu kommt, dass ich ... äh ... Gwenvael vögle.«

»Du musst dir nur sicher sein, dass du das willst. Denn wenn du einmal drin bist, kommst du nicht wieder raus. Und lass dich nicht von ihm brandmarken. Sonst hast du ihn für immer am Hals!«

»Talaith!«, rief Morfyd aus.

»Brandmarken? Mit echten Eisen?«

»Nein! So ist es nicht«, widersprach Morfyd. »Es wird Inbesitznahme genannt. Das Brandmal wird dir *ohne* Werkzeuge von dem Drachen beigebracht, den du liebst. Es ist ziemlich mystisch und ... romantisch.«

»Es ist wohl kaum romantisch«, murmelte Talaith, bevor sich ihr Gesicht aufhellte und sie beinahe schrie: »Aber du wirst einen Orgasmus haben!«

Morfyd ließ den Kopf in die Hände fallen. »Ihr Götter, bitte hör auf zu trinken und zu reden.« Sie funkelte die Hexe in Menschengestalt an. »Nun werd schon ohnmächtig!«

Dagmar musste einfach fragen: »Talaith, bist du unglücklich mit Briec?«

»Absolut nicht!« Sie seufzte tief und sah aus, als würde sie jeden Moment in Tränen der Rührung ausbrechen. »Ich liebe ihn so sehr!«

»Dann ist es ja gut.«

Morfyd schüttelte den Kopf, als Dagmar ihr einen Blick zuwarf. »Ich rede nicht darüber. Ich akzeptiere einfach, dass sie meine Familie sind und gehe zur Tagesordnung über.«

Morfyds Bein tätschelnd, tröstete Dagmar sie, so gut sie konnte: »Das ist wahrscheinlich das Beste so.«

Éibhear reichte seinem Bruder ein Pint Ale, als Gwenvael stolpernd neben ihm zum Stehen kam. Er grinste. »Mal wieder die Herzogin Bantor?«

»Es mag scheinen, als hätte sie nur zwei Hände, aber sie hat ganz eindeutig sechs.«

»Sie versucht nun schon seit über einem Jahr, dich in ihr Bett zu kriegen.«

»Auch wenn ihr alle es nicht bemerkt: Ich habe Ansprüche.«

»Sie ist sehr hübsch – riesige Brüste –, und soweit ich gehört habe zu allem bereit.«

»Ihre Hände packen mich wie Krallen. Das ist unangenehm. *Sie* ist unangenehm.«

»Außerdem hast du heute Abend einen Blick auf jemand anderen geworfen.«

Jetzt grinste Gwenvael. »Ja, das habe ich.«

Éibhear schürzte die Lippen und wandte den Blick ab.

»Was?«, seufzte Gwenvael. »Wofür war das denn jetzt?«

»Nichts.«

»Spuck's schon aus, kleiner Bruder.«

Éibhear warf seinem Bruder einen verstohlenen Blick zu und fragte sich, wie er das Thema taktvoll angehen sollte. »Es ist nur …«

»Es ist nur was?«

»Glaubst du nicht, dass Lady Dagmar einfach ein bisschen … na ja … dass sie …«

»Dass sie was?«

Éibhear beschloss, behutsam, aber direkt zu sein: »Dass sie dir ein kleines bisschen überlegen ist?«

»Wie bitte?«

»Sie liest schrecklich viel. Ich habe eine ganze Weile mit ihr geredet, und sie weiß so viel. *Extrem* viel.«

Gwenvael stemmte die Hände in die Hüften. »Du meinst also, sie ist zu intelligent für mich?«

»Vielleicht wäre ›zu schlau‹ der bessere Ausdruck.«

»Du Riesenbaby!«

»Jetzt werd nicht sauer. Ich schlage ja nur vor, dass du dein Ziel vielleicht ... ein bisschen ... tiefer ansetzen solltest.«

»Was für ein Bruder bist du eigentlich?«

»Ein ehrlicher. Wäre es dir lieber, wenn ich dich anlüge?«

»Ja!«, schrie Gwenvael und rammte Éibhear das Ale zurück in die Hand. »Um genau zu sein: Ja, das *wäre* mir lieber!«

Dagmar schlich sich gerade im hinteren Teil des Schlosses nach draußen, als sie sie an einem Zaun lehnen sah, den Kopf auf den verschränkten Armen. Sie näherte sich langsam, vorsichtig.

»Annwyl?«

Die Königin hob mit einem Ruck den Kopf. »Oh, Dagmar.«

»Wie geht es dir?«

»Schon in Ordnung. Ich brauchte nur ein bisschen frische Luft.«

Sie brauchte ein Bett. Ein leichter Schweißfilm glänzte auf ihrer Haut, und ihre Hände zitterten.

Dagmar hörte schon den ganzen Abend das leise Gemurmel von den wenigen menschlichen Mitgliedern des Königshauses, die sich am Hof befanden. Annwyl war nicht die Annwyl, wie sie sie kannten. Ihr Haar war dünner geworden; ihr Gesicht hatte seinen Glanz verloren und sah abgespannt und gezeichnet aus. Ihre Arme und Beine waren viel zu dünn für eine so hochschwangere Frau. Da Dagmar nichts über die Königin gewusst hatte, bevor sie sie kennenlernte – bis auf die Gerüchte natürlich –, konnte sie es nicht beurteilen. Doch sie wusste, wann eine Geburt bevorstand. Sie kannte die Anzeichen gut.

»Ich hole besser Fearghus ...«

»Bitte nicht.« Sie zwang sich zu einem Lächeln. »Es ist so lange her, seit er Zeit für sich hatte, und er genießt seine Familie – ausnahmsweise einmal.«

Dagmar kicherte. »Das verstehe ich. Ich kann dir aber nach oben helfen. In dein Zimmer.«

»Das musst du nicht.« Doch ihre Augen flehten um dieses bisschen Hilfe.

»Du verschaffst mir einen Grund, hier herauszukommen.« Sie ging zu Annwyl hinüber und legte einen Arm um das, was von ihrer Taille übrig war. Dagmar zwang sich, nicht merklich zusammenzuzucken, als ihre Finger tatsächlich Rippen unter dem Kleid der Königin spürten. Mit der freien Hand nahm sie Annwyls Arm. »Komm. Ich glaube, zwei einfache Menschen können das zusammen schaffen, oder was meinst du?«

Annwyl lachte. »Das will ich doch hoffen.«

Gemeinsam arbeiteten sie sich mühsam zu den Treppen vor und hinauf. Es war nicht leicht, und Dagmar war nicht gerade für ihre Kraft berühmt, doch sie schaffte es besser, als sie gehofft hatte. Während sie über ihre geistlosen Schwägerinnen plauderten, half sie der Königin aus ihrem Kleid und beim Waschen. Dann half sie ihr ins Bett und lächelte, als sie merkte, dass die Königin schon schlief, bevor Dagmar sie mit den Fellen hatte zudecken können.

Leise schlüpfte sie aus dem Raum und schloss die Tür, als sie die Stimme einer Frau hörte. »O Gwenvael! Ich bete dich an!«

Dagmar spähte den Flur entlang und sah, wie Gwenvael irgendeine großbrüstige Adlige zu seinem Zimmer führte.

Dagmar schüttelte den Kopf über ihre eigene Dummheit – *Hast du wirklich geglaubt, du hättest auch nur die geringste Chance damit?* –, drehte sich um und ging wieder hinaus in die kühle Nachtluft.

21

Gwenvael glaubte nicht, dass er die Herzogin Bantor je wieder loswerden würde. Sie hing an ihm wie eine Klette; der Wein, den sie den ganzen Abend in sich hineingegossen hatte, machte sie noch dreister als sonst und machte es noch schwieriger, sie loszuwerden. Am Ende drückte er sie vor ihrem Zimmer in die Arme einer kichernden jungen Dienerin, der es gefiel, wie er schielte, als ihre Ladyschaft ihn betrunken aufforderte: »Nimm mich, Gwenvael. Nimm mich jetzt!«

Kichernd stieg Gwenvael die vier Stockwerke in den ersten Stock hinunter, ging an seinem eigenen Zimmer vorbei, um eine Ecke herum und rannte direkt in Briec hinein. »He da, Briec! Einen entzückenden Hintern trägst du da durch die Gegend.«

»Einen entzückenden *betrunkenen* Hintern.«

»Ich bin nicht betrunken!«

Gwenvael grinste. »Der Hintern spricht!«

»Lass mich runter!«, verlangte der Hintern. »Ich kann alleine gehen.«

»Wie du willst.« Briec ließ seine Last fallen, und Talaith griff nach dem Arm ihres Gefährten, um zu verhindern, dass ihr Hinterteil auf den Boden knallte.

»Siehst du?«, sagte sie, als sie endlich ihr Gleichgewicht gefunden hatte. »Ich bin so trocken wie Wüstensand.«

Zum Beweis zog Briec seinen Arm weg. Nun, da sie nichts mehr zum Festhalten hatte, kippte Talaith um wie die Steinstatue, die Gwenvael einmal gestohlen hatte.

Talaith starrte wütend zu Briec hinauf. »Mistkerl!«

»Ich habe dir gesagt, meine schöne Talaith, dass *ich* der Drache für dich bin«, erinnerte sie Gwenvael. »Aber nein. Du musstest dir den Arroganten aussuchen. Während ich immer liebevoll und charmant und einfach rundherum großartig bin. Es gibt keinen einzigen arroganten Knochen in meinem gut aussehenden, perfekten Körper.«

Briecs Auge zuckte, dann machte er eine Bewegung auf seinen Bruder zu, doch Gwenvael hob die Hände. »Nicht ins Gesicht! Nicht ins Gesicht! Ich habe heute Abend noch Pläne, und meine Perfektion muss ungetrübt sein.«

»Du bist ein Idiot.«

»Beweise es.«

Mit einem Blick hinunter zu der Gefährtin seines Bruders fuhr er fort: »Wo wir gerade davon sprechen: Das letzte Mal, als ich dich gesehen habe, warst du mit der listenreichen« – Gwenvael zeigte seinem Bruder die Zähne, was diesen zum Lachen brachte – »Lady Dagmar zusammen.«

»Als ich sie das letzte Mal gesehen habe«, sagte Talaith, während sie versuchte, wieder auf die Beine zu kommen, »war sie auf dem Weg nach draußen.«

Gwenvael warf die Hände in die Luft. »Ich befehle einer Frau, nackt in ihrem Zimmer auf mich zu warten, und sie wandert auf und davon.«

Kopfschüttelnd nahm Briec seine Gefährtin unter den Schultern und zog sie auf die Füße. »Nächstes Mal benutze die Ketten. So können sie nicht abhauen.«

»Gute Idee. Vielleicht kann ich mir ja eure ausleihen.«

Jetzt, wo sie auf den Füßen war, knallte Talaith ihre Hände gegen Gwenvaels Brust. Als er nicht nach hinten umfiel, runzelte sie die Stirn und schlug ihn noch einmal.

»Wir haben keine. Leih dir die von Annwyl und Fearghus, wie alle anderen auch. Und noch etwas, du männliche Schlampe, lass deine schmutzigen, schmutzigen hurenhaften Finger von Lady Dagmar. Sie ist nett.«

Gwenvael zeigte seine Hände. »Sie sind nicht hurenhaft!«

»Ein bisschen schlampenhaft aber schon«, scherzte Briec.

»Und wie kommst du darauf, dass ich etwas mit Lady Dagmar vorhabe?«

»Sie hat eine Muschi, oder nicht?«, schnaubte Talaith.

Gwenvaels Lachen dröhnte durch den Flur. »Wir sollten sie *jeden* Tag betrunken machen!«

Briec seufzte. »Einmal im Jahr genügt vollkommen, danke. Aber ich würde sagen, dass sie hier anders ist als die anderen, mit denen du dich amüsiert hast. Sie ist belesen. Und wortgewandt. Und ihre Gedanken folgen einer hübschen logischen Reihenfolge. Sie hat mein Interesse an unserem Gespräch tatsächlich fünf … vielleicht sogar sechs Minuten gefesselt, bevor meine Gedanken zu etwas Interessanterem abgewandert sind.«

»Zu Talaiths Hintern?«

»Unverschämt«, zischte Talaith. »Sag ihm, dass er unverschämt ist!«

Briec drohte Gwenvael mit dem Finger. »Du bist unverschämt! Rede nicht so mit ihr!« Er zog Talaith an sich und hielt sie fest an sich gedrückt, bevor er zwinkerte und Gwenvael tonlos zuflüsterte: »Natürlich zu ihrem Hintern, was sonst?«

Dagmar marschierte den Hügel hinauf und kletterte umständlich auf einen Felsblock. Es war eine gute Wahl. Man hatte einen hübschen Blick über das ganze Tal, das Garbhán von den Dunklen Ebenen trennte.

»So viele Seen«, sagte sie laut. »So viel Verteidigungspotenzial.« Die Königin hatte sie um Hilfe gebeten, und Dagmar hatte gern zugesagt, entschlossen, zu beweisen, was sie wert war, zumindest den Südländern. Als sie gerade wieder hinuntersteigen wollte, bemerkte sie den groß gewachsenen Mann, der neben dem Felsblock stand. Es war nicht Gwenvael, aber auf jeden Fall schon wieder so ein hinterhältiger Drache. Sie konnte sie inzwischen leicht erkennen, weshalb sie sich fragte, warum sie es früher nie bemerkt hatte. Natürlich war Ragnar anders gewesen. Er hatte eine komplette Vorgeschichte und hatte ihr sogar vorgespielt, alt und verwundet zu sein. Alles sehr genial ausgedacht, und das machte sie immer noch wütend.

»Guten Abend«, sagte sie.

Der Mann sah zu ihr auf und sah sich dann um, als erwarte er, dass sie mit jemand anderem sprach.

»Ähm … guten Abend?«

»Ich erinnere mich nicht, dich beim Abendessen gesehen zu haben.« Sie streckte die Hand aus, damit er sie ergreifen konnte, und nach einigem Zögern tat er es und half ihr, sich bequem auf den Felsblock zu setzen.

»Ich war nicht da. Ich suche nach meiner umherstreifenden Gefährtin. Es gibt Tage, da glaube ich nicht, dass sie mich überhaupt liebt.«

»Reisen hat seinen ganz eigenen Reiz. Das weiß ich jetzt. Und vielleicht stärkt die Zeit der Trennung ihre Liebe zu dir.«

»Es kann sein, dass sie das ein- oder zweimal gesagt hat. Aber ich vermisse sie.«

Er lächelte, und Dagmar unterdrückte ein leichtes Seufzen. Er war erstaunlich schön mit seinen langen, schwarzen Haaren und den veilchenblauen Augen. Sie hätte gern die Menschen- oder Drachenfrau gesehen, die ihn freiwillig zurückließ.

»Triffst du dich heute Abend mit jemandem hier draußen?«, fragte er.

»Das bezweifle ich.« Das Bild von Gwenvael, der diese Adlige in sein Zimmer führte, wollte ihr nicht aus dem Kopf gehen. »Ich brauchte nur ein bisschen frische Luft.«

»Und ein bisschen Zeit für dich. Ein lauter Haufen«, fügte er hinzu und gestikulierte in Richtung Schloss.

»Sehr laut. Aber nicht, was ich erwartet hatte.«

»Jeder geht bei Drachen vom Schlimmsten aus. Sie können nicht anders.« Er legte den Kopf schief. »Ich glaube, es ist Zeit, dass ich gehe.«

Dagmar nickte. »Wie du willst.«

»Es war nett« – er sah sie seltsam an – »mit dir zu reden.«

Sie wusste nicht, warum er so überrascht schien, dass sie mit ihm gesprochen hatte, aber es war ihr nicht wichtig genug, um zu fragen.

»Gleichfalls.«

Er verbeugte sich sehr knapp vor ihr, bevor er im nahe gelegenen Wald verschwand. Sie sah ihm nach, von seiner Hinteransicht genauso beeindruckt wie von der Vorderseite.

»Vernunft bewahre«, murmelte sie, entsetzt über sich selbst.

Sie wandte sich wieder um und zuckte am ganzen Körper zusammen, als sie hörte: »Ich meine, ich hätte dir gesagt, du sollst nackt in deinem Zimmer auf mich warten?«

Jetzt, wo sie zugelassen hatte, dass der Goldene sie so erschreckte, war sie noch entsetzter über sich.

»Also?«, drängte er.

»Knurr mich nicht an. Und ich habe keinen Grund gesehen, in meinem Zimmer zu warten, während du anscheinend mit jemand anderem zugange warst.«

»Was war ich?«

»Erinnerst du dich noch an die Adlige, die dir wie eine Schlinge um den Hals drapiert hing?«

»Die Herzogin meinst du?«

»Ja. Die.«

»Warum sollte ich meine Zeit mit ihr verschwenden, wenn ich *dachte*, du würdest in deinem Zimmer auf mich warten?«

»Um meinen Vater zu zitieren: ›Größere Titten‹?«

»Du hältst ja nicht besonders viel von mir.«

»Nein, ganz im Gegenteil.«

Er ging lässig um den Felsblock herum, bis er vor ihr stand. »Mein Bruder Éibhear sagt, dass du zu schlau für mich bist.«

»Dein Bruder Éibhear verbringt zu viel Zeit mit seinen Büchern und damit, Izzy anzustarren.«

»Annwyl sagte, du hast mich gegenüber Morfyd verteidigt.«

»Ich habe ihr nur die Lage verdeutlicht.«

»Dann weiß ich deine Verdeutlichung zu schätzen. Es bedeutet mir viel.«

Er nahm ihre Hände und hielt ihre Arme vom Körper weg. »Ich mag dieses Kleid wirklich an dir. Fannie hat ein gutes Auge.«

»Sie wusste, dass sie mir nichts zu Schrilles bringen konnte. Das weiß ich zu schätzen. Und danke für das Kompliment.«

»Sehr gerne. Und jetzt leg dich hin.«

Gwenvael trat zurück, und sie legte sich vorsichtig auf den Boden. »Zieh dein Kleid aus.«

Erschrocken sah sich Dagmar um. Kein Kuss? Keine Romantik? Nur Befehle? Und was noch ärgerlicher war: Ihre Brustwarzen wurden bei dem Gedanken schon wieder hart.

»Hier draußen? Jetzt?«

»Ja. Hier. Jetzt.«

»Lord Gwenvael, es ist etwas ganz anderes, es zu genießen, andere zu beobachten als beobachtet zu *werden*.«

»Ich weiß. Zieh das Kleid aus.« Er trat näher. »Es sei denn, es ist dir lieber, wenn ich dich festhalte und es dir vom Leib reiße.«

»Diese perversen Phantasien …«

»Machen dich feucht?«

Sie hielt Daumen und Zeigefinger mit etwas Abstand hoch. »Ein bisschen«, flüsterte sie.

Bevor Dagmar es sich versah, lachten sie beide. Sollte das so sein? Wenn man ihren Schwägerinnen zuhörte, konnte man meinen, es müsste atemlos, unbändig und wild sein. Und obwohl sie all das auch verspürte, fühlte sie sich außerdem … glücklich.

Gwenvael drückte seine Stirn gegen ihre und sagte leise: »Hier sind nur du und ich, Bestie. Hier kann uns keiner sehen, außer vielleicht den Krähen, die in den Bäumen schlafen. Was immer wir hier unter uns tun, nur wir beide zusammen, ist unsere Sache. Das, Mylady, ist das Schöne an Phantasien.«

»Wie immer sind deine Worte glatt wie Glas, Schänder.«

»Das heißt nicht, dass es nicht die Wahrheit ist.« Er nahm ihr vorsichtig die Augengläser ab und ließ sich Zeit dabei, sie in die verborgene Tasche an ihrem Kleid zu stecken. »Zieh dich aus. Ich möchte nicht, dass du Fannie erklären musst, was du mit dem Kleid angestellt hast, das sie extra für dich besorgt hat.«

Kurzsichtig blinzelnd griff Dagmar nach den Bändern ihres Mieders. »Glaubst du, die Geschichte mit dem Bärenangriff würde bei ihr nicht funktionieren?«, fragte sie kichernd.

Gwenvael sah schweigend zu, wie Dagmar das Band löste, das ihr Mieder zusammenhielt. Bei manchen Frauen redete Gwenvael, damit sie ruhig blieben. Über ihre Schönheit, ihren Geist – alles, was ihre Konzentration auf ihn und nur ihn allein richtete. Doch er wusste, dass er Dagmars Aufmerksamkeit hatte, und Worte waren etwas, womit die beiden spielten. Sie marterten andere mit ihren Worten, benutzten ihre Worte, um zu bekommen, was sie wollten oder brauchten.

Jetzt wollte er nichts dergleichen zwischen ihnen haben. Er wollte nur Dagmar, die Frau, die ihn offen lüstern ansah, während sie ihr etwas zu großes Mieder auseinanderzog. Er hielt den Blick auf ihr Gesicht gerichtet, sah, wie die Röte sich auf ihren Wangen ausbreitete, während sie erregter wurde. Ihr Duft kitzelte seine Sinne, und es fiel ihm schwer, sie nicht zu Boden zu werfen und sich zu nehmen, was er wollte.

Dagmar schob sich das Kleid von den Schultern und streifte es über den Körper nach unten. Es fiel zu Boden, rasch gefolgt von ihrem Unterhemd. Die Hände auf den Hüften stand sie da, eine Augenbraue in stummer Herausforderung angehoben.

Mit einem schnellen Wirbeln seines Zeigefingers bedeutete er ihr, das bisschen Stoff auszuziehen, das ihre Scham bedeckte.

Mit einem genervten kleinen Grunzen murmelte sie »Faul« und zog an den Bändern an jeder Hüfte, bis diese sich lösten und sie den Stoff auf den wachsenden Haufen Kleidung zu ihren Füßen fallen lassen konnte.

Obwohl sie völlig nackt vor ihm stand, während er noch angezogen war, war ihre Körperhaltung herausfordernd, unerschrocken und fordernd. Es erregte ihn mehr, als er es sich hätte vorstellen können.

Gwenvael löste die vor der Brust verschränkten Arme, nahm ihr sanft das Tuch ab, das ihren Kopf bedeckte und holte ihren geflochtenen Zopf nach vorn. Er knotete das Haarband an dessen Ende auf und ließ sich Zeit, den Zopf zu lösen und die seidige Pracht zu befreien. Als er fertig war, kämmte er ihr Haar mit den Fingern, bis es lose und frei bis auf ihre Hüften hing.

Jetzt, wo er sie hatte, wie er sie wollte, legte er die Hände um ihre Brüste, die Daumen spielten mit ihren Brustwarzen. Sie schloss die Augen und zitterte, während Gwenvael sich amüsierte.

Sein Ding drückte hart und schwer von innen gegen seine Hose, und mit jeder verstreichenden Sekunde wurde es schwerer und schwerer, sie nicht einfach zu besteigen und durchzuvögeln, bis sie beide ohnmächtig wurden. Doch er wollte, dass sie noch bereiter war.

Mit sanftem Druck schob er sie rückwärts, bis ihr Hinterteil gegen den Felsblock drückte. Er nahm ihre Hände und küsste sie. »Ich will sehen, was diese kleinen Finger tun können.«

Automatisch griff sie nach ihm, doch er hielt ihre Hände fest und drückte sie zurück an ihren Körper. »Nein. Zeig es mir an dir selbst.«

»Du bist faul«, neckte sie ihn.

»Verzweifelt«, antwortete er. »Ich bin mir nicht sicher, ob ich es schaffe, dich heißzumachen, bevor ich mir nehme, was mir gehört.« Er nahm sie bei den Hüften und hob sie auf den Felsblock.

»Leg dich zurück und zeig es mir«, befahl er ruhig.

Sie rührte sich nicht sofort; ihr Kopf war etwas zurückgelehnt, während ihr blinzelnder Blick die Dunkelheit absuchte.

»Hier«, sagte er sanft und hob ihre rechte Hand mit seiner an, »lass mich dir helfen.« Er sog ihren Mittelfinger in seinen Mund, ließ seine Zunge langsam um die Spitze kreisen. Sie stöhnte auf und klang, als hätte sie Schmerzen, während ihr Verstand bekämpfte, wonach sich ihr Körper so sehr sehnte. Als sie sich zu winden begann, ließ er ihren Finger los und legte ihn an ihren sehr schnell sehr feucht werdenden Schoß.

»Zeig es mir«, flüsterte er und wartete.

Es war verrückt. Hier draußen im Freien, nackt bis auf die Stiefel, mit einem Drachen, den jeder als reuelosen Schürzenjäger kannte. Nicht nur nackt allerdings, sondern auch noch quer über einem Felsblock liegend mit den Händen zwischen den Beinen.

Doch das war schon seit Jahren der Stoff ihrer Phantasien. Phantasien, in denen sie die volle Kontrolle hatte, ohne dass jemand anderes beteiligt war. Sie benutzte diese Phantasien, um abends besser einschlafen zu können, nachdem sie sich ein- oder zweimal selbst befriedigt hatte. Und sie hatte nicht vorgehabt, jemandem von diesen Phantasien zu erzählen. Keinem Ehemann und keiner Freundin, denn sie hatte niemandem je genug vertraut. Wie auch? Wo sie mehr als einmal gezwungen gewesen war, diese Art von Information zu ihrem Schutz gegen jemand anderen verwenden zu müssen?

Doch sie dachte immer wieder daran, dass sie dem Drachen nichts davon gesagt hatte. Sie hatte ihn nicht in ihre Geheimnisse eingeweiht. Natürlich hatte er ihr Vergnügen daran bemerkt, andere zu beobachten, aber andererseits kannte sie auch nicht viele, die *nicht* stehen bleiben und zusehen würden, wenn sie zufällig ein Paar beim Sex ertappten.

Dennoch traf Gwenvael der Schöne immer wieder ins Herz ihrer Wünsche, ganz ohne oder mit nur wenig Hilfestellung ihrerseits. Kam daher der Ruf, den er hatte? Lag es daran, dass so viele Frauen immer wieder zu ihm zurückkehrten? Würde sie das ebenfalls tun?

Seine Finger strichen über ihre. Sanft, aber nachdrücklich. Er flüsterte leise, aber fordernd.

Er verstand viel von den Grundlagen der Machtausübung. Stricke und Ketten waren nur ein Element. Und auch wenn es Spaß machte, darüber zu reden, waren sie nicht immer notwendig.

Dagmar wollte sich nicht länger zurückhalten und begann, ihr Geschlecht mit den Fingerspitzen zu streicheln. Spielte mit sich selbst, wie sie es von einem Mann gewollt hätte. Sie ließ sich Zeit, ließ ihren Körper warm werden, während ihre Finger tiefer und tiefer hineinglitten, wand sich, wenn sie hin und wieder ihre Klitoris berührte. Sie überhastete nichts; ganz nach ihrem eigenen Zeitplan weckte sie ihren Körper.

Es lief alles gut, als eine starke Hand ihre Finger ergriff und Zeige- und Mittelfinger in ihren Körper schob.

»Vögel dich selbst«, knurrte er. Sie tat es, ihre Hüfte drängte sich wippend gegen ihre eigene Hand, ihr Stöhnen wurde mit jedem Stoß lauter.

Sie fühlte, wie der Drache seine menschlichen Hände an die Innenseite ihrer Schenkel presste und ihre Beine auseinanderdrückte. Und dann war sein Mund auf ihr, seine Zunge reizte ihre Klitoris. Sie fing an, sich stärker zu winden, die Intensität des Ganzen wurde fast zu viel. Aber seine Hände hielten sie auf dem Felsblock fest, während er sie darin ablöste, ihren Körper in Brand zu stecken.

Dagmar wölbte den Rücken, als er Dinge mit seiner Zungenspitze machte, die sie aufschreien ließen, und ihre Stimme hallte über die dunkle Lichtung. Sie hatte keine Zeit, sich Gedanken zu machen, ob sie jemanden auf sich aufmerksam gemacht hatte, als er das kleine Bündel Nerven zwischen seine Lippen saugte und dort hin und her rollte, bis ihr Körper sich zum Höhepunkt aufbäumte und ihre freie Hand seinen Kopf an ihren Körper drückte und ihn nicht loslassen wollte, bis das letzte Beben vorüber war.

Es war jedoch kein rascher Höhepunkt, nur um die Spannung in ihrem Körper zu lösen. Als sie langsam etwas zur Ruhe kam, drückte und rieb er die Fläche seiner Zunge erneut gegen ihre Klitoris. Ihre Reaktion war ein erneutes Aufbäumen und sie warf den Kopf zurück, als die Luft mit einem überraschten Keuchen aus ihren Lungen gepresst wurde. Fast augenblicklich begann es von vorn – ohne langsames Aufbauen, direkt zum nächsten Höhepunkt. Ein noch stärkerer, mächtiger diesmal, und hätte er sie nicht festgehalten, dann wäre sie direkt von dem Felsen gerollt und auf den harten Boden gefallen.

Sie wusste nicht, wie lange er sie auf diesem Fels festhielt und einen Höhepunkt auf den anderen folgen ließ, noch einen und noch einen. Jeder davon war neu und anders, spülte über den vorherigen hinweg, der gerade abebbte, bis sie ihn – mit schwacher Stimme, fast völlig kraftlos – anflehte, damit aufzuhören.

»Einmal noch«, murmelte er, und sie schüttelte den Kopf, ihr stockte die Stimme.

»Ich kann nicht.«

»Doch. Einmal noch.« Dann war er in ihr, ihr Körper bebte

noch von den letzten Höhepunkten, und seine Männlichkeit schob sich an der immer noch pulsierenden Haut vorbei.

Sie hatte keine Ahnung, wann er sich ausgezogen hatte, doch nichts hatte sich je verruchter oder köstlicher angefühlt als sein nackter Körper an ihrem. Sein Gewicht drückte sie nieder, während er sich grob in ihr wiegte und sie nahm, die Arme neben ihren Schultern aufgestützt. Seine langen Haare fielen auf sie hinab, umflossen sie wie die feinste Seide, während sein Stöhnen bis in ihr Innerstes drang und sie wieder mitriss. Und was sie nicht für möglich gehalten hatte, passierte noch einmal. Ihr Höhepunkt war so brutal, intensiv und rau, dass ihre Hände an seine Seite klatschten, ihre Finger an ihm rissen. Sie spürte Haut unter ihren Nägeln reißen, und sein Schmerzensschrei ging direkt in sein Keuchen und Stöhnen der Wonne über.

Er kam in ihr, sein Körper bäumte sich auf und zuckte rhythmisch gegen sie, ihre Scham schloss sich immer und immer wieder um ihn, bis sie ihm den letzten Tropfen ausgesaugt hatte.

Gwenvael brach auf ihr zusammen, und sein Verstand war nicht in der Lage, sich darum zu kümmern, ob sie Luft bekam oder nicht. Im Augenblick konnte er ganz einfach keinen klaren Gedanken fassen … oder überhaupt einen Gedanken. Er hatte keine Ahnung, wie lange er auf ihr lag, doch als er sich schließlich hochstemmte, war sie unter ihm eingeschlafen. Und schnarchte.

Grinsend rüttelte er sie an der Schulter. »He!«

Ihre Augen klappten mit einem Ruck auf. »*Das habe ich nicht gesagt!*«

Er lachte und sagte: »Bleib wach, du faules Stück.«

Sie blinzelte; ihre grauen Augen konnten ihn scharf sehen, denn er war nur ein paar Zentimeter von ihrem Gesicht entfernt. »Ich bin müde«, beklagte sie sich hochmütig.

»Ja«, sagte er leise, während er mit der Fingerspitze ihre Wange und den Kiefer entlangfuhr. »Das kann ich mir vorstellen.«

»Aber du nicht.«

»Nicht im Geringsten.« Er beugte sich herab und küsste sie, seine Zunge kostete langsam ihre.

Sie stöhnte, ihr Körper reagierte automatisch auf ihn und seine Berührung. Doch sie zog kopfschüttelnd ihren Mund von ihm weg.

»Nein. Ich kann das nicht noch mal. Es war zu viel.«

»Das gibt es nicht.« Er nahm ihre Hände, die sich gegen seine Brust stemmten und kraftlos versuchten, ihn wegzuschieben. »Und du wirst es noch einmal tun«, erklärte er ihr, während er ihre Hände auf dem Felsblock unter ihnen festhielt. »So oft, wie ich es will.«

Er war immer noch in ihr und spürte, wie sie pulsierend zum Leben erwachte, als er ihr die Hände festhielt. Bei seinen Worten wurde sie wieder warm.

Götter, sie war herrlich – die durchtriebene, schlaue Lady Dagmar.

»Und wenn ich Nein sage?«, fragte sie leise und spielte wunderschön die scheue Jungfrau. »Um meine Ehre zu schützen?«

Er beugte sich zu ihr vor, küsste ihren Hals und knabberte daran entlang, bis er sie keuchen hörte und sie ihn so fest umklammerte, dass er fürchtete, sie würde sein schon wieder hartes Glied zerbrechen.

»Wenn ich fertig bin, wirst du keine Ehre mehr besitzen. Ich werde mir nehmen, was ich will, Lady Dagmar«, flüsterte er dicht an ihrem Ohr, während sich sein Griff um ihre Handgelenke verstärkte. »Und egal, wie sehr du dich sträubst oder wehrst: Ich werde mir weiterhin nehmen, was ich will. Wieder. Und wieder. Und immer wieder.«

Es war minimal. Ein Mensch hätte es überhaupt nicht bemerkt. Ein Drache, der weniger mit ihrem Körper im Einklang gewesen wäre als er, hätte es ebenfalls verpasst.

Er aber nicht.

Bei seinen Worten kam Dagmar noch einmal – und er fast gleichzeitig.

22

Dagmar wusste, dass sie zurück in ihrem Bett war und nicht allein, als sie plötzlich dieses furchtbare Geräusch weckte.

Ihre Augen sprangen auf und sie zwinkerte, blinzelte, versuchte, herauszufinden, wo sie war und wie sie dorthin gekommen war. Dann kam das Geräusch näher, und Dagmar konnte nicht anders als angewidert die Nase zu rümpfen.

Er schnarchte. Der große Gwenvael der Schöne schnarchte. Gut, dass er ihr solch ein Vergnügen bereitet hatte, sonst hätte sie ihn aus ihrem Zimmer entfernt – vielleicht sogar aus dem ganzen Schloss!

Aber er hatte ihr Vergnügen bereitet, oh ja! Von dem Felsblock bis hierher ins Bett hatte er sie wieder und wieder genommen, bis sie um Schlaf gefleht hatte. Aber es war nicht nur das gewesen, nicht wahr? Es gab viele auf der Welt, die wussten, wie man Vergnügen bereitete. Nein, wenn es um Gwenvael ging, war es etwas anderes. Sie sagte sich, dass viele seiner Eroberungen wahrscheinlich dasselbe von ihm dachten, wenn alles vorüber war, aber sie war nicht so dumm wie die anderen. Sie hatte nie Illusionen gehegt, dass sie Gwenvaels große Liebe sein würde, vor der er auf die Knie sinken würde, um sie um ihre Hand anzuflehen. Von Anfang an war sie entschlossen gewesen, das alles klar und nüchtern zu betrachten.

Sie wusste, dass sie in die Festung ihres Vaters zurückkehren würde. Sie wusste, dass es ihr bestimmt war, ihre Zukunft hinter den massiven Toren der Festung zu verbringen. Sie wusste außerdem, dass sie in ungefähr zehn Jahren mit Glück und Geschick ihr kleines Haus irgendwo auf den Ländereien ihres Vaters bekommen würde, ähnlich wie das von Esyld. Das waren die Konstanten in ihrem Leben, und sie weigerte sich, ein paar Nächte im Bett mit Gwenvael irgendetwas daran ändern zu lassen, denn sie konnte es sich nicht leisten, auf mehr zu hoffen.

Doch selbst mit all diesen kühlen, kalkulierten Überlegungen konnte sie den kleinen Pfeil der Hoffnung nicht aufhalten, der ihr Herz getroffen hatte.

Dagmar beugte sich weiter hinüber und stellte ihren Blick auf das Gesicht neben ihr scharf. Im Schlaf sah er so unschuldig aus. Sehr irreführend. Außerdem staunte sie, wie viel Hitze er abstrahlte. Sie strampelte die Felldecken von sich und starrte an die Decke.

Es war spät, und sie sollte weiterschlafen, aber dieses Schnarchen machte es nahezu unmöglich.

Sie drehte sich auf die Seite, legte den Arm um seine Taille und schmiegte sich eng an ihn. Sie küsste eine Linie über seine Schultern zu seinem Hals und lächelte, als er im Schlaf stöhnte. Dagmar kitzelte ihn mit der Zungenspitze am Ohr und schlang ihre Beine um seine Schenkel. Er schlief immer noch weiter. Also glitt sie mit dem ganzen Körper auf ihn, die Knie auf beiden Seiten neben seinen Hüften. Hoch aufgerichtet saß sie da, den Hintern in seiner Leistengegend, und lächelte auf ihn hinab.

Gut aussehend ist er zweifellos, dachte sie, kurz bevor sie ihm das Kissen ins Gesicht knallte.

Sofort fuhren seine Arme wild fuchtelnd nach oben, und Dagmar beugte sich vor, um ihrem Angriff mehr Gewicht zu verleihen.

Sie kicherte irre, auch als er ihre Arme schnappte und sie auf den Rücken warf.

»Du Barbarin! Was sollte denn das?«, wollte er wissen.

»Ich habe dein Schnarchen nicht mehr ertragen!«

Gwenvael schnappte empört nach Luft. »Ich *schnarche* nicht!«

»Du klingst wie ein Huftier in der Brunftzeit.«

Dagmar war nicht gerade überrascht, als er gnadenlos begann, sie zu kitzeln, während sie versuchte, ihn abzuwehren. Sein Gewicht hielt sie auf der Matratze fest, was ihr bei ihm zuvor nicht möglich gewesen war, und ihre Klapse auf seine Arme und Brust brachten ihn nur zum Lachen.

Ihr Quieken brachte ihnen allerdings ein herzhaftes Klopfen an der Wand von einem ihrer Nachbarn ein.

Sie erstarrten, und Dagmar war sich sicher, dass sie beide schrecklich schuldbewusst aussahen.

»Das ist deine Schuld«, flüsterte er.

»*Meine Schuld?* Ich kann nicht fassen, dass sich vorher noch niemand über deinen furchtbaren Krach beschwert hat! Du könntest allein mit diesem Lärm ganze Armeen vernichten!«

Seine Hände fuhren wieder an ihre Seiten, und sie begann wieder zu treten und zu quieken, doch sein Mund verschloss ihren und sein Körper hielt sie fest, wo sie war. Ihre Fäuste, die gegen seine Brust und Schultern gehämmert hatten, während er sie kitzelte, öffneten sich und vergruben sich in seinen Haaren, ihre Arme zogen ihn näher.

Er glitt in sie, seine Länge und sein Umfang dehnten sie, verlangten mehr.

Dagmar bäumte sich auf, sie ließ seine Haare los, ihre Arme fielen nach hinten, suchten Halt. Ihre Finger berührten die Wand, und sie stemmte sich dagegen, als Gwenvael stark, hart und rhythmisch in sie stieß. Atemlos entzog sie sich seinem Kuss und wandte keuchend und stöhnend das Gesicht ab, während sie spürte, wie sich der Höhepunkt in ihr aufbaute.

Als er da war, spülte er mit solcher Macht über sie hinweg, dass sie keuchend und schwitzend liegen blieb, am ganzen Körper zitternd. Gwenvael zog sich aus ihr heraus, doch nur, um sie auf die andere Seite zu werfen. Er hob ihre Hüften an und drang von hinten in sie ein. Dagmar stöhnte bei seiner Grobheit, während ihr Körper auf einen weiteren Höhepunkt zuraste.

Seine Hand glitt zwischen ihre Schenkel und seine Finger spielten mit ihrer Klitoris, bis Dagmar ihr Gesicht in der Bettwäsche vergraben musste, damit sie schreien konnte, ohne sich Sorgen machen zu müssen, ihre Nachbarn zu Tode zu erschrecken.

Jetzt ergriffen Gwenvaels Hände wieder brutal ihre Hüften, hoben sie an und fixierten sie, während er in sie stieß. Als er kam, schrie er auf, unterbrach aber den Laut, indem er die Zähne zusammenbiss. Er ergoss sich wieder und wieder in sie, hielt ihr Hinterteil fest an seinen Unterleib gepresst.

Nach einem letzten Erschauern fiel Dagmar leblos aufs Bett. Gwenvael konnte sich gerade noch aus ihr herausziehen und seinen Griff lösen. Sie spürte, wie er sich von ihr wegbewegte, doch er kam nicht weit, bevor er nach vorn fiel, mit dem Kopf an ihren Hintern, und sein Schnarchen den Raum erfüllte.

Doch jetzt war Dagmar einfach zu müde, als dass es ihr noch etwas ausgemacht hätte.

Gwenvael fühlte die kalte Hand des Todes an seiner Schulter, setzte sich im Bett auf und schrie: »*Ich habe sie nur einmal angerührt!*«

Das Grinsen, das ihn begrüßte, war nicht unfreundlich, aber es schien auch nicht überzeugt von seiner Aussage zu sein.

Er blinzelte und versuchte, wach zu werden. »Fannie?«

Die Dienerin verneigte sich kurz. »Lord Gwenvael.«

Fannie war eine der Dienerinnen, auf die man sich in beinahe jeder Lage verlassen konnte. Ruhig, würdevoll und klug, schien sie immer genau zu wissen, wann sie zu erscheinen und wann sie zu gehen hatte. Das mochte er an ihr.

»Guten Morgen, Fannie.« Er runzelte die Stirn. »Aber warum bist du in meinem Zimmer?«

»Ihre Ladyschaft hat darum gebeten, dass du *ihr Zimmer* so schnell wie möglich verlässt, während der Rest des Königshauses im Erdgeschoss beim Frühstück weilt.«

Er rieb sich die Augen. »Sie wirft mich hinaus? Was habe ich Annwyl jetzt schon wieder angetan?«

»Nicht Lady Annwyl, die immer sehr zornig wird, wenn wir sie einmal ›Ladyschaft‹ nennen, sondern Lady Dagmar, um die ich mich momentan kümmere, bis sie in den Norden zurückkehrt. Sie scheint keine Bedenken zu haben, was die korrekte Verwendung von angemessenen Titeln betrifft.« Während ihre Hände sittsam ineinander verschränkt blieben, wanderte ihr Blick durch den Raum. »Und dies ist nicht dein Zimmer, sondern das von Lady Dagmar.«

Er tat es Fannie nach und sah sich um. »Das ist wohl richtig.«

Dann sah er wieder zu der Dienerin hin. »Und warum wirft sie mich hinaus?«

»Ihr wäre es lieber, wenn Stillschweigen über eure Beziehung herrschen würde, und da der Großteil deiner Familie unten beim Frühstück ist, hält sie es für das Beste, wenn du in dein Zimmer zurückkehrst.«

Das war etwas Neues. Die meisten Frauen flehten ihn an zu bleiben, doch Dagmar Reinholdt schmiss ihn raus. Noch schlimmer: Sie ließ es ihre Dienerin tun. Er hätte beleidigt sein sollen, aber ihm wurde bewusst, dass er eher enttäuscht war.

»Also hat sie mich benutzt und wirft mich jetzt weg?« Er zeigte Fannie seinen schönsten Schmollmund.

»Offenbar. Wobei ich sagen muss: Ich bewundere sie dafür.«

Er legte eine Hand aufs Herz. »Fannie ... meine Liebe. Du kränkst mich. Bin ich dir denn gar nichts wert? Nach allem, was wir gemeinsam durchgemacht haben?«

»Lord Gwenvael, ich sorge mich um dich, als wärst du einer meiner Söhne. Aber meine Söhne schicke ich auch mit achtzehn in die Welt hinaus und befehle ihnen, nicht zurückzukommen, bevor sie eine Frau, ein Kind und Geld in den Taschen haben.«

»Geld habe ich ...«

Ihr Grinsen wurde zu einem Lächeln. Fannie hatte immer etwas für ihn übriggehabt, auch wenn sie ihn offen hänselte. Natürlich hatte sie ihm auch gleich in seiner ersten Nacht auf Garbhán deutlich gemacht, dass er respektvollen Abstand zu ihr und allen Dienstmädchen unter ihrer Aufsicht zu halten hatte.

»Ich glaube, du brauchst zu lang, Mylord, um dein träges Hinterteil von Myladys Bett zu erheben.«

»Na schön. Ich gehe.« Er stand auf, eines der Felle um die Hüften gewickelt, um Fannie zuliebe den Anstand zu wahren. »Aber sag ihr, ich komme wieder, und dieses Mal hat sie meine Befehle zu befolgen.«

»Irgendwie bezweifle ich, dass Lady Dagmar irgendwelche Befehle außer ihren eigenen befolgt, Mylord.«

»Sehr gutes Argument. Aber«, fügte er hinzu, kniff Fannie in die Hüfte und freute sich, wie sie zusammenzuckte und nach seiner Hand schlug, »das ist ja gerade die Herausforderung.«

Es war an diesem Morgen schwer gewesen, dieses überaus warme Bett zu verlassen, aber Fannie hatte ihr das Aufwachen mit einer Tasse heißem Tee erleichtert, und sie wussten beide, dass sie nicht in der Stimmung für hinterhältige Blicke und brüderliche Rippenstöße war. Die Dienerin richtete ihr in einem anderen Raum ein Bad her und reichte ihr ein neues graues Kleid. Dieses war einfach und bequem, man konnte sich gut darin bewegen.

Wenn Dagmar geglaubt hätte, dass sie Fannie von Annwyl abwerben könnte – sie hätte es augenblicklich getan.

Mit ihrer Teetasse ging Dagmar langsam durch den Rittersaal und sah sich um. Die vielen Tische vom Vorabend waren durch eine lange Tafel ersetzt worden, die die Mitte des Raumes einnahm. Talaith saß an einer Seite, die Füße hochgelegt und ein Buch im Schoß, das ihre volle Aufmerksamkeit beanspruchte. Sie hatte den Haferbrei verschmäht, ohne ihn eines Blickes zu würdigen, und mümmelte nun geistesabwesend trockenen Toast; frisches Wasser war ihr Morgengetränk. Talaiths Tochter hatte ihr Essen schon auf dieselbe Art wie Dagmars Vater in sich hineingeschaufelt und war dann hinausgerannt, um ihre Vettern zu treffen. Ihre Mutter schrie ihr hinterher: »Und es wird nicht geflogen!«, doch Dagmar bezweifelte ernsthaft, dass das Mädchen dieser Anordnung folgen würde.

Annwyl war heruntergekommen, aber sie war direkt weiter zur Tür und hinausgegangen. Das Gehen fiel ihr nicht leicht, aber sie hatte es irgendwann nach draußen geschafft. Sie sagte zu niemand ein Wort und sah noch schlimmer aus als am Vorabend. Dennoch schien selbst in ihrem Zustand jeder einen Sicherheitsabstand zu ihr einzuhalten.

Der Großteil von Gwenvaels proletarischer Familie lagerte am See, wo Dagmar sie zum ersten Mal gesehen hatte, und genoss offenbar das Frühstück dort. Die Diener brachen immer früh mit frischem Brot und Haferbrei dorthin auf.

Gwenvaels Brüder und Morfyd hatten die Halle größtenteils für sich, und sie konzentrierten sich auf Verteidigungsmaßnahmen. Sie hatten offene Karten vor sich liegen und diskutierten die Arten, wie der Kult sich Zutritt nach Garbhán verschaffen konnte. Sie achteten nicht auf Dagmar, deshalb schlenderte sie näher und näher, bis sie hinter ihnen stand. Es überraschte sie nicht, dass sie sie ignorierten. Sie wurde immer ignoriert, bis sie sich offen in etwas einmischte, auf das sich alle konzentrierten. Dafür war sie noch nicht bereit. Noch ergründete sie die Spieler dieses Spiels und versuchte, die Dynamiken zu verstehen. Der Vorabend hatte ihr dabei geholfen, aber sie musste immer noch viel lernen.

Bis sie die Risiken und Nutzen dieser Welt kannte, würde sie ganz einfach Abstand und Rat mit sich selbst halten, bis sie entschied, dass es Zeit war zu ...

»Willst du da stehen bleiben und uns in den Nacken pusten, oder hast du vor, uns zu helfen?«

Dagmar brauchte gute zehn Sekunden, bis ihr bewusst wurde, dass Briec diese Frage an sie gerichtet hatte. Als sie den Blick hob, sah sie, dass Gwenvaels Geschwister sie alle über die Schulter anstarrten.

»Wie bitte?«

Briec, der sich in einem fortwährenden Zustand der Langeweile zu befinden schien, verdrehte die Augen. »Gwenvael sagte, du verstündest etwas hiervon. Ist das wahr oder hat er mir nur Flammen in den Arsch geblasen?«

Das Bild, das dieser Satz vor ihrem inneren Auge aufsteigen ließ, war *nicht* anziehend, doch sie ignorierte es und fragte: »Du meinst, ob ich etwas von den Minotauren verstehe?«

»Tja, das wäre hilfreich.« Und sein Tonfall war so voller Sarkasmus, dass man hätte meinen können, Dagmar ginge ihm schon seit Jahrzehnten pausenlos auf die Nerven. »Aber er sagte, dass du deinem Vater bei seinen Verteidigungsmaßnahmen geholfen hast. Stimmt das oder nicht?«, wollte er wissen.

»Briec ... dein Tonfall«, sagte Talaith von ihrem Platz am anderen Ende des Saales, den Blick unverwandt auf ihr Buch gerichtet.

»Ist es wahr, dass du deinem Vater bei der Verteidigung des Reinholdt-Landes geholfen hast?«

Sein Ton hatte sich nicht geändert, aber er schien zu glauben, den Satz umzuformulieren würde das überdecken.

»Ja, habe ich. Wir haben ziemlich eng zusammengearbeitet.« Natürlich hatte sie sich ihren Weg hinein erst erkämpfen müssen, und letztendlich arbeitete sie nachts mit ihrem Vater, gab ihm ihre Ideen und Vorschläge weiter und versuchte oft, ihn glauben zu lassen, dass er sich das alles selbst ausgedacht habe. Am Morgen gab er seinen Männern dann Instruktionen, die Verteidigungsanlagen so aufzubauen, wie sie sie geplant hatte, und sie bezweifelte, dass irgendeiner der Soldaten ihres Vaters auch nur eine Ahnung von ihrer Beteiligung hatte.

»Dann hilf uns oder geh. Ich kann es nicht leiden, wenn jemand hinter mir steht.«

»Ich höre immer noch diesen Tonfall«, sagte Talaith trocken, ohne von ihrem Buch aufzublicken.

Die veilchenblauen Augen des silbernen Drachen wurden schmal, als er seine Gefährtin ansah und sagte: »Du musst hungrig sein, mein Liebling. Wie wäre es mit einem großen, dampfenden Teller Haferbrei? Ganz dick, zähflüssig und pampig gelb, sodass er sich auf deine Zunge und Kehle legt, während er hinunterrutscht ...«

Talaith ließ ihr Buch fallen, schlug sich eine Hand auf den Mund und hielt die andere hoch, um Briec zum Schweigen zu bringen. Sie würgte, und Dagmar fiel wieder ein, wie Talaith am Abend zuvor dem Wein zugesprochen hatte.

»Du bist ein Mistkerl«, knurrte Talaith schließlich, bevor sie aufstand und aus dem Saal rannte, die Hand immer noch fest vor den Mund gepresst.

»Das war ungezogen, Briec«, tadelte Morfyd, obwohl Briecs Grinsen deutlich sagte, dass es ihn nicht im Geringsten interessierte, was seine Schwester dachte. Morfyd tippte auf den Tisch und sagte zu Dagmar: »Wir könnten im Moment jede Hilfe gebrauchen. Wir müssen zugeben, dass wir mit deinen und unseren Karten nicht recht weiterwissen.«

Dagmar war einfach nicht an so eine direkte Herangehensweise gewöhnt. Normalerweise musste sie sich zu den meisten wichtigen Sachverhalten, die eine Männerdomäne waren, ihren Weg erschleichen oder erzwingen. Hereinzukommen und die Sache zu übernehmen lag nicht in ihrer Natur, denn mit dieser Herangehensweise hatte sie bisher noch gar nichts erreichen können.

Doch die Drachen ließen ihr kaum eine Wahl.

Sie trat auf den Tisch zu, und Fearghus rückte ein wenig mit seinem Stuhl zur Seite, um ihr Platz zu machen. Sie beugte sich hinunter und konzentrierte sich auf die Karten.

Also, wenn sie Hilfe wollten ...

»Diese Karten sind nutzlos«, erklärte sie schlicht. »Minotauren reisen unterirdisch. Ich brauche eine Karte, die alle Tunnel zeigt, die ihr gebaut habt und alle unterirdischen Eingänge. Außerdem mögliche Zugänge von Höhlen aus und alle Stellen, von denen ihr glaubt, dass es für sie leicht sein könnte, sich durchzugraben.«

»Ich glaube, wir haben da etwas«, verkündete Éibhear, sprang auf und verließ rasch den Saal, wobei er sie damit überraschte, wie schnell er sich bei seiner überwältigenden Größe bewegte.

»Könnten sie schon hier sein?«, fragte Briec.

»Das bezweifle ich. Minotauren greifen an, sobald sie sich Zutritt verschaffen können. Sie geben keine Warnungen ab; man sieht sie nicht kommen. Sie verhandeln nicht. Nie. Wenn sie eine Aufgabe haben, vollenden sie sie auch.«

»Und wenn wir einen gefangen nehmen ...«

Sie schüttelte den Kopf bei Fearghus' Frage. »Aus einem Minotaurus wirst du nichts herausbekommen. Wie die meisten Rinder sind sie unglaublich stur und höchst gefährlich. Auch wenn in den Nordländern seit Jahrzehnten keine mehr von ihnen gesehen wurden, haben die meisten Nordland-Warlords Verteidigungsanlagen speziell zum Schutz vor Minotauren. Ich weiß von keinem Warlord, der einen Kerker hätte, genau aus diesem Grund. Es macht es ihnen zu einfach, hereinzukommen.«

Die Drachen tauschten Blicke untereinander, bevor Fearghus zugab: »Wir haben sechs.«

Dagmar neigte den Kopf zur Seite und musterte sie. »Ihr habt sechs Kerker hier? Warum?«

»Sie wurden alle von Annwyls Vater gebaut. Wir benutzen sie nicht mehr.«

»Nie?«

»Annwyl ist eine Anführerin vom Typ ›erst Kopf abhacken, dann Fragen stellen‹.«

»Verstehe. Und gilt diese Philosophie auch für jemanden, der nur, sagen wir mal, ein unbedeutender Dieb ist?«

Fearghus und Briec sahen sich an, vielleicht um die angemessene Antwort auf diese Frage zu finden.

Morfyd seufzte. »Ihr seid alle Idioten.« Sie sah Dagmar an. »Nein. Dafür gibt es das Stadtgefängnis. Annwyl hat einen Magistraten ausgewählt, der sich um die einfachen Verbrechen kümmert. Auch wenn natürlich jeder, der das Gefühl hat, ungerecht behandelt worden zu sein, eine Audienz bei ihr beantragen kann. Allerdings hat sie meiner Meinung nach mit dem momentanen Magistraten eine gute Wahl getroffen. Aber immer wenn es um Politisches oder um mehr als eine Leiche geht, schaltet sie sich ein, und diejenigen, die für schuldig befunden werden, verlassen Garbhán nicht wieder.«

Brutal, aber überraschend fair.

Éibhear kam mit mehreren zusammengerollten Karten unter dem Arm zurück. Er legte sie auf den Tisch und rollte sie auseinander. »Meintest du eher so etwas?«

Nachdem sie ihren inzwischen kalten Tee abgestellt hatte, stützte Dagmar die Hände auf dem abgewetzten Holz auf und starrte auf die Karten. »Ja. Das genügt vollauf. Ich glaube, ich kann sie mit den Tunnelkarten, die ich mitgebracht habe, abgleichen. Danke, Éibhear.«

Er grinste ziemlich selbstzufrieden. »Gern geschehen.«

»Schleimer«, brummelte Briec.

Sie studierte die Karten eingehend. Wie die Königin es so lange geschafft hatte, nicht angegriffen zu werden, war Dagmar ein Rätsel. Es gab so viele Schwachstellen, so viele leichte Zugänge, dass sie schockiert war, dass es bisher niemand versucht hatte.

»Wir haben hier viel Arbeit vor uns.«

Briec nickte ernst. »Und ich wette, du arbeitest viel besser allein, nicht wahr?«

Morfyd knallte die Hand auf den Tisch. »Götterverdammt, Briec!«

»Was? Ich versuche doch nur zu helfen!«

»Nein«, antwortete Dagmar. »Du versuchst, die schwere Arbeit auf mich abzuwälzen.«

Er zuckte die Achseln. »Vielleicht.«

»Und auch wenn ich eure fehlende Arbeitsmoral himmelschreiend finde« – Dagmar stieß einen Seufzer aus, während sie gleichzeitig Fearghus' Schnauben ignorierte – »hat er recht.« Sie warf Morfyd einen Blick zu, bevor sie sich wieder auf die Karten konzentrierte. »Ich arbeite wirklich viel besser allein. Wenn ihr mir also einfach ein paar Stunden Zeit geben könntet, um ...«

Das scharrende Geräusch von Stühlen, die hastig auf dem Steinboden zurückgeschoben wurden, schnitt ihr das Wort ab, und Dagmar wirbelte auf dem Absatz herum und ließ den Blick durch den Raum schweifen. Innerhalb von Sekunden waren sie alle davongelaufen. Sie hörte noch irgendwo in der Ferne eine Tür zuschlagen, als sie davonhasteten.

»Drachen«, zischte sie. »Kein Stück besser als Ratten auf einem sinkenden ...«

»Guten Morgen, Familie! Ich ...« Gwenvael blieb am Fuß der Treppe stehen, doch sein übertrieben fröhlicher Gruß erstarb ihm auf den Lippen, als er sah, dass nur Dagmar und die Diener übrig waren. »Wo sind denn alle?«

»Sie haben mich im Stich gelassen.« Dagmar nahm sich den

Stuhl, den Fearghus so hastig verlassen hatte und zog ihn zu sich heran. »Ich bin noch nicht einmal von hier. Ich könnte eine geniale Spionin sein, die Annwyls Königreich vernichten will – und doch bin *ich* nun diejenige, die an ihrer Verteidigung arbeitet!«

Gwenvael stand jetzt neben ihr und blickte auf die Karten hinab. »Sind das die aktuellsten Karten?«

Sie ließ sich auf den Stuhl fallen und rückte ihn näher an den Tisch. »Éibhear scheint das zu glauben.«

»Er muss es wissen. Er liebt Karten.«

Seine starken Finger strichen über ihren Nacken, und Dagmar zwang ihren Körper, sich nicht auf dem Stuhl zu winden.

»Du hast mich heute Morgen verlassen«, murmelte er.

»Ich glaube, dich ›verlassen‹ hätte bedeutet, mich auf den Weg in die Nordländer zu machen. Alles, was ich heute Morgen getan habe, war, die Treppe hinunterzureisen, um mein Frühstück zu genießen, solange es noch warm war.«

»Du hättest mich aufwecken sollen.«

»Und warum hätte ich das tun sollen?«

Als Antwort beugte er sich herab und küsste sie. Sein Mund war sanft, sein Kuss spielerisch, und seine Zunge, die ihre streichelte, fühlte sich absolut göttlich an. Ihr Körper entspannte sich, und die Hand in ihrem Nacken verhinderte, dass ihr Kopf gegen das harte Holz des Stuhlrückens schlug.

Als sie sich so fühlte wie eine der schlaffen Stoffpuppen ihrer Hunde, machte er sich ein wenig von ihr los. »Nächstes Mal fragst du mich, bevor du mein Bett verlässt. Ich habe oft Pläne für den frühen Morgen.«

»Es war mein Bett, Lord Gwenvael. Und wer sagt, dass es ein nächstes Mal geben wird?« Sie sah ihn unverwandt an. »Wer sagt, dass ich dich noch einmal in mein Bett lasse?«

»Es amüsiert mich, dass du glaubst, du hättest eine Wahl. Und jetzt komm wieder nach oben. Ich habe Bedürfnisse, die du erfüllen musst.«

Dagmar holte Luft, entsetzt darüber, wie zittrig ihr Atem klang. »Ich habe zu arbeiten, Schänder.«

»Gib mir oben eine Stunde Zeit, und der Tag gehört dir, Bestie.«

Das klang wie ein unglaublich fairer Kompromiss, vor allem, als seine Lippen über ihre strichen. »Also gut. Aber nur eine ...«

»Na«, sagte eine Stimme neben ihnen, »kennst du überhaupt ihren Namen? Oder ist das Teil des Spiels?«

Dagmar hatte nur eine Sekunde, um das Aufblitzen von Reißzähnen und echtem, glühendem Zorn in Gwenvaels goldenen Augen zu sehen, bevor er all das verbarg und sich zu dem Mann umdrehte, der eindeutig kein Mensch war. Wenn sie es nicht an seiner Größe hätte erkennen können, hätte es ihr die Tatsache, dass er eine ältere Version von Fearghus war, gezeigt.

»Vater«, sagte Gwenvael, dessen Lächeln äußerst unangenehm aussah. »Was siehst du heute Morgen wieder männlich aus. Ist Mutter wieder an die Wand gekettet?«

»Stell mich nicht auf die Probe, Junge.« Der Drache stemmte seine großen Hände in die schmalen Hüften und warf sein schwarzes Haar, das von silbernen und grauen Strähnen durchzogen war, aus dem Gesicht. Er sah auf Dagmar hinab. »Kann die hier wirklich lesen, oder tut sie nur so, als hätte sie ein Gehirn in diesem Köpfchen, wie so viele von den anderen?«

Gwenvaels Lächeln schwand nicht, doch Dagmar wusste, dass es ihm viel abverlangte. »Bist du aus einem bestimmten Grund hier? Oder war dir nur danach, um in Erinnerung an alte Zeiten deine Nachkommen zu quälen?«

»Ich bin hier, um Fearghus' Albtraum zu sehen. Wo ist sie?«

»Ich dachte, du hättest sie an die Wand gekettet zurückgelassen. Und sollten wir sie nicht einfach Mum nennen?«

Der kalte, schwarze Blick, der Gwenvael traf, ließ Dagmar rasch aufstehen und ihre Hand auf Gwenvaels Arm legen. »Wenn du von Königin Annwyl sprichst, bin ich sicher, dass ich dir helfen kann, sie zu finden.«

Jetzt ruhte dieser kalte, schwarze Blick auf ihr. »Wer zum Teufel bist du?«

»Ich bin Dagmar.« Sie machte es kurz; mehr wollte sie dem alten Drachen nicht erzählen.

»Verstehe.« Er seufzte gelangweilt. »Also, Dagmar, ich bin sicher, dass deine Dienste letzte Nacht sehr geschätzt wurden, aber du kannst in das Bordell zurückkehren, aus dem er dich abgeschleppt hat. Hier gibt es wichtige Arbeit zu tun, und ich kann es nicht gebrauchen, wenn eine der ortsansässigen Huren mich stört.«

Gwenvael lachte erschrocken auf, aber ihm war klar, dass es die Art von Lachen war, die jemand ausstößt, wenn er bemerkt, dass er sich versehentlich den Finger abgeschnitten oder das Haus in Brand gesteckt hat. Dieses erschrockene Lachen, bevor das wahre Grauen einsetzt.

Dagmar machte einen Schritt von Gwenvael weg, und er griff nach ihrem Arm, doch sie schüttelte ihn ab. Sie ging gesetzten Schrittes zu seinem Vater hinüber, die Hände sittsam vor sich verschränkt, das Kopftuch perfekt über dem einfachen Zopf sitzend. Sie sah aus wie damals, als er sie das erste Mal gesehen hatte, und trug auch wieder ihr graues Wollkleid, das am Vortag geschrubbt worden war. Die langweilige, stille, prüde Alte-Jungfer-Tochter eines Warlords.

Doch unter der Oberfläche brodelte dieser Vulkan, und darauf war Bercelak der Große nicht vorbereitet. Er war an Frauen wie Annwyl und Talaith gewöhnt. Kämpferinnen. Assassinen. Frauen, deren Geschäft das direkte Töten war.

Sein Vater ahnte nicht, dass Dagmar tödlicher war.

»Vielleicht sollte ich mich klar ausdrücken, Lord ...?« Sie neigte leicht den Kopf.

»Bercelak. Bercelak der Große.«

»Oh.« Sie blieb stehen und maß ihn sorgfältig mit Blicken ab. »*Du* bist Bercelak der Große? Meine Lehrer haben dich ganz falsch beschrieben.«

»Lehrer?« Er warf einen Blick zu Gwenvael hinüber, aber wenn er glaubte, von ihm irgendwelche Hilfe zu bekommen ...

»Ja. Mir wird jetzt klar, dass ich mich nicht deutlich ausgedrückt habe. Ich bin Dagmar Reinholdt. Dreizehnter Nachkomme von Dem Reinholdt und seine einzige Tochter.«

Sein Blick wurde noch finsterer. »Du bist die Tochter von Dem Reinholdt?«

»Ja. Die bin ich.«

»Was tust du hier?«

»Ich bin gekommen, um Königin Annwyl zu treffen.«

»Ach ja. Nur, dass du stattdessen mit meinem Jungen spielst, wie ich feststellen durfte.«

»Ich glaube nicht, dass Fearghus es schätzen würde, wenn ich mit Annwyl *spielte*.«

Gwenvael prustete noch einmal, was ihm einen weiteren bösen Blick seines Vaters einbrachte.

»Ich muss zugeben«, fuhr Dagmar fort, während sie ohne Eile um Bercelak herumging, »du bist nicht, was ich erwartet hatte.«

»Ach ja?«

»Du scheinst viel mutiger zu sein, als ich gehört habe.«

Verwirrt sah Bercelak auf Dagmar hinab; sein Blick folgte ihr, während sie ihn umkreiste. »Was?«

»Du weißt schon. Wie du aus der Schlacht von Ødven davongelaufen bist.«

Diese kleine Barbarin war wirklich böse. Es war Gwenvael gewesen, der Dagmar auf ihrem langen Flug zu den Dunklen Ebenen diese Geschichten über Bercelak erzählt hatte. Und er hatte sie ihr erzählt, wie man sie ihm erzählt hatte und Bercelak als den Killer dargestellt, der er war – als Warnung für sie, sich von Bercelak dem Großen fernzuhalten, sollte sie ihm einmal begegnen.

Doch sie hatte alles umgedreht und nutzte es als ihre persönliche Rache – und Gwenvael liebte sie dafür.

»Ich habe nichts dergleichen getan«, schnaubte Bercelak beleidigt und schockiert.

»Oder als du weinend und schluchzend in der Nähe der Berge von Urpa gefunden wurdest.«

»*Das ist eine verdammte Lüge!*«

»Unwahrscheinlich. Das sind weitverbreitete Geschichten bei meinem Volk. Und sag mir«, fuhr sie fort, »ist es wahr, dass du deinen Kampf gegen Finnbjörn den Hartherzigen nur überlebt hast, weil du ihn um Gnade angefleht hast?«

Schwarzer Rauch quoll aus Bercelaks menschlichen Nasenlöchern. »Das Einzige, das Finnbjörn vor *mir* gerettet hat, war, dass er meine Schwester herausgegeben hat!«

Sie blinzelte mit wunderbar ausdruckslosem Gesicht zu ihm hinauf. »Kein Grund, laut zu werden.«

»Du bösartige kleine …«

»Vater«, warnte Gwenvael.

»Und du hast sie hierhergebracht!«

Gwenvael zuckte die Achseln. »Ich habe sie in den Nordländern angefleht, mich zu heiraten, aber sie wollte mich erst kennenlernen. Du weißt ja, wie Mädchen sind«, schloss er konspirativ flüsternd.

»Was zur Hölle redest du da?«

Dagmar trat einfach – und ziemlich mutig, wie Gwenvael fand – zwischen die beiden.

»Gwenvael, wie wäre es, wenn du Fearghus holen gingest?«

»Ich lasse dich nicht mit ihm allein, wenn er Rauch schnaubt, Frau.«

»Ich komme schon zurecht. Geh Fearghus holen.«

»Ich kann ihn herrufen. Ich muss dafür nicht weggehen.«

»Nein. Geh ihn holen.« Sie sah Gwenvael über die Schulter prüfend an. »Oder wäre es dir lieber, wenn dein Vater Annwyl selbst suchen würde?«

Nein. Das wäre auch nicht gut. Aber er verstand nicht, warum sie mit Bercelak allein sein wollte. Der alte Mistkerl hatte kein Problem damit, Menschen zu fressen, wenn ihm danach war; oft brachte er sie als kleine Leckereien für Gwenvaels Mutter mit nach Hause.

»Dagmar …«

»Ich komme zurecht. Geh.«

Er zögerte, das war offensichtlich; aber am Ende tat er, worum sie ihn bat.

»Ich bin in zwei Minuten wieder da.« Er blickte seinen Vater finster an. »Keine Flammen.«

Dagmar sah Gwenvael nach, bis er um eine Ecke verschwunden war, bevor sie sich seinem Vater zuwandte.

In ihrem ganzen Leben hatte sie noch nie so einen finsteren Blick gesehen. Als wäre der Drache mit nichts anderem erfüllt als mit Hass und Wut. Sie hatte gedacht, Fearghus' Blick sei böse, aber er war nichts, absolut gar nichts gegen diesen hier.

Ihn zu verhöhnen war vergnüglich gewesen, denn ihr hatte nicht gefallen, wie er mit seinem Sohn gesprochen hatte. Und obwohl Gwenvael ihr den älteren Drachen als eine Art mörderische Echse beschrieben hatte, sagte ihr Instinkt ihr etwas anderes – sie war sich nur noch nicht ganz sicher, was das war. Wer war Bercelak der Große, und warum hatte sie nur das Bedürfnis, ihn zu verspotten wie ihren eigenen Vater?

»Warum bist du wirklich hier, Nordländerin?«, wollte er wissen.

Sie lächelte, denn sie wusste, dass es ihn ärgerte. Er wollte, dass sie Angst hatte und davonlief. Unwahrscheinlich.

»Warum ich hier bin, ist meine Sache und die von Königin Annwyl. Vielleicht solltest du dich um deine eigenen Angelegenheiten kümmern, Gemahl der Königin.«

Er trat näher an sie heran. »Willst du mich wirklich herausfordern, *Menschliche*?«

»Ich weiß nicht. Tue ich das?«

»Glaubst du, dass ich wie mein Sohn bin? Dass die Tatsache, dass du weiblich bist, mich in irgendeiner Form so beeinflusst wie ihn?« Er neigte sich etwas tiefer, sein Gesicht kam ein kleines bisschen näher als es ihr angenehm gewesen wäre. »In mir steckt keinerlei Freundlichkeit. Keine Sanftmut. Kein Mitgefühl. Und ich mache vor nichts halt, um meine Sippe zu schützen.«

»Dann haben du, Lord Bercelak, und ich viel gemeinsam.«

»Sag mir, warum du hier bist, kleines Mädchen. Sag es mir, oder ich reiße dich in Stücke.«

Sie überlegte, ob sie ihm glauben sollte. War er schlicht und einfach böse? War keine vernünftige Diskussion mit jemandem möglich, der so voller Hass und Wut war, der keinerlei Sanftheit an sich hatte?

Ihrem Instinkt folgend, wie sie es immer getan hatte, provozierte sie ihn: »Tu dein Schlimmstes. Ich fordere dich heraus.«

Seine Nasenflügel blähten sich, noch mehr schwarzer Rauch kräuselte sich heraus, und sie sah Reißzähne. *Das ist etwas Neues.*

»Großvater!«

Sowohl Dagmar als auch Bercelak zuckten zusammen, als Izzy vom Hof her in den Rittersaal stürmte, quer über den Tisch rannte und sich auf den Drachen warf.

»Sie haben mir gesagt, ich hätte dich am See verpasst«, quietschte sie begeistert.

Sie schlang ihm die Arme um den Hals, die Beine um die Hüfte und küsste ihn auf die Wange. »Ich habe dich ja ewig nicht mehr gesehen! Wo warst du die ganze Zeit?«

»Äh ... Izzy ...« Er verschränkte seine Arme vor der Brust und versuchte mit aller Macht, seinen finsteren Blick beizubehalten. »Geh runter von mir!«, blaffte er.

Scheinbar ohne seinen Tonfall zu bemerken, tat Izzy wie geheißen.

»Morgen, Lady Dagmar!«, rief sie fröhlich.

»Einen guten Morgen wünsche ich dir, Izzy.«

Die junge Kriegerin stand vor Bercelak, ihre hellbraunen Augen blitzten. »Also, was hast du mir mitgebracht?«, fragte sie, auch wenn es mehr nach einer Forderung klang.

»Was?« Er schüttelte den Kopf. »Nichts.«

Ihr ganzer Körper bebte wie bei Dagmars Hunden, wenn sie eines ihrer Lieblingsspielzeuge hochhielt. »Du bringst mir immer etwas mit! Was hast du mir mitgebracht?«

»Können wir später darüber reden?«, knurrte er so grimmig, dass sogar Dagmar ans Weglaufen dachte.

Doch Izzy stampfte nur mit dem Fuß auf und knurrte zurück: »Gib es mir!«

»Hinten!«, zischte er mit zusammengebissenen Zähnen.

Jetzt blickte sie finster drein. »Was?«

»Hinten«, sagte er noch einmal, diesmal mit einer zusätzlichen Kopfbewegung.

Izzy ging hinter den Drachen und quiekte wieder los, was Dagmar zusammenzucken ließ. Das Mädchen kam wieder hervorgerannt, einen goldenen, mit Juwelen besetzten Dolch in der Hand.

»Der ist wunderschön!« Sie tanzte vor dem Drachen von einem Fuß auf den anderen und sagte in einem langen Wortschwall: »Ich hatte noch nie in meinem ganzen Leben so etwas Schönes und ich liebe dich und ich muss ihn unbedingt sofort Branwen zeigen – sie wird ja so neidisch sein! – und du bist toll!« Dann fügte sie hinzu: »Ich liebe dich, liebe dich, liebe dich!« Sie warf sich in seine Arme und küsste sein Gesicht ab, bis der Drache sein Lächeln nicht mehr zurückhalten konnte.

»Würdest du bitte damit aufhören!« Aber es schien ihm eigentlich nichts auszumachen.

»Du bist der beste Großvater, den man haben kann!« Sie küsste ihn auf die Stirn und sprang wieder zu Boden. »Ich muss ihn unbedingt Branwen zeigen!«, jubelte sie noch einmal und rannte auf den Ausgang des Rittersaals zu. »Und Celyn!«

Er hatte gerade wieder seinen wütenden Blick aufgesetzt und starrte Dagmar an, als Izzys letzte Worte seinen finsteren Blick in Panik umschlagen ließen. »Du hältst dich von Celyn fern!«

Sie lachte nur. »Du klingst wie Dad!« Dann war sie fort.

Als er sich wieder zu Dagmar umdrehte, schien ihm das Grinsen, das sie nicht zurückhalten konnte, nicht besonders zu gefallen.

»Du kannst dir diesen Blick aus dem Gesicht wischen, junge Dame. Izzy ist anders. Und sie ist die Einzige. Abgesehen von ihr ist meine Seele leer. Kein Platz für irgendeinen Menschen.«

»Das war's!«, sagte Talaith, die die Treppe heruntermarschiert kam. »Nie wieder Wein!« Als sie auf der untersten Stufe ankam, hielt sie an und lächelte. »Bercelak! Ich wusste gar nicht, dass du hier bist.«

Sehr viel standfester als zuvor und frisch gebadet, kam sie zu ihnen herüber und streckte sich, um den Drachen zu umarmen. »Ich freue mich so, dich zu sehen. Wie geht es dir?«

»Gut, gut«, brummelte er verdrießlich.

Sie trat von ihm weg, hielt seine Hand aber noch immer in ihrer. »Und was führt dich hierher?«

»Er ist hier, um Annwyl zu sprechen«, schaltete sich Dagmar ein. »Ich wollte gerade mit ihm los, um sie zu suchen.« Sie grinste und achtete darauf, ein bisschen mit den Wimpern zu klimpern, wie Gwenvael es tat. Wenn es sie nervte, warum sollte es dann nicht auch bei seinem Vater funktionieren? »Ich kann es einfach kaum erwarten, ihn näher kennenzulernen.« Sie legte eine Hand aufs Herz. »Er erinnert mich an meinen eigenen lieben Vater.«

»Versuch es in den Ställen«, schlug Talaith vor, die völlig den finsteren Blick übersah, mit dem Bercelak Dagmar durchbohrte. »In letzter Zeit versteckt sie sich gern dort. Ich glaube, sie vermisst ihren Schlachtochsen, den sie doch tatsächlich ein Pferd nennt.« Sie strahlte zu Bercelak hinauf. »Ich hoffe, du bleibst eine Weile. Wir haben uns ja schon ewig nicht mehr gesprochen.«

»Ähm … ja, na ja …«

Sie ließ seine Hand los und trat ein paar Schritte zurück.

»Oh … äh …« Bercelak warf einen Blick auf Dagmar, dann murmelte er: »Die Königin möchte, dass ich dir das hier gebe.« Er riss einen Beutel von seinem Gürtel und reichte ihn ihr.

Talaith zog den Beutel auf. »Die Fianait-Wurzel!« Und sofort zog sie ein langes Gesicht.

»Ist es nicht die richtige?«, fragte er, offensichtlich besorgt.

»Das ist es nicht.« Sie atmete hörbar aus. »Ich bin nur so frustriert. Ich arbeite an diesen Zaubern, und ich weiß, was ich will. Aber verdammt, Bercelak, ich bringe es einfach nicht zusammen. Die Macht ist da. Die Energie. Aber ich kann sie einfach nicht kontrollieren. Es ist wirklich entmutigend.«

»Es braucht Zeit, um die Macht in dir zu vervollkommnen,

Talaith«, erklärte er geduldig. »Du bist zu hart zu dir selbst. Zu ungeduldig.«

Sie verdrehte die Augen und schmunzelte. »Ich weiß. Das musst du mir nicht sagen; ich höre es oft genug von deinem Sohn.«

»Aber anscheinend hörst du nicht zu. Die Königin hat schon angeboten, dir zu helfen; du solltest das Angebot annehmen.«

»Sie ist doch sicher sehr beschäftigt.«

»Sie wird sich Zeit für dich nehmen. Abgesehen davon braucht sie die Pause. Die Ältesten treiben sie in den Wahnsinn, und ihre Sorge um Annwyl ...« Sein Blick schweifte zu Dagmar, und er beendete seinen Satz murmelnd: »Lass dich einfach von Briec zu uns bringen. Oder ich nehme dich mit.«

»Das ist so lieb von dir!« Dann wurde Bercelak schon wieder umarmt. Er warf Dagmar über Talaiths Rücken hinweg einen finsteren Blick zu, und Dagmar grinste und achtete dabei darauf, ihm *alle* ihre Zähne zu zeigen.

»Ich verstehe es einfach nicht«, sagte Talaith und löste sich von Bercelak. »Wie kannst *du* der Vater von Briec dem Arroganten sein? Du bist so nett und er nicht. Es ist wirklich erstaunlich.«

Talaith zwinkerte ihm zu. »Versuch, heute zum Abendessen zu bleiben«, sagte sie, bevor sie ging.

Dagmar kostete die Stille förmlich aus, die Talaiths Abgang folgte. Sie wusste, dass der brummige, knurrige Drache sich unglaublich unwohl fühlte.

»Das ändert gar nichts«, bellte er schließlich.

»Oh, ich weiß. Du großer, furchterregender Drache!« Sie gab ihm einen spielerischen Klaps und ließ ein kleines Knurrgeräusch folgen.

»Jetzt verärgerst du mich nur.«

»Ich weiß.« Sie nahm seinen Arm. »Also, wie wäre es, wenn wir Annwyl suchen gingen? Ich bin sicher, dass sie dich hasst, und ich bin sicher, dass nichts daran etwas ändern wird.«

»Das ist doch immerhin etwas«, brummelte er.

23

Morfyd hielt die Arme in die Luft und versperrte mit ihrem Körper den Durchgang durch die Tür. »Hier geht niemand zurück in den Saal, bis ihr euch alle beruhigt habt. Es wird keine Familien-Massenschlägerei geben.«

»Ich sage: Massenschlägerei für alle!«, jubelte Gwenvael.

»Würdest du bitte die Klappe halten?«

Ehrlich, sie verstand ihre Sippe nicht. Sie wussten alle, dass ihr Vater ein ziemlicher Arsch sein konnte; warum ihre Brüder trotzdem unbedingt mit ihm streiten mussten, würde sie nie verstehen. Es hatte keinen Sinn. Auch wenn Gwenvael aufgekratzt war. Was nicht überraschte, denn er hatte offenbar sein Bündnis mit der scharfsinnigen Dagmar geschlossen.

Es hatte an diesem Morgen nur Sekunden gedauert, bis die Gerüchte, dass er in ihrem Zimmer war, die Runde im Schloss gemacht hatten.

»Ich glaube, wir sollten alle gehen und ruhig mit Vater reden, um zu sehen, was er will.«

»Schön. Dann machen wir das. Und jetzt geh weg da!« Briec nahm ihren Arm und riss sie von der Tür weg, während Fearghus diese aufstieß und hindurchstürmte, direkt gefolgt von den anderen beiden.

»Verdammt!« Sie lief ihnen nach, doch sie standen mit ratlosen Gesichtern im Rittersaal herum.

»Wo ist er hin?«, fragte Fearghus. Morfyd wusste, wie sehr ihr Bruder es hasste, wenn er kampfbereit war und niemand da war, mit dem er kämpfen konnte.

Gwenvael dagegen schien hauptsächlich in Panik zu sein. »Wo ist Dagmar?«

Briec starrte seinen Bruder an. »Sie findet heraus, wie sich Drachenmagensäure anfühlt?«

Wie Talaith gemutmaßt hatte, befand sich die Blutkönigin in den Ställen. Nicht in den Hauptställen von Garbhán, wo die Heeresführer ihre Schlachtrösser hatten. Nein, sie war in einem separaten Stall, speziell für das Schlachtross der Königin, Violence. *Hübscher Name. Und was das Pferd für ein Glück hat.* Damit er nicht ganz allein war, hatte der Hengst seinen eigenen Stallhund – einen entzückenden 50 Pfund schweren Mischling, der sofort zu Dagmar gerannt kam und ihr die Stiefel leckte – und eine Schar würdiger Stuten. Die in der Box direkt neben ihm knabberte ihm die Seite, während Annwyl seine Schnauze streichelte.

Die ganze Szene sah sehr ruhig und ein wenig traurig aus, aber irgendetwas stimmte nicht. Dagmar fühlte es. Sie hob die Hand und befahl Bercelak dem Großen damit schweigend, seine Position an der Tür zu halten. Und einer der größten Krieger der Südlanddrachen tat, wie sie es ihn geheißen hatte.

Sie näherte sich vorsichtig, denn sie wollte die Königin nicht erschrecken, doch als sie weiterging, verstärkte sich das Gefühl, dass etwas nicht stimmte, bis es ihr fast die Luft abschnürte.

»Meine Königin?«

»Was?«

Das erste Zeichen, dass Dagmar recht hatte: Sie war noch keine zwei Tage hier, aber sie hatte es noch nicht erlebt, dass die Frau jemanden nicht zurechtwies, der so dumm war, sie mit etwas anderem als »Annwyl« anzusprechen. Oder zumindest einem einfachen »Mylady«.

Dagmar ging näher heran und beobachtete dabei alles genau. »Ich störe dich nur ungern, Mylady, aber du hast einen Besucher.«

Die Königin sah sie nicht an; ihr Blick war auf das Pferd gerichtet, das sie mit einer Hand streichelte. Die andere Hand ruhte nicht auf ihrem Bauch, wie es gewesen war, seit Dagmar sie kannte, sondern umklammerte das Boxengatter ihres Pferdes. Dagmar rückte ihre Augengläser zurecht und beobachtete, wie die langen, starken Finger der Königin sich in das Holz gruben, bis es zu splittern begann.

Jetzt verstand Dagmar.

»Wie lange hast du schon Wehen, Annwyl?«

Sie hatte gedacht, Annwyl atme nur schneller wegen der Last, die sie im Moment mit sich herumtrug; jetzt wurde Dagmar klar, dass sie gekeucht hatte. Nicht dramatisch, aber um ihre Schmerzen einzudämmen. Das lernte ein Krieger früh in seiner Ausbildung, genau wie Dagmars Brüder es gelernt hatten.

Annwyl schluckte, sah sie aber immer noch nicht an. »Seit Tagen.«

Seit Tagen? Sie hatte schon seit Tagen Wehen und sagte nichts?

Dagmar atmete hörbar aus. Die Idiotin anzuschreien hätte nicht geholfen; die Königin musste im Moment ruhig und gefügig sein.

»Aber ist es in den letzten Stunden schlimmer geworden?«, fragte sie mit ruhiger und gelassener Stimme.

Annwyl nickte. »Aber es ist zu früh, Dagmar. Sie dürfen noch nicht herauskommen.«

»Ich glaube, das liegt nicht mehr bei dir, Mylady.«

»Ja, aber ich ...« Der Schmerz kam so brutal und unvermittelt, dass er der Königin das Wort abschnitt und sie sich mit beiden Händen an das Gatter klammern musste, um nicht zusammenzubrechen.

»Annwyl ...«

»Es ist zu früh«, wiederholte sie, als sie wieder sprechen konnte.

»Vielleicht nicht«, sagte Bercelak sanft, der jetzt hinter Dagmar stand.

»Du?«, knurrte die Königin beinahe. »Was tust du denn hier?«

Er ignorierte ihre Frage und sagte stattdessen: »Fast alle meine Kinder waren nach sechs Monaten ausgebrütet. Warum sollten meine Enkel da anders sein?«

Sichtlich verblüfft von dieser Aussage starrte Annwyl Bercelak lange an. Dann fragte sie: »Fast alle?«

»Gwenvael hat acht Monate gebraucht. Aber ich glaube, das lag daran, dass er schon immer ein faules Stück war. Er hat sich monatelang in diesem Ei gefläzt, bis er, da bin ich mir sicher, eingeschlafen ist und versehentlich die Schale zerbrochen hat, als er sich umdrehte. Wie ich schon sagte: ein faules Stück.«

Die Königin lächelte, und ihr Lachen klang ein bisschen atemlos. »Dann glaubst du nicht, dass das hier ... äh ...«

»Die falsche Zeit ist?« Bercelak schüttelte den Kopf. »Nein. Überhaupt nicht. Aber wir müssen dich wieder reinbringen, Annwyl. In ein Bett, damit die Enkel von jemandem, der so groß ist wie ich, in Luxus und Behaglichkeit geboren werden können.«

Ihr Lächeln verwandelte sich schnell in einen Ausdruck tiefsten Misstrauens. »Warum bist du so nett zu mir?«

»Weil mir danach ist. *Stell mich nicht infrage!*«, brüllte er.

»*Schrei mich nicht an!*«, brüllte sie zurück.

Dagmar hob die Hände. »Vielleicht könnten wir dieses wundervolle Geschrei ein andermal fortsetzen.« Sie beugte sich vor und flüsterte Annwyl zu: »Und was meinst du, wie oft würdest du ihn sonst dazu bringen, dass er dich trägt?«

»Da könntest du recht haben«, sagte sie, kurz bevor eine erneute Wehe sie schüttelte. Ihre Finger rissen an den Brettern des Gatters, ein Stück brach in ihren Händen entzwei. Das war kein gewöhnlicher Schmerz, so viel wusste Dagmar nun. Sie wusste auch, dass ihnen schnell die Zeit davonlief.

Sie warf Bercelak einen strengen Blick zu, und er nickte.

Als die Kontraktion vorüber war, trat er vor. »Wir müssen dich hineinbringen. Es sei denn, dir wäre es lieber, deine Kinder hier draußen zwischen Pferden und Heu zu bekommen wie eine obdachlose Bäuerin?«

»Gab es wirklich keine nettere Art, mir diese Frage zu stellen?«, fragte sie, als er sie auf seine Arme gehoben hatte und die beiden Todfeinde sich in die Augen sahen.

»Ich bin mir sicher, dass es eine gegeben hätte, aber ich habe beschlossen, sie nicht zu benutzen.«

»Natürlich.«

Er machte sich auf den Weg, und Dagmar ging neben ihnen her, doch auf halbem Weg zum Rittersaal hielt Annwyl Bercelak an.

»Bevor wir hineingehen«, sagte sie schwer atmend und inzwischen am ganzen Körper schweißgebadet, »müsst ihr beide mir etwas versprechen ...«

Gwenvael stand mitten im Rittersaal und versuchte, nicht in Panik zu geraten.
»Ich glaube nicht, dass er sie wirklich umbringen würde«, sagte er.
Morfyd schlug ihn gegen die Schulter.
»Au!«
»Du bist ein Idiot. Natürlich wird er sie nicht umbringen.«
»Ich weiß nur, dass ich sie zusammen hiergelassen habe, und jetzt sind sie weg. Wisst ihr noch, was passiert ist, als wir ihn das erste Mal mit Annwyl allein gelassen haben?«
»Das war das *einzige* Mal, dass wir ihn mit Annwyl allein gelassen haben.« Fearghus saß auf dem Tisch, der am nächsten bei seinen Brüdern und seiner Schwester stand. »Und«, fragte er beiläufig, »wie war die letzte Nacht?«
Gwenvael war im Moment nicht in der Stimmung, seinen Geschwistern irgendetwas zu erzählen und zuckte die Achseln. »Die letzte Nacht war gut; warum?«
Fearghus kniff die Augen zusammen, dann knurrte er angewidert: »Götterverdammt!«
Er riss einen kleinen Lederbeutel von seinem Gürtel und schleuderte ihn zu Briec hinüber.
Grinsend sagte ihr silberhaariger Bruder: »Hab ich doch gesagt, dass er sie vögeln wird.«
»Ich wusste, dass er es versuchen würde, aber ich hätte sie für schlauer gehalten.«
Gwenvael verschränkte die Arme vor der Brust. »Was zur Hölle soll das heißen?«
Seine Brüder sahen ihn an und wandten sich dann wieder einander zu.
»Frauen haben Bedürfnisse«, erklärte Briec Fearghus. »Selbst Nordlandfrauen.«

»Ich hätte trotzdem gedacht, sie wäre sich mehr wert.«

Jetzt wurde er langsam wirklich fuchsig. »*Und was zur Hölle soll das nun wieder heißen?*«

Bevor irgendwer antworten konnte, stürmte Izzy in den Saal und die Treppe hinauf.

»Hör mal, Bruder, das musst du dir schon eingestehen«, sagte Briec. »Du bist nicht ganz ihre Liga.«

Gwenvaels Mund blieb vor Verblüffung offen stehen, und er starrte Éibhear an, der kurz nach ihnen in den Raum gekommen war.

»Ich habe doch gar nichts gesagt!«, schrie der Kleine verzweifelt auf.

»*Ich* bin nicht ihre Liga?«, knurrte Gwenvael. »Ich bin ein Drachenprinz von königlichem Blut, und *ich* bin nicht ihre Liga?«

»Sie ist klug«, sagte Fearghus schlicht.

»Und ich nicht?«

Morfyd tätschelte seine Schulter. »Du hast deine eigenen, ganz besonderen Begabungen.«

»Ja«, sagte Briec. »Vögeln.«

»Briec«, schalt ihn Morfyd. Aber es lag keine echte Strenge in ihrem Tonfall.

»Ihr seid alle blöde Scheißkerle, wisst ihr das?«

Izzy rannte die Treppe wieder herunter und blieb kurz vor ihnen stehen, auf den Zehenspitzen hin und her tänzelnd. Dann seufzte sie empört und rannte in den nächstgelegenen Flur. »Mum! Komm schnell!«

Gwenvael begann, auf und ab zu gehen. »Ich tue so viel für diese Familie, und ihr habt die Stirn …«

Seine Tirade wurde unterbrochen, als alle anfingen, ihn auszulachen.

Briec und Fearghus legten sich rücklings auf den Tisch vor Lachen. Morfyd krümmte sich vornüber. Nur Éibhear lachte nicht, sondern sah schuldbewusst aus.

Gwenvael fand, das war zumindest etwas.

Unverhältnismäßig beleidigt sah er zu, wie Izzy jetzt mit Talaith durch den Saal und durch das große Portal nach draußen rannten.

»Wisst ihr was?«, fragte er, an seine Geschwister gewandt. »Von mir aus könnt ihr alle in der tiefsten, feurigsten Höllengrube schmoren. Denn keiner von euch blöden Idioten …« Sein Blick wanderte zum Kopfende des Saales, und die Worte blieben ihm im Hals stecken. »Fearghus.«

Sein Bruder setzte sich auf und wischte sich die Lachtränen aus den Augen, bis er sah, was Gwenvael sah.

Talaith tippte ihrer Tochter auf die Schulter. »Geh rauf in das Zimmer, das wir vorbereitet haben und schlag die Felle auf.« Izzy rannte davon. »Und dann geh Brastias suchen!«

Es gab Dinge auf der Welt, von denen Gwenvael sich nie hätte träumen lassen, dass er sie einmal sehen würde. Einen Drachen mit zwei Köpfen – auch wenn die Menschen gern darüber schrieben, als würden sie wirklich existieren –; dass seine große Schwester einmal ein Menschenopfer bringen würde, denn dafür liebte sie die Menschen viel zu sehr; und seinen Vater, Bercelak den Großen, der Annwyl die Blutrünstige trug, als wäre sie aus dem feinsten Glas.

Talaith hatte ihre Hand auf Annwyls Schulter gelegt und sah Morfyd an. »Es ist so weit, Schwester.«

Morfyd nickte, schnippte mit den Fingern nach Éibhear und riss ihn damit aus der Panikattacke, die er seinem Gesichtsausdruck nach gerade zu entwickeln schien. »Éibhear, geh zu den Dienern und sag ihnen, dass es so weit ist. Sie wissen schon, was zu tun ist. Dann geh hinunter zum See und sag es der Familie. Jeder, und ich meine *jeder*, muss kampfbereit sein, nur zur Sicherheit.«

Éibhear nickte und rannte davon.

Bercelak ging zu Fearghus hinüber. »Am besten nimmst du sie. Ich glaube, ihr Wunsch, mir die Kehle aufzuschlitzen, wächst.«

»Ich hätte es schon versucht«, flüsterte Annwyl, »aber ich hatte Angst, dass du mich fallen lässt.«

Grinsend legte Bercelak Annwyl in Fearghus' Arme.

»Bring sie nach oben, Fearghus«, befahl Morfyd, während Talaith bereits die Treppe hinaufrannte und Izzy wieder heruntergeschossen kam und hinausstürmte, um Brastias zu holen.

Fearghus drückte seine Gefährtin fest an seine Brust und nickte seinem Vater zu. »Danke.«

Bercelak grunzte und sah seinem Sohn nach, bis dieser die Treppe hinauf und den Flur entlang verschwunden war. Als er weg war, drehte er sich schweigend um und steuerte wieder auf die Tür zu.

»Wo willst du hin?«, fragte Morfyd.

»Deine Mutter holen.« Er blieb kurz stehen, um sie über die Schulter anzusehen. »Ich glaube, wir wissen alle, dass sie hier sein sollte.«

Morfyd schluckte und sah ihren Vater unverwandt an. »Aye. Das ist wahr.«

Ohne ein weiteres Wort ging ihr Vater, und Morfyd steuerte auf die Treppe zu.

Briec stand auf. »Morfyd?«

Sie blieb auf der ersten Stufe stehen, die Hand am Geländer. »Ihr müsst beide bereit sein.«

»Bereit?«, fragte Briec.

Der Atemzug, den sie nahm, war zittrig, und Gwenvael wusste, dass seine Schwester um Kraft rang. »Ihr werdet auf Éibhear aufpassen müssen.« Sie sah die beiden an, und ihre blauen Augen sagten so viel wie ihr Satz. »Ihr wisst, wie nahe er ihr steht.«

Damit hob sie ihr Hexengewand an, um nicht zu stolpern, und eilte die Stufen hinauf.

Briec und Gwenvael sahen sich lange an, bis Briec sagte: »Ich kontrolliere mit Brastias, dass alles gut gesichert ist.«

Dagmar legte eine Hand auf Briecs Arm. »Ich kann mich um die Verteidigung kümmern, während ihr anderen euch hier kümmert. Ich brauche jemanden aus Annwyls Armee und ein paar Arbeiter. Ich sorge für alles. Ihr müsst euch keine Gedanken machen.«

Briec nickte. »Ich kümmere mich darum.« Dann war er fort.

Gwenvael ließ sich schwer auf den Tisch fallen, den Blick auf den Boden gerichtet. Er sah den abgewetzten Steinboden nicht, über den alle Tag für Tag hinwegtrampelten. Er sah nichts. Fühlte nichts. Nur Leere. Zum ersten Mal in seinem Leben fühlte er sich hoffnungslos verloren.

Er merkte nicht, dass Dagmar sich neben ihn gesetzt hatte, bis er spürte, wie sie seine Hand nahm und ihre Finger mit seinen verschränkte.

»Du würdest mich nicht anlügen – selbst wenn ich dich darum bitten würde, oder?«, fragte er.

Dagmar schüttelte den Kopf. »Nein, Gwenvael. Nicht bei so etwas.«

»Ich verstehe.«

»Aber ich werde hier sein. Solange du mich brauchst. Wenn dir das hilft.«

»Es hilft mir.«

Sie nickte und drückte seine Hand.

Und als die Schreie begannen, drückte sie seine Hand noch fester.

24

Dagmar stand in der Mitte des Hofs, während die Nachmittagssonnen sich der Nacht entgegenneigten, gab dem Hauptmann der Wache weitere Instruktionen und schickte ihn dann los. Sie zog ihre Pläne hervor und studierte sie. Ihr überwältigendes Gefühl der Angst machte ihre Entscheidungen wirr. Normalerweise wusste sie fast sofort, was wann zu tun war. Sie hatte sich immer ihrer raschen Entscheidungen gerühmt. Aber das Bauchgefühl, auf das sie sich oft verließ, war zu vernebelt durch die Furcht, die sich über Garbhán gelegt hatte. Eine Furcht, die sich in der vergangenen Stunde noch verstärkt hatte. Denn in dieser Stunde hatten die Schreie aufgehört.

Dagmar hatte über die Jahre bei vielen Geburten geholfen. Nicht, weil sie es wollte, sondern weil es von ihr erwartet wurde. Und in all diesen Jahren hatte sie eines gelernt, nämlich dass es niemals eine stille Angelegenheit war. Es wurde immer geschrien, geweint, manchmal gelacht, und bei vielen Frauen ihrer Brüder hatte es eine Menge Flüche und furchtbare Racheversprechen gegeben.

Ein Blick auf Annwyl, und Dagmar wusste, dass sie eine Flucherin war. Und doch lag die Königin jetzt still hinter verschlossenen Türen. Nur Morfyd, Talaith und ein paar Heilerinnen hatten Zugang. Vor dem Schlafzimmer hielt sich Gwenvaels Sippe auf – und wartete.

Plötzlich hörte Dagmar Schreie, aber es war nicht Annwyl. Es waren die Menschen um sie herum im Hof. Sie schrien und rannten davon. Sie hatte nur ein paar Sekunden Zeit, sich zu wundern, als sich um sie herum Wind erhob und flirrte. Sie sah auf und sah fasziniert zu, wie eine große weiße Drachin ihre Krallen auf die Erde setzte, während ihre Schwingen an den nahe gelegenen Gebäuden streiften. Ein schwarzer Drache landete hinter ihr, und fast augenblicklich nahmen sie menschliche Gestalt an.

Dagmar musste ihren Drang bekämpfen, einfach nur zu starren. Die Drachin war erstaunlich schön, mit weißen Haaren, die ihr bis an die Zehen reichten und einem langen, starken Körper. Doch es waren die Brandmale, die in Dagmar den Wunsch weckten, näher heranzugehen und sie ausgiebig zu betrachten. Die Drachin war von der Spitze ihres einen Zehs über den Fuß, ums Bein herum, um Rumpf, Rücken und Brust bis zum Hals hinauf mit dem Bild eines Drachen gebrandmarkt. Es war kein scheußliches Mal, das sie möglicherweise während einer Gefangenschaft verpasst bekommen hatte. Es war das wunderschöne Bild eines Drachen. Fast elegant in der Ausführung, mit tiefschwarzen Linien, die sich von ihrer weißen Haut abhoben. Es hätte ihre Schönheit beeinträchtigen können, doch das tat es nicht. Und sie trug es eindeutig mit Stolz.

Die Inbesitznahme, von der Morfyd und Talaith ihr erzählt hatten. Romantisch? Wirklich? Es sah eher schmerzhaft aus.

Die kalten blauen Augen richteten sich auf Dagmar. »Du. Dienstmädchen. Wo ist deine Königin?«

Bercelak legte der Drachin eine Hand auf die Schulter und drehte sie herum, damit er mit gedämpfter Stimme mit ihr sprechen konnte. In diesem Moment bemerkte Dagmar, dass Bercelak ebenfalls ein Brandmal hatte. Seines bedeckte den Rücken bis dorthin, wo sein Hintern die Oberschenkel traf.

»Das ist Dagmar Reinholdt, Liebling. Aus dem Norden.« Er schenkte Dagmar eine Art Lächeln, während er auf die Frau deutete. »Dagmar, das ist die Drachenkönigin der Dunklen Ebenen.«

Dagmar schätzte die Monarchin sofort richtig ein, sank auf ein Knie und neigte den Kopf. »Meine Herrin. Es ist eine große und überwältigende Ehre, Euch zu treffen.«

»Hmmm«, sagte die Drachenkönigin. »Eine, die etwas von der wahren Ordnung der Dinge versteht.«

Ihre langen Beine, eines davon gebrandmarkt, standen jetzt vor Dagmar. »Steh auf, Nordländerin.«

Dagmar tat es. »Was ist Euer Befehl, Herrin?«

»Ja«, sagte sie. »Die hier hat eine gute Erziehung genossen.« Sie deutete auf das Schloss. »Bring mich zu Annwyl.«

Dagmar ging zurück zum Schloss und die beiden Drachen folgten ihr.

»Wir müssen Kleider anziehen«, wurde die Drachenkönigin von ihrem Gemahl aufmerksam gemacht.

»Dafür habe ich keine Zeit.«

Dagmar hielt direkt hinter der Tür zum Rittersaal an. »Eure Tochter hat Euch der Einfachheit halber Kleider bereitgelegt, meine Herrin.«

»Also ehrlich! Menschen und ihre Schwäche.«

»Ich bin ganz Eurer Meinung, Mylady.«

Die Königin schnaubte hochmütig und hielt die Hand auf. »Nun gib mir die verdammten Dinger schon.«

Als die Königin sich das einfache Kleid über den Kopf gestreift hatte und Bercelak eine schwarze Hose und Stiefel trug, führte Dagmar sie die Treppe hinauf und den Gang entlang. Der Raum war speziell für die Zeit vorbereitet worden, wenn Annwyl so weit war zu entbinden. Vorräte lagen bereit, und das Bett war viel kleiner als ihr eigenes, damit die Heilerinnen und Morfyd leicht darum herumgehen konnten.

Sobald sie den Flur betreten hatten, rappelte sich der Nachwuchs der Drachenkönigin vom Boden auf.

Die blauen Augen der Königin schweiften über die Gruppe, bevor sie neben Briec trat. »Wo ist Keita?«, wollte sie leise wissen.

Der silberhaarige Drache zuckte die Achseln und verdrehte die Augen. »Ich habe keine Ahnung.«

Die Königin stieß einen Seufzer aus. »Törichtes Gör. Ich hätte es wissen müssen … Nicht so wichtig. Ich werde mich später darum kümmern.« Sie beugte sich vor und küsste ihren Sohn auf die Wange. »Briec.«

»Mutter.«

Sie ging den Flur entlang und begrüßte all ihre Kinder.

Éibhear schenkte sie ein Lächeln und strich ihm das blaue Haar aus dem besorgten Gesicht. »Mein Kleiner.«

»Hallo Mum.« Sie stellte sich auf die Zehenspitzen, und er neigte sich etwas hinab, damit sie ihn auf die Stirn küssen konnte.

Als Nächstes begrüßte sie Gwenvael mit einem Kuss auf die Wange. »Und mein Schlingel.«

»Mutter.«

Sie blieb vor Izzy stehen, legte eine Hand an die Wange des Mädchens und wischte ihr mit dem Daumen eine Träne fort. »Hallo, meine kleine Izzy.«

Izzy schluchzte erstickt. »Großmama.«

Die Königin beugte sich hinab und küsste sie auf die Wange, dann flüsterte sie dem Mädchen etwas ins Ohr. Izzy atmete hörbar aus und nickte.

Ein paar weitere Schritte führten die Königin vor die Tür, hinter der Annwyl lag – und zu ihrem ältesten Sohn.

»Mein Sohn.«

»Mutter.«

Sie tätschelte ihm die Wange, und Dagmar sah mehr Zuneigung in dieser kleinen Geste, als sie je zuvor gesehen hatte. Die Königin wandte sich von ihrem Sohn ab und legte die Hand an den Türknauf. Sie schnippte mit den Fingern. »Nordländerin. Zu mir.«

Gwenvael riss die Augen auf und streckte die Hand nach Dagmar aus. Diese schüttelte den Kopf. »Schon gut«, flüsterte sie, als sie an ihm vorbeiging und der Königin folgte.

Als die Tür sich hinter ihnen geschlossen hatte, sah Dagmar die Erleichterung in Morfyds Gesicht beim Anblick ihrer Mutter. Sie entfernte sich ein bisschen vom Bett und bedeutete ihrer Mutter, näher zu kommen. Die beiden begannen leise zu flüstern, während Talaith Annwyls Hand hielt und ihr den Schweiß von der Stirn wischte. Drei andere Heilerinnen arbeiteten mit Kräutern und Wurzeln und stellten verschiedene Tränke zusammen, von denen sie hofften, sie würden helfen.

Dagmar blickte auf Annwyl hinab und fror plötzlich am ganzen Körper. Die starke – wenn auch weinende – Frau, die sie erst gestern in der Bibliothek kennengelernt hatte, war fort. Alles, was übrig blieb, war ein blasser, schweißbedeckter Körper, der in durchnässten Fellen lag. Das einzige Lebenszeichen war, wenn ihr Körper sich versteifte, wenn eine erneute Schmerzwelle über sie hinwegspülte. Das dauerte ungefähr zwanzig Sekunden, dann lag sie wieder still.

Zum ersten Mal seit Jahren dachte Dagmar an ihre eigene Mutter. Hatte sie so ausgesehen, bevor Dagmar schreiend auf die Welt gekommen war? War sie Sigmar auch so schwach und dem Tode nahe vorgekommen? Und würden diese Kinder sich auch ihr Leben lang die Schuld am Tod ihrer Mutter geben, wie es Dagmar heimlich tat?

Würden sie recht damit haben?

Die Drachenkönigin verließ ihre Tochter und gesellte sich zu Talaith. Sie nahm Annwyls Hand aus der von Briecs Gefährtin und schloss die Augen. Dagmar hatte keine Ahnung, wie lange die Königin so dastand. Ein paar Sekunden, Minuten, Tage? Sie wusste es nicht. Sie drängten sich alle um das Bett und warteten, dass sie etwas sagte. Irgendetwas.

Doch sie musste kein Wort sagen. Nicht, als sie ihre Augen öffnete. Diese blauen Augen, die nur Minuten zuvor, als sie Dagmar angesehen hatten, so kalt gewesen waren, erschienen jetzt ... am Boden zerstört. Sie war am Boden zerstört. Am Boden zerstört, weil sie absolut nichts tun konnte.

Dagmar wusste es sogar, bevor Talaith sich abwandte und zum Fenster ging. Noch bevor Morfyd den Kopf schüttelte und sagte: »Nein, Mutter. Du musst etwas tun. Es muss etwas geben.«

Die Königin legte behutsam Annwyls Arm aufs Bett. »Du weißt schon, dass ich nichts tun kann. Und du auch nicht. Nichts außer einer Sache.«

»Nein.« Tränen rannen ungehindert über Morfyds Wangen, als sie sich von dem Bett und ihrer Mutter entfernte. »Nein. Ich werde es nicht tun.«

»Sag ihr, was sie dir gesagt hat, Nordländerin.«

Dagmars Kopf schoss hoch, und sowohl Talaith als auch Morfyd drehten sich um und starrten sie an. »Meine Herrin, ich ...«

»Jetzt ist keine Zeit für Spielchen, Mädchen. Tatsächlich läuft uns die Zeit sogar recht schnell davon, also sag es ihnen. Sag ihnen, was sie dir und Bercelak gesagt hat, als ihr sie aus den Ställen hergebracht habt. Sag ihnen, welches Versprechen sie euch abgenommen hat.«

Dagmar hatte nichts von dem sagen wollen, was Annwyl gesagt hatte, in der Hoffnung, es seien nur die Worte einer verängstigten Erstgebärenden gewesen. Und als Bercelak auf Annwyls Worte hin nur gegrunzt hatte, hatte Dagmar angenommen, er würde ebenfalls nichts sagen. Und vielleicht hatte er das auch nicht. Vielleicht kannte ihn seine Gefährtin so gut, dass er kein Wort sagen musste und sie trotzdem die Wahrheit erkannte.

Dagmar räusperte sich und wünschte sich zum ersten Mal seit Tagen, wieder zu Hause bei ihren idiotischen Schwägerinnen und ihren gefährlich dummen Brüdern zu sein.

»Sie ... ähm ... Sie hat uns gesagt, egal, was passiert, ihr müsst die Babys retten. Selbst wenn es ihren eigenen Tod bedeutet, sollt ihr die Babys retten.«

Morfyd senkte den Kopf, während Talaiths Blick zur Decke ging.

»Sie kennt den Preis«, erklärte die Drachenkönigin. »Sie weiß es und hat ihre Entscheidung getroffen. Wir können das nicht ignorieren.«

»Aber Fearghus ...«

»Er muss es wissen, bevor wir anfangen.« Die Königin nickte. »Ich werde es ihm sagen.«

»Nein.« Morfyd wischte sich das Gesicht mit den Handflächen ab. »Ich sage es ihm.« Sie ging zur Tür, hielt aber noch einmal inne, um den Heilerinnen zu sagen: »Bereitet alles vor, was wir brauchen.«

Gwenvael blickte von seinem Platz am Boden auf, als die Tür sich langsam knarrend öffnete und Morfyd heraustrat. Sie hielt den Blick gesenkt und streckte sofort die Hand nach Fearghus aus. Sie nahm seine Hand, ging mit ihm ein Stück den Flur entlang und zog ihn in den Türeingang eines unbenutzten Raums ganz am Ende.

Die anderen standen auf und beobachteten, wie Morfyd ihrem Bruder eine Hand auf die Schulter legte und dicht vor ihn trat. Sie hielt die Stimme gesenkt, doch was sie ihm sagte, führte dazu, dass Fearghus sich hart auf den Boden setzte und die Tür gegen die Wand krachte, als sein Rücken dagegenfiel. Morfyd kauerte sich vor ihn und hatte jetzt beide Hände auf seine Schultern gelegt, während sie mit ihm sprach. Er schüttelte den Kopf und presste die Handballen auf die Augen.

Gwenvael sah zu Briec hinüber und erkannte dasselbe Entsetzen und denselben Schmerz auf dem Gesicht seines Bruders, den auch er fühlte. Éibhear schüttelte nur pausenlos den Kopf, als weigere er sich zu glauben, wovon er doch wusste, dass es die Wahrheit war.

Und Izzy – Izzy, die Annwyl mehr als eine gewöhnliche Lieblingstante liebte – brach in Tränen aus. Sie stieß sich von der Wand ab, und versuchte wegzulaufen. Doch Bercelak hielt sie fest und zog sie in seine Arme.

»Es ist gut, Izzy. Es ist gut«, flüsterte er, während er ihren Rücken streichelte und sie an seinem Hals unkontrolliert schluchzen ließ, die Arme um seine Schultern geschlungen, die Beine um seine Taille.

Gwenvael sah wieder zu Fearghus und Morfyd. Sein Bruder nickte schließlich zu etwas, was seine Schwester sagte. Sie küsste ihn auf die Stirn, stand auf und kam zu ihnen zurück. Sie streckte die Hand nach dem Türknauf aus. Bevor sie die Tür öffnete, versprach sie ihnen: »Wir sagen euch, wenn wir fertig sind.«

Dann schlüpfte sie hinein und die Tür schloss sich hinter ihr.

Fearghus saß auf dem Dach des Schlosses und starrte hinaus über die Dunklen Ebenen. Er war in Menschengestalt geblieben, weil er wusste, dass er jeden Augenblick schnell wieder hineingehen musste. Aber er hatte schon vor langer Zeit diesen

Platz entdeckt, den er sowohl als Mensch als auch als Drache leicht erreichen konnte.

Er saß da und starrte, seine Füße in den Stiefeln fest gegen die Latten gestemmt.

Jedes Mal, wenn Annwyl in die Schlacht zog, hatte er gewusst, dass es sein konnte, dass sie auf den Schildern ihrer Männer liegend zu ihm zurückkam. Sie wussten beide, dass sie ein Risiko eingingen, weil sie Monarchen waren, die sich nicht hinter Festungsmauern versteckten und warteten, dass Kriege endeten. Sie kämpften zusammen mit ihren Leuten. Und mit dieser Entscheidung riskierten sie den Tod.

Doch dies hier war nicht ihre Entscheidung gewesen. Sie hatten sich nie hingesetzt und darüber geredet, ob sie Kinder wollten und wann. Stattdessen hatten die Götter für sie entschieden und ihnen jede Wahlmöglichkeit genommen.

Wegen eben dieser Götter würde Fearghus seine Gefährtin verlieren. Die einzige Frau, die er je wirklich lieben würde. Selbst wenn sie Tausende von Wegstunden voneinander entfernt waren, wusste Fearghus immer, dass Annwyl Teil seiner Welt, Teil seines Lebens war.

Jetzt würde er diesen Trost, diese Sicherheit nicht mehr haben.

Er hörte zwei kräftige Schreie durch das Schloss schallen und schloss die Augen; er versuchte mit aller Macht, keinen Groll gegen Unschuldige zu hegen, die in dieser ganzen Sache noch weniger eine Wahl gehabt hatten als er und Annwyl.

Er wusste, dass er hinuntergehen sollte, um bei seinen Zwillingen zu sein, aber er traute es sich einfach nicht. Der Schmerz riss an ihm wie ein Messer.

Während er dort saß und erleichtert war, als das Geschrei endlich aufhörte, merkte er, wie sich seine Mutter neben ihn setzte. Er war nicht überrascht, dass sie ihn gefunden hatte. Die einzige andere, die das geschafft hätte, wäre Annwyl gewesen.

»Ein Junge und ein Mädchen«, sagte sie. »Hübsch. Gesund.« Sie zuckte die Achseln. »Sie scheinen menschlich zu sein.«

»Und Annwyl ist tot.«

»Nein. Noch nicht.«

Fearghus sah seine Mutter an. »Aber du bist das Einzige, das sie am Leben hält.«

»Solange ich kann.«

»Und wie lange ist das?«

Sie holte Luft. »Drei Tage. Vielleicht vier.«

»Drei Tage.« Drei Tage, wo es eigentlich noch mindestens vier- oder fünfhundert Jahre hätten sein sollen. »Ist sie wach?«

Er wusste, dass jede Antwort, die sie geben musste, seiner Mutter noch mehr Schmerzen bereitete, aber er musste es wissen. »Nein.«

»Und sie wird auch nicht mehr aufwachen, oder?«

»Nein.«

Er schnaubte bitter. »Warum sich dann die Mühe machen, sie am Leben zu erhalten?«

»Weil du dich von ihr verabschieden musst. Ihr alle müsst das.« Sie räusperte sich. »Ich bleibe, bis …« Sie räusperte sich noch einmal. »Ich bleibe, solange ihr mich braucht. Und ich werde tun, was ich kann.«

Was im Moment gar nichts war, doch statt das zu sagen, sagte er einfach: »Danke.«

Briec starrte in das breite Kinderbett, in dem seine Nichte und sein Neffe lagen, während um ihn herum Heilerinnen und Hebammen geschäftig hin und her liefen.

Sie waren beide extrem – er runzelte die Stirn – gut entwickelte Babys. Sie sahen überhaupt nicht wie Neugeborene aus. Sie schienen irgendwie älter zu sein. Um genau zu sein, kamen sie ihm auf vielerlei Weise eher wie Drachenküken vor. Beide hatten volle Haarschöpfe – der Junge die braunen Haare mit den hellbraunen Strähnen seiner Mutter und das Mädchen die pechschwarzen Haare seines Vaters –, und ihre Augen waren offen und konnten fokussieren. Sie konnten sich schon nach Dingen ausstrecken, die sie haben wollten und mit ihren kleinen Händen greifen.

Wirklich, hätte Briec es nicht besser gewusst, hätte er geschworen, dass sie fast drei Monate alt und nicht erst vor weniger als einer Stunde geboren worden waren.

Annwyl liegt im Sterben. Das hatte seine Schwester vor ein paar Minuten gesagt. Sie hatten die Menschenkönigin aufgeschnitten, um an ihre Babys zu kommen, und sie dann wieder zugenäht. Es war nicht diese Prozedur, die sie umbrachte. Es kam selten vor, aber gut ausgebildete Heilerinnen und Hexen hatten das auch schon früher getan, unter anderem auch Morfyd, die den meisten Frauen im nahe gelegenen Dorf bei leichten und schweren Geburten geholfen hatte.

Nein, es war nicht diese Prozedur. Es waren die Babys gewesen. Sie hatten ihrer Mutter buchstäblich das Leben ausgesaugt, während sie zu schnell wuchsen und zu mächtig für ihren menschlichen Körper geworden waren. Jetzt lag Annwyl fast nur noch als Skelett auf ihrem Bett, und die Haut, die sich immer straff über ihre starken Muskeln gespannt hatte, hing ihr jetzt von den Knochen.

Unbeabsichtigt hatten die Babys ihr die Lebensenergie ausgesaugt, und jetzt war das Einzige, das ihr Herz noch am Schlagen und die Lungen am Atmen hielt, die Drachenkönigin. Die mächtigste Drachenhexe, die Briec kannte.

Endlich riss er seinen Blick von den schlafenden Babys los und sah eine der Hebammen an. »Wo ist Talaith?«

»Sie ist die Amme holen gegangen, die die Zwillinge nähren wird, Mylord.«

Briec nickte, doch er hatte die Amme schon vor dem Zimmer gesehen, wo sie mit einer anderen Heilerin sprach.

Mit einem letzten Blick auf seine Nichte und seinen Neffen schlüpfte er aus dem Raum und war froh zu sehen, dass Wachen vor der Tür postiert waren. Er sah in seinem Zimmer und in den Küchen nach, im Rittersaal und der Bibliothek. Er ging hinaus und fing schließlich ihren Geruch auf. Er folgte ihm durch den Wald zu einem kleinen See, an den wenige dachten, denn er lag hinter den Bäumen und mehreren großen Felsblöcken verborgen. Manche Nacht waren sie hierhergekommen, und Briec hatte Stunden damit verbracht, Talaith dazu zu bringen, seinen Namen zu schluchzen.

Jetzt schluchzte seine Talaith aus anderen Gründen.

Sie kniete am See, den Oberkörper über die Beine gebeugt, die Arme um ihre Taille geschlungen – und sie heulte. Sie heulte buchstäblich, wie er es nie zuvor gehört hatte. Diese Frau, die durch die absolute Hölle und zurück gegangen war, wehklagte um eine Freundin, die sie lieb gewonnen hatte wie eine Schwester und um das Leid einer Familie, die sie inzwischen als ihre eigene betrachtete.

Briec kniete sich mit gespreizten Beinen neben sie, damit er sie an sich ziehen konnte. Er hielt sie fest in den Armen und beugte sich über sie, sodass sie spürte, dass er sie umfing. So wusste sie, dass sie das nicht allein durchmachen musste.

Ihre Hände klammerten sich an seine Arme, ihre kleinen Finger gruben sich in das Kettenhemd, das er trug.

Und er ließ sie weinen. Er ließ sie nicht nur für sich selbst, sondern für sie alle weinen. Denn Talaith musste nichts anderes sein als sie selbst. Sie war keine Monarchin. Sie hatte kein Königreich zu regieren. Keine Politik, um die sie sich kümmern musste.

Sie war ganz einfach eine Frau, deren Herz brach. Und Briec war dankbar, dass zumindest eine von ihnen es zeigen konnte.

Dagmar hatte sehr früh im Leben gelernt, dass Tiere mehr fühlten und verstanden als Menschen ihnen zutrauten. Mit diesem Wissen ging sie zu den Ställen, wo Annwyls Pferd stand. Sobald sie den mächtigen Hengst sah, wusste sie, dass er es wusste. Er stand an die hintere Wand gedrängt, und die Stute in der Box neben ihm drückte ihren majestätischen Kopf an seinen Hals.

Vorsichtig öffnete Dagmar das Gatter zu seiner Box und trat hinein, wobei sie das Gatter sorgfältig wieder hinter sich schloss. Dies war definitiv eine der Situationen, in denen ihr Vater sie an den Haaren ziehen und ihr sagen würde, sie solle nicht dumm sein, doch wenn es um Tiere ging, folgte Dagmar immer ihren Instinkten – und diese hatten sie noch nie im Stich gelassen.

Sie näherte sich dem riesigen Tier und wunderte sich, wie Annwyl je auf ihm sitzen, geschweige denn kämpfen konnte. Sie bewegte sich umsichtig und tat ihr Bestes, ihn nicht zu erschrecken. Die Stute beobachtete sie genau, um zu sehen, was sie vorhatte.

Als sie neben ihm stand, streckte Dagmar die Hand aus und streichelte seine Flanke. Der Hengst bewegte sich unruhig, schlug aber nicht aus.

Sie hielt die Felldecke hoch, die sie in den Armen hielt, und zeigte sie der Stute. Mit sanften braunen Augen blinzelte sie Dagmar an.

Dagmar wünschte sich wirklich, es wäre ein Hund. Hunde waren so leicht zu verstehen. Doch Pferde waren anders, und das wusste sie. Sie wusste auch, dass das Pferd in den nächsten Tagen vergessen werden würde, obwohl es Annwyl genauso liebte wie alle anderen. Das Band zwischen einem Pferd und seinem Reiter war dasselbe wie zwischen Hund und Herrchen. Es ging über das bloße Dasein als Haustier hinaus. Es war eine Partnerschaft, in der einer dem anderen vertraute. Von allen Bindungen, die sie kannte, war es die unzerstörbarste und die am wenigsten gewürdigte.

Tief Luft holend, hob Dagmar die Felldecke hoch, die sie aus Annwyls Zimmer mitgenommen hatte, und legte sie dem Hengst langsam auf den Rücken. Sie rückte sie zurecht, damit sie hoch auf seinen Schultern lag und er ihren Duft aufnehmen konnte.

Der Hengst hob seinen Kopf über den seiner Gefährtin, seine schwarzen Augen sahen zu Dagmar hinab. Nach einer Weile senkte er den Kopf und kam mit seinem Maul näher. Sie hob die Hand und streichelte ihn.

»Es tut mir so leid«, sagte sie leise, und er schloss die Augen.

Als sie ging, achtete sie darauf, das Gatter wieder fest hinter sich zu schließen. Draußen sah sie sich um. Es war spät, und sie hatte noch nichts gegessen, aber sie war eigentlich nicht besonders hungrig. Auch müde war sie nicht.

Mit einem Seufzen machte sie sich auf den Rückweg zum Schloss, hielt aber inne, als sie ein Schnüffeln hörte. Sie folgte dem Geräusch um die Ställe herum, und was sie immer für ein schrecklich hartes Herz gehalten hatte, schmolz in ihrer Brust.

Sie kauerte sich neben ihn, obwohl sie eigentlich nicht wusste, warum. Er war so groß, dass sie die sitzende Gestalt auch stehend nicht um viel überragte.

Dagmar legte eine Hand auf sein Knie und lächelte in die feuchten silbernen Augen, die sie unter langen, dunkelblauen Wimpern ansahen.

»Es tut mir so leid«, sagte sie noch einmal, auch wenn sie sich bewusst war, dass Worte im Augenblick nichts ausrichten konnten.

»Ich werde sie vermissen«, sagte Éibhear, während er versuchte, sich die Tränen wegzuwischen. »Ich werde sie so schrecklich vermissen.«

»Ich weiß. Ich kenne sie kaum, und ich weiß jetzt schon, dass ich sie vermissen werde.«

Er zuckte verlegen die Achseln. »Aber ihr flennt wahrscheinlich nicht.«

»Mein Vater hat einmal geweint. Er weiß nicht, dass ich es weiß, aber meine alte Amme hat es mir erzählt, bevor sie starb.«

»Warum hat er geweint?«

»Weil meine Mutter bei meiner Geburt gestorben ist. Sie hat die Wahl getroffen, mich zu retten. Genau wie Annwyl es getan hat, um ihre Babys zu retten.«

Er nickte. »Ich weiß, dass es ihre Entscheidung war und dass sie niemals eine andere getroffen hätte. Nicht Annwyl. Sie würde alles aufs Spiel setzen für die, die sie liebt.«

Der große blaue Drache in Menschengestalt ließ seinen Kopf gegen die Wand hinter sich sinken. »Aber Fearghus ... Er wird nie darüber hinwegkommen. Nicht ganz.«

»Und du kannst nichts weiter tun als für ihn da zu sein. Damit er weiß, dass er nicht allein ist.«

»Das werde ich.« Er versuchte noch einmal, sich das Gesicht trocken zu wischen, und Dagmar zog ein sauberes Taschentuch aus der Tasche ihres Kleides und wischte ihm die Tränen ab.

»Du wirst es doch niemandem sagen, oder?«, fragte er. »Dass du mich weinen gesehen hast.«

Dagmar setzte sich auf ihre Fersen und sagte: »Dein Geheimnis wird für immer sicher bei mir sein, Éibhear der Blaue.«

Gwenvael beugte sich vor und starrte in das Kinderbett. Die Kleine zog ein finsteres Gesicht wie ihr Vater – nein, nicht ganz. Sie zog ein finsteres Gesicht wie *sein* Vater. Und das machte Gwenvael ziemlich nervös. Vor allem, wenn ihn diese strahlend grünen Augen so intensiv ansahen, als überlege sie, ob sie ihm die Kehle durchschneiden sollte oder nicht. Ihr Bruder dagegen hatte rasch genug vom Schauen bekommen und war wieder eingeschlafen.

Zum Glück sahen seine Nichte und sein Neffe menschlich aus; menschlicher als er gehofft hatte. Sie hatten keine Schuppen, keine Flügel – und keinen Schwanz, was im besten Falle seltsam gewesen wäre. Sie sahen aus wie jedes andere menschliche Baby, das er je gesehen hatte.

Nur dass sie vom Aussehen her drei oder vier Monate alt zu sein schienen und sich bewegten, als wären sie sogar noch älter. Er gab ihnen noch ein paar Tage, bis sie sich herumrollen und krabbeln konnten wie die meisten Küken.

Götter, was hielt ihre Zukunft sonst noch bereit? Auch jetzt fühlte er schon die Magie, die sie umgab. Nein, das stimmte nicht. Sie umgab sie nicht. Sie strahlte von ihnen aus. Aus jeder Pore. Sie waren noch schwach und schrecklich schutzlos, aber eines Tages … Eines Tages würde ihre Macht phänomenal sein.

»Wie geht es ihnen?«

Gwenvael sah über seine Schulter zurück. Fearghus drückte sich an der Tür herum und konnte sich nicht entschließen, hereinzukommen.

»Es geht ihnen gut. Sie sind gesund. Scheinen alle wichtigen Teile zu haben und nichts Überflüssiges, worüber wir uns Sorgen machen müssten.« *Zumindest noch nicht.* »Du solltest sie dir mal ansehen.«

»Nein. Ich muss zurück zu Annwyl.«

»Ich verstehe.« Gwenvael hob das Mädchen aus dem Bett. Er hatte das schon vorher getan, sie aber sofort wieder zurückgelegt. Sie wollte eindeutig in Ruhe gelassen werden, aber er brauchte dieselbe Reaktion, die er beim ersten Mal bekommen hatte. Ihr Gesicht färbte sich rot, und sie begann zu schreien.

»Was tust du denn?«, fragte Fearghus. »Du regst … sie oder ihn nur auf!«

»Sie. Und sie hört auch wieder auf.«

Doch er wusste, dass sie nicht aufhören würde. Es waren nicht Gwenvaels Arme, in denen sie im Moment gehalten werden wollte.

Aye, das ähnelte sehr dem Verhalten von frisch geschlüpften Küken.

Der Junge riss die Augen auf. Wie die seines Vaters und seines Großvaters waren sie kohlschwarz und im Augenblick ziemlich wütend. Er fing auch an zu schreien, weil seine Schwester schrie und weil ihm das nicht passte.

»Was zum Teufel tust du da?«

Fearghus streckte die Arme aus und nahm Gwenvael seine Tochter ab.

»Sie will doch eindeutig in Ruhe gelassen werden!«

»Ich wollte doch nur helfen!«

»Das war aber nicht hilfreich, du Idiot. Das war dumm.«

»Jetzt schreit sie nicht mehr.«

Fearghus blinzelte und schaute hinab zu seiner Tochter.

»Sie hat Annwyls Augen.«

»Stimmt.« Er setzte seinen Bruder auf den Stuhl neben den Bettchen. »Aber der Junge hat deine.«

Er rückte das Mädchen in der linken Armbeuge ihres Vaters zurecht und legte dann ihren Bruder in den anderen Arm.

»Siehst du? Deine Augen.«

»Aber Annwyls Haare.«

»Aye. Und ich kann es jetzt schon an seinem Blick sehen – er weiß schon, dass er Ärger machen wird.«

»Ich bin mir sicher, dass du ihm dabei helfen wirst.«

»Ich? Natürlich nicht. Ich brauche keine Konkurrenz.«

Gwenvael machte sich im Raum zu schaffen, bis er wusste, dass Fearghus sich mit den Kindern in seinen Armen wohlfühlte; dann ging er vor seinem Bruder in die Hocke. »Weißt du, Fearghus, ich wette, sie würden gern ihre Mum kennenlernen.«

Fearghus zuckte zusammen, seine Augen blinzelten hektisch. »Was?«, fragte er, hin- und hergerissen zwischen Verwirrung und Zorn.

»Nur ein paar Minuten.«

Er beruhigte sich, als er verstand, was Gwenvael meinte und nickte. »Na gut. Du hast recht.«

Gwenvael half seinem Bruder auf und folgte ihm in Annwyls Zimmer. Es war unerträglich ruhig, abgesehen vom Geräusch von Annwyls mühsamen Atemzügen. Gemeinsam legten sie die Babys neben ihre Mutter aufs Bett. Sofort klammerten sich die Kleinen an sie, ihre winzigen Fäuste konnten schon fassen, was sie wollten. Fearghus kniete sich neben das Bett, nahm Annwyls schlaffe Hand und hielt sie zwischen seinen viel größeren.

Gwenvael drückte seinem Bruder kurz die Schulter und ging zur Tür. Es war nur ein Aufblitzen, aber er sah den Saum eines weißen Gewandes vorbeigehen. Er rannte hinaus und schloss die Tür hinter sich.

»Morfyd, warte!«

Sie winkte ihn fort. »Lass mich allein, Gwenvael. Bitte.«

Er sah ihr nach, als sie davonlief; und ausnahmsweise wusste er nicht, was er jetzt tun sollte. Ein paar Minuten später kam Brastias um die Ecke und blieb abrupt stehen, als er Gwenvael dastehen sah.

»Und?«

Gwenvael wollte etwas sagen, doch eigentlich hatte er nichts zu sagen. Er schüttelte nur den Kopf.

»Ist sie ...«

»Noch nicht. Bald.«

Brastias lehnte sich mit dem Rücken an die Wand, seine Augen blickten ins Leere. Er und Annwyl hatten sich immer nahegestanden. Wie Bruder und Schwester, die gemeinsam durch die Hölle gegangen waren. Der General sah sich im Flur um und richtete sich plötzlich kerzengerade auf. »Wo ist Morfyd?«

Gwenvael sah ihn lange an, bevor er mit der Hand den Flur entlangwies. »In ihrem Zimmer, nehme ich an.«

Brastias ging, und Gwenvael fühlte, wie es ihm das Herz brach, dass er nichts tun konnte, um seiner Familie zu helfen.

Morfyd rannte in ihr Zimmer und knallte die Tür zu. Sie presste die Stirn dagegen und ließ endlich ihren Tränen freien Lauf.

Sie hatte versagt. Sie hatte alle enttäuscht. Ihren Bruder. Ihre Freundin. Und jetzt ihre Nichte und ihren Neffen.

Und sie war es gewesen, die den Dolch gehalten hatte, der Annwyl aufschnitt. Ihre Mutter hatte so etwas nie getan. Nur zwei von den zehn, denen Morfyd auf diese Weise geholfen hatte, hatten nicht überlebt; ihre Schwangerschaften waren von Anfang an schwierig gewesen. Doch Annwyl war zu schwach gewesen. Ihr Körper war einfach ausgelaugt. Sie hatte keine Wahl gehabt als die Zwillinge herauszuschneiden, sonst hätte sie riskiert, Mutter und Kinder zu verlieren.

Sie wusste, dass Annwyl ihre Entscheidung getroffen hatte. Sie glaubte, was Dagmar ihnen gesagt hatte. Doch nichts davon machte Morfyds Scheitern leichter zu ertragen.

Dann war sie hereingekommen, als Fearghus und Gwenvael die Babys zu ihrer Mutter gelegt hatten. Wie alle Küken wollten sie die Aufmerksamkeit ihrer Mutter und waren verärgert, dass sie sie nicht bekamen, aber sie waren noch nicht alt genug, um zu verstehen, warum. Doch Fearghus wusste es, und der Schmerz darüber stand ihm ins Gesicht geschrieben.

Von all ihren Geschwistern stand sie Fearghus am nächsten, und der Gedanke, ihn im Stich gelassen zu haben, ihn bei so etwas Wichtigem enttäuscht zu haben, zerriss sie innerlich, wie sie es nie für möglich gehalten hätte.

»Morfyd?«

Erschrocken über die Stimme auf der anderen Seite der Tür, taumelte sie rückwärts.

»Morfyd, mach die Tür auf.«

»Ich ... Ich brauche Zeit ...«

»Mach die Tür auf.«

Ohne sich die Mühe zu machen, sich das Gesicht abzuwischen, zog Morfyd die Tür auf, trat rasch zurück und drehte ihm den Rücken zu.

Brastias hatte sie auch im Stich gelassen. Sie wusste, wie er zu seiner Königin und Kameradin stand. Sie hatten viele Male gemeinsam dem Tod ins Auge geblickt, Annwyl und Brastias. Ihn schmerzte es auch.

»Es tut mir so leid, Brastias«, schluchzte sie. »Es tut mir so ...«

Er war da, direkt vor ihr, zog sie dicht an sich und schlang die Arme fest um sie.

»Sag das nie wieder«, befahl er ihr grimmig. »Du hast alles getan, was du konntest. Jetzt will ich, dass du es herauslässt, Liebling.«

Das tat sie. Stundenlang. Sie schluchzte in den Wappenrock des armen Mannes, bis sie in seinen Armen praktisch vor Erschöpfung das Bewusstsein verlor.

Izzy stürmte einen der höchsten Hügel im Umkreis von drei Wegstunden von den Dunklen Ebenen hinauf und schrie in die Nacht hinaus: »Was hast du getan?«

Als sie nicht sofort eine Antwort bekam, brüllte sie: »Wage es ja nicht ... *Wage es ja nicht, mich zu ignorieren!*«

Ein flammender Blitz zuckte, und Izzy sprang gerade noch rechtzeitig rückwärts, als er vor ihren Füßen einschlug.

»Du erteilst mir Befehle?«, dröhnte eine Stimme, die sie genauso gut kannte wie die ihrer Mutter. »*Mir?*«

»Du hättest sie beschützen müssen! Ich habe ihr gesagt, dass sie dir vertrauen kann!«

Rhydderch Hael, der Vatergott aller Drachen, erschien. Er kam nicht aus der Dunkelheit, vielmehr war er ein unermesslicher Teil von ihr. Sein Drachenkörper erstreckte sich scheinbar meilenweit, und sein Haar glühte im Mondlicht. Sie hatte ihn inzwischen schon dreimal so gesehen. Bevor ihre Mutter sich vor sieben Monaten geopfert hatte, um Izzy zu retten, war sie Rhydderch Hael nur in ihren Träumen begegnet. Wenn es dringend war, hatte sie ihn immer in ihrem Kopf gehört.

In letzter Zeit hatte sich die Lage aber verändert. Er war zum ersten Mal erschienen, während sie an einem der Seen mit ihrem Speer geübt hatte. Sie hatte versucht, ihn zu umarmen, aber sie reichte mit ihren Armen nicht einmal ansatzweise um ihn herum, also hatte es damit geendet, dass sie mehr oder weniger seinen riesigen Drachenhals gedrückt hatte. Sie hatten stundenlang geredet, und Izzy hatte versprochen, niemandem zu sagen, dass er in physischer Gestalt zu ihr gekommen war. Trotzdem kam es auch weiterhin vor, dass seine Stimme ungebeten in ihrem Kopf auftauchte. Wie an diesem Morgen, als er ihr gesagt hatte, dass es Zeit sei, dass Annwyls Kinder geboren würden.

Sie hatte Rhydderch Hael vor langer Zeit ihr Kinderherz geschenkt. Und dann hatte sie ihm ihre Seele geschenkt, um ihre Mutter zu retten.

»Wir bringen alle Opfer, kleine Izzy.«

»Du bist ein Arsch!«, schnauzte sie. »Ein richtiger Arsch!«

Seine dunkelvioletten Augen blitzten auf, und sein Kopf mit den zwölf Hörnern senkte sich ein bisschen. »Und ich bin immer noch der Gott, dem du dein Leben geweiht hast. Deine Loyalität gilt mir.«

»Meine Loyalität gilt meiner Familie. Und sie sind meine Familie. Du nicht.«

»Du sprichst gefährliche Worte, kleine Izzy.«

»Mir egal! Es ist mir egal, weil meine Königin stirbt! Und das ist alles deine Schuld!« Sie wischte sich das Gesicht ab und merkte erst jetzt, dass sie weinte. »Ich weiß, du bist ein Gott, und wir bedeuten dir nichts. Aber denk daran, diese Babys sind deine Schöpfung. Keiner kann sie beschützen wie ihre eigene Mutter, wie Annwyl. Keiner!«

Rhydderch Hael gähnte und entließ sie mit einer Klauenbewegung. »Geh nach Hause, kleine Izzy.«

Sein schwarzer Drachenkörper schimmerte, und dann war er fort. Und sie spürte den Verrat bis auf die Knochen.

Dagmar stand vor Gwenvaels Tür. Sie hatte schon dreimal fast geklopft. Das sah ihr nicht ähnlich. Nicht zu wissen, wie sie mit etwas umgehen sollte. Sie konnte mit *allem* umgehen. Doch sie wusste nicht, ob hineinzuschauen … unangemessen wäre? Unangemessen schien ihr das beste Wort dafür zu sein.

Ihre eine gemeinsame Nacht bedeutete nicht mehr als sie war. Doch sie machte sich Sorgen um ihn. Alle schienen das Ganze so schwerzunehmen. Selbst die Diener und die Soldaten. Auf dem Weg herein war sie an der armen Izzy vorbeigekommen, die nach draußen gerannt war. Sie hatte nicht einmal versucht, sie aufzuhalten, denn sie wusste, dass das Mädchen seine Zeit brauchte, um damit zurechtzukommen.

Sie wusste, dass Gwenvael Annwyl liebte, und sie hatte das beinahe überwältigende Bedürfnis, sich um ihn zu kümmern, was ihr absolut lächerlich vorkam.

Abgesehen davon: Würde Gwenvael diese Art von Trost überhaupt wollen? Zumindest von ihr?

Sie hasste dieses Gefühl: unsicher und verwirrt. Es passte nicht zu ihr, aber sie nahm an, dass jeder solche Momente hatte.

Die Tür ging auf, und sie sah in Gwenvaels Gesicht hinauf.

»Wie lange willst du noch hier draußen stehen bleiben?«

»Ich wollte dich nicht stören. Ich wollte nur …«

Er nahm ihre Hand, zerrte sie in den Raum und knallte die Tür zu. Dann zog er sie hinüber zum Bett und stieß sie darauf.

»Dreh dich auf die Seite«, befahl er. »Mit dem Gesicht zum Fenster.«

»Na gut.« Sie tat, worum er sie bat, und das Bett gab ein wenig nach, als Gwenvael, vollständig angezogen, hinter sie kroch. Sein Arm legte sich um ihre Taille, und er rückte nahe an sie heran. Dann legte er das Kinn an ihren Kopf, und so blieben sie beide liegen und starrten aus dem Fenster.

Keiner von beiden sprach oder rührte sich, und sie blieben so liegen, bis am nächsten Morgen die Sonnen aufgingen.

25

Keita die Tugendhafte – ein Name, den man ihr vor Kurzem gegeben hatte und der ihren Bruder Gwenvael sich wie ein Küken vor Lachen auf dem Boden wälzen lassen würde, wenn er ihm je zu Ohren kommen sollte – starrte hinaus auf die kalte, harte Landschaft der Nordländer. Sie befand sich auf Hordenterritorium, stand auf dem flachen Berggipfel des Verstecks der Olgeirsson-Horde, und alles, was sie meilenweit in jede Richtung sehen konnte, waren weitere schneebedeckte Berggipfel.

Aber jetzt steckte sie schon fast zwei Wochen hier fest … bei *diesen* Drachen.

Sie hatte noch keinen Blitzdrachen getroffen, der kein Barbar war. Abstoßende Manieren, widerwärtige Angewohnheiten und Gehirne von der Größe von gekochten Erbsen. Jeder Tag war eine neue Erfahrung im Umgang mit Idioten gewesen.

Doch wie die meisten Idioten waren sie trotzdem ziemlich ausgekocht.

Ihre Krallen streiften das Stahlhalsband, das um ihren Hals befestigt war. Eine lange Kette führte davon weg zu einem Haken im Boden, der in mehrere Fuß tiefen Marmor eingebettet war.

Aye. Ausgekochte Kretins, alle miteinander. Sie waren nicht schlauer als sie, aber Keita hatte schnell gemerkt, dass Aggression sie nur tiefer hineinreiten würde. Sie waren an Südland-Weibchen wie Keitas Mutter, Königin Rhiannon, gewöhnt. Egal, wie die Lage aussah, Rhiannon reagierte nur mit Aggression und Gewalt. Morfyd war immer weicher gewesen, fand es sie nicht unter ihrer Würde, ihre Magie zu benutzen, um Feinde abzuwehren. Zu Keitas Leidwesen besaß Keita selbst nur magische Grundfähigkeiten. Sie war eine Drachin, also von Natur aus automatisch ein magisches Wesen, doch sie hatte keine Zaubersprüche, die Berge versetzen oder Drachenblut in Metallspitzen verwandeln konnten. Wenn sie Flammen spie, kamen sie einfach geradeaus heraus. Die Flamme ihrer Mutter konnte sich um Ecken und in Spalten schlängeln. Sie benutzte sie wie eine Peitsche.

Ihr Bruder Briec hatte ebenfalls Fähigkeiten, die weit über die vieler Drachen hinausgingen, und Fearghus stand ihm nicht viel nach. Doch Keita, Gwenvael und Éibhear besaßen nur die Grundlagen der Drachen, was bedeutete, dass sie einen anderen Weg aus dieser Hölle heraus finden musste.

Was ihr jedoch half, war die Tatsache, dass es anscheinend nur männliche Wesen um sie herum gab. Große, einsame Männchen, die sich gern mit einer Gefährtin zur Ruhe gesetzt und eigene Küken gehabt hätten. Denn Weibchen waren hier so rar, dass sie in einem Turnier namens Die Ehre für sie kämpfen mussten. Bruder gegen Bruder, Familie gegen Familie – alles, um derjenige zu sein, der Keita in Besitz nehmen durfte. Sie mit seinem Mal kennzeichnen, als wäre sie die Kuh irgendeines Bauern.

So hatte es vielleicht ihre Mutter gemacht, doch das war nichts für Keita. Niemals. Ihr gefiel das Leben genauso wie es war. Mit Männern, die ihr auf Abruf zu Füßen lagen, schönen Kleidern und der Freiheit, jederzeit kommen und gehen zu können, wie sie wollte. Sie gehorchte niemandem, und das schloss ihre Mutter genauso ein wie irgendeinen Kerl, der dachte, er könne sie besitzen.

Seit zwei Wochen amüsierte sie sich nun mit der Idiotensippe von Olgeir dem Verschwender und schirmte ihren Aufenthaltsort vor ihren Eltern und Geschwistern ab. Sie kannte ihre Brüder gut genug, um zu wissen, dass sie sonst gekommen wären, um sie zu holen. Sie wären für ihre kleine Schwester gestorben, und genauso wäre sie für ihre Brüder gestorben. Doch nach einer Nacht mit der Olgeirsson-Horde wusste sie, dass das Risiko, das sie sicherlich eingegangen wären, unnötig war.

Und was noch wichtiger war: Es war genauso unnötig, ihre Mutter wissen zu lassen, dass Keita sich selbst in diese missliche Lage gebracht hatte. Oh, wie gern wüsste Rhiannon von alledem hier! Es gab wenige Dinge auf dieser Welt, die Keita fürchtete, aber das spöttische Gelächter ihrer Mutter stand definitiv ganz oben auf ihrer Liste. Seit sie geschlüpft war, machte ihr die große Drachenkönigin in aller Deutlichkeit klar, dass Keita nicht im Entferntesten so war, wie sie sich ihre Kinder wünschte. Sie besaß keine große Magie wie ihre ältere Schwester und keine in der Schlacht ausgefeilten Kampfkünste wie ihre Brüder. »Für einen Faustkampf ist sie gut genug, denke ich«, sagte Rhiannon oft, »aber ich würde ihr nie eine Lanze in die Klauen geben.«

Also war es unmöglich, dass ihre Mutter erfuhr, dass sie von der Horde gefangen genommen worden war, aber noch wichtiger: Es war unnötig. Auch wenn es eine Weile dauern würde, wusste sie doch, dass sie hier herauskommen würde, ohne sich auch nur eine Kralle abbrechen zu müssen.

Und sie hatte sich ihrem Ziel stetig, Tag für Tag, genähert. Bis zum Vorabend. Bis sie eine Qual verspürt hatte, wie sie sie vorher nie gekannt hatte. Keine körperliche, wie die, die vor fast einer Woche von Gwenvael ausgegangen war. Es war etwas anderes. Etwas, das von Fearghus kam und sie durchbohrte wie ein Speer.

Sie hatte seinen Verlust gespürt. Hatte ihn gespürt, als wäre es ihr eigener. Da hatte sie gewusst, dass sie nach Hause musste. Sie hatte lange genug mit diesen Dummköpfen gespielt, jetzt ging ihr die Zeit aus. Wie offenbar auch Annwyl.

»Lady Keita?«

Sie erlaubte sich noch einen Blick in die Ferne, bevor sie sich dem Blitzdrachen zuwandte, der hinter ihr stand. Er warf ihr einen halb aufgegessenen Kadaver vor die Füße.

»Für dich«, sagte er grob.

Sie riss sich zusammen, um nicht aufzuseufzen und die Augen zu verdrehen, doch sie setzte ihr süßestes Lächeln auf und achtete darauf, dass ihre Reißzähne im Fackellicht funkelten. »Das ist ja so lieb von dir«, sagte sie süßlich. »Gerade dachte ich, ich könnte ein bisschen hungrig sein.«

Er trat näher. »Die Ehre findet in drei Tagen statt, Mylady. Dann werde ich dich zu der Meinen machen.«

Sie senkte den Blick und schlenderte auf ihn zu.

»Deine Worte«, sagte sie dicht an seinem Ohr, als sie an ihm vorbeiging und ihr Schwanz seine Brust hinaufglitt, »erregen mich, Mylord.«

Sie hörte sein Keuchen, wusste, dass er sie wollte. Es überraschte sie nicht, als er sich plötzlich umdrehte, sie packte und an sich zog, bis ihre Schuppen sich berührten. Er war viel größer als sie; sie musste den Kopf zurücklegen, um ihn richtig sehen zu können.

»Ich werde dich zu der Meinen machen«, knurrte er.

»Lady Keita, ich ...«

Der jüngere Blitzdrache blieb stehen, als Keita aus den Armen des anderen zurückzuckte. Sie achtete darauf, dass sie verängstigt wirkte, verwirrt – schwach.

Der Jüngere knallte sein Geschenk auf das des Älteren. Keita blinzelte. *Gute Götter. Ist das ein Baum? Wer verschenkt denn einen Baum?*

Sie konnte es kaum erwarten, Gwenvael diese Geschichte zu erzählen.

»Du bescheißt, du Bastard!«

»Verschwinde, kleine Schlange. Willst doch nicht deinen Kopf wegen was verlieren, das du sowieso nie kriegst.«

Der Jüngere – der noch lernen musste, seine Leidenschaften zu zügeln, sei es Liebe oder Hass – ging auf seinen Bruder los.

Keita wich so weit zurück, wie sie mit der Kette konnte. Doch wie sie erwartet hatte, lockte der Lärm der Schlägerei die anderen herbei.

»Was ist hier los?«, wollte einer der Älteren wissen.

»Er wollte sie vögeln! Ich hab ihn erwischt!«

Fast hätte sie laut losgelacht. *Eingebildeter Haufen von Blödmännern.*

Doch je mehr von Olgeirs Brut sich einmischten, desto brutaler wurde der Kampf, und die Wachen wurden gerufen. Sie bewegte sich auf die Tür zu, als zwei Drachenwächter hereinrannten.

»Haltet sie auf, bitte!«, flehte sie. Sie hatte sie alle davon überzeugt, dass sie nur das Beste für Olgeir und seine Sippe wollte – als ob es sie auch nur im Geringsten interessierte. Sie stürmten vor, erst einer, dann der andere. Keitas Schwanz peitschte um den Hals des Zweiten und riss ihn in einem Winkel zurück, dass es ihm sauber das Genick brach. Ein hübscher Trick, den sie von ihrem Vater gelernt hatte. »Du bist vielleicht kleiner als die Männer«, hatte er immer gesagt, »aber du kannst ihr Gewicht und ihre Dummheit gegen sie verwenden. Vergiss das nie.« Sie hatte es nicht vergessen.

Sie schnappte sich den Schlüsselring, der an seinem Brustharnisch hing und schloss das Halsband um ihre Kehle auf.

Dann zog sie sich in die Schatten zurück und wartete, während weitere Familienmitglieder angerannt kamen und sich ins Gefecht stürzten. Immer näher schob sie sich an den Rand des flachen Berggipfels heran. Sie genehmigte sich noch eine Sekunde, um zu genießen, wie ein Sprühnebel von Blut den Boden zu bedecken begann, dann ließ sie sich rückwärts die Kante hinunterfallen.

Lautlos fiel sie dem Boden entgegen, den Blick auf den Punkt gerichtet, von dem sie eben entkommen war. Der Kampf ging weiter, doch es kamen keine Rufe wegen ihres Verschwindens.

Grinsend drehte sich Keita in der Luft und entfaltete ihre Schwingen. Die Kraft des Windes trug sie, und sie steuerte nach Süden.

Nichts hielt sie auf, als sie dicht über den Baumwipfeln dahinschwebte. Irgendwann würden sie merken, dass sie fort war, und Späher aussenden, um sie zu finden. Sie würde listig und schnell sein müssen, um ihnen zu entkommen. Doch ihre Brüder brauchten sie, und sie würde sich nicht aufhalten lassen.

Als sie den Fluss der Qual überflog, spürte sie, dass ihr zwei männliche Drachen auf den Fersen waren. Sie flog, so gut sie konnte und nutzte Bäume, Felsen und sogar Vögel, um sie sich vom Hals zu halten.

Doch sie waren hartnäckig. Entschlossen. Am Ende warfen sie ein Netz über sie. Sie schnaubte nur, ihre Krallen rissen an dem weichen Stoff. Doch als nichts passierte, blickte sie nach unten. Es war nicht ihre Klaue, die sie sah … sondern ihre Hand.

»Was um aller Höllen …«

Das Netz schloss sich vollständig um ihren menschlichen Körper, und Keita fiel wie ein Stein. Sie schrie, als der Boden auf sie zuraste, und schwieg abrupt, als starke Drachenarme sie auffingen und sanft mit ihr zu Boden schwebten.

»Hier sind wir, Prinzessin Keita.« Blitze sprenkelten einen Augenblick lang die Luft um sie herum, während der Blitzdrache von Drache zu Mensch wechselte, bevor er sie absetzte. »Wohlbehalten und sicher.«

Sie wartete, während das Netz langsam weggenommen wurde, und lauerte auf den richtigen Moment. Zusammengerollt und keuchend blieb sie auf der Seite liegen.

»Ist sie verletzt?«, fragte eine andere Stimme.

»Nein. Aber sie will, dass wir das glauben. Nicht wahr, Mylady?«

Keita war bewusst, dass sie keine Zeit mehr zu verlieren hatte und richtete sich auf. Sie hatte die Hände zu Fäusten geballt und schlug zweimal zu, sodass ihr Entführer mehrere Schritte rückwärtstaumelte. Sie rannte los; irgendwie musste sie ihre Füße aus diesem verfluchten Geflecht herausbekommen. Doch sie kam nicht weit, denn der Arm ihres Entführers schwang herum, und ohne dass er sie überhaupt berührte, flog Keita zurück. Ihr überraschter und empörter Aufschrei über diesen brutalen Gebrauch von Magie endete abrupt, als ihre menschliche Gestalt gegen die Felswand des nächsten Berges krachte.

Jetzt heuchelte sie nichts mehr. Sie konnte weder sprechen noch sich rühren und war zu erschöpft, um zu kämpfen, als der Blitzdrache sich neben sie kniete und das kleine, für Menschen gemachte Halsband um ihre Kehle zuschnappen ließ. Die Macht dieses magischen Gegenstandes pflügte durch sie hindurch und ließ sie als zitterndes Häufchen Mensch zu seinen Füßen liegen.

Seine starken Finger strichen ihr das Haar aus dem Gesicht.

»Rot«, sagte eine andere Stimme über ihr Haar.

»Hübsch«, sagte eine weitere.

»Trickreich«, sagte derjenige, der auf sie herabsah. Er lächelte, als sie ihm wütend ins Gesicht starrte. »Hallo, Prinzessin Keita. Ich bin Ragnar. Es tut mir leid, dass ich deine Rückreise zu deinem Bruder und seinem sterbenden Liebling beenden musste, aber ich brauche dich noch. Und solange ich dir nichts Gegenteiliges sage, Prinzessin … gehörst du mir.«

Dagmar schloss die Türen zu Violences Stall. Sie hatte ihm und seinen Stuten einen Korb Äpfel gebracht und war bei ihnen geblieben, bis Violence endlich etwas fraß. Der Stallhund winselte hinter der Tür, er wollte ihr in ihr Zimmer folgen. Er war ein sehr lieber Hund, doch sie hatte andere Aufgaben.

»Ruhig jetzt«, sagte sie durch das dicke Holz hindurch. »Leg dich hin.«

Der Hund schnüffelte ein bisschen unter der Türritze, ging aber schließlich zurück zu seinem warmen Platz und dem kalten Futter.

Dagmar drehte sich um, um zum Schloss zurückzugehen, und stand plötzlich vor Königin Rhiannon, die sie anstarrte.

»Du kannst gut mit Tieren umgehen, wie ich sehe.«

»Ja, Mylady. Ich züchte Hunde für die Soldaten meines Vaters.«

»Ach ja?« Sie runzelte missbilligend die Stirn. »Ist das eine angemessene Tätigkeit für die Einzige Tochter eines Nordland-Warlords?«

»Nein. Aber mein Vater konnte meine Talente nicht leugnen.«

Die Drachin kam auf sie zu. Irgendwie schien sie zu gleiten. »Mein Sohn sagt, du hast noch andere Talente.«

Dagmar konnte nicht anders. Ihre Augen weiteten sich erschrocken, und sie fühlte sich, als wäre sie vollkommen nackt in den Rittersaal spaziert.

Die Königin runzelte erneut die Stirn und schnappte dann nach Luft. »O Götter! Nein, nein! Nicht so!«

Die beiden begannen zu lachen und hörten abrupt auf, als

ihnen bewusst wurde, wie unangebracht es klang und sich anfühlte. Doch es hatte sie beide einfach überkommen.

»Manchmal vergesse ich, dass Gwenvael nicht wie seine Brüder ist. Was ich sagen wollte, ist: Er hat mir gesagt, dass du gut verhandeln und mit Worten umgehen kannst.«

Diesmal war Dagmar überrascht, aber geschmeichelt. Sie hatte keine Ahnung gehabt, dass Gwenvael sie seiner Mutter gegenüber so gelobt hatte. »Ich ... habe meinem Vater geholfen, wenn ...«

Die Königin hob die Hand und ließ sie durch die Luft sausen. »Bitte, Lady Dagmar. Ich bin nicht in Stimmung für falsche Bescheidenheit.«

Dagmar verschränkte die Arme vor der Brust. »Geht es um Ragnar?«

Sie schnaubte. »Mit diesem Hordenküken werde ich selbst fertig. Er ist ein Magier, weißt du? Und gar kein schlechter. Ich spüre seine Macht zwischen den Zeilen der Magie. Aber ich nehme an, dir als Jüngerin der Aoibhell bedeutet das alles gar nichts.«

»Ich bin keine Jüngerin. Ich pflichte ihren Lehren bei.«

Rhiannon stieß ein kleines Kichern aus. »Selbst die Andeutung, sie könnten Aoibhell anbeten, ist eine Beleidigung für alle, die an ihr Wort glauben.«

»Sie zu einem Gott zu machen würde allem widersprechen, woran sie glaubte.« Dagmar blickte rasch zu Boden. »Was wollt Ihr dann von mir, Mylady?«

»Ich werde offen sein, denn ich bin nicht gut in Andeutungen. Ich habe ein Problem. Es geht um Annwyls Zwillinge. Ich brauche die Hilfe eines verschlagenen Verstandes, gepaart mit einem ...«

»Barbarischen Willen?«

Die Drachenkönigin grinste anzüglich. »Genau.«

»Da kann ich Euch helfen.« Wie sie versprochen hatte, Annwyl zu helfen. Und solange die Menschenkönigin atmete, würde sie dieses Versprechen halten.

Dagmar machte eine Handbewegung von den Ställen weg. »Erzählt mir alles, Majestät, dann wird uns schon etwas einfallen.«

Olgeir starrte über die Kante, von der er annahm, dass Lady Keita über sie geflohen war. Zu seinen Füßen lag einer seiner Lieblingswächter mit fachmännisch gebrochenem Genick, und hinter ihm standen die Idioten, die er Söhne nannte.
»Wir verfolgen sie«, sagte sein Ältester. »Wir werden sie finden.«
»Es ist zu spät!« Er drehte sich um, und seine Söhne wichen zurück. Er mochte alt sein, aber Drachen machte das nur schwerer zu töten. »Könnt ihr ihn nicht riechen? In der Luft? Er hat sie schon.«
»Wer? Wer hat sie?«
»Der Junge. Dieser verräterische Drecksskerl.«
Einer seiner jüngeren Söhne hob eine Augenbraue. »Ragnar wäre niemals dumm genug, hierherzukommen.«
Doch Olgeir wusste es besser. Er wusste, dass sein Sohn dumm genug war, alles aufs Spiel zu setzen, um Warlord der Olgeirsson-Horde zu werden.
»Wir finden ihn, Pa«, sagte sein Ältester, während die anderen hinter ihm grölten. »Wir finden und töten ihn. Bringen dir seinen Kopf.«
»Nein.« Olgeir schnaubte höhnisch. »Bleibt hier. Ich kümmere mich um den Jungen. Wie immer.«
Er stürmte davon und bedeutete drei seiner besten Wächter, ihm zu folgen.
Olgeir würde Ragnars Kopf höchstpersönlich holen und ihn über seinem Schatz aufhängen.
Die Mutter seiner idiotischen Sprösslinge würde sich beschweren, aber sie würde damit leben müssen.

26

Drei Tage lang hielt die Königin der Dunklen Ebenen durch. Drei Tage lang trauerte das Königreich nun schon.

Doch der Schmerz, den die Drachen verspürten, die zu ihrer Familie gehörten, war fast greifbar, durchbohrte sie alle. Jeden Tag sah sie Diener aus dem Schloss hinausstürmen, um unter ihresgleichen weinen zu können und die Drachen nicht noch mehr zu belasten. Selbst die Vettern und Cousinen, Tanten und Onkel, die keine Gelegenheit gehabt hatten, Annwyl vor der Geburt kennenzulernen, trauerten um den Verlust, den ihre Familie litt.

Um ehrlich zu sein, war Dagmar ganz einfach nicht daran gewöhnt. Die Nordländer zeigten ihren Schmerz nicht. Sie wehklagten nicht. Sie verbrannten ihre Toten einfach, entweder auf Scheiterhaufen oder auf dem Meer, und wenn die Überreste nur noch Asche waren, wurde drei bis fünf Tage lang getrunken. Benachbarte Feinde griffen in diesen Zeiten nicht an – wahrscheinlich eine der wenigen Grenzen im Krieg, die nicht einmal Jökull überschritt. Wenn man betrunken war, waren Tränen und Schluchzen erlaubt, denn das konnte man rechtfertigen. »Es war das Saufen«, hatte sie ihre Verwandten mehr als einmal sagen hören. »Mehr als sechs Fässchen Ale, und ich bin ein flennendes Häufchen Elend.«

Doch in den Dunklen Ebenen war nicht getrunken worden. Es gab nur die grimmige Vorbereitung auf Kampf und Verteidigung und die schmerzerfüllten Gesichter derer, die um Königin Annwyl trauerten.

Um gegen all das anzukämpfen, hatte Dagmar sich damit abgelenkt, was sie am besten konnte: Pläne schmieden und ausführen.

Ein guter Teil der Verteidigungsmaßnahmen war fertig vorbereitet. Einige davon waren tief im Boden unter ihnen vergraben, um dafür zu sorgen, dass es zumindest schwer für die Minotauren werden würde, in die Verliese von Garbhán durchzubrechen. Andere befanden sich über der Erde und waren ebenfalls bereit. Außerdem hatte sie auf ein paar Experimente bestanden. Sie hatte mit Brastias, der dankbar schien, sich auf etwas anderes konzentrieren zu können, über diese Testeinrichtungen gestritten. Er fand sie zu einfach und spezifisch, was vermutlich richtig war, aber Dagmar probierte ihre Ideen trotzdem gerne aus, wenn sie konnte.

Während die Verteidigungsanlagen gebaut wurden, waren die Händler und Prostituierten, die innerhalb der Hauptmauern lebten, in eine andere Stadt verlagert worden, die ungefähr eine Wegstunde vom Rand der Insel Garbhán entfernt lag. So mussten die Diener nicht zu weit reisen, um die täglichen Besorgungen zu machen, aber gleichzeitig konnten starke Verteidigungsanlagen errichtet werden, die das Haupttor schützen würden.

Dagmar hatte auch bei alledem gern geholfen, froh, dass sie in dieser Zeit eine kleine Hilfe sein konnte. Doch es war immer noch viel zu tun, und sie hatte die feste Absicht, dafür zu sorgen, dass so viel wie möglich fertig war, bevor sie nach Hause zurückkehrte. Als Dagmar über den riesigen Hof ging und dabei sorgfältig ihre Liste studierte, peitschte Wind um sie auf und hob den Saum ihres Kleides und ihre Haare an. Es erinnerte sie daran, dass sie wieder einmal vergessen hatte, sich die Haare zu flechten und ein Tuch darüber zu tragen. Sie hob den Blick zum Himmel und war vorübergehend geblendet von den zwei Sonnen, die auf sie herabbrannten. Sie sah die Drachen erst in letzter Sekunde und rannte aus dem Weg, als fünf von ihnen landeten.

Sie erkannte sie nicht als Mitglieder von Gwenvaels Sippe, aber sie sah, dass sie alt waren. Egal, welche Farbe ihre Schuppen hatten – ihre Mähnen waren altersbedingt fast weiß oder grau. Sie landeten und sahen sich um. Der alte Goldene vorn sah auf sie herab, und sie wusste sofort, dass dieser männliche Drache ein Problem werden würde.

Sie waren nicht hier, um ihr Mitgefühl auszudrücken oder Hilfe anzubieten. Sie wusste genau, wozu sie hier waren.

Dagmar wusste, dass dies hier sehr schnell hässlich werden würde und setzte ihren Plan in Gang.

Gwenvael schnitt seinem Vater den Weg ab und hielt ihn auf den Stufen des Rittersaals auf, indem er dem alten Drachen die Hände gegen die Schultern stemmte.

»Vater, nein.«

»*Ihr wagt es, hierherzukommen?*«, knurrte Bercelak die Drachen im Hof mit solch tödlichem Zorn an, dass Gwenvael fürchtete, die Adern, die an den Schläfen seines Vaters pulsierten, könnten bersten.

Die Ältesten hatten menschliche Gestalt angenommen und trugen die schlichten braunen Gewänder, die sie mitgebracht hatten. Vier von ihnen traten bei Bercelaks wütenden Worten hastig zurück; nur der Älteste Eanruig hatte den Schneid, gelangweilt dreinzusehen.

»Das soll nicht respektlos gemeint sein, Lord Bercelak«, seufzte Eanruig. »Aber ich habe Ihrer Majestät deutlich gesagt, dass wir kommen und die Babys holen, wenn sie geboren sind.«

Gwenvael und sein Vater tauschten Blicke, bevor Gwenvael herumwirbelte und fragte: »Wie bitte?«

»Wir kommen, um die Babys zu holen, junger Prinz. Sie werden mit uns kommen und dort erzogen werden, wo wir denken, dass es das Beste für sie ist.«

»Ihr werdet diese Kinder nicht mitnehmen!«

»Die Ältesten haben entschieden, Lord Gwenvael, und du kannst nichts dagegen tun.«

»Das ist mir egal. Ihr werdet diese Kinder nicht mitnehmen. Fearghus wird entscheiden, wo sie leben und wie sie erzogen werden. Nicht du. Und auch kein verdammter Rat!«

Briec kam die Treppe herunter und blieb neben Gwenvael stehen. »Was ist hier los?«

Ihr Vater konnte nicht einmal antworten. Er schüttelte nur den Kopf, die Hände auf die Hüften gestützt, während er auf der breiten Treppenstufe auf und ab ging.

Gwenvael sah seinen Bruder an, und die Wut nahm ihm fast den Atem. »Sie kommen, um die Babys zu holen.«

Briec sah Eanruig an. »Mit wessen Befugnis? Eindeutig nicht die unserer Mutter.«

Der Älteste grinste verschlagen, und Gwenvael zuckte zusammen, als Briec in seinem Kopf zu brüllen begann: *Wir bringen ihn um! Wir bringen ihn hier und jetzt um!*

Gwenvael legte Briec eine Hand auf die Schulter. *Das können wir nicht. Bleiben wir einfach ruhig.*

Von wegen ruhig, Scheiße!

»Der Rat hat seine Entscheidung getroffen, Bercelak der Schwarze ...«

»*Du* hast die Entscheidung getroffen«, schnitt ihm Bercelak das Wort ab. »Es geht um dich!«

»... und ich würde dir dringend nahelegen, uns nicht davon abzuhalten, wozu wir hergekommen sind.«

Dagmar kam um die Ecke des Schlosses. Sie zwinkerte Gwenvael fast unmerklich zu und machte Addolgar und Ghleanna, die hinter ihr gingen, ein Zeichen.

»Lord Gwenvael«, sagte sie mit einem sanften Lächeln, »wen haben wir denn hier?«

Er wechselte einen raschen Blick mit Briec.

Was zur Hölle tut sie da?, fragte Briec.

Vertrau ihr, Bruder. Denn Gwenvael tat es auf jeden Fall.

Er ging die Treppe ganz hinab, nahm Dagmars ausgestreckte Hand und sagte: »Lady Dagmar, das ist der Älteste Eanruig aus unserem Rat. Ältester Eanruig, das ist Dagmar Reinholdt aus den Nordländern. Einzige Tochter Des Reinholdts.«

Eanruig plusterte sich ein bisschen auf, als ihm klar wurde, dass Dagmar zu einem Nordland-Königshaus gehörte, soweit man die Familien dieser Warlords so nennen konnte. »Lady Dagmar. Es ist mir eine Ehre.«

Sie neigte kurz den Kopf. »Ich habe so viel über die mächtigen Drachenältesten der Südländer gelesen. Und ich fühle mich zutiefst geehrt, dich kennenlernen zu dürfen.« Sie schenkte ihm ihr unschuldigstes Lächeln. »Und was führt dich heute hierher?«

Eanruig seufzte traurig, was in Gwenvael das Bedürfnis weckte, dem Mistkerl die Lungen durch die Nase herauszuziehen. »Wir haben von der armen Königin Annwyl gehört und beschlossen, dass wir ihre Kinder zu deren eigener Sicherheit unter unseren Schutz nehmen sollten.«

»Aaah.« Dagmar nickte. »Ich verstehe.«

»Was soll das heißen?«, fragte Ghleanna und stampfte vor. »Ich verstehe es nicht. Was sagen sie, Dagmar?«

»Es ist ganz einfach«, erklärte Dagmar munter. »Um die Sicherheit der Zwillinge willen hat der Rat beschlossen, sie Fearghus zu entreißen – natürlich nur in gewissem Sinne –, während wir noch dabei sind, den Begräbnisscheiterhaufen für Annwyls eventuellen Tod vorzubereiten.«

Eanruig gluckste blasiert. »So einfach ist es nicht, Mylady.«

»Doch ist es«, konterte Dagmar immer noch fröhlich. »Denn siehst du, Ghleanna, wenn der Älteste Eanruig die Zwillinge hat, besitzt er Kontrolle über die Königin, da sie nichts tun würde, was ihre eigenen Enkel in Gefahr bringen könnte.«

Jetzt sah Eanruig finster drein. »Das ist nicht wahr.«

»Nur nicht so schüchtern«, lobte sie ihn mit einem Klaps auf den Arm und einem strahlenden Lächeln. »Politisch ist das genial. Denk darüber nach. Wer die Zwillinge in seiner Macht hat, hat die Königin in seiner Macht. Doch wenn sie dem Ältesten Eanruig die Babys verweigert, kann er alle, die sowieso nie große Fans von Königin Rhiannon waren, um sich scharen und einen hübschen kleinen Bürgerkrieg beginnen.«

Ghleanna verschränkte die Arme vor der Brust. »Und das lassen wir ihm durchgehen?«

Eanruig entriss Dagmar seinen Arm. »Es gibt nichts zum Durchgehenlassen, Nichtswürdige«, schnaubte er. »Was der Rat entscheidet, geht den Cadwaladr-Clan nichts an.«

»Er hat recht, Ghleanna«, warf Dagmar ein. »Das hat mit der königlichen Blutlinie und denen zu tun, die direkt zu ihr gehören, wie Bercelak. Leider« – sie schien sich über Ghleanna lustig zu machen, indem sie Eanruig zuzwinkerte – »hat das mit dir oder Addolgar wenig zu tun.«

»Bercelak ist unser Bruder.«

Dagmar tätschelte Ghleannas Unterarm. »Es geht um die Abstammung, meine Liebe. Habe ich recht, Ältester Eanruig?«

»Richtig«, stimmte er abfällig zu.

»Und da ihr von niederer Abstammung seid, besitzt ihr weder einen echten Verwandtschaftsgrad zur Drachenkönigin noch ein Mitspracherecht, was diese Dinge angeht. Also, dann werde ich mal die Babys holen, nicht wahr?« Sie lächelte Eanruig zu.

»Herzlichen Dank, Lady Dagmar.«

Als Dagmar die Treppe hinaufging, blickte Ghleanna finster zu Bercelak auf. »Lässt du ihm das durchgehen, Bruder?«

Dramatisch seufzend nahm Dagmar Bercelaks Arm.

»Was hat er für eine Wahl?«

»Er kann den Mistkerl niederstrecken.«

»Nein, kann er nicht. Genauso wenig wie Briec oder Gwenvael. Denn durch ihre Verbindung zu Königin Rhiannon könnten sie keinen unbewaffneten Ältesten niederstrecken. Obwohl sie offen herausgefordert wurden … wie man diese Situation unter Umständen sehen könnte.«

Ghleanna blinzelte und ihr Blick wurde weicher. »Weil sie direkt mit Rhiannon verwandt sind?«

»Richtig.«

»Und wir sind es nicht?«

»Leider seid ihr nur bedeutungslos und von niederer Geburt, deshalb könntet ihr das hier leicht als eine Bedrohung der Zwillinge interpretieren und entsprechend handeln.«

Eanruig runzelte die Stirn. »Warte … was?«

»Nun, sie sind von niederer Geburt, Mylord«, stellte Dagmar fest, während sie ihm alle zusahen, wie er zurückwich. »Was hattest du erwartet?«

Selbst wenn Eanruig Hunderte von Jahren jünger gewesen wäre, hätte er sich niemals schnell genug bewegen können. Er war Politiker wie Dagmar, kein geübter Krieger. Er besaß keine Schnelligkeit, kein Geschick und keine Hoffnung darauf, einer kampfgeschulten wütenden Drachin zu entkommen.

Ghleanna schlitzte Eanruigs menschlichen Körper mit ihrem Schwert von der rechten Schulter bis zur linken Hüfte auf. Als sie ihre Klinge aus seinem Oberkörper zog – seine Schreie ließen die schaulustigen Menschen um ihr Leben rennen und die anderen Ältesten auseinanderstieben –, durchschnitt Addolgars Klinge die Luft und krachte mitten in Eanruigs Schädel. Die Waffe hielt in ihrer Abwärtsbewegung erst inne, als sie zwischen den Beinen des Ältesten wieder herauskam.

Und damit hörten die Schreie auf.

Flammen loderten kurz auf, und Eanruigs menschliche Überreste verwandelten sich in ihre natürliche Gestalt zurück. Dagmar fühlte nichts, als sie auf das hinabstarrte, was vom Ältesten Eanruig übrig geblieben war. Vielleicht hätte er sich besser andere Babys vornehmen sollen, aber er hatte es auf Annwyls abgesehen gehabt. Das hatte es fast zu einem Vergnügen gemacht, mit der Drachenkönigin zusammenzuarbeiten, um zu garantieren, dass die Gesetze Ghleanna und Addolgar schützten, die vollkommen unwissend gewesen waren und doch reagiert hatten, wie Rhiannon es vorhergesehen hatte.

Ghleanna hob ihr blutverschmiertes Schwert und richtete es auf die restlichen Ältesten, die nun versuchten, ihr zu entkommen. »Jetzt hört mir mal gut zu, ihr! Von jetzt an stehen die Zwillinge von Fearghus dem Zerstörer unter dem Schutz des Cadwaladr-Clans. Wenn ihr noch einmal ohne die ausdrückliche Erlaubnis von einem von uns oder von der Königin selbst in ihre Nähe kommt, dann fahren die Cadwaladrs auf euch nieder wie Wölfe auf ein verletztes Reh. Wir werden die Wände von Devenallt um euch herum niederreißen und euch zeigen, was ein wahrer Bürgerkrieg ist.« Sie trat näher an sie heran. »Legt euch nicht mit meiner Familie an, oder ich bringe jeden Einzelnen von euch um und werfe eure verrottenden Knochen vor die Höhlen eurer Brut.« Sie versprengte Eanruigs Blut mit ihrem Schwert über die Ältesten, bevor sie es in die Scheide zurücksteckte, die sie auf dem Rücken trug.

»Geht uns aus den Augen. Und kommt nie wieder ohne Einladung hierher.« Als die Ältesten sie nur in stummem Grauen anstarrten schrie sie: »*Los!*«

Die alten Drachen verwandelten sich und knallten bei dem Versuch, möglichst schnell davonzukommen, gegeneinander.

Ghleanna rieb sich die Hände und machte sich auf den Rückweg zu dem Übungsplatz, von dem Dagmar sie und ihren Bruder geholt hatte.

Mit einem Zwinkern und einem Lächeln folgte Addolgar seiner Schwester.

Dagmar wurde bewusst, dass Gwenvael, Briec und Bercelak sie ansahen. »Ja?«

»Sie ist gut«, murmelte Briec.

»Das ist sie.« Gwenvael legte ihr den Arm um die Schulter und seine Lippen streiften ihre Schläfe. »Mit einem unfehlbaren Sinn für den richtigen Zeitpunkt und fundiertem Wissen über unsere Blutlinien.«

»Sei nicht so ein Wichtigtuer.«

»Trickreich, trickreich, trickreich.«

»Lady Dagmar!«, rief ein junger Soldat, der auf sie zugerannt kam. »Lady Dagmar!« Er kam schlitternd am Fuß der Treppe zum Stehen.

»Hol erst mal Luft, Junge, und dann sag mir, was ich deiner Meinung nach wissen muss.«

Vornübergebeugt, die Hände auf den Knien, brachte er schließlich keuchend heraus: »Du sagtest, ich soll dir Bescheid sagen, wenn ich etwas höre ...«

»Ja, ja. Was ist los?«

»Ungefähr dreihundert Wegstunden von hier, Mylady. Hufabdrücke.«

»Da wirst du mir wohl leider etwas Interessanteres erzählen müssen.«

»Paare. Ich meine, es sind Paare von je zwei Hufen, die nebeneinandergehen. Und dann verschwinden sie einfach. Wir können nicht feststellen, wohin, aber es sieht so aus, als verschwänden sie in einem Felsen.«

Nicht *in* einem Felsen, hätte sie gewettet, sondern *darunter*. Wie es die Eislandminotauren taten. Sie fanden sich nicht nur mühelos unter der Erde zurecht, sie konnten auch ihre Spuren sehr gut verwischen. Doch sie ließ sich nicht täuschen. Sie war sich sicher, dass sie einige Wegstunden von den Spuren entfernt in den Untergrund gegangen waren; höchstwahrscheinlich wussten sie, dass Annwyls Armee vor ihrer Ankunft gewarnt worden war.

Dagmar entließ den Soldaten mit einer Handbewegung. »Gute Arbeit. Sag es General Brastias, wenn er es noch nicht weiß.«

»Aye, M'lady«, versprach der junge Soldat, bevor er wieder davonrannte.

Sie nickte den Drachen zu, die sie erwartungsvoll anschauten.

»Sie sind hier.«

27

Gwenvael fand seinen Bruder dort, wo er schon seit drei Tagen war. Er störte ihn jetzt nur sehr ungern, aber er hatte die Anweisung drei Tage zuvor von Fearghus selbst bekommen.

»Bruder.«

Fearghus hob den Kopf. »Aye?«

»Dagmar hat die Nachricht erhalten, dass die Minotauren in der Nähe sind. Wir treffen uns jetzt alle mit Vater, Ghleanna und Addolgar im Konferenzzimmer, um die nächsten Schritte zu besprechen.«

»Gut«, sagte Fearghus, dessen Stimme sehr matt klang. »Ich bin gleich da.«

»Du musst nicht. Wir können uns allein darum …«

»Es geht hier um das Leben meiner Kinder«, schnitt er ihm das Wort ab. »Ich bin gleich da.«

Fearghus hob nicht die Stimme. Er wurde nicht bissig, wie er es in einfacheren Zeiten tat. Inzwischen zeigte er keinerlei Gefühlsregung mehr.

»Wir werden auf dich warten«, sagte Gwenvael und ging.

Dagmar hörte das erneute Schreien und die Geräusche einer Schlägerei hinter verschlossenen Türen zwar auch, doch Talaith zuckte bei dem Lärm wieder zusammen.

»Ich kann mich nicht konzentrieren, wenn sie das tun!« Sie sah Dagmar an. »Wie kannst du das nur ignorieren?«

»Du kennst ganz eindeutig keinen aus meiner Familie.«

Talaith stieß hörbar die Luft aus und vertiefte sich wieder in ihr Buch.

Dagmar warf einen Blick zu ihr hinüber. Sie hatte nicht geschlafen, das verrieten ihr die Ringe unter ihren Augen eindeutig. Stattdessen verbrachte sie jeden Augenblick mit dem letzten verzweifelten Versuch, Annwyl das Leben zu retten. Gelegentlich half sie auch Dagmar. »Talaith, vielleicht solltest du dich ein bisschen ausruhen?«

»Ich kann mich ausruhen, wenn sie tot ist«, antwortete sie barsch. Dann, erschrocken über ihre eigenen Worte, schob sie das Buch von sich weg und schlug sich die Hand vor den Mund. »Gute Götter!«

Dagmar legte die Hand auf Talaiths Schulter. »Du kannst nicht viel tun.«

»Ich weiß. Aber ich kann die Hoffnung nicht aufgeben, dass Morfyd oder ich etwas – irgendetwas – finden, das sie zurückbringt. Selbst Rhiannons Macht hält nicht mehr lange.«

Dagmar lehnte sich auf ihrem Stuhl zurück, die Karten und Notizen vor sich ausgebreitet. »Morgen?«

Talaith schüttelte den Kopf – sie verstand sofort, was Dagmars eigentliche Frage war.

»Eher heute Abend.«

»Weiß es Fearghus?«

»Hat es ihm jemand gesagt? Nein. *Weiß* er es? Ich denke ja.«

Seufzend beugte sich Dagmar über die Karten, als sie ihn sah. Er kam durch die Tür, und absolut niemand achtete auf ihn. Wenn man bedachte, wie überaus gründlich die Sicherheitsvorkehrungen verstärkt worden waren – auf Gwenvaels ausdrückliche Anordnung hin –, ärgerte sie die Tatsache, dass niemand auch nur in seine Richtung sah. Sie hatte explizit hinzugefügt, dass auch Drachen in Menschengestalt befragt werden mussten oder Gwenvaels Sippe über ihre Anwesenheit benachrichtigt.

»Wer ist das?« Sie deutete mit dem Kinn auf ihn, und Talaith sah den Drachen direkt an.

»Wer? Samuel der Wäschejunge?«

Dagmar runzelte die Stirn und sah noch einmal hinüber, wobei ihr schnell klar wurde, dass Talaith von dem Jungen sprach, der gerade auf Knien den Boden schrubbte.

»Nicht der.« Sie schaute sich wieder nach ihm um und sah ihn lässig die Treppe hinaufgehen. »Er.«

Talaith starrte mit leerem Blick auf die Treppe. »Wer?«

»Siehst du nichts?«

»Sollte ich etwas sehen?« Sie sagte es, als hätte Dagmar den Verstand verloren. Dagmar wusste, dass Hexen wie Talaith und Morfyd sehen konnten, was andere nicht sahen, doch solange Dagmar ihre Augengläser trug, war sie nicht blind. Sie wusste, was sie sah ... warum also hatte Talaith es nicht auch gesehen?

Sie schob ihren Stuhl zurück und stand auf. »Ich bin gleich zurück.«

Den Saum ihres Kleides anhebend, ging Dagmar hinter ihm die Treppe hinauf. Als sie in den Flur trat, war er verschwunden. Vielleicht war er jemandes Liebhaber, der zu einem Besuch vorbeikam. Doch sie hatte nicht gehört, dass sich eine Tür geöffnet oder geschlossen hätte. Auch hatte sie nicht das Licht des Vormittags vorübergehend in den Flur fallen sehen, weil jemand einen Raum betrat.

Sie ging einen Gang entlang, drehte um und nahm einen anderen. Sie ging zu dem Raum, in dem Annwyl lag, blieb aber abrupt stehen, als sie den Mann aus dem Säuglingszimmer der Zwillinge herauskommen sah. Diesmal hielt er Annwyls Zwillinge in den Armen. Er stand im Flur, tolldreist, direkt vor den Wächtern, die eigentlich die Babys und ihre Ammen beschützen sollten. Doch die Wächter rührten sich nicht. Sie schienen seine Anwesenheit nicht einmal zu bemerken.

Dann verstand sie. Sie sahen ihn nicht, Talaith sah ihn nicht – niemand sah ihn. Niemand außer Dagmar.

Darüber hatte sich Aoibhell in den Briefen, die Ragnar ihr gegeben hatte, oft beschwert. Sie wechselte viele Briefe mit einem Freund, in denen sie hauptsächlich über ihre Überzeugungen schrieb – oder über ihren Mangel daran. Ein paar Mal hatte das, was sie schrieb, für Dagmar nicht viel Sinn ergeben. Bis jetzt.

»Am Anfang waren sie immer so überrascht, wenn ich sie sehen konnte, Anne. Inzwischen kommen sie zum Plaudern vorbei. Zum Tee. Anscheinend werde ich sie nicht wieder los. Das scheint nur denen zu passieren, die wirklich keine Götter verehren. Nicht denen, die ihre Familie ärgern wollen oder die sich betrogen fühlen, wenn jemand stirbt, der ihnen nahesteht. Sondern denen, die ehrlich wissen, dass die Götter nicht besser sind als irgendjemand sonst.«

Dagmar musterte das männliche Wesen, das Annwyls Babys in den Armen hielt. Sein Mund verzog sich ein wenig, als er versuchte, eine Entscheidung zu treffen, und mit einem kleinen Achselzucken setzte er sich in Bewegung – auf Annwlys Zimmer zu.

Dagmar folgte ihm, und die Wachen bemerkten sie sofort. Sie wartete einen Augenblick, holte Luft und betrat das Sterbezimmer der Königin.

Er stand neben dem Bett und sah auf Annwyl hinab.

»Wolltest ihnen wohl die Gelegenheit geben, sich zu verabschieden?«, fragte Dagmar kühl.

Überrascht blickte er auf und lächelte. »Unglaublich. Dass du mich sehen kannst, meine ich.« Als sie nichts dazu sagte, schien er das Interesse zu verlieren.

»Es erschien mir nur fair, sie zu ihrer Mutter zu bringen. Meinst du nicht?« Er legte die Babys auf Brust und Bauch ihrer Mutter. Sein Lächeln war nachsichtig, wie bei einem Vater, dessen Kinder einen Hund lieb gewonnen haben, aber nicht behalten dürfen. »Sagt auf Wiedersehen«, sagte er neckend zu ihnen. »Könnt ihr schon auf Wiedersehen sagen?«

Dagmars Augen wurden schmal, ihre Oberlippe kräuselte sich, und ihre Hände ballten sich zu Fäusten.

Gott oder nicht, sie würde diesen Mistkerl nicht so leicht davonkommen lassen.

Briec, gründlich angewidert von seiner Sippe, verdrehte die Augen. Die Gefährtin seines Bruders lag sterbend in einem der Räume über ihnen, und alles, was diese Idioten konnten, war darüber zu streiten, wie man Minotauren am besten jagte und vernichtete.

Seiner Meinung nach Energieverschwendung. Aber typisch für die Art, wie der Cadwaladr-Clan mit so etwas umging.

Sie konnten Annwyl nicht helfen, obwohl die Familie seines Vaters sehr gerne »half«. Also taten sie, was sie am besten konnten: töten und zerstören. Doch das konnten sie nicht, wenn es stimmte, was die winzige Barbarin ihnen gesagt hatte – dass die Minotaurenspuren zwar an einem Ort sein mochten, das aber nur bedeutete, dass die Minotauren selbst sicherlich an einem anderen Ort waren. Also standen sie über Karten gebeugt, stritten, argumentierten und redeten sich die Köpfe heiß. Alles, während Fearghus auf einem Stuhl saß und auf den Tisch mit den Karten starrte. Briec wusste, dass sein Bruder nichts von dem sah, was vor ihm lag. Dass er nichts fühlte als den Verlust seiner Gefährtin.

Jede Nacht musste Briec zu später Stunde die erschöpfte Talaith aufspüren und sie von ihren Büchern loseisen, damit sie zumindest ein paar Stunden Schlaf bekam. Allerdings schlief sie nicht. Sie weinte hauptsächlich. Es war herzlos und grausam, das wusste er, aber es war besser für sie alle, wenn ihre Mutter – die schweigend auf der anderen Seite des Raumes saß und Fearghus ansah – Annwyl einfach gehen ließ. Sie gehen ließ, damit sie ihre Asche in den Wind streuen konnten und sich dann daranmachen, ihre Kinder großzuziehen, wie sie es sich gewünscht hätte.

Briec wollte natürlich nicht, dass sie starb. *So* groß war seine Abneigung gegen sie nie gewesen. Aber sie nur aus dem einzigen Grund hierzubehalten, um Fearghus einen noch atmenden Leichnam zu geben, den er Tag und Nacht anstarren konnte, schien ihm auch keine viel bessere Idee zu sein.

Wenn er daran dachte, selbst so etwas durchmachen zu müssen – seine Talaith auf diese Art zu verlieren –, spürte er den Schmerz natürlich auch als etwas Körperliches. Nie zuvor hatte er sich so sehr gewünscht, irgendetwas tun zu können, um seinem Bruder zu helfen. Fearghus war nie so ein unbeschwerter Drache gewesen wie Gwenvael, aber so wie jetzt war er noch nie gewesen.

Gebrochen.

Sein Bruder war gebrochen. Und obwohl Fearghus' Verzweiflung groß gewesen wäre, wenn Annwyl im Kampf gefallen wäre, hätte er dann zumindest einen klaren Feind gehabt. Seine Aufgabe wäre klar gewesen – all jene zu töten und zu vernichten, die bei Annwyls Tod die Hände im Spiel gehabt hatten.

Aber wie tötete man einen Gott?

Hätte Briec es gewusst, er hätte es selbst längst getan.

Während Bercelak seine schlechte Laune an seinem eigenen Bruder ausließ und Addolgar – dessen Launen noch viel schlimmer sein konnten – sich revanchierte, sah sich Briec im Raum um.

Etwas … er spürte *etwas*.

Sofort sah er seine Schwester an. Ihr Gesichtsausdruck änderte sich nicht, ihre Verärgerung nahm nicht ab.

Wenn Morfyd nichts spürte, gab es vielleicht nichts zu spüren.

Er tat es als Unsinn ab, konzentrierte sich wieder auf seinen Vater und überlegte, wer von den beiden den ersten Schlag ausführen würde.

Ah. Bercelak natürlich. Das war keine Überraschung.

Der Gott in Menschengestalt stand hoch aufgerichtet da und sah sie an. Seine Haare waren wild und lang, ein guter Teil davon schleifte über den Boden, und es sah aus, als zöge sich eine ganze Palette von Farben in Strähnen durch all das Schwarz. Als sie ihn zum ersten Mal gesehen hatte, war es zu dunkel gewesen, um all die Nuancen sehen zu können, aber jetzt konnte sie alles deutlich erkennen. Selbst seine Augen hatten eine seltsame Farbe. Vielleicht veilchenblau? Sehr ähnlich wie Briecs Augenfarbe, wenn auch strahlender – und überraschenderweise auch wärmer als die von Briec. Freundlicher. Genau wie sein schön geschnittenes Gesicht.

Alles an ihm sah hübsch, charmant und liebenswürdig aus – und Dagmar glaubte nichts davon auch nur eine Sekunde lang.

»Du verehrst die Götter also nicht.«

Dagmar trat weiter in den Raum hinein.

»Vernunft und Logik sind alles, was ich brauche.«

»Jedoch so kalt und gefühllos sind die liebe Vernunft und Logik.«

»Für mich reichen sie vollkommen aus. Ich habe gesehen, wie mein Volk an den Altären von Göttern wie dir geopfert hat, und bisher konnte ich noch keinen Nutzen erkennen. Männer im besten Alter werden im Kampf massakriert und hinterlassen Frauen und kleine Kinder. Dann betet die Frau zu ihrem Gott: ›Bitte, Gott, hilf mir, jetzt, wo mein Ehemann fort ist.‹« Dagmar zuckte die Achseln. »Nach einem oder zwei Monaten, wenn die armselige Summe, die sie von der Armee bekommen hat, verbraucht ist, sehe ich, wie sie sich auf der Straße meistbietend verkauft. In der Hoffnung, genug zu verdienen, um Essen für ihre Kinder auf den Tisch zu bringen, die wiederum zu Dieben und Mördern heranwachsen werden. Oder vielleicht zu Soldaten, da ja ihr Vater einer war, und dann fängt alles wieder von vorn an. Nein, es tut mir leid. Das kann keine Götterverehrung sein.«

»Aber würdest du mich belügen, um deine Freundin zu retten? Würdest du mir sagen, was ich hören will? Würdest du nicht dieselben Spiele spielen, die du mit anderen spielst?«

»Ich habe genug über die Drachengötter gelesen, um zu wissen, dass mir das nichts nützen würde. Ich kann dir mit Komplimenten schmeicheln, aber was wird mir das einbringen?«

»Warum bist du dann hier, meine gute Lady Dagmar?«

»Ich will verstehen, warum.«

»Warum was?«

»Warum du ihnen das antust. Es gab niemanden, der meine Mutter oder mich beschützt hat, also war ihr Tod unvermeidlich. Aber diese Babys« – sie deutete auf die Zwillinge, die an ihrer Mutter zupften, um ihre Aufmerksamkeit zu bekommen – »sie sind deine Schöpfung. Warum tust du ihnen das dann an?«

»Ich habe ihnen nichts getan.«

»Du nimmst Ihnen die Mutter weg. Glaubst du, das werden sie dir verzeihen?«

»Sie werden es verstehen müssen. Sie ist zu schwach, um sie zu beschützen.«

»Ja, jetzt ist sie das. Aber nicht, bevor sie schwanger war. Und du bist ein Gott. Du könntest ihr das zurückgeben.«

»Falls ich sie für würdig befände ja. Das tue ich aber nicht. Keine Angst, süße Dagmar, ich bringe die zwei von hier fort. Ich werde sie beschützen und sichergehen, dass sie angemessen aufgezogen werden. Ich habe meine Sache bei Izzy sehr gut gemacht.«

»Warum glaubst du nicht, dass ihr Vater es gut machen würde?«

»Er ist sehr wütend. Er will ihnen nicht die Schuld geben, aber er tut es.«

»Das müsste er nicht, wenn du ihm seine Gefährtin zurückgeben würdest. Nur sie kann diese Kinder beschützen.«

»Das dachte ich mir.« Er sah scheinbar mitleidig auf sie hinab, doch er war nicht annähernd so traurig, wie er vorgab.

»Sie werden dir *niemals* vergeben«, versprach sie.

»Sie müssen es nicht wissen.«

»Aaah. Verstehe. Wenn man sie von ihrer Familie wegholt, werden sie nie die Geschichte hören, wie du ihre Mutter getötet hast.«

»Ich habe sie nicht getötet.«

»Doch, das hast du. Das ist dir zuzuschreiben, Mylord. Dir und nur dir allein.«

»Tja, jetzt ist es zu spät.« Er schickte sie mit einer Handgeste fort; langsam war er frustriert. »Heute Abend wird sie ihre Vorfahren treffen. Wenn du mich jetzt bitte entschuldigen würdest …«

Dagmars Gedanken rasten bei dem Versuch einen Ausweg zu finden. Einen Weg, zuerst den Babys zu helfen und dann, wenn sie Glück hatte, Annwyl. Aber aus irgendeinem Grund konnte sie nur an Wollsocken denken. Was bei aller Vernunft hatten Wollsocken mit alledem zu tun?

Das Paar, das sie mitgebracht hatte, besaß sie nicht einmal mehr. Sie hatte es verschenkt an …

Dagmar stützte sich mit der Hand auf die Sockelleiste des Bettes, um sich zu beruhigen. Sie hatte hier nur eine Chance; die würde sie nutzen müssen.

»Und was ist mit deiner Gefährtin, Rhydderch Hael?«

Er starrte sie an. »Was soll mit ihr sein?«

»Ragnar hat mir Geschichten von den Drachengöttern erzählt.«

Er lachte. »Du meinst, als du dachtest, er sei ein Mönch?« Als sie nicht mitlachte, seufzte er gelangweilt auf. »Also, was ist mit meiner Gefährtin? Und können wir das bitte zügig hinter uns bringen?«

»Ich habe eine Theorie.«

»Das klingt nicht nach zügig.«

»Nach allem, was ich gelesen oder von Ragnar und von anderen, die mit ihm gereist sind, erzählt bekommen habe, ist Eirianwen, deine Gefährtin und die gefürchtetste Göttin des Krieges, eine Drachin.«

»Mir wird langweilig«, sagte er plötzlich.

»Das glaube ich. Aber lass mich einfach ausreden. Ich habe einen sehr alten Text gefunden, den ein Mönch schrieb, der als komplett irre galt ...«

»Das ist immer eine gute Quelle.«

»... und er schrieb über die Legende der zwei Göttinnen. Die eine: Arzhela. Eine Göttin der Schönheit, des Lichts und der Fruchtbarkeit. Geliebt von allen Menschengöttern. Verehrt als eine der beliebtesten Gottheiten. Und dann gab es da noch ihre jüngere *Schwester*. Eirianwen. Eine dunkle Göttin. Das Gegenteil in ihrer Bestimmung und sogar im Aussehen. Sie bevorzugte die Wüstengötter. Braune Haut, Haare und Augen. Und« – jetzt zog sie eine traurige Schnute – »so sehr zu Unrecht gefürchtet. Selbst von ihren eigenen Geschwistern. Denn sie sah überhaupt nicht aus wie sie, und sie hatte einen kaum übertroffenen Blutdurst. Es lag nahe, dass sie eine Kriegsgöttin werden würde. Aaah.« Sie wackelte mit dem Zeigefinger. »Aber nur wenige Menschenkrieger wollten sie verehren. Die Jünger Arzhelas erzählten nur schreckliche Dinge über die arme Eirianwen und verschafften ihr im ganzen Land einen furchtbaren Ruf. Traurig wanderte Eirianwen davon und wurde zur reisenden Kriegsgöttin. Bis sie schließlich bei den Drachengöttern landete. Leider war sie menschlich, und jene mochten keine Menschengötter.«

Sie spürte, wie ihre Zuversicht zurückkehrte und rückte näher an ihn heran. »Und gerade als Eirianwen aufgeben und wieder einmal davonwandern wollte, tragisch abgewiesen von allen, traf sie den Vater aller Drachen. Oh, und er fand ziemlich viel Gefallen an ihr, und damit er und sie ... na ja ... du weißt schon: Darum wurde er menschlich. Eine Fähigkeit, die er nur besaß, weil er ein Gott war. Keine seiner eigenen Schöpfungen konnte sich verwandeln, was nie ein Problem gewesen war, bis die Menschen begannen, sich dagegen zu wehren, Mahlzeiten zu sein.

Dann erfuhr Arzhela von dir und Eirianwen, nicht wahr? Und sie war gar nicht erfreut darüber, vor allem, weil sie selbst immer noch keinen Gefährten hatte. Wie konnte ihre Furcht einflößende, muskelbepackte, blutgetränkte, mörderische kleine Schwester einen Gefährten haben und sie nicht? Noch schlimmer: Er war keiner der Menschengötter, sondern eines von diesen schuppigen Reptilien.«

Als ihr das eine angehobene Augenbraue einbrachte, hob sie die Hände. »Ich zitiere nur den Text, den ich gelesen habe, Mylord.«

»Natürlich.«

»Also gab es einen Krieg, denn so regelt man die Dinge unter Göttern. Ein Überraschungsangriff wurde geplant, und als Zugabe sollte Eirianwen zurückgeholt werden. Denn es wäre nicht richtig gewesen, sie nicht zu ihrer eigenen Familie zurückzuholen, die sie bis dahin so wunderbar behandelt hatte.« Er grinste über ihren trockenen Tonfall. »Aber die wie immer etwas zu selbstbewusste Arzhela vergaß, dass ihre Schwester eine Kriegsgöttin war. Schlachten, Blut und Strategien sind ihre Freunde, genau wie Vernunft und Logik meine sind. Sie wusste, was kommen würde und plante einen Gegenangriff, wozu sie all die anderen Drachengötter an deiner Seite versammelte. Und damit riskierte sie alles für dich.« Dagmar trat noch näher heran, bis der Saum ihres Kleides seine langen Haare berührte. »Denn als die Schlacht vorüber war und der Rauch sich verzog, konnte man nicht mehr von einem Götterreich zum anderen wechseln. Eirianwen war jetzt Teil des Drachenpantheons.«

»Na und?«

»Die Fähigkeit der Drachen, sich in Menschen zu verwandeln, ist überhaupt kein Geschenk von dir, oder? Es ist ein Geschenk von *ihr*. Wegen ihrer Liebe zu dir und ihrem Wunsch, dich und deine Art so gut zu schützen wie sie konnte.« Dagmar tippte ihm mit dem Finger an die Brust. »Das erklärt, warum die Drachen der Südländer, wenn sie in die Schlacht fliegen, ihre Farben unter ihrer Rüstung tragen. Es sind *ihre* Kräfte, die ihre Magier in den Schlachten anrufen. Nicht deine.«

Der Drachengott sagte nichts, sondern starrte sie nur an.

»Das war die ganze Zeit Morfyds und Talaiths Fehler, nicht wahr? Sie hätten Eirianwen anrufen sollen, damit sie Annwyl beschützt. Denn von euch beiden scheint sie diejenige mit Herz zu sein. Diejenige, die sich um andere sorgt.«

Sie trat zurück. »Ich weiß! Vielleicht wende ich mich an sie. Ich habe mich noch nie an einen Gott gewandt, aber als Anhängerin von Aoibhell bin ich mir sicher, dass mein Ruf von allen Göttern gehört wird – Drachen, Menschen und sonstigen. Vielleicht kann sie tun«, sie schnaubte höhnisch, »wofür du nicht mächtig genug bist!«

Dann legte sich seine Hand eng um ihre Kehle und schnitt ihr jedes weitere Wort und die Luft ab. Er hob Dagmar vom Boden hoch und ignorierte dabei, wie sie nach seinen Fingern krallte.

»Du bist ja so schlau, Dagmar Reinholdt. So schrecklich, schrecklich schlau. Wollen wir doch einmal sehen, wie schlau du bist.«

Er ließ sie los und schleuderte sie gleichzeitig von sich weg. Hustend versuchte sie, wieder zu Atem zu kommen und hatte keinen Augenblick Zeit, zu fragen, was er meinte, bevor er seine Hand unter Annwyls Nacken schob und ihren Kopf zurückneigte. Dann küsste er sie, und Dagmar sah zu, wie er ihr den letzten Rest Atem aus den Lungen sog, und ihr die Magie, die dafür gesorgt hatte, dass sie weiteratmete, brutal entriss.

Der Drachengott trat zurück, und Annwyls Arm fiel zur Seite, die Augen starrten leer an die Decke.

Er hatte sie getötet.

Dagmar spürte, wie eine Welle der Panik sie erfasste; ihr Körper zitterte, während sie die tote Königin ansah.

»Jetzt bist du für ihren Tod verantwortlich, Menschenfrau.« Er legte Annwyls Zwillinge in Dagmars Arme. »Die Frage ist … Wirst du auch für den Tod ihrer Zwillinge verantwortlich sein? Ich denke ja.«

»Warte …«

Er wandte sich von ihr ab, schnippte mit den Fingern, und mit einem Wimpernschlag befand sie sich nicht mehr in Sicherheit im Schloss auf Garbhán. Sie war irgendwo unter der Erde in einem Tunnel, und die Babys in ihren Armen weinten, weil sie den letzten Atemzug ihrer Mutter gespürt hatten.

Und zu ihren Füßen lag Annwyls nackte Leiche; die Wunde, wo sie sie geöffnet hatten, um an die Babys heranzukommen, blutete nicht mehr, denn es war nichts mehr in ihr, was bluten konnte.

Langsam hob Dagmar den Blick und hob ihn immer weiter, bis sie in das Gesicht der neun Fuß hohen Bestie blicken konnte, die vor ihr stand. Das Licht der Fackeln, die sie benutzten, damit sie ihre Arbeit richtig sehen konnten, während sie einen der kürzlich geschlossenen Tunnel wieder aufgruben, schimmerte auf den Hörnern der Kreatur.

»Es scheint«, sagte der Minotaurus leise und grinste auf sie und die Babys hinab, »als hätten die Götter heute beschlossen, ihre treuesten Diener zu beschenken.«

28

Keiner von ihnen hatte es je gehört. Zumindest nicht im Zusammenhang mit echtem Schmerz.

Ihre Mutter schrie auf.

Genau wie alle anderen im Raum wirbelte Gwenvael zu Rhiannon herum, als sie sich im Sitzen vorbeugte, die Hand an der Brust.

»O Götter. Sie ist tot, Fearghus.« Sie sah ihren Ältesten an. »Er hat sie mir weggenommen. Er hat ihr das Leben direkt aus dem Körper gerissen.«

Sie rannten alle auf die Tür zu, doch sie sagte: »Nein.« Sie schüttelte den Kopf, immer noch um Atem ringend. »Sie ist fort.«

»Was meinst du mit ›sie ist fort‹?«, blaffte Fearghus sie an.

»Ich meine, sie ist fort. Die Babys sind fort. Sie sind alle fort. Er hat sie mitgenommen.«

»Nein.« Morfyd trat vor, die Augen ins Leere gerichtet, während sie sah, was ihre Mutter sah. »Er hat sie nicht mitgenommen. Er hat die Babys fortgeschickt.«

»Wohin?«, fragte Gwenvael. »Wohin hat er sie geschickt?«

Rhiannon schloss die Augen und ging in sich, um mehr Informationen zu bekommen.

Bercelak schob sich an seinen Kindern und Geschwistern vorbei und kauerte sich vor seine Gefährtin hin. »Was ist los, Rhiannon?«

»Er wollte, dass ich es sehe. Dass ich sehe, was er getan hat, denn ihren Schmerz zu sehen macht es schwerer ...« Sie umklammerte Bercelaks Hand, während sich ihr Gesicht verzog und sie versuchte, hinter den Tricks eines Gottes die Wahrheit zu sehen.

Dann entriss sie Bercelak ihre Hand und stand mit vor Wut rot angelaufenem Gesicht abrupt auf, während sie knurrte. »*Dieser Bastard!*«

Fearghus ging auf seine Mutter zu. »Was ist los? Was hat er getan?«

»Er hat sie zu den Minotauren geschickt.«

Schweigen senkte sich über den Raum, alle standen einen Augenblick lang wie betäubt da. Dann marschierte Fearghus los und riss die Tür auf. Ohne es zu merken, riss er sie aus ihren Angeln, sodass Briec und Gwenvael zur Seite treten mussten, als sie an ihnen vorbeiflog.

Sie stürmten alle in den Rittersaal, wo Talaith und Izzy auf sie warteten.

Die Nolwenn-Hexe hatte es auch gespürt. Sie wusste, was ihrer Freundin und den Zwillingen geschehen war.

»Sie sind nicht allein«, rief Rhiannon hinter ihnen her, und gleichzeitig drehten sich alle nach ihr um.

»Wer ist bei ihnen?«, verlangte Fearghus zu wissen.

Als der Blick seiner Mutter auf ihm ruhte, merkte Gwenvael, wie ihm der Atem stockte. »Dagmar?«

Sein Bruder fragte ihn etwas, doch er konnte ihn nicht hören. Er konnte über dem Rauschen in seinen Ohren überhaupt nichts hören, als ihm bewusst wurde, was Dagmar geschehen war – und was Dagmar noch geschehen *würde*, wenn sie sie und die Babys nicht rechtzeitig fanden.

Fearghus rüttelte ihn grob an der Schulter und holte ihn damit zurück in den Raum.

»*Was?*«, knurrte Gwenvael.

»Wird Dagmar Zeit für uns herausschinden?«, fragte Fearghus.

»Ja.« Gwenvael nickte, während er bereits auf die Tür des Rittersaals zurannte. »Sie wird Zeit für uns herausschinden.«

Dagmar starrte zu dem Minotaurus hinauf, der vor ihr aufragte. Seine Augen waren braun, seine Haare wirr und schmutzig, sein Gesicht das eines Rindes, mit einer flachen, feuchten Schnauze, die irgendeine Art widerlich aussehender Schleim bedeckte. Er trug nichts als ein Tuch aus irgendeiner Tierhaut um die Hüften und eine Kette, von der sie annahm, dass sie aus purem Gold gemacht war. Die Kette war dick und breit, und das Medaillon, das daran hing, war so groß wie ein kleiner Teller. Sie erkannte das Symbol der Göttin Arzhela sofort.

Sie ließ sich vor dem Minotaurus auf ein Knie sinken und sagte: »Ich bin so froh, euch gefunden zu haben, Mylord. Ich habe die Kinder entführt, als sich die Gelegenheit bot, aber es war nicht leicht.«

»*Du* hast die Brut entführt?«

Sie nickte ohne den Blick zu heben. »Ich wusste, dass ihr hier warten würdet, und der Tod ihrer Mutter erschien mir der passende Moment zu sein.«

Er stieß den Leichnam zu Dagmars Füßen mit dem Huf an. Sie war froh, dass ihr Kopf gesenkt war und er nicht sehen konnte, wie sich dabei ihr Gesicht verzog.

»Das da. *Das* ist die große Blutkönigin des Südens?«

»Ja. Die Geburt hat sie umgebracht, Mylord. Wie du siehst, hat ihre ... äh ... Brut ihr das Leben ausgesaugt.«

»Gut. Die Hure hatte es verdient.«

Ein zweiter Minotaurus trat näher und kauerte sich neben den Leichnam. Er drückte seine dicken, fleischigen Finger gegen ihre Kehle, dann nickte er. »Sie ist tot.«

Der Anführer der Minotauren ging um Annwyls Leiche herum und gab ihr einen Tritt, dass sie ein Stück durch den Gang flog.

Dagmar biss sich auf die Wange, als sie hörte, wie Annwyl gegen eine Wand krachte und mehrere Knochen dabei brachen. Die große Menschenkönigin landete schlaff auf dem felsigen Untergrund, ihre Überreste unnatürlich verdreht.

Es kostete Dagmar ihre ganze eingeübte Selbstbeherrschung, um nicht aufzuschreien. Ihnen nicht als Einzige Tochter Des Reinholdts zu befehlen, die Überreste der Großen Blutkönigin mit Ehrfurcht zu behandeln ...

Die Einzige Tochter Des Reinholdts ...

»Und was dich angeht ...«

Sie sah, wie fellbedeckte Hände sich nach ihr ausstreckten. »Ich bin die Einzige Tochter Des Reinholdts«, schnauzte sie ihn an. »Ihr werdet nicht Hand an mich legen! Und ihr solltet wissen, dass mein Vater mich als Gesandte in den Süden geschickt hat, damit ich euch bei eurem heiligen Streben behilflich bin, die Brut der Dämonenkönigin zu holen.«

»Warum« – wollte ein Dritter von ihnen wissen – »sollte er seine Tochter auf so eine Mission schicken?«

Sie stand auf, wobei sie die Babys immer noch fest in den Armen hielt. »Weil er wusste, dass die Dämonenkönigin nur einer Frau vertrauen würde. Und weil ich Die Bestie bin.«

»Du? Du bist Die Bestie?«

»Mein Vater wusste, dass es gefährlich war, mich herzuschicken, doch niemand sonst wäre dicht genug herangekommen.«

»… oder hätte die Willensstärke Der Bestie, um es in der Nähe der Hure auszuhalten.«

»Sehr richtig, Mylord.« Sie blickte auf Annwyls zerschmetterten Leichnam, und der Ekel, der ihr ins Gesicht geschrieben war, war echt – wenn auch aus anderen Gründen als sie dachten. »Ich habe viel an diesem Ort gesehen, das mir schlaflose Nächte bereiten wird. Viele Gräueltaten. Doch mein Vater wird stolz sein, denn ich habe die Brut, wie er es befohlen hat.«

»Du hast recht getan«, lobte sie der Anführer der Minotauren und streckte die Hände nach den Babys aus. »Jetzt können wir ihnen die Kehlen durchschneiden und uns noch heute Nacht auf den Heimweg machen.«

»Nein.« Dagmar wandte ihren Körper von ihm ab, um seine Hände von ihnen fernzuhalten. »Wir können sie nicht hier töten. Wir müssen mit ihnen in den Norden zurückkehren und meinem Vater die Ehre überlassen, ihnen ihre wertlosen kleinen Köpfe abzuschneiden.«

»Das können wir nicht. Sie müssen sterben, bevor diese Drachen uns finden.«

»Wir haben eine bessere Verhandlungsposition, wenn sie leben.«

»Nach Hause zurückzukehren war nie unsere Absicht, Mylady. Es ging nur darum, sie zu töten. Wenn einer von uns das überlebt und es lebendig nach Hause schafft, dann wird das ein zusätzliches Geschenk der Götter sein. Doch unser Hauptziel – unser einziges Ziel – ist, diese Scheußlichkeiten zu töten, bevor wir irgendetwas anderes tun.«

War ihnen die Heuchelei klar, die Zwillinge als Scheußlichkeiten zu bezeichnen, wo sie selbst Kühe auf zwei Beinen waren? *Sprechende* Kühe auf zwei Beinen?

Nein. Vermutlich nicht.

»Ich kann das nicht erlauben«, sagte sie mit so viel königlicher Grobheit wie sie aufbringen konnte. »Ihr Tod steht nicht ... *euch* zu.«

»Aber die Götter ...«

»Eure einzige Bestimmung hier, Rind, ist, meine sichere Reise nach Hause zu gewährleisten. Sie werden uns suchen, und ihr werdet kämpfen, um mich zu beschützen und dabei höchstwahrscheinlich sterben. Das ist eure einzige Aufgabe.«

Die männlichen Minotauren standen verwirrt herum und tauschten Blicke untereinander. Sie wusste, dass sie sie hatte. Männer zu beeinflussen fiel ihr immer so leicht, wenn es sein musste.

Leider hatte Dagmar nicht mit dem weiblichen Minotaurus gerechnet.

»Sie lügt«, zischte diese und trat aus den Schatten. Ihr Kleid war ebenfalls aus Tierhaut, hüllte sie aber von den Schultern bis zu den Hufen ein. Sie hatte keine Hörner wie die Männer, war aber nur ein bisschen kleiner als der Größte von ihnen. Der braune Umhang über ihrem Kleid war aus Wolle. Sie hatte die Kapuze hochgezogen, um ihr Haar zu verbergen, und Dagmar konnte die Runen erkennen, die in den Stoff eingewebt waren.

Eine Priesterin der Arzhela. Und dann auch noch eine mit einiger Macht.

»Sie beschützt diese Dinger, die sie da trägt, mit ihrem Leben.« Sie rammte dem erstbesten Minotaurus die Faust gegen die Schulter und erntete ein Grunzen. »Und ihr Dummköpfe glaubt ihr!«

Dagmar verstand die Worte der Frau aufgrund einer alten Verletzung an deren Kehle kaum: Die Narbe eines Schwerthiebes verlief quer darüber hinweg. Vielleicht war sie in einen Kampf geraten, aber höchstwahrscheinlich war es ihr Opfer für Arzhela gewesen. Eine wahre Dienerin der verblichenen Göttin.

Die Priesterin kam näher, ihre Hufe klapperten laut auf dem felsigen Boden. Sie starrte Dagmar unverwandt dabei an.

»Du irrst dich«, versuchte es Dagmar noch einmal und bemühte sich, gelangweilt und unbeeindruckt zu klingen. »Meine Aufgabe ist so einfach wie eure. Die Brut holen, zu meinem Vater zurückkehren. Dem Reinholdt.«

»Sie lügt«, zischte sie noch einmal.

»Zweifelst du mein Wort als Nordländerin an? Zweifelst du an, dass ich eine Reinholdt bin?«

»Du bist eine Reinholdt, Lady Dagmar. Ich habe dich schon einmal gesehen, als ich durch das Land der Reinholdts gekommen bin. Du *bist* Dagmar Reinholdt. Aber du lügst.« Sie beugte sich zu ihr vor, ihre nasse Nase schnüffelte um sie herum. »Sie hat den Geruch von Rhydderch Hael überall an sich.«

»Sie ist eine Anhängerin!«, beschuldigte sie einer der Männlichen.

»Nein.« Die Priesterin lächelte dünn. »Nein. Sie verehrt niemanden. Kein Gott beschützt sie. Keiner kümmert sich um sie. Selbst Rhydderch Hael nicht. Er ist derjenige, der sie hergeschickt hat. Für uns.«

»Und die Brut?«

»Sie haben ihn enttäuscht. Er will nichts mit ihnen zu tun haben.«

Sie streckte die Hand nach einem der Kinder aus, und sofort drehte Dagmar den Körper weg.

Mit leiser und kontrollierter Stimme grollte sie: »Lass deine schmutzigen Kuhfinger von ihnen.«

Die Priesterin grinste gemein. »Die Brut gehört mir.« Ihr Blick ging zu den Männern hinüber. »Die Frau ... gehört ganz euch.«

Dagmar brachte nicht einmal den Gedanken zustande, dass sie fortlaufen sollte, bevor sie eine Hand an den Haaren packte und nach hinten riss, während die Priesterin ihr Annwyls Babys aus den Armen riss.

»Nein!« Verzweifelt streckte sie die Arme nach den Zwillingen aus. Sie wollte sie mit ihrem Leben schützen.

Der Anführer der Minotauren trat vor sie hin und legte ihr die Hände um den Hals. »Wie kann es sein, dass du die Götter nicht verehrst? Gerade in diesem Moment belohnen sie unser Opfer« – er schob sie zu der Gruppe der anderen Minotauren »– mit dir.«

Soldaten, Wachen und Diener – die Menschen – gingen eilig aus dem Weg, als Gwenvael und seine Sippe aus dem Schloss in den Hof eilten. Sie verwandelten sich augenblicklich; Addolgar und Ghleanna brachen in verschiedene Richtungen auf, um die Umgebung abzusuchen und riefen ihre Söhne und Töchter, dass sie sich ihnen anschließen sollten. Rhiannon und Morfyd machten sich auf den Weg zum See, um die Götter zu Hilfe zu rufen. Übrig blieben die vier Brüder und ihr Vater.

Gwenvael, Briec, Éibhear, Bercelak und Fearghus würden dort beginnen, wo die Hufabdrücke als Erstes entdeckt worden waren, und von dort aus weitersuchen, in der Hoffnung, dass sie nicht mehr als ein paar Wegstunden entfernt waren.

Doch als Gwenvael in die Luft stieg, hörte er eine Stimme, die ihn rief. Er blickte nach unten und sah, dass es Izzy war. Sie wedelte wild mit den Armen und schrie seinen Namen.

Er sank tiefer. »Was ist los, Izzy?«

»Annwyls Pferd! Kannst du es nicht hören?«

Briec war inzwischen neben ihm, und sie schwebten einen Augenblick und versuchten, über die Geräusche der Menschen hinweg etwas zu hören.

»Ich höre ihn«, sagte Briec. Sie hörten es beide. Der Hengst polterte an die Stallwände. Vielleicht war er einfach verrückt geworden, weil er spürte, dass seine Herrin tot war, doch das glaubte Gwenvael nicht. Genauso wenig wie Izzy, wie es schien. Sie rannte davon, drängte sich mit Leichtigkeit durch die Menge der

Menschen, während ihr Onkel und ihr Vater tiefer flogen, bis sie den privaten Stall der Königin erreichten.

Als Izzy hineinrannte, kam ihre Mutter ihr nachgelaufen und rief ihr zu, dass sie auf sie warten solle.

Éibhear überholte sie alle, schnappte nach dem Stalldach und riss es mit einem einzigen Ruck ab.

Keiner von ihnen hatte Violence je so gesehen. Er war immer das ruhige Auge in Annwyls Sturm gewesen – deshalb hatte Fearghus den Hengst auch hauptsächlich für seine Gefährtin ausgesucht.

»Trauert er?«, fragte Briec.

»Ich glaube nicht.« Fearghus sank etwas tiefer. »Izzy. Lass ihn raus.«

Izzy griff nach dem Metallriegel, der das Stalltor verschloss, und riss ihn zurück. Das Tor öffnete sich krachend, als das Pferd erneut mit seinen Vorderhufen dagegentrat, und ohne einen Augenblick zu zögern, stürmte es los und rannte auf das Haupttor zu.

Das Pferd wirkte jetzt nicht mehr wahnsinnig vor Trauer. Es hatte ein Ziel und eine Aufgabe.

»Öffnet die Tore! Sofort!«, schrie Fearghus den Wachen zu, bevor er dem Tier nachsetzte, seine Brüder und seinen Vater neben sich.

Sie ergriffen ihre jetzt leeren Arme – die Vernunft mochte ihr helfen, aber sie konnte diese Leere in ihrer Seele fühlen – und zerrten sie über den Tunnelboden zurück dorthin, wo sie aufgehört hatten zu graben. Sie warfen sie auf den Boden, und sie rappelte sich wieder auf.

Ihre Gedanken rasten auf der Suche nach einem Ausweg, doch die Macht der Priesterin über die männlichen Minotauren war absolut. Im Norden war eine Priesterin von Macht eine Frau, mit der kein Mann zu diskutieren wagte. Leider unterschieden sich die Minotauren nicht von ihren Landsmännern.

»Ihr werdet uns unsere Grobheit verzeihen müssen, Mylady«,

sagte der oberste Minotaurus mit größter Verachtung. »Wir sind schon Monate unterwegs, und unsere Priesterin ist selten entgegenkommend. Aber natürlich wirst du nicht lange genug leben, um großen Anstoß daran zu nehmen.«

»Ihr werdet für euren Verrat am Nordland-Kodex bezahlen.«

»Wir stammen aus den mächtigen Eisländern. Wir sind die wahren Nordländer. Daher bedeutet uns ein Kodex, den ihr Südländer benutzt, überhaupt nichts.«

Und als die Männer immer weiter auf sie zukamen, sah Dagmar sie mitten unter ihnen stehen – unentdeckt. Außer von Dagmar. Diesmal sah sie größer aus und nicht mehr nach einer armen Söldnerin. Wie hatte Dagmar es nur übersehen können? Warum hatte sie es nicht erkannt?

»Willst du nur dort herumstehen?«, blaffte Dagmar wütend. »Willst du nichts tun?«

Die Minotauren hielten inne und tauschten Blicke, während ein paar murmelnd fragten, mit wem sie wohl redete.

»Du hast seine Gefühle verletzt«, schalt die andere. »Deshalb bist du hier, Dagmar Reinholdt. Du kannst wirklich keinem außer dir selbst einen Vorwurf machen.«

»Du gibst *mir* die Schuld daran?«

»Wir haben dir für gar nichts die Schuld gegeben«, bestritt einer der Minotauren.

»Halt die Klappe!«, fuhr sie ihn an und konzentrierte sich wieder auf Eir. »Du musst etwas tun!«

»Was denn zum Beispiel? Sie alle umbringen?«

»Hervorragender Anfang.«

»Das kann ich nicht. Genau genommen haben sie mir nichts getan. Und du verehrst mich nicht ... oder sonst jemanden. Es ist nicht meine Aufgabe, die Zwillinge zu beschützen. Ich sollte wirklich nicht anderen Göttern in die Quere kommen.«

»Soll das ein Witz sein?«

»Das wird nicht funktionieren«, sagte der Hauptminotaurus. »So zu tun als wärst du verrückt, wird dir nicht helfen.«

»Götter haben Regeln«, sprach Eir weiter und ignorierte den

Minotaurus genauso wie Dagmar es tat. »Einen Kodex, wenn du so willst, wie ihr im Norden einen habt.«

»Dann war das also alles? Du gehst einfach weg?«

»Du hast dich selbst in diese Lage gebracht ... Mir scheint, dass du allein bist.«

Die Göttin wollte sich abwenden, doch Dagmar riss sich von einem ihrer Entführer los und deutete auf sie. »Du sagtest, dass du mir etwas schuldest!«

Überrascht blinzelnd drehte sich Eir wieder zu ihr um. »Für deine Wollsocken?«

»Es war ein unbestimmtes ›Ich schulde dir was‹.«

»Was?«

»Wenn du explizit ›Ich schulde dir ein Paar Wollsocken‹ gesagt hättest, wäre das eine Sache gewesen. Aber du hast nur gesagt, dass du mir etwas für die Wollsocken schuldest. Damit hast du es vollkommen offen für Interpretationen gelassen.«

Einer der Minotauren beugte sich zu seinem Kommandeur hinüber. »Sie ist verrückt wie Zentaurenmist.«

»Die Angst muss sie um den Verstand gebracht haben«, behauptete der Kommandeur.

Eir starrte sie einen Augenblick an, dann nickte sie. »Du bist *wirklich* gut. Aber es war nur *ein* Gefallen. Also entscheidest du, wen ich rette. Die Zwillinge oder ...«

»Die Zwillinge«, sagte sie, und alle Minotauren schauten zu ihrer Priesterin hinüber, die damit beschäftigt war, Dolche und Kräuter für ein angemessenes Opferritual hervorzuholen.

»Die Zwillinge«, wiederholte Dagmar.

»Na gut. Glaubst du, du kannst sie eine Weile aufhalten?«

»Ich muss dich noch einmal fragen: Soll das ein Witz sein?«

»Komm schon. Du bist sehr gut. Dir wird schon etwas einfallen.«

Frustriert, verwirrt und ziemlich verängstigt warf Dagmar die Hände in die Luft und sagte: »Hört mich an, Minotauren!«, und all die Rindergesichter sahen sie an. »Die Drachengötter werden das nicht dulden! Und sie werden nicht euch dafür bestrafen. Es wird euer Volk sein. Eure Kühe. Eure Kälber. Sie werden euer Volk vom Angesicht der Erde hinwegfegen für diesen Verrat!«

Das ließ die Ochsen einen Moment innehalten. Sie waren auf einem Himmelfahrtskommando, aber das bedeutete nicht, dass ihre Familien es auch waren.

Eir hob den Daumen und lächelte. »Nicht schlecht!«

»Ignoriert sie«, sagte die Priesterin, während sie die inzwischen schreienden Zwillinge sorgfältig nach ihrem Geschmack auf einen rasch aufgebauten Altar legte. »Macht mit ihr, was ihr wollt – niemand wird sich darum scheren.«

»Aber« – presste einer vorsichtig zwischen den Zähnen hervor – »wir glauben, die ist verrückt.«

Die Priesterin staunte ihn an. »Das hat euch doch bisher auch nie gestört.«

Während die Minotauren die Vergewaltigung und die Ermordung der Irren diskutierten, beobachtete Dagmar Eir. Sie hatte versprochen, den Zwillingen zu helfen, und doch ging sie nicht auf sie zu, sondern fort von ihnen und hielt schließlich vor Annwyls liegendem Leichnam an. Sie kniete sich neben die tote Königin und drehte sie um. Dann legte sie Annwyl eine Hand auf den Kopf und strich sie über die ganze Länge ihres Körpers, über ihr Gesicht, Brust und Bauch, die Beine und die Füße. Annwyl selbst rührte sich nicht, die Augen starrten immer noch leer an die Decke, doch ihr Leichnam zuckte, als die Knochen sich wieder an ihren Platz schoben.

Mit einer Hand unter Annwyls Nacken, sodass ihr Kopf leicht nach hinten geneigt war, presste die Göttin ihre Lippen auf die von Annwyl, wie Rhydderch Hael es kurz zuvor getan hatte.

Die Minotauren, die ihr moralisches Dilemma offenbar überwunden hatten, schnappten Dagmar und drückten sie rücklings auf den Boden. Sie wehrte die Hände ab, die nach ihr griffen, doch ihre Aufmerksamkeit war auf die Babys und die Priesterin gerichtet, die sie in ihrer Gewalt hatte. Das herzlose Miststück summte, während sie ihr Ritual vorbereitete und alles andere um sich herum ignorierte.

»Sieh mich an, Menschliche.«

Dagmar tat es und starrte zu dem Minotaurus hinauf, der jetzt über ihr war, während die anderen sie am Boden festhielten.

»Dein Schmerz«, sagte er leise, »wird mein Vergnügen sein.«

»Und dein Tod«, sagte Annwyl hinter ihm, »wird meines sein.«

Dann griff die Blutkönigin nach seinem Kopf, ihre Finger gruben sich in seine Augen und drückten zu, bis sie sie tief in die Höhlen gequetscht hatte.

Der Minotaur schrie, stand auf und versuchte verzweifelt, Annwyl abzuschütteln, die sich immer noch an seinen Rücken klammerte.

Die anderen ließen Dagmar los, um ihrem Kommandeur zu Hilfe zu kommen. Doch er schrie und drehte sich im Kreis und hielt Annwyl damit ungewollt von ihnen fern, während er ihren Körper gleichzeitig als Waffe benutzte.

Dagmar stand rasch auf, als Annwyl eine Hand vom Gesicht des Minotaurus löste und ihm das Messer entriss, das er an seinem Lendenschurz befestigt hatte. Sie hob es über ihn und ließ es auf seinen Schädel niedersausen. Er schrie auf, und Annwyl lachte hysterisch, während sie die Klinge herauszog und wieder und wieder zustieß.

Irgendwann schaffte es einer der anderen Minotauren, sie festzuhalten, von seinem Kommandeur loszureißen und durch den Raum zu schleudern. Annwyl prallte gegen die Wand, dann auf den Boden und sprang sofort wieder auf die Füße.

Jetzt schrie Annwyl, wie Dagmar es noch nie gehört hatte und betete, es nie wieder hören zu müssen. Annwyl brüllte und ging – blutverschmiert – auf die Minotauren los. Die waren so verblüfft, dass sie einen Augenblick brauchten, bis sie reagierten. Einer von ihnen wollte sein Schwert ergreifen, doch Annwyl entriss es ihm und benutzte es, um ihm den Bauch aufzuschlitzen, bevor sie sich umdrehte und die Waffe verwegen schwang.

Dagmar zwang sich, den Blick ab- und der Priesterin zuzuwenden.

Diese war wütend, doch sie verlor nicht den Kopf. Stattdessen hob sie den Dolch hoch über das Mädchen. Dagmar rannte zu ihr hin, trat, um Schwung zu holen, auf den wackligen Altar, und warf sich auf die Priesterin. Sie war sich wohl bewusst, dass sie keine Kämpferin war, doch sie schlang die Arme um den Kopf der Kuh und hielt sich fest.

»Geh runter von mir!«, brüllte die Priesterin außer sich und schüttelte Dagmar ab, sodass diese rückwärts durch die Luft flog. Beim Sturz hielt Dagmar den Kopf hoch, damit er nicht auf den Boden knallte. Als sie aufhörte zu rutschen, schnappte sie eine der Fackeln und zwang ihren schmerzenden Körper, wieder aufzustehen. Sie spürte den Schmerz auf der Stelle, da sie nie gelernt hatte, ihn zu kontrollieren. Trotzdem hinkte sie so schnell sie konnte zu dem weiblichen Minotaurus zurück, schlug ihr die Fackel ins Gesicht und machte sie noch wütender.

»Schlampe!«

Dagmar trat nach der Schüssel voller Öl und zielte auf die Priesterin. Sie traf sie seitlich und schlug rasch mit der Fackel nach ihr. Die Flamme traf, das Öl fing Feuer und die Priesterin riss sich schreiend den Umhang vom Körper. Diese Zeit nutzte Dagmar, um die Zwillinge zu schnappen und so schnell es ging den Rückzug anzutreten. Von ihrem Standpunkt aus konnte sie den Ausgang sehen, doch die um sich schlagende und tötende Annwyl und immer noch ziemlich viele der Minotauren standen zwischen ihr und der Freiheit.

Die Priesterin, die sich von Umhang und Feuer befreit hatte, stieg auf den Altar. Sie starrte sie alle an, und dann öffnete sie den Mund und schrie: »*Halt!*«

Sie gehorchten alle. Sogar Annwyl.

Die Priesterin warf Dagmar einen Blick zu, doch sie war sich anscheinend sicher, dass diese in ihrer momentanen Lage nicht entkommen konnte. Im Moment wussten sie beide, dass Annwyl ihr größeres Problem war.

Sie hob den Arm und trat etwas näher an die Königin heran. »Ich rufe die dunkelsten Mächte an, zu mir zu kommen«, rief sie, den Finger auf Annwyl gerichtet. »Ich rufe sie an, Besitz von mir zu ergreifen und mir die Macht zu schenken, diese Scheußlichkeit zu vernichten.«

Dagmar trat vor. »Annwyl, töte sie«, rief sie. »*Töte sie, bevor sie es zu Ende bringen kann!*«

Sie würde wohl nie erfahren, ob Annwyl ihre Worte gehört und sie verstanden oder nur auf den Klang des Schreis reagiert hatte. Was auch immer die Königin, die Verrückte Schlampe von Garbhán, veranlasste – es genügte.

Sie hob den Arm – ihre Haut war jetzt nicht mehr fahl und schlaff, sondern stark und kraftvoll und bedeckte gut trainierte Muskeln – und warf das Schwert, das sie in der Hand hielt. Die Minotaurenwaffe war viel länger und breiter als jedes menschliche Schwert, doch Annwyl ging damit um, als sei es ein kleiner Speisedolch.

Die Waffe flog durch den Tunnel und bohrte sich in die Minotaurus-Priesterin, sodass diese mehrere Schritte rückwärtstaumelte.

Die Priesterin starrte auf das Schwert hinab, doch sie starb nicht.

Sie hob die Arme und rief: »Tötet …«

Aber Annwyls hysterischer Schrei übertönte sie, und die Blutkönigin stürmte auf sie los, krachte gegen sie und warf sie zu Boden. Sie riss ihr die Klinge aus der Brust und hob sie hoch. Immer noch schreiend, hieb sie erneut auf sie ein. Das schmerzliche Aufheulen der Priesterin erfüllte den Tunnel, konnte aber Annwyls Schrei nicht übertönen. Er ging über einen Kampfschrei hinaus. Er ging über alles hinaus.

Und während sie schrie, riss Annwyl die Waffe heraus und rammte sie wieder hinein, immer und immer wieder.

Unfähig, den Blick abzuwenden, beobachteten sie alle, sogar Dagmar. Die Minotauren rührten sich nicht. Ihr Kommandeur war tot, und ihre Priesterin wurde direkt vor ihren Augen abgeschlachtet.

Und es war eine Schlachtung. Eine brutale, grausame Schlachtung. Blut spritzte überall durch die Luft und traf sogar Dagmar und die Babys, doch Annwyl machte weiter, bis sich die Spitze der Klinge in den Boden unter ihnen bohrte. Erst dann ließ sie los und riss an der Brust der Priesterin, nun mit bloßen Händen. Sie riss die Rippen auseinander und fing an, immer wieder mit den Fäusten in den offenen Brustkorb zu boxen.

Inzwischen war die Minotaurin längst tot, doch offensichtlich war Annwyls Raserei immer noch groß.

Dagmar hörte irgendwann auf zu zählen, wie oft Annwyl auf die offene Brust vor sich einschlug. Wie oft sie Organe herausriss und sie über ihre Schulter warf. Zum ersten Mal im Leben war Dagmar wie hypnotisiert, unfähig, logisch zu denken oder etwas zu tun außer zu starren.

Es dauerte lange Minuten, bis die Minotauren sich schließlich aus ihrem Schockzustand lösten und einer von ihnen, ein Riese mit einem gewaltigen Kopf, sich auf sie zubewegte. Er hob langsam sein Schwert, und Dagmar wollte Annwyl warnen, doch eine Klinge an ihrer Kehle schnitt ihr jeden Laut ab.

Der Minotaurus stand jetzt hinter Annwyl, das Schwert in beiden Händen über ihrem nackten Rücken. Ohne einen Laut senkte er es, doch als die Spitze der Klinge sich ihrem Rückgrat näherte, bewegte sich Annwyl. Sie hob ganz einfach den rechten Arm und ging einen Schritt nach links zurück. Die Klinge stieß in die leere Brust der Minotaurin. Der Ochse starrte dümmlich darauf hinab, was er getan hatte, dann wanderte sein Blick zu Annwyl. Ihr Lächeln war wahnsinnig. Ein Mundwinkel verzog sich nach oben und sie sah mit ihren grünen Augen durch das Gewirr ihrer Haare zu ihm auf.

»Verfehlt«, zischte sie, und der Minotaurus stolperte rückwärts. Er hatte Angst. Er konnte es nicht verbergen, nicht vor seinen Kameraden und nicht vor sich selbst. Zum ersten Mal in seinem Leben, da war sich Dagmar sicher, hatte ein Eisländer Angst, und alle wussten es – denn sie alle hatten auch Angst.

Angst, als sie zusahen, wie Annwyl den Griff des Schwertes nahm, das noch in der Brust der Minotaurin steckte. Angst, als die kleine, nackte Menschenfrau auf die Füße kam. Annwyl keuchte – nicht vor Anstrengung ... sondern vor Lust. Vor Verlangen. Das Verlangen nach Vernichtung. Dagmar hatte so etwas noch nie vorher gesehen. Nicht so. Es war, als könnte die Kriegerin jeden Moment einen Orgasmus bekommen, allein dadurch, dass sie so eine Bedrohung darstellte.

Der irre Blick der Königin wanderte zu Dagmar, und der Minotaurus hinter ihr senkte sein Schwert und entfernte sich. Er hielt die Hände erhoben; seine Handflächen waren mit einem helleren, blasseren Fell bedeckt als das braunweiße auf der Oberseite.

Gleichzeitig zogen sich die Minotauren zurück und beobachteten Annwyl dabei ganz genau.

Annwyl benetzte sich die Lippen, ihr Keuchen wurde schwerer, ihr Körper von Sekunde zu Sekunde erregter. Dann schrie sie; sie schrie und die Minotauren rannten. Den Tunnel entlang, den sie gebaut hatten, und hinaus ins Sonnenlicht, das sie selten sahen.

Und Annwyl? Sie war direkt hinter ihnen.

Fearghus hielt abrupt inne, und Gwenvael wäre beinahe in ihn hineingeflogen. Sein Bruder drehte sich um, suchte mit wildem Blick die Umgebung ab. Annwyls Pferd bäumte sich auf und wich nicht vom Fleck.

»Was? Was ist los?«

»Hört doch!«

Da hörte Gwenvael es. Etwas, von dem er gedacht hatte, er werde es nie wieder hören. Den Kampfschrei der Blutkönigin.

»Da! Sie ist da!«

Und Annwyl war wirklich da – sie brach aus einem Loch hervor, das in den Fuß eines kleinen Hügels gegraben war. Sie wurde aber nicht gejagt; sie jagte selbst. Die Minotauren, die sie aufgescheucht hatte. Mindestens neun Fuß hoch und sicherlich fast dreihundert Pfund schwerer als sie selbst waren sie – und sie rannten. Doch sie holte rasch auf. Als er, Fearghus, Briec und Bercelak fast hundert Fuß entfernt landeten, hatte Annwyl den

Ersten eingeholt. Sie schnitt ihm die Achillesferse durch, und er fiel nach vorn. Als er sich auf den Rücken rollte, schlitzte sie ihm die Kehle auf, und ohne innezuhalten hieb sie nach einem weiteren. Die Minotauren hatten gehofft, ihr davonlaufen zu können, doch jetzt standen ihnen Drachen im Weg.

Briec holte Luft, bereit, sie alle mit Flammen auszulöschen, doch Fearghus schüttelte den Kopf. »Nein. Lass nur.«

»Aber Annwyl wird nichts passieren.« Ein Geschenk ihrer Mutter schützte Annwyl vor Drachenflammen. Das hatte ihr im Kampfgetümmel mehr als einmal geholfen.

»Lass es«, sagte Fearghus noch einmal.

Die Minotauren merkten, dass sie nicht entkommen konnten, und wirbelten herum, um sich Annwyl zu stellen. Dagmar hatte Fearghus versichert, dass es mindestens fünfzig sein würden – ungefähr ein Dutzend war noch von ihnen übrig, und diese griffen als Einheit an. Doch die Waffe, die Annwyl trug – ein kurzes Schwert für einen Minotaurus, aber fast doppelt so lang wie Annwyls eigenes Breitschwert –, blitzte im Sonnenlicht, als sie sich an die Arbeit machte.

Es war ein brutaler Kampf; die Blutkönigin machte ihrem Namen wieder einmal alle Ehre, als sie auf Arme, Beine und Köpfe einhackte. Die Köpfe waren schwer abzuschlagen, also verstümmelte sie die meisten von ihnen zuerst an den Gliedmaßen und ging dann von einem zum anderen, um ihnen den Rest zu geben. Während ihre Brüder und ihr Vater zusahen, landeten Morfyd und Rhianna mit Talaith und Izzy auf den Rücken. Dann kam der Cadwaladr-Clan an, ließ sich vom Himmel fallen und sah zu, wie Annwyl tat, was sie schon immer am besten gekonnt hatte.

Sie ging zu dem Letzten, der keine Beine mehr hatte, sich aber trotzdem abmühte, davonzukommen. Sie setzte ihm einen Fuß auf den Rücken und hielt ihn am Boden fest. Dann hob sie das Schwert mit beiden Händen und ließ es auf seinen Nacken niedersausen. Der erste Schlag trennte ihm den Kopf nicht ganz ab, also hackte sie immer wieder, bis er abfiel.

Dann stand Annwyl keuchend da, ihr nackter Körper blutbedeckt. Doch sie war lebendig. Sehr lebendig.

Und vollkommen wahnsinnig.

Gwenvael hörte leises Weinen und sah Dagmar aus dem Tunnel kommen. Sie war schmutzig, die Kleidung zerrissen, und es klebte ein wenig Blut an ihr, aber sie lebte, genau wie die Zwillinge. Sie waren es auch, die weinten, anscheinend eher verärgert als sonst etwas. Allen dreien ging es gut.

Sie sah ihn an, und ihr erleichtertes Lächeln wärmte ihn, wie er es nie zuvor erlebt hatte. Er trat vor und wollte zu ihr gehen, doch ihre Augen wurden weit und sie schüttelte rasch den Kopf. Das war auch gut, denn Annwyl wandte sich so schnell zu ihm um, dass Gwenvael einen hastigen Schritt rückwärts machte. Sie hielt die Klinge in beiden Händen, hoch an ihrer Seite erhoben. Die Haltung für einen Laufangriff.

Fearghus blickte finster, aber eher verwirrt als wütend. »Annwyl?«

Ihre grünen Augen richteten sich auf Fearghus, doch Gwenvael konnte kein Wiedererkennen ihres Gefährten in ihnen entdecken. Keine unsterbliche Liebe und Treue. Für Annwyl die Blutrünstige waren sie alle Feinde.

»Rauf aufs Pferd!«, befahl Annwyl Dagmar.

Gwenvael schüttelte den Kopf. »Warte …« Doch seine Mutter schnappte seinen Arm und zog ihn zurück. Sie trat vor ihren Sohn hin, um ihn zu schützen, und hielt den Blick auf Annwyl gerichtet.

»Na los, beweg dich!«, befahl Annwyl noch einmal.

Dagmar gehorchte und ging zu Annwyls Hengst hinüber. Das Pferd ging in die Knie, und Dagmar kletterte auf seinen Rücken, was mit den Babys im Arm gar nicht so einfach war. Auch Annwyl ging zu dem Pferd hinüber, wobei ihr Blick ständig von einem Drachen zum anderen schweifte. Sie erreichte Violence und glitt hinter Dagmar. Das Schwert hatte sie weiterhin in der Hand und schien bereit, es jederzeit zu benutzen.

»Nimm seine Mähne«, befahl sie Dagmar, als das Pferd

sich aufrichtete. »Und jetzt halt dich fest. Er weiß, wo er hinmuss.«

Annwyl zeigte mit ihrem Schwert auf Celyn und Branwen. »*Weg da!*« Die beiden Jugendlichen beeilten sich, ihr aus dem Weg zu gehen und stolperten dabei fast übereinander, bis ihre Mutter sie an den Haaren ergriff und zurückriss.

»Los«, befahl Annwyl ihrem Pferd.

Violence stieg auf die Hinterbeine, dann schoss er los, direkt über den leeren Fleck hinweg, wo eben noch die Geschwister gestanden hatten.

Als das Pferd über einen Hügel verschwand, stand Gwenvaels Drachensippe schweigend da und wusste nicht recht, was sie jetzt tun sollte.

Dann fragte Addolgar ernsthaft: »Ich bin verwirrt. Ist sie nun tot oder nicht?«

29

Nach alledem hatte Dagmar ehrlich gehofft, sie seien auf dem Weg zurück nach Garbhán – aber nein. Zu einem hübschen Gasthof irgendwo in einem der Dörfer? Nein. in eine Schenke auf ein Pint ... oder zwölf Pints, eines nach dem anderen, bis sie nicht mehr geradeaus schauen könnte, ob nun mit oder ohne ihre Augengläser? Nein.

Statt einer dieser hübschen Möglichkeiten schleppte die Königin der Dunklen Ebenen sie in eine Höhle. Eine dunkle, feuchtkalte Höhle. Sie konnte nicht einmal die Hand vor Augen erkennen oder die Babys in ihren Armen, aber natürlich musste dieser Ort sicherer sein als der Tunnel, aus dem sie gerade entkommen waren.

Das hoffte sie zumindest.

Zum Glück schien das Pferd zu wissen, wo es hinwollte und trabte fröhlich durch die gewundenen schwarzen Tunnel. Schließlich hielt es an, und Annwyl sprang herunter. Dagmar hörte die Königin rumoren und ein paar Flüche, wenn sie sich an irgendetwas stieß. Doch dann trafen Feuerstein und Fels aufeinander, und eine Fackel wurde angezündet. Annwyl ging in der Höhle herum und zündete weitere Fackeln an, die an den Wänden hingen, und während sie das tat, konnte Dagmar erkennen, dass sie sich nicht in irgendeiner gewöhnlichen Höhle befand, über die Annwyl zufällig gestolpert war. Sie waren in einer möblierten Höhle. Einer Drachenhöhle. Sie stieß einen Seufzer der Erleichterung aus, und das Pferd ging in die Knie, damit Dagmar von seinem Rücken gleiten konnte. Das war nicht leicht, während sie verzweifelt versuchte, die schluchzenden Babys in ihren Armen nicht fallen zu lassen.

»Warum weinen sie?«

Die nackte Königin stand vor ihr, Blut bedeckte sie zum größten Teil, und sie schien ein oder zwei frische Wunden zu haben, doch dies ... dies war die Königin, von der Dagmar immer gehört hatte. Groß gewachsen und kräftig gebaut. Mit Muskeln, um die sie jeder männliche Krieger beneidet hätte und üppigen Brüsten, die sich wohl jede Frau gewünscht hätte. Das einzige Anzeichen, dass Annwyl einmal schwanger gewesen war, war die horizontale Narbe, die sich über ihren Unterbauch zog. Aber sie sah aus, als wäre sie dort schon seit Jahren.

Es schien, als hätte Annwyl eine neue Schutzgöttin, die sich viel besser um ihre Getreuen kümmerte als Rhydderch Hael, indem sie Annwyl wieder so hergestellt hatte, wie sie vor der Geburt der Babys gewesen war – zumindest körperlich.

Seelisch war diese Frau allerdings ein einziges Chaos.

»Sie weinen, weil sie Angst haben«, erklärte Dagmar, die hoffte, die Königin werde ihr ihre Babys schnell abnehmen. Ihre Arme wurden langsam lahm – durch ihre unnatürliche Größe waren die Babys auch recht schwer.

Annwyl blickte auf das Minotaurenschwert in ihren Händen hinab, dann legte sie es hin. Danach ging sie in der geräumigen Höhle umher und rieb die Hände aneinander. Dagmar sah einen Tisch und Stühle und setzte sich.

Die Königin wandte sich wieder ihr zu. »Ich habe das Schwert abgelegt, warum weinen sie dann immer noch?«

»Sie haben wahrscheinlich Hunger.«

»Dann füttere sie.«

O-oh.

»Es sind nicht meine.«

»Wem gehören sie dann?«

Na, das ist ja ganz toll!

Dagmar räusperte sich und sagte vorsichtig. »Es sind deine.«

»Ich habe keine Kinder.«

Dagmar war so müde, dass ihre Geduld, auf die sie sich so viel einbildete, sie rasch verließ. »Woran erinnerst du dich?«

Die Königin dachte einen Moment nach, dann deutete sie auf das Pferd. »Ich erinnere mich an ihn.«

»Weißt du noch seinen Namen?«

Annwyl runzelte die Stirn. »Black ... ie?«

Dagmar stieß hörbar den Atem aus. »Erinnerst du dich an deinen Namen?«

Sie kaute auf der Innenseite ihrer Wangen und starrte zur Decke hinauf. Nach mehreren Minuten fragte die Königin: »Muss ich das?«

»Die Vernunft möge mir helfen«, seufzte Dagmar. Die Babys schrien lauter, und sie sah auf sie hinab. »Ihr müsst zur Ruhe kommen.«

Und als sie es taten, beunruhigte sie das mehr als ihre verrückt gewordene Mutter es tat.

»Siehst du?«, sagte Annwyl mit einem erleichterten Lächeln. »Es sind deine.«

»Nein, Mylady, sie sind ganz eindeutig ...«

»Sie können gar nicht meine sein«, schnitt ihr Annwyl schnell das Wort ab. »Ich wäre eine schreckliche Mutter. Fünf Minuten mit mir, und sie wären schon blutverschmiert.«

»Ja, aber ...«

»Ich komme wieder.« Abrupt ging die Königin in einen dunklen Tunnel, in den ihr Dagmar auf keinen Fall folgen wollte.

Gwenvael wandte sich zu seiner Mutter um. »Dann hat sie also den Verstand verloren?«

»Na ja, sie ist eindeutig nicht geistig gesund.«

»Ich folge ihr«, sagte Fearghus.

Rhiannon schnappte ihren ältesten Sohn an den Haaren. »Mutter!«

»Sei ein einziges Mal kein Dummkopf, Fearghus. Sie erkennt dich nicht einmal. Wenn du jetzt in ihre Nähe kommst, tötet sie dich.«

»Wenn das so ist, dann ist es ja gut, dass sie allein mit den Kindern ist«, stellte Briec trocken fest.

»Und sie hat Dagmar.« Als ihn alle ansahen, fügte Gwenvael hinzu: »Sie zählt auch.«

»Ihnen wird nichts passieren«, sagte Izzy, optimistisch wie immer. »Annwyl braucht nur ein bisschen Zeit, dann ist sie wieder ganz die Alte.«

Éibhear schnaubte. »Bist du nicht diejenige, die gesagt hat, dass wir Rhydderch Hael vertrauen sollen und dass er ihr nie etwas tun würde?«

Izzys Mund blieb offen stehen und ihre Augen wurden groß. »Du blauhaariger ...«

»Das reicht!« Talaith stellte sich zwischen den riesigen blauen Drachen und ihre Tochter. »Auseinander. Auseinander! Ihr ärgert mich beide!« Sie holte tief Luft. »Fearghus, geh zu ihr, aber nähere dich vorsichtig. Betrachte es als Kriegsneurose. Geh langsam, erschrecke sie nicht, dränge sie nicht. Geh es langsam und locker an. Verstanden?«

»Verstanden. Jetzt muss ich nur noch herausfinden, wo sie ist.«

»Wir fliegen, bis wir sie gefunden haben.«

Talaith schüttelte den Kopf über Gwenvaels Vorschlag. »Sie wird irgendwo hingehen, wo sie sich sicher fühlt.«

»Auch wenn sie das Gedächtnis verloren hat?«

»Sie wusste, dass sie die Babys beschützen musste. Sie kannte ihr Pferd. Fearghus, sie wird dorthin gehen, wo sie sich am sichersten fühlt. Wo sie sich immer am sichersten gefühlt hat.«

Fearghus' Lächeln war schwach, aber er lächelte. »Die Finstere Schlucht.« Er nickte, da er wusste, dass sie recht hatte. »Sie wird in die Finstere Schlucht gehen. Sie wird nach Hause gehen.«

Dagmar schlief auf dem großen Bett, das sie in einer der Höhlen gesehen hatte. Vorher hatte sie die Babys auf die Felle gelegt und sie mit schützenden Kissen umgeben, für den Fall, dass sie sich im Schlaf herumwälzte. Dann hatte sie sich der Länge nach auf dem Bett ausgestreckt, und das war das Letzte, woran sie sich erinnerte, bis sie spürte, wie sich ihr jemand näherte.

Bevor sie die Augen aufschlug, tastete sie nach ihrem kleinen Dolch in ihrem Gürtel, dann setzte sie sich auf. Doch als sie versuchte, den Mann zu erkennen, der vor ihr stand, rutschte ihr der Dolch aus den Fingern und wirbelte davon.

Zum Glück reagierte der Mann schnell und fing die Klinge, bevor sie sich in seine Stirn bohrte. Blinzelnd beugte sie sich vor und verzog das Gesicht. »Entschuldige, Fearghus.«

Erst schaffte sie es, dass seine Gefährtin getötet wurde, dann wurden seine Zwillinge fast getötet, und jetzt warf sie Messer nach seinem Kopf.

»Ich bringe dir bei, wie man dieses verdammte Ding benutzt«, sagte eine Stimme hinter ihr. »Du kannst das ja wirklich überhaupt nicht.«

Dagmar konnte den prächtigen Körper in der braunen, eng anliegenden Hose und mit langen, goldenen Haaren kaum ausmachen, aber sie erkannte ihren Gwenvael. Während sie vom Bett und in seine offenen Arme sprang, stieß sie keuchend hervor: »Ich bin so froh, dass ihr uns gefunden habt!«

Gwenvael drückte sie so fest an sich, dass ihre Füße sich vom Boden lösten. »*Ich* bin froh, dass wir euch gefunden haben.« Er küsste ihre Wangen, die Stirn und das Kinn. »Geht es dir gut? Bist du verletzt? Sag mir, dass alles in Ordnung ist.«

»Mir geht es gut.« Auch wenn sie das irrationale Bedürfnis hatte zu weinen. »Ich bin nicht verletzt. Und den Babys geht es gut.«

»Und wo ist Lady Gaga?«

Ohne den Kopf von der wundervollen Stelle an seiner Schulter zu lösen, deutete Dagmar in die Richtung, in die Annwyl ihrer Erinnerung nach gegangen war. »Sie und dieses Höllenpferd sind da langgegangen. Sie sagte, sie werde wiederkommen. Ich habe beschlossen, es nicht als Drohung zu betrachten.«

Fearghus setzte sich aufs Bett und strich beiden Babys über den Kopf. »Der See liegt in dieser Richtung.«

»Wenn man bedenkt, dass sie förmlich in Minotaurenblut getränkt ist, könnte das gut sein.«

Gwenvael stellte sie wieder auf die Füße, doch bevor er sich von ihr löste, gab er ihr den süßesten aller Küsse auf die Stirn. »Bevor mein Bruder seine verrückte Gefährtin suchen geht, kannst du uns vielleicht sagen, was passiert ist? Je mehr wir wissen, desto besser wird er mit Annwyl zurechtkommen.«

Dagmar nickte. »Ja. Natürlich.« Sie setzte sich aufs Bett. »Als Allererstes, Fearghus, muss ich mich entschuldigen.« Und in diesem Augenblick fiel die erste Träne.

»Dagmar?«

»Es ist alles meine Schuld, Gwenvael. Das Ganze. Ich wollte nur helfen, aber stattdessen habe ich fast deine ganze Familie ausgelöscht!«

Gwenvael kauerte sich vor sie und nahm ihre Hände in seine. Allein das Gefühl seiner Haut an ihrer, seine Daumen, die über ihre Knöchel strichen, beruhigten sie fast sofort.

»Jetzt hör mir mal gut zu, Lady Reinholdt«, sagte er. »Niemand macht dir wegen irgendwas einen Vorwurf.«

»Noch nicht.«

Dagmar und Gwenvael sahen Fearghus an.

»Habe ich das laut gesagt?« Dann zwinkerte er, und Dagmar fing fast wieder an zu weinen, auch wenn er ihr ein Lächeln entlockte.

»Ignorier ihn, Bestie.« Gwenvael nahm sich einen Stuhl und setzte sich vor sie. Er nahm wieder ihre Hände. »Und jetzt erzähl uns alles.«

Sie machte es kurz und bündig, ohne emotional zu werden. Keine Erwähnung ihrer eigenen Mutter und des Wunsches, die Zwillinge davor zu bewahren, was sie selbst hatte durchmachen müssen.

Stattdessen erzählte sie ihnen, was vorgefallen war, wie sie es ihrem eigenen Vater erzählt hätte. In knappen Worten, »ohne diese hochtrabende Analysiererei«, die ihr Vater hasste.

Fearghus blieb auf dem Bett in der Nähe seiner Babys und behielt sie ständig im Blick. Keiner sprach, während sie erzählte. Keiner stellte Fragen. Sie warteten, bis sie zu Ende erzählt hatte.

»Ich weiß, die Babys haben Hunger«, sagte sie, als sie fertig war. »Aber sie waren die ganze Zeit überraschend verträglich und sind sofort eingeschlafen, als ich sie hingelegt habe. Aber irgendwann werden sie etwas zu essen brauchen, und entweder stillt

Annwyl sie, oder wir müssen eine Amme herschaffen, denn ich werde da nichts nützen. Ansonsten« – sie zuckte die Achseln – »ist das so ungefähr die ganze Geschichte.«

Das folgende Schweigen erstickte sie fast, und sie war kurz vor einem ordentlichen Panikanfall, als Fearghus sich vorbeugte und die Ellbogen auf die Knie stützte.

Die Hände verschränkend, sagte er: »Es tut mir leid. Können wir noch mal kurz zurückgehen – du hast dich mit Socken aus der Sache herausgeredet?«

Das war zwar nicht die Frage, die sie vom zukünftigen Drachenkönig der Dunklen Ebenen erwartet hatte, aber ... na gut.

»Ja, aber das lag daran, dass sie sich vage aus ...«

»Na, bist du froh, dass ich dir die Socken gekauft habe?«

Dagmar musterte Gwenvael. »Wie bitte?«

»Wenn du das neue Paar nicht gehabt hättest, hättest du deine Socken nicht einer reisenden Göttin geschenkt.«

»Da hat er nicht unrecht«, warf Fearghus ein.

»Ja, aber ...«

»Das bedeutet, du verdankst mir dein Leben.« Gwenvael warf einen Blick zu seinem Bruder hinüber. »Wie bei Talaith und Briec – ich darf sie behalten.«

»Nein, darfst du nicht!«, fuhr Dagmar ihn vollkommen verwirrt an.

»Aber ich habe dir die Socken gekauft!«, beharrte Gwenvael.

»Nur weil ich dich gezwungen habe, den Welpen zurückzubringen.«

Mit einem Blick auf seinen Bruder fragte Fearghus: »Den Welpen?«

»Ich wollte, dass es ihr besser geht. Sie war total aufgelöst, weil ich ihren blöden Hund nicht mitnehmen wollte.«

»War es ein guter?«

»Groß. Viel Fleisch. Mit der richtigen Zubereitung ...« Gwenvael seufzte, sein Blick ging in weite Ferne. »Ihr Götter, hab ich einen Hunger.«

Dagmar fuhr sich mit beiden Händen durch die Haare. »Solltet ihr beide nicht ein bisschen mehr ... stinkwütend auf mich sein?«

»Aber ich habe meine Annwyl wieder«, sagte Fearghus. »Irgendwie. Sie weiß nur nicht, wer sie ist.«

»Oder dass sie Mutter ist.«

»Lasst es uns positiv sehen«, beharrte Fearghus leichthin. »Alles, was zählt, ist, dass meine Annwyl eine ganze mörderische Einheit von Minotauren ausgelöscht hat.«

»Fearghus«, fragte Gwenvael scheinbar ernsthaft, »kann Annwyl ab jetzt immer nackt kämpfen?«

»Zwing mich nicht, dich umzubringen! Ich habe gute Laune, aber das würde nur unsere Mutter aufregen.« Er stand auf, raffte die Felldecke um die Kinder zusammen und hob sie hoch. »Ich gehe Annwyl suchen.«

Gwenvael tippte mit dem Fuß. »Denk daran, was Talaith gesagt hat, Fearghus. Geh es langsam an. Lass ihr Zeit, sich zu erinnern, wer sie ist.«

»Das werde ich.«

Fearghus machte einige Schritte und blieb dann stehen. Er drehte sich nach ihr um. »Dagmar.«

»Ja?«

Er schaute auf seine Zwillinge hinab und dann wieder auf sie. »Danke.« Er lächelte, und das war etwas so Schönes und Echtes, dass sie nicht wusste, was sie sagen sollte. »Für alles. Ich werde dir ewig dankbar sein.«

Unfähig zu sprechen, nickte sie, und Fearghus verschwand in einem der dunklen Tunnel.

»Wenn du weiterhin meinen Bruder so anstarrst, hetze ich dir Annwyl auf den Hals.«

Überrascht richtete Dagmar sich auf und schenkte Gwenvael ihren hochmütigsten Blick. »Ich weiß nicht, was du meinst. Ich trage meine Augengläser nicht, also kann ich sowieso nichts sehen.«

»Oooh. Das war es. Das warst gar nicht du, die sehnsüchtig auf den Punkt gestarrt hat, wo die tiefe, sonore Stimme zu dir sagte: ›Danke, Tochter Des Reinholdt ... für alles.‹«

»Ich hasse dich«, brachte sie heraus, bevor sie anfing zu lachen.

Gwenvael stützte die Hände links und rechts von ihren Beinen aufs Bett. Während er sich vorwärtsbeugte, hänselte er sie mit hoher Stimme: »O Fearghus! Ich helfe dir mit Freuden, weil du so groß und stark bist!«

Er beugte sich weiter vor und drängte sie zurück, obwohl sie sich gegen seine Schultern stemmte. »Hör auf! Das habe ich weder gesagt, noch klinge ich so!«

»Ich werde es dir *jeden* Tag sagen, kleine Dagmar.«

»Du bist doch nur eifersüchtig«, schoss sie zurück.

»Das stimmt.« Er überrumpelte sie mit dieser schnellen Antwort. »Ich will nicht, dass du irgendwen außer mir so ansiehst.«

Er streckte sich auf ihr aus und stützte sich auf seinen rechten Unterarm, während seine linke Hand über ihre Wange strich. Sein spöttischer Gesichtsausdruck wurde ernst, und er studierte ihr Gesicht so genau, dass ihr unwohl dabei wurde.

»Was denn?«

»Ich hatte noch nie in meinem ganzen Leben solche Angst um jemanden, Dagmar. Nicht auf diese Art. Aber ich wusste – ich hatte keine Zweifel daran –, dass du uns Zeit verschaffen würdest, damit wir rechtzeitig bei dir sein konnten. Ich wusste, dass du niemals kampflos untergehen würdest.«

Sie zweifelte keinen Augenblick an seinen Worten. Sie wusste, sie waren genauso wahr und ungeschönt wie das, was sie ihm und seinem Bruder erzählt hatte.

»Ich …« Sie schluckte, denn jetzt konnte sie die Gefühle nicht zurückhalten, die sich in ihr auftürmten. »Ich glaube, ich muss jetzt mal kurz zusammenbrechen.«

»Tu dir keinen Zwang an.« Er küsste sie auf die Stirn und zog sie eng an sich, wobei er sich auf den Rücken drehte, damit sie auf ihm liegen konnte. »Du hattest einen sehr langen Tag, Lady Dagmar.«

Sie ließ ihr Kinn auf seiner Brust ruhen. »Den hatte ich allerdings, Lord Gwenvael, den hatte ich.«

30

Er fand sie am See, wie er gedacht hatte. Hier hatten sie sich ineinander verliebt, hier hatten sie sich geliebt, gestritten und sogar zusammen für die Schlacht trainiert. Immer, wenn Annwyl eine Pause von ihrer alltäglichen Verantwortung als Königin der Dunklen Ebenen brauchte, brachte Fearghus sie hierher. Hier fühlte sie sich sicher, normal und geliebt.

Die Tatsache, dass sie jetzt hierhergekommen war, nährte die Hoffnung, die er noch nicht ganz verloren hatte.

Immer noch nackt und blutverschmiert, stand sie am Ufer des Sees und schaute angestrengt ins Wasser. Sie rührte sich nicht, als er näher kam, obwohl er spürte, dass sie wusste, dass er da war.

»Annwyl?«

Sie warf ihm einen Blick zu, sah die Babys und wandte sich ab. »Warum hast du sie hergebracht? Sie brauchen ihre Mutter.«

Er hielt seine Stimme ruhig und kontrolliert. »Weil sie Hunger haben.«

»Ich kann ihnen nicht helfen.«

»Wer dann?«

»Ich habe keine Ahnung, aber das ist nicht mein Problem.«

Fearghus wollte etwas sagen, merkte aber, dass die nächsten Worte aus seinem Mund vermutlich die falschen gewesen wären. Langsam und locker, das durfte er nicht vergessen.

Er beschloss, zuerst die Babys abzulegen, ging zu einem Stapel Felle, die er am See aufbewahrte, und breitete das weichste davon aus. Dann kauerte er sich nieder und legte die Zwillinge bäuchlings aufs Fell. Er staunte, wie gesund und gut entwickelt sie jetzt schon waren. Wie schön.

Er deckte sie mit einem viel kleineren Fell zu und lächelte, als der Junge sich genau wie seine Schwester auf den Rücken drehte, das Fell packte und es hochzog, bis es das Gesicht seiner Schwester bedeckte. Sie schlug das Fell beiseite, dann schlug sie ihren Bruder. Das Klatschen, als ihre kleine Hand das Gesicht ihres

Bruders traf, ließ Fearghus zusammenzucken und den Jungen anfangen zu weinen.

»Wenn du jedes Mal weinst, wenn eines deiner Geschwister dich schlägt«, murmelte Fearghus, »hast du verloren, bevor du überhaupt angefangen hast.«

»Was ist los?«, wollte Annwyl hinter ihm wissen. »Warum weint er?«

»Seine Schwester hat ihn geschlagen, aber er muss härter werden.«

Annwyls Faust traf seine Schulter, und er war dankbar, dass er kein echter Mensch war. Zerschmetterte Schultern waren fast unmöglich zu reparieren, selbst für eine so gute Heilerin wie seine Schwester.

»Was soll denn das für eine Antwort sein? Was bist denn du für ein Mensch?«, knurrte Annwyl ihn an.

Immer noch am Boden kauernd, sah er über seine Schulter. Er holte Luft und gab sich die größte Mühe, sein Temperament zu zügeln. »Ich bin kein Mensch, Annwyl. Das war ich auch nie. Und du weißt das.«

»Ich weiß nicht, wovon du sprichst.« Sie deutete auf ihren immer noch weinenden Sohn. »Nimm ihn hoch. Er will, dass du ihn hochnimmst.«

»Nein. Er will, dass *du* ihn hochnimmst. Er will seine Mutter.«

»Ich bin nicht ...«

Fearghus stand auf, und die Worte sprudelten aus seinem Mund, bevor er sie aufhalten konnte: »Hör auf zu lamentieren und nimm ihn hoch!«

Ihre grünen Augen wurden dunkel und ihr Blick gefährlich böse. »Fahr zur Hölle.«

Fearghus trat dicht vor sie hin und schaute finster von oben in ihr Gesicht hinab. »Ich sagte ... nimm ihn hoch.« Er wartete einen Herzschlag lang ... dann noch einen, bevor er brüllte: »*Sofort!*«

Ihre Faust flog hoch und traf ihn seitlich am Kiefer; die Wucht des Schlages ließ ihn rückwärtstaumeln, während Farben vor seinen Augen explodierten. Und da er selbst Annwyl gelehrt hatte, so zu boxen, konnte er niemandem außer sich selbst deswegen einen Vorwurf machen.

Sie schwang noch einmal die Faust gegen ihn, doch diesmal fing er ihre Hände und riss sie an den Armen zu sich her.

»Nimm ihn hoch!«, knurrte er ihr ins Gesicht und wusste selbst nicht genau, warum er ihr das unbedingt aufzwingen wollte.

»Nein!« Dann stieß sie mit dem Kopf zu und traf ihn direkt am Kinn.

»Verdammt!« Fearghus stieß Annwyl von sich, und sie fiel zu Boden, rollte sich ab und war in Sekunden wieder auf den Beinen.

Sie starrten sich keuchend an.

Fearghus zeigte auf den Jungen. »Nimm ihn hoch.«

Annwyl fuhr sich mit der Zunge über die Oberlippe und antwortete: »Nein.« Dann ging sie durch die Höhle zu den Waffen, die sie in verschiedenen Ecken aufbewahrten. Fearghus ging zu dem Haufen, der am nächsten lag, griff sich einen Speer mit stählernem Schaft und drehte sich gerade rechtzeitig um, als zwei Klingen nach ihm geschwungen wurden. Den Speer mit beiden Händen packend, wehrte er die Waffen ab und schob Annwyl weg. Sie machte rasche Schritte rückwärts, wirbelte auf dem Absatz herum, schwang die Waffen hoch und hinter sich. Fearghus wehrte wieder beide Waffen ab und drehte den Speer so, dass Annwyl auf den Hintern fiel.

Er grinste anzüglich auf sie hinab. »Genau da, wo ich dich immer schon am liebsten hatte, Annwyl die Blutrünstige: auf dem Boden zu meinen Füßen.«

Ihr wütender Aufschrei hallte von den Wänden wider, und Fearghus sprang gerade noch rechtzeitig zur Seite, bevor die Schwerter die Luft an der Stelle durchschnitten, an der eben noch seine Beine gewesen waren.

Fearghus hob den Speer über den Kopf und ließ ihn niedersausen, mit genug Kraft, um einen Mann sauber zu durchbohren. Doch Annwyl war schon wieder auf den Füßen, und das Schwert krachte seitlich gegen den Speer. Die Kraft des Schlags wirbelte Fearghus herum. Als er ihr wieder gegenüberstand, hieb er ihr mit seiner Waffe auf den Hintern.

Der Schwung schleuderte Annwyl gegen die Höhlenwand, der Aufprall machte sie einen Augenblick benommen. Fearghus schleuderte den Speer auf den Boden und ging zu seiner Gefährtin hinüber. Er riss ihr die Schwerter aus den Händen und warf sie zurück auf den Haufen; dann schnappte er sie an der Taille.

»Lass mich los!«

»Talaith sagte, dass ich es langsam angehen muss.« Er hob ihren zappelnden Körper vom Boden hoch. »Dir Zeit lassen. Leider, Lady Annwyl, habe ich nicht so viel Geduld. Wie du sehr wohl weißt, hatte ich die noch nie.«

»Lass mich runter!«

»Es kommt nur darauf an, was ich will. Und ich will meine Gefährtin zurück. Und götterverdammt, Annwyl die Blutrünstige, *ich werde sie zurückbekommen!*«

In der einen Sekunde kämpfte sie noch mit einem gut aussehenden Kerl, der ihr vage bekannt vorkam, und bevor sie es sich versah, flog sie schon durch die Luft und mit dem Gesicht voraus in das saubere, kühle Wasser.

Als sie unterging und bei dem Versuch, wieder hochzukommen, wild mit den Armen schlug, überschwemmten sie Bilder. Bilder und Gedanken und … und … Erinnerungen.

Sie strampelte sich nach oben und durchbrach die Wasseroberfläche, strich sich Haare und Wasser aus den Augen und versuchte …

»Da bist du ja, du quengelige Ziege.« Er schaute eingebildet und selbstgefällig auf sie hinab. »Wirst du jetzt deine Blagen füttern, oder muss ich dich noch ein paar Mal hineinwerfen?«

Annwyl starrte den Drachen wütend an, den auf ewig zu lieben ihr Fluch war. »Du. Verdammter. Mistkerl.«

Er grinste und kauerte sich ans Seeufer, um ihr zuzusehen, wie sie näher geschwommen kam. »Na na, wie redest du denn mit deinem Gefährten? Mit dem Drachen, den du über alles liebst?«

»Dich lieben? Ich wäre besser dran, wenn ich einen von diesen Minotauren lieben würde!«

Annwyl erreichte das Ufer, doch bevor sie sich am Rand festhalten konnte, schlug Fearghus ihr mit der Hand gegen die Stirn. »Du bist nicht annähernd sauber genug. Du hast immer noch überall Minotaurus an dir!«

Dann drückte er sie wieder unter Wasser.

Inzwischen außer sich, griff Annwyl nach oben und erwischte Fearghus' Arm. Mit beiden Händen riss sie den gemeinen Kerl zu sich ins Wasser. Sie schwamm zurück an die Oberfläche, holte mehrmals tief Luft und behielte Fearghus dabei gut im Auge.

Er kam lachend hoch. »Wofür war das denn?«

»Ich hasse dich!«

»Lügnerin!« Er schwamm an ihre Seite, tauchte sie noch ein paar Mal unter und schrubbte ihr dabei mit den Händen Haare und Körper ab, bis das meiste Minotaurenblut abgewaschen war.

»So!«, sagte er, als sie es endlich geschafft hatte, sich von ihm loszumachen. »Viel besser.«

»Was ist bloß *los* mit dir?«

»Was mit mir los ist?« Seine Hand glitt in ihren Nacken, und er zog sie näher an sich heran. »Ich hätte dich fast verloren, Annwyl. Ich hätte fast die einzige Frau verloren, die ich jemals lieben werde. Das ist los mit mir.«

»Das ist ja alles schön und gut, aber solltest du dann nicht ein bisschen netter zu mir sein? Ein paar Blumen, vielleicht ein Abendessen bei Kerzenschein?« Zwischen zusammengepressten Zähnen zischte sie: »Geht es über deine Fähigkeiten, ein kleines bisschen romantisch zu sein?«

»Ja, das tut es.«

»Ich gebe auf.« Sie schwamm zurück zum Ufer, Fearghus direkt hinter ihr. »Ich weiß nicht, wie ich es mit dir aushalte.«

Er schnappte sie und drehte sie zu sich um. »Du hältst es mit mir aus, weil du mich liebst. Und ich liebe dich, Annwyl.«

Dann küsste er sie, seine Hände gruben sich in ihre nassen Haare und hielten sie fest, während sein Mund gierig über ihren herfiel. Das kannte sie noch. Danach hatte sie sich gesehnt.

Sie war dort gewesen. Auf der anderen Seite. Doch nicht dort, wo alle es erwartet hätten. Nicht ihre Vorfahren hießen sie dort willkommen. Es waren die von Fearghus. Ailean der Verruchte hatte sie in den Hintern gekniffen, und mit Baudwin dem Weisen, Fearghus' Urgroßvater, hatte sie sich über Bücher unterhalten. Und so wunderbar das alles gewesen war, in diesem weichen Gras zu sitzen, umgeben von Bäumen und vielen Seen, während eine Sonne auf sie schien, hatte sie dennoch ihren Fearghus vermisst.

Als Shalin, Aileans Gefährtin und Fearghus' Großmutter, gesehen hatte, wie Annwyl ins Leere starrte, hatte sie ihr den Arm um die Mitte gelegt und gesagt: »Mach dir keine Sorgen. Es ist noch nicht vorbei für dich. Sie kommt dich holen.« Annwyl hatte keine Ahnung gehabt, wen die hübsche Drachin meinte, doch dann war sie fortgezogen worden, aus der einen Welt in die andere gerissen. In Blut, Schmerz und Elend.

Bis sie dieses Schwert in der Hand gehalten hatte – und dann war alles richtig gewesen.

Doch mit Fearghus an ihrer Seite ... war jetzt alles perfekt.

Er löste seine Lippen von ihren, hielt die Stirn aber gegen ihre gelehnt, und seine Hände hielten sie fest. Sie sahen sich lange und eindringlich an. Es gab Worte, die sie hätten sagen können, aber es waren keine nötig. Nicht für sie.

Dann wandten sie gemeinsam die Köpfe in Richtung Höhlenboden. Als Annwyl den kleinen Jungen ansah, waren es Fearghus' Augen, die sie unter dem braunen Haarschopf mit den goldenen Strähnen anfunkelten.

Der Junge schaute sie beide an, während seine Schwester auf die am nächsten stehenden Waffen zukrabbelte.

Und bis Annwyl diese Welt verlassen würde – zum zweiten Mal, um genau zu sein –, würde sie sich nicht entscheiden können, was sie in diesem Augenblick am meisten beunruhigte: dass ihre drei Tage alten Kinder schon krabbeln konnten, dass ihre Tochter direkt auf die Streitaxt zusteuerte oder dass ihr Sohn sich an den Rand des Sees setzte, sich zu ihr vorbeugte und schrie.

Fearghus dümpelte neben ihr, und sein Körper rieb an ihrem. »Er will *wirklich*, dass du ihn hochnimmst.«

Annwyl nickte. »Das merke ich.«

31

Dagmar saß auf dem Baumstumpf an dem Flüsschen. Es wurde langsam spät, die beiden Sonnen gingen gerade unter. Doch dies war laut Gwenvael die Finstere Schlucht, und der Name passte gut, denn die Bäume standen hier so dicht, dass man das Gefühl hatte, es sei spät in der Nacht und nicht früher Abend.

Aber das war nicht wichtig. Nicht in diesem Moment, wo sie sauber war und Gwenvael ihre Haare sanft von all dem eingetrockneten Blut befreit hatte. Er schien es genossen zu haben, sie von Kopf bis Fuß zu waschen. Er hatte so erleichtert gewirkt, sie einfach nur an seiner Seite zu haben.

Ob es nun so war oder nicht: Dagmar war auf jeden Fall froh, ihn zu haben. Sobald sie seine Stimme gehört, seine Gegenwart gespürt hatte, hatte sie gewusst, dass sie in Sicherheit war. Bei ihm fühlte sie sich sicher, ohne das Gefühl zu haben, gefangen zu sein; das liebte sie.

Es war nicht überraschend, dass Annwyl und Fearghus nicht zu ihnen zurückgekehrt waren. Dagmar hatte sich etwas Sorgen gemacht, als sie die Kampfgeräusche in der Ferne gehört hatte – klappernde Schwerter, Schlachtrufe, viel Geschrei – doch Gwenvael schien sie nicht zu bemerken, während er sich um die wenigen Wunden kümmerte, die sie hatte. Nichts Ernstes, hauptsächlich ein paar Kratzer hier und da, aber er hatte jeden wie eine Schwertwunde behandelt.

Sie schaute an dem Baumwollhemd hinab, das sie trug. Ihr Kleid war hoffnungslos schmutzig, und sie hatte keine Lust, es je wieder anzuziehen. Sie hatte eines von Annwyls wenigen Kleidern gefunden, doch es war ihr ständig von den Schultern gerutscht und hatte ihre Brüste entblößt. Auch wenn Gwenvael das durchaus zu gefallen schien, war Dagmar nicht danach gewesen, zu Fearghus' Unterhaltung beizutragen, wenn er wiederkam. Also hatte sie auf Gwenvaels Hemd zurückgegriffen. Es war aus schlichter Baumwolle und reichte ihr bis zu den Knien. Nie zuvor hatte sie draußen, wo jeder sie sehen konnte, der sich in die Schlucht verirrte, so wenig angehabt. Sie lächelte leicht und war froh, dass ihre Augengläser nicht zerbrochen waren, sodass sie alles um sich herum sehen konnte. Die schönen alten Bäume, den schmalen Fluss, die hübschen Blumen, das Wild, das zwischen den Bäumen davonrannte ... als Gwenvael es jagte.

Er flog tief, schoss hinter dem kapitalen Bock her. Als er nahe genug war, schubste er das Tier mit der Schnauze. Der Hirsch stolperte gegen einen Baum und betäubte sich selbst. Gwenvael nahm ihn zwischen die Zähne und zerquetschte ihn. Dann spuckte er ihn auf den Boden und ließ einen Feuerball folgen, der den Hirschkadaver einhüllte.

Gwenvael landete und setzte sich auf die Hinterbeine, während sein Schwanz hinter ihm herumschwang.

»Hunger?«, fragte er.

Dagmar nahm die Augengläser ab, klappte sie sorgfältig zusammen und steckte sie in eine kleine schützende Schachtel, die Gwenvael in der Höhle für sie gefunden hatte. »Ich glaube, ich halte mich an Obst und Käse.«

»Also gut.«

Mit einem zufriedenen Seufzen sah Dagmar zu den Bäumen hinauf, die jetzt nichts weiter als verschwommene Umrisse waren, und ignorierte vergnügt die Geräusche von Fleisch, das von Knochen gerissen wurde.

Denn in diesem Augenblick hatte sie keinerlei Zweifel – das Leben hätte sehr viel schlimmer sein können.

Gwenvael sah zu, wie sie auf das große Gästebett kletterte, das Annwyl und Fearghus in ihrer Höhle hatten. Er hatte es selbst schon mehr als einmal benutzt, doch weil er es schätzte, dass sein Kopf fest auf seinen Schultern saß, hatte er es immer allein benutzt. »Bring bloß keine von deinen Huren hierher«, hatte Annwyl ihm zu mehreren Gelegenheiten befohlen. Und er hatte widerwillig gehorcht.

Doch jetzt lag Dagmar in diesem Bett, und er wusste, dass er sich nicht zu ihr legen konnte. Wie auch? Sie hatte zu viel an einem Tag durchgemacht. Götter, Minotauren und Annwyl. Doch alles, was er wollte, alles, woran er denken konnte, war, mit ihr in dieses Bett zu gehen und sie in Besitz zu nehmen.

Es waren diese verdammten Wollsocken. Ihm war nicht bewusst gewesen, dass er sie liebte, bis sie ihm erzählt hatte, wie sie eine Kriegsgöttin – die es mehr als alle anderen Götter liebte zu feilschen – durch Verhandlungen besiegt hatte – mit Socken! Aber jetzt wusste er es. Er wusste, dass er sie liebte, und er wusste, dass er sie nie wieder in ihr altes Leben in den Nordländern zurückkehren lassen würde. Er hielt einen warmen Platz für sie in seinem Bett und in seinem Herzen bereit.

Doch obwohl er all das wusste, konnte er sie sich doch nicht nehmen. Nicht jetzt. Wenn er in diesem Moment mit ihr ins Bett ginge, würde er sie als die Seine markieren und sich auf ewig fragen, ob sie es wirklich gewollt hatte oder ob sie nur immer noch überwältigt gewesen war vom Anblick Annwyls, wie sie fünfzig Minotauren abschlachtete.

Er musste warten.

Doch sie machte es ihm nicht leicht, so verletzlich und verführerisch wie sie aussah. Ihre Haare waren in lockeren Wellen getrocknet, die ihr über den Rücken fielen, und ohne ihre Augengläser sah er nur ihre hübschen grauen Augen, die zu ihm heraufblinzelten. Sein Hemd war ihr viel zu groß und ließ sie unschuldig aussehen, wie eine Jungfrau auf dem Altar seiner Männlichkeit.

Nein, er musste warten.

Gwenvael reichte ihr zwei Bücher, die er aus Annwyls Bücherregal hatte. Das Paar war noch nicht zurück, und Gwenvael war nicht gerade erstaunt darüber. Er machte ihnen auch keinen Vorwurf. Sie brauchten die Zeit für sich. Er hatte angeboten, Dagmar zurück nach Garbhán zu bringen, doch sie hatte leise gesagt: »Nein. Das ist kein Problem. Ich würde lieber eine Weile hierbleiben, wenn wir können.«

Er wusste, dass es seinem Bruder nichts ausmachen würde,

also blieben sie. Doch jetzt war es spät, und sie sah erschöpft aus. Erschöpft und verletzlich. Und köstlich.

Gwenvael schüttelte den Kopf. »Ich muss ein bisschen raus.«

»Oh. Na gut.« Sie widersprach ihm nicht und beschwerte sich auch nicht. Schlug nur eines der Bücher auf und begann zu lesen.

»Du bist hier in Sicherheit. Meine Familie ist überall, also musst du vor nichts Angst haben.«

Sie nickte, ohne von ihrem Buch aufzublicken.

Ohne ein weiteres Wort verließ Gwenvael die Höhle und machte sich auf zum nächsten kalten See.

Dagmar knurrte und setzte sich auf. Sie hatte versucht zu schlafen, mindestens seit einer Stunde. Sie wusste, dass sie erschöpft war. Wusste, dass sie die Ruhe brauchte.

Aber er hatte sie verlassen!

War er schon so gelangweilt von ihr? Wollte er schon weiterziehen und sich eine Wirtshaushure suchen, damit sie ihm das Bett wärmte?

Sie wusste, es gab Mittel und Wege, männliche Wesen ins Bett einer Frau zu locken, aber sie war nie gut in diesen Dingen gewesen. Um genau zu sein, hatte sie es auch noch nie versucht. Stattdessen hatte sie ihre Augengläser abgenommen und sich gezwungen, nicht zu blinzeln. Sie hatte gehofft, dass es funktionierte. Hatte es aber nicht. Er war aus der Höhle gerannt, als wären die Hunde hinter ihm her.

Sie warf die Felle von sich und glitt aus dem Bett. Auf dem Nachttisch lagen ihre Augengläser; sie setzte sie trotzig auf und ging hinüber in die Haupthöhle. Der Gedanke, in dieses leere Bett zurückzukehren war nicht verlockend, genauso wenig wie am Tisch zu sitzen und zu lesen. Inzwischen brannten nur noch ein paar Fackeln, doch sie beschloss, dem Licht zu folgen und zu sehen, wo es sie hinführte. Alles war besser, als im Bett herumzuliegen bis die Sonnen aufgingen, an die Höhlendecke zu starren und sich den Kopf zu zerbrechen, ob sich dort oben wohl Fledermäuse versteckten.

Man konnte das Innere der Höhle fast als spartanisch bezeichnen. Es gab wenig Schmuck an den Wänden. Ein Wandteppich hier und da und ein paar Waffen als Dekoration. Aber, stellte sie bei näherem Betrachten fest, man konnte diese ganz leicht abnehmen und benutzen, wenn es nötig wurde.

Es gab viele Nischen, einige voller Reichtümer. Doch was sie überraschte waren die ganzen Bücher. In mindestens drei Nischen stapelten sich Bücher vom Boden bis auf Schulterhöhe. Sie durchquerte eine dieser Nischen und ein paar Fackeln an der Wand leiteten sie, bis sie durch eine breite Spalte in der Wand kam. Allerdings hatte sie nicht erwartet, dass sich die Spalte so plötzlich nach innen bog, dass sie das Gefühl hatte, in der Falle zu sitzen und sich fragte, ob sie je wieder herauskommen würde. Doch sie wand sich ein bisschen und quetschte sich hindurch. Draußen atmete sie hörbar aus, war plötzlich dankbar für ihre kleinen Brüste, und ging weiter – entschlossen, einen anderen Weg zurückzufinden.

Als sie am anderen Ende heraustrat, sah sie, dass sie auf einem breiten, natürlichen Felsvorsprung stand, der sich am Ende aufwarf. Er war stabil, sodass sie ihn überqueren und ihre Hände auf den erhöhten Teil stützen konnte, um sich vorzubeugen und hinunter in einen phantastischen See im Inneren der Höhle zu schauen. Der See selbst war atemberaubend, das Wasser kristallklar und schön; gespeist von einem kleinen, unterirdischen Bach, der dafür sorgte, dass das Wasser in Bewegung blieb.

Einen ganz kurzen Augenblick fragte sie sich, warum Gwenvael sie nicht zum Baden hergebracht hatte, doch dann erblickte sie Annwyl und Fearghus am Seeufer. Die Babys lagen in einem breiten Bettchen, das groß genug für beide war. Und sie schliefen, während ihre Eltern sich aneinanderklammerten. Dagmar hörte leises Stöhnen von ihm und sanfte Seufzer von ihr. Sie konnte sehen, wie der Körper der Königin sich mit zurückgeworfenem Kopf aufbäumte, als ihr Gefährte in sie eindrang. Er küsste ihren Hals, seine Hände streichelten ihren Körper mit einer Andacht, die Dagmar vorher nur bei Mönchen gesehen hatte, wenn sie ihre heiligsten Artefakte berührten. Von ihrem Aussichtspunkt konnte sie unbemerkt Worte unsterblicher Liebe hören und Versprechen einer großen Zukunft.

Sie senkte den Kopf. Dies war nicht die gewöhnliche Art der Paarung, die sie über die Jahre heimlich beobachtet hatte. Schäbige Zusammentreffen, die eilig hinter sich gebracht wurden, bevor Ehemänner oder Frauen nachsehen kamen. Schmutzige Geheimnisse, die man bewahrte und über die man beim Frühstück am nächsten Morgen phantasierte. Und die Monate, wenn nicht gar Tage später schon wieder vergessen waren.

Nein. Das war Liebe. In ihrer reinsten Form.

Und Dagmar verspürte nichts als Bedauern, weil sie wusste, dass sie selbst so etwas niemals haben würde. Sie konnte den Männern, denen sie nicht gefiel, nicht einmal einen Vorwurf machen, denn sie verstand, dass so eine Art von Liebe einfach nicht in ihrer Natur lag. Sie konnte sich niemandem so öffnen. Wem hätte sie je so vertrauen können?

Mit einem Gefühl tiefer Traurigkeit in ihrem Innersten trat Dagmar zurück, und wollte sich noch einmal durch den schmalen Spalt quetschen, damit Annwyl und Fearghus ungestört waren. Doch ihr Rücken stieß gegen etwas Hartes, das allerdings nicht so hart wie eine Felswand war.

Eine Hand legte sich über ihren Mund, dämpfte ihr überraschtes Luftschnappen, und weiche Lippen pressten sich an ihr Ohr.

»Da lasse ich dich ein paar Minuten allein« – flüsterte diese tiefe Stimme – »und immer finde ich dich bei etwas sehr Ungezogenem, Lady Dagmar.«

Sie schüttelte den Kopf, unsinnig entzückt, als sie spürte, wie sein anderer Arm sich um ihre Taille legte und sie fest an sich drückte.

»Du kannst es leugnen, aber wir wissen es beide. Wir wissen beide, wie sehr du es genießt, anderen zuzusehen.«

Vielleicht. Aber sie genoss es nicht halb so sehr wie sie das Gefühl von Gwenvaels Hand genoss, die ihr Bein hinabglitt und das Hemd ergriff, das sie im Bett getragen hatte. Er zog es bis über ihre Hüften hoch.

»Aaah«, seufzte er, als zwei seiner Finger tief in sie glitten. »Ich wusste es, Mylady. Ich wusste doch, dass du vom Zusehen tropfnass sein würdest.«

Sie hatte es auch gewusst, doch es hatte wenig mit dem zu tun, was Annwyl und Fearghus taten.

»So können wir dich doch nicht lassen, oder? Ganz feucht und voller Verlangen, ohne Abhilfe.« Er stieß hart mit den Fingern zu, und Dagmar umklammerte die Finger über ihrem Mund mit beiden Händen. Sie versuchte nicht sie wegzuschieben, sondern hielt sie dort fest, in der Hoffnung, sie würden ihr helfen, ihr Bedürfnis im Zaum zu halten, laut aufzuschreien.

»Sieh ihnen zu«, sagte er an ihrem Ohr, während seine Zunge auf Wanderschaft ging. »Sieh zu, wie mein Bruder seine Gefährtin nimmt. Mit was für einer Kunstfertigkeit er sie zum Höhepunkt bringt. Und ich werde dasselbe mit dir machen.«

Als ihre Hüften sich dem Rhythmus von Gwenvaels Fingern anpassten, Stoß um Stoß, hatte sie keinerlei Zweifel, dass er tun würde, was er versprach, doch wieder hatte es nichts mit dem zu tun, was am Seeufer vor sich ging. Sie konnte das andere Paar sowieso nicht sehen, denn sie schloss die Augen, um sich ganz auf das Gefühl von Gwenvaels Fingern in ihr zu konzentrieren, darauf, wie sein Atem die empfindliche Stelle hinter ihrem Ohr streichelte und wie sein nackter Körper sich an ihrem Rücken anfühlte.

»Ihr Götter, Dagmar. Du bist so eng.« Er biss ihr in die Schulter, knabberte an ihrem Hals, bevor er zu ihrem Ohr zurückkehrte, fieberhaft flüsternd: »Ich habe versucht, dich ein bisschen allein zu lassen und dir Zeit zu geben, aber ich kann nicht. Nicht jetzt. Diese Nacht wirst du mit mir verbringen.« Sein Daumen drückte an ihre Klitoris und bewegte sich in langsamen Kreisen. »Du wirst sie mit meinem Glied tief in dir verbringen und wieder und wieder kommen.«

Ihr Körper zuckte in seinen Armen, der Höhepunkt riss an ihr.

Er drehte sich mit ihr um, sodass sie jetzt mit dem Gesicht zur Wand stand, und versuchte, ihre Schreie mit seinem großen Körper abzuschirmen. Das war allerdings unnötig, denn die unterdrückten Lustschreie der Königin übertönten die von Dagmar.

Ihr Körper zitterte in seinen Armen, die Knie wurden ihr weich von der Macht des Höhepunktes. Doch Dagmar hatte keine Angst zu fallen, denn Gwenvael hielt sie. Er hielt sie, bis ihr letztes Beben verklungen war und sie haltlos gegen seinen Körper sank.

Gwenvael legte sie aufs Bett und schleuderte das Hemd, das er ihr ausgezogen hatte, durch den Raum. Ihre Augen gingen flatternd auf, und lächelnd nahm er ihr behutsam die Augengläser ab, um sie auf den Nachttisch zu legen. Er beugte sich vor und wedelte mit der Hand vor ihrem Gesicht. »Kannst du mich noch sehen?«, neckte er sie laut.

Sie gab ihm einen Klaps auf die Hand. »Hör auf damit!«

»Was hättest du denn sonst gern von mir?«

Ihre sanften Hände griffen nach ihm, packten ihn an den Schultern und zogen ihn auf sie. »Ich will dich in mir spüren.«

Nichts hatte sich je so gut angehört.

Er drang in sie ein, was dank ihrem vorherigen Höhepunkt ganz leicht war. Sie keuchte, als sein Glied sie dehnte, warf den Kopf zurück und umklammerte seinen Bizeps.

Als ihre Lippen sich teilten, küsste Gwenvael sie, bohrte seine Zunge in ihren feuchten Mund wie seine Männlichkeit sich in ihren warmen Schoß bohrte. Ihre Finger gruben sich in seine Haut, ihre Schenkel öffneten sich weit unter ihm.

Mehr als eine Stunde hatte er in seiner Menschengestalt in diesem eiskalten See gesessen. Selbst mit klappernden Zähnen und zitterndem Körper war er noch hart gewesen. Und das nur für sie.

Es war ihm währenddessen niemals auch nur in den Sinn gekommen, sich eine andere zu suchen. Ein oder zwei Barmädchen aufzutreiben und zu tun, was er normalerweise tat, wenn er sich eine Nacht in diesem Teil der Dunklen Ebenen aufhielt. Jetzt konnte er sich nicht mehr vorstellen, je wieder eine andere als Dagmar in sein Bett zu lassen.

Irgendwann war er mit dem Vorsatz wieder hineingegangen, in einer der Nischen zu versuchen, etwas zu schlafen. Er war ein Drache; auf Juwelen zu schlafen war etwas ganz Natürliches. Doch sobald er die Höhle betreten hatte, hatte er sofort gewusst, dass Dagmar fort war. Er war ihrem Duft gefolgt und erleichtert gewesen, als er entdeckte, dass sie nur tiefer in die Höhle und nicht hinausgegangen war. Er war ihr gefolgt, bis ihr Duft in einem Spalt verschwand, durch den keiner von seiner Sippe hätte kriechen können. Doch er hatte eine Ahnung gehabt, wohin er führte, und hatte einen anderen Weg genommen.

Als er sie dastehen sah, wie sie seinem Bruder und Annwyl zusah, war er erschrocken gewesen über die Wärme, die er für sie empfand. Die Zärtlichkeit. Und die überwältigende Lust. Er war hin- und hergerissen gewesen zwischen dem Bedürfnis, sie einfach nur im Arm zu halten und der Lust, sie bäuchlings über dieses Geländer zu legen.

Sie zog die Knie hoch, damit er tiefer in sie eindringen konnte, und er stützte die Arme links und rechts von ihr auf und begann langsam zu stoßen. Sie schrie auf – gedämpft, weil sein Mund immer noch auf ihrem lag. Er saugte das Geräusch in sich auf und benutzte seinen Körper, um sie noch mehr zum Schreien zu bringen. Sie klammerte sich an ihn, bebte unter ihm, als ein neuer Höhepunkt über sie hinwegspülte. Er spürte es, als ihre Muskeln sich um sein Ding zusammenzogen und wiederum seinen Höhepunkt aus ihm herauspressten. Jetzt schrie er auf; jetzt zitterte sein Körper, als er sich in sie ergoss.

Er löste seinen Mund von ihrem und schaute auf sie hinab. Diese grauen Augen, die immer so kühl, unnahbar, ränkeschmiedend oder neugierig dreinblickten, sahen jetzt nur sanft und liebevoll aus. Sie lächelte und löste die Umklammerung ihrer Arme.

»Ich bleibe über Nacht«, sagte er. Das war keine Bitte.

»Ich weiß.« Es klang, als wäre es überhaupt keine Option, dass er ging.

Und das war vollkommen in Ordnung. Denn heute Nacht würde er sich ihren Körper nehmen, sooft sie es beide brauchten. Und morgen ... morgen würde er sie zu der Seinen machen.

Dagmar richtete sich ein bisschen auf, ihre Lippen drückten sich an seinen Hals unter dem Kinn. Sie schlang ihm die Beine um die Taille und hielt ihn in sich fest. Wie es bei seiner Art üblich war, wenn sie in Menschengestalt waren, wurde sein Glied schon wieder hart, und wie es für Dagmar Reinholdt üblich war, reagierte ihr Körper fast sofort – bereit für das, was er ihr geben konnte.

Es war lange her, seit Rhiannon über die Wege der Magie gerufen worden war, die sich kreuz und quer durch das Universum zogen. Hauptsächlich deshalb, weil es wenige gab, die die Abwehr durchbrechen konnten, die sie über die Jahrhunderte errichtet hatte. Diese Abwehr hatte sie aufgebaut, weil sie es leid gewesen war, ständig von niederen Hexen und Magiern um Beistand gebeten zu werden, oder noch gefährlicher, von solchen, die vorhatten, ihr still und heimlich ihre Macht für ihre eigenen Zwecke zu stehlen.

Doch der gut aussehende Blitzdrache, der da vor ihr stand, hatte sie überrascht. Zuerst hatte er ihr über Dagmar diese sinnlose Nachricht geschickt, die die Menschliche ihr gegeben hatte, als sie ausgeheckt hatten, wie sie mit dem Ältesten Eanruig umgehen würden. Doch dann hatte er sie direkt kontaktiert, indem er all ihre Abwehrschirme umgangen hatte. Nur die Mächtigsten und Erfahrensten schafften das.

Er war viel jünger als sie angenommen hatte und gar nicht wie die anderen Blitzdrachen, die sie kannte. Nicht nur, dass er schön war – eine Seltenheit bei den Nordlandmännern –, er war auch ziemlich ... konnte sie so etwas sagen? ... elegant? Von Geburt an ein Außenseiter, nahm sie an.

Im Moment war er ein verwirrter eleganter Außenseiter. Rhiannon liebte verwirrte Männer, auch wenn das nicht so schwer zu erreichen war, wie sie gerne glauben wollten.

»Du *wusstest*, dass mein Vater deine Tochter gefangen hält?«

Sie musste lächeln. »Ich habe es immer gewusst.« Auch wenn sie eigentlich erwartet hatte, dass Keita sich schon lange aus dieser Lage befreit haben müsste.

»Und doch hast du sie dortgelassen.«

»Es war nicht so sehr die Tatsache, dass sie durch die Äußeren Ebenen gezogen ist, die mich gestört hat. Es war, dass sie es tat, um meine verräterische Schlampe von einer Schwester zu besuchen. Sie macht diese Dinge nur, um mich zu ärgern. Und sie hätte ihre Geschwister zu Hilfe rufen können, aber offenbar war es ihr zu peinlich – zu Recht.«

»Ich verstehe.«

»Na, na. Sieh nicht so niedergeschlagen drein, mein kleiner Blitzschlag.« Sie tätschelte seinen Arm. »Ich bin trotzdem ziemlich interessiert an einem Bündnis. Dagmar hat mir deinen Brief gegeben. Auch wenn ich bezweifle, dass du sie bloß hierhergeschickt hast, um mir diese Nachricht zukommen zu lassen. Warum also sonst?«

»Ihr Onkel Jökull ist auf dem Vormarsch ins Land ihres Vaters, während wir hier sprechen. Er hat seine Armee verdoppelt, und ich wusste, egal, was ich ihr sagte, sie würde sofort dorthin zurückkehren. Sie würde alles riskieren, um …«

»Du wolltest sie beschützen«, unterbrach sie ihn überrascht.

Der Blitzdrache wandte den Blick ab. Sie konnte nicht recht erkennen, ob es Verlegenheit war, die ihm in sein hübsches Gesicht geschrieben stand, oder Kummer. »Ich weiß, sie glaubt es nicht, aber sie bedeutet mir viel.«

Definitiv Kummer.

Leider war es dafür zu spät. Rhiannon hatte das Gesicht ihres Sohnes gesehen, als Dagmar lebend und wohlauf aus dem Tunnel gekommen war. Es war nicht nur Erleichterung gewesen, die er beim Anblick dieser Menschenfrau spürte. Es war Liebe. Wenn es eine der menschlichen oder Drachenhuren gewesen wären, mit denen sie Gwenvael im Lauf der Jahre gesehen hatte, wäre Rhiannon nicht erfreut gewesen. Doch Dagmar war keine dieser hirnlosen kleinen Schlampen, die um Liebe bettelten.

Diese Barbarin konnte allein durch ihre Willenskraft die Welt zerstören – und Rhiannon bewunderte das.

»Wie verbleiben wir, Mylady?«

Sie machte sich auf den Rückweg zum Schloss. »Wir treffen uns morgen auf Garbhán. Dann sprechen wir über ein Bündnis.«

»Und deine Tochter?«

»Behalte sie, lass sie frei, das ist mir vollkommen egal. Aber« – sie wirbelte auf dem Absatz herum, um ihn anzusehen – »sei vorsichtig, Junge. Ich kenne Olgeir ziemlich gut. Er wird seine Beute nicht freiwillig ziehen lassen.«

Rhiannon überließ dem Blitzdrachen die Entscheidung und ging zurück zum Schloss. Sie näherte sich dem Tor, als sie die Stimme ihres Gefährten hörte.

»Wo zum Teufel warst du?«

Lächelnd wandte sie sich Bercelak zu. Er war wütend, dass sie gegangen war, ohne ihm zu sagen wohin. Er war wütend, dass sie allein, ohne ihn oder seine Wachen, in den Wald gegangen war. Er war wütend, weil er aufgewacht war und gemerkt hatte, dass sie weg war. Und sie würde in den nächsten Stunden für diese kleinen Verfehlungen bezahlen.

Sie konnte es kaum erwarten.

Sie nahm seine Hand und zog ihn zum Tor. »Sei nicht so brummig, mein Liebling. Ich habe uns einen Krieg besorgt.«

»Du hast uns *was* besorgt?«

»Du hast mich schon verstanden. Ich habe uns einen hübschen, blutigen Krieg besorgt. Klingt das nicht lustig?«

32

Dagmar wachte auf, als sie leises Lachen aus einer der anderen Kavernen hörte. Es überraschte sie weniger, dass sie dieses Lachen zwischen fürchterlichen Schnarchanfällen neben ihrem Ohr hörte, sondern vor allem, dass sie trotz dieses entsetzlichen Schnarchens hatte schlafen können. Doch jetzt, wo sie wach war, war es schlicht unmöglich, bei diesem Lärmpegel wieder einzuschlafen. Der Trick war, sich aus dem Griff des Drachen zu schälen, der sie so eng umschlungen hielt. Gwenvaels Arme lagen um ihre Taille, sein Kopf war an ihre Brust geschmiegt, sein linkes Bein lag auf ihrem rechten, sein rechtes war zwischen ihren Schenkeln vergraben.

Sie wusste, dass es schrecklich unbequem hätte sein müssen, unter so einem Mann begraben zu sein, doch das war es nicht – erst als sie es nicht schaffte, ihn von sich zu schieben. Sie drückte gegen seine Schultern, schob an seinem Hals, versuchte, ihre Beine unter seinem Gewicht herauszuziehen. Irgendwie funktionierte nichts davon, und er schien keinerlei Anstalten zu machen, so früh aufwachen zu wollen. Immer verzweifelter griff Dagmar um seinen Rücken herum und in die Haare an seinem Hinterkopf. Sie zog, und Gwenvael murmelte ärgerlich im Schlaf. Sie zog wieder, und der Drache rollte sich mit finster verzogenem Gesicht, aber immer noch schnarchend, von ihr weg.

Dagmar seufzte und stand auf, bevor Gwenvael wieder zurückrollen konnte. Sie fand Gwenvaels Hemd auf dem Boden, wo er es hingeworfen hatte, und schlüpfte hinein. Sie brauchte ein Bad, doch das würde ein wenig warten müssen. An diesem Morgen gewann der Hunger.

Sie fand Annwyl und die Zwillinge in einem der kleinen Alkoven. Dagmar musste beim Anblick der Blutkönigin lächeln. Sie trug ein ärmelloses Kettenhemd, das schamlos die Brandmale enthüllte, die Fearghus ihr bei der Inbesitznahme zugefügt hatte, eine schwarze Hose und schwarze Lederstiefel. Zwei Schwerter lehnten am Tisch neben ihr.

Das ist also die Blutkönigin, was?

Selbst mit einem Kind in einem Arm und dem anderen im Bettchen, das Annwyl mit einem ziemlich großen Fuß schaukelte, wusste Dagmar, dass dies die Kriegerin war, die besonnene Männer zu fürchten gelernt hatten. Und das aus gutem Grund.

»Guten Morgen, Annwyl.«

Annwyl blickte auf, und ihr Lächeln war warm und einladend. »Dagmar. Einen wunderschönen guten Morgen. Bitte« – sie deutete auf einen Stuhl – »setz dich doch.«

Dagmar folgte der Aufforderung und setzte sich schräg gegenüber von der Königin.

Annwyl blickte hinab auf ihren Sohn, und Stolz und Freude wechselten sich auf diesem vernarbten, aber hübschen Gesicht ab.

»Gut aussehend, nicht?«, seufzte sie.

»Das ist er.«

»Und Fearghus hat mir erzählt, dass ich dir viel verdanke, Dagmar die Clevere, tödlichste aller Zungen.«

Dagmar lachte. »Ich mag meinen neuen Südland-Namen.«

»Das solltest du auch.« Annwyl zeigte auf das Kinderbettchen. »Macht es dir was aus, sie hochzunehmen? Sie lässt sich von mir füttern, aber ansonsten kann sie nichts mit mir anfangen.«

»Du scheinst viele« – Dagmar warf einen raschen Blick um sich – »Babysachen hier zu haben.«

»Das war Morfyd. Sie hat darauf bestanden, dass hier und auf Garbhán alles ist, was Babys brauchen könnten. Aber ich denke, rückblickend ...«

Sie lächelten sich an. »Sie hatte wohl recht.«

Dagmar ging zum Bettchen und schaute auf das kleine Mädchen mit dem finsteren Blick hinab. »Sie erinnert mich an Bercelak.«

»Ich weiß. Aber als ich das gegenüber Fearghus erwähnt habe, dachte ich, er würde mich bei lebendigem Leibe häuten.«

Dagmar hob das Mädchen hoch und herzte sie. Winzige, starke Finger griffen nach ihrer Nase und drehten an ihr. »Hast du ihnen schon Namen gegeben?«, fragte sie, und der plötzliche nasale Ton ihrer Stimme veranlasste die Königin, den Kopf zu heben.

Kichernd bemerkte Annwyl unnötigerweise: »Sie hat einen ziemlich festen Griff, die Kleine. Und wir können uns nicht auf Namen einigen. Fearghus hat eine Vorliebe für Meine Perfekte Kleine Prinzessin und Ein Richtiger Kleiner Mistkerl.«

Dagmar lachte, während sie die Finger des Babys von ihrer Nase löste, und zuckte zusammen, als das bösartige kleine Biest stattdessen ihren Zeigefinger umklammerte.

»Ich dagegen bevorzuge Liebevoller Perfekter Sohn und Eine Richtige Kleine Zicke, wovon Fearghus nichts hören will.« Annwyl küsste die kleinen Finger, die vorsichtig nach ihren großen griffen. Jetzt wusste Dagmar, dass sie darum hätte bitten sollen, den Sohn halten zu dürfen. Die Tochter war zu sehr wie ihre Mutter. »Hast du irgendwelche Vorschläge, Barbarin?«

Nie im Leben hätte Dagmar gedacht, dass sie es einmal als Kompliment und Zeichen des Respekts und nicht als Beleidigung verstehen würde, »Barbarin« genannt zu werden. Doch bei Annwyl klang es so.

Dagmar schaute auf das Baby in ihren Armen hinab. Alles an dem Kind sprach von Macht, Schönheit und Stärke. Die stolze, hohe Stirn. Die starken Arme und Beine. Der furchterregende Blick.

»Talwyn.« Sie sah den Jungen an. »Und Talan.«

»Talwyn und Talan. Das sind gute Namen. Sehr alt, aber sie haben Kraft.« Sie nickte. »Ja. Talwyn und Talan.«

»Talwyn die Tödliche. Talwyn die Terrorisierende. Talan der Todesmutige. Talan der Teuflische.«

Annwyl nickte, ihr Lächeln war breit und strahlend. »Das *gefällt* mir!«

Dagmar setzte sich mit dem Baby auf dem Arm an den Tisch und griff nach dem Wasserkrug und einem Becher. »Das dachte ich mir.«

»Also, Lady Dagmar, erzähl mir von deinem Onkel Jökull.«

Sie zog eine Grimasse. »Warum musst du diesen wunderschönen Morgen ruinieren, indem du von ihm sprichst?«

»Weil ich wissen muss, warum Gwenvael darauf bestand, dass ich deinem Vater drei Legionen zur Hilfe schicke.«

Dagmar stellte den Becher Wasser unberührt auf den Tisch zurück. »Seit wann bittet er um drei Legionen?«

»Von Anfang an. Das hat er zu Briec gesagt, als er noch in den Nordländern war, und dann zu mir nach seiner Rückkehr.« Sie rieb ihre Nase an der ihres Sohnes, was diesen zum Kichern brachte. »Er ist ein bisschen zu jung zum Kichern, oder?«

»Willst du darauf wirklich eine Antwort?«

»Nein. Bleiben wir beim Thema. Dein Onkel.«

Mehr als eine Stunde lang erzählte Dagmar Annwyl von Onkel Jökull und warum ihr Vater die Hilfe brauchte. Es war ein freundliches Geplauder, doch Dagmar hätte nicht sagen können, ob die Blutkönigin ihr geben würde, was sie brauchte. Die Königin war nicht so leicht zu durchschauen, wenn sie nicht gerade psychotisch versuchte, jemanden zu massakrieren.

Doch der unterhaltsamste Moment für Dagmar war, als sie zusah, wie die Königin versuchte, ihrem Baby die Windel zu wechseln. Am Ende musste Dagmar übernehmen, und die Königin beschloss mit angewidertem Gesicht: »Wir müssen zurück nach Garbhán, damit sich die Ammen um diese Dinge kümmern können. Denn ich glaube, mir wird schlecht.«

Mit Minotaurenblut, Blutklumpen und Gehirnmasse hatte sie kein Problem. Aber die schmutzigen Windeln ihrer eigenen Kinder – die Hölle auf Erden.

Als die Kinder friedlich in ihrem Bettchen schliefen und die beiden Frauen weiterredeten, bemerkte Dagmar, dass Annwyl langsam eines ihrer Schwerter aus der Scheide gezogen hatte. Dabei unterbrach sie aber keinen Augenblick den Gesprächsfluss.

Dagmar sprach weiter, bis sie selbst auch jemanden oder etwas in einem der Tunnel in der Nähe spürte.

Es dauerte noch einmal fünf Minuten, bis Ghleanna vorsichtig in den Alkoven trat. Als es so weit war, stand Annwyl bereits, die Klinge erhoben und kampfbereit. Ghleanna griff automatisch nach ihrem eigenen Schwert, und Dagmar stand auf.

»Hört auf! Beide! Was soll das denn?«

Es waren noch andere hinter Ghleanna, doch sie schienen mehr als froh, dass sie voranging.

Ghleanna deutete auf Annwyl. »Ist sie noch verrückt? Muss ich die Babys beschützen?«

»Natürlich nicht.«

Doch aus irgendeinem unbekannten Grund zuckte Annwyl plötzlich am ganzen Körper und veranlasste damit Ghleanna und die anderen, ihre Waffen zu ziehen.

Dagmar warf Annwyl einen vernichtenden Blick zu – woraufhin die verrückte Königin nur grinste – und sah wieder Ghleanna an. »Es ist alles in Ordnung. Vielleicht solltet ihr mir einfach sagen ...«

Annwyl zuckte wieder, was den Cadwaladr-Clan extrem nervös machte. Weitere Schwerter wurden erhoben, noch mehr Drachen in Menschengestalt betraten mit gezogenen Waffen den Alkoven, der mit jedem Augenblick enger wurde. Die Lage konnte jeden Moment eskalieren. Da verlor Dagmar die Geduld, knallte die Hände auf den Holztisch und brüllte: »Was auch immer du da tust: Hör *sofort* auf damit!«

Ihr plötzlicher Ausbruch wurde gefolgt von einem lauten Rums in der Nische, in der sie geschlafen hatte, und eine Stimme schrie: »*Ich habe sie nicht angerührt!*«

Peinlich berührt nahm Dagmar ihre Augengläser ab und rieb sich die Augen, während der Raum von hysterischem Gelächter widerhallte.

Gwenvael wachte nackt auf dem Boden auf und wusste nicht, wie er dort hingekommen war. Er erinnerte sich entfernt an Gelächter und ein gebrülltes »*Musst du mich immer in Verlegenheit bringen?*«, aber das konnte vor wenigen Augenblicken oder vor zwanzig Jahren gewesen sein. Die Götter wussten, es wäre nicht das erste Mal gewesen, dass ihm diese Frage entgegengeschleudert wurde. Seiner Meinung nach war allen alles immer viel zu schnell peinlich. Wenn man Peinlichkeiten fürchtete, fürchtete man das Leben.

Er wusch sich an der Waschschüssel, zog seine braune Hose und die Stiefel an und ging hinaus in die Haupthöhle. Doch er hielt inne, sobald er in den Alkoven mit dem Esstisch trat und starrte seine Sippe an. Sie hatten es sich ziemlich gemütlich gemacht in Fearghus' Höhle, was seinem Bruder überhaupt nicht gefallen würde.

Ghleanna spielte mit einem der Babys, dem Mädchen, hielt es hoch über ihren Kopf und zog hässliche Grimassen, während Addolgar den Jungen hielt und prahlte: »Der knurrt schon wie sein Großvater.«

Und Dagmar war nirgends zu sehen.

Während Gwenvael benommen dortstand, kam Fearghus aus einem anderen Tunnel und trat neben ihn.

»Warum sind die alle hier?«, fragte er.

»Ich weiß es nicht.«

»Wie bringe ich sie dazu, wieder zu gehen?«

»Ich weiß es nicht.«

»Was, wenn ich sie verscheuche?«

»Sie sind wie Krähen. Sie kommen einfach wieder.«

»Verdammt.« Fearghus' Blick schweifte durch den Raum. »Und wo ist Annwyl?«

Wie gerufen, tauchte sie aus einem weiteren Gang auf. »Gefunden.« Sie hielt das immer noch blutverschmierte Minotaurenschwert hoch. Gwenvael hatte keinerlei Zweifel, dass es eines Tages hier oder auf Garbhán an der Wand hängen würde. »Hübsch, was?«, sagte sie zu Fal, der am anderen Ende des Alkovens stand.

Er streckte die Hände aus. »Lass mal sehen.«

Und da warf Annwyl es. Quer durch den Raum, vorbei an ihrer Tante, die einen Zwilling hielt, und ihrem Onkel, der den anderen hatte. Fearghus gab ein ersticktes Geräusch des Schreckens von sich, und Gwenvael wollte nach der Waffe hechten, vor allem, als er sah, wie seine neugeborene Nichte nach dem blutigen Ding griff.

Doch bevor einer von beiden etwas tun konnte, fing Fal die Klinge aus der Luft. Er wog sie in den Händen. »Das ist allerdings ein hübsches Stück.«

»Hab ich doch gesagt. Ich glaube, ich hänge es über meinen Thron.«

Schwer atmend sah Fearghus Gwenvael an, der nur die Achseln zucken konnte.

»Das werden lange achtzehn Jahre, was, Bruder?«

Gwenvael tätschelte Fearghus die Schulter. »Aye, Bruder. Das stimmt wohl.«

Blitzdrachen! In den Südländern! Izzy war nie so aufgeregt gewesen. Sie konnte kaum etwas essen beim Frühstück. *Aber*, dachte sie, während sie nach dem nächsten Brotlaib griff und die Diener ihr noch eine Portion Haferbrei nachreichten, *es nützt ja nichts, zu Füßen des Blitzdrachen vor Hunger ohnmächtig zusammenzubrechen.*

Das wäre auf jeden Fall peinlich.

Laut ihrer Großmutter würde der Blitzdrache an diesem Morgen kommen, und Izzy verschob ihren geplanten Rundflug mit Branwen und Celyn, nur damit sie ihn kennenlernen konnte.

Lila! Sein Haar würde lila sein!

Sie schaute über den Tisch zu Éibhear hinüber. Sein Haar war blau. Ein tiefes, dunkles, umwerfendes Blau. Nein, sie bezweifelte, dass dieser Blitzdrache so hübsche Haare haben würde wie Éibhear, aber lila Haare musste sie trotzdem sehen.

Was für ein perfekter Morgen! Ihre Königin war am Leben und wohlauf, die Zwillinge der Königin ebenso, und sie hatte die meisten aus ihrer Familie um sich. »Die meisten«, weil Annwyl und Fearghus immer noch in Fearghus' Höhle waren. Genau wie der größte Teil des Cadwaladr-Clans, der selbst hatte nachsehen wollen, ob es den Zwillingen gut ging. Sie waren eindeutig nicht an Annwyls dunklere Seite gewöhnt. Doch Izzy wusste, dass die Königin ihren Babys *nie* etwas tun würde. Niemals.

Außerdem fehlten Gwenvael und seine Dagmar. Sie fragte sich, ob ihr Onkel wusste, dass er in diese Politikerin, wie Briec sie nannte, verknallt war. Sie bezweifelte es. Männer konnten so dumm sein, was das anging.

Wieder sah sie über den Tisch hinweg zu Éibhear hinüber. Er schien vollkommen in das Gespräch zwischen seinen Eltern und Geschwistern vertieft zu sein, bis er sie plötzlich ansah und schielte.

Sie versuchte, nicht laut loszuprusten, und senkte den Kopf, hob ihn aber schnell wieder, als ihre Mutter in den Rittersaal gestürmt kam.

Als Talaith eine Stunde vorher gegangen war, um ›ein paar Einkäufe zu machen‹, war sie in Hochstimmung gewesen, weil sie wusste, dass alle, die sie liebte, in Sicherheit waren. Doch Izzy kannte ihre Mutter inzwischen gut und konnte leicht erkennen, dass sie etwas aus der Fassung gebracht hatte. Die Frage war, was?

Briec sah seine Gefährtin hereinstürmen, und sein normalerweise gelangweilter Gesichtsausdruck wurde besorgt. »Talaith?«

Talaith ignorierte ihn und lief weiter – direkt zu Izzy herüber. Sie schnappte sie am Arm und riss sie vom Stuhl hoch. »Mum!«

Ohne ein Wort zu sagen, griff Talaith den linken Ärmel von Izzys Hemd und riss es ihr von der Schulter. Sie knurrte, als sie dort einen Verband sah. Einen Verband, den Izzy in den vergangenen Monaten jeden Tag getragen hatte.

Sie wusste, was ihre Mutter vorhatte, deshalb flehte sie: »Mum ... bitte.«

Ihre Mutter riss den Verband ab und entblößte die gebrandmarkte Haut darunter.

»Du dummes ...«

»Mum!«

»... *dummes* Mädchen!«

Jetzt stand ihre ganze Sippe um sie herum. Alle bis auf Éibhear. Er hatte bereits gewusst, was Izzy vor allen anderen versteckte. Er wusste es fast von Anfang an, aber ihr war klar, dass er es ihrer Mutter nicht erzählt hatte. Sie wusste, er würde sie niemals so hintergehen. Nicht, wenn er es versprochen hatte.

Aber irgendwer hatte es Talaith erzählt.

»Was in drei Teufels Namen ist das?«, wollte ihr Vater wissen.

»Götter, Izzy! Was hast du getan?«, fragte Morfyd, die Stimme eher besorgt als wütend.

Sie konnten es alle sehen. Alle wussten, was es war. Das Mal von Rhydderch Hael. Izzy würde eines Tages seine Kämpferin sein. Seine Kriegerin.

»Ich habe getan, was ich tun musste«, sagte sie und versuchte, tapferer zu klingen als sie sich wirklich fühlte. Ihr war nicht einmal bewusst, dass sie angefangen hatte zu weinen, bis sie die Tränen über ihre Wangen kullern spürte.

»Für ihn?«, Ihre Mutter hielt immer noch ihren Arm fest und schüttelte sie. »Du hast das für *ihn* gemacht?«

»Ich habe es für *dich* gemacht!«, schrie sie zurück; sie war so verletzt und wütend und fühlte sich so dumm. »Er wollte dich nicht zurücklassen, wenn ich nicht seine Kämpferin wurde. Also habe ich zugestimmt. *Und ich würde es wieder tun!*«

Das Geräusch der Handfläche ihrer Mutter, die mit ihrem Gesicht kollidierte, hallte durch den Rittersaal.

Briec schob sich zwischen sie, nahm Talaiths Arme und schob sie zurück.

Izzy legte die Hand an die Wange, aber der Schmerz war nichts gegen den Schmerz, den sie ihrer Mutter zugefügt hatte, das wusste sie.

Talaith riss Briec ihre Arme weg und starrte Izzy an.

»Du dummes Kind.« Ihre Stimme war kalt. »Man gibt nicht einfach so jemandem sein Leben, um ein anderes zu retten.«

»Du hast es für mich auch getan.«

»Ich bin auch deine Mutter. Ich kann verdammt noch mal tun, was ich will!«

»Aber ich …«

»Ich will es nicht hören.« Talaith entfernte sich von ihr und hielt inne, als sie sich einem der hinteren Flure näherte. »So lang habe ich gekämpft, um dich zu beschützen, und er hatte dich sowieso schon die ganze Zeit.«

»Mum, *bitte!*«

»Sag Brastias, er kann sie haben. Er kann sie schicken, wohin er will, sie ausbilden, wozu auch immer er oder ihr geliebter Gott wollen. Mir ist es egal.«

Ohne Izzy noch einmal anzusehen, stolzierte Talaith hinaus.

Jetzt flossen die Tränen, und die Schluchzer schmerzten in ihrer Brust. Sie fühlte, wie sich die Arme ihres Vaters um sie legten, aber das wollte sie nicht. Sie wollte nichts als allein sein. Sie riss sich von ihm los und rannte davon, während ihre Drachenfamilie nach ihr rief. Sie ignorierte sie alle und rannte durch das offene Tor.

Briec stand in dem breiten Durchgang zum Rittersaal und grübelte.

Der aufgelösten Tochter folgen, die ihr Leben gegeben hatte, um ihre Mutter zu beschützen, oder der am Boden zerstörten Mutter folgen, die ihr Leben gegeben hatte, um ihre Tochter zu beschützen?

Verdammt! Sein Leben war viel einfacher gewesen, als er sich nur Gedanken darüber machen musste, was er fürs Abendessen töten sollte.

»Lass sie in Ruhe«, sagte Rhiannon hinter ihm. »Sie werden es schon hinbekommen.«

»Wie du und Keita?«

»Sie lebt noch, oder nicht? Abgesehen davon hat Morfyd gesagt, sie sei wieder in ihrer Höhle, also geht es ihr gut. Und deine Talaith und Izzy werden damit zurechtkommen. Sie müssen sich nur an den Gedanken gewöhnen.«

»Aber wenn sie unglücklich sind, bin ich auch unglücklich.« Er sah sich über die Schulter nach seinen Eltern und Geschwistern um. »Und das ist inakzeptabel für mich.«

Éibhear ächzte angewidert. »Was ist bloß *los* mit dir?«

»Nichts.«

»Lord Briec.«

Briec runzelte die Stirn, als er diesen Titel hörte und drehte sich zu Brastias um. »General. Du hast einen Freund mitgebracht.«

Brastias sah sich zu dem verhüllten Mann hinter ihm um. »Das ist Lord Ragnar. Er sagte, deine Mutter hätte ihm gesagt, er könne herkommen, um sich mit ihr zu treffen. Anscheinend kommt er aus den Nordländern.«

»Aye, ich rieche es.«

Der Blitzdrache schob die Kapuze seines Umhangs zurück und grinste Briec an, offenbar nicht im Geringsten beleidigt. »Guten Morgen, Feuerspucker.«

»Blitz.« Briec warf seiner Familie einen Blick zu. »Mutter, unser sterblicher Feind besucht uns zu Tee und Keksen.«

Dagmar entging den Gesprächen über Waffen und Minotauren in Fearghus' Höhle, indem sie ganz einfach die Höhle verließ.

Es war ein schöner Tag, die zwei Sonnen schienen hell auf sie herab. Gleichzeitig sorgte eine kühlende Brise aus dem Osten dafür, dass sie nicht schwitzte, was sie sehr zu schätzen wusste.

Sie schlenderte ziellos zwischen dem dichten Laubwerk der Finsteren Schlucht herum und genoss die Ruhe und den Frieden.

»Dieses Kleid steht dir sehr gut.«

Dagmar blieb stehen und musterte das Kleid, das Annwyl in Fearghus' Schätzen für sie gefunden hatte. Es war ein einfaches Kittelkleid mit langen Ärmeln und einem Ausschnitt knapp unter ihrem Schlüsselbein, sodass sie sich nicht eingezwängt fühlte, aber auch nicht wie eine Hure. Außerdem war es grau, was ihr am besten gefiel. Sie hatte keine Lust, leuchtende Farben zu tragen und war froh, dass die Königin das auch nicht von ihr verlangt hatte.

»Danke.« Sie hob den Blick zu einem großen Felsblock. Darauf saß lässig die Göttin, einen Arm auf ein hochgezogenes Knie gestützt. Sie trug heute keinen Umhang, und ihr gepolstertes Hemd war diesmal ärmellos. Die braune Haut ihrer Arme war mit Drachenbrandzeichen, Runentätowierungen und Narben übersät. Diesmal sah sie entschieden größer aus. Größer und kräftiger.

»Hallo Eir«, sagte sie. »Es ist schön, dich wiederzusehen.«

»Ebenfalls, meine Freundin.«

Eirs Wolfsgefährte drückte sich an Dagmars Seite, bis sie sein raues Fell streichelte. »Und du musst …« – sie durchstöberte ihr Wissen über die verschiedenen Götterhimmel – »Nannulf, der Beschützer der Kampfhunde sein!«

»Sehr gut«, kommentierte Eir. »Wir sind schon sehr lange Freunde, er und ich.« Eirianwen, eine der gefürchtetsten und brutalsten Göttinnen der bekannten Welt, glitt von dem Felsblock und sprang neben Dagmar auf den Boden. »Er hat dich schon immer gemocht. Ihm gefällt es, wie du deine Hunde ausbildest. Du vermisst sie, nicht wahr?«

»Sehr.«

»Und sie dich. Natürlich kannst du überall Hunde züchten und ausbilden. Annwyl hat keine Kampfhunde. Keine richtigen. Nur Typen, die ihre eigenen Hunde in die Schlacht mitnehmen.«

»So habe ich es auch verstanden. Und ich kann Annwyl jederzeit ein Zuchtpaar schicken.«

»Das ist eine Möglichkeit.«

Dagmar kraulte Nannulf an einer Stelle, die den Wolfsgott dazu brachte, fröhlich gleich mit dem ganzen Körper zu wedeln.

»Habe ich noch andere Möglichkeiten?«

Eir legte Dagmar eine beunruhigend große Hand auf die Schulter. »Das Wissen zieht immer andere Möglichkeiten in Betracht.«

»Hat dir nicht ein Finger gefehlt?«, fragte Dagmar und starrte auf Eirs Hand.

Die hob den Arm und wackelte mit den Fingern. »Sie wachsen nach … bei mir zumindest.«

»Es muss nett sein, ein Gott zu sein.«

»Ab und zu. Und hör auf, ständig vom Thema abzulenken. Du weißt genau, was ich dir sagen will.«

»Du kannst doch nicht ernsthaft erwarten, dass ich bei Gwenvael bleibe.«

Eir klatschte breit grinsend die Hände zusammen. »Aber er mag dich so sehr!«

»Ich finde es erschreckend, dass die meistgefürchtete und tödlichste Kriegsgöttin im Herzen Romantikerin ist.«

»Findest du nicht, dass ihr zwei ein bezauberndes Paar abgebt?«

Dagmar klatschte eifrig in die Hände und antwortete: »Nein!«, bevor ihr Gesicht wieder zu seinem üblichen verächtlichen Ausdruck zurückkehrte.

»Es ist nicht leicht, jemanden zu finden, der dich so nimmt, wie du bist, dich aber auch so erträgt.«

»Was soll das heißen?«

»Es heißt, dass du die Art Frau bist, die nur blutrünstige Kampfhunde lieben können.«

»Vielen Dank«, gab Dagmar trocken zurück.

»Bevor du beleidigt bist ... ich bin genauso! Aber Rhy liebt mich trotzdem.«

»Rhy?«

»Fang nicht damit an.« Sie blickte seufzend in die Ferne. »Rhy liebt mich trotz ...«

»Gelegentlich fehlender Körperteile?«

»Na ja ...«

»Blutverkrusteter Haare?«

»Das ist ...«

»Leichen, die sich in deinem Namen zu Bergen auftürmen?«

»Ja!« Sie stieß ein frustriertes Knurren aus. »Trotz alledem liebt er mich.«

»Und doch hast du Annwyl zurückgeholt. Entgegen seinen Wünschen.«

»Sie war schon tot. Seine« – sie zuckte die Achseln – »nennen wir es einmal Eigentumsrechte an ihr galten nicht mehr. Mit ihrer Leiche konnte ich tun, was ich wollte. Die Zwillinge waren ein bisschen komplizierter. Ich konnte sie nicht einfach mitnehmen, denn er hatte sie hergeschickt. Und ich konnte dich nicht retten.«

»Warum nicht?«

Sie schniefte indigniert. »Ich kann schlechtes Benehmen nicht belohnen.«

»Was für schlechtes Benehmen?«

»Du verehrst mich nicht. Oder sonst einen von uns.«

»Inwiefern ist das schlechtes …«

»Also musste ich einen anderen Weg finden, und da habe ich beschlossen, Annwyl zurückzuholen.« Sie schürzte die Lippen. »Es war allerdings ein Risiko. Sie war schon auf der anderen Seite; sie war schwimmen, lag in der Sonne, hatte eine Kleinigkeit zu essen. Sie wieder herzuschleppen kann manchmal zu Problemen führen, vor allem bei Menschen. Die Gefahr war groß, dass sie dich und diese Babys tötet wie die Minotauren.«

»Dann war das ja ein ganz ausgezeichneter Plan.«

»Er hat funktioniert, oder etwa nicht, Lady Sarkasmus? Und nur damit wir uns richtig verstehen: Ich habe die Sache nur angestoßen. Der Rest liegt bei dir.«

»Ja, aber ich verstehe deine ganzen Regeln nicht. Wem du helfen kannst und wem nicht, wann, wie … es nimmt ja kein Ende. Das ist alles so kompliziert!«

»Aber es gibt Gründe dafür. Ich und die anderen Kriegsgötter haben diese Regeln aus einem einfachen Grund für Götter und die Kreaturen aufgestellt, die wir Götter erschaffen.«

»Damit es Krieg gibt, wenn die Regeln gebrochen werden?«

Die Göttin schwieg einen Augenblick und giggelte dann. Giggelte wie ein Kind. »Ja.« Sie beugte sich vor, die Arme um ihre Körpermitte geschlungen, und lachte noch mehr. »Genau deshalb! Und es funktioniert jedes verdammte Mal!«

Nicht um alles in der Welt verstand Dagmar, was sie an dieser

Göttin mochte, aber es war so. Sie mochte sie wirklich. »Es freut mich, dass dich das alles so amüsiert.«

Die Göttin wischte sich die Lachtränen ab und richtete sich auf. Sie war jetzt ein wenig kleiner. Dagmar fragte sich, wie groß sie tatsächlich werden konnte. Oder wie klein. Konnte sie sich auch in einen Hut verwandeln?

»Man sucht sich seinen Spaß, wo man kann«, fügte Eir hinzu. »Und genau das will ich auch für dich.«

»Sind wir wieder bei Gwenvael?«

»Er ist perfekt für dich. Und du liebst ihn. Oder nicht?«

Dagmar tätschelte den großen Wolfsgott, der neben ihr stand. Sie musste sich nicht bücken, um seinen Rücken zu erreichen. Auf allen Vieren reichte er ihr fast bis zur Schulter. »Wenn ich jemanden lieben würde, wäre er es. Aber ich liebe niemanden.«

»Natürlich liebst du …«

»Ich sorge und kümmere mich. Um viele Dinge und viele Leute. Aber ich glaube einfach nicht, dass ich dazu fähig bin, jemanden zu lieben.«

»Das könnte wahr sein. Aber ich glaube, wenn Götter lieben können, dann kann ich auch für dich hoffen.«

Sie tätschelte Dagmars Schulter. »Auf Wiedersehen, meine Freundin.« Eir ging tiefer in die Schlucht hinein. »Es war schön, dich wiederzusehen.«

»Ebenfalls.« Dagmar lächelte Nannulf an. »Und dich auch.«

Nach kurzem Zögern flüsterte sie dem Wolf ins Ohr: »Und pass auf Knut und die anderen auf. Ich glaube auch nicht, dass sie die Götter verehren, aber … ich glaube, sie verdienen trotzdem Schutz.«

Dagmar strich ihm mit der Hand über Kopf und Rücken. Er lehnte sich an sie, schnüffelte an ihrer Wange, und dann, ohne Vorwarnung, leckte er ihr übers Schlüsselbein.

Dagmar schauderte und konnte ihren Widerwillen nicht verbergen.

»Sei nicht so hart zu ihm«, rief Eir über die Schulter zurück. »Er mag dich.«

Der Wolf trat zurück und sah sie erwartungsvoll mit heraushängender Zunge an. Für ihre Hunde würde sie das Opfer bringen. Aber nur für ihre Hunde.

Sie bekämpfte den Drang, sich vor seinen Augen den Schlabber vom Hals zu wischen, und sagte: »Danke, Nannulf.«

Der Wolf bellte. Doch er war ein Gott, und der Laut erschütterte die Schlucht, sodass die Bäume schwankten und der Boden vibrierte.

Dagmar fiel fast auf die Knie, also drückte sie sich rasch gegen den Felsblock und hielt sich fest.

»Lass das, du Riesen-Dummkopf«, schnauzte Eir. »Und jetzt komm!«

Nannulf rannte hinter seiner Reisegefährtin her, und Dagmar wischte sich endlich den Schlabber vom Hals. Ihr wurde leicht schlecht, als sie merkte, dass er schon auf ihrer Haut getrocknet war und ihre Haut als Reaktion darauf anfing zu jucken.

Entschlossen, sich sofort zu waschen, drehte sie sich um und stieß mit dem Gesicht an Gwenvaels Brust.

»Mit wem redest du?«

»Mit mächtigen Göttern.«

»Natürlich.«

»Du hast gefragt.«

»Das stimmt.« Er strich mit der Hand über ihr Schlüsselbein. »Ausschlag?«

Sie schaute hinab auf die rote, gereizte Stelle, die von Sekunde zu Sekunde röter und gereizter wurde. »Hundeschlabber.«

»Reizend.« Er nahm ihre Hand und führte sie durch die Bäume. »Egal, ich habe heute Morgen von Morfyd gehört.«

»Ist alles in Ordnung?«

»Na ja, offenbar hat Izzy ihre Seele an Rhydderch Hael verkauft. Talaith hat es herausgefunden, und es sieht aus, als hätte sie sie enterbt. Und unsere Mutter hat Blitzdrachen zum Tee eingeladen. Um genau zu sein Ragnar den Listigen.«

Dagmar zog eine Schnute. »Wir verpassen alles.«

»Genau. Wir müssen zurück nach Garbhán, bevor alles implodiert, und wir nicht zusehen können – bei Wein und Käse.«

»Guter Plan.« Dagmar blieb stehen und runzelte die Stirn. »Was ist los?«

»Lord Ragnar ist hier? In den Dunklen Ebenen?«

»Das hat sie gesagt. Ist gestern Abend aufgetaucht. Warum?«

Dagmar betrachtete eingehend den Boden vor ihren Füßen. »Ich frage mich, ob wir alle Tunnel erwischt haben – oder ob Ragnar noch ein paar für sich selbst offen gelassen hat.«

Jetzt starrte Gwenvael auf den Boden. »Mist.«

Mit einem Pferd wäre es viel schneller gegangen, aber es war ihr egal. Sie brauchte das Laufen. Sie brauchte die Freiheit. Sie brauchte es, dass ihre Lungen schmerzten und ihre Muskeln brannten. Izzy brauchte all das, um den Schmerz zu verarbeiten, den sie über die Wut ihrer Mutter verspürte.

Was sie allerdings nicht brauchte, war, über ihre eigenen Füße zu stolpern.

Izzy fiel kopfüber ins weiche Gras. Mit den Händen bremste sie ihren Fall und fing sich ab, bevor sie sich womöglich noch die Nase brach. Der Sturz selbst schadete nicht, und normalerweise wäre sie sofort wieder aufgestanden, aber die Furcht vor Entdeckung, mit der sie so viele Monate gelebt hatte, holte sie plötzlich ein und sie konnte nur noch weinen. Sie hatte eigentlich gedacht, sie hätte sich schon vor Ewigkeiten ausgeheult, als Annwyl im Sterben lag. Doch anscheinend hatte sie immer noch ein paar Tränen übrig.

Izzy fürchtete, dieser Heulkrampf würde stundenlang anhalten, aber sie wurde sehr schnell abgelenkt, als der Boden unter ihren Füßen und Beinen sich ein klein wenig bewegte. Was, wenn es da unten Schlangen gab? Sie war einmal in ein Nest getreten, und ihr Vater hatte Stunden gebraucht, um sie zu beruhigen.

Nervös, denn ihr Hass auf Schlangen war stark, hob Izzy die Brust vom Boden, stützte sich auf die Arme und schaute zu ihren Füßen hinab. Sie sah keine Schlangen, aber die waren schließlich trickreich, nicht wahr? Sie strebten die Weltherrschaft an, wenn man sie fragte. Sie dachte daran, wegzulaufen, doch sie hatte ihr Schwert umgeschnallt und ihr Schild auf dem Rücken und fühlte sich einigermaßen vorbereitet. Ihre Mutter fragte sie oft: »Schläfst du eigentlich auch mit diesen verdammten Dingern?« Das tat sie zwar nicht ... zumindest nicht oft; aber sie ging lieber auf Nummer sicher.

Und sie wusste, dass sie recht hatte, als sich der Boden unter ihren Füßen langsam anhob. Sie zog die Beine weg und drehte sich um, die Hände flach auf dem Boden, während sie rückwärtskrabbelte.

Der Boden brach auf, und etwas Dünnes und Langes stieß aus der Mitte nach oben. Eine Schlange! Genau, wie sie gedacht hatte. Verschlagene, bösartige Schlangen! Doch als die Schlange höher stieg, wurde Izzy klar, dass sie keine Schlangen kannte, die so aussahen. Geschliffenes Metall auf Schuppen. Lila Schuppen.

Ihre Großmutter hatte gesagt, ein Blitzdrache käme nach Garbhán. Aber sie wusste, dass etwas nicht stimmte. Sie spürte es ...

Mit einer schnellen Bewegung wirbelte Izzy auf den Bauch herum, stieß sich mit den Händen fest vom Boden ab und sprang auf die Füße. Doch sie war kaum einen Schritt gelaufen, als sich ein Schwanz um ihren Hals schlang und sie hochhob. Der Blitzdrache, der zu dem Schwanz gehörte, zog sich aus der Erde hoch, und drei andere taten an anderen Stellen dasselbe.

»Findet meinen Sohn«, befahl derjenige, der sie festhielt. »Und bringt ihn her.«

Er schüttelte sich Erde aus Haaren und Gesicht und hob den Kopf, um sich umzusehen. Dann blinzelte er in die Sonnen und blickte finster drein. »Viel zu heiß hier, verflucht.«

Er schien abgelenkt, deshalb griff Izzy langsam nach ihrem Schwert, doch die scharfe Schwanzspitze drückte sich an ihre Wange, bis ihr Kopf ganz zur Seite geneigt war.

»Tu nichts Dummes, Mädchen.« Der Drache drehte sie herum, sodass er sie direkt ansehen konnte. Izzy löste sofort die Hände von ihrer Waffe und rang stattdessen mit dem Schwanzstück, das sie würgte.

Der Drache war extrem alt. Älter als ihre Großeltern. Im Gegensatz zu ihren Großeltern war er jedoch gemein. Nicht unfreundlich oder griesgrämig oder reizbar … einfach gemein. Gemein, weil es ihm Spaß machte.

Er hob sie noch näher vor seine Nase, bis sein Atem ihr ins Gesicht blies – ein extrem unangenehmes Gefühl. Seine Augen musterten sie genau, bevor er brüllte: »*Wo ist mein Sohn?*«

33 Gwenvael nahm Dagmars Hand. Er hatte gehofft, sich auf dem Rückweg nach Garbhán Zeit lassen zu können. Er hatte viel mit ihr zu besprechen und wollte nicht, dass die Dramen seiner Familie sie oder ihn selbst davon ablenkten, dass sie ineinander verliebt waren ... Zumindest hoffte er, dass das der Fall war, denn er für seinen Teil liebte sie, verdammt noch mal.

Leider würde ihr Gespräch über die Zukunft warten müssen, bis er Dagmar sicher ins Schloss von Garbhán gebracht hatte und der Rest seiner Familie sich mit den Löchern in ihrer Verteidigung beschäftigte.

»Wir müssen mit Ragnar reden«, sagte sie atemlos, während er sie durch die Bäume zu einer Lichtung zerrte. »Herausfinden, wie er hergekommen ist und dann ...«

»Ich weiß. Ich weiß. Es wird ...«

Der Schwanz traf ihn aus heiterem Himmel. Dagmars warnender Schrei gab ihm gerade genug Zeit, ihre Hand loszulassen, bevor er in hohem Bogen in den Wald geschleudert wurde. Er verwandelte sich mitten im Flug, und als er gegen einen Baum prallte, pflügte er ihn und viele andere einfach um. Irgendwann kam er schlitternd auf dem Rücken liegend zum Halten und sah hinauf in das alte Gesicht von Olgeir dem Verschwender.

»Du.«

Gwenvael grinste und stand langsam auf. »Hallo Olgeir. Wie geht es deinen Enkelinnen? So süße, anhängliche, kesse kleine Schlampen.«

»Wo is' mein Sohn, Verderber?«

»Er plant, ein Warlord zu werden. Ich habe gehört, er ist recht hübsch. Meine Mutter wird ihm sehr gerne helfen.«

»Da bin ich mir sicher. Und sag mir, Feuerspucker« – er holte seinen Schwanz hinter dem Rücken hervor – »ist das eines deiner Schmusetiere?«

Der alte Dreckskerl ließ die kleine Izzy von seinem Schwanz baumeln.

»Aaah. Ich sehe, das ist sie. Dann wird sie vielleicht jetzt mein Spielzeug.«

»Du kannst kein so großer …« Der Blitzeinschlag in seine rechte Seite ließ Gwenvael noch mehr Bäume ummähen.

Beim Anblick seiner Nichte hatte er vollkommen übersehen, dass Olgeir nicht allein war.

Dagmar stand auf und nahm rasch ihre Augengläser ab, um den Schmutz von ihnen abzuwischen. Sie scheiterte kläglich, aber zumindest entfernte sie genug Erde, dass sie die Schneise sehen konnte, die Gwenvael in den Wald gerissen hatte.

»Sie ist nicht von hier.«

Dagmar schaute hinter sich. Zwei Blitzdrachen beäugten sie genau. Sie waren groß, lila und definitiv echte Nordländer.

»Du bist das Spielzeug von einem von *denen*?« Es gab Momente in ihrem Leben, in denen sie sich aus fast allem herausreden konnte. Und es gab Momente, in denen sie besser wegrannte.

Sie rannte.

Talaith stand an einem der vielen Seen der Dunklen Ebenen. Sie stand dort und starrte hinaus auf das ruhige Wasser.

»Jetzt kennst du die Wahrheit. Geht es dir jetzt nicht besser?«

Am ganzen Körper angespannt vor Wut, funkelte Talaith zu dem Gott hinauf, der neben ihr stand. »Was kann ich tun, damit du weggehst?«

Rhydderch Hael lachte. »Nichts. Die Pforte ist jetzt offen. Ich kann in dieser und jeder anderen Existenzebene kommen und gehen, wie es mir gefällt.«

»Na, wunderbar.«

»Ist es dir nicht lieber, die Wahrheit zu kennen?«

»Mir wäre es lieber, wenn du verschwinden würdest!«

Sie spürte seine Hand auf ihrer Schulter. »Talaith, ich habe dir nur die Wahrheit gesagt, weil ich das Gefühl hatte, dass du wissen solltest, wie sehr deine einzige Tochter dich liebt. Wie viel sie zu opfern bereit war für ...«

Talaiths Faust traf seine Kehle und zerquetschte einen Teil von ihr durch die Kraft des Schlags.

Der Gott beugte sich hustend und lachend vornüber. Sie konnte hören, wie die Knochen und Knorpel, die sie zerquetscht hatte, sofort von selbst heilten. Als sie davonstürmte, konnte er schon wieder sprechen.

»Geh nicht wütend weg, Talaith«, sagte er, immer noch über sie lachend. »Ich wollte doch nur helfen.«

Talaith ging rasch zurück zum Schloss, drängte sich an Soldaten und Dienern vorbei. Sie musste Izzy finden. Sie musste sich entschuldigen, sie anflehen, ihrer dummen Mutter zu verzeihen, dass sie sich schon wieder von einem Gott manipulieren lassen hatte.

Die Menschenmenge ums Schloss bewegte sich viel zu langsam für ihren Geschmack, deshalb nahm sie den Weg hinter den Ställen herum zum Hauptportal, wohin Izzy gerannt war. *Sie will sicher zur Finsteren Schlucht. Sie will zu Annwyl.* Und Annwyl würde sie dort festhalten, bis Talaith sie fand. Talaith fühlte sich immer verzweifelter und begann zu rennen. Sie war fast um den letzten Stall herum, als etwas mit Wucht gegen sie prallte. Talaith wurden die Füße unter dem Körper weggerissen, und sie stürzte vornüber, doch starke Hände hielten sie an der Taille fest und zogen sie hoch.

»Tut mir leid«, sagte eine Frau freundlich. Talaith sah abgetragene Stiefel voller Matsch und einen noch abgetrageneren braunen Umhang, der auf dem Boden schleifte. Die Kapuze des Umhangs verdeckte das Gesicht der Frau, aber Talaith hatte für eine von Annwyls Kriegerinnen sowieso keinen Blick übrig.

»Alles in Ordnung?«, fragte die Frau. Hätte Talaith einen Augenblick Zeit gehabt, hätte sie die Sorge in der Stimme gehört, doch ihre Tochter war alles, was zählte.

»Mir geht es gut.« Sie schob die Hände weg, die immer noch ihre Taille hielten, und rannte weiter, während eine plötzliche, entsetzliche Angst um ihre Tochter ihr fast die Luft abschnürte.

Gwenvael hatte keine Waffen, keine Rüstung und keinen Stachelschwanz – und falls er überlebte, würde er seinen Brüdern lautstark die Meinung zu diesem Thema sagen –, aber der Blitzdrache, der versuchte, ihn zu töten, besaß das alles.

Er schickte einen Ruf an Addolgar, weil er wusste, dass dieser in der Nähe von Fearghus' Höhle war, doch er musste sich trotzdem Sorgen um Izzy machen. Er hatte keine Zeit, auf die anderen zu warten, und es blieb ihm nichts anderes übrig, als doch einmal sein hübsches Gesicht aufs Spiel zu setzen.

Das Schwert blitzte auf, und Gwenvael sprang zurück und umklammerte den nächsten Baum. Als die Klinge ihn um Haaresbreite verfehlte, hob er den Baum an und riss ihn aus dem Boden. Er schwang ihn und knallte ihn gegen das Schwert, als es auf dem Rückweg wieder nach ihm schlug. Es durchschnitt den Baumstamm mit Leichtigkeit, und Gwenvael wusste, dass als Nächstes sein Kopf dran war. Also warf er dem Blitzdrachen die Baumhälften ins Gesicht. Der Schuft taumelte kurz rückwärts, und Gwenvael warf sich auf ihn und riss ihn mit sich zu Boden.

Verzweifelt klammerte er sich an den Schwertarm des Blitzdrachen und hielt ihn unten. Daraufhin griff dieser seine Haare und riss seinen Kopf zurück, während seine scharfe Schwanzspitze nach seiner Schnauze zielte.

Unendlich genervt – mehr wegen seiner Haare als wegen seines Gesichts – senkte Gwenvael seinen eigenen Schwanz und betastete die Rüstung des Bastards. Aus seinen Zeiten im Kampf gegen die Blitzdrachen wusste er, dass die einzelnen Teile ihrer Rüstung unten nicht miteinander verbunden waren wie die der Südlanddrachen. Sie waren genau genommen sogar weit offen.

Also ließ Gwenvael seinen Schwanz unter die Rüstung des Blitzdrachen und direkt zwischen seine Beine gleiten.

Panisch versuchte dieser, sich zu befreien, doch Gwenvael hielt ihn fest; er wickelte seinen Schwanz um das Glied des Bastards – und riss daran.

»*Du verdammter …*«

Er ließ sie nicht frei. Offensichtlich hatte er vor, sie einfach in seinen Schwanz gewickelt herumzutragen wie einen Leckerbissen oder sein Lieblingshaustier.

Der Blitzdrache schnüffelte in die Luft und kräuselte die Lippen. »Ich rieche hier nur verdammte Feuerspucker. Als wären sie überall.« Er drehte den Kopf und bewegte den Schwanz, den er um ihre Taille gewickelt hatte, näher an sich heran. »Also, wo is' mein Sohn, Kleine?«

»Ich weiß nicht, was du meinst. Ich …«

Der Schwanz knallte Izzy zweimal auf den Boden und hob sie wieder in die Höhe. »Lüg mich nicht an, Weib! Wo ist er? *Sag es mir, sofort!*«

Benommen schüttelte Izzy den Kopf.

»Willst du es mir nicht sagen?«

Ihm was sagen? Von wem redete er? Wo war sie überhaupt? *Oh, schau mal … was für hübsche Farben!*

»Lass mich raten. Dieser Goldene war ein paar Mal mit dir im Bett, und jetzt glaubst du, dass er dich liebt? Dass er dich beschützen wird?« Sein Schwanz rollte sich auf, und Izzy fiel mehrere Fuß tief hart auf den Boden. Die Farben vervielfachten sich, und sie konnte nicht mehr durch sie hindurchsehen. »Ihr Menschen seid so jämmerliche Dummköpfe.« Er schnappte mit dem Schwanz nach ihrem Schwert und schleuderte es in die Bäume.

»Glaubst du wirklich, eine kleine Hure wie du wäre für irgendeinen Drachen wichtig genug?«

»Sie ist nicht irgendeine kleine Hure«, sagte ihre Mutter vom Fuß des Hügels, über den sie in dem Moment gekommen war, als Izzy ihre Sinne mit überwältigender Klarheit wiedererlangte. »Sie ist Iseabail, Tochter von Talaith und Briec.«

Der Blitzdrache grinste anzüglich auf Talaith hinab. »Bist du auch ein Haustier?«

»Ich bin ihre Mutter.« Talaith hob ihre rechte Faust. »Die gefährlichste Schlampe, die du je kennenlernen wirst.« Sie öffnete die Hand, und weiße Flammen schossen aus der Handfläche und trafen den Drachen ins Gesicht.

Er schrie und barg den Kopf in den Klauen, während Izzy eilig auf die Füße kam.

»Izzy!«, schrie ihre Mutter. »Lauf!«

»O nein!« Der Drachenschwanz knallte vor Izzy auf den Boden. »Du gehst nirgendwohin, kleine Hure!«

Seine Schuppen von den Flammen ihrer Mutter versengt, wirbelte er zu ihr herum und sein Schwanz schlug nach Talaith.

Sie sah, wie sich sein Maul öffnete und schwang augenblicklich den Schild, den sie immer noch auf den Rücken geschnallt trug, vor ihren Körper. Blitze züngelten aus seinem Mund und bohrten sich in das Metall.

Izzy kreischte; die Macht des Blitzes hob sie von den Füßen und ließ sie rückwärts in den Wald schnellen, während die Blitze zu ihrem Besitzer zurückprallten.

Dagmar rannte und ließ sich von ihrer Erinnerung an die Landkarten der Dunklen Ebenen leiten, die sie für sich selbst gezeichnet hatte. Sie wusste, sie hätte es nie nach Garbhán zurück geschafft und hätte nicht riskiert, die Hordendrachen zu Fearghus' Höhle und den Zwillingen zu führen. Sie hatte schon einmal fast ihren Tod verursacht; das würde sie nicht noch einmal tun. Also steuerte sie auf einen kleinen See zu, den Gwenvaels Sippe aus Angst, er könnte verunreinigt sein, nie nutzte.

Die Blitzdrachen lachten und stürzten ihr hinterher, wobei sie eine Schneise in den Wald rissen.

»Komm her, kleine Menschliche«, sagte einer von ihnen, und sie spürte, wie seine Kralle niedersauste, um nach ihr zu greifen. Sie duckte sich, wechselte die Richtung und steuerte auf einen dicken Baum zu, eine ihrer »Test«-Verteidigungsvorrichtungen, gegen die Brastias sich so gewehrt hatte.

Dagmar lief um den Baum herum und knotete rasch das Seil von dem Metallbolzen los, der im Holz steckte. Als die Drachen in Reichweite kamen, löste sie das Seil einer ihrer Lieblings-Verteidigungsanlagen und der riesige Baumstamm schwang frei herum.

Die Blitzdrachen waren schnell, drehten rechtzeitig die Köpfe und sprangen beide zurück, während der Baumstamm an ihnen vorbeischwang.

Unbeeindruckt sahen sie zu, wie er vor- und zurückschwang und schließlich zum Stillstand kam.

Einer von ihnen schnaubte. »Das kannste ja wohl nicht ernst meinen, Kleine. Glaubste wirklich …«

Der Boden sank unter ihnen weg, und beide Drachen schrien erschrocken auf, als sie in die tiefe Grube fielen.

Dagmar beugte sich nieder und grub in der weichen Erde neben dem Baum herum. Sie brauchte länger als ihr lieb war, doch schließlich fand sie die kleine Schachtel, die sie dort versteckt hatte und drückte sie an die Brust. Sie atmete erleichtert auf, dann ging sie zum Rand der Grube hinüber und schaute hinein.

»Du verrückte Schlampe!«, schrie einer zu ihr herauf.

Sie konnten nicht herausklettern; es gab nichts zum Festhalten. Und fliegen war unmöglich geworden wegen des Öls, in das sie gefallen waren. Eine Spezialmischung, die Talaith eines Nachmittags nach Dagmars Anweisungen entwickelt hatte und die die beiden durchtränkte, sodass ihre Flügel nur noch schlaff auf ihrem Rücken hängen konnten.

Dagmar kauerte sich neben die Grube. »Wisst ihr, was mein Lieblingswort des Tages ist, Mylords? ›Fuge‹.«

Sie öffnete die kleine Schachtel und zog eines der einfachen, kleinen Hölzchen heraus, die Morfyd ihr gegeben hatte. »Und zwar, um genau zu sein, im Sinne von ›die Fugen zwischen den Schuppen eines Drachen‹.«

Dagmar hielt das dünne Hölzchen hoch. »Das habe ich von einer Hexe. Sie kennen alle möglichen Dinge. Es ist wirklich erstaunlich, was man alles lernt, wenn man ein … wie habt ihr mich noch gleich genannt?« Sie strich den etwas dickeren Kopf des Hölzchens über einen Felsen, und eine kleine Flamme zischte auf. »Ach, richtig: wenn man ein ›Haustier‹ ist.«

Dagmar hielt das brennende Hölzchen über die Grube.

»Nicht«, flehte einer von ihnen.

»Aber als Landsleute aus den Nordländern ... wisst ihr schon, dass ich es tun werde.« Sie öffnete die Hand und das kleine Hölzchen fiel. Es berührte leicht die Grubenwand – die ebenfalls ölgetränkt war –, und die winzige Flamme führte zu einer Explosion, die sich die Wand hinab bis zum Boden der Grube zog.

Die Drachen schrien, als die Flammen dem Öl unter ihren Schuppen zu dem brennbaren Fleisch darunter folgten.

Es war schwierig, bei dem Geschrei etwas anderes zu hören, doch das Knistern sagte ihr, dass sie schnell sein musste, und zwar sehr schnell.

Dagmar stand auf und stolperte rückwärts über den Saum ihres Kleides.

Flammen schossen in den Himmel hinauf, und sie drehte sich um, um wezuglaufen, doch schuppige Unterarme schnappten sie um die Taille und zogen sie eng heran.

»Kopf runter, Liebes«, befahl Addolgar, und dann legte er seine Schwingen um sie, während er sich umdrehte und alles in der Grube in einem Flammen- und Blitzregen explodierte.

Talaith war nicht überrascht, dass Izzy sich so schnell wieder aufrappelte. Sie war glücklicherweise nach ihrem leiblichen Vater und seiner Seite der Familie geraten, die alle recht robust waren. Doch der Anblick der aufspringenden Izzy machte den alten Drachen umso wütender, da er seinen eigenen Blitzen, die von ihrem Schild zu ihm zurückgeworfen worden waren, nur knapp hatte ausweichen können.

Jetzt wollte er sie beide töten, und während er Izzy mit seinem Schwanz angriff, schleuderte er weitere Blitze auf Talaith. Sie hob die Hand und der Schutzzauber kam wie von selbst. Er war nicht so mächtig wie sie es gern gehabt hätte und absorbierte die Blitze nur, statt sie zu ihrem Absender zurückzuschicken. Sie hatte allerdings keine Zeit, sich Gedanken darüber zu machen, sondern zog ihren Dolch, den sie an den Schenkel geschnallt trug. Oh, wie sehr sie sich wünschte, ihrer Tochter sagen zu können, dass sie weglaufen und sich verstecken sollte, doch diesen Luxus konnte sie sich schlicht nicht erlauben.

Der Drache schlug mit der Kralle nach Talaith, und sie duckte sich darunter weg. Er ging wieder auf sie los, und Talaith wich geschickt mit einem Schritt zur Seite aus.

Sie war jetzt neben ihm und konnte sehen, wie Izzy mit aller Kraft auf den Drachenschwanz trat. Mit dem schweren Schild fest in den Händen, sah Izzy ihre Mutter an.

Talaith nickte einmal und schrie zu dem Drachen hinauf: »War das alles, du alter Dreckskerl? Mehr hast du nicht zu bieten?«

Der Drache schwang die Faust gegen Talaith, während Izzy seinen Schwanz lange genug festhielt, um mit der scharfen Kante ihres Schildes zustoßen zu können, sodass die drei Fuß lange, scharfe Metallspitze des Schwanzes von dem schuppigen, muskulösen Teil abgetrennt wurde.

Der Drache brüllte. Seine Faust verfehlte Talaith bei Weitem. Außer sich vor Wut schlug er seinen blutenden Schwanz wieder und wieder auf den Boden und versuchte, Izzy zu zerquetschen, die im Zickzack davonrannte.

Talaith dachte, dass er seine volle Aufmerksamkeit auf Izzy richtete, doch er war nicht dumm. Er streckte wieder die Klaue nach Talaith aus. Während sie über ihren nächsten Schritt nachdachte, sah sie Izzy die Spitze des Drachenschwanzes aufheben, um das spitze Stück als Waffe zu benutzen.

Beeindruckt brüllte sie: »Izzy!« Dann lehnte sie sich eilig zurück, als ein Schlag der Klaue viel zu dicht an sie herankam und eine Krallenspitze ihr Kinn streifte. »Renn und spring!«

Gwenvael riss dem Blitzdrachen das Schwert aus der Klaue und stand auf, den Schwanz immer noch um das Glied des Mistkerls gewickelt. Mit ihm schleuderte er ihn quer durch die Schlucht. Dann stürmte er ihm nach, stieg in die Luft und ließ sich mit dem Schwert in beiden Klauen fallen. Die Klinge bohrte sich durch den harten Schädel seines Gegners und kam durch den Rücken wieder heraus.

Mit einer Drehung riss er sie wieder heraus und rannte zurück zu Izzy und Talaith, um sie zu retten.

Doch als er schlitternd und stolpernd neben Addolgar und seinen Vettern zum Stehen kam, blieb ihm der Mund offen stehen. Er hätte bereitwillig zugegeben, dass er das, was er jetzt sah, nicht erwartet hatte. Genauso wenig wie seine Sippe – nach dem zu urteilen, wie sie zusahen, ohne einzugreifen.

Er spürte ein leichtes Tippen am Bein und sah zu Dagmar hinab. Ihre Kleider waren voller Ruß, was ihm selbst bei ihr merkwürdig vorkam, und sein Schwanz wickelte sich automatisch um ihre Beine, während sie eine seiner Krallen hielt. Gemeinsam standen sie alle da und sahen zu.

Talaith hielt Olgeirs Kralle fest, die versuchte, sie aufzuschlitzen. Ihren Dolch hatte sie zwischen die Zähne geklemmt. Als dem Blitzdrachen klar wurde, dass etwas an seiner Klaue hing, hob er sie an, um genauer hinzusehen, und Talaith ließ sich von seiner Kralle auf seine Schnauze fallen. Sie landete auf den Knien und hieb kraftvoll mit ihrer Klinge in die Stelle, wo zwei seiner Schuppen aufeinandertrafen. Nur ein Mensch, der so gut ausgebildet war wie Talaith, konnte so eine Stelle treffen – und der Blitzdrache schrie vor Schmerz auf und bäumte sich auf die Hinterbeine. Talaith schaffte es gerade noch, auf seiner Schnauze zu bleiben, indem sie sich an dem Dolch festhielt, mit dem sie ihn durchbohrt hatte.

Da rannte Gwenvaels Nichte den Rücken des Blitzdrachen hinauf. Zwar rutschte sie wieder hinab, als er sich aufbäumte, stürmte aber erneut los, als er sich wieder auf alle Viere fallen ließ. Sie rannte, bis sie es auf den Kopf des Blitzdrachen geschafft hatte. Dort angekommen, stieß sie sich mit dem rechten Fuß ab und sprang. In der Luft drehte sie sich, holte mit dem Arm aus und warf ihn dann nach vorn, auf das Gesicht des Drachen zu. *War das etwa eine ...?* Ja. Es war die Schwanzspitze eines Drachen – die Schwanzspitze *dieses* Drachen. Und mit ihr stach sie in Olgeirs Auge; sein Gebrüll ließ alle Drachen in einem Radius von achtzig Wegstunden mitleidig zusammenzucken.

Doch Izzy hatte immer außergewöhnliche Kraft und Stärke besessen, und diese setzte sie nun ein, um die Schwanzspitze durch sein Auge in den harten Drachenschädel zu treiben, direkt in Olgeirs Gehirn.

Die Schreie erstarben abrupt, und der Blitzdrache schien benommen. Er taumelte zuerst vorwärts, dann rückwärts, dann fiel sein großer Körper um. Und Izzy und Talaith standen immer noch am höchsten Punkt.

Gwenvael wollte sie auffangen, doch Addolgar hielt ihn zurück. Zum Glück. Ansonsten hätte er verpasst, wie Mutter und Tochter elegant von Olgeir absprangen. Talaith wartete, bis der Drache dem Boden nahe genug war, bevor sie hinuntersprang, sich mühelos abrollte und auch schon wieder aufrecht stand. Noch beeindruckender war, dass sie immer noch ihren Dolch in der Hand hielt, den sie im letzten Augenblick aus ihm herausgezogen hatte.

Izzy war etwas extravaganter: Sie ließ die Drachenschwanzspitze los und ließ sich fallen. Als ihre Füße auf Olgeirs Unterarm trafen, stieß sie sich ab und vollführte einen Rückwärtssalto von dem Drachen weg. Von seinem Knie stieß sie sich erneut ab, drehte sich noch einmal in der Luft und traf beinahe mit dem Kopf voraus auf dem Boden auf. Doch sie war ein schnelles Mädchen, landete auf den Händen und stieß sich abermals ab. Drei weitere Rückwärtssalti, und sie stand neben Gwenvael.

Keuchend lächelte sie zu ihm hinauf. Und natürlich winkte sie. »Hallo Gwenvael.«

Er strahlte zurück; er liebte seine kleine Nichte mehr als er für möglich gehalten hätte. »Na, Izzy, hast du einen schönen Tag?«

Sie linste zu ihrer Mutter hinüber, und als Talaith ihr eine Kusshand zuwarf, wurde ihr Grinsen noch breiter. »Er wird besser.«

34

Ragnar trat durch den Torbogen, die Nachmittagssonnen brannten ihm auf den Kopf. Die Südland-Drachenkönigin stand neben ihm. Sie hatten ihren Handel abgeschlossen, und jetzt begann der schwierige Teil.

»Und jetzt? Zurück in die Nordländer?«, fragte sie.

»Ja. Ich habe viel zu regeln.«

»Und dein Vater?«

»Er wird ein Problem, aber nicht mein einziges. Es gibt andere, die genauso auf die Regentschaft hoffen. Ich werde mich mit ihnen auseinandersetzen müssen.« Er seufzte. »Aber zuerst … mein Vater.«

Genau in diesem Augenblick erzitterte der Boden, und Olgeir der Verschwender fiel krachend mitten in den Hof.

»Tschuldigung««, schrie jemand von oben. »Ist mir abgerutscht!«

Der Golddrache, mit dem er Dagmar weggeschickt hatte, ließ sich neben der Leiche auf den Boden fallen. »Schon gut!«, rief er hinauf. »Du hast niemanden getroffen!«

Der Goldene kauerte sich auf den Boden nieder, und drei Frauen glitten von seinem Rücken. Eine von ihnen war Dagmar. Ragnar war so erleichtert, sie zu sehen, dass ihm die Worte fehlten.

Die Kinder der Drachenkönigin eilten aus dem Rittersaal auf die Treppe zum Hof. »Was zum Teufel ist das denn?«, wollte der arrogante Silberhaarige wissen.

Ein junges Mädchen deutete aufgeregt auf Olgeirs Leichnam. »Daddy! Sieh nur, was Mum und ich gemacht haben!« Sie hielt Olgeirs Hörner hoch. »Und Addolgar hat mir die hier geschenkt! Er sagte, ich darf sie als Zeichen der Ehre an meinem Helm tragen!«

Bercelak der Große lehnte im Durchgang, die Arme vor der Brust verschränkt. »Das ist jetzt peinlich«, sagte er breit grinsend.

Das Mädchen starrte zu Ragnar hinauf und fragte plötzlich: »Kennst du ihn?«

Rhiannon beugte sich vor und flüsterte ziemlich laut: »Es ist sein Vater, Liebes.«

»Ihr Götter! Das tut mir so leid!«, sagte sie entsetzt.

Die andere Menschenfrau – braunhäutiger, aber kleiner als die erste –, schob das Mädchen auf die Treppe zu. »Lass gut sein, Izzy.«

»Ich wusste es nicht!« Das Mädchen hielt die Hörner von Ragnars Vaters in die Höhe, als sie die Stufe erreichte, auf der dieser stand. »Willst du die wiederhaben? Oder seinen Schwanz?«

»Izzy!« Die Frau schob sie in den Rittersaal. »Sag nichts mehr!«

»Und was habt ihr euch dabei gedacht?«, blaffte der Silberne die Frauen an. »Erst wollt ihr gar nicht, dass sie kämpft, und jetzt schickt ihr sie in eine Schlacht mit dem Vater dieses Idioten!«

»Schrei mich nicht an! Wir hatten schließlich keine Wahl!« Sie nickte Ragnar zu. »Tut mir leid wegen deines Vaters.« Damit marschierte sie in den Rittersaal. »Und du lass es einfach gut sein, Briec!«

»Das werde ich nicht!«

Der Goldene nahm seine menschliche Gestalt an und ging schamlos nackt an Rhiannon vorbei die Treppe hinauf. »Mutter meines Herzens!« Bei Ragnar blieb er stehen. »Lügenmönch.«

»Verderber.«

Er sah Dagmar geduldig und bedacht die Treppe heraufkommen. »Wenn du ihr zu nahe kommst«, sagte der Goldene leise zu Ragnar, »dann lasse ich Talaith und Izzy mit dir machen, was sie mit deinem Vater gemacht haben.«

Ragnar hob eine Braue, als der Goldene Bercelak den Arm um die Schulter legte.

»Vater! Ich muss dir von einer neuen Kampftechnik erzählen, die ich entwickelt habe. Komm. Ich erzähle dir alles.«

Ragnar lächelte auf Dagmar hinab. Ihr schlichtes, graues Kleid war zerrissen, schmutzig und voller Ruß. Ihre Augengläser waren erschreckend verschmiert, und eine Gesichtsseite war zerkratzt. Sie hatte nie glücklicher ausgesehen.

»Bisschen Ärger gehabt?«, neckte er sie, als sie die Treppe zu ihm heraufstieg.

»Ein bisschen. Tut mir leid, dass ich das Treffen verpasst habe. Aber ich werde in Zukunft tun, was ich kann. Allerdings« – sie hob die Hand und gab ihm einen Klaps aufs Kinn, als sie vor ihm stand – »falls du mich noch einmal hintergehst, ist das dein eigenes Risiko, Hordendrache.« Sie keuchte erschöpft, brachte aber trotzdem ein Lächeln zustande. »Ich weiß, dass Brastias fand, dass meine kleine Falle Zeitverschwendung war. Jetzt kann ich ihm sagen, dass er unrecht hatte. Ich muss nur für nächstes Mal das Kräftespiel von Feuer und Blitzen mit einberechnen.«

»Was habe ich dir immer gesagt, Lady Dagmar?«

Sie verdrehte die Augen. »Jede Aktion zieht eine Reaktion nach sich – blablabla.« Dagmar zwinkerte der Drachenkönigin zu. »Aber keine Sorge, Majestät. Die Cadwaladrs sind gerade in diesem Moment dabei, den Waldbrand zu löschen.«

»Waldbrand?« Rhiannon stellte sich sofort auf die Zehenspitzen und versuchte, über die Gebäude hinwegzusehen.

Ragnar beschloss, dass es das Beste sei, sich auf den Weg zu machen, und ging die Treppe hinab, als der Gefährte der Königin hinter ihm brüllte: »Du hast ihn *wo* gepackt?«

Ja. Es war definitiv Zeit, zu seinem Volk zurückzukehren. Die Nordländer hatten die üblichen Probleme – Hass, Gewalt, Betrug. Aber das war ihm immer noch lieber als diese Merkwürdigkeiten hier.

Als er an der Leiche seines Vaters vorbeiging, hielt Ragnar den Blick nach vorn gerichtet und würdigte den alten Drachen keines Blickes. Es war nicht leicht, doch er war ein Nordländer auf südlichem Territorium – er hätte ihnen nie gezeigt, wie sehr es ihn schmerzte, einen einst großen Drachenkrieger so zu sehen. Und dann auch noch von Menschenfrauen hingerichtet. Doch der Schmerz, den er jetzt verspürte, änderte nichts an der Lage.

Sein Vater war fort, und Ragnars Werk war noch lange nicht vollendet. Er musste immer noch mit all jenen fertig werden, die seinem Vater treu ergeben gewesen waren, und mit denen, die jetzt die Kontrolle über die Horde übernehmen wollen würden. Doch dass er nicht derjenige war, der seinen Vater hatte umbringen müssen, machte es ihm in vielerlei Hinsicht leichter.

Ragnar machte sich in Menschengestalt zu Fuß auf den Weg und ließ sich Zeit, seine Trauer zu verarbeiten. Als er sich der Höhle näherte, wo sein Bruder und seine Vettern auf ihn warteten, ging es ihm schon viel besser. Doch plötzlich bemerkte er aus dem Augenwinkel eine Bewegung. Er drehte sich um, nahm gleichzeitig seine Drachengestalt an und hob die Klauen, einen mächtigen Zauberspruch auf der Zunge. Aber mit diesen braunen Augen hatte er nicht gerechnet: Sie verzauberten ihn vorübergehend, wie sie das immer wieder getan hatten, seit er sie in seinem Netz gefangen hatte. Und weil er so gefesselt war von diesen verfluchten Augen, sah er den Schwanz nicht kommen, bis er ihn mit voller Wucht in der Brust traf und nur knapp sein Herz und mehrere wichtige Arterien verfehlte.

Sie trat an ihn heran, rammte den Schwanz noch tiefer hinein und drängte ihn so lange rückwärts, bis er gegen einen Baum stieß.

Ragnar knirschte mit den Zähnen, weil er ihr nicht zeigen wollte, wie groß die Schmerzen waren, die sie ihm zufügte.

Eine dunkelrote Locke fiel ihr über die Stirn, als ihr Schwanz noch ein letztes Mal zustieß, bevor sie ihn aus ihm herausriss.

Ein einzelner, erstickter Schmerzenslaut entschlüpfte durch seine zusammengebissenen Reißzähne, und er klappte nach vorn. Sein Blut floss auf den Boden, doch sie hatte ihn nicht tödlich verletzt. Und obwohl er so stark blutete, würde er sie immer noch vernichten können. Er war ein Kampfmagier von großer Macht, geübt im Kampf mit den Klauen, mit Waffen, in Überlebenstaktiken und magischer Kriegsführung. Ragnar war nicht durch viel zu beeindrucken, was das Leben zu bieten hatte.

Bis sie kam. Keita die Schlange.

Es wäre untertrieben zu sagen, dass sie auf ihrer Reise in die Südländer nicht miteinander ausgekommen waren. Als er sie freigelassen hatte, bevor die Sonnen aufgingen, hätte er wirklich nicht gedacht, dass er sie jemals wiedersehen würde. Dieses eine Mal hatte er sich offenbar geirrt.

Und, was noch wichtiger war: Sie war viel mutiger als er sie eingeschätzt hätte.

»Habe ich etwas Falsches gesagt?«, rief er hinter ihr her, als sie zwischen den Bäumen davonstolzierte und für immer aus seinem Leben verschwand ...

Das konnte er zumindest nur hoffen.

»Du redest ja immer noch«, beschwerte sich Talaith. Das warme Tuch über ihrem Gesicht, so wohltuend und dämpfend es auch war, schaffte es nicht, die Stimme ihres Gefährten auszublenden.

»Verdammt richtig, ich rede immer noch«, schoss er zurück. »Es ist schlimm genug, dass du beschlossen hast, Lady Gefährlich mit einem Blitzdrachen zu spielen, aber dann hast du auch noch meine Tochter mit hineingezogen. Das kann ich nicht hinnehmen!«

Talaith riss sich das Tuch vom Gesicht und warf einen wütenden Blick ans andere Ende der zu kleinen Badewanne. Sie hatte eine größere gehabt, sie aber gegen die kleinere eingetauscht, in der Hoffnung, sie dann für sich allein zu haben. Und doch schaffte es Briec jedes Mal, seinen dicken Drachenhintern zu ihr hineinzuquetschen. Es war auch nicht unbedingt hilfreich, dass er verwirrende Dinge mit seinen Zehen machte. Wie sollte sie wütend bleiben oder ihm befehlen zu gehen, wenn er sie ständig auf eine vollkommen unangemessene und dennoch angenehme Art berührte?

»Wir hatten kaum eine Wahl. Du bist uns ja schließlich auch nicht zu Hilfe geeilt, Lord Arrogant!«

»Und was dann? Dachtest du, Izzy kann schon selbst auf sich aufpassen?«

»Natürlich dachte ich ...« Talaith unterbrach sich und sah diesen eingebildeten Kerl, der ihr die Füße massierte, während er sie austrickste, aus zusammengekniffenen Augen an. »Mistkerl.«

Er rieb eine besonders empfindliche Stelle an ihrem Spann. »Du musst sie gehen lassen.«

»Glaubst du, das weiß ich nicht?« Und sie wusste es wirklich. Talaith wusste außerdem, dass sie nicht sechzehn verlorene Jahre in sieben Monaten aufholen konnte. Sie hatte nicht erlebt, wie ihr Kind aufwuchs, und das ließ sich nicht rückgängig machen. Sie jetzt zurückzuhalten, hätte nur einen Keil zwischen sie getrieben. Das würde sie nicht zulassen.

»Dann lass sie in den Westen gehen.« Sie machte instinktiv den Mund auf, um zu protestieren, aber er redete einfach weiter. »Die Fünfundvierzigste Legion wird von der Achtzehnten abgelöst. Izzy kann mit der Achtzehnten ziehen, dann kann meine Familie sie beschützen. Und im Gegensatz zur Fünfundvierzigsten wurde die Achtzehnte von Annwyl selbst ausgebildet. Sie sind gute Kämpfer und sehr loyal untereinander. Izzy wird sich dort wacker schlagen.«

»Du hast dir das schon fein ausgedacht, wie ich sehe.«

»Ich habe gelernt, dass ich, wenn ich mich in einem Streit gegen dich behaupten will, jedes potenzielle Argument erkennen muss, mit dem du ankommen könntest, und auf Grundlage dessen die irrationalsten Entscheidungen vorhersehen und … äh … alle meine … äh« – er hob den Blick zur Decke und versuchte, sich zu erinnern – »ach ja! Meine Hunde bei Fuß stehen haben.«

»Hunde?« Diese hinterlistige Schlange! Und das hinter Talaiths Rücken!

Talaith entriss Briec ihren Fuß und stand auf.

»Wo willst du hin?«

»Einer Nordländerin in den Hintern treten!«

»O nein.« Er ergriff ihren Unterarm und hielt sie mühelos fest. »Mein Bruder ist gerade dabei, sich endgültig von der verschlagensten aller Frauen in die Falle locken zu lassen – und ich lasse nicht zu, dass du das ruinierst!«

»Deine Liebe zu deiner Familie erstaunt mich immer wieder.« Sie versetzte ihm einen Klaps auf die Hand. »Jetzt lass los. Lass los!«

Er tat es nicht; stattdessen musterte er ihre Hüfte. »Woher hast du diese Schramme? Von deinem Kampf mit Olgeir?«

Talaith schaute an ihrem nackten Körper hinunter und hielt sich dabei die nassen Haare aus dem Gesicht. »Ich bin heute mit einem Soldaten zusammengestoßen. Das ist gar nichts. Wenn du mich jetzt entschuldigen möchtest; ich muss jemandem die Zähne zeigen, nachdem ich sie ihr aus dem Mund geschlagen habe!«

Briecs Griff wurde noch fester, als er sich vor sie hinkniete.

»Was tust du da?«

»Ich sehe genauer hin.«

Talaith grinste. »Das ist *nicht* die Stelle mit der Schramme, Briec.«

»Es ist schon die richtige.«

Bercelak ging in den Alkoven der Höhle seines ältesten Sohnes. Die Babys lagen allein in ihrem Bettchen; der Junge schlief, das Mädchen war hellwach und schaute finster drein. In Drachengestalt kam er näher und starrte auf die Babys hinab. Er hatte seit ihrer Geburt noch keine Zeit mit ihnen verbracht, da er mit seinen Geschwistern zusammen zu beschäftigt mit der Verteidigung gewesen war.

Allerdings war das nicht die volle Wahrheit. Um ganz ehrlich zu sein, hatte er nicht so recht gewusst, was er mit ihnen anfangen sollte. Seiner Meinung nach war es ziemlich großartig und mehr als genug von ihm gewesen, die Regel seiner Gattung zu befolgen, keine Kinder zu fressen. Und auch wenn er froh war, dass sich die Babys ausgezeichneter Gesundheit erfreuten, wusste er nicht so recht, was er von den beiden menschlichen Kindern halten oder mit ihnen anfangen sollte.

Seinerseits mit finsterem Blick beugte er sich vor, um besser sehen zu können. Seine Söhne hatten ihm gesagt, dass die Babys viel größer als die meisten neugeborenen menschlichen Kinder und ziemlich weit entwickelt seien. Doch Rhiannon hatte ihnen allen rasch versichert, dass die Zwillinge nicht plötzlich vierzig Winter alt sein würden. Frühentwickler vielleicht, aber immer noch größtenteils menschlich.

Größtenteils menschlich. Was wollte er mit ›größtenteils menschlichen‹ Nachkommen?

Noch einmal beugte er sich vor, diesmal bis seine Schnauze fast bei den Zwillingen im Bettchen hing.

Da streckte das Mädchen die Arme aus und drückte ihre winzige Hand vollkommen furchtlos gegen seine Schnauze.

Bercelak spürte es sofort – einen festen Ruck im ganzen Körper. Einen Ruck des Wiedererkennens.

Dies war seine Enkelin. Sein Blut. Er wusste es auf so einer elementaren Ebene, dass er fast auf die Knie gesunken wäre. Sie spürte es auch, das merkte er, denn ihr finsterer Blick wurde weich, und sie lächelte ihn an.

»Wie geht es meinem kleinen Mädchen?«, flüsterte er entzückt, als sie kicherte und ihm mit ihren winzigen Füßchen zuwinkte.

Bercelak ließ sie mit einer Hand an seinen Haaren ziehen und mit der anderen an seinem Nasenloch reißen, während er mit der Klaue vor ihr wedelte und versuchte, sie dazu zu bewegen, seinen Namen zu sagen.

Beide, Großvater und Enkelin, zogen jedoch im exakt selben Augenblick wieder finstere Gesichter, als sie die Anwesenheit eines anderen spürten, und wandten den Blick zu Annwyl der Blutrünstigen, die hinter ihnen stand – und grinste. In diesem Moment beschloss auch der Junge aufzuwachen, einen Blick auf Bercelak zu werfen und zu brüllen, was sein winziger Körper hergab.

Das Mädchen, dem das gar nicht gefiel, schlug seinen Bruder, und der schlug zurück. Sie waren in eine ordentliche Prügelei in ihrem Bettchen verwickelt, als Annwyl herüberkam und schrie: »Schluss damit!«

Da trennten sie sich, wenn auch ungern.

»Fearghus ist unterwegs, um getrennte Betten zu suchen. Im einen Moment sieht es so aus, als planten sie gemeinsam den Umsturz der Welt, im nächsten zerfleischen sie sich gegenseitig.«

»Gewöhn dich dran. Die meisten Zwillingsdrachen bekämpfen sich schon aus ihren Eiern heraus.«

Bercelak trat einen Schritt von Annwyl zurück; er fühlte sich unbehaglich. Er hatte sie nie gemocht. Einmal hatte er versucht, sie zu töten, und er würde sich bis über den Tod hinaus daran erinnern, wie sich ihre Schwertspitze an seinem Unterbauch angefühlt hatte.

Und doch musste er zugeben, zumindest vor sich selbst, dass sich seine Gefühle ihr gegenüber etwas geändert hatten. Das Problem war, dass er nicht wusste, was er damit anfangen sollte.

»Warum bist du hier?«, fragte sie. Zumindest dieses Mal klang sie nicht streitlustig, sondern nur neugierig.

»Wollte sichergehen, dass ihr nicht im Waldbrand verbrennt.«

»Ach, und ich dachte noch, es riecht irgendwie verbrannt.«

»Und da ist dir nicht in den Sinn gekommen ...« Er schüttelte den Kopf und schluckte seinen Ärger hinunter. »Vergiss es.«

»Ich bin sicher, dass ich irgendwie einen Ausweg für uns gefunden hätte.«

»Gut zu wissen. Außerdem gibt es heute Abend ein Festmahl auf Garbhán.«

»In Ordnung.«

»Na ja ... jetzt weißt du es, dann kann ich ja gehen.«

Bercelak ging rückwärts aus dem Alkoven und wandte sich zum Gehen, als Annwyls Stimme ihn aufhielt.

»Warte. Ich ...«

Er zwang sich, stehen zu bleiben und sie anzusehen.

»Ich wollte nur sagen ... äh ... was du heute getan hast ...«

Gute Götter, wurde sie jetzt rührselig? Würde es Tränen geben und Eingeständnisse von Liebe und Verehrung? Würde er gezwungen sein, sie zu trösten?

Ihr Götter, helft mir, wo zum Teufel ist Fearghus?

Sie starrte ihn lange an, ohne etwas zu sagen, und schien sich genauso unwohl zu fühlen wie er. Ihr Blick irrte hektisch in dem Alkoven und der Höhle herum. Dann zuckte sie plötzlich zusammen – und hätte ihn damit fast zu Tode erschreckt – und sagte rasch: »Ich wollte dir etwas geben.«

Sie verschwand in dem Alkoven und kam einen Augenblick später mit einem der Minotaurenschwerter zurück. Angesichts der Menge an Blut darauf nahm er an, dass es dasjenige war, das Annwyl benutzt hatte, um die komplette Minotaureneinheit auszulöschen. »Hier.«

»Wofür?«, fragte er, ohne die Waffe zu nehmen, denn er traute ihr glatt zu, dass sie plötzlich ihre Meinung änderte und ihm damit den Kopf abschlug.

»Äh ... na ja, ich ... ich kann es nicht hierbehalten, oder?«

»Warum nicht?«

»Warum nicht?«

Annwyl ging zurück in den Alkoven und hielt das Schwert über das Bettchen der Babys. Der Junge drehte sich um und begann zu schnarchen. Doch seine Schwester ... sie griff mit beiden Händen danach, die dunklen Augen vor Aufregung weit aufgerissen. Es konnte natürlich sein, dass sie auf alles so reagierte, was glänzte und über ihrem Bettchen hing – doch Bercelak bezweifelte es.

»Beantwortet das deine Frage?«

Die Menschenkönigin zog das Schwert weg und hielt es Bercelak hin – und der nahm es.

Für Krieger wie ihn und Annwyl war es etwas, das man aufhob, das man als Beweis für überlegene Kampfkünste würdigte. Sie hätte es auch einfach an die Wand hängen können wie andere Waffen, die sie irgendwann benutzt hatte, und es so außerhalb der Reichweite ihrer Tochter aufbewahren. Doch sie hatte es ihm gegeben.

»Ich werde es behalten ... äh ... bis es nicht mehr zu gefährlich ist, es in ihrer Nähe zu haben.«

»Das ist gut. Danke, Bercelak«, sagte sie, und fügte rasch hinzu: »... dass du es nimmst.«

»Sehr gern, Annwyl.«

Nach einem kurzen Nicken und einem Lächeln für seine Enkel kehrte Bercelak zu Rhiannon zurück, das wertvolle Minotaurenschwert fest in der Hand.

Gwenvael öffnete die Tür zu seinem Zimmer und schloss sie genauso schnell wieder. Mit der Hand auf dem Türgriff schaute er auf Dagmar hinab. »Warum gehen wir nicht in dein Zimmer? Da ist es viel hübscher.«

Er wusste nicht, warum er sich die Mühe machte, zu versuchen, sie anzulügen. Sie sah ihm nur eine Sekunde ins Gesicht, bevor sie ihre kurzen Nägel in seine Hand grub. »Au!« Gwenvael ließ den Türknauf los, und Dagmar öffnete die Tür.

Die umwerfende Blonde – sie hatte einen Namen, aber er wollte verdammt sein, wenn er sich an ihn erinnerte –, die nackt auf seinem Bett saß, wurde munter, als sie Gwenvael wiedersah, doch als sie Dagmar entdeckte, schob sich ihre Unterlippe zu einem Schmollmund vor. »Oh.«

»Ich weiß, das sieht nicht gut aus«, begann er, doch Dagmar ging in den Raum und zu der Blonden hinüber. Sie beugte sich hinab und flüsterte ihr etwas ins Ohr. Er versuchte, es zu verstehen, aber seine verdammten menschlichen Ohren konnten manchmal so nutzlos sein!

Die Blonde sah erst verwirrt aus, dass eine fremde Frau ihr so nahe kam, dann ging ihr Blick übergangslos in Entsetzen über. Das Problem war allerdings, dass sie Gwenvael voller Grauen anstarrte. Sie schnappte angewidert nach Luft und stieg aus dem Bett. Dann raffte sie ihre Kleider zusammen und rannte hinaus, wobei sie sich an Gwenvael vorbeischlängelte, als habe sie Angst, ihn zu berühren. Er sah ihr nach, als sie den Flur entlangstürmte, bevor er zurück in sein Zimmer ging und die Tür schloss.

»Verrätst du mir, was du ihr gesagt hast?«

»Nein«, antwortete Dagmar und warf sich aufs Bett. »Tue ich nicht.« Dann lachte sie, und der Klang dieses Lachens gefiel ihm gar nicht, denn es war eher ein Gackern.

»Weißt du, es muss nicht sein, dass du meinen Ruf zerstörst.«

»Ja, denn man kann so stolz darauf sein, Gwenvael der Schänder zu sein.«

»Es heißt Verderber! Und das auch nur im Norden. Und diese Schlampen hatten schon lange, bevor ich hinkam, ihren eigenen Ruf. Aber hier in den Dunklen Ebenen bin ich Gwenvael der Schöne. Gwenvael der Geliebte. Gwenvael der Angebetete.«

»Gwenvael die Hure.«

»In einigen Gegenden der Dunklen Ebenen ja. Denk nur immer daran, dass du mich jetzt repräsentierst.«

Das brachte sie noch lauter zum Gackern. »Ach ja?«

»Ja.« Er kam näher. »Das ist der Grund, warum ich dich hergebracht habe. Wir müssen reden.«

»Ich will nicht reden.« Sie zog den Rock ihres Kleides hoch, hob die Knie und ließ die Beine auseinanderfallen. »Also du. Mach dich mit deinem Mund an die Arbeit. Und damit meine ich nicht Reden.«

»Auch wenn ich das eigenartigerweise erregend finde, sind wir nicht deshalb hier.«

Sie ließ ihr Kleid fallen und seufzte. »Also gut, worum geht es?«

Er schaute zu ihr hinab und verkündete: »Ich habe beschlossen, dir das Geschenk zu machen, dich zu der Meinen zu machen, indem ich dich für mich in Besitz nehme. Ist das nicht wunderbar?«

Dagmar stützte sich mit den Händen hinter dem Rücken aufs Bett. »Eine bessere Art, mich zu fragen, ist dir nicht eingefallen?«

»Ich habe dich nicht gefragt.«

»Ja. Das ist das Problem.«

»Warum?«

»Ist es zu viel verlangt, bei so etwas gefragt zu werden?«

»Ich bin ein Drache. Wir fragen nicht; wir nehmen.«

»Du willst mir also sagen, dass Fearghus Annwyl nicht gefragt hat?«

»Den Gerüchten nach hat er sie an ihr Bett gefesselt.«

»Talaith?«

»Sie ist aufgewacht und zack! war sie in Besitz genommen. Und das ist kein Gerücht; das hat sie mir erzählt.«

Dagmar machte schmale Augen, dann schnippte sie mit den Fingern.

»Königin Rhiannon.«

»Ketten.«

»Nein! Wirklich?«

»Wirklich. Siehst du? Ich bin der Nette. Ich versuche, es auf höfliche Art zu machen. Ich kündige es an, *bevor* ich dich festbinde.« Als sie ihn nur anstarrte, fuhr er sie an: »Und warum solltest du nicht meine Gefährtin sein wollen? Wir passen perfekt zusammen!«

»Und wir haben gerade eine nackte Frau in deinem Bett gefunden, die auf dich wartete.«

»Das war nicht meine Schuld. Wahrscheinlich ein Geschenk von Fal.«

»Warum habe ich daran nicht gedacht?« Sie stieg aus dem Bett und kratzte sich die Brust.

»Dein Ausschlag wird schlimmer.«

»Ich weiß, dass er schlimmer wird. Du musst mir nicht sagen, dass er schlimmer wird!«

»Warum schnauzt du mich an? Von mir hast du keinen Ausschlag!«

Immer noch kratzend, begann sie, auf und ab zu gehen. »Ich weiß, du verstehst das nicht, aber es gibt mehrere Gründe, warum wir die Sache jetzt beenden sollten.«

Das gefiel ihm überhaupt nicht. Warum kämpfte sie dagegen an? Dagegen, was für alle, die Augen im Kopf hatten, so offensichtlich war? Musste er der Frau neue Augengläser besorgen?

»Und die wären?«, versuchte er nicht zu knurren.

»Erstens« – sie hob den Zeigefinger – »erwartet mich mein Vater zu Hause.«

»Du hast recht. Und du hast dich dort auch so gut amüsiert.«

»Es war nicht immer schlecht. Zweitens«, sie machte sich

nicht die Mühe, noch einen Finger zu heben. »Es bleiben mir noch gute sechzig oder siebzig Jahre, wenn man mal die Möglichkeit einer Krankheit oder eines unglücklichen Treppensturzes außer Acht lässt. Und ich würde es vorziehen, wenn mein Ehemann mit mir altert.«

»Ich werde mit meiner Mutter darüber reden.«

»Deine Mutter? Was kann sie denn tun?«

»Müssen wir wirklich jetzt darüber streiten?«

»Na schön. Drittens« – und immer noch der eine Finger – »teile ich nicht.«

»Darum habe ich dich nie gebeten.«

»Das musst du auch nicht.« Sie winkte zum Bett hinüber. »Sie werden für dich ausgelegt. Wie Leckerbissen.«

»Und das ist meine Schuld?«

»Ja, ist es. Zweihundert Jahre Hurerei verschwinden nicht auf magische Weise. Und mein Leben ist einfach zu kurz, um herumzusitzen und deinetwegen deprimiert zu sein. Oder wegen sonst eines Mannes.«

»Drachen.«

»Was?«

»Ich bin ein Drache. Ich bin kein Mann.«

»Das ist egal. Wenn dieses Ding zwischen deinen Beinen wächst, ist es egal, was du bist; dann ist alles vorbei. Und wenn du glaubst, dass ich wie meine jämmerlichen Schwägerinnen bin, die für das Ding eines Mannes leben oder sterben, hast du dich leider geirrt!«

Sie hatte keine Ahnung, seit wann sie so wütend war, aber jetzt war sie es. Weißglühend, um genau zu sein. Sie war nicht wütend gewesen, als sie diese bedauernswerte Frau auf Gwenvaels Bett sitzend vorgefunden hatte, wo sie darauf wartete, dass ein männliches Wesen auftauchte und sie als Gefäß für seinen Samen benutzte. Doch jetzt war Dagmar blindwütig und hatte keine Ahnung, warum. Aber wenn sie schon wütend sein musste, würde sie es genießen.

»Also verzeih mir, Lord Gwenvael, wenn meine Vorstellung von einem glücklichen Leben nichts damit zu tun hat, herumzusitzen und auf dich zu warten. Hoffend und betend, dass du nicht unterwegs bist und das tust, was so natürlich für dich zu sein scheint.« Sie ging zu ihm und streckte ihm den Zeigefinger ins Gesicht. »Ich habe Dinge zu tun, das solltest du wissen. Ich werde nicht auf dich oder sonst jemanden warten. Und was ich ganz sicher nicht akzeptieren werde, ist verdammt noch mal, dass außer mir irgendwer auf dich wartet!«

Er legte die Hand um ihre Faust und riss sie hoch, dass sie auf den Zehenspitzen stehen musste. Ihr Zeigefinger war immer noch ausgestreckt, und er ließ die Zunge um die Fingerspitze gleiten. Wie er das tat, grob und sanft zugleich, machte sie an den meisten Tagen verrückt … und in den meisten Nächten auch.

»Glaubst du wirklich, dass ich das will? Dass du daliegst und auf mich wartest? Ohne einen anderen Gedanken als den, wie du mir Vergnügen bereiten könntest?«

»Das will jeder Mann.«

»Dann kann sich jeder Mann so etwas suchen. Ich will mehr.« Er nahm ihren ganzen Finger in den Mund und saugte daran. Seine Zunge spielte immer noch mit der Fingerspitze, während seine Augen sie prüfend musterten.

Sie beobachtete ihn, und ihr Magen zog sich zusammen, die Knie wurden ihr weich. »Du willst immer mehr«, warf sie ihm vor und keuchte dabei ein bisschen.

Er nickte, während er ohne Eile ihren Finger aus seinem Mund zog. »Du hast recht. Genau wie du. Glaubst du wirklich, dass du zufrieden sein wirst, wenn du in dein altes Leben zurückkehrst? Nach alledem? Die brave Tochter heucheln, während du heimlich die Rolle der Feldherrin spielst?« Seine Stimme wurde tiefer, leiser, rau – ihre Nippel sehnten sich nach seinem Mund. »Einen Ehemann finden und die gute Ehefrau heucheln, während du nachts von mir träumst. Dich nach mir sehnst. Während deine Hände nicht annähernd in der Lage sind das zu tun, was mein Mund kann.«

»Ist das alles, was du mir anbietest, Schänder? Deine Fertigkeiten im Bett?«

»Nein.« Er drehte ihre Hand um und strich mit den Fingern über ihre Handfläche und den Unterarm. Obwohl der Ärmel ihres Kleides ihn von ihrer Haut trennte, spürte sie ihn dennoch, als wäre sie vollkommen nackt. »Ich biete dir eine Partnerschaft an.«

»Eine Partnerschaft?«, fragte sie und bemühte sich, gelangweilt zu klingen. »Du meinst, wie im Geschäftsleben?«

Er schniefte verächtlich, während seine Hand immer noch ihren Unterarm streichelte, sich aber jetzt zu ihrer Schulter und ihrem Hals hinaufbewegte. »Beleidige mich nicht. Geschäfte langweilen mich, und als Drache nehme ich mir einfach, was ich will. Wagenladungen von Gold und Juwelen warten nur auf mich. Sie sind nicht besser als die Blonde, die gerade hier hinausgerannt ist und genauso befriedigend. Ich habe viel größere Beute im Visier.«

»Und dafür brauchst du mich, nicht wahr?«

»Für ein gutes Spiel ist der richtige Partner entscheidend. Ich kann nur Vermutungen anstellen, was wir zusammen anstellen könnten, Bestie, denn unser beider Familien unterschätzen unsere Fähigkeiten. Die Welt wäre unsere Spielwiese.«

»Und wenn mir das Spiel langweilig wird?« Denn sie war sich sicher, dass es ihm auch nach zweihundert Jahren nicht langweilig werden würde.

»Das wird nicht passieren. Du bist genauso süchtig danach wie ich. Du liebst die Herausforderung. Dir ist ganz schwindlig von all den Möglichkeiten, die uns die Idioten der Welt bieten würden. So wie ich auf dich gewartet habe, hast du auch auf mich gewartet. Das wissen wir beide.«

»Du bist schrecklich überzeugt von dir.«

»Genau wie du. Und Selbstbewusstsein ist keine Schande. Arroganz und Dummheit sind es, die einen umbringen.«

»Aber wenn ich dich nicht liebe …«

»Lüg mich nicht an, Dagmar.« Jetzt streichelte er ihre Schultern und ihren Hals mit beiden Händen. Sie verzog das Gesicht, als der Ausschlag, den sie immer noch am Hals hatte, ein bisschen schlimmer zu jucken begann, und fragte sich, ob es unhöflich war, ihn zu bitten, sie zu kratzen.

»Lüg jeden anderen an, wenn du willst. Lüg sie an, spiel mit ihnen, sag ihnen, was sie hören wollen. Aber nicht mit mir. Niemals mit mir. Niemals wieder.«

Sie schob seine Hände weg. »Warum?« Sie machte einen Schritt von ihm weg. »Weil du etwas so verdammt Besonderes bist?«

Er folgte ihr, hielt mit ihr Schritt, wie er es immer tat. »Siehst du? Du hast alles verstanden. Also wehr dich nicht gegen mich. Sei eine gute Bestie und komm her.«

Sie hob ihren Rock und krabbelte aufs Bett, bewegte sich aber weg von ihm, als er die Hände aufs Bettzeug legte. »O nein. Nordlandfrauen legen sich für niemanden hin.«

»Dann fängst du am besten schon mal an zu üben.«

Gwenvael verließ das Bett wieder, und Dagmar runzelte die Stirn. »Was tust du denn jetzt?«

»Ich überlege nur ...«

»Hast du große körperliche Schmerzen, oder ist das dein nachdenklicher Gesichtsausdruck?«

Götter, sie war so gemein – und er liebte es.

»Ich werde ein bisschen improvisieren müssen«, sprach er weiter.

»Improvisieren? Wozu? Und warum verriegelst du die Tür?«

»Privatsphäre. Meine Familie kennt diese einfachen Grenzen nicht.« Er ging zur einen Seite des Raums, behielt sie dabei aber im Auge. Sie rückte auf dem Bett zurück und beobachtete jede seiner Bewegungen. Im Schrank fand er Leintücher und riss sie rasch in Streifen.

»Was soll das?«

»Du solltest deine Augengläser abnehmen.«

»Warum?«

»Einfach als Vorschlag.« Er legte die Streifen aufs Bett und zählte sie kurz durch. Dann trat er zurück und musterte das Bett. »Wie sollen wir das machen ohne Bettpfosten?«

Dagmar starrte ihn an. »Wovon sprichst du?«

Er schnippte mit den Fingern. »Ich weiß.« Eilig knotete er die Streifen aneinander. Währenddessen erklärte er: »Mir ist bewusst geworden, dass ich dir meine Liebe beweisen sollte. Für Menschen bedeutete das normalerweise, jemanden oder etwas zu töten, aber Drachen machen das andauernd, deshalb ist das einfach nichts Besonderes für uns.«

»Das bedeutet ...?«

»Das bedeutet, dass ich dich in Besitz nehme, wie es sich gehört.«

»Wie es sich gehört?«

Er war fertig mit den Leintuchstreifen und legte sich auf den Boden. Ein Ende legte er aufs Bett und warf das andere unter dem Bett hindurch auf die andere Seite. Dann stand er auf, ging ums Bett herum, zog das Ende hervor und legte es ebenfalls aufs Bett. »Dieser Teil ist jetzt deine Entscheidung ...«

»Meine Entscheidung?«

Er liebte es, die Verwirrung und Frustration in ihrer Stimme zu hören. Es war nicht leicht, Die Bestie zu überraschen.

»Du hast jetzt folgende Möglichkeiten: Du kannst deine Kleider ausziehen und dich hingeben – ich glaube, das hat meine Großmutter getan –, oder wir gehen in die direkte Konfrontation.« Er hielt die Fäuste hoch und nahm die Boxer-Grundstellung ein, genoss es, wie sie anfing zu lachen, sich dann wieder fing und wieder ihr hochmütiges Gesicht aufsetzte. »Das hat Annwyl getan. Oder du kannst weglaufen.«

Dagmars Stirnrunzeln wurde tiefer, genau wie ihre Verwirrung. Sie blickte auf die zerrissenen und verknoteten Laken auf dem Bett und wieder zu Gwenvael. Er hob eine Braue, und sie wusste Bescheid.

Und dann versuchte sie wegzulaufen.

Wie brachte sie sich nur immer in diese Situationen? Und warum musste sie sie unbedingt genießen? Doch was hätte sie sonst tun können, als sie die Tür erreichte, nach dem Schloss griff, und Gwenvael sie um die Taille schnappte? Sie trat ihm mit Kraft auf den Fuß und schob ihn von sich weg.

»Au! Du Schlange!«

»Nein, ich glaube, so nennt man schon deine Mutter.«

Sie machte sich wieder an dem Schloss zu schaffen, doch er war direkt hinter ihr. Sie tauchte unter seinen Armen hindurch und rannte quer durch den Raum. Der Drache war dicht hinter ihr, also rannte sie zum Bett, sprang hinauf und spurtete darüber hinweg zur anderen Seite.

Dagmar rannte ihm direkt in die Arme. Sie war auch an ihren besten Tagen langsam, aber sie hatte auch noch niemanden getroffen, der sich so schnell bewegte wie die Drachen. Vor allem, wenn sie in Menschengestalt waren.

Gwenvael drängte Dagmar gegen die Wand, seine ungeduldigen Hände rissen ihr das Kleid herunter, und er drückte seinen Mund auf ihren. Sie hämmerte mit den Fäusten gegen seine Schultern und mit den Füßen gegen seine Schienbeine und Knie. Als er grunzte und sich zurückzog, wusste sie, dass sie wohl etwas von Bedeutung getroffen hatte. Doch das erlaubte ihm nur, sie herumzudrehen und wieder an die Wand zu drücken.

Er drückte seinen Körper an ihren, hielt sie fest, während er ihr vollends Kleid und Unterhemd vom Leib riss. Sie stöhnte, als er ihren Nacken leckte und schrie auf, als er an ihrem Schulterblatt knabberte.

Seine Hand schob sich zwischen ihre Schenkel, zwei Finger glitten in sie hinein. Dagmars Körper bebte, und sie umklammerte die andere Hand, die ihre Schulter festhielt. Sie holte sie an ihren Mund, küsste sie, leckte seine Finger, bis die Hand sich entspannte. Dann biss sie in das Fleisch zwischen Daumen und Zeigefinger.

Gwenvael schrie auf und versuchte, sich zu befreien. Er wollte seine Hand wegziehen, doch sie ließ nicht los und ihr

Mund lächelte an dem Fleisch, in das sie ihre Zähne gegraben hatte.

»Lass mich los, Frau!«

Ihr Lächeln wurde breiter – sehr zu seinem Verdruss.

Gwenvael griff mit der freien Hand nach ihr, doch sie bewegte sich ständig rückwärts oder zur Seite. Alles, um außer seiner Reichweite zu bleiben.

Er starrte mit finsterem Gesicht auf seine Hand. »Ist das Blut?«

Sie nickte fröhlich.

»Verrücktes Weib«, murmelte er. »Du bist eine Bestie!«

Dagmar zuckte die Achseln. Sie hatte viel zu viel Spaß bei der Sache. Wer hatte schon Zeit für diese Art von brutaler Albernheiten? Es mussten Pläne gemacht, Material besorgt, Nachrichten versendet werden. Es gab immer wichtige Dinge zu tun, und das hier gehörte nicht dazu. Und doch hatte sie solchen Spaß. War es wirklich wichtig, ob sie ab und zu ein bisschen Spaß hatte, der nichts mit dem Manipulieren von anderen zu tun hatte und schlussendlich dem Krieg oder Frieden ihres Volkes? War es falsch, sich ein wenig Zeit für sich und den Drachen zu nehmen, den sie vergötterte? Den sie liebte?

Sie liebte ihn wirklich. Das wusste sie jetzt, während sie die Zähne in sein Fleisch grub und der Geschmack seines Blutes ihren Mund füllte. Sie liebte Gwenvael den Schänder von ganzem hartem, mitleidlosem, gefühllosem Herzen. Und dass sie ihm großes Unbehagen bereitete und er sie trotzdem noch nicht ins Gesicht geschlagen hatte, sagte ihr, dass er sie auch liebte.

Es würde niemals eine normale Verbindung sein, nicht bei ihnen. Er würde nie daran denken, ihr Blumen mitzubringen oder ein romantisches Abendessen in ihrem Zimmer zu arrangieren. Und er würde immer mit anderen flirten, wenn es sie zum Lächeln brachte oder ihm einbrachte, was er wollte.

Doch Dagmar konnte bestimmt darauf zählen, dass Gwenvael ihr immer treu sein würde, sie immer beschützen würde. Dass er sie immer zum Lachen bringen würde, sie immer behandeln würde, als sei sie wichtig. Und dass er niemals solche Spielchen mit ihr treiben würde, wie sie sie gemeinsam immer mit anderen treiben würden. Und sie war sich all dessen sicher, denn sie wusste, dass sich in seine Liebe zu ihr ein kleines bisschen Furcht mischte.

Letzten Endes würden ihre Treue und Loyalität ihren Familien und ihren Völkern gelten. Aber ihre Hingabe würde einander gelten.

Na ja ... und natürlich ihren Hunden. Aber das musste er nicht sofort erfahren.

Ein Tropfen Blut platschte auf den Boden, und Gwenvael schrie auf: »Ich blute! Der Tod kommt mich holen!«

Dagmar ließ seine Hand nicht los, sondern verdrehte nur angewidert die Augen. Damit hatte er sie genug abgelenkt und ergriff mit der freien Hand fest ihre Brust. Mit Daumen und Zeigefinger schnappte er die Brustwarze, drückte zu und drehte sie leicht.

Gwenvael leckte sich die Lippen, seine neckenden Finger ließen Dagmar aufstöhnen und sich winden.

»Komm mit diesen hübschen Titten zu mir rüber, Lady Dagmar.«

Sie gehorchte und kam näher, ohne dass er auch nur die geringste Kraft ausüben musste.

»Braves Mädchen.« Er schob den Arm unter ihren Hintern und hob sie hoch, damit er den Mund über ihrer Brust schließen konnte. Er saugte fest daran, während seine Zunge mit der Spitze spielte und diese schmerzlich hart werden ließ.

Sie schlang ihm die Arme um den Hals und die Beine um die Taille, und ihr Körper bebte, als er weiter an ihrer Brust sog. Das wundervolle Gefühl seines Mundes trieb Dagmar an den Rand des Höhepunktes. Sie zitterte am ganzen Körper, bis sie schließlich seine Hand losließ, damit sie den Kopf nach hinten fallen lassen und in verzweifeltem Verlangen aufstöhnen konnte.

»Hahaaa!«, triumphierte er, wobei sein Mund ihre Brust freigab, und hob die verwundete Hand in die Luft. »Es ist so einfach, Lady Dagmar.«

Er trug sie zum Fußende des Bettes. Sie wehrte sich nach Kräften, aber diesmal hielt er all seine wertvollen Stücke von ihrem Mund fern. Er drehte sie zum Bett herum und drückte sie darauf nieder.

»Also, ich kann nicht versprechen, dass das nicht wehtun wird, aber ich verspreche, dass es das wert sein wird.«

Bevor sie sich wieder aufrappeln konnte, hatte er die zerrissenen Laken schon an ihren Handgelenken befestigt. Wenn sie mit einem Arm zog, riss sie den anderen fast aus dem Gelenk.

»Raffiniert«, schnaubte sie.

»Nicht wahr?« Er setzte sich einen Augenblick auf seine Fersen. »Ich will nicht sagen, dass ich dir nicht traue, aber ich traue deinen Beinen nicht. Sie sind durchtrieben.«

»Was soll das heißen?«

Statt einer Antwort band er den Rest der Leintuchstreifen um ihre Knöchel und dann an die Bettfüße.

»Also, das ist einfach perfekt.«

»Hast du nie genug davon, dir ständig selbst auf die Schulter zu klopfen?«

»Nein!« Er drückte sie flach aufs Bett. »Nicht bewegen. Ich brauche ein paar Minuten, um meine Leinwand zu begutachten.«

Das klang beunruhigend. »Deine was?«

»Du bewegst dich.«

»Aus gutem Grund!«

Er beugte sich vor und fragte: »Willst du mich in dir spüren oder nicht?«

»Nein«, erklärte sie ihm trocken.

»Hatte vergessen, mit wem ich es zu tun habe«, murmelte er.

»Offensichtlich.«

»Stell nie die schwierigen Fragen am Anfang«, sagte er und schob zwei Finger in sie hinein. Sie war schon feucht und bereit für ihn; seine Finger, die sich in ihr bewegten, verstärkten ihr Verlangen nur noch.

Er streichelte sie eine gefühlte Ewigkeit, während seine andere Hand gelegentlich über ihre Klitoris strich als Erinnerung daran, was sie wirklich brauchte.

Als ihre Hüften bei jedem Stoß gegen ihn drückten und sie in die Bettdecke stöhnte, hörte er auf.

»Und jetzt, Lady Dagmar ... Willst du mich in dir spüren oder nicht?«

»Ja«, zischte sie mit zusammengebissenen Zähnen.

»Gut. Dann rühr dich nicht. Das ist eine sehr präzise Arbeit.«

Sie verdrehte einmal mehr die Augen und fragte sich, was zum Teufel er da hinter ihr machte.

Als Erstes spürte sie die Hitze und fand es ziemlich unhöflich von ihm, sie ohne Erlaubnis zu verbrennen. Gab es unter seinesgleichen keine Regeln für diese Art von Dingen?

Dann wurde der Schmerz schlimmer, und sie konnte nicht erklären, woher er kam. Sie fühlte ihn am ganzen Körper, von den Fersen bis ganz nach oben auf dem Kopf. Sie konnte sich nicht vorstellen, was zum Teufel er da tat, aber sie vertraute ihm wie immer, biss nur die Zähne zusammen und versuchte, nicht zu schreien.

Seine Finger strichen über ihren Schoß, und ein Schrei entschlüpfte ihren Lippen, als sie kam. Sie krallte sich ins Bettzeug, ihr Körper bebte von der Heftigkeit des Höhepunktes.

Gwenvael drang mit einem festen Stoß in sie ein, vergrub sich bis zum Schaft in sie, bis sie seine Hüften und Becken an ihrem Hintern spürte. Der Schmerz, den seine Haut auf ihrer hervorrief, ließ sie erschrocken aufschreien, doch er nahm sie schonungslos, während ihre Schreie lauter und heftiger wurden. Zuerst war es allein der Schmerz, doch dann kam das Vergnügen zurück und vereinte sich zu einem wunderbar chaotischen Ausbruch von Leidenschaft, der sie an der Bettdecke reißen und in sie hineinschluchzen ließ. Nichts hatte sich je so angefühlt. So unbeschreiblich intensiv und überwältigend.

Falls er wusste, dass er ihr sowohl Schmerzen als auch Vergnügen bereitete, zeigte er es nicht, nahm sie nur härter und immer noch härter. Sie fühlte, wie sich seine starken Hände in ihre Haare gruben, ihren Kopf nach hinten zogen und sie gerade weit genug zu sich herumdrehten, dass er sie küssen konnte.

Ihre Zunge streichelte seine, fest und fordernd. Sie verbarg nichts vor ihm, wenn sie sich so begegneten. Sie entblößten sich beide bis ins Innerste, Elementarste.

Und es war richtig, so sollte es sein. Roh, brutal und intensiv. Denn er hatte sie eben als die Seine markiert. Sie gehörte jetzt ihm, wie er ihr gehörte. Und nichts würde daran je etwas ändern.

Gwenvael hatte alles ernst gemeint, was er zu ihr gesagt hatte. Sie waren jetzt Partner. Gefährten. Sie würden zusammenstehen gegen alles, was das Leben ihnen in den Weg legen mochte. Sie würden tun, was sie konnten, um die zu schützen, die ihnen wichtig waren.

Sie kam noch einmal, ihre Schreie ergossen sich in seinen Mund. Er spürte, wie sie sich um ihn zusammenzog und konnte sich nicht mehr zurückhalten. Er kam in ihr, sein Griff in ihrem Haar wurde fester, die Hüften drängten sich an sie, damit er wusste, dass sie spürte, was er mit ihr gemacht hatte.

Er hatte sie zu der Seinen gemacht.

Er brauchte mehrere Minuten, bis er wieder zu Atem gekommen war und die Kontrolle über seine Gliedmaßen wiedergewonnen hatte. Als es so weit war, zog er sich langsam aus ihr heraus, sein Glied schon wieder fast hart und mehr als bereit für eine neue Runde. Doch er wusste, dass Dagmar eine kurze Ruhepause brauchte, bevor sie von vorn anfangen konnten.

Ihr Schnarchen sagte so ziemlich alles.

35

Morfyd hielt sich ihr neues rotes Kleid vor den Körper und überlegte hin und her, ob es zu viel war. Zu gewagt? Für sie jedenfalls? So langsam hasste sie diese spontanen Familienfeste. Andererseits war dies das erste Mal, dass sie hingehen konnte und ihre Gefühle für Brastias vor niemandem zu verstecken brauchte. Nicht einmal vor ihren Eltern.

Der Gedanke machte ihr Angst, aber sie war wild entschlossen, jetzt keinen Rückzieher zu machen. Er liebte sie, und sie liebte ihn; nichts sonst zählte. Und das würde sie sich immer wieder selbst sagen, bis dieser ganze Albtraum vorüber war!

»Ich brauche deine Hilfe«, sagte Dagmar, die ohne anzuklopfen in ihr Zimmer kam.

»Was ist los?«

»Abgesehen davon, dass ich in deinen idiotischen Bruder verliebt bin? Hundeschlabber-Ausschlag.«

»Hundeschlab ...?« *Nein. Sie fragte besser nicht.* »Lass mal sehen.«

Dagmar stellte sich vor sie, und Morfyd sah, dass die Nordländerin die Wahrheit sagte. Sie liebte Gwenvael wirklich – sie sah es in diesen kalten, grauen Augen. Dagmar hätte Morfyd vielleicht sogar leidgetan, wenn sie nicht so eine berechnende kleine Zicke gewesen wäre. Sie waren perfekt füreinander, Dagmar und Gwenvael. Und was noch besser war: Dagmar war perfekt für Annwyl. Die Menschenkönigin brauchte eine gute Politikerin an ihrer Seite, und das war Dagmar.

Morfyd legte ihr Kleid beiseite und besah sich den Ausschlag aus der Nähe. Nachdem sie ihn ein paar Minuten angestarrt hatte, trat sie zurück. »Wo hast du das her?« Und sie war unfähig, die Anspannung aus ihrer Stimme herauszuhalten.

»Ein Hund ...«

»Erzähl mir nichts«, schnauzte Morfyd. »Hast du das von meiner Mutter?« Oh, das würde sie ihr nicht geraten haben!

»Ob ich von deiner Mutter einen Ausschlag habe?«, fragte Dagmar trocken. »Nun ja ... so nahe sind wir uns nie gekommen, sie und ich.«

»Das ist kein Ausschlag, und das wissen wir beide.«

Dagmar musterte sie einen Augenblick. »Tun wir das?«

»Es ist die Kette von Beathag.«

»Und was soll das sein?«

Morfyd trat noch einen Schritt zurück. »Weißt du das wirklich nicht?« Dagmar schüttelte den Kopf. »Und du hast sie nicht von meiner Mutter?« Noch ein Kopfschütteln. »Oh ... du meine Güte.«

»Wie schlimm ist es?«, fragte Dagmar ruhig. »Muss ich sterben?«

»Was?«

»Wenn deine Mutter etwas damit zu tun hat, nehme ich an, ich liege im Sterben.«

»Du stirbst nicht.« Sie nahm Dagmars Arm und zog sie vor den Spiegel. »Das ist kein Ausschlag. Die roten Male kommen daher, dass du daran gekratzt hast, aber die braunen Male ähneln der Kette von Beathag. Ein Geschenk von großer Macht von den Drachengöttern. Es verlängert das natürliche Leben des Trägers um fünf- oder sechshundert Jahre.«

»Oh.« Dagmar schaute auf ihre Brust hinab. »Das war sehr nett von ihm.«

»Von wem?«

»Von Nannulf.«

Morfyd blinzelte. »Der Kriegsgott? *Das* war der Hund, von dem du geredet hast?«

Dagmar zuckte die Achseln und nickte.

»Wann hast du ihn gesehen?«

»Heute Morgen. Er und Eir sind mich besuchen gekommen.«

»Eir? Du meinst Eirianwen?« Die Barbarin konnte Eir, die Kriegsgöttin der Drachen anrufen? Worin lag da die Gerechtigkeit? »Du verehrst die Götter doch nicht einmal!«

»Ich weiß. Aber er ist eine Art Hund, und ich kann gut mit Hunden.«

Dagmar sah das Ganze so nüchtern. Mit Göttern reden, Hunderte von Jahren zusätzliches Leben geschenkt bekommen, sich verlieben … Gab es irgendetwas, was diese Menschliche aus der Fassung brachte? Gab es irgendetwas, das ihr Sorgen machte?

»Dein Gesicht wird ganz rot«, bemerkte Dagmar.

»Ja, das kann ich mir vorstellen.«

»Stimmt etwas nicht?«

»Ob etwas nicht stimmt?« Sie warf die Hände in die Luft. »Na ja … in den nächsten zehn oder zwanzig Minuten werde ich hinuntergehen müssen und vor meinem Drachen von Mutter katzbuckeln, in der Hoffnung, dass sie Brastias die Kette von Beathag schenkt, damit wir die nächsten Jahrhunderte glücklich zusammen leben können. Und du, *du*, die niemanden verehrt außer sich selbst, bekommst sie, weil ein Hund, der ein Gott ist, dich mag.«

»Er ist eher ein Wolf als ein Hund.«

»*Halt die Klappe!*« Morfyd hielt sich die Hand vor den Mund, entsetzt über sich selbst. »O Dagmar. Es tut mir leid. Das war grob. Und ungerechtfertigt. Ich weiß nicht, was über mich gekommen ist.«

»Ich schon. Das nennt sich Eltern.« Sie lächelte und zwinkerte, und jetzt fühlte sich Morfyd noch schlechter, weil Dagmar so nett mit allem umging. »Glaubst du wirklich nicht, dass Rhiannon Brastias diese …«

»Die Kette von Beathag. Sie wird sie ihm geben«, gab Morfyd zu. »Ich weiß es. Aber zuerst wird sie mich dafür kriechen lassen.«

»Morfyd, nachdem ich deine Mutter kennengelernt habe, muss ich dir recht geben.« Jetzt lachte Morfyd endlich. »Davon abgesehen würde ich mir nicht allzu viele Sorgen um deinen Stolz machen. Wir alle erdulden Dinge für die, die wir lieben. Und ich bin mir sicher, Brastias ist es wert.«

»Das ist er allerdings.«

»Dann wirst du es durchstehen. Denn wir stehen viel durch, wenn wir verliebt sind.« Jetzt sprach sie wohl von sich selbst. Wie sie Gwenvael würde »durchstehen« müssen. Und durchstehen würde sie einiges, da war sich Morfyd sicher. *Armes Ding.*

»Aber«, sprach Dagmar weiter, »bevor du losrennst, um irgendetwas davon zu tun, könntest du mir vielleicht etwas gegen die Schmerzen geben.«

»Schmerzen? Von dem Ausschlag?«

»Nein. Der juckt nur. Ich brauche etwas gegen diese Schmerzen …«

Morfyds Augen wurden groß bei dem Anblick, den Dagmar ihr bot. Die Nordländerin hatte ihr den Rücken zugewandt und das Kleid bis über die Hüften hochgeschoben, sodass Morfyd … *alles* sehen konnte.

»Ah … oh … Dagmar.« Sie musste sich zusammenreißen – *und zwar richtig* –, um nicht zu lachen. »Ähm … herzlichen Glückwunsch?«

»Statt mir Dreck zu essen zu geben und mir zu sagen, es sei Brot, warum besorgst du mir nicht eine Scheiß-Salbe, bevor ich anfange zu schreien?«

»Unbedingt. Ich bin sicher ich habe da …« – sie hielt sich den Mund zu und verkniff sich das Lachen, allerdings mehr schlecht als recht – »etwas.«

Gwenvael starrte hinunter auf den Wappenrock, den er über sein Kettenhemd gezogen hatte und versuchte einmal mehr, sich zu erinnern, wen er dafür vom Angesicht der Erde gewischt hatte.

Dann wurde ihm klar, dass heute Abend hauptsächlich Familienmitglieder da sein würden, und es also nicht so wichtig war, und schloss den Gürtel um seine Taille.

Ein kurzes Klopfen an der Tür, und er blickte auf. »Herein.«

Annwyl und Morfyd kamen ins Zimmer und starrten ihn an. Beide sahen wunderschön aus in ihren Kleidern – Annwyls war tannengrün und Morfyds von einem kräftig leuchtenden Rot.

Sie standen beide nur da und starrten ihn an. Vielleicht war es auch ein böser Blick. Jedenfalls war etwas.

»Was?«, fragte er, als sie viel zu lange nichts sagten.

Annwyl stemmte die Hände in die Hüften. »Du hast ihren *Arsch* markiert?«

Dagmar wich wieder einmal Fals aufdringlichen Händen aus und schob sich durch die Menge im Rittersaal. Nichtsdestotrotz konnte sie dem Drachen nicht allzu böse sein. So viel männliches Interesse hatte sie nie zuvor erfahren – das war ziemlich berauschend.

Genau wie Bercelaks Wein.

Also, *das* hätte ihr Vater als echten Wein bezeichnet. Nicht dieser schwache Südländerwein, sondern herzhaftes, schweres Zeug, das einem den Rost vom Schild holen konnte. Damit in Kombination mit Morfyds Salbe, spürte Dagmar sehr wenig Schmerzen.

Sie blieb stehen und starrte Königin Annwyl an. Mit Verzweiflung im Gesicht formte diese mit ihren Lippen die Worte: »Hilf. Mir.«

Dagmar verdrehte die Augen, ging zu ihr hinüber und tippte Éibhear auf die Schulter. »Du musst sie jetzt runterlassen«, erklärte sie noch einmal, als er sie ansah.

»Ich will nicht.« Er umarmte Annwyl fester, woraufhin die Königin nach Luft schnappte. »Wir hätten sie fast verloren. Ich war unglücklich darüber. *Ich fand es schrecklich, unglücklich zu sein!*«

»Ich weiß, ich weiß. Aber du zerquetschst sie noch.« Sie zeigte auf den Boden. »Runter. Du musst sie runterlassen.«

Mit einem hinreißenden Schmollgesicht schüttelte der blauhaarige Drache den Kopf. »Nein.«

»Na gut. Aber ich mache mir Gedanken. Es geht um Izzy.«

»Ich habe es meinen Brüdern schon gesagt, und jetzt sage ich es dir ... Izzy ist mir egal, außer als Nichte. Sie ist eine sehr verzogene, nervtötende Nichte.«

»Ich verstehe das absolut und habe dasselbe auch Gwenvael

gesagt. Aber wie du weißt, habe ich zwölf Brüder. Und wenn ich sehe, wie einer davon eines der Dienstmädchen hinter die Ställe zerrt, mache ich mir Sorgen. Und als ich gesehen habe, wie Celyn ...«

»*Was?*« Sofort ließ er Annwyl fallen, die glücklicherweise wieder genug Gleichgewichtssinn besaß, um nicht auf dem Hintern zu landen. »Wo?«

»Ich habe sie da hinausgehen sehen.« Sie deutete ans andere Ende des Rittersaals. »Sie schien mir ein bisschen unsicher zu sein.«

»Dieser verdammte Kerl!« Éibhear rannte hinter Izzy her, und Dagmar bedeutete einer der Dienerinnen, noch einen Becher Wein zu bringen.

»Danke.« Annwyl zog ihr Kleid in Form, indem sie ihre Brüste packte und sie zurechtschob, dann nahm sie den Becher, den ihr die Dienerin hinhielt. »Ich liebe ihn wirklich, aber wenn er einen einmal erwischt hat, ist er wie ein wilder Affe.«

»Ich habe es gemerkt.«

Die Königin nahm einen Schluck Wein und fragte: »Und falls Izzy wirklich hinter den Ställen ist ...«

»Sie ist irgendwo da drüben.« Sie winkte zu einer Gruppe von kichernden Mädchen hinüber. »Ich werde sagen, Celyn hätte es versucht, aber Izzy hätte ihn total abblitzen lassen.«

Lachend prosteten sich die beiden Frauen mit ihren Bechern zu und nahmen noch ein paar Schlucke.

Kurz darauf kam Morfyd herangestürmt. »Wir haben ein Problem. Und hör auf, diesen Wein zu trinken.« Sie riss Annwyl den Becher aus der Hand. »Du stillst noch!«

»Na und? Die Heilerin sagte, ich darf.«

»Die Heilerin ist menschlich, und Menschen sind Idioten. Nichts für ungut, Dagmar.«

Dagmar zuckte die Achseln und nahm noch einen Schluck.

»Ich werde nicht zulassen, dass du meine Nichten und Neffen in Gefahr bringst, bis sie abgestillt sind.«

»Viel wichtiger ist, dass es anscheinend ein Gerücht gibt, dass du untot und unheilig bist. Lord Craddock hat versucht, die anderen menschlichen Lords aufzustacheln.«

Ohne ein Wort machte sich die Monarchin auf den Weg, doch Morfyd hielt sie hinten am Kleid fest und riss sie zu sich zurück. »Wage es ja nicht, dort rüberzugehen und ihnen zu erzählen, du seist untot!«

»Bitte, lass mich gehen und es sagen! *Bitte!*«

»Nein! Sag es ihr, Dagmar. Sag ihr, es ist eine furchtbare Idee!«

»Na ja …«

»Na ja? Was soll das heißen, na ja?«

»Mein Vorschlag?« Sie bedeutete den beiden Frauen mit einer Kopfbewegung, näher zu kommen. »*Sag* nicht, dass du untot bist. Das ist zu offensichtlich und kann bei den anderen Monarchen gegen dich verwendet werden. Aber wenn er *fürchtet*, dass du untot bist, könnte dir das definitiv zum Vorteil gereichen.«

»Das ist genial!«

»Ich weiß.«

»Das ist wirklich genial«, stimmte Annwyl zu. »Aber ich habe keine Ahnung, wie ich das anstellen soll.«

»Überlass das mir.« Dagmar stürzte den Rest ihres Weins hinunter, schob die Schultern zurück und warf die Haare nach hinten. »Wenn ich mit ihm fertig bin, wird er viel zu viel Angst haben, um noch irgendwen gegen irgendwen aufzustacheln.«

Gwenvael schürzte die Lippen und dachte daran, den Druck etwas zu verringern, doch der auf ihn zukommende Fearghus lenkte ihn ab.

»Warum hat Dagmar diesen Idioten Craddock überzeugt, dass Annwyl vielleicht untot sein könnte oder vielleicht auch nicht?«, fragte Fearghus, während er Gwenvael ein Pint reichte.

Nachdem er einen Augenblick darüber nachgegrübelt hatte, antwortete Gwenvael schließlich: »Ich habe keine Ahnung. Aber ich bin mir absolut sicher, dass sie es aus einem guten Grund getan hat.«

»Das weiß ich. Ich war nur neugierig.« Fearghus atmete aus

und sprach weiter. »Ich hatte noch keine Gelegenheit dazu, aber ... als das alles mit Annwyl und den Babys war, hast du mir beigestanden. Ich wollte dir dafür danken.«

»Hat es je einen Moment gegeben, wo du dachtest, ich würde dir nicht beistehen?«

»Eigentlich ... nein. Was mich noch mehr überrascht hat.« Sie grinsten, und Fearghus fügte hinzu: »Aber trotzdem danke, Bruder.«

»Nichts zu danken.« Als es unter seinem Fuß stöhnte, trat Gwenvael fester zu.

»Hast du vor, Fal heute noch mal loszulassen?«, fragte Fearghus.

Gwenvael starrte seinen Vetter finster an, verärgert, dass Fal Blut an seine Lieblingsstiefel schmierte. »Er hatte seine Flossen schon wieder an meiner Dagmar!« Gwenvael beugte sich vor und knurrte den Drachen unter seinem Fuß an: »Ich habe ihm wieder und wieder gesagt, dass das keine gute Idee ist.«

»Anscheinend hört er nicht zu.«

»Das wird er schon, wenn ich ihm das Genick breche.«

»Aber dann müssen wir uns ewig Vorwürfe von Mum dafür anhören.«

Briec fand Talaith draußen vor den Toren von Garbhán. Sie saß auf einem Felsbrocken und starrte in den Himmel hinauf. Der Mond war noch nicht voll, doch er umgab sie trotzdem mit einem sanften Glühen.

»Hier bist du. Ich habe dich gesucht.«

»Alles in Ordnung?«, fragte sie, immer noch in den Himmel starrend.

»Na ja, mal sehen ... Meine geniale und schöne Schwester ist plötzlich in einen einfachen Menschen verliebt. Keita spricht mit niemandem. Annwyl ist überzeugt, dass ihre Tochter sie hasst, während Fearghus überzeugt ist, dass sein Sohn ihn im Schlaf töten will. Ich habe meine Mutter und meinen Vater im Konferenzzimmer erwischt, wo sie sich aufgeführt haben wie die Tiere – wieder einmal. Aber das ist gar nichts im Vergleich dazu, dass ich meinen Vater – einen Drachen, der als einer der größten Krieger unserer Zeit gilt, wohlgemerkt – dabei erwischt habe, wie er ›Guckguck, dada‹ mit seinen Enkeln gemacht hat, als er glaubte, niemand könne es sehen. Und die Krönung des Abends ist, dass Gwenvael Dagmar auf ewig als die Seine in Besitz genommen hat, indem er ihren Hintern gebrandmarkt hat, den er nun schon den ganzen Abend lang in regelmäßigen Abständen klapst.«

Talaiths Kopf fiel nach vorn, als sie einen Lachanfall bekam.

»Sie ist, gelinde gesagt, ziemlich geladen. Und wenn ich er wäre, hätte ich heute Nacht Angst, schlafen zu gehen«, fuhr Briec fort.

»Deine Familie ist unglaublich.«

»Das ist nett ausgedrückt.«

Briec setzte sich hinter sie und zog sie zwischen seine Beine, damit sie sich an seine Brust lehnen konnte. Er schlang die Arme um sie; es gefiel ihm, dass gerade genug Platz für sie beide war.

»Willst du nicht reinkommen und ein bisschen mit mir tanzen?«

»Ich komme. Bald.«

Er lehnte sich eng an sie und drückte seine Lippen an ihren Hals. Wie sie es oft tat, neigte Talaith den Kopf zur Seite, damit er besser herankam. Er knabberte sanft an ihrer Haut, hinab zu ihrer Schulter, während seine Hände über ihre Arme glitten. Seine fast brutale Lust auf sie überraschte ihn immer wieder. Er hätte gedacht, es würde mit der Zeit weniger werden, aber es war stetig mehr geworden, während sie sich mit der Zeit verändert hatte, in ihr neues Leben hineingewachsen war und sich immer sicherer und wohler fühlte.

Er ließ die Hände ihre Arme hinab und auf ihre Schenkel gleiten. Sie hatte so herrlich muskulöse Schenkel, und er genoss es immer, mit den Händen an ihnen entlangzufahren und die Finger unter ihr Kleid zu schieben, damit er ihre weiche Haut fühlen konnte. Er strich über die Lederbänder, die das Futteral ihres Dolches hielten, und wurde noch härter, als er merkte, dass der Dolch da war und dass er immer noch in greifbarer Nähe sein würde, wenn er sie heute Nacht noch einmal nahm – was er übrigens auch schon den größten Teil des Nachmittags getan hatte. Das machte sie noch köstlicher und gefährlicher.

Briec setzte die Reise seiner Finger über ihre Schenkel fort, doch als ihre Hände nach seinen griffen, überließ er ihr die Führung. Er wollte sehen, was sie tun würde.

Talaith zog seine Hände weiter in ihren Schoß hinauf. Doch dort ließ sie sie nicht, sondern bewegte sie weiter, bis sie ihren Bauch erreichten. Sie drückte seine Hände gegen ihren Bauch und seufzte auf, als er mit den Fingern darüberstrich.

Er liebte ihre weiche Haut. Er liebte es, wie ihr Körper sich bei der leisesten Berührung von ihm zusammenzog. Wie … wie …

Ihr Götter.

Briec löste den Mund von Talaiths Hals und sah auf sie hinab. Ihr Lächeln war sanft und zufrieden, der Blick verträumt.

Es war Jahre her, seit Briec die Künste der Drachenmagier studiert hatte, aber er hatte immer noch ein paar Fertigkeiten. Und deshalb hatte sie es ihm so gesagt: Sie wusste, dass er es verstehen würde, ohne dass sie ein Wort sagen musste.

Nie gekannte Gefühle schossen durch ihn hindurch, er fühlte sich leicht betrunken und extrem panisch. Er wusste, es gab alles Mögliche, was ein Drache einer Drachin in so einem Moment gesagt hätte, doch Talaith war keine Drachin. Und das macht ihm Sorgen.

»Ich will dich nicht verlieren«, sagte er schlicht.

Überrascht sahen ihn ihre braunen Augen an. »Wovon redest du?«

»Von dem, was Annwyl durchgemacht hat. Wenn Eirianwen nicht eingegriffen hätte, sie zurückgebracht hätte, hätte Fearghus sie verloren. Ich könnte es nicht ertragen, dich zu verlieren. Du bedeutest mir alles, Talaith.«

»Schschsch.« Sie drehte sich in seinen Armen herum, erhob sich auf die Knie und legte ihm die Hände ums Gesicht. »Es wird alles gut.«

»Das weißt du nicht.«

»Doch. Ich weiß es. Hier geht es nicht darum, dass Rhydderch Hael meinen Körper für seine Experimente benutzt, wie er es mit Annwyl getan hat. Es ist anders. Ich bin anders. Ich habe Kraft, die Annwyl nicht hat. Mächte, die mich schützen werden und die sich schon jetzt versammeln, um das Kind zu beschützen. Unser Kind.«

»Bist du sicher? Ich werde nicht zulassen, dass ich unglücklich werde, Lady Schwierig.«

»Denn es geht wie immer nur um dich, Lord Arrogant.« Ihr Grinsen war breit und strahlend. Sie wollte dieses Kind. »Vertrau mir. Ich werde nicht sagen, dass ich nicht genauso glücklich oder unglücklich sein werde wie jede andere schwangere Frau, aber was Annwyl passiert ist, wird mir nicht passieren. Der schwierige Teil ist jetzt vorüber. Die Mauern sind gefallen, Götter aller Arten und Götterhimmel bewegen sich frei zwischen den Welten, und was einst undenkbar war ... wird eines Tages ganz normal sein.«

»Eines Tages interessiert mich nicht. Du interessierst mich.«

»Ich weiß.« Sie küsste ihn sanft. »Deine Liebe und dein Glaube an mich sind der Grund, warum ich es schaffen werde. Warum wir es schaffen werden.«

»Und was ist mit Izzy?«

»Wir sagen ihr nichts.«

Verblüfft neigte er sich zurück. »Talaith.«

»Du weißt, was sie tun wird, wenn wir es ihr sagen.« Ja. Briec wusste es. Er wusste, dass seine Tochter ihre Pläne, mit der Achtzehnten Legion zu ziehen, ändern würde, weil sie Angst hätte, ihrer Mutter von der Seite zu weichen. Sie würde für Talaith da sein wollen, auch wenn das bedeutete, ihre Träume aufzugeben. »Ich will nicht schuld sein, Briec, oder dass sie es mir irgendwann übel nimmt. Sie wird noch früh genug davon erfahren, nur jetzt noch nicht.«

»Wenn du dir sicher bist.«

Sie seufzte frustriert und lehnte sich zurück. »Musst du an mir zweifeln?«, blaffte sie plötzlich, seiner Meinung nach irrational wütend.

»Ich zweifle an dir, wann ich will! Und wirst du ab jetzt bis du damit gesegnet bist, *meinen* Nachwuchs auf die Welt zu bringen, immer eine übellaunige Zicke sein?«

»Oh, du kannst mir glauben, Lord Arrogant, dass ich vorhabe, dir das Leben zur Hölle zu machen!«

»Wer sagt, dass du das nicht schon tust?«

»Ich habe noch nicht einmal angefangen!«

»Gefühlloses Weibsstück!«

»Schwieriger Mistkerl!«

Dann küssten sie sich, ihre Münder verschmolzen, ihre Zungen neckten und streichelten einander, während sie sich gegenseitig die Kleider vom Leib rissen.

Und da wusste Briec, dass Talaith die Wahrheit gesagt hatte – alles würde gut werden.

Dagmar knallte ein kleines Glas Salbe auf den Tisch und beugte sich vornüber, damit Gwenvael gut an ihren Hintern herankam.

»Mach dich an die Arbeit!«, befahl sie.

»Ich brauche eine Schüssel und ein Stofftuch. Vergiss meinen Vortrag über Hygiene nicht.«

»Dafür ist es *nicht*, du ekelhafter Mistkerl. Es tut immer noch weh.«

»Tut mir leid.«

»Nein, tut es nicht!«

»Nein. Stimmt. Vor allem, weil ich gesehen habe, wie Fal schon wieder um dich herumgeschnüffelt ist.«

»Fal ist ein kleiner Junge. Ich hätte nie Interesse an ihm.«

»Also hätten Briec, Fearghus und ich ihn nicht vom Dach werfen müssen?«

Dagmar richtete sich auf. »Was habt ihr gemacht?«

»Er kennt keine Grenzen. Und schau mich nicht so an. Er lebt noch.«

Das alles mit der Hand fortwedelnd, ging sie zum Bett hinüber und zog sich aus. Sie legte sich auf die Decke, mit dem Gesicht nach unten. Und, königlich wie sie war, wartete Dagmar, dass er tat, worum sie ihn gebeten hatte.

Gwenvael nahm ihren Fuß und drehte sie langsam auf den Rücken. Sie verzog das Gesicht und schaute ihn finster an. »Was tust du da?«

Er bog vorsichtig ihre Beine zurück, bis sie ihre Brust berührten. »Ich wette, wenn du dich nicht bewegst, tut es nicht weh.«

»Na und?«

Gwenvael drückte ihre geknickten Beine auseinander und machte es sich dazwischen bequem, mit dem Gesicht in ihrem Schoß. »Dann bewegst du dich wohl besser nicht.«

Keuchend schüttelte sie den Kopf. »Nicht.«

»Zu spät. Ich muss dich haben. Muss dich schmecken. Aber du musst stillhalten. Kein Winden, kein Zappeln oder sonst etwas.«

Er leckte sich die Lippen. »Egal, was ich jetzt mit dir mache – beweg dich nicht.«

Ihre Hände umklammerten das Bettzeug. »Du bist ein Mistkerl.«

»Und du liebst mich dafür, oder nicht?«

»Die Vernunft helfe mir, aber ich tu's.«

Gwenvael lächelte, glücklicher als er je gewesen war. »Und ich liebe dich, Bestie. Und jetzt denk daran«, neckte er sie und genoss es, wie sie trotzdem nicht anders konnte als sich zu winden, »nicht bewegen!«

Keita die Schlange ging an Reihen von kämpfenden, übenden Drachen vorbei in das Herz des Berges Anubail, der Untergrundfestung der Kriegerdrachen. Hier wurden die größten Drachenkrieger der Südländer geboren. Königlich oder von niederer Geburt war nicht wichtig, wenn man erst einmal die Schwelle überschritten hatte und es wagte, einzutreten.

Als sie vorüberging hielten alle inne, um ihr nachzusehen. Sie erkannte ein paar der Männer, doch keiner hatte einen unauslöschlichen Eindruck in ihrem Leben hinterlassen. Keiner war unvergesslich gewesen.

Sie ging in die Haupthöhle. Der Drache, wegen dem sie gekommen war, stand in der Mitte eines runenbedeckten Rings aus veredeltem Stahl und trainierte hart mit einem langen Stab. Alle ignorierend, die sie anstarrten, betrat Keita diesen Trainingsring und machte mit geneigtem Kopf einen Kniefall.

Der Stab schwang über ihren Kopf hinweg, verfehlte sie um Haaresbreite. Auch als sie seinen Luftzug spürte, rührte sie sich nicht, zuckte nicht zusammen – sie wartete nur.

Der Stab knallte auf den Boden, und eine lange Kralle tippte geduldig daneben. Immer noch bewegte Keita sich nicht.

»Sieh an, sieh an. Wenn das nicht Ihre mächtige Ladyschaft ist. Prinzessin Keita höchstpersönlich. Und was tust du hier, kleine Prinzessin?«

Keita setzte sich wieder auf die Hinterbeine, die vorderen Klauen fest auf den Boden gestemmt. »Ich brauche deine Hilfe, Elestren.«

»Meine Hilfe?«, fragte die Drachin von niederer Geburt. »Wofür?«

»Um mir zu zeigen, wie man kämpft. Wie man tötet.«

»Wir alle wissen, wie man tötet, kleine Prinzessin. Das liegt uns im Blut.«

»Ich will lernen zu kämpfen wie du. Fähig sein, es mit jedem Drachen aufzunehmen, der mich herausfordert, ob in dieser Gestalt oder in meiner menschlichen.«

Elestren begann zu lachen. »*Du?*« Sie lachte noch lauter. »Die hübsche kleine Prinzessin will lernen zu kämpfen wie ich?« Sie trat näher. »Willst du auch Narben wie meine? Sie gehen nicht wieder weg, weißt du? Wenn der Schnitt durch die Schuppen geht, bleiben sie für immer. Selbst in deiner menschlichen Gestalt. Sicher, dass du das willst? Du mit deinen männlichen Spielzeugen und hübschen Kleidern? Sicher, dass du das willst?«

Was sie wollte, war, sich nie wieder schwach und hilflos zu fühlen, wie es ihr mit diesem Barbaren Ragnar gegangen war. Er hatte sie für seine Spielchen benutzt, und das würde sie ihm nie verzeihen und würde es sich weder von ihm noch von sonst jemandem je wieder gefallen lassen. Sie war nicht nur eine Trophäe, die man gewann oder verlor, kein Druckmittel, das man gegen ihre Schlampe von Mutter einsetzte. Sie war Keita die Schlange – und sie würde tun, was immer nötig war, um sicherzugehen, dass sie diesen Namen auch wirklich verdiente.

Keita schaute der Kriegerin in die Augen. »Das will ich.«

Elestren musterte sie prüfend und nickte. »Ich glaube dir.« Die dunkelgrüne Drachin ging zu dem Altar an der gegenüberliegenden Wand hinüber. »Wenn wir in die Schlacht fliegen, rufen wir die Kriegsgöttin Eirianwen an. Wenn du hierbleiben und mit mir trainieren willst, ob du mit unserer Armee kämpfst oder nicht, wirst du ihr dein Leben weihen, genau wie ich es getan habe.«

Keita schritt ohne Zögern zu dem Altar hinüber und nahm den Dolch, der ihr gereicht wurde. Sie hielt ihn in der Klaue über den dicken Marmor und zog die Klinge über ihre Handfläche. Ihr Blut vermischte sich mit dem der Tausenden von Drachenkrieger, die vor ihr gekommen waren, dem ihres Vaters eingeschlossen.

»Ich weihe mein Leben und das derer, die ich töte, der mächtigen Eirianwen«, intonierte sie feierlich.

Elestren nahm ihr den Dolch wieder ab. »Ich zeige dir, wo du schlafen wirst – und zwar allein, wenn du Verstand hast –, und morgen fangen wir an.«

Keita wandte sich der Drachin zu. »Danke, Cousine.«

»Danke mir noch nicht.« Elestren beäugte sie kühl. »Ich werde es genießen, dich bluten zu lassen, kleine Prinzessin.«

Als ihre Cousine ging, rief ihr Keita nach: »Geht es immer noch darum, dass ich dich damals Fettsack genannt habe? Wird es nicht langsam Zeit, dass du darüber hinwegkommst?«

Und als Keita sich unter dem langen Stab wegduckte, der über ihren Kopf hinwegflog, wusste sie, dass sie zumindest bewiesen hatte, dass ihre Reflexe gut waren.

36

Izzy schaffte es bis zum Haupttor, bevor sie sich umdrehte und sah, wie sie alle dastanden und ihr nachschauten. Nicht viele konnten von sich sagen, dass sie nicht nur von einer, sondern gleich von zwei Königinnen verabschiedet wurden, wenn sie in den Krieg zogen. Außerdem waren noch Izzys Vater, Großvater und Onkel hier draußen; die Drachenkette, die sie aus dem Stahl ihrer Lieblingwaffen für sie gemacht hatten, hing unter ihrem gepolsterten Hemd dicht an ihrem Herzen. Doch es war ihre Mutter, die schuld daran war, dass schon wieder Tränen in Izzys Kehle aufstiegen, denn sie wusste, dass es Monate dauern würde, bis sie die Frau wiedersah, die alles für sie aufs Spiel gesetzt hatte.

Izzy winkte ein letztes Mal und trat eilig durch das Tor. Als sie wusste, dass sie sie nicht mehr sehen konnten, rannte sie los und schluckte die Tränen hinunter, denn sie wollte nicht, dass irgendwer in ihrer Einheit sah, dass sie geweint hatte.

Die Soldaten versammelten sich auf den westlichen Feldern, und sie war dankbar, dass ihre Familie sie hier verabschiedet hatte und nicht vor allen anderen. Sie hätte gewettet, dass das der kluge Einfall ihres Vaters gewesen war.

Sie war fast auf dem Feld, konnte schon die Pferde, Fahnen und sich zusammenscharenden Truppen durch die Bäume sehen, als sie hörte, wie ihr Name gerufen wurde.

Sie hielt an, wirbelte herum und sah Éibhear vor sich stehen.

»Ich sehe, du hast allen auf Wiedersehen gesagt.«

Sie kicherte und wischte sich mit dem Ärmel die Nässe vom Gesicht. »Du weißt, wie ich und Mum sind.«

»Das stimmt.«

Sie lächelte ihn an. »Also, bist du hier, um mir einen Abschiedskuss zu geben?«

Da war wieder dieses nervöse Zucken, das sie seit einiger Zeit an ihm bemerkte. Es war in der rechten Wange, und sie hatte es zum ersten Mal beim letzten Festmahl gesehen, als er unvermittelt zu ihr herübergekommen war und gesagt hatte: »Ich dachte, du wärst hinter den verdammten ... ach, vergiss es!« Und genauso unvermittelt war er wieder gegangen.

»Nein«, presste er hervor, und sein Tick wurde schlimmer. »Ich bin gekommen, um auf Wiedersehen zu *sagen*.«

»Das hättest du auch drüben machen können.«

Er seufzte schwer. »Du hast recht. Tut mir leid, dass es mir wichtig war.«

Sie sah ihm nach, als er sich umdrehte, um nach Garbhán zurückzugehen. Launisch und rüpelhaft wie immer. Was ärgerte ihn an ihr nur immer so? Zu allen anderen war er so nett!

Sie biss sich kurz auf die Lippe, bevor sie sagte: »Ich habe gehört, du ziehst mit Großmutters Armeen in den Norden.«

Er blieb stehen, drehte sich aber nicht um. »Stimmt.«

»Wirst du mich denn gar nicht vermissen?«

Er seufzte wieder, noch schwerer als beim letzten Mal. »Natürlich werde ich dich vermissen.« Er drehte sich wieder zu ihr um. »Ich bin dein Onkel, und ich werde dich vermissen.«

»Gwenvael ist mein Onkel. Und Fearghus. Du bist *nicht* mein Onkel, Éibhear.«

»Izzy ...«

»Du wirst nie mein Onkel sein.«

»Ich will nicht mehr darüber reden.«

»Genau wie Celyn *nicht* mein Cousin ist.«

Seine silbernen Augen flackerten im frühen Sonnenlicht, und er fuhr sie an: »Willst du schon wieder dieses Spielchen spielen, Prinzessin?«

»Er mag mich.«

»Im Moment. Bis er bekommt, was er will und es ihm langweilig wird.«

»Er ist nett, und er hat zu viel Angst vor Briec, um gemein zu sein.«

»Aber wenn du in ihn verliebt bist ...«

»Das bin ich nicht.«

Er versuchte, es zu verbergen, aber sie wusste, dass sie Erleichterung in diesem unendlich schönen Gesicht sah. »Gut, dass du immerhin so schlau bist«, murmelte er.

»Mein Herz wird ihm niemals gehören, Éibhear.«

»Gut ...«

»Nicht so wie dir.«

»Izzy ...« Er wich zurück. »Hör auf!«

»Geh in den Norden, Éibhear. Geh, wohin immer du willst. Es wird nicht das kleinste bisschen daran ändern. Denn wenn es so weit ist ... wirst du mir gehören.«

»Das war's. Du bist ein verzogenes Gör und man kann nicht mit dir reden.«

»Aber du liebst mich sowieso.«

»Nein, Izzy. Tue ich nicht. Dass das nicht in deinen Dickkopf hineinwill. Du bist die Tochter meines Bruders, und das bedeutet etwas für meine Sippe. Aber letztendlich bist du nicht mein Problem. Versuch trotzdem, dich nicht umbringen zu lassen, okay?«

Verletzt, aber nicht bereit, es zu zeigen, gab sie zurück: »Ich werde versuchen, es zu vermeiden.«

Er nickte ihr zu und ging weg.

»Und mach dir keine Sorgen«, erklärte sie seinem Rücken, »ich hatte nicht vor, auf dich zu warten.«

»Gut. Solltest du auch nicht.«

»Ich hatte immer das Gefühl, meine Jungfräulichkeit sollte an jemanden gehen, der es wirklich *verdient* hat.«

Und da stolperte Éibhear über seine eigenen Füße und rannte kopfüber gegen den Stamm eines ziemlich großen Baumes.

»*Götterverdammt!*«, brüllte er und hielt sich den Kopf.

Izzy hatte keine Lust herumzustehen und zu warten, daher wirbelte sie auf dem Absatz herum und rannte zum Treffpunkt mit ihren Kameraden, die schon auf sie warteten.

Dagmar krabbelte eilig zur Kante des Felsvorsprungs und hob ihre dicken Augengläser vors Gesicht. »Verdammt! Wir haben es verpasst!«

»Hmmmm?«

Gwenvaels Arme schlangen sich um ihre Taille, und er begann, ihren unteren Rücken zu küssen. »Das ist deine Schuld!«, warf sie ihm vor, während sie versuchte, das Gefühl seines Mundes auf ihrer nackten Haut zu ignorieren.

»Vermutlich.« Er rückte näher. »Aber macht es dir wirklich etwas aus?«

»Ja!«, log sie.

»Lügnerin.«

Seine Zunge begann, die Linien ihres Brandmals nachzuzeichnen. Dagmar schielte und senkte die zusätzlichen Augengläser, bevor sie sie vollends fallen ließ.

»Du gibst einen fürchterlich schlechten Spion ab«, sagte sie anklagend.

Sie waren hier heraufgekommen, um Baron Craddocks Frau zuzusehen, wie sie sich mit einem von Annwyls Soldaten amüsierte. Doch Dagmar war hocherfreut gewesen, als sich herausstellte, dass sie in Wirklichkeit eine Liaison mit einem örtlichen Schweinebauern hatte, der, wie sie von Morfyd gehört hatte, eine auffallende Vorliebe für seine Ware hatte und selten badete.

Leider hatte Gwenvael sie, gerade als die Dinge zwischen dem Bauern und ihrer Ladyschaft interessant zu werden begannen und – von beiden – seltsame Grunzlaute zu hören waren, total abgelenkt ... mehrmals.

Wie sollte sie irgendetwas hinkriegen, wenn er ständig solche Dinge mit ihr machte?

»Mach mich nicht verantwortlich, weil du dich nicht beherrschen kannst.« Er küsste und leckte sich ihren Rücken hinauf. »Ich denke, es war dieser letzte Schrei, der sie verscheucht hat. Tut es dir jetzt nicht doch leid, dass ich dich nicht geknebelt habe, wie ich es vorgeschlagen hatte?«

»Wenn du mich knebelst, könnte ich nicht um Hilfe schreien.«

Er knabberte an ihrer Schulter, vergrub die Hände in ihren

Haaren und drehte ihren Kopf, damit er an ihren Mund herankam. Sein Kuss war lang und intensiv, und sie ließ sich hineinfallen, ließ ihn nehmen, was er wollte.

Spaß und Glück – einst hätte sie nicht einmal darauf zu hoffen gewagt. Jetzt hatte sie so viel davon, dass sie gar nicht wusste, wohin damit.

Er drehte sie auf den Rücken, seine Hände glitten an ihren Seiten hinauf zu ihren Armen. Als hätte Zeit keine Bedeutung, ging sein Kuss weiter und weiter, während seine Finger sanft über ihre Haut strichen. Erst als ihre Arme über ihrem Kopf klemmten, löste er die Lippen und fragte leise: »Also, worüber hast du vorhin mit Fearghus gesprochen?«

Die Craddocks und ihr bitteres, unglückliches Leben waren schnell vergessen, und Dagmar seufzte: »Nichts Wichtiges.«

Er drang langsam in sie ein, und Dagmar bäumte sich auf, ihm entgegen, während er winzige Küsse auf ihren Kiefer und Hals setzte.

»Meine entzückende Dagmar«, murmelte er. »So eine ausgezeichnete kleine Lügnerin.«

Dagmar quiekte protestierend, trat nach ihm und versuchte, seine Arme wegzuschieben, doch Gwenvael weigerte sich, sie loszulassen, während er sie unbarmherzig kitzelte.

»Hör auf! Hör auf!«

Er gehorchte. »Worüber habt ihr geredet?«

»Baron Craddock.« Sie quiekte erneut und trat fester. »Lass mich los! Das kannst du nicht mit mir machen!«

»Tue ich aber!«, keuchte er. »Und ich muss sagen, ich genieße es sehr. Jedes Mal, wenn ich dich kitzle, zum Beispiel genau … hier!«

»Hör auf!«

»Du quetschst mich ein.« Er stöhnte. »Ihr Götter, fühlt sich das gut an.«

»Hör auf! Hör auf!«

Er ließ sich Zeit, aber er hörte auf. »Sag's mir.«

»Ich lüge nicht, du grober Klotz. Wir haben über Craddock

gesprochen. Es gibt Gerüchte, dass er in der Nähe der Südlandküste eine Armee aufstellt.«

»Und?«

»Und was?« Sie quiekte, als er sie erneut kitzelte, und spuckte den Rest aus, als er aufhörte: »Na gut! Na gut! Fearghus will, dass wir hingehen und herausfinden, was wirklich auf Craddocks Territorium vor sich geht. Dass wir einen Waffenstillstand arrangieren, wenn wir können und einen Krieg planen, wenn nicht. Aber angesichts der offensichtlichen Indiskretionen seiner Frau hoffe ich, dass ein Krieg gegen Craddock nicht nötig sein wird.«

Gwenvael runzelte die Stirn. »Fearghus will, dass ich mitgehe?«

»Er hält uns für ein ausgezeichnetes Gespann. Er findet, ich kann mich um den Hof kümmern und du um die Händler und darum, Informationen von den Prostituierten zu bekommen – was besser das Einzige sein sollte, was du von ihnen bekommst.«

Mit seiner freien Hand berührte er seine Wange. »Und dieses hübsche Gesicht aufs Spiel setzen, indem ich die Liebe meines Lebens verärgere? Niemals.« Er kicherte, als sie ihn nur angrinste. »Also … War das das erste Mal, dass ihr über diese kleine Gefälligkeitsreise gesprochen habt?«

»Ja.« Seine Finger machten sich wieder an die Arbeit, und sie schrie: »Nein! Nein!«

»Also?«

»Wir haben schon vor zwei Wochen darüber gesprochen.«

»Das war ungefähr zu der Zeit, als ich mir sicher war, dass du und Annwyl etwas aushecken. Ich hatte mich schon gefragt, wie du Fearghus überredet hast, deinem Vater dieses kleine Geschenk zu schicken.«

»Ich weiß nicht, was du meinst.«

An dieser Stelle war sie sich wohl bewusst, dass sie ihn provozierte, aber als er sie mit langen, kräftigen Stößen nahm, sodass sie wieder und wieder kam, und sie gleichzeitig um den Verstand kitzelte, kümmerte sie das nicht wirklich.

Mit einem letzten Beben rollte Gwenvael von Dagmar herunter und lächelte. »Hinterhältige Ziege.«

Sie lachte. »Ich hatte mich schon gewundert, warum du nichts gesagt hast.«

»Warum sollte ich? Ich liebe es, dir bei der Arbeit zuzusehen. Meine Brüder wissen nicht, was sie von dir halten sollen. Und das ist einfach höchst unterhaltsam für mich.«

Sie sahen sich an, beide schwer atmend, erschöpft bis auf die Knochen, und Gwenvael betrachtete sie genau: Dagmars schweißgetränkte Haare klebten ihr an der Stirn, und ihre Augen blinzelten angestrengt, als sie versuchte, ohne ihre Augengläser sein Gesicht scharf zu sehen. Er wusste jetzt, dass ihr Verstand nie aufhören würde zu arbeiten und zu planen – und dass sie niemals mit einem einfachen Leben am Hof glücklich sein könnte.

»Ich liebe dich, Dagmar. Jedes verschwörerische, hinterhältige bisschen von dir.«

Ihre Wangen färbten sich entzückend rot, doch ihr Gesichtsausdruck veränderte sich nicht. Sie hätte niemals gezeigt, dass er sie mit seinen direkten Worten in Verlegenheit gebracht hatte. Worte, die er niemals einer anderen sagen würde.

»Und ich liebe dich«, antwortete sie einfach, und diese Worte waren genauso schnörkellos und perfekt wie sie selbst.

Gwenvael breitete die Arme aus, und Dagmar rückte näher und ließ sich hineinfallen. Er strich mit den Händen ihren schweißbedeckten Rücken hinunter, seine Finger glitten über die Linien des Brandmals. Das tat er oft, glücklich und dankbar, dass sie sein Mal trug.

Er seufzte zufrieden und küsste sie. »Ist dir eigentlich klar, dass uns die ganze Welt zur Verfügung steht, Bestie?«

»Natürlich ist mir das klar.« Hätte sie noch hochmütiger klingen können? Dann wurde ihm bewusst, dass sie tatsächlich noch *viel* hochmütiger klingen konnte. »Aber wir sollten das nicht laut sagen. Wir sollten diese Tatsache heimlich, still und leise anerkennen und sie nach unserem Willen und zu unserem Vorteil nutzen, bis wir bekommen, was wir wollen.«

Gwenvael setzte sich auf und zog Dagmar auf seinen Schoß. Er legte die Hand um ihr Kinn und die Wange, während er ihr in die Augen sah, damit sie wusste, dass jedes Wort, das er – ihr – sagte, die absolute Wahrheit war. »Ich habe alles, was ich will, Dagmar. Alles, was ich je wollen könnte.«

Ihr Lächeln war die reine Freude, während ihre Wangen noch röter wurden. »Was ist dann der Sinn des Spiels, wenn wir alles haben, was wir wollen könnten?«

Gwenvael sah zu, wie Lady Craddock aus den Büschen stolperte, sich eilig die Haare glatt strich und sich davon überzeugte, dass ihr Kleid richtig saß. Tragischerweise war ihr größter Fehler *nicht* gewesen, dass sie die schlammigen Handabdrücke von der Rückseite ihres Kleides nicht abgewischt hatte. Genauso wenig war es ihr Verlangen, dem Volk Krieg zu bringen, das sie eigentlich beschützen sollte. Nein, Lady Craddocks größter Fehler war, die Zwillinge zu Objekten grausamen Tratsches zu machen. Dass sie Gerüchte und Lügen darüber verbreitete, die Zwillinge seien unheilig oder die Produkte finsterer Mächte, hatte Dagmars Zorn schneller auf sie gelenkt als alles andere es hätte tun können. Jetzt würden sowohl der adlige Ehemann als auch die Ehefrau den Preis bezahlen müssen. Und sie würden zahlen – später.

»Der Sinn?« Er hielt einen Arm um Dagmars Taille gelegt, während er in den Korb mit Essen und Wein griff, den Fannie ihnen mitgegeben hatte. »Der Sinn ist Unterhaltung. Und weißt du, was das Beste an Unterhaltung ist, mein Liebling?«

»Nein, aber ich bin mir sicher, du wirst es mir in allen quälenden Einzel … was ist das?«

Mit einem breiten Grinsen hielt Gwenvael das Halsband und die Handschellen hoch, die er in den Korb geschmuggelt hatte. »Was meinst du wohl?«

Empört, aber lachend, versuchte Dagmar verzweifelt, sich aus seinem Griff zu winden.

»Das Beste, meine süße Dagmar« – er drückte sie auf den Boden und grinste anzüglich in ihr lächelndes Gesicht – »ist, dass sie uns nie vorher kommen sehen werden.«

Epilog

Sigmar Reinholdt stand vor seinen Männern, seine Söhne an seiner Seite.

Und nicht mehr als ein paar hundert Fuß entfernt stand ihm Jökull selbst gegenüber. Plus die zwanzigtausend Soldaten, die Jökull Sigmars zehntausend gegenübergestellt hatte.

Sigmar wusste, dass sie heute höchstwahrscheinlich verlieren würden. Jökulls Armee bestand aus Mördern und Abschaum. Die Art von Soldaten, die man mit viel Geld kaufte, aber nur so lange hielt, wie das Geld reichte. Sigmar würde nie so weit sinken, sich jemandes Loyalität zu kaufen. Seine Soldaten würden an seiner Seite kämpfen, weil sie ihm treu ergeben waren.

Seine größte Sorge war im Moment, dass Jökulls Männer an ihm vorbei und zur Festung gelangen könnten. Doch auch dafür hatte er Pläne. Unangenehme Pläne, aber jeder wusste, was erwartet wurde, wenn der Befehl kommen sollte. Sie würden alle lieber von eigener Hand sterben als Jökulls Sklaven zu werden.

»Ich dachte wirklich, sie würde sich für uns einsetzen, Pa«, murmelte sein Ältester neben ihm.

»Sie hat es versucht. Das weiß ich.« Und er war dankbar, dass sie nicht hier war. Der Gedanke, seine einzige Tochter zu verlieren, und sei es durch ihre eigene Hand, hätte ihn von den wichtigen Angelegenheiten abgelenkt, die vor ihm lagen.

Jökull saß hoch aufgerichtet auf seinem Pferd und sah selbstgefällig und gut vorbereitet aus.

»Ergibst du dich, Bruder?«, schrie er über die Entfernung zwischen ihnen hinweg. Es war ein Teil des Kodexes, dass Jökull nach einer Kapitulation fragen musste, bevor irgendeine Art von Massaker stattfinden konnte.

»Kein wahrer Reinholdt würde sich je ergeben«, antwortete Sigmar ... ebenfalls ein Teil des Kodexes.

Früher hatte es ihn immer amüsiert, wenn Dagmar sich beschwerte: »Dieser Kodex ist wahrscheinlich der widersprüchlichste Haufen Pferdescheiße, den ich je gelesen habe.«

»Kein wahrer Reinholdt würde je auf die Idee kommen, dass wir das tun könnten!«, fügte Sigmar hinzu, und seine Männer jubelten und hoben zustimmend die Schwerter und Schilde. »Komm, Bruder. Die Sonnen gehen auf. Lass uns nicht noch mehr Zeit verlieren.«

Doch Jökull hörte ihm nicht zu. Er und mehrere seiner Männer starrten in die andere Richtung und beobachteten einen einsamen Reiter, der sich dem Platz zwischen den zwei Armeen näherte. Das Pferd war groß und schwarz, als wäre es von einer der Höllengruben ausgespuckt worden. Und sein Reiter?

Eine Frau.

Die Männer beider Seiten waren so überrascht, dass niemand pfiff oder sprach. Sie beobachteten sie nur, wie sie weiter auf ihn und Jökull zujagte.

Sie sah die Flaggen und hielt ihr Ross an.

»Bist du Der Reinholdt?«, fragte sie.

Sigmar hatte nie zuvor eine Frau wie sie gesehen. Das lange Haar trug sie mit einem Lederband zurückgebunden und hatte ein ärmelloses Kettenhemd an, eine Hose aus Kettengewebe und Lederstiefel. Sie hatte sich Schwerter auf den Rücken geschnallt, und ein Schild hing an ihrem Pferd. Sie war zernarbt und an beiden Unterarmen gebrandmarkt, und obwohl diese teilweise von ihren Panzerhandschuhen verdeckt wurden, konnte er dennoch Teile eines Drachenbildes sehen, das in ihr Fleisch eingebrannt war.

Wenngleich sie bis an die Zähne bewaffnet war, trug sie weder eine komplette Rüstung noch irgendwelche Farben.

»Ich bin Sigmar.«

Sie zog einen Brief unter ihrem Sattel hervor. »Das ist von deiner Tochter.«

Er nahm ihn und öffnete das teure Pergament. Die Botschaft war kurz und bündig.

Vater,
als Nordländer wussten wir alle, was ich tun würde.
Dagmar

»Wer ist Jökull?«, fragte die Frau.

»Ich bin Jökull, Weib.« Jökull lehnte sich auf seinem Sattel nach vorn und grinste die Frau anzüglich an. »Und wer bist du?«

Sie drehte ihr Pferd und lächelte ihn an. »Ich bin Annwyl.« Dann riss sie mit einer Geschwindigkeit, die Sigmar nie zuvor gesehen hatte, eines der Schwerter aus der Scheide und warf es. Die Waffe drehte sich in der Luft, bis sie mit voller Kraft mitten in Jökulls Kopf einschlug, ihn rückwärts vom Pferd riss und in die Männer hinter ihm schleuderte.

Sie warf Sigmar einen Blick über die Schulter zu. »Ich kann nur heute bleiben. Muss zurück zu meinen Zwillingen und meinem Gefährten, bevor er mich suchen kommt – was nicht gut für dich wäre. Oh! Und ich soll jemanden namens Knut mitnehmen, wenn ich nach Hause zurückkehre. Dagmar sagte, du sollst nicht darüber diskutieren. Aber meine Soldaten werden bleiben.« Sie nickte in die Richtung, aus der sie gekommen war, und er sah die Soldaten über den Bergkamm marschieren. »Das sind die fünf Legionen, die deine Tochter mit mir ausgehandelt hat. Sie ist gut, Warlord. Und wenn wir hier erst für dich aufgeräumt haben, kommt sie nach Hause, um dich zu besuchen.« Sie lächelte. »Sie hat eine große Überraschung für dich.« Sie schnippte mit den Fingern. »Und ich soll einen ganz besonders lieben Gruß ausrichten an ... äh ... Eymund?«

Sigmars Ältester nickte der Frau zu.

»Von Gwenvael.«

Sein Sohn ließ die Schultern hängen, und seine Brüder kicherten neben ihm.

Dann wandte sich Annwyl die Blutrünstige, Königin der

Dunklen Ebenen, den verwirrten und panischen Soldaten Jökulls zu.

»Ich will mein Schwert zurück«, verkündete sie und zog ihr zweites Schwert aus der Scheide. »Also, wer will mich davon abhalten, es mir zurückzuholen?«

Sein Ältester lehnte sich zu Sigmar herüber und erinnerte ihn: »Ich schätze, Vetter Uddo hatte die ganzen Jahre über recht, was, Pa?«

»Was?«

»Als er sie Die Bestie genannt hat.« Sein Sohn grinste und deutete auf die Wahnsinnige, die sich mit erhobenem Schwert geradewegs in Jökulls Armee stürzte. Die verrückte Schlampe, die seine Tochter ihnen geschickt hatte. »Ich glaube, sehr zu Onkel Jökulls Leidwesen lag Uddo genau richtig.«

Es begann leise, tief in seiner Brust, doch es platzte aus ihm heraus. Lautes, mächtiges Gelächter, in das seine Soldaten einstimmten, während Annwyls Legionen über Jökulls gedungene Soldaten herfielen.

»Los, rein da, Männer!«, befahl Sigmar schließlich und schwang seine Axt von der Schulter. »Jeder, der nicht unsere Farben oder die von Annwyl trägt – muss sterben!«

Er hob seine Axt hoch in die Luft; er wusste, es gab nur einen Schlachtruf, der ihm und seinen Männern an diesem Tag etwas bedeutete. »Für Die Bestie«, brüllte er.

Und im Chor antwortete der Ruf der Männer ihrer Familie: »*Für Die Bestie!*«

Dragon Fire

Roman

PIPER

Prolog

»Weiß die Königin, dass wir ihre Tochter haben?«

Ragnar der Listige von der Olgeirsson-Horde nickte auf die Frage seines Bruders Vigholf hin.

»Und sie hat dir gesagt, dass du mit ihr machen sollst, was du willst?«

Wieder nickte er.

Vigholf schüttelte den Kopf. »Ich verstehe das nicht.«

Und Ragnar ging es ebenso. Er verstand nicht, wie eine Mutter – ob sie nun eine Königin war oder von niederer Geburt – sich anscheinend so wenig Sorgen um ihren Nachwuchs machen konnte. Selbst wenn der Nachwuchs so lästig und hinterhältig war wie diese königliche Nervensäge, die im Moment in der Höhle hinter ihm Ränke spann.

Sie trug nichts als ein Kleid, das zwei Nummern zu groß für ihre menschliche Gestalt war, Fußfesseln und ein magisches Halsband, das sie davon abhielt, sich in ihre natürliche Drachinnengestalt zu verwandeln. Ihr Name war Prinzessin Keita aus dem Hause Gwalchmai fab Gwyar, und sie hatte es während dieser ganzen Unternehmung geschafft, beinahe jedes männliche Wesen in Entzücken zu versetzen, ohne viel mehr zu tun, als eine eher geistlose Schönheit zu sein. Sie kicherte, sie neckte, sie triezte. Um ganz ehrlich zu sein, hatte Ragnar gehofft, ihre Mutter würde ihre Herausgabe noch am selben Abend fordern, damit er das verzogene Gör endlich loswurde, bevor sie hier noch Blutsverwandte gegeneinander aufhetzte. Doch das, was Königin Rhiannon abschließend über ihre Tochter gesagt hatte, würde ihm noch lange im Gedächtnis bleiben: »Behalt sie. Lass sie gehen. Ist mir völlig egal.«

Ragnar konnte sich nicht vorstellen, dass seine eigene Mutter so etwas je über ihn oder einen seiner Brüder und seine Schwester sagen würde. Sein Vater Olgeir, Drachenlord der Olgeirsson-Horde, schon eher.

»Na gut«, sagte einer seiner Vettern und stand auf. Sie waren alle in ihrer menschlichen Gestalt geblieben, denn so war es leichter, sich vor den Feuerspuckern zu verstecken, während sie sich auf Südland-Territorium befanden. »Wenn sie sie nicht wollen, dann behalten wir sie eben.«

Ragnar sah seinen Bruder an, und Vigholf senkte rasch den Kopf, um sein Lachen zu verbergen. Er hatte Vigholf gesagt, dass das passieren würde, wenn sie noch mehr Zeit mit diesem giftigen Weib verbrachten. »Wir behalten sie *nicht*.«

»Warum zur Hölle nicht?«

Ragnar dachte darüber nach, den Halbwüchsigen zu erwürgen, entschied sich aber dagegen. »Weil wir das nicht mehr machen.«

»Aber wenn ihre eigene Mutter sagt …«

»Wenn du eine Frau willst, Junge, wirst du das so anstellen müssen wie alle anderen auch – charmant sein, sie verführen, sie dazu bringen, dass sie sich in dich verliebt.«

Ragnars Vettern warfen sich gegenseitig Blicke zu, bevor einer von ihnen fragte: »Und wie macht man das?«

Vigholf konnte sich nicht länger beherrschen und prustete los, und Ragnar machte sich grummelnd auf den Rückweg in die Höhle.

Er war müde, erschöpft und hatte noch viel zu tun, bevor er dieses überhitzte Land verließ, und das Letzte, womit er sich herumschlagen würde, waren die idiotischen Fragen seiner idiotischen Verwandtschaft.

Es hatte vor ein paar Tagen alles so einfach angefangen. Ihn hatte die Nachricht erreicht, dass sein Vater die törichte Südland-Prinzessin auf Nordland-Gebiet erwischt hatte, und zusammen mit seinem Bruder hatte er rasch gehandelt. Er hatte geplant, sich mit der Hilfe seiner Mutter wieder in seine ehemalige Heimat einzuschleichen, doch unterwegs hatte sie ihn über die Wege der Magie kontaktiert und ihm gesagt, dass die Prinzessin es geschafft hatte zu fliehen. Er hatte sie nicht weit vom Fuß des Berges seines Vaters erwischt und die unterirdischen Tunnels genutzt, um sie zurück in ihr Heimatland zu bringen. Dann hatte er geplant, mit der Drachenkönigin der Südländer über ein Bündnis zu verhandeln, mit dessen Hilfe er die Olgeirsson-Horde übernehmen konnte und, wenn alles gut ging, die Nordland-Territorien. Die Horden zu vereinen würde sein erster Schritt sein – sie geeint zu halten der nächste.

Doch die Königin hatte ihn überrascht. Sie hatte nicht nur von Anfang an gewusst, dass Ragnar ihre Tochter hatte, sie hatte auch gewusst, dass Olgeir sie davor gehabt hatte – und sie hatte absolut nichts dagegen unternommen.

In Zeiten wie diesen war er dankbar, dass die Götter ihn mit seiner Mutter gesegnet hatten, auch wenn er sich gewünscht hätte, dass die Götter ihr einen Gefährten geschenkt hätten, der ihre Schönheit und Weisheit mehr verdiente als Olgeir der Verschwender.

Ragnar ging die lange Höhle entlang, bis er den Alkoven erreichte, wo sie die Prinzessin untergebracht hatten. Er blieb direkt davor stehen und knirschte mit den Zähnen, während er den ältesten seiner Vettern, Meinhard, beobachtete, der einen Kelch Wein an die königlichen Lippen setzte. Keitas dunkelbraune Augen waren ausschließlich auf den großen Mann konzentriert, und sie nippte an dem Kelch, während ihre schmalen Finger über Meinhards Pranken lagen. Als sie genug hatte, lehnte sie sich zurück und leckte sich mit der Zunge erst über die Unter-, dann über die Oberlippe.

Er konnte seinen Vetter aus dieser Entfernung knurren hören, und Ragnar hatte keine Geduld für so etwas.

»Raus!«, befahl er, während er den Alkoven betrat.

Nicht annähernd so eingeschüchtert von ihm wie die jüngeren Drachen, richtete sich Meinhard langsam auf und sagte: »Ich glaube, ich bleibe.«

Ragnar wusste, dass seine Sippe ihn noch nicht als Anführer akzeptierte. Weil sein Vater noch am Leben war und sich bester

Gesundheit erfreute und die Horde obendrein fest im Griff hatte, war das keine Überraschung. Aber Meinhard würde, genau wie die anderen, lernen müssen, dass Ragnar keinen Ungehorsam duldete.

Er drehte das Handgelenk und murmelte einen kleinen Zauber, und sein Vetter segelte aus dem Alkoven, während der Weinkelch über den Steinboden rollte.

»Du *Mistkerl*!«, schrie Meinhard von draußen.

Ragnar ignorierte ihn und trat zu der Prinzessin. Er konnte erkennen, was seine Sippe so reizte, auch wenn sie nur ihre winzige Menschengestalt gesehen hatten, seit sie sie auf der Flucht vor seinem Vater geschnappt hatten. Diese üppigen dunkelroten Haare, die ihr bis zu den Knien reichten, die perfekten Wangenknochen, die kleine Nase, die quer über den Nasenrücken leicht mit Sommersprossen gesprenkelt war, und diese unglaublich vollen Lippen. Doch für Ragnar waren es die dunkelbraunen Augen, die ihn zu ihrem Diener machten. Sie waren unendlich tief, eine bodenlose dunkle Grube, in der sich jedes männliche Wesen verlieren konnte. Zu schade, dass Ragnar nicht vorhatte, jedes männliche Wesen zu sein – egal, wie sehr er sich das im Moment auch wünschen mochte.

»Na?«, fragte sie halblaut. »Was hast du mit mir vor, Mylord?«

Ragnar antwortete nicht sofort; seine Gedanken waren zu beschäftigt mit der Frage, was sie beide zusammen tun konnten, wenn sie nichts weiter als eine Matratze und einen Wochenvorrat an Essen und Wasser hätten. Also gähnte sie und benutzte das als Vorwand, um ihre gefesselten Hände über den Kopf zu heben und ihren ganzen Körper lang und geschmeidig zu strecken. Dann lächelte sie. Das verführerischste Lächeln, das Ragnar je gesehen hatte. Allein für dieses Lächeln hasste er sie beinahe.

Ragnar wedelte mit der Hand, und die Fesseln fielen ab – eine von ihnen direkt auf den Kopf der Prinzessin.

»Au! Du Barbarentrampel!«

Er hätte fast gelacht, denn da kamen die wahre verzogene Prinzessin und der Grund dafür, dass es überhaupt nötig war, sie zu fesseln zum Vorschein. Sie hatte während ihrer Reise mehrmals versucht, davonzulaufen, und Ragnar hatte irgendwann genug davon gehabt. Sie konnte so tief unter der Erde nirgendwohin, deshalb hatte sie sie nur aufgehalten, weiter nichts.

Ragnar wandte sich von ihr ab und ging auf den Ausgang zu. Er hatte Hunger und sehnte sich nach Schlaf. In ein paar Stunden hatte er ein Treffen mit der Königin, deshalb brauchte er zumindest ein bisschen Ruhe.

»Warte.«

Er blieb stehen, seufzte und wandte sich zu ihr um. »Was?«

Sie stand auf und deutete auf ihr Halsband. »Was ist damit?«

»Es wird abfallen, wenn du weit genug von hier und von meiner Sippe weg bist.« Das Letzte, was er brauchen konnte, war, dass sie hier ihre natürliche Gestalt annahm und seine Sippe zu neuen Dummheiten anstiftete, wenn sie erst einmal einen genaueren Blick auf ihren Schwanz geworfen hatten. »Und jetzt geh.«

»Das war's? Aber ... was hast du für mich bekommen?«

»Für dich bekommen?«

»Von meiner Familie? Wie viel Gold?« Sie reckte das Kinn vor. »Ich bin mir sicher, ich war ziemlich viel wert, aber das wird dich nicht vor meinen Brüdern schützen, wenn sie erfahren, was du mir angetan hast.«

»Ich habe dich gerettet.«

»Ich habe mich *selbst* gerettet. Aber versuchen kann man's ja mal.«

Glaubte sie wirklich, sein Vater hätte sie gehen lassen? Glaubte sie wirklich, Olgeir hätte sie nicht wieder eingefangen, bevor sie vom Territorium der Horde herunter war? Und Ragnars Vater machte alles auf die althergebrachte Art, wenn man ihn herausforderte. Prinzessin Keita hätte zur Strafe für ihre Flucht zumindest einen Flügel verloren und wäre dann Ragnars brutaler Verwandtschaft übergeben worden. Geendet hätte sie dann genau wie Ragnars Mutter. Der einzige Unterschied wäre gewesen, dass Ragnars Mutter der Inbegriff von Klasse, guter Erziehung und Seele war. Prinzessin Keita dagegen war all das, was man sich über Angehörige königlicher Familien erzählte. Schwach, dumm und eine Verschwendung von Ragnars Zeit und Energie. Egal, wie wunderschön und verführerisch sie auch war.

»Nenn es, wie du willst«, erklärte er ihr. »Aber so oder so: Du kannst gehen.«

»Einfach so?«

»Ja. Einfach so.«

Sie stellte sich auf die Zehenspitzen und versuchte, an seinen Schultern vorbeizusehen. »Ist keiner da, der mich begleitet?«

»Nein.« Er hätte ja einen seiner Vettern angeboten, doch das wäre im Moment wohl keine gute Idee gewesen.

Die Prinzessin musterte ihn lange und stemmte dann die Hände in die Hüften. »Was hat diese alte Kuh dir gegeben, damit du mich freilässt? Und lüg mich nicht an, Barbar! Ich merke es *immer*, wenn man mich anlügt.«

Sie wollte nicht, dass er sie anlog, also bitte: »Sie hat mir gar nichts gegeben.«

»Also kein Bündnis?« Sie schüttelte den Kopf, als habe sie Mitleid mit ihm. »Du Idiot.«

Ragnar blinzelte. »Wie bitte?«

»Wie konntest du so dumm sein? Warst du unhöflich zu ihr? War es das? Ihr Götter, du bist wirklich genauso einfältig wie dein Vater, oder?«

Sie hätte nichts Schädlicheres sagen können.

Vollkommen ahnungslos hob sie die Hände und sagte: »Keine Panik. Ich bringe das in Ordnung. Ich rede mit meinem Vater. Ich bin mir sicher, dass ich ihn überreden kann …«

»Nein, nein, Mylady. Du verstehst das falsch.« Und Ragnar konnte sich ein kleines Lächeln nicht verkneifen. »Deine Mutter hat mir kein Angebot für dich gemacht, aber das Bündnis wird trotzdem zustande kommen. Ich treffe mich in ein paar Stunden mit ihr, um über die Einzelheiten zu sprechen.«

Sie ließ die Arme sinken. »Das Bündnis ist noch im Gespräch?«

»Oh ja. Die Königin schien an dir allerdings überhaupt nicht interessiert zu sein. Vielleicht, wenn ich statt deiner deine Schwester genommen hätte. Morfyd die … Weiße? Ja? Vielleicht wäre dann alles anders gelaufen. Aber unter den gegebenen Umständen hast du keinerlei Auswirkungen auf die Verhandlungen.«

Die Prinzessin starrte ihn an, und ihr schöner Mund öffnete und schloss sich ein paarmal. Ragnar fühlte sich, als habe er sie geschlagen – und war erschrocken darüber. Sofort ging er zu ihr hin, um sie zu beschwichtigen – aus Angst, Tränen zu sehen, und er wusste nicht, wie man mit Tränen umging. Aber die Prinzessin weinte nicht … sie schrie. Sie schrie, als habe sie etwas gesehen, das aus einer Höllengrube gekrochen war.

»Diese miese, bösartige Schlampe!«

Schockiert machte Ragnar einen Schritt rückwärts und beobachtete, wie die Prinzessin auf und ab ging und mit den Armen dramatisch über dem Kopf fuchtelte, während sie ihre Mutter mit allen möglichen Schimpfworten bedachte, wie sie nicht einmal die schlimmsten Piraten benutzt hätten.

Seine Sippe kam in die Höhle gestürmt. Sie waren besorgt, dass ihrer zerbrechlichen kleinen Prinzessin etwas passiert sein könnte, und blieben alle neben Ragnar stehen.

»Ich würde die Schlampe ja selbst umbringen, wenn ich glauben würde, dass sie tot *bleibt*! Aber Dämonen leben ewig!« Sie wandte sich ihnen zu. »*Etwa nicht?*«

Alle außer Ragnar nickten zu ihrem wahnsinnigen Gebrüll, und als sie ihre Arme wild nach ihnen schwang und schrie: »Ihr alle – *aus dem Weg!*«, gehorchten sie sofort.

Sie stürmte hinaus, kehrte aber einen Augenblick später zurück, und ihre Wut war scheinbar – und beunruhigenderweise – verraucht, als sie Ragnar fragte: »Du hast es genossen, mir das zu erzählen – das mit meiner Mutter. Oder?«

»Ja«, antwortete er. »Ich glaube schon.« Wie hätte er es auch nicht genießen können, wo es ihm doch erlaubt hatte, seiner Sippe Keitas wahre Natur zu zeigen? Jetzt würden sie die geistlose Prinzessin so sehen, wie sie wirklich war: eine fluchende, wütende, verwöhnte Göre mit dem tollsten Arsch, den die Götter je geschaffen hatten – *nein, warte. Was?*

»Gut«, sagte sie. »Genieße das Gefühl, solange du kannst, Lord Ragnar.«

»Warum? Was glaubst du, was du mir anhaben kannst?« Und als Meinhard ihn für seine Grobheit in den Rücken boxte, ignorierte Ragnar den Schmerz einfach.

Sie lächelte – und um ihn herum seufzte seine Sippe auf –, streckte eine Hand aus, strich mit den Fingern über Ragnars Wange und Hals und ließ sie bis hinab zu seiner Brust gleiten. Als sie damit fertig war, trat sie zurück und nickte leicht mit dem Kopf. »Meine Herren.«

Dann hob sie anmutig ihren Rocksaum an, damit er nicht auf dem Boden schleifte, und ließ sie stehen und hinter ihr herstarren.

»Das, Männer«, seufzte Meinhard, als sie weg war, »ist eine feine Dame, und sie sollte auch so behandelt werden.«

Und mehrere Stunden später, nachdem sein Vater von Menschenfrauen getötet worden war, es ein Bündnis mit den Feuerspuckern gab und Ragnar damit beschäftigt war, den exzessiven Blutfluss zu stillen, den eine rachsüchtige Prinzessin ausgelöst hatte, würde er sich genau daran erinnern, mit was für einem riesigen Haufen von Idioten als Familie er geschlagen war!

Zwei Jahre später ...

I Sollte er tot sein?
Keita die Rote Schlange der Verzweiflung und des Todes – kurz: Keita die Schlange – beugte sich ein wenig tiefer und schnüffelte an dem männlichen Menschen, der auf dem Bauch auf seinem Bett lag.

Er roch definitiv tot. Und sie konnte weder seinen Herzschlag hören noch das Rauschen von Blut durch die winzigen menschlichen Adern. Das alles konnte sie mühelos, wenn sich ein lebendes Wesen in einem Radius von hundert Fuß um sie herum befand.

Doch dieser Mensch, der Baron Bampour von den Außenebenen gewesen war, sollte nicht tot sein. Noch nicht. Nicht, bis sie ihn tatsächlich umgebracht hatte.

Tief ausatmend richtete sich Keita auf und stemmte die Fäuste in die Hüften. Sie trug ein Kleid, das ihr der verstorbene Baron geschenkt hatte, aus der feinsten Seide, die man mit Gold kaufen konnte. Außerdem trug sie den Schmuck, den er ihr gekauft hatte: einen dicken goldenen Armreif mit passender Halskette. Sie hatte nicht um diese Dinge gebeten, aber wie das bei den meisten liebebedürftigen männlichen Wesen eben so ist, hatte er sie ihr gerne geschenkt. Sie wusste auch, warum. In der Hoffnung, dass sie ihm einen lustvollen Ritt und enthusiastische Schreie der Ekstase schenken würde ... blablabla.

Männer waren alle gleich. Ein paar Komplimente, ein süßes Lächeln, ein wenig Neckerei, und Keita wurde mit Gütern überhäuft, um die sie nie gebeten hatte und die sie auch nicht unbedingt wollte. Es war ihr aber auch egal. Wenn Männer ihr Geschenke machen wollten, warum sollte sie sie davon abhalten? Was sie jedoch ärgerte und was sie schon immer geärgert hatte, war, dass manche Männer den Glauben hegten, dass ein paar Geschenke ihnen Zutritt zu ihrem Bett verschafften. Das taten sie nicht. Um genau zu sein, wählte Keita ihre Bettgefährten so sorgfältig aus wie die Accessoires zu einem besonderen Kleid. Männer an sich gingen ihr viel zu sehr auf die Nerven, als dass sie auch nur daran gedacht hätte, solche, die nichts als Geschenke oder wenig mehr brachten, in ihr Leben zu lassen.

Sie hatte es einer Freundin einmal so erklärt: »Ich nehme ihre Geschenke, aber das heißt nicht, dass ich auch ihre Schwänze nehme.«

Also hatte sie die Geschenke des Barons angenommen. Erfreulicherweise hatte er im Gegensatz zu manch anderem einen guten Geschmack. Sie hatte es auch die vergangenen drei Wochen mit ihm ausgehalten. Mit ihm und seinem Sohn. Sie war mit keinem von ihnen ins Bett gegangen und hatte das auch nicht vor. Hauptsächlich, weil sie keine Lust hatte, aber auch weil sie aus einem bestimmten Grund hergekommen war. Denn Bampour hatte eine Grenze überschritten, die ihn zu einer Gefahr für diejenigen machte, die Keita liebte. Zu dumm allerdings, dass ihr jemand zuvorgekommen war. Vor allem, weil sie so gut in diesen Dingen war.

Während sie noch überlegte, ob sie die Leiche selbst loswerden sollte, hörte sie es: einen anderen Herzschlag im Raum, der nicht dem verstorbenen Baron gehörte, denn dessen Herz hatte bereits aufgehört zu schlagen.

Keita schaute mit zusammengekniffenen Augen über die Schulter in eine dunkle Ecke. In diesem Moment kam die Menschenfrau herausgestürmt. Sie trug nur ein Leintuch um den Körper; ihr blondes Haar fiel bis auf ihre Schultern, und sie hieb wild mit einer kleinen Klinge um sich.

Keita schnappte sie am Handgelenk und drehte es, bis die Frau auf die Knie sank. Sie überlegte, das Handgelenk zu brechen, einfach nur, weil die kleine Schlampe mit ihrem Messer Keitas wertvollem Gesicht gefährlich nahe gekommen war. Aber ein Hämmern an der Tür schloss diese Option rasch aus.

»Mach die Tür auf!«

Keita schaute auf die Frau hinab. Sie könnte ihr das Genick brechen, um die Sache zu beenden, aber es schien ihr nicht richtig – hatte die Blonde doch nur getan, was sowieso hätte getan werden müssen.

»Heute ist dein Glückstag, Weib«, sagte sie über das fortgesetzte Hämmern an der Tür hinweg.

Keita ließ die Frau los und rannte zum größten der Fenster. Sie drückte es auf. Es war klein, musste aber genügen. »Ren!«, rief sie.

»Ich bin hier.«

»Dann warte kurz!«

Die Frau sah Keita an, als sie zu ihr zurückgerannt kam. »Was willst du – iiiih!«

Keita hob die Frau mit Schwung auf ihre Arme, wirbelte auf dem Absatz herum, um etwas Schwung zu holen, und warf sie durch das offene Fenster. Das arme Ding kreischte, bis es von starken Armen vor dem Fenster aufgefangen wurde.

»Hab sie!«

»Nimm sie mit. Los!«

»Was ist mit …«

»Na los!«

»Brecht sie auf!«, schrie jemand auf der anderen Seite der Tür.

Eine Sekunde später flog die Tür auf, und Wachen marschierten herein. Der Gehilfe des Barons betrat den Raum hinter den Wachen. Er musterte Keita von oben bis unten, die Lippen angewidert verzogen. Sie hatten sich von Anfang an nicht gemocht. Dann richtete er seine Aufmerksamkeit auf das Bett. Eilig ging er hinüber und drückte seine Finger auf die Kehle des Barons.

»Geh den Sohn des Barons holen!«, befahl er einem Wächter. Als der davonrannte, trat der Gehilfe vor Keita hin.

»Ich weiß, wie das aussieht …«, begann sie.

»*Schweig!*«

Die Arme vor der Brust verschränkt, erklärte ihm Keita: »Kein Grund, gleich grob zu werden!«

Guten Tag, mein kleiner Gewittersturm!

Ragnar der Listige von der Olgeirsson-Horde seufzte laut und sagte, ohne nachzudenken: »Gib mir nicht immer Kosenamen, unverschämtes Weib.«

»Was?«

Kacke, Pisse und Tod. Er hatte vergessen, dass er nicht allein war. Nein. Er saß in einer extrem langen Sitzung mit den Vertretern der anderen Horden, die er und seine Sippe nicht unter ihren Klauen zerquetscht hatten. Ein wichtiges Treffen, denn der Krieg der letzten zwei Jahre lag beinahe hinter ihnen, und eine Zeit des Friedens lag – so hoffte er – irgendwo in der Zukunft.

Andererseits: Wenn die anderen Horden glaubten, er sei verrückt, konnte ihm der Frieden, auf den er hoffte, leicht wieder entgleiten.

Ich gehe nicht weg, trällerte eine Stimme in seinem Kopf. Sie sagte solche Dinge immer in so einem Singsang. Es ärgerte ihn über alle Vernunft, und bei Ragnar ging es nur um Vernunft.

Wohl wissend, dass sie wirklich nicht weggehen würde, erhob sich Ragnar von seinen Hinterbeinen und sagte: »Wenn ihr mich bitte entschuldigen wollt – Vigholf wird sich um alles kümmern, bis ich zurück bin.«

Vigholf, der einen Mundwinkel zu einem Grinsen verzogen hatte, nickte und wandte seine Aufmerksamkeit wieder den Gesandten zu. Vigholf wusste, wer seinen Bruder in den Wahnsinn trieb, und er fand es amüsant. »Mich ruft sie nie«, hatte er sich mehr als einmal beschwert und Ragnar hatte seinem Bruder dafür jedes Mal einen Felsblock an den Kopf geworfen. Meistens ging Vigholf allerdings schnell genug aus dem Weg, um echten Schaden zu verhindern.

Ragnar ging durch den Olgeirsson-Hort, der seit Tausenden von Jahren von Generation zu Generation, von Drachenlord zu Drachenlord übergeben wurde. Es kam aber selten vor, dass er einfach so weitergereicht wurde. Normalerweise wurde er erobert. Ragnar hätte ihn seinem Vater abgenommen, wie Olgeir der Verschwender ihn seinem eigenen Vater genommen hatte, doch Ragnar hatte nie die Chance dazu bekommen. Sein Vater war so entschlossen gewesen, seinen Sohn zur Vernunft zu bringen, dass er ihm törichterweise in die Südländer gefolgt war und dort durch die Schwerter von Menschenfrauen gefallen war. Auch wenn Ragnar nicht zugelassen hatte, dass sich die Nachricht von dieser Tatsache über die Grenzen der Südländer hinaus verbreitete. Es widersprach seinem inneren Ehrgefühl, und deshalb hatte Ragnar die Tötung seines Vaters auf die eigene Kappe genommen. Nicht weil er es wollte, sondern weil es notwendig war. Der Sohn eines Drachenlords zu sein, der sich nicht gegen zwei Frauen wehren konnte, bedeutete, von einer schwachen Blutlinie abzustammen, und das konnten sich Ragnar und seine Geschwister einfach nicht leisten. Jedenfalls nicht, wenn er darauf hoffte, den Aufruhr beizulegen, den sein Vater jahrhundertelang geschürt hatte, einfach nur, weil er ein übler Mistkerl war.

Er ging durch Gänge und Alkoven und gab sich dabei größte Mühe, das Summen in seinem Kopf zu ignorieren. Ja. Sie summte. In seinem Kopf. Er hasste Gesumme generell. Es war eine dieser nervtötenden Angewohnheiten, die viele hatten und die Ragnars Ansicht nach nur ein Zeichen für ihre Schwäche war. Aber dieses Weib … sie summte, weil sie wusste, dass es ihm auf die Nerven ging. Sie *genoss* es, dass es ihm auf die Nerven ging.

»Ich wäre besser dran, wenn ich meine Seele Dämonen aus der Unterwelt verkauft hätte als mit diesem Weibsstück!«

Was war das? Ich habe dich nicht ganz verstanden, mein tobender Tsunami.

Götter, und diese Spitznamen! Er hasste Spitznamen fast genauso sehr wie Gesumme.

Ragnar hatte in den zweieinhalb Jahrhunderten seiner Existenz wirklich einige brutale Frauen kennengelernt, aber keine wie diese hier. Keine, die genauso herzlos zu sein schien wie die Nordländer kalt waren. Aber sie hatte in den letzten zwei Jahren einem Zweck gedient. Einem Zweck, den er jetzt nicht ignorieren konnte, nur weil sie sein Gehirn strapazierte, wie Sand seine Schuppen abschmirgelte.

Ragnar ging hinaus auf eines der Gebirgsplateaus. Grausame Winde vom nahen Meer bliesen Eis und Schnee vor seine Augen und froren ihm beinahe die Klauen auf dem Boden fest. Wenige aus seiner Sippe wussten, warum er hier herauskam, wo es immer eiskalt war, ob Sommer oder Winter, Frühling oder Herbst. Aber seine Sippe konnte auch nicht die Magie spüren, die durch diesen heiligen Ort nach oben drang. Nur er und die Jünger der magischen Künste kannten den wahren Wert eines Ortes wie diesem; ein Wert, der es recht sinnvoll machte, sich den eisigen Winden und dem Frost auszusetzen.

Ragnar schloss die Augen und hob die rechte Vorderklaue. Er rief die Götter an, die über ihn und seine Horde wachten, die ihm die Macht verliehen, die zu besitzen nur wenige seiner Art je das Glück hatten. Bei den Hordendrachen ging es wie bei allen Bewohnern der Nordländer um Krieg, Stärke und Kampfgeschick. Sie glaubten außerdem, dass Magie etwas für alte Weiber war, die allein in Höhlen oder kleinen Häusern lebten und zu ihren Göttern sprachen, oder für Männer, die nicht würdig waren, ein Schwert oder einen Kriegshammer in die Hand zu nehmen. Magie war definitiv nichts für Drachenlords, die hofften, irgendwann nicht nur über eine Horde, sondern über viele Horden zu herrschen. Vielleicht sogar über alle. Doch Ragnar machte sich keine Illusionen darüber, wie weit er bei seinesgleichen gehen konnte. Seine Zeit als Anführer aller Horden würde nicht lange währen. Er wusste das, verstand es und hatte schon Pläne, den Titel und den größten Teil der Macht an seinen Bruder zu übergeben. Vigholf wusste das nicht. Noch nicht. Warum ihn mit den kleinen Details belasten?

Eigentlich hätte ihn die Tatsache wohl stören sollen, dass er nicht bis zu seinem letzten Atemzug oberster Drachenlord sein würde, doch so war es nicht. Er hatte schon früh gewusst, dass sein Leben niemals einfach sein würde. Wenn er den einen oder den anderen Weg gewählt hätte, entweder Krieger *oder* Magier, hätte seine Familie das in Ordnung gefunden. Doch er hatte beide Wege gewählt. Ragnar konnte sich einfach nicht vorstellen, nicht früh am Morgen – dem kältesten Teil des Tages in den Nordländern – aufzustehen und hart mit seinem Lieblingsschwert und der Axt zu trainieren. Er konnte sich genauso wenig vorstellen, nicht zum Meer zu gehen, wenn der Mond am vollsten war, und den Göttern von seinem Blut zu opfern. Alle diese Dinge gehörten zu ihm; er weigerte sich, eines davon zu wählen.

Doch bloßer Ehrgeiz war nie Ragnars Ziel gewesen. Zu sehen, wie weit er in möglichst kurzer Zeit kommen konnte – was für ein leeres, nutzloses Ziel. Stattdessen wollte er einfach mehr für sein Volk. Für die Hordendrachen, die die mächtigen Nordland-Berge bevölkerten, wollte er mehr als das harte Leben, das sie alle schon so viele Äonen erduldeten. Doch das bedeutete nicht, dass sie so lächerlich faul sein mussten wie die Südland-Drachen; oder ständig geblendet von ihrer eigenen Genialität wie die Ostländer; oder sich allen Wesen überlegen fühlen, die je gelebt hatten oder leben würden, so wie die Eisendrachen des Westens; oder sich bewusst von allem fernhalten, was außerhalb ihrer Territorien lag wie die Sanddrachen. Mit anderen Worten: Ragnar wollte mehr für seine Sippe als lediglich einen höheren Grad an Unsitten.

Die grausamen Winde verebbten, und die Hitze der zwei Sonnen brannte auf Ragnars Kopf nieder. Er öffnete die Augen und sah sie. Sie stand neben einem Baum, pflückte mit dem Schwanz die reifen Früchte und beobachtete ihn.

»Hallo, meine heitere Sturmbö«, sagte sie lächelnd. So viele Reißzähne bei einer Drachin, die noch gar nicht so alt war. Alle strahlend weiß und funkelnd wie Sterne am Himmel.

Ragnar neigte den Kopf und sagte: »Königin Rhiannon. Du hast mich gerufen.«

»Das habe ich, Drachenlord. Das habe ich.« Sie pflückte eine Frucht und warf sie ihm zu. Ragnar fing sie und bewunderte, wie sie sich in seiner Klaue anfühlte. Götter, das war Macht! Sie hatte nicht nur einen Treffpunkt für sie beide zwischen den Welten geschaffen, sondern auch noch einen Ort, an dem sich alles echt anfühlte und echt *war*! Das Gras unter seinen Klauen, der leichte Wind, der ihm in den Nacken pustete, die Krähen und Falken, die in den Bäumen spielten. Ragnar hätte so etwas nie erschaffen können. Er war nicht mächtig genug. Aber er hoffte, es zu werden. Eines Tages.

»Du bist also endlich oberster Drachenlord der Horden.«

»Im Moment, ja.«

»Ihr Götter. Gibt es immer noch welche, die dich umstürzen wollen? Macht ihr Blitzdrachen niemals Pause?«

»Es ist nicht so, dass jemand mir meinen Titel abnehmen wollte. Wenn die Zeit reif ist, habe ich vor, ihn an meinen Bruder zu übergeben.«

Sie legte den weißen Kopf schief, ihre weißen Hörner glänzten im Sonnenlicht. »Du würdest deine Macht aufgeben?«

»Ich würde tun, was das Beste für mein Volk ist, Mylady.«

Sie lachte kurz auf, wobei sie die Schnauze mit einer weißen Klaue bedeckte. »Du bist so verflucht hinreißend.«

»Ich war das nicht, du Narr!«, widersprach Keita weiter. »Ich habe den alten Mistkerl nicht umgebracht. Und du kannst mir nicht das Gegenteil beweisen.«

»Wirklich nicht?« Der Gehilfe blieb vor ihr stehen und nahm ihre Hand. Er drehte sie, die Handfläche nach oben, und schob den Ärmel ihres Kleides zurück. »Und was ist dann das, Mylady?« Er schnappte die Phiole, die sie an ihr Handgelenk gebunden hatte, und entkorkte sie. Er schnüffelte. »Kittoblüte.« Er hielt die Phiole hoch. »Drei Tropfen davon auf die Zunge, und dein Opfer wäre innerhalb von Sekunden tot.«

»Sehr richtig. Aber dann wäre hier viel mehr Blut und Qual zu sehen. Sieh ihn an. Er hat eindeutig nicht gelitten. Also kann es nicht die Kittoblüte gewesen sein, und das bedeutet, dass ich es nicht war!« Sie lächelte, stolz auf ihre Logik.

»Stimmt«, sagte der Gehilfe.

»Stimmt«, sagte Keita, und ihr Grinsen wurde noch breiter.

Der Gehilfe machte den Wachen ein Zeichen. »Bringt die mörderische Schlampe in den Kerker.«

»Kerker? Aber ich habe doch schon erklärt, dass ich es nicht war. Das ist total ungerecht!«

Zwei Wachen schnappten sie an den Armen und zogen sie aus dem Zimmer.

»Das wirst du noch bereuen, Diener!«

Sie führten sie nach unten und durch die Küchenräume. Immer mehr Wachen schlossen sich ihnen an, während sie gemeinsam eine weitere Treppe hinab in die Tiefen der Festung des Barons stiegen.

Sie brachten Keita in eine große Zelle, in der schon mindestens zehn Männer saßen.

»Mal sehen, wie es dir hier mit diesen Kerlen gefällt, du mörderische Hure!«

Sie stießen sie hinein und knallten die Zellentür hinter ihr zu.

»Aber ich war's nicht!«, schrie sie, was vollkommen ignoriert wurde. »Na gut … Bekomme ich wenigstens etwas zu essen? Ich hatte noch kein Frühstück. Ich verhungere!«

Sie lachten sie aus, verschlossen die Tür, und einer der Männer befahl einem riesigen Hund mit einem Stachelhalsband: »Pass auf sie auf, Junge. Wenn sie einen Arm herausstreckt, reiß ihn ihr ab!« Die Wachen lachten noch lauter und gingen weg.

Verärgert und wirklich hungrig stampfte Keita mit ihrem nackten Fuß auf und verschränkte die Arme vor der Brust. »Das ist unfair. Man sollte seinen Gefangenen zumindest etwas zu essen geben.«

In der Hoffnung, die Wachen würden mit Essen zurückkommen, wandte sie sich den anderen Gefangenen zu.

»Ich kann euch versichern, dass ich niemanden ermordet habe. Zumindest heute nicht«, erklärte sie ihnen. »Genauso wenig bin ich eine Hure. Es sei denn natürlich, ihr fragt meine Schwester. Aber die zählt nicht, weil sie eine verklemmte Zimperliese ist.«

Einer der Gefangenen, ein sehr großer, dunkelhäutiger Kerl, stand langsam auf. Keita beobachtete ihn, doch nach ungefähr drei Schritten in ihre Richtung blieb er stehen, schluckte und wich zurück.

Eigentlich nicht überraschend. Keita hatte über die Jahre festgestellt, dass Raubtiere andere Raubtiere erkannten. Und schlaue Raubtiere wussten, wenn sie sich in der Gegenwart von etwas viel Gefährlicherem befanden, als sie selbst es nicht einmal in ihren kühnsten Träumen je werden würden.

Jetzt schon unglaublich gelangweilt, wandte sich Keita wieder der Zellentür zu. Sie wusste, dass sie sich in ihre natürliche Gestalt verwandeln und aus diesem Kerker entkommen könnte. Es stimmte, sie war klein im Vergleich zu anderen Drachinnen, aber ihre wahre Gestalt könnte trotzdem zumindest durch die Küchenräume und Gesindequartiere über ihr brechen, vielleicht auch durch den Boden darüber. Außerdem würde sie mindestens drei der Wände um sie herum zerstören und viele Menschen dabei töten. Nicht nur die Mistkerle, die sie hierhergebracht hatten, allerdings, sondern möglicherweise auch das nette Dienstmädchen, das ihr abends die Haare kämmte, den alten Bäcker, der ihr immer ein paar Leckereien zur Seite legte, und das Hausmädchen, das sie immer mit allem möglichen Schlosstratsch zum Lachen brachte. Sie zu töten, wäre Keitas Meinung nach ungerecht gewesen, da ihr einziger Fehler darin bestanden hätte, dass sie zur falschen Zeit am falschen Ort waren.

Nein, Keita gefiel dieser Gedanke ganz und gar nicht. Deshalb würde sie warten. Sie hatte sich schon aus schlimmeren Lagen herausgeredet – sie würde es auch diesmal schaffen.

Also starrte Keita durch die Gitterstäbe und hoffte, die Wachen mit etwas zu essen zurückkommen zu sehen. Als sie nicht kamen, umfasste sie zwei Gitterstäbe mit den Händen, und sofort sprang der Wachhund direkt vor der Zelle auf, knurrte und schnappte nach ihren Händen.

Augenblicklich zog sie sie zurück und beobachtete, wie die wildgewordene Bestie zur Sicherheit noch einmal die leeren Gitterstäbe angriff.

Keita lächelte und sagte: »Na hallo, du lecker aussehendes kleines Ding, du.«

»Glaubst du, du kannst mich überzeugen, mein kleines Regentröpfchen, dass du wirklich deine Macht aufgeben würdest? Wir wissen doch beide, dass die wahre Macht manchmal hinter dem Thron liegt. Aber sag mir, mein bezaubernder Blitz, weiß dein Bruder, dass er dein Hündchen sein wird? Oder ist er groß und dämlich wie dein Vater?«

»Hast du mich aus einem bestimmten Grund gerufen, Königin Rhiannon?«

»Oooh. Kurz angebunden. Da habe ich wohl einen barbarischen Nerv getroffen.«

»Majestät ...«

Sie hob eine weiße Klaue. »Aye. Ich habe dich aus einem bestimmten Grund gerufen. Ich muss dich um einen Gefallen bitten. Zwei Gefallen, um genau zu sein.«

»Und die wären?«

»Na ja, einer ist mein Sohn.«

»Dein Sohn?«

»Ja. Mein jüngster?«

Ragnar starrte sie an.

»Er ist seit zwei Jahren bei euch? Damit er die berühmten Kriegersitten der Blitzdrachen lernt?«

Ragnar sah sie immer noch ausdruckslos an.

»Er ist sehr groß? Sehr stark ... sehr blau?«

»Oh. Ja, natürlich.« *Der Idiot.* Na ja ... er war nicht direkt ein Idiot. Nur jung. Sehr jung. Der Nachwuchs der Nordländer wuchs schnell heran, sie zogen normalerweise schon in den Kampf, bevor sie fünfzig Winter alt waren. Doch die Südländer behandelten ihren Nachwuchs wie Babys, und oft waren diese verzogenen Kreaturen zu nicht viel zu gebrauchen, bevor ein Jahrhundert oder mehr ins Land gezogen war. Der Jüngste der Königin hatte genau dieses Problem. Doch weil er ein Mitglied des südländischen Königshauses und ein Schützling von Ragnars Vetter Meinhard war, ließen ihn die Krieger in Ruhe. Das und die Tatsache, dass der junge Drache sehr schnell und effizient Bäume mit seinen bloßen Krallen aus dem Weg räumen konnte, war alles, was den Idiot davor bewahrte, täglich kräftig verprügelt zu werden. Wie Ragnar las der Sohn der Königin gern, aber er träumte auch gern vor sich hin und aß mit Vergnügen. Bei den Göttern, konnte dieser Drache essen. Wenn sie zusätzliche Rinder liefern lassen mussten, war sich Ragnar sicher, dass es nur diesem verdammten königlichen Sprössling zu verdanken war. Und wenn er nicht gerade aß, las oder vor sich hin träumte, verbrachte der Blaue den Rest seiner Zeit damit, sich davonzuschleichen, um in den Menschenstädten da unten mit den Schankmädchen seinen lächerlichen Launen nachzugehen. Er verbrachte viel Zeit in den Menschenstädten.

Doch das alles störte Ragnar nicht weiter. Nicht wirklich. Denn der Prinz war nützlich gewesen. Er verkörperte die Gunst und das Bündnis der Südland-Königin während einer Zeit des Krieges unter den Horden. Also hatten es sich Ragnar, Vigholf und Meinhard zu ihrer Aufgabe gemacht, dafür zu sorgen, dass der junge Königssohn am Leben und weitgehend unversehrt blieb.

»Also«, sprach die Königin weiter, »ich will, dass er zu einem Familienfest nach Hause kommt, das in den nächsten zwei Wochen stattfinden wird.«

Das war zu machen. Wenn der Prinz nach Hause ging, kam er vielleicht nicht wieder. Er wurde nicht mehr gebraucht, und so hätte Ragnar eine Sorge weniger.

»Natürlich. Er hat meine Erlaubnis zu gehen.«

»Hervorragend. Und wann werdet ihr beide abreisen?«

Ragnar runzelte die Stirn; sein Instinkt warnte ihn vor einer Falle. »Wie bitte?«

»Du kommst mit ihm.« Kam es diesen Königlichen überhaupt je in den Sinn, um etwas zu *bitten*, statt zu befehlen? Nein. Wahrscheinlich nicht.

»Mylady, wenn du um seine Sicherheit besorgt bist, werden meine besten Krieger ...«

»Du, Drachenlord. *Du* wirst meinen Sohn zurück in den Süden begleiten.«

»Und warum sollte *ich* das tun?«

»Ganz einfach. Weil es ein schwerer Fehler von dir wäre, wenn du meinen Sohn *nicht* zurückbringen würdest.«

»Ich hatte gehofft, wir wären inzwischen über Drohungen hinaus, Königin Rhiannon.«

Da kam sie auf ihn zu, bis sie nur noch eine Schwanzspitzenlänge trennte. Sie ließ noch mehrere Stücke Obst in Ragnars Klauen fallen, bevor sie ihm ihre eigene Klaue an die Wange presste und ihn mit ihren Krallen liebkoste. Unglaublich. Er befand sich immer noch auf diesem eiskalten Felsplateau, und sie war Tausende von Wegstunden entfernt an ihrem Königshof, doch das vergaß man leicht, wenn man tatsächlich ihre Berührung auf seinen Schuppen spüren konnte.

»Wir *sind* über Drohungen hinaus, lieber Junge. Deshalb musst du es tun. Mach dich heute – noch heute Abend – auf den Weg, und bring meinen Sohn mit. Er wird ein guter Vorwand sein, warum du hier sein musst.«

»Ein Vorwand?«

»Vertrau mir, Ragnar.«

Es stimmte, es konnte sein, dass Königin Rhiannon ihn in eine Falle lockte. Sie konnte ihre Drachenkrieger ihm auflauern lassen, sobald er Südland-Gebiet betrat. Sie konnte eine Menge tun. Und dennoch … er glaubte nicht, dass sie sich die Mühe machen würde.

»Wie du willst.«

Es war ein kurzer Augenblick, aber er sah die Erleichterung in ihrem Gesicht, bevor sie ihr falsches Lächeln aufsetzte, das speziell dazu diente, jede Wahrheit zu verbergen, die sie womöglich verraten konnte.

»Hervorragend. Ich kann es kaum erwarten, meinen Sohn zu sehen. Ich habe ihn so vermisst.« Sie wich zurück, bis sie sich umdrehen konnte, ohne Ragnar mit ihrem Schwanz zu treffen, und ging zurück zu ihrem Baum.

»Du sagtest, da sei noch ein Gefallen.«

»Oh, aye. Es gibt eine Hexe, die im Wald der Trostlosigkeit in den Außenebenen lebt. Eine Drachin, aber sie lebt als Mensch.«

»Ja. Ich kenne sie.«

»Natürlich kennst du sie. Genau wie mein Sohn Gwenvael. Und meine jüngste Tochter.« Sie sah ihn über ihre Schulter an. »Du erinnerst dich doch an meine Tochter, Mylord? Keita?«

Ragnar gab sich große Mühe, nicht höhnisch zu schnauben. »Ja. Ich erinnere mich an Keita.« Keita das Gör. Keita der Albtraum. Keita die nächtliche Phantasie, wenn er zu viel getrunken hatte.

Wie hätte er sie vergessen können? Er war ein Drache, kein Heiliger.

»Natürlich erinnerst du dich. Sie ist so schön, dass es männlichen Wesen schwerfällt, sie überhaupt je zu vergessen. Vielleicht kommt sie auch zu dem Familienfest, wenn du Glück hast, und ihr zwei könnt euch wieder miteinander vertraut machen.«

»Ich bezweifle, dass ich Zeit haben werde, zum Fest zu bleiben, Mylady. Auch wenn ich das Angebot zu schätzen weiß.«

»Ich verstehe.« Die Königin sah ihn einen Augenblick länger an, bevor sie mit einer ihrer Krallen auf ihn zeigte. »Brauchst du Salbe dafür, mein kleiner grollender Donner?«

Verwirrt sah Ragnar an sich hinab und wurde sich bewusst, dass er sich wieder einmal an der Brust kratzte. Genau an der Narbe, die sich durch seine dicken violetten Schuppen zog. Die Narbe, die ihm das verwöhnte königliche Gör zwei Jahre zuvor zugefügt hatte, als sie sich an ihn angeschlichen und ihn mit ihrem Schwanz aufgespießt hatte. Und das, nachdem er ihr nutzloses Leben gerettet hatte.

Ragnar senkte hastig die Klaue.

»Nein, danke.«

»Eine schlimme Narbe. Manche brauchen ewig, bis sie heilen.«

»Die Hexe im Wald, Mylady?«

»Oh, ja, ja. Sei doch bitte so lieb und bring sie mir. Lebend.«

»Warum?«

»Na ja, sie ist meine Schwester und die Verräterin meines Throns. Wenn ihr also jemand den Kopf nimmt, dann sollte das doch ich sein. Meinst du nicht auch?«

Ihr Götter. Esyld. Sie wollte Esyld. Eine mächtige Hexe und ausgezeichnete Heilerin, und Teil der Außenebenen, solange Ragnar denken konnte. Und im Gegensatz zu vielen anderen wusste er seit Jahren, wer sie war. Königin Rhiannons Schwester, die aus den Südländern geflohen war, als ihre Schwester an die Macht kam. Allein aus diesem Grund, und soweit er wusste aus keinem anderen, war Esyld die Schöne für die Getreuen der Königin zu Esyld der Verräterin geworden.

»Oder du kannst sie dort lassen, Majestät«, schlug er vor. »Sie fügt dir keinen Schaden zu.«

»Sieh an, sieh an, du scheinst meine Schwester gut zu kennen.« Sie kicherte. »Aber du wirst sie zu mir bringen.«

»Und wenn nicht?«

»Ganz einfach. Dann lasse ich die wild gewordene Verwandtschaft meines Gefährten auf sie los wie ein Rudel beutehungriger Wölfe auf ein verwundetes Reh. Wäre dir das lieber?«

»Als wir vor zwei Jahren miteinander gesprochen haben, wusstest du auch schon, wo deine Schwester war. Aber du hast dich jetzt entschieden, sie gefangen zu nehmen. Warum?«

»Weil man ja nie weiß … es könnte ja sein, dass ihr ein attraktiver junger Denker von einem Drachen das nutzlose Leben rettet. Aber nur, wenn sie es lebend zu mir schafft. Und die Sippe meines Gefährten wird dafür sorgen, dass sie es *niemals* lebend bis zu mir schafft. Sie können Verräter nicht ausstehen.«

»Und du bist dir so sicher, dass sie eine Verräterin ist?«

Ihr Lächeln war grausam. »Ich muss mir nicht sicher sein. Ich bin Königin. Und jetzt« – sie warf ihm mit ihrem Schwanz noch eine Frucht zu, bevor sie sich wieder auf den Baum konzentrierte – »gute Reise, mein leichtes Nieseln. Ich freue mich wirklich darauf, dich persönlich wiederzusehen. Oh!« Sie hob eine Kralle, ihr Blick richtete sich in weite Ferne, bevor sie seufzte, den Kopf schüttelte und etwas vor sich hinmurmelte wie: »Dieses Mädchen«, und dann zu Ragnar sagte: »Und noch etwas …«

»Ja?«

»Kennst du einen Baron Bamp… irgendwas? In den Außenebenen?«

»Bampour?« Auf die Rückfrage hin zuckte sie die Achseln. »Ja, ich kenne ihn.« Ein sehr unangenehmer Kerl, mit dem Ragnar bisher nur wenig zu tun gehabt hatte. »Was ist mit ihm?«

»Über sein Gebiet würde ich nicht fliegen. Ihr seid wahrscheinlich besser beraten, es zu Fuß zu durchqueren.«

Normalerweise hätte er die Stadt und die Ländereien des Barons ganz gemieden, aber es war der einfachste Weg zu dem Wald, wo Esyld die Weise lebte. »Warum?«

»Musst du alles hinterfragen, mein kecker kleiner Platzregen?«

»Um genau zu sein …«

All die Schönheit um Ragnar herum flirrte, der Zauber endete und nahm die Sonnen, das Gras, die Bäume und die unbeständige Monarchin mit sich.

»… ja!«

Er war wieder auf seinem Plateau; das reife Obst, das die Königin nach ihm geworfen hatte, war vor seinen Klauen liegen geblieben. Ihr Götter. Dieses Weib.

Mit einem hörbaren Ausatmen hob er eine Frucht auf und hielt sie in den Krallen.

Aber … so viel Macht.

Doch bevor er sich setzen und darüber nachdenken konnte, wie sie etwas so Unglaubliches hinbekam, fing dieses verdammte Jucken wieder an!

Ragnar warf das Obst weg und kratzte die verheilte Wunde auf seiner Brust. Sie war vielleicht verheilt, aber dieses Jucken! Götter, dieses Jucken! An manchen Tagen trieb es ihn in den Wahnsinn. Vor allem, wenn er seine Rüstung anhatte. Und nichts, was er in den letzten zwei Jahren versucht hatte, hatte viel dagegen geholfen. Er hatte Salben probiert, Zauber, Balsam … alles! An manchen Tagen konnte er kaum denken wegen dieses verdammten Juckens. Und manchmal vergaß er die Wunde tagelang ganz, manchmal sogar für Monate. Aber jetzt, wo die verdammte Königin ihn daran erinnert hatte …

Zornig brüllend nahm Ragnar seine menschliche Gestalt an, ließ sich auf ein Knie sinken und kratzte seine menschliche Haut auf Teufel komm raus. Wenn er sich nicht die Schuppen ausreißen wollte – was er nur höchst ungern wollte –, war dies die einzige Art, das verdammte Ding richtig zu kratzen. Es fühlte sich sogar so gut an, mit den menschlichen Fingern seine Brust zu kratzen, dass er die Eiseskälte überhaupt nicht bemerkte – und dass er nicht mehr allein war.

»Äh … Bruder?«

Ragnars Hand blieb auf seiner Brust liegen, aber er drehte sich nicht um. »Was?«

»Die anderen fragen sich, ob du zurückkommst. Oder soll ich dich in Ruhe lassen, damit du dich weiter … selbst berühren kannst? Und wo kommt das Obst her?«

»Ich berühre mich nicht …« Ragnar formulierte seine Antwort nicht zu Ende. Ehrlich, warum auch? »Wer kann in den nächsten Wochen für uns übernehmen?«

»Für uns?«

»Für dich, mich und Meinhard.« Ihr Vetter war ein mächtiger Kämpfer und in jeder Lage ein guter Beistand. Außerdem war er loyal – und Loyalität bedeutete Ragnar alles.

»Onkel Askel. Er ist von den Eislandgrenzen zurück, und er wird dieses Gesindel auf Kurs halten.«

»Gut. Wir brechen in zwei Stunden auf.«

»Wohin?«

»In die Südländer. Und wir nehmen den Blauen mit. Also hol ihn am besten her.«

»Ich kümmere mich darum.«

Ragnar nickte und starrte über seine kalte, grausame Nordland-Heimat hinweg. Er wünschte, er könnte die Befehle der Drachenkönigin ignorieren, aber etwas sagte ihm, dass das sehr töricht wäre. Er war niemals töricht. Diesen Luxus konnte er sich nicht leisten. Also würde er in die Südländer zurückkehren und bei den faulen Feuerspuckern nicht nur seine eigene Sicherheit riskieren, sondern auch die eine Drachin wiedertreffen, die er nie hatte wiedersehen wollte.

Und während Ragnar an die grausame Schlange dachte, bewegte sich seine Hand wieder zu der juckenden Narbe auf seiner Brust. Er hielt aber mitten in der Bewegung inne, als ihm bewusst wurde, dass er immer noch nicht allein war.

»Sonst noch etwas, Bruder?«, fragte Ragnar.

»Na ja ... willst du das ganze Obst essen oder es hier draußen liegen lassen, bis es gefroren und nutzlos ist?«

Ragnar hob das Obst mit beiden Händen auf und warf es, ein Stück nach dem anderen, seinem Bruder an den dicken, fetten, schuppenbedeckten Kopf.

Als er Vigholf wieder nach drinnen getrieben hatte, wandte sich Ragnar erneut den Bergen zu, die er sein Zuhause nannte, während sich sein Bruder beschwerte: »Du hättest es mir auch einfach *geben* können, Ragnar!«

Er war jetzt Baron Bampour. Er regierte dieses Land. Natürlich musste es eine angemessene Zeit der Trauer geben, doch wenn das erst erledigt war, würde er alles in die Hand nehmen.

Doch zuerst, bevor er sich über all das Sorgen machte, würde er sich die Mörderin seines Vaters aus der Nähe ansehen.

Seine Männer hatten sie mit dem schlimmsten Abschaum allein gelassen, den es auf dem ganzen Gebiet seines Vaters ... nein *seinem* Gebiet gab. Nicht lange genug, um sie umzubringen, aber lange genug, damit ihr klar wurde, dass die Tage vor ihrer Hinrichtung die schlimmsten ihres Lebens werden würden. Sie verdiente es natürlich. Erstens weil sie seinen Vater getötet hatte. Und zweitens weil die kleine Hure ihn einfach abgewiesen hatte, als er sie in sein Bett gebeten hatte. Und das sogar, nachdem er ihr diese hübschen Ohrringe geschenkt hatte.

Aye. Ihre letzten Tage auf dieser Erde würden sie diese Entscheidung bereuen lassen. Dafür würde er sorgen.

Hinter seinen Männern ging Baron Bampour in den hintersten

Winkel des Kerkers. Seine Männer hatten ein paar Fuß vor der Zelle dieser Schlampe angehalten und rührten sich nicht.

Voller Vorfreude drängte er sich ungeduldig an ihnen vorbei. Die kleine Hure hatte ihnen den Rücken zugewandt, und er rief aus: »Nun, Mylady …«

Erschrocken, mit weit aufgerissenen Augen, wirbelte sie herum, immer noch kauend, während ihr ein langer Schwanz aus dem Mund hing.

Baron Bampour und seine Männer schauten auf die Stelle, wo normalerweise der bösartige Straßenköter saß, den sie hielten, um diesen Abschaum im Zaum zu halten. Seine Kette war noch da, das letzte Kettenglied war aufgebogen. Gleichzeitig blickten Bampour und seine Männer die Frau an. Immer noch kauend, hob sie einen Finger und bedeutete ihnen zu warten. Seine Männer machten einen Schritt rückwärts, aber Bampour sah sich die Zelle an. Ein zerrissenes Lederhalsband lag vor ihren zierlichen nackten Füßen. Und die Mörder, Vergewaltiger und Diebe, die die Zelle mit ihr teilten, waren in eine Ecke zurückgewichen. Mit großen Augen, allesamt vor Angst zitternd, drängten sie sich aneinander – einer von ihnen versuchte sogar, sich mit den bloßen Händen einen Weg durch die Zellenwand zu graben.

Bampour sah sie wieder an. Sie sog den Schwanz in den Mund wie eine nasse Nudel und schluckte. »Lass mich erklären …«, begann sie.

Bampour schüttelte den Kopf. »Zurück!«, befahl er seinen Männern.

»Warte! Ich habe deinen Vater nicht umgebracht! Ich war das nicht!«

»Zurück!«, befahl er wieder.

»Und niemand wollte mir etwas zu essen geben. Und der Hund … wie viele Jahre hätte er überhaupt noch zu leben gehabt? Ich bin mir sicher« – sie hüstelte – »das ist ein Missverständnis, das wir« – noch ein Hüsteln – »ganz einfach aufklären können. Wenn du mich nur erklären lässt …«

Sie hörte auf zu reden, presste die Hand auf den Magen, hustete ... hustete wieder, dann würgte sie.

Ein ziemlich großer Schädel – perfekt sauber, als wäre er in Säure gewaschen worden, mit langen geschlossenen Reißzähnen und einem langen Kiefer und einer Nase, die die Schnauze erahnen ließen, an deren Spitze vorher eine feuchte Nase gewesen war – flog aus dem Mund der Frau, landete auf dem Boden und hüpfte mehrmals auf, bevor er vor der verschlossenen Zellentür liegen blieb.

Die darauf folgende Stille schmerzte fast körperlich, und Bampour sah, wie kleine weiße Zähne sanft an einer prallen Unterlippe nagten, bevor die Frau schließlich sagte: »Das kann ich auch erklären ...«

Bampour gab ihr keine Chance dazu. Er schrie. Götter im Himmel, er kreischte wie eine Frau und rannte davon. Er rannte, und seine Männer direkt neben ihm, während der kriminelle Abschaum, der zurückbleiben musste, um Gnade schrie und bettelte, aus der Zelle gelassen zu werden.

Bampour und seine Männer hörten nicht auf zu rennen, bis sie es um eine Ecke und zurück zum Schreibtisch des Kerkermeisters geschafft hatten. Als mehrere Wachen ihre Piken auf die Tür gerichtet hatten, durch die sie eben gekommen waren, versuchte Bampour, wieder zu Atem zu kommen und nachzudenken.

»Was sollen wir tun, Mylord?«, fragte ihn der alte Gehilfe seines Vaters.

»Was glaubst du wohl? Wir lassen ein Bataillon meiner Soldaten diesen Kerker bewachen, und wenn der Henker kommt, bringen wir diese Schlampe um. Verstanden?«

»Aye, Mylord.«

Als er wieder zu Atem und auch zur Vernunft kam, begann sich Bampour zu entspannen. Der ganze Kerker war wieder ruhig.

Dann rief diese Stimme, die er erst vor ein paar Tagen noch für so verführerisch gehalten hatte: »Und wie sehr kannst du schon an dem Hund gehangen haben? Ich meine ... *ganz ehrlich?*«

Das war ungefähr der Zeitpunkt, zu dem Bampour sich in die Hose machte, aber er schämte sich nicht. Er wusste, dass seine Männer es verstehen würden.

2 General Addolgar ging durch das Lager, das vor den Westlichen Bergen aufgebaut war. Schon seit mehr als zwei Jahren versuchten er, seine Schwester Ghleanna und die menschlichen Soldaten und Drachenkrieger, die sie anführten, die Barbarenstämme in den Boden zu stampfen, die in dieser Gegend die Städte überfielen. Und bis vor ein paar Monaten hätte Addolgar gesagt, dass sie den Kampf gewannen. Aber etwas hatte sich verändert.

Er betrat das Zelt seiner Schwester. Ghleanna saß an ihrem Tisch, einen Becher Ale in Reichweite, der aber unangetastet war – was selten vorkam bei seiner Schwester –, und den Blick aufs andere Ende des Raumes gerichtet.

»Schwester.«

»Was ist los, Addolgar?«

Er stand vor ihr und wollte ihr seine Neuigkeiten eigentlich nicht erzählen, wusste aber, dass er es nicht vermeiden konnte. »Die Einheit, die wir ausgesandt haben. In dieses kleine Dorf außerhalb von Tristram. Sie ist gerade zurückgekommen.«

»Und?«

Addolgar schüttelte den Kopf.

Sie schloss die Augen und atmete lange aus. »Verdammt.«

»Ich weiß.«

»Sie haben alle umgebracht?«

»Aye. Alle.« Sogar die Kinder. »Glaubst du immer noch, dass es die Barbaren sind, Schwester?«

»Ich weiß nicht. Aber wenn nicht sie, wer dann?«

Addolgar legte eine Münze auf den Tisch. Gefunden unter einer der Leichen in dem Dorf, mit deutlich erkennbarer Prägung. Sie war ein Hinweis auf Feinde, von denen alle Südland-Drachen hofften, dass sie nie wieder von ihnen hören würden. Ghleanna sah kaum hin. »Du kannst doch nicht ernsthaft glauben, dass sie es wagen würden.«

»Wir wären dumm, wenn wir es ignorierten. Wir sollten eine Nachricht und das, was wir bisher gefunden haben, nach Garbhán Isle schicken.«

»Bisschen früh für Panik, oder nicht?«

»Das ist keine Panik, Schwester. Es ist umsichtige Planung. Vor allem, da du ja genauso gut wie ich weißt, dass« – er nahm die Münze und hielt sie ihr vor die Augen – »sie Irreführungen wirklich mögen. Soweit wir wissen, könnte es sein, dass diese Überfälle, diese Morde ... erst der Anfang sind.«

Ghleanna sah zu ihm auf. »Du, Bruder, bist wie ein heller Sonnenstrahl in meinem Leben«, erklärte sie trocken.

»Und deine Fröhlichkeit ist der Grund, warum ich lebe. Ehrlich. Meine Sorge hält mich nachts wach. Siehst du das nicht?«

Weil sie die Nordländer eilig verließen und der Wind mit ihnen war, kamen sie am frühen Nachmittag in den Außenebenen an.

Dennoch bedeutete das Stunden – ihr Götter, so viele Stunden – von pausenlosem Geplapper des großen blauen idiotischen Drachens. Wie alt war er noch mal? Neunundachtzig? Neunzig? Götter, es wurde Zeit, dass er erwachsen wurde! Oder die Klappe hielt. Am besten beides. Meinhard, der das Küken in den vergangenen zwei Jahren beaufsichtigt hatte, um dafür zu sorgen, dass es sich nicht versehentlich in einem Kampf selbst umbrachte, war inzwischen ziemlich gut darin, es auszublenden. Und Vigholf schien es zu genießen, wie sehr es Ragnar auf die Nerven ging, deshalb stachelte er diesen Blödmann auch noch auf. Wenn er einmal für fünf Minuten aufhörte zu reden, lieferte ihm Vigholf ein neues Gesprächsthema, über das er sich auslassen konnte. Und weiter ging es. Er hielt nur den Mund, wenn er aß oder schlief. Sonst war es ein niemals endender Gedankenstrom.

Wie die Drachenkönigin vorgeschlagen hatte, hatten sie vor der Stadt angehalten, die Baron Bampour gehörte, und Ragnar schickte Meinhard aus, um die Umgebung zu erkunden. Als er wiederkam, sagte er: »Die Königin könnte recht haben. Wir gehen am besten zu Fuß, Vetter.«

»Warum?«

»Sie haben mehr Waffen und Soldaten, als ich in meiner ganzen Zeit, in der ich Festungsmauern bemannt habe, gesehen habe. Waffen, die aus weiter Entfernung töten können.«

Ragnar runzelte die Stirn. »Glaubst du, sie erwarten uns?«

»Nein. Ihre Waffen sind nach innen gerichtet. Aber wenn sie uns darüberfliegen sehen ...«

Ragnar gab ihm recht und war froh, dass die Königin ihn gewarnt hatte. »Gutes Argument. Wir gehen zu Fuß.«

Also zogen sie sich Kettenhemden, Hosen und Lederstiefel über. Außerdem Wappenröcke mit dem Wappen Des Reinholdt – eine Kleinigkeit, die Ragnar auf einer seiner vielen Reisen in dieses Gebiet von dem menschlichen Warlord mitgenommen hatte; was er dessen Tochter gegenüber nie erwähnt hatte. Außerdem streiften die vier Männer Umhänge mit Kapuzen über, die sie tief in die Stirn zogen, um ihre violetten und – im Fall des Südländers – blauen Haare zu verbergen. Als sie fertig waren, machten sie sich auf den Weg in die Stadt. Zu Ragnars Überraschung war sie nicht belebt und geschäftig wie sonst. Mitten am Tag, und alles schien geschlossen zu sein.

»Wo sind denn alle?«, fragte Vigholf.

»Ich weiß nicht.«

Wie Meinhard gesagt hatte, waren die Türme und Festungsmauern bemannt, aber keiner der Soldaten nahm auch nur Notiz von Ragnar und seiner Truppe. Ungewöhnlich. Wenn ihre Verteidigung so sehr verstärkt worden war, hätte er erwartet, dass sie vier große, bewaffnete Männer auf jeden Fall aufhielten und befragten.

Der Blaue deutete auf eine Straße, die quer durch die ganze Stadt führte. »Da unten höre ich Leute.«

So nutzlos Ragnar den Prinzen fand – er hatte das beste Gehör von allen, die er je kennengelernt hatte.

Vigholf starrte die Straße entlang. »Sollen wir außen herum gehen?«

Ragnars erster Gedanke war ein definitives Ja, aber ...

»Lasst uns nachsehen gehen, was da los ist. Seid wachsam. Wenn die Lage instabil aussieht, gehen wir. Schnell und ruhig.«

»Was, wenn sie unsere Hilfe brauchen?«

Die drei Nordländer drehten sich um und starrten den Prinzen an.

»Wenn wer unsere Hilfe braucht?«, fragte Ragnar. »Die Menschen?«

»Aye.«

»Warum sollten wir ihnen helfen?« Ragnar hatte sich immer als ziemlich wohltätig betrachtet, weil er Menschen nicht einfach wie Ameisen zerquetschte, wenn ihm danach war. Und obwohl er zugeben musste, dass manche Menschen durchaus nützlich waren, waren sie doch nicht nützlich genug, dass er sich in irgendein städtisches Drama eingemischt hätte.

»Es könnte eine schlimme Lage sein«, argumentierte der Blaue. »Wir können nicht einfach … gehen. Was, wenn Frauen und Kinder betroffen sind?«

Nicht gewillt, auch nur eine wertvolle Sekunde seines Lebens damit zu verschwenden, sagte Ragnar: »Meinhard.«

Meinhard trat rasch an den Blauen heran. »Weißt du noch, was wir besprochen haben, bevor wir abgereist sind?«

»Aye, aber …«

»Und weißt du noch, was du versprochen hast?«

»Aber ich sage doch nur, dass …«

»Weißt du es noch?«

Der Blaue seufzte so laut, dass Ragnar erwog, ihn zu schlagen … nur um ihn zum Weinen zu bringen. »Aye. Ich erinnere mich.«

»Dann tu, was du versprochen hast.« Meinhard tätschelte seine Schulter. »Sei ein guter Junge.«

Ragnar machte sich auf den Weg die Straße entlang. Je weiter sie kamen, desto mehr Leute sahen sie. Die meisten befanden sich in der Nähe des vierstöckigen Schlosses des Barons.

»Eine Hinrichtung«, murmelte Vigholf hinter ihm. »Das erklärt es.«

»Gut«, sagte Ragnar und deutete auf eine andere Straße, die von der Hauptstraße abging. »Wir gehen da lang, außen herum und raus aus der Stadt. Bis sie fertig sind, sind wir weg.«

Ragnar ging los, und seine Verwandten und der Prinz folgten ihm. Doch er horchte mit einem Ohr darauf, was bei der Hinrichtung vor sich ging. Manchmal, wenn ein beliebter Einheimischer hingerichtet wurde, konnte es einen Aufstand geben, und der konnte schnell gewalttätig werden. Er wollte nur ungern in so etwas hineingeraten. Vor allem, wenn der königliche Weltverbesserer die Nachhut bildete.

Sie näherten sich der Ecke, wo sie in die nächste Straße abbiegen wollten, als Ragnar denjenigen, der die Hinrichtung organisierte, sagen hörte: »Möchtest du noch irgendwelche letzten Worte sagen?«

Er ging schneller, denn er wusste, dass diese letzten Worte einen Tumult auslösen konnten.

»Ihr guten Leute ...« Er hörte die Worte über den Platz und die Straße klingen und kam stolpernd zum Stehen. Seine Brust – die ihn nicht mehr geplagt hatte, seit er das letzte Mal mit der Drachenkönigin gesprochen hatte – begann wieder zu jucken.

Sein Bruder und sein Vetter blieben abrupt neben ihm stehen.

»Was ist los?«, wollte Vigholf wissen.

Ragnar ignorierte ihn und schaute mit ihnen zusammen den Prinzen an. Der Blaue war ebenfalls stehen geblieben, und als er sah, dass Ragnars Blick auf ihm lag, zuckte er schuldbewusst zusammen.

Ragnar ging um seinen Bruder herum und schaute zum Richtblock hinauf. Eine frische Schlinge schwang in der kühlen Nachmittagsluft, und ein schwarz maskierter Bulle von einem Mann stand bereit, um seine Arbeit zu machen.

Und dort, vorn auf dem Richtblock, stand eine Prinzessin, die offensichtlich nicht wusste, wie man *nicht* in Schwierigkeiten geriet. Sie war in mehr Ketten gelegt, als für jemanden nötig schien, von dem diese Menschen zumindest *glaubten*, er sei menschlich. Zwei Einheiten Männer richteten Piken auf sie.

Ihre langen dunkelroten Haare wehten in dieselbe Richtung wie die Schlinge hinter ihr, und sie hatte Schmutz auf den Wangen, der Nase und auf ihrem blauen Kleid. So streckte sie die gefesselten Hände aus, und ihre großen braunen Augen blickten flehentlich, als sie noch einmal sagte: »Ihr guten Leute. Ich flehe euch an: Seht das Unrecht, das hier geschieht. Die Ungerechtigkeit. Denn ich bin unschuldig!«

Wohl kaum.

»Was tut sie denn da?«, fragte Vigholf, den Blick auf den Richtblock fixiert.

»Theater spielen«, war Ragnars einzige Antwort. Denn das war die einzige Erklärung. Sie war eine Drachin, um Himmels willen! Sie konnte die ganze Stadt in Schutt und Asche legen, ohne auch nur ihre natürliche Gestalt anzunehmen, und doch hatte sie zugelassen, dass sie sie dort hinauf zur Hinrichtung führten!

Was ist bloß los mit diesen Südland-Royals?

Keita verschränkte die Hände ineinander und schaute zum Himmel hinauf, immer darauf bedacht, den Kopf so zu halten, dass die Menge die Tränen in ihren Augen glitzern sehen konnte.

»Ich versichere euch guten Leuten, dass ich nichts mit Baron Bampours tragischem Tod zu tun hatte. Denn ich …«

»Dauert das noch lange?«

Keita ließ den Mund zuschnappen und schaute zornig in die Menge zu ihren Füßen. Sie schaute an all den unnützen Wachen vorbei und konzentrierte sich auf den Mann, der ihren eloquenten Monolog unterbrochen hatte.

Die Haube seines Umhangs verdeckte sein attraktives Gesicht. »Entschuldige«, sagte er, »sprich weiter.«

»Danke«, fuhr sie ihn an.

Keita atmete aus, sah wieder zum Himmel hinauf und fragte: »Wo war ich?«

»Du hattest nichts zu tun mit Baron Bampours tragischem Tod«, soufflierte die vertraute Stimme.

»Danke.« Sie räusperte sich. »Ich bin nicht diejenige, die diese furchtbare Tat verübt hat. Ich bin unschuldig! Und ich flehe euch alle an« – sie senkte den Blick und öffnete die Arme, soweit die dicke Kette zwischen ihren Handfesseln es ihr erlaubte – »mich vor diesem grausamen Schicksal zu bewahren, das ich nicht …« Keitas Worte verebbten, und sie beugte sich ein wenig vor und versuchte über die Menschenmenge und die Piken vor sich hinwegzublicken. Nach einer kurzen Pause fragte sie: »Éibhear?«

Ihr kleiner Bruder, der die gesamte Menge überragte, winkte ihr zu, und sie winkte mit einem strahlenden Lächeln zurück. Dabei achtete sie allerdings darauf, sich nicht mit der dummen Kette ins Gesicht zu schlagen. »Éibhear!«, jubelte sie. »Was tust du denn hier?«

»Bin nur auf der Durchreise«, rief er zurück. »Alles klar bei dir?«

»Oh, mir geht's gut«, antwortete sie ehrlich. »Bleibst du zur Hinrichtung?«

»Ich glaube, das wird das Beste sein, dann können wir deinen Leichnam zu Mum zurückbringen.«

»Nicht zu ihr! Sie würde nur auf meine Leiche spucken und um sie herumtanzen. Und wenn ich im Jenseits festsitze, kann ich ihr nicht ihr jämmerliches Leben aus dem Körper prügeln. Aber grüß Daddy von mir.« Keita verschränkte wieder flehentlich die Finger und sagte: »Also, wo war ich?«

Sie hörte, wie ihr Reisegefährte sich räusperte, und als sie zu ihm hinübersah, deutete er auf etwas, das sich an all den Stadtbewohnern und Wachen vorbeigeschoben hatte und jetzt direkt vor ihr vor dem Richtblock stand.

Sie musterte den Mann. Sie konnte den Blitz in ihm riechen und wusste sofort, dass er ein Nordländer war. Die blaue Kapuze seines Umhangs verbarg vermutlich violette Haare – wie bei den Blitzdrachen üblich. Aber sein menschliches Gesicht war überraschend gutaussehend für einen Barbaren. Scharf geschnittene Wangenknochen, köstlich aussehende volle Lippen, ein starker Kiefer und eine schon einmal gebrochene Nase, die dafür sorgte, dass er nicht zu perfekt aussah. Doch es waren seine Augen, die den Verdacht in ihr weckten, dass sie ihn vielleicht von irgendwoher kennen könnte. Sie waren blau mit silbernen Sprenkeln, wie winzige Blitze. Es waren die schönsten Augen, die sie je gesehen hatte, und Keita war sich sicher, dass sie sich daran erinnert hätte, wenn sie mit ihm im Bett gewesen wäre. Sie gab sich Mühe, bei diesen Dingen sehr gut zu sein – vor allem, wenn sie mit den ehemaligen Feinden ihres Volkes ins Bett ging, denn so etwas brachte alle möglichen Probleme mit sich.

Sie zeigte auf ihn. »Kenne ich dich nicht?«

»Was soll das hier?«, fragte er, statt ihr zu antworten.

»Ich werde gerade fälschlicherweise für etwas hingerichtet, das ich nicht getan habe.«

»Und doch habe ich den Verdacht, dass du es sehr wohl getan hast. Jetzt schwing deinen Hintern hier herunter.«

»Meinen ...« Keita stemmte die Fäuste in die Hüften, was ihr die Kette beinahe nicht erlaubte. Auch wenn sie sich weigerte zu glauben, dass ihre Hüften so breit waren.

»Geh bloß weg, bevor ich wütend werde«, sagte sie.

»Ich habe dich schon wütend gesehen. Hat mich nicht beeindruckt. Sag mir, Prinzessin, hast du mit deinen winzigen Fäusten nach ihnen geschlagen oder deinen Schwanz benutzt, um sie abzuwehren?«

Als Keitas Haut zu jucken begann und das überwältigende Bedürfnis, alles innerhalb einer Wegstunde zu töten, wie Honig aus ihren Poren strömte, wusste sie genau, wer dieser arrogante, Blitze spuckende, nichtsnutzige Bastard war. »Du! Ich hätte dich erledigen sollen, als ich die Chance dazu hatte, Warlord!«, erklärte sie.

»Hätte, hätte. Ich wette, dein Leben ist voll von ›Hättes‹.«

»Nur, was dich angeht. Denn ich *hätte* dir dein kraftloses Barbarenherz aus deiner schwächlichen Brust reißen sollen, und ich *hätte* in einer wahrhaften Orgie aus Blut, Schmerz und Leid um dich herumtanzen sollen und damit die dunklen Götter zu mir rufen, damit sie mich zu ihrer *Königin* machen!«

»Keita?«, rief ihr Reisegefährte leise aus.

»*Was denn?*«

Als er nicht antwortete, hob sie den Blick von dem Drachen vor sich und ließ ihren Blick über ihr Publikum schweifen. Die gesamte Menschenmenge beobachtete sie jetzt voller Entsetzen.

»Ich könnte mich irren«, sagte ihr Freund, »aber ich glaube, deine ›Ihr guten Leute, ich wurde fälschlicherweise angeklagt‹-Rede wird im Moment wahrscheinlich nicht funktionieren.«

Und wessen Schuld war das? Die Schuld des Blitzdrachen, jawohl!

»Bring es zu Ende!«, schrie Baron Bampour von der Sicherheit seiner Schlossmauer herab, während seine Männer sich um ihn drängten, um ihn in Sicherheit zu bringen.

Der Henker nahm Keita bei den Schultern und riss sie zurück. Die Wachen unten am Boden versuchten, den Blitzdrachen und die inzwischen nach ihrem Blut schreiende Menschenmenge zurückzudrängen.

»Tja, ihr lasst mir ja keine Wahl«, erklärte Keita den Schaulustigen.

»Keita, nein!«, rief Éibhear aus. Typisch für ihren kleinen Bruder. Was sollte sie seiner Meinung nach denn sonst tun? Sich von diesen Bauern wie ein Stück Fleisch aufhängen lassen? Sie, ein Mitglied des Königshauses? Wollte er das?

Der Henker griff nach der Schlinge, und Keita holte tief Luft. Doch da wurden Wachen zur Seite geschleudert, und Ragnar der Bastard, wie sie ihn gerne nannte, wenn sie überhaupt an ihn dachte, sprang auf den Richtblock und packte sie vorn am Kleid.

»He!«, keuchte sie. »Pass auf das Kleid auf!« Er ignorierte sie, wie er das anscheinend immer tat, und warf sie sich über die Schulter.

»Lass mich runter!«, befahl sie.

»Ruhe!«, knurrte er, während er sich schon von dem Richtblock entfernte. »Schon allein der Klang deiner Stimme nervt mich.«

Keita hob den Kopf und sah die Wachen des Barons vorwärtsstürmen. »Tötet ihn!«, befahl sie ihnen, woraufhin sie wie angewurzelt stehen blieben und sie anstarrten. Menschen. Sie fand sie meistens zwar recht unterhaltsam, aber manchmal waren sie doch etwas schwer von Begriff.

Mit ihren gefesselten Händen gestikulierte sie zu dem Bastard hin, der mit ihr wie mit einem Sack Korn über der Schulter davonspazierte. »Tötet ihn«, sagte sie noch einmal, diesmal lauter und langsamer. »Jetzt!«

Endlich wurden Schwerter gezogen, und die Dörfler stürmten los. Der Kampf begann, doch Keita konnte nichts weiter tun, als hier auf der Schulter dieses Idioten zu hängen und zu hoffen, dass die menschlichen Soldaten zu Ende bringen würden, was sie vor zwei Jahren begonnen hatte.

»Keita!« Sie hörte die eindringliche Warnung in der Stimme ihres Freundes und schaute zurück zum Richtblock, von dem sie gezerrt worden war.

Der Henker, der in der vergangenen Nacht zu ihrer Zelle gekommen war und ihr versprochen hatte, ihre Leiche zu schänden, nachdem er ihren Hals gestreckt hatte – sie spürte, dass er kein Interesse an ihr hatte, solange sie sich noch bewegte … und warm war –, war vom Richtblock gesprungen und kam auf sie zu. Da der Barbar damit beschäftigt war, mit den Wachen vor ihm zu kämpfen, hatte er keine Ahnung, dass der Henker kam.

Sie sah, wie der Mann unter seiner schwarzen Maske, die alles bis zu seiner Nase verdeckte, lächelte. Er streckte die Hände nach ihrer Kehle aus. Eine ordentliche Drehung ihres menschlichen Halses, und sie wäre Vergangenheit. Dieses Risiko gingen sie alle ein, wenn sie sich in Menschen verwandelten – sie waren ein bisschen leichter zu töten. Doch es gab ein paar Fähigkeiten, die Keita immer abrufen konnte, egal in welcher Gestalt. Als sie also die dicken Finger an ihrem Hals spürte, spie sie die Flamme, die sie aufgespart hatte, und verbrannte den Henker zu Asche.

Natürlich zerstörte sie damit auch den hölzernen Richtblock

hinter ihm und steckte mehrere in der Nähe stehende Gebäude in Brand, aber das ließ sich nicht vermeiden. Um sie herum erstarrte alles, und alle Blicke waren auf sie und Ragnar gerichtet.

Und in diesem Moment konnte Keita nichts weiter denken als: *Uuups.*

Ragnar blieb stehen und schloss vor purer Verärgerung kurz die Augen. »Sag mir bitte, dass du nicht getan hast, was ich glaube, dass du getan hast.«

»Es ist ja nicht so, dass ich eine andere Möglichkeit gehabt hätte. Ich bin immer noch gefesselt!«

»Du musst ja wohl die dümmste ...«

»Es ist nicht meine Schuld!«

Er hatte das Gefühl, das würde ihr ewiges Mantra werden, was erklärte, warum er jetzt schon die Nase voll davon hatte.

»Tötet sie, ihr Dummköpfe!«, befahl jemand von der Schlossmauer herab.

Ragnar stieß ein entnervtes Seufzen aus. »Vielen Dank auch, Prinzessin. Du hast gerade dafür gesorgt, dass es noch schwieriger wird, und hast wahrscheinlich deinen übersensiblen Bruder aufgeregt.«

Statt sich Gedanken um ihr Leben oder seine Worte zu machen, erkundigte sich die verzogene Prinzessin: »Hast ... hast du mich gerade Prinzessin oder *Piss*-essin genannt?«

»Ist das wichtig?«

Vigholf und Meinhard hielten ihre Schilde bereit, die Schwerter gezückt. Der Blaue dagegen stand zwischen den Drachen und den Menschen und hatte die Hände erhoben. »Wartet! Wartet! Das ist nicht notwendig. Wir können über alles reden!«

Der Körper, den Ragnar über der Schulter hatte, bebte.

»Lachst du?«

»Ist er nicht süß? Verbringt zwei Jahre unter blutrünstigen Grobianen und ist immer noch genauso liebenswert wie an dem Tag, als er geschlüpft ist. Tatsächlich war übrigens mein Gesicht das erste, das er sah, als er aus seiner Schale schlüpfte. Meine Mutter hatte mir gesagt, ich sollte ihr sagen, wenn es so weit ist, aber ich wollte nicht. Ich wollte ihn ganz für …«

»Halt den Mund.«

»Hast du mir gerade gesagt, ich soll den Mund halten?«

»Ja.«

»Du unhöflicher, selbstverliebter, egoistischer …«

Da schleuderte Ragnar sie von seiner Schulter.

Vigholf blinzelte. »Was zum Teufel tust du da?«

»Wir lassen sie hier. Macht weiter mit der Hinrichtung!«, rief er laut. »Sie gehört euch!«

»Wir lassen meine Schwester nicht zurück!«, protestierte der Blaue.

»Dann kannst du hierbleiben und dich mit ihr zusammen hinrichten lassen. Ich gehe.«

»Wie kannst du nur?«, jammerte die Prinzessin vom Boden aus. »Mich hier sterben lassen! Wie ein Tier auf der Straße! Kümmert sich denn gar niemand um mich?«

»Halt den Mund.«

»He!« Der Blaue schubste ihn. »Du redest mit meiner Schwester!«

»Wenn du das noch mal machst, Kleiner, sorge ich dafür, dass du deiner Schwester ähnlicher wirst, als dir lieb ist!«

In geduckter, kampfbereiter Stellung fragte Meinhard. »Ist das jetzt wirklich der richtige Zeitpunkt für so einen Streit?«

Vigholf schob seinen Schild vor, um die Waffen abzuwehren, die auf ihn gerichtet waren. »Was sollen wir machen, Bruder?«

Die Soldaten wurden kühner, begannen mit ihren Piken zu stoßen und drückten gegen Vigholfs und Meinhards Schilde.

Natürlich konnten sie in dieser Lage einiges tun, um möglichst viele zu verschonen, aber Ragnar war nicht in der Stimmung, sich darum Gedanken zu machen.

»Tötet sie alle!«, befahl er.

»Wir könnten auch wegrennen«, warf der Blaue verzweifelt ein, der immer noch versuchte, die Menschen zu retten.

»Wegrennen?« Vigholf schüttelte angewidert den Kopf.

»Wenn du versuchst, jemandem wehzutun« – der Blaue schluckte hart – »dann zwingst du mich, sie zu verteidigen.«

Ragnar hatte für diese »Drohung« nur ein Schnauben übrig.

Der Blaue runzelte die Stirn. »Was soll das denn heißen?«

Der Boden unter ihren Füßen bebte, und Ragnar senkte den Blick und sah, wie sich Erde und Steine nach oben wölbten, als sich unter ihnen etwas bewegte.

Die befehlshabenden Offiziere der Wache beorderten ihre Männer zurück, als die Erde vor Ragnar und seiner Sippe in alle Richtungen spritzte und etwas, das er nur aus Büchern kannte, daraus hervorbrach.

»Was«, fragte Vigholf, ohne zurückzuweichen, »in aller Schlachtenscheiße ist das denn?«

Im Gegensatz zu Ragnar las Vigholf nicht viele Bücher. Wenn er also etwas sah, das so lang war wie Ragnar in Drachengestalt, aber nicht so breit, dessen goldene Schuppen in der Mittagssonne glänzten, während eine Mähne aus schwarz-goldenem Fell sich von seinem Scheitel das Rückgrat entlang bis zum Schwanz zog, verwirrte ihn das nur. Außerdem hatte die Kreatur keine Hörner, sondern ein Geweih; keine Klauen, sondern fellbedeckte, gestreifte Tatzen, wie Ragnar sie bei großen Dschungelkatzen gesehen hatte. Das Wesen hatte weniger Reißzähne, aber mehr Mahlzähne als Hordendrachen oder Feuerspucker; es besaß keine Flügel, schwebte aber ebenso mühelos in der Luft wie jeder geflügelte Drache. Mit anderen Worte: ein Wesen, das nicht nur Vigholf mit seiner Merkwürdigkeit entsetzte, sondern auch Meinhard.

Doch es war gar nichts so Ungewöhnliches, wenn Ragnar sich recht daran erinnerte, was er gelesen hatte. Es war ganz einfach ein Ostland-Drache.

Ohne Flügel über ihnen kreisend, spuckte der Fremde Flammen. Seltsam war, dass niemand verletzt wurde, obwohl die Flammen alles in einem Umkreis von hundert Fuß bedeckten.

Ragnar hob eine Hand und zog sie durch die Flamme. Er spürte keine Hitze, keinen Schmerz. Und doch war es keine Illusion. Er spürte die Kraft der Flamme gegen seine Hand wehen.

Merkwürdig. Einfach ... merkwürdig. Keine Flügel, kein scharfer Schwanz, und die Flamme brannte nicht. *Was für ein schwaches Kätzchen, dieser Drache.*

Die Flammen versiegten, und jetzt waren sie ganz allein; die Straßen waren vollkommen ausgestorben.

Der Fremde verwandelte sich, während er immer noch in der Luft schwebte, und mit schockierendem Geschick schwebte seine menschliche Gestalt zu Boden, wo seine nackten Füße sanft auf der gepflasterten Straße aufsetzten. Der Ostländer hielt einen Augenblick inne, um seine glatten schwarzen Haare zurückzuwerfen, deren Spitzen aussahen, als wären sie in Gold getaucht worden.

»Geht es euch allen gut?«, fragte er.

»Ren! Den Göttern sei Dank!«, rief die Prinzessin aus, und Ragnar knurrte – nur ein bisschen. »Du bist gekommen, um mich zu retten!«

Lachend ging der Fremde auf sie zu.

»Ehrlich, Keita«, schalt er sie leichthin. »An deiner Geschicklichkeit im Umgang mit Flammen solltest du wirklich mal arbeiten!«

Er nahm ihr die Metallschellen ab, und die Prinzessin rieb sich die Handgelenke.

»Ich hatte Angst um mein Leben und war Gefangene von Lord Runzelbraue hier.« Sie zuckte die Achseln. »Ich habe einfach ... reagiert.«

»Lügnerin.«

»Ach, was soll's. Die wichtige Frage ist doch: Hat dir meine Rede gefallen?«

Er half ihr auf die Füße. »Ein bisschen wortreich. Das Aufschauen zum Himmel mit den Tränen in den Augen hat aber eine hübsche Note hineingebracht.«

»Fand ich auch. Das muss ich mal wieder einsetzen.«

Der Rest ihrer Ketten fiel zu Boden, und der Fremde ging um die Gruppe herum und holte seine Kleider, die ein Stück entfernt lagen.

Während Vigholf und Meinhard den Fremden mit immer noch gezückten Waffen scharf beobachteten, konzentrierte sich Ragnar auf die Prinzessin. Sie warf ihm zuerst einen finsteren Blick zu. Er warf einen genauso finsteren zurück. Vielleicht wurde auch ein bisschen höhnisch geschnaubt. Dann stürmte sie plötzlich an ihm vorbei und warf sich in die Arme des großen blauen Ochsen, der hinter ihm stand.

»Keita!«

Ihr kleiner Bruder hob Keita in seine Arme und schwang sie herum. Keita staunte, wie groß er geworden war. Jetzt war er vielleicht sogar schon größer als ihr Vater … und als ihr Großvater. Er war riesig! Und das in Menschengestalt. Sie konnte kaum erwarten, ihn zu sehen, wenn er sich verwandelt hatte.

Keita schlang ihrem Bruder die Arme um den Hals und drückte ihn fest. »Ich bin so froh, dich zu sehen, Éibhear!«

»Ich auch. Ist es wirklich schon zwei Jahre her?«

»Oh ja.« Sie küsste ihn auf die Wange und drückte ihn noch einmal. »Zu lange! Aber jetzt lass mich runter. Ich will dich mal richtig ansehen.«

Er stellte sie auf den Boden, und Keita trat zurück. Um genau zu sein musste sie mehrere Schritte rückwärts gehen, bis sie ihn in voller Größe sehen konnte.

»Bei den Göttern des Chaos, Éibhear. Schau dir an, wie groß du geworden bist!«

»So schlimm ist es nicht«, sagte er verlegen. »Ich bin schon seit ein paar Monaten überhaupt nicht mehr gewachsen.«

Sie wusste nicht, wie sie ihm sagen sollte, dass er wahrscheinlich noch nicht ausgewachsen war, also beschloss sie, es ihm gar nicht zu sagen. Er würde es selbst merken, wenn er neue Hosen brauchte.

»Du siehst so gut aus wie immer«, sagte sie stattdessen und genoss sein schüchternes Lächeln. Ah, sie hatte ihn so vermisst. Als jüngstes ihrer Geschwister war er derjenige, den sie bemutterte. An manchen Tagen konnte sie gar nicht genug für ihn tun, und sie genoss es, denn er wusste es immer dankbar zu würdigen. Fearghus und Briec, ihre ältesten Geschwister, waren die klassischen großen Brüder. Immer beschützerisch und fürsorglich, passten sie auf sie auf, wann immer sie konnten. Und dann war da noch Gwenvael. Was Alter und Temperament anging, war sie Gwenvael am nächsten. Er war eher ein bester Freund als ein Bruder; sie hatten sich beide viel Ärger eingehandelt, als sie am Hof ihrer Mutter aufgewachsen waren. Aber das war mehr als ein Jahrhundert her, und die Zeiten hatten sich geändert.

Genau wie die Dicke von Éibhears Hals. *Götter! Seht euch das Ding an!*

»Also, was führt dich hierher, Bruder?«

»Können wir diese Diskussion ein andermal führen?«, fragte da diese Stimme, die sie schon seit Tagen – vielleicht sogar seit einer ganzen Woche! – versuchte, aus dem Kopf zu bekommen. Diese Stimme, die das Bedürfnis in ihr weckte, ihrem Besitzer das Gesicht mit ihren Krallen abzureißen – und dabei am besten ein fröhliches Liedchen zu singen.

»Du kannst ja gehen«, sagte sie *dieser Stimme*, ohne deren Besitzer anzusehen. »Aber wie du siehst, befinde ich mich mitten in einem Gespräch.«

»Wir müssen hier raus. Sofort.«

Er sprach mit ihr wie mit einem seiner barbarischen Drachenkrieger. Ohne das kleinste bisschen Ehrfurcht vor der Tatsache, dass sie von königlichem Blut war und, was noch wichtiger war, keine Angst davor hatte, ihm das Gesicht abzureißen und dabei ein fröhliches Liedchen zu singen!

Keita, die das Leben an diesem Tag ganz besonders schwierig fand, ignorierte den groben Kerl demonstrativ, doch dann hörte sie eine andere Stimme.

»Bitte, Mylady. Wir sollten gehen, bevor diese menschlichen Soldaten ihre Männlichkeit wiederfinden und zurückkommen.«

Ah. Der Bruder. Sie erinnerte sich an den Bruder. Und der Vetter. Sie hatte vergessen, dass sie schon seit mehreren Minuten direkt neben ihr standen.

Vor zwei Jahren hatte Keita die beiden Barbaren und ihre jüngeren Verwandten mühelos bezaubert, während sie von den Nordländern in den Süden gereist waren. Nur der barbarische Bastard hatte es geschafft, sie zu ignorieren. Das hatte sie mehr gestört, als ihr lieb war.

Sie verzog die Lippen zu einem angemessenen – und ziemlich verführerischen – Lächeln, drehte sich um und wandte sich den beiden anderen Blitzdrachen zu.

»Bei den Göttern«, sagte sie, die Hände an der Brust. »*Ihr* seid das!« Sie rief sich rasch ihre Namen ins Gedächtnis zurück und versuchte, sie richtig zuzuordnen. Nicht einfach, weil die beiden recht ähnlich aussahen. Beide hatten violette Haare, die zu einem Zopf geflochten waren, der ihnen bis zur Mitte des Rückens hing, beide hatten breite Schultern und waren groß, beide hatten Narben. Also, wie sollte sie sie auseinanderhalten, bevor …?

»Vigholf!« Sie umarmte den mit den grauen Augen und der brutalen Narbe am Kiefer. »Meinhard!« Dann umarmte sie den mit den grünen Augen und der brutalen Narbe, die sich von seinem Haaransatz bis unter sein Auge zog. »Wie wunderbar es ist, euch beide wiederzusehen!«

Sie nahm je eine ihrer Hände und drückte sie fest. »Ich hoffe, euch beiden ist es gut ergangen!«

»Ja, Mylady, danke«, sagte Vigholf. Er war immer der Selbstbewusstere gewesen, wenn es ums Reden ging. Wenn sie Meinhard eine direkte Frage stellte, sah er immer in die Enge getrieben aus, bevor er eine Antwort murmelte. Allerdings hatte sie rechtzeitig herausgefunden, dass Meinhard viel mit den Augen sagte, ohne ein Wort zu sprechen. Eine liebenswerte Eigenschaft – und ungewöhnlich bei den meisten männlichen Wesen.

»Und ich sehe, dass ihr euch hervorragend um meinen Bruder gekümmert habt. Vielen Dank euch beiden. Ich weiß nicht, was ich tun würde, wenn ihm etwas Schreckliches passiert wäre.«

»Meinhard ist mein Mentor«, warf Éibhear ein.

»Und ich weiß, dass mein Bruder sehr viel von dir gelernt hat, lieber Meinhard.« Sie schenkte ihm ihr umwerfendstes Lächeln, und der arme Meinhard schien kurz davor, ihr zu Füßen zu sinken.

Doch da trat der grobe Kerl zwischen sie und entriss ihr die Hände seiner Verwandten.

»Und was soll das werden?«, fragte sie ihn.

»Ich beschleunige das Ganze.«

»Tja, wenn du dir die Mühe gemacht hättest, mich freundlich zu fragen – oh!«, keuchte sie, als er sie wieder hochhob und sie sich über die Schulter warf wie einen Sack Abfall. »Wie kannst du es wagen!«

»Raus hier!«, befahl er.

»Willst du ihm das durchgehen lassen?«, wollte sie von Ren wissen. Viele, viele Jahre schon waren sie nun Reisegefährten und beste Freunde. Er brachte sie zum Lachen wie Gwenvael, aber im Gegensatz zu ihrem lieben Bruder war Ren viel zuverlässiger. Gwenvael war vieles, aber zuverlässig konnte sie ihn leider nie nennen.

»Er scheint ziemlich entschlossen zu sein«, erklärte Ren, dessen Lippen sich zu einem leichten Lächeln verzogen. »Kannst du dich nicht einfach entspannen, bis er fertig ist?«

»Ich will *nie* wieder hören, dass du einer Frau *so* eine Frage stellst, und zwar so lange du lebst, Ren der Auserwählte!«, befahl sie.

Doch da keiner willens schien, ihr zu helfen, war Keita gezwungen, sich damit abzufinden und zu warten, bis es vorbei war. Allerdings nutzte sie jede Gelegenheit, um Ragnar den Bastard mit der Hacke an der Nase zu treffen.

Wenn schon sonst nichts, so fand sie doch zumindest das recht unterhaltsam.

3 Fearghus der Zerstörer, Erstgeborener der Drachenkönigin, Erbe des königlichen Throns, Gemahl von Annwyl der Blutrünstigen, Vater der Dämonenzwillinge der Dunklen Ebenen und argwöhnisches, eifersüchtiges männliches Wesen an Königin Annwyls Hof, saß auf den Stufen, die zum Rittersaal der Burg seiner Gefährtin führten, und beobachtete Annwyl, die hinter einem der Wachhäuser hervorkam. Ihr folgten die beiden Hunde, die sie von der Anführerin ihrer Kriegsherren, Dagmar Reinholdt, geschenkt bekommen hatte. Fearghus hatte nichts gegen die beiden Hunde, auch wenn sie ihn hungrig machten. Aber Annwyl liebte die Biester fast so sehr wie ihr Pferd, und Fearghus war nicht in der Stimmung, mit ihr zu streiten, wenn sie ihn dabei erwischte, wie er einen der Beinknochen ihrer Hunde benutzte, um sich die anderen Reste zwischen den Reißzähnen herauszustochern.

Mit schmalen Augen musterte Fearghus seine Gefährtin. Obwohl Annwyl immer hart trainiert hatte, seit er sie kannte, trainierte sie seit ein paar Monaten, seit der Geburt ihrer Zwillinge, noch härter. Er wusste auch, was sie antrieb. Angst. Nicht Angst um sich selbst, sondern Angst um die Sicherheit ihrer Zwillinge. Angst, dass sie sie nicht beschützen konnte. Er wusste nicht, warum sie das dachte. Sie hatte eine komplette Herde von Minotauren abgeschlachtet, um ihre Babys zu beschützen. Aber sie schien zu glauben, dass etwas Schlimmeres als Minotauren auf sie zukam. Und was auch immer dieses Schlimmere war, dass es kam – oder sie kamen –, um die Babys zu holen.

Und vielleicht hatte sie recht. Obwohl sie noch keine zwei Winter alt waren, wurden die Zwillinge von vielen gefürchtet. Dämonen, Abscheulichkeiten, böse – mit all diesen Wörtern wurden jene wunderbaren Wesen beschrieben, die gerade mit ihrem neuesten Kindermädchen oben waren. Irgendwie schafften sie es nicht, die Position des Kindermädchens über einen längeren Zeitraum besetzt zu halten. Er hatte gewusst, dass seine Sprösslinge anders sein würden. Aber nicht *so* anders. Nicht so gefährlich. Und Götter, für etwas so Kleines waren sie wirklich gefährlich!

Annwyl hob jetzt Stöcke vom Boden auf und hielt sie ihren Hunden hin, um mit ihnen spielerisch darum zu kämpfen, bis sie an den Stufen zum Rittersaal ankamen.

»He, Weib«, sagte Fearghus zum Gruß.

Annwyl schaute mit diesen grünen Augen zu ihm auf, die das Herz in seiner Brust immer noch ein wenig zum Stolpern brachten.

»He, Ritter.«

»Wo warst du?«

»Beim Training.«

Das sah er. Ihr Körper war bedeckt von Schweiß, neuen blauen Flecken, frischen Schrammen und Schnitten.

»Training mit …?«

Sie zuckte die Achseln und schaute auf ihre Hunde hinab, die immer noch mit ihr um die Stöcke kämpften. »Ein paar von den Männern.«

Und er wusste, dass sie log.

»Wie ist es gelaufen?«, fragte er, statt sie für etwas anzuklagen, das er noch nicht beweisen konnte.

»Es lief gut.« Er wusste, dass das die Wahrheit war. Sie wurde von Tag zu Tag stärker. Mächtiger. Ihre Muskeln waren gestählt, und an ihrem Körper war kein Fett. Ihre eigenen Männer fürchteten ihre Stärke, und daher wusste er auch, dass sie nicht mit ihnen trainiert hatte. Und seine Sippe fürchtete sie ebenfalls. Drachen, die dafür bekannt waren, jederzeit gegen jeden zu kämpfen, hielten sich möglichst von Fearghus' Gefährtin fern, wenn sie nach einem Sparringpartner suchte. Aber jemand half ihr. Jemand, von dem sie ihm nicht erzählen wollte.

»Brastias und Dagmar suchen dich«, sagte er.

»Oh.« Annwyl blinzelte ein paarmal, dann sagte sie: »Ich sollte aber vorher nach den Babys sehen, oder? Ich gehe Brastias und Dagmar später suchen.«

Es hatte eine Zeit gegeben, da hätte Annwyl zuerst mit Brastias gesprochen. Sie hatte Kämpfe, Schlachten, Kriege gesucht – alles, was nach ein bisschen Blutvergießen aussah. Aber das war vor den Zwillingen gewesen. Jetzt mied sie den General ihrer Armee und ihre oberste Kriegsherrin, als brächten sie Nachrichten über die neueste Mode aus der Stadt. Die Zwillinge waren allerdings lediglich die Entschuldigung, die die Königin benutzte, um zu meiden, was sie bedrängte.

Doch wie lange glaubte sie, das noch tun zu können? Sie war Königin, eine der mächtigsten Königinnen seit tausend Jahren, und viele verließen sich auf sie. Natürlich konnte sie sein wie manche anderen Monarchen – seine Mutter eingeschlossen –, die Soldaten und Ausrüstung schickten, während sie selbst sicher zu Hause in ihrer Festung blieben. So war Annwyl aber nicht. So würde sie nie sein. Und sie so zu sehen, zerriss ihn innerlich.

Annwyl machte ein seltsames Klickgeräusch mit ihrer Zunge, und die Hunde ließen ihre Stöcke los und rannten die Treppe hinauf in den Rittersaal. Annwyl folgte ihnen und blieb neben Fearghus stehen.

»Alles klar?«, fragte sie.

»Mir geht's gut.« *Ich bin paranoid, misstrauisch, besorgt um dich – aber sonst geht es mir gut.*

Annwyl kauerte sich neben ihn. Sie sah müde aus und hatte dunkle Ringe unter den Augen. Sie schlief schon seit Monaten nicht gut; oft verließ sie ihr gemeinsames Bett, bevor die Sonnen aufgingen. Vielleicht trieben ihre Träume sie aus dem Bett, denn wenn sie einmal schlief, warf sie sich hin und her; Fearghus' Anwesenheit neben ihr entspannte sie nicht wie sonst.

Annwyl beugte sich vor und wartete, bis Fearghus ihr das Gesicht zuwandte, damit sie ihn küssen konnte. Ihre Lippen waren weich und süß, ihre Zunge frech und fordernd, ihr Mund warm und köstlich. Er wusste, dass er nicht so paranoid sein sollte, wenn sie beim Training war, aber er konnte nicht anders. Etwas war los mit ihr, und sie wollte es ihm nicht sagen. Früher hatte sie ihm alles erzählt.

Sie zog sich mit einem leisen Seufzen zurück. »Dann sehen wir uns später?« Und er hörte den hoffnungsvollen Unterton.

»Du brauchst ein Bad«, bemerkte er, während sein Blick in Richtung Hof ging. »Ich kann dir den Rücken schrubben, wenn du willst.«

»Ich komme da einfach nicht selbst hin«, murmelte sie, während ihre Finger zu seinem Hals und über seine Schultern wanderten. Fearghus schloss die Augen, als er ihre Hand auf seiner nackten Haut und durch sein Kettenhemd hindurch spürte. Natürlich fühlten sich diese Finger auf seinen Schuppen und Flügeln noch besser an. »Also wäre deine Hilfe höchst willkommen.«

Dann ging sie davon, durch den Rittersaal und die Treppe hinauf, um nach ihren Zwillingen zu sehen.

Und Fearghus blieb noch eine Weile zurück, um vor sich hin zu brüten und sich zu fragen, was zum Teufel nur mit seiner Gefährtin los war.

Nackte Füße gingen über Eis; nackte Körper knieten im Schnee, ohne sich um den brutalen Schnee- und Eissturm zu kümmern, der um sie herumwirbelte, während sie die Köpfe zu Ehren des Gottes neigten, der vor ihnen stand. Es war nicht ihre ganze Anzahl, nur diejenigen, die ihre Mission anführten. Denn ihre Stärke lag nicht in ihrer Zahl, sondern in ihrer Macht. In ihrer Wut. In ihrer Bereitschaft zu töten, ohne Fragen zu stellen, ohne Reue, ohne nachzudenken.

Aufgrund dessen, was sie im Namen ihrer Götter bereit waren zu tun, waren sie die Meistgefürchteten in allen Eisländern. Die Meistgehassten. Doch keiner von ihnen scherte sich um die Außenstehenden. Nicht, wenn sie ihre Waffen in den Händen und Zauber auf den Lippen hatten.

Geht! brüllten die rauen Winde um sie herum, denn dieser Gott sprach nicht direkt zu ihnen. Nicht wie die anderen. Sie bekamen ihren Einsatzbefehl von den Eislandwinden. Der festgetretene Schnee und das Eis stärkten ihre Kraft und Macht für die lange Reise, die vor ihnen lag. Und die zwei Sonnen würden sie zu Tod oder Ruhm führen.

Geht!, befahlen die Winde noch einmal. Dann flüsterten sie kreischend: *Annwyl*.

4

»Ich muss zugeben, dass ich ein bisschen überrascht bin, Lord Ragnar. Ich hätte erwartet, dass du all diese Menschen tötest.«

Ragnar trank mehrere Mundvoll Wasser aus seiner Flasche. Sie waren tief in die dichten Wälder der Außenebenen gereist und hatten erst angehalten, als sie einen See mit frischem Wasser gefunden hatten.

»Und ich dachte, du würdest zulassen, dass sie dich hinrichten. Da haben wir uns wohl beide geirrt.«

Die Prinzessin verdrehte ihre braunen Augen. »Natürlich hätte ich nicht zugelassen, dass sie mich hinrichten.«

»Was sollte das dann?«

Sie zuckte die Achseln und nahm ihm ohne zu fragen die Flasche aus der Hand, statt ihre eigene aus dem See zu füllen, wie er es getan hatte. »Wollte sehen, ob ich es ihnen ausreden kann.«

»Warum?«

Wieder zuckte sie die Achseln. »Warum nicht?« Sie musterte die Flasche, bevor sie die Öffnung mit einem Zipfel ihres Kleides abwischte. Er wusste nicht, was ihn mehr ärgerte. Dass sie seine Flasche nahm, dass sie sie zuerst abwischte, bevor sie sie benutzte, oder dass das Kleid, das sie dazu verwendete, völlig verdreckt war.

»Für dich ist alles ein Spiel, oder?«, fragte er.

Nachdem sie mehrere Schlucke Wasser genommen hatte, schenkte sie ihm dieses Lächeln. Sie hatte viele Arten von Lächeln, die meisten von ihnen genauso gekünstelt wie sie selbst. Aber dieses, bei dem sich ihr linker Mundwinkel nur eine Spur weiter nach oben verzog als der rechte und ihre Augen durch diese dichten Wimpern zu ihm aufsahen – das war die wahre Keita. Sein Bruder und sein Vetter weigerten sich, diese Keita zu sehen.

»Warum wollten sie dich überhaupt hinrichten, Keita?«, fragte der Blaue seine Schwester.

Sie gab Ragnar die Flasche zurück. »Sie dachten, ich hätte Baron Bampour umgebracht.«

»Oh Keita«, heulte der Blaue auf. »Das hast du nicht!«

»Nein, habe ich nicht.« Als ihr Bruder eine dunkelblaue Augenbraue hob, beharrte sie: »Wirklich nicht!«

»Warum haben sie dich dann angeklagt?«, fragte Ragnar.

»Sie haben mich in seinem Zimmer gefunden.«

»Mit der Leiche?«

»Ja. Aber ich war's nicht.« Warum nur hatte Ragnar das Gefühl, dass in dieser Erklärung ein »Diesmal« fehlte?

»Was wolltest du in seinem Zimmer?«

Sie starrte Ragnar kurz an, dann antwortete sie: »Ihm einen guten Morgen wünschen?«

»Ist das eine Antwort, Prinzessin, oder eine Frage?«

»Ach!« Sie warf die Hände in die Luft. »Ist das wichtig? Ich habe ihn nicht umgebracht.« Sie schmollte ein bisschen und rümpfte dabei die Nase – es sah irgendwie charmant aus. »Sie wollten mir nicht einmal zuhören. Haben nur ständig darauf beharrt, dass ich es gewesen sein musste, nur weil sie mich allein in seinem Zimmer fanden, die Leiche noch warm war und ich eine Phiole Gift dabeihatte.«

Die Männer starrten sie alle an, doch als sonst keiner fragte, wusste Ragnar, dass wohl er es tun musste. »Und warum hattest du eine Phiole Gift dabei?«

»Was hat das denn mit der ganzen Sache zu tun?«

»Ich bin mir ziemlich sicher ... gar nicht wenig.«

»Nein. Hat es nicht. Weil die Phiole immer noch voll war, und das bedeutet, dass sie nicht benutzt wurde, und das bedeutet wiederum, dass ich Bampour nicht umgebracht habe.«

Ragnar war bereit, mitzuspielen. »Wenn du ihn nicht umgebracht hast ... wer war es dann?«

»Ein nacktes blondes Mädchen, das in seinem Zimmer war, als ich hereinkam.«

»Verstehe. Und was ist mit ihr passiert?«

»Ich habe sie aus dem Fenster geworfen.«

»Natürlich hast du das.«

»Keine Sorge«, warf der Fremde ein. »Ich habe sie aufgefangen und sanft abgesetzt.«

»Siehst du?«, sagte die Frau.

»Sehe ich was?«

»Ich habe sie gerettet. Ihr das Leben gerettet. Und trotzdem wollten sie *mich* hinrichten. Was soll daran gerecht sein?«

Ragnar nickte. »Tun wir mal so, als würdest du nicht lügen.«

»Was?«

»Ich weiß nicht so recht, warum du eine Mörderin retten solltest.«

»Na ja, sie hat ja nur dem Rest der Welt einen Gefallen getan.«

»Verstehe.«

»Er war kein netter Mensch.«

»M-hm.«

»Er musste sterben!«

»Und warum? Hat er dir nicht genug … Sachen geschenkt?«

»Oh, doch, das hat er.« Sie berührte die Kette um ihren Hals. »Er hat mir das hier geschenkt.« Sie berührte den Armreif an ihrem Handgelenk. »Und das.« Sie berührte die Ohrringe. »Und die hier … oh, warte. Nein. Hat er nicht. Die sind von seinem Sohn. Eine Schande, dass die kleine Blonde nicht dazu kam, sich um ihn auch noch zu kümmern.«

Ragnar deutete auf den Schmuck. »Ich bin überrascht, dass sie dich das alles behalten ließen.«

»Ich glaube nicht, dass sie das vorhatten. Aber nachdem ich den Hund gegessen hatte, wollten sie nicht mehr in meine Nähe kommen, außer um mir die Ketten anzulegen.«

»Keita!«, platzte der Blaue heraus, während der Fremde lachte.

»Ich hatte Hunger! Ich hatte noch kein Frühstück gehabt, und sie wollten mir nichts zu essen geben, und … und dieser Hund hat versucht, mich zu beißen! Es war fast schon Notwehr!«

»Irgendwie bezweifle ich das.«

»Du«, wandte sie sich an Ragnar, »kannst ganz ruhig sein!«

»Schon gut, schon gut, schon gut«, unterbrach sie der Blaue. »Vergessen wir das alles. Das Wichtigste ist, dass du in Sicherheit bist.« Daraufhin lächelte die Prinzessin, bis ihr Bruder hinzufügte: »Und dass du mit uns zurück nach Garbhán Isle reisen kannst.«

»Oh.«

Ragnar lehnte sich mit dem Rücken an einen Baum, verschränkte die Arme vor der Brust und beobachtete, wie Ihre Königliche Majestät versuchte, sich aus dieser Sache herauszuwinden. Denn er erkannte allein an der Panik in ihrem Blick, dass sie verzweifelt versuchte, aus dieser Sache herauszukommen.

»Garbhán Isle. Das ist auch eine Möglichkeit.« Sie warf einen Blick zu ihrem ausländischen Freund hinüber, aber der schien auch nicht in der Stimmung zu sein, ihr zu helfen. »Und … wie wäre es, wenn wir uns dort treffen? Irgendwann einmal.«

»Uns dort treffen? Warum kannst du nicht jetzt mit uns kommen?«, fragte ihr Bruder.

»Vielleicht habe ich noch was zu tun?«

»Ist das eine Frage oder eine Antwort?«, fragte Ragnar wieder, und der böse Blick, den er dafür erntete, hätte einen schwächeren Mann zerrissen.

»Aber was ist mit dem Festmahl?«

»Festmahl?« Sie zuckte die Achseln. »Es gibt ständig ein Festmahl, Éibhear. Unsere Familie liebt Festmahle.«

»Aber es ist die Geburtstagsfeier für die Zwillinge. Ich meine, ich habe den ersten Geburtstag schon verpasst, weil ich mitten in einer Schlacht steckte …«

Ragnar senkte kurz, aber schnell den Blick zu Boden, nachdem er Vigholf schnauben gehört hatte.

»… also kann ich diesen nicht auch noch verpassen. Aber ich glaube, weil du ja beim ersten warst, werde ich es der Familie erklären können.«

Vielleicht beobachtete Ragnar sie zu genau, aber die Art, wie ihr Gesicht vollkommen ausdruckslos und ihre Augen groß wurden, als habe sie Angst, man könne darin die Wahrheit lesen, drängte ihm die Frage auf: »Willst du uns nicht von diesem ersten Geburtstagsfest erzählen, Mylady? Alle Einzelheiten. Bis zum letzten Dessert.«

»Ich weiß wirklich nicht ...«

»Ach, komm schon. Du musst dich doch an irgendetwas erinnern. Und ich habe mich schon immer gefragt, wie Feste in den Südländern wohl sein mögen. Wie sah zum Beispiel das Kleid der Menschenkönigin aus?«

»Kleid? Ich bezweifle, dass sie ...«

»Du bezweifelst?«, fragte Ragnar. »*Weißt* du es nicht?«

Ihr Götter. Hat sie mich gerade angezischt? Ja! Ich glaube, sie hat mich gerade angezischt!

»Du warst nicht da?«, fragte der Blaue.

»Éibhear, ich war ziemlich beschäftigt. Ich hatte keine Zeit.«

Die Augen des Blauen wurden schmal, und er musterte seine Schwester einen langen, schmerzlichen Augenblick lang. »Wann warst du das letzte Mal zu Hause?«

»Die Südländer sind mein Zuhause, Éibhear. Und ich bin immer ...«

»Spiel nicht mit mir, Keita. Wann warst du das letzte Mal auf Garbhán Isle oder in Devenallt?«

»Wenn du dir mal anschaust, wie lange wir leben, ist Zeit so etwas Flüchtiges.«

Ragnar beschlich langsam ein ungutes Gefühl; er erinnerte sich deutlich an den Blick der Prinzessin, als er sie freigelassen hatte. Nicht, als sie ihn mit ihrem Schwanz niedergestochen hatte – wenn auch dieser Augenblick sich lebenslänglich in seine Erinnerungen eingebrannt hatte –, sondern davor. Als er ihr gesagt hatte, dass die Königin nichts für die sichere Heimkehr ihrer Tochter angeboten hatte. Natürlich hatte der Zorn der Prinzessin am Ende alles überlagert, aber davor hatte er Schmerz in ihrem Gesicht gesehen. Heftigen Schmerz.

Er selbst war mit einem Vater aufgewachsen, der seine anderen Söhne gerne »diesem weichen, seltsamen Kerl« vorgezogen hatte, wenn es um wichtige Hordenangelegenheiten ging; deshalb wusste Ragnar, wie sehr eine unbedachte Bemerkung oder Tat eines Elternteils Kinder verletzen konnte. Ihm war erst später aufgegangen, dass die Königin solche Dinge gesagt hatte, weil sie wusste, wie es nur eine wahre Hexe wissen konnte, dass Ragnar ihrer Tochter nie ein Haar gekrümmt hätte. Er hätte Keita niemals gegen ihren Willen verschleppt. Nicht nach dem, was seiner eigenen Mutter passiert war. Nicht, nachdem er gesehen hatte, wie diese in einem Leben gefangen war, das sie nie gewollt hatte, mit nur einem Flügel und einem Drachengefährten, den sie verabscheute. Ragnar war unter dem Schutz seiner Mutter aufgewachsen; sein Vater hatte früh beschlossen, dass er dieses Küken nicht ausstehen konnte, das die meisten seiner Tage mit Büchern und Lernen verbrachte. Sie hatte über Ragnar gewacht, hatte ihn gelehrt zu denken und zu argumentieren und ihn gleichzeitig in die magischen Künste eingeführt. Und nachdem sie in Meinhards Vater eine einfühlsame Seele gefunden hatte, hatte sie den Krieger gebeten, ihren Sohn ohne Olgeirs Wissen auszubilden. Ragnar verdankte seiner Mutter so viel und war ihr unendlich dankbar für einfach alles, denn er wusste nicht, ob er ohne sie seinen zwanzigsten Winter erlebt hätte.

Und auch wenn Ragnar immer wieder daran dachte, alleine wegzugehen und als Eremitendrache tief in den Bergen in der Nähe der Eisländer zu leben, hielten ihn immer die Worte seiner Mutter zurück: »Du kannst nicht allein auf dieser Welt leben, mein Sohn. Du brauchst deine Familie. Und eines Tages werden sie erkennen, wie sehr sie dich brauchen.«

Wie alle Weisheit seiner Mutter galten ihre Worte für ihn, aber noch viel mehr für Prinzessin Keita. Sie liebte ihre Familie und hatte immerzu von ihr gesprochen, als sie sie zurück in die Südländer gebracht hatten. Hauptsächlich hatte sie davon gesprochen, was ihre Brüder mit ihm machen würden, wenn sie ihn in die Klauen bekamen, doch Ragnar konnte erkennen, wenn von Liebe gesprochen wurde.

Also gefiel ihm der Gedanke gar nicht, dass Keita sich wegen dieses Gesprächs damals so lange Zeit selbst von ihrer Sippe abgeschnitten hatte. Selbst jetzt versuchte sie sich noch herauszuwinden, um nicht mit ihnen in die Dunklen Ebenen zurückkehren zu müssen, und der Blaue schien ihr ihre Halbwahrheiten abzunehmen. Der Junge konnte einfach keine direkten Fragen stellen, und das war ein Problem, denn seine Schwester schien recht geschickt darin, allem außer direkten Fragen auszuweichen.

Also stellte Ragnar die direkte Frage selbst, obwohl er wusste, dass es sie wütend machen würde, und das machte ihm auch nicht viel aus, denn das Ganze würde ziemlich bald vorbei sein, und dann würde er sie sowieso nie wiedersehen. »Hast du deine Nichte und deinen Neffen überhaupt schon einmal gesehen, Prinzessin Keita?«

Dankbar, dass sie keine echten magischen Fähigkeiten besaß, die ihn aus der Entfernung töten konnten, hielt Ragnar ihrem wütenden Blick stand.

Als ihm die Wahrheit dämmerte, ging der Blaue fast in die Luft. *»Du hast die Zwillinge noch nicht besucht?«*

»Éibhear ...«

»Überhaupt nicht?«

»Du bist un...«

»Was ist mit Talaiths Tochter? Kennst du sie auch nicht?«

Scheinbar verließ sie die Energie, auch wenn sie Ragnar wirklich hasste, deshalb behauptete Keita nur: »Ich hatte vor, sie bald zu besuchen – wenn ich Zeit habe.«

»Du hast doch jetzt Zeit.«

»Um genau zu sein: nein.«

»Dann nimm sie dir!«

»Und wenn ich nicht nach Hause kommen will?«

»Was hat die Frage, was du willst, mit der Familie zu tun?«

»Tja, wenn du es so darstellst ...«

»Gut!«

»Das war ironisch ge...«

»Denn ich würde dich nur ungern an den Haaren hinschleppen.«

»…meint«, endete sie.

»Dann sind wir uns also einig?«

Sie stieß ein langes, gelangweiltes Seufzen aus. »Sieht wohl so aus.«

»Gut.« Unvermittelt ging er in den Wald davon. »Ich bin gleich zurück.«

Dunkle braune Augen versengten ihn, wo er stand; dann marschierte sie in die entgegengesetzte Richtung von ihrem Bruder davon.

Ragnar machte Vigholf ein Zeichen und bedeutete ihm, die Umgebung zu prüfen. Meinhard machte sich daran, noch mehr Wasser für ihre Reise abzufüllen, und ließ Ragnar und den Fremden allein.

Er wandte sich dem Ostländer zu, ohne die geringste Ahnung zu haben, welche Art von Beziehung dieser seltsam aussehende Drache mit der Prinzessin hatte.

Das Lächeln des Fremden war dünn, als er sagte: »Ich weiß nicht, ob sie dir das je verzeihen wird, Nordländer.« Sein Lächeln wurde ein wenig breiter, als er hinzufügte: »Aber vielleicht hoffst du das ja auch.«

Der Ostländer machte sich auf, der Prinzessin zu folgen, blieb vor Ragnar stehen, deutete auf ihn und fragte: »Brauchst du eine Salbe hierfür?«

Ragnar ballte die Finger zur Faust und nahm die Hand von seiner Brust und dieser verdammten Narbe, die er gekratzt hatte – schon wieder! »Nein!«

Der Fremde zuckte die Achseln. »Wie du willst.«

Wie er wollte? Irgendwie bezweifelte Ragnar, dass er zumindest in den nächsten Tagen seinen Willen bekommen würde.

»Keita, warte.«

»Geh weg, Ren. Lass mich in Ruhe vor Wut kochen.« Keita entdeckte in der Nähe ein Eichhörnchen und machte den Mund auf, um eine Flammenzunge zu entfesseln. Doch eine Hand verschloss ihren Mund, und ihr Freund schüttelte den Kopf.

»Musst du deine Wut an diesem armen Eichhörnchen auslassen?«

Sie schlug seine Hand weg. »Ich würde sie an dir auslassen, aber du würdest es ja nur genießen. Und was nützt das, wenn ich eigentlich jemandem das Leben schwermachen will?«

»Dein Leiden gibt dir nicht das Recht, andere leiden zu lassen.«

Keita verdrehte die Augen. »Du mit deinen tiefsinnigen philosophischen Reden!«

»Du magst meine tiefsinnigen philosophischen Reden.«

»Nicht, wenn sie meine lächerlichen Wutanfälle stören. Es ist extrem schwer, einigermaßen würdevoll beleidigt abzurauschen, wenn du so vernünftig bist.«

»Man kann nirgendwo in Würde abrauschen. Das ist ein Naturgesetz.«

Keita presste die Lippen aufeinander, um nicht laut loszulachen. Das war der Grund, warum sie Ren so liebte. Weil er sie immer zum Lachen brachte, egal wie ärgerlich oder brutal oder schrecklich die Lage sein mochte.

Er legte ihr einen Arm um die Schultern. »Meine liebste, wunderbarste Keita.«

»Ich mag es, wenn du das mit dem ›Wunderbar‹ dazusagst.«

»Du *bist* die Wunderbarste.«

»Ich bin einfach verrückt nach dir.«

»Also, was stört dich wirklich, meine Freundin?«

»Kannst du dir das nicht vorstellen?«

»Ist es die momentane Dicke des Halses deines Bruders?«

»Nein. Auch wenn das beunruhigend ist.« Sie legte den Kopf zurück und sah zu ihrem Freund auf. »Ich wüsste gerne, warum diese Blitzdrachen meinen Bruder zurück in die Dunklen Ebenen bringen.«

»Um sicherzugehen, dass er heil nach Hause kommt. Nehme ich an.«

»Na ja, als Mitglied des Königshauses braucht er natürlich eine Eskorte. Das ist nicht die Frage. Aber Ragnar der Listige? Der oberste Drachenlord? *Und* sein Stellvertreter Vigholf? Meinhard und ein paar ihrer Krieger hätten das genauso geschafft.«

»Ich verstehe, worauf du hinauswillst. Also deine Mutter?«

»Höchstwahrscheinlich, und das macht mich nervös. Mutter bittet keine ausländischen Drachen ohne Grund um einen Gefallen.«

»Glaubst du, dass Éibhear die Antwort weiß?«

Keita lächelte und tätschelte Rens Hals. »Es ist so süß, dass du das denkst.«

Ren lachte. »Unser Éibhear hinterfragt die Dinge nicht unbedingt, was?«

»Wohl kaum. Er denkt immer noch das Beste von allen.« Keita trat einen Schritt von Ren zurück und glättete ihr Kleid. »Ich werde die Antwort selbst herausfinden müssen. Und da ich sowieso gezwungen bin, diesen Barbaren-Bastard zu ertragen, bis wir zurück in Devenallt sind, kann ich genauso gut alle Informationen aus ihm herausquetschen.«

Ren strich Keita mit dem Finger über die Wange – jetzt ohne jede Frotzelei. »Geht es dir gut, Liebes? Wenn du ihn jetzt wiedersiehst?«

Keita war zu Ren gerannt, nachdem sie Ragnar den Listigen allein und blutend in den Wäldern vor Garbhán Isle zurückgelassen hatte. Ren hatte ihrem Wüten zugehört, bis die Höhlenwände um sie herum bebten. Und Ren hatte auch vorgeschlagen, dass Keita nach Anubail Mountain gehen sollte, um sich in der Kunst des Kampfes in Menschengestalt ausbilden zu lassen – die Tatsache, dass *das* dann überhaupt kein gutes Ende gehabt hatte, war natürlich nicht Rens Schuld. Aber das war vor zwei Jahren gewesen, und um ehrlich zu sein, hatte Keita irgendwie ... na ja ...

»Du hast ihn vergessen, nicht?«, wollte Ren wissen.

»Ich hatte andere Dinge im Kopf.«

»Wie machst du das? Wie kannst du es einfach ... auf sich beruhen lassen?«

Keita hob die Hände und ließ sie wieder fallen. »Was soll ich sagen? Ich bin viel zu schön und zu gütig, um lange böse zu sein. Abgesehen davon« – sie hängte sich bei ihrem Freund ein – »ist es nicht das Gleiche, sauer auf einen Nordländer zu sein, wie sauer auf einen wütenden Stier zu sein oder auf einen Hasen, der sich ständig vermehrt, oder auf einen erschreckten Bär, der angreift?«

Ren schaute auf sie hinab. »Vergleichst du gerade wirklich einen Mitdrachen mit dummen, hirnlosen Tieren?«

Keita grinste breit, als sie sich auf den Rückweg zu den Nordländern machten. »Aber ja, Ren. Ja, das tue ich. Und das macht mich so wunderbar – weil ich sie *trotz* ihrer Fehler akzeptiere.«

»Bei den Göttern des Donners, Keita – du bist *wirklich* großzügig.«

»Ich weiß!«

5 Einige Stunden später landeten sie in einem dichten Wald in den Außenebenen. Eine Gegend, die Keita recht gut kannte. Zu gut. Es war der Ort, den ihre Tante vor ein paar Jahrhunderten gewählt hatte, um in Ruhe und anonym zu leben. Die Tante, die ihre Mutter und ihr Hofstaat immer noch als Verräterin betrachteten.

Mit einem Anflug von Panik sah sie zu Ren hinüber, der nur mit den Achseln zucken konnte.

»Schlagen wir hier das Nachtlager auf?«, fragte sie den Warlord, während ihr kleiner Bruder loszog, um für sie alle etwas Warmes und Blutiges zu essen zu suchen. Und zum ersten Mal seit sie außerhalb von Bampours Land gestartet waren, sprach Ragnar mit ihr: »Nicht, wenn es nicht sein muss.«

»Dann machen wir hier also nur Pause?«

»Ja.«

Sie wartete auf mehr, aber er ignorierte sie und begann, mit seinem Bruder zu flüstern. Als Ragnar fertig war, ging er weg, und zwar in eine Richtung, die Keita gar nicht gefiel.

Keita schmiegte sich scheinbar spielerisch an Ren und verschränkte ihren Schwanz mit seinem. Doch während sie kicherte und ihn neckte, beugte sie sich zu ihm und flüsterte: »Siehst du, wo er hingeht?«

»Aye.«

»Ich bringe ihn um. Du kümmerst dich um die anderen beiden.« Sie wollte Ragnar folgen, doch Ren zog sie zurück.

»Müssen wir wirklich immer wieder darüber diskutieren?«

»Was würdest du denn vorschlagen, Fürst Ich-Töte-Nicht?«

»Du *hältst* König Überheblich *auf*. Ich kümmere mich um den Rest.«

»Na gut.«

Ren küsste sie auf die Wange und ging dann hin und her, bis er die Aufmerksamkeit der anderen beiden Blitzdrachen auf sich gezogen hatte. Es war nicht schwer – sie beobachteten Ren, seit sie ihn zum ersten Mal gesehen hatten, mit etwas, das Angst sehr nahe kam. Zumindest mit so viel Angst, wie ein Nordländer sich anmerken lassen würde. Sie wussten nur, dass Ren anders war; und »anders« machte sie eindeutig nervös.

Während sie ihn beobachteten, lehnte sich Ren an einen kleinen Hügel – und war verschwunden.

»Was zum …«

Keita wusste, dass die Blitzdrachen jetzt Ewigkeiten nach ihm suchen würden, also folgte sie Ragnar.

Dagmar Reinholdt, unter ihren Landsleuten in den Nordländern auch als Die Bestie bekannt, machte ihre mittägliche Runde zu den Zwingern, um nach den Hunden zu sehen. Ihr neuester Wurf Welpen entwickelte sich gut, und die Männer, die sie eigens ausgesucht hatte, damit sie mit den Hunden trainierten und sie im Kampf führten, waren besser, als sie gehofft hatte.

Wie immer dachte sie voraus und plante, mit starken Kampfhunden für die Südland-Königin und ihre Soldaten bereitzustehen.

Sie vergewisserte sich, dass die Tiere gefüttert worden waren, dass alle gesund aussahen und dass sie frisches Wasser in ihren Ausläufen hatten. Als das erledigt war, ging sie die Reihe entlang, sprach mit jedem Tier, achtete auf Veränderungen und dachte über seine Ausbildung nach.

Doch als sie den letzten Zwinger erreichte, wurden die bellenden Hunde, die immer so lebhaft waren, wenn sie in der Nähe war, plötzlich still, und Dagmar spürte, wie sich ihr fast unmerklich die Nackenhaare sträubten.

»Muss das denn immer sein?«, fragte sie nach einem Augenblick.

»Was denn?«

Sie drehte sich zu der Göttin um, die hinter ihr stand. Inzwischen besuchten viele Götter sie gern, egal, wie sehr Dagmar ihre Anwesenheit störte oder wie dumm und inhaltslos ihre Gespräche sein mochten, doch Eirianwen, Menschengöttin und Gefährtin des Drachenvatergottes Rhydderch Hael, nannte Dagmar gern ihre »Freundin«. Das war seltsam, denn Dagmar verehrte keine Götter. Sie waren einfach viel zu nervtötend, um verehrt zu werden. »Schleich dich nicht immer so an mich heran!«

»Ich bin eine Göttin, Dagmar. Ich schleiche mich an niemanden heran. Es ist nicht meine Schuld, dass ich einfach erscheinen kann, wo immer ich will.«

Dagmar neigte den Kopf zur Seite. »Wo ist dein Arm?«

Eir musterte ihre linke Schulter. »Oh. Ach ja. Hab ich in einem Kampf verloren.« Sie zuckte mit der rechten Schulter. »Er wächst ja wieder nach.«

»Wie schön für dich.«

Nicht gerade ein angenehmer Anblick kurz vor dem Mittagessen. Natürlich hätte es schlimmer sein können. Ein paar Monate zuvor hatte der Göttin der halbe Kopf gefehlt, als sie aufgetaucht war. Nachdem Dagmar damit fertig gewesen war, sich zu übergeben, hatten sie allerdings noch ein sehr nettes Gespräch geführt.

»Also, wie läuft's?«, fragte Eir.

»Ganz gut.«

»Und deine Königin?«

Dagmar wusste, dass die hinterlistige Kuh nicht nur da war, um nach ihr zu sehen. »Ihr geht's gut.«

»Lügnerin.«

»Aber das kanntest du doch schon von mir.«

»Stimmt auch wieder.« Eir kam auf sie zu und hinterließ dabei eine Spur von Exkrementen, Blut und Schlamm. Ihrem Aussehen nach musste sie direkt von irgendeinem Schlachtfeld kommen. »Ich dachte, ich hätte deutlich gemacht, meine Freundin, dass deine Königin härter werden muss.«

Verärgert, dass die Göttin die Stirn hatte, das zu sagen, antwortete Dagmar: »Wenn sie noch härter wäre, würde sie nur noch aus Muskeln, Augen und einem Schwert bestehen.«

»Ich meine nicht körperlich, und das weißt du auch.«

»Sie tut ihr Bestes. Du kannst ihr keinen Vorwurf machen, dass sie sich um ihre Kinder sorgt. Nicht nach dem, was dein Gefährte getan hat.«

»Gib nicht ihm die Schuld.«

»Warum nicht? Es *ist* schließlich seine Schuld.«

»Du hast ihm immer noch nicht verziehen, oder?«

»Dass er mich den Minotauren in die Arme geschickt hat? Das soll wohl ein Witz sein!«

»Ihr Menschen nehmt immer alles so verflucht persönlich.«

»Wenn man mich Minotauren vorwirft – dann hast du wohl recht.«

»Na schön. Wie du meinst.«

Die Tür hinter Dagmar ging auf, und Eir rauschte an ihr vorbei hinaus.

Dagmar sah ihr nach und fragte schließlich. »Und wo ist Nannulf?« Sie konnte sich nicht erinnern, die Göttin jemals ohne ihren treuen Wolfsgott-Weggefährten gesehen zu haben.

»Der ist unterwegs und kümmert sich um andere Dinge.«

Dagmar verschränkte die Arme vor der Brust und blickte finster. Das gefiel ihr gar nicht.

Ragnar stapfte durch den Wald zu Esylds Haus. Er hasste das. Er hasste es, derjenige sein zu müssen, der sie in die Dunklen Ebenen zurückbrachte. Aber er hatte schon einen Plan.

Ursprünglich hatte er überlegt Esyld zu sagen, sie solle weglaufen, um Rhiannon dann zu berichten, sie sei nicht zu Hause gewesen. Doch er hatte das Gefühl, dass die Königin ihm das nicht glauben würde, und die Horde war seiner Meinung nach noch nicht bereit, sich bei ihr unbeliebt zu machen. Außerdem bestand das Risiko, dass Esyld gar nicht weglief. Sie hatte so etwas an sich. Als sei sie entschlossen, sich nicht unterkriegen zu lassen. Das bewunderte er an ihr.

Also war seine nächste Option zwar nicht perfekt, aber besser als nichts. Er würde ihr anbieten, ihren Fall vor Rhiannon und den Ältesten der Südländer zu verhandeln. Er kannte sich in den

Gesetzen der Feuerspucker ein bisschen aus, und mit der Hilfe einer guten Freundin – zumindest hoffte er, dass sie immer noch Freunde waren – hatte Ragnar das sichere Gefühl, genug Beweismaterial zusammentragen zu können, um Esyld zu beschützen.

Ja, es erschien ihm das Gerechteste und Logischste, und jetzt durfte sich nur Esyld keine Sorgen machen. Das würde nicht einfach werden, da war er sich sicher, aber er würde alles in seiner Macht Stehende tun, damit sie nicht in Gefahr geriet. Denn falls Rhiannon ihre Schwester wirklich tot sehen wollte, hätte sie die Sippe ihres Gefährten geschickt, um Esyld zu holen, und nicht ihn.

Überzeugt von seiner Entscheidung stapfte er weiter.

In der Nähe der Lichtung, die zu Esylds Haus führte, blieb er stehen. Er ging noch nicht viel länger als zehn Minuten, aber dennoch …

Er drehte den Kopf und schaute über seine Schulter. Sie saß mitten auf seinem Rücken auf ihrem Hinterteil, ihr Schwanz und die Flügel hingen auf der einen, ihre überkreuzten Hinterbeine auf der anderen Seite herunter. Sie benutzte eine Metallfeile, um ihre Krallen zu schärfen – und sie summte vor sich hin.

Wie lange ist sie schon da hinten?

Ragnar war immer stolz auf seine scharfen Sinne gewesen. Die zuckende Nase eines Kaninchens auf eine Meile Entfernung hören, einen Falken in zwanzig Meilen Höhe erspähen oder frische Rinder in hundert Meilen Entfernung riechen. Aber wie konnte es sein, dass er nicht merkte, dass eine verzogene Prinzessin ihn als Lastesel benutzte? Wie hatte er dieses götterverdammte Summen überhören können?

Er beschleunigte, um sie abzuschütteln, aber sie fragte nur: »Wo gehen wir hin?«

»Ich muss mich um eine Angelegenheit kümmern.«

»Eine Angelegenheit? Hier draußen? Allein?« Sie hob die Klaue und blies auf ihre Krallen.

»Ich wäre gleich zurückgekommen.«

»Ja, aber du könntest in Gefahr geraten. Ich könnte helfen.«

Klar. Natürlich könnte sie das. »Es wäre besser, wenn du zu meinen Brüdern zurückgehst.«

Sie glitt von seinem Rücken, wobei ihr Schwanz immens lang brauchte, um an ihm hinauf- und wieder herunterzugleiten, während sie um ihn herumging.

»Lord Ragnar, darf ich dir eine Frage stellen?«

»Wenn du möchtest.«

»Magst du mich nicht?«

Ragnar wusste nicht, wo das hinführen sollte, und sagte nur: »Ich dachte, unsere Beziehung sei vor zwei Jahren entschieden worden, Prinzessin.«

»Aber das ist so lange her. Es gibt keinen Grund, warum wir jetzt keine Freunde sein sollten.«

»Freunde? Du und ich?«

Sie strich mit ihrer Klaue an seiner Schulter entlang, seine Brust hinab, und ihre Krallen kratzten über die Narbe, die ihr Schwanz hinterlassen hatte. Ein Teil von Ragnar wollte ihr aus reinem Trotz jede einzelne Kralle abbrechen. Doch ein anderer, weicherer Teil von ihm wollte einfach die Augen schließen und stöhnen.

»Ich weiß, was du denkst«, sagte sie, und ihre Krallen konzentrierten sich jetzt auf die Narbe. »Dass ich zu gut für dich bin. Und natürlich würden dir gewisse Kreise da absolut recht geben. Aber ich bin eine sehr fortschrittliche Prinzessin, und ich lasse mich nicht von Kleinigkeiten wie wenig beeindruckenden Blutlinien und barbarischen Tendenzen davon abhalten, die Freunde zu haben, die ich will.«

»Das ist sehr großzügig von dir.«

»So habe ich immer schon gedacht.« Sie drückte ihre Klaue auf seine Brust; die verdammte Narbe darunter erwachte wütend pochend zum Leben. »Ich fand schon immer, dass es wichtiger ist, Freunde zu haben, denen man vertrauen kann«, murmelte sie, »als Freunde, die einem nur in allen anderen wichtigen Dingen ebenbürtig sind.«

Nein. Er konnte nicht. Er konnte nicht länger mit diesem charakter- und geistlosen Weib sprechen. Egal, wie sehr sich sein Körper nach ihr sehnte – und Götter, sein Ding schrie ihn im Moment förmlich an! –, es überstieg seine Fähigkeiten als Drache und Nordländer, dieses Weib zu ertragen. Und nicht nur das ... was in allen heiligen Höllen tat sie da mit ihrem Schwanz?

Ragnar trat kräftig mit dem Hinterlauf auf den Schwanz der Prinzessin, bevor dieser weiter irgendwohin glitt, wo er nicht hingehörte.

»Au!« Sie riss ihren Schwanz zurück und rückte von ihm ab.

»Tut mir leid. War das dein Schwanz? Ich dachte, es sei eine Schlange.« Er schnappte ihren Arm und drehte sie herum. »Wenn du jetzt bitte zurück zu meinen Brüdern gehst ...«

»Nimm deine Pfoten von mir, du Bauer!«

»... verspreche ich, dass es nicht lange dauern wird, und wir können all deine progressiven Ansichten über Bauern und Königshäuser diskutieren, so viel du willst.« Er schob sie in Richtung seiner Sippe. »Und jetzt geh, Prinzessin, bevor ich gezwungen bin ...«

Die verrückte Prinzessin klammerte sich an seinen Kopf und hielt sich fest, schnitt ihm das Wort ab und löste ein leises Seufzen bei ihm aus.

»Was tust du denn jetzt?«

»Offensichtlich zwinge ich dich zur Unterwerfung!«

»Ist dir dieses Theater denn überhaupt nie peinlich?«

»Nicht so peinlich, wie es dir sein wird, wenn ich mit dir fertig bin.«

Ragnar bekam ihren Flügel zu fassen, zog die Prinzessin von sich hinunter und schleuderte sie weg.

Sie überschlug sich und quiekte, rappelte sich aber schnell wieder auf. Sie duckte sich zu einem jämmerlich aussehenden Angriff.

»Prinzessin Keita, ich will nicht ...«

Sie griff ihn an und umschlang erneut seinen Kopf.

Ehrlich, er hatte keine Zeit für so etwas. Und es war nicht gerade hilfreich, dass sie ziemlich gut roch für eine Frau, die wer weiß wie lange mit menschlichen Männern in einem Kerker eingesperrt gewesen war.

Er schnappte wieder nach ihr, um sie so weit wie möglich fortzuschleudern, aber da sagte eine Stimme neben ihnen: »Sie ist nicht da.« Ragnar erkannte die Stimme des Fremden.

Keitas Kopf tauchte auf. »Was meinst du mit: Sie ist nicht da?«

»Sie ist nicht da.«

Während dieses dämliche Weib Ragnar abgelenkt hatte, hatte der Fremde sie überholt. Als ihm klar wurde, dass er getäuscht worden war, riss Ragnar die Prinzessin von sich und knallte sie auf den Boden.

»Autsch!«, kreischte sie. »Du grober Bastard!«

Ragnar ignorierte sie, erhob die Klaue gegen den Fremden und entfesselte einen mächtigen Windstoß, der ihn gegen den Baum hinter ihm schleudern und ihm klarmachen sollte, dass mit Ragnar nicht zu spaßen war. Doch außer das Fell auf seinem Kopf zurückzuwehen, bewirkte er nichts, und der fremde Drache blickte ihn nur an.

Nachdem er Ragnar zugesehen hatte, wie Gras, Blätter und Bäume sich durch die Energie, die er entfesselt hatte, bewegt hatten, schaute er auf seine Klaue hinab und wieder zum Reisegefährten der Prinzessin auf.

»Oh«, antwortete der Fremde und klang dabei fast gelangweilt. »Hätte ich davon mit rudernden Armen rückwärts umfallen sollen? Entschuldige. Ich merke es mir fürs nächste Mal.«

Die Prinzessin kicherte, und Ragnar brachte sie mit einem finsteren Blick zum Schweigen. Es war nicht die Tatsache, dass er ausgelacht wurde, die ihn störte; es war die Macht, die er *nicht* von diesem Drachen ausgehen spürte. Eine Macht, von der Ragnar jetzt wusste, dass der Fremde sie besitzen musste, da er es schaffte, sie vor ihm zu verbergen. Hatte die Prinzessin eine Ahnung davon? Und warum sollte ein so starker Magier überhaupt seine Zeit mit jemandem verschwenden, der so geistlos war wie sie? So nutzlos? So hübsch? Moment mal. Er meinte so dumm. Nicht hübsch. *Wo kam jetzt dieses Hübsch her?*

Der Fremde ging um ihn herum und half der immer noch entrüsteten Prinzessin auf die Klauen.

»Geht's dir gut?«

»Mir geht es *nicht* gut!«, beschwerte sie sich. »Dieser Barbar ist gewalttätig geworden, und dabei habe ich mir den Hintern an ein paar Felsen aufgeschürft.« Sie versuchte, sich den Schaden anzusehen, schaffte es aber nur, sich im Kreis zu drehen.

»Deine Tante ist weg, Keita. Und zwar schon eine ganze Weile, würde ich sagen.«

»Das ist unmöglich.« Sie hörte auf, ihren Hintern sehen zu wollen, und entschied sich, ihn stattdessen zu reiben. »Esyld verlässt ihr Haus nie, außer um in die Stadt zu gehen.«

»Soweit du weißt. Es ist ja nicht so, als würdest du sie jeden Tag sehen.«

Einen Augenblick lang sah sie reuevoll aus, ihre Schultern sackten ein wenig nach vorn, doch dann richteten sich ihre braunen Augen auf Ragnar. »Was willst du von meiner Tante, Warlord?«

»Das ist eine Frage an deine Mutter. Sie hat mich hergeschickt.«

Einen schmerzlichen Moment lang hatte Ragnar das Gefühl, als habe er die Prinzessin geschlagen, so verletzt sah sie aus. Er hätte nichts gesagt, wenn er gewusst hätte, dass seine Worte so eine Reaktion hervorrufen würden.

»Meine Mutter? Meine Mutter hat dich hergeschickt? Um meine Tante zu töten?«

»Ich bin kein Mörder, Mylady. Ich sollte deine Tante nur abholen und sie und deinen Bruder zu Königin Rhiannon zurückbringen. Was deine Mutter von da an tut, weiß ich nicht.«

»Und du hast zugestimmt?«

»Es hieß, entweder ich oder die Sippe deines Vaters. Ich nahm an, dass sie bei mir sicherer wäre.«

Der Ostländer warf ihr einen Blick zu. »Da hat er nicht unrecht, Keita.«

Keita ging zum Haus ihrer Tante, nahm im Gehen ihre menschliche Gestalt an und öffnete die Haustür. Sie suchte nach einem Zeichen ihrer Tante oder wohin sie gegangen sein mochte. Nachdem sie sich kurz im Raum umgesehen hatte, ging sie durch die Hintertür hinaus in den Garten.

»Ich habe dir gesagt, dass sie nicht da ist, Schatz.«

»Wo ist sie dann, Ren?«

»Ich weiß es nicht, aber sie ist schon eine Weile weg.«

»Woher weißt du das?«

»Auf allem liegt eine feine Staubschicht – und ihre Präsenz hat schon angefangen, von hier zu schwinden.«

Mit dem Rücken zu Ren und eine Hand auf den Magen gepresst, fragte Keita: »Ist sie tot?«

»Ich weiß nicht. Aber wenn sie es ist, ist sie nicht hier gestorben.«

Rens Instinkte täuschten ihn nie, und er log Keita niemals an. Falls jemand ihre Tante getötet hatte, wüsste er es und würde es ihr sagen.

»Wurde sie entführt?«

»Das spüre ich nicht. Es ist sauber hier. Als wäre sie gerade gegangen.«

Keita wandte sich ihm zu. »Und wohin gegangen?«

»Ich weiß nicht, aber es sagt mir auch nichts, dass etwas nicht stimmt.«

»Außer dass meine Mutter weiß, dass Esyld hier ist.«

»Deine Mutter weiß viele Dinge. Ich bezweifle, dass sie auch nur auf ein Fünftel davon reagiert.«

»Aber hier geht es um Esyld die Verräterin.«

»Die zu holen die Königin einen Blitzdrachen geschickt hat.«

»Vielleicht hat sie gehofft, dass Esyld die Reise nicht überlebt.«

»Dann hätte sie die Sippe deines Vaters geschickt, deren Loyalität unbestritten ist – aber deren Ehre ein bisschen wacklig ist.«

»Du glaubst, dass ich mir unnötige Sorgen mache, oder?«

»Du machst dir selten Sorgen, meine Freundin. Wenn du dir also Sorgen machst, tust du das nie unnötigerweise. Aber ich weiß nicht so recht, was wir im Moment tun könnten.«

»Sie suchen?«

»Damit deine Mutter sicher weiß, wo sie ist?«

Er hatte recht. Wie immer.

»Was soll ich deiner Meinung nach tun?«

»Nach Hause gehen.« Als sie schnaubte, fügte er hinzu: »Du wirst nie herausfinden, was deine Mutter vorhat, wenn du nicht gehst.«

»Und du glaubst, sie wird es mir sagen?«

»Das bezweifle ich. Aber deine Brüder werden es tun, wenn sie es wissen. Ihre Gefährtinnen. Deine Freunde bei Hof. Tu nicht so, als wüsstest du nicht, wie man an Informationen herankommt, meine liebe Lady Keita.«

Jetzt wieder lächelnd, stellte sich Keita auf die Zehenspitzen und schlang Ren die Arme um den Hals. »Soso, mein lieber Freund, du schlägst also vor, dass ich am Hof meiner Mutter *spionieren* gehe?«

»Ich bin erschüttert, dass du so etwas auch nur von mir *denkst*!«

Sie lachten gemeinsam, bis Ren zur Tür deutete. »Lass uns gehen. Je früher wir nach Devenallt zurückkommen, desto schneller sind wir die barbarische Wacheinheit deines Bruders los.«

Der Gedanke daran ließ Keita praktisch zur Tür sprinten.

Als sie Esylds Haus wieder betraten, blieb sie im Türrahmen stehen und musterte den Barbar. Er stand nackt – bis auf die Reisetasche, die er immer bei sich hatte – mitten im Haus ihrer Tante und sah in seiner extrem großen und muskulösen menschlichen Gestalt unglaublich lecker und furchtbar unschuldig aus. Zu unschuldig.

»Was tust du da?«, fragte sie ihn.

»Nichts.«

Langsam richtete sich der Blick des Blitzdrachen auf sie, und sie starrten sich eine scheinbare Ewigkeit lang an. Er log – sie wusste, dass er log –, aber sie hatte keinen Beweis dafür.

»Bereit zu gehen?«, fragte Ren.

»Ja«, antwortete sie endlich. »Ich bin fertig.«

Ren ging hinaus, der Barbar hinter ihm her, und tief ausatmend folgte ihnen Keita. Doch als sie das Haus halb durchquert hatten, blieb sie stehen und suchte den Raum rasch mit Blicken ab. Sie hatte das Gefühl, dass etwas fehlte, aber ob es schon gefehlt hatte, als sie hereingekommen waren, oder erst, seit der Blitzdrache allein im Haus gewesen war, wusste sie nicht.

Da sie nichts feststellen konnte, dessen sie den Warlord hätte anklagen können – und schrecklich verärgert darüber –, ging sie hinaus und nahm ihre natürliche Gestalt an. Schweigend kehrten sie zu den anderen zurück, nur um festzustellen, dass die beiden verbliebenen Barbaren gegen die Felswand boxten, wo Ren verschwunden war.

Ren wandte sich mit bebenden Schultern ab, während Ragnar seine Verwandtschaft beobachtete und herauszufinden versuchte, was sie da taten. Keita sah ihren Bruder mit erhobenen Brauen an, doch Éibhear konnte nur hilflos die Schultern zucken.

Und Götter, ihr standen noch mehrere Tage mit ihnen bevor. Nur das Grauen, ihre Mutter zu sehen, war schlimmer, als mit so eindeutiger Dummheit festzusitzen.

6 Sie lagerten spät in dieser Nacht in der Nähe der Küste. An diesem Platz hatten sie nicht nur das Meer im Rücken, sondern auch ein Fluss durchschnitt das Land, und in der Nähe war ein kleiner See.

Vigholf und Meinhard gingen die Gegend erkunden, um zu überprüfen, dass sie die nächsten Stunden in Sicherheit waren, während der Blaue Feuerholz sammelte und pausenlos redete. Meistens mit sich selbst.

»Du bist erschöpft«, sagte der Fremde.

Die Bemerkung war nicht an ihn gerichtet, aber Ragnar schaute trotzdem über seine Schulter und beobachtete, wie der Ostland-Drache der Prinzessin mit der Kralle über die Wange strich. Ragnar verstand beim besten Willen nicht, was für eine Beziehung diese beiden hatten. Zusammen? Nicht zusammen? Was?

»Das bin ich allerdings«, sagte sie und unterdrückte ein Gähnen. »Ich habe in diesem schrecklichen Kerker versucht zu schlafen, aber dieses ganze leise Schluchzen und Um-Hilfe-Flehen zu den Göttern ... ehrlich, wie oft kann ein Mann singen: ›Rettet mich vor dem Ungeheuer, liebe Götter im Himmel, ich tue Buße für alles Schlechte, das ich getan habe, wenn ihr mich nur vor dem Ungeheuer rettet‹? Ich hatte ja nicht vor, ihn zu essen! Den Hund hatte man wenigstens kürzlich gebadet.« Ihre Schnauze warf ein paar Falten. »Ich kann ja nicht einfach *irgendwas* essen, weißt du?«

»Natürlich nicht.«

»Aber ich muss zugeben, dass ich Hunger habe.«

»Ich besorge uns etwas«, bot der Blaue an und ließ das zusätzliche Holz neben einem Lagerfeuer fallen, das er gerade mit einem Flammenstoß angezündet hatte. Er war unausstehlich guter Laune, seit seine Schwester zugestimmt hatte, mit ihnen zu kommen.

Keita klatschte in die Klauen. »Das würdest du tun?«, fragte sie so süß, dass Ragnars Backenzähne schmerzten. »Ich habe da drüben etwas mit Geweih gesehen.« Sie zeigte in eine Richtung, und ihr Bruder stürmte davon.

Als ihm klar wurde, dass er nun allein war mit der Prinzessin und ihrem … was auch immer er war, machte sich Ragnar auf zum nahegelegenen Strand. Er hatte kein Bedürfnis nach oder Geduld für noch mehr lächerliches Geplapper. Denn war das Gespräch des Paares darüber, ob den Schwanz eines Hundes zu essen angemessen war oder nicht, nicht mehr, als man einem Drachen zumuten konnte?

Ragnar ging zum Ufer und ließ die Wellen über seine Klauen spülen, während sein Blick in die Ferne schweifte. Als er sich ruhig und als Teil der Erde fühlte, schloss er die Augen und ließ seine Gedanken frei.

Er suchte die Linien der Magie, die all jene verbanden, die diese Macht nutzten. Es gab solche wie die Drachenkönigin, die so mächtig waren, dass sie die schwächeren Hexen und Magier davon ausschließen konnten, ihre Präsenz zu spüren. Doch Ragnar besaß starke Fähigkeiten und dank des Segens und der Opfer seiner Mutter auch viel Macht. Er benutzte sein Können, um Rhiannon zu umgehen, damit sie ihn nicht spüren konnte. Das war nicht einfach, denn sie war zu dieser Stunde wach und rief Macht an.

Als er die Königin erfolgreich umschifft hatte, ließ sich Ragnar Zeit und suchte nach Esyld. Wie auch Rhiannon hatte Ragnar die Schwester der Königin ursprünglich über diese Linien gefunden, doch in dieser Nacht war da gar nichts. Ihm gefiel der Gedanke nicht, dass Esyld etwas passiert sein könnte. Und noch weniger gefiel ihm der Gedanke, dass sie vielleicht etwas tun würde, das dazu führen konnte, dass ihr der Kopf abgerissen wurde – zusammen mit ihren Vorder- und Hinterbeinen und den Flügeln. Die Zeiten waren gefährlich, und sich von Ärger fernzuhalten sollte jedermanns Pflicht sein, doch vor allem die Pflicht derjenigen, die allein in den Außenebenen lebten, denn die regierende Südland-Drachenkönigin betrachtete sie als ihre Feinde.

Nach einiger Zeit der fruchtlosen Suche akzeptierte Ragnar die Tatsache, dass er Esyld nicht finden würde. Zumindest im Moment nicht. Enttäuscht entließ er die Energie, die ihn umgab, zurück aufs Meer und öffnete die Augen. Da sah er die Klaue vor seiner Schnauze wedeln.

Er schloss die Augen wieder und fragte: »Was tust du?«

»Oh. Du bist wieder da.«

»Ich war nie weg.«

»Ja, aber du warst auch nicht ganz hier.«

Ragnar machte die Augen wieder auf. »Willst du etwas Bestimmtes, Prinzessin?«

»Ich habe Fragen.«

»Können die nicht warten? Es war ein langer Tag, und ich bin müde.«

»Natürlich, du hast recht. Wir können morgen früh reden.«

Ragnar sah ihr nach, als sie ging, aber er spürte, dass sie nicht schlafen könnte, wenn er ihr ihre Fragen nicht beantwortete. Da sie keine leichte Reise vor sich hatten – und er nicht vorhatte, sie dabei entspannt auf seinem Rücken sitzen zu haben, wo sie sich die Krallen feilte –, fragte er: »Geht es um Esyld?«

Sie blieb stehen; ihr Schwanz kratzte Muster in den Sand. »Und wenn es so wäre?«

»Dann kannst du deine Fragen vielleicht schnell stellen.«

Sie sah ihn über ihre Schulter an. »Woher wusstest du von meiner Tante?«

Ragnar hätte fast die Augen verdreht. Warum erwartete er nur immer wieder mehr von ihr? Aber sie schien zumindest ihrer Tante gegenüber loyal zu sein. Esyld würde Freunde brauchen, wenn sie in die Dunklen Ebenen zurückgebracht wurde. Denn Ragnar hatte keine Zweifel, dass die Königin nicht aufgeben würde, bis sie ihre Schwester gefunden hatte. »Lass es mich klarer formulieren, Prinzessin: Stell deine Fragen schnell und versuche, keine dummen zu stellen.«

»Na gut.« Keita kam wieder zu ihm zurück. »Hast du sie gevögelt?«

Ragnar verzog das Gesicht. »Ich sehe schon, wir bleiben bei den dummen Fragen.«

»Nicht, wenn du sie gevögelt hast. Dann verrätst du deine Geliebte.«

»Sie ist nicht meine Geliebte.«

»Im Moment?«

»Überhaupt nicht.«

Die Prinzessin setzte sich auf die Hinterbeine und kniff die Augen zusammen. »Warum hat meine Mutter dich ausgewählt?«

»Ich weiß nicht.«

»Was hat sie mit meiner Tante vor?«

»Keine Ahnung.«

»Was weißt du *überhaupt*?«

»Eine Vielzahl von Dingen. Aber was deine Mutter denkt, gehört nicht dazu.«

Eine fahrige Kralle tippte in den Sand.

»Warum hast du deiner Mutter nicht gesagt, dass du wusstest, wo deine Tante war?«, fragte er.

»Weil meine Tante, außer vor meiner Mutter um ihr Leben zu rennen, nachdem die meine Großmutter abgemurkst hatte, nichts getan hat, um als Verräterin bezeichnet werden zu können. Und diese Flucht würden wohl die meisten für weise halten.«

»Bist du dir da sicher?«

»Was soll das heißen?«

Ragnar hob die Reisetasche hoch, die neben ihm lag, und stellte sie vor sie hin. »Schau rein.«

Keita öffnete die Tasche vorsichtig mit dem Schwanz und senkte den Kopf, um hineinzuspähen.

Ragnar wäre normalerweise vielleicht beleidigt gewesen, aber er kannte die Wahrheit. »Könntest du noch deutlicher zeigen, dass du Brüder hast?«

»Wenn du eine Tasche aufmachst, ohne zuerst vorsichtig nachzusehen, könntest du dich bei meiner Familie plötzlich Auge in

Auge mit einer giftigen Seeschlange wiederfinden – und du weißt, wie sehr deren Bisse brennen.«

Als nichts aus der Tasche glitt oder sprang, nahm sie sie mit den Vorderklauen hoch und wühlte darin.

»Ich glaube nicht, dass du genug Pergament hier drin hast. Und ja, das ist ironisch gemeint.« Sie schwieg kurz und zog eine Kutte aus seiner Tasche. »Ein Mönch? Ehrlich?«

»Die unschuldige Tochter eines Edelmanns?«, fragte er zurück. »Ehrlich?«

»Verstanden, Warlord.« Sie stopfte die Kutte zurück in die Tasche und kramte weiter. »Oooh, da glitzert etwas.«

Ragnar beobachtete die Prinzessin scharf, als sie die Halskette vom Boden der Tasche aufnahm und sie hochhielt. Ihr Blick ging von der Kette zu Ragnar. »Trägst du, wenn du allein bist, auch ein passendes Kleid und hübsche rosafarbene Pantoffeln dazu?«

»Die war im Haus deiner Tante. Über ihrem Bett.«

»Sind die Nordland-Drachen wirklich *so* arm, dass du einer Drachin ihr einziges Schmuckstück stehlen musst?«

»Erkennst du den Stil nicht?«

Sie musterte das Stück und zuckte schließlich die Achseln. »Ich habe diesen Stil, wie du es nennst, auf jedem Markt in jeder Stadt in …«

»Kopien. Schlecht und billig gemacht. Das hingegen ist keine.« Er nahm die Kette und drehte sie um. »Sie ist vom Schöpfer signiert. Fucinus.«

»Ich bin nicht vertraut mit seiner Arbeit.«

»Das überrascht mich nicht. Sein einziges Geschäft liegt im Herzen des quintilianischen Hoheitsgebiets.«

Die Prinzessin blinzelte. »Und?«

Ragnar gab ihr die Kette zurück. »Wann warst du das letzte Mal in den Hoheitsgebieten, Prinzessin? Hat deine Mutter ein Bündnis mit den Eisendrachen, von dem ich nichts weiß?«

»Willst du damit sagen … Esyld könnte … sie würde doch nicht … sie kann nicht so …« Keitas Krallen schlossen sich fest um die Kette. »Du darfst das meiner Mutter nicht zeigen!«

»Verstehst du, was für ein Risiko du eingehst, wenn ich es ihr nicht sage?«

»Ich weiß immer, welche Risiken ich eingehe, wenn ich mit meiner Mutter zu tun habe.«

»Und trotzdem würdest du ihr das vorenthalten? Vielleicht den einzigen Hinweis, den wir haben?«

»Ein Hinweis, vielleicht. Aber meine Mutter wird einen Blick darauf werfen und sich kopfüber in eine Schlussfolgerung stürzen. Das tut sie immer, und bei den Göttern, sie tut es gut.«

»Aber Esyld jetzt zu schützen ...«

»Ich habe nicht gesagt, dass ich sie schützen würde. Ich will nur echte Beweise. Diese Kette könnte aus den Hoheitsgebieten hinausgeschmuggelt worden sein. Da wäre sie nicht die erste und auch nicht die letzte. Esyld könnte sie gefunden haben oder gekauft. Vielleicht hat sie sie geschenkt bekommen. Das sind alles Möglichkeiten, aber wenn meine Mutter sie erst einmal sieht, ist die Möglichkeit, all das herauszufinden, vorbei. Deshalb sage ich es noch einmal: Du darfst das meiner Mutter nicht zeigen.«

Zu Ragnars eigener Überraschung zweifelte er ihre Worte oder ihre Überzeugung nicht an. Er fragte sich allerdings, was ihre Beweggründe waren. Liebte sie ihre Tante so sehr? Oder hasste sie ihre Mutter noch mehr?

»Und was, wenn Esyld dich verraten hat?«

»Mich verraten ist eine Sache, Mylord. Meine Mutter verraten eine andere.« Keita trat näher. »Aber wenn ich herausfinde, dass Esyld den Thron verraten hat ... dann hat sie ein Problem, aus dem ich sie nicht herausholen kann.«

»Ist nicht deine Mutter der Thron?«

»Nein. Meine Mutter ist die Königin. Aber der Thron gehört ihren Untertanen. Den Thron zu verraten bedeutet, uns alle zu verraten.«

»Und falls Esyld das getan hat ...?«

»Dann hat sie ihr Leben verwirkt.«

Ragnar machte ein finsteres Gesicht. »So einfach wäre das für dich?«

»Natürlich nicht. Aber der Thron muss verteidigt werden.« Sie betrachtete die Kette, die sie in der Klaue hielt. »Es ist eine schöne Arbeit.«

»Das stimmt. Warst du je in den Hoheitsgebieten?«

Keita lachte. »Warum sollte ich so etwas vollkommen Wahnsinniges tun?«

»Du warst zur Zeit meines Vaters in den Nordländern. Ich würde sagen, das war ziemlich wahnsinnig. Aber vielleicht erkenne ich den Unterschied nicht.«

»Das tust du auch nicht. Wenn man in den Nordländern gefangen genommen wird, mag man vielleicht geschändet werden, was vielleicht nicht angenehm ist, Lord Ragnar, aber man ist zumindest noch am Leben. Wenn man in den Hoheitsgebieten gefangen genommen wird, bedeutet das dagegen die Kreuzigung. Und Kreuzigung bedeutet, dass ich tot wäre. Man kann nicht mehr viel tun, wenn man tot ist, oder? Abgesehen davon« – sie rümpfte wieder ihre Nase – »habe ich gehört, dass eine Kreuzigung kein schneller Tod ist, vor allem für Drachen nicht.«

»Das stimmt.« Ragnar wandte sich noch einmal dem weiten Meer zu, das vor ihm lag. »Es gibt viel Geschrei und Blut und eine jubelnde Menge. Das ist extrem unangenehm.«

Sie neigte sich um ihn herum und spähte zu ihm hinauf. »Du hast eine gesehen.«

»Ich habe vieles gesehen.«

»Ich meine, du hast eine in den Hoheitsgebieten gesehen.«

»Ja.«

»Warum hättest du es riskieren sollen, dorthin zu gehen? Ich habe gehört, dass die Eisendrachen die Blitzdrachen hassen.«

»Stimmt, aber es kämpft sich schwer gegen einen Feind, den man nie gesehen hat.«

»Ich habe schon gehört, dass sie euch hassen, aber ich wusste noch nicht, dass sie eure Feinde geworden sind.«

»Ich weiß nicht, ob sie es sind, aber ich höre seit Jahren, dass die Hoheitsgebiete sich auf einen Krieg vorbereiten.«

Die Prinzessin schnaubte und schaute kopfschüttelnd aufs

Meer hinaus. »Mylord Ragnar, die Hoheitsgebiete bereiten sich immer auf einen Krieg vor. Ich würde mich also nicht für etwas Besonderes halten.« Sie sah zu ihm hinüber und sagte mit einem Lächeln: »Wenn ich es richtig sehe, würden sie praktisch jeden töten.«

»Ihr Götter, Ren. Die Hoheitsgebiete? Wenn sie etwas mit denen zu tun hatte, kann ich ihr nicht helfen. Niemand kann das.«

Ren aus der Dynastie der Auserwählten beobachtete seine Freundin und Reisegefährtin, wie sie über den kleinen See schaute, in dem sie sich entspannten, während sie darauf warteten, dass Éibhear das mitgebrachte Fleisch fertig zubereitet hatte.

»Bevor du anfängst, in Panik zu geraten ...«

»Ich gerate nicht in Panik!«

»... schauen wir uns doch zuerst an, was wir herausfinden können. Wir kommen in den nächsten zwei Tagen sowieso an Fenella vorbei. Wir können eine Weile dort bleiben, ich kenne jemanden, der die Kette für uns schätzen kann, und dem vertraue ich eher als diesem bescheuerten Barbaren.«

Keita kicherte ein bisschen. »Und ich kann Gorlas besuchen. Wenn jemand etwas weiß ...«

»... dann ist das Gorlas«, stimmte Ren zu, der wusste, dass der Einfluss ihres alten Freundes und Mentors sich nicht auf die Südländer beschränkte. Dieser Elf hatte *überall* Beziehungen und wusste über *jeden* Bescheid. Und er war sehr stolz darauf. »Aber ich will, dass du für den Moment aufhörst, dir Sorgen um deine Tante zu machen. Wir können im Augenblick nichts tun.«

»Das stimmt wohl.«

Um Keita davon abzulenken, sich in etwas hineinzusteigern, das sowieso nicht ihn ihrer Macht stand, eine ihrer weniger offensichtlichen Macken, nahm ihr Ren den Becher Wein aus der Hand und stellte ihn auf die festgetretene Erde. Er deutete auf seine Haare und drehte sich von ihr weg.

»Meine Haare könnten mal eine ordentliche Wäsche vertragen anstatt dein Gejammer.«

»Ich bin keine Dienerin, Ostländer.«

»Aber niemand macht es so gut wie du, meine liebe, alte, süße Freundin.« Er schaute sie über die Schulter an und klimperte mit den Lidern.

»Du bist erbärmlich«, erinnerte sie ihn, während sie sich hinkniete und anfing, ihm all den Schmutz und das Blut aus den Haaren zu schrubben.

»Stimmt, aber ich habe gelernt, meine Schwäche zu akzeptieren. Das solltest du auch tun.«

Er seufzte wohlig und ließ seinen Kopf noch etwas mehr nach hinten sinken. »Ich sollte dich wohl warnen, dass wir uns vielleicht mit deiner Cousine auseinandersetzen müssen, wenn wir in den Dunklen Ebenen sind.«

»Ich fürchte, du wirst dich genauer ausdrücken müssen. Wenn es ein Fest auf Garbhán Isle gibt, werden viele Cousinen da sein, mit denen ich mich auseinandersetzen muss.«

Ren lachte. »Das stimmt, aber ich meinte jetzt speziell, ähm, Elestren.«

»Oh.«

Ren war sich sicher, dass Keitas letzte Tage auf dem Ausbildungsberg der Drachenkrieger, Anubail, immer noch fest in ihre oft flüchtige Erinnerung eingegraben waren. Was für ein schlechter Vorschlag war das von ihm gewesen. Sie hatte nur ein paar Monate Training in unbewaffnetem Kampf gebraucht, damit sie besser darüber hinwegkam, wie hilflos sie sich in den Händen der Nordländer gefühlt hatte. Was er nicht eingerechnet hatte, war ihre grüngeschuppte Cousine. Nicht nur, dass Keita jetzt kein Stück besser im Faustkampf war als vorher, aber anscheinend schaffte es nicht einmal Keitas Vater – Bercelak der Große höchstselbst – den Bann zu brechen, der Keita eine Rückkehr nach Anubail unmöglich machte.

»Ich sage immer noch, dass es nicht meine Schuld war«, sprach Keita weiter. Seit dem Tag, an dem er sie auf die dringende Bitte ihres Vaters hin abgeholt hatte, brachte sie immer dasselbe Argument vor. Aus einer Kopfwunde blutend und mit einem gebrochenen Unterarm hatte Keita immer wieder dasselbe gesagt wie jetzt: »Was mit ihr passiert ist, war ein Unfall ... sogar Notwehr, und sie kann niemanden außer sich selbst dafür verantwortlich machen. Abgesehen davon: Wie oft soll ich mich noch entschuldigen? Allein die Tatsache, dass ich, ein Nachkomme der königlichen Blutlinie, mich überhaupt entschuldigt habe, sollte genügen. Aber es wird völlig ignoriert, dass ich mich nicht nur viele Male entschuldigt habe, sondern dieser weinerlichen Schlange auch noch sehr dekorative und schicke Augenklappen geschickt habe, damit sie die klaffende Wunde bedecken kann, wo einmal ihr Auge war! Meiner Meinung nach müsste das mehr als genügen. Meinst du nicht auch?«

Ren biss die Zähne zusammen, aber ein Prusten entschlüpfte ihm dennoch, und er begann zu lachen. Keitas Arme schlangen sich um seine Schultern, ihre Wange drückte sich an seine, und sie stimmte mit ein. Beide lachten, bis ihnen die Tränen kamen – und bis sie merkten, dass sie nicht mehr allein waren.

Der Nordland-Drachenlord stand in Drachengestalt ein paar Fuß entfernt und starrte sie finster an. Ren wusste, dass der Blitzdrache verwirrt war. Er verstand ihre Beziehung nicht, und Ren fand das herrlich. Er hatte das Gefühl, dass dieser Drache es nicht ansatzweise gewohnt war, verwirrt zu sein.

»Willst du etwas, Warlord?«, fragte Keita, während sie sich die Tränen aus den Augen wischte.

»Es gibt Essen«, sagte er. Dann deutete er auf sie beide und fragte: »Seid ihr zwei ... ich meine ... seid ihr ...« Er unterbrach sich und schloss kurz die Augen. »Vergesst es«, sagte er dann. Und sie sahen ihm nach, wie er zum Lager zurückging.

Ren hielt Keitas Arme fest und sah ihr in die Augen. »Sieh an, sieh an, du hast seinen kleinen Nordländer fest im Griff, oder?«

Keita runzelte die Stirn. »Meinst du?«

»Merkst du das nicht?«

»Meistens schaut er mich böse an. Und er redet mit mir, als wäre ich das dümmste Weib, das er je kennengelernt hat. Und ich glaube nicht, dass er mich mag.«

»Das kann ich nicht bestreiten, meine Freundin. Aber das heißt nicht, dass er dich nicht begehrt.« Und da fiel ihm ein, wie er seine Freundin ein bisschen ablenken konnte, bis sie mehr über ihre Tante herausfanden. »Allerdings ... ich bezweifle, dass du ihn haben könntest.«

»Oh, ich könnte ihn schon haben.«

»Wirklich?«

»Ihr seid alle gleich, Ren. Ihr folgt alle nur eurem besten Stück.«

»Wie viel setzt du, Prinzessin Eigenlob? Da du dir ja so sicher zu sein scheinst.«

»Komm schon. Das ist die leichteste Wette aller Zeiten, wenn es um einen Mann geht.«

»Dieser Drache ist kein gewöhnlicher Mann. Seine hohe Meinung von sich selbst gestattet ihm keinen Spaß oder unnötiges Herumvögeln. Er hat wichtige Dinge zu tun. Mit wichtigen Drachen, zu denen du nicht gehörst. Seiner Meinung nach natürlich. Nicht meiner.«

Lachend sagte Keita: »Das wollen wir doch mal sehen ...« Sie tippte sich ans Kinn und schaute zum Himmel hinauf. »Wie wäre es mit dem goldenen Sessel, den du zu Hause hast?«

»Du meinst meinen antiken Thron? Ich habe Monate gebraucht, um den aus den Tiefen meiner Höhle auszugraben, und er wiegt mindestens zwei Tonnen!«

»Die Lieferung bezahle ich nicht.«

»Und was bekomme ich, wenn du verlierst?«

»Das wird nicht passieren, aber ...« Sie schürzte nachdenklich die Lippen. »Wie wäre es mit diesem magischen Schwert-Ding, das du unbedingt haben wolltest?«

»Das Schwert von Mallowch?« Sie zuckte die Achseln. »Du verlogene Kuh! Du hast mir erzählt, du hättest es verloren!«

»Nein. Ich sagte: ›Es ist hier irgendwo ... glaube ich. Vielleicht.‹«

»Du bist die hinterlistigste ...« Ren hob den Kopf, die Nüstern gebläht. »Riechst du das?«, fragte er.

Keita hob ebenfalls die Nase und schnüffelte, bevor sie tief inhalierte. »Éibhears gekochtes Fleisch«, seufzte sie.

Sich gegenseitig schubsend, kletterten sie gemeinsam aus dem Wasser, verwandelten sich von ihrer Menschen- in ihre Drachengestalt und versuchten beide, zuerst bei dem sicherlich köstlichen Festmahl zu sein, das Éibhear kreiert hatte.

7

Schwerter wurden auf Rücken und um Hüften geschnallt. Streitäxte und Bogen wurden an Sätteln befestigt. Tiere, die Pferden ähnelten, aber gebogene Hörner und rote Augen hatten, scharrten auf dem eisbedeckten Boden mit den Hufen, weil sie es nicht erwarten konnten, endlich aufzubrechen. Haustiere, die an ihrer Seite reisten, wurden mit einem Pfeifen oder Heulen gerufen.

Jene, die einst Menschen waren, wurden aus Käfigen geholt und bekamen Halsbänder angelegt. Auf allen vieren laufend, würden sie ihnen den Weg weisen wie eifrige Hunde; ihr Wille war seit Langem gebrochen, seitdem sie diejenigen herausgefordert hatten, von denen sie nie gedacht hatten, dass sie sie fürchten müssten.

Ein niemals endender Eissturm tobte, doch das machte ihresgleichen nichts aus. Denn sie hatten einen Auftrag, der ihnen von ihren mächtigen Göttern übertragen worden war. Sie verehrten ein paar davon, wurden aber von allen respektiert. Denn wenn man ihnen eine Aufgabe übertrug, hielt sie nichts, absolut gar nichts von deren Ausführung ab.

Auf den Rücken ihrer Bestien, ihre treuen Haustiere an ihrer Seite, während die Menschen fast auf allen vieren liefen – so öffneten sich die Tore ihrer Eislandfestung, und sie wurden wie Dämonen aus der Unterwelt losgelassen auf ein nichtsahnendes Land. Und sie würden den Edikten ihrer Götter folgen, selbst wenn es den Tod für alle und jeden bedeutete, der ihnen in die Quere kam.

Das Geräusch von mächtigen Hufen, die auf steinhartes Eis stampften, noch im Ohr, wachte Keita auf und stellte fest, dass Ragnar der Listige auf sie herabsah.

Sie quiekte überrascht auf und rief: »Das Böse steigt aus der Hölle auf, um mich zu vernichten!« Anscheinend mehr aus Verwirrung denn aus Wut runzelte er die Stirn, und Keita drehte sich um und vergrub ihren Kopf an der schuppenbedeckten Brust hinter ihr.

Ren streichelte mit fellbedeckten Klauen ihren Rücken und sagte: »Na, na, Kleine. Es gibt nichts zu befürchten. Nur ein furchterregender Nordland-Drache, der alles, was du liebst, zerstören möchte.«

Sie zitterte und flüsterte laut genug, dass alle es hören konnten: »Er macht mir Angst. Mach, dass er weggeht.«

»Husch!«, sagte Ren, und das zwang Keita, ihre Schnauze noch tiefer in seiner Brust zu vergraben, um den Lachanfall zurückzuhalten, der in ihrer Kehle aufstieg. »Husch!«

»Wir brechen in fünf Minuten auf.«

»Wir werden bereit sein«, versprach Ren.

Als der Blitzdrache davongestapft war und seiner Verwandtschaft Befehle zubrüllte, prustete Ren vor Lachen, und Keita kicherte an seiner Brust.

»Würdet ihr zwei mal mit dem Quatsch aufhören?«, tadelte sie Éibhear, der damit beschäftigt war, den Lagerplatz zu säubern. »Ihr seid unmöglich!«

Keita rollte sich auf den Rücken und betrachtete stirnrunzelnd ihre Krallen, als sie entdeckte, dass eine einen Riss in der Spitze hatte. »Wer? Wir?«

»Ja. Ihr. Noch schlimmer könnte es nur sein, wenn Gwenvael auch noch hier wäre.«

Keita und Ren seufzten. »Aaah, Gwenvael«, sagte sie.

»Das waren noch Zeiten«, fügte Ren hinzu.

»Aye. Das stimmt. Wir drei zusammen, und wir haben Chaos gesät, wohin wir auch kamen.« Keita setzte sich auf, einen Unterarm übers Knie drapiert. »Er ist nicht wirklich vergeben, oder?«

»Doch. Und sie ist toll«, sagte Éibhear.

Keita warf Ren einen Blick zu und zwinkerte leicht. Éibhear war in einer Phase, in der *alles* toll oder interessant oder schön war. Natürlich war Keita weniger als ein Jahr nach dem Schlüpfen aus dieser Phase herausgewachsen, und wenn es stimmte, was man ihr erzählt hatte, hatten ihre ältesten Brüder, Fearghus und Briec, diese Phase überhaupt nie durchgemacht. Also war Éibhear vielleicht der Ausgleich für sie alle. Alle bis auf Morfyd natürlich. Die perfekte, makellose, *liebevolle* Morfyd.

»Sie ist so klug. Extrem klug.«

»Liest viel, oder?«, fragte Ren, was ihm einen Rippenstoß von Keita einbrachte.

»Ja. Aber es ist nicht nur das. Sie ist wahnsinnig rational. Überhaupt nicht wie du, Keita.«

Ren, der sich aufgesetzt hatte, fiel lachend wieder auf den Rücken, während Keita die Klauen in die Luft warf.

»Ich zeige dir gleich, wie rational ich bin!«

Während er die Knochen, die von ihrer Mahlzeit am Vorabend übrig waren, auf dem Boden verteilte, damit die Raubtiere der Umgebung haben konnten, was sie nicht mehr brauchten, schüttelte Éibhear den Kopf und bemerkte: »Ich kann dir versichern, dass Dagmar Reinholdt nie auf dem Richtblock gelandet wäre.«

»Reitest du immer noch darauf herum?«, wollte Keita wissen.

»Du hättest jederzeit da rauskommen können, aber du musst ja immer deine kleinen Spielchen machen.«

»Du bist gut. Wenn ich mich hätte exekutieren lassen, wärst du wütend gewesen. Aber wenn ich die Stadt niedergebrannt hätte, wärst du noch wütender gewesen.« Keita stand auf und schlug Ren dabei scheinbar versehentlich mehrmals mit dem Schwanz ins Gesicht, weil er immer noch lachte. »Ich kann es dir nie recht machen!«

Éibhear sah sie über die Schulter an. »Du wärst gar nicht in dieser Lage gewesen, wenn du den Mann nicht umgebracht hättest.«

»Welchen Teil von ›Ich war's nicht‹ kapierst du nicht?«

Ihr kleiner Bruder legte den Kopf schief, und Keita entblößte die Reißzähne, bevor sie schrie: »Ich *war's* nicht!«

Éibhear richtete eine Kralle auf sie. »Aber hattest du vor, ihn zu töten?«

»Was hat das denn damit zu tun?«

»Es tut mir leid«, unterbrach Ragnar sie. »Aber soll das etwa eine Antwort sein?«

Keita warf ihm einen bösen Blick zu. Götter, war er groß. Er verdeckte komplett die beiden Sonnen mit seinem großen Körper und seinem noch größeren Dickschädel! Und all dieses Lila. Was für eine nervtötende, seltsame Farbe! »Und an welcher Stelle hast du dich eingeladen gefühlt, dich an unserem Gespräch zu beteiligen, Kretin?«

»Keita!«, schnauzte Éibhear und stellte sich sofort auf die Seite des Blitzdrachen. »Das war unhöflich. Entschuldige dich!«

Keita wollte Éibhear gerade sagen, wohin er sich seine verdammten Entschuldigungen stecken sollte, als Ren ihr ins Ohr flüsterte: »Hast du deine Wette schon vergessen, meine Freundin?«

Verdammt. Sie hatte sie wirklich vergessen. Aber das, genau wie die meisten Dinge, war nicht ihre Schuld. Es war früh, und sie hatte noch nichts gegessen. »Außerdem müssen wir es noch ein paar Tage mit ihnen allen aushalten. Es kann nicht schaden, ein bisschen nett zu sein«, fügte Ren leise hinzu.

In dem Bewusstsein, dass ihr Freund recht hatte, wedelte Keita mit den Klauen in der Luft herum. »Ihr Götter! Es tut mir leid, Lord Ragnar. Wie du siehst, bin ich nicht gerade ein Morgendrache, und ich werde vor dem Frühstück manchmal ein bisschen schnippisch. Ich bitte vielmals um Entschuldigung.«

»Das kann jedem mal passieren«, murmelte Meinhard, während er seine Reisetasche packte.

»Macht nichts«, warf Vigholf ein.

»Ich kann für mich selbst sprechen – und konnte es auch schon immer«, sagte Ragnar, den Blick immer noch auf Keita gerichtet.

»Also, du verzeihst mir doch, oder, Mylord?« Sie ging zu ihm hinüber, und ihr Schwanz schwang hinter ihr hin und her, bis sie nahe genug war, dass die Spitze sich seine Brust hinaufbewegen konnte. »Es wäre schrecklich, wenn du mir noch böse wärst.«

Ragnar starrte ihren Schwanz an, während sein Bruder und

sein Vetter kerzengerade dastanden und sie anblickten ... was ungefähr der Moment war, als ihr Bruder sie am Schwanz packte und sie in den Wald zerrte.

»Wir sind gleich zurück«, sagte er, während er sie ein gutes Stück wegzog und dabei alle Bäume und Büsche ignorierte, die sie auf dem Weg umknickten oder vollkommen zerstörten.

»Éibhear, du kleiner Scheißer! Lass mich los!« Er tat es, indem er ihren Schwanz von sich schleuderte, dem ihr restlicher Körper dann naturgemäß folgte.

»Was führst du im Schilde?«

»Ich weiß nicht, wovon du redest.«

»Lüg mich nicht an, Keita!« Er beugte sich vor und zeigte mit einer Kralle auf sie. »Du und Ren gemeinsam, das ist selten gut für Außenstehende. Also frage ich dich noch einmal: Was führst du im Schilde?«

Keita stand auf und bürstete sich mit den Vorderklauen die Walderde von den Schuppen. »Ich führe gar nichts im Schilde, kleiner Bruder.«

»Komm mir nicht so. Du solltest besser nicht schon wieder Spielchen spielen.«

»Was für Spielchen?«

»Keita ...«

»Oh, was denn, kleiner Bruder? Du warst zwei Jahre weg und glaubst jetzt, dass du mich herumkommandieren kannst, wie Fearghus und Briec es tun?«

Éibhear blinzelte. »Sie kommandieren dich herum?«

»Sie haben es versucht. Sie sind gescheitert. Du kannst mir glauben, wenn ich dir sage, dass es dir nicht besser ergehen wird.«

»Hör mal.« Er nahm sie an der Schulter, zog sie noch etwas weiter weg und senkte die Stimme. »Ich verstehe, dass du gute Gründe hast, diesen Drachen zu hassen. Er hat dich entführt, als Geisel festgehalten und versucht, mit Mum um dich zu feilschen.«

Keita zuckte die Achseln. »Ich bin darüber weg.«

Éibhear ließ sie los. »Was meinst du damit, du bist darüber weg? Wie kannst du darüber hinweg sein?«

»Weil ich es bin. Im Gegensatz zum Rest meiner Sippe bin ich nicht nachtragend. War ich nie. Sie sind langweilig. Du weißt, wie ...«

»Ja!«, unterbrach er sie. »Ich weiß, wie sehr du es hasst, dich zu langweilen.«

»Dann musst du dir keine Sorgen machen, dass ich auf Rache aus bin. Er hat mir nie körperlich wehgetan. Sein Bruder und sein Vetter waren sehr nett angesichts der Lage. Also ... ich bin darüber hinweg und will für alle Beteiligten nur das Beste.«

»Ach, Keita.« Éibhear vergrub das Gesicht in den Klauen. »Du versuchst, ihn ins Bett zu kriegen, oder?«

»Ich weiß gar nicht, was du ...«

Sein Kopf schoss hoch; silberne Augen sahen sie zornig an. »Keita!«

»Der Einsatz ist ein Thron! Und was geht es dich an, auf wen oder was Ren und ich wetten?«

»Weil ich mich noch gut erinnere, wie hässlich es werden kann, wenn du mit so etwas anfängst. Und ich will, dass ihr beide sofort damit aufhört.«

»Ich lasse mir von niemandem Befehle geben, Bruder, vor allem nicht von dir. Abgesehen davon will ich diesen Thron wirklich.« Sie wollte gehen, doch Éibhear stellte seine Hinterklaue auf ihren Schwanz.

»Verdammt! Warum müsst ihr alle immer meinen Schwanz festhalten?«

»Weil er der gefährlichste Teil von dir ist. Und ich kann nicht glauben, dass du mit Ren darum wettest, wen du ins Bett kriegen kannst. Bist du für so etwas nicht zu alt?«

»Nicht, wenn es um einen Thron geht!«

Knurrend sagte ihr Bruder: »Jetzt hör mir zu. Wenn das Fest vorbei ist, will ich mit Lord Ragnar und den anderen zurückgehen. Verdirb mir das nicht.«

»Zurückgehen? In die Nordländer? Wozu das denn?«

»Ich lerne viel. Ich werde nie so gut wie Briec oder Fearghus, wenn ich hierbleibe.«

»Mir fällt auf, dass du Gwenvael in deiner Aufzählung vergessen hast.«

»Er hat wahrscheinlich seine guten Momente. Wenn er nicht gerade heult.«

Keita beugte sich vor und flüsterte: »Du wirst aber nicht wie die Nordländer, oder?«

»Was meinst du damit?«

»Du willst dir keine Gefährtin suchen und ihr die Flügel abhacken oder so etwas, oder?«

»Das machen sie nicht mehr.« Keita schnaubte höhnisch, und ihr Bruder beharrte: »Wirklich nicht!«

»Solange du keine seltsamen Vorstellungen entwickelst. Oder, du weißt schon, versuchst, jemand Bestimmtem aus dem Weg zu gehen, indem du in die Nordländer zurückkehrst.«

»Ich gehe niemandem aus dem Weg.«

»M-hm. Auch nicht hübschen, großgewachsenen Nichten, die eigentlich gar nicht blutsverwandt sind?«

»Nicht schon wieder dieses Thema!«

»Hübsche, großgewachsene Nichten, die eigentlich gar nicht blutsverwandt sind, aber das bezauberndste Lächeln haben, das Menschen und Götter je gesehen haben?«

»*Können wir einfach gehen?*«, schnauzte er und stürmte an ihr vorbei.

»Nein, nein, Bruder. Ich glaube, ich habe mich geirrt. Du gehst eindeutig niemandem aus dem Weg.«

Ragnar wartete darauf, dass sie aufbrechen konnten, während die zwei Sonnen höher stiegen und es immer später wurde. Er tippte ungeduldig mit einer Kralle, als die Geschwister zurückkamen. Der große blaue Königssohn stampfte daher wie ein launisches Kind, und seine Schwester rannte hinter ihm her und schrie: »Gib's doch zu! Gib doch einfach zu, was du fühlst!«

Der Blaue nahm seine Reisetasche auf. »Lass es gut sein, Keita.«

»Gib es einfach zu! Dann fühlst du dich besser.«

»Halt. Die. Klappe.«

»Zwing mich doch.« Sie stellte sich auf die Hinterbeine und hob die zu Fäusten geballten Vorderklauen. »Na los. Hier und jetzt. Du bist nicht so groß und hart, dass ich nicht immer noch mit dir fertigwerden würde.«

Vigholf beugte sich herüber und flüsterte Ragnar zu: »Sie hat keine Ahnung, wie recht sie hat.«

Meinhard trat Vigholf mit der Hinterklaue.

»Au!«

Mit der Eleganz eines verwundeten Tieres tänzelte die Prinzessin um ihren Bruder herum. »Komm schon! Zeig mir, was du kannst, kleiner Bruder!«

»Ich schlage dich nicht.«

Sie duckte sich, sie wich aus. Und all das ziemlich schlecht.

Vigholf seufzte. »Das passiert, wenn man zulässt, dass Frauen glauben, sie könnten kämpfen wie Männer.«

»Ich habe gehört, die Menschenkönigin sei gut«, bemerkte Meinhard.

»Sie ist nicht übel«, warf der Ostland-Drache ein. »Auch wenn ich gehört habe, dass sie kein Freund der Minotauren ist.«

Vigholf schnaubte. »Unsere Tante Freida mit ihrem einen Arm und dem fehlenden Fuß wäre auch gut, wenn sie fünftausend Soldaten hinter sich hätte.«

»Nein, Keita!«, kreischte der Blaue. »Nicht kitzeln! Hör auf!«

»Meinst du, wir müssen den Prinzen vor seiner Schwester retten?«, fragte Meinhard Ragnar.

»Wenn wir vor Ende der Zeiten aufbrechen wollen…«

Briec der Mächtige, Zweitältester des Hauses Gwalchmai fab Gwyar, Vierter in der Thronfolge der Weißen Drachenkönigin, jetzt, wo sein ältester Bruder seine Dämonenausgeburten von Zwillingen ausgebrütet hatte, Schutzheld der Drachenkriege, ehemaliger Verteidiger des Throns der Drachenkönigin, gütiger Herrscher über das Herz der schönen Talaith und stolzer Vater zweier großartiger Töchter, die perfekt waren, einfach nur, weil sie *seine* Töchter waren, fand seinen ältesten Bruder in der Kommandozentrale.

Fearghus stand hinter dem großen Tisch, eine großflächige Karte vor sich. Brastias, General von Königin Annwyls Armeen, zu seiner Linken, und Dagmar Reinholdt, das einzige weibliche Wesen, das seinen jüngeren Bruder Gwenvael ertragen konnte, zu seiner Rechten. Eine kleine Gruppe von Annwyls Elitesoldaten stand um den Tisch herum.

Fearghus blickte von der Karte auf. »Was ist los, Briec?«

»Ich habe eben Nachricht von Éibhear bekommen. Er ist auf dem Heimweg.«

»Gut.« Fearghus konzentrierte sich wieder auf die Karte.

»Und Keita ist bei ihm.«

»Jawoll!«

Fearghus' Kopf hob sich wieder, und sowohl er als auch Briec sahen hinüber zu mehreren Soldaten, die grinsten und sich gegenseitig auf den Rücken schlugen. Als Briec schwarzen Rauch aus seinen Nasenlöchern quellen ließ, wandten sie den Blick ab und hörten auf zu grinsen.

Briec trat weiter in den Raum hinein. »Was ist das?«, fragte er und deutete auf die Karte.

»Dagmar hat von Ghleanna gehört ...«, begann Fearghus.

»Izzy?«, fragte Briec sofort.

»Ihr geht es gut, Bruder. Entspann dich.«

Briecs Älteste, Iseabail, eine Soldatin in Annwyls Armee, war schon seit fast zwei Jahren mit seiner Tante Ghleanna und ihren Soldaten unterwegs. Und obwohl er nicht Izzys leiblicher Vater war, machte er sich jeden Tag Sorgen um sie. Blutsverwandt oder nicht: Izzy war seine Tochter. Sie würde immer seine Tochter sein.

»Was ist es dann?«, fragte Briec.

»Noch mehr Probleme im Westen. Ganze Städte in der Nähe der Aricia-Berge sind zerstört.«

»Ich dachte, die Armee hätte die Barbaren im Westen im Griff.«

»Die in der Nähe der Westlichen Berge schon, aber wir sind noch nicht einmal über sie hinausgekommen.«

»Immer noch nicht? Wie schwer ist es, barbarische Schwachköpfe in die Lehmhütten zurückzutreiben, aus denen sie gekrochen sind?« Er warf einen Blick zu Dagmar hinüber. »Nichts für ungut.«

Kalte graue Augen, die von kleinen Glaskreisen beschirmt waren, schauten von der Karte auf. »Da mein in Lehmhütten lebendes barbarisches, schwachköpfiges Volk nicht aus dem Westen stammt ... kein Problem.«

»Wir bekommen Bitten um Beistand von den westlichen Königen«, erklärte Brastias.

Briec verstand das Problem nicht. »Dann schick ihnen mehr Soldaten.«

»Ich mag das nicht«, brummelte Fearghus.

»Du magst nie etwas.«

»Dich natürlich nicht, aber ich lüge und erzähle meiner Mutter, es sei anders.« Fearghus sah Dagmar an. »Hast du etwas gehört?«

»Wieso glaubst du, dass ich ...« Das ungläubige Schnauben aller Männer im Raum unterbrach die Nordländerin. »Ich wollte zuerst noch mehr Informationen einholen«, gab sie zu.

»Mehr Informationen worüber?«

»Mögliche Probleme, die von jenseits der Aricia-Berge kommen könnten.«

»Jenseits?« Stirnrunzelnd studierte Briec die Karte. »Das Einzige hinter den Aricia-Bergen ist ...«

Im Raum wurde es still, und Dagmar hob beschwichtigend die Hände. »Lasst mich mehr Informationen beschaffen, bevor wir vorschnelle Schlüsse ziehen.«

»Ein Problem, das so weit aus dem Westen kommt«, murmelte Brastias, »kann Annwyl nicht ignorieren.«

»Sie ignoriert gar nichts.« Briec konnte die Schärfe in Fearghus' Stimme hören. »Ganz und gar nicht.«

»Welchen Teil von ›Lasst mich mehr Informationen beschaffen, bevor wir vorschnelle Schlüsse ziehen‹ habt ihr alle nicht verstanden?«, fragte Dagmar.

»Na schön. Beschaff die Informationen. Dann kann Annwyl entscheiden, was sie tun will.«

Die menschlichen Krieger mussten keinen Ton sagen. Allein ihr Schweigen sprach Bände.

»Was?«, fragte Fearghus. »Was ist los?«

»Falls Annwyl vorhat, sich die nächsten sechzehn Jahre hier zu verkriechen, Fearghus, wirst du jemand anderen finden müssen, der unsere Männer in den Krieg führt. *Falls*«, fügte Brastias mit einem Blick auf Dagmar hinzu, »ein Krieg auf uns zukommt.«

»Ist das nicht deine Aufgabe, General?«

»Meine Aufgabe ist, die Soldaten in die Schlacht zu führen. Aber Annwyl ist unsere Königin. Sie muss uns in den Krieg führen.«

Fearghus seufzte laut. »Und das kann sie nur tun, indem sie ihre Kinder verlässt?«

»Nein. Aber sie kann auch nicht ewig Kriege meiden. Wenn sie versucht, mit einer Truppe hier und einer Legion da Probleme zu flicken, tut sie keinem einen Gefallen. Es reißt nur ihre Armee auseinander.«

Briec beobachtete seinen Bruder. Fearghus wusste, dass der General recht hatte, aber das machte die Lage nicht leichter für ihn.

Brastias' Aufmerksamkeit auf sich ziehend, schlug Briec vor: »Vielleicht solltest du Morfyd vorwarnen, dass Keita nach Hause kommt.«

»Sie vorwarnen?«

»Vertrau mir, General. Warn sie.« Dann machte Briec eine leichte Kopfbewegung in Richtung Tür. Brastias nickte und ging mit seinen Männern hinaus.

Als die Tür sich hinter ihnen geschlossen hatte, ließ sich Briec seinem Bruder gegenüber auf einen Stuhl fallen und legte die Füße auf den Tisch. »Also gut, was ist mir entgangen?«

Fearghus murmelte etwas, aber anstatt ihn dazu zu bringen,

sich zu wiederholen – auf Dauer eine lästige Angelegenheit, denn Fearghus war ein geborener Murmler –, konzentrierte sich Briec auf Dagmar.

»Annwyl fällt immer zögerlicher Entscheidungen, die uns in einen Krieg führen könnten«, sagte Dagmar.

»Ich habe deine Frau gesehen, Bruder. Für mich sieht sie kampfbereit aus.«

»Sie ist hin- und hergerissen«, gab Fearghus zu. »Sie ist bereit, alles niederzutrampeln, was die Gebiete in den Westlichen Bergen in Schrecken hält, aber sie hat furchtbare Angst, die Kinder zu verlassen.«

»Warum? Sie wären nicht allein. Sie haben uns. Den Cadwaladr-Klan. Sie könnte sich keinen besseren oder stärkeren Schutz wünschen.«

»Ich kann es nicht erklären, Briec. Sie spricht nicht mit mir. Ich weiß nur, dass es in letzter Zeit nahezu unmöglich ist, sie weiter weg als bis zu meiner Höhle zu bekommen.«

»Und«, fügte Dagmar hinzu, »Probleme zu besprechen, die Dinge außerhalb von Garbhán Isle betreffen, ist auch eine Herausforderung.« Dagmar ging um den Tisch herum und lehnte sich dagegen, die Arme vor der Brust verschränkt. »Es ist schwer, sie zu überzeugen, dass die Kinder eine kleine Weile auch ohne sie sicher sein werden, wenn wir es nicht einmal schaffen, ein Kindermädchen länger als einen oder zwei Monde zu halten.«

»Warte. Was ist mit dem letzten passiert?«, fragte Briec.

Dagmar schüttelte den Kopf, und Fearghus stieß einen langen Seufzer aus, bevor er sich zur Wand drehte.

Briec zog eine Grimasse. »Oh.« Zum Glück hatte Briec keine derartigen Probleme mit seiner jüngeren Tochter. Sein Mädchen war unvorstellbar lieb – das musste sie von ihm haben, denn von ihrer Mutter konnte sie diese Eigenschaft unmöglich geerbt haben. Also musste er sich keine Sorgen machen, wenn er sie mit jemandem allein ließ. Seine einzige Sorge war die Last, die sie anscheinend auf ihren winzigen Schultern trug. Er hatte noch nie ein so junges Wesen gesehen, das so ernst aussah – die ganze

Zeit. Sie lächelte nicht. Nie. Sie sah nur alles um sich herum mit diesen Augen an, in denen man sich verlieren konnte. Er hatte einige sagen hören, sie hätten das Gefühl, dass sie direkt in ihre Seelen blickte, wenn sie sie ansah.

Um ehrlich zu sein, glaubte Briec, dass sie das tatsächlich tat.

Aber das alles half seinem Bruder jetzt nicht. Denn eine paranoide, gut trainierte, zu allem bereite Annwyl, die keinen Krieg oder keine Schlacht in Aussicht hatte, war nichts weniger als ein Vulkan kurz vor dem Ausbruch. Jeder auf Garbhán Isle wusste das – und das machte alle so nervös.

»Ich bin mir sicher, dass wir eine Lösung finden. Vielleicht kann Keita helfen. Wenn sie hier ist.«

Fearghus schniefte. »Zwei Jahre, und kein Wort von ihr. Und sie wird wiederkommen, als sei nichts gewesen.«

»Du weißt, wie Keita ist. Sie hat uns alle ausgeschlossen, sogar Éibhear.«

»Ja, aber sie ist ja nicht Gwenvael.«

»Weil uns nicht egal ist, ob sie tot ist oder lebt?«

»Genau.«

»Ihr zwei wisst schon, dass ich neben euch stehe, oder?«, fragte Dagmar.

»Es geht nicht darum, ob wir wissen, dass du hier bist oder nicht«, erklärte Briec. »Es geht darum, ob es uns etwas *ausmacht*, ob du hier bist oder nicht. Und das wird dich sicher überraschen, winzige, zerbrechliche Menschliche: Es ist uns wirklich egal.«

Dagmar rückte ihre Augengläser zurecht. »Was mich wirklich wundert ist ja, um ehrlich zu sein, dass Talaith dich noch nicht im Schlaf umgebracht hat.«

Briec grinste und Fearghus lachte. »Aye. Das wundert sie selbst auch.«

8 Sie befanden sich immer noch in den Außenebenen, als sie am Nachmittag ihre erste Pause machten. Es hätte nur eine kurze Pause von einer halben Stunde oder weniger werden sollen, aber die Prinzessin nahm ihre menschliche Gestalt an und zog ein Kleid an, was seltsam genug war. Dann wühlte sie in Ragnars Tasche und warf seine Kettenhose und sein Hemd nach ihm. »Zieh dich an!«, befahl sie.

»Warum?«

»Frag nicht – tu's einfach.« Sie grinste und ging davon. Ragnar aß weiter von dem Trockenfleisch aus seiner Tasche, bis Vigholf ihn mit der Schulter schubste. »Geh schon!«

»Wohin?«

»Wo sie hingeht. Sei kein Idiot.«

»Ich habe wichtigere …«

Jetzt schubste ihn Meinhard an der anderen Schulter. »Geh! Wir sind hier, wenn du zurückkommst.«

»Wir müssen weiter.«

»Würde dich eine zusätzliche halbe Stunde wirklich umbringen, Bruder?« Vigholf deutete lächelnd auf die Prinzessin. »Geh. Sie wartet.«

Er wusste, dass es Zeitverschwendung war, aber er war sich auch sicher, dass sein Bruder und sein Vetter ihn nicht in Ruhe lassen würden, bis er der Frau wie ein Hündchen gefolgt war, also verwandelte sich Ragnar ebenfalls und zog die Kleider an. Außerdem schnallte er sich ein Schwert auf den Rücken, schob mehrere Dolche in seine Stiefel und schlüpfte in einen Umhang mit Kapuze, um seine Haare zu verbergen. Als er angezogen war, folgte er Ihrer Hoheit und fand sie weniger als eine halbe Meile entfernt an einen Baum gelehnt.

»Das hat ja gedauert«, beschwerte sie sich, dann hakte sie sich bei ihm unter und ging los.

»Wo gehen wir hin?«

»Das wirst du schon sehen. Es ist nicht weit.« Sie schaute zu ihm auf. »Du siehst so angespannt aus. Dieser ganze Stress kann nicht gut für dich sein.«

»Ich sehe immer angespannt aus. Das heißt nicht, dass ich es auch bin.«

»Aber du hast so ein hübsches Gesicht. Warum verschwendest du es damit, ständig finster dreinzuschauen?«

Ragnar blieb stehen; die Prinzessin hielt ebenfalls an, da sie ja seinen Arm hielt. »Was hast du vor?«

»Ich gehe mit dir spazieren.«

»Warum?«

»Willst du nicht mit mir spazieren gehen?«

Er antwortete nicht, und dann sagte sie: »Ich werde es dir leicht machen.« Sie ließ ihre kleine Hand in seine gleiten und verschränkte ihre Finger mit seinen. »Jetzt kannst du nicht weg«, murmelte sie, und ihm wurde bewusst, dass sie recht hatte.

Sie erreichten die Lichtung, die Keita gesehen hatte, als sie über die Gegend hinweggeflogen waren, und sie lächelte zu dem Warlord auf. Er dagegen verdrehte die Augen und sah aus, als wünschte er sich eine Million Meilen weit weg.

»Ach, komm schon. Ein paar Minuten. Was kann es schaden?«

»Ich bin nicht in der Stimmung für einen Jahrmarkt, Prinzessin.«

»Ich verstehe immer noch *Pissessin*, aber das macht nichts.« Sie zog ihn wieder am Arm und hörte nicht auf, bis er mitging.

»Ich liebe Jahrmärkte«, erklärte ihm Keita, als sie näher kamen. Ein Gaukler sprang vor sie und schleuderte mehrere Keulen in die Luft. »Es macht so viel Spaß!«

»Und ich merke, dass wir den Südländern näher kommen.«

»Habt ihr im Norden keine Jahrmärkte?«

»Nein.«

»Solltet ihr aber. Ein Jahrmarkt ist eine wundervolle Sache für die Menschen. Sie bekommen meiner Ansicht nach nicht genug Unterhaltung.«

»Du magst die Menschen ja richtig.«

»Das war nicht immer so«, gab sie zu. »Ich konnte manchmal ziemlich grausam sein. Vor allem zu den Männern. Und ich habe einmal fast ein ganzes Dorf zerstört. Ich glaube, da war ich noch nicht einmal fünfundsiebzig Winter alt.«

»Warum?«

»Der Anführer des Dorfes wollte mich als Schutz benutzen, indem er mich an die Kette legte. Und zwar nicht auf eine Art, die Spaß gemacht hätte, sondern wie eine Art Wachhund. Mich! Eine Drachin einer königlichen Blutlinie! Ich habe meinen Standpunkt dann klargemacht und auch gleich noch einen schicken neuen Namen bekommen. Ich bezweifle, dass die wenigen Menschen, die überlebt haben – hauptsächlich Frauen und Kinder –, so etwas je noch einmal mit einem Drachen versucht haben.«

»Höchstwahrscheinlich nicht.«

»Aber mir ist später bewusst geworden, dass sie nur versucht haben, ihr Dorf, ihr Volk zu beschützen. Es ist nicht mehr oder weniger, als wir tun; es wurde nur von denen, die das Sagen hatten, schlecht durchgeführt. Mit der Zeit wurde mir klar, dass es manchmal nur darum geht, wie die Führung ist und wer regiert. Ein schlechter Anführer kann die nettesten und wunderbarsten Leute in eine ganz schreckliche Lage bringen, aus der sie nicht wissen, wie sie wieder herauskommen sollen.«

»Hast du deshalb Bampours Festung nicht zerstört?«

Sie nickte. »Warum all diese Leute leiden lassen, weil sie einen schlechten Herrscher haben?« Keita zwinkerte dem Gaukler zu, und sie gingen weiter zu den Ständen, an denen alles von Essen über Kleidung bis hin zu Waffen verkauft wurde. »Heutzutage gehe ich mit den meisten Menschen eher um wie mein Großvater, Ailean der Schöne.«

»Ich dachte, sein Name war Ailean der Verruchte.«

»Für manche. Für mich war er Ailean der Schöne. Er liebte mich. Und wie er liebe ich es, meine Zeit als Mensch zu verbringen, unter Menschen. Ich finde sie so amüsant und süß.«

»Du meinst wie Entenküken?«, fragte er und konnte die Ironie in seiner Stimme nicht verbergen.

Keita grinste. »Ja! Genau wie Entenküken!« Sie blieb bei einem Eisenschmied stehen und schaute sich seine Waren an. »Das sind hübsche Waffen.«

»Wenn du es sagst.«

Als sie sah, wie finster der Schmied dreinblickte, zog Keita den Nordländer schnell weiter. »Könntest du wenigstens so tun, als wärst du freundlich? Es bringt doch nichts, die Waren des Mannes zu beleidigen, wenn er direkt danebensteht.«

»Soll ich ihn anlügen?«

»Aye! Das solltest du. Würde es dich umbringen?«

»Wenn ich versuchen würde, so zu tun, als könnten mich diese schwachen Waffen, die er hergestellt hat, in einem echten Kampf schützen – ja.«

Keita blieb stehen und sah zu dem Warlord auf. »Bist du immer so?«

»Um genau zu sein … nein.« Er erwiderte ihren Blick. »Das scheint an dir zu liegen.«

Die Prinzessin ließ seinen Arm los und rauschte davon, kehrte aber ein paar Augenblicke später zurück. »Weißt du, ich *versuche* wenigstens, nett zu sein.«

»Ich weiß. Ich weiß nur nicht, warum.«

»Ich bin immer nett. Ich bin bekannt für meine Nettigkeit.«

»Du meinst, wenn du gerade nicht versuchst, Leute umzubringen.«

Sie zeigte auf ihre Brust. »*Ich* habe ihn nicht umgebracht.«

»Aber du wolltest es.«

Sie atmete hörbar aus und sah sich um. Niemand schenkte ihnen große Aufmerksamkeit, also trat sie näher an ihn heran und sagte: »Ich erzähle dir das im Vertrauen.«

»Wie du meinst.«

»Bampour hat einen Mörder geschickt, um die Kinder meines

Bruders in ihren Bettchen zu töten. Weil er glaubt, dass sie böse sind.«

»Sind sie es?«

»Natürlich nicht!«

»Woher willst du das wissen? Du bist gar nicht zu Hause gewesen.«

»Ach!« Sie stürmte davon. »Ich weiß nicht, warum ich überhaupt mit dir rede.«

Er wusste es auch nicht, aber irgendwie genoss er es, die Prinzessin zu ärgern. Er wusste, dass es nicht sehr ehrenhaft war, aber er konnte einfach nicht anders.

Ragnar holte sie ein, als sie am Stand eines Damenschneiders Halt machte.

»Was willst du?«, fuhr sie ihn an, während sie die Kleider begutachtete.

»Ich wollte dich nicht verärgern.«

»Soll das eine Entschuldigung sein?«

»Nein«, gab er zu. »Soll es nicht.«

»Du bist ein höchst … frustrierender Mann.«

»Das höre ich nicht zum ersten Mal.«

Sie zog ein Kleid aus einem der Holzregale und hielt es sich vor den Körper. »Was meinst du?«

»Wir wissen beide, dass du in allem schön aussiehst. Willst du mich zwingen, dich ständig daran zu erinnern?«

»Würde es dich umbringen, es einfach zu sagen?« Sie legte das Kleid zurück in das Fach und suchte weiter. »Hast du eine Gefährtin, Warlord?«

»Nein.«

»Überrascht dich das? Denn mich überrascht es nicht.«

»Du hast auch keinen Gefährten.«

»Ich will keinen. Klammernde, anhängliche Männer, die das Bedürfnis haben, mich in einem überholten Ritual zu brandmarken, damit sie sich mir überlegen fühlen können, während sie meine hübsche menschliche Haut ruinieren.« Sie hielt den rechten Arm hoch und strich mit der Linken daran entlang. »Sieh dir diese Haut an. Sie ist herrlich. Und ich habe es geschafft, sie mit sehr wenig Aufwand ziemlich lange so zu erhalten. Ich werde sicherlich keinem jämmerlichen Mann erlauben, sie zu ruinieren, damit er hinterher vor seinen Freunden damit angeben kann.«

»Tja, du hast es geschafft, Äonen von alten und mächtigen mystischen Ritualen für Drachen auf der ganzen Welt in eine Männerhasser-Tirade zu verwandeln, die sich irgendwie nur um dich dreht.«

»Ich hasse Männer nicht.« Sie nahm ein anderes Kleid, rümpfte ein wenig die Nase und legte es schnell zurück. »Im Großen und Ganzen liebe ich sie über alles.«

»Wie kannst du sagen, dass du sie über alles liebst?«

»Aber das tue ich. Immer für kurze Zeit. Andererseits liebe ich auch Kinder für kurze Zeit und Regenschauer und heiße, sonnige Tage – für kurze Zeit. Aber alles, was sich über Ewigkeiten hinzieht, geht mir einfach auf die Nerven.«

»Gut zu wissen.«

»Und was für eine Frau suchst du?«, fragte sie, und Ragnar runzelte ein wenig die Stirn.

»Wie bitte?«

»Wie muss eine Bettpartnerin für dich sein? Groß? Fett? Langer Schwanz? Kurzer Schwanz? Breite Hüften? Schmale Hüften?«

Er hob die Hand. »Also gut ... stopp.« Ihm gefiel die Richtung, die ihr Gespräch gerade nahm, überhaupt nicht. »Ich suche gar keine Frau.«

»Oooh.« Sie schaute das Kleid in ihren Händen an, dann sagte sie: »Na ja, dann hoffe ich, dass du nicht an Ren interessiert bist, denn das ist nicht sein Ding.« Sie wandte den Blick ab und fügte hinzu: »Glaube ich.«

»*Das* suche ich auch nicht.«

»Du musst nicht so ablehnend klingen.«

»Tue ich nicht. Ich weiß nur nicht, warum du mir all diese Fragen stellst.«

»Und ich weiß nicht, warum du mir nicht einfach antwortest.«

»Na schön. Ich suche eine nette und liebevolle Frau, bei der ich nicht mit einem offenen Auge schlafen muss, um sicherzugehen, dass ich den nächsten Morgen erlebe.«

»Viel Glück, wenn du so etwas bei den Drachinnen finden willst«, murmelte sie.

»Wie war das?«, fragte Ragnar, obwohl er sie sehr wohl verstanden hatte.

»Nichts.« Sie legte ein weiteres Kleid zurück und ging weiter. Knurrend folgte ihr Ragnar.

Éibhear ging zu seiner kleinen Gruppe hinüber und merkte schnell, dass sie noch kleiner war als vorhin, als er gegangen war. Er war nur kurz weg gewesen. »Wo sind denn alle?«

Als Antwort grunzten die beiden Verbliebenen, Vigholf und Meinhard, nur. Daran hatte sich Éibhear in seiner Zeit in den Nordländern gewöhnen müssen. Von Natur aus waren Blitzdrachen grundsätzlich nicht sehr gesprächig. Es sei denn, sie tranken, aber das passierte nur nachts, und Éibhear konnte wirklich nicht jede Nacht trinken, wie das die meisten Nordländer konnten. Nicht, wenn er bei Sonnenaufgang wieder wach sein und trainieren wollte.

Doch Éibhear hatte genug Zeit mit den Blitzdrachen verbracht, um seinen ersten Fehler zu erkennen. Er wartete, bis die Blitzdrachen kurz aufhörten, sich Essen in den Mund zu schaufeln, dann fragte er: »Wo ist meine Schwester?«

»Mit Ragnar weg«, antwortete Meinhard.

»Ist Ren mit ihnen gegangen?«

»Nö. Er ist irgendwo da drüben.«

Mist. Er gab sich größte Mühe, nicht in Panik zu verfallen, und fragte weiter: »Wisst ihr, wo Keita und Ragnar hingegangen sind?«

»Nö.«

»Wisst ihr, wann sie wiederkommen?«

Vigholf kaute sein Essen und musterte Éibhear eingehend. »Zweifelst du an der Ehre meines Bruders, wenn er mit deiner Schwester unterwegs ist?«

Éibhear schüttelte den Kopf. »Oh, nein, nein. Überhaupt nicht.« Er kratzte sich mit der Schwanzspitze am Kopf. »Meine Schwester hat allerdings nicht so viel Ehre. Deshalb könnte das vielleicht ein Problem werden.«

Die beiden anderen starrten zu ihm herauf. Sie sahen leicht angewidert aus. »Versteht mich nicht falsch«, versuchte Éibhear zu erklären. »Meine Schwester ist eine liebenswerte Drachin. Wirklich. Aber ich fürchte, sie könnte versuchen … na ja …«

»Was versuchen, Junge? Spuck's aus.«

»Es könnte sein, dass sie versucht, ihn« – er flüsterte die folgenden Worte – »sexuell zu nötigen.«

Die Blitzdrachen sahen sich an, dann sagte Meinhard zu Éibhear: »Darüber würde ich mir an deiner Stelle keine Sorgen machen, Junge.«

»Ihr versteht nicht.« Éibhear trat näher. »Meine Schwester hat so eine Art an sich … Männer verlieben sich in sie. Wahnsinnig. Nach nur einer Nacht mit ihr. Manchmal schon nach einer Stunde. Und das könnte … schlecht sein. Falls mein Vater sich einschalten muss.«

»Aber ich glaube, sie sind nur spazieren gegangen«, sagte Vigholf, der aussah, als schwanke er zwischen Heiterkeit und Verwirrung.

»Na klar. Nur spazieren. Vielleicht könnten wir sie ja suchen.«

»Hör zu, Junge«, sagte Meinhard müde, »ich verstehe das Problem nicht. Sie sind beide erwachsene Drachen, die spazieren gegangen sind. Und was auf ihrem Spaziergang passiert, geht nur sie etwas an.«

»Klar. Ich mache mir nur ein bisschen Sorgen um die interterritorialen Beziehungen.«

»Du machst dir Sorgen um *was*?«, fragte Vigholf.

»Unser Bündnis.«

»Glaubst du, das steht auf dem Spiel?«

»Ich weiß, wie das läuft. Etwas läuft zwischen den beiden; Lord Ragnar verliebt sich in sie. Keita dagegen nicht in ihn. Er bedrängt sie. Keita holt ihren Vater, ihre Brüder und ihre Vettern, um ihn loszuwerden, und bevor irgendwer es sich versieht ... Krieg.«

»Wegen eines Spaziergangs?«

Meinhard wedelte Éibhears Bedenken mit einer Handbewegung fort. »Du gehst davon aus, dass deine Schwester Ragnar will.«

»Na ja, jetzt, wo es um eine Wette geht ...« Die Worte waren Éibhear herausgerutscht, bevor er sie zurückhalten konnte, und er wusste sofort, dass er zu viel gesagt hatte. Mit einem Nicken verkündete er: »Ich gehe Ren suchen.«

Er wollte weggehen, doch plötzlich waren beide Blitzdrachen links und rechts von ihm, starke Arme schlangen sich um seinen Hals und hielten ihn fest.

»Sei ein guter Junge«, sagte Meinhard grinsend. »Und erzähl uns alles über diese Wette.«

Keita war fröhlich auf dem Weg zu einem der Schmuckstände. Götter, sie liebte Schmuck.

»Und warum hattest du das Bedürfnis, die Bampour-Sache selbst zu erledigen?«, fragte Ragnar sie.

»Ich war gerade in der Stadt.« Als er auf ihre Antwort hin die Stirn runzelte, hielt sie eine Kette hoch. »Was meinst du?«

»Ich meine, sie sieht teuer aus.«

»Geizig, verstehe.« Sie seufzte und legte die Kette zurück.

»In den Nordländern nennen wir das sparsam.«

Angewidert von diesem Wort – kein Drache sollte geizig oder »sparsam« sein –, fragte Keita: »Und wenn du bereit bist, sesshaft zu werden, wirst du dann eine Frau entführen?«

»Das machen wir nicht mehr.«

»Dein Vater hat es mit mir gemacht.«

»Und jetzt ist er tot. Die Zeiten haben sich geändert.«

»Gut.« Sie ging weiter zum nächsten Stand, diesmal einem voller Kristallschmuck. »Ich bin sicher, dass viele meiner Cousinen bei dem Fest sein werden, und es hätte mir gerade noch gefehlt, dass du und deine Sippe mit ihnen abhaut.«

Als der Nordländer schnaubte, blieb sie stehen und drehte sich zu ihm um. »Was ist daran so lustig?«

»Dass du glaubst, wir würden mit einer Cadwaladr-Frau abhauen.«

»Und warum nicht?« Als er eine Augenbraue hob, gab sie zu: »Na schön, ein paar von ihnen sind vielleicht ein winziges bisschen ... vierschrötig. Aber sie haben ein gutes Herz und sind sehr treu.«

»Das habe ich gehört.«

»Hör mal, nicht jede kann so schön sein wie ich – und ich weigere mich, mich zu binden, also nimmst du am besten das, was du kriegen kannst.«

»Wie ist es nur möglich, dass du so arrogant bist?«

Keita lachte laut auf. »Und ich dachte, du kennst meine Familie schon.«

Während sie einen Truthahnschenkel verschlang, den er ihr hatte kaufen müssen – sie hatte schon davon abgebissen, als sie darauf hinwies, dass sie kein Stück Geld dabei hatte –, machten sie sich auf den Rückweg zum Rest ihrer Reisegesellschaft.

Beim Gehen redete sie weiter, und Ragnar konnte es sich nicht verkneifen, zu beobachten, wie sich ihr menschlicher Körper bewegte. Ihr Kleid floss locker um sie herum – und es war neu. Er hatte keine Ahnung, wo sie es herhatte – das letzte Kleid, in dem er sie gesehen hatte, war jedenfalls das Schmutzige gewesen, das sie getragen hatte, als er sie gerettet hatte. Er beschloss, nicht danach zu fragen, denn er wollte es gar nicht wissen, und konzentrierte sich stattdessen darauf, dass sie immer noch barfuß war, obwohl sie sich ein neues Kleid besorgt hatte. Er wusste einfach nicht warum.

Genauso wenig wusste er, warum er so fasziniert von ihren Füßen war ... und von diesen Beinen ... und davon, was sie sonst noch unter diesem Kleid hatte.

Doch bevor Ragnar wirklich anfangen konnte, sich Sorgen über seine Besessenheit vom fehlenden Schuhwerk der Prinzessin zu machen, blieb er stehen und dachte darüber nach, was sie ihm da nur Augenblicke zuvor erzählt hatte. Er musste um eine Klarstellung bitten. »Du hast deiner Cousine ein Auge ausgekratzt?«

»Ich habe es ihr nicht aus*gekratzt*.« Sie leckte den Saft des Truthahnschenkels von den Fingern ihrer freien Hand. »Ich habe es ihr mit meiner Schwanzspitze ausgerissen.«

Als sein Mund offen stehen blieb, erklärte sie eilig: »Es war Notwehr!«

»Ist das nicht dieselbe Ausrede, die du bei dem Wachhund benutzt hast, den du gefressen hast?«

»Vielleicht. Aber bei Elestren war es wirklich Notwehr. Sie hat mich mit einem Kriegshammer geschlagen. Auf den Kopf und auf den Arm. Und ich kann dir sagen, sie hat ziemliche Kraft hineingelegt.«

»Warum? Was hattest du ihr getan?«

Jetzt blieb ihr Mund offen stehen. »*Ich* hatte gar nichts getan.«

»Keita…«

»Hatte ich nicht! Es sei denn, sie war immer noch sauer, weil ich sie einmal Fettarsch genannt hatte. Aber das war schon Jahre her.«

Sie gingen weiter. »Jedenfalls kam sie mit diesem verfluchten Hammer auf mich zu, nachdem sie mir schon fast den Unterarm gebrochen und den Schädel eingeschlagen hatte, und ich bekam Panik und benutzte meinen Schwanz … was man anscheinend beim Training nicht tun soll.«

»Training wofür?«

»Für den Kampf. Also, wenn du oder dein Vater und euresgleichen das nächste Mal versucht, mich zu entführen …«

Ragnar blieb wieder stehen, die Hände zu Fäusten geballt. »Steck mich nie wieder in dieselbe Schublade wie meinen Vater«, sagte er.

Mit großen Augen erwiderte sie: »Ich wollte nicht …«

»Und ich habe dich gerettet. Und als du in deinem Gebiet in Sicherheit warst, habe ich dich gehen lassen. Mit beiden Flügeln.

Ich kann dir versichern, dass Olgeir der Verschwender nichts dergleichen getan hätte.«

»Na gut.«

Ragnar wusste, dass er sie angeschnauzt hatte, aber er konnte nicht anders. Dennoch fühlte er sich wie ein richtiger Mistkerl, als sie im Gegenzug nur hochhielt, was von dem Truthahnschenkel übrig war, und fragte: »Willst du den Rest?«

Er hätte sich entschuldigen sollen, aber er würde es nicht tun. Nicht, wenn sie es wagte, ihn mit seinem Vater zu vergleichen. »Na gut … wenn ich ihn schon bezahlt habe.« Er nahm ihr den Schenkel aus der Hand und riss das restliche Fleisch davon ab, bevor er das Mark aussaugte. Als er fertig war, reichte er ihr die Überreste – ein Stück hohlen Knochen.

Sie hielt ihn hoch, und ihr Blick wanderte von ihm zu dem Knochen und wieder zurück. Mehrere Male.

Als sie nichts sagte, tat er es. »Lass uns zurückgehen. Wir haben noch viele Meilen vor uns, bevor wir das Nachtlager aufschlagen können.«

Sie setzten sich wieder in Bewegung, und nachdem Keita das Stück Knochen weggeschleudert hatte, fragte sie: »Sag mir, Lord Ragnar – begehrst du mich?«

»Wie die Luft zum Atmen.«

Sie blieben beide wieder abrupt stehen und die Augen der Prinzessin waren weit aufgerissen, als sie zu ihm aufsah.

»Aber deshalb muss ich mich von dir fernhalten, nicht wahr?«, fragte er.

Ihr bestürzter Blick schwand, und dieses Lächeln – das, von dem er sicher war, dass es niemand außer ihm je zu Gesicht bekam – trat an seine Stelle. »Nur wenn du einer von der anhänglichen Sorte bist«, gab sie zu. »Anhänglich finde ich schrecklich.«

Sie knabberte auf ihrer Unterlippe und ihr Blick wanderte an ihm auf und ab. Dann kicherte sie. »Und Götter, ich hoffe wirklich, dass du keiner von der anhänglichen Sorte bist!«

Mit einem breiten Lächeln machte sie sich auf den Weg zurück zu ihrer Reisegesellschaft. »Na komm, Warlord, wir haben noch viele Meilen vor uns, bevor wir das Nachtlager aufschlagen können.«

Und zum ersten Mal in fast einem Jahrhundert fühlte sich Ragnar vollkommen überfordert.

9

Trotz ihres kurzen Ausflugs auf den Jahrmarkt kamen sie gut voran, erreichten die Stelle, wo sie die Nacht verbringen wollten, und waren am nächsten Tag noch vor Sonnenaufgang wieder unterwegs. Gegen Nachmittag landeten sie schließlich auf die Bitte des Ostland-Drachen hin eine Wegstunde außerhalb der südländischen Grenzstadt Fenella. Es sollte eine kurze Pause werden, eine für Essen und Wasser, aber dann marschierte Ihre Majestät mit ihrem Ostland-Gefährten davon – in Menschengestalt. Schon wieder in einem neuen Kleid. *Wo nimmt sie bloß die ganzen Kleider her?*

»Wo geht deine Schwester hin?«, fragte Ragnar den Blauen.

»Ich weiß nicht.«

»Hast du mal daran gedacht zu fragen?«

»Nein.«

»Machst du dir keine Sorgen?«

»Nein.«

Ragnars Klauen zuckten und wollten sich zu gern um die Kehle des Prinzen legen, doch das wäre eine Verschwendung eines sehr guten Baumfällers gewesen. »Besorg uns etwas zu essen.«

»Alles klar«, entgegnete der Blaue fröhlich und machte sich auf, um eine Herde Schafe zu reißen, an der sie auf dem Weg hierher vorbeigekommen waren.

»Meinst du, er könnte dich noch mehr nerven?«, fragte Vigholf kichernd.

»Ich glaube nicht.«

»Du bist zu streng mit ihm. Er ist ein Welpe. Wir waren auch mal so. Na ja … du vielleicht nicht, aber ich. Und Meinhard. Das wächst sich aus.«

Meinhard ließ seine Halswirbel knacken, dass es in der ganzen Schlucht widerhallte. »Und, gehst du ihr nach?«

»Sie hat ihren kleinen ausländischen Schoßhund dabei – wozu braucht sie da mich?«

»Da klingt aber einer verbittert. Und du bist schon so, seit du mit ihr vom Jahrmarkt zurückgekommen bist. Warum? Was ist passiert?«

»Nichts.« Und das war die absolute Wahrheit. Nichts war passiert, als sie wiederkamen. Stattdessen hatte die Prinzessin den Rest des wertvollen Abends damit verbracht, mit ihrem ausländischen Verbündeten zu reden, womit Ragnar ganz einverstanden war. Er hatte keine Zeit für die Prinzessin und ihre Spielchen. »Und ich bin nicht verbittert. Ich bin vorsichtig. Das solltet ihr auch sein. Lasst euch nicht von einem hübschen Lächeln und einem flinken Schwanz täuschen.«

»Du bist so schwanzfixiert«, sagte Vigholf.

»Ich versuche, dir einen Rat zu geben, Bruder.«

»Und vergiss ihr hübsches Lächeln nicht, Vigholf. Ich erinnere mich nicht, dass einer von uns ein *hübsches* Lächeln erwähnt hätte«, schaltete sich Meinhard ein.

Frustriert verlangte Ragnar zu wissen: »Wovon redet ihr zwei da?«

Vigholf tätschelte Ragnars Schulter. »Wir verstehen dich, Bruder. Ehrlich. Wir kommen alle mal an einen Punkt, wo wir daran denken, sesshaft zu werden.«

»Sesshaft werden? Mit *ihr*?« Das würde nie passieren. Und nicht nur, weil sie es als eine Art unerträgliche Knechtschaft betrachtete, jemandes Gefährtin zu werden. Als sich Ragnar in der vergangenen Nacht von einer Seite auf die andere geworfen hatte, weil er nicht schlafen konnte, wenn die Drachin ihm so nahe war, war ihm bewusst geworden, was für ein Fehler jede Art von Beziehung mit ihr wäre. Warum? Weil sie etwas aushecke. Er wusste es. Ihr Bruder wusste es. Dieser Ostländer wusste es definitiv auch. Die Einzigen, die keine Ahnung zu haben schienen, waren seine verdammten Verwandten.

»Aber du hast selbst gesagt, Bruder, dass sie einen flinken Schwanz hat.«

»Und dieses hübsche Lächeln mit diesen perfekten Reißzähnen.«

»Ich habe nichts über ihre Reißzähne gesagt.«

»Aber sie sind perfekt, und ich bin mir sicher, dass dir das wichtig ist.«

Jetzt hatte Ragnar endgültig genug, schnappte sich seine Tasche, machte sich auf den Weg zur Stadt und verwandelte sich im Gehen.

»Du verlässt uns doch nicht, Vetter, oder?«

»Wenn du in die Stadt gehst, solltest du vielleicht eine Heilerin nach deiner Brust sehen lassen, Bruder. Dieses ganze Gekratze in letzter Zeit kann nicht gut sein«, sagte Vigholf.

»Es könnte ein Schuppenpilz sein«, fügte Meinhard hinzu.

»Und deiner bezaubernden Prinzessin mit dem hübschen Lächeln und dem verführerischen Schwanz würde das gar nicht gefallen.«

»Das ist nämlich ansteckend!«

»Oh! Ah! Ragnar! Das war jetzt aber eine unfeine Geste!«

Ren trennte sich von Keita, sobald sie im Zentrum der kleinen Stadt Fenella waren, die einige der besten Universitäten, Magierschulen und Hexengilden der Südländer besaß. Hier war es gewesen, wo sich sowohl das Schicksal von Ren als auch das von Keita vor mehr als einem Jahrhundert dramatisch geändert hatte. Und hierhin kamen sie immer zurück, wenn sie Antworten brauchten.

Und die Götter wussten, das sie Antworten brauchten – und zwar schnell.

Ren gab dem Juwelier die Halskette, die der Nordländer in Esylds Haus gefunden hatte. Der Juwelier war ein alter Mann, der sein Handwerk sehr gut verstand. Und während der Mensch seine Arbeit machte, lehnte sich Ren zurück und ließ seine Gedanken schweifen und seine Energie sich in der Stadt ausbreiten, um sicherzugehen, dass alles gut war. Er lächelte ein wenig, als er sah, dass Keita ihren alten Ausbilder gefunden hatte. Ein Elf namens Gorlas. Ren selbst war nie ein großer Fan der Elfen gewesen. Ja, sie konnten gut mit Bäumen und mit dem Land umgehen, genauso gut wie Rens Volk, aber bei den Göttern, sie konnten manchmal so eingebildete Mistkerle sein! Für die meisten von ihnen waren Drachen nichts weiter als riesige Echsen, die gefügig gemacht werden mussten. Wie Keita es geschafft hatte, einen der wenigen Elfen zu finden, die fast alle Kreaturen respektierten, erstaunte Ren. Aber wenn es ein Wesen gab, das die Ausnahme zu jeder Regel finden konnte, dann war das Keita.

Jetzt, wo er wusste, dass sie in Sicherheit war, erkundete Ren weiter die Umgebung und rammte direkt gegen eine Schutzbarriere. Von seinem Platz im Juweliergeschäft aus fühlte er um die Barriere herum. Es war eine relativ kleine, und sie bewegte sich, was bedeutete, dass sie eher eine Einzelperson als ein Gebäude oder eine der vielen geheimen Gilden beschützte, die es hier gab. Dennoch war er noch nicht vielen begegnet, die *ihn* ausschließen konnten. Keitas Mutter und Schwester waren zwei davon, aber sie waren beide weiße Drachenhexen. Ihre Macht war legendär, selbst in seinem Heimatland.

Indem er mehr von seiner Macht einsetzte, schaffte er es, einen Riss in die Barriere zu reißen, und zog sie weit genug auf, damit sein Sein hineinschauen konnte. Ein Mönch? Ein Mönch schaffte es, Ren von den Auserwählten auszuschließen?

Doch dann drehte der Mönch langsam den Kopf und sah direkt das an, was er nicht hätte sehen können dürfen. Er sah Ren mit blauen Augen an, die so kalt waren wie die Berge, aus denen dieser Drache kam.

Es schien, dass Ren nicht der Einzige war, der die alte Magie benutzte, um den wahren Grad seiner Macht zu verbergen, und er konnte nur noch denken: *der Nordländer*, bevor der Blitzdrache die Hand hob und Rens Sein mit einem Fingerschnippen in seinen Körper zurückbeförderte.

Ren wurde nach vorn gerissen, die Brust über die Knie gebeugt, und rang keuchend nach Luft, während der Juwelier ihn beobachtete, aber keine Anstalten machte, ihm zu helfen.

»Keita«, keuchte Ren, »wird nicht glücklich sein, wenn sie herausfindet, dass dieser Mistkerl uns gefolgt ist.«

Und dann lachte er, denn es war lange her, seit es jemand geschafft hatte, ihn zu überraschen – und dann ausgerechnet ein Barbar.

Keita suchte schon seit fast zwanzig Minuten in Fenellas größter Buchhandlung nach ihrem alten Freund und Mentor Gorlas und war kurz davor aufzugeben. Vielleicht war er mal kurz rausgegangen.

Bei der Erinnerung an ihr Jahr an der Universität hier musste Keita lächeln. Sie war als Mensch hergekommen, ihre Mutter hatte sie in der Hoffnung weggeschickt, dass ihre jüngste Tochter noch andere Talente haben möge, als die Söhne und Enkel der Ältesten zu verführen. Obwohl Keita ein wundervolles Jahr hier verbracht hatte, hatte sie nicht viele Kurse besucht – bis auf den einen bei diesem äußerst attraktiven Professor. Als man sie dann natürlich über den Schreibtisch dieses Professors gebeugt erwischt hatte, ihre Robe über den Kopf geworfen ... na ja, da war das alles zu Ende gewesen, nicht wahr?

Aber wann war das noch gleich gewesen? Vor fünfundsiebzig Jahren? Plus/minus ein paar Jahre. Und der sehr attraktive Professor war vor fast zwanzig Jahren an Altersschwäche gestorben.

Es war Keitas kleines Geheimnis, aber das liebte sie so an den Menschen. Nach kurzer Zeit verließen sie diese Welt und gingen in die nächste hinüber, während schnell neue nachkamen, die sie ersetzten – ganz anders als bei den Drachen, mit denen Keita im Bett gewesen war und die ihr nach einem halben Jahrhundert immer noch lange Bekundungen ihrer unsterblichen Liebe schickten und was für großartige Väter sie für ihren Nachwuchs abgeben könnten, blablabla. Sie schämte sich nicht, es zuzugeben: Wenn ihre Verflossenen ein bisschen zu aufdringlich wurden, hatte sie keine Probleme damit, ihre Brüder oder ihren Vater auf sie loszulassen. Zumindest verloren sie dann nur einen Flügel oder einen Fuß. Sie selbst hätte nicht versprechen können, so nett zu sein. Keita mochte es nicht, wenn man sie bedrängte.

Sie beschloss, es noch einmal im ersten Stock zu versuchen, und kehrte zu den Treppen zurück, als sie einen Knall hörte, gefolgt von einem »Götterverdammt!«.

Keita ging zum Informationstisch hinüber und um ihn herum, fand aber niemanden. Dann ließ sie den Blick über die runden Tische schweifen, an denen normalerweise jeden Abend dicht gedrängt die Studenten saßen, und da hörte sie das Niesen. Sie kauerte sich auf den Boden und schaute unter die Tische.

»Was tust du da?«, fragte sie.

Der Elf, der inmitten von Büchern unter dem Tisch saß und sich die Nase putzte, schaute auf. »Keita?«

»Findest du es gemütlich da unten, Mylord?«

»Keita!« Der Elf versuchte aufzustehen, stieß sich den Kopf und setzte sich wieder.

»Oh, Gorlas! Mein Herz! Hast du dir wehgetan?« Lachend krabbelte sie unter mehreren Tischen hindurch, um zu ihm zu gelangen.

Er schmollte, und sie zog seinen Kopf an ihre Brust und streichelte die Stelle, wo er sich gestoßen hatte. Wenn man den Gerüchten glauben wollte, war Gorlas fast tausend Jahre alt, aber er sah aus wie ungefähr fünfunddreißig. »Dein armer Kopf. Ich weiß nicht, wie er diese Misshandlung aushält.«

»Nicht nur Drachen haben harte Schädel, meine liebe Keita. Wir Elfen sind dafür berühmt.« Er drückte sie ein wenig von sich weg und musterte sie. »Was tust du hier?«

»Ich suche Informationen.«

»Worüber?«

»Über meine Tante. Esyld.«

»Oh. Natürlich.« Gorlas rieb sich den schmerzenden Kopf. »Hast von ihrem Liebhaber gehört, was?« Und als Keita ihn nur ansah, schwand sein Lächeln und er fügte hinzu: »Oh ... vielleicht auch nicht.«

»Bruder Ragnar!«

»Bruder Simon.« Ragnar ließ sich von dem menschlichen Mönch umarmen. »Es ist lange her, Bruder.«

»Das ist es. Das ist es.« Simon trat einen Schritt zurück und runzelte die Stirn. »Gute Götter, Mann, du hast dich in den vierzig Jahren überhaupt nicht verändert!«

»Ein Segen unserer Schutzgötter, Bruder. Sie waren mir gnädig.«

»Das sehe ich.« Simon schüttelte den Kopf und bot Ragnar einen Stuhl in seinem Arbeitszimmer an.

Ragnar, der Sorge hatte, dass der wacklige Holzstuhl seine menschliche Gestalt nicht tragen könnte, setzte sich vorsichtig. Im Moment trug er die Kutte des Ordens des Wissens. Ein bekannter und mächtiger Nordland-Orden, dessen Mitglieder ihre geliebte Bibliothek in Spikenhammer selten verließen. Und da Bruder Simons Orden der Scheinenden Sonnen selten weiter als bis zu den Stadtgrenzen von Fenella reiste, fühlte sich Ragnar immer sicher, wenn er sich als Wissensmitglied ausgab. Er hatte in seinen mehr als zweihundert Lebensjahren herausgefunden, dass es oft am sichersten war, als Mönch zu reisen. Räuber und Diebe behelligten ihn oder seine Mitreisenden selten, denn Mönche waren bekanntermaßen arm, und es ging ihnen nur um ihre Götter und um ihre Frömmigkeit.

»Und was führt dich her, Bruder?«, fragte Simon und hob fragend eine Weinkaraffe in die Höhe.

»Nein danke, Bruder. Und ich bin eigentlich nur auf der Durchreise. Aber ich hatte tatsächlich eine Frage, und ich wusste, dass du derjenige bist, der sie vielleicht beantworten kann. Natürlich nur, wenn du nichts dagegen hast, Bruder.«

»Aber selbstverständlich nicht, Bruder!«

Vierzig Jahre, und abgesehen von seinem Äußeren hatte Simon sich nicht verändert. Er genoss es so sehr, die Quelle allen Wissens zu sein, dass er nie allzu viel darüber nachdachte, wem er Dinge erzählte. Er mochte es einfach, gefragt zu werden.

»Ich habe eine Frage zu einer Buchhandlung.«

Simon nahm seinen Becher Wein und kicherte. »Da wirst du dich schon genauer ausdrücken müssen, Bruder. Fenella hat viele Buchhandlungen.«

»Eine extrem große. Drüben auf der Saxton Street.«

»Ah ja. Der Besitzer ist ein Elf, wenn ich richtig informiert bin.«

»Ein Elf?« Ragnar war überrascht gewesen, als er einen Elf gesehen hatte, der Keita den Arm um die Schulter legte, als die beiden in den hinteren Bereich des Geschäftes gingen. Zuerst Ragnar auf dem Jahrmarkt, jetzt dieser Elf. Ehrlich, gab es irgendein männliches Wesen, das diese Drachin nicht zu verführen versuchte? »In der Stadt?«

»Wir haben hier in Fenella keine Probleme mit Elfen. Gorlas heißt er, und er ist ein netter Kerl. Einer der wenigen Buchhandlungsinhaber, die unseren jüngeren Brüdern erlauben, stundenlang zu stöbern, ohne dass sie etwas kaufen müssen.«

»Und ist da sonst noch etwas?«

Simon runzelte leicht die Stirn. »Noch etwas?«

»Na ja, als ich hineinging, hatte ich ein« – Ragnar schaute zur Decke hinauf, als versuchte er eine Antwort von einem der Götter zu bekommen, was immer ein hübscher dramatischer Effekt war, wenn man es mit Mönchen zu tun hatte – »*Gefühl* von etwas. Etwas unter der Oberfläche.«

Simon schürzte die Lippen. »Na ja ... es gibt immer Gerüchte.«

»Oh? Was für Gerüchte?«

»Ich bin mir sicher, es ist nichts.«

»Sicher.«

»Und du weißt, dass ich ungern Gerüchte oder Tratsch verbreite.«

»Natürlich, Bruder. Ich frage auch nur, weil ich das Gefühl habe, dass die Götter versuchen, mir etwas zu sagen. Ich bin mir nur nicht sicher, was. Aber ich wusste, wenn es einen Menschen gibt, der mir helfen kann ... dann ist das Bruder Simon.«

»Oh. Na ja.« Es war wirklich traurig. Der Mönch konnte keinem Kompliment widerstehen. Das war auch der Grund, warum Ragnar den Mann als Informationsquelle nutzte, den Gefallen aber nie erwiderte. Zumindest nicht mit Informationen, die echten Schaden anrichten konnten.

Simon beugte sich vor, und Ragnar tat es ihm nach. »Es gibt Gerüchte.«

»Ja?«

»Dass diese spezielle Buchhandlung eine Tarnung ist für …«

»Eine Orgienhöhle? Einen Prostitutionsring? Eine Sexsklavenkommune?«

Simon blinzelte. »Äh … nein.«

Ragnar kam sich lächerlich vor und erklärte: »Tut mir leid. Wie gesagt, ich hatte da dieses *Gefühl*.«

»Ich verstehe, aber es ist nichts so Interessantes. Leider nicht, Bruder. Um genau zu sein, sind die Gerüchte, die ich gehört habe, fast albern, aber … ich habe gehört, dass die Buchhandlung eine Tarnung sei, oder eine Fassade, könnte man sagen … für eine Gilde.«

»Eine Diebesgilde?«, fragte Ragnar freiheraus und dachte an Keitas ständig wachsende Garderobe.

»Nein, nein. Eine Gilde von Spionen.«

Ragnar richtete sich auf und sein Stuhl machte Geräusche, die befürchten ließen, dass er es nicht mehr lange machen würde, aber Ragnar kümmerte sich nicht darum. Er war zu verblüfft von Simons Worten. »Eine Gilde von Spionen?«

»Aye. Aber wie ich schon sagte, es ist nur ein Gerücht.«

Nur ein Gerücht, allerdings. Doch ein Gerücht, das Prinzessin Keita leicht glauben würde. Und er wusste auch, warum. Weil ihr wahrscheinlich die Vorstellung gefiel, mit Spionen ins Bett zu gehen. Spione, die sie benutzen könnten, um an Informationen über die Höfe der beiden Königinnen zu gelangen. Er hätte am liebsten gefragt: »Kann sie wirklich so dumm sein, das nicht zu erkennen?« Doch andererseits hatte er doch schon die Antwort auf diese Frage, oder nicht? Sie *war* zu dumm, um es zu erkennen.

Ragnar fragte sich allerdings, wie weit Keita gehen würde, um immer genug »Spione« in ihrem Bett zu haben. Würde sie ihren Liebhabern nur Informationen preisgeben oder würde sie auch aktiv Informationen für sie auskundschaften? Was hatte sie ihnen schon erzählt? Musste Esyld im Moment leiden, weil ihre Nichte Bettgefährtin von jenen geworden war, die ihr Böses wollten? Ragnar wusste es wirklich nicht.

Auch wenn ihm bewusst wurde, dass er sich nach den Tagen sehnte, an denen er nichts mehr mit den königlichen Feuerspuckern zu tun haben musste.

Gorlas sah zu, wie eines seiner liebsten Wesen ruhelos in seinem privaten Büro auf und ab ging. Er erinnerte sich noch gut daran, wie Keita zum ersten Mal in seinen Laden gekommen war. Damals war sie eine gelangweilte Studentin gewesen, aber mit einem Blick hatte Gorlas gewusst, dass es kein Leben für diese Schönheit war, den ganzen Tag an einem Schreibtisch zu sitzen und den Vorlesungen langweiliger, alter Professoren zuzuhören. Innerhalb weniger Tage lauschte sie nur noch seinen Vorträgen. Zusammen mit ihrem Freund aus dem Osten, Ren von den Auserwählten. Sie waren beide schön, schlau und verschlagen. Und angesichts des Weges, den Keita in Wahrheit einschlagen wollte, passte es für sie alle perfekt zusammen.

Zu schade, dass sie ständig das Wichtigste vergaß, das er immer versucht hatte, ihr beizubringen – dass man sich nicht mit ihrer Mutter anlegte. Das wollte Keita einfach nicht begreifen. Und jetzt ... jetzt war sie hier.

»Was zur Hölle hat sich Esyld dabei gedacht?«, fragte Keita. »Konnte sie ihre Liebhaber nicht in den Außenebenen lassen? Musste sie sich *hier* mit ihnen treffen?«

»Beruhige dich.«

»Nein, ich beruhige mich *nicht*! Hat sie den Verstand verloren? Wird sie frühzeitig alt? Sie bringt uns noch *beide* um!«

»Keita ...«

Sie stemmte die Hände in die Hüften. »Wo?«, wollte sie wissen. »Wo hat sie sich mit ihm getroffen? Hier? Auf einem gemieteten Herrensitz? In der Lieblingsschänke der Königin? Wo hat sich dieses dumme Weib mit ihrem Liebhaber getroffen, damit jeder, der meiner Mutter berichtet, sie sehen konnte? Wo, Gorlas?«

»Sie hat in Castle Moor gewohnt.«

Keita schnappte nach Luft, tastete hinter sich nach einem Stuhl und ließ sich darauffallen. »Nein! Du musst dich irren.«

»Dort wurde sie von meinen Leuten gesichtet. Mehr als einmal.«

»Meine Tante war in Castle Moor?«

»Ich hatte angenommen, dass du sie dorthin geschickt hast. Es ist der einzige sichere Ort, den ich kenne, wenn man diskret sein will.«

»Aber …«, sagte sie, immer noch wie betäubt. »Castle Moor? *Meine* Tante?«

Grinsend lehnte sich Gorlas auf seinem Stuhl zurück. »Ich muss sagen, ich bin ein wenig überrascht von deinem Ton, Keita. Dass das ausgerechnet von dir kommt, meine ich.«

»Es würde niemand überraschen, dass *ich* in Castle Moor war … mehrmals. Oder dass ich auf Du und Du mit deinem merkwürdig faszinierenden Mitelf Athol bin. Aber Esyld ist nicht ich.«

»Es ist eine kluge Wahl.« Castle Moor war weit entfernt von der Politik der Südländer und der Aufmerksamkeit sowohl der Drachenkönigin als auch ihres Gegenstücks, der Verrückten Königin von Garbhán Isle. Für genug Geld konnte jeder, der mit einem oder mehreren Liebhabern etwas private Zeit verbringen wollte, genau das in Castle Moor bekommen. Und Athol, der Gutsherr, war bekannt dafür, dass er den Mund hielt. Gorlas wusste nur, wer kam und ging, weil er es sich zur Aufgabe gemacht hatte, es zu wissen, und er verbreitete nicht weiter, was er hörte.

»Das stimmt wohl«, sagte Keita. »Glaubst du, dass sie im Moment dort ist?«

»Es ist möglich, aber ich habe deine Tante nicht direkt beschattet.« Vielleicht hätte er es tun sollen, aber er hätte nie geglaubt, dass die Drachin so töricht sein könnte, sich erwischen zu lassen. Jetzt wünschte Gorlas, er hätte Keita kontaktiert und ihr erzählt, was er wusste, aber er hatte einfach gedacht, dass ihre Tante Bedürfnisse hatte, die erfüllt werden wollten. Er wusste, dass es hart sein musste, allein in den Außenebenen zu leben, mit nichts als Kräutern, Zaubern und Waldtieren als Gesellschaft.

»Ich muss dort hin. Vielleicht finde ich sie.«

»Wie lange ist es her, seit du das letzte Mal dort warst?«

»Ewigkeiten. Glaubst du, Athol macht es etwas aus?«

»Sehr unwahrscheinlich. Er mochte dich immer ziemlich gern.«

»Das ist gut. Denn wenn meine Mutter das alles herausfindet, muss ich mich vielleicht selbst in Castle Moor verstecken.«

»Wäre das so schwer für dich, Mylady?«

»Im Moment ... ja. Außerdem weißt du ja, dass ich es nie mag, irgendwo eingesperrt zu sein.« Keita stützte den Ellbogen auf den Tisch und das Kinn in die Handfläche.

»Was sonst noch, Keita?«, drängte er. Er wusste, dass sie ihm nicht alles erzählt hatte.

»Es besteht die winzige Möglichkeit ... dass Esylds Liebhaber ein Souverän aus den Hoheitsgebieten ist.«

Gorlas wurde das Herz schwer. »Oh ... Keita.«

»Ich weiß«, seufzte sie. »Es reichte ja nicht, dass die Lage schlimm ist, mein lieber Freund. Nein, sie muss *richtig* schlimm sein!«

Keita war gerade um eine Ecke gebogen und ging auf das Stadttor zu, als Ren neben ihr auftauchte.

»Und?«, fragte sie, während ihre eigenen Gedanken rasten.

»Der Nordländer hatte recht mit der Kette. Entworfen und angefertigt höchstwahrscheinlich von Fucinus persönlich.«

Keita blieb stehen und stampfte mit dem Fuß auf. »Da soll mich doch ...!«, knurrte sie.

Ein Mann, der gerade mit seinen Freunden vorbeiging, drehte sich zu ihr um und sagte: »Ist das ein Angebot, Süße?«

Ohne den Blick von Ren abzuwenden, streckte Keita den Arm aus und schnappte das Gemächt des Mannes durch seine Hose hindurch. Sie ließ Hitze durch ihre Finger strömen, während sie zu Ren sagte: »Wir haben ein Problem.«

Der Mann begann zu schreien, doch Keita bemerkte es nicht einmal, und es hätte sie auch nicht gekümmert. Sie hatte wichtigere Dinge im Kopf.

Ren schlug ihre Hand von der lädierten Leistengegend des Mannes weg und zerrte sie die Straße entlang, bis sie weit weg von dem Kerl und seinen Freunden waren. »Musst du es unbedingt an einem armen Teufel auslassen, dass …«

»Dass ich einer Verräterin vertraut habe?«, beendete sie seinen Satz. »Und an wem sollte ich es sonst auslassen? Sicher nicht an mir selbst!«

Ren blieb stehen und ließ sie los. »Ich vergaß, mit wem ich es zu tun habe. Also, was ist unser Problem?«

»Anscheinend kommt Esyld schon seit Monaten in die Südland-Territorien.«

»Oh, Mist.«

»Genau. Sie war in Castle Moor.«

Die Freunde sahen sich einen Augenblick an, dann sagten sie gleichzeitig: »Moor, Moor, Moor.«

Sie lachten, bis Keita sagte: »Das ist nicht lustig.«

»Nein, nein. Nicht lustig.« Ren stützte die Hände in die Hüften. »Allerdings geht es um Esyld … also, das ist schon ein bisschen lustig.«

»Sie trifft sich mit einem Liebhaber.«

»Esyld hat einen Liebhaber? Ein Souverän?«

»Alles, was Gorlas mir sagen konnte, war, dass er nicht von hier ist.«

»Und was willst du jetzt tun?«

»Wir müssen bei Athol vorbeigehen, bevor wir uns auf den Heimweg machen.«

Eine glänzende schwarze Augenbraue hob sich. »Haben wir dafür wirklich Zeit, Keita?«

»Ich kann dir versichern: Ich gehe nur hin, um Antworten auf meine Fragen zu bekommen. Meine Orgienzeiten sind schon *lange* vorbei.«

»Ha. Ich glaube nicht, dass ich dich das schon mal sagen gehört habe.«

»Ich kann dir einen ganzen Haufen Gründe dafür liefern.« Sie nahm Rens Arm, und sie gingen langsam aufs Stadttor zu. »Aber ehrlich gesagt, mein Freund, sind Orgien einfach viel zu viel Arbeit.«

10

Obwohl Meinhard unter einem Baum schlief, wusste er trotzdem immer, was um ihn herum vorging. Diese Fähigkeit hatte er an jenem Tag entwickeln müssen, als seine Mutter ihn einfach frisch geschlüpft und schutzlos zwischen seine Brüder gesetzt hatte. Mehr als zwei Jahrhunderte später besaß er diese Fähigkeit immer noch. Also wusste er, dass sein Vetter zurückgekommen war, noch bevor er den Blauen fortschickte, um ihnen etwas zum Abendessen zu besorgen.

Und bis Meinhard sich aufgesetzt, gegähnt und sich den Bauch gekratzt hatte, hatte sein Vetter ihm etwas erzählt, das jetzt, zwanzig Minuten später, immer noch lächerlich klang.

»Du willst uns ernsthaft erzählen, dass sie Spione vögelt?«

»Ja.«

Meinhard verstand seinen Vetter einfach nicht. Da hatte er diese wunderschöne Drachin vor sich, die er nur noch pflücken musste, und da glaubte dieser Idiot Märchen über Prinzessin Keita und Spione. Ehrlich, was war nur los mit ihm?

Obwohl es, wenn Meinhard darüber nachdachte, nett war, seinen Vetter einmal weniger kühl und distanziert und ein bisschen mehr wie einen wahren Nordländer handeln zu sehen: besitzergreifend, launisch und gefährlich labil.

Um herauszufinden, was Ragnar ihnen da erzählte, fragte Meinhard nach: »Ja, du weißt sicher, dass sie Spione vögelt? Oder ja, du *glaubst*, dass sie Spione vögelt, weil du ein ziemlicher Vollidiot bist?«

»Was genau fällt dir schwer zu glauben?«, wollte Ragnar wissen. »Das Spionieren oder das Vögeln?«

Meinhard sah Vigholf an, und gleichzeitig antworteten sie: »Das Spionieren.«

Ragnar begann sich die Stirn zu reiben, und Vigholf fügte hinzu: »Hör mal, Bruder, wir sagen ja nicht, dass die Prinzessin nicht mit Spionen im Bett war. Wenn sie männlich waren, stehen die Chancen gut, dass sie sie sich zu Willen gemacht hat. Aber ihnen Informationen geben? Über ihre Zeit in den Nordländern? Über ihre *Mutter*? Nein, das kann ich mir nicht vorstellen.«

Ragnar erhob sich und begann, auf und ab zu gehen. »Wieso stellt ihr zwei sie eigentlich auf einen so hohen Sockel?«

»Wir sind nicht so versnobt wie du«, erklärte ihm Meinhard. »Bei mir muss eine Frau nicht ihre Jungfräulichkeit beweisen, damit ich sie in mein Bett lasse. Um ehrlich zu sein, ist es mir sogar lieber, wenn sie keine ist. Sonst ist das so viel Verantwortung.«

»Und kann echt laaangweilig sein«, trällerte Vigholf leise vor sich hin.«

»Das hat nichts damit zu tun, ob sie Jungfrau ist oder nicht«, schnauzte ihn Ragnar an.

»Was ist es dann? Was hat sie an sich, das dich so sehr stört?«

Ragnar wirkte immer frustrierter und rückte damit heraus. »Das, worin sie da verwickelt ist, könnte gefährlich sein, und sie ist nicht intelligent genug, um es zu merken.«

Meinhard zuckte die Achseln. »Mir kommt sie intelligent genug vor.«

Ragnar räusperte sich, und Meinhard und Vigholf wechselten wieder einen Blick.

»Oh, ich verstehe«, schlussfolgerte Meinhard. »Sie ist nicht so schlau wie *du*.«

»Das wollte ich damit nicht …«

»Oder deine geliebte Lady Dagmar«, fügte Vigholf hinzu.

»Es geht auch nicht um sie.«

»Warum bringst du es nicht einfach hinter dich?«, fragte Meinhard seinen Vetter schließlich.

»Was soll ich hinter mich bringen?« Und der Mistkerl hatte noch die Stirn, verwirrt dabei dreinzuschauen.

»Statt ihr allen möglichen Pferdemist vorzuwerfen, von dem ich nicht einmal sicher bin, dass du ihn überhaupt glaubst – vögle sie schon endlich!«

Ragnar machte einen Schritt rückwärts. »Wie bitte?«

»Vögle. Sie. Vögle sie, als hättest du das letzte Jahrhundert in

Onkel Adawolfs Verliesen verbracht. Vögle sie, bis du ohnmächtig wirst und nicht mehr laufen kannst. Vögle sie und bring es hinter dich, damit wir uns diesen Ochsenmist nicht länger antun müssen, die königlichen Blage absetzen und in die Nordländer zurückkehren können, wo wir hingehören.«

»Und das ist also dein Vorschlag, wie wir mit dieser Sache umgehen sollen?«

»Womit umgehen, Vetter? Abgesehen von deinem überwältigenden Wunsch, diese Frau zu vögeln, und diesem scheußlichen Jucken, das du da an der Brust hast, sehe ich nichts, womit wir umgehen müssten.«

»Tja, Vetter, danke für diese Einschätzung, aber ich habe nicht den Wunsch ...«

»Was?«, unterbrach ihn Vigholf. »Du hast nicht den Wunsch wonach? Sie zu vögeln? Dabei wissen wir alle, dass du verdammt noch mal völlig ausgehungert danach bist.«

»Bin ich nicht!«

»Du bist so ein Lügner! Weiß Mum, was für ein verdammter Lügner du bist?«

»Und sehen wir der Sache doch mal ins Gesicht, Vetter: Wir alle wollen sie vögeln.« Und von den dreien wurden nur Ragnars Augen auf Meinhards Worte hin gefährlich schmal. *Ja. Eindeutig besessen.*

»Ach, wirklich?«, fragte Ragnar.

»Egal ob es dieser Menschenhintern oder dieser Drachinnenschwanz ist – ich bin dabei. Sie sehen beide köstlich aus.«

»Und wer würde nicht beides wollen?«, warf Vigholf ein.

»Eben. Aber hör mal«, fuhr Meinhard fort, »wir sind nicht diejenigen, die dir im Weg stehen. *Du* stehst dir im Weg. Du denkst verdammt noch mal zu viel darüber nach.«

»Wie du es mit allem machst«, stimmte Vigholf zu.

Ragnar knirschte mit den Zähnen. »Ich denke über gar nichts zu viel nach.«

»Doch, das tust du, und du lässt sie entwischen«, argumentierte Meinhard.

»Und du bist dir so sicher, dass sie mich haben muss?« Als die Vettern sich die größte Mühe gaben, sich *nicht* anzusehen, richtete Ragnar eine Kralle auf sie. »Was? Was verschweigt ihr mir?«

»Wir verraten dir nur«, presste Vigholf zwischen zusammengebissenen Reißzähnen hervor, »wenn du sie haben willst, kannst du sie haben.«

»Und woher wollt ihr das wissen? Und lügt mich nicht an!«

»Der Blaue war ein wenig besorgt um, äh … wie waren noch seine Worte, Meinhard?«

»Äh … interterritoriale Beziehungen, glaube ich.«

»Was ist damit?«

»Er wollte nicht, dass seine Schwester ihnen schadet.«

»Und wie sollte sie das tun?«

»Na ja, der Junge sagt, es könnte da eine kleine« – Meinhard hob die Vorderklaue und wackelte mit den Krallen – »Wette am Laufen sein zwischen der Prinzessin und ihrem ausländischen Freund.«

»So etwas machen die zwei anscheinend öfter, wenn ihnen langweilig ist«, sagte Vigholf.

»Eine Wette? Was für eine Wette?«

»Ob sie dich ins Bett kriegt oder nicht«, antwortete Meinhard.

Vigholf schüttelte den Kopf, als er den Ausdruck im Gesicht seines Bruders sah. »Und jetzt schau dich an. Angepisst. Wegen so was.«

»Natürlich bin ich deswegen angepisst!«

»Warum?«, fragte Meinhard. »Du hast dir eine Drachin von königlichem Blut angelacht, die sich dir auf einem Silbertablett zum Vögeln anbietet, und du bist angepisst? Stimmt was nicht mit dir?«

»Sie schließen Wetten auf mein Ding ab!«, explodierte Ragnar und warf die Vorderklauen in die Höhe, als verstünde er seine Sippe nicht mehr. Und das tat er auch nicht. Genauso wenig wie sie ihn verstanden. Nicht, wenn es um so etwas ging.

»Na und? Ich würde diese Drachin jeden Tag auf mein Ding wetten lassen!«

»Wenn es um mich ginge«, warf Vigholf ein, »würde ich sie diese Wette *gewinnen* lassen. Ich würde sie wieder und wieder und *wieder* gewinnen lassen! Bis wir uns nicht mehr bewegen oder auch nur atmen können. *Das* würde ich tun.«

»Weil ihr beide verdammt wertlos seid!«, brüllte Ragnar und marschierte in den Wald davon.

Meinhard warf Vigholf einen Blick zu und fragte: »Hat er uns gerade angeschrien?«

»Ich glaube, ja. Mehrmals.«

»Ich glaube nicht, dass ich ihn schon mal wegen irgendwas schreien gehört habe.«

»Das stimmt allerdings.« Meinhard kratzte sich am Kopf. »Aber trotzdem, der Verlust all dieser streng kontrollierten Emotionen ...«

»Ich habe es ja gesagt.« Und Vigholf schrie dem Rest von Ragnars sich entfernendem Schwanz hinterher: »Er ist verdammt ausgehungert!«

Meinhard konnte nur kurz lachen, bevor er sich vor einem Felsblock ducken musste, den sein eigen Fleisch und Blut nach seinem und Vigholfs Kopf geschleudert hatte.

Zu Keitas unendlicher Überraschung beschwerte sich der Warlord nicht, als sie und Ren endlich aus der Stadt zurückkamen. Sie hatten sich auf dem Rückweg Zeit gelassen und geplant, wie sie die nächsten Schritte ihrer Suche nach Esyld angehen sollten. Doch der Warlord sagte nichts. Genauso wenig wie sein Bruder und sein Vetter. Und Éibhear kümmerten natürlich nur die neuen Bücher, die sie aus Gorlas' Laden mitgebracht hatte.

»Ach, Keita! Du bist die Beste!«, rief Éibhear und lächelte sie strahlend an.

»Tut mir leid, dass wir so spät zurückkommen«, sagte Keita süßlich, während sie ihren Fellumhang und ihr Seidenkleid auszog, damit sie sich verwandeln konnte.

»Kein Problem«, grummelte Ragnar, und sie war schockiert.

»Was?« Keita war sicher, dass sie sich verhört hatte.

»Ich sagte: Kein Problem. Wir haben schon das Nachtlager aufgeschlagen.« Dann ging er und ließ sie einfach stehen, vollkommen verwirrt. Da schnappte Keita Ren an den Haaren und zog ihn zu sich her.

»Au!«

»Was heckt er aus?«, flüsterte sie.

»Ich weiß nicht. Wahrscheinlich gar nichts. Und lass mich los, Weib!«

Sie gehorchte. »Was meinst du mit ›wahrscheinlich gar nichts‹?«

»Wahrscheinlich gar nichts.«

Jetzt sah sie Ren mit schmalen Augen an. »Was weißt du?«

»In welchem Sinne?«

»In … was? Keine Spielchen, Ren von den Auserwählten!«

»Es wird dir nicht gefallen.«

»Ist mir egal.«

Er zog sie weiter weg von der Gruppe. »Er ist uns heute Nachmittag in die Stadt gefolgt.«

»Er hat *was* getan?«

»Mach dir keine Sorgen. Er konnte nichts sehen, und wenn er fragt, warst du in einer hübschen, sauberen, *langweiligen* Buchhandlung, und ich habe die Halskette schätzen lassen.«

»Aber wie kann er es wagen, mir zu folgen?«

»Lass es gut sein, Keita.«

»Den Teufel werde ich!« Und damit folgte Keita Ragnar zum nahegelegenen See.

Er saß auf den Hinterbeinen am Ufer und schaute auf die friedliche Wasseroberfläche hinaus. Aber er war nicht allein.

Sie stand ziemlich lange direkt hinter ihm, bis sich sein ganzer Körper anspannte.

»Du schleichst dich an mich an, Prinzessin?«, fragte er.

»Das habe ich gar nicht gemerkt«, log sie. Wie ihre Mutter mehrmals gesagt hatte, wenn sie sie erschreckt hatte: »Hinterhältig wie eine Schlange, die Kleine.«

Keita trat neben ihn. »Weißt du eigentlich, dass da ein schwarzer Vogel auf deinem Kopf sitzt?«, fragte sie.

Er wandte ihr den Blick zu.

»Ja«, antwortete er. »Eine Krähe. Ich weiß.«

»Hat sie dich mit einer Statue verwechselt?«

»Nein.«

Sie sah den Drachen und den Vogel noch eine Weile an, dann fragte sie: »Willst du sie da oben sitzen lassen?«

»Sie stört mich nicht.«

»Aber du hast einen Vogel auf dem Kopf.«

»Ja. Das hatten wir schon. Auch wenn ich nicht weiß, warum dich das so überrascht. Du scheinst ja auch deine Entourage zu haben.«

Als Keita die Stirn runzelte, deutete er hinter sie. Keita sah nach, was an ihrem Schwanz schnüffelte. »Oh. Die.«

»Ja. Die. Folgen dir oft Wolfsrudel?«

»Nur die Männchen.«

»Wie bitte?«

Sie lächelte. »Was soll ich sagen? Männer lieben mich. Jede Rasse, jede Spezies. Es ist nicht meine Schuld. Ich tue nichts, um sie anzulocken, aber sie kommen trotzdem.«

Ragnar schüttelte leicht den Kopf und antwortete kühl: »Verstehe.«

Als er nichts weiter sagte, dachte Keita daran, mehr aus ihm herauszuholen, entschied sich aber dagegen. Sie mochte die Stimmung des Warlords nicht. Sie fühlte sich unbehaglich. Und sie mochte es nicht, wenn sie sich unbehaglich fühlte. »Éibhear sagt, dass das Essen bald fertig ist«, erklärte sie, bevor sie sich abwandte und zum Lager zurückging.

»Sag mir eines, Prinzessin.«

Keita blieb stehen.

»Was hast du in den Nordländern gemacht, als mein Vater dich erwischt hat?«

Die Frage brachte Keita aus dem Gleichgewicht, denn sie hatte sie nicht erwartet. Vor zwei Jahren hatte sie sie erwartet, aber nicht jetzt. Nicht hier. Und was in allen Höllen hatte das damit zu tun, dass er ihr nach Fenella folgte?

Keita lächelte und warf sich die Haare aus dem Gesicht. »Ich war einfach rebellisch. Du weißt, wie Mütter und Töchter sein können.«

»Es gibt zu wenige Töchter im Norden, als dass sich Eltern leisten könnten, sie zu vertreiben, aber ich kann es mir ungefähr vorstellen. Trotzdem«, fuhr er fort, als sie sich noch einen Schritt von ihm entfernte, »war es ein Risiko. Oder nicht? Sich auf feindlichem Territorium aufzuhalten?«

Dieser Drache grub nach etwas, und Keita war nicht in Stimmung, ihm zu geben, was er wollte.

Also tat sie, was sie immer am besten konnte, wenn sie jemanden loswerden wollte ...

Sie wurde hinterhältig wie eine Schlange.

Ragnar wusste nicht, was ihn im Moment mehr erschütterte. Dass ein Mitglied des Königshauses sich mit Spionen einließ – höchstwahrscheinlich aus purer Langeweile – oder dass sie auf sein Ding gewettet hatte? Vielleicht erschütterte ihn beides. Was für eine Prinzessin verbrachte ihre Zeit damit, Männer zum Spaß zu verführen, wenn sie nicht gerade Spionengilden in nahegelegenen Städten besuchte? Eine, die die Loyalität und Begierde nicht verdient hatte, die sie sich anscheinend bei Ragnars idiotischem Bruder und seinem genauso idiotischen Vetter erworben hatte.

Keitas Klaue glitt über Ragnars Brust, die Krallen kratzten über seine Schuppen. Erschrocken zuckte Ragnar ein wenig zusammen, und sein Vogelbesucher flatterte in die Bäume. Und ließ Ragnar allein – mit ihr.

»Prinzessin ...«

Sie strich mit ihrem Kopf unter seinem Kinn entlang und schnupperte an seinem Hals. »Was willst du von mir, Lord Ragnar?«, fragte sie mit heiserer Stimme. »Du stellst so viele Fragen, aber ich weiß nicht, was du willst. Oder vielleicht bin ich auch nur kompliziert. Vielleicht will ich, dass du die Informationen aus mir herauslockst.« Sie stellte sich auf die Spitzen ihrer Hinterklauen, ihre Schnauze streifte noch einmal seine Kehle, ihre Stimme flüsterte ihm ins Ohr. »Vielleicht wäre es besser für uns beide, wenn du mich fesselst – und mich *zwingst*, dir die Antworten zu geben. Oder Ketten«, schnurrte sie, ein wenig atemlos. »Stell dir vor, was wir anstellen könnten, wenn wir ein paar Stunden allein wären und Ketten hätten.«

Ragnar hielt sie an den Schultern und war schon dabei, sie an sich zu ziehen, als ihm bewusst wurde, was er da tat. Wozu sie ihn gebracht hatte. Mit ein bisschen götterverdammtem Schnuppern und der bloßen Erwähnung von Ketten!

Schlange!

Ragnar schubste sie von sich weg, und statt wütend zu sein, lachte sie. Ihre Fassade der sexuellen Hingabe glitt von ihr ab und ließ die abgebrühte Drachin darunter erkennen. »Was ist los, Warlord? Sind Ketten nichts für dich? Magst du die kokette Naive lieber? Oder die sich sträubende Jungfrau, die immer ›Nein, nein, nein‹ sagt, aber eigentlich ›Ja, ja, ja‹ meint?« Ihr Gelächter schallte über den See.

»Was ich mag, Prinzessin …«

»Nein, nein. Sag es mir nicht. Ich wette, du magst das ganze Königliche-Majestät-Ding, oder? Den Schwanz nach oben, den Kopf gesenkt, um es für den Fortbestand der eigenen Blutlinie zu machen?«

Sie ärgerte ihn, und er musste gehen. »Um genau zu sein …«

»Das schien mir das zu sein«, unterbrach sie ihn, und ihr Schwanz hob einen Stein auf und schleuderte ihn in den See, »was dein Vater bevorzugte.« Sie setzte sich auf die Hinterbeine und hob die Vorderklauen. »Nicht dass ich es persönlich beurteilen könnte. Aber ist es das?«, fragte sie. »Ist es das, was du magst?« Sie grinste anzüglich, ihre braunen Augen musterten ihn von oben bis unten und verweilten absichtlich auf seiner schwächsten Stelle. »Haben wir ein ›Wie der Vater, so der Sohn‹-Phänomen?«

Und in diesem Augenblick zerbrach etwas in Ragnar. Obwohl er eigentlich wusste, dass sie ihn nur neckte, um ihn von den Fragen abzulenken, die er ihr gestellt hatte, konnte er seinen Zorn nicht mehr im Zaum halten. Nicht nach *dieser* Beleidigung.

»Nein, Prinzessin«, antwortete er mit leiser Stimme. »Was ich mag – was ich immer mochte, ist jemand mit Denkvermögen, mit Vernunft, mit einem Leben, das man auch noch in der Zukunft für bedeutungsvoll halten wird. Versteh mich nicht falsch. Ich habe kein Problem, eine professionelle Hure mit ins Bett zu nehmen, denn ich weiß jede Frau zu schätzen, die etwas von ihrem Geschäft und vom Wert des Geldes versteht. Aber eine fade Jungfrau mit nichts im Kopf ist genauso schlimm wie eine fade Schlampe mit nichts im Kopf. Denn wenn das Vögeln vorbei ist und man miteinander allein ist, was tut man dann?« Er zuckte leicht mit den Achseln. »Ich nehme an, *du* gehst in diesen Fällen. Du weißt schon, bevor ein Mann *zu* genau hinsieht – und absolut *gar* nichts sieht.«

Er erwartete, dass ihm Krallen ins Gesicht fuhren. Das taten sie nicht.

Er erwartete Tränen, Beschuldigungen, dass er gehässig sei. Sie kamen nicht.

Er erwartete Wut und dass sie davonstürmen würde. Auch das geschah nicht.

Stattdessen war ihr Blick stet, ihr Rücken gerade, ihre Stimme ruhig und gelassen. »Ich denke, ich sollte dir dankbar sein, dass du kein Schwert auf dem Rücken hast, denn ich habe eindeutig einen Nerv getroffen. Aber das ist schon in Ordnung.« Sie ging um ihn herum. »Wir haben ein Spiel gespielt, das zu weit ging. Jetzt kennen wir die Grenzen.« Sie ging zurück zum Lager und sagte im Gehen: »Wenn du mich allerdings noch einmal Schlampe oder Hure nennst – dann lasse ich dich töten. Das lasse ich nur meiner Schwester und meiner Mutter durchgehen, und das auch nur deshalb, weil sie gefährlicher sind, als du je zu träumen wagen könntest, Warlord.«

Sie ließ ihn stehen und auf den Boden starren. Nie zuvor, nicht ein Mal in seinem Leben, hatte Ragnar die Kontrolle über seine Zunge verloren. Worte waren immer genauso seine Waffe gewesen wie die Magie und guter Stahl, denn die meisten seiner Sippe, vor allem sein Vater, waren nicht in der Lage, Ragnar auf dieser Ebene zu bekämpfen. Aber, hatte er immer mit Stolz gedacht, er wählte nie den billigen Triumph. Er nutzte Worte nie einfach, um zu verletzen, zu zerstören. Wenn er sie benutzte, dann um zu bekommen, was er wollte. Doch plötzlich, mitten in einem Südland-Wald, hatte er Worte benutzt wie sein Vater einst seinen Lieblings-Kriegshammer. Brutal und ohne sich um die Konsequenzen zu kümmern.

Angewidert von sich selbst, setzte sich Ragnar wieder am Ufer auf die Hinterbeine und versuchte verzweifelt, sich selbst davon zu überzeugen, dass der Schmerz, den er in Prinzessin Keitas braunen Augen gesehen hatte, nicht halb so schlimm war, wie es ausgesehen hatte.

11

Er wünschte, er hätte sagen können, dass sie während der nächsten zwei Tage ihrer Reise nicht mit ihm sprach, sich weigerte, ihn anzusehen, dass sie davonstürzte, sobald er ihr eine Frage stellte, dass sie ihn anzischte oder ihm sagte, er solle verschwinden, sobald er den Mund aufmachte.

Ragnar *wünschte*, er hätte sagen können, dass Prinzessin Keita all das tat. Dass sie die verletzte Königstochter spielte. Zu dumm, dass ihre Art der Revanche viel kunstvoller war, viel brutaler.

Tatsächlich sprach Keita mit Ragnar. Sehr höflich. Wenn sie um etwas bat, fügte sie immer ein »Bitte« hinzu. Wenn er ihr sagte, dass sie etwas tun sollte, tat sie es ohne Widerrede und befolgte peinlich genau, was er sagte. Sie beteiligte sich an Gesprächen nur, wenn sie direkt angesprochen wurde, und ihre Antworten waren nie zu kurz oder zu lang.

Sie hielt den Rücken gerade, den Kopf hoch erhoben und borgte sich sogar eines der Bücher ihres Bruders, um in den Pausen zu lesen.

Ragnar wurde schnell klar, dass Keita genau zu dem geworden war, was er immer von einer echten Prinzessin erwartet hatte. Außerdem wurde ihm bewusst, wie sehr er echte Prinzessinnen hasste. Er hatte nie gedacht, dass er ihr Lachen vermissen würde oder die Art, wie sie mit seinem Bruder und seinem Vetter oder mit ihm selbst flirtete, oder dieses nervige Kichern und die Art, wie sie ihren Bruder neckte. Aber er vermisste all das. Zumindest vermisste er es bei Keita.

Aber sie war eiskalt. Wie ein Lawine, die ihn unter einem Fels begraben hatte.

Die anderen wussten, dass etwas passiert war. Sie beobachteten, wie protokollarisch korrekt sie miteinander umgingen, und wussten, dass sich etwas verändert hatte, aber niemand wusste, was. Bis auf den Ostländer. Er warf Ragnar hinter Keitas Rücken finstere Blicke zu, wann immer sich die Gelegenheit ergab.

Nicht dass Ragnar es dem Ostländer oder Keita verdenken konnte. Er hatte in den vergangenen zwei Nächten nicht schlafen können und war jedes Mal schmerzlich zusammengezuckt, wenn er daran dachte, was er zu ihr gesagt hatte.

Bis sie früh an diesem Abend an einem sicheren Ort ankamen – der Fremde hatte sie gebeten, ihre Tagesetappe mitten im Nichts zu unterbrechen –, war Ragnar erschöpft, schlecht gelaunt und genervt von sich selbst und der ganzen Welt.

Er setzte sich auf den Boden, den Rücken an einen kleinen Hügel gelehnt, die Flügel ausgebreitet, um sie nach dem vielen Fliegen zu dehnen.

»Éibhear.« Der Ostländer tippte dem Blauen auf die Schulter. »Ich gehe mit deiner Schwester zu dem See da drüben. Er liegt nur ungefähr eine halbe Meile entfernt. Sie will baden.«

Der Blaue nickte und zog eines der Bücher heraus, die seine Schwester ihm mitgebracht hatte.

Nachdem die beiden weg waren, kauerte sich Vigholf vor Ragnar hin. »Was geht hier vor?«

»Nichts.«

»Sie ist wie eine von diesen langweiligen Royals, über die wir uns immer lustig machen, und du bist zu einem gemeinen Mistkerl geworden. Irgendetwas muss zwischen euch beiden vorgefallen sein. Was hast du zu ihr gesagt?«

»Nichts, worüber ich reden wollte. Also lass es gut sein, Bruder.«

Jetzt kauerte sich Meinhard vor ihn hin. »Wenn du ihre Gefühle verletzt hast, Vetter ...«

Ragnar konnte es keine Sekunde länger aushalten, stand auf und ging; bevor er das Lager verließ, nahm er seine Reisetasche.

Vielleicht würde ein guter Beruhigungszauber seine Spannung lösen. Und Götter! Er würde alles geben, damit dieses Jucken aufhörte, das bedeutend schlimmer geworden war seit seinem letzten Treffen mit Keita am See. Ragnar blieb an einem Baum stehen, nahm seine menschliche Gestalt an und kratzte sich, an den Baum gelehnt, wo das Jucken am schlimmsten war. Er kratzte so, dass er fürchtete, es könnte bluten. Das Ganze wurde langsam unerträglich!

Er war kurz davor, Keita aufzuspüren und zu verlangen, dass sie den Zauber aufheben möge, den sie ihm zugefügt hatte, als sie ihn mit ihrem götterverdammten Schwanz durchbohrt hatte, da sah Ragnar die Prinzessin allein zwischen den Bäumen hindurchgehen. Sie war jetzt in Menschengestalt, hatte schon wieder ein Kleid an, das er noch nie gesehen hatte, einen Umhang aus Fell und keine Schuhe.

Ragnar knurrte. Bei einer Drachin, die menschliche Kleidung so sehr liebte wie sie, hätte er Schuhe für selbstverständlich gehalten.

Und wo wollte sie überhaupt hin, hier, mitten im Nirgendwo? Allein, menschlich und barfuß?

Keita stand vor dem großen Tor, das Castle Moor abschirmte.

Anders als die meisten festungsartigen Schlösser, in denen Adlige in den Südländern lebten, war Castle Moor eher ein Palast. Es gab zwar Wachen, aber nur ein paar starke Exemplare, um all diejenigen hinauszuwerfen, die nach zu viel Alkohol und Sex aus dem Ruder liefen; dagegen gab es nichts, was gegen einen Überfall oder den Angriff einer Armee geschützt hätte.

Andererseits brauchte Lord Athol Reidfurd diese Art von Schutz auch nicht. Einst mochte man ihn einen Magier oder Hexenmeister oder Zauberer genannt haben, doch heutzutage hätte keiner, der diesen Wegen folgte, Athol als seinesgleichen betrachtet. Man sagte, er habe einen dunkleren Weg eingeschlagen, vielleicht seine Seele verkauft. Keita wusste es nicht, und sie machte sich selten Gedanken darüber. Sie besaß nicht genug magische Kraft, um jemanden von seinem Format zu interessieren – und was hinter seinen Schlossmauern vor sich ging, wenn sie dort war, schien nur einen einzigen Zweck zu haben – Spaß.

Das Tor schwang langsam zurück, und Athol kam ihr zusammen mit seinem persönlichen Assistenten entgegen, um sie zu begrüßen.

»Keita.«

»Athol.« Sie ließ sich in seine ausgestreckten Arme fallen und drückte ihn herzlich.

»Es ist schon viel zu lange her, meine Schöne.« Er hob ihr Kinn mit zwei Fingern an. »Und du bist immer noch schön. Ich hoffe wirklich, dass du vorhast zu bleiben.«

»Ich kann leider nicht. Zumindest nicht lange.«

»Zu schade«, murmelte er. »Ich habe so viel Unterhaltung für heute Abend geplant. Ich bin sicher, es würde dir gefallen.«

Damit hatte er vermutlich recht, aber deshalb war sie nicht hier.

»Vielleicht ein andermal?«

»Wie du willst.« Er ließ sie los. »Wo ist Ren?«

»Das weiß ich nicht so genau«, log sie. Gegen Rens Willen hatte Keita darauf bestanden, ihren alten Freund zurückzulassen. Sie musste. Die Spannungen zwischen Ren und Athol waren immer ein Problem gewesen. Sie tolerierten einander wegen Keita, aber mehr auch nicht. Falls sie etwas aus dem Elf herausbekommen wollte, konnte sie Ren nicht gebrauchen, der Athol zu Tode ärgerte. Denn darin war der Ostländer sehr gut.

»Und dein Freund?«, fragte Athol.

Sie hatte keine Ahnung, von wem er sprach, und fragte: »Freund?«

Athol hob das Kinn und deutete hinter sie. Keita sah über ihre Schulter und hatte größte Mühe, sich ihr Entsetzen nicht anmerken zu lassen, als sie den Warlord direkt hinter sich stehen sah. Wie lange stand er da schon? Warum hatte sie nicht bemerkt, dass er ihr folgte?

Ragnar trat vor. »Bruder Ragnar vom Orden des Wissens, Mylord. Ich begleite Lady Keita auf ihrer Reise.«

»Ein Mönch?«, fragte Athol mit Blick auf Keita.

Eilig nahm sie Athols Arm, während ihre Gedanken rasten. »Er will meine Seele retten«, sagte sie schließlich leise. »Und ich versuche, seine zu bekommen.«

Athol lachte. »Aaah. Meine schändliche kleine Keita. Ich bin so froh zu sehen, dass du dich nicht verändert hast.« Er zwinkerte ihr zu, bevor er sich vor dem Warlord verneigte. »Ich bin Athol Reidfurd, Bruder, der Herr dieses Hauses.« Er bat sie beide mit einer Geste herein. »Und ihr seid hier beide mehr als willkommen.«

Ragnar konnte nicht fassen, welche Macht dieser Ort besaß. Er spürte es, sobald er das Tor durchquert hatte. Es war, als wäre die Magie, die er mit sich herumtrug, in seiner Haut eingeschlossen worden, was die meisten seiner Zauber wirkungslos machte. Der Machtverlust war so groß, dass Ragnar wusste, dass er sich nicht in seine Drachengestalt zurückverwandeln oder seinen Blitz schleudern konnte, egal, wie sehr er es wollte. Selbst seine körperliche Kraft war nicht so stark wie sonst – es war, als wäre er wirklich menschlich geworden. Und was ihn wirklich verblüffte, war, dass all die Macht, die diesen Ort schützte, von einer einzigen Quelle ausging – Lord Reidfurd selbst.

Er folgte dem Elfenlord zu seinem Palast, und Keita verlangsamte ihren Schritt, sodass sie Seite an Seite gingen.

»Was tust du hier?«, fragte sie leise.

»Dir Rückendeckung geben.«

»Ich brauche keine Rückendeckung von dir.« Und eine kurze Sekunde lang meinte er, die alte, unerträgliche Keita wiederzuhaben. Bis sie hinzufügte: »Auch wenn ich es sehr zu schätzen weiß, Mylord.«

Verdammt! »Keita ...«

Sie ging schneller und trat mit ihrem Gastgeber durch die Tür.

Ragnar ging hinter ihnen hinein, musste aber direkt am Eingang stehen bleiben. Er hatte von Orten wie diesem gehört, aber nie einen gesehen. Selbst das Schloss der Menschenkönigin sah nicht annähernd so aus. Der Eingangsbereich war aus purem Marmor, die komplizierten Muster, die in die Wand graviert waren, waren mit purem Gold hervorgehoben. Stehende goldene Fackelhalter säumten den Gang, und brennende Kristalllüster über ihnen ließen den ganzen Bereich im Lichterglanz erstrahlen. Und eingerahmt wurde der Eingangsbereich – von zwei sechs Fuß hohen Phalli.

»Brauchst du etwas, Bruder?«, fragte ihn Reidfurds Assistent.

»Nein danke.«

»Wenn du mir dann bitte folgen möchtest.«

Ragnar folgte der kleinen Gruppe den unglaublich langen Gang entlang, an einem Raum nach dem anderen vorbei, deren Türen alle geschlossen waren. Doch er brauchte nur einen Augenblick, um die Geräusche zu erkennen, die durch die verschlossenen Türen drangen – die Geräusche von Sex. Außerdem durchdrang auch der entsprechende Geruch alles und offenbarte, was für eine Art Schloss dies war. Götter, war Keita so wütend und verletzt durch das, was er gesagt hatte, dass sie auf der Suche nach Trost und Aufmunterung hierhergekommen war? Auf der Suche nach kaltem, anonymem Sex?

Andererseits, wenn er ehrlich zu sich war – und in den letzten zwei Tagen hatte er sich gezwungen, brutal ehrlich zu sich selbst zu sein –, das passte nicht zu Keita, oder? Kalter, anonymer Sex passte zwar zu ihr, aber es zu tun, weil sie verletzt oder wütend über seine Dummheit war? Nein. Keita schien ihm viel direkter – wahrscheinlich würde sie ihn wieder mit ihrem Schwanz durchbohren. Oder warten, bis er schlief, und ihn dann von einem Berg rollen. Ja. Das war eher der Stil von Keita der Schlange, wurde ihm jetzt bewusst.

Warum zur Hölle waren sie dann hier?

Endlich erreichten sie einen abgeschiedenen Raum am Ende des Flurs. Eine Höhle für Reidfurd selbst, so schien es. Der Assistent schloss die Tür hinter ihnen allen und bot Ragnar und Keita Sessel an. Als sie alle bequem in ihren Ledersesseln saßen, fragte Athol: »Also, was führt dich hierher, meine Schöne?«

»Ich suche jemanden, und ich habe gehört, dass sie in den letzten Monaten mehrmals hier waren.«

»Viele Leute kommen nach Castle Moor, Keita, das weißt du.«

»Und du kennst jeden Einzelnen von ihnen. Also lassen wir die Spielchen.«

Der Assistent hielt eine Weinkaraffe hoch, aber Keita winkte ab. Er bot Ragnar dasselbe an, und nach dem langen Tag, den er hinter sich hatte, dachte er ernsthaft darüber nach, ein Glas zu nehmen, bis er sah, wie Keita fast unmerklich den Kopf schüttelte.

Er winkte den Assistenten fort.

»Keinen Wein, Bruder?«, fragte Reidfurd, der ihn genau beobachtete.

»Nein danke.«

»Dann etwas Obst?« Athol bot Ragnar eine Platte mit frisch aufgeschnittenen Früchten an. Hungrig, aber wohl wissend, dass man genauso leicht etwas ins Essen mischen konnte wie in den Wein, schüttelte er den Kopf. »Sicher? Das ist von den Bäumen hier im Garten. Ich lasse es jeden Tag frisch pflücken«, erzählte er Keita. »Es kommt bei vielen meiner Gäste sehr gut an.«

»Nein danke«, sagte Ragnar noch einmal.

»Wie du willst.« Athol stellte die Platte auf den Beistelltisch und lehnte sich in seinem Sessel zurück. »Also, alte Freundin, nach wem suchst du?«

Er schien sehr entgegenkommend zu sein, aber als Keita den Mund aufmachte, sah Ragnar, wie sie sich anders überlegte, was sie sagen wollte. Er wusste nicht, warum oder was es bedeutete, aber sie platzte heraus: »Waren irgendwelche Souveräne hier?«

»Souveräne? Aus den Hoheitsgebieten?«

»Kennst du noch andere Souveräne, Athol?«

»Ah, ja. Dein Sarkasmus. Die Verwendung deines Mundes, die mir am wenigsten lieb ist.«

Ihr Götter, sie hatte vergessen, was für ein unerfreuliches Arschloch Athol sein konnte. Das hatte sich nicht geändert, aber dafür etwas anderes. Sie wusste nur nicht, was. Aber sie fühlte sich unbehaglich in seiner Gegenwart, während es eine Zeit gegeben hatte, als das genaue Gegenteil der Fall gewesen war. Also ging sie vorsichtig mit ihm um, nahm sich seine Versuche, sie zu beleidigen, nicht zu sehr zu Herzen und ignorierte den Nordland-Kampfhund, der Athol aus seinem Ledersessel heraus anknurrte. Keita hob eine Hand, um Ragnar zum Schweigen zu bringen, und sagte zu Athol: »Ich weiß, ich weiß. Mein Sarkasmus hat dich immer genauso verärgert, wie dein winziges Ding mich immer enttäuscht hat. Das sind die Dinge, über die wir im Namen der Freundschaft hinwegsehen wollen.«

Athols Lächeln erstarb, und Keita kicherte und sagte. »Ich mache nur Spaß, alter Freund. Das weißt du doch.«

»Ja. Natürlich.« Auch wenn er nicht allzu überzeugt aussah. »Ich bin sicher, dass ein oder zwei Souveräne den Weg hierher in mein Heim gefunden haben. Ich habe viele Gäste, die bereit sind, für nur eine Nacht hier in meinem Herrenhaus einiges zu riskieren. Aber du weißt, ich gebe keine Namen weiter, Lady Keita. Die Leute kommen zu ihrem Privatvergnügen hierher. Nicht jeder ist so mitteilsam wie du darüber, wo du hingehst und wen du vögelst.«

»Ich sehe nicht ein, warum ich mich dafür schämen sollte, wen ich vögle und wen nicht, aber so bin ich eben.«

»Vielleicht könntest du mir den Namen des Souveräns sagen, den du suchst …«

»Ich habe keinen Namen, aber er müsste ungefähr im letzten halben Jahr hier gewesen sein.«

»Tja, du weißt, alte Freundin, es kommen so viele … und sie kommen wieder und wieder.« Athol warf Ragnar einen Blick zu und meinte: »Alter Scherz.«

Ragnars Erwiderung war ein so intensives Starren, dass Lord Reidfurd zum ersten Mal, seit Keita sich erinnern konnte, unbehaglich auf seinem Sessel herumrutschte, und das nicht, weil jemand nackt war und zu seinem Vergnügen ausgepeitscht wurde.

»Aber es würde dir doch nichts ausmachen, wenn wir uns umsehen, oder, Athol?« Zur Sicherheit zog sie einen winzig kleinen Schmollmund. »Bitte?«

Keita beobachtete jede Bewegung des Elfs, wie er atmete, was seine Hände taten, ob Körperteile zuckten. Sie beobachtete alles, sodass sie wusste, dass er log, als er »Natürlich nicht« antwortete. Es machte ihm sehr wohl etwas aus. Zu schade, dass es sie nicht kümmerte.

Sie klatschte in die Hände. »Großartig!«

Das Einzige, was Keita zu ihm sagte, bevor sie ihren Rundgang durch Castle Moor begannen, war: »Iss und trink *nichts.*« Ragnar wusste, dass vergiftet zu werden nur ein Teil ihrer Sorge war. Sie wollte auch nicht, dass Ragnar versehentlich irgendein Aphrodisiakum nahm, das ihn dazu brachte, sich auf dem Boden zu räkeln wie eine große Katze.

Nach dieser Warnung gingen sie von Zimmer zu Zimmer, von Stockwerk zu Stockwerk – und wonach sie suchten, wusste Ragnar immer noch nicht. Doch er hörte bald damit auf, groß darüber nachzudenken, als er sich davon ablenken ließ, was um ihn herum vor sich ging.

Er hatte noch nie so viel Sex zur selben Zeit am selben Ort gesehen, seit er vor mehreren Dekaden an einem magischen Massen-Sexritual teilgenommen hatte. Und obwohl all dieser Sex um ihn herum sein Ding steif werden ließ und seinen Blick auf Keitas perfekt proportionierten Hintern fixierte, ohne dass es Hoffnung auf Erleichterung gab, war er trotzdem froh, dass er seinem Instinkt gefolgt und mit ihr gekommen war. Wie die Wölfe, die sich am Vorabend an ihren Schwanz geschmiegt hatten, wurden die Männer an diesem Ort von ihr angezogen. Sie unterbrachen, was auch immer sie gerade taten, und strichen mit ausgestreckten Händen und offenen Mündern um sie herum.

Sie wies jedes männliche Wesen – und ein paar weibliche – jedoch mit Leichtigkeit ab. Mit einem Lächeln und einem Abwinken oder Kopfschütteln oder indem sie einen gutaussehenden Nackten vor sich zog, um diejenigen abzulenken, die ihre Aufmerksamkeit auf sich ziehen wollten.

Sie schickte einen weiteren lüsternen Mann weg und sah sich in dem Ballsaal im ersten Stock um, in dem sie nun angekommen waren. Falls sie all den Sex um sie herum sah, zeigte sie es eindeutig nicht. Stattdessen runzelte sie die Stirn.

In diesem Moment erkannte Ragnar etwas in Keitas Blick, das er nur bei wenigen anderen gesehen hatte. Bei seiner Mutter, bei Dagmar und bei ein paar seiner Cousinen.

Und dieses Etwas war kühle, schonungslose Berechnung.

»Was hoffst du zu finden?«, fragte er.

»Meine Tante.«

Vielleicht, aber Keita suchte nicht nur nach ihrer Tante – sie suchte nach Antworten. Antworten über ihre Tante, ja, aber mehr als das. Es war ein feiner Unterschied, aber dennoch immens in seiner Komplexität.

Ragnar sah sich um. »Hier? Du hoffst, Esyld *hier* zu finden?«

Sie schnaubte und stemmte die Hände in die Hüften. »Und was soll *das* nun heißen?« Obwohl Ragnar nicht vorhatte, in diese Falle zu treten, warf Keita die Hände in die Höhe, als wäre er gerade dabei, es doch zu tun. »O nein. Ich wette, ich kann es erraten. Nur eine Hure würde hierherkommen, richtig? Und im Gegensatz zu mir ist meine Tante keine Hure.«

»Das habe ich nie gesagt.«

»Dann *ist* meine Tante also eine Hure?«

Warte. »Und das habe ich auch nie gesagt.«

»Dann bin also nur ich eine Hure, und Esyld ist eine Heilige?«

»Das habe ich auch nicht gesagt.«

Keita warf ihm ein »Hm!« hin und marschierte davon. Ragnar wollte ihr folgen, doch eine junge Frau fiel vor ihm auf die Knie.

»Ein Mönch«, schnurrte sie und sah ihn lüstern an. »Was für ein ungezogener Leckerbissen!«

Sie griff nach seinem Gewand, und Ragnar schnappte ihre Hände, aus Angst, er würde sie nicht mehr bremsen können, wenn sie ihre Hände erst einmal an ihn gelegt hatte. Er war nur ein Drache – kein Heiliger.

»Nein, nein«, sagte er rasch. »Nicht anfassen.«

»Bist du schüchtern?«, neckte sie ihn.

Schüchternheit war nicht das Problem – und etwas sagte ihm, dass er diesen Raum nie verlassen würde, falls er dieser Frau sagte, er sei ein schüchterner Mönch –, aber Keita aus den Augen zu verlieren, wenn sie um eine Ecke bog, war definitiv ein Problem.

»Nicht schüchtern. Verflucht.« Auch das brachte ihre Augen zum Leuchten, deshalb fügte er rasch hinzu: »Verflucht mit einer Krankheit. Einer ansteckenden.« Sie riss ihre Hände weg, und Ragnar ging um sie herum und hinter Keita her.

Er sah sie am Ende des Flurs, wo ein nackter Mann ihren Arm ergriffen hatte. Doch im Gegensatz zu vorher, als Keita sich mühelos ihren Weg aus diesen unangenehmen Situationen gebahnt hatte, ließ dieser Mann sie nicht los. Und was noch beunruhigender war: Er riss sie an sich und zog sie zur Hintertür hinaus.

Den Kopf gesenkt, folgte Ragnar und stürmte durch dieselbe Tür, blieb aber abrupt stehen – das musste er auch, bei all den Schwertern, die auf ihn gerichtet waren.

»Und wer ist das dann?«, wollte Lord Sinclair DeLaval wissen, als Ragnar aus der Hintertür gestürmt kam wie ein wütender Bulle. »Noch ein Liebhaber?«

»Ein unschuldiger Mönch«, beruhigte ihn Keita. »Nichts weiter.«

Ihr Götter, was für ein Fehler DeLaval gewesen war. Zwölf Jahre, und der Mensch hatte ihre eine Nacht immer noch nicht abgehakt. Sie sah ihn nicht oft, aber wenn sie es tat, dann versuchte er, sie mit Schmeicheleien, Geschenken und Charme zurückzuerobern. Alles, um sie wieder in sein Bett zurückzuholen. Aber eine Nacht hatte gereicht. Er war nicht schlecht gewesen. Tatsächlich war es eine vergnügliche Nacht gewesen – wenn sie sich recht erinnerte. Doch die, die hinterher unbedingt klammern mussten, machten sie immer nervös.

Und das war der Grund.

Keita lächelte Sinclair an, doch ihr Blick war auf das Tor hinter ihm konzentriert. Im Moment konnten weder sie noch Ragnar ihre wahre Gestalt annehmen oder ihre natürlichen Gaben nutzen. Athol sorgte dafür, denn er mochte keine Überraschungen in seinem Gutshaus. Doch hinter dem Tor konnte nichts die beiden Drachen zurückhalten. Das Problem war nur, zu dem Tor zu kommen. DeLaval hatte als Adliger Athols Erlaubnis, seinen kleinen Wachtrupp als Schutz mitzubringen. Und weil DeLaval so gut zahlte, konnte er sich frei auf dem Gelände bewegen. Jetzt, wo sie darüber nachdachte, wurde Keita bewusst, dass einer der vielen Gründe, warum sie aufgehört hatte, nach Castle Moor zu kommen, DeLaval mit seiner notgeilen, verzweifelten Art gewesen war. Aber sie war so auf ihre Tante, ihre Mutter und den verdammten Blitzdrachen konzentriert gewesen, dass sie DeLaval ganz vergessen hatte. Jetzt saßen sie und Ragnar beide in der Falle.

Natürlich sprach sie immer noch nicht mit Ragnar – nur wenige hatten es geschafft, sie so wütend zu machen wie er, und dann gleich zwei Mal –, aber es würde ihrer Beziehung zu ihrer Mutter auch nicht förderlich sein, wenn der Drachenlord aus den Nordländern auf Südland-Territorium getötet wurde. Und sie wollte nicht, dass er starb, das musste sie sich eingestehen. Dass er auf dem Boden kroch vielleicht, aber nicht, dass er starb.

»Komm mit mir zurück, Keita«, bat DeLaval. »Komm mit mir nach Hause. Ich will nur reden.«

Der Mann stand nackt und mit einer Erektion vor ihr und wollte nur reden. Ehrlich, damit zeigte er ihr nur wieder einmal, warum sie die Anhänglichen so hasste!

Sie wusste, dass sie hier raus musste, und zwar schnell. Sie konnten sich nicht verwandeln, und damit waren sie und Ragnar diesen scharfen Waffen ausgeliefert.

»Sinclair, Liebling.« Sie legte ihre Hand an seine Wange. »Das würde ich zu gern tun, aber ich muss zuerst nach Hause. Wir können uns später treffen.«

DeLavals Kiefer spannte sich, und Keita wurde klar, dass sie ihn gleich hätte anlügen sollen, und sei es nur, damit er sie hinter dieses verdammte Tor brachte. Doch statt eines weiteren Anlaufs, bei dem DeLaval flehte, vor ihr im Staub kroch und ihr Geschenke machte, bis Keita ihn stehen ließ – was bisher immer so geschehen war –, würde es jetzt ganz anders werden. Vor allem, wenn seine Männer zusahen.

DeLavals Griff um ihren Oberarm wurde fester und ließ Keita schmerzlich das Gesicht verziehen.

»Lass uns das drinnen besprechen«, sagte er und zog sie zurück zur Tür, während Athol tatenlos zusah.

Keita sah sich rasch um, ob es einen einfachen Ausweg gab, doch bis auf Athols Assistenten – der ziemlich besorgt aussah, aber seinen Herrn so sehr fürchtete, dass er niemals einschreiten würde – sah sie niemanden, der einer einsamen Frau und ihrem mönchischen Begleiter helfen würde. Denn das waren sie DeLavals Meinung nach. Der Adlige hatte nie die Wahrheit über sie erfahren – viele menschliche Adlige kannten die Wahrheit nicht. Und sie brachten sie selten mit den königlichen Drachen in Verbindung, die bei der Menschenkönigin der Dunklen Ebenen lebten. Trotzdem, wollte ihr niemand an diesem verdammten Ort helfen?

Andererseits war das die Art von Unterhaltung, die viele von Athols Gästen angeblich liebten. Diese Gerüchte hatte sie immer abgetan, weil sie nie einen Beweis dafür gesehen hatte – bis zu diesem Moment. Bis sie den Blick in Athols Gesicht sah, während er kühl zusah, wie DeLaval versuchte, sie wieder ins Schloss zu zerren.

Im Gegensatz zu DeLaval wusste Athol genau, wer und was sie war. Er wusste auch, was Ragnar war, selbst wenn er seinen Titel und seine Blutlinie nicht kannte. Und Athol wusste, dass diese Situation sich leicht in beide Richtungen entwickeln konnte, je nachdem, wie gut Ragnar in Menschengestalt kämpfen konnte und wie schnell DeLaval sie in Ketten legte.

Wenn sie die Wahrheit über Athol gewusst hätte, hätte sie schon vor langer Zeit Spaß daran gehabt, das Gebäude um den Elf herum niederzubrennen. Dafür war es aber jetzt zu spät. Zu spät für Reue.

»Keita?« Sie hörte die Frage in Ragnars Stimme und durchschaute, was hinter den andächtig gefalteten Händen und dem geneigten Kopf steckte. Er mochte ein Drachenmagier sein, aber er wusste, wie man ein Schwert, eine Streitaxt, eine Pike benutzte – als Drache *und* als Mensch.

Zu wissen, dass sie sich keine allzu großen Sorgen um den Blitzdrachen machen musste, erleichterte ihr die Sache ein klein wenig. Aber nur ein klein wenig.

»Meine Männer werden dir Gesellschaft leisten, Mönch«, sagte DeLaval zu Ragnar. Er zerrte noch einmal an Keita, aber sie grub ihre nackten Füße in den Boden und ließ sich nicht von der Stelle bewegen. Denn sie wusste, wenn sie einmal im Haus war, würde DeLaval alle Hilfe haben, die er brauchte, um sie an eine von Athols Bühnen zu ketten.

DeLaval trat auf sie zu, sein Atem strich heiß über ihr Gesicht. »Ich lasse deinen Mönch töten, Mylady. Und ich erlaube meinen Männern, ihren Spaß mit ihm zu haben, bevor sie es tun.«

Und schwer seufzend, wusste Keita, was sie tun musste, um all dem ein Ende zu machen – auch wenn sie schon den Gedanken daran verabscheute.

Ragnar behielt die Männer im Auge, die Waffen auf ihn und Keita richteten. Sie weigerte sich mitzugehen, aber das würde sie nicht lange durchhalten. Noch erschreckender war, dass der Herr des Hauses tatenlos danebenstand. Das hätte Sinn ergeben, wenn Keita ihre Drachengestalt annehmen und sich ganz leicht selbst hätte retten können, aber Athol hatte schon dafür gesorgt, dass das nicht möglich war. Dadurch blieb ihnen beiden nur eine Möglichkeit.

Keita senkte den Blick, dann den Kopf und presste ihren Körper an den Adligen, der sie festhielt. Sie hob eine Hand von ihrer Hüfte und legte sie ihm an die Wange; ihre Finger krochen langsam an seinem Kieferknochen entlang, der Zeigefinger presste sich auf seine Lippen, bis er ihn in seinen Mund sog.

»Es tut mir leid«, sagte Keita mit sehr leiser Stimme. »Aber ich mag es nicht, zu etwas gezwungen zu werden. Früher hast du das gewusst – und respektiert.«

Sie zog ihren Finger aus seinem Mund, und DeLaval blinzelte auf sie hinab, stöhnte und machte einen Schritt zurück. Dann begann sein ganzer Körper zu zittern, und er sank auf die Knie, die Hände an seine Kehle gelegt.

Seine Männer wandten sich ihrem Herrn zu, und Ragnar erwischte den Arm des Wächters, der ihm am nächsten war. Er drehte das Handgelenk des Schwertarms, bis die Waffe in seine freie Hand fiel; dann drehte er weiter, bis er die Knochen vom Handgelenk bis hinauf zur Schulter brechen hörte.

Jetzt richteten DeLavals Männer ihre Aufmerksamkeit wieder auf Ragnar, aber es war zu spät. Er hatte eine Waffe und fast zwei Jahrhunderte mehr Übung als sie. Er schleuderte den Mann mit dem zerstörten Arm aus dem Weg und schlitzte dem Mann, der vor ihm stand, den Bauch auf. Organe klatschten auf den Boden, und Ragnar zog die Klinge heraus, wirbelte herum und schlug einen Kopf ab, wirbelte zurück, ging in die Hocke – womit er erfolgreich dem Kurzschwert auswich, das auf seinen Hals gezielt hatte – und schwang seine Klinge aufwärts in den Unterleib eines weiteren Wächters. Während er noch das Schwert herausriss, griff er mit seiner freien Hand die Kehle des nächsten Wächters, der auf ihn losging, und zerquetschte all die kleinen Wirbel und Knochen, bis der Mann nicht mehr atmen konnte.

Er ließ den zappelnden Mann fallen und trat von ihm zurück, das Schwert an seiner Seite gesenkt, aber bereit. Es waren noch vier Wächter übrig, die ihn jetzt umzingelten. Keita stand am Rand und sah ihm zu, während sich der Adlige zu ihren Füßen auf dem Boden krümmte. Hätte der Adlige nur früher gemerkt, dass sie das Interesse an ihm verloren hatte – und es akzeptiert –, würde er jetzt wahrscheinlich nicht im Sterben liegen.

Ragnar hob den Blick zu den restlichen Wächtern. »Holt mich doch«, sagte er. Und als sie ihn nur anstarrten: »*Holt mich doch!*«

Keita zuckte ein wenig zusammen, als der Nordländer brüllte. Sie hatte nicht gewusst, dass der versnobte Bastard fähig war, so ... barbarisch zu sein.

Es gefiel ihr.

Zu schade um diese armen, dummen Wachen. Hatten sie sich wirklich von seiner Mönchskutte täuschen lassen? Und was noch schlimmer war: Nachdem Ragnar mehrere ihrer Kameraden aufgeschlitzt und geköpft hatten, rannten sie immer noch nicht davon. Warum, war ihr ein Rätsel. Denn ihr Dienstherr zitterte und wälzte sich zu ihren Füßen auf dem Boden herum, Schaum quoll aus seinem Mund – bald würde es allerdings Blut sein – und er musste jeden Augenblick seinen letzten Atemzug tun; was nützte es also, weiterzukämpfen?

Vielleicht war das ein Männerding, denn Keita hatte nie Skrupel, aus einer gefährlichen Situation fortzugehen, wenn sie musste. Andererseits hatte ihr Bruder auch keine – und Gwenvael war männlich ... zumindest überwiegend.

Und wie dumme Männer eben sind, ignorierten sie die Logik und griffen Ragnar an. Keita verzog ein bisschen das Gesicht und beobachtete, wie der Nordländer sich ohne jede Gnade oder Mitleid auf sie stürzte. Ein Kopf rollte vorbei, und Keita wickelte sich schnell den Umhang fester um den Körper, um ihr Kleid vor verirrten Blutspritzern zu schützen.

Der zweite Wächter wurde zweigeteilt. Der dritte verlor beide Arme. Der vierte bekam Ragnars Faust zu spüren. Nur ein Mal, aber das genügte, um sein Gesicht vollkommen zu zerstören.

Als alle Wachen tot, sterbend oder bewegungsunfähig waren, konzentrierte sich Ragnar auf Athol.

Keita rannte auf Zehenspitzen – und um eine endlose Menge Blut herum – zu Ragnar hinüber, stellte sich vor ihn und stemmte die Hände gegen seine Brust.

»Lass es gut sein.«

»Er hat dir nicht geholfen«, sagte Ragnar.

»Lass es gut sein.«

Sie sah, wie der Drachenlord, der voller Blut und menschlicher

Einzelteile war, seine Wut unterdrückte und die vollkommene Kontrolle über seine Gefühle zurückgewann. Als er sich beruhigt hatte, nickte er, und Keita deutete zum Tor. Er ging hinaus, und Keita ging zu Athol hinüber.

Als sei nichts geschehen, sagte sie: »Also, ich muss gehen.«
»So früh?«
Keita zügelte ihren Drang, dem Elf das Gesicht abzubeißen. »Leider. Ich brauche meinen Schönheitsschlaf, und wir müssen morgen früh aufbrechen.«
»Und hast du gefunden, wonach du gesucht hast, meine schöne Keita?«
»Nein. Aber vielleicht kann ich ein andermal wiederkommen und weitersuchen?«
»Jederzeit, alte Freundin. Das weißt du doch.«
Freundin? Wirklich? Doch Keita würde auch dazu nichts sagen. Jemand wie Athol war nützlich. Außerdem war er nicht wie die Menschen. Er wäre weder für sie noch für Ragnar einfach zu töten gewesen – nicht auf seinem eigenen Territorium.

Athol gab Keita einen Handkuss und zwinkerte ihr zu. *Mistkerl.* Seinem Assistenten wiederum schenkte Keita ein kleines, respektvolles Kopfnicken, denn sie konnte das ehrliche Bedauern im Gesicht des Jungen sehen. Sie wusste, dass er ihr hatte helfen wollen, und verstand, warum er es nicht konnte. Er trug vielleicht weder Halsband noch Leine wie einige von Athols Gästen, aber das hieß nicht, dass er nicht genauso zur Unterwerfung gezwungen war.

Sie ging durch das Tor und auf die Straße. Sofort spürte sie, wie Athols Macht von ihr abfiel, und es schockierte sie, dass sie bisher nie bemerkt hatte, wie beklemmend diese Macht war. Als das Tor sich hinter ihr schloss, atmete sie zitternd aus und rieb sich die Stirn.

»Bist du in Ordnung?«
Und was sie jetzt wirklich nicht brauchte, war, dass Ragnar nett zu ihr war. Sie hatte immer noch keine Ahnung, wo ihre Tante war oder ob sie den Thron verraten hatte; und sie mussten

auch noch mindestens einen Tag lang fliegen, nur um sich dann am Ende der Reise ihrer Mutter stellen zu müssen.

Den Drachenlord zu beschimpfen war eine Möglichkeit, und sie dachte kurz darüber nach, aber auch dafür war sie einfach nicht in Stimmung.

»Mir geht es gut«, sagte sie.

»Was hast du mit ihm gemacht?«

»Mit DeLaval?« Sie hob den Zeigefinger, an dem sie ihn saugen lassen hatte. »Loeizkraut. Ich habe immer ein bisschen davon in der Tasche.«

»Um Leute zu vergiften?«

»Wenn sie aufdringlich werden ... ja.«

Ragnar musterte die Drachin, die vor ihm stand, und langsam dämmerte es ihm.

Sie hatte diesem Adligen und dem Elf gegenüber ohne das kleinste bisschen Angst oder Panik gehandelt, auch wenn sie im Grunde in ihrer menschlichen Gestalt gefangen war. Und sie kannte nicht nur das seltene Loeizkraut, sondern hielt auch etwas davon versteckt und wusste, wie man es benutzte.

Er wusste das, denn Loeiz wurde in Essen oder Getränken vollkommen wirkungslos. Es musste direkt mit Speichel oder den Schleimhäuten reagieren, um schnell zu töten, oder in einen kleinen, blutenden Schnitt gegeben werden, wenn man Zeit brauchte zu verschwinden, bevor der Tod eintrat. Und sehr wenige kannten die Verwendung des Krautes als Gift, denn es war schwer zu finden, und man konnte es nur ganz kurz vor dem Aufblühen pflücken. Zu früh gepflückt, konnte man es wunderbar rauchen. Zu spät gepflückt, war es köstlich als Würze für Fleischgerichte.

Ragnar trat näher und sah ihr in die Augen. Sie war zu müde, um Spielchen zu spielen. Zu zornig, um ihn zu necken oder zu quälen. Und als er hinsah, sah er nur die Wahrheit. Vielleicht wäre er sich nicht so dumm vorgekommen, wenn er vorher schon genauer hingesehen hätte.

Denn sein Vetter und sein Bruder hatten die ganze Zeit recht gehabt – Ragnar hatte Prinzessin Keita falsch eingeschätzt. Zwar glaubte er immer noch, dass sie mit allem ins Bett gehen würde, was ihren Weg kreuzte, aber dumm war diese Drachin keineswegs. Gefährlich weit davon entfernt – wie dieser Adlige, der auf Athols gepflastertem Hof verblutete, jetzt wusste.

»Willst du sonst noch etwas fragen, Mylord?«

Er hoffte, ihr Gespräch wieder in Gang zu bringen, und fragte: »Was ist mit Esyld?«

Sie wandte den Blick ab. »Ich weiß nicht.« Dann murmelte sie tonlos: »Aber ich glaube, er weiß etwas.«

»Wer weiß etwas? Lord Reidfurd?«

Keita wollte etwas sagen und sah aus, als habe sie vor, sich ihm anzuvertrauen, aber dann bremste sie sich und zwang sich zu einem harmlosen, ausdruckslosen Lächeln. »Es ist nichts«, antwortete sie auf seine Frage.

Und innerhalb eines Augenblicks waren sie wieder die langweilige Adlige und der beleidigende Warlord.

Ragnar ertrug es nicht.

»Keita…«

»Wir sollten zurückgehen. Wir müssen morgen noch weit reisen, und ich brauche wirklich meinen Schlaf.« Sie neigte leicht den Kopf, wie es die königliche Etikette verlangte – und in ihm das Bedürfnis weckte, sie zu erdrosseln –, und sagte: »Vielen, vielen Dank für deine Hilfe heute Abend, Mylord. Ich weiß sie sehr zu schätzen.«

Aber er wollte es nicht so enden lassen. Er verzweifelte langsam, um ganz ehrlich zu sein. Ein Gefühl, das er nicht gewohnt war und das ihm auch nicht gefiel. »Keita, rede doch bitte mit…«

Aber ohne darauf zu warten, dass er seinen Gedanken zu Ende aussprach, machte sie sich auf den Weg, und Ragnar blieb nichts anderes übrig, als ihr zu folgen. Wieder einmal.

Keita fand Ren ein paar Zentimeter über dem Boden schwebend beim Meditieren vor. Wie er das machte, wusste sie nicht. Sie brauchte zum Fliegen echte Flügel.

Ohne dass sie ein Wort sagte, spürte er ihre Gegenwart und senkte sich zur Erde ab.

»Wie ist es gelaufen?«

Sie schüttelte den Kopf und zog ihre Kleider aus. Dann machte sie einen Kopfsprung in den See, wechselte mehrmals zwischen ihrer menschlichen und ihrer Drachengestalt, bis sie sich für ihre menschliche entschied und an Rens Seite schwamm. Er war ebenfalls in Menschengestalt und wartete in der Nähe des Ufers im Wasser auf sie.

»Athol hat Spielchen gespielt«, sagte Keita, als sie durch die Wasseroberfläche brach. Sie hatte nicht vor, ihrem Freund zu erzählen, was mit DeLaval passiert war. Es hätte ihn nur aufgeregt, und jetzt konnte man schließlich sowieso nichts mehr machen, nicht wahr? »Das gefiel mir nicht.«

»Du glaubst, dass er etwas weiß?«

»Vielleicht. Ich weiß nicht. Er war immer schon ein bisschen komisch.«

»Vielleicht hat er gehofft, du würdest Tauschgeschäfte machen, wie es manche seiner Gäste tun.«

Keita kicherte. »Ich kann mit aller Ehrlichkeit sagen, dass ich niemals eine Körperöffnung gegen etwas eingetauscht habe, und ich werde jetzt nicht damit anfangen.«

Sie legte ihre Arme auf den Rand des Sees und ihre Wange darauf. »Vielleicht kann ich Gorlas eine Nachricht schicken, wenn ich heimkomme. Vielleicht kann er die Wahrheit für uns herausfinden.«

»Vielleicht.« Ren küsste ihre Schulter. »Was ist dort sonst passiert?«

»Oh, nicht viel. Aber dieser Idiot ist mir gefolgt.«

»Gut«, sagte Ren und überraschte sie damit. Er hatte eine ziemliche Wut auf den Warlord, seit Keita ihm gesagt hatte, dass ihre Wette hinfällig war und warum. »Es gefiel mir nicht, dass du allein hinwolltest.« Und Ren hatte mit seiner Sorge recht gehabt.

»Athol hätte dir nicht vertraut, Ren.«

»Aber dann ist alles gutgegangen? Mit dem Nordländer an deiner Seite?«

»Er kleidete sich als Mönch. So lief alles bestens.« Und Keita wurde bewusst, dass sie letztendlich ziemlich dankbar für Ragnars Anwesenheit gewesen war. Er hatte sie beschützt und ihr Sicherheit gegeben.

Zu dumm nur, dass er sich immer noch nicht bei ihr entschuldigt hatte. Stattdessen versuchte er ständig, mit ihr zu »reden«. Sie hasste das. Wenn Keita Mist baute, sagte sie, dass es ihr leid tat, und versuchte, es wieder gutzumachen. Sie versuchte nicht, sich herauszureden und zu erklären, was sie gesagt oder wie sie es gemeint hatte oder sonst einen Zentaurenmist, mit dem Männer wie Ragnar ankamen, statt sich einfach zu entschuldigen. Bevor er das nicht getan hatte, würde sie nicht mit ihm »reden«. Egal, wie rührend bekümmert er aussehen mochte.

Ragnar fand einen ruhigen Platz, der nahe genug am Lager war, um bei eventuellen Problemen eingreifen zu können, aber nicht so nah, dass das ständige Geschnatter eines gewissen großen blauen Drachen ihn ablenkte. Als er es sich gemütlich gemacht hatte, zum Glück inzwischen wieder in seiner Drachengestalt, tat er, was er immer tat, wenn er sich so fühlte – auch wenn er sich seiner Meinung nach noch nie so schlecht gefühlt hatte. Ragnar öffnete seine Gedanken und rief. Ein paar Sekunden später kam eine Antwort.

Mein Sohn.

Mutter.

Was ist los?

Ragnar hockte mit angezogenen Hinterbeinen auf dem Boden, die Ellbogen abgestützt, sodass er den Kopf in seine Klauen sinken lassen konnte.

Ich bin ein Idiot, erklärte er ihr schlicht.

Er hörte das liebevolle Lachen seiner Mutter in seinem Kopf und fühlte sich schon besser. *Oh, mein süßer Junge. Dagegen kann ich leider nichts tun. Es liegt in deinen Genen. Genau wie der Blitz.*

12

Fragma hörte das Alarmhorn durch ihr winziges Eislanddorf schallen und umklammerte erschrocken ihre jüngste Tochter. Die anderen Frauen ihres Dorfes taten dasselbe. Sie schnappten sich das jüngste ihrer weiblichen Kinder und holten es ins Haus, weg von den Straßen, weg von der Gefahr, von der sie wussten, dass sie Hunderte von Wegstunden entfernt hinter den Bergen lauerte, die die Nordseite ihres Dorfes einrahmten.

Aber sie kamen näher, über den gefährlichen Bergpass herab und durch das Dorf, zerschmetterten alles, was ihnen im Weg war und sie – wenn auch nur für eine Sekunde – auf dem Weg zu ihrem endgültigen Ziel aufhalten konnte. Oder vielleicht würden sie gar anhalten. Vielleicht war Fragmas kleines Dorf ihr endgültiges Ziel. Vielleicht würde es Fragmas Tochter sein, die sie beanspruchten. Oder die Tochter ihrer Freundin. Oder ihrer Nachbarin. Es konnte *jedes* der jüngsten Mädchen sein, und keine einzige Mutter, die Fragma kannte, war bereit, dieses Risiko einzugehen. Denn wenn sie jemandes Tochter erst mitgenommen hatten – dann wurde sie nie wieder gesehen.

Eine weitere Warnung ertönte, und Fragma rannte, ihre Tochter fest an sich gedrückt, ins Haus. Sie knallte die Tür hinter sich zu und lehnte sich mit dem Rücken dagegen.

Sie würden kommen. Und Fragma konnte nichts weiter tun, als zu ihren Göttern zu beten, dass sie nicht anhalten würden – und dass es das Kind von jemand anderem war, das sie holten. Nicht ihres. Bitte, ihr Götter, nicht ihres.

Morfyd die Weiße Drachenhexe nahm die Hand ihres Gefährten, verließ mit ihm ihr gemeinsames Zimmer und ging den Flur entlang zu den Treppen. Bevor sie ihr Ziel erreichten, blieb Brastias stehen, und als Morfyd sich ihm zuwandte, küsste er sie. Sie seufzte, ihr Mund öffnete sich unter seinem, und sie schloss die

Augen, während eine neue Welle des Begehrens über sie hinwegspülte.

Seine große Hand streichelte ihren Hals, ihre Wange, und als er sie zurückzog, fragte er: »Müssen wir heute wirklich runtergehen? Können wir nicht im Bett bleiben?«

»Wir müssen beide arbeiten. Abgesehen davon« – sie nahm sein Handgelenk und strich mit dem Daumen über seine von der Arbeit harte Handfläche – »wenn wir heute im Bett bleiben, werden wir auch morgen im Bett bleiben wollen und übermorgen und den Tag danach.«

»Ich sehe darin kein Problem«, neckte er sie.

So sehr Brastias es auch versuchte, er konnte sie nicht täuschen. Sie wusste, dass er sie aufmuntern, ablenken wollte. Und er tat das aus nur einem Grund – wegen der Rückkehr von Keita, dem Familienliebling. Oder, wie Morfyd sie gerne nannte: Keita die Monumentale Nervensäge.

Es hatte Morfyd immer gestört, wie leicht es Keita fiel, ihr unter die Schuppen zu gehen und auch noch an ihrem letzten Nerv zu zerren. Von dem Moment an, als ihre Mutter Keita aus der Brutkammer nach Devenallt gebracht hatte, hatte Morfyds Schwester die unnachahmliche Fähigkeit besessen, Morfyd auf Schritt und Tritt bis aufs Blut zu reizen. Und jedes Mal, wenn sie es tat, bekam Morfyd die Schuld dafür. Keita warf ihre dichte rote Mähne zurück und lächelte ihren Vater an, als könne sie kein Wässerchen trüben, und ehe eine von ihnen es sich versah, wandte sich Bercelak der Große an seine älteste Tochter und erinnerte sie freundlich daran, dass sie die ältere war und sich um ihre kleine Schwester kümmern sollte – »und sie nicht vom Berg werfen, wenn du weißt, dass sie noch nicht fliegen kann.« Was, wenn sich Morfyd recht erinnerte, nur einmal passiert war, und das kleine Gör hatte es verdammt noch mal verdient!

Aber jetzt waren sie erwachsen. Und sie würden sich wie Erwachsene benehmen, und wenn Morfyd diese rotznäsige kleine Zicke zu einem Päckchen verschnüren und ihr die Schuppen vom Leib reißen musste, um dafür zu sorgen!

Darüber würde sie sich aber ein andermal Gedanken machen. Nicht gerade, wenn der Mann, den sie liebte, sie anlächelte, sie neckte und sein Möglichstes tat, um sie glücklich zu machen. Ehrlich, was wollte sie mehr?

»Du, Mylord«, neckte Morfyd zurück, »wirst mich nicht zu einem Leben in Faulheit verführen.«

»Warum sollten wir anders sein als alle anderen in diesem Haus?«, fragte er und küsste sie wieder, als sie lachte.

»Müsst ihr das hier vor allen Leuten machen?«, schnauzte eine Stimme, sodass sie sich erschrocken hastig aus ihrer Umarmung lösten.

Morfyd schaute finster zu ihrem Bruder hinauf, golden und schön, wie er an diesem Morgen war – genau wie an jedem anderen Morgen. »Musst *du* das jedes Mal machen, wenn du uns siehst? Du könntest auch einfach weitergehen.«

»Du bist meine Schwester, Morfyd, nicht irgendeine Hure. Er behandelt dich wie eine Hure!«

»Du behandelst jeden wie eine Hure!«

Gwenvael der Schöne zuckte die Achseln. »Na und?«

Brastias, der ihre Brüder zurzeit selten ernst nahm, zog Morfyd an dem böse dreinblickenden Gwenvael vorbei zur Treppe, die in den Rittersaal führte. Während sie hinabstiegen, sah sie, dass der größte Teil ihrer Verwandtschaft schon wach und halb fertig mit dem Frühstück war.

Sobald sie unten angekommen waren, ließ Brastias ihre Hand los und ging um den Esstisch herum, sodass sie sich gegenüber saßen. Wenn unbelebte Objekte sie trennten, warfen Briec und Fearghus ihnen weniger böse Blicke zu. Nach zwei Jahren hätte sie eigentlich gedacht, dass sich ihre Brüder an ihre Wahl des Gefährten gewöhnt hatten. Aber aus irgendeinem Grund schienen sie sich alle von Brastias »betrogen« zu fühlen. Sie wusste nicht warum, und es war ihr auch egal. Die arroganten Mistkerle würden ihre Vereinigung einfach akzeptieren müssen … eines Tages. In den nächsten tausend Jahren oder so.

»Annwyl?«, fragte Brastias den ganzen Tisch, während er zwischen Talaith und Briec hindurchgriff, um sich einen Laib frisches Brot zu nehmen.

»Training«, murmelte Fearghus, der seine Aufmerksamkeit auf die Pergamente vor sich gerichtet hielt.

»Meine Güte«, sagte Gwenvael und ließ seinen großen Körper auf den Stuhl neben Morfyd fallen, »sie trainiert wirklich viel in letzter Zeit.«

Fearghus hob den Kopf von den Papieren. »Was soll das jetzt heißen?«

»Nur eine Feststellung, Bruder.« Gwenvael griff nach seinem eigenen Brotlaib und riss ihn in mehrere Stücke, bevor er hinzufügte: »Auch wenn wir sie nie wirklich trainieren *sehen*. Nicht wie früher. Sie verschwindet einfach stundenlang, bevor sie ganz verschwitzt und ziemlich abgekämpft wiederkommt. Ich frage mich, wohin sie geht … und mit wem.«

Morfyd machte den Mund auf, eine beißende Antwort auf der Zunge, doch Talaith – Briecs Gefährtin und eine Hexenkollegin, obwohl sie menschlich war – war schneller und eine große, runde Frucht flog über den Tisch und krachte an Gwenvaels Nase.

»Auuu!«, schrie er auf. »Du herzlose Schlange!«

»Tut mir leid«, zischte Talaith ohne sichtbare Reue, die ihre Entschuldigung bekräftigt hätte. »Aber ich hatte den Eindruck, dein ständig offen stehender Mund bräuchte etwas, um ihn zu füllen. Tragischerweise habe ich danebengezielt.«

Briec warf den Kopf zurück und lachte, bis sich schwarzer Rauch aus Gwenvaels Nasenlöchern kräuselte. Dann schnaubte Briec – eine wortlose Herausforderung an Gwenvael. Gwenvael schnaubte natürlich zurück, und schon gingen sie sich gegenseitig über den recht breiten Tisch hinweg an die Kehle. Morfyd beugte sich dazwischen und schwang die Arme, um sie zu trennen.

»Hört auf! Ihr beide, hört auf damit!« Sie traten zurück – keiner von ihnen wollte sie ins Gesicht schlagen –, und Morfyd fragte sich wieder einmal, wie lange sie alle es noch gemeinsam unter einem Dach aushalten würden. Und dann auch noch als Menschen!

»Also ehrlich!«, beschwerte sie sich und strich ihr Hexengewand glatt. »In letzter Zeit benehmt ihr euch alle wie Kampfhunde in einer Arena.«

»Dagmar lässt uns das nicht mehr machen«, erinnerte sie Gwenvael nutzloserweise. »Sie sagt, es ist falsch.« Er wandte den Blick ab. »Auch wenn ich immer noch nicht verstehe, warum.«

Morfyd versetzte ihm einen Schlag auf den Hinterkopf.

»Au! Wofür war das denn?«

»Weil du ein Depp bist!« Sie zeigte mit dem Finger über den Tisch hinweg auf Briec, der sofort aufhörte zu lachen. »Du auch! Ihr fangt jetzt beide mal an, euch zu benehmen, als hättet ihr ein bisschen Verstand« – sie bewegte den Finger in Richtung Gwenvael, um ihm das Wort abzuschneiden, bevor er überhaupt etwas sagen konnte – »auch wenn ihr keinen habt, oder ihr sucht euch einen anderen Ort zum Leben.«

»Du kannst uns nicht rauswerfen«, widersprach Briec. Er hatte es noch nie gemocht, wenn man ihm sagte, was er tun sollte.

»Das kann ich sehr wohl, verdammt noch mal. Ich bin Vasallin von Königin Annwyls Ländereien, und ich kann jeden rausschmeißen, wenn ich es für angebracht halte. Also *geht mir nicht auf die Nerven!*«, endete sie mit einem herzhaften Gebrüll.

»Du meinst Königin Annwyl, die ständig unterwegs ist« – Gwenvael räusperte sich – »und trainiert?«

Morfyd hatte ihre Faust schon geballt, bereit, den Kleinen zu verprügeln, als Brastias ihren Arm schnappte und sie durch das riesige Portal aus dem Saal zog. Er ließ sie nicht los, ehe sie die Treppe hinunter und um eine Ecke waren.

»Ein Quälgeist! Er ist so ein Quälgeist!«

»Er ist ruhelos. Und Briec auch, glaube ich.«

»Das ist nicht mein Problem!«

»Schhhh«, summte Brastias leise, während seine starken, schwieligen Finger sanft über ihre Lippen und über ihre Wange strichen. Nur Brastias wusste, wie man sie beruhigte. Die Götter der Gnade wussten, dass er Fähigkeiten besaß, für die die meisten Männer töten würden, und sie dankte diesen Göttern jede

Nacht dafür, dass sie ihr sein Herz geschenkt hatten. »Lass dich davon nicht so plagen.«

Morfyd holte tief Luft und ließ sie wieder herausströmen. »Du hast natürlich recht. Es liegt einfach daran, dass wir nicht mehr so viel Zeit zusammen mit der Familie verbracht haben, seit wir Küken waren. Jetzt verstehst du vielleicht, warum meine Mutter meistens darauf bestand, dass ein Kindermädchen und bewaffnete Wächter bei uns waren. Und wenn nicht– dann war's das mit Gwenvaels Schwanz, Éibhears Haaren ... Briecs Backenzähnen.«

Brastias kicherte und küsste sie auf den Mund. »Ich sehe nur, dass du Annwyl in Schutz nimmst.« Sein Kopf senkte sich zusammen mit seiner Stimme. »Ist es nötig, Annwyl in Schutz zu nehmen?«

Morfyd konnte das nicht beantworten, zumindest nicht ehrlich, also antwortete sie gar nicht. Stattdessen küsste sie Brastias, bis er die Arme um sie legte und sie an seine kettenhemdbewehrte Brust zog.

»Du musst arbeiten«, erinnerte sie ihn endlich, als sie sich erst aus seiner Umarmung löste, als sie beide keuchten.

»Du hast recht. Selbst wenn die Soldaten im Moment nirgendwohin gehen, muss ich dafür sorgen, dass sie trainieren.« Er küsste sie auf die Stirn. »Vielleicht sehen wir uns später am Nachmittag ... in unserem Zimmer? Ein schnelles Mittagessen?«

Morfyd grinste. Ihr Tag sah schon heiterer aus. »Das klingt sehr gut.«

Brastias ging, und sie sah ihm nach, wie sie es immer tat. Und er schaute wie immer zu ihr zurück und lächelte.

Als Gruppe landeten sie auf dem Plateau, von dem aus Treppenstufen direkt in einen Berg führten. Devenallt Mountain, das Machtzentrum jener, die die Drachenklans der Südländer regierten. Und Hunderte von Wegstunden darunter lag Garbhán Isle. Das Machtzentrum der Menschenkönigin.

»Ihr zwei wartet hier«, befahl Ragnar seinem Bruder und seinem Vetter.

»Sicher?«, fragte Vigholf. Der Gedanke, Ragnar allein hineingehen zu lassen, machte seinem Bruder Sorgen, aber es war wohl am besten so.

»Ich komme schon zurecht.«

»Mach dir keine Sorgen«, sagte Keita und tätschelte Vigholfs Schulter. »Ren wird hier bei euch bleiben, falls es Probleme gibt.«

»Ach ja?«, fragte der fremde Drache. »Bist du sicher, dass du nicht ...«

»Das wird leichter und schneller durchzustehen sein, wenn meine Mutter nicht um dich herumschwänzeln kann. Abgesehen davon musst du dafür sorgen, dass meine Sippe den lieben Vigholf und den lieben Meinhard nicht versehentlich für Probleme hält.«

»Das wird ja ein Riesenspaß für mich.«

Sie lachte, was man während der letzten Reiseetappe selten von ihr gehört hatte. »Wir brauchen nicht lange.«

»Das will ich dir auch geraten haben.«

»Komm schon!«, drängte der Blaue und klang dabei wie ein eifriger Welpe – was er ja auch war. »Lass uns gehen!«

»Na schön«, winkte ihn Keita fort. »Wir kommen.«

»Viel Glück«, wünschte ihr der Ostländer, als sie hinter dem Blauen die Treppe hinaufging. Ragnar warf ihm im Vorbeigehen einen Blick zu, aber der fremde Drache wandte sich um und drehte ihm den Rücken zu.

Natürlich – Ragnar hatte bereits gehört, dass er das und noch viel mehr verdiente.

»Gut«, hatte seine Mutter gesagt. »Du solltest dich schämen. Es war schlimm, was du zu ihr gesagt hast.«

»Ich weiß«, hatte er geantwortet.

»Du wirst dich bei ihr entschuldigen müssen, mein Sohn.«

»Sie wird es mir nicht leicht machen.«

»Du kannst dich nicht zu deinen eigenen Bedingungen entschuldigen, Ragnar. Das wäre keine richtige Entschuldigung, sondern eine formelle Handlung, die nur beschwichtigen soll.

Damit es *dir* besser geht. Wenn es dir wirklich leid tut, was du gesagt hast ...«

»Das tut es.«

»Das sollte es auch besser, denn ich habe dich nicht zum Gemeinsein erzogen, mein Sohn. Und wir beide wissen, dass das gemein war.«

Er wusste es. Und das zehrte an ihm. Es war eine Sache, kühl und berechnend zu sein, eine Notwendigkeit, wenn man es mit Politik und Weltenlenkern zu tun hatte. Aber es war etwas ganz anderes, gemein und grausam zu sein, weil er Probleme mit seinem lange toten Vater hatte. Was auch immer er also tun musste, um die Sache mit Keita in Ordnung zu bringen – ganz ehrlich, der Ostländer war ihm, abgesehen von seiner Verbindung zu Keita, vollkommen egal –, er würde es tun. Wenn sie ihm nur die Chance dazu gab.

Und während ihrer restlichen Reise hatte sie ihm die Chance nicht gegeben. Da er und seine Verwandten planten, sich auf den Heimweg zu machen, sobald sie hier fertig waren, hatte er keine Wahl, als die Sache jetzt voranzutreiben. Er weigerte sich, in die Nordländer zurückzukehren, solange sie ihn hasste.

Ragnar traf sie auf der obersten Stufe, bevor sie in den Berg hineingingen. Er berührte sie an der Schulter, und sie blieb stehen. Nach kurzem Zögern wandte sie sich zu ihm um. Er hätte am liebsten den Blick abgewandt. Die königliche Kälte, mit der sie auf ihn herabstarrte, machte seine Scham noch schlimmer, denn er wusste, dass er niemandem außer sich selbst die Schuld geben konnte.

»Ja, Lord Ragnar?«

»Bevor wir hineingehen«, sagte er, »will ich dir sagen, wie leid es mir tut. Was ich zu dir gesagt habe. Es war falsch, und ich verstehe, wenn du mir nicht verzeihen kannst, aber ich hoffe wirklich, dass du zumindest meine Entschuldigung annimmst.«

Einen Moment lang war sich Ragnar nicht sicher, ob er diese Worte laut ausgesprochen hatte. Nichts an ihr änderte sich. Weder ihr Gesichtsausdruck noch die Kälte in ihrem Blick. Sie zeigte keinen Ärger, keinen Schmerz, nicht einmal Langeweile.

Und ohne etwas zu sagen, ließ Keita ihn stehen und betrat den gebirgigen Königshof der Drachenkönigin. Ragnar folgte ihr schwer seufzend. Es schien, als würde er doch nach Hause zurückkehren müssen, obwohl Keita ihn hasste.

Eine weitere Treppenflucht wartete auf sie, und der Blaue stand mitten auf der Treppe, tippte ungeduldig mit der Vorderklaue auf den Boden und schaute finster drein. »Ihr zwei braucht ja ewig!«

Keita ging zu ihrem Bruder und stellte sich neben ihn auf die Stufe.

Die Ungeduld des Blauen verwandelte sich in Sorge. »Ist alles in Ordnung, Keita? Du siehst schon seit mehreren Tagen so aus. Du machst dir doch keine Sorgen wegen Mum, oder? Du weißt, wie sie manchmal ist. Nicht einmal die Hälfte von dem, was sie sagt, ist auch so gemeint.«

Keita antwortete ihrem Bruder nicht, sondern konzentrierte sich auf Ragnar, der jetzt am Fuß der Treppe stand.

»Was sagtest du, Lord Ragnar?«

Verdammt. Er wusste, dass sie es ihm nicht leicht machen würde, aber ... verdammt. Er schloss kurz die Augen, wappnete sich und sagte noch einmal: »Es tut mir leid, Keita. Ich hoffe wirklich, dass du mir verzeihen kannst.«

Der Blaue runzelte die Stirn, sein Blick wanderte zwischen ihnen hin und her. »Was tut dir leid?«

Keita starrte weiterhin Ragnar an. Sie hatte nicht vor, die Frage ihres Bruders zu beantworten, sondern wartete geduldig, dass Ragnar es tat.

Nie zuvor hatte ihn so sehr der Wunsch erfüllt, davonzulaufen wie ein erschrecktes Kaninchen. Aber er erinnerte sich deutlich an die Worte seiner Mutter: »Du kannst dich nicht zu deinen eigenen Bedingungen entschuldigen, Ragnar.«

Wie immer hatte seine Mutter recht. Während er in Keitas dunkelbraune Augen sah, gestand Ragnar dem Bruder gegenüber, der sie mehr liebte als sein Leben: »Ich habe die grobe und durch und durch verwerfliche Bemerkung gemacht, dass deine Schwester eine Schlampe ist.«

Wieder änderte sich nichts in Keitas Gesichtsausdruck, und selbst als eine blaue Faust Ragnar mit der Wucht einer tobenden Rinderherde traf, sah er ihr in die Augen.

Ragnar taumelte zur Seite, fiel aber nicht. Es war nicht leicht. Es war eine Schande, dass der Junge nicht mehr Schneid hatte – die Kraft und die Stärke, um ein höllisch guter Krieger zu werden, hatte er jedenfalls, wenn auch nicht das Geschick und den Willen dazu.

Eine schwarze Kralle, die zu einer blauen Klaue gehörte, richtete sich auf ihn. »Wenn du noch mal so mit meiner Schwester redest, dann werden dein Bruder und dein Vetter nicht genug Reste von dir finden, um sie zu deiner Beerdigung auf einen Scheiterhaufen zu legen. Habe ich mich klar ausgedrückt?«

Während er seinen Kiefer bewegte und versuchte, wieder Gefühl in seine Gesichtshälfte zu bekommen, nickte Ragnar. »Hast du.«

»Gut. Und jetzt« – der Blaue schnaubte ein bisschen – »empfehle ich dringend, dass wir das für uns behalten. Wenn unser Vater davon Wind bekommt, haben wir einen neuen Krieg zwischen Blitz und Feuer, und all unsere Bündnisse sind dahin.« Der Blaue legte seiner Schwester sachte die Klaue auf die Schulter. »Ist das in Ordnung für dich, Keita?«

Sie nickte, und nach einem weiteren missbilligenden Blick in Richtung Ragnar sagte der Blaue: »Dann lasst uns gehen«, und ging die restlichen Stufen hinauf.

Ragnar sah Keita weiter in die Augen, immer noch in der Hoffnung auf die Vergebung, die er nicht von ihr verlangen konnte. Als schließlich ihr Lächeln aufblitzte, erstrahlte es in Ragnars Leben wie die zwei Sonnen, die plötzlich aus dunklen Sturmwolken hervorbrachen und die Welt um ihn herum erhellten.

»Jetzt«, sagte sie mit einem Augenzwinkern, »nehme ich deine schwache kleine barbarische Entschuldigung an.«

13

»Brauchst du eine Auffrischung in höfischer Etikette?«, fragte Keita Ragnar, immer noch erschüttert, weil sich der Blitzdrache bei ihr entschuldigt hatte. Und nicht mit irgendeinem steifen »Ich entschuldige mich, wenn ich dich gekränkt habe, Mylady«. Sondern mit einem echten »Es tut mir leid«, das er ernst meinte. Und weil er es ernst meinte, hatte sie gern angenommen. Denn Keita hielt einfach nichts davon, nachtragend zu sein, wenn es nicht nötig war. Warum herumsitzen und jemanden hassen, weil er einen Moment der Dummheit gehabt hatte? Ihrer Meinung nach war das völlige Zeitverschwendung.

Und solange der Nordländer ernst meinte, was er ihr gesagt hatte – und sie wusste, dass er es ernst meinte, denn sie erkannte Lügen und Lügner immer –, würde sie ihm nichts nachtragen.

Sollte er so etwas natürlich noch einmal zu ihr sagen, würde sie sein Trinkwasser vergiften und an seinem Totenbett kichern. Aber das erschien ihr nur fair.

»Vielleicht würde eine kleine Gedächtnisstütze nicht schaden.«

»Geh nicht neben mir«, erinnerte sie ihn, »aber nur, weil es dein erstes Mal hier ist. Nähere dich nicht der Königin, wenn sie dich nicht ruft. Berühre sie nicht, wenn sie dich nicht zuerst berührt. Denk nicht einmal daran, innerhalb dieser Wände einen Blitz zu schleudern – es wäre das Letzte, was du tust. Sprich sie mit ›Majestät‹ an, selbst wenn sie dich noch so sehr ärgert, und meinen Vater als ›Mylord‹. Oh. Und keine herausfordernden Blicke in Richtung meines Vaters. Auch wenn das weniger Etikette ist als vielmehr gesunder Menschenverstand.«

»Ich werde es mir merken.«

»Gut.« Sie bogen um eine Ecke, und Keita blieb stehen. »Bei allem anderen tu einfach, was ich tue, dann müsstest du zurechtkommen.«

»Das werde ich.«

Dieser Gang führte zum Erdgeschoss des königlichen Hofes; entlang der Wände standen Wächter in Rüstungen, jeder mit einem Wurfspieß in der einen Hand und einem langen Schild in der anderen. Als sie durch den Flur gingen, sah keiner der Wächter sie an oder ließ auch nur erkennen, dass er ihre Anwesenheit bemerkte. Keita hielt den Blick fest auf den Boden gerichtet. Als sie jünger gewesen war, hatte sie oft ein Spiel gespielt, welchen der Wächter ihrer Mutter sie dazu bringen konnte, sie zu beachten, aber als ein paar ihre Stelle verloren hatten, hatte sie damit aufgehört. Es war nur lustig, wenn alle herzhaft lachen konnten. Sie wollte niemand einen Traum oder die Karriere ruinieren, nur weil ihr langweilig war.

Das Trio erreichte das andere Ende des Ganges, und die letzten beiden Wachen traten von ihren Posten und stellten sich vor den Eingang, um ihnen den Weg zur nächsten Kammer zu versperren. Diese Wächter hielten die scharfen Metallspitzen ihrer Wurfspieße immer noch zur Decke gerichtet und die Schilde vor sich, aber nicht in Kampfstellung.

»Prinzessin Keita«, sagte einer von ihnen. »Wir wussten nichts von deiner Rückkehr.«

»Ich liebe Überraschungen, ihr etwa nicht?« Sie deutete auf Ragnar. »Er gehört zu uns. Mutter hat ihn hergerufen.«

Der Wächter sah sie sich genauer an und suchte nach offensichtlichen Anzeichen von Waffen. Die Leibwachen ihrer Mutter taten das bei ihr immer. Wie Gorlas gesagt hatte: Keita mochte zwar den Thron schützen, aber es war die Leibgarde der Königin, angeführt von ihrer Cousine Elestren, die Ihre Majestät beschützte. Selbst wenn das bedeutete, sie vor ihren eigenen Kindern zu schützen.

»Er lässt seine Waffen hier«, sagte der Wächter schließlich.

Keita wandte sich zu Ragnar um und streckte die Krallen aus. Sie fürchtete, dass er irgendeinen Nordland-Unsinn von sich geben würde, wie, dass er niemals seine Waffen ablegte, aber er nahm ohne ein Wort das Schwert ab und die Streitaxt von seinem Rücken und löste den Kriegshammer von seiner Hüfte. Mit einem Grinsen ließ er die Waffen in Keitas Arme fallen, und sie ging unter dem Gewicht beinahe in die Knie.

»Éibhear«, krächzte sie, und ihr Bruder nahm ihr eilig die Waffen ab. Die Tatsache, dass ihr kleiner Bruder die Waffen so einfach hielt, ärgerte sie gründlich. »Unhöflich«, zischte sie Ragnar zu, und er besaß auch noch die Frechheit zu lachen.

Als Éibhear die Waffen zur Seite gelegt hatte, gingen die beiden Wächter aus dem Weg und ließen sie eintreten.

Ihr Götter.
Bis jetzt war Ragnar ein bisschen enttäuscht gewesen vom Hof der Königin. Nur nackte, feuchte Wände und kalte Höhlen. Aber das nun ... *das* war, was Ragnar schon die ganze Zeit erwartet hatte: Die Bergwände waren verkleidet mit purem Gold, in das die Geschichte der Feuerspucker eingraviert war; Kelche aus Gold, Kristall oder Elfenbein wurden von Drachen edler Abstammung gehalten; manche von ihnen trugen Schmuck aus den feinsten Metallen und Edelsteinen; der Boden war mit Fellen ausgelegt, damit die edlen Krallen der Adligen nicht den Stein berühren mussten; frisches Fleisch drehte sich an Bratspießen über großen Feuerstellen, während ein paar Fuß entfernt rohes, ungewürztes Fleisch serviert wurde, sodass die Adligen auswählen konnten, was sie essen wollten.

Es war so dekadent und verschwenderisch, wie seine Sippe es Ragnar erzählt hatte, sodass er sich immer gefragt hatte, wie die Südländer eine große Bedrohung für seinesgleichen darstellen sollten. Ragnar konnte sich nicht vorstellen, dass auch nur eine dieser verwöhnten Echsen eine Klaue zur Verteidigung gegen eine Libelle erheben würde, ganz zu schweigen von einem Drachenlord und Anführer der Horde.

Als die kleine Gruppe vorbeiging, hielten die Adligen in ihren Gesprächen inne, um ihnen nachzuschauen. Die weiblichen konzentrierten sich auf den Blauen und ihre kühlen Blicke wurden bei seinem Anblick berechnend; die männlichen sahen die Prinzessin an. Dann schob sich ein Roter mit wütendem Gesicht und bedrohlicher Körpersprache zwischen den anderen hindurch. Ragnar fühlte sich genauso wie gegenüber dem menschlichen Adligen in Castle Moor. Doch diesmal steckte er nicht in seiner menschlichen Gestalt fest. Er war nicht durch die Magie eines anderen geschwächt. Als der Rote also seiner Meinung nach zu nahe kam, stellte sich Ragnar ihm entgegen und knalle seinen Schwanz zwischen ihnen auf den Boden. Dank der Kraft des Nordland-Schwanzes bohrte sich die mit Metallspitzen bewehrte Schwanzspitze durch die Felle, auf denen sie standen, und direkt in den darunterliegenden Felsboden.

»Geh mir aus dem Weg, Bauer!«, befahl der Rote.

»Beruhige dich und hau ab.«

Frustriert schrie der Rote auf: »Keita! Geh nicht weg!«

Keita blieb stehen und erwischte mit ihrer Vorderklaue gerade noch den Unterarm ihres kleinen Bruders, bevor der hinüberlaufen und den Roten totschlagen konnte.

»Ich weiß«, sagte sie, ohne sich umzudrehen, »dass du eben nicht nach mir geschrien hast wie nach irgendeinem Schankmädchen.«

»Du musst mit mir sprechen.«

»Es ist zwar tragisch für dich, aber ich war nie verzweifelt genug, um von irgendjemandem Befehle entgegenzunehmen. Wenn du uns also jetzt entschuldigen willst, unsere Mutter wartet.«

Der Rote versuchte erneut, an Ragnar vorbeizukommen, und explodierte vor Wut, als dieser ihn zurückschob, um ihn von Keita fernzuhalten.

Der Rote schwang seine Faust nach Ragnar, doch da legte sich eine schwarz geschuppte Klaue um sie, bevor sie ihr Ziel traf; schwarze Krallen umschlossen die roten und drückten zu.

Das Geräusch von knackenden und splitternden Knochen hallte durch den jetzt stillen Saal. Da er ihm schon einmal begegnet war, erkannte Ragnar den schwarzen Drachen als den Gefährten der Königin und Keitas Vater. Bercelak der Große, wie er im Süden genannt wurde – im Norden hieß er immer noch Bercelak der Rachsüchtige und Bercelak der Mörderische Rattenbastard –, warnte nicht. Es war ganz einfach nicht seine Art, auch wenn Ragnar annahm, dass es besonders dann galt, wenn es um seine Töchter ging.

Wortlos drückte der ältere Drache weiter, bis er die rote Klaue vollkommen zerquetscht hatte und der Rote auf dem fellbedeckten Boden lag und weinte wie ein Baby. Der Blick des Feuerspuckers wanderte von dem schluchzenden Adligen zu Ragnar. Er studierte ihn genau mit diesen kalten schwarzen Augen, bevor er auf eine Treppe deutete. »Meine Königin erwartet dich, Blitzdrache. Und sie wartet nicht gern.«

Jetzt fiel Ragnar wieder ein, warum selbst sein Vater es vermieden hatte, den Hof der Königin direkt anzugreifen. Nicht wegen der Adligen – sie wirkten recht nutzlos –, sondern wegen ihrer Kampfhunde: Lord Bercelak und der Cadwaladr-Klan.

Die Adligen sollten dankbar für die Anwesenheit der Drachen von niederer Abstammung sein, denn sie waren diejenigen, die den Königshof beschützten.

Ragnar ging an dem Gefährten der Königin vorbei und eine weitere Treppe hinauf. Oben standen der Blaue und Keita. Sie wartete, bis Ragnar vor ihr stand und ihr Bruder die nächste Kammer betrat.

»Dieser Rote schien dich zu mögen«, bemerkte Ragnar und schaute über die Schulter zu, wie der Gefährte der Königin alle so lange anstarrte, bis sie die Blicke abwandten.

»Mach mich nicht dafür verantwortlich«, wehrte sich Keita. »Ich habe weder ihm noch DeLaval etwas versprochen und habe von Anfang an sehr ehrlich klargemacht, was sie von mir bekommen würden.« Sie strich mit der Klaue über Ragnars Schultern, als wollte sie ihm Fusseln von Kleidern wischen, die er gar nicht trug. »Die meisten wissen meine Ehrlichkeit zu schätzen, aber es gibt immer wieder welche, die glauben, dass sie sie umgehen und meine Meinung ändern könnten.« Sie schaute durch ihre Wimpern zu ihm auf, und er wusste, dass es hier eher um ihn ging als um diesen idiotischen Roten oder DeLaval.

»Manche von uns müssen es zumindest versuchen, Mylady. Aber es ist auf jeden Fall etwas anderes, entschlossen zu sein oder schlicht ein aufdringlicher Idiot.«

Keita lachte und ging in die nächste Kammer. »Schön, dass du offenbar den Unterschied kennst.«

Keita betrat die Kammer. Hier waren wenige Adlige, aber umso mehr vom Klan ihres Vaters, was wohl erklärte, dass es mehr Waffen und Wächter und weniger teuren königlichen Prunk und Pomp gab.

Keita sah ihre Mutter sofort am anderen Ende des Saals. Die Königin hatte ihre Arme um Éibhear geschlungen und drückte ihn fest.

»Mein süßes, süßes Küken«, gurrte Rhiannon. »Ich bin so froh, dass du wohlbehalten wieder zu Hause bist!«

»Du hast mir gefehlt, Mum.«

»Und du mir.« Zum ersten Mal stellte sich Königin Rhiannon bei einem ihrer Sprösslinge auf die Krallenspitzen, um Éibhears Stirn küssen zu können. Dann küsste sie ihn auf beide Wangen, bevor sie ihn von sich wegschob und ihn von oben bis unten betrachtete. »Bei den Göttern, Sohn. Du bist ja riesig geworden! Du siehst deinem Großvater von Tag zu Tag ähnlicher.«

»Danke, Mum.«

Ihre kristallblauen Augen richteten sich an Éibhear vorbei auf Keita. Mutter und Tochter sahen sich an, auf dieselbe Art wie damals – so erzählte man sich –, als Keita aus ihrer Schale geschlüpft war. Es ging das Gerücht, dass Keita ihrer Mutter, auch wenn sie zu der Zeit noch keine Flamme besessen hatte, eine Rauchkugel an den Kopf gespuckt hatte. Das hatte Königin Rhiannon ihrer zweiten Tochter bis heute nicht verziehen.

Wie immer wappnete sich Keita für das, was nun kommen würde, denn es war immer dasselbe, wenn Mutter und Tochter sich trafen. Dasselbe furchtbare, lächerliche Schauspiel, durch dessen bloßen Anblick eine ganze Gegend voller Bauern ihren unschuldigen Verstand verlieren konnte.

»Denk daran, Warlord«, warnte sie Ragnar leise, während sie zusah, wie ihre Mutter um Éibhear herumging und auf sie zukam, »dass ich, egal, was du hier siehst, nicht mehr oder weniger bin als das, was du vorher von mir gedacht hast.«

»Was in allen Höllen soll das heißen?«

Keita atmete aus. »Das wirst du gleich sehen.«

Rhiannon, immer noch in sicherer Entfernung am anderen Ende des Saales, hob ihren mächtigen weißen Kopf, entblößte die strahlend weißen Fangzähne, breitete die Arme aus und rief aus: »Keita! Meine liebe Tochter!«

Keita breitete ebenfalls die Arme aus und schrie zurück: »Mami!«

Ragnar beobachtete fasziniert, wie die zwei Frauen sich durch den Saal aufeinander zu bewegten, scheinbar einen Versuch machten, sich zu umarmen, sich dann aber doch nicht die Mühe machten. Stattdessen hielten sie die Arme ausgebreitet und küssten statt der Wangen die Luft neben dem Kopf der anderen.

Rhiannon trat zurück, musterte ihre Tochter von oben bis unten und sagte: »Keita. Sieh dich an. Du siehst absolut …« Ragnar erwartete, dass die Königin ihr Kompliment vollenden würde, doch stattdessen sagte sie: »… wie immer aus!«

»Mami«, antwortete Keita, und das Auge der Königin zuckte ein klein wenig. »Schau dir dieses ganze Grau in deinen Haaren an. Es passt wirklich gut zu deinem Gesicht!«

»Und du, meine süße Tochter. Mit all diesen feuerroten Haaren! Wie ein Segen der Götter!« Sie senkte die Stimme – ein wenig. »Sieht aus, als hätten sie sogar dein Kinn ein bisschen gesegnet.«

»Nichts, was man nicht auszupfen könnte! Genau wie du es an deiner Brust machst.«

Weiterhin versteinert lächelnd sahen sich die beiden Frauen an und sagten gleichzeitig: »*Du!*«

»Bekomme ich keine Umarmung?«, fragte Bercelak, der neben Ragnar stand, und das Lächeln in Keitas Gesicht wurde jetzt warm und echt.

Sie kam durch den Saal zurückgerannt und warf sich ihrem Vater in die Arme.

Aber während er seine Tochter drückte, sah der Gemahl Derer, Die Das Land Regiert seine Gefährtin an und formte tonlos mit den Lippen die Worte: *Sei nett!*

Die Königin zuckte die Achseln und antwortete ebenso tonlos: *Bin ich doch!*

Als Keita von ihrem Vater zurücktrat, machte die Königin eine Geste zu dem Blauen an ihrer Seite hin. Als Bercelak nichts sagte, gestikulierte die Königin noch einmal, bis ihr Gefährte ein tiefes Seufzen ausstieß und murmelte: »Junge.« Die Königin schaute ihren Gemahl finster an, und Bercelak fügte hinzu: »Schön, dass du daheim bist.«

Der Blaue verdrehte die Augen. »Du meine Güte. Danke, Dad.«

Die Königin tätschelte ihrem Sohn die Schulter. »Jetzt muss ich ein bisschen mit Lord Ragnar reden. Wie wär's, wenn du und dein Vater ein bisschen miteinander plaudern geht?«

Ragnar musste rasch den Blick abwenden, denn der Ausdruck reinsten Entsetzens auf dem Gesicht des Blauen war so urkomisch, dass er wusste, er würde sich unmöglich zurückhalten können, wenn er weiter hinsah.

»Plaudern?«, fragte der Blaue, dem beinahe die Stimme brach.

»Ja.« Sie schob ihr Küken auf Bercelak zu. »Wir brauchen nicht lange.« Sie machte Ragnar mit einer schneeweißen Kralle ein Zeichen, und er ging durch den Saal, wobei ihn die Anwesenden genau beobachteten. Wieder wurde er daran erinnert, dass man sich bei den Südländern keine Sorgen wegen den Mitgliedern des Königshauses machte musste. Es waren diese Drachen, die man fürchten musste. Sie waren alle – sogar die weiblichen – Krieger, Kämpfer, Mörder.

Er hatte sich der Königin genähert, als diese sagte: »Du bleibst auch, Keita.«

Keita stolperte über ihre Klauen; sie war ihrem Vater und Bruder zur Tür gefolgt. »Ich? Warum?«

Die Königin lachte und legte Ragnar die Klaue auf den Vorderarm. »Ist sie nicht lustig, mein kleiner Wirbelsturm? Tut, als wüsste sie nicht, wie sie die Befehle ihrer Königin befolgen soll. Sie bringt mich immer wieder zum Lachen.«

Bercelak machte seiner Tochter ein Zeichen, Keita ließ ein bisschen die Schultern hängen und ging zu ihrer Mutter, um mit ihr und Ragnar zusammen ins Privatgemach der Königin zu gehen.

14

Königin Rhiannon, die Herrscherin der Südland-Drachen, ließ sich auf ihren Thron fallen und sah ihre Tochter und den gutaussehenden Nordland-Drachen, der bei ihr war, an. »Also, wo ist meine Schwester?«

»Es tut mir leid, Majestät«, antwortete der Nordländer, »aber als ich ankam, war sie nicht da.«

»Verstehe. Dann ist sie einfach verschwunden?«

Keita schnaubte. »Eher geflohen, damit du sie nicht in die Klauen bekommst.«

Rhiannon knurrte ihre Göre ein bisschen an, aber der Blitzdrache trat rasch vor sie hin. Als sie hörte, wie Keita nach Luft schnappte und wissen wollte: »Was soll das denn jetzt?«, musste Rhiannon schwer mit sich kämpfen, um nicht zu kichern.

»Soweit ich sehen konnte, war Lady Esyld schon eine ganze Zeit lang nicht mehr in ihrem Haus, Majestät.«

»Gab es nichts, das dir verraten hätte, wo sie hingegangen sein könnte?«

»Wir haben geschaut. Da war nichts.«

»Wurde sie gefangen genommen?«

»Müsstest du das nicht wissen, Mutter?«, fragte Keita hinter dem Drachenlord.

»Und was soll das bitte schön heißen?«

Keita ging um Ragnar herum. »Es soll heißen: Wie lange wusstest du, dass sie dort ist? Wie lange hast du Pläne geschmiedet, sie töten zu lassen?«

»Majestäten …«, begann der Blitzdrache, aber Rhiannon unterbrach ihn mit einer erhobenen weißen Kralle.

»Ich wusste seit dem ersten Mal, als du sie dort besuchtest, wo sie war. War es das wert?«, wollte Rhiannon wissen. »Mich für diese verräterische kleine Hure zu hintergehen?«

Die Göre seufzte höchst gelangweilt. »Ich habe dich nie hintergangen, Mutter.«

»Du wusstest, wo sie war, Keita. Du hast nie ein Wort gesagt. Nicht einmal zu deinen Brüdern.«

»Ich wusste nicht, warum ich das hätte tun sollen. Sie hat schließlich niemandem geschadet.«

»Darum geht es nicht, du undankbares Gör! Du wusstest, wo eine mutmaßliche Verräterin war, und du hast nichts gesagt. Du hast das Gesetz gebrochen. Du hast dich selbst und deine Familie in Gefahr gebracht. Warum? Um ein Weib zu beschützen, das mich tot sehen will?«

»Ach! Wenn du es so siehst, dann beruf doch den Ältestenrat ein, lass mich des Verrats für schuldig befinden und in die Wüstenminen schicken.«

»Das sollte ich wirklich tun. Nichts Geringeres hättest du verdient!«

»Worauf wartest du dann noch?«, fragte Keita herausfordernd und hielt ihre Vorderklauen hoch. »Lass mich von deinen Wachen abführen, damit dieses lächerliche Gespräch ein Ende hat!«

Verärgert, wie nur ihre verdammte Tochter sie verärgern konnte, schlug Rhiannon Keitas Arme herunter – und Keita schlug sie auf die Schulter. Mit vor Verblüffung offenem Mund, dass ihre Tochter so etwas ihrer eigenen Mutter, und dazu der Königin, antat, stand Rhiannon auf und schlug Keita ebenfalls auf die Schulter. Sie waren in eine hübsche Prügelei verwickelt, als der Blitzdrache sich zwischen sie schob.

»*Das reicht!*«, brüllte er und schob die Frauen auseinander. »*Hört auf damit, und zwar beide!* Ich habe noch nie gesehen, dass sich Mutter und Tochter so benehmen. Ihr zwei beißt einander wie Schlangen in einer Grube!«

Angeführt von Bercelak, kamen Rhiannons Wachen in die Kammer gestürmt, aber sie hob eine Klaue. »Es ist alles gut, mein Liebling.«

»Rhiannon …«

»Es ist gut, es ist gut. Geh zurück und rede mit deinem Sohn.«

Bercelak verdrehte die Augen. »Muss ich?«

»Bercelak!«

»Schon gut, schon gut.«

Ihr Gemahl ging grummelnd mit dem Rest von Rhiannons Wachen hinaus.

»Du meine Güte«, sagte Rhiannon, als die drei wieder allein waren, und ging langsam um den Nordländer herum. »Mein kleiner Blitzschlag hat ein ganz schönes Temperament.«

»Da hast du recht«, stimmte ihre Tochter zu, die jetzt ebenfalls um Ragnar herumging. Keitas Wut war wie immer schnell vergessen. Es war eine Gabe, die keiner von Rhiannons anderen Sprösslingen besaß.

Während sie um den plötzlich angespannten Drachenlord herumgingen, grinsten die beiden sich an, als teilten sie ein delikates Geheimnis. Ihre Tochter mochte diesen Kerl ehrlich, das merkte Rhiannon. »Wenn er wirklich gefrustet ist«, erklärte Keita, »sagt er schreckliche Sachen. Aber er entschuldigt sich und lässt sich sogar von einem beschützerischen Bruder ins Gesicht schlagen wie ein wahrer Drache.«

»Das ist sehr schön zu hören. Nichts ist schlimmer als Leute, die sich nicht entschuldigen. Ich entschuldige mich natürlich nie, aber das muss ich auch nicht. Ich bin schließlich die Königin.«

Ragnar war Drache genug, um zuzugeben, dass ihn die zwei Drachinnen verunsicherten, die ihn wie einen verwundeten Bär umkreisten.

»Was ist dir noch an ihm aufgefallen?«, fragte die Königin ihre Tochter.

»Er brütet manchmal. Aber nicht so sehr, dass er furchtbar langweilig wäre. Er ist seinem Bruder und seinem Vetter gegenüber sehr loyal. Und er ist mächtiger, als er zugeben will.«

»Also ist er kein Angeber?«

»Oh nein. Überhaupt nicht.«

»Oder wie sein Vater?«

»Iiih! Götter, nein!«

»Dann eher wie deine Mutter?«, fragte die Königin jetzt ihn selbst, während ihr spitzenbewehrter Schwanz über seine Schulter strich. »Sie hat dich vielleicht besser erzogen. Ich wusste, dass sie das würde.«

Ragnar musterte die Königin. »Du kanntest meine Mutter?«

»Ich kannte sie ziemlich gut. Ihr Verschwinden aus der Höhle ihrer Familie war der Beginn des Krieges zwischen unseren Völkern unter der Herrschaft meiner Mutter.«

»Das habe ich gehört.«

»Also bist du genauso Südländer wie Nordländer.«

Ragnar konnte sich ein Schmunzeln nicht verkneifen. »Wir werden nicht so erzogen. Egal, wo deine Mutter herkommt, du bist das Kind deines Vaters – ein Nordländer.«

»Mit all den Kodexen und Regeln und dem Sterben für die Ehre?«

»Und lila Schuppen und Blitze. Das gehört alles mit dazu.«

Rhiannon lächelte ihn an. Sie war groß für eine Drachin, fast so groß und kräftig wie er. Ihre Tochter, die viel kleiner war, stand jetzt neben ihrer Mutter; sie sah im Vergleich winzig aus, und ihre dunkelroten Schuppen leuchteten neben den Weißtönen ihrer Mutter.

»Sag mir, Keita ... kann man diesem Nordländer vertrauen?«

Zu Ragnars Überraschung antwortete Keita, ohne zu zögern. »Ja. Kann man.«

Er konnte nicht anders, er musste sie fragen: »Wie kannst du das über mich sagen?«

»Weil ich es weiß, und sei dankbar, dass ich es tue, Warlord. Es ist der einzige Grund, warum du noch lebst.« Keita wandte sich abrupt an ihre Mutter. »Wie lange weißt du es schon?«

Die Königin legte eine Kralle an die Lippen, um ihre Tochter zum Schweigen zu bringen, und sagte leise zu Ragnar: »Versiegle den Raum.«

Ragnar hatte keine Ahnung, was zwischen Mutter und Tochter vor sich ging, aber er tat, wie ihm die Königin befahl. Ihre Augen wurden groß vor Überraschung. »Ihr Götter, Kind. Der Drachenlord *ist* mächtig!«

»Hab ich dir doch gesagt.«

»Aye, Tochter, aber ich dachte, du redest von seinen mächtigen Schultern.« Rhiannon kehrte zu ihrem Thron zurück. »Wie viel Zeit haben wir, meine dunkle Wolke?«

»Zehn Minuten. Aber weniger, wenn du unbedingt all diese Spitznamen benutzen musst.«

»Ich liebe deine Spitznamen, mein wirbelnder Tornado.« Sie setzte sich auf den Thron und sah ihre Tochter an. »Was war noch mal deine Frage?«

»Wie lange weißt du es schon?«, wiederholte Keita.

»Über dich?« Die Königin stieß ein kleines Lachen aus. »Das ist einfach, Kind – ich weiß es, seit du meinen Bruder umgebracht hast.«

Der Gedanke an Flucht ging Keita durch den Kopf, aber diese Genugtuung hätte sie ihrer Mutter nie verschafft.

»Welchen Bruder?«

»Lass uns keine Spielchen spielen, Kind. Mindestens zwei von ihnen!« Rhiannons Lachen hallte durch den Saal, und sie klatschte mit den Vorderklauen. »Lass dich nicht von ihrer Schönheit und ihrem scheinbaren Mangel an Hirn verwirren, Lord Ragnar. Meine zweitgeborene Tochter ist *überhaupt* nicht, was sie zu sein scheint.«

»Was ich getan habe, *Mami*« – und sie liebte es, wie das Auge ihrer Mutter zuckte, wenn sie sie so nannte – »habe ich getan, um …«

»Ja. Ich weiß. Du hast es getan, um den Thron zu beschützen. Und mit dem, worum ich dich gerade bitten wollte, könntest du den Thron weiterhin schützen.«

»Und was wäre das genau?«

»Jemand wird mit einem Angebot auf dich zukommen, Tochter. Du wirst es annehmen.«

»Was für ein Angebot?«

Rhiannon grinste. »Die nächste Drachenkönigin zu werden.«

»Oh.« Keita warf einen Blick zu Ragnar hinüber und verdrehte die braunen Augen. »Na klar.«

»Du glaubst mir nicht.«

»Oh nein, nein. Es gibt eine Menge Leute, die mich als Königin sehen wollen. Das höre ich die ganze Zeit. Normalerweise kommt das natürlich von betrunkenen Kerlen, die mir an die Wäsche wollen.«

»Keita, du hast es geschafft, die Wahrheit über dich sehr gut zu verbergen. Die meisten der menschlichen Adligen wissen weder, dass du ein Drache bist, noch von deinen Verbindungen zu Annwyl. Und die Drachen glauben, dass du mich nur zu gern tot sehen würdest.«

»Na ja ...«, begann Keita, aber Ragnars Schwanz klatschte auf ihren Hintern und unterbrach sie. »Was ich meine, ist«, korrigierte sie sich eilig und warf ihm einen wütenden Blick zu, »die Drachen glauben, dass ich geistlos, dumm und eingebildet bin. Also wer sollte mich, wenn er noch klar bei Verstand ist, zur Königin machen wollen?«

Ragnar antwortete für Rhiannon. »Jemand, der die totale Kontrolle über den Thron und die Südland-Drachen haben will.«

Rhiannon richtete eine Kralle auf ihn. »Siehst du, wie schlau er ist? Schlau und gutaussehend und ...«

»Deine Brüder sind zu unabhängig und ihrer Mutter gegenüber zu loyal«, warf Ragnar ein und unterbrach die Aufzählung von Attributen ihrer Mutter, und eine Sekunde lang betete Keita ihn an wie die Sonnen. »Und deine Schwester ...«

»Klar«, sagte Keita und schniefte verdrießlich. »Sie ist perfekt und würde so etwas nie tun.« Die Perfektion ihrer Schwester war etwas, was sich Keita seit dem Schlüpfen anhören musste.

»Von ihrer Perfektion weiß ich nichts. Aber mit ihren Kräften ist sie zu gefährlich. Man müsste sie ebenfalls töten.«

»Na wunderbar.« Und Keita fühlte sich wider Willen ein bisschen deprimiert. »Alle glauben, ich würde meine ganze Familie betrügen und in den Tod schicken, damit ich *das* hier« – sie schnaubte – »haben kann.«

»Ich liebe meinen Felsen«, sagte die Königin und rutschte darauf herum. »Ich sehe sehr königlich darauf aus.«

»Verzeih mir die Frage ...«

»Nein, nein, Lord Ragnar. Frag ruhig. Wir werden vielleicht keine derartige Gelegenheit mehr haben, bevor es losgeht.«

»Es erscheint mir nur eine sehr gefährliche Lage zu sein, in die deine Tochter sich bringen soll, Mylady.« Und Keita spürte, wie ihr Herz ein bisschen stolperte, bevor ihr wieder einfiel, dass alle Nordland-Männer solch einen Beschützerinstinkt gegenüber Frauen hatten.

»Oh, aber meine Tochter lebt für die Gefahr. Nicht wahr, Keita?«

Wohl wissend, worauf Rhiannon hinauswollte, sagte Keita: »Mutter ...«

»Na, na. Du musst dich nicht schämen, Kind. Alles, was meine Keita getan hat, tat sie im Dienste meines Throns. Zum Beispiel mein Bruder Oissine, der nach Alsandair geflohen war, nachdem ich Königin wurde. Er hatte Assassinen angeheuert, die mich töten sollten. Zu dumm, die Sache mit der *Lebensmittelvergiftung*, was?« Sie zwinkerte Keita zu.

Beschämt seufzte Keita: »Oh, Mutter.«

»Und Muiredach, Bruder Nummer zwei, war in die Nordländer gegangen. Sie brauchte eine Weile, bis sie ihn aufgespürt hatte, aber ihr gefiel wohl nicht, was sie sah oder hörte, als sie ihn fand, denn er scheint einen tragischen Sturz von einem eurer Nordland-Berge erlitten zu haben, junger Ragnar. Er war anscheinend so hoch oben, dass es ein Sturz war, den kein Drache überleben konnte ... zumindest nicht betrunken und bewusstlos. Sag mir, Keita, hast du das Ale deines Vaters benutzt, um ihn so betrunken zu machen, bevor du ihn von dem Berg geschubst hast? Oder hast du den geheimen Alkoholvorrat deines Großvaters gefunden, den wir benutzen, um das Fell von einem Pferdekadaver abzulösen?«

Keita spürte Ragnars Blick auf sich, konnte fühlen, wie er sie abschätzte. Sie hatte sich noch nie zuvor so schutzlos gefühlt. Diejenigen, die die Wahrheit kannten – ihr Vater, Gwenvael, Ren, Gorlas –, waren von Beginn an bei ihr gewesen. Sie hatten sie üben sehen, ihr Heranwachsen als eine der Beschützerinnen des Throns beobachtet. Die kleine, ausgewählte Gruppe von Drachen und Menschen, die es zu ihrer Lebensaufgabe machten, alles Notwendige zu tun, um die Südland-Throne vor denen zu schützen, die sie sich nehmen wollten.

Und in Anwesenheit derer, die die Wahrheit schon kannten, über das zu sprechen, was sie getan hatte, hatte Keita nie gestört. Aber mit Ragnar und ihrer *Mutter* darüber zu sprechen? Hier? Jetzt? Nackt und mit ausgestreckten Armen und Beinen auf dem Marktplatz von Garbhán Isle hätte sie sich wohler gefühlt.

»Von meinem dritten Bruder hieß es auch, dass er sich irgendwo in den Nordländern versteckt, und Keita war ziemlich entschlossen, ihn zu finden, aber vorher hat dein Vater sie gefunden.« Als Ragnar nichts sagte, fragte Rhiannon: »Hast du dich nie gefragt, Ragnar, warum meine Tochter in euren Territorien war? Allein? Warum dein Vater sie in die Klauen bekommen hat?«

»Du hast mir gesagt, es sei, weil sie Esyld besuchen wollte.«

»Und das hat sie auch. Oft. Aber dafür musste sie nur in die Außenebenen. Sie ist allerdings nur aus einem einzigen Grund weiter gegangen. Um meine Brüder zu finden und sie aus der Welt zu schaffen. Wie sie Oissine aus der Welt geschafft hatte. Du siehst, Drachenlord, meine Tochter war zu etwas in der Lage, was ganze Legionen meiner Drachenkrieger nicht konnten. Diejenigen aufspüren und beseitigen, die eine Gefahr für mich sind.« Und bevor Keita sie korrigieren konnte, fuhr sie fort: »Entschuldigung. Ich meinte eine Gefahr für meinen Thron.«

»Interessant«, sagte Ragnar, und Keita zuckte bei seinem Tonfall ein bisschen zusammen. Bis er hinzufügte: »Also hat sie Beweise gesucht und gefunden, dass zumindest zwei deiner Brüder einen Schlag gegen dich vorbereiteten, und hat entsprechend gehandelt. Dann wäre es ein Gebot der Logik, dass sie dieselbe gebührende Sorgfalt bei deiner Schwester anwandte und feststellte, dass Esyld keine Bedrohung war. Dass sie weder für deinen Thron noch für dich eine Gefahr darstellte.«

Schockiert schaute Keita zu dem Nordländer auf, während ihre Mutter sich auf ihrem Thron zurücklehnte und ihn eingehend musterte.

»Ich finde es faszinierend, Drachenlord, dass dich nichts von alledem zu schockieren scheint.«

»Ich habe deine Tochter in der Vergangenheit falsch eingeschätzt, Majestät. Und ich mache dieselben Fehler nicht zweimal.«

»Verstehe. Dann will ich ehrlich sein. Ich weiß nicht, ob meine Schwester mich betrogen hat. Und alles, was ich weiß, ist, dass mein Thron auf dem Spiel steht, und ich brauche deine Hilfe, Keita. Denn du wirst diejenige sein, zu der sie kommen werden. Du wirst diejenige sein, die sie gegen mich aufzuhetzen versuchen werden.«

Keita konnte sich nicht erinnern, dass ihre Mutter sie je um etwas gebeten hätte – abgesehen von »sei nicht immer so ein undankbares Gör!« Und jetzt, zwischen ihrer Mutter, die sie um Hilfe bat, und Ragnars Geständnis, dass er sie falsch eingeschätzt hatte, fühlte sich Keita ein wenig überwältigt.

Sie schluckte und fand ihre Stimme wieder. »Ich weiß, was ich tun muss.«

»Das weiß ich. Aber trotzdem, halte dein wahres Temperament im Zaum und denk daran, wen und was du spielst. Eine verzogene Prinzessin, aber eine mit Grenzen. Wenn du vorgibst, dass sie alles tun dürfen, damit du den Thron bekommst, werden sie wissen, dass du lügst, dass du ihnen eine Falle stellst. Lass sie führen. Lass sie lügen. Sie werden dir sagen, was sie glauben, dass du hören willst, aber wenn sie deine Brüder, deine Schwester, auf jeden Fall deinen Vater ins Spiel bringen – dann bestehst du darauf, dass sie überleben und in Sicherheit sein müssen. Über mich kannst du sagen, was du willst.«

»Oh, das habe ich vor.«

»Wenn die Verräter dich kontaktieren, musst du mir Bescheid geben.«

»Das werde ich.«

»Sofort, Keita. Versuch nicht, das allein zu klären. Diesmal nicht. Verstanden?«

»Aye. Ich verstehe. Ich mache das nicht zum ersten Mal, Mum.«

»Du brauchst außerdem jemanden, der dir den Rücken freihält.«

»Ren ist hier bei mir. Er kann …«

»Ich werde es tun«, unterbrach sie Ragnar.

Keita ignorierte das süffisante Grinsen ihrer Mutter und sagte: »Ich mache so etwas schon seit Jahren mit Ren und …«

»Genau das ist das Problem«, unterbrach er sie wieder. »Er ist dir zu nahe. Zu dicht am Thron und an deiner Familie.«

»Er hat recht, Keita.«

»Ja, aber Ragnar ist ein Außenstehender.«

»Aber der Ausländer nicht?«, fragte Ragnar.

»Nenn ihn nicht immer so!«

»Es tut nichts zur Sache«, sagte Rhiannon und hob die Vorderklauen, um sie zu beruhigen. »Wirklich nicht.«

»Warum nicht?«

»Weil Lord Donnerschlag recht hat. Du und Ren steht euch wirklich zu nahe. Außerdem wissen sie von der Loyalität der Ostland-Drachen gegenüber dem Thron und mir. Sie wissen, dass Ren nicht den Zorn seines Vaters riskieren würde, wenn er in einen Verrat gegen mich verwickelt ist. Sie werden ihm nicht vertrauen.«

»Ja, aber …«

»Und, was noch wichtiger ist: Es ist auch Lord Ragnars Problem.«

Ragnar blinzelte. »Ach ja?«

»Es wird es sein.«

»Schon wieder Drohungen, Mylady?«

»Keine Drohungen, mein lieber Zyklon. Aber mir wurde zugetragen, dass man an deinen Vetter in der Nähe der Eislandgrenzen herangetreten ist.«

»Mein Vetter? Du meinst Styrbjörn?«

»Ich dachte, er sei tot«, sagte Keita.

»Das ist Styrbjörn der Ekelhafte. Sein Sohn, Styrbjörn der Widerliche, hat seither das Grenzland übernommen.«

»Interessante Namen habt ihr im Norden«, murmelte Keita vor sich hin.

»Wer ist an Styrbjörn herangetreten, Mylady?«

Und als ihre Mutter nicht sofort antwortete, fragte Keita nach. »Mutter?«

Rhiannon räusperte sich. »Ich glaube, es ist ... Lehnsherr Thracius.«

Keita ließ sich auf die Hinterbeine fallen, ihre Gedanken kreisten um diese verdammte quintilianische Kette, die sie bei Esyld gefunden hatten. »Die Eisendrachen?«, fragte sie und versuchte, ungläubig zu klingen, während sie nicht mehr wusste, was sie glauben sollte. »Du glaubst, dass die Eisendrachen hinter deinem Thron her sind?«

»Warum klingst du so schockiert? Die Eisendrachen wollen dieses Territorium und die Nordländer schon seit Jahrhunderten.«

»Warum haben sie dann vorher nie etwas unternommen? Worauf warten sie?«

»Thracius ist nicht sein Vater. Er trifft keine übereilten Entscheidungen. Er will, dass alles seine Richtigkeit hat, bevor er zuschlägt. Du auf dem Thron, ich tot oder eingekerkert, die Ältesten in seiner Tasche. Wenn er all das hat, wird er keinen großen Krieg führen müssen, sondern er wird nur einen Aufstand niederschlagen müssen. Das ist viel leichter zu bewältigen.«

»Und ich bin mir sicher, dass Rache gegen Thracius wegen vergangener Vergehen nichts damit zu tun hat.«

»Ein Krieg gegen Thracius würde mir nichts nützen.«

»Aber er hat deinen Vater getötet, Mum. Du wolltest immer Rache dafür.«

»Das ist richtig, aber meinen Thron zu beschützen ist wichtiger, als mit diesem Mistkerl abzurechnen. Siehst du das nicht genauso?«

»Du weißt, dass ich das tue.«

Ihre Mutter hatte schon wieder dieses verfluchte süffisante Grinsen. »Das Siegel um diese Höhle schwindet, Tochter. Also entscheide dich jetzt. Bist du dabei oder nicht, Keita?«

»Du kennst meine Antwort schon, Mutter.«

»Ja. Aber ich lüge dich nicht an, Tochter. Du wirst allein sein, bis das vorüber ist.«

Sie sprach eine einfache Wahrheit aus, ohne Zorn oder Stolz, als sie zugab: »Ich war schon immer allein.«

Doch dann warf Ragnar ein, der schweigend neben ihr gestanden hatte: »Bis jetzt.«

15

Sie hörten das Geschrei, Sekunden bevor eine wutschnaubende Keita aus dem Thronsaal gestürmt kam.

»Ich gehe!«, sagte sie, während sie rasch die Treppe heruntereilte, gefolgt von Ragnar. »Richte meinen Geschwistern viele Grüße aus.«

»Oh, Keita ...«, begann Éibhear, aber sein Vater hielt ihn zurück.

»Du bleibst!«, befahl Éibhears Mutter hinter Keita und Ragnar, »denn ich *bestehe* darauf.«

Der dünne Faden, der Keitas Wut im Zaum hielt, musste gerissen sein, denn sie wirbelte auf dem Absatz herum und zischte: »Ich werde nicht bleiben, du herrische Harpyie. Und du wirst mir nichts befehlen!«

»Ich kann tun, was ich will, verdammt noch mal. Ich bin die Königin!«

»Ein heruntergekommenes altes Schlachtross mit Flügeln, das bist du!«

Zur Vergeltung – und zu Éibhears Entsetzen – hob Rhiannon die Klaue, und Flammen schossen aus ihrer Handfläche. Doch Ragnar trat zwischen die Flammen und Keita und hob seine eigene Klaue. Er sog die Flammen ein und schloss die Krallen zur Faust. Nach ein paar Augenblicken öffnete er sie wieder, und die Flammen, die die Königin nach Keita geschleudert hatte, fielen als bunte Kristalle zu Boden.

Überraschung huschte über das Gesicht ihrer Mutter, bevor sie ein nachdenkliches Gesicht zog.

»Sieh an, sieh an, wir sind wohl ein Beschützer, mein kleiner Wintersturm, was? Sag mir, was hat meine unschuldige Tochter getan, dass du dich vor sie wirfst?«

Knurrend versuchte Keita, sich an Ragnar vorbeizudrängen, aber er fing sie ab und zog sie zurück, während die königliche Leibgarde sich um die Königin gruppierte.

Ragnar ignorierte die Worte der Königin und sagte: »Wir müssen nicht aggressiv werden, Majestät. Ich bin mir sicher, es würde nicht schaden, noch ein kleines bisschen zu bleiben.«

»Ich werde nicht ...«

Nachdem er Keita mit einem zornigen Blick zum Schweigen gebracht hatte, erinnerte er sie: »Deine Familie hat dich vermisst. Ich bin sicher, dass sie gern ein bisschen Zeit mit dir verbringen würden, bevor du wieder losziehst.«

»Ach! Na schön!«, gab Keita nach. Dann schnaubte sie ihre Mutter an und stürmte davon.

Ragnar neigte kurz den Kopf vor der Königin und folgte Éibhears Schwester.

»Zicke«, knurrte dessen Mutter, bevor sie in ihre Gemächer zurückkehrte.

»Geh mit deiner Schwester!«, befahl sein Vater.

»Aber Dad ...«

»Hast du im Norden nicht gelernt, wie man Befehle befolgt? Widersprich mir nicht. Geh einfach.«

»Na gut.« Éibhear folgte seiner Schwester und sah mit einem Blick zurück, dass sein Vater zum Zimmer seiner Mutter hinaufstieg. Vielleicht würde sein Dad die Lage entspannen. Keita war noch nie gut mit ihrer Mutter ausgekommen, aber es war Zeit, dass sie das hinter sich ließen, oder nicht?

Rhiannon saß in ihrem Privatgemach, und ihre Gedanken wirbelten.

»Und?«, fragte Bercelak und nahm ihre Klaue. »Ist es erledigt?«

»Ja.«

»Bist du dir sicher, dass du das Richtige tust, Rhiannon?«

»Nein. Sie ist impulsiv. Hitzköpfig. Das habe ich schon immer gesagt.« Sie sah ihn zornig an. »Was gibt es zu grinsen?«

»Nichts. Nur dass deine Beschreibung von Keita klingt wie jemand anders, den ich kenne.«

Perplex fragte Rhiannon: »Wer?«

»Nicht so wichtig. Aber unsere Keita ist klug und gut ausgebildet. Sie ist eine der besten Agentinnen, die wir haben, und das weißt du auch.«

»Natürlich weiß ich das. Aber das wird ein gefährliches Spiel für sie. Vor allem, wenn es um deine Sippe geht.«

»Ich könnte sie warnen ...«

»Nein. Dann breiten sich Gerüchte aus. Sie reden alle zu viel, Bercelak. Wir müssen es einfach geschehen lassen. Halte es vor ihnen geheim, wie du es all die Jahre vor mir geheim gehalten hast.«

»Du hast es trotzdem herausgefunden.«

»Nicht herausgefunden – ich habe es gewusst. Das ist ein Unterschied.« Sie seufzte. »Abgesehen davon wird es Zeit, dass sie ernsthaft auf die Probe gestellt wird.«

»Das sagst du immer.«

»Ja.«

»Aber warum? Es bereitet dir eindeutig Sorgen.«

»Es muss sie sein«, sagte sie und fühlte sich plötzlich erschöpft. »Sie muss es tun. Sie muss sich dieser Herausforderung stellen.«

»Warum, Rhiannon? Warum Keita?«

Rhiannon stand auf und ging auf ihr Schlafzimmer zu. »Weil«, sagte sie schlicht, »sie eines Tages *wirklich* Königin sein wird.«

Damit verließ Rhiannon den Thronsaal, kam aber zurück, als ihr bewusst wurde, dass Bercelak ihr nicht folgte. Als sie seinen Gesichtsausdruck sah, verdrehte sie die Augen und fügte hinzu: »Ich meine nicht *jetzt*, Nichtswürdiger. Es sind noch *Jahre* bis dahin!«

Bercelak atmete hörbar aus. »Ich dachte, du meintest ... und mit den anderen vor ihr ... und ihrer Neigung zu Gift ... götterverdammt, Rhiannon! *Du hast mich zu Tode erschreckt!*«

Als ihr klar wurde, dass Bercelak gedacht hatte, sie habe ihre Zeit – und anscheinend auch die ihrer Kinder – viel früher enden sehen, als überhaupt in Betracht kam, begann Rhiannon zu lachen und konnte gar nicht mehr damit aufhören. Selbst als er sie schnappte, hochhob und sie knurrend in ihr Schlafzimmer trug, hörte sie nicht auf zu lachen.

16 Die Reise führte sie von Devenallt Mountain direkt in die Dunklen Ebenen darunter. Sie landeten ungefähr zwei Meilen von Garbhán Isle entfernt in den umgebenden Wäldern. Vigholf kam es allerdings merkwürdig vor, dass Ragnar, Keita und dieser Fremde die ganze Reise über stritten. Sie flüsterten zwar, aber sie stritten. Das sah Vigholf seinen Bruder selten tun. Ragnar glaubte normalerweise nicht an Auseinandersetzungen. Er gab seine Befehle und erwartete, dass sie ausgeführt wurden. Wenn nicht, übergab er die Aufgabe jemand anderem und vergaß die Existenz desjenigen, der ihn enttäuscht hatte. Das klang vielleicht nicht gerade großartig, aber es funktionierte. Die Kälte seines Bruders konnte es mit den eisigen Bergspitzen ihrer Heimat aufnehmen.

Aber jetzt stritt Ragnar. Zuerst nur mit Prinzessin Keita. Dann schaltete sich der Fremde ein. Sie hoben nie die Stimmen. Nicht wie Vigholf und Meinhard das in solchen Fällen taten, aber dennoch: Es war ein Streit.

Vigholf nahm seine menschliche Gestalt an, zog sich an und beobachtete, wie die drei weiterdiskutierten. Er wusste nicht, worüber sie sprachen, und es war ihm auch egal. Er wollte nach Hause. Dieser Ort mit all dem Grün und der Hitze. Götter, es war warm hier, obwohl die Südländer sich dem Winter näherten und die Prinzessin ein Fell herauszog, um es über ihr langärmliges Kleid zu streifen, was deutlich machte, dass zumindest *ihr* kalt war. Hatten sie überhaupt Schnee hier in diesem Land?

Nicht dass es wichtig war. Wenn sein Bruder erst einmal fertig war mit Streiten, würden sie den Kleinen und die Prinzessin zu ihrer Sippe bringen und sich auf den Weg machen.

»Was ist da los?«, fragte Meinhard ihn.

»Ich habe keine Ahnung.«

»Wir sollten sie nicht streiten lassen«, sagte der Kleine. Ständig machte er sich Sorgen, dass jemand verstimmt sein könnte.

Er war stolz auf all die Streits, die er beendet hatte. Auch wenn es nicht seine beruhigenden Worte waren, die Auseinandersetzungen zwischen Vigholfs Verwandtschaft Einhalt geboten hatten. Es war seine Größe. Blitzdrachen waren bekannt für ihre Größe, auch wenn sie tendenziell langsamer waren als die kleineren Feuerspucker. Aber der Kleine besaß die Größe der Nordländer und die Schnelligkeit seiner feuerspuckenden Art. Eine Schande, dass er kein großer Kämpfer war. Ragnar hatte ihn schon abgeschrieben und wollte ihn nicht so schnell wieder in die Nordländer schicken. Aber Meinhard arbeitete im Stillen daran, das zu ändern. Er hatte das übergroße Küken liebgewonnen, auch wenn Vigholf nicht so recht verstand, warum.

»Ich würde mich nicht in einen Streit mit Ragnar einmischen, wenn ich du wäre.«

»Wir sollten aber etwas tun!«

Es war klar, dass der Kleine das ausdiskutieren wollte, deshalb nahm ihn Vigholf am Arm und zog ihn zwischen den Bäumen hindurch auf den Weg. »Lass uns hier warten, bis sie fertig sind.«

Vigholf und Meinhard durchforsteten ihre Reisetaschen, während der Kleine von einem Wegrand zum anderen hin und her ging.

»Meinst du, wir können uns noch ein paar Vorräte beschaffen, bevor wir gehen?«, fragte Meinhard. »Getrocknetes Rindfleisch wäre hilfreich, wenn wir wieder durch die Außenebenen müssen.«

»Die Prinzessin hat versprochen, unsere Vorräte aufzufüllen.«

»Sie streiten immer noch!« Der Kleine schüttelte den Kopf. »Ich kann nicht zulassen, dass das so weitergeht.«

»Warte ...«

»Lass ihn gehen, Meinhard«, sagte Vigholf und stand auf. »Er wird sie unterbrechen, Ragnar wird ihn im Viereck herumprügeln, und er wird lernen, das nicht noch mal zu machen.«

Meinhard stand ebenfalls auf und schaute den Weg entlang.

»Was ist?«, wollte Vigholf wissen. Meinhard machte eine Kopfbewegung, und Vigholf folgte seinem Blick.

Eine Frau kam den Weg entlang, in der Hand hielt sie die Zügel eines riesigen schwarzen Pferdes. Sie blieb stehen und starrte sie an.

Vigholf wünschte sich, er hätte früher daran gedacht, seinen Umhang anzulegen – er hasste es, Menschen seine violetten Haare erklären zu müssen, dieser ganze Pferdemist über tragische Flüche und so weiter –, lächelte und winkte. »Sei gegrüßt«, rief er.

Die Frau, groß und mit goldbraunen Haaren, ließ die Zügel ihres Pferdes los und kam näher. Sie kniff die Augen zusammen und reckte den Kopf nach vorn.

»Was tut sie?«, murmelte Vigholf seinem Vetter zu.

»Keine Ahnung«, murmelte Meinhard zurück. »Vielleicht hat sie sich verirrt. Oder sie hat Angst.«

»Oder sie ist verrückt«, fügte Vigholf hinzu, und wenige Sekunden später zog die verrückte Schlampe – er hatte recht gehabt, bei den Göttern! – eines der Schwerter, die sie auf den Rücken geschnallt trug, und ging schweigend zum Angriff über.

»So soll es aber sein«, sagte Keita zu Ren – schon wieder! Sie wiederholte sich nicht gern, und nur weil Ren in seinem eigenen verdammten Land ein Adliger war, hieß das nicht, dass er eher das Recht hatte, nicht auf sie zu hören, als einer der Untertanen ihrer Mutter.

»Das gefällt mir nicht. Ich mag ihn nicht.« Ren warf Ragnar einen finsteren Blick zu. »Er sieht auf dich herab, und er hat dich gerade schon wieder beleidigt.«

»Und das«, sagte der Nordländer zähneknirschend, »geht dich *immer noch* nichts an!«

»Was versprichst du dir davon, Barbar? Vielleicht habt du und Keitas Mutter einen Plan, von dem sie nichts weiß. Vielleicht hast du vor, sie zu verraten.«

Ragnar hob die Hand, und Funken sprühten von seinen Fingerspitzen. Ren tat dasselbe, nur dass seine Flammen loderten. Keita, die es gewohnt war, dass Männer mit sehr viel mehr Körpereinsatz reagierten, befahl: »Hört auf! Beide! Das ist lächerlich!«

»Was ist hier los?«, wollte Éibhear wissen, der zu ihnen herübergerannt kam. »Warum streitet ihr alle?«

Keita warf den beiden anderen Männern einen Blick zu, zuckte die Achseln und sagte zuckersüß: »Wir streiten doch gar nicht.«

»Keita!«

»Eine Diskussion ist kein Streit, Éibhear.«

»Was verschweigt ihr mir?« Er sah von einem zum anderen. »Was hat Mum vor?«

»Nichts. Sie war nur wie immer. Du solltest inzwischen daran gewöhnt sein.«

»Lüg mich nicht an, Keita. Du weißt, dass du mich nicht anlügen kannst.« Er hatte recht. Sie konnte keinen ihrer Brüder anlügen, denn keiner von ihnen ließ sich von einer zufällig wirkenden Berührung oder einem geheimnisvollen Lächeln ablenken. »Hier geht etwas vor sich, und ich will wissen, was.«

»Geh zurück zu Meinhard, Junge!«, befahl Ragnar.

Keita hob eine Hand. »Kommandier meinen Bruder nicht herum!«

»Na schön. Dann lassen wir ihn halt bleiben.«

»Sprich nicht in diesem Ton mit mir, Warlord. Ich werde auch ohne deine Hilfe sehr gut mit meinem Bruder fertig.«

»Mit mir fertigwerden? Du musst mit mir fertigwerden?«, wiederholte Éibhear.

Mit schwindender Geduld sagte Keita: »Stopp. Seid alle einfach …« Sie runzelte die Stirn und neigte den Kopf. »Ren? Was ist los?«

Er deutete auf etwas hinter Keita. »Kennen wir dieses Pferd nicht?«

Keita warf einen Blick über die Schulter. »Sieht aus wie Annwyls Pferd«, sagte sie und kratzte sich am Ohr.

Einen Augenblick später erstarrte sie bei dem Geräusch von Stahl auf Stahl.

»Ihr Götter!«, sagte sie zu ihrem Bruder gewandt.

Gemeinsam stürmten sie auf die nahegelegene Straße zu. Sie rannten zwischen den Bäumen hindurch, und Keita kreischte auf und fiel auf ihr Hinterteil, als eine Schwertklinge ihr fast die Spitze ihrer wertvollen Nase abgeschnitten hätte.

Hände hoben sie vom Boden auf und stellten sie wieder auf die Beine. »Alles klar?« Sie erwartete Ren, aber es war Ragnar, der besorgt auf sie herabsah.

»Mir geht's gut. Wir müssen sie aufhalten.«

»Mein Bruder würde niemals eine Frau töten.«

»Das ist keine Frau«, sagte Keita. »Nicht wie man sich das vielleicht vorstellt.«

Meinhard hob seinen Schild, und das Schwert der Schlampe krachte mit solcher Wucht dagegen, dass er zurückgedrängt wurde. Ihr Götter! Was für eine Kraft sie hatte!

Und doch war sie ein Mensch.

Er senkte den Schild und sah, dass die Frau ihm den Rücken zugewandt hatte und sich mit seinem Vetter beschäftigte. Meinhard stieß sein Schwert vor und zielte auf ihre Seite. Er wollte verwunden, kampfunfähig machen, nicht töten. Doch sie drehte sich in letzter Sekunde um, und seine Klinge stieß an ihr vorbei. Meinhard taumelte vorwärts. In diesem Moment rammte sie ihm den Ellbogen ins Gesicht und zertrümmerte seine Nase.

Er brüllte, und sie duckte sich und rammte ihm den Fuß in die Wade. Zu Meinhards Entsetzen hörte er Knochen brechen, etwas machte »Knack« in seinem Bein, und er fiel hart auf ein Knie.

Der Schmerz war auszuhalten. Der Bruch würde heilen. Aber die Demütigung – die war unerträglich!

Meinhard sah, wie sein Vetter die Frau zwang, sich wieder um ihn zu kümmern. Sie war weniger als einen Fuß entfernt, als er den Schild nach ihrem Rücken schwang. Er traf sie an der Seite und schleuderte sie gegen einen in der Nähe stehenden Baum. Sie krachte hart gegen den Stamm, prallte davon ab auf den Boden, rollte sich ab, kam auf die Beine und ging wieder auf Vigholf los.

Der schwang sein Schwert, doch sie sprang auf seinen Rücken, ihr kurzes Schwert hoch erhoben.

»*Annwyl, nein!*«, schrie Prinzessin Keita, während Éibhear die abscheuliche Frau schnappte und sie von hinten von Vigholf herunterriss. Gleichzeitig hielt Ragnar Vigholf fest.

Keita stand mit erhobenen Händen zwischen alledem. »Jetzt beruhigt euch alle mal!«

»Beruhigen?«, wollte Vigholf wissen. »Diese verrückte Schlampe hat uns angegriffen!«

Meinhard fühlte, dass Hände ihn berührten, und schaute in das seltsame Gesicht des fremden Drachen hinauf. Ohne dass sie ein Wort wechselten, erlaubte Meinhard Ren, ihm auf sein heiles Bein zu helfen.

»Mylord Vigholf«, sagte Keita beruhigend. Sie drehte sich zu ihm um. »Ich möchte dir …«

Mit weit aufgerissenen Augen starrte sie Vigholf an, und Meinhard folgte hektisch ihrem Blick, voller Angst, dass er sehen würde, wie sein Vetter aus einer Wunde verblutete, die sie nicht bemerkt hatten. Doch es war schlimmer. Viel schlimmer.

Keita schlug sich eine Hand vor den Mund, die braunen Augen schreckgeweitet. Verunsichert sah Ragnar seinen Bruder an – und ließ ihn los.

»Oh.«

»Was?«, fragte Vigholf. »Was ist los?«

»Äh … äh …«

Der arme entstellte Vigholf schaute an sich hinab. »Was starrt ihr alle so?«

»Vielleicht«, sagte eine kühle weibliche Stimme, »suchen sie das hier.«

Vigholf hob den Kopf, als die Menschenfrau den langen Zopf aus violetten Haaren hochhielt, der ihm einmal gehört hatte.

»Tut mir leid«, sagte die Frau grinsend. »Ich wollte eigentlich deinen ganzen Kopf. Aber du bewegst dich viel schneller, als deine Ochsenstatur es vermuten lässt.«

»*Ochsenstatur?*«

»Keine Sorge.« Sie schwang den Zopf hin und her. »Der wird toll an meinem Helm aussehen, wenn ich in die Schlacht reite. Lila war noch nie meine Farbe, aber ich glaube, es wird schon gehen.«

»Du bist ja wahnsinnig!«, schrie Vigholf, und Ragnar hielt ihn an den Schultern fest, schaffte es aber kaum, seinen tobenden Bruder zurückzuhalten. Nicht dass er ihm dafür einen Vorwurf hätte machen können.

»Na komm«, forderte ihn die Menschliche lachend heraus. »Bringen wir es zu Ende, *Blitzdrache*.«

Keita trat näher an die Frau heran und hieb ihr die Hände auf die Schultern. »Hör sofort damit auf!«

Die Frau runzelte die Stirn und starrte Keita an. Einen Augenblick lang fürchtete Ragnar um die Sicherheit der Prinzessin, doch dann fragte die Frau: »Keita?« Dann lächelte sie und schob die Hände des Blauen von ihrer Taille weg. »Keita!« Die Frau ließ ihr Schwert fallen – den Zopf allerdings nicht –, schlang die Arme um Keita und drückte sie fest. »Ihr Götter! Ich bin so froh, dich zu sehen!«

Keita atmete auf und nickte Ragnar kurz zu. »Ich auch, Schwester.«

»Es ist lange her!«

»Und was ist mit mir? Werde ich nicht umarmt?«

Die Frau wirbelte zu dem Blauen herum. »Éibhear!« Sie warf sich auf ihn, schlang ihre langen Beine um seine Taille und die Arme um seinen Hals. »Oh, Éibhear!«

Lachend umarmte der Blaue sie ebenfalls. »Das ist das Willkommen, auf das ich gehofft hatte.«

»Sie hat mich verstümmelt!«, beschwerte sich Vigholf bei ihm. Und sehr weit hergeholt war das nicht. Obwohl kein männliches Wesen in den Nordländern die Haare so lang tragen würde, wie die Südländer es taten, waren sie dennoch stolz auf das, was sie hatten. Vor jeder großen Schlacht flochten weibliche Verwandte oder Gefährtinnen den Drachenkriegern die Haare zu

Kriegerzöpfen. Wenn die Schlacht oder der Krieg vorüber und gewonnen war, gab es dann ein weiteres Ritual, in dem die Zöpfe gelöst wurden und der lange, einzelne Zopf wieder neu geflochten wurde. Es war ein schlichtes, schmuckloses Ding, aber es war für viele von großer Bedeutung.

Doch sie befanden sich wirklich auf gefährlichem und fremdem Terrain. Es konnte keine Vergeltung für den Schaden geben, den dieses Weib angerichtet hatte. »Nicht hier, Bruder. Nicht jetzt«, flüsterte Ragnar.

»Wann dann?«

»Jederzeit, Blitzdrache«, bot ihm die Frau an, die endlich von dem Blauen herunterkletterte. »Sofort, wenn du möchtest.«

Vigholf knurrte, doch Ragnar hielt ihn an den Schultern fest. »Beruhige dich.«

»Halt ihn nicht zurück. Lass ihn los, damit ich beenden kann, was ich angefangen habe, und dann« – die Menschliche deutete mit einem Finger auf Ragnar – »erledige ich den Rest von euch.«

»Was ist bloß los mit dir?«, wollte Keita von der Menschenfrau wissen. »Warum benimmst du dich so?«

»Glaubst du etwa, dass ich es nicht weiß? Dass ich nicht gehört habe, was sie dir angetan haben?« Grüne Augen starrten sie unter ungekämmten Haaren hervor zornig an. »Sie haben dich entführt, Keita. Sie versuchen, Frauen ihren Willen aufzuzwingen. Und dafür« – die Frau neigte ihren Kopf von einer Seite zur anderen, dass die Wirbel weithin hörbar knackten – »verlieren sie den Kopf.«

Sie drängte vorwärts, und Ragnar wandte sich zu ihr um. Er hatte nicht vor, zuzulassen, dass Vigholf etwas passierte, und bereitete sich darauf vor, einen Zauber zu entfesseln, aber wieder schob sich Keita zwischen Ragnar und seine Sippe und dieses verrückte Weib.

»Nein! Du irrst dich. So war das nicht.«

Den Blick unverwandt auf Ragnar gerichtet, fragte die Frau: »Was ist dann passiert?«

Keita räusperte sich. »Das sind diejenigen, die mich vor Olgeir gerettet haben.«

»Blödsinn.«

»Glaubst du wirklich, ich würde jemanden schützen, der etwas mit meiner Entführung zu tun hatte?«

»Es waren nicht die hier?«

»Ich versichere dir, Annwyl, es waren nicht …«

»Annwyl?«, wiederholte Ragnar, der sich plötzlich daran erinnerte, dass Keita den Namen schon einmal gerufen hatte, bevor sie aus dem Unterholz gebrochen waren. »Das ist Annwyl?« Ragnar musterte die Frau von ihren absurd großen Füßen bis zum Scheitel ihrer ungekämmten Haare. »*Das?*«

Diese Menschliche, die mehr Muskeln hatte, als für irgendein Mitglied des Königshauses nötig schien, und die ihn und seine Sippe mit einem Blick ansah, den er nur als den wahnsinnigen Blick eines kranken Tieres bezeichnen konnte.

Keita hob die Hand, um ihn zum Schweigen zu bringen; ihr eindringlicher Blick warnte ihn. Er bemerkte, dass sie keine ausladenden Bewegungen machte und ihre Stimme ruhig und kontrolliert hielt. »Königin Annwyl von den Dunklen Ebenen, ich möchte dir Ragnar den Listigen vorstellen, seinen Bruder, Vigholf den Abscheulichen, und ihren Vetter Meinhard den Wilden. Meine Herren … dies ist Königin Annwyl, die menschliche Herrscherin dieses Landes und die Gefährtin meines ältesten Bruders. Bevor wir weitergehen, lasst mich nur sagen …«

Die Menschliche hob die Hand. »Warte. Es tut mir leid. Dein Name ist … Vigholf der *Abscheuliche?*«

»Annwyl …«

»Warum haben wir in den Südländern keine solchen Namen?«

»Er hieß früher Vigholf der Bösartige«, fügte der Blaue aus unerfindlichen Gründen hinzu, »aber im letzten Krieg wurde es Vigholf der Abscheuliche.«

»Und ich bin nur Annwyl die Blutrünstige. Das ist verdammt langweilig. Aber Annwyl die Abscheuliche? Das klingt hübsch, findet ihr nicht?«

»Annwyl.« Keita drückte den Unterarm der Frau. »Lord Ragnar und seine Verwandten sind unter meinem und Éibhears Schutz hier.«

»Wirklich? Obwohl sie dich entführt haben ... und auch noch zweimal? Zuerst der Vater von dem da und dann er selbst?«

»Ich habe dir doch schon gesagt, dass er mich vor Olgeir gerettet hat. Und die Götter wissen, dass wir ihm nicht die Taten seines Vaters vorwerfen können. Du, Annwyl, solltest das besser wissen als alle anderen.«

»Als ich also gehört habe, dass er dich entführt hat, um ein Druckmittel gegen deine Mutter zu haben ...?«

»Nichts weiter als ein dummes Missverständnis und absolut kein Grund zur Verärgerung.«

»Ein dummes Missverständnis? Ehrlich?« Ein Grinsen breitete sich über das Gesicht der Königin aus und ließ sie noch wahnsinniger aussehen. »Dann nehme ich an, wir können all das hier« – sie schwang den Zopf in ihrer Hand – »auch ein dummes Missverständnis nennen? Hä?«

Sie lachte, küsste Keita auf die Wange und wartete, bis der Blaue sich zu ihr herabbeugte, damit sie ihn ebenfalls auf die Wange küssen konnte. »Ich bin froh, dass ihr beide zu Hause seid. Vielleicht bringt ihr meinen Gefährten ja dazu, nicht so viel zu brüllen wie in letzter Zeit.« Sie schnalzte mit der Zunge, und ihr Pferd kam zu ihr. »Ihr müsst unbedingt die Kinder sehen. Sagt Fearghus, dass ich später komme.«

Die Menschenkönigin stopfte Vigholfs Zopf in ihren Gürtel, warf sich Schwert und Schild auf den Rücken und schaffte es irgendwie, auf das Pferd zu steigen, das selbst für viele Nordland-Männer zu groß gewesen wäre. »Ich freue mich, euch alle beim Abendessen zu sehen.«

Mit einem weiteren Lachen gab sie ihrem Pferd die Sporen und ritt davon.

»*Das* ist eure Menschenkönigin?«, fragte Ragnar wieder. »*Die?*«

Keita zuckte die Achseln. »Sie ist launisch.«

»Sie hat meine Haare gestohlen!« Vigholf trieb sein Schwert in den Boden. »*Meine Haare!*«

»Mylord.« Keita nahm Vigholfs Hand und hielt sie zwischen ihren kleinen Händen. »Bitte vergib ihr. Auf ihr liegt solch eine große Last, und sie hat es nur für mich getan. Ich verspreche, dass ich alles tue, um das wiedergutzumachen.«

Ragnar wusste, dass es seinem Bruder eine Menge abverlangte zu sagen: »Es ist nicht deine Schuld, Prinzessin. Denk nicht weiter darüber nach.« Aber seine Willensstärke war so groß wie die jedes Nordländers.

»Komm.« Sie zog an Vigholf. »Wir beruhigen dich wieder.« Sie lächelte den verwundeten Meinhard an. »Und für dich besorgen wir eine Heilerin.«

»Und was bekomme ich?«, fragte Ragnar.

»Meine Geduld.«

Und ihre Antwort brachte ihn zum Lachen.

»Willkommen auf Garbhán Isle, Mylords«, sagte Keita zu ihnen allen. »Ich kann euch zumindest versprechen, dass es euch keine Minute langweilig werden wird.«

17

»Schwester!«

Morfyd knirschte mit den Zähnen. Sie konnte das schaffen. Sie *würde* das schaffen. Nicht nur weil sie es Brastias versprochen hatte, sondern weil sie es sich selbst versprochen hatte.

Mit einem gezwungenen Lächeln auf den Lippen wandte sie sich ihrer Schwester zu. »Keita.«

»Oh, du siehst toll aus!«

Morfyd setzte augenblicklich ein finsteres Gesicht auf. »Und was soll *das* jetzt heißen?«

Keita schaute finster zurück. »Dass diese faden weißen Gewänder, die du jeden Tag trägst, die dunklen Ringe unter deinen Augen erst richtig zur Geltung bringen?«

»Schlange.«

»Kuh.«

»Keita.«

Als sie den tadelnden Tonfall des Sprechers hörte, der hinter Keita stand, lächelte Morfyd aufrichtig. »Ren!« Sie küsste den Ostland-Drachen auf beide Wangen. »Wie geht es dir, alter Freund?«

Der süße Ren aus der Dynastie der Auserwählten war im Hause Gwalchmai fab Gwyar allseits beliebt. Selbst bei solchen wie Briec, der niemanden außer sich selbst liebte, und Bercelak, der nur ihre Mutter liebte. Ren war vor fast einem Jahrhundert zu ihnen gekommen, geschickt von seiner Familie, um mehr über die Südland-Drachen zu erfahren, während im Austausch eine ihrer Cousinen, die auf den Pfaden der Drachenhexen wandelte, nach Osten gegangen war.

Morfyd hatte nicht weiter über dieses Arrangement nachgedacht. So etwas war auch früher schon vorgekommen und hatte immer gut funktioniert, aber die, die aus dem Osten kamen, blieben selten. Warum auch? Sie hatten im Osten ein viel ruhigeres, viel einfacheres und viel extravaganteres Leben als das am Hof ihrer Mutter. Und doch war Ren geblieben. Er blieb, weil er es geschafft hatte, ein anerkannter Teil der Familie zu werden, die sich ansonsten kaum untereinander ertragen konnte, ganz zu schweigen von Außenstehenden. Selbst von Fearghus wusste man, dass er Ren schon auf das eine oder andere Getränk in seine Höhle in der Finsteren Schlucht eingeladen hatte. Fearghus lud nicht einmal seine Brüder dorthin ein. Sie kamen zwar ab und zu vorbei, aber eingeladen waren sie nie.

Morfyd musste aber zugeben, dass sie anfangs besorgt gewesen war, als Ren sich so eng mit Keita angefreundet hatte. Obwohl Keita damals kaum dreißig Winter alt gewesen war, hatte sie bei einigen Männern schon einen gewissen Ruf gehabt. Nicht dass es Morfyd gekümmert hätte, mit wem ihre Schwester ins Bett ging. Wie hätte sie infrage stellen können, was Keita tat, während an Gwenvael niemand zweifelte? Doch Keita war bekannt dafür, im Kielwasser ihres Schwanzes eine Spur von gebrochenen Herzen zu hinterlassen, denn sie verließ Männer so mühelos, wie Morfyd Briec beim Kartenspielen schlug. So etwas hatte sie dem mächtigen Magier nicht gewünscht, der anders als die meisten anderen seine Macht weder für selbstverständlich hielt noch sie offen zur Schau stellte, um sich wichtig zu machen. Doch nach kurzer Zeit hatte sie bemerkt, dass Keita und Ren alles andere als ein Paar waren. Sie waren gute Freunde. Es milderte die Sorgen ihrer Brüder um Keitas Wohlergehen, wenn sie wussten, dass Ren mit ihrer jüngsten Schwester reiste und sie zumindest alarmieren konnte, wenn sie in Schwierigkeiten geriet.

Doch es erstaunte sie alle immer noch, dass Keita und Ren nach so vielen Jahren immer noch Reisegefährten und Freunde und einander genauso loyal wie Blutsverwandte waren.

»Mir geht es gut. Und Keita sollte uns deinen Beistand sichern und dich nicht wütend machen.«

»Sie hat angefangen«, beschwerte sich Keita.

»Du hast mich beleidigt.«

»Erst, nachdem du es gewagt hast, an meinen Komplimenten zu zweifeln! Glaubst du vielleicht, ich mache jedem Komplimente, du Quengelziege?«

»Keita!« Ren lächelte Morfyd an. »Vielleicht wird es einfacher, wenn ich sage, dass *ich* deine Hilfe brauche, meine Liebe.«

Ja. Es half außerdem, dass Ren ein hervorragender Friedenswächter war, ohne dabei lästig zu sein.

»Natürlich, Ren. Für *dich* tue ich alles.« Sie nahm seinen Arm. »Wie kann ich dir helfen?«

»Unsere Blitzdrachengäste hatten einen kleinen Zusammenstoß … mit eurer Königin.«

»Mutter?«

»Nein. Die andere verrückte Monarchin, die ihr euer Land regieren lasst.«

Morfyd schnappte nach Luft. »Ihr Götter, sind sie tot?«

»Nein. Aber es gab ein paar Verletzungen. Sag mal«, begann er, während er sie zu den wartenden Nordländern hinüberführte, »ich bin da selbst etwas ratlos. Kennst du zufällig einen Zauber, der Haare wachsen lässt?«

Die Hände in die Hüften gestemmt, schaute Keita finster ihrem Reisegefährten und dieser nachtragenden, kleinkarierten Vestalin nach. Sie folgte ihnen nicht. Sie war zu verärgert, und sie wusste sowieso, was passieren würde. Ragnar würde ihre Schwester anschmachten. Ihre perfekte, strahlende, magieerfüllte Schwester. Nicht in Stimmung, sich das anzusehen, blieb Keita stehen, bis Ren wiederkam, wie sie es erwartet hatte.

»Wie lange hattest du vor, hier stehen zu bleiben und vor Wut zu kochen?«

»Bis ans Ende der Zeit«, sagte sie und achtete darauf, besonders schnippisch zu klingen.

»Ich dachte, du wolltest unseren Blitzdrachen im Auge behalten.«

»Fang nicht damit an, Ren.«

»Ich mache mir Sorgen. Ich traue ihm nicht.«

»Aber ich vertraue ihm, und das sollte dir genügen.«

»Dann sag mir zumindest, was los ist.«

»Später. Nicht hier.« Keita sah sich um und entdeckte einen

Trupp Soldaten, die winkend auf sie zukamen – einige von ihnen hatten Blumen dabei. »Ihr Götter, Ren«, flüsterte sie. »Bring mich hier weg!«

Ren legte den Arm um sie und steuerte mit ihr durch die Menge. Als die Soldaten ihn wütend ansahen und näher kamen, spie Ren eine Flammenzunge, die dafür sorgte, dass sich alle duckten und in Sicherheit brachten.

»Also«, sagte Ren, der eindeutig keine Eile hatte, während die Soldaten um ihr Leben rannten, »willst du unsere Blitzdrachen ganz allein lassen? Ich glaube, das wird Lord Ragnar, deinem großen Beschützer, nicht besonders gefallen.«

»Nicht in diesem Ton«, trällerte sie. »Außerdem wird ihm Morfyd Gesellschaft leisten. Sie können sich darüber unterhalten, wie sie mit ihren tollen Fähigkeiten Berge versetzen und Bäume schmelzen können.«

»Ich hoffe, du stellst ihn nicht auf die Probe, Keita.«

»Warum sollte ich das tun?«, fragte sie ein wenig zu eilig. »Abgesehen davon gefällt mir der Gedanke gar nicht, dass meine Brüder den Warlord und seine Verwandten sehen, bevor ich die Möglichkeit hatte, den Weg zu ebnen.«

Ren nahm diese Ausrede dankbar an und fragte: »Bilde ich mir das nur ein, Kleines, oder gehört deine Familie zu der Sorte ›Erst töten, dann Fragen stellen, und auch nur, wenn uns danach ist‹?«

»Manche würden das vielleicht behaupten ... du weißt schon, falls ihre Opfer mit abgehackten Köpfen und so noch reden könnten.«

Das war sie also. Morfyd die Weiße.

Sie war schön, genau wie Ragnar immer gehört hatte. Auch wenn die Narbe auf ihrer einen Gesichtshälfte ihm das Herz zerriss. Sie war als Hexe gebrandmarkt worden, als die Menschen in den Südländern so etwas noch taten. Schuld daran war ein schwaches Oberhaupt gewesen, das die Macht anderer nicht zu schätzen wusste. Macht, die auch zu seinem Vorteil hätte genutzt werden können. Zum Glück hatte ihr Blut der Drachin geholfen, die Narbe verblassen zu lassen, aber sie war dennoch da, deutlich sichtbar für Ragnars Augen.

Obwohl sie von königlichem Blut und Erbin der magischen Kräfte ihrer Mutter war, wenn nicht gar ihres Thrones, kauerte sich die Prinzessin wie jede andere Heilerin vor Meinhard hin und untersuchte sein Bein. Sie befanden sich direkt vor dem Tor, das sich zur Stadt Garbhán öffnete; Meinhard saß auf einer der Holzbänke, die den Weg zu den Toren säumen, und Ragnar und Vigholf standen hinter ihm. Mit geschlossenen Augen hielt die Prinzessin die Hände um Meinhards Wade, ohne sie zu berühren. Im Gegensatz zu dieser wahren Heilerin hätte Ragnar den Knochen seines Bruders zwar reparieren können, für ihn wäre es aber schwierig gewesen, ihn so perfekt zusammenzufügen, dass Meinhard kein Hinken zurückbehielt, ohne seinem Vetter noch mehr Schmerzen zuzufügen.

Nach einigen Minuten lehnte sich die Prinzessin zurück.

»Er ist definitiv gebrochen. Aber ich kann ihn recht schnell heilen, wenn es dir nichts ausmacht, eine Weile in Menschengestalt zu bleiben. Ihre Knochen heilen leichter als unsere, finde ich, und den einen zu heilen beeinflusst normalerweise den anderen.«

»Das ist in Ordnung«, antwortete Ragnar für Meinhard. »Wir bleiben eine Weile.«

»Trotz alledem?«, fragte Vigholf, der sich mit der Hand ständig über die Haare strich, die ihm jetzt nur noch bis zu den Ohren reichten.

»Ja, Bruder. Trotz alledem.«

Morfyd stand auf. Sie war größer als ihre Schwester, aber schmaler, selbst unter all diesen Gewändern. »Das alles tut mir wirklich leid. Ich entschuldige mich für die Gefährtin meines Bruders. Sie ist in letzter Zeit ziemlich nervös. Aber ich kann euch allen die beste Unterkunft zusichern und alles, was ihr brauchen werdet.«

»Das ist nicht nötig, aber ich danke dir, Prinzessin.«

»Nenn mich bitte Morfyd. Ich fand schon immer, dass eine

weniger strenge Etikette ins Spiel kommen sollte, wenn man einmal ungerechterweise von jemandes Familie angegriffen wurde.«

Sie lächelte, und Ragnar erwiderte das Lächeln. »Das klingt nach einer hervorragenden Idee.«

»Gut.« Sie deutete auf einige Wächter. »Diese Männer werden euch in eure Zimmer bringen.«

»Ich kann gehen«, sagte Meinhard und stellte sich auf sein gesundes Bein.

»Mir wäre es lieber, wenn du es nicht versuchtest.«

»Ein Nordland-Drache wird nur getragen, wenn er tot ist, Mylady.«

»Nun, das ist« – Morfyd räusperte sich – »eine ziemlich hoffnungsvolle Idealvorstellung.«

Ragnar sah den Blauen die Straße entlangkommen – allein. Sie hatten ihn und Keita im Gespräch mit ein paar Einheimischen zurückgelassen, während Ragnar und Meinhard nach einem Platz suchten, wo ihr Vetter sein Bein hochlegen konnte. Aber nun kam nur der Blaue zurück.

»Stimmt etwas nicht?«, fragte Morfyd.

»Weißt du, wo deine Schwester ist?«

»So wie ich Keita kenne? Vielleicht in den Wachkasernen, um dort weiterzumachen, wo sie das letzte Mal aufgehört hat?« Die Prinzessin blinzelte und machte einen Schritt rückwärts. »Ich … ich mache nur Spaß.«

Ragnar wurde bewusst, dass er wohl ein finsteres Gesicht gezogen haben musste, und er versuchte, es wieder unter Kontrolle zu bekommen.

»Morfyd!«

Die Drachin wirbelte herum. »Éibhear!« Sie hob ihre Gewänder, rannte auf ihren Bruder zu und warf sich in seine Arme.

»Die Art, wie diese Frauen sich ihm gegenüber benehmen«, beschwerte sich Vigholf, »offenbart einiges über den Kleinen.«

»Lass ihn in Ruhe«, presste Meinhard zwischen zusammengebissenen Zähnen hervor.

Vigholf ging zu seinem Vetter hinüber und legte sich seinen Arm über die Schulter. »Stütz dich auf mich.« Als es aussah, als würde ihm Meinhard diesen blöden Kodex ins Gesicht spucken, fügte Vigholf hinzu: »Das lässt uns vor der hübschen Drachin mit den blauen Augen gut aussehen. Du siehst bedürftig aus und ich großzügig.«

»Ich habe gehört, sie sei vergeben«, warf Ragnar ein.

»An einen *Menschen*«, sagte Vigholf, bevor er und Meinhard gleichzeitig abschätzig schnaubten.

Lachend wandte sich Ragnar von seinem Vetter und seinem Bruder ab und entdeckte etwas weit in der Ferne. Etwas, das er, obwohl er es nie zuvor gesehen hatte, dennoch aus einem Gespräch wiedererkannte, das er vor langer Zeit mit der sehr vernünftigen Tochter eines Warlords gehabt hatte.

»Ihr zwei geht schon mal rein. Ich komme gleich nach.«

»Reingehen? Ohne dich?« Meinhard klang erschrocken, dass er gezwungen sein würde, als der Stellvertreter der Blitzdrachen fungieren zu müssen. Und angesichts dessen, wie miserabel er sich in solchen Situationen schlug, war es wahrscheinlich das Beste, wenn er für niemanden als Stellvertreter auftrat.

»Keine Sorge. Ich brauche nicht lange. Ihr zwei könnt euch doch fünf Minuten von Problemen fernhalten, oder?«

Vigholf zeigte auf seinen Kopf. »Du schaust uns beide an und wagst es, so etwas zu fragen?«

Ragnar ließ seine Verwandten stehen und machte sich auf den Weg zwischen die dichten Bäume, die die viel benutzte Straße säumten. Obwohl er das Haus vom Tor aus gut sehen konnte, brauchte er für den Fußweg mehrere Minuten. Mehrere Minuten, in denen er sich Sorgen machen konnte.

War sie nach hier draußen geschickt worden? Schon verstoßen von diesem hurenhaften Drachen, mit dem sie jetzt zusammen war? Nicht länger von Nutzen für die Verrückte Königin von Garbhán, sodass sie sie zu einem Leben allein im Wald verbannt hatten? Wie eine nutzlose alte Jungfer? Hatte er sie auf den falschen Weg geführt?

Die Angst, dass er sich geirrt haben könnte, und das nicht zum ersten Mal in weniger als einer Woche, schnürte Ragnar fast die Luft ab, während er sich dem kleinen Haus näherte. Es erinnerte ihn an Esylds Häuschen, auch wenn es keinen Kräuter- oder Gemüsegarten gab. Nur Blumen und Büsche, die den Weg säumten und das Haus selbst umgaben. Nicht nur das – es gab auch Magie hier. Starke Schutzzauber, die die meisten Wesen fernhielten.

Die meisten Wesen, aber nicht ihn.

Mit einer Handbewegung gegen die unsichtbaren Grenzen riss er ein Loch, das groß genug für seine menschliche Gestalt war, und trat hindurch auf den Steinpfad, der zur Haustür führte.

Er ging zum Eingang und hatte Mühe, seine wachsende Sorge in Schach zu halten. Falls sie sie weggeschickt hatten, würde er das in Ordnung bringen. Er würde sie von hier wegholen. Sie mitnehmen an einen Ort, wo ihr Verstand und ihre Fähigkeiten aufrichtig geschätzt wurden. Er würde nicht zulassen, dass sie in einem Leben endete, wie seine Mutter es bis zum Tod seines Vaters geführt hatte. Das war kein Leben für sie. Egal, was er dafür tun musste – Ragnar würde es in Ordnung bringen.

Entschlossen klopfte er einmal an die Tür, bevor er sie öffnete, und dachte nicht einmal daran, dass er warten sollte, bevor er eintrat. Er betrat das warme Innere, wo in einem offenen Kamin ein fröhliches Feuer loderte und frisch gekochter Tee zum Servieren bereit auf dem kleinen Esstisch stand. Mit einem einzigen Blick nahm er das eine Zimmer, aus dem das Häuschen bestand, in Augenschein: die winzige Küche, den Esstisch, das große Bett, und Bücher und Papiere, die sich in fast allen Ecken stapelten. Bis auf die Ecke, in der der Schreibtisch stand. Das emsige Kratzen einer Feder auf Papier brachte ihn zum Lächeln, und das leise, warnende Bellen des Hundes, der neben kleinen, nackten, menschlichen Füßen lag, ließ Ragnar die Hand heben, um das Tier zum Schweigen zu bringen.

Bevor er sich ankündigen konnte, sagte die Frau, die mit dem Rücken zur Tür am Schreibtisch saß, ohne sich umzudrehen oder in ihrem Schreiben innezuhalten: »Du, Drache, hast mir für heute Nachmittag ganze vier Stunden Arbeitszeit versprochen. Also kannst du dein notgeiles Ding wieder wegpacken, bis ich fertig bin.«

Schockierter, als er es hätte zugeben können, brachte Ragnar schließlich heraus: »Eigentlich *ist* es recht gut verpackt, Mylady.«

Ihr gesamter Körper spannte sich, und sie sah langsam über die Schulter in Ragnars Richtung. Dann, nach ein paar Sekunden, blinzelte sie beim Versuch, ihn besser zu erkennen.

»Deine Augengläser«, erinnerte er sie.

Ihre Wangen nahmen einen charmanten Purpurton an, und sie tastete hektisch nach den Augengläsern, die auf dem Schreibtisch neben ihrem Arm lagen. Sie setzte sie auf und schaute wieder über ihre Schulter. Jetzt, wo sie klarer sah, schauten sie sich quer durch den kleinen Raum an.

»Äh ... Lord Ragnar?«

»Lady Dagmar.«

»Äh ...«

»Hmmm ...«

»Du ...«

Er deutete auf die Tür. »Ich hätte ...«

»Nein, nein. Nicht nötig. Ich wusste nur nicht ... äh ...«

»Das ist unser erstes Mal, was?«, fragte er schließlich, und als sich ihre Augen hinter den runden Gläsern weiteten, fügte er eilig hinzu: »Das ist das erste Mal, dass wir einen peinlichen Moment haben. Ich glaube, wir sind beide bekannt dafür, dass andere unseretwegen peinliche Momente haben, während wir selbst sie recht gut vermeiden.«

»Oh. Richtig. Ja. Stimmt.«

Sie schwiegen noch einige lange Augenblicke, und dann gab Dagmar Reinholdt zu: »Weißt du, selbst wenn Gwenvael der Verderber nicht hier ist, schafft er es trotzdem, mich über alle Vernunft in Verlegenheit zu bringen. Das ist eine Gabe, die er besitzt. Oder eine Krankheit.«

»Wie die Pest?«

Ein lautes Prusten kam aus Dagmars Nase, und ihr erster

peinlicher Moment endete genauso schnell, wie er begonnen hatte.

Nachdem sie durch ein weiteres Tor gegangen waren, betraten Keita und Ren den Burghof der Königin. Als sie sich den Stufen näherten, die zum Rittersaal führten, kam schon Gwenvael herausgestürmt, um sie zu begrüßen. Ein breites, einladendes Lächeln auf dem gutaussehenden Gesicht, rannte er die Stufen herab und direkt auf sie zu.

Keita breitete die Arme aus, um ihren Bruder an sich zu drücken. »Gwenvael!«, schrie sie.

Und Gwenvael entgegnete: »Mein alter Freund!«, schob Keita beiseite und umarmte stattdessen Ren. »Ich freue mich so, dich zu sehen!«

»Ich mich auch, Gwenvael.«

Keita, die fast gestolpert wäre, als ihr Schwung ins Leere lief, ließ die Arme sinken und wirbelte auf dem Absatz zu ihnen herum. »Was ist mit mir?«, wollte sie wissen, nicht daran gewöhnt, von jemandem ignoriert zu werden – und schon gar nicht von ihrem eigen Fleisch und Blut!

Einen Arm um Rens Schultern gelegt, drehte sich Gwenvael um und spähte auf sie hinab. »Kenne ich dich?«

»Oh, komm schon!«

»Ich erinnere mich an jemanden, der aussah wie du. Eine Schwester, glaube ich. Aber es ist so verdammt lange her, dass ich sie gesehen oder von ihr gehört habe – nicht einmal ein Brief!«, sagte er zu Ren. »Ich wüsste nicht einmal, wie sie heute aussieht.«

Er wollte also dieses kleine Spielchen spielen? Tja, das konnte er allein tun! »Wenn du dich deshalb so anstellen willst, dann gehe ich!« Keita drehte sich um, bereit für ihren großen Abgang, der hauptsächlich daraus bestehen würde, dass sie beleidigt davonstolzierte, sich dann verwandelte und majestätisch ins Licht der zwei Sonnen davonflog, doch die schwarzen Augen, denen sie sich jetzt gegenübersah, schauten so finster auf sie herab, dass sie abrupt stehen blieb. »Oh … Fearghus.«

Ihr ältester Bruder hatte die Arme vor der Brust verschränkt, stand breitbeinig da und sagte keinen Ton.

»Du siehst gut aus«, versuchte sie es noch einmal.

Und obwohl sie es nicht für möglich gehalten hätte, wurde sein Blick noch zehnmal finsterer.

Also beschloss Keita, ihr Glück nicht weiter herauszufordern, und benutzte, was bei Gwenvael oder Morfyd nicht funktioniert hätte: Sie ließ die ersten Tränen fließen. »Bist du auch sauer auf mich?«, flüsterte sie, und sofort zog Fearghus sie in seine Arme.

»Na, komm schon. Nicht weinen.«

Keita wandte leicht den Kopf und grinste Gwenvael höhnisch an.

Der verdrehte die Augen und fragte: »Wie kommt es eigentlich, dass *meine* Tränen bei dir *nie* funktionieren?«

»Weil«, schoss Fearghus zurück, »deine falschen Tränen immer mit Rotz vermischt sind. Deshalb finde ich es zu eklig, mich darum zu kümmern.«

Eine andere Stimme sagte hinter Fearghus: »Hast ihr wohl schon verziehen?«

»Sie hat angefangen zu weinen. Was hätte ich tun sollen?«

Keita trat einen Schritt von ihrem Bruder zurück und sah zu dem anderen auf. Der silberhaarige Briec. Bei ihm würde es schwieriger werden als bei Fearghus.

»Zwei Jahre«, warf er ihr vor. »Zwei Jahre, und kein einziges verdammtes Wort von dir.«

»Ich habe Geschenke geschickt«, versuchte sie es. »Und liebe Grüße.«

Als sein finsterer Blick noch finsterer wurde, drückte sie sich enger an Fearghus.

Ragnar nippte an seinem heißen Tee und sah zu, wie Dagmar in den Schränken ihrer winzigen Küche nach mehr Keksen suchte, als im Moment auf dem Teller lagen.

»Ich kann nicht glauben, dass er die ganzen anderen Kekse

aufgegessen hat«, beschwerte sie sich beim Suchen. »Ich fasse es nicht, wie egoistisch er ist! Wer isst denn so viel?«

Während er den letzten Keks vom Teller nahm, antwortete Ragnar: »Drachen.«

»Die Vernunft möge mir helfen.« Sie knallte noch eine Schranktür zu und ging zu dem großen, robusten Bett hinüber. Sie kniete sich daneben und zog eine kleine Truhe darunter hervor. Mit Hilfe eines Schlüssels, den sie an einem Schlüsselbund an ihrem Gürtel trug, öffnete sie die Truhe und zog eine Büchse heraus. Dann verschloss sie die Truhe wieder, schob sie zurück unters Bett und kam an den Tisch zurück, wo sie die Dose öffnete und ihm mehr Kekse anbot.

»Ich würde diesem Drachen mein Leben und das meiner ganzen Sippe anvertrauen«, sagte sie. »Aber mein Essen würde ich ihm nie anvertrauen.« Sie schaute zu dem reinrassigen Hund hinunter, der ihr in dem winzigen Raum überallhin gefolgt war und mit seinem langen, peitschenden Schwanz drohte, alles in Reichweite umzuwerfen. »Genauso wenig wie Knut«, fügte sie hinzu. »Ich würde ihm – oder seinen Brüdern – niemals meinen Knut anvertrauen.«

»Seiner jüngsten Schwester würde ich ihn wohl auch nicht anvertrauen«, fügte Ragnar hinzu, der an den Wachhund in Bampours Kerker dachte. »Zur Sicherheit.«

Er nahm sich eine Handvoll Kekse. Dagmar setzte sich ihm gegenüber, und ihr Hund legte sich so neben sie, dass er gleichzeitig die Tür, aber auch Ragnar im Auge behalten konnte. Die Frau wusste wirklich, wie man sich Treue verdiente.

Dagmar verschwendete ihre Zeit nie mit Höflichkeiten, wenn es nicht nötig war, deshalb kam sie gleich zum Punkt. »Was führt dich zurück in die Südländer, Lord Ragnar?« Er erinnerte sich an eine Zeit, als sie ihn »Bruder Ragnar« genannt hatte. Als sie geglaubt hatte, er sei ein menschlicher Mönch. Zu der Zeit hatte er ernsthaft geglaubt, dass sie nie verstehen würde noch damit umgehen könnte, wer er wirklich war. Er hatte sich geirrt. Diesen Fehler bedauerte er heute noch. Sehr.

»Ich habe Keita und … äh … den Jungen herbegleitet.«

Dagmar knabberte an einem Keks. Sie beschränkte sich wahrscheinlich auf höchstens einen oder zwei am Tag, denn sie war die Regeln der Sparsamkeit gewöhnt, an die die Nordland-Menschen im Gegensatz zu den Exzessen des Südens glaubten. Die Horden hatten ähnliche Ideale – allerdings nicht, wenn es ums Essen ging. »Welcher Junge?«

»Der Blaue.«

Ihr Lächeln war kurz und warmherzig. »Éibhear ist zu Hause?«

Ragnar musterte die Tochter des Warlords, bevor er sich entspannt auf seinem Stuhl zurücklehnte. Er schätzte es, dass die Möbel für Drachen in Menschengestalt gemacht waren. Es gab nichts Unangenehmeres, als sich auf einem Stuhl zurückzulehnen, und das verdammte Ding brach unter einem zusammen. »Was hat er an sich, dass ihr Frauen alle so begierig darauf seid, ihn zu sehen?«

»Blaue Haare?«

»Meine sind violett.«

Ihre grauen Augen, die ihn immer an feinsten Stahl erinnert hatten, sahen ihn durch Augengläser an, die er vor vielen Jahren für sie gemacht hatte. »Ein bisschen eifersüchtig, Mylord?«

Ragnar konnte sich nicht verkneifen, ein bisschen zu schmollen. »Nein.«

»Ich kann nicht glauben, dass du mich anschreist!«, jammerte Keita. »*Bedeute ich dir denn gar nichts?*«

»Versuch das ja nicht bei mir, Fräulein Chaos! *Du* warst diejenige, die den Kontakt zu uns abgebrochen hat. *Du* warst diejenige, die uns die Schuld gegeben hat, weil sie nichtsahnend in den Nordland-Territorien gefangen genommen wurde«, erinnerte sie Briec.

»Ich habe euch nie die Schuld gegeben«, beharrte sie. »Wer hat das gesagt?« Aber sobald sie die Frage gestellt hatte, wurden ihre Augen schmal und sie mutmaßte: »Mutter.«

»Mach nicht ihr den Vorwurf. Sie hat dir nicht gesagt, dass du den Kontakt mit uns abbrechen sollst.«

»Ich musste mich um ein paar Sachen kümmern«, argumentierte sie.

»Deshalb bist du mit diesem« – Briec schnaubte in Rens Richtung – »Ausländer abgehauen?«

»He! Sei nett zu dem Ausländer!«, fiel ihm Gwenvael ins Wort. »Ihn kenne ich.«

»Was ist hier los?«, fragte eine Stimme von den Burgstufen, und Briec verdrehte die Augen und stieß ein leidgeprüftes Seufzen aus.

»Nichts, worüber du dir Sorgen machen müsstest, mein liebster Zuckerkuchen«, antwortete er.

Eine braune Hand schnappte Keitas Arm und zerrte sie aus dem Haufen von großen Brüdern, in dem sie feststeckte.

»Talaith!«, jubelte Keita und umarmte die Hexe mit der spitzen Zunge herzlich. »Ich freue mich so, dich zu sehen!«

»Ich mich auch, Schwester.« Sie lösten sich voneinander, und Talaith schenkte Keita ein erstaunliches Lächeln, das ihr ganzes Gesicht leuchten ließ, bevor sie sich an ihren Gefährten wandte und dieses Lächeln rasch zu einem finsteren Blick wurde, vor dem sich sogar eine Dämonenausgeburt gefürchtet hätte.

»Ich dachte, wir hätten besprochen und wären uns *einig* gewesen«, presste Talaith zwischen zusammengepressten Zähnen hervor, »dass beim Wiedersehen keiner von euch über Keita herfallen und sie anschreien würde. Stattdessen wollten wir alle ein nettes, freundliches Familiengespräch führen, um alle Probleme zu diskutieren und zu lösen.«

»Es gab keine Besprechung«, sagte Briec. »Nur du, Herz meines Herzens, hast wie immer geredet, geredet und geredet, und ich habe es wie immer ignoriert, ignoriert und ignoriert. Dachtest du wirklich, ich hätte mir die Mühe gemacht, mir auch nur ein Wort davon anzuhören, was du über *meine* kleine Schwester zu sagen hast?«

Ein verurteilender Finger deutete auf Briec. »Wenn ich auch nur eine Sekunde dächte, dass eine deiner Töchter es mir verzeihen würde, würde ich dir die Zunge herausschneiden und sie als Amulett zum Schutz gegen deine Dummheit um den Hals tragen!«

»Ist nicht deine eigene, pausenlos jammernde Zunge selbst für *dich* genug, Lady Schweigeniemals?«

»Nicht, wenn kein Tag vergeht, an dem du mich nicht mit deinem Irrsinn quälst, Lord Schiebsdirsonstwohin!«

Keita trat zwischen das brüllende Paar. »Müsst ihr das hier draußen machen?«, fragte sie verzweifelt. Sie senkte ihre Stimme zu einem Flüstern. »Die Diener schauen zu.«

Einen Moment lang herrschte Schweigen, dann brachen Keita und Gwenvael in Gelächter aus und ernteten mehrere missbilligende Seufzer.

»Kriegsherrin?«, fragte Ragnar noch einmal. »Sie hat dich zur Kriegsherrin gemacht?«

»Annwyl hat mich zur Anführerin ihrer Kriegsherren ernannt. Alle Kriegsherren der Dunklen Ebenen sind mit unterstellt.« Dagmar nippte an ihrem Tee. »Dein Mund steht offen, Mylord.«

»Ich … äh …« Ragnar stellte seinen Tee ab … und schloss den Mund. »Ich muss zugeben, als ich dieses Haus gesehen habe, dachte ich, dass du gezwungenermaßen hier lebst. Weil die Verrückte Königin von Garbhán Isle und die Feuerspucker, die mit ihr regieren, keine Verwendung mehr für dich haben.«

»Ich denke, bei Annwyl geht man immer ein Risiko ein, aber sie mag mich.«

»Und fürchtet dich auch?«

»Warum sollte sie mich fürchten? Solange sie kritiklos tut, was ich ihr sage, gibt es nichts zu fürchten.«

»Ich weiß nicht, ob das ein Scherz sein soll.«

»Oh«, sagte sie. »Das ist bedauernswert.«

Wenn er daran dachte, dass er sich nur wenige Minuten zuvor noch Sorgen gemacht hatte, dass Dagmar ausgemustert worden war, wie es vielen genialen Frauen geschah … – aber er hätte es besser wissen müssen. Wenn er eine Überlebenskünstlerin kannte, dann war das Dagmar Reinholdt. Dreizehnter Sprössling

Des Reinholdt, Einzige Tochter Des Reinholdt und jetzt schockierend mächtige Kriegsherrin von Annwyl der Blutrünstigen, der Verrückten Königin der Dunklen Ebenen. Er hätte wissen müssen, dass Dagmar nie zugelassen hätte, dass irgendwer sie ausmusterte. Er hätte es wissen müssen.

»Und dir gefällt deine Aufgabe?«

»Ziemlich, ja.«

»Dann bist du also ... glücklich?«

Sie schürzte die Lippen, die Hände um ihre Teetasse gelegt, den Blick an die Decke gerichtet.

Schließlich fügte Ragnar hinzu: »Glücklich für eine Nordländerin.«

»Oh! Oh, dann ja. Ziemlich glücklich.«

»Ich bin nur froh, dass du wieder zu Hause bist«, sagte Fearghus, küsste Keita auf den Scheitel und zog sie noch einmal eng an sich.

»Und ich bin froh, wieder hier zu sein. Ich habe euch fast alle vermisst.«

Fearghus lachte. »Und du sagst, *ich* sei nachtragend.«

»Du bist auch nachtragend – genauso wie deine Gefährtin.«

»Annwyl?« Fearghus lehnte sich ein wenig zurück. »Was hat sie getan?«

»Sie hat Lord Vigholf fast den Kopf abgeschlagen und das Bein des armen Lord Meinhard zertrümmert.«

Fearghus zog sie wieder an seine Brust. »Das ... das ist wirklich nicht gut. Ich werde später, wenn ich sie sehe, mit ihr darüber reden.«

Es war zu still.

Keita machte sich von Fearghus los und stellte fest, dass ihre gesamte Verwandtschaft – inklusive Ren! – lachte. Lautlos, aber dennoch! »Das ist nicht lustig!«

»Doch!«, krähte Briec und beendete damit ihr Schweigen. »Ist es!«

»Wisst ihr eigentlich, was ich alles anstellen musste, um die

Lage zu beruhigen? Wir können es uns nicht leisten, sie uns zu Feinden zu machen, weil du deine Gefährtin nicht unter Kontrolle hast, Fearghus.«

»Annwyl kontrollieren? Ich versuche nicht, sie zu kontrollieren, kleine Schwester. Ich lasse sie auf die Welt los wie einen verheerenden Sturm vom Meer.«

»Da kommen sie«, bemerkte Gwenvael kopfschüttelnd. »Und schaut, wer sie anführt.«

Briec schniefte. »Ich sehe, zwei Jahre haben dem Idioten nicht mehr Verstand eingetrichtert.«

»Ich bin mir sicher, dass sie jetzt Freunde sind«, seufzte Fearghus, der jeden Tag mehr wie ihr Vater aussah und vor allem *klang*.

Aber das wollte Keita nicht hinnehmen. Ständig hackten sie auf dem kleinen Éibhear herum! Es war unverzeihlich!

Keita stellte sich vor ihre drei Brüder, die Hände in die Hüften gestemmt. »Hört mir gut zu, ihr herzlosen Echsen. Seid nett zu unserem Bruder! Er hat die ganze Reise von nichts anderem geredet als davon, euch alle wiederzusehen, und ihr werdet ihm das Gefühl geben, willkommen zu sein, oder ich werde alles tun, was in meiner Macht steht, dass ihr so sehr leiden werdet, dass sogar die Götter Angst bekommen.«

»Was ist mit unserer jammernden kleinen Keita passiert?«, fragte Gwenvael.

Dafür boxte sie ihn so plötzlich in den Unterleib, dass er auf die Knie sank. »Ich sagte: sei *nett*!«, knurrte sie ihren jetzt jammernden älteren Bruder an. »Also lächelt alle! Und heißt ihn willkommen!«

Keita holte Luft und rief: »Talaith?«

Die Hexe, die ein paar Minuten zuvor in die Burg zurückgegangen war, kam heraus.

Mit einem Kopfnicken deutete Keita hinter sie. »Schau, wer da ist.«

Talaith ging um ihren Gefährten und Fearghus herum. »Ihr Götter ... Éibhear?«

»Er ist ein bisschen gewachsen«, neckte Keita.

»Éibhear!«, jubelte Talaith und warf die Arme in die Luft, bevor sie die Steinstufen hinunter auf ihn zurannte.

»Seht ihr?«, sagte Keita. »Das ist ein wahres Willkommen!«

Fearghus und Briec sahen einander an, zuckten die Achseln und warfen ebenfalls die Arme in die Luft. »Éibhear!«, jubelten sie beide mit quiekenden Stimmen, und Keita stampfte mit dem Fuß auf.

»So habe ich das nicht gemeint!«

Noch eine atemberaubende Frau rannte zu dem übergroßen Küken und warf sich in seine Arme.

»Was hat der Junge bloß an sich?«, fragte Vigholf. Als ob *Meinhard* das wusste. Er musste sich schon Mühe geben, damit Menschenfrauen nicht schreiend vor ihm davonliefen. Wie seine Schwester einmal gesagt hatte: »Dieser ständige finstere Blick und die Tatsache, dass man wegen deinen Schultern deinen Hals nicht richtig sehen kann, lässt Menschenfrauen glauben, dass du nur vergewaltigen und ihre Dörfer plündern willst. Aber wenn sie dich erst einmal kennenlernen …«

»Talaith!«, rief der Kleine und wirbelte die Frau im Kreis herum.

»Ich bin so froh, dass du wieder zu Hause bist!« Sie küsste ihn auf die Wangen, dann auf den Mund. »Und schau nur, wie groß du geworden bist!«

»So schlimm ist es nicht.«

»Wenn du mich aus dieser Höhe fallen lassen würdest, wäre ich tot, wenn ich auf dem Boden aufpralle.«

»Hör auf, Talaith!«

Sie umarmte ihn noch einmal und lachte. »Du siehst großartig aus, und mir ist nur wichtig, dass du wieder da bist.«

»Ich bin auch froh, wieder zu Hause zu sein.«

Prinzessin Morfyd trat hinter ihren Bruder und tätschelte seinen Rücken. »Sieht mein Bruder nicht gut aus, Lady Talaith?«

»Umwerfend, Lady Morfyd.«

»Hört auf!« Die Wangen des Blauen färbten sich rot, und er zog den Kopf ein.

»Wird er rot?«, fragte Vigholf.

»Ich glaube schon«, antwortete Meinhard.

»Bist du jemals rot geworden?«

»Nicht dass ich wüsste.«

»Du vergisst deine Manieren, Bruder«, tadelte Prinzessin Morfyd ihn milde.

»Oh. Du hast recht.« Éibhear stellte die Frau in seinen Armen vorsichtig auf den Boden zurück. »Talaith, Tochter der Haldane, dies sind Lord Vigholf und Lord Meinhard.«

Die Frau lächelte, und Vigholf und Meinhard konnten sie nur anstarren.

Sie räusperte sich und fragte den Prinzen: »Sollte ich um mein Leben rennen?«

»Nein, nein. Ich glaube, sie haben nur noch nie jemanden aus Alsandair gesehen.«

»Ah. Verstehe.«

Nein. Sie verstand nicht. Aber Vigholf sprach für sie beide, als er seufzte: »Bei den Göttern des Krieges und des Todes, Mylady, du bist verblüffend schön.«

Ihr Grinsen wuchs in die Breite, und sie deutete einen Knicks an. »Vielen Dank, edle Herren.«

Aber bevor Vigholf und Meinhard sich einen Kampf auf Leben und Tod liefern konnten, wer von ihnen beiden um ihre Hand anhalten würde, stand plötzlich irgendein Südland-Drache in Menschengestalt zwischen ihnen und ihrer Belohnung.

»Blitzdrachen«, schnaubte er.

»Feuerspucker«, schnaubten sie zurück.

Er deutete mit dem Daumen über seine Schulter. »Die gehört mir.«

»He!«, war die Stimme der Frau hinter ihm zu hören.

»Tragischerweise hat die hier sowieso keine Flügel, die ihr abhacken könntet, aber ihr könnt gern die haben, die dir die Haare abgeschnitten hat.«

Vigholf brüllte auf bei dieser Beleidigung, und Meinhard, der auf nur einem Bein hüpfte, griff nach der Streitaxt auf seinem Rücken.

Doch die gute Prinzessin Keita beeilte sich, zwischen sie zu treten. »Nein, nein, nein! Ihr habt es mir alle versprochen!«

Das hatten sie, und so schwer es ihnen fiel: die Vettern entschuldigten sich sofort. Der Feuerspucker dagegen ...

»Ich habe dir *gar nichts* versprochen, kleine Schwester.«

»Natürlich hast du ...« Die Stimme der Prinzessin verklang, und sie musterte Vigholf und Meinhard genau. »Wo ist Ragnar?«, fragte sie.

Plötzlich schnappte der widerwärtige Goldene, der bei ihrem Volk als der Verderber bekannt war, den Arm seiner Schwester und drehte sie zu sich herum.

Meinhard griff wieder nach seiner Axt, als der Verderber fragte: »Dieser lilahaarige Mistkerl ist hier?«

Éibhear zog seine Schwester von dem Goldenen weg und sagte: »Ja, und du wirst dich nicht wie ein Idiot aufführen.«

»Wo ist er?«

»Er ist weggegangen.«

Der Verderber schnappte die Nase seines Bruders und drehte sie, bis Éibhear an der Hüfte abknickte. »Wohin, du Idiot? Wo ist er hingegangen?«

»Ich weiß nicht! Zu irgendeinem Haus im Wald vor dem Haupttor!«

»Mistkerl!«

Der Verderber knurrte und rannte los.

Der silberne Drache rief ihm lachend nach: »Lauf, Bruder! Lauf, bevor der Blitzdrache sie dir wegschnappt – mal wieder!«

»Und in diesem Sinne ...« Prinzessin Morfyd klatschte in die Hände. »Jetzt bringen wir euch nach oben, meine Herren, und beruhigen uns alle.«

»Ich habe immer noch nicht zugestimmt, dass sie bleiben ...«, meldete sich ein schwarzer Drache.

Aber beide Prinzessinnen schnauzten ihn an: »Ich will es nicht hören!«

»Kannst du dich um unsere geschätzten Gäste kümmern?«, fragte die schöne Talaith, Tochter der Haldane, Prinzessin Morfyd.

»Aye.«

»Gut.« Sie nahm Prinzessin Keitas Arm und zog sie auf die Burgtreppe zu. »Denn sie hier hat etwas zu tun, das sie schon viel zu lange vernachlässigt hat.«

»Wir gehen doch nicht allein hin, oder?«, fragte Prinzessin Keita, und fürchtete um Meinhards und ihre Sicherheit. »Sollten wir nicht Wachen oder so etwas mitnehmen?«

»Hör auf, Keita! Sie sind nur Kinder. Sie beißen ja nicht … zumindest nicht fest genug, dass sie bleibende Schäden oder den Tod verursachen.«

Kinder?

»Kannst du mir erklären, warum wir nicht nach Hause zurückkehren können?«, fragte Meinhard.

»Weil mein Bruder ein Idiot ist«, antwortete Vigholf.

»Das dachte ich mir.«

»Also, erklär mir bitte dieses Haus, Lady Dagmar. Ich habe es gesehen und wusste irgendwie, dass du hier sein würdest.«

Dagmars Blick schweifte durch den Raum, und das dazugehörige Lächeln war sanft und sehr süß. Ein Lächeln, das einst allein für Ragnar reserviert gewesen war, aber jetzt – das wusste er – strikt einem anderen gehörte.

»Ich habe einmal zu Gwenvael gesagt – nach zu viel vom Wein seines Vaters, glaube ich –, dass ich immer davon geträumt habe, mein eigenes kleines Haus auf den Ländereien meines Vaters zu haben. Ein kleines Alte-Jungfern-Häuschen für mich allein. Ich sagte, dass ich das jetzt, wo ich einen Gefährten habe, wohl nicht bekommen würde. Ein Gefährte, der seiner eigenen Aussage nach nicht vorhatte, allzu schnell irgendwohin zu gehen, weil er wusste, wie sehr ich ihn anbetete und dass ich ohne seine Gegenwart nicht leben konnte.« Sie lachte über eine Arroganz, die die meisten keine zwei Sekunden aushielten. »Ein paar Monate später brachte mich Gwenvael hierher. Er hatte das hier von den königlichen Baumeistern extra für mich machen lassen. Und es ist perfekt, findest du nicht? Genau, wie ich es mir vorgestellt hatte. Ich war besorgt, dass es zu nah an der Burg liegt, aber ich wundere mich immer wieder, wie faul ihr Drachen seid. Wenn ich mitten im Rittersaal sitze, bleibt ihr stehen und redet stundenlang mit mir oder über mich. Aber vom Burgtor aus ein paar hundert Fuß zu gehen, um zu plaudern ... dazu braucht es anscheinend einen höheren Befehl.«

»Du vergisst, meine Gute, dass du uns nicht alle in einen Topf werfen kannst. Es gibt viele Drachen, mit allen möglichen Unterschieden, und wir hassen einander gleichermaßen.«

Sie lachte. »Da hast du recht. Das vergesse ich wirklich immer wieder.«

Ragnar griff über den Tisch und nahm ihre Hand, den Blick auf die Stelle gerichtet, wo seine Finger ihre Knöchel streichelten. »Ich bin sehr froh, dass du hier glücklich bist, Dagmar. Und es tut mir leid, wie die Sache mit uns geendet hat.« Nein. Das war nicht richtig. Er konnte den Blick nicht davor verschließen, was er getan hatte. Er musste sich dem direkt stellen, wie er es auch bei Keita getan hatte. »Es tut mir leid«, sagte er wieder, und diesmal sah er ihr in die Augen, »dass ich dich all die Jahre angelogen habe, wer und was ich war. Ich habe ehrlich nie eine andere Möglichkeit gesehen und ...«

»Hör auf«, unterbrach sie ihn.

Dagmar schaute einen Moment in die Ferne, und er wusste, dass sie ihre Gedanken sammelte, wie sie es gerne tat. Bei ihr gab es keine dramatischen emotionalen Momente, und das war ihm recht.

Als sie ihm den Blick wieder zuwandte, war er ruhig und kontrolliert. Genau wie sie. »Ich gebe zu, dass es schmerzhaft war, herauszufinden, dass du mich angelogen hast. Ich glaube, es hat mir auf eine Art wehgetan, wie es sonst niemand gekonnt hätte.

Aber ich habe mit der Zeit verstanden, warum du es getan hast. Noch wichtiger: Ich weiß und verstehe jetzt, dass alles, was du je für mich getan hast, was du mir gezeigt und mich gelehrt hast, mich hierhergeführt hat. Es hat mich an einen Ort geführt, wo ich ohne Angst oder Sorge die sein kann, die ich bin. Dafür allein, Lord Ragnar, sind alle vergangenen Verfehlungen vergeben, und ich empfehle dringend, dass wir die Vergangenheit ruhen lassen und uns von hier aus der Zukunft zuwenden.«

Ein Gewicht, das schon viel zu lange auf seinen Schultern gelastet hatte, hob sich. »Weißt du, Lady Dagmar, dass du immer einer meiner größten Triumphe sein wirst?«

Ihr Lächeln war schmal, aber machtvoll, doch was immer sie darauf hatte antworten wollen, wurde unterbrochen, als ihr Hund aufsprang und hysterisch die Eingangstür anzubellen begann. Einen Augenblick später stieß der goldene Drache, dem Dagmars Herz gehörte, die Tür auf und stürmte herein.

Den wütend knurrenden Hund, der direkt vor ihm stand, ignorierte Gwenvael der Verderber und sah Ragnar an. »Der Lügenmönch ist zurück, wie ich sehe.«

Da es nicht so aussah, als wollten sie auch nur so tun, als hielten sie die Grundregeln der Höflichkeit ein, antwortete Ragnar: »Hallo Verderber.«

Gwenvaels Blick wanderte dorthin, wo Ragnar Dagmars Hand hielt. »Ich habe so langsam das Gefühl, dass ich anfangen muss, Dinge zu zerschlagen«, verkündete der Feuerspucker.

»Ruhig.« Und Ragnar brauchte einen Moment, um sich bewusst zu werden, dass Dagmar eigentlich mit Knut sprach. Der Hund hörte auf zu bellen, aber er knurrte weiter, den Blick auf Gwenvaels Kehle gerichtet.

Jetzt bemerkte auch der Feuerspucker den Hund, beugte sich vor und fragte: »Hast du mich vermisst, alter Freund?«

Das Bellen begann von Neuem, und mit einem Seufzer zog Dagmar ihre Hand aus Ragnars und ging zur Tür. Sie hielt sie auf und machte Knut ein Zeichen. »Raus. Sofort.«

Knurrend und widerstrebend ging der Hund hinaus, wo er

höchstwahrscheinlich die Tür anstarren würde, bis sie wieder aufging und er wieder in der Nähe seiner Herrin sein durfte.

»Warum reizt du ihn immer?«, verlangte Dagmar zu wissen und knallte die Tür zu, sobald das Tier draußen war.

»Das habe ich nicht! So bin ich, wenn ich nett zu ihm bin!«

»Dann haben wir noch viel Arbeit vor uns, fürchte ich. Denn im Gegensatz zu *dir*, Schänder, ist Knut nicht ersetzbar.«

»Es heißt Verderber! Selbst dieser Idiot hier sagt es richtig! Und noch etwas«, sprach der Goldene weiter, »als ich dir dieses Haus geschenkt habe, Mylady, bin ich nicht davon ausgegangen, dass du dahergelaufene Bauern zu Gast haben würdest, die unangekündigt vorbeikommen, und ich muss sagen, dass ich extrem ungehalten bin, dass … Kekse!«

Seine scheinbare Wut war genauso schnell verflogen, wie sie gekommen war, Gwenvael ging zum Tisch und griff in die Dose. Und Dagmar knallte ihm den Deckel auf die Hand.

»*Au!* Giftiges Weibsstück!«

»Du hast Glück, dass ich keine Klingen an den Deckel geschraubt habe, um dir die Finger ganz abzuschneiden.«

Während er an seinen verletzten Körperteilen saugte, sagte der Feuerspucker mit vollem Mund: »Obwohl du es so sehr liebst, was ich mit meinen Fingern anstellen kann? Auf Dauer würdest du dir damit nur selbst schaden.«

Dagmar hieb mit den Händen in die Luft. »Und jetzt sind wir fertig!« Sie schnappte sich die Keksdose und presste sie an ihre Brust.

Gwenvael schnaubte und grinste anzüglich, den Blick auf Dagmars Brust gerichtet. »Als würde mich das aufhalten.«

Da er diese Art von Dingen eigentlich gar nicht sehen wollte, stand Ragnar auf und sagte: »Ich denke, ich sollte …«

»Warum bist du hier, Blitzdrache?«, unterbrach ihn der Goldene.

Ragnar hatte geglaubt, Keitas Launen und Stimmungsschwankungen seien unmöglich zu ertragen. Aber *dieser* Drache … Ragnar hatte keine Ahnung, wie Dagmar den Kerl aushielt.

»Deine Mutter hat nach mir geschickt«, antwortete er.

»Bist du jetzt ihr Marionetten-Kriegsherren-Anführer – au!«
Er hielt sich den Unterarm und schickte seiner Gefährtin einen bösen Blick. »Kneifen? Sag bloß, wir *kneifen* seit Neuestem?«

Für einen Streit war er noch weniger in Stimmung als für lüsterne Blicke, deshalb gestand Ragnar: »Sie hat mich gebeten, ihre Schwester Esyld in den Außenebenen abzuholen.«

Das Paar starrte sich einen Moment an, bevor sie sich langsam zu ihm umdrehten.

»Warum wollte sie Esyld?«, fragte Dagmar.

»Und du hast sie hergeschleppt?«, wollte Gwenvael wissen.

»Ich habe keine Ahnung, warum sie Esyld sehen wollte«, erklärte er Dagmar. »Und ich habe sie nirgendwohin geschleppt«, rechtfertigte er sich vor ihrem Gefährten, »denn sie war gar nicht da.«

»Sie ist weg?«

»Und das schon seit einiger Zeit. Deine Mutter schien deswegen besorgt. Genau wie Keita. Vielleicht solltet ihr mit ihnen darüber sprechen.«

»Ich spreche mit dir, Blitzdrache.«

Ragnar grinste Gwenvael an. »Fordere mich heraus, wenn du es wagst, Verderber. Allerdings bin ich mir sicher, dass Keita dich sehr vermissen wird. Sie scheint dich zu mögen.«

»Das reicht«, sagte Dagmar ruhig. »Hört beide auf.«

Sie deutete auf die Tür. »Lass uns zu deinem Bruder und deinem Vetter zurückgehen, Mylord. Und dann können wir mit Keita reden.«

Die beiden männlichen Drachen starrten sich weiter finster an, bis Dagmar hinzufügte: »Bitte zwingt mich nicht, streng werden zu müssen.«

Ragnar konnte am Gesichtsausdruck des Goldenen erkennen, dass er – genau wie er selbst – verstand, dass Dagmars Strenge gleichbedeutend mit einer Drachenarmee war, die einen kompletten Kontinent zerstörte. Sie gestikulierten in Richtung Tür und sagten gleichzeitig zu Dagmar: »Bitte, nach dir.«

18

»Hier.« Talaith drückte Keita das Bündel in die Arme. »Sag hallo zu deiner neuesten Nichte, da du ja keine Lust hattest, nach Hause zu kommen und sie kennenzulernen, als sie geboren wurde.«

»Ich dachte, du wärst sauer auf mich«, beschwerte sich Keita, die das Kind kaum ansah.

»Und wann, bitte schön, habe ich das gesagt? Du fliegst schmollend in deiner kleinen Prinzessinnenwut davon und lässt mich, Dagmar und Annwyl mit all diesem götterverdammten brüderlichen Gejammer allein, das darauf folgte. Du hast Glück, dass ich dich nicht mit diesen drei in ein Zimmer eingeschlossen habe.«

»Ich habe ja gar nicht hier gewohnt, Talaith. Ihr alle habt mich sowieso nur selten gesehen.«

»Sehr richtig. Aber deine Brüder waren immer in Kontakt mit dir. Zumindest einmal alle paar Monde oder so. Aber diesmal … nichts.« In ihrer einfachen, eng anliegenden schwarzen Hose, einen Dolch in einer Scheide an den rechten Schenkel geschnallt, mit schwarzen Lederstiefeln bis zu den Knien und einem ziemlich großen grauen Baumwollhemd, ließ sich Talaith auf einen Stuhl fallen. Angesichts dessen, wie sie sich kleidete, und in gewisser Weise auch, wie sie sich benahm, wunderte es Keita, dass Talaith, Tochter der Haldane, eine der schönsten Frauen war, die sie je gesehen hatte. »Und warum genau haben wir die ganze Zeit nichts von dir gehört?«

»Wenn ich das wüsste«, sagte Keita mit dem in eine Decke gewickelten Baby auf dem Arm, aber aus dem Fenster in die Ferne starrend. »Ich glaube, es war mir peinlich.«

»Ich wusste nicht, dass einem von euch irgendetwas peinlich sein kann.«

»Dieses Problem haben nur die Frauen unter uns«, sagte sie, ohne groß nachzudenken.

Talaith lachte, und als Keita ihr einen Blick zuwarf, um zurückzulächeln, berührte eine unglaublich winzige braune Hand ihr Kinn. Etwas Starkes und Elektrisches schoss durch Keitas Körper, und sie konzentrierte sich sofort auf das Kind.

Große veilchenblaue Augen schauten sie aus einem winzigen braunen Gesicht an, das von lockigem silbernem Haar umrahmt war. In ihrem ganzen Leben hatte Keita noch nie so etwas Schönes gesehen. Etwas so ... Klares. Ja. Das war das richtige Wort. Klar. Rein und klar und von allem unberührt.

Mit bewegter Stimme sagte sie: »Sie hat Briecs Augen. Und seine Haarfarbe.«

»Aye«, stimmte Talaith zu, die Keita genau beobachtete. »Das stimmt. Und du weißt, was das für uns andere bedeutet, oder?«

Keita verzog mitfühlend das Gesicht, denn sie wusste genau, was das bedeutete. »Es heißt, dass sie der Meinung ihres Vaters nach das perfekteste Kind ist, das je auf Erden wandelte, und sei es nur, weil es seinen Lenden entsprungen ist?«

Talaith hob kurz die Hände. »Jetzt siehst du, womit du uns die ganze Zeit allein gelassen hast. Allein dafür sollten wir dich aus der Familie ausstoßen.«

Grinsend fragte Keita: »Ist mein Bruder total unausstehlich?«

»Er war schon immer unausstehlich. Jetzt ist er außerdem noch unerträglich.« Die heimatvertriebene Nolwenn-Hexe stützte ihren Absatz auf den Stuhl und schlang die Arme um das angewinkelte Bein. »Er betet dieses Kind an, wie Wölfe den Mond anheulen. Jeden Tag und pausenlos hören wir uns an, wie perfekt sie ist. ›Schaut nur, wie perfekt sie meinen Finger drückt. Schaut, wie perfekt sie ihr Frühstück wieder auskotzt. Schaut, wie *perfekt* sie in die Windeln kackt.‹ Es nimmt kein Ende!«

Keita lachte.

»Du hast gut lachen. Du musst ja nicht damit leben. Und was mache ich, wenn sie ihm glaubt? Ich meine, Arroganz bei Männern ist eine Sache, denn die meisten von uns nehmen sie sowieso nicht ernst, aber bei einer Frau? Und wenn sie nur ein

Zehntel so arrogant wird wie Briec, dann ist sie auf dem besten Weg, zu werden wie …«

»Meine Mutter?«

Talaith nickte bestätigend und drehte die Handfläche nach oben. »Genau.«

Keita ging zu einem der größeren Fenster hinüber, damit sie ihre Nichte im hellen Tageslicht besser sehen konnte. Sie war ein erstaunlich schönes Kind und dabei kaum anderthalb Jahre alt, aber es war nicht ihre Schönheit, die Keita fesselte. Noch war es die Tatsache, dass sie die Augen ihres Vaters hatte. Es war, was Keita in den Augen eines so jungen Wesens sah. Intelligenz. Große Intelligenz und Freundlichkeit. Eine Güte und ein Verständnis, wie Keita es selten bei Erwachsenen gesehen hatte, ganz zu schweigen von den Augen eines Kindes.

»Talaith …«

»Ich weiß, ich weiß. Diese Augen lassen alle erstarren. Und es ist nicht die Farbe, nicht wahr? Es ist, als könne sie alles spüren, was du fühlst oder je fühlen wirst.«

»Wenn da etwas Wahres dran ist, meine Freundin, wird ihr Leben nicht leicht werden.«

»Auch das weiß ich.«

Unangenehm berührt, dass sie die Frage stellen musste, weil sie nicht da gewesen war, um es mitzubekommen oder zu helfen, fragte sie: »War es eine schwere Geburt für dich?«

»Meinst du, ob ich gestorben bin, nur um von einem Gott von der anderen Seite zurückgebracht zu werden, damit ich eine Herde Minotauren abschlachten kann, die versuchen, mein Kind zu töten?«

Gelächter wischte den peinlichen Moment weg, und Keita nickte. »Genau *das* wollte ich fragen.«

»Tut mir leid. Nichts so Aufregendes wie das, was Annwyl passiert ist. Nur die typische, jämmerliche Anstrengung mit einer Menge Geschrei und Flüchen gegen deinen Bruder, weil er mir das angetan hat. Sehr ähnlich wie Izzys Geburt.« Talaith musterte das Baby in Keitas Armen. »Aber diesmal hat mir niemand meine Tochter weggenommen. Diesmal kann ich sie im Arm halten, wann immer ich will. Ich kann sie großziehen, wie ich will.«

Die Menschenfrau sprach davon, wie die Göttin Arzhela sich Talaiths Gehorsam für etwa sechzehn Jahre gesichert hatte, indem sie ihre ältere Tochter als Geisel gehalten hatte, und Keita sagte: »Ihr Götter, Izzy ist wahrscheinlich restlos begeistert. Ihre eigene kleine Schwester.«

Als Talaith nicht antwortete, wandte Keita den Blick von dem eindringlichen Gesichtchen ihrer Nichte ab. »Talaith? Du hast es ihr doch gesagt, oder?«

»Na ja, wie du war Izzy seit zwei Jahren nicht mehr zu Hause.«

»*Also hast du es ihr gar nicht gesagt?!*«

»Schrei mich nicht an!«

»Wie konntest du ihr das nicht sagen?«

Talaith rieb sich mit den Fingern die Stirn. »Es war einfach irgendwie nie der richtige Zeitpunkt.«

»Tja, zwei Jahre später ist sicherlich *nicht* der richtige Zeitpunkt. Es ist schlimm genug, dass sie nicht einmal wusste, dass du schwanger bist, aber wenn sie herausfindet, dass ein Kind geboren wurde und keiner es ihr gesagt hat …«

Talaith klatschte sich mit der Hand aufs Bein. »Weißt du, für jemanden, der uns seit zwei blöden Jahren nicht mit seiner Anwesenheit beehrt hat, scheinst du ja genau zu wissen, was los ist. Und hast eine Meinung dazu!«

Iseabail, Tochter von Talaith und Briec, zukünftige Kämpferin für Rhydderch Hael – wahrscheinlich –, künftige Generalin von Königin Annwyls Armeen – sie hoffte es! Sie hoffte es! – und manchmal Knappe von Ghleanna der Dezimierenden, hielt den Kopf gesenkt und gab sich größte Mühe, keine Reaktion zu zeigen. Sie hatte diese Herangehensweise nach dem ersten Mal gelernt, als ihre Einheit in eine dieser kleinen Städte gekommen war und sie von einem der Stämme aus dem Westen ausgelöscht vorfand. Als sie ganz frische Rekrutin in Königin Annwyls Armee gewesen war, gingen die Soldaten oft in Städte wie diese, entweder um die Einwohner zu schützen, oder um sich mit den Folgen zu befassen, wenn sie zu spät kamen. Aber selbst wenn sie zu spät kamen, fanden sie normalerweise nur die Männer tot vor. Die Frauen und Kinder wurden als Sklaven entführt, und mehr als einmal hatten die Einheiten sie retten können, bevor sie auf dem Sklavenmarkt verkauft wurden.

Aber in den vergangenen ungefähr acht Monaten hatten sich die Dinge verändert. Statt eine Menge toter Männer hatten sie *alle* tot aufgefunden. Männer, Frauen, Kinder, Haustiere, Vieh, die Ernte. Nichts war verschont worden. Und das erste Mal ein totes Kind zu sehen hatte Izzy unvorbereitet getroffen und zu stillen, aber nicht unbemerkt gebliebenen Tränen geführt. Am Ende des Abends, nachdem sie die Leichen gesäubert hatten, war sie vor ihren Kommandanten gerufen worden, der ihr sagte, dass sie nicht »so verdammt schwach« sein solle. Izzy wusste, dass ihr Kommandant absichtlich kalt war. Man konnte so einen Tag sonst nicht durchstehen, wenn man eine oder womöglich sogar viele Kinderleichen auf Scheiterhaufen legen musste.

Also hatte Izzy sich beigebracht, auf etwas Harmloses zu starren. Einen Baum. Einen Karren. Heute waren es die Büsche um die Ruine eines ausgebrannten Hauses. Es war seltsam, dass das Haus gebrannt hatte und nur die untere linke Seite stehen geblieben war und sonst nichts.

Über die »Schweinehunde von Barbaren« grollend, begann ihr Kommandant Befehle an die jungen Rekruten zu bellen: »Schnapp dir dies, hol das, verbrenn sie …« Es war immer dasselbe.

Nicht gerade die ruhmreiche Schlacht, von der Izzy immer noch träumte, aber sie wusste, dass jeder irgendwann klein anfangen musste, und es waren ihre Träume davon, sich mehr zu verdienen, die sie durchhalten ließen, während sie wieder einmal Holz für Bestattungsfeuer aufschichtete.

»Iseabail«, befahl ihr Kommandant, »überprüfe den Rest der Häuser.«

»Mhm«, sagte Izzy, ohne nachzudenken, während ihr Blick auf

etwas fiel, das im Schmutz neben dem verbrannten Haus vergraben war, auf das sie sich konzentriert hatte. Sie ging zu der Ruine hinüber und kauerte sich neben die Überreste der Büsche. Die Neugier übermannte sie, und sie grub die Hand in die Erde und erwischte den Streifen rotes Leder. Sie zog ihn heraus und rieb ihn ab, um das Symbol sehen zu können, das daran hing.

»Iseabail! Tochter der Talaith! *Hörst du mich?*«

Im Hinterkopf wusste Izzy, dass sie auf das Gebrüll ihres Kommandanten hin aufspringen sollte, aber sie wusste nicht, wie. Zu sagen, dass sie mehr als die meisten anderen Rekruten durchgemacht hatte, war eine ziemliche Untertreibung, und nachdem sie Göttern, Drachen und – meistens am furchterregendsten – ihrer Mutter gegenübergetreten war, störte sie ein brüllender Truppführer, der ihr für Befehlsverweigerung bei lebendigem Leib die Haut abziehen konnte, nicht besonders.

»Kommandant?« Sie rannte auf ihn zu. »Was hältst du davon?«

Der Kommandant, der immer verärgert war, dass Izzy nicht auf ein bloßes Wort von ihm vor Angst zusammenzuckte, riss ihr das Lederband aus der Hand. Er rieb das Wappen mit dem Daumen, und sein Stirnrunzeln schwand plötzlich. »Wo hast du das gefunden?«

Sie deutete hinüber. »Bei dem Haus da drüben. Im Dreck.«

Der Kommandant klatschte ihr das Leder wieder in die Hand. »Bring das zum General.«

Izzy grinste. »Kann ich ein Pferd haben?«

»Nein!«, brüllte er. »Du kannst kein Pferd haben! Du hast keines verdient!«

»Ich hab ja nur gefragt«, brummelte sie.

Der Kommandant pfiff auf zwei Fingern.

Izzy schüttelte den Kopf. »Nein. Bitte, Sir. Nicht.«

Ihr Kommandant grinste sie an. Es war die einzige Art, die er kannte, wie er zu ihr durchdrang. Das Einzige, das sie nervös machte. Denn es war das Einzige, worüber Izzy absolut keine Kontrolle hatte.

»Genieß den Ritt, Iseabail.«

Bevor Izzy noch weiter betteln konnte, schlang sich ein Drachenschwanz um ihre Taille und hob sie aus der kleinen Stadt empor. Wie immer, wenn das geschah, schrie sie. Bettelte, heruntergelassen zu werden, denn sie wusste *genau*, was auf sie zukommen würde, wenn sie an ihrem Ziel ankamen. Denn es passierte in letzter Zeit mindestens einmal am Tag. Manchmal öfter.

Die grausame Bestie, die sie jetzt festhielt, unterschied sich nicht von all den anderen, die dasselbe mit ihr taten – herzlos, unbarmherzig und ihre Schmerzen in vollen Zügen genießend. Und normalerweise war es – ihre Familie!

»Nein!«, flehte sie, wie sie immer flehte. Vor allem, als sie das ausgedehnte Lager direkt außerhalb der Westlichen Berge sah, das zu Annwyls Truppen gehörte. »Nicht!«, versuchte es Izzy noch einmal, während sie durch das Lager flogen. »Bitte!«

»Halt dich fest!«, war die einzige Warnung, die sie bekam, bevor der Schwanz einen Bogen vollführte und dann vorwärtsschnalzte und sie durch einen Zelteingang in ein Zelt schleuderte.

»Mitten ins Schwarze! Zehn Punkte!«, jubelte der Drache.

Izzy ruderte wild mit den Armen und versuchte, einen Weg zu finden, wie sie landen konnte, ohne sich dabei eine Schulter oder ein Knie zu zerschmettern. Doch bevor Izzy am anderen Ende des Zeltes wieder hinausfliegen konnte, wo sie oft von einem anderen Schwanz geschnappt und irgendwo anders hingeworfen wurde, pflückten sie große Hände aus der Luft.

Keuchend und erleichtert schaute sie in ein Gesicht, das ihr sehr vertraut war, weil es dem ihres Großvaters so ähnlich sah.

»Also ehrlich, Izzy«, neckte sie ihr Großonkel Addolgar. »Was heckst du denn jetzt wieder aus?«

»*Ich?*« Warum glaubten sie nur immer, es sei ihre Schuld? Ja, sie war früher bekannt dafür gewesen, sich von einem Drachenrücken zum anderen zu schwingen, während sie Hunderte von Meilen über der Erde flogen, aber damals hatte sie eine Wahl gehabt, oder nicht? *Dieses* spezielle Spiel war *nicht* selbstgewählt, aber es hatte sich herausgestellt, dass diese Drachen, die sie Familienmitglieder nannte, sich nicht darum scherten. Sie bestanden darauf, sie wie eine menschliche Kanonenkugel zu behandeln, und niemanden schien es zu stören! Am wenigsten ihre Großtante und ihren Großonkel.

»Fang jetzt bloß nicht an zu keifen«, warnte ihr Onkel.

»Ich keife nicht ...«

»Warum bist du hier?«

»Mein Kommandant hat mich geschickt. Ich soll dir das hier zeigen.« Sie hielt das Lederband hoch und ihr Onkel nahm es, dann ließ er sie fallen. Izzys Hintern traf hart auf dem Boden auf, aber sie unterdrückte ihren Schmerzenslaut. Was nicht einfach war.

»Wo hast du das her?«

»Aus dieser kleinen Stadt, in die du uns zur Kontrolle geschickt hast. Die Barbaren waren schon weg. Ich habe das im Dreck neben einem Haus gefunden.«

»He, Ghleanna! Schau dir das mal an.«

Izzys Großtante Ghleanna stand von dem Stuhl auf, auf dem sie gesessen und ihr nachmittägliches Ale getrunken hatte. Mit einer Hand immer noch um den abgestoßenen Becher, nahm sie Addolgar das Lederband ab und studierte es. »So ein Mist«, sagte sie schließlich.

»Was ist los?«, fragte Izzy und versuchte, es noch einmal zu sehen.

»Geht dich nichts an«, erklärte Addolgar und schob sie zurück, indem er ihr seine übergroße Hand kräftig gegen die Stirn drückte.

Sie hasste es, wenn er das tat.

Die Geschwister gingen zusammen in eine Ecke und unterhielten sich flüsternd, während Izzy versuchte, unbemerkt zu lauschen. Irgendwann begannen die beiden zu streiten, wie sie das manchmal taten, aber aus irgendeinem Grund beschlich Izzy das Gefühl, dass es dabei um sie ging. Das war seltsam. Es schien, als beachteten sie sie in letzter Zeit kaum.

»Das ist ein Fehler«, sagte Addolgar zum Rücken seiner

Schwester, als sie zu Izzy herüberkam. Aber wie meistens ignorierte ihn Ghleanna auch jetzt.

»Du solltest eigentlich mit uns zurück nach Garbhán Isle kommen, oder? Wenn wir in vier Tagen aufbrechen?«

Izzy nickte und hielt den Atem an. Sie hatte so etwas befürchtet. Dass etwas passieren würde und sie nicht nach Hause zurückkehren konnte. Sie wollte so gerne nach Hause. Natürlich nicht, um dort zu bleiben – sie hatte zu viel zu tun –, aber sie hatte ihre Familie zwei Jahre lang nicht gesehen. Sie vermisste sie alle, vor allem ihre Mum. Sie wollte ihre Mum sehen.

»Sieht aus, als würdest du früher hinkommen.«

Izzy biss sich auf die Innenseite ihrer Wangen, damit sie nicht lächelte. »Ach?«

»Ja. Aber bevor du gehst, finde *ich*, gibt es da etwas, was du wissen solltest.«

»Und ich finde, du solltest dich da raushalten«, blaffte Addolgar.

»Halt den Mund, Bruder.«

Izzy verfiel in Panik. »Geht es allen gut? Ist Mum …?«

»Ihr geht es gut, Izzy. Ihr geht es gut.« Ghleanna gab ihr das Lederband. »Wenn du heimkommst, gib das Annwyl. Sag ihr, dass es das vierte Stück dieser Art ist, das wir gefunden haben. Sie wird verstehen.«

»Na gut.«

Ghleanna legte ihr die Hand auf die Schulter. »Aber wegen deiner Mum …«

»Kommt sie zum Fest nach Hause?«, fragte Keita, die – immer noch mit ihrer Nichte im Arm – langsam im Raum herumging. Die ganze Zeit wandte das Baby nicht ein Mal den Blick von Keitas Gesicht ab.

»Sie kommen alle. Ghleanna, Addolgar, all ihre Nachkommen. Ein paar Vettern deines Vaters, die an den Wüstengrenzen arbeiten, werden im Westen bis nach der Feier die Stellung halten.« Talaith sah sie einen Augenblick an, dann sagte sie: »Ich bin froh, dass du zurückgekommen bist, Liebes. Ich weiß, dass Izzy überglücklich sein wird, dich zu sehen. Sie schreibt oft über dich.«

Keita musste lächeln. »Wirklich?«

Talaith schnaubte und verdrehte die Augen. »Machst du Witze? Sie betet dich an, seit ihr euch zum ersten Mal begegnet seid und du mit der dir eigenen kultivierten, trillernden Stimme, die sonst keiner von deinen Geschwistern hat, sagtest: ›Bei den Göttern, ist Briecs Tochter nicht wunderschön?‹« Talaith grinste spöttisch und fügte hinzu: »Schleimerin.«

»Ich habe nicht gelogen, deine Tochter *ist* schön! Abgesehen davon hat es funktioniert, oder nicht?«

Sie lachten beide, bis Talaiths jüngste Tochter ihren eindringlichen Blick plötzlich auf die Tür richtete.

»Soll ich sie in Sicherheit fliegen?«, fragte Keita, als es auf der anderen Seite der Tür ruhig blieb.

»Nein. Es ist nur dieses unglaubliche Gespür, das sie schon seit der Geburt dafür hat, dass ihr Vetter und ihre Cousine in der Nähe sind.«

Wie aufs Stichwort ging die Tür des Kinderzimmers auf und Fearghus kam herein.

»Du schaust dir Briecs Sprössling vor meinen an?«

»Ihre Mutter hat mich hergeführt. Du dagegen warst zu beschäftigt damit, Gwenvael auszulachen.«

Er prustete. »Ja, das war lustig.«

»Wo sind sie?«, fragte Keita und versuchte, über und unter seinen unglaublich breiten Schultern hinwegzuspähen. »Bei ihrem Kindermädchen?«

Ihr Bruder prustete noch einmal. »Das haben sie schon vor Stunden abgehängt. Sie haben mich selbst gefunden.«

Fearghus sah über die Schulter und sagte: »Also, kommt hier hoch. Ich will euch eure Tante Keita vorstellen.«

Keita sah, wie zwei Augenpaare – eines strahlend grün, das andere unendlich schwarz – über die Schultern ihres Vaters spähten.

Wie süß, dachte sie. *Sie sind schüchtern.*

Bei ihrem Anblick kamen die grünen Augen höher, und ein

schmutziger kleiner Junge zog sich hoch, die Hände fest um Fearghus' linke Schulter geklammert. Er musterte Keita mit einem langen Blick von oben bis unten – und grinste.

Keita blinzelte und ihr Blick ging zu Fearghus, der eilig sagte: »Ich will nicht darüber reden. Lass es einfach.«

»Ja, aber ...«

»Keine Diskussion!«, blaffte er.

Und da stürzte sich das Kind auf seiner rechten Seite auf Keita, ein kleines hölzernes Übungsschwert fest in ihrer pummeligen kleinen Faust.

Glücklicherweise war Fearghus schnell und schnappte seine ebenfalls schmutzige Tochter hinten am Hemd.

»Was habe ich dir über Überraschungsangriffe beigebracht?«, fragte er das schwarzhaarige Kind. Er klang so gelangweilt bei der Frage, dass Keita das sichere Gefühl hatte, dass er diese Diskussion seit ihrer Geburt fast täglich mit ihr hatte. Das war zwar sehr beunruhigend, aber auf jeden Fall noch *viel* beunruhigender war die Tatsache, dass das Mädchen weiter sein Schwert gegen Keita schwang, während es mit seinen winzigen Babyzähnen schnappte.

»Ist das normal, Bruder?«

»Es wird noch ungewöhnlicher werden«, warnte Talaith.

»Und wie ist das möglich?«

Als Antwort darauf streckte Talaiths Tochter ihre winzige Hand nach ihrer Cousine aus und legte sie an Keitas Kinn. Einen Augenblick später entspannte sich Fearghus' Tochter und senkte das Schwert.

»Es gefiel ihr nicht, dass du ihre Cousine im Arm hältst«, erklärte Talaith, »das heißt, bis sie ihre Zustimmung hatte.«

Mit einem Schritt rückwärts fragte Keita: »Was in allen Höllen geht hier vor?«

»Wir wissen es nicht«, sagte Talaith gähnend. »Aber wir haben uns diese Frage selbst schon oft genug gestellt.«

»Aber wir mussten damit aufhören«, fuhr Fearghus fort. »Denn um ganz ehrlich zu sein ...«

»… hat uns das alles ein bisschen Angst gemacht.«

»Aber das Positive ist«, fügte Fearghus eilig hinzu, »dass keiner von ihnen einen Schwanz hat.«

»Oder Schuppen.«

»Oberflächlich betrachtet scheinen sie also recht normal zu sein.«

Keita runzelte die Stirn. »Und das ist okay für euch?«

Fearghus und Talaith tauschten einen Blick, bevor sie gemeinsam antworteten: »Es könnte schlimmer sein.«

Branwen die Schwarze war gerade damit beschäftigt, ihrem älteren Bruder Fal die Haare zu flechten, als sie Izzy sah. Iz sah ganz gut aus, obwohl einer ihrer Vettern sie ins Zelt von Branwens Mum geschleudert hatte. Branwen wusste, dass es ein Kompliment war – dass die Cadwaladrs Izzy für hart genug hielten, die Misshandlungen auszuhalten, die sie an jeden jungen Drachen austeilten –, aber das hieß nicht, dass Iz gern herumgeworfen wurde. Andererseits hatte Branwen selbst auch nicht allzu viel dafür übrig, und sie konnte immerhin fliegen.

»Izzy scheint nicht besonders gut gelaunt zu sein«, bemerkte Fal.

Izzy zog so ein finsteres Gesicht, dass sie fast aussah wie Onkel Bercelak, was seltsam war, denn keiner von ihnen war tatsächlich mit Izzy blutsverwandt. Das war aber auch nicht wichtig. Sie waren jetzt alle eine Familie. Und nach zwei Jahren und zahllosen Kämpfen waren sich Branwen und Izzy unglaublich nahe. Sie war netter als jede von Branwens Schwestern und verständnisvoller als alle ihre Brüder. Natürlich lagen sie im Alter mehr als sechs Jahrzehnte auseinander, und Iz war tragischerweise ein Mensch, aber auch das war nicht wichtig. Nicht für sie.

Branwen ließ die Haare ihres Bruders los und stieg über den Baumstamm, auf dem er saß. »Izzy?«

Izzy blieb stehen und sah ihre Cousine an. »Wusstest du es?«

»Wusste ich was?«

»Du meinst das mit deiner Mutter?«, fragte Fal und sah äußerst gelangweilt dabei aus. Er zuckte die Achseln. »Ich wusste es.«

»Was wusstest du?«, verlangte Branwen von ihrem Bruder zu wissen, aber er bekam keine Chance zu antworten. Izzy hob einen der Holzklötze hoch, die sie als Sitzgelegenheiten nutzten, und fegte Fal damit mit ordentlichem Schwung von seinem Stamm, sodass er gegen seinen Bruder Celyn fiel, der gerade hinter ihm aufgetaucht war, um zu sehen, was los war. Beide Drachen knallten hart auf den Boden, und Izzy pfefferte den Klotz auf den Boden, dass dieser von der Wucht ein wenig bebte.

»Kannst du mich zurück zu den Dunklen Ebenen bringen?«, fragte Izzy sie.

»Aye, aber …«

»Generalin Ghleanna will, dass ich meiner Königin so schnell wie möglich etwas gebe, und so würde es schneller gehen.«

»Alles, Izzy, aber …«

»Dann in fünf Minuten?« Ohne sich die Mühe zu machen, auf Branwens Antwort zu warten, ging Izzy weg.

Celyn stand jetzt neben Branwen, und sie ignorierten beide ihren ächzenden Bruder mit dem gebrochenen Kiefer. »Was ist hier los?«

»Ich weiß es nicht, aber ich werde es herausfinden.«

»Ich bringe sie zurück in die Dunklen Ebenen«, bot Celyn an.

»Den Teufel wirst du tun.«

»Ja, aber …«

»Sei nicht dumm«, flüsterte sie und deutete auf den armen Fal. »Kümmere dich um deinen Bruder. Ich glaube, sein Kiefer ist gebrochen.«

»Dann hätte er vielleicht ein Mal den Mund halten sollen.«

»Da ist sie!« Briec kam in den Raum, und eine Sekunde lang glaubte Keita, er spräche von ihr. Sie irrte sich. »Da ist ja meine perfekte, perfekte Tochter.« Er nahm Keita das Kind aus den Armen, ohne um Erlaubnis zu fragen. Wie immer war ihr Bruder unhöflich!

»Ist sie nicht perfekt, Keita?« Er deutete auf Fearghus und seine Sprösslinge. »Nicht so wie die zwei.«

Als Antwort hob Fearghus' kleines Mädchen den Arm, um ihrem Onkel das Holzschwert an den Kopf zu werfen, aber Fearghus riss es ihr weg, bevor sie es zu Ende führen konnte.

Das Baby klammerte sich an Briec, die Ärmchen um seinen Hals geschlungen. Doch erst jetzt bemerkte Keita, dass es nicht lächelte.

»Lächelt sie nicht?«, fragte Keita, und sie wusste sofort, dass das die falsche Frage war, als sowohl Talaith als auch Fearghus zusammenzuckten und Briec blaffte: »Sie wird lächeln, wenn sie götterverdammt noch mal so weit ist!«

»Schrei mich nicht an!«, schnauzte Keita zurück. »Das war eine einfache Frage.«

»Tja, wenn du hier gewesen wärst, müsstest du keine so blöden Fragen stellen!«

»Wenn du noch einmal davon anfängst, Briec, dann werde ich ...«

»Beleidigt in deine eigene Höhle abrauschen?«, fragte Fearghus.

»Ach, halt die Klappe!«

»Weißt du, was wir ihr nicht gesagt haben?«, fragte Talaith plötzlich mit einem breiten Grinsen und sprang auf. »Die Namen der Kinder!« Talaith strich mit der Hand über die schwarzen Haare von Fearghus' Mädchen. »Das ist Talwyn.« Dann kitzelte sie den Jungen an der Wange. »Das ist Talan.« Sie hob die Hände und verkündete, als böte sie etwas zum Verkauf an: »Und das ... das ist Rhianwen.«

Keitas Augen wurden schmal, und sie entfernte sich einen Schritt von ihrem sicheren Fenster. Sie bemerkte kaum, dass Fearghus' Zwillinge von ihr fortkrabbelten und sich wieder hinter den Schultern ihres Vaters versteckten. »Rhianwen?«, brüllte Keita beinahe. »Ihr habt sie Rhianwen genannt?«

Briec hob eine silberne Braue. »Gibt es da ein Problem, Schwester?«

»Warum habt ihr sie nicht gleich mit dem Namen Verzweiflung geschlagen? Oder Unheilbringerin?«

»Zufällig mag ich den Namen Rhianwen. Und bevor du es sagst: Rhianwen ist Mutters Name nicht *so* ähnlich.«

»Du bist armselig!«, klagte Keita ihren Bruder an. »Ständig kriechst du dieser Kuh in den Hintern! Zumindest hatte Fearghus ein bisschen Rückgrat bei der Namensgebung!«

Briec wandte sich zu ihr um. »Tja, wenn du selbst mal Küken hast, Fräulein Meckerliese, kannst du sie nennen, wie du willst! Aber was mich angeht, verdient jedes perfekte Kind, das *meinen* Lenden entsprungen ist, einen majestätischen Namen – *und dieser majestätische Name ist Rhianwen!*«

Über alle Maßen empört, stürmte Keita aus dem Zimmer und den Flur zu den Treppen entlang. Sie durchquerte gerade den Rittersaal, als Ren sie einholte.

»Du siehst aus, als wolltest du eine ganze Stadt rösten. Was ist los?«

»Rhianwen!«, rief sie aus. »Dieser Schleimer hat seine Tochter Rhianwen genannt!«

»Rhianwen?«, rief Ren ebenfalls. »Warum hat er sie nicht gleich Unheil genannt oder Die Verzweiflung Säende?«

Keita blieb stehen, drehte sich um und schlang ihre Arme um Ren. »Deshalb werde ich dich immer lieben, mein Freund!«

Lachend tätschelte er ihren Rücken. »Ich weiß, alte Freundin. Ich weiß.«

Talaith schüttelte den Kopf. »Das lief ja gut.«

»Sie hat angefangen«, bekundete Briec, bevor er Talaith seine »perfekte« Tochter hinhielt und verkündete: »Sie sieht aus, als bräuchte sie etwas zu essen. Lass deine Brüste für sie frei.«

»Würdest du bitte aufhören, das zu sagen?!«, schrie sie über Fearghus' Gelächter hinweg. »Ich hasse es, wenn du das sagst!«

»Ach ja? Das hatte ich gar nicht bemerkt.«

Talaith entriss ihrem Gefährten ihr Kind. »Ist dir klar, dass mir niemand einen Vorwurf machen wird, wenn ich irgendwann gezwungen bin, dich umzubringen?«

»Ich weiß, dass *ich* dir keinen machen würde«, warf Fearghus ein, der gerade seine Kinder an je einem Bein kopfüber hielt und grinste, als sie lachten und quietschten. Auch wenn keines seiner Kinder sprach. Sie sprachen nie. Nur miteinander und nur flüsternd … in einer Sprache, die niemand verstand. Die Familie hatte es sich schließlich eingestanden, als die Zwillinge ungefähr ein Jahr alt waren und die Wahrheit nicht länger zu leugnen war. Aber auch was das anging, hätte es schlimmer mit ihnen kommen können. Merkwürdig war es trotzdem. Die Zwillinge waren außergewöhnlich.

Talaith ging durch den Raum und setzte sich in den Schaukelstuhl, den Briec für sie angefertigt hatte, kurz bevor Rhianwen geboren war.

»Was auch immer ihr zwei tut, bitte verscheucht eure Schwester nicht, bevor Izzy in ein paar Tagen kommt. Ihr wisst, dass sie Keita sehen wollen wird.« Und, so hoffte Talaith, Keita konnte vielleicht diejenige sein, die Izzys Wut entschärfte, wenn sie die Wahrheit über Rhianwen erfuhr.

Talaith hatte Keita nicht belogen, als sie ihr gesagt hatte, dass ihr kein Moment richtig erschienen war, um Izzy von ihrer Schwester zu erzählen. Im Westen ging so viel vor sich, und das Letzte, was Talaith wollte, war, dass Izzy mit den Gedanken nicht bei ihrer Aufgabe war. Sie wollte ihr keinen Brief mit all den Neuigkeiten schicken, nur um dann zu erfahren, dass ihre Tochter einen Tag später von Barbaren in einen Hinterhalt gelockt worden war, weil sie nicht aufgepasst hatte. Weil sie sich Sorgen um ihre Mum gemacht hatte. Das war anfangs der Grund gewesen; und nachdem das Baby geboren war, erschien es ihr einfach nicht richtig, es in einem Brief mitzuteilen. Aber Talaith hatte gedacht, dass Izzy viel schneller wieder zu Hause sein würde. Dass sie es ihr inzwischen erzählt haben würde.

Aber wenn Izzy in den nächsten Tagen nach Hause kam, würde sie es ihr als Allererstes sagen. Dafür würde sie sorgen.

»Wir verscheuchen sie nicht«, informierte Briec Talaith. »Wir stellen nur klar, dass das, was sie getan hat, inakzeptabel war und nicht noch einmal toleriert wird.«

»Und wie gut hat das in der Vergangenheit funktioniert, na?«

»Versuch du nicht, mir zu sagen, wie ich meine kleine Schwester erziehen soll!«

»Sie erziehen? Sie ist fast zweihundert Jahre alt!«

»Noch ist sie es nicht!«

»Pah!«, schnauzte Keita, als sie aus dem Rittersaal ins Licht der Spätnachmittagssonnen hinaustrat. »Ich kann einfach nicht glauben, dass Briec sein armes Küken nach diesem glitschigen Tümpelschlamm benannt hat!«

»Solltest du sie nicht vielleicht Mum nennen, wenn wir uns auf ihrem Territorium befinden?«

»Nur wenn sie in direkter Hörweite ist.«

Keita sah zu, wie Ragnar mit Gwenvael und einer Dienerin zurückkam. »Da bist du ja! Du kannst nicht einfach davonlaufen, Warlord! Es sei denn natürlich, du hoffst auf einen neuen Haarschnitt, damit du zu deinem Bruder passt.«

»Bilde ich mir das nur ein, oder höre ich Sorge in deiner Stimme?«, fragte der Warlord.

»Wohl kaum. Eher Verärgerung.« Sie ging weiter die Stufen hinab und nahm Ragnars Unterarm. »Komm. Wir müssen reden.«

»Wo gehst du hin?«

»Vertrau mir einfach, Gwenvael!«

»Aber Keita...«

»Später. Ich muss mit Ragnar reden.« Keita blieb bei der Dienerin stehen. »Bitte sorge dafür, dass unsere Gäste aus dem Norden alles haben, was sie brauchen. Ich glaube, sie wurden im zweiten Stock untergebracht. Sorg dafür, dass sie etwas zu essen bekommen. Meine Schwester vergisst solche Dinge gerne.« Sie sah etwas mit einem großen Knochen im Maul hinter der Dienerin stehen. Von denen hatte sie schon eine ganze Menge in der Umgebung gesehen. Mehr als je zuvor. *Muss ein Überpopulations-*

problem sein. Da konnte sie Abhilfe schaffen. »Ich denke, Hund wäre prima. Gegrillt. Nicht so viel Salz.« Sie seufzte sehnsüchtig. »Gegrillter Hund. Lecker.« Sie presste ihre Hand auf den Magen und merkte erst jetzt, wie hungrig sie war. »Schick mir auch etwas davon in mein Zimmer. Wir sind gleich zurück.«

Keita sprang die letzte Stufe hinab und schaute sich zu Ragnar um. Voller Entrüstung über den Warlord, fragte sie über sein Gelächter hinweg: »Was ist so lustig?«

»Keita …«, sagte ihr Bruder.

»Was?«

Gwenvael legte der Dienerin einen Arm um die Taille, und Keita seufzte leise auf. Warum ihr Bruder das Bedürfnis verspürte, jede Frau zu beschützen, vor allem jetzt, wo er eine eigene barbarische Warlord-Gefährtin hatte, überstieg Keitas Verstand. Sie hatte dem Weib ja nicht Gehorsam eingeprügelt oder so etwas. Sie hatte ihr einfache Befehle gegeben, die sie befolgen sollte. Das war schließlich ihr Job, oder?

»Ich möchte dir Dagmar Reinholdt vorstellen«, sagte Gwenvael.

Wirklich? Musste man Diener jetzt ordentlich vorstellen? Aber Keita wollte nicht länger mit ihren Geschwistern streiten. Auch nicht mit Gwenvael. »Schön, dich kennenzulernen, Dagmar. Du kannst mich Lady Keita nennen.«

Das schien Ragnar noch mehr zu erheitern, und das, obwohl der Drache fast nie lachte. Vor allem nicht so.

»*Was* ist so lustig?«, wollte sie wissen.

»Dagmar Reinholdt«, sagte ihr Bruder noch einmal, als hätte sie ihn nicht schon beim ersten Mal verstanden, verdammt noch mal. »Dreizehnter Nachkomme von Dem Reinholdt, Einzige Tochter Des Reinholdt, Haupt-Kriegsherrin der Dunklen Ebenen, Beraterin von Königin Annwyl, Menschliche Kontaktperson für die Drachenältesten der Südländer, und meine *Gefährtin*.«

Oh.
Mist.
Oh, Mist!

Mist, Mist, Mist, Mist, Mist!

In Erinnerung an fast zwei Jahrhunderte königlicher Unterweisung holte Keita ihr umwerfendstes Lächeln heraus. »Natürlich ist sie das!«, sagte sie mit einem Lachen. »Ich wollte nur einen Spaß machen!«

Sie stieg wieder einige Stufen hinauf, bis sie nah genug an der Tochter des Nordland-Warlords war. Sie nahm eine ihrer winzigen Menschenhände in die ihre. »Ich freue mich so, dich endlich kennenzulernen, Mylady Dagmar! Das war schon viel zu lange überfällig.«

»Das stimmt«, sagte die Menschliche. Jetzt bemerkte Keita erst, dass die Frau kleine runde Glasstücke, die von zwei Drähten gehalten wurden, auf der Nase balancierte. Wofür das denn? War sie blind? »Ich habe so viel von dir gehört und mich sehr darauf gefreut, dich kennenzulernen. Du bist wirklich so schön wie die *vielen* Männer im ganzen Land sagen.«

Der barbarische Drache lachte schon wieder, und Keita dachte kurz daran, ihn über das Treppengeländer zu stoßen. »Und du bist«, erwiderte Keita, »nun ja ... *du selbst*. Und ich bin mir sicher, du hast das Beste aus dir gemacht.«

Jetzt steuerte Ren zurück auf die Burg zu, und Gwenvael trennte die Hände der beiden Frauen.

»Alles klar«, sagte ihr Bruder mit obszön viel falscher Munterkeit. »Genug der Begrüßungsformalitäten, meint ihr nicht auch?«

Er drehte seine Gefährtin zur Tür um und schob Keita wieder die Treppe hinunter. Diese konnte sich ihr Knurren gerade noch verkneifen – aber bevor sie davonstapfen konnte, schlängelte sich die Menschliche um Gwenvael herum und sagte: »Oh, Mylady Keita, eines noch.«

Keita blieb stehen und drehte sich zu ihr um, immer noch mit einem fröhlichen Lächeln auf den Lippen. »Aye?«

»Hunde ... tabu.«

»Ach ja?«

»Falls du es noch nicht gehört hast: Es ist ein Gesetz, das im ganzen Land gilt. Und ich würde nur ungern sehen, dass du deswegen Ärger mit deiner Mutter bekommst.«

»Meine Mutter?«, fragte Keita, die ihre Überraschung nicht verbergen konnte. »Meine Mutter hat einem Gesetz zugestimmt, das das Essen von Hunden verbietet?« Dieselbe Drachin, die nicht einmal einem schriftlich festgehaltenen Verbot, Menschen zu essen, zustimmen wollte? Vielmehr war sie der Meinung, dass ihre Drachenuntertanen so etwas einfach nicht tun sollten, »es sei denn, sie lassen sich nicht erwischen«.

»Tatsächlich hat sie sogar gern zugestimmt.«

Sie wusste, wann sie verloren hatte, zumindest auf einem Gebiet, deshalb sagte Keita: »Natürlich. Die Götter wissen, dass ich mich nie gegen meine Mutter stellen wollte.«

»Dann bin ich sicher, wir werden keine Probleme bekommen.«

Normalerweise hätte Keita ihr da widersprochen, aber sie fühlte sich bei der ganzen Sache langsam furchtbar und beschloss, dass sie am besten einfach ging.

Sie nahm Ragnar an der Hand und zog ihn zum östlichen Ausgang der Burgmauer. Und erst als sie ungefähr zwanzig Fuß gegangen waren, hörte Keita die Tochter des Warlords blaffen: »Knut!«

Sie und Ragnar blieben stehen und sahen sich um. Der Hund, der bei Lady Dagmar gewesen war, stand jetzt hinter ihnen. Er ließ seinen Knochen fallen und schob ihn mit der Schnauze auf Keita zu. Dann hob er seinen riesigen Kopf und grinste sie mit heraushängender Zunge an.

»Oooh!«, rief Keita aus. »Du bist aber ein Süßer!« Aber bevor sie dem Hund den Kopf streicheln konnte, riss Ragnar sie mit einem angewiderten Schniefen fort.

»He, sei nicht sauer auf mich!«, beschwerte sie sich. »Kann ich etwas dafür, dass männliche Wesen mir immer Geschenke machen wollen?«

19

Ragnar ging bis zu einem Wäldchen außerhalb der Burgmauern, bevor er sich entschloss, anzuhalten und sich der Prinzessin zuzuwenden. Sie schaute mit diesen braunen Augen zu ihm auf und fragte: »Das lief schlecht, oder?«

Und da fing er wieder an zu lachen. So sehr, dass er nicht mehr aufhören konnte. Er ließ sich einfach ins Gras fallen und das Gelächter durch seinen Körper fließen.

»So lustig ist das nicht!«, schrie Keita und stampfte mit dem nackten Fuß auf. »Du hättest mich warnen können, verdammt noch mal!«

»Du hast ja weder mir noch sonst jemandem eine Chance dazu gegeben! Ich weiß nicht, was besser war: dein Gesichtsausdruck oder ihrer!«

Keita machte ein paar Schritte von ihm weg und rang die Hände. »Wie sollte ich wissen, dass *das* Dagmar Reinholdt ist? Die Tochter eines Warlords? Ich dachte, sie wäre riesig! Eine knurrende, schnappende Bestie!« Ragnar stützte sich auf die Ellbogen und musterte sie. Sie zuckte kurz die Achseln. »Mein Bruder hat ... einen interessanten Geschmack.«

Dann ging sie auf und ab. »Ich fühle mich schrecklich!«

Das überraschte ihn. »Wirklich?«

»Natürlich! Ich wollte nie ihre Gefühle verletzen. Aber mit diesem Kopftuch, diesen Glasstücken im Gesicht und all diesem Grau ... wie hätte ich es wissen sollen?«

»Diese Glasstücke in ihrem Gesicht sind Augengläser.«

Jetzt sah Keita vollends entsetzt drein und schlug sich kurz die Hand vor den Mund, bevor sie verzweifelt flüsterte: »Sie ist blind, oder? Ich habe mich über eine blinde Frau lustig gemacht!«

Und wieder ließ sich Ragnar lachend auf den Rücken fallen.

»Das ist nicht lustig!« Sie stand mit finsterem Blick über ihm. »Verstehst du das nicht? Sie liegt jetzt wahrscheinlich zusammengesunken vor meinem Bruder – und schluchzt ganz schrecklich!«

Auf ihrem Bett in ihrem Schlafzimmer in der Burg ausgestreckt, fragte Gwenvael: »Heißt das, dass ich dich jetzt mein kesses Dienstmädchen nennen kann?«

»Nein, heißt es nicht.« Dagmar saß auf der Bettkante und richtete den Finger auf ihren Hund. »Und du komm ja nicht hier rüber. Ich rede immer noch nicht mit dir.«

Jaulend legte sich der Hund auf den Boden und vergrub seine Schnauze zwischen den Vorderpfoten.

»Wie wäre es mit blindem Sklavenmädchen?«

»Nein.«

Gwenvael rückte zu ihr hinüber, bis sein Kopf in ihrem Schoß ruhte. »Und neckische Dienstmagd?«

Dagmar pickte einen Fussel von ihrem Ärmel. »Na gut, aber nur, wenn wir allein sind und du nackt bist.«

»Solltest du nicht auch nackt sein?«

Sie seufzte in hoffnungsloser Verzweiflung auf. »Wenn ich schon nackt wäre, könntest du mir nicht besonders gut die Kleider vom Leib reißen und verlangen, dass ich es dir mit dem Mund mache, weil du sonst deine vielen brutalen Wächter rufst, damit sie mich zur Fügsamkeit zwingen – oder?«

Gwenvael bebte, er hob die Hand und ließ sie durch Dagmars Haar gleiten, bevor er sie zu sich herabzog. »Wie in allen Höllen konnte ich nur den besten Teil vergessen?«

»Ich habe dieses arme kleine Ding vernichtet und ihren Lebenswillen zerstört!«

»Du hattest wirklich in den ganzen letzten zwei Jahren keinen Kontakt mit deiner Familie, oder?«

»Ich war beschäftigt!« Sie machte ein paar Schritte und kehrte um. »Ich gehe direkt hin und entschuldige mich. Das ist das Mindeste, was ich tun kann.«

Sie hatte sich noch nicht einmal in Bewegung gesetzt, da hielt Ragnar sie am Arm fest. »Das würde ich nicht tun.«

»Warum nicht?«

»Weil du Dagmar so nur Schwäche zeigen würdest, und sie

wird dir damit zusetzen, wie einer von deinen Verwandten da drüben gerade diesem Kadaver zusetzt.«

Keita schaute über das Ostfeld und hob ihren freien Arm. »Hallo Onkel Amhar«, rief sie laut genug, dass er sie über die Entfernung hören konnte.

Der ältere Drache hob den Kopf; Blut klebte an seiner Schnauze und tropfte ihm von den Reißzähnen. »Hallo, meine liebe Nichte! Alles gut?«

»Aye! Guten Appetit!« Sie wandte ihre Aufmerksamkeit wieder dem Blitzdrachen zu ihren Füßen zu und neigte den Kopf zur Seite. »Du hast gelacht«, bemerkte sie.

»Ja.«

»Ich wusste nicht, dass du dazu überhaupt in der Lage bist.« Keita setzte sich neben ihn auf den Boden und drapierte ihr Kleid um sich herum. »Also keine Entschuldigung.«

»Auf keinen Fall. Ich habe Dagmar viel gelehrt, und sie würde deine Entschuldigung später nur gegen dich verwenden.«

»Sie gelehrt?«

»Ich kenne Dagmar schon seit vielen Jahren. Ich habe sie kennengelernt, als ich als Mönch durch das Land ihres Vaters reiste.«

»Wie alt war sie da?«

»Zehn vielleicht.«

»Und was genau hast du sie gelehrt?«

Ragnar zog die Beine an und legte die Arme auf die Knie. »Bitte zwing mich nicht, alles zu zerstören.«

»Entschuldige, entschuldige. Ich kenne nur ein paar Drachen, die so etwas getan haben. Sie rühren ihre Menschen nicht an, bevor sie volljährig sind, aber die Anmache fängt schon viel früher an.«

»So war es nie.«

»Gut. Als ich damals diese Dinge herausgefunden habe, war das sehr verstörend.«

»Das kann ich mir gut vorstellen. Was hast du getan?«

»Es meinem Vater erzählt.« Sie pflückte eine Blume, die es

geschafft hatte zu blühen, bevor der Winter einsetzte. »Und er hat sie getötet.«

Ragnars Kopf fiel nach vorn, und er atmete hörbar aus. »Ist das die Antwort deiner Sippe auf alles?«

»Ja.«

Er sah sie lange an. »Bist du deshalb eine Assassinin?«

Beleidigt erwiderte sie: »Ich bin *keine* Assassinin. Ich bin eine Beschützerin des Throns. Und das schon seit ich dreizehn Winter alt war.«

»Du konntest noch nicht einmal fliegen, als du dreizehn warst.«

»Na gut, schön. Wenn du es ganz genau nehmen willst. Ich wusste, dass ich eine Beschützerin des Throns *werden* würde. Verpflichtet habe ich mich erst Jahre später. Da. Zufrieden?« Ragnar wollte antworten, aber sie unterbrach ihn, weil sie das Bedürfnis hatte, etwas klarzustellen. »Aber ich bin *keine* Assassinin.« Sie hob die Blume an ihre Nase und roch daran. »Das ist Talaith.«

»Und wer ist Talaith?«

»Die Gefährtin meines Bruders Briec. Sie ist aus Alsandair.«

Ragnar zuckte sichtlich zusammen. »Alsandair? Hat sie eine Tochter? Ein großes Mädchen?«

»Aye. Kennst du sie?«

»Ich glaube, ja.«

Er kratzte sich am Kiefer, und Keita bemerkte zum ersten Mal die Narbe, die er dort hatte. Sie war lang, aber so tief unter seinem Kinn, dass sie nicht sofort sichtbar war. »Sie haben meinen Vater getötet.«

»Hm … das Abendessen heute Abend könnte unangenehm werden.«

»Eigentlich nicht. Wie du wohl weißt, hatte er es verdient. Aber vor meinen Verwandten erwähnt man es besser nicht.«

»Ich bin froh, dass du es mir gesagt hast. Izzy wird in ein paar Tagen hier sein, und ich werde sie abfangen müssen, bevor sie etwas vollkommen Unangemessenes zu Vigholf und Meinhard sagt. Sie würde es natürlich nicht absichtlich tun. Aber das ändert ja nichts.«

»Also werde ich in ein paar Tagen noch hier sein?«

»Ich denke schon.«

Er beugte sich ein wenig vor und legte die Wange auf die Knie. »Sag mir, was du wirklich über diese ganze Sache mit deiner Mutter denkst.«

»Ich denke, ich weiß es sehr zu schätzen, dass du die Kette nicht erwähnt hast, die wir gefunden haben.«

»Im Moment ist sich deine Mutter Esylds Loyalität nicht sicher. Ich habe aber gespürt, dass du recht hast, und sie hätte schnell ihre Meinung geändert, wenn ich ihr davon erzählt hätte.« Er griff zu ihr hinüber und nahm eine ihrer Hände in seine. »Erzähl mir von deinem Volk und den Eisendrachen.«

Sie holte Luft. »Zur Zeit meiner Vorfahren waren die Eisendrachen einfach Südland-Drachen. Sie hatten Flügel, Krallen und Reißzähne und spuckten Feuer, wie wir anderen auch. Aber sie wollten immer mehr. Sie begannen, sich von den anderen abzusondern, und es gab Gerüchte über Inzucht, um ihre Blutlinien ›rein‹ zu halten; das war das Wort, das dafür benutzt wurde. Anders als beim Rest der Südland-Drachen hatten ihre Schuppen alle eine Farbe. Die Farbe von Eisen. Selbst ihr Nordländer tragt alle unterschiedliche Abstufungen von Violett, aber die Eisendrachen hatten alle denselben Farbton. Und ich habe gehört, dass alles, was davon abwich, direkt nach der Geburt getötet wurde. Sie verändern auch ihre Hörner. Wenn ihre Nachkommen schlüpfen, benutzen sie eine Art Vorrichtung, um ihnen die Hörner um die Köpfe zu biegen. Am Ende wurden sie von meiner Urgroßmutter vertrieben, die eine solche Art von bizarrem Verhalten nicht tolerieren wollte, und sie zogen in den Westen. Als meine Mutter jung war, griffen die Eisendrachen nur einmal an. Mein Großvater und seine Truppen stellten sich ihnen entgegen, bevor sie überhaupt erst über die Aricia-Berge waren. Wir gewannen an diesem Tag natürlich, aber mein Großvater wurde gefangen genommen und zurück in die Provinz Quintilian verschleppt – die heutige Hauptstadt der Hoheitsgebiete, aber damals war es noch eine einfache, einzelne Provinz. Er wurde tagelang gefoltert, erzählte man sich. Bis zu seiner Exekution.« Keita drehte ihre Hand in seiner und drückte ihren Daumen gegen seinen Handrücken. »Anderen erzählen wir, dass er im Kampf getötet wurde. Nur die Familie kennt die Wahrheit über seinen Tod.«

»Und diese Wahrheit werde ich für immer für mich behalten.«

Sie glaubte ihm und schenkte ihm ein schwaches Lächeln. »Meine Mutter liebte ihren Vater sehr. Er beschützte sie vor ihrer Mutter, und sein Tod war ein großer Verlust für sie.«

»Glaubst du wirklich, dass sie nur Rache will? Dass sie nur aus diesem Grund einen Krieg mit den Eisendrachen anzetteln würde?«

»Meine Sippe kann unglaublich nachtragend sein. Sehr, sehr lange, bis sie irgendwann zuschlägt und alles vernichtet, was ihr in die Quere kommt.«

»Das heißt nicht, dass sie diesmal falschliegt, Keita. Du kannst mir nicht erzählen, dass du nicht auch etwas auf uns zurollen spürst.«

»Ich habe geträumt …«

»Was hast du geträumt?«

Keita schüttelte den Kopf. Saß sie wirklich hier und war dabei, Ragnar von lächerlichen Träumen von dämonischen Pferden zu erzählen? Was hatte das überhaupt mit den Eisendrachen zu tun? »Vergiss es. Aber du hast recht. Ich fühle etwas kommen. Aber ich weiß auch, dass meine Mutter eine Schwäche für Kriege hat. Die Ältesten haben viel weniger Macht im Krieg.«

»Und Esyld?«

»Wenn meine Mutter Esyld benutzen kann, um ihren Krieg zu bekommen, dann wird sie das tun – aber ich will dem Ganzen Einhalt gebieten, bevor es so weit kommt. Ich muss den Thron schützen.«

Ragnar setzte sich auf. »Ihr Götter, sag mir bitte, dass du nicht glaubst, man könne vernünftig mit den Eisendrachen reden!«

»Das weiß ich nicht, bevor ich mich mit ihnen getroffen habe.«

»Dich mit ihnen getroffen?«
»Beruhige dich. Ich meine nicht jetzt.«
»Am besten meinst du niemals.«
»Das kann ich nicht versprechen. Falls ich die Möglichkeit bekomme …«
»Hast du den Verstand verloren?«
»Es ist so süß von dir, dass du das fragst, als wäre es nicht möglich … und das, nachdem du meine Familie kennengelernt hast.«

»Aber das größere Problem …«
»Es gibt ein größeres Problem als deine Unzurechnungsfähigkeit?«, wollte Ragnar wissen und fragte sich, was diese Frau nur dachte.
»Überraschenderweise – ja! Und dieses größere Problem ist natürlich: Was machen wir mit dir?«
»Wie bitte?«
»Na ja, früher, als Ren und ich …«
»Ja. Dein perfekter Ren. Wie könnte ich ihn vergessen?«
»Das klang sehr nach Sarkasmus, aber ich beschließe, es zu ignorieren. Also, ich habe den ganzen Weg von Devenallt Mountain hierher darüber nachgedacht. Und wir brauchen einen guten, soliden Grund, warum du in meiner Nähe bist. Du kannst mir nicht einfach folgen wie ein Hündchen. Also glaube ich nach reiflichem Nachdenken, es wäre am besten, wenn wir ein Paar wären.« Sie lächelte. »Ist das nicht eine reizende Idee?«
Ihr Götter! Dieses Weib!
»Was?«
Sie hatte den Nerv, beleidigt dreinzuschauen. »Du musst nicht gleich in Panik verfallen! Wir können ja nur so tun, wenn dir das lieber ist.«
»Ich bin nicht in Panik – ich versuche, deinen Gedankengängen zu folgen.« Er kratzte sich am Kopf, als ihm dämmerte, dass sie nicht gesagt hatte, sie sollten vorgeben, ein Paar zu sein. Was genau sollte das heißen? »*Willst* du, dass wir ein Paar sind?«

»Natürlich. Warum nicht? Du weißt schon, solange wir hier sind.«

Sie versuchte eindeutig täglich, ihn in den Suff zu treiben, bis er nicht mehr wusste, wer er war, oder?

»Das ist so etwas wie ›Geteiltes Leid ist halbes Leid‹«, erklärte sie. »Wir haben etwas Lustiges zu tun, während wir einen Krieg verhindern, der unseren gesamten Kontinent verwüsten könnte.«

»Mhm.«

»*Und*«, fuhr sie noch breiter lächelnd fort, »alle werden entsetzt sein, dass ich bereit bin, so tief zu sinken, tatsächlich mit einem barbarischen Blitzespucker ins Bett zu gehen. Eine eindeutige Win-win-Situation, meinst du nicht?«

»Inwiefern soll das eine Win-win-Situation sein?«

»Sie werden alle annehmen, dass ich es mache, um meine Mutter zu ärgern, ohne zu wissen, dass meine Mutter sich einen Minotaurendreck darum schert, und das wird die Verräter eher früher als später aus ihren Löchern locken. Siehst du? Es ist einfach genial.«

Ragnar begann sich mit einer Hand die Schläfen zu reiben. »Versuchen wir es noch einmal. *Willst* du mit mir zusammen sein?«

»Du meinst, dich tatsächlich vögeln?«

Ale.

Er brauchte jetzt ganz dringend ein Ale. »Klar, warum nicht?«

Keita lehnte sich zurück und musterte ihn. »Aye. Ich glaube, ich hätte Spaß daran, dich zu vögeln.« Ihre Augen wurden schmal. »Stimmt etwas nicht mit deiner Brust?« Ragnar knallte die Hand auf den Boden, und Keita lehnte sich weiter zurück. »Du hast doch keinen Schuppenpilz, oder?«

»Ich habe *keinen* Schuppenpilz! Wenn du die Wahrheit wissen willst – das ist *deine* Schuld!«

»Meine Schuld?«

»Du hast mich niedergestochen, und dieses verdammte Ding

heilt seit zwei Jahren nicht. Hast du ein Gift an deinem Schwanz benutzt?«

»Natürlich habe ich ...« Keita unterbrach sich plötzlich und schlug die Hand vor den Mund.

»*Du hast, oder?*«, brüllte Ragnar. »*Du hast mich verdammt noch mal vergiftet!*«

»Es hätte nicht so lange anhalten sollen«, brachte sie heraus und gab sich keine besondere Mühe, ihr Lachen zu unterdrücken. »Ich habe ihn nur an einer Justig-Pflanze gerieben, bevor ich dich ...«

»Bevor du mich angegriffen hast?«

»Wenn du es so ausdrücken willst. Aber das Jucken hätte schon vor Ewigkeiten aufhören sollen.«

»Tja, das hat es nicht. Verdammt, Keita! Ich dachte, ich würde meinen beschissenen Verstand verlieren!«

»Es tut mir leid.«

»Den Teufel tut es.«

»Nein. Ehrlich. Es tut mir *wirklich* leid.«

Ragnar schüttelte den Kopf. »Vielleicht sollten wir später darüber reden.«

»Nein, nein.« Keita kroch auf seinen Schoß, sah ihn an und drückte ihre Hand auf seine Narbe. Es war ein Hemd zwischen ihrer und seiner Haut, aber er spürte nur Keita. »Es tut mir leid, und ich kann dir ein Gegenmittel besorgen.«

Er grunzte und wandte den Blick ab.

»Sei jetzt nicht sauer auf mich – wir kamen gerade so gut miteinander aus. Ausnahmsweise.«

Er sagte immer noch nichts, und da fragte sie: »Hast du je als Mensch geküsst?«

Konnte sie auch nur ein Mal beim Thema bleiben? Er konnte es nicht fassen.

»Ein oder zwei Mal.«

Das war ein Scherz gewesen, aber sie zuckte ein kleines bisschen zusammen. Das genügte.

»Taugst du überhaupt zu etwas?«

»Um genau zu sein ...«

Sie hob die Hand und schnitt ihm das Wort ab. »Schon gut. Es ist kein großes Problem.«

Sie rutschte auf Ragnars Schoß herum, die Knie links und rechts von ihm. »Ich liebe es, als Mensch zu küssen«, erklärte sie. »Und ich liebe es auch, als Mensch zu vögeln. Ich hoffe, das ist kein Problem für dich.« Wieder antwortete er nicht; er wusste einfach nicht, was er davon halten sollte. »Und das Wichtigste, woran du denken musst, ist, mich nicht mit deiner Zunge zu ersticken.«

»Ich werde es mir merken.« Er war sich sicher, dass er viel ruppiger hätte klingen können, wenn er nicht ein klein wenig gekeucht hätte. Aber verdammt, unter diesem Kleid war sie nackt. Das hatte er ganz vergessen.

»Gut.«

Keita schloss die Lücke zwischen ihnen und presste ihren Mund auf seinen. Zuerst kleine Küsse, nicht hastig oder zu kraftvoll. Es überraschte ihn, wie unschuldig sich diese ersten Küsse anfühlten. Sie nahm sich seine angebliche »Unerfahrenheit« zu Herzen und drängte ihn nicht, sondern machte einfach mit diesen kleinen Küssen weiter, um sie dann langsam immer mehr in die Länge zu ziehen. Während jeder Kuss an Intensität gewann, flammte dieses verdammte Jucken, das er ihr zu verdanken hatte, wieder auf. Er ballte die Hände zu Fäusten, um sich nicht blutig zu kratzen.

»Schon gut«, flüsterte Keita an seinem Mund. »Entspann dich einfach. Du machst das gut.«

Nein. Er machte das nicht gut. Wie konnte er sich auf diesen Kuss oder irgendeinen anderen konzentrieren, wenn das Jucken ihn um den Verstand brachte? Er brauchte dieses verfluchte Gegenmittel, bevor er noch weiter ging.

Ragnar wollte etwas sagen, als Keita ihn wieder küsste. Als sie feststellte, dass sein Mund offen stand, ließ sie ihre Zunge hineingleiten und strich damit über seine. Ragnars Körper bebte, und seine Fäuste lösten sich, damit er sie an der Hüfte packen und näher an seinen Körper ziehen konnte.

Und diese lästige Narbe auf seiner Brust? Vorübergehend vergessen.

Der fromme Blitzdrache lernte schnell, seine Zunge bewegte sich kühn um ihre herum, während seine Arme sie fest an ihn drückten.

Keita neigte den Kopf zur Seite, lehnte sich an ihn und ließ den Kuss geschehen. Er hatte vielleicht nicht viel Erfahrung in diesen Dingen, wenn er menschlich war, aber er lernte definitiv schnell.

Ihr Körper heizte sich unter ihrem Kleid auf, ihre Brustwarzen wurden hart, und ihre Scham zog sich in dem Verlangen nach etwas, das sie ausfüllte, zusammen. Als Keita begann, sich auf seinem Schoß zu winden, entzog sie sich seinem Kuss.

Sie keuchten beide und sahen einander an. Keita hatte keine Ahnung, wie lange, es fühlte sich an wie Stunden.

»Keita!«, hörte sie aus der Nähe der Burg. Es war ihr Bruder Éibhear.

Sie schloss die Augen und streckte ihre Gedanken nach ihm aus. *Was denn?*

Wo bist du?

In den westlichen Feldern. Was ist los?

Abendessen in einer Stunde.

Und?

Na ja ... Ich weiß, du ziehst dich für solche Sachen gern um, also dachte ich, ich sage es dir vorher, damit du mich später nicht anschreist, weil ich dir nicht genug Zeit gelassen habe!

Werd nicht zickig. Ich bin gleich da.

Na gut. Oh. Und hast du Lord Ragnar gesehen?

Warum?

Vigholf hat ihn gesucht, und Briec, der wieder mal ein echter Mistkerl war, hat gesagt: »Oh, wusstest du das nicht? Wir haben ihn hinunter zum Fluss gebracht und ertränkt.« Und Vigholf hat nach seiner Waffe gegriffen, und Fearghus hat gesagt: »Wenn du das tust, Blitzdrache, lasse ich dir von meinem Weib den restlichen Kopf abschlagen.« Und ich habe gesagt: »Können wir das jetzt bitte sein lassen?« Und dann habe ich zu Fearghus gesagt: »*Und nenn Annwyl nicht Weib.*« *Und er hat mich geschubst. Also habe ich ihn zurückgeschubst. Und das hat ihn echt angepisst, und dann haben er und Briec sich gegen mich verbündet. Und ich habe gesagt:* »*Ich sage es Mum!*« *Und dann haben sie mich ausgelacht, und ich finde, das war total ungerecht.*

Keitas kleiner Bruder redete noch weiter, aber als sie das Zittern unter sich fühlte, öffnete sie die Augen und starrte den Warlord an, um den sie ihre Arme geschlungen hatte. Den *lachenden* Warlord.

Éibhear, fiel sie ihm ins Wort. *Lass dich nicht von ihnen ärgern. Ich bin gleich wieder da. Ragnar geht es gut.*

Okay.

Ihr Bruder beendete ihr Gespräch, und Keita schnappte Ragnar den Listigen an dem einzelnen Zopf, den sein Bruder nicht mehr besaß.

»Au!«

»Hast du zugehört?«

»Meine Götter, er quengelt so!«

Sie zog.

»Au!«

»Wie machst du das? Wie ist das möglich?« Nur die direkte Familie konnte die jeweils anderen Gedanken hören.

Ragnar schnappte ihre Hand und zog sie aus seinen Haaren. »Keiner von euch schirmt seine Gedanken ab. Jeder gute Magier könnte euch zwei aus dieser kurzen Distanz hören, als würdet ihr ihm direkt ins Ohr schreien. Vor allem bei diesem Gequengel.«

»Mein Bruder quengelt nicht.« Sie schnappte sich wieder seinen Zopf und riss daran.

»Au!«

»Halt dich aus meinem Kopf heraus, Warlord!«

»Versuch zu kontrollieren, wohin deine Gedanken gehen, Prinzessin.«

»Und das klang schon wieder wie Pissessin!«

Er grinste anzüglich. »Gehen wir zurück, bevor dein kleiner Bruder anfängt zu weinen?«

Sie richtete einen warnenden Finger auf ihn. »Hacke nie, und ich meine *nie*, wieder auf meinem Bruder herum!«

»Ist er nicht ein bisschen zu groß zum Verhätscheln?«

Keita glitt von Ragnars Schoß und stand auf. »Du wirst dich aus meinem Kopf heraushalten!«

»Warum? Was verbirgst du vor mir?«

»Nichts, aber es ist unhöflich und verletzt meine Privatsphäre. Und wenn du so mächtig bist, wie du *behauptest* zu sein, müsste es dir ja genauso leicht fallen, auszublenden, was du hörst, wie es zu hören.«

»Wenn du es sagst.«

»Ja, das sage ich. Können wir jetzt gehen?«

Der Warlord stand mit einer Leichtigkeit auf, die seine Größe Lügen strafte. Um ehrlich zu sein, hatte sie immer erwartet, dass er ein bisschen schwerfälliger sein müsste.

»Also, denk daran«, erinnerte sie ihn, während sie ihr Kleid und ihre Frisur glattstrich, »überlass mir einfach die Führung in dieser Sache, und alles wird gut. Wir können später entscheiden, ob wir diesen Kuss fortsetzen wollen.«

Ragnars Arm legte sich um ihre Taille, als er vorbeiging, und er zog sie an seine Brust. »Du versuchst, mich in den Wahnsinn zu treiben – das werde ich nicht zulassen.«

»Ich versuche nicht …«

»Und wir *werden* diesen Kuss verdammt noch mal fortsetzen.«

»Oh, das glaubst du wohl …«

Er küsste sie noch einmal und verblüffte sie mit seiner Wucht. Aber so schnell er damit begonnen hatte, so schnell beendete er den Kuss auch wieder und ließ sie mit einem festen Klaps auf den Hintern los.

»Gehen wir, Prinzessin. Du musst dich fürs Abendessen umziehen und mir dieses verdammte Gegenmittel geben.«

»Ich muss es erst herstellen lassen, also bekommst du es nach dem Essen oder morgen. Und ich höre immer noch Pissessin!«, rief sie.

Amhar der Bluttrinker beobachtete, wie seine Nichte dem Blitzdrachen folgte. Er war so auf den Kadaver zu seinen Füßen konzentriert gewesen, dass er der Meinung gewesen war, sie seien schon lange wieder hineingegangen. Aber als er den Kopf hob, stand sie gerade aus dem hohen Gras auf, und der Blitzdrache war direkt hinter ihr.

Amhar gefiel dieser Anblick überhaupt nicht. Vor allem dieser Klaps auf den Hintern. Der Kuss bedeutete nichts für ihn; den Hinternklaps schätzte er als stärkere Absichtsbotschaft ein.

Auch wenn seine Nichte freier als die meisten anderen mit Männern umgehen mochte – in dieser Hinsicht kam sie sehr nach vielen seiner Schwestern –, würde sich kein weibliches Wesen ihrer Familie dazu herablassen, mit einem dahergelaufenen barbarischen Lindwurm ins Bett zu gehen. Und als Mitglied der königlichen Familie musste Keita es besser wissen.

Andererseits war das Einzige, was Keita die Schlange besser wusste, wie man sich Probleme einhandelte.

Besorgt beschloss Amhar, es zuerst mit einer seiner Schwestern zu besprechen, da er nicht der Typ war, der sich selbst mit einem Frauenthema beschäftigte. Er würde jedenfalls nicht derjenige sein, der es Bercelak sagte. Einer seiner Neffen hatte sämtliche Reißzähne auf der linken Seite verloren, weil er vorgeschlagen hatte, dass man Keita in ein Kloster wegschließen sollte, damit sie keine Schande über ihre Sippe brachte. Nicht dass Amhar es seinem Bruder verdenken konnte. Bercelak beschützte seine Töchter genauso wie Amhar selbst, genau wie ihr Vater es ihnen beigebracht hatte. Einige seiner Neffen mussten entweder lernen den Mund zu halten oder sich besser zu wehren.

Nachdem er sein weiteres Vorgehen in dieser Sache beschlossen hatte, machte sich Amhar wieder über seinen beinahe aufgefressenen Kadaver her und dachte für den Augenblick nicht weiter darüber nach.

20

Dagmar strich ihr graues Kleid glatt und warf sich in dem riesigen Standspiegel einen Blick zu. Das muss reichen, beschloss sie und ging einen Schritt nach vorn, wurde aber von ihrem Gefährten zurückgezogen.

Wie er es gerne tat, zog er ihr die Vorderseite ihres Kleides herunter, damit man mehr Dekolleté sah.

»Muss das sein?«

»Ich bin schon schön – und du willst doch sicher zumindest mithalten können.«

Er drehte sie um und hob ihr Kleid hinten bis über ihr Hinterteil an.

»Was soll das?«

»Ich finde, du solltest dein Kleid so tragen, damit man mein Zeichen sieht.«

»Und warum, bei aller Vernunft, sollte ich das tun?«

»Damit dein Lord Ragnar weiß, wem du gehörst.«

»Er ist nicht mein …« Dagmar unterbrach sich und senkte den Blick zu Boden. Nach einer Weile hob sie den Kopf und fragte: »Bist du eifersüchtig?«

»Ich bevorzuge den Ausdruck besitzergreifend.«

»Du bist eifersüchtig … wegen mir?«

»Du gehörst mir. Ich dachte, ich hätte das, lange bevor ich deinen Hintern markiert habe, deutlich gemacht. Vielleicht muss ich ihn noch einmal markieren, um …«

Dagmar hob die Hand und schnitt ihm das Wort ab. »Bitte. Lass mir einen Moment Zeit, um das zu genießen.«

Es war nicht nur die Tatsache, dass das arroganteste und eingebildetste männliche Wesen, das sie je gesehen hatte, eifersüchtig war; es war, dass *überhaupt ein* männliches Wesen wegen *ihr* eifersüchtig war. Sie hatte schon vor langer Zeit akzeptiert, dass es nicht Schönheit war, die sie durchs Leben bringen würde.

Dennoch konnte es vorkommen, dass Momente wie dieser sie

überraschten und freuten – und sie kamen öfter vor, als sie es bei ihrem unmöglichen Drachen für möglich gehalten hätte.

»Ich traue diesem Lächeln nicht.« Er legte den Arm um ihre Taille. »Zurück ins Bett. Ich habe das Gefühl, ich muss noch einmal meine Dominanz über dich zur Geltung bringen.«

Sie versuchte – ziemlich halbherzig, musste sie zugeben –, seinen Arm von ihrer Taille zu lösen. »Ich werde meine Nordland-Kameraden heute Abend beim Essen nicht mit deinen Brüdern allein lassen.«

»Seit wann sind sie Kameraden?« Gwenvael warf sie aufs Bett. »Mach die Beine breit, Weib! Mach dich bereit!«

Dagmar begann zu lachen.

»Damit tust du dir keinen Gefallen.« Er krabbelte aufs Bett und schob sich über sie. »Aber du wirst niemandem als dir selbst die Schuld zuschreiben können.«

Er griff nach ihr und knurrte, als es an der Tür klopfte.

»Geh weg. Wir vögeln gerade.«

Dagmar, die sich fragte, wie sie es geschafft hatte, irgendeinen von diesen Drachen zu ertragen, widersprach: »Komm rein, wir tun nichts dergleichen.«

»Noch nicht.«

Die Tür öffnete sich einen Spalt, und Gwenvaels jüngste Schwester spähte durch den Spalt. »Bist du sicher? Ich will meinen Bruder nicht unterbrechen, wenn er etwas wunderbar Schmutziges tut.«

»Nicht, wenn sie an der Tür lauschen kann.«

»Ich habe nicht gelauscht!« Keita lächelte und sah dabei Gwenvael ähnlicher, als es jemand tun sollte. »Ich habe nur Karten dafür verkauft. Habe heute Nacht ein Vermögen damit gemacht.«

Gwenvael legte sich entspannt auf die Seite. »Bist du gekommen, um vor der Herrin meines Herzens, von der du grausamerweise geglaubt hast, sie sei eine kleine Dienerin, zu buckeln und sie um Vergebung anzuflehen?«

»Nein.« Keita trat vollends ins Zimmer. »Aber ich bringe ihr ein Kleid.«

Dagmar verzog das Gesicht. Angesichts des leuchtend blauen, glitzernden Kleides, das die Prinzessin trug, hatte sie wenig Lust zu sehen, was für ein Kleid sie ihr mitgebracht hatte. »Das ist sehr nett von dir, Prinzessin …«

»Keita, Schwester. Nenn mich Keita. Wir sind ja jetzt eine Familie, oder nicht?«

Dagmar musterte die Prinzessin gründlich. Sie vertraute wenigen auf dieser Welt, und obwohl Gwenvael und seine Brüder viel von Keita hielten, hatte Dagmar noch keinen Beweis, dass sie irgendetwas anderes war als eine verzogene Göre mit teurem Klamottengeschmack. *Sind das echte Diamanten an ihrem Kleid?*

»Natürlich sind wir das«, sagte Dagmar, die kein Wort von dem glaubte, was sie da sagten.

Die Prinzessin kicherte. »So eine kleine Lügnerin, Dagmar Reinholdt. Aber ich werde darüber hinwegsehen, weil du meinen Bruder glücklich machst. Also, sag mir, was du davon hältst.«

Sie zog das Kleid hervor, das sie hinter dem Rücken versteckt hatte, und hielt es Dagmar hin. Obwohl sie wusste, dass sie es schon aus Prinzip schrecklich finden würde, wusste Dagmar, dass sie das nicht durfte.

Sie rutschte vom Bett und ging zu Keita hinüber, streckte die Hand aus und berührte das Kleid vorsichtig.

»Es ist … schön.«

»Ich weiß, du magst Grau«, sagte Keita und zog Dagmar zum Spiegel hinüber. »Aber Silber und Stahl gehen genauso gut. Diese Farbe wird bei den Ladenbesitzern ›Schwertstahl‹ genannt« – sie stellte sich hinter Dagmar und hielt ihr das Kleid vor die Brust – »und es bringt deine Augen perfekt zur Geltung, die wirklich bemerkenswert sind, möchte ich hinzufügen. Ich wette, dass mein Bruder deine Augen liebt.«

»Da hast du recht«, sagte Gwenvael vom Bett aus.

»Siehst du? Ich kenne meine Brüder recht gut. Na los, probier es an.«

»Ja!«, jubelte Gwenvael vom Bett aus. »Zieh dich für mich *und* für meine Schwester aus!«

Keita schniefte. »Du glaubst doch nicht, dass ich das geplant hatte, mein widerwärtiger Bruder? Wo ich doch weiß, dass du einfach alles ins Unangemessene ziehst?« Sie ging zur Tür und öffnete sie. »Bring ihn herein.«

Einer der Diener brachte einen großen Paravent herein und faltete ihn auseinander. Nachdem er wieder weg war, zog Keita Dagmar dahinter. »Probier es an!«

Ohne zu widersprechen, wie sonst bei nahezu *allem* in ihrem Leben, tat Dagmar, was die Prinzessin ihr befahl.

Keita setzte sich neben ihren Bruder aufs Bett, während seine kleine Menschenfrau das Kleid anzog, das sie für sie ausgesucht hatte. »Weißt du jetzt wieder, wer ich bin?«, fragte sie ihn und gab sich Mühe, ihre Augen gefährlich aufblitzen zu lassen.

Gwenvael lachte. »Ich weiß nicht, wie ich es geschafft habe, dich zu vergessen.«

»Ich auch nicht. Ich bin, mit einem Wort, unvergesslich.«

Gwenvael legte ihr den Arm um die Schulter und küsste sie auf die Stirn. »Alles in Ordnung, kleine Schwester?«

»Wir müssen reden«, murmelte sie leise.

»Über Esyld?«

Keita blinzelte überrascht und schaute zu ihrem Bruder auf. »Woher weißt du das?«

»Dieser Blitzdrache hat es uns vorhin erzählt. Warum hat Mutter ihn überhaupt losgeschickt, um sie zu holen?«

»Eine lange Geschichte. Und es steckt natürlich viel mehr dahinter.«

»Natürlich. Aber sag mir, reisen dieser Blitzdrache und seine Barbaren-Entourage bald wieder ab … heute Abend zum Beispiel?«

»Nein. Denn Esyld ist nur ein Teil davon.«

»Was ist der andere Teil des Problems?«

Keita kratzte sich die Wange. »Die Eisen. Möglicherweise.«

»Was für Eisen?«

»Eisendrachen, du Idiot.«

Gwenvael ließ seinen Arm fallen und starrte seine Schwester mit offenem Mund an. »Was ist mit ihnen?«

»Unsere Mutter scheint zu fürchten, sie könnten einen Krieg planen.«

»Das kannst du nicht ernst meinen.«

»Doch. Zumindest meint Mutter es ernst.«

»Mutter hasst sie. Sie hätte nur zu gern eine Chance, sie alle umzubringen.«

»Genau. Sie will Krieg, aber ich hoffe, dass ich das verhindern kann.«

»Hältst du es wirklich für weise, dich zwischen Mutter und ihre Liebe zu Blutbädern zu stellen?«

»Das muss aufhören. Als Erstes hat sie die Nordländer benutzt, um ihren Krieg zu bekommen, jetzt hat sie die Eisendrachen im Visier.«

»Oder sie hat recht und sie haben uns im Visier.«

Keita zuckte die Achseln. »Ich denke, alles ist möglich.« Sie schaute stirnrunzelnd zum Paravent hinüber. »Was tust du da hinten, Liebes?«

»Es ist sehr glänzend. Ich habe das Gefühl, dass man mich meilenweit sieht.«

Keita hob die Hände zur Decke. »Warum? Warum müsst ihr nur alle immer an mir zweifeln?«

Ein langes Seufzen kam von der anderen Seite. »Hätte ich nicht vorher gewusst, dass du seine Schwester bist …«

»Komm heraus! Zeig es uns!«

Nach einiger Zeit kam die Tochter des Warlords hinter dem Paravent hervor, und Keita klatschte in die Hände. Sie hatte wirklich ein Auge für diese Dinge, nicht wahr?

Und als sie hörte, wie ihr Bruder neben ihr scharf die Luft einsog, wusste sie, dass sie nicht die Einzige war, die so dachte.

Natürlich machte es Dagmar Reinholdts Gesicht nicht weniger unscheinbar, aber es betonte ihre Augen, und ihre Augen waren umwerfend.

Keita ging näher an Dagmar heran und zog am Rock des Kleides, um den Effekt noch zu erhöhen. »Du siehst beinahe perfekt aus«, sagte sie.

»Beinahe?«, wiederholte Gwenvael ungläubig.

Keita stellte sich wieder hinter Dagmar und nahm ihr das Kopftuch ab. Sie nahm eine Bürste vom Ankleidetisch und zog sie der Nordländerin durch die Haare, bis sie einigermaßen glänzten und die Locken ihr bis auf die schmale Taille fielen. »*Jetzt* sieht sie perfekt aus.«

Keita schob sie wieder vor den Spiegel. »Ich weiß, das Oberteil ist ein bisschen weit ausgeschnitten«, sagte sie und steckte Dagmar schnell ein paar kleine Blumen, die sie mitgebracht hatte, ins Haar, bevor diese sich wehren konnte, »aber ich kenne den Geschmack meines Bruders. Dachte mir, ich werfe dem Lüstling einen Knochen zu.«

»Das ist ein schönes Kleid, Keita«, sagte Dagmar. »Danke.«

»Natürlich. Ein gewöhnliches graues Kleid für jeden Tag ist absolut in Ordnung, Schwester, aber du willst doch nicht, dass bei wichtigen königlichen Diners auch noch jemand glaubt, du seist eine Dienerin.« Sie zwinkerte Dagmar im Spiegel zu und erhielt etwas zurück, das verdächtig nach einem Lächeln aussah.

Keita drehte Dagmar wieder zu sich um und nahm ihr die Augengläser ab. »*Kannst du ohne diese Dinger sehen?*«, schrie sie.

»Nein«, fuhr die Tochter des Warlords sie an, und ihr Lächeln erstarb, während sie ihr die Augengläser aus der Hand riss und sie wieder aufsetzte. »Und ich bin auch nicht taub! Stimmt etwas nicht mit eurer Familie, wovon ich bisher nichts weiß?«, fragte sie.

Und Keita antwortete in vollkommener Aufrichtigkeit: »Die Frage wirst du schon spezifischer formulieren müssen, Lady Dagmar.«

Ragnar starrte seinen Bruder und seinen Vetter finster an. »Ihr wollt mich allein dahin gehen lassen?«

Meinhard deutete auf sein Bein. »Ist noch nicht verheilt.«

»Halt die Klappe!« Ragnar sah Vigholf an. »Und du, Bruder? Was ist deine Ausrede?«

»Ich wurde entstellt!«, schrie dieser und deutete auf seine Haare. »Was willst du noch?«

»Dass du aufhörst, dich wie ein Mädchen zu benehmen«, murmelte Ragnar vor sich hin.

»Was?«

»Nichts.« Ragnar ergab sich seinem Schicksal, dass er das gesamte Mahl mit aufgeblasenen Feuerspuckern würde verbringen müssen, verließ den Raum – wobei er absichtlich die Tür hinter sich zuknallte – und ging die Treppe hinunter.

Sie hatten ihn und seine Verwandten im zweiten Stock untergebracht, weit weg von den Zimmern der Familie, was in Ordnung für ihn war. Im ersten Stock ging er den Flur entlang zum nächsten Treppenhaus. Eine Tür ging auf, und Ragnar blieb stehen, um dem Bewohner des Zimmers den Vortritt zu lassen.

Gwenvael kam heraus, und das Lächeln auf seinem Gesicht erstarb, als er Ragnar sah. »Oh. Du nimmst am Festessen teil?«

»Ich hatte darüber nachgedacht, mich zu Tode zu hungern«, antwortete Ragnar, »aber ich habe es mir anders überlegt.«

»Lord Ragnar.« Keita schlüpfte an ihrem Bruder vorbei und nahm Ragnars Arm. »Wie immer kommst du genau zur richtigen Zeit. Zeig es ihm«, sagte sie. Doch als keine Reaktion kam, ließ sie Ragnar los und ging wieder an ihrem Bruder vorbei ins Zimmer. Zwei Sekunden später stolperte eine nervöse und verlegene Dagmar Reinholdt in den Flur. Ragnar konnte nur annehmen, dass man sie geschubst hatte.

»Sieht sie nicht hübsch aus?«, soufflierte Keita, die wieder seinen Arm nahm.

Überrascht über das neue Aussehen Der Bestie – und sich angesichts ihres Gesichtsausdrucks wohl bewusst, wie unwohl sie sich fühlte – antwortete Ragnar: »Hübsch!« Er nahm Dagmars Hand und küsste sie. »Sehr hübsch.«

Dagmar schenkte ihm ein kurzes Lachen. »Oh, vielen Dank, Mylord.«

Gwenvael riss ihm den Arm seiner Gefährtin weg. »Ich schwöre bei allen Göttern, ich werde diesem Blitzdrachen den Arm ausreißen und ihn damit zu Tode prügeln!«

»Sei nicht griesgrämig«, rügte Keita ihren Bruder, und sie machten sich auf den Weg zur Treppe. »Wenn du griesgrämig bist, siehst du nicht besonders gut aus.«

»Ich sehe *immer* gut aus«, widersprach ihr Bruder.

»Ist mein Bruder nicht allerliebst?«, fragte Keita Ragnar.

»Nein. Nicht einmal ein bisschen.« Ragnar schaute auf Keitas Hand hinab, die seinen Oberarm umklammerte. »Also hat das Spiel begonnen?«, murmelte er so leise, dass nur sie es hören konnte.

»Und ich dachte, du wüsstest es, Mylord.« Sie lächelte. »Das Spiel läuft *immer*.«

Es war ein ruhiges Abendessen. Der Cadwaladr-Klan war am See geblieben, weil der Rest der Sippe eintrudelte. Keita machte es nichts aus. Es war leichter, die Neuigkeiten der letzten zwei Jahre mit ihren Brüdern auszutauschen, ohne dass ihre Tanten, Onkel, Vettern und Cousinen sie ablenkten. Sie hatte sogar die Gelegenheit, ein bisschen Zeit mit Fearghus' Zwillingen zu verbringen. Talwyn erwies sich als das Kind ihrer Mutter, indem sie alles und jeden mit ihrem Übungsschwert herausforderte – *wer hat ihr das verdammte Ding überhaupt gegeben?* –, und Talan krabbelte auf Keitas Schoß, als er mit dem Essen fertig war, vergrub sein Gesicht an ihren miederbedeckten Brüsten und schlief auf der Stelle ein.

Daraufhin sahen alle – sogar Ragnar – Gwenvael an, der eilig jede Beteiligung leugnete. »Ich war's nicht! Ich habe ihm das nicht beigebracht!«

»Es scheint eher, als käme der Junge nach seinem Vater.« Briec nahm seiner Gefährtin sein eigenes Baby aus dem Arm. Ob er es tat, um ihr eine Pause zu gönnen oder um sie zu ärgern, konnten alle anderen nur vermuten und war bei diesen beiden unmöglich zu sagen. »Du scheinst einen Fetisch zu haben, Fearghus.«

Jetzt sahen alle Annwyl an. Im Gegensatz zu allen anderen hatte sie sich fürs Abendessen nicht umgezogen, sondern trug die Sachen, die sie schon den ganzen Tag trug. Sie hörte auch nicht zu, ihr Blick war in ihren Schoß gerichtet. Als das Schweigen sich in die Länge zog, hob sie schließlich den Kopf. »Was?«

»Du hast schon wieder ein Buch da unten, oder?«, fragte Dagmar vorwurfsvoll.

»Und was, wenn?« Annwyl knallte das Buch auf den Tisch. »Was ist schon dabei?«

»Wir haben einen Gast«, blaffte Dagmar zurück.

Annwyl warf einen Blick auf Ragnar und zuckte die Achseln. »Na und?«

»Und das, obwohl du versucht hast, seinen Bruder und seinen Vetter umzubringen ...«

»Ich habe doch gesagt, ich wusste nicht, wer sie waren!«

»Das ist eine Lüge. Du könntest ihm zumindest den Respekt erweisen, den er als oberster Drachenlord und Gesandter der Nordland-Drachen verdient, Eure Königliche Majestät. *Ist das verdammt noch mal zu viel verlangt?*«

»Wenn mir so langweilig ist ... *ja*!«

»Äh ... entschuldigt mich«, wurde sie von Ragnar unterbrochen, und da sie unbedingt hören wollte, was er zu sagen hatte, drehte Keita ihren Stuhl, um ihn direkt anzusehen.

»Ja, Lord Ragnar?«, fragte Dagmar und versuchte, ihre Stimme zu dämpfen.

»Na ja ...« Er griff unter den Tisch, zog etwas hervor und knallte es auf den Tisch. Ein Buch. »Na gut. Schön. Du hast mich erwischt.«

Dagmars Rücken, schon jetzt schmerzlich gerade, streckte sich wirklich noch gerader. »Ragnar!«

»Es tut mir leid. Mir war auch langweilig. All dieses Gerede über Verwandte, die ich nicht kenne, nie kennenlernen wollte und die mich wirklich nicht im Geringsten interessieren. Also habe ich ein Buch hereingeschmuggelt.«

Königin Annwyl, die menschliche Herrscherin aller Südland-

Territorien und eine der gefürchtetsten Kriegerinnen aller Zeiten, zeigte mit dem Finger über den Tisch auf Dagmar und schrie: »*Ha!*« Dann hob sie die Fäuste und jubelte: »Ja! Ja! *Ja!*«

»Ach, halt die Klappe!« Dagmar sah Ragnar an. »Dir ist aber schon klar, Mylord, dass ich mich wirklich *bemühe*, ihr die Grundlagen der Etikette beizubringen?«

»Ich bin nicht einer deiner Hunde, Barbarin!«

»Nein, bist du nicht. Denn meine Hunde sind *klüger*.«

Annwyl schnappte nach Luft. »Wilde Bestie!«

Ragnar musste zugeben, dass er fasziniert war. Er hatte noch nie erlebt, dass sich Dagmar Reinholdt in eine verbale Auseinandersetzung verwickeln ließ. Jedenfalls in keine, bei der die Stimmen erhoben wurden. Und er erinnerte sich jetzt deutlich daran, wie sie in Gegenwart ihrer Schwägerinnen war. Eine gemeine, gehässige Gruppe von Hexen, denen es Spaß machte, ihr das Leben zur Hölle zu machen. Zu dumm für sie, dass das nahezu unmöglich war, denn Dagmar war es egal. Es war ihr egal, wie sie sie nannten, es war ihr egal, wie sie sie behandelten, es war ihr egal, ob sie sie mochten oder nicht. Für Dagmar zählte nur die Sicherheit ihres Volkes und ihr Vater, Der Reinholdt selbst.

Dennoch konnte es nur eines bedeuten, wenn Dagmar bösartige Beschimpfungen von sich gab und die offensichtlich wahnsinnige menschliche Herrscherin wütend anschrie, die sich so leicht langweilte – dass sie sich wohlfühlte. Nicht so, wie wenn man nach einem langen Spaziergang in einem weich gepolsterten Sessel sitzt. Sondern sie fühlte sich im Kreis dieser Menschen und Drachen so wohl, dass sie ihre wahre Natur und Gedanken preisgab und darauf vertraute, dass Annwyls Beleidigungen nicht weiter gehen würden als »Barbarin« und »wilde Bestie« – Worte und Sätze, die Dagmar nur als Kompliment auffasste.

Er konzentrierte sich wieder auf die Königin, die inzwischen »Langweilig! Langweilig! Langweilig!« skandierte, während Dagmar zu erklären versuchte, wie man während des Essens Adlige und Würdenträger behandeln sollte, die zu Besuch waren.

Würdenträger und Adlige, die nicht allzu oft zu Besuch waren, hatte er das Gefühl. Offensichtlich führte die Menschenkönigin ihren Hof ganz anders als die Drachenkönigin ihren. Um genau zu sein ... er sah sich rasch in dem riesigen Rittersaal um. Nein. Nur diese kleine Gruppe und die Diener. Keine Adligen oder Würdenträger weit und breit. Aus irgendeinem Grund brachte diese Erkenntnis Ragnar dazu, die Menschenkönigin zu mögen.

Wie eine wahre Kriegerin hatte Annwyl Narben. Eine ganze Menge. Im Gesicht, auf den Händen und Armen. Er war sich sicher, dass sie unter ihrem ärmellosen Kettenhemd und der Lederhose noch mehr davon hatte. Außerdem trug sie die Male ihrer Inbesitznahme durch Fearghus mit großem Stolz – sie trug keine Armreifen oder -bänder, die die eingebrannten Drachen verdeckt hätten, die sie auf den Unterarmen trug. Sie schien mit der Inbesitznahme nicht dieselben Probleme wie Keita zu haben, und es fiel ihm zunehmend schwerer, sie als eine gewöhnliche wahnsinnige Monarchin zu sehen.

Ragnar beugte sich ein wenig vor, um das Buch besser sehen zu können, das sie auf den Tisch geknallt hatte. Er studierte den Umschlag und lachte. Die grünen Augen der Königin richteten sich auf ihn, und er konnte verstehen, warum jedermanns erster Eindruck von ihr der einer Verrückten war. Es war dieser finstere Blick in Kombination mit diesen wilden grünen Augen und der Tatsache, dass sie immer wütend durch ihre Haare zu blicken schien. Doch jetzt begann Ragnar, sie so zu sehen, wie er Dagmar vor all diesen Jahren gesehen hatte. Die winzige Tochter des Warlords, die er beinahe als schüchtern und vermutlich ein bisschen langsam abgetan hätte – bis ihm klar geworden war, dass sie schlicht nicht weiter als ein paar Fuß vor sich sehen konnte. Nachdem er sich um dieses Problem gekümmert hatte, war die wahre Dagmar in all ihrer Gefährlichkeit zutage getreten.

Damals war es einfach gewesen, eine Verbindung zu Dagmar herzustellen. Er hatte ihr ein Hündchen mitgebracht, das er gefunden hatte. Es war, als hätte er ihr eine Höhle voller Gold geschenkt.

Bei Annwyl war es sogar noch einfacher. Er hielt sein Buch hoch. Sie starrte finster darauf, las den Titel, dann grinste sie. Und Götter, was für ein Grinsen!

»Ist sein Stil nicht unglaublich?«, fragte sie und war plötzlich ganz begierig darauf, mit ihm zu reden, nachdem sie nur eine Stunde zuvor kaum Lust gehabt hatte, in seine Richtung zu lächeln und zu nicken.

»Das finde ich auch. Aber sein neues Buch hat mir nicht gefallen.«

»Aber hast du das nicht verstanden? Er wollte, dass du in die Tiefe gehst. Er hat den Leser *herausgefordert*.«

»Vielleicht, aber sein drittes Buch ist immer noch mein liebstes. Mit dieser unglaublichen Zeile: ›Wenn ich damals gewusst hätte …‹«

»›… was ich heute weiß …‹«

Und gemeinsam beendeten sie den Satz: »›… hätte ich die Schlampe umgebracht, als ich die Gelegenheit dazu hatte!‹«

Sie lachten, bis ihnen auffiel, dass alle sie anstarrten.

Annwyl zuckte die Achseln. »*Gorneves, Spion der Königin.*«

»Ein Spionageroman?«, fragte Dagmar. »Ihr zwei redet über einen Spionageroman?«

Annwyl warf die Hände in die Luft. »Nicht *irgendein* Spionageroman!«

»Es ist viel mehr als das«, wandte Ragnar ein, und als Dagmar ihn empört ansah, fügte er hinzu: »Ich kann nicht die *ganze* Zeit nur tiefsinnige, bedeutungsvolle, nachdenklich machende Philosophie lesen!«

»Genau. Manchmal muss man auch über einen vollkommen amoralischen Helden lesen, der herumhurt und sich im Namen der Königin, die er immer lieben wird, durch ein unbekanntes Land mordet …«

»Die Königin, die er aber nie haben wird.« Dann seufzten Ragnar und Annwyl beide ein bisschen.

Dagmar schloss kurz die Augen. »Ich glaube, ich muss auf mein neues Kleid kotzen.«

»Oh nein, meine Liebe«, riet Keita. »Tu das nicht. Ziel einfach nach links.«

Jetzt warf der Verderber die Hände in die Luft, denn er saß zu Dagmars Linken. »War das *wirklich* nötig, du Schlange?«

21

Morfyd packte ihre Utensilien zusammen, löschte das Kaminfeuer und machte sich auf den Rückweg zur Burg. Sie hatte länger als ursprünglich geplant für die Schutzzauber um Garbhán Isle und ihre Nichten und Neffen gebraucht, aber um ehrlich zu sein, war sie auch noch nicht bereit gewesen, schon zurückzugehen. Noch nicht. Vor allem, als sie gehört hatte, dass Brastias an diesem Abend spät nach Hause kommen würde. Am Ende waren ihr die Dinge ausgegangen, die sie erledigen konnte, und da wusste sie, dass sie nicht noch länger hier draußen an dem kleinen Fluss bleiben konnte.

Sie trottete zurück zur Festung, und nachdem sie einmal tief und bekräftigend Luft geholt hatte, ging sie die Stufen hinauf. Das Abendessen war schon fast zu Ende, wofür sie recht dankbar war. Als sie in den Rittersaal kam, lächelte sie und nickte ihrer Familie und den Gästen zu. Sie war nicht überrascht zu sehen, dass es nur einer der Nordländer zum Abendessen geschafft hatte. Der mit dem gebrochenen Bein – *äh, Meinhard ... glaube ich* – würde noch eine Nacht brauchen, bis ihre Magie und ihre natürliche Macht als Drachin den Schaden heilte. Und sie wusste, dass der andere – *Vig-irgendwas oder so* – sich immer noch wegen seiner Haare zu Tode schämte. Nicht dass sie ihm einen Vorwurf hätte machen können. Auch wenn sie hoffte, die Nordländer würden weit weg sein, wenn Annwyl ihren neuen Helm bekam. Sie hatte den Zopf schon dem Schmied gegeben und ihn gebeten, ihn anzubringen.

Morfyd legte die Hände auf Gwenvaels Stuhllehne und lächelte. »Wie war das Essen?«

»Hast du noch nichts gegessen?«, fragte Talaith, nachdem sich alle einig waren, dass das Essen köstlich war. An manchen Tagen besaß sie eine besondere Fähigkeit zu bemuttern, wenn sie zum Beispiel ständig darauf achtete, dass alle etwas gegessen hatten, genug schliefen und genug Zeit mit den Kindern verbrachten. »Es ist mehr als genug da – es sei denn, dein Bruder hat vor, sich noch einmal den Kiefer auszuhängen und einzusaugen, was übrig ist.«

»Ich war am Verhungern«, gab Briec zurück, »nachdem ich dich den ganzen Tag ertragen habe.«

»Mich ertragen?«, erwiderte Talaith. »*Mich ertragen?*«

»Also gut«, unterbrach sie Morfyd mit erhobenen Händen. »Vielleicht können wir den nächsten Talaith-Briec-Streit auf einen Zeitpunkt verlegen, wenn wir keine Gäste haben.«

»Aber wir freuen uns so auf eine neue Runde von ihren Streits«, murrte Gwenvael.

»Ruhe, Schlange!«, schoss Talaith zurück. Sie schob ihren Stuhl zurück und stand auf. »Ich besorge dir etwas zu essen«, sagte sie zu Morfyd.

»Oh, mach dir keine Umstände.« Morfyd winkte ab. »Ich bin nicht hungrig.«

»Bist du sicher? Es dauert nur einen Moment.«

Eigentlich war Morfyd am Verhungern, aber sie hatte andere Pläne für diesen Abend – mit ihrem Gefährten in ihrem Zimmer –, und mit ihrer Familie herumzusitzen und kaltes Essen zu essen gehörte nicht dazu. Aber sie würde das nicht vor ihren Brüdern ausbreiten, und noch wichtiger: vor dem obersten Drachenlord der Blitzdrachen, Lord Ragnar.

»Nein, nein. Alles in Ordnung.«

Und da hörte Morfyd es. Ein Seufzen. Ein leises, *entnervtes* Seufzen. Ihr Blick schweifte zu ihrer Schwester, die zwischen Lord Ragnar und Éibhear saß. Und wie aufs Stichwort ertappte sie ihre Schwester dabei, wie sie die Augen verdrehte.

»Stimmt etwas nicht, Schwester?«, fragte Morfyd süßlich; sie hatte Keitas Anwesenheit in ihrem Zuhause schon jetzt satt.

»Nein, nein. Alles in Ordnung.«

»Bist du sicher? Mir schien, als gäbe es da ein Problem? Etwas, das du besprechen willst?«

»Schwestern«, sagte Fearghus leise und mit deutlicher Warnung in der Stimme.

»Schon gut, Fearghus. Ich versuche nur herauszufinden, ob ich etwas tun kann, um meiner geliebten kleinen Schwester den Aufenthalt hier auf Garbhán Isle zu verschönern. Ich hasse es, sie unglücklich zu sehen.«

»Unglücklich? Ich? Oh nein, Schwester! Ich bin überglücklich.« Keita fuhr sich mit den Händen durch ihre dunkelroten Locken, bevor sie hinzufügte: »Allerdings könntest du von dem Opferfeuer heruntergehen ... wir brauchen das Holz.«

»Was soll *das* denn heißen?«,

»›Oh nein, Talaith!‹«, imitierte Keita sie in einer nervtötend hohen Stimmlage, die überhaupt nicht wie Morfyds Stimme klang. »›Ich will nichts essen. Lass mich einfach in meinen jungfräulichen weißen Gewändern verhungern. Macht ohne mich weiter. Ehrlich, mir geht es gut – wenn ich nicht vorher sterbe.‹«

»Das habe ich nicht gesagt und auch nicht gemeint!«

»Ach nein? Denn genau so klang es für mich, meine Gute Lady Drachin voll der Leiden.«

»Komm schon, Schwester«, schoss Morfyd zurück. »Sei nicht so eifersüchtig.«

»Eifersüchtig? Auf *dich*?«

»Auf die Tatsache, dass es andere gibt, denen ich wichtig bin und die sich gern um mich kümmern. Aber ich will nicht, dass du dir Sorgen machst. Ich bin mir sicher, dass es viele gibt, denen du wichtig bist. Auch jetzt im Moment bin ich mir sicher, dass mitten in den Kasernen ein Bett aufgestellt ist und eine Schlange von Soldaten sich zweimal ums Gebäude windet, die nur auf *dich* warten.«

Keita stand so schnell auf, dass ihr Stuhl hart auf den Boden knallte, während Éibhear seinen jetzt nicht mehr schlafenden Neffen zu fassen bekam, bevor er auf den Boden purzeln konnte.

»Keita!«, schnauzte Fearghus.

»Was stört dich eigentlich, Schwester?«, fragte Keita und ignorierte Fearghus. »Die Tatsache, dass ich jedem dieser Soldaten auf eine Art Vergnügen bereiten könnte, von der du nicht einmal träumst ... oder dass dein kostbarer Brastias ganz vorne in der Schlange stehen könnte?«

Um ehrlich zu sein, erinnerte sich Morfyd an nicht mehr viel, nachdem sie das Gebrüll ausgestoßen hatte.

Ragnar war so damit beschäftigt, sich zu fragen, ob tatsächlich eine Schlange von Soldaten auf Keita wartete, dass ihm nicht in den Sinn kam, sie zu schnappen. Abgesehen davon: warum sollte er? Sie war schließlich ein Mitglied der königlichen Familie. Ausgebildet in den feinen Künsten der Etikette, des angemessenen Verhaltens und alledem.

Es sei denn natürlich, die Schwester nannte einen vor der ganzen Familie eine Hure, was bedeutete, dass man den Gefallen zurückgeben musste, indem man in den Raum stellte, man sei Hure genug, um den Gefährten der Schwester zu vögeln. Anscheinend unterschieden sich die Regeln der Etikette bei den Südland-Drachen wenig vom Nordland-Drachenkodex, wenn es um Geschwisterstreits ging.

Dennoch wäre Ragnar nie darauf vorbereitet gewesen, dass eine weibliche Bekannte aus den Nordländern so plötzlich über den Tisch sprang, wie Keita es gerade tat, nur um auf halbem Weg ihre brüllende Schwester zu treffen und mit ihr zusammenzuprallen. Ihre Körper wirbelten herum, als sie sich trafen, beide schnappten nach den Haaren der anderen und zerrten daran, während sie einander Obszönitäten ins Gesicht schrien wie betrunkene Nordland-Matrosen auf Urlaub. Nein. Ragnar wäre niemals darauf vorbereitet gewesen – er war es auch jetzt nicht.

Und was tat ihre Familie? Nichts. Die meisten schauten gelangweilt drein, während der Blaue immer wieder sagte: »Wir müssen etwas tun!« Aber er tat nicht wirklich »etwas«. Selbst die Menschenkönigin hatte sich wieder ihrem Buch zugewandt. Nur Dagmar schien entsetzt, die Hand vor den offenen Mund geschlagen, die Augen hinter ihren Augengläsern weit aufgerissen.

Als ihm klar wurde, dass keiner von Keitas Familie etwas zu tun gedachte, um dem Ganzen Einhalt zu gebieten, stand Ragnar auf und kletterte auf den Tisch.

»Ich rate dir, dich da nicht hineinzuwagen«, warnte ihn Fearghus, der älteste und anscheinend nichtsnutzigste Sohn der Königin. Er hatte sich eilig seine umherstreifenden Kinder geschnappt und hielt sie sicher auf seinem Schoß – zu mehr schien er nicht in der Stimmung zu sein.

Ragnar *wollte* sich gar nicht hineinwagen, aber die Feuerspucker ließen ihm ja keine Wahl.

Er hatte gerade seine Arme um Keitas Taille gelegt, als ein Mann durch eine andere Tür hereingeeilt kam. »Verdammt«, murmelte er, bevor er seinen Schild und die Axt fallen ließ und sich zu Ragnar auf den Tisch gesellte. Er hielt Prinzessin Morfyd fest, und mit vereinten Kräften trennten sie die beiden Königstöchter. Zu dumm, dass die zwei Frauen einander immer noch an den Haaren gepackt hielten.

»Lass sie los, Keita!«

Keitas Antwort war ein Schrei. Sie schrie keine Worte, sie schrie einfach. Es war ein bisschen beunruhigend.

»Morfyd! Bitte!«, flehte der Menschliche praktisch. Aber sie war nicht viel besser als ihre Schwester.

Verzweifelt löste Ragnar einen Arm von Keitas Taille und berührte ihre Hand. Er entfesselte einen ganz leichten Blitz, doch das genügte. Der Blitz schoss durch ihre Finger und in die Haare ihrer Schwester, direkt bis zur Kopfhaut. Sie kreischten beide und ließen einander los, sodass die beiden Männer sie auseinanderziehen konnten.

»Hure!«, schrie Prinzessin Morfyd.

»Frigide Kuh!«, kreischte Keita. Dann schlug eine die andere und die andere schlug zurück, und Ragnar hatte genug! Er stieg vom Tisch und trug Keita aus dem Rittersaal hinaus in die kühle Nacht.

Brastias brachte Morfyd in ihr Zimmer und schloss die Tür. Er legte sie aufs Bett, kehrte zur Tür zurück und schloss sie ab. Dann ging er wieder zum Bett und setzte sich neben sie. Sie hatte die Ellbogen auf die Knie gestützt und das Gesicht in den Händen vergraben.

»Die Tür ist abgeschlossen«, sagte er.
»Sicher?«
»Sicher.«
Dann brach Morfyd in Tränen aus, und Brastias zog sie in seine Arme und ließ sie sich ausweinen.

Ragnar setzte Keita ab, und sie wollte direkt wieder zurück in die Burg stürmen. »Undankbare, gehässige ...«

Er schnappte ihren Arm und zog sie zurück. »Lass es gut sein.«

»Lass es gut sein? Ich lasse überhaupt nichts gut sein, schon gar nicht meine gerechtfertigte Verachtung!«

Und Ragnar konnte ganz ehrlich nicht anders, als zu lachen.

»Es tut mir leid«, log er und hielt die Prinzessin zurück, die schon wieder davonstolzieren wollte. »Es tut mir so leid.«

»Dir tut gar nichts leid! Du bist auf ihrer Seite, da bin ich mir sicher! Lass uns der Hure einen Dämpfer verpassen.«

»Zieh mich nicht in deinen Streit mit deiner Schwester hinein. Das ist eine Sache zwischen euch beiden. Ich bin nur ein unschuldiger Beobachter.« Ragnar setzte sich auf eine Bank und zog an Keita, bis sie sich neben ihn fallen ließ.

»Jämmerliche alte Kuh«, murmelte sie.

»Na, na. Sei nicht so hart zu dir selbst.«

Ihre kleine Faust traf seinen Arm.

»Das macht sie immer, weißt du?«, beschwerte sich Keita. »Sie fängt immer Streit mit mir an.«

»*Sie* hat angefangen?«

Keita sah ihn wütend an. »Willst du damit sagen, dass *ich* den Streit angefangen habe?«

»Ich sage, dass ihr in meinen Augen beide gleich schuldig seid.«

»Ich hätte wissen müssen, dass du dich auf ihre Seite stellst.«

»Ich stelle mich auf niemandes Seite.«

»Lügner!« Sie stand auf und begann, das Mieder ihres Kleides aufzuschnüren.

»Was tust du da?«

»Euch allen entkommen. Ich wusste, ich hätte nicht zurückkommen sollen.«

»Keita, geh nicht.« *Lass mich zumindest nicht allein hier.*

»Ich werde nicht bleiben, wo ich nicht erwünscht bin.«

»Und wer hat das gesagt? Deine Brüder *und* ihre Gefährtinnen schienen ziemlich froh zu sein, dass du wieder da bist.«

»Tja, schade!« Sie riss sich das Kleid praktisch vom Leib, bevor sie es nach Ragnar schleuderte. Er hatte immer noch nicht verstanden, was er eigentlich genau getan hatte, um ebenfalls ihren Zorn zu verdienen.

»Wo willst du hin?«

Sie stürmte nackt in die Mitte des Hofs und verwandelte sich. »Weg.«

»Aber was ist mit …« Sie flog davon, und Ragnar seufzte: »… dem Plan?«

Er sah auf das Kleid in seiner Hand hinab. Es hatte ziemlich hübsch an ihr ausgesehen.

»Diese Farbe betont deine Augen«, sagte der fremde Drache hinter ihm, was Ragnar leicht zusammenzucken ließ.

»Wo zur Schlachtenscheiße kommst du denn jetzt her?«

»Von überall und nirgends.« Ren bewegte seine Hand durch die Luft. »Ich bin eins mit allem, was um uns ist. Das Land, das Meer, das …«

»Du riechst nach Frau.«

Rens Hand fiel herab, und er setzte sich auf den Platz auf der Bank, den Keita verlassen hatte. »Um genau zu sein, rieche ich nach mehreren Frauen, aber danke, dass du es bemerkt hast.« Er grinste und deutete auf das Kleid. »Keita ist beleidigt abgerauscht?«

»Könnte man sagen.«

»Muss ihre Schwester gewesen sein, oder?«

Ragnar antwortete mit einem weiteren Seufzen.

»Lass dich nicht davon runterziehen. Das tun sie immer.«

»Ich bin nicht daran gewöhnt. Nordland-Frauen verhalten sich einfach nicht … so.«

»Er hat recht.« Dagmar setzte sich auf Ragnars andere Seite. »Wir verhalten uns nicht so. Stattdessen sind wir im Stillen heimtückisch, nachtragend und bösartig. Aber ich werde dir mal etwas sagen ... wenn ich glauben würde, dass ich beide Schwestern dafür bezahlen könnte, dass sie sich zusammenschließen und in die Festung meines Vaters gehen, um mit meinen Schwägerinnen einen Streit anzufangen wie den, den du eben erlebt hast, dann würde ich es tun.« Dagmar rang die Hände. »Ich würde *alles* dafür geben.«

Ren lachte, während Ragnar sich den Kopf kratzte und sagte: »Das war ein wirklich langer Tag.«

Keita haderte mit sich, während sie zu Fearghus' Höhle mitten in der Finsteren Schlucht flog. Dort konnte sie allein vor sich hinbrüten oder einen der Wächter anmachen, die die Höhle seit der Geburt der Zwillinge ständig bewachten. Allerdings war sie, wenn sie recht darüber nachdachte, nicht in der Stimmung, jemanden anzumachen, zu flirten oder zu vögeln. Sie war allerdings in Stimmung, ihre Schwester ins Gesicht zu schlagen. *Das* hätte sie jetzt gern getan.

Die Schlampe! Diese selbstgerechte, herzlose Schlampe!

Sie beschloss, dass zur Höhle ihres Bruders zu fliegen ein genauso guter oder schlechter Plan war wie jeder andere, neigte die Flügel und begann, um die Finstere Schlucht zu kreisen. Doch als sie ein Lagerfeuer auf einem der Hügel sah, änderte sie ihre Flugroute und flog hinüber. Es war spät, und sie wollte nachsehen, dass alles sicher war, so nahe bei ihrer Nichte und ihrem Neffen. Doch als sie genauer hinsah, machte sie einen Sturzflug und landete so hart auf ihren Klauen, dass der Boden unter ihren Krallen bebte. Und sobald sie sich die Haare aus dem Gesicht geschüttelt hatte, jubelte ein Chor von weiblichen Stimmen: »Keita!«

Sie ging näher heran und nahm ihre menschliche Gestalt an, damit sie die Weinflasche nehmen konnte, die ihr von einer ihrer Cousinen hingehalten wurde, und die Decke von einer ihrer Tanten.

»Hab gehört, du seist zurück, kleine Miss«, sagte ihre Tante Bradana, eine von Bercelaks viel älteren Schwestern. »Konntest du uns nicht früher besuchen kommen?« Bradanas Stimme klang wie Wagenräder auf Stein, was daher rührte, dass ihr vor fast vier Jahrhunderten während einer brutalen Schlacht die Kehle durchgeschnitten worden war.

»Stell meine Motive nicht in Frage, Tante!«, sagte Keita so herrisch wie möglich. »Ich hatte den ganzen Tag viele königliche Dinge zu tun, unter anderem mit verschrobenen Blitzdrachen, schmollenden Brüdern und götterverdammten, bösartigen Schlampen von Schwestern!«

Grinsend sagten alle Frauen unisono: »Morfyd.«

Nach einem ordentlichen Schluck Wein sagte Keita: »Ist es meine Schuld, dass sie frigide ist? Ist es meine Schuld, dass sie nur einen Menschlichen finden konnte, der all diese Heiligkeit erträgt? Ist es meine Schuld, dass sie eine verbitterte alte Hexe ist?«

»Ja, ist es«, sagte eine Cousine.

»Halt die Klappe!« Keita ließ sich auf den Boden plumpsen, und ihre weiblichen Verwandten um sie herum lachten, während sie noch ein paar Schluck Wein nahm, bevor sie die Flasche weitergab. »Und darf ich einfach sagen, dass ich die Schnauze voll von allen habe? Selbst von euch hier, und die meisten von euch habe ich schon ewig nicht mehr gesehen. Ich hätte fortbleiben sollen.«

»Du kannst deine Familie nicht vergessen, Mädchen.« Eine von Bradanas Lieblingsredensarten und ein wörtliches Zitat von Keitas Großvater Ailean. »Denn egal, wohin du gehst und was du tust, sie wird immer deine Sippe sein.«

»So ähnlich wie eine Krankheit, die man nicht loswird«, warf eine andere Cousine ein.

»He.« Bradanas älteste Tochter Rhona deutete auf Keita. »Das letzte Mal, als ich von dir gehört habe, hast du auf Anubail Mountain mit, äh, Onkel Cadans ältester Tochter trainiert.«

»Elestren«, soufflierte eine andere Tante.

Keita rieb sich die Nase. »Stimmt. Das ist nicht so gut für mich gelaufen.«

»Zu viel Arbeit für dich, Prinzessin?«, neckte Rhona, die schon ein bisschen betrunken war. Was Keita nicht überraschte, als ihr Blick kurz über die zahlreichen leeren Weinflaschen schweifte, die sie auf die Seite geworfen hatten. »Wir wissen alle, dass ihr Royals nicht gerne viel tut.«

»Sie wollten, dass ich bei Tagesanbruch aufstehe ... zum *Training*. Warum war das nötig? Was ist schlecht am Nachmittag? Oder frühen Abend? Und na gut, vielleicht waren Schwerter, Streitäxte, Kriegshämmer und Langäxte nicht ganz das Richtige für meinen speziellen ... Lernstand. Ich bin sowieso nicht hingegangen, um zu lernen, mit Waffen zu kämpfen. Ich überlasse diese erstaunliche Fähigkeit euch reizenden Drachinnen, da ihr alle eine natürliche Affinität zu solchen Dingen zu haben scheint.«

Eine weitere Cousine schüttelte den Kopf. »Kein Wunder, dass deine Augen braun sind, du bist so voller ...«

»Aber anscheinend waren meine Fähigkeiten so mangelhaft, dass ich fristlos entlassen wurde, was mir ziemlich ungerecht vorkommt. Ich habe so hart gearbeitet, tagelang ... sogar fast eine ganze Woche! Und sie wollten mich rauswerfen, weil sie das Gefühl hatten, ich lerne nicht schnell genug.«

»Alles sehr wahr.« Bradana nickte zustimmend und verkündete zwischen zwei Schlucken: »Aber in Wirklichkeit haben sie dich rausgeschmissen, weil du Elestren das Auge ausgestochen hast.«

Bis auf das Knistern des Feuers war nichts zu hören. Selbst die Nachttiere schwiegen. Und all ihre Cousinen und Tanten starrten sie mit offenen Mündern an, während Bradana weiter aus ihrer eigenen Weinflasche trank und kicherte.

»Ich habe ihr nicht das Auge ausgestochen«, knirschte Keita. »Nicht absichtlich. Es war Notwehr.« Keita griff über mehrere ihrer weiblichen Verwandten hinweg und schnappte die Flasche einer ihrer Tanten weg. »Und obwohl ich ihnen allen gesagt habe, dass es Notwehr war, haben sie mich trotzdem auf Lebenszeit von Anubail verbannt, weil ich – laut diesen Scheißkerlen vom königlichen Wächterrat – die Verhaltensregeln nicht kenne, was auch immer das heißen soll, verdammt noch mal.«

»Unfall oder auch nicht«, warnte Bradana, »sei vorsichtig mit dieser Elestren, Liebes. Sie ist gemein und nicht der Typ für Vergebung.«

»Ich komme mit ihr klar«, sagte Keita.

»Anders ausgedrückt: Du gehst ihr komplett aus dem Weg, was?«, fragte Rhona.

»Vielleicht ein bisschen«, murmelte Keita und nahm noch einen Schluck. So langsam fühlte sie das Licht in ihrem Kopf herumschwirren, das sich nach den meisten Getränken einstellte, die die väterliche Seite ihrer Familie selbst herstellte, und sie schrie fast: »Und ich kann euch sagen, dass ich dieser launischen Kuh eine Kollektion von wunderschönen Augenklappen in allen Farben geschickt habe, damit sie für jede Gelegenheit eine hat!«

Als sie feststellte, dass die Frauen sie immer noch alle anstarrten, fragte Keita: »Was?«

Rhona, die eindeutig ein Grinsen unterdrückte, warf all ihren Cousinen und Tanten einen Blick zu, beugte sich dann vor und fragte: »Du hast ihr *Augenklappen* geschickt?«

»*Ich wollte nett sein!*«

22

Nachdem er nach seinem Vetter gesehen hatte – der schlief – und nach seinem Bruder – der grübelte –, blieb Ragnar eine Weile in seinem eigenen Zimmer und las ein paar Briefe, die er aus den Nordländern mitgebracht hatte, aber noch nicht hatte durchsehen können. Hauptsächlich von den Kommandanten der verschiedenen Truppen und Einheiten. Und obwohl die Briefe und Sendschreiben kurz waren, erfüllte ihn jedes einzelne mit wachsendem Unbehagen, bis er sich sicher war, dass Königin Rhiannon recht gehabt hatte. Was auch immer in den Südländern vor sich ging – es betraf auch die Nordländer.

Er wusste, dass er in nächster Zeit nicht würde schlafen können. Deshalb beschloss er, spazieren zu gehen, um einen klaren Kopf zu bekommen, aber zuerst kehrte er zu seinem Bruder zurück – der immer noch brütete – und gab ihm die Briefe.

»Lies das.«

»Okay.«

»Und morgen fängst du an, mit den Leuten zu reden.«

»Worüber?«

»Alles. Gerüchte über Feinde, Kriege. Ist mir egal.« Sein Bruder konnte gut mit Einheimischen und Dienern umgehen und fand so alles Mögliche heraus. Und Ragnar brauchte ein Gefühl für das, was unter den Südland-Menschen vor sich ging. So sehr Drachen oft versuchten, so zu tun, als seien Menschen nichts weiter als eine zusätzliche Nahrungsquelle, wusste Ragnar, dass das, was in ihrer Welt passierte, oft direkten Einfluss darauf hatte, was unter den Drachen geschah. »Informier mich später.«

Nachdem er das erledigt hatte, ging Ragnar die zwei Treppenfluchten hinunter und durch den Rittersaal. Es gab auf dem ganzen Gebiet Seen und Flüsse, und er würde sich einen hübschen, ruhigen von ihnen aussuchen, an dem er gut über alles nachdenken und überlegen konnte, was er als Nächstes tun sollte.

Doch bevor er auch nur die Treppe hinunter war, stürzte neben ihm etwas vom Himmel. Was auch immer es war: Es knallte mitten auf die Treppe, und Ragnar ging näher heran, um es besser sehen zu können.

»Keita!« Er kauerte sich neben sie. Sie war noch menschlich und trug nur ein Leintuch. Sie hätte tot sein können, bei einem Sturz aus dieser Höhe.

Vorsichtig drehte Ragnar sie um. Ihre Nase blutete, und sie trug etwas, das nach einer selbstgemachten Augenklappe aussah. Zwei, um genau zu sein. Eine über jedem Auge. Aber sie atmete und ihr Herz schlug noch.

»Keita? Hörst du mich?«

Ragnar zog das Leintuch weg und bemühte sich verzweifelt, die Schönheit des menschlichen Körpers zu ignorieren, der darunter zum Vorschein kam, und sich auf mögliche Verletzungen zu konzentrieren. Er strich ihr mit den Händen über Rippen und Hüften. Soweit er feststellen konnte, war nichts gebrochen, aber sie hatte eine böse Beule an der Stirn und dann ... die Augenklappen.

Er griff danach und wollte sie eben abnehmen, als Keita hustete. Ragnar wich zurück. »Ihr Götter des Donners, wie viel hast du getrunken?«

Keita hielt vier Finger hoch und lallte: »Zwei Ales.«

»Alles klar bei dir, Cousine?«, rief eine Drachin – ebenfalls lallend – von oben.

Aus Keitas vier Fingern wurde ein in Richtung Himmel erhobener Daumen.

»Gut. Und heute Abend beim Essen solltest du uns deinen gutaussehenden Freund vorstellen.«

»Such dir deinen eigenen Blitzdrachen«, schrie Keita zurück. »Es gibt noch zwei, und die sind gar nicht übel.«

»Egoistische Ziege!«

»Herzlose Schlangen!«

Das Gelächter verklang, als die Drachinnen davonflogen, und Ragnar blieb mit einer betrunkenen, nackten Prinzessin allein zurück.

Er beugte sich über sie. »Keita …«

Seine weiteren Worte wurden ihm abgeschnitten, als Keitas Hände ihm ins Gesicht knallten. »Ich bin blind!«, schrie sie, während ihre Hände nach seinem Gesicht tasteten. »Ich kann nichts sehen! Warum haben mich die Götter so verflucht?«

»Ruhig! Du weckst noch alle auf.« Er drückte ihre Arme weg und riss ihr die Augenklappen ab.

»Oh.« Mehrmals blinzelnd sah sie schließlich Ragnar an. »Hallo Éibhear.«

Jetzt war er beleidigt. »Ich bin Ragnar, du Dussel.«

»Was tust du mit meiner Schwester?«, fragte der blaue Prinz hinter ihm.

Er wusste, nach was es aussehen musste, aber es war ihm ziemlich egal, deshalb antwortete er: »Ich wollte gerade schauen, wie viel ich auf dem Sklavenmarkt für sie bekommen würde. Sie ist hübsch genug, schätze ich.«

»Schätzt du?«, fragte Keita nach. »Und du«, sagte sie zu ihrem Bruder, »wo zum Teufel warst du überhaupt?«

Der Blaue deutete in Richtung Stadt. »Im Pub.«

»Tja, während du dir von ein paar Barschlampen das Schwert hast polieren lassen, Bruder, haben mich unsere Cousinen endlos zum Trinken gezwungen. Stundenlang.«

»Dich gezwungen, Keita? Ehrlich?«

»Was soll das heißen?«

»Nichts.« Er streckte den Arm nach seiner Schwester aus. »Ich bringe sie zurück in ihr Zimmer.«

»Nein, das wirst du nicht.« Keita deutete auf Ragnar. »Er bringt mich hin.«

»Muss ich?«

»Ja, Barbar, du musst.« Sie streckte die Arme aus. »Trag mich!«

»Kann ich dich nicht einfach an einem Bein hinschleppen?«

»Wenn ich wieder auskotze, was in meinem Magen ist, werde ich direkt in dein Gesicht zielen.«

»Wie verlockend.« Ragnar hob Keita auf seine Arme. »Ich habe sie.« Ragnar ging los, weg von der Burg. Aber nach ein paar Fuß blieb er stehen, und ohne den jungen Drachen auch nur anzusehen, warnte er: »Und starr mich nicht so wütend an, Junge.«

»Ja!«, schrie Keita, ohne jemand Spezielles zu meinen, bevor sie vollends bewusstlos wurde.

Keita wachte unter dem Nachthimmel und mit dem Geräusch fließenden Wassers auf.

Es war ein schöner Anblick, doch sie konnte ihn nicht genießen. Stattdessen drehte sie sich um und kroch eilig zum nächsten Busch, wo sie alles von sich gab, was von all diesem verdammten Wein noch übrig war.

Erst nach dem vierten oder fünften Würgen mit aufgestützten Armen und flach auf den Boden gepressten Handflächen spürte sie durch das Hemd, das ihr jemand angezogen hatte, eine Hand auf ihrem Rücken, während eine andere Hand ihr die Haare zurückhielt.

»Geht es dir jetzt besser?«, fragte eine leise Stimme.

Sie versteifte sich und zwang sich, sich an die vergangenen Stunden zu erinnern. Sie *glaubte* nicht, etwas getan zu haben, das es nötig machen würde, das beschädigte Ego eines männlichen Wesens zu besänftigen. Vielleicht, weil sie glücklicherweise vor anderthalb Jahrhunderten aufgehört hatte, sich betrunken zu verabreden. Sie hatte es immer gehasst, beim Aufwachen mit sanftem Lächeln, Blumen und Frühstück am Bett konfrontiert zu werden, und das von einem männlichen Wesen, an dessen Namen sie sich nicht einmal erinnerte.

Anhängliche Idioten.

»Meine Nase …«

»Gebrochen.«

Sie ergriff die Hand, die ihr hingehalten wurde, und ließ sich von Ragnar aufhelfen. Langsam gingen sie zum Fluss. Keita kniete nieder und nahm sich ein bisschen Zeit, um sich den Mund auszuspülen. Danach riss sie sich zusammen, wie es jedes gute Mitglied des Königshauses konnte, und steckte den ganzen Kopf in das eiskalte Wasser.

Als ihr Gesicht sich taub anfühlte, setzte sie sich wieder auf und schleuderte sich die nassen Haare aus dem Gesicht. »Jetzt.«

Ragnar kniete vor ihr, nahm ihre Nase zwischen zwei Finger jeder Hand und schob sie mit einem Ruck zurück an ihren Platz. Keita schloss die Augen und atmete zitternd aus.

»Danke.« Sie stand auf, setzte sich aber genauso schnell wieder, während Ragnars Arme sie auffingen, bevor ihr Hintern auf dem Boden auftreffen konnte.

»Mach die Augen zu«, murmelte Ragnar. Er legte seine Hand an ihre Stirn, die Handfläche auf ihre Haut gepresst, seine Finger massierten sanft ihre Kopfhaut. Sie hörte ihn leise Zauber sprechen, fühlte seinen Atem über ihre Lippen streichen. Und innerhalb von Augenblicken legten sich ihre Schmerzen.

Seine Hände glitten weg, und er musterte sie eingehend. »Geht es dir jetzt besser?«

»Viel besser. Danke«, sagte sie noch einmal.

»Gerne.« Er setzte sich neben sie auf den Boden.

»Warum hast du das nicht für deinen Vetter getan, nachdem Annwyl ihm das Bein gebrochen hatte?«

Er lächelte leicht. »Heilen ist eine Kunst für Frauen.«

»Ist das deine Meinung oder ihre?«

»Es ist nicht meine, aber ich habe noch nie eingesehen, warum man unerträgliche Schmerzen leiden sollte. Andererseits nannte mich mein Vater immer ›den Weichen‹.«

»Dein Vater ... nicht gerade der hellste Drache, den ich kenne. Ich war nur zwei Wochen da, und trotzdem hatte ich ihn überredet, einen kompletten Teil seines Berges für mich auszuhöhlen.«

Ragnar warf ihr einen Seitenblick zu und runzelte ein wenig die Stirn. »*Das* ist also mit Olgeir Mountain passiert?«

»Mhm. Ich habe ihm gesagt, dass ich nicht in einer schmucklosen Höhle leben könne wie eine Fledermaus. Wie hätte ich da glücklich sein können?«

»Wir lagern darin jetzt Rüstungen. Wie hast du ihn überzeugt?«

»Das war leicht. Ich sagte ihm, was er hören wollte, benahm mich, wie er es von mir erwartete, schmeichelte ihm, umgarnte ihn – es hat mich drei Tage gekostet. Und das nur, weil ich den ersten Tag dort damit verbracht habe, leise zu schluchzen und meine Krallen zu ringen.«

»Du hattest überhaupt keine Angst, oder?«

Keita schüttelte leicht den Kopf. »Als sie mir nicht sofort den Flügel ausrissen ...« Sie lächelte. »Deine Brüder und Vettern waren gar nicht so übel. Ein bisschen langsam vielleicht. Im Kopf, meine ich.«

»Ich hatte die Andeutung verstanden.« Ragnar nahm sanft ihre Hand in seine, hob sie hoch und sah sie lange an. Nach einer Weile sagte er: »Darf ich dir was sagen?«

»Du hast mir zehn Minuten lang beim Kotzen zugesehen und meine gebrochene Nase gerichtet, damit ich wieder atmen kann. Ich bin der Meinung, du darfst mir *alles* sagen.«

»Ich fürchte, deine Mutter könnte recht haben. Was die Eisendrachen angeht ... und meinen Vetter Styrbjörn. Ich glaube, die Eisendrachen planen, die Südländer über die Nordland-Territorien anzugreifen.«

»Warum sollten sie das tun?«

»Weil es dumm wäre, über die Westlichen Berge zu kommen. Dort gibt es keine Verstecke. Unmöglich, Schlachtpläne zu entwerfen, die auch nur die geringste Flexibilität beim Angriff erlauben. Wenn sie erst über die Westlichen Berge wären, gäbe es eine direkte Konfrontation mit den Südländern. Ein Kampf, den selbst mein Vater nicht riskieren würde. Ein Kampf, den die Eisendrachen schon einmal verloren haben.«

»Sie könnten nach Süden gehen und über die Wüstenländer vordringen.«

»Und sich mit den Sanddrachen herumschlagen? Niemand ist so tollkühn.«

»Dann ist es wohl der Norden.«

Er holte Luft. »Mir ist klargeworden, dass sie über die Grenzländer kommen könnten, die die Nordländer und die Eisländer voneinander trennen. Sie könnten über die Berge Des Leids Meiner Mutter abkürzen und ...«

Keita legte ihre freie Hand auf Ragnars Knie. »Es tut mir leid, aber ... die Berge Des Leids Meiner Mutter? Das ist der richtige Name?«

Verlegener, als sie ihn je zuvor gesehen hatte, zuckte Ragnar kurz mit den Achseln. »Dingen Namen zu geben ... das ist nicht gerade unsere Stärke in den Nordländern.«

»Das merke ich. Also glaubst du, die Eislanddrachen werden ihnen helfen?«

»Es gibt keine Eislanddrachen. Es gibt die Schneedrachen, die die Nordländer für einen Dschungel aus Hitze und Elend halten. Irgendwie bezweifle ich, dass sie in naher Zukunft vorhaben, bei uns einzumarschieren.«

»Oh.«

»Und dann gibt es noch die Ewigen. Die Unsterblichen, die ewiges Leben einer Familie vorziehen. Es gibt nur eine Handvoll von ihnen, aber sie sind gefährlich.«

»Glaubst du, sie werden den Souveränen helfen?«

»Sie hassen jeden. Das ewige Leben hat sie nicht glücklich gemacht, soweit ich gehört und gelesen habe. Aber wenn sie ebenfalls beschließen, Thracius zu helfen, könnten sie definitiv ein Problem werden – sie speien Säure.«

»Iiih.« Das klang so unangenehm, dass Keita den Gedanken sofort wieder verdrängte. »Also glaubst du wirklich, dein Vetter ...«

»Styrbjörn.«

»Ja, Styrbjörn. Du glaubst, er würde wirklich den Eisendrachen helfen?«

»Nein, Keita. Ich glaube, das hat er schon.«

Keita war so überrascht von dieser Beichte, dass sie versuchte, ihre Hand wegzuziehen, doch Ragnar war nicht in Stimmung, sie loszulassen. Er vertraute ihr gerade. Er vertraute ihr mehr, als er je einem Wesen vertraut hatte, abgesehen von seinem Bruder und seinem Vetter.

Als er ihre Hand nicht losließ, entspannte sie sich und fragte: »Was meinst du mit ›das hat er schon‹?«

»Meine Kommandanten in der Nähe der Grenzländer glauben, dass Styrbjörn ein kleines Bataillon von Eisendrachen durch sein Territorium eskortieren ließ. Eine Drachin war bei ihnen, und viel Geld muss den Besitzer gewechselt haben, damit sie nicht versuchten, sie zu entführen.«

»Styrbjörn würde die Seinen für die Souveräne verraten?«

»Man sagt, je näher man an die Eisländer herankommt, desto klarer wird einem, dass man mit Geld viel kaufen kann. Vor allem Loyalität.«

Sie drückte seine Hand. »Wohin wurde dieses Bataillon gebracht?«

»Bis an die Südland-Grenze. Was danach passierte – das wissen meine Kommandanten nicht.«

»Mist«, sagte sie leise.

Ragnar schaute auf den Fluss. »Ich mache mir Sorgen, dass denen, die deine Mutter und den Thron verraten werden, vielleicht nicht genug Zeit bleibt, zu uns zu kommen.«

Er tat das wirklich ungern, aber er wusste, dass er keine Wahl hatte, deshalb hob er den Blick zu Keita.

Ihr Lächeln war liebevoll. »Schon gut, Ragnar. Ich habe dasselbe gedacht. Aber hauptsächlich, weil ich nach meinem Streit mit Morfyd das Ganze unbedingt hinter mich bringen möchte, damit ich ihrem selbstgerechten Starren entkomme.«

»Es wird gefährlich werden, Keita. Wenn andere wissen, dass du Esylds Aufenthaltsort kanntest und es deiner Mutter absichtlich nicht gesagt hast … Ich meine, Rhiannon hatte schließlich recht. Du *hast* Südland-Gesetze gebrochen, und das ist gefährlich.«

»Gute Spiele sind immer gefährlich.«

»Das ist wohl kaum noch ein Spiel. Vor allem, wenn es deine Sippe gegen dich aufbringen kann.«

»Meine Sippe wird empört den Kopf schütteln und sagen: ›Diese Keita. Sie hat kein bisschen Verstand im Kopf.‹ Und Mutter weiß es schon. Sie war meine größte Bedrohung.«

»Deine Brüder?«

»Fearghus und Briec werden schreien und knurren und Feuer spucken … Das tun sie immer. Aber sie tun mir dabei nie weh. Und Gwenvael weiß jetzt schon seit zwei Jahren, wo Esyld wohnt. Abgesehen davon ist es das Risiko wert, wenn wir es schaffen, diejenigen hervorzulocken, die den Thron verraten würden. Ganz zu schweigen von dem ganzen Herumsitzen und *Warten*, dass etwas passiert …«

»Ich weiß. Langweilig.«

»Verflucht langweilig. Und wer weiß? Wenn wir den richtigen Zeitplan haben, können wir die Sache im Handumdrehen klären, und wenn die Familienfeier vorbei ist, können du und deine Sippe in den Norden zurückkehren und ich kann … egal wohin.«

»Gibt es keinen Ort, den du dein Zuhause nennst?«

»Die *Welt* ist mein Zuhause.«

»Dein Zuhause ist riesig.«

»Ich brauche Platz.« Sie rieb sich mit der freien Hand die Schulter. »Gut. Du lachst.«

»Ob ich lache oder nicht, ich werde dir nicht von der Seite weichen, bis das vorüber ist.«

»Dann bringst du mich besser zurück, damit sie dich erwischen, wie du aus meinem Zimmer schleichst, wenn die Sonnen aufgehen.«

»Und warum ist das noch mal nötig?«

»Weil es viel verschlagener wirkt, wenn es aussieht, als würden wir unsere Beziehung verschweigen. Das tue ich nie. Alle werden sich fragen, warum ich es diesmal verheimliche. Und dann noch die Wahrheit über Esyld, und ich werde aussehen, als würde ich eine Verschwörung gegen meine Mutter anzetteln.«

Und genau das machte ihm Sorgen. Sogar Angst. Nicht um sich selbst, sondern um Keita. »Das ist gefährlich.«

»Oh, keine Sorge. Ich werde nicht zulassen, dass du dich in mich verliebst, wenn das deine Sorge ist.«

»Ist es nicht. Ich rede von der Gefahr für dich, wenn die Wahrheit herauskommt.«

»Na, na«, neckte sie ihn. »Wir wissen beide, dass du Angst hast, dich in mich zu verlieben. Und die solltest du auch haben. Ich bin *erstaunlich*.«

»Das bist du schon.«

Sie musterte ihn einen Augenblick, dann sagte sie. »Komm, wir schließen einen Pakt.«

»Was für einen Pakt? Einen Du-lässt-nicht-zu-dass-ich-mich-in-dich-verliebe-Pakt?«

»Nein. Du wirst einfach an einem gebrochenen Herzen leiden müssen, wenn ich gehe – und ich werde gehen.«

»Was dann?«

»Dass wir uns gegenseitig loyal sind, bis es vorbei ist.«

»Und das bedeutet was genau?«

»Dass wir nichts Betrügerisches tun, das den anderen im Stich lässt. Wir stehen auf derselben Seite. Ich vertraue dir, aber wenn mein Leben auf dem Spiel steht …«

»Ich verstehe, und ich bin selbst auch gern extra-vorsichtig. Aber ich werde dich nie im Stich lassen, Keita.« Und ihm war klar, dass er jedes Wort ernst meinte.

»Dann macht es dir ja nichts aus, dich an mich zu binden.«

»Überhaupt nicht.« Doch als sie ihre Hand mit nach oben gedrehter Handfläche zu ihrem Mund hob, fügte er eilig hinzu: »Aber wenn du in deine Hand spuckst, schüttle ich sie nicht.«

Ihre Hand fiel herab. »Du bist aber pingelig.« Sie sah sich auf dem Boden um, dann streckte sie sich über seinen Schoß und wühlte in seiner Reisetasche.

Das Hemd, das er ihr angezogen hatte, war über ihre Hüfte hochgerutscht, und so hatte er den anbetungswürdigsten Hintern aller Zeiten direkt vor der Nase – und er wackelte. »Was tust du?«

Sie wand und schob sich über seinen Schoß zurück, was ihm gar nicht gefiel, weil es ihm viel zu sehr gefiel, und öffnete ihre Hand. »Was ist das?«, fragte sie.

»Runensteine. Ich benutze sie für Zauber und kann eine mögliche Zukunft damit sehen.«

»Bedeuten sie dir viel?«

»Sie sind von meiner Mutter.«

»Dann bedeuten sie dir viel.« Sie betrachtete sie gründlich und wählte schließlich einen aus. Sie gab ihm den Rest und hielt den, den sie ausgewählt hatte, auf der Handfläche. Als er sah, welchen Keita ausgewählt hatte, konnte sich Ragnar ein kleines anzügliches Grinsen nicht verkneifen.

»Was?«

»Nichts.«

»Er ist verflucht oder so was, nicht?«

»Natürlich nicht.«

»Was soll dann dieser Gesichtsausdruck?«

»Mich amüsiert nur deine Wahl.«

»Weil das Ding verflucht ist?«

»Nein. Es ist der Feuerrunenstein. Er symbolisiert Hitze und Macht.«

Sie lächelte und sah ihn sich näher an.

»Und Sex.«

Ihr Lächeln wuchs ebenfalls zu einem anzüglichen Grinsen.

»Und Liebe.«

Ihr Grinsen verwandelte sich in ein höhnisches Schnauben.

»Musst du immer alles kaputtmachen?«

Sie wollte ihn wegwerfen, aber er fing ihre Hand mit beiden Händen ab.

»Keita die Rote«, sagte er und benutzte den Namen, den sie beim Schlüpfen bekommen hatte. »Ich schwöre auf die Macht dieses Steins und im Namen meiner Vorfahren, dass ich dich weder in Wort noch in Tat noch in meinem Herzen je verraten werde.«

Ihr ganzes Gesicht verzog sich vor Abscheu. »*Musst* du so weit gehen?«

»Jetzt bist du dran, Prinzessin.«

»Ragnar der …«

»Vierzehnte.«

Ihre Augen wurden groß. »Ernsthaft?«

»Und ich bin einer von den Mittleren.«

»Autsch! Das reicht. Ich will nichts mehr hören.« Sie schauderte. »Ragnar der Vierzehnte, ich schwöre auf die Macht dieses Steins und im Namen meiner Vorfahren, dass ich dich weder in Wort noch in Tat je verraten werde.«

»Noch in deinem Herzen.«

»So weit gehe ich nicht.«

»In deinem Herzen«, drängte er und versuchte nicht zu lachen.

»Also gut! Na schön! Noch in meinem Herzen.«

Sobald sie ihm das letzte Wort entgegengeschleudert hatte, strahlte Macht von dem Stein aus, strömte durch ihre Hände und Körper wie ein starker Windstoß und wehte ihre Haare zurück.

Keita sah sich um, bevor sie ihn wütend ansah. »Was war das?«

»Ich habe keine Ahnung.«

»Du musst eine Ahnung haben. Du bist Magier.«

»Ja, aber das ist vorher noch nie passiert, wenn *ich* sie benutzt habe.«

»Du hast mich verflucht, oder?«

»Warum bist du eigentlich besessen von Flüchen?«

»Das ist keine Antwort.«

»Nein. Ich habe dich nicht verflucht.«

»Das will ich dir auch geraten haben.«

»Sonst was?«

»Glaub mir, Warlord. So viel ich darüber weiß, wie man Vergnügen bereitet, so viel weiß ich darüber, wie man es wegnimmt. Und jetzt« – sie stand auf und schaffte es, sogar in seinem Hemd königlich auszusehen – »lass uns zurückgehen, damit du dich erwischen lassen kannst, wenn du dich morgens aus meinem Zimmer schleichst.«

Ragnar räusperte sich und hob eine Augenbraue.

»Was?«

Er zog die Braue noch etwas höher.

»Oh, na gut!« Sie knallte ihm die Rune in die Hand.

»Ihr Südländer seid solche Diebe.«

»Wenn du nicht wolltest, dass ich ihn behalte, hättest du ihn mich nicht aus deiner Tasche holen lassen sollen.«

»Du machst mich für deinen Diebstahl verantwortlich?«

»Ja!« Sie stürmte davon und schrie über die Schulter zurück: »Nun komm schon! Ich habe nicht die ganze verdammte Nacht Zeit! Und hör auf, meinen Hintern anzustarren!«

»Er ist fast zu groß, um daran vorbeizusehen.« Und er dachte wirklich, er hätte diese Bemerkung leise gemurmelt, bis ihm ein Feuerball fast den Kopf wegbrannte.

23

Keita wachte auf und fragte sich, wer sie lebendig begraben hatte. Wahrscheinlich Gwenvael. *Mistkerl.* Dann merkte sie, dass man sie unter etwas Atmendem begraben hatte.

Der Blitzdrache. Richtig. Er hatte sich letzte Nacht um sie gekümmert. Sogar mit dem Kotzen und der gebrochenen Nase. *Verdammte Tanten mit ihrem verdammten selbstgebrauten Ale.*

Es war merkwürdig. Sie begann wirklich, Ragnar zu mögen. Obwohl ihre Mutter ihn auch zu mögen und ihre Schwester ihn zu respektieren schien.

Sie kicherte ein wenig vor sich hin, und der große Körper, der auf ihr lag, bewegte sich, rollte herunter und streckte sich.

Sie drehte sich auf die Seite und sagte heiser schnurrend: »Guten Morgen, Lord Ragnar.«

Sein Lächeln war schläfrig, seine dunkellila Haare hingen ihm als wilde Mähne ums Gesicht.

Dann wachte er vollends auf und sah nur noch panisch aus.

Keita fiel kichernd zurück aufs Bett.

»Wie bin ich in dein Bett gekommen?«

»Ich habe nett gefragt und du hast ja gesagt.«

Er hob die Felldecke auf seinem Körper an. »Und warum bin ich nackt?«

»Du stellst morgens viele Fragen. Bist du dir sicher, dass das weise ist, wenn du es mit mir zu tun hast?«

»Stimmt auch wieder.« Er setzte sich auf und gähnte. »Wie fühlst du dich?«, fragte er.

»Überraschend gut in Anbetracht der Umstände.« Sie drückte ihm die Schulter. »Und danke für gestern Nacht.«

Er schaute die Hand an, die ihn berührte, dann sah er ihr ins Gesicht. »Sehr gerne.«

»Ihr Götter«, sagte sie und schleuderte das Fell von ihrem Körper. »Du hast echt eine Stimme so früh am Morgen.«

»Ach ja?«

»Aye. Die Art, die mich in alle möglichen Schwierigkeiten bringen kann, wenn ich nicht aufpasse.« Keita ging zu ihrem Toilettentisch hinüber und schnappte sich das kleine Gefäß, das jemand am Abend zuvor dort hingestellt hatte. Sie hatte es sofort bemerkt, als sie ins Zimmer gekommen waren, aber sie war zu müde gewesen, um sich damit zu beschäftigen. »Bringen wir es hinter uns, ja? Damit die Qual ein Ende hat.«

»Was für eine interessante Art du hast, Sex vorzuschlagen«, bemerkte er trocken. »Das macht mich ganz kribbelig.«

Keita kehrte zum Bett zurück und kletterte auf Ragnars Schoß, sodass nur noch eine Felldecke Keitas nackten Hintern vom nackten Geschlecht des Warlords trennte. »Ich rede nicht davon, mit dir zu schlafen. Zumindest ... noch nicht.« Sie hielt das Gefäß hoch. »Das Gegenmittel.«

»Den Göttern sei Dank.«

Sie hielt einen Dolch hoch und genoss es, wie Ragnar erschrocken die Augen aufriss. »Und jetzt lieg einfach still.«

Er schnappte ihre Hand, die den Dolch hielt. »Gibt es keinen anderen Weg?«

»Zu deinem Leidwesen nicht.«

»Dann lass es mich machen.«

»Sei nicht so ein Küken. Ich weiß, was ich tue.«

»Da bin ich mir sicher.« Er entwand ihr den Dolch. »Aber das beruhigt mich nicht im Geringsten.«

Ragnar drückte die Klinge auf die Wunde auf seiner Brust und hielt mit finsterem Blick in den blauen Augen inne. »Und hör auf, auf meinen Lenden herumzurutschen.«

»Oh. Das war mir gar nicht bewusst.«

»Lügnerin.« Sie war eindeutig eine Lügnerin.

Mit einer raschen Handbewegung öffnete er die alte Wunde, Keita strich eine ordentliche Portion von der Salbe darauf: viel davon in die Öffnung und auch eine dicke Schicht auf die Umgebung.

»Fertig.«

Ragnar nickte und sorgte mit einem Zauber dafür, dass sich die Wunde wieder schloss und die Salbe in die Haut einzog.

Mit einem Lappen wischte Keita das bisschen Blut weg und reinigte ihre Hände und den Dolch. »Das müsste genügen«, sagte sie und glitt von seiner Hüfte, um alles wieder zurück auf den Toilettentisch zu stellen.

»Ich hoffe es. Dieses verdammte Ding macht mich schon seit zwei beschissenen Jahren wahnsinnig.«

»Du armes Ding, du.«

»Ich habe absolut *keine* Reue in dieser Aussage gehört.«

Sie ging ums Bett herum und streckte sich wieder neben ihm aus. »Das liegt daran, dass keine Reue darin lag.«

Die beiden starrten sich einen Augenblick an, bevor Ragnar den Kopf schüttelte und seine Beine über die Bettkante hob. »Ich sollte gehen.«

»Na gut.«

Ragnar stand auf und bedeckte seine Vorderseite mit der Felldecke. Keita streckte gerade die Hand aus, um den unglaublich aussehenden Hintern des Warlords zu umfassen, als sie eine der Dienerinnen mit dem heißen Wasser für ihr morgendliches Bad an der Tür hörte. Statt seines Hinterns schnappte Keita nach dem Fell, das Ragnar hielt und riss es ihm im selben Moment weg, als die Dienerin hereinkam, die einen Blick auf den nackten Warlord warf, eilig wieder hinausging und die Tür schloss.

Keita grinste über den finster dreinblickenden – *und ihr Götter! Wird er etwa rot?* – Drachen.

»Und so beginnt es, Mylord.«

Annwyl wünschte, sie hätte sagen können, dass sie schon vor Aufgang der zwei Sonnen wach war, weil sie einfach eine Frühaufsteherin war. Doch jeder, der sie kannte, wusste, was für eine Lüge das gewesen wäre. Stattdessen war sie wach und fürs Training angezogen, weil sie wieder diesen Albtraum gehabt hatte. Der Albtraum, von dem sie sehr wenigen erzählte, weil sie nicht wusste, ob er von einem allgemeinen Gefühl der Angst um ihre

Kinder ausgelöst wurde oder weil sie plötzlich angefangen hatte, prophetische Träume zu haben. Sie hatte ihn nicht einmal Fearghus erzählt. Wie konnte sie auch, nachdem er so viel durchgemacht hatte? Sie ertappte ihn immer noch dabei, wie er sie auf eine Art ansah, die ihr sagte, dass er sich immer noch an sie auf dem Totenbett erinnern konnte, nachdem die Kinder geboren waren. Und dass er fürchtete, sie wieder dort zu finden. Nein, sie würde ihm nicht noch mehr zumuten. Nicht, wenn er absolut nichts gegen ihre Albträume tun konnte. Und sie wusste tief in ihrem Inneren, dass er nichts tun konnte.

So oder so: Das Fazit war, sie konnte nicht schlafen. Also hatte sie ihr warmes Bett – und ihren noch wärmeren Gefährten – verlassen und machte sich auf den Weg nach draußen. Vorsichtig und leise schloss sie die Tür hinter sich und ging zum Nebenraum. Sie trat ein und lächelte das Baby an, das schon wach war und aufrecht in seinem Kinderbettchen stand.

»Wie geht es meiner kleinen Rhianwen heute Morgen?«, fragte Annwyl ihre Nichte. Sie hob sie aus ihrem Bettchen. »Kannst du auch nicht schlafen, Kleine? Im Gegensatz zu deinen Vettern?« Annwyl warf einen Blick hinüber zu ihren schnarchenden Zwillingen. Sie schliefen zurzeit in verschiedenen Betten, weil es nicht anders ging. Zu oft war Annwyl in schonungslose Faustkämpfe zwischen den beiden hineingeplatzt, als sie sich noch ein Bettchen teilten. Und das letzte Mal, als sie versucht hatte, sie zu trennen, hatte sich ihr Sohn geduckt, und ihre Tochter hatte Annwyl eine Rechte verpasst, dass sie Sterne gesehen hatte. Danach waren die kleinen Scheusale ein für alle Male getrennt worden.

Sie hatten außerdem versucht, Rhianwen in ein eigenes Zimmer zu legen, aber alle drei Babys hatten geschrien, bis sie wieder zurückgebracht wurde. Seit damals hatte keiner der Erwachsenen noch einen Versuch gemacht, sie zu trennen.

Eine winzige Hand streckte sich und streichelte Annwyls Wange. »Mach dir keine Sorgen«, sagte Annwyl dem herzzerreißend besorgten kleinen Gesicht. »Ich komme schon zurecht. Du musst dir keine solchen Sorgen machen.« Aber sie wusste, dass Talaiths und Briecs kleines Mädchen sich trotzdem Sorgen machte. Da war etwas an ihr, das praktisch schrie: »Ich mache mir Sorgen um *alle*!«

»Wir müssen dir beibringen zu lächeln, Kleine«, sagte Annwyl, bevor sie sie zurück in ihr Bettchen setzte. »Dein Vater dreht deswegen noch völlig durch.« Sie zog die Decke um das Baby, beugte sich vor und küsste es auf den Kopf. »Schlaf noch ein bisschen.«

Annwyl drehte sich zu ihren eigenen Kindern um. Ihr Sohn, der sogar im Schlaf grinste, und ihre Tochter, die Fearghus so ähnlich sah, dass es Annwyl im Herzen wehtat. Sie wusste, die meisten Mütter sorgten immer dafür, dass sie da waren, wenn ihre Kinder aufwachten. Sie fütterten sie an jedem einzelnen Morgen und halfen ihnen, alle möglichen neuen Dinge zu lernen. Das taten die meisten Mütter.

Annwyl dagegen küsste die beiden schlafenden Köpfe und trat mit den beiden Schwertern auf dem Rücken von ihren Betten zurück. Denn statt all diese wunderbaren Dinge für ihre Kinder zu tun, würde sie trainieren. Sie würde trainieren, bis ihre Muskeln schmerzten und ihr Körper sich ausgelaugt anfühlte. Sie würde trainieren, bis sie aus versehentlich geschlagenen Wunden blutete und ihr Kopf vor Treffern pochte. Sie würde trainieren, bis sie wusste, dass sie es mit allem aufnehmen konnte, egal was für Gräuel ihre Kinder holen kommen wollten. Dass sie kämpfen konnte, bis außer ihr und ihren Babys nichts mehr stand.

Annwyl bekämpfte ihren Drang, Schuldgefühle zu haben, und wandte sich zur Tür, blieb aber abrupt stehen.

»Morfyd? Was tust du hier drin?«

Morfyd gähnte und streckte die Arme über den Kopf. »Ich passe nur auf sie auf. Es ist nichts.«

»Wo ist das neue Kindermädchen?«

»Annwyl ...«

»Wo ist sie?«

»Fort.«

»Warum? Was ist passiert?«

»Ist das wichtig?«

»Die Tatsache, dass wir kein verdammtes Kindermädchen hier halten können, macht es wichtig.«

»Ich werde eine Lösung finden.«

»Fearghus will keine Drachen, die nicht zur Familie gehören. Er traut den anderen nicht«, erinnerte sie Annwyl.

»Ich weiß.«

»Und die Frauen aus eurer Linie sind nicht gerade Kindermädchen-Material.«

»Ich habe Nachrichten an ein paar meiner jüngeren Cousinen geschickt, die nicht vorhaben, Kriegerinnen zu werden, und …«

»Wenn sie zu jung sind, wird das Fearghus auch nicht gefallen.«

»Ich kümmere mich um Fearghus.« Morfyd deutete auf die Tür. »Geh. Trainier ein bisschen.«

Weil es sinnlos war, ihr zu widersprechen, ging Annwyl zur Tür hinaus und schloss sie leise. Dann stapfte sie los. Bevor sie an der Treppe war, ging eine andere Schlafzimmertür auf, und Dagmar kam heraus. Sie nahm Annwyls Arm.

»Was ist los?«

»Wir haben schon wieder ein Kindermädchen verloren, oder?« Annwyl schaute an Dagmar vorbei auf den nackten Mann, der ausgestreckt mit dem Gesicht nach unten und bis auf den Boden fallendem goldenem Haar auf dem Bett im Raum hinter ihr lag. »Wie erträgst du diesen Krach?«

Dagmar schloss die Tür, aber das dämpfte das Schnarchen nur wenig. »Es ist unglaublich, was man für die Liebe alles erträgt.«

»Ich glaube nicht, dass ich das für irgendwas ertragen könnte.«

»Wahrscheinlich nicht. Aber ich möchte dich bitten, die Kindermädchen-Situation mir und Morfyd zu überlassen.«

»Sie versucht, eine ihrer jüngeren Cousinen dazu zu überreden. Fearghus wird das nicht …«

»Welchen Teil von ›Wir kümmern uns darum‹ hast du nicht verstanden, Mylady?«

»Sei nicht gleich eingeschnappt, Barbarin. Es sind *meine* kleinen Scheusale, die die Dorfbewohner in die Flucht schlagen.«

»Sie sind lebhafte, lebenslustige Kinder, die lediglich ein gutes, solides und treues Kindermädchen brauchen, um sie zu erziehen.«

»Du meinst im Gegensatz zu Dämonen aus der Unterwelt, die einen guten, soliden Exorzismus brauchen?«

»Musst du so sein?«

»Ich weiß nicht, wie ich sonst sein soll.«

»Annwyl, vertrau mir einfach, ja? Ich …« Hinter Annwyl ging eine Tür auf, und Dagmars Augen hinter den kleinen runden Glasstücken, die sie trug, weiteten sich.

Mit einer Hand nach ihrem Schwert greifend, wirbelte Annwyl herum. Dann ließ sie die Hand sinken, und ihr Mund blieb offen stehen.

Der lilahaarige Drache stand in Keitas Schlafzimmertür, sein Hemd über die Schulter geworfen, die Hand auf der Türklinke, den Blick auf Dagmar gerichtet.

»Ragnar?«, flüsterte Dagmar. Annwyl glaubte, dass er es war, aber sie konnte den einen lilahaarigen Mistkerl nicht vom anderen unterscheiden. Sie sahen für sie alle gleich aus. Nur ein Kopf mehr, der darum flehte, abgeschlagen zu werden.

»Äh … Lady Dagmar.«

Das arme Ding sah ertappt aus und machte sich bereit, zurück ins Zimmer zu springen. Doch Keita riss die Tür weit auf. Sie trug nur eine Felldecke um den Körper gewickelt, ihr normalerweise glattes und fließendes dunkelrotes Haar war jetzt ein Durcheinander aus ungekämmten Locken und Knoten.

»Du hast das hier vergessen.« Keita drückte dem Drachen eine Reisetasche in die Hände, stellte sich auf die Zehenspitzen und küsste ihn auf die Wange. »Wir sehen uns später«, murmelte sie. »Jetzt geh.«

»Keita …«

»Was?«

Ragnar deutete auf Annwyl und Dagmar, und Keita warf einen Blick hinüber. Statt zu grinsen, wie sie es vor ein paar Jahren getan hatte, als Annwyl Danelin, Brastias' Stellvertreter, erwischt hatte, als er versuchte, aus Keitas Zimmer zu schleichen, riss die Drachin die Augen auf. Sie sah beinahe panisch aus. Seltsam, denn Annwyl konnte sich nicht erinnern, Keita jemals wegen irgendetwas panisch erlebt zu haben.

»Äh … Annwyl. Dagmar. Guten Morgen euch beiden.« Ihr Lächeln war gezwungen, spröde. Sie stieß Ragnar an, und er ging widerstrebend.

Als er weg war, flüsterte Keita: »Ihr sagt es doch keinem … oder?«

Jetzt war Annwyl endgültig verwirrt, denn normalerweise schlug Keita in solchen Fällen vor: »Sorg dafür, dass meine Schwester alle Einzelheiten erfährt. Sag Bescheid, wenn du Zeichnungen brauchst!«

Wollte sie das wirklich verbergen? Und wenn ja … warum?

»Wir sagen es keinem«, sagte Annwyl, denn sie hatte ihre eigenen Geheimnisse.

»Danke.« Dann schlüpfte Keita zurück in ihr Zimmer und schloss die Tür.

»Ist denn keiner sicher vor diesem Weib?«, fragte Dagmar.

Annwyl zuckte die Achseln, denn sie hatte keine Antwort darauf, und ließ Dagmar auf Keitas geschlossene Tür starrend stehen. Sie ging hinunter in den Rittersaal, wo sie das Frühstück schon vorbereitet und die zwei anderen Nordland-Drachen essend am Tisch vorfand.

Sie ging hinüber und ließ sich ihnen gegenüber auf einen Stuhl fallen. Sie sagte nichts, bis sie ihren eigenen Teller gefüllt hatte und zu essen begann. Dann fragte sie: »Habt ihr beide gut geschlafen?«

Sie nickten und aßen weiter. Ein paar Jahre vorher hätte sie das vielleicht beleidigt. Aber nach der Nordland-Schlacht, in der sie neben dem mächtigen Reinholdt und seinen Söhnen gekämpft hatte, wusste sie, dass es so war, wenn Nordland-Krieger aßen.

»Und wie geht es deinem Bein, äh …«

»Meinhard, Mylady«, antwortete einer von beiden und schaffte es, gleichzeitig weiterzukauen. Wenn sie sich ihre Namen merken wollte, musste sie ein Unterscheidungsmerkmal finden, vor allem, weil die Haare des Zweiten irgendwann nachwachsen würden.

»Nenn mich Annwyl.«

»Wie du willst.«

»Und dein Bein?«, hakte sie nach.

»Besser. Ist über Nacht ganz gut geheilt.«

»Das ist perfekt.« Sie liebte es, dass Drachen mit Hilfe einer Hexe oder eines Magiers so schnell heilen konnten. »Ich wollte ein bisschen trainieren gehen – ihr beide könntet mitmachen.«

Sie hielten in ihrer Nahrungsaufnahme inne und hoben die Köpfe. Genau wie zwei Ochsen am Wasserloch, die in der Nähe ein Raubtier erschnüffeln.

Was sollte Annwyl sagen? Der Unterschied war nicht groß.

»Ich weiß nicht recht, ob das so eine gute Idee ist, *Königin* Annwyl«, antwortete der mit den kurzen Haaren, und Annwyl musste lachen. Sie hasste es, wenn Leute diesen dummen Titel benutzten, aber sie wusste, dass er es aus einem einfachen Grund tat: um darauf hinzuweisen, dass ein Kampf mit einer Königin, die schon einmal versucht hatte, ihm den Kopf abzuschlagen, vielleicht nicht die klügste Entscheidung war. Normalerweise hätte er recht gehabt, aber sie standen unter Éibhears Schutz, und ihr Bruder vögelte – heimlich zumindest – Keita. Solange sich daran nichts änderte, würde Annwyl sich nicht die Mühe machen, sie zu töten.

»Wir werden den Übungsplatz direkt um die Ecke des Gebäudes benutzen. Und ich verspreche, dass ich nichts, was auf diesem Platz passiert, euch, eurem Bruder oder eurem Volk übelnehmen werde.«

»Warum wir?«, fragte der andere Ochse. Er trug eine Narbe

von seinem Haaransatz bis unters Auge. Sie war mit der Zeit schwächer geworden, aber sie war klar genug zu erkennen, dass sie sich merken konnte, dass »Augennarbe« Meinhard war, und das bedeutete, dass der andere ... äh ... *Mist. Wie war sein Name noch mal?*

Statt ihn danach zu fragen – sie hatte versucht, ihm den Kopf abzuhacken, aber sie konnte sich einfach seinen Namen nicht merken ... wie schäbig –, gab sie zu: »Im Moment will keiner mit mir trainieren. Selbst die Südland-Drachen nicht. Es sei denn natürlich, Nordland-Drachen hätten ebenfalls zu viel Angst vor mir, um das Risiko einzugehen ...«

Meinhard grinste höhnisch mit vollem Mund, während der andere die violetten Augenbrauen hochzog.

Sie wusste, wie sie das vollends unter Dach und Fach bringen konnte, und fügte hinzu: »Hättest du außerdem nicht gern eine Chance auf eine Revanche wegen deiner Haare?«

Als sie Reißzähne sah, wusste sie, sie hatte sie beide.

Keita tänzelte die Treppe zum Rittersaal hinunter und hüpfte von der letzten Stufe. Bisher hatten es nur Gwenvael, Dagmar, Morfyd und Talaith nach unten zum Frühstück geschafft. Keita, die darauf achtete, dass ihr Lächeln besonders breit und strahlend war, breitete die Arme aus und jauchzte: »Guten Morgen, meine liebe Familie!«

»Du vögelst Ragnar den Listigen?«, brüllte Gwenvael sie an.

Keita ließ die Arme sinken, schaute wütend zu Dagmar hinüber und hoffte, angemessen enttäuscht über ihren Verrat auszusehen. »Du hast mir versprochen, nichts zu sagen.«

Gwenvael richtete seinen finsteren Blick wieder auf seine Gefährtin. »Du wusstest es?«

»Ich weiß vieles.«

»Du *wusstest* es?«

»Schrei mich nicht an, Schänder!«

Keita war überrascht, dass die Tochter des Warlords nichts gesagt hatte. Aber das war gut. Das Gerücht breitete sich noch schneller aus, als sie gedacht hatte, und Dagmar konnte man offenbar vertrauen. *Hervorragend.*

»Bist du nicht in der Lage« – Morfyd schob ihren Stuhl zurück, stand auf und kam um den Tisch herumstolziert – »deine Beine einfach geschlossen zu halten, Schwester?«

»Nicht in der Lage? Doch. Aber warum sollte ich? Er ist hinreißend.«

»Er ist ein Blitzdrache«, erinnerte sie Gwenvael. Und Keita musste zugeben, dass sie ein bisschen schockiert war. Sie hätte nie gedacht, dass ausgerechnet Gwenvael einer derjenigen sein würde, die sich darüber aufregten. Wen sie vögelte, hatte ihren goldenen Bruder nie besonders interessiert, solange es keine Probleme gab.

»Ja. Ist er. Genau wie die Schlampen, die du während des Krieges gevögelt hast, der dir den Namen Schänder eingebracht hat.«

»Es heißt *Verderber*! Und ich habe nie versucht zu verbergen, was ich getan habe. Warum tust du es dann?«

»Ich habe keine Zeit für so etwas.« Keita steuerte auf die Tür des Rittersaals zu, die offen stand und den Blick auf die Freiheit des frühen Morgens freigab. Doch in dem Moment, als sie nach draußen trat, schnappte Gwenvael sie am Arm und drehte sie herum.

Zumindest *glaubte* sie, es sei Gwenvael. Gwenvael, der viel größer war als Keita, sodass sie, als sie ihren Arm nach ihm schwang und ihn schlug, eigentlich nur seine Seite treffen und wenig Schaden anrichten sollte.

Zu dumm nur, dass es nicht Gwenvael, sondern Morfyd war, die nach ihr gegriffen hatte. Und Morfyds Gesicht war genau auf der Höhe von Keitas offener Handfläche.

Das Geräusch hallte auf dem Hof wider, und Morfyds Wange verfärbte sich rot, wo Keitas Hand sie getroffen hatte.

Es folgte ein kurzes, benommenes Schweigen von beiden, während die arme Dagmar auf sie zueilte und schrie: »Nein, nein, nein …«

Aber es war zu spät. Viel zu spät. Kreischend rissen sie sich gegenseitig an den Haaren und stolperten die Stufen hinab, während sie versuchten, die jeweils andere zu treten und ihr gleichzeitig jede einzelne Haarsträhne auszureißen.

Dagmar versuchte verzweifelt, sie zu trennen; die menschlichen Wächter waren so weise, sich nicht in den Kampf zweier Drachinnen einzumischen, die sich jeden Moment verwandeln und sie dabei zerquetschen konnten.

»Hört auf!«, schrie Dagmar und versuchte, sie mit ihren winzigen Menschenhänden auseinanderzuziehen. »Hört sofort auf!«

Es war seltsam, dass Keita mitten in einer Schwesternschlägerei, wie Gwenvael es immer nannte, außer ihren und Morfyds Schreien überhaupt etwas hören konnte, aber sie hörte es. Eine vertraute Stimme, die über den Hof zu ihr herüberdrang.

»Warte!«, flehte die Stimme. »Könntest du einfach warten? Bitte!«

Keita wollte sich von ihrer Schwester lösen, um zu sehen, was los war, aber Morfyd ließ nicht los.

Doch dann hatten sie keine Wahl mehr, denn ein unglaublich starkes – und Keita schätze, unglaublich geladenes – Wesen riss die beiden mit einem Ruck auseinander und schubste sie in verschiedene Richtungen, bevor es einfach zwischen ihnen hindurchging.

Keita schaute auf ihre Fäuste, mit denen sie immer noch weiße Haarsträhnen umklammerte, dann hob sie den Blick und ihr Mund blieb offen stehen, als sie die ganzen roten Strähnen in Morfyds Händen sah.

Rasend vor Wut brüllte sie: »Du ...«

»Izzy! Warte bitte!«

Der Ruf unterbrach Keita, und sie konnte nur starren, als Keitas junge Cousine Branwen an ihnen vorbeischoss, während sie sich gleichzeitig abmühte, sich Kleider über ihre menschliche Gestalt zu streifen.

»Bei aller Vernunft ...«, begann Dagmar.

»... *das* war Izzy?«, endete Keita.

»Es ist zwei Jahre her, seit wir sie zum letzten Mal gesehen haben«, sagte Morfyd, »aber ...«

Die drei sahen sich ungläubig an, dann ließen Keita und Morfyd die Haarsträhnen fallen und rannten die Treppe hinauf, und Dagmar Reinholdt drängelte sich an den beiden vorbei und war noch vor ihnen im Saal.

24

Talaith hatte all das Geschrei und Gekreische gehört, aber sie hatte schon vor langer Zeit gelernt, sich nicht in einen Kampf zwischen Morfyd und Keita einzumischen. Selbst Gwenvael – der überraschenderweise verärgert war, obwohl ihn normalerweise nicht viel verärgern konnte, vor allem nicht, was Keita tat oder wen sie vögelte – war zur Hintertür des Saals hinausgegangen.

»Willst du nicht helfen?«, hatte sie ihn gefragt, als er an ihr vorbeikam.

»Irgendwann werden sie schon müde«, hatte er geantwortet, und weg war er.

Vielleicht würden sie das auch. Doch im Gegensatz zu Dagmar hatte Talaith nicht vor, ihr Frühstück stehen zu lassen, um das herauszufinden. Wenn es nötig war, hielt sie die Brüder davon ab, sich zu streiten, aber sie würde nicht zwischen die Schwestern geraten. Sie war mit Frauen aufgewachsen und sie wusste genau, wie gemein sie sein konnten.

Talaith hörte jemanden die Treppe herunterkommen und lächelte, als sie ihren Gefährten sah. Er konnte seine Schwestern vielleicht auseinanderbringen, ohne sich dabei ein blaues Auge zu holen. Doch er blieb auf halber Treppe stehen, den Blick auf den Eingang zum Rittersaal gerichtet. Ihm fiel die Kinnlade herab, seine Augen wurden weit, und ein Ausdruck des Entsetzens breitete sich auf dem Gesicht des sonst ständig gelangweilten Drachen aus.

Besorgt, dass seine Schwestern sich jetzt wirklich etwas angetan hatten, folgte Talaith seinem Blick. Doch die wütenden hellbraunen Augen, die sie durch den Saal anstarrten, gehörten nicht zu einem Drachen.

»Bei den Göttern ...« Talaith atmete hörbar aus und erhob sich langsam auf die Füße. »Izzy?«

Ihre Tochter. Iseabail. Wieder zu Hause, gesund und wohlbehalten, wieder unter den Ihren nach zwei sehr langen Jahren, und ohne dass ein wichtiger Körperteil fehlte. Aber Talaiths Izzy war ... reifer geworden. Sie hatte kurvige Hüften entwickelt und Brüste, deren Größe sich fast verdoppelt hatte; Izzy war wohl eine Spätentwicklerin wie ihre Mutter. Aber das war nur ein Teil dessen, was mit Izzy passiert war, seit Talaith sie das letzte Mal gesehen hatte.

Es war außerdem kein Gramm Fett an Talaiths Tochter, aber sie war alles andere als dünn. Nein, sie besaß harte Muskeln, die sich unter ihrer kurzärmligen Tunika und einer braunen, eng anliegenden Hose wölbten. Sie war auch größer geworden – sogar noch größer als Annwyl –, und ihre Schultern waren stark, breit und mächtig; Talaith kam sich daneben kümmerlich und schwach vor. Es schien, als sei Izzy mehr nach dem Volk ihres leiblichen Vaters geraten, als Talaith gedacht hatte. Jetzt war Izzy gebaut wie die Kriegerfrauen von Alsandair. Groß, breit und sehr, sehr stark.

Noch gefährlicher: Izzy war ziemlich schön geworden. Und wenn Talaith eine Spielerin gewesen wäre, hätte sie darauf gewettet, dass sie sich ihrer Schönheit überhaupt nicht bewusst war. Auch das hatte Izzy von ihrem Vater. Er war atemberaubend gutaussehend gewesen, hatte aber keine Ahnung davon gehabt und bis zum Tag seines Todes immer verblüfft gewirkt, dass Talaith ihn so sehr lieben konnte. Er hatte sich nie für würdig gehalten.

»Hast mich wohl schon vergessen?« Izzy knallte die Hände flach auf den Tisch, beugte sich vor und brüllte ihr eine Beschuldigung entgegen, dass die Festungswände erzitterten: »Weil du mich durch eine andere ersetzt hast?«

Das Gebrüll riss Talaith aus ihrer Schockstarre. »Wovon zum Teufel redest du da?«

»Du hast es nicht einmal für nötig befunden, es mir zu erzählen! Bedeute ich dieser Familie so wenig?«

Talaith zuckte zusammen, als ihr bewusst wurde, warum ihre Tochter so wütend war, und sah ihren Gefährten an. Doch der hatte sich umgedreht und ging die Treppe wieder hinauf.

Er ließ sie im Stich, dieser Bastard!

»Du hast nie ein Wort gesagt!«, schimpfte Izzy weiter und ging auf und ab, während ihre Cousine Branwen hinter ihr stand und ungewöhnlich verstört aussah. »Ihr habt euch alle verschworen, mich zu belügen!«

»Izzy, du verstehst nicht ...«

»Unterbrich mich nicht!«

Verletzt – sie war schließlich immer noch die Mutter dieses undankbaren Görs – stürmte Talaith um den Tisch zu ihrer Tochter. »Wage es *ja* nicht, so mit mir zu reden! Ich bin immer noch deine Mutter!«

»Wohl kaum!« Izzy verschränkte die Arme vor der Brust. »Hast du gehofft, ich würde nicht wiederkommen?«, fragte sie hochmütig. »Damit du so tun könntest, als hätte es mich nie gegeben? War ich so eine Last für dich?«

Außer sich vor Wut, dass diese Göre so etwas behaupten konnte, explodierte Talaith.

»Wie kannst du es wagen, so etwas zu mir zu sagen!«

»Wie kannst *du* es wagen, mir nicht die Wahrheit zu sagen!«

»*Ich sehe, deine Abwesenheit hat dich nicht weniger unmöglich gemacht!*«, schrie Talaith.

»*Wie die Mutter, so die Tochter, scheint es!*«, schrie Izzy zurück.

»Izzy?«, sagte Briec vom Fuß der Treppe aus, Rhianwen in den Armen. »Willst du deiner Schwester nicht Hallo sagen, bevor du uns allen Lebewohl sagst?«

Izzy wandte sich ihrem Vater zu und räusperte sich. »Nein. Will ich nicht.«

»Du bist unmöglich!«, fuhr Talaith sie an.

»*Ich* bin unmöglich?«

Briec stand inzwischen neben Izzy und Talaith.

Und zum ersten Mal, seit Talaith sich erinnern konnte, schien ihre jüngere Tochter in den Armen ihres Vaters nicht zufrieden zu sein: Sie streckte beide Arme nach Izzy aus und zappelte; sie wollte unbedingt von ihr gehalten werden.

»Ich glaube, sie will nicht bei mir sein«, sagte er leise.

Izzy rieb sich die Handflächen an den Oberschenkeln und

machte einen Schritt rückwärts. Stur wie immer – Talaith hatte keine Ahnung, wo ihre Tochter das herhatte –, weigerte sich Izzy schweigend, ihre eigene Schwester zu berühren. Und falls die Überraschung und der Schmerz auf dem Gesicht ihres Vaters ihr nicht ein bisschen Vernunft beibrachten, wusste Talaith auch nicht, was sonst noch helfen konnte.

»Sag ihr, wie sie heißt«, schaltete sich plötzlich Keita ein.

Briec warf seiner Schwester einen finsteren Blick zu. »Reitest du immer noch darauf herum?«

»*Darauf* werde ich bis ans Ende der Zeiten herumreiten. Du hättest das arme Kind auch gleich verfluchen können. Rhianwen hat er sie genannt. Kannst du das fassen, Izzy? Er versucht, den Segen von deiner Großmutter zu kriegen, indem er die Seele des Babys verkauft!«

»So ähnlich sind die Namen gar nicht«, widersprach er. »Jetzt lass stecken!«

»Lass stecken?« Keita trat vor, riss ihrem Bruder Rhianwen weg und drückte sie Izzy in den Arm, was dem sturen Mädchen keine Wahl ließ, als ihre Schwester festzuhalten, wenn sie sie nicht auf den Boden fallen lassen wollte. »Ich werde es nicht ›stecken lassen‹, wie du es so eloquent ausgedrückt hast. Aber ich nenne dich einen Schleimer, denn das bist du. Du hast wohl gar kein Schamgefühl.«

»Ich? Du nennst mich einen Schleimer?«

Während die Geschwister stritten, hielt Izzy ihre Schwester auf Abstand. Aber das ließ Rhianwen nicht mit sich machen. Sie streckte weiter die Ärmchen nach Izzy aus, die kleinen Hände griffen verzweifelt ins Leere.

Mit angehaltenem Atem beobachtete Talaith ihre zwei Töchter. Sie konnte damit leben, wenn Izzy sauer auf sie war, aber auf ihre eigene Schwester durfte sie nicht sauer sein. Rhianwen hatte nichts falsch gemacht, außer in eine sehr seltsame Situation hineingeboren zu werden.

»Mein Daddy liebt mich!«, schrie Keita ihren Bruder an. »Und dass du eifersüchtig darauf bist, langweilt mich!«

»*Du* langweilst mich, und trotzdem ertrage ich dich!«

»Die ganze *Welt* langweilt dich, Briec, denn du hältst dich für besser als alle anderen!«

»Ich *weiß*, dass ich besser bin als alle anderen. Wenn du das nur zugeben würdest, wärst du sehr viel glücklicher mit deiner Minderwertigkeit!«

Frustriert, dass sie ihre Schwester nicht erreichen konnte, begann Rhianwen zu weinen, und Talaith war kurz davor, sich ihre Tochter zurückzuholen.

»Sch-sch-sch«, machte Izzy beruhigend und zog das Baby an ihre Brust. »Schon gut. Nicht weinen.« Izzy begann, in kleinen Kreisen zu gehen und ihre Schwester in ihren Armen hüpfen zu lassen. »Und ihr zwei«, sagte sie zu ihrem Vater und ihrer Tante: »Hört auf damit. Ihr bringt das Baby durcheinander.«

Der Streit verebbte augenblicklich, und die Geschwister sahen Izzy an, dann einander. Keita blinzelte ihrem Bruder zu und lächelte Talaith an.

Danke, flüsterte Talaith der Drachin lautlos zu.

Das Weinen verebbte, und Rhianwen neigte den Kopf zurück, damit sie mit Izzy tun konnte, was sie mit jedem tat: sie mit diesem fast schmerzlich eindringlichen Blick mustern. Was sah ihre Kleine, wenn sie andere so genau ansah, fragte – und sorgte – sich Talaith immer.

Was auch immer Rhianwen diesmal sah, es war mehr als genug. Um genau zu sein, war es so mächtig wie Izzys Schultern. Denn Rhianwen tat etwas, das sie nie zuvor getan hatte.

Sie lächelte.

Ein so strahlendes und glückliches Lächeln, dass Talaith es wie einen Schlag gegen die Brust empfand. Selbst Briec ging einen Schritt zurück, und sein Blick suchte den von Talaith.

Izzy grinste zurück; sie hatte keine Ahnung, dass sie in dreißig Sekunden geschafft hatte, was seit Rhianwens Geburt in diese Welt sonst niemand geschafft hatte.

»Sie ist wunderschön«, sagte Branwen, die hinter Izzy getreten war, um besser sehen zu können.

»Natürlich ist sie das«, blaffte Izzy zurück, die jeden Tag mehr klang wie ihr Adoptivvater. *Der Horror.* »Sie ist *meine* Schwester.«

»Ach! Ich liebe die menschlichen Kleinen.« Branwen griff um Izzy herum. »Lass mich sie mal halten.«

»Geh weg.« Izzy drehte sich so, dass ihre Cousine ihre Schwester nicht berühren konnte. »Deine Hände sind schmutzig.«

»Nicht schmutziger als deine.«

»Ich hatte auf der Reise Handschuhe an.«

»Lass sie mich nur ganz kurz halten«, bettelte Branwen, und Talaith tat die junge Drachin leid.

Vor allem, als Izzy zurückschnauzte: »Schmutzig!«

»Na schön! Dann wasche ich mir die Hände.«

»Du brauchst ein Bad. Du bist völlig verdreckt.«

»Du undankbare kleine …«

»Wie wäre es, wenn ich die Sache für alle einfacher mache?«, unterbrach sie Dagmar. Sie krümmte den Zeigefinger, und Fanny, die eigentlich immer noch für die Diener zuständig, aber irgendwie zu Dagmars persönlicher Assistentin geworden war, erschien augenblicklich.

»Ja, Lady Dagmar?«

»Fanny, könntest du dich um diese beiden hier kümmern? Ein heißes Bad für beide und etwas zu essen.«

»Natürlich, Mylady.« Fanny lächelte die beiden an. »Willkommen zu Hause, Lady Iseabail und Lady Branwen. Bitte folgt mir.«

»Na komm, Rhi«, sagte Izzy zu ihrer Schwester, »du kommst mit uns.« Sie wollte Fanny und Branwen folgen, hielt aber inne und warf ihren Eltern einen finsteren Blick zu. »Glaubt bloß nicht, ihr wärt damit vom Haken.«

Talaith hatte schon den Mund geöffnet, um ihrem verzogenen Gör von Tochter zu sagen, was sie mit ihrem »Haken« machen sollte, aber Keita, Dagmar, Briec und Morfyd hielten ihr alle die Hand vor den Mund. Sie stampfte mit den Fuß auf, aber sie weigerten sich, ihre Hände wegzunehmen, bis Izzy und ihre Cousine die Treppe hinauf und im Flur verschwunden waren.

»Göre!«, schrie sie, als sie sie losließen.

»Sie war verletzt«, sagte Briec. »Ich habe dich gewarnt...«

»Halt. Die. Klappe.«

»Und normalerweise könnte ich damit leben, wenn sie sauer auf dich ist – aber auf mich ist sie auch sauer. Das kann ich nicht hinnehmen. Meine Töchter lieben mich. Ich lasse mir das nicht von dir ruinieren.«

Keita schaute zu ihrem Bruder auf. »Hältst du das wirklich für hilfreich?«

»Hilfreich? Ich soll hilfreich sein?«

»Sie ist so stur!«, knurrte Talaith, die inzwischen auf und ab wanderte. »Ich weiß nicht, woher sie das hat.«

Jetzt starrten sie alle an.

»Unglaublich, dass du die Dreistigkeit besitzt, das laut zu sagen«, bemerkte Briec.

»Und was soll das nun wieder...«

Sie fuhren alle erschreckt zusammen, als sie das Quieken der Mädchen hörten, bevor Izzy und Branwen die Treppen wieder heruntergeschossen kamen, über den Esstisch sprangen und direkt zur Tür hinausstürmten.

»Ihr Götter!«, rief Talaith aus. »Wo ist die...«

»Rhianwen geht es gut«, rief Fanny. Ein paar Sekunden später erschien sie oben an der Treppe, die glucksende Rhianwen im Arm. »Ich habe sie.«

»Was ist los?«

»Keine Ahnung. Sie haben in ihrem Zimmer aus dem Fenster geschaut, mir das Baby zugeworfen, äh, *übergeben*, und sind zur Tür gerannt.«

»Was in allen...«

Gwenvael kam in den Saal gerannt. Er war so überwältigt von dem, was da draußen vor sich ging, dass er nicht einmal sprechen konnte. Er zeigte nur immer wieder mit dem Finger nach draußen.

Dagmar stemmte die Hände in die Hüften. »Was ist *los* mit dir?«

Gwenvael holte Luft, dann sprudelte er heraus: »Auf dem

Hauptgelände. Draußen. Annwyl ... und die Blitzdrachen.« Er hob zwei Finger. »Zwei von ihnen. Sie kämpft gegen *zwei* von ihnen.«

Einen Moment lang herrschte verblüfftes Schweigen, dann rannten alle zur Tür, und nur Talaith und Dagmar blieben zurück.

»Wartet, wartet, wartet!«, schrie Dagmar. Die Gruppe blieb stehen und drehte sich zu ihr um. »Ihr müsst sie aufhalten!«, befahl sie.

Briec schnaubte als Erster und stürmte zur Tür hinaus, gefolgt von den anderen, während Talaith nach Rhianwen sehen ging.

Ragnar saß unter einem Baum und schaute über das hohe Gras hinweg in die Weite. Er hatte ein geöffnetes Buch im Schoß liegen, aber er hatte kaum einen Blick hineingeworfen, seit er hier saß. Er hatte im Moment weit höhere Dinge im Kopf.

Er bekam die Blicke von Dagmar und Königin Annwyl nicht aus dem Kopf. Nicht weil sie dachten, er ginge mit Keita ins Bett. Das war schließlich Teil ihres Plans.

Nein, Ragnar war aufgebracht, weil sich Keita dann dem Rest ihrer direkten Verwandtschaft allein hatte stellen müssen. Natürlich hatte er es sich nicht ausgesucht zu gehen. Sie hatte deutlich gemacht, dass das alles so ablaufen musste, aber das hieß nicht, dass es sich für ihn richtig anfühlte. Und obwohl er so tun konnte, als sei sein Wunsch, Keita zu beschützen, ein Instinkt, den alle Nordland-Männer hatten, wusste er es besser. Er wusste, dass seine Gefühle für sie mehr als reiner Instinkt waren.

Dennoch verstand Keita ihre Sippe besser, als er dazu je in der Lage sein würde, aber selbst dieses Wissen linderte seine Besorgnis nicht.

Dagmar stürmte auf ihn zu und kam schlitternd zum Stehen. Sie war außer Atem, und sie war offensichtlich *gerannt*, um hierherzukommen. Dagmar *rannte*?

»Ragnar ...«, begann sie, aber ihr Blick blieb an dem kleinen Tornado hängen, der sich in der Mitte des Feldes drehte. »Bei aller Vernunft, was ist das denn?«

»Oh. Tut mir leid.« Ragnar entließ die Winde, die er gerufen hatte, und der Tornado löste sich auf.

»*Du* hast das gemacht?«

»Das ist nichts. Es hilft mir nur beim Nachdenken.«

»Ja, aber …«

»Brauchst du etwas, Dagmar?«

Sie blinzelte mehrmals hinter ihren Augengläsern, eine Hand an die Brust gepresst. »Äh … ja. Ja.« Sie holte Luft, um ihre Nerven zu beruhigen. Als sie erneut sprach, hatte sie sich wieder unter Kontrolle. »Dein Bruder und dein Vetter sind mit Annwyl auf dem Übungsplatz.«

»Und was tun sie da?«, fragte er.

Eine Braue hob sich über kalten grauen Augen und einfachen, stahlgefassten Augengläsern, und Ragnar konnte nur seufzen. »Ich glaube langsam, sie legen es absichtlich darauf an, dass ich ihnen die Schuppen über die Ohren ziehe.«

Keita hatte schon immer etwas für Kämpfe übriggehabt. Sie vermied es, selbst zu kämpfen, aber sie liebte es umso mehr, dabei zuzusehen. Und das … das war ein guter Kampf.

Mit nur einem Schild und einem Schwert hatte es Annwyl geschafft, beide Blitzdrachen in Schach zu halten und gleichzeitig ein paar gute Treffer zu landen. Alle drei bluteten, aber nichts von Bedeutung war abgeschnitten, abgerissen oder fehlte auf sonst eine Art. Das war übrigens eine Regel auf den Übungsplätzen auf Annwyls Gebiet: Sie waren nur zum Training da, nicht zum Töten.

Doch Keita verstand genug vom Kämpfen, um zu wissen, dass diese zwei Blitzdrachen sich bei ihren Hieben nicht gerade zurückhielten. Sie hätte Gold darauf gewettet, dass sie das zu Anfang getan hatten. Kein Nordländer kämpfte gern gegen Frauen – hauptsächlich, weil es nichts Ehrenhaftes war –, aber nach fünf Minuten im Ring war ihnen wahrscheinlich aufgegangen, dass Annwyl nicht irgendeine Königin war, die gern von sich *glaubte*, sie könne kämpfen, und ansonsten ein Symbol für ihre Männer darstellte als etwas, wofür man kämpfte.

Nein. Nicht Annwyl. Sie war und blieb immer eine Kämpferin. Eine Kriegerin, die ihre Männer in die Schlacht und in einen möglichen Tod führte.

»Was ist hier los?«

Keita sah ihren ältesten Bruder an. »Ich glaube, sie trainieren.«

Fearghus schüttelte den Kopf. »In letzter Zeit kämpft sie gegen jeden.«

»Und sie hat ein paar neue Tricks gelernt«, warf Briec ein.

»Ich frage mich, wer ihr das wohl alles beigebracht hat?«, fügte Gwenvael hinzu, und Keita trat ihm mit Kraft auf den Fuß. »Au! Wofür war das denn?«

Fearghus warf seinem Bruder einen bösen Blick zu, bevor er sich wieder auf Annwyl konzentrierte. »Sie übt im Moment jeden Tag. Manchmal neun bis zehn Stunden.«

Und all diese Arbeit war deutlich zu sehen. Keita hatte Annwyls Muskeln bestaunt, als sie sie das erste Mal gesehen hatte, aber ihr zuzusehen, wie sie gegen zwei Männer kämpfte, die viel größer und stärker waren als sie, war ein gewaltiger Anblick. Außerdem schien Annwyl zu wissen, dass sie nicht so stark war wie ihre Gegner, also setzte sie ihre Schnelligkeit und geringere Größe zu ihrem Vorteil ein. Und es funktionierte. Die beiden mächtigen Nordland-Krieger schafften es kaum, sich gegen diese eine Frau zu behaupten. Sie waren wahrscheinlich verwirrt und ein bisschen beschämt darüber. Aber dazu gab es keinen Anlass. Keitas eigene Sippe hatte akzeptiert, dass Annwyl eine gefährliche Gegnerin war und bis zu ihrem letzten Atemzug bleiben würde. Der Cadwaladr-Klan weigerte sich standhaft, gegen sie zu kämpfen, und schämte sich dessen überhaupt nicht.

Ein Schatten fiel über Keita, und mit einem Blick über ihre Schulter sah sie Ragnar herankommen. Hinter ihm lief eine atemlose Dagmar. *Hatte sie bis in die Nordländer rennen müssen, um ihn zu holen?* Die Frau sah erschöpft aus.

Ragnar drängte sich zwischen Keita und Fearghus. »Hören sie eigentlich nie auf mich?«, fragte er.

»Anscheinend nicht«, antwortete Keita. »Aber keine Sorge.

Sie dürfen einander auf dem Übungsgelände nicht töten. Es ist eine Regel oder so etwas.«

»Das beruhigt mich überhaupt nicht.«

»Willst du gehen und sie aufhalten?«

»Sie haben sich für diesen Weg entschieden«, erklärte Ragnar, »jetzt müssen sie ihn bis zum Ende gehen.«

Ohne den Blick von seiner Gefährtin abzuwenden, sagte Fearghus: »Anders ausgedrückt: Du hast nicht vor, da reinzugehen und deinen eigenen Kopf zu riskieren.«

»So könnte man es auch ausdrücken, aber auf meine Art klingt es sehr viel ehrenvoller.«

Im Kampfring setzte Vigholf sein Schwert ein, um Annwyl den Schild aus der Hand zu reißen. Sie stolperte ein ganzes Stück zurück. Jetzt befand sie sich zwischen Vigholf und Meinhard. Beide griffen gleichzeitig an, und Annwyl warf sich im letzten Augenblick zur Seite, sodass die beiden ihre Waffen zurückziehen mussten, um sich nicht gegenseitig zu zerstückeln.

Die Gelegenheit nutzte Annwyl, um Meinhard gegen das Bein zu treten, das sie ihm am Tag vorher gebrochen hatte. Der Drache brüllte vor Schmerz, und Blitze sprühten in alle Richtungen. Keita hatte keine Lust, getroffen zu werden, und duckte sich, aber Briec wirkte rasch einen Zauber, der einen Schutzschirm um sie alle entstehen ließ.

Während Meinhard vorübergehend außer Gefecht war, griff Annwyl Vigholfs Beine an und warf sich mit ihm zu Boden. Sie kam schnell wieder auf die Beine und schon war sie wieder über ihm, das Schwert in beiden Händen hoch über seinem Bauch erhoben.

Einen Moment bevor sie das Schwert in den Drachen rammen wollte – während Vigholf sich höchstwahrscheinlich gleich in seine Drachengestalt verwandeln würde, damit er Annwyl zertrampeln konnte –, warf Annwyl einen Blick auf ihr Publikum, zurück auf ihr Opfer, dann wieder auf das Publikum.

»Izzy?«

Izzy hob die Hand und winkte.

»Izzy!« Annwyl rammte ihr Schwert neben dem Kopf des armen Vigholf in den Boden – der Drache biss die Zähne zusammen, wahrscheinlich, um nicht aufzuschreien wie ein erschrecktes Baby – und stürmte über den Übungsplatz. Sie sprang über den Zaun – alle anderen wichen hastig zurück – und direkt in Izzys Arme.

»Iseabail!«, jubelte Annwyl und wirbelte ihre Nichte herum. »Ich freue mich so, dich zu sehen!«

Gwenvael neigte sich herüber und flüsterte Keita ins Ohr: »Das ist wie der Kampf der Riesenfrauen.«

Bevor sie lachen konnte, schlug Briec Gwenvael auf den Hinterkopf.

»Au!«

Annwyl setzte Izzy ab, hielt aber weiter ihre Hände fest. Sie ging einen Schritt zurück und musterte sie von oben bis unten. »Du siehst so gut aus. Wie ist es dir ergangen?«

»Ich bin immer noch in der Ausbildung«, jammerte Izzy.

»Und da wirst du auch blieben, bis deine Kommandanten das Gefühl haben, dass du bereit bist für eine Beförderung. Du willst zu schnell zu viel.«

»Du hast doch nicht erwartet, dass sich das ändert, oder?«, brummelte Izzy, und Annwyl lachte.

»Nein. Das hatte ich nicht erwartet. Ich habe dich aber auch nicht so früh zurückerwartet.«

»Ach, na ja, ich bin hergekommen, um meine Mutter mit ihrem Verrat zu konfrontieren.«

»Izzy«, warnte Briec.

»Mit dir rede ich auch nicht mehr«, sagte sie, ohne ihn anzusehen. »Und dir, Annwyl, soll ich das hier von Ghleanna bringen.«

Sie fasste in ihren Stiefel und reichte Annwyl ein Stück Leder. Die nahm es, sah es sich genau an, und ihr Gesichtsausdruck veränderte sich fast augenblicklich.

»Wo wurde das gefunden?«, fragte sie, jetzt nicht mehr die liebende Tante, sondern die fordernde Königin.

»In einer kleinen Stadt in der Nähe der Westlichen Berge. Die

Stadt war ein paar Tage vorher von Barbaren angegriffen worden. Bis wir davon erfuhren und um Hilfe gebeten wurden, war es zu spät.«

»Gibt es Überlebende?«

Izzy schüttelte den Kopf. »Nein. Es sah aus, als hätten sie alle getötet. Männer, Frauen, sogar Kinder. Ob sie einige als Sklaven mitgenommen haben, konnten wir nicht erkennen.«

Annwyl schloss die Hand fest um das Lederstück. »Ich bin froh, dass du wieder da bist, Izzy«, sagte sie noch einmal. »Wir reden später, ja?«

»Aye.«

»Gut, gut.« Annwyl machte Fearghus ein Zeichen, bevor sie sich auf den Weg zur Festung machte. Er folgte ihr, blieb aber kurz stehen, um Izzy einen Kuss auf die Wange zu geben und sie zu umarmen.

Bevor Annwyl um die Ecke verschwand, rief sie aus. »He! Barbarin. Hexe. Euch zwei brauchen wir auch.«

Morfyd nickte den Blitzdrachen zu und folgte Annwyl; Dagmar seufzte schwer, bevor sie ihnen hinterherhinkte.

»Ich muss dafür sorgen, dass sie besser in Form kommt«, murmelte Gwenvael vor sich hin. »Sie ist schwach wie ein Kätzchen.«

»Nur körperlich«, stellte Keita klar.

Gwenvael kicherte und trat mit in die Hüften gestemmten Händen vor Izzy hin. »Was?«, wollte er von seiner Nichte wissen. »Du kommst wieder und zeigst mir keinerlei Zuneigung?«

»Ich weiß nicht, ob ich überhaupt noch mit einem von euch rede.« Izzy verschränkte die Arme vor der Brust. »In keinem der Briefe, die ich bekommen habe, hat mir auch nur einer von euch von Rhi erzählt.«

»Wer ist Rhi?«

»Rhianwen«, sagte Keita. »Du Idiot.«

Gwenvael sah zuück zu seiner Nichte und sagte verwirrt: »Aber ich habe dir doch überhaupt nicht geschrieben. Das müsste mich doch von allen Vorwürfen, ich sei ein Lügner, freisprechen.« Und als alle ihn nur anstarrten: »Ja, das sollte es wirklich!«

Vigholf ignorierte die Hand, die ihm entgegengestreckt wurde, und schaffte es allein wieder auf die Beine. Allerdings nahm er dann doch einen Krug Wasser, den ihm sein Bruder anbot.

»Alles klar?« Nur Ragnar stellte diese Frage nach einem Kampf. Aber diesmal fand Vigholf die Frage ganz und gar nicht unangebracht. Er trank das Wasser halb aus und reichte es dann seinem Vetter weiter

»Ich wusste nicht, dass Frauen so kämpfen können«, gab er zu. »Sicher, dass sie nicht irgendeinen Dämon in sich hat?«

»Hat sie nicht.« Denn das hätte Ragnar gewusst. »Es wirkt nur ein bisschen so.«

Vigholf blickte auf und sah, dass sich ihnen zwei Frauen näherten. Eine war eine sehr junge Drachin, die andere eine Menschenfrau, die Haut braun wie bei Lady Talaith. Schön wie Talaith war sie auch, deshalb nahm er an, dass sie aus derselben Blutlinie stammen mussten.

»Das war unglaublich«, sagte die Menschenfrau. »Meint ihr, ihr könnt uns ein bisschen was davon beibringen?«

»Von was?«, fragte er ein wenig amüsiert.

Sie hob seine Streitaxt auf. Er hatte sie ein bisschen im Kampf gegen die Königin eingesetzt, aber sie hatte sie ihm früh abgenommen. Aber natürlich hatte sie es nur geschafft, sie ihm aus der Hand zu schlagen. Als sie später versucht hatte, sie aufzuheben, hatte sie solche Probleme mit ihrem Gewicht gehabt, dass sie sie weggeworfen hatte und stattdessen nach Meinhards fallengelassenem Schwert gehechtet war. Doch dieses ... Kind wog sie mit scheinbarer Leichtigkeit in der Hand.

»Bringt uns bei, wie man Streitäxte benutzt. Das hatten wir noch nicht.«

»Izzy ist immer noch bei Speeren und Schwertern«, sagte die Drachin. »Das findet sie ein bisschen langweilig.«

Er schaute zu, wie die Menschliche seine Lieblingswaffe in kurzen Bögen mit einer Hand schwang. »Das ist hübsch, nicht?« Sie unterbrach sich und blinzelte zu Ragnar hinauf. »Kenne ich dich nicht?«

»Äh ...«

Prinzessin Keita tauchte so plötzlich neben ihnen auf, als sei sie aus dem Boden geschossen. »Entschuldigt uns einen Moment.« Sie schnappte die Menschliche am Kragen und zog sie ein paar Schritte weg.

»Was ist los?«, fragte Vigholf seinen Bruder.

»Nichts.«

»Lügst du mich an?«

»Nur ein bisschen.«

»Oooooh.« Die Menschliche schaute zu ihnen herüber und verzog das Gesicht. *Tut mir leid*, gab sie Ragnar lautlos zu verstehen.

»Von Subtilität hat die wirklich noch nie etwas gehört, oder?«

Ragnar schüttelte den Kopf. »Nicht wirklich.«

Die Prinzessin und die Menschliche kamen wieder zu ihnen herüber, und die Menschliche hielt Vigholf seine Axt hin. Er nahm sie.

»Nette Waffe«, sagte sie.

»Danke.«

Er wartete darauf, dass sie ihn drängte, mehr darüber zu lernen, aber sie stand da, sagte nichts und wischte sich die Hände an den Hosenbeinen ab.

»Also«, sagte die Prinzessin, »wie wär's, wenn wir alle ...« Sie hob ruckartig den Kopf, dann platzte es plötzlich aus ihr heraus: »Mist. Mist!« Dann tauchte sie hinter Ragnar unter.

»Sollte ich wissen, was du da tust?«

»Ich gehe ein paar ... äh, Leuten aus dem Weg.«

»Männlichen Leuten?« Und Vigholf bemerkte, wie verärgert sein Bruder klang.

»Sprich nicht in diesem Ton mit mir, Warlord.« Sie zog an Ragnars Hemd und drehte ihn ein bisschen herum, sodass er sie weiterhin abschirmte. »Bleib hier. Rühr dich nicht. Ich laufe weg.«

»Wo willst du hin?«

Aber die Prinzessin hatte schon ihre Röcke angehoben und spurtete in Richtung Stadt davon.

»He! Ausländer!« Spöttisch grinsend schauten alle drei zu den menschlichen Soldaten hinüber, die außerhalb des Gatters standen; einige mit Blumen in den Händen. »Wo ist denn die hübsche Prinzessin?«, fragte einer von ihnen. »Wir haben sie doch eben noch gesehen.«

Meinhard, der immer noch mit seinem neuesten Schmerz im Bein beschäftigt war, schlug vor: »Ich sage, wir bringen sie alle um.«

»Ooh!«, warf die junge Drachin ein. »Benutz die Streitaxt!«

»Oder«, unterbrach sie die Menschliche, schob die Drachin beiseite und sah zu den Soldaten hinüber, »ihr könnt euch verpissen!«

»Niemand redet mit dir, Muskelprotz!«

Und das Mädchen senkte den Kopf, hob den Blick und ballte die Hände zu Fäusten. Das genügte.

»Schon gut, schon gut«, sagte der Mann und hob die Hände. »Kein Grund, gemein zu werden.«

Die Männer gingen, und das Mädchen wandte sich lächelnd wieder den Blitzdrachen zu. »Der hat nur eine große Klappe, sonst nichts. Aber wenn ihr wieder Probleme bekommt, sagt mir einfach Bescheid. Ich kümmere mich darum.«

Und Vigholf war hin- und hergerissen zwischen Lachen und der Überzeugung, sie werde sich wirklich darum kümmern. Wahrscheinlich sogar ziemlich gut.

»Ich gehe besser mal Keita suchen«, sagte Ragnar schließlich und seufzte ein wenig.

»Ist die Prinzessin plötzlich deine Verantwortung, Bruder?«

»Sicher, dass du uns nichts zu sagen hast, Vetter?«, fragte Meinhard.

»Ja.«

»Lügst du?«

»Vielleicht ein bisschen.«

Er ging und ließ Vigholf und Meinhard allein mit den beiden jungen Frauen.

»Ich bin Branwen«, sagte die junge Drachin. »Das ist Izzy. Sie ist keine Blutsverwandte, aber sie ist meine Cousine.«

Diese Feuerspucker lebten ganz einfach viel zu kompliziert.

»Schön für dich«, sagte Vigholf und hievte seine Axt auf die Schulter. »Ich und Meinhard trainieren jeden Tag bei Tagesanbruch«, erklärte er den beiden. »Und wir trainieren hier auf dem Platz, solange wir auf Garbhán Isle sind. Was ihr mit dieser Information macht, bleibt euch überlassen.«

Sie machten sich auf den Rückweg zur Burg, um dort vielleicht ein paar Salben für ihre davongetragenen schmerzhaften Verletzungen zu suchen.

Dagmar legte den Lederstreifen, der aussah wie ein Stück, das von einem Schwertgriff gerissen worden war, auf den langen Tisch, der von Karten und Korrespondenz der verschiedenen Legionskommandanten bedeckt war.

»Ich könnte seit Jahren dort sein«, sagte Fearghus und sein Blick wanderte zu seiner Gefährtin. Annwyl stand mit dem Rücken zu ihnen am Fenster, die Arme verschränkt, und starrte hinaus.

»Es sieht relativ neu aus«, sagte Dagmar. Dann, mit einem Seufzen, ging sie hinüber zu einer kleinen Truhe, die sie in diesem Raum aufbewahrte. Sie bewahrte wichtige Korrespondenz und wichtige, aber nicht so oft benutzte Karten und andere Gegenstände darin auf. Sie war die Einzige, die einen Schlüssel dazu besaß; keiner der Drachen machte sich die Mühe, nach einem zu fragen, denn sie konnten die Truhe auch ohne Schlüssel aufreißen. Sie zog den Schlüsselbund hervor, den sie am Gürtel trug, öffnete die Truhe und holte ein paar Gegenstände heraus. Sie legte sie auf den Tisch neben das neueste Stück. Zwei waren Lederstreifen mit eingebrannten Emblemen, ein anderes war ein Teil einer Halskette, und wieder ein anderes war eine Goldmünze. Alle in den letzten Monaten von Addolgar geborgen.

Fearghus und Morfyd kamen näher, um sie sich anzusehen. Fearghus sah Dagmar mit seinen kalten schwarzen Augen an. »Du erzählst uns erst jetzt davon?«

»Es gab keinen Grund, jemanden zu alarmieren, solange ich

nicht sicher war. Ich lasse meine Leute da draußen so viele Informationen sammeln, wie sie können, und Ghleanna und Addolgar sind informiert.«

»Und?«

Dagmar ließ sich auf einen Stuhl auf der anderen Seite des Tisches fallen. »Es gibt immer noch nichts Definitives. Keine Zeugen. Keine Souveräne wurden vor oder nach den Angriffen gesichtet. Nichts.«

»Aber das?«, fragte Morfyd und deutete auf die Stücke, die Dagmar gesammelt hatte.

»Das könnten Beweise sein, aber es reicht nicht aus.«

»Wir können mehr Soldaten in den Westen schicken, um sie zu suchen. Um herauszufinden, ob es die Souveräne sind, und dann entsprechend zu handeln.«

Fearghus sagte mit gesenktem Kopf: »Es sind nicht die Souveräne, die wir finden müssen.«

»Warum nicht?«

»Es heißt«, erklärte Dagmar, »dass die menschlichen Soldaten der Hoheitsgebiete nichts weiter als Marionetten ihrer Drachenherren sind.«

»Der Eisendrachen«, ergänzte Fearghus.

Morfyd schüttelte den Kopf. »Glaubt ihr wirklich, Thracius würde es wagen, uns anzugreifen?«

»Offen?« Fearghus zuckte die Achseln. »Wohl kaum. Aber dass Thracius seinen menschlichen Kampfhund Laudaricus und die Souverän-Legionen losschickt, um unsere Truppen zu dezimieren? Um uns zu beschäftigen, unsere Legionen zu zersplittern, damit wir nicht sehen, was wirklich vor sich geht – vielleicht direkt vor unserer Nase? Das kann ich mir durchaus vorstellen, Schwester.«

»Ich verstehe nicht.«

Er deutete auf die Karte, die vor ihm auf dem Tisch lag. »Wenn wir einen bevorstehenden Angriff durch die Souveräne fürchten, nachdem wir all diese leicht zugänglich platzierten Beweisstücke gefunden haben, verlagern wir all unsere menschlichen Truppen hierher« – er deutete auf die Westlichen Berge – »und schicken unsere Dracheneinheiten über die Berge und in die Talgebiete zwischen den Westlichen und den Aricia-Bergen.«

»Verstehe.«

Dagmar beugte sich vor und deutete auf den nördlichen Teil der Karte. »Während die Eisendrachen durch die Nordländer und Außenebenen fegen und dieses Land ausradieren, bevor auch nur ein Soldat es hierher zurück schaffen kann.«

Morfyd starrte auf die Karte hinab, bis sie plötzlich verkündete: »Mutter weiß es.«

»Warum sagst du das?«

»Warum sonst sollte sie Ragnar herholen? Nach zwei Jahren, wenn sein Krieg fast vorbei ist? Sie plant etwas.«

Dagmar stützte die Ellbogen auf den Tisch und stützte das Kinn in die Hände. »Ein neuer Krieg würde sie bei den Ältesten in eine bessere Position bringen, aber das heißt nicht, dass sie aktiv daran arbeitet, dass ein Krieg mit den Hoheitsgebieten ausbricht.«

Morfyd begann, auf und ab zu gehen. »Die Hoheitsgebiete sind nicht wie die Nordländer, weißt du. Sie sind durch die Geographie und alten Groll zersplittert. Das gesamte quintilianische Reich, Drachen wie Menschen, verneigt sich vor diesem Bastard Thracius. Er regiert mit eiserner Klaue, und falls Mutter das weiterlaufen lässt, bis die Ältesten keine Wahl mehr haben, als einen Krieg zu erklären … dann könnte es zu spät sein.«

»Dann warten wir nicht darauf«, sagte Fearghus. »Menschliche und Drachenlegionen greifen zuerst an. Bevor Mutters Pläne oder die der Souveräne aufgehen können.«

»Nein.«

Fearghus schloss kurz die Augen auf diese leise ausgesprochene, aber unerschütterliche Ankündigung seiner Gefährtin hin.

»Annwyl …«

»Nein, Fearghus. Das wollen sie doch nur. Dass wir die Kinder verlassen.«

»Wir lassen sie doch nicht allein auf einem Feld sitzen und sich selbst verteidigen.«

Sie wandte sich zu ihnen um, und Dagmar konnte sich ein Zusammenzucken nicht verkneifen, als sie den Gesichtsausdruck der Menschenkönigin sah. Er war ... eisern.

»Ich verlasse sie nicht. Ich kann es nicht deutlicher ausdrücken.«

Sie sahen ihr nach, als sie ging, und keiner erschrak, als die Tür hinter ihr zuknallte. Die Königin war eine notorische Türenknallerin.

»Ich rede mit ihr«, sagte Fearghus.

»Du hast schon oft mit ihr geredet, Bruder. Wie wir alle. Sie hört nicht auf uns.«

»Sie träumt«, sagte Dagmar und verriet, was man sich unter den Dienern erzählte. »Sie träumt, dass jemand die Babys holen kommt.«

»Und?«, drängte Fearghus. »Hat sie recht?«

Dagmar und Morfyd tauschten Blicke, bevor Dagmar zugab: »Ja. Wir glauben, sie könnte recht haben.«

»Es wird immer jemanden geben, der es auf die Babys abgesehen hat«, sagte Fearghus und nahm dieselbe Position ein, die seine Gefährtin eben verlassen hatte. Er verschränkte sogar die Arme vor der Brust und starrte aus dem Fenster. »Jeder will sie tot sehen.«

»Glaub mir, Fearghus, wenn das, was Annwyl träumt, wenn die Auskünfte, die ich erhalten habe, korrekt sind, dann hat sie gute Gründe, besorgt zu sein. Wir alle, um genau zu sein.«

25

Ragnar ging eine Seitenstraße entlang, als er die Schänke sah. Wenn es auch nicht die Schänke war, die seine Aufmerksamkeit auf sich zog, sondern die Männer, die hineingingen. Sie rannten förmlich.

Er seufzte. Also ehrlich. Was er alles tun musste.

Er betrat die Schänke, ging an Tischen, Gästen und Schankmädchen vorbei, bis er einen kleinen Tisch im hinteren Bereich erreichte. Dort hielt Ihre Majestät gerade Hof und war von Männern umringt.

»Lord Ragnar!«, jubelte sie, als er vor dem Tisch stand und über die anderen Männer hinwegblickte. »Meine Herren, dies ist Lord Ragnar. Lord Ragnar, dies sind meine Herren.« Daraufhin kicherte sie, und er überlegte, ob er sie an den Haaren hinausschleppen sollte. Aber das klang zu sehr nach etwas, was sein Vater getan hätte – und das machte es ihm unmöglich, dasselbe zu tun. »Was führt dich her, Mylord?«

»Ich habe dich gesucht. Ich dachte, du könntest mit mir zur Festung zurückkehren.«

»Aber ich habe so einen Spaß«, sagte sie, indem sie das Pint in ihrer Hand anhob. Ihr Götter, wie viel Ale hatte sie getrunken, seit sie davongelaufen war? *So* lange hatte er nun auch wieder nicht gebraucht, um sie zu finden.

»Es ist leider Zeit, deinen Spaß zu beenden.«

»Aber ich will nicht, dass er endet!«, schmollte sie, und sie sah verdammt noch mal anbetungswürdig dabei aus.

»Es ist mir egal …«

»Warum gehst du nicht einfach?«, blaffte einer der Männer. »Geh einfach …«

Ragnar hob die Hand vor das Gesicht des Mannes und brachte ihn und die gesamte Schänke mit einem Gedanken zum Schweigen.

»Verärgere mich nicht, Mylady. Komm einfach mit.«

Stur sagte Keita: »Aber ich will nicht gehen.«

Sie stellte ihn auf die Probe, und das gefiel ihm nicht.

Mit einem Blick auf den Mann, der gemeint hatte, sie beschützen zu müssen, befahl Ragnar: »Bell wie ein Hund!«

Und als er es tat, wurden Keitas Augen groß, und ihr Mund blieb offen stehen.

»Hör auf damit!«, sagte sie.

Ragnar sah den Mann zu seiner Rechten an. »Quake wie eine Ente!«

»Ragnar!«, schrie sie über das Quaken und Bellen hinweg. »Hör auf!«

Neugierig fragte er: »Warum macht es dir etwas aus, was ich mit ihnen mache?«

»Weil es nicht richtig ist. Siehst du das nicht?«

Er sah es; er war nur überrascht, dass sie es ebenfalls sah.

»Was tust du anderes als ich?«

»Das soll wohl ein Witz sein.« Und ihm wurde klar, dass sie überhaupt nicht betrunken war.

»Eigentlich nicht. Diese Männer würden über Glasscherben kriechen, um dich zu amüsieren.«

»Aus freien Stücken. Ich zwinge niemanden, etwas zu tun, *und würdest du bitte dieses Gequake und Gebelle beenden?*«

»Stopp.«

Sie taten wie befohlen, und Keitas Augen wurden schmal. »Kannst du das auch mit mir machen?«

Er lachte. »Drachen sind niemals so einfach, Prinzessin. Aber lüsterne Männer sind wahrscheinlich sowieso die Einfachsten von allen.«

»Und das ist meine Schuld, willst du damit sagen?«

»Du bist auf jeden Fall nicht unschuldig daran.« Er streckte ihr die Hand hin. »Also, kommst du nun, oder soll ich sie muhen lassen?«

Keita stand auf und kam um den Tisch herum. Sie nahm die ausgestreckte Hand, rührte sich aber nicht. »Lass sie frei, Ragnar.«

»Wie du willst.«

Er tat wie befohlen, und alle fuhren ohne Unterbrechung mit dem fort, was sie vorher getan hatten.

Als die Männer merkten, dass Keita gehen wollte, flehten sie sie an zu bleiben.

»Es tut mir leid, ihr alle. Ich muss gehen. Aber ich komme wieder.« Sie ließ sich von Ragnar nach draußen führen. »Das war gemein!«, rief sie dort und riss ihm ihre Hand weg.

»Genauso gemein, wie wenn du mich auf die Probe stellst.«

»Das habe ich nicht.«

»Ach nein? Du wolltest nicht sehen, was ich tue, wenn du von so vielen Männern umringt bist?«

»Ich rufe sie ja nicht. Und hältst du mich wirklich für so oberflächlich?«

»Ja.«

Keita schnappte empört nach Luft und hob die Faust, um ihm einen ihrer schwachen Boxhiebe zu versetzen, als ihr scharfer Blick eine Blonde mit dunkelblauem Umhang erspähte, die die Straße entlangeilte. »Das ist sie!«

»Wer?«

»Komm!«

»Wie bitte?«

»Wir dürfen sie nicht verlieren!« Sie schnappte seine Hand und versuchte, ihn mit sich zu ziehen. Als er sie nur verständnislos anstarrte und sich weigerte, sich zu rühren, solange sie ihm nicht sagte, was los war, ließ sie seine Hand los, hob ihre Röcke an und folgte der Frau.

Wer hätte wissen können, dass Éibhear einen zweiten Kampf zwischen Annwyl, Vigholf und Meinhard verpassen würde, weil er lange schlief? Und diesmal musste er nicht eingreifen und dabei möglicherweise den Kopf verlieren oder sich Gedanken darüber machen, für einen kleinen hoheitlichen Zwischenfall verantwortlich zu sein, weil sich ja alles auf einem Übungsplatz abspielte. Aber laut den Dienern, die ihm etwas zu essen brachten, hatte er wirklich etwas verpasst. Typisch.

Aber er war zu Hause, und darüber war er froh.

Er ging die Treppe hinunter in den Rittersaal. Keiner war dort; selbst die Diener waren irgendwo anders mit anderen Dingen beschäftigt. Und ihm war langweilig, außerdem spürte er immer noch die Nachwirkungen des Weins von gestern Abend. Trotzdem hatte er sich in den Schänken mit einigen seiner Vettern und mehreren Schankmädchen ziemlich gut amüsiert.

Er überlegte, was er tun sollte, und beschloss, sich auf den Weg in die Stadt zu machen. Er konnte bei ein paar Buchhändlern vorbeischauen und sehen, was es Neues und Interessantes gab – davon gab es für ihn wahrscheinlich eine Menge, denn es war ewig her, seit er sich ein neues Buch gekauft hatte. Die Nordländer mochten Bücher nicht besonders, und er bekam sehr selten die Gelegenheit, in eine Buchhandlung oder eine Bibliothek hineinzuschauen. Und Götter, wenn er es vorschlug, erntete er nur ausdruckslose Blicke von den anderen.

Das klang also perfekt, nicht wahr? Ein gutes Buch und eine herzhafte Mahlzeit in einer der örtlichen Schänken.

Nachdem er seine Taschen nach Geld durchsucht hatte – er hatte ein bisschen aus Briecs Zimmer gestohlen, sein Bruder brauchte schließlich nicht so viel –, machte sich Éibhear auf den Weg.

Er ging nach draußen und verzog das Gesicht, als ihn das helle Tageslicht wie ein Hammerschlag traf. Das brachte ihn nicht von seinem Plan ab, doch es erinnerte ihn daran, dass Alkohol nicht immer sein Freund war. Er vertrug ihn einfach nicht so gut wie der Rest seiner Sippe.

Er ließ sich Zeit und war auch nur in der Lage, ein Auge offen zu halten, als er die Stufen des Rittersaals hinabging. Sobald seine Füße das Pflaster des Hofs berührten, wandte er sich in Richtung des Seitenausgangs.

»Hallo, Éibhear.«

Éibhear blieb stehen und schaute zurück zur Treppe. Er hatte gemeint, auf der Treppe an jemandem vorbeigekommen zu sein, aber er war so darauf konzentriert gewesen, sie hinter sich zu bringen, ohne sich übergeben zu müssen, dass er nicht weiter darauf geachtet hatte.

Blinzelnd lehnte er sich ein bisschen vor, um besser sehen zu können. Ihr Götter, er würde wahrscheinlich nie wieder so schnell so viel trinken.

»Äh … hallo.«

»Ihr Götter … habe ich mich in zwei Jahren so verändert, dass mich mein eigener *Onkel* nicht mehr erkennt?«

Éibhears Augen wurden groß – beide –, und er ignorierte den dadurch verursachten Schmerz, während er sie anstarrte. »Izzy?«

Ihr Lächeln brachte wie immer ihr Gesicht und seine Welt zum Leuchten. Er hasste sie für dieses Lächeln. Auf diesen langen, einsamen Patrouillengängen in trostlosem Nordland-Gebiet hatte er nicht aufhören können, an dieses Lächeln zu denken.

»Wie … wie geht es dir?«

»Gut. Hab herausgefunden, dass meine Eltern und meine ganze Familie« – und das Folgende brüllte sie zu den Burgmauern hinauf – »*vollkommene und heillose Lügner sind!*«

»Ach, jetzt komm schon endlich drüber weg!«, schrie Talaith von irgendwo im Inneren zurück.

»Aber abgesehen davon«, sprach Izzy weiter, »geht es mir gut. Wie ist es mit dir?«

»Mir geht's gut.«

»Der Norden hat es gut mit dir gemeint, wie ich sehe. Du bist größer. Überall.«

Sag es nicht. Sag es einfach nicht!

»Viel harte Arbeit. Wie ist das Leben in der Armee?«, fragte er eilig, um das Thema zu wechseln.

»Ich bin immer noch in der Ausbildung«, beschwerte sie sich und verdrehte die Augen.

»Ich lege Bäume um. Sehr viele.«

Sie lachte. »Keine Sorge. Ich bin mir sicher, in ein paar Jahren werden wir ernstzunehmende Größen sein.«

Éibhear zeigte auf sie. »Was hast du da?«

Sie hielt ein Fellknäuel hoch. »Einen Welpen.«

»Den hast du doch nicht aus Dagmars Zwingern, oder? Sie würde dich häuten!«

»Du meinst, es würde nicht funktionieren, wenn ich ihr erzähle, dass ich ihn draußen gefunden habe?«

»Bestimmt nicht.«

Sie hob den Welpen dicht vor ihr Gesicht und legte ihre Nase an seine nasse Schnauze. »Aber er ist so süß!«

»Und in ein paar Monaten wird er dir das Gesicht auf ein Mal abbeißen können.«

»Dann will ich ihn auf jeden Fall.«

Éibhear kicherte. »Ich sehe, du hast dich nicht verändert, Izzy.«

»Das kommt darauf an, wen du fragst.«

In diesem Moment, als er Izzy mit ihrem Welpen sah, immer noch in der schmutzigen Reisehose und einer ärmellosen Tunika, Schmutz auf den Wangen und am Hals, dämmerte es Éibhear … er war über sie hinweg. All diese unangemessenen Gefühle, die er für sie gehabt hatte – und die Götter wussten, wie er diese ganzen verdammten, unkontrollierbaren Gefühle gehasst hatte –, waren weg. Er konnte sie immer noch nicht als seine Nichte sehen, aber er hatte keinerlei wie auch immer geartetes Interesse mehr an ihr.

Diese Erkenntnis ließ seine Kopfschmerzen verschwinden, und er trat etwas näher. »Ich wollte gerade in die Stadt, bei den Buchhändlern vorbeigehen und dann etwas essen. Willst du vielleicht …«

»He!«

Éibhear schaute über den Hof und lächelte beim Anblick seines Vetters Celyn. Er und Celyn waren ziemlich gut befreundet gewesen, als sie beide jünger waren, bis … na ja, bis Celyn Izzy kennengelernt hatte. Aber das war jetzt nicht mehr wichtig.

»Celyn?«, fragte Izzy und sah Éibhears Vetter an, als sei der Drache irgendwie auf magische Weise erschienen. »Was tust du denn hier?«

Celyn blieb mitten im Hof stehen und zuckte die Achseln, als wolle er sagen: »Was glaubst du denn wohl?« Éibhear knirschte ein bisschen mit den Backenzähnen. Er wollte doch wohl nicht immer noch die kleine Izzy verführen, oder? Er musste doch wissen, dass das falsch war und dass Briec ihn umbringen würde. Er konnte doch nicht *so* dumm sein, oder?

»Ich bin hergekommen, um zu sehen, wie es dir geht, was sonst?« Ja. Genau. Celyn *konnte* so dumm sein.

Izzy setzte den Welpen auf die Treppenstufe und stand auf. Und dafür brauchte sie ganz schön lang, denn sie war mindestens drei oder vier Zoll gewachsen, seit Éibhear sie zuletzt gesehen hatte. Das schien für eine Menschliche nicht normal, aber Izzy war alles andere als normal. Noch schlimmer war, dass die kleine Izzy nicht nur immer mehr in die Höhe gewachsen war. Sie war auch voller geworden – und Éibhear hasste sie ein klein wenig dafür, denn niemand, der sich selbst Kriegerin nannte, sollte solche Kurven haben.

Izzy stürmte zu Celyn hinüber und warf sich dem Idioten in die Arme. Noch abstoßender war, wie sie ihre Beine um Celyns Taille schlang und ihre Arme um seine Schultern, während Celyn Izzys unschuldige und spielerische Zuneigungsbekundung als Gelegenheit nutzte, ihren Hintern anzugrapschen.

Was in allen Höllen tat Izzy da überhaupt? Ohne es überhaupt zu merken, gab sie Éibhears lüsternem Vetter die völlig falschen Signale. Wie üblich war Izzy vollkommen blind!

»Oh«, sagte Celyn zu Éibhear, als habe er ihn eben erst entdeckt. »Hallo, Vetter.«

»Celyn.«

Celyns Griff um Izzys Hintern musste fester geworden sein, denn sie quiekte und schlug nach seinen Händen. »Hör auf damit!« Sie sprang herunter und boxte Celyn lachend gegen die Schulter.

»Au.«

»Bist du allein hier?«, fragte sie.

»Fal ist mitgekommen. Er muss hier irgendwo stecken.« Er

tippte ihr mit dem Zeigefinger auf die Nase. »Aber ich habe dich gesucht. Alles klar bei dir?«

»Wusstest du es? Von dem Baby?«

»Du weißt, ich hätte es dir gesagt, wenn ich es gewusst hätte. Ich hätte den Zorn meiner Mutter für dich riskiert, meine süße Iseabail.«

Izzy verdrehte die Augen, sie glaubte dem Lügenbold kein Stück mehr, als Éibhear es tat. »Irgendwie bezweifle ich das.«

»Stimmt, aber hättest du es mir vorgeworfen?«

»Eigentlich nicht. Aber ich freue mich, dass du gekommen bist.«

»Ich mich auch.«

Éibhear wusste, dass er es keine Sekunde länger aushalten würde – nicht, ohne sich zu übergeben –, also winkte er kurz. »Ich bin dann weg«, sagte er.

»Ich dachte, wir könnten Brannie suchen und irgendwo gemeinsam etwas essen gehen«, bot Izzy an.

»Nicht jetzt. Ich muss wohin.«

»Das ist ja schade«, sagte Celyn. Und ja, er sah vollkommen am Boden zerstört aus.

Doch Éibhear wollte sich nicht hier und jetzt mit seinem Vetter anlegen. Das musste er auch nicht. Er würde einfach am Abend mit Izzy reden. Sie war immer noch unschuldig, und sie verstand nicht, dass sie sich viel zu sehr mit seinem idiotischen Vetter einließ. Aber Éibhear würde dem ein Ende machen. Weil es seine Aufgabe war. Er war schließlich ihr Onkel, nicht wahr? Nicht blutsverwandt natürlich, aber er war ihr Onkel. Und weil sie nicht als Onkel und Nichte zusammen aufgewachsen waren, würde es einfacher für ihn werden, ihr zu erklären, wie die Dinge liefen, wenn es um Drachen wie Celyn ging.

In der Zwischenzeit würde er sich ein paar gute Bücher besorgen, etwas zu essen und etwas von der örtlichen Heilerin gegen seine verdammten Kopfschmerzen, die tragischerweise wiedergekommen waren.

Ragnar hatte keine Ahnung, wo sie hinwollte, aber er wusste, dass er ihr folgen musste. Es war zu beängstigend, an die Probleme zu denken, in die sie ohne ihn geraten konnte. Und er konnte sich nicht länger der Tatsache verschließen, dass er Keita unterhaltsamer fand als alle anderen, die er kannte.

Sie schlich in einiger Entfernung einer Menschenfrau hinterher. Jedes Mal, wenn die Frau anhielt und sich umsah, ob sie verfolgt wurde, drückte sich Keita in den Schatten eines Gebäudes oder mischte sich unter die Menge. Nach einer Weile musste Ragnar zugeben, dass sie das sehr gut machte und sich täglich weiter von dem Bild entfernte, das er ursprünglich von ihr gehabt hatte.

Sie blieb abrupt stehen und hob die Hand, damit er anhielt.

»Was tun wir eigentlich?«, konnte er endlich fragen.

»Das ist die Schlampe, die Bampour umgebracht hat«, antwortete Keita flüsternd. »Jetzt ist sie hier. Das kann kein Zufall sein.« Sie schaute vorsichtig um die Hausecke, dann schnappte sie nach Luft und sah wieder Ragnar an.

»Was?«, fragte er. »Was ist los?«

»Er? Ich fasse es nicht!«

»Wer?«

Statt zu antworten, wie es jeder vernunftbegabte Drache getan hätte, schoss sie davon und zwang Ragnar, ihr zu folgen, denn er hatte keine Ahnung, was sie vorhatte. Sie kam schlitternd vor etwas zum Stehen, das aussah wie ein altes Warenlager. Sie hielt den Türgriff mit einer Hand, wartete ein paar Sekunden, dann riss sie die Tür auf.

»Hure!«, schrie sie anklagend, was Ragnar ein wenig hart vorkam, da Keita diese Frau ja eigentlich gar nicht kannte. Aber als er das Lagerhaus betrat, sah er, mit wem die Frau dort stand und wusste, dass Keita recht hatte. Definitiv eine Hure.

Der Verderber packte das Schankmädchen und zog sie vor sich, um sich hinter ihr zu verstecken.

»Beschütze mich, Dana!«, flehte Gwenvael, und Ragnar konnte nur hoffen, dass das ein Scherz sein sollte. »Bevor diese

Händlerin des Bösen und ihr beschränkter Handlanger uns beide töten!«

Ragnar wagte die Vermutung, dass *er* der beschränkte Handlanger war.

»Du Hure«, sagte Keita noch einmal. »Was ist mit deiner Gefährtin? Was wird sie sagen, wenn sie es herausfindet?«

»Du darfst es ihr nicht sagen!«, heulte Gwenvael. »*Sie wird uns alle umbringen!*«

»Wie kann ich ihr die Wahrheit verschweigen?«, widersprach Keita. »Ich würde damit sämtliche Frauen der Welt verraten!«

Die Frau deutete auf Keita. »Sie war es, die mich aus dem Fenster geworfen hat.«

Gwenvael schaute zu seiner Schwester, und sein Jammern und Weinen hörte augenblicklich auf. Bruder und Schwester waren beide Schauspieler, aber Keita war eine viel bessere. »Du hast sie aus einem Fenster geworfen?«, fragte er.

»Ich habe dieser undankbaren Ziege das Leben gerettet. Erinnere mich nächstes Mal daran, dass ich mir das sparen kann. Ehrlich, wenn ich gewusst hätte, dass sie nur eine von deinen Huren ist…«

Sie warf wirklich ganz schön um sich mit diesem Wort.

Die Frau ging auf Keita zu. »Ich bin keine Hure, du Schlampe. Und ich wusste, ich hätte dich töten sollen, als ich die Gelegenheit dazu hatte.«

»Vielleicht, aber du warst zu beschäftigt damit, dir das Sperma des alten Mannes von den Oberschenkeln zu wischen, um die Zeit dafür zu haben.«

Gwenvael prustete, und er und seine Schwester brachen in Gelächter aus.

»Achte nicht auf uns, Dana.« Gwenvael wischte sich mit einer Hand die Lachtränen aus den Augen und gab der verwirrten Frau mit der anderen Hand eine Geldbörse. »Wie versprochen.«

»Danke, Mylord.« Während sie Keita, die sie eindeutig als die größere Gefahr betrachtete, mit kühlem Blick im Auge behielt, ging die Frau rückwärts, bis sie an einer Seitentür ankam und hinausschlüpfen konnte.

»Ich bezweifle, dass sie zurückkommt«, sagte Ragnar.

»Sie arbeitet für mich, und ich bezahle sie gut«, sagte eine andere Stimme aus den Schatten. »Sie wird zurückkommen.«

Dagmar Reinholds Hund Knut trat ins Licht, und Keita wich zu Ragnar zurück. »Gute Götter! Der Hund spricht!« Ragnar hatte nur einen Augenblick Zeit, um die Augen zu verdrehen, bevor Dagmar hinter ihrem Hund den Raum betrat. Keita atmete hörbar aus. »Den Göttern sei Dank, das warst du, Schwester. Was für eine Erleichterung. Kannst du dir etwas Seltsameres vorstellen als einen Hund, der sprechen kann?«

Dagmar musterte die drei Drachen in Menschengestalt, die vor ihr standen, und schüttelte schließlich den Kopf. »Nein, Prinzessin Keita. Ich kann mir nichts auch nur annähernd Seltsames vorstellen.«

Keita grinste. »Da ist wieder dieser Sarkasmus.«

»Ich? Sarkastisch? Niemals.« Und die Worte hätten nicht in ausdrucksloserem Tonfall gesprochen werden können, wenn die Frau tot gewesen wäre. Die blassen Hände vor dem Rock ihres Kleides verschränkt, wirkte die Tochter des Warlords fast ... jungfräulich. Ein junges, unverheiratetes Fräulein, das gerade in ein Nonnenkloster eingetreten war. Bis auf ihre Augen. Für Keita waren diese kalten Augen, die alles sahen, das, was sie verriet.

Das änderte aber für Keita die Schlange nichts – sie fand wirklich langsam Gefallen an der Partnerwahl ihres Bruders! Dagmar Reinholdt war so unverhohlen skrupellos und gemein und dabei so direkt, dass Keita, wenn sie einmal über all dieses Grau hinwegsah ... Ehrlich, wie konnte sie die Menschliche nicht anbetungswürdig finden?

»Warum bist du hier, Prinzessin?«, fragte Dagmar.

»Ich wohne hier«, erklärte Keita. »Dies ist das Land meines Volkes.«

»Dieses Spiel sollen wir also spielen?«

»Ich spiele gern.«

»Keita«, tadelte ihr Bruder.

»Oh, na gut. Ich habe das Mädchen erkannt und wollte sehen, für wen sie arbeitet. Stell dir meine Überraschung vor, als ich herausfand, dass ihr zwei es seid...« Sie grinste breiter, ihr Blick ging zwischen der Tochter des Warlords und Gwenvael hin und her. »Ich hatte keine Ahnung, dass ihr zwei diese Art von Spielchen mögt. Sehr hübsche Wahl, Bruder.«

»Ist Dagmar nicht *wild*? Du solltest sie sehen, wenn sie ihre Hunde abrichtet!«

»Hört auf. Beide.«

Keita legte eine Hand auf Dagmars Arm. »Du musst dich nicht dafür schämen, dass du eine Hure bezahlst, damit sie deine Bedürfnisse befriedigt, Lady Dagmar. Ich würde dasselbe tun, wenn ich mich entscheiden könnte, was mir lieber wäre, ein Kerl oder eine...«

»Du und ich wissen beide, dass Dana keine Hure ist.«

»Vielleicht ist Mörderin ein passenderer Ausdruck?«

»Was bist du dann?«, fragte Ragnar Keita.

»Meinem Volk gegenüber loyal. Und jetzt halt den Mund.«

»War es deine Loyalität, die dich an diesem Morgen in Lord Bampours Schlafzimmer geführt hat?«, fragte Dagmar.

»Ich war lediglich um die Gesundheit des armen Lord Bampour besorgt. Es ging ihm während unseres gemeinsamen Abendessens gar nicht gut.«

Dagmars Lippen verzogen sich zu etwas, das man fast als Lächeln bezeichnen konnte. »Sie ist eine viel bessere Lügnerin als du, Schänder.«

In gespieltem Entsetzen nach Luft schnappend, hob Keita die Hand an die Brust. »Willst du damit sagen, dass ich *lüge*, Lady Dagmar?«

»Ich will damit sagen, dass du dich selbst dann nicht mit der Wahrheit herumschlagen würdest, wenn man dafür zu deinen Ehren einen Tempel errichten würde.«

Keita wackelte mit dem Zeigefinger vor ihrer Nase. »Da bin ich anderer Ansicht.« Sie sah Ragnar achselzuckend an. »Ich wollte schon immer einen Tempel.«

»Wohin Männer aus dem ganzen Land pilgern könnten, um dich anzubeten!«, jauchzte Gwenvael.

»Ja! Und sie müssten mir Geschenke bringen, denn ich wäre eine Göttin.« Sie seufzte. »Ich liebe Geschenke.«

Dagmar warf Ragnar über Keitas Schulter einen Blick zu. »Hast du dir das in den letzten Tagen die ganze Zeit bieten lassen?«

»Ja.« Er blickte finster. »Und ich habe es auch noch genossen ... Das ist nicht gut, oder?«

»Keine Sorge«, sagte Dagmar. »Es tut nur am Anfang ein bisschen weh.«

Ren aus der Dynastie der Auserwählten betrat das Gemach der Drachenkönigin. Sie lächelte ihn an, zeigte viele Reihen von Reißzähnen und winkte ihn mit einer Geste ihrer Klaue zu sich.

»Hallo, mein Freund.«

Er stellte sich auf die Hinterbeine, dann ging er auf ein Knie und neigte den Kopf. »Meine Königin.«

»Oh, um der Götter willen, Ren. Für wen ist diese Vorführung?«

Ren setzte sich auf die Hinterbeine und warf die Haare, die ihm in die Augen fielen, nach hinten. »Ich halte mich gern an die Etikette, Rhiannon.«

Sie lachte und winkte noch einmal mit der Klaue. Diesmal löste sie damit das Halsband, das sie trug und das mit einer Kette an der Wand befestigt war. Es war ein Spiel, das die Königin und ihr Gemahl spielten. Ein Spiel, das Ren nie hinterfragte. Hauptsächlich, weil es ihn nichts anging, aber auch, weil das, was zwischen den beiden vor sich ging, rein und leidenschaftlich war. Und Rens Gattung war es eine Erklärung, warum die Dinge sich bei den Südland-Drachen des Westens so verändert hatten. Nur eine Liebe wie die von Rhiannon und Bercelak konnte alles wandeln, was die Drachen dieses Landes kannten.

»Du hast mich gerufen?«

»Das habe ich.« Sie setzte sich und klopfte auf eine Stelle neben sich auf der Felsplatte. Natürlich war das nicht ihr offizieller Thron. Der stand in einer anderen Kammer der Höhle, in der genug Platz für die Ältesten war. Dies war auch nicht ihr Schlafzimmer. Es war ganz einfach das Gemach der Königin, wo oft weltverändernde Entscheidungen getroffen wurden.

Ren setzte sich, und die Königin sagte: »Ich will dir danken, dass du auf meine Keita aufpasst. Dass sie gut ist in dem, was sie tut, macht sie zu einem Ziel, und zu wissen, dass du sie oft unterstützt hast, hat mich sehr beruhigt.«

»Entschuldige meine Offenheit, aber ich dachte, es interessiere dich einen Dreck, was deine Hurentochter tut. Oder waren das nicht die Worte, die du ihr vor achtundsechzig Jahren gesagt hast?«

»Ich schulde niemandem eine Erklärung über meine Beziehung zu meiner Tochter. Nicht dir ...«

»Und nicht ihr.«

»Niemandem. Was ich tue und warum ich es tue, geht nur mich etwas an.«

»Verstehe. Dann sollten wir vielleicht darüber sprechen, was du von mir willst.«

»Du musst für mich in den Westen reisen und ...«

»Nein.« Ren schüttelte den Kopf. »Ich werde nicht gehen, damit du Keita dem Willen dieses Nordländers überlassen kannst.«

»Er macht dir Sorgen.«

»Er hat es geschafft, sie zu verletzen, und das hat zuvor noch kein männliches Wesen, das ich kenne, geschafft.«

»Und was bedeutet das für dich?«

»Dass sie ihm gegenüber angreifbar ist. Das gefällt mir nicht.«

»Es ist nicht deine Sache, das zu mögen oder nicht. Keita mag ihm gegenüber angreifbar sein, wie du es ausdrückst, aber ich habe keine Zweifel, dass es ihm das nur schwerer machen wird, ihr nahezukommen. Aber euch zwei zu trennen ist nicht mein Ziel.«

»Was dann? Womit kann *ich* dir wohl helfen?«

»Du musst etwas für mich überprüfen.«

»Und was?«

Sie warf ihm etwas zu, und Ren fing es mit seiner Klaue. Er sah es sich genau an. »Eine quintilianische Goldmünze.«

»Eine *Sovereign*-Münze. Das ist ein Unterschied.« Das wusste er. Quintilianische Münzen gab es überall, sie wurden im ganzen Land benutzt. Souverän-Münzen, die sehr viel mehr Wert besaßen, weil sie aus purem Gold bestanden, gab es nur im quintilianischen Reich und normalerweise nur bei Adligen. »Man hat sie unter den Überresten einer weiteren Stadt vergraben gefunden, die von barbarischen Stämmen zerstört wurde, wie man uns glauben machen möchte.«

»Aber du glaubst nicht mehr, dass es die Barbaren sind?«

»Wer immer es ist, er tötet alle und nimmt keine Sklaven. Barbaren aus den Westlichen Bergen nehmen immer Sklaven. So verdienen sie ihr Geld.«

»Du glaubst wirklich, dass es die Souveräne sind?«

»Ich weiß, dass sie es sind. Aber ich brauche sichere Beweise. Nicht nur für die Ältesten, die nie ein gutes Gefühl bei meinem Bündnis mit den Blitzdrachen hatten, sondern für meine Sprösslinge. Sie glauben, ich will einen Krieg.«

»Ist es nicht so?«

Sie warf die Klauen in die Luft, was ihn an ihre Tochter erinnerte. »Schon! Aber nur mit denen, von denen ich *weiß*, dass ich sie vernichten kann – und das, mein Freund, sind *nicht* die Eisendrachen.«

26

»Du bist eine Beschützerin des Throns?« Dagmar nickte auf Keitas Eingeständnis hin und lehnte sich näher zu Gwenvael hinüber. »Was ist das genau?«

Es war so selten, dass seine Gefährtin etwas – *irgendetwas!* – nicht wusste, dass er den Augenblick auskosten musste, um das Gefühl zu genießen. Bis sie sagte: »Also?«

»Sie sind wie ... eine Art Spezialagenten für den Thron, denke ich.«

»Du meinst Spione?«, fragte Dagmar und wandte sich seiner Schwester zu. »Du? Du bist eine ... Spionin?«

»Ich bevorzuge Beschützerin. Spionin klingt so schäbig, findest du nicht?«

»*Du?*«, fragte Dagmar noch einmal, was Gwenvael zwang, ihr einen Stoß mit der Hüfte zu versetzen. Bisher schien Keita Dagmar zu mögen, und so sollte es auch bleiben. Er hatte sich mehr als einmal Keitas Wut zugezogen, und drei Tage lang das herauszuwürgen, was sie ihm ins Essen oder in den Wein geschmuggelt hatte, war kein Schicksal, das er seiner lieben Gefährtin wünschte. »Es ist nur ... du wirkst so geistlos.«

Gwenvael verzog schmerzlich das Gesicht, aber Keita lachte nur. »Ja, nicht wahr? Und das bin ich auch meistens. Außer wenn es um den Thron geht. Den verteidige ich bis zu meinem letzten Atemzug, wenn nötig.«

»Hoffentlich wird es nicht nötig sein«, warf der Blitzdrache ein, und Gwenvael konnte sich ein höhnisches Grinsen nicht verkneifen.

»Was hast du damit zu tun?« Als der Blitzdrache nicht antwortete, sah Gwenvael seine Schwester an. »Keita? Was läuft da zwischen euch beiden?«

»Ich benutze ihn nur für Sex.«

»Natürlich. Aber das erklärt nicht, warum du ihm erlaubt hast zu bleiben, als du mit ihm fertig warst.«

»Vielleicht, weil er sehr gut ist?«

Dagmar drückte Gwenvael den Handrücken an die Brust, den Blick auf Keita und Ragnar gerichtet. »Geht es um die Souveräne?«, fragte sie, und als beide vollkommen ausdruckslose Gesichter machten, wusste Gwenvael, dass seine Gefährtin richtig geschätzt hatte.

Keita musterte die Menschliche, die Gwenvaels Gefährtin war. »Wie weit kann man ihr trauen?«, fragte sie ihren Bruder.

»Ich habe ihr schon mein Leben anvertraut und das aller anderen in dieser Familie. Ihre Loyalität steht außer Frage. Selbst Vater vertraut ihr.«

Überrascht hob Keita eine Braue. »Tatsächlich?« Sie nickte. »Dann mache ich es kurz, und das, was ich euch erzähle, verlässt diese Wände nicht.« Als sie alle zustimmten, fuhr sie fort: »Es besteht die eindeutige Möglichkeit, dass Lehnsherr Thracius vorhat, mich auf den Thron zu bringen. Mutter glaubt, dass er sich schon die Hilfe von jemandem an ihrem Hof gesichert hat. Sie glaubt, sie werden bald an mich herantreten, aber um diesen Prozess ein bisschen zu beschleunigen ... muss ich durchsickern lassen, dass ich die ganze Zeit gewusst habe, wo Esyld war.«

Ihr Bruder schüttelte den Kopf. »Bist du wahnsinnig? Wenn die Familie das herausfindet ...«

»Das Risiko muss ich eingehen. Und ich glaube, du kannst mir helfen, Dagmar.«

»Du willst, dass ich das Gerücht über dich und Esyld verbreite?«

»Kannst du dir jemand Besseren dafür vorstellen?«

Dagmar feixte. »Eigentlich nicht.«

»Das gefällt mir nicht«, sagte Gwenvael.

»Ich weiß, aber ich muss dafür sorgen, dass die Verräter sich viel schneller zeigen. Ich fürchte, uns läuft die Zeit davon.«

Gwenvael begann zu widersprechen, aber seine Gefährtin schnitt ihm das Wort ab.

»Sie hat recht.« Dagmar atmete hörbar aus. »Wir sind allmählich ziemlich sicher, dass die menschlichen Souverän-Truppen kleine Städte und Dörfer in der Nähe der Westlichen Berge überfallen. Dass sie Annwyls Truppen spalten, in der Hoffnung, dass Drachentruppen zur Hilfe dort hingezogen werden.«

»Und es sieht aus, als könnte Styrbjörn der Ekelhafte Thracius helfen«, fügte Ragnar hinzu. »Alles fügt sich zusammen. So wenig mir das auch gefällt – wir müssen die Sache weitertreiben.«

»Und was ist mit der Sicherheit meiner Schwester?«, wollte Gwenvael wissen und starrte den Nordländer finster an, und sorgte gleichzeitig dafür, dass sich Keita ein kleines bisschen besonderer vorkam als ein paar Minuten zuvor.

»Ich werde deine Schwester mit meinem Leben schützen, das schwöre ich auf den Kodex und den Namen meiner Sippe.«

»Und was für eine Bedeutung sollte das für mich haben?«, wollte Gwenvael wissen.

»Alles«, erklärte Dagmar ihrem Gefährten. »Es bedeutet alles.«

»Keita?«, fragte Gwenvael. »Was sagst du dazu?«

»Ich vertraue Ragnar dem Listigen, wie ich dir vertraue ... oder eigentlich eher, wie ich Ren vertraue.«

Gwenvael schmollte. »Du vertraust Ren mehr als mir?«

»Auf ihn kann man sich wenigstens verlassen.«

»Du kannst mir das doch nicht ernsthaft immer noch vorwerfen, kleine Schwester! Ich bin ein einziges Mal zu spät gekommen!«

»Und ich hätte fast diesen *phantastischen* Kopf verloren! Wenn Ren nicht gewesen wäre, wäre meine Perfektion der Welt verloren gegangen. Ich weiß immer noch nicht, wie du dir seit dieser Sache selbst in die Augen schauen kannst!«

»Weil *meine* Perfektion geblieben wäre. Und das ist schließlich, was zählt!«

Irgendwann verließen sie die Lagerhalle, und die beiden Paare gingen in verschiedene Richtungen auseinander. Auf dem Weg zurück zur Festung nahm Gwenvael die Hand seiner Gefährtin.

»Also?«, fragte er.

»Ich kann nicht fassen, dass du es mir nie gesagt hast.«

»Ich hatte nicht das Recht dazu. Und sie ist meine Schwester.«

»Die Vernunft möge mir helfen, sie ist wirklich *so was von* deine Schwester, Gwenvael!«

»Was soll das heißen?«

»Ich hoffe, dass Ragnar weiß, worauf er sich da einlässt.«

»Er hat sie schon gevögelt – wie viel weiter kann er sich noch einlassen?«

»Hat er nicht.«

»Was hat er nicht?«

»Wie du es so eloquent formuliert hast: sie gevögelt.«

Gwenvael blieb abrupt stehen und brachte damit auch seine Gefährtin zum Anhalten. »Woher weißt du das?«

»Instinkt. Körpersprache. Deine Schwester ist sehr schlau. Sie weiß, dass sie nur noch mehr wie eine gelangweilte Prinzessin wirkt, die es auf den Thron ihrer Mutter abgesehen hat, wenn sie eine geheime Affäre mit Ragnar hat, einem feindlichen Drachen von niederer Geburt – egal, wie viele Bündnisse deine Mutter eingeht, viele aus deiner Sippe und andere adlige Drachen betrachten die Nordland-Drachen immer noch als Feinde. Sie stellt sich dumm, weil es wirkt, als könne man sie kontrollieren. Zu dumm, dass sie ihrer Mutter ähnlicher ist, als irgendeiner von ihnen es sich vorstellen kann.«

»Sag das niemals so laut, dass Keita dich hören kann. Sie würde dir den Hals umdrehen.«

»Ich werde es mir merken.« Sie zog an seiner Hand, und sie gingen weiter. »Aber die beiden werden es sowieso bald tun, schätze ich.«

Gwenvael hatte über die Jahre gelernt, dass seine Gefährtin dazu neigte, von einem Gesprächsthema zum nächsten zu springen, denn so funktionierte ihr genialer Verstand. Die meisten Wesen schafften kaum einen oder zwei zusammenhängende Gedanken gleichzeitig; bei Dagmar schienen es Hunderte zu sein.

»Sie werden bald – was?«

»Vögeln.«

Gwenvael blieb wieder stehen. »Ich dachte, du hättest gerade gesagt, sie täten es nicht?«

»Tun sie auch nicht. Auch wenn ich nicht weiß, was dich daran so stört.«

»Was, wenn er nur mit meiner Schwester spielt, weil er sauer ist, dass ich dich bekommen habe?«

»Ich glaube, es würde jedem männlichen Wesen schwerfallen, mit deiner Schwester zu spielen und es lange genug zu überleben, um sich darüber freuen zu können. Aber das ist egal, denn so ist Ragnar nicht.«

Als Gwenvael nur ein Grunzen herausbrachte, strich ihm Dagmar mit der freien Hand übers Kinn. »Und ich bin mit dir zusammen, nicht mit ihm. Das versteht er.«

»Das will ich ihm auch geraten haben.«

»Übrigens bin ich mir sicher, dass er keine Sekunde mehr an mich denken wird, wenn er erst einmal mit deiner Schwester im Bett war.«

»Wie kannst du dir so sicher sein, dass das passieren wird?«

»Brauchst du meine Augengläser, um klar zu sehen, Schänder?« Sie zog ihn wieder weiter. »Sie können es beide kaum erwarten!«

Keita war mit Ragnar auf dem Weg aus der Stadt, als sie ihn sah. Er stand am Marktstand eines Schmieds und sprach mit einem hübschen jungen Mädchen. Er hielt ihre Hand und neigte sich dicht zu ihr.

Sie blieb stehen und starrte ihn an; Wut brannte in ihren Adern.

»Keita?« Ragnar strich mit der Hand ihren Rücken hinab. »Was ist los?«

Vor Wut brachte Keita keine Antwort heraus, sondern marschierte über die Straße auf das Paar zu. Sie hob beide Hände, knallte sie dem Mann gegen die Brust und schob ihn zur Seite. Sie musste widerwillig eingestehen, dass sie beeindruckt war.

Auch wenn es ihre Brüder kaum mehr als verärgern würde, wenn sie sie so schlug, hatte sie bekanntermaßen schon männlichen Menschen Knochen gebrochen. Dieser hier sah sie jedoch nur an.

»Keita?«, fragte er, offensichtlich bestürzt.

»Glaubst du«, knurrte sie den Mistkerl an, »dass du damit durchkommst? Dass ich das zulasse?«

Der General von Annwyls Armeen und nichtsnutzige menschliche Gefährte ihrer Schwester runzelte in *scheinbarer Verwirrung* die Stirn; dann wurden seine Augen groß. »Nein, nein. Du verstehst ni…«

Keita konnte ihn nicht ansehen, ohne größte Lust zu haben, ihn in Brand zu setzen, und wirbelte zu dem Mädchen herum. »Du! Hure! Geh mir aus den Augen, oder ich schwöre bei allen Göttern, dass ich *alles* vernichten werde, was du liebst.«

Das Mädchen, zu Recht verängstigt, brach in Tränen aus und rannte davon, sodass sich Keita wieder dem Mann hinter ihr zuwenden konnte.

Sie drehte sich zu ihm um und zeigte mit dem Finger auf ihn. »Ich sollte dir das Fleisch von deinem menschlichen Gerippe reißen, du mieser …«

»Sie ist meine Cousine«, unterbrach er sie.

»Ja, klar. Netter Versuch. Als hätte ich *diesen* Zentaurenmist vorher noch nie gehört.«

»Ich wollte sie fragen, ob sie unser neues Kindermädchen sein will.«

Das klang irgendwie aufrichtig. »Neues Kindermädchen?«

»Wir haben schon wieder eines verloren, und Morfyd hat mich gebeten zu fragen, ob meine junge Cousine die Stelle übernehmen will. Die junge Cousine, die du eben schreiend und schluchzend zurück zu meiner Tante und meinem Onkel geschickt hast, die mich sie wahrscheinlich nie wieder sehen lassen werden.«

Keita senkte ihren anklagenden Finger; sie wusste, dass er die Wahrheit sprach. »Oh.«

»Du kannst Morfyd fragen, wenn du willst. Sie kennt meine ganze Familie. Sie lieben sie.«

»Brastias, es tut mir so … sehr …«

»Nein, nein. Es ist immer großartig, wenn jemand deine vierzehnjährige Cousine auf der Straße eine Hure nennt und dir vorgeworfen wird, die Gefährtin, die du über alles liebst, zu betrügen. Und dann auch noch vor dem Schmied.«

Keita schaute hinüber, und der Schmied winkte ihr fröhlich zu.

»Ehrlich, es tut mir so leid. Ich dachte nur …«

»Du und Morfyd seid wie Hund und Katze«, sagte Brastias, »aber irgendetwas hat mir schon immer gesagt, dass ich niemals zwischen euch geraten will.« Er ging an ihr vorbei. »Jetzt weiß ich, dass ich recht hatte.«

Er ging die Straße entlang auf die Festung zu und rief noch über die Schulter: »Ein paar der Cadwaladrs essen heute Abend mit uns. Jetzt, wo Izzy wieder da ist, wird wahrscheinlich auch getanzt. Ich dachte, das solltest du wissen.«

Keita vergrub das Gesicht in den Händen. Scham. Sie schämte sich so!

Als Ragnar ihr den Arm um die Schultern legte und sie aus der Stadt begleitete, fragte sie deshalb nicht einmal, wo er mit ihr hinwollte. Es war ihr egal.

Er brachte sie tief in den Wald, bis er zu einem kleinen See hinter ein paar großen Felsblöcken kam. Der Ort, den er vor zwei Jahren zufällig gefunden hatte, war abgeschieden und ruhig. Weniger als eine Meile entfernt war die Stelle, wo Keita ihn mit ihrem Schwanz durchbohrt hatte. Sie wurde nicht oft wütend, aber wenn … dann gab es jedes Mal viele Opfer.

Er wischte einen der kleineren Felsbrocken ab und führte sie hin. »Setz dich.«

Sie tat es, stützte die Ellbogen auf die Knie und legte das Gesicht in die Hände.

»Alles klar?«

Sie antwortete, aber er verstand sie nicht, da ihre Hände im Weg waren, deshalb kauerte er sich vor sie und zog ihre Hände von ihrem Mund weg. »Wie bitte?«

»Ich sagte, ich schäme mich so.«
»Ist das eine neue Erfahrung für dich?«
»Irgendwie schon.«
Ragnar strich ihr die Haare aus dem Gesicht. »Also gut. Du hast also ein Kind eine Hure genannt und den Gefährten deiner Schwester beschuldigt, sie zu betrügen … Ich bin sicher, es könnte schlimmer sein.«
»Was tust du?«
»Ich versuche, dich aufzuheitern …?«
»Das machst du nicht besonders gut.«
»Ich weiß. Tut mir leid.«
»Entschuldige dich nicht.« Sie lachte leise auf. »Ich finde es ja liebenswert.«
»Wie den Dorftrottel, der dem hübschen Nachbarsmädchen Blumen bringt?«
»Ungefähr so … aber ich muss sagen, du hast es geschafft, dass es mir besser geht.« Keita setzte sich auf und musterte den Drachen, der vor ihr kauerte.
»Was?«, fragte er. »Warum siehst du mich so an?«
»Weißt du … du hast ein schönes Gesicht.«
»Danke …?«
Keita streckte die Hände vor und legte sie ihm um sein Gesicht.
»Hat dir das bisher noch niemand gesagt?«
»Doch, natürlich. Mein Bruder hat es mir erst gestern gesagt, bevor er mir ein hübsches neues Kleid gekauft hat … und Ohrringe.«
»Ihr Nordländer liebt euren Sarkasmus.«
»Er hilft uns durch den Tag.«
»Würde dir das auch durch den Tag helfen?« Und sie küsste ihn, drückte ihre Lippen auf seine, streichelte sein Gesicht.

Zu Keitas Überraschung kam diesmal, anders als bei ihrem ersten Kuss, keine Reaktion von Ragnar. Sie hätte genauso gut den Felsblock küssen können, auf dem sie saß.

Sie kam sich ein bisschen dumm vor, zog sich zurück und stellte fest, dass diese merkwürdigen blauen Augen sie ansahen.

»War ich zu schnell, Warlord?«

»Nein. Aber ich bin kein Südländer.«

»Was genau bedeutet das?«

»Etwas an dir zieht mich an, Keita, und ich werde mich nicht wie eine lästige Fliege verscheuchen lassen, wenn du einmal mit mir im Bett warst. Du kannst dieses Spiel mit deinen Feuerspuckern spielen, aber nicht mit mir.«

»Soll ich dir dann gleich meine Flügel aushändigen oder warten, bis du den ersten Schritt machst?«

Sein Lächeln war ein bisschen traurig, als er die Hände nahm, die sie immer noch an sein Gesicht drückte, und sie sanft zurück auf ihren Schoß schob. »Wenn du so von mir denkst, solltest du dir vielleicht einen anderen suchen. Eine gefahrlosere Zerstreuung für Euer Majestät als einen Flügel ausreißenden Bastard von einem Blitzdrachen.«

Er erhob sich zu seiner vollen Größe, ragte kraft- und muskelstrotzend über ihr auf. Sie hätte misstrauisch sein sollen. Bereit, bei der leisesten Bewegung des Nordländers, der ihr so ein unbehagliches Gefühl verursachte, zu kämpfen oder zu fliehen.

»Schon in Ordnung«, sagte er. »Für den Rest der Welt werden wir eine wilde Affäre haben.«

Er entfernte sich einen Schritt von ihr, und Keita streckte die Hand aus und erwischte die Innenseite seines Oberschenkels. Als sie aufstand, ließ sie ihre Hand dort liegen. Sie reichte ihm nur bis zur Schulter, aber das genügte.

»Wie wäre es mit einem Deal?«, schlug sie vor.

»Was für ein Deal?«

»Ich verspreche, dich nicht zu verscheuchen wie eine … was war es noch gleich? Eine lästige Fliege? Und du versprichst mir, mich nicht zu einer Inbesitznahme zu zwingen.« Sie presste ihre Hand fest an seinen Oberschenkel. »Verführ mich, wenn du willst. Verzaubere mich, wenn du kannst. Aber nichts weiter. Wenn du dir das vorstellen kannst.«

Ragnar drehte sich zu ihr um und kam näher. Ihre Hand bewegte sich automatisch nach oben, bis sie gegen die beträchtliche Ausbeulung seiner Hose drückte. Seine großen Hände glitten in ihr Haar, seine Finger massierten ihre Kopfhaut, während er ihren Kopf zurückneigte.

»An diese Absprache kann ich mich halten«, murmelte er.

»Dann küss mich, Warlord. Ich glaube, wir haben beide lange genug gewartet.«

Sobald er ihren Mund mit seinem bedeckte, wusste er, dass er eine gefährliche Entscheidung getroffen hatte. Nichts hatte je süßer geschmeckt, nichts hatte sich je so perfekt angefühlt. Und was für einer Absprache hatte er eben zugestimmt? Er hatte das Gefühl, dass er diese Absprache im Augenblick unmöglich befolgen konnte, wollte er doch nichts anderes, als sie sich über die Schulter zu werfen und mit ihr zurück in seine Nordland-Heimat zu fliegen. Doch er wusste, dass er Keita für immer verlieren würde, wenn er sein Wort ihr gegenüber brach. Und zwar nicht die alltäglichen Versprechen, die Männer ihren Frauen gaben – »Ich weiß, dass ich sagte, ich würde das Ochsengerippe aus dem Esszimmer räumen, aber ich hatte so viel zu tun!« –, sondern im Besonderen diese Absprache. Es war ein Test, und das wussten sie beide. Denn was Keita vor allem anderen wollte, war ihre Freiheit. Die Freiheit, zu gehen, wohin sie wollte, wann sie wollte, mit wem sie wollte. Das bedeutete ihr alles. Von allen Versprechungen, die sie sich in den letzten Tagen gegeben hatten, bei denen es teilweise um Leben und Tod und die Zukunft ihrer Territorien ging, war dies der entscheidende Punkt, der Keita zu der Seinen machen oder sie für immer vertreiben konnte.

Allein aus diesem Grund sollte er diese Sache hier und jetzt abbrechen und zuerst die Situation aus der Welt schaffen, in der es vielleicht um die Souveräne ging oder auch nicht. Wenn der richtige Zeitpunkt gekommen war, könnte Ragnar dann zurückkehren und seiner Drachin von königlichem Blut den Hof machen, wie es sich gehörte.

Zumindest *sollte* er das tun.

Aber spätestens, als er ihr Mieder aufriss, um an ihre Brüste heranzukommen, endete alle Hoffnung, dass er tun könnte, was er tun sollte, und nicht, was er tun wollte.

Er sog ihre Brustwarze ein, und sie stöhnte, ihre Hände gruben sich in seine Haare, ihre zarten Finger lösten rasch den Zopf, der über seine Schultern fiel, und er wusste, dass sie beide über den Punkt hinaus waren, an dem sie aufhören und rational hätten denken können.

Rational? Er hätte gelacht, wenn er nicht damit beschäftigt gewesen wäre, sich auf den Rücken fallen zu lassen und Keita mit sich zu ziehen.

Rational denken konnte man, wenn man jemandem den Hof machte, an dem man interessiert war, der aber das Blut nicht in Wallung brachte. Jemand, der ungefährlich war und hübsch und nicht annähernd eine Herausforderung. Keita war gefährlich, umwerfend und eine größere Herausforderung als das Nest von Eisschlangen, in das er einmal gefallen war. Eisschlangen, die so dick und lang werden konnten, dass sie sich sieben oder acht Mal um einen Drachen seiner Größe wickeln und ihm jeden einzelnen Knochen in weniger als einer Minute brechen konnten. Und dann dieser fünfstündige Kampf, den er am Ende nur dank Vigholf und Meinhard überlebt hatte – nicht annähernd so eine Herausforderung wie Keita.

Andererseits konnte nichts auf der Welt so eine Herausforderung sein, das war ihm jetzt klar.

Er hatte das Mieder eines ihrer Lieblingskleider zerrissen, und es war ihr egal. Er hatte sie in den Schmutz am Seeufer gezerrt, statt sie langsam, verführerisch dorthin sinken zu lassen – es war ihr egal. Und sein Griff war wie Stahl, als er sie eng an sich zog, sie festhielt, während sein warmer Mund zuerst an einem Nippel saugte, dann am anderen, seine Zähne über ihre Haut schabten, seine Hände sich in ihre Hüften gruben – und sie liebte es.

Sie hatte nicht gewagt zu hoffen, dass jemand, der so methodisch war wie Ragnar der Listige, so leidenschaftlich sein konnte. Andererseits hätte sie es vielleicht wissen sollen. So, wie er sie ansah, wie er sie beobachtete.

Er löste einen Arm, sodass er zwischen sie greifen und seine Hose erreichen konnte. Da wusste sie, dass es bei diesem ersten Mal kein Vorspiel geben würde, keine sanften Liebkosungen, kein Lutschen, um ihn hart zu machen, kein Lecken, um sie in Stimmung zu bringen, bevor sie zum Finale des Ganzen kamen.

Und ausnahmsweise war es nicht von Bedeutung. Sobald er sie geküsst hatte, war sie feucht und beinahe sehnsüchtig geworden. Eine Sehnsucht, die sie sehr lange nicht für ein männliches Wesen empfunden hatte, egal, wie gutaussehend oder mächtig es sein mochte. Im Moment brauchte Keita keines dieser Extras – sie riss sich aus Ragnars Griff los, damit sie ihre menschlichen Krallen ausfahren und ihm die Hose vom Leib reißen konnte, sodass seine Männlichkeit sich aufbäumte. Sie hielt sie fest und erhob sich auf die Knie, um sich über ihn zu schieben. Dann spreizte sie die Schenkel, holte Luft, und ließ sich mit ihrem ganzen Gewicht nach unten fallen.

Ihre Scham umschloss all diese männliche Härte mit einem Stoß, der sowohl Keita als auch Ragnar aufstöhnen und sich winden ließen. Er füllte sie aus, dehnte sich in ihr sogar noch mehr.

Ragnar umklammerte ihre Hüften und zog sie eng an sich, während er nach oben stieß.

Keitas Kopf sackte nach hinten; sie lachte und stöhnte gleichzeitig.

Ihr Götter! Das fühlte sich so gut an.

Sie konnte nicht erklären, warum, und es war ihr auch egal. Sie wusste nur, dass sie es liebte. Jeder Zentimeter, den er in sie trieb – nichts hatte sich je so gut angefühlt.

Seine Hände glitten an ihren Seiten nach oben und zogen sie zu ihm herab, enger an ihn heran. Ragnar setzte sich ein wenig auf, bis er ihre Brust erreichen konnte. Sein Mund umfasste sie, und dann spürte sie es. Kleine Blitzschläge an ihrer Brust. Kleine

Blitzschläge, die ihren ganzen Körper dazu brachten, sich zusammenzuziehen, während sie überrascht die Augen aufriss.

Sie keuchte, krümmte sich ihm entgegen, ihre Hände stemmten sich gegen seine Schultern. Nicht, um sich von ihm wegzuschieben – in diesem Moment war sie sich sicher, dass sie *nie* wieder von ihm weg wollte –, sondern weil sie die Kontrolle verloren hatte. Eine Kontrolle, auf die sie sich etwas einbildete, wenn es um Männer ging. Er ging zu ihrer anderen Brust über, entfesselte weitere kleine Stromschläge an ihrer Haut, und Keita schrie auf, als der erste Orgasmus über sie hinwegspülte, dicht gefolgt von einem zweiten.

Zitternd und schweißbedeckt hielt sie sich an ihm fest, während er sie weiter vögelte, mit Mund und Zunge an ihren Brustwarzen spielte, bis er es wieder tat. Bis er diese winzigen Blitze in ihren Körper schickte und Keita noch einmal aufschrie, während sich ihr ganzer Körper zusammenzog. Aber dieses Mal schrie er mit ihr, seine Hände drückten sie so fest, dass sie sich fragte, ob er ihr die Rippen brechen würde. Er kam in ihr und seine Hüften wiegten sich an ihr, als jede neue Ejakulation hart und heiß in sie schoss.

Als sich endlich seine Arme um ihre Taille schlangen und ihr Kopf gegen seine Brust fiel, wusste sie mit absoluter Sicherheit, dass einen Handel mit diesem Drachen zu machen vielleicht das *Dümmste* war, was sie je getan hatte.

Keuchend und während sich sein Verstand langsam wieder klärte, merkte Ragnar, dass er Keita in den Armen hielt und wenig Zeit hatte, sich zu überlegen, wie er sie dort behalten konnte.

Der erste Schritt war jedenfalls, sie gar nicht erst wissen zu lassen, dass das sein Ziel war. Wenn er auch nur eine Anspielung darauf machte, ihre Beziehung zu etwas Dauerhaftem zu machen, würde sie davonlaufen wie ein erschrecktes Kaninchen.

Also hielt er weise den Mund und ließ sich mit Keita im Arm zurück auf die Erde des Flussufers sinken. Er wartete, bis sie beide wieder gleichmäßig atmeten, und fragte dann: »Gibt es irgendeine Möglichkeit, heute Abend um den Teil mit dem Tanzen herumzukommen?«

Sie lachte, und er hörte ihre Erleichterung. Wusste, dass sie Schwärmereien von dem, was gerade passiert war, und Versprechen der Hingabe für alle Zeiten erwartet hatte. Er hatte nicht vor, es so offensichtlich zu machen. Abgesehen davon hatte er noch nie verstanden, dass manche nach dem Sex so gesprächig wurden und das Bedürfnis hatten, jeden einzelnen Stoß, jedes Keuchen und jedes Beben zu analysieren.

»Eigentlich nicht. Aber du könntest versuchen, deine Verwandtschaft zu opfern und zu fliehen.«

»Dafür würden sie mich hassen.« Er zuckte die Achseln. »Aber vielleicht wäre es das wert.«

Sie richtete sich auf, stützte einen Ellbogen auf seine Brust und das Kinn in die Handfläche. »Kannst du nicht tanzen?«

»Man hat es mir beigebracht, aber das heißt nicht, dass ich es gerne tue.«

»Du wirst zumindest mit mir tanzen müssen.«

»Wenn es sein muss.«

Mit zusammengepressten Lippen boxte sie ihn gegen den Arm. »Es gibt Männer, die würden töten für eine Chance, mit mir zu tanzen, aber dir gewähre ich das Privileg. Du solltest dich geehrt fühlen.«

»Oh, das tue ich.« Er rollte sich herum, bis sie unter ihm war – und sein Glied erwachte sofort wieder zu neuem Leben. »Wir sollten im See baden, bevor wir zurückgehen«, murmelte er, während er versuchte, den Rest des Kleides von ihrem Körper zu streifen. »Das können wir auch genauso gut hier machen.«

»Du hast mein Kleid ruiniert«, merkte sie an.

»Hhmm.« Ragnar ergriff das, was von dem Mieder noch übrig war, und riss das Kleid in der Mitte durch, sodass er ihren Körper ungehindert berühren konnte.

»Du solltest mir ein neues kaufen.«

»Du hast meine Hose ruiniert«, antwortete er und löste seine Hände gerade lange genug von ihr, um sich das Hemd über den Kopf zu ziehen und es ins Gras zu werfen. »Damit sind wir quitt.«

»Verdammt.« Sie stemmte die Hände gegen seine Brust und streichelte ihn. Ragnar schloss die Augen, sein Kopf sank nach vorn, seine Lenden waren mehr als bereit, von vorn anzufangen. »Mein raffinierter Plan für ein neues Kleid wurde schon wieder vereitelt.« Ihre Finger kratzten über die Haut, wo sie ihn mit ihrem Schwanz durchbohrt hatte, und Ragnar schauderte.

»Ich habe dir wehgetan, damals.«

»Du hast mich vergiftet.«

»Du hattest es verdient. Aber es ist verheilt, oder nicht?«

»Am Ende, ja.«

Sie drückte sich nach oben und leckte die Narbe. »Gut, dass ich so verdammt versöhnlich bin, Warlord.«

Er packte sie an den Schultern und warf sie mit mehr Kraft, als er eigentlich geplant hatte, auf den Boden. Keita lächelte nur.

»Ich dachte, wir wollten baden und zurück zur Burg«, erinnerte sie ihn.

»Später.« Sein Blick hielt an ihrem fest, er drückte ihre Arme auf den Boden und begann von Neuem, wo er vorher aufgehört hatte: Er stieß hart in sie.

Lächelnd warf Keita den Kopf zurück und schloss die Augen. Ihr Körper erwiderte seine Stöße. »Später ist in Ordnung für mich. Viel später klingt sogar noch besser.«

27

Izzy ließ das Kleid über die Hüften fallen, drehte sich zu ihrer Cousine um, und beide prusteten vor Lachen, während der Welpe, den sie immer noch nicht in den Zwinger zurückbringen wollte, fröhlich bellte.

»Ich glaube, ich bin ein bisschen herausgewachsen«, sagte sie.

»Ihr Götter, Izzy!« Branwen kauerte sich neben sie und zog am Saum. Er reichte ihr kaum bis ans Schienbein. »Zumindest wirst du darin tanzen können.«

Sie lachten noch mehr.

Auch wenn Izzy es ihrer Mutter gegenüber nie zugegeben hätte – zumindest, solange sie selbstgerecht und rechtschaffen wütend war –: Sie war froh, wieder zu Hause zu sein. Und es war ein Zuhause. Ihr Zuhause. Der einzige Ort, wo sie immer willkommen sein würde.

»Ich rede mit Keita«, bot Branwen an und stand auf.

»Was soll das bringen? Gegen mich ist sie ein Baumwichtel.«

»Stimmt, aber sie hat ein Auge dafür. Sie kann ein Kleid besorgen, das dich innerhalb von Sekunden verdammt toll aussehen lässt.«

Branwen ging zur Tür, öffnete sie und schrie auf. »Schleich dich verdammt noch mal nicht an mich ran!«

»Hab ich nicht!«

Izzys Cousine verließ das Zimmer, und ihr »Onkel« trat ein.

Izzy drehte sich wieder zum Spiegel um, hielt aber den Kopf ein wenig gesenkt, um ihr Lächeln zu verstecken. Sie hatte ge*wusst*, dass er wiederkommen würde. So, wie er sie vorhin im Hof angesehen hatte, hatte sie es einfach gewusst.

»Und, was meinst du?«, fragte sie ihn, als Brannie gegangen war.

Éibhear blinzelte. »Äh … es ist ein bisschen kurz.« Dann warf er einen finsteren Blick auf ihre Brust. »Und ein bisschen eng.«

Sie sah an sich hinab. Ihre Brüste wölbten sich aus dem Mieder. »Ich scheine herausgewachsen zu sein, seit ich es das letzte Mal anhatte.«

»Mir ging es mit meinem Kleiderschrank auch nicht viel besser.« Er schloss die Tür hinter sich. »Izzy?«

»Hhmmm?«

»Ich glaube, wir sollten reden.«

Das war es! Das war es! Er würde endlich zugeben, wie sehr er sie vermisst hatte, und mehr brauchte sie nicht – zumindest im Moment. Er konnte ihr auch morgen noch sagen, dass er sie liebte und sie für immer und ewig haben wollte ... oder später in der Woche. Aber jetzt würde ihr ein einfaches »Ich habe dich vermisst« oder, noch besser, ein einfaches »Ich habe dich vermisst, ich kann ohne dich nicht leben – bei den Göttern, du bist die schönste Frau, die ich je gesehen habe« vollkommen ausreichen.

»Also gut. Lass uns reden.«

Er ging zu ihr hinüber und nahm ihre Hände. Und Blut und Feuer, er hatte große Hände!

»Izzy?«

»Aye?«

Er atmete aus. »Du musst dich in Acht nehmen.«

In Acht nehmen? Wovor? Vor seiner überwältigenden Liebe und Verehrung?

»Wovor muss ich mich in Acht nehmen?«

»Vor Celyn.«

»Celyn? Was ist mit Celyn?«

»Ich weiß, du verstehst das nicht, du glaubst, er ist nur nett zu dir oder ein guter Vetter, aber ich glaube, er will mehr von dir.«

Izzy konnte es nicht fassen. Er spielte immer noch den beschützerischen Onkel. Aber sie hatte bereits beschützerische Onkel! Außerdem einen beschützerischen Großvater, beschützerische Großonkel, beschützerische Tanten und Großtanten und beschützerische Vettern! Was sie nicht brauchte, was sie nie wieder brauchte, war noch ein götterverdammtes beschützerisches *Irgendwas*!

Izzy entzog ihm ihre Hände. »Du bist ein Idiot.«

Éibhear trat zurück. »Was?«

»Ich sagte, du bist ein Idiot.«

»Ich versuche, auf dich aufzupassen.«

»Du musst nicht auf mich aufpassen. Du hast jetzt zwei Jahre nicht auf mich aufgepasst, und sieh her.« Sie streckte die Arme vom Körper weg. »Ich bin immer noch da. An einem Stück. Ich werde dir aber mal etwas sagen.« Sie rammte ihm den Finger in die Brust. »Celyn hat mir in der Schlacht den Rücken freigehalten.« Sie rammte noch einmal mit dem Finger. »Celyn hat mir geholfen, mir das Blut aus den Haaren zu waschen.« Noch ein Rums. »Celyn hat außerdem einem Kerl die Arme ausgerissen, der es lustig fand, mich anzuspringen, als ich allein auf Nachtwache war.« Noch ein Stoß, der Éibhear zur Tür zurückweichen ließ. »Wenn es dir also nichts ausmacht, werde ich wohl Celyn als Freund behalten, denn er war da, als *du es nicht warst!*«

»Ich habe nur versucht, dich zu warnen!«

»Du kannst dir deine Warnungen sonst wohin schieben!« Sie drückte ihn zur Seite und riss die Tür auf. »Und jetzt verzieh dich aus meinem Zimmer!«

Éibhear stampfte in den Flur, aber er drehte sich noch einmal zu ihr herum. »Izzy…«

Sie knallte ihm die Tür vor der Nase zu, riss sich das dumme, viel zu kleine Kleid vom Leib und pfefferte es durchs Zimmer.

Das war ja wohl der nervtötendste Drache, den sie je gesehen hatte, und es ärgerte sie maßlos, dass sie ihn vielleicht für immer lieben würde!

»Gibt es eine Hinrichtung?«, fragte Vigholf, der zusah, wie die Südländer begannen, Tische aus dem Weg zu rücken, um Platz auf dem Boden zu machen.

»So etwas tun sie nicht während des Essens«, behauptete Meinhard, dann fügte er hinzu: »Zumindest die Menschen tun das nicht.«

»Aber wir sind schon fertig mit dem Essen.« Vigholf hatte die Hand am Schwert. »Vielleicht sollten wir gehen?«

Ragnar hatte es so lange vor ihnen geheim gehalten, wie er konnte, aber jetzt hatte er keine Wahl mehr, als mit der Wahrheit herauszurücken. »Wir können nicht gehen.«

»Warum nicht?«

»Weil wir eingeladen sind. Es sähe nicht gut aus, wenn wir gehen.«

»Eingeladen? Wozu?«

Ragnar holte Luft, um seinen Verwandten alles zu erklären, aber da begannen die Musiker zu spielen, und der Verderber schlitterte mit Anlauf auf den Knien auf das Ende des Saales zu. Er war so ein sonderbarer Drache. »Schwester!«, rief er.

»Bruder!« Keita, die in ihrem hellblauen Kleid, die dunkelroten Haare mit hellblauen Blüten durchflochten, blendend aussah, rannte barfuß zu ihrem Bruder hinüber.

»Tanz mit mir!«, befahl er. »Meine Gefährtin weigert sich.«

Keita schnappte nach Luft. »Ist sie verrückt? Weiß sie nicht, wen sie da abweist?« Sie legte ihre Hand in die ihres Bruders. »Wann wird sie je wieder die Gelegenheit haben, mit jemandem zu tanzen, der so schön und wunderbar ist wie du?«

»Das sage ich ihr auch ständig!« Gwenvael stand auf und wirbelte seine Schwester in die Mitte des Saals. »Aber sie hört mir nie zu.«

»Du Mistkerl!«, knurrte Vigholf Ragnar mit zusammengebissenen Zähnen an.

»Ich gehe«, sagte Meinhard.

»Keiner von euch beiden geht irgendwohin.« Um ehrlich zu sein, wollte er einfach nicht allein gelassen werden. »Wenn ich da durch muss, müsst ihr das auch.«

»Wir müssen gar nichts.« Vigholf sah ihn finster an. »Wir sind nicht diejenigen, die eine Prinzessin vögeln.«

Sein Bruder und sein Vetter hatten die Gerüchte gehört, die Keita gestreut hatte. Hätten sie es früher am Tag erwähnt, hätte er ihnen – weil er wusste, dass man ihnen trauen konnte – ehrlich gesagt, dass das alles eine Lüge war. Jetzt konnte er das aber wohl nicht mehr.

»Du folgst immer noch meinem Kommando, Bruder. Und du wirst bleiben, oder ich …«

Der Streit endete abrupt, als zwei Frauen auf die drei Männer zukamen. Zwei *junge* Frauen. Ein bisschen zu jung für sie, um genau zu sein.

»Lady Iseabail«, sagte Ragnar.

Sie lächelte. »Nenn mich einfach Izzy.«

»Und ich bin einfach Branwen.«

»Können wir euch irgendwie helfen?«

»Meine Cousine und ich haben uns gefragt, ob ihr vielleicht mit uns tanzen …«

»Nein«, antworteten alle drei Blitzdrachen im Chor.

»Nun, ihr müsst mich ja nicht *alle* anschreien.«

Der Blaue kam zu ihnen herüber und sah mit finsterem Blick auf Izzy herab. Sie würdigte ihn keines Blickes. Es schien, als sei Izzy das einzige weibliche Wesen in den ganzen Dunklen Ebenen, das nicht das Bedürfnis hatte, sich in die Arme dieses Schwachkopfs zu werfen.

»Wir müssen reden«, sagte der Blaue.

»Schon wieder? Wurde ich heute Abend nicht schon genug gefoltert?«

»Du hast mich falsch verstanden, und dass du mir beim Festmahl Essen an den Kopf wirfst, zeigt nur, dass du kein bisschen erwachsener geworden bist.«

»Ach, verpiss dich!«

Vigholf unterdrückte ein Lachen, und Meinhard nahm einen Schluck von seinem Ale.

»Nein, ich werde mich nicht verpissen. Was glaubst du eigentlich, mit wem du sprichst?«

»Willst du darauf wirklich eine Antwort?«, fragte sie, bevor sie fortging, dicht gefolgt von dem Blauen.

Branwen blieb noch einen Moment stehen, bevor sie die Achseln zuckte und sagte. »Ich habe keinem von euch etwas zu sagen.« Dann verschwand sie in der wachsenden Menge auf der Tanzfläche.

Vigholf nickte. »Ich mag ihre Ehrlichkeit.«

Meinhard knallte seinen Becher auf den Tisch. »Ihr Ale schmeckt wie Pisse.«

»Eher wie verdünnte Pisse.«

»Wenn ihr zwei euch nur beschweren wollt …«, begann Ragnar, aber wieder wurde er unterbrochen. Diesmal von Keita.

Sobald sein Bruder und sein Vetter sie sahen, standen sie beide aufrechter und lächelten sie an. »Lady Keita«, sagten sie beide. Sie waren vielleicht nicht wütend auf Ragnar, weil er sich Keita geangelt hatte, aber da er sie nicht in Besitz genommen hatte, galt sie nach den Standards der Nordländer immer noch als Freiwild. Herzlose Bastarde.

»Mylords. Ich sehe, ihr seid keine Fans von unserem Ale.«

»Oh, nein, nein. Es ist gut.« Meinhard nahm seinen Becher wieder in die Hand und zwang sich, noch einen Schluck zu nehmen. »Es ist … süffig.«

Keita lachte, strahlend weiße Zähne blitzten auf, weiche menschliche Haut dehnte sich, als sie den Kopf zurückwarf. Ihr Götter, er begehrte sie so sehr, dass es ihm fast den Atem verschlug.

»Ich weiß wirklich zu schätzen, dass du das hinunterwürgst, Meinhard«, sagte sie. »Aber keine Sorge. Ich habe etwas, das helfen dürfte.« Sie hob den Arm und schnippte mit den Fingern. Ein Diener mit einem Tablett eilte herbei. »Von meinem Vater gebraut«, sagte sie und reichte jedem von ihnen einen Becher. »Er ist hier irgendwo mit meiner Mutter. Meidet ihn, wenn ihr könnt. Dieses Ale ist ziemlich beliebt bei seinem Clan und Dagmar, auch wenn meine Brüder es nicht einmal anrühren würden, wenn man ihnen ein Messer an die Kehle hielte.«

Ragnar starrte in seinen Becher. »Sicher, dass es nicht vergiftet ist?«, konnte er sich nicht verkneifen zu frotzeln.

»Nur deines«, flüsterte sie zurück. »Jetzt, wo ich fast fertig mit dir bin.«

Während er hin und her überlegte, ob sie es ernst meinte oder nicht, probierten sein Bruder und sein Vetter das Ale. Nach einem langen Schluck nickten sie beide anerkennend.

»Das ist gut.«

»Wirklich gut.«

Achselzuckend probierte Ragnar seines. Während es sich seinen Weg in seinen Magen brannte, dachte er, die böse Hexe müsse ihn tatsächlich vergiftet haben!

Ragnar beugte sich vornüber und hustete, unfähig, den Schmerz zu verbergen, den er litt.

»Achte nicht auf ihn«, sagte Vigholf und klopfte Ragnar auf den Rücken. Was ihm in seiner momentanen Lage auch nicht half. »Er war immer schon ein bisschen empfindlich, was Alkohol angeht.«

»Das sehe ich. Tja, keine Sorge.« Keita nahm Ragnar den Becher ab, und während er ihr mit Tränen in den Augen zusah, trank sie diese gebraute Säure in einem herzhaften Zug aus. Als sie fertig war, knallte sie den Becher auf den Tisch hinter ihnen und wischte sich den Mund mit dem Handrücken ab. »Ahhh. Das Gebräu meines Vaters ist über die Jahre nur besser geworden.«

»He! Eure Königliche Majestät!«, schrie einer ihrer Brüder von der Tanzfläche. »Kommst du nun oder was?«

»Meine Familie ruft«, sagte sie lachend. »Aber ich hoffe, ihr bleibt und amüsiert euch.«

Sie lächelte noch einmal, bevor sie sich auf dem Absatz umdrehte und sich unter die Tanzenden mischte.

Ragnar nahm rasch den Becher hoch, den sie abgestellt hatte, und sie sahen alle drei hinein. »Sie hat diese Galle bis zum letzten Tropfen getrunken.«

Gemeinsam schauten sie auf und sahen sie mit ihrem silberhaarigen Bruder Briec vorbeitanzen. Sie bewegte sich, als hätte sie überhaupt nichts getrunken – so sicher wie immer, sodass er sich fragte, wie viel sie wohl genau in jener Nacht mit ihren Cousinen und Tanten getrunken hatte.

Dann sagte Meinhard, was sie alle dachten …

»Sie ist absolut perfekt.«

Fearghus schnappte sich seine Tochter und drehte sich weg, bevor die Mutter des Mädchens ihre Hände um ihre Kehle legen konnte.

»Du kleine Schlange!«

»Annwyl …«

»Halt den Mund!« Sie wischte sich das Blut vom Gesicht. »Schau, was sie getan hat!«

»Ich bin mir sicher, es war ein Versehen.« Er log natürlich. Er hatte gesehen, wie seine Tochter nach dem Messer griff, bevor er es konnte, und es mit einer Kunstfertigkeit warf, für die er selbst Jahrzehnte trainiert hatte. Kaum zwei Jahre alt, und sie war schon so gut wie er, wie ihre Mutter, sogar wie Bercelak. Das Schlimmste war, er wusste, dass Talwyn dieses Messer nicht aus Wut, sondern aus Neugier geworfen hatte. Sie war nur daran interessiert gewesen, ihr Ziel zu treffen. Auch wenn sie, was ihre Fähigkeiten anging, ihrem Alter weit voraus war, hatte sie noch nicht verstanden, dass es Konsequenzen hatte, Messer, Schwerter, Teller, Tassen oder Stühle zu werfen.

»Sei nicht so hart zu ihr«, sagte er zu seiner Gefährtin.

»Wir brauchen ein Kindermädchen.« Annwyl nahm das Tuch, das ihr einer der Diener reichte, und drückte es auf ihre neueste Wunde.

»Wir arbeiten daran.«

»Arbeitet schneller.«

Fearghus hielt seine Tochter in Richtung ihrer Mutter. »Sag, dass es dir leid tut, Talwyn.«

»Was soll das?«, fragte Annwyl. »Du weißt, dass sie das nicht sagen kann.«

»Nicht können und nicht tun sind zwei verschiedene Dinge. Sie spricht mehr als genug mit ihrem Bruder.«

»Flüsternd Dinge aushecken ist nicht reden. Sie hecken Dinge aus.«

»Ich habe es schon einmal gesagt, und ich sage es wieder: Du bist zu hart zu – *au! Du heimtückisches kleines Dämonenkind!*«

Bevor Fearghus das kleine Biest treten konnte, das in seinen

Fuß biss, hob Annwyl den kleinen Dämon in ihre Arme und drückte ihn an die Brust.»Wage es ja nicht, du Wahnsinniger!«

»Er hat angefangen!«

»Was ist los mit dir? Er ist dein Sohn!«

»Er ist *dein* Sohn, Weib.« Er zog seine Tochter an sich. »Sie gehört mir.«

»Du kannst sie haben.«

»Schön!«

»Schön!«

»Das reicht.« Rhiannon schaltete sich ein und nahm Annwyl ihren Enkel ab, während Bercelak Fearghus Talwyn abnahm. »Ihr zwei geht tanzen oder sonst etwas, bevor unsere Gäste aus den Nordländern noch zu sehen bekommen, wie der zukünftige Erbe meines Throns einen Schwertkampf mit seiner eigenen Gefährtin austrägt.«

»Seit wann seid ihr zwei hier?«, fragte Fearghus.

»Können wir nicht kommen und unsere Kinder und unsere wundervollen Enkel besuchen?« Sie lächelte das Dämonenkind an, das Fearghus höhnisch angrinste.

»Kleiner Mistkerl«, murmelte er, was ihm einen Schlag auf den Hinterkopf von seinem Vater einbrachte. »Musst du das tun?«

»Sei kein Esel. Geht. Tanzt. Vögelt. Tut etwas.«

Fearghus griff nach Annwyls Hand. Sie küsste ihren Sohn auf den Kopf, warf ihrer Tochter einen finsteren Blick zu und lächelte seine Mutter und dann Bercelak an. Sie ging in Richtung Tanzfläche, als Fearghus sie zurückriss.

»Was war das?«, wollte er wissen.

»Was war was?«

»Du. Du hast meinen Vater angelächelt.«

»Wäre es dir lieber gewesen, ich hätte ihn angespuckt?«

»Um ehrlich zu sein … ja!«

Immer noch seine Hand haltend, stemmte sie die andere in ihre Hüfte. »Fearghus der Zerstörer, entweder du tanzt mit mir oder du vögelst mich, aber *tu etwas.*«

Bevor er antworten konnte, sprang Gwenvael an Annwyls Seite und sagte: »»Wenn er nichts davon tun will, kann ich sicher ...«

»Verzieh dich!«, schrien sie beide.

Schmollend ging Gwenvael weg. »Ihr zwei seid in letzter Zeit ganz schön launisch.«

Als sie wieder allein waren, sahen sich die beiden an und lächelten.

»Deine Schwester hat das letzte potentielle Kindermädchen vergrault!«, beschwerte sich Talaith, als sie sich ungebeten auf Briecs Schoß fallen ließ.

»Wie ist das passiert?«

»Weiß nicht genau. Brastias war ein bisschen vage, aber es sieht aus, als wären wir wieder auf der Suche. Was sehr zu Annwyls Unkenrufen beiträgt.«

»Wir haben kein Kindermädchen? Also hast du meine perfekte Tochter ...«

»Wenn du sie noch einmal so nennst ...«

»... ganz allein und wehrlos zurückgelassen?«

»Nein. Deine Eltern kümmern sich um die Kinder. Ich glaube, sie kommen jetzt nur noch zu diesen Festlichkeiten, damit sie sich um die Kinder kümmern können. Und seien wir ehrlich, mein Liebling, unsere Tochter und die Zwillinge sind wohl kaum wehrlos. Wenn ich allerdings herausfinde, welcher von euch Idioten Talwyn dieses verdammte Trainingsschwert gegeben hat ...«

»Dieser Idiot war dann wohl ihr Großvater.«

»Oh.«

»Oh?«, fragte Briec. »Alles, was Bercelak erntet, ist ein ›Oh‹, aber wenn es Fearghus oder ich gewesen wären, oder – die Götter mögen es verhüten! – Gwenvael, dann hättest du uns die Köpfe abgerissen?«

»Ja. Da ist was Wahres dran.«

»Wo bleibt da die Gerechtigkeit?«

»Es ist Bercelak. Der süße, fürsorgliche, wunderbare Bercelak, der sich großartig um seine Enkel kümmert und ... au!« Talaith schrie auf, als ihr Hintern auf den Boden knallte, weil Briec ohne Vorwarnung aufgestanden war und davonging.

Aber was hatte sie anderes erwartet?

Süß? Fürsorglich? Bercelak?

Morfyd konnte sich nicht zwischen mehreren der süßen Nachspeisen entscheiden, als ihre Schwester fragte: »Sicher, dass deine Hüften das vertragen, Schwester? Du siehst von hinten langsam aus wie Mum.«

Empört wirbelte Morfyd herum, einen riesigen Feuerball im Anschlag, doch Brastias stellte sich vor sie, sodass sein breiter Rücken Keitas perfektes, makelloses Gesicht abschirmte.

»Keita, deine Nordland-Gäste wirken langsam panisch. Vielleicht willst du nach ihnen sehen, bevor sie schreiend aus dem Gebäude rennen.«

»Also ehrlich«, beschwerte sich Keita. »Ist tanzen so schlimm?«

Sie ging die Nordländer retten, von denen sie zumindest mit einem zur Zeit – und dummerweise – ins Bett ging, und Brastias drehte sich langsam zu Morfyd um.

»Genügt ein Faustkampf am Tag nicht einmal für schöne Drachen?«

»Sie hat angefangen!«, erwiderte Morfyd anklagend.

»Und du hast sie gelassen. Warum? Du weißt doch, dass sie es mit Absicht macht?«

»Weil sie einmal ordentliche Dresche verdient.«

Brastias beugte sich vor und küsste sie auf die Stirn, aber sie hatte das Gefühl, dass er das nur tat, um sie nicht auszulachen. Nicht dass sie ihm einen Vorwurf hätte machen können. Sie und Keita waren zu alt für solche Dinge, aber ihre Schwester hatte etwas an sich, das Morfyd einfach schrecklich wütend machte.

»Du siehst schön aus«, murmelte er an ihrer Haut, während sein Kuss länger anhielt als nötig. Das störte sie natürlich nicht im Geringsten. Eigentlich mochte sie es sogar sehr.

»Danke.«

»Müssen wir lange bleiben?«

»Nein.« Sie versuchte den Kloß in ihrem Hals zu schlucken und schloss kurz die Augen. »Es ist kein Festmahl oder so etwas. Nur ein Zusammensein nach dem Abendessen.«

»Warum gehen wir dann nicht« – er küsste ihre Wange – »rauf in unser Zimmer« – er küsste ihren Kieferknochen, ihren Hals – »und ziehen uns für die Nacht zurück?«

»Das klingt …« Beinahe hätte Morfyd ihn zu spät gesehen. Gwenvael ging an ihnen vorbei und spionierte sie beide aus, die schmalen Augen auf Brastias' Rücken gerichtet, während er das Paar beim Kuscheln beobachtete. Götter, er benahm sich wie ein Baby wegen alledem!

Gwenvael blieb abrupt stehen, und sie sah, wie ihr Bruder Luft in die Lungen sog, um eine Flamme auf Brastias zu schleudern. Sie war diese lächerliche Vendetta ihres Bruders gegen ihren Gefährten so leid! Sie schlang die Arme um Brastias' Schultern, zog ihn eng an sich und schleuderte den Feuerball, den sie für Keita hatte benutzen wollen.

Während ihr Bruder rückwärts durch den Raum flog, fuhr sie fort: »Wunderbar. Das klingt ganz wunderbar. Lass uns gehen.«

Ragnar und Vigholf traten beiseite und sahen dem Südländer nach, der in Flammen gehüllt an ihnen vorbeiflog.

Als er gegen die Wand krachte, stellten sie sich wieder nebeneinander und schauten in die Menge.

»Was hast du noch gehört?«

»Eine Menge Gerede über Angriffe auf kleine Dörfer und Städte in der Nähe der Westlichen Berge. Sie versuchen, es nach den Barbarenstämmen aussehen zu lassen, aber die Soldaten finden immer wieder Beweise, dass es die Souveräne sind.«

Ragnar atmete langsam aus und nickte. »Alles klar. Gute Arbeit.«

»Bist du sicher, dass du nicht nur zu viel in diese Sendschreiben hineininterpretierst?«

»Vielleicht, aber ich will lieber sichergehen, du nicht?«

»Bist du sicher, dass das nichts mit deiner Prinzessin zu tun hat? Vielleicht ein Grund, um in ihrer Nähe zu bleiben?«

»Es hat fast nur mit ihr zu tun. Aber das ändert nichts an der Tatsache, dass die Eisendrachen, wenn sie kommen, durch die Nordländer kommen werden.«

»Glaubst du wirklich, Styrbjörn wäre so dumm?«

»Ja. Das glaube ich.«

»Dann werde ich sehen, ob ich noch mehr herausfinden kann.«

»Gut. Danke, Bruder.«

Vigholf nickte. »Da ist noch etwas. Es hat vielleicht nichts zu bedeuten, aber …«

Wenn es nichts zu bedeuten hatte, hätte Vigholf sich nicht die Mühe gemacht, es anzusprechen.

»Aber was?«

Er beugte sich vor und sprach noch leiser. »Sie sagen, die Menschenkönigin hat Träume. Von etwas, das auf Pferden, die Augen aus Feuer haben, Berge aus Eis herunterreitet und dabei von riesigen Hunden mit Hörnern begleitet wird.«

Ragnar starrte auf den Boden, sein Herz setzte ein paar Schläge aus. »Bist du sicher?«

»Das habe ich gehört, aber das Gerücht verbreitet sich erst jetzt.« Er zuckte die Achseln. »Sie glauben sowieso alle, sie sei verrückt, deshalb nehmen wenige diese Träume ernst.«

Weil sie es nicht wussten.

»Wenn sie von ihnen träumt, Bruder …«, begann Vigholf.

»Keine Panik.« Ragnar hob den Kopf und sah sich um. »Mal sehen, was ich herausfinden kann. Wir sprechen uns später wieder.«

»Alles klar.«

Ragnar machte Meinhard, der sich am anderen Ende des Saals mit mehreren Frauen unterhielt, ein Zeichen. »Er scheint sich ganz gut zu schlagen.«

»Er hat auch noch alle seine Haare«, brummelte Vigholf, woraufhin Ragnar seinen Bruder am liebsten geschlagen hätte.

»Vielleicht hättest du gern Haare wie diese Royals. Länger als bis zum Hintern, damit andere Männer dich besonders verlockend finden.«

»Das habe ich nicht gesagt. Ich will nur das hier nicht.«

»Sei dankbar, dass du deinen Kopf noch hast.«

»Lord Vigholf!«, rief Keita aus, die aus der tanzenden Menge heraustrat. »Da bist du ja!«

Da er und sein Bruder sich nicht vom Fleck gerührt hatten, wusste Ragnar nicht recht, wie schwer es für Keita hatte sein können, Vigholf zu finden.

Eine Hand auf die Schulter einer anderen Drachin gelegt, sagte Keita: »Lord Vigholf, das ist meine Cousine Aedammair.«

»Mylady.«

»Es heißt ›Hauptmann‹«, korrigierte ihn die braune Drachin schroff. »Also, willst du tanzen?«

»Na ja, eigentlich ...«

»Gut.« Die Drachin schnappte Vigholf am Umhang und riss den armen Tölpel mit sich auf die Tanzfläche.

Keita lehnte sich mit dem Rücken an den Tisch und stützte die Handflächen auf das Holz.

»Und was genau war das jetzt?«, fragte Ragnar.

»Er sah deprimiert aus. Aedammair wird ihm dabei helfen.«

»Sag mir, Prinzessin, beutest du alle deine Bekannten aus, um Außenstehende zu besänftigen?«

»Nur jene Cousinen, die mir sagen: ›Ich werde diesen lila Hengst da drüben vögeln. Wie heißt er?‹«

»Warum kann sie kritiklos mit einem lila Hengst ins Bett gehen, aber du nicht?«

»Aedammair ist von niederer Geburt, *ich* dagegen bin von königlicher Abstammung. Ich kann nicht herumrennen und einfach mit jedem ins Bett gehen.« Sie schürzte die Lippen, bevor sie zugab: »Ich tue es, aber ich sollte es eigentlich nicht.«

Ragnar lachte und sah auf sie herab. »Du siehst heute Abend unglaublich aus.«

Ihr Lächeln war strahlend. »Ich weiß. Ich habe mir all diese Mühe für dich gemacht, nur damit du es weißt. Ich will hoffen, dass es sich auszahlt.«

»Ich denke, das kann ich einrichten.«

Gwenvael hatte sich endlich wieder aufgerappelt und stolperte auf den Tisch zu, während er sich Schmutz und Flammenreste von seinen immer noch intakten Kleidern wischte – ein Zeichen, dass wer immer ihn auch in Flammen gesetzt hatte, nicht versucht hatte, ihm ernsthaft zu schaden, sondern nur ihn zu vertreiben.

»Du bist unvernünftig!«, schrie Gwenvael jemandem am anderen Ende des Saals zu.

»Glaubst du, dass derjenige, den er da anschreit, wirklich unvernünftig war?«

»Nein, überhaupt nicht.« Keita breitete die Arme noch ein bisschen weiter aus, und ihre Finger strichen über seine.

Ragnar sah seinen Bruder durch die Menge der Tanzenden pflügen im Versuch, es zu einem Ausgang zu schaffen, die braune Drachin dicht auf den Fersen. »Wann können wir hier raus?«, fragte Ragnar mit gesenkter Stimme. »Ich möchte unbedingt wieder in dir sein.«

»Wir könnten dreist hinausmarschieren, ich über deiner Schulter, wie einer meiner Vettern es mit seiner Gefährtin gemacht hat. Wenn ich mir auch ziemlich sicher bin, dass das zu deinem unmittelbaren Tod durch meine Brüder führen könnte, bevor wir es auch nur in den Hof geschafft haben.«

»Das würde ich gerne vermeiden.«

»Ich auch. Ich kann mich ja nicht mit dir amüsieren, wenn du tot bist.«

»Das ist ein hervorragendes Argument.«

Vigholf rannte jetzt in die andere Richtung und schob Feuerspucker aus dem Weg, während er versuchte zu fliehen.

»Wir könnten uns hinausschleichen, wie es mein kleiner Bruder vor ein paar Minuten mit einer der Töchter dieser menschlichen Adligen getan hat.«

»Wenn du gesehen hast, wie er sich hinausgeschlichen hat, dann ist er nicht besonders gut geschlichen.«

Keita schnaubte. »Dieser kleine Idiot *wollte* gesehen werden. Er ist so durchschaubar in dieser ganzen Sache.«

»Ich habe keine Ahnung, was du meinst.«

»Nichts. Mein Bruder ist noch jung. Er wird noch früh genug etwas über Frauen lernen.«

»Ich glaube, dein Bruder wird tausend Jahre alt und *immer* noch nichts über Frauen wissen.«

Vigholf erschien plötzlich vor ihnen und flüsterte: »Hilf. *Mir*.«

»Wo willst du hin?«, fragte der weibliche Drachenhauptmann, hielt Vigholf fest und zerrte ihn zurück auf die Tanzfläche.

»Als ich so alt war wie dein Bruder«, fuhr Ragnar fort, »hatte ich schon eine Schlacht gegen eine Horde eines meiner eigenen Onkels hinter mir, war in die Eisländer gereist, um zehn Jahre mit einer kleinen Gruppe von Magiern zu lernen, die glaubten, sie seien weder gut noch böse, und hatte ein gesamtes Mönchskloster zerstört.«

»Ihr Götter«, sagte Keita mit bebendem Atem. »Du willst mich wohl direkt hier und jetzt vögeln.«

Briec kam auf sie zu, den Blick auf die Tanzfläche gerichtet.

»Was ist hier los?«, fragte er und deutete auf Vigholf, der verzweifelt versuchte, die braune Drachin nicht so dicht an sich heranzulassen, wie sie es gern gehabt hätte.

»Aedammair hilft dem armen Vigholf, den tragischen Verlust seiner Haare zu vergessen.«

Briec schüttelte den Kopf und lächelte. »Du bist wirklich eine herzlose Kuh.«

Statt beleidigt zu sein, lachte Keita und antwortete: »Ich weiß!«

»Übrigens«, sagte ihr Bruder, und Ragnar fragte sich, wie der Drache es schaffte, *ständig* so gelangweilt zu klingen. »Ren wollte, dass ich dir ausrichte, er sei bald zurück.«

»Warte. Was?« Keita richtete sich auf. »Ren ist gegangen? Wann?«

»Irgendwann heute Nachmittag.«
»Wo ist er hingegangen?«
»Ich weiß nicht.«
»Bist du nicht auf die Idee gekommen zu fragen?«
»Glaubst du wirklich, dass mich das interessiert?«, fragte Briec, bevor er weiterging.
»Du musst aber auch nicht gleich grob werden!« Keita begann mit dem goldenen Armband zu spielen, das sie am Handgelenk trug.
»Du machst dir Sorgen.«
»Es sieht Ren nicht ähnlich, einfach so zu gehen. Er sagt mir immer Bescheid, wenn er geht.«
»Vielleicht hatte er nicht vor, lange weg zu sein.«
»Vielleicht.«
»Du steigerst dich in etwas hinein.«
»Ich steigere mich nie in etwas hinein.«
»Doch, jetzt im Moment steigerst du dich in etwas hinein.«
»Tue ich nicht.« Sie trat rasch zur Seite, als Vigholf gegen den Tisch krachte.
»Bei der süßen Götterscheiße, helft mir!«
Der weibliche Hauptmann kam zu ihnen herüber. »Was ist bloß los mit ihm?«
»Er ist schüchtern.« Keita beugte sich vor und flüsterte: »Und ich glaube, er ist noch ein bisschen verliebter in Gwenvael als du.«
»Oh. So ist das?«
»Ich fürchte, ja.« Keita zeigte ans andere Ende des Saals. »Aber da drüben ist sein Vetter. Meinhard.«
»Meinhard. Der Name gefällt mir.« Und weg war die Braune.
»Du bist grausam, Prinzessin«, schalt Ragnar.
»Und dabei wollte ich diesmal wirklich nur helfen.«

28

Éibhear ließ sich von der Tochter des Herzogs durch den Wald zu einem »einsamen kleinen Platz« führen, den sie kannte. Sie war ganz hübsch, aber noch wichtiger: Sie war nett! Wenn er schlechtgemacht werden oder sich Essen an den Kopf werfen lassen wollte, hätte er auch im Norden bleiben können.

Aber er würde sich nicht von Gedanken an Izzy die Zicke das ruinieren lassen, was sicherlich ein unterhaltsamer Ausklang eines herrlich beschissenen Abends werden würde.

»Warst du schon einmal hier, Mylord?«, fragte sie.

»Nein.« Er log natürlich. Es gab so dicht an der Höhle seines Bruders und Annwyls Festung wenige Orte, die er noch nicht erkundet hatte. Aber die Tochter des Herzogs wollte glauben, dass sie ihm etwas Neues zeigte, und warum sollte Éibhear sie eines Besseren belehren? Vor allem, wenn sie hübsch und willig war. Das gefiel ihm.

Sie führte ihn auf eine Anhöhe mit Blick über einen der vielen Seen in diesem Gebiet. Es war ein ruhiger Ort, und er fand, dass sie ihn gut ausgewählt hatte, bis sie stehen blieb, den Kopf schief legte und den Finger an die Lippen legte. »Ich glaube, ich höre jemanden«, flüsterte sie.

Gemeinsam gingen sie weiter den Hügel hinauf, verhielten sich aber ruhig. Éibhear hatte das unbestimmte Gefühl, dass die Tochter des Herzogs eine kleine Schnüfflerin war. Das musste er Dagmar erzählen. Sie konnte der Gefährtin ihres Bruders vielleicht nützlich werden. Dagmar mochte Schnüffler.

Als sie sich dem Hügelkamm näherten, ließen sie sich zu Boden fallen, krochen den Rest des Weges und lachten leise dabei.

Aber Éibhear blieb das Lachen in der Kehle stecken, als er sah, dass das Izzy unten am See war – und dass sie mit Celyn allein war. Selbst Branwen war nirgends zu sehen. Nur dieser verdammte kleine Hund, obwohl er ihr schon zweimal gesagt hatte, sie solle ihn Dagmar zurückgeben.

Hörte sie ihm eigentlich nie zu? Verstand sie überhaupt nichts? Und tat sie das törichterweise nur, weil sie wusste, dass es ihm unter die Schuppen ging?

Sie hatte das Kleid, das Keita schließlich für sie gefunden hatte, bis zu den Knien hochgezogen und ließ die Füße ins Wasser baumeln, während Celyn von einem Ende des kleinen Sees zum anderen schwamm. Als er bei ihr ankam, hielt er an.

»Hast du vor, die ganze Nacht so zu sein?«, fragte er.

»Ja.«

»Ich weiß nicht, warum du zulässt, dass er dir so an die Nieren geht.«

»Ich weiß nicht, warum du ständig wieder von ihm anfängst.«

»Weil du hier herumsitzt und deswegen schmollst.«

»Ja, aber ich habe allein geschmollt.«

»Du warst nicht allein.«

»Der Welpe zählt ja wohl nicht, Celyn.«

Celyn schwamm etwas näher heran. »Du hast ihm nicht von uns erzählt, oder?«

Izzy stützte sich mit den flachen Händen hinter sich auf dem Boden ab, und der Welpe schmiegte sich an ihre Hand. »Von uns?«

»Von unserer Beziehung.«

»Wir haben keine Beziehung.«

»Wie würdest du es dann nennen?«

»*Keine* Beziehung.«

»Warum? Seinetwegen?«

»Nein. Meinetwegen. Ich habe nicht vor, mich in nächster Zeit an jemanden zu binden.«

»Warum noch gleich? Ach ja. Du wirst eines Tages General sein, und dabei darf ich dir nicht im Weg sein.«

»Ich *werde* General.« Und sie sagte es mit solcher Sicherheit, dass Éibhear ihr glaubte. Er war froh, dass sie klug war und sich nicht von Celyn von ihren Zielen ablenken ließ. Auch wenn Celyn ein bisschen aufdringlicher war, als Éibhear erwartet hätte. *Und was für eine Beziehung überhaupt?*

»Eines Tages«, fuhr sie fort, »werde *ich* Annwyls Armeen in die Schlacht führen. Aber vielen Dank auch für dein Vertrauen in mich.« Sie stand auf und wollte davonstapfen, aber Celyn stützte sich mit einer Hand am Ufer ab und griff mit der anderen nach ihrem Arm und hielt sie fest.

Éibhears Hände ballten sich zu Fäusten, als er daran dachte, dass sein Vetter nicht nur drängen, sondern womöglich Gewalt ausüben könnte. Er würde nicht zulassen, dass er Izzy zu irgendetwas zwang.

»Es tut mir leid, wenn ich deine Gefühle verletzt habe, Izzy. Das wollte ich nicht.«

Izzy holte ein paarmal tief Luft, bevor sie sich ans Ufer kauerte. »Ich habe dich nie belogen, Celyn«, sagte sie. »Ich habe dir nie etwas versprochen, das ich dir nicht geben konnte.«

»Konnte oder wollte?«

»Beides. Ich lasse nicht zu, dass sich etwas zwischen mich und meine Ziele stellt. Ich habe dir das von Anfang an gesagt. Du sagtest, du würdest das verstehen.«

»Das tue ich auch, aber ich habe nie gesagt, dass ich es gut finde.«

»Nicht gut finden klingt, als wäre es dein Problem. Nicht meines.« Jetzt lag wieder ein neckender Tonfall in ihrer Stimme und ihr Lächeln war zurückgekehrt.

»Man könnte meinen, dass du zumindest *versuchen* würdest, mich aufzumuntern«, beschwerte sich Celyn.

»Ich dachte, du seist hier, um *mich* aufzumuntern.«

»Du hast recht. Deshalb bin ich hier.« Celyn krabbelte aus dem Wasser, und die Tochter des Herzogs schnappte ein bisschen nach Luft, als sie seinen nackten Menschenkörper im Mondlicht sah. Aber Éibhear konnte nur daran denken, dass Celyn nackt war und Izzy allein mit ihm.

Lachend machte Izzy einen halbherzigen Versuch, davonzurennen, aber Celyn fing sie ein, zog sie in seine Arme und hielt sie fest.

»Du machst mein Kleid nass, und es gehört nicht einmal mir!«

»Ich besorge dir ein neues.«
»Womit? Du hast kein Geld.«
»Ich werde ein Kleid von Brannie stehlen.«
»Und sie wird dir die Schuppen ausreißen.«
»Wirst du mich dann gesund pflegen?«
»Nein. Ich werde dich leiden lassen. Es ist nicht richtig, seine eigene Schwester zu bestehlen.«

»Komm schon, Izzy«, flehte Celyn praktisch, und Éibhear stand langsam auf, um den zudringlichen Kerl in der Luft zu zerreißen, weil er Izzy zu etwas zwingen wollte, was sie noch nie getan hatte, obwohl sie noch nicht bereit dazu war ...

»Lass mich nicht noch länger warten. Es ist schon Wochen her, seit wir das letzte Mal allein waren.«

»Tage, du Heulsuse.« Sie kicherte, und Celyn knabberte an ihrem Hals, während der Welpe in den Wald tapste, als wolle er ihnen ein wenig Privatsphäre lassen. Ein Gedanke, der Éibhear vollkommen entsetzte. »Außerdem wurden wir letztes Mal fast erwischt.«

Erwischt? Bei was genau erwischt?

»Das Letzte, was ich hörte«, sagte Celyn, »war meine Mutter: ›Iseabail, Tochter von Talaith und Briec, was tust du nackt hier draußen?‹ Und deine schlagfertige Antwort: ›Ääähhh.‹«

Inzwischen laut lachend, schlang Izzy die Arme um Celyns Hals, hob die Beine an und schlang sie ihm um die Taille. »Ich wusste nicht, was ich sagen sollte!«

»Tja.« Er sah auf ihre Lippen. »Jetzt sind wir allein, Iseabail, Tochter von Talaith und Briec, und meine Mutter ist immer noch meilenweit weg. Willst du mich noch länger warten lassen?«

»Nicht heute Abend, nein.«

Sie küsste ihn, und es war definitiv nicht der Kuss eines Mädchens, das verzweifelt versucht, an seiner Unschuld festzuhalten.

Éibhear wandte sich ab, er konnte es keine Sekunde länger mit ansehen. Er musste weg hier. Weit weg. Und er war schon halb den Hügel hinunter, bevor die Tochter des Herzogs ihn einholte. Er hatte sie vollkommen vergessen, dabei war sie direkt neben ihm gewesen.

»Ist alles in Ordnung?«

»Aye. Entschuldige. Ich muss zurück.«

»Oh.« Sie sah enttäuscht aus, aber dabei konnte er ihr jetzt nicht helfen. Bestenfalls konnte er sie zurück ins Gästehaus begleiten und sie der Obhut ihrer Diener überlassen.

»Sag mir, Lord Ragnar«, sagte Keita leise, während sie hinter ihm herumging. »Hattest du je den Mund einer Südland-Drachin an deinem Geschlecht?«

Ragnar schloss die Knie und räusperte sich. »Nein. Hatte ich nie.«

»Hättest du es gerne?«

Ihr Götter, ja! »Stören würde es mich nicht.«

Keita kicherte und ging ein paar Schritte zurück. »Dann kommst du mich am besten holen, Mylord. Damit du mit mir *kommen* kannst.« Ihr Kichern wurde zu einem Lachen, und sie mischte sich in die Menge, die sich schon zu lichten begonnen hatte. Ragnar wollte ihr nach, aber plötzlich standen drei langhaarige Irre vor ihm.

»Findest du Gefallen an unserer Schwester, Blitzdrache?«, fragte ihn Fearghus.

»Ich weiß nicht, was du meinst.«

»Glaubst du wirklich, du kannst vor uns verbergen, was du mit unserer kleinen Schwester machst?«, hakte Briec nach.

Und Gwenvael warf ein »Ja!« ein. Als Ragnar eine Augenbraue hob, fügte er hinzu: »Ich wollte dir nur helfen.«

»Wir wissen alle«, erklärte Ragnar, »dass ich im Moment nichts sagen kann, das euch davon abhalten wird, mich zu verprügeln. Also werde ich zu anderen Mitteln greifen müssen.«

Briec, der zumindest eine Zeitlang die Wege der Magie studiert hatte, ließ seine Fingerknöchel knacken. Er freute sich höchstwahrscheinlich auf einen ordentlichen Kampf der Magier direkt hier im Saal der Blutkönigin.

Zu dumm für sie, dass er noch andere Möglichkeiten hatte.
»Talaith?«, rief Ragnar.

»Du Mistkerl«, zischte Briec, und Gwenvael lachte.

»Er ist gut!«

Die schöne Hexe kam zu ihnen herüber. »Was ist los?«

Er neigte sich zu ihr und flüsterte: »Ich will zu einem geheimen Rendezvous mit Keita, aber ihre Brüder haben sich mir in den Weg gestellt. Kannst du mir helfen?«

Fearghus starrte ihn mit offenem Mund an. »Ihr Götter, du bist *so* ein *Mistkerl*!«

»Was ist los mit euch allen?«, wollte Talaith wissen. »Warum könnt ihr ihn nicht in Ruhe lassen? Er ist so süß!«

»Ihr Götter, Briec«, bemerkte Gwenvael, »sie hat getrunken.«

»Eigentlich nicht«, widersprach Talaith. »Ich hatte nur zwei Gläser Wein.« Aber sie hob vier Finger, als sie das sagte. Um ihr zu helfen, klappte Ragnar ihren kleinen und den Ringfinger nach unten. »Er ist soooo süß. Du bist sooooo süß.« Dann wandte sie sich den drei Feuerspuckern zu, die ihm den Weg versperrten. *»Und ihr lasst ihn in Ruhe!«*

In ewiger, stiller Dankbarkeit für Dagmar Reinholdt und ihren hilfreichen Hinweis, wie man mit Keitas Brüdern umging, ging Ragnar an ihnen vorbei und den gleichen Weg hinaus wie zuvor Keita. Als er vor der Tür stand, schnüffelte er in der Luft und fing ihren Duft auf. Er setzte ihr nach, folgte ihrer Spur an Hundezwingern und Pferdeställen vorbei. Er wusste, dass er in Keitas Nähe kam, denn ihr wunderbarer Duft wurde stärker. Aber er blieb abrupt stehen und trat schnell zurück in die Schatten eines leeren Wachhauses.

Sie umarmte zwei ältere Drachen in Menschengestalt; beide trugen lange braune Umhänge. Einer war ein blauer, der andere ein roter.

»Die Ältesten Gillivray und Lailoken! Wie schön, euch zu sehen!«

»Mylady, bitte«, sagte der eine. »Nicht so laut.«

»Oh.« Keita hielt sich eilig den Mund zu. »Tut mir leid.« Sie trat näher heran. »Gibt es ein Problem?«

»Kein Problem. Kein echtes.«, sagte einer.

»Aber wir sind froh, dich wieder hier zu Hause zu haben. Wo du hingehörst. Bei deinem Volk.«

»Und ich bin froh, wieder hier zu sein.« Sie warf einen finsteren Blick zur Festung hinüber. »Auch wenn meine Mutter es mir nicht einfach macht zu bleiben.« Ihr Gesicht war ein Bild der Sorge, sie nahm je eine Hand der Ältesten und sagte: »Ich habe von dem bedauernswerten Zwischenfall mit dem Ältesten Eanruig gehört. Es tut mir *so* leid.«

»Zum Glück war keiner von uns dabei und musste es mit ansehen, Mylady.«

»Ich auch nicht.« Sie schüttelte den Kopf. »Trotzdem. *So* eine Tragödie. Er war den Unseren und dem Haus Gwalchmai fab Gwyar gegenüber immer so loyal.« Ragnar verdrehte die Augen. Ihr Götter! Mussten die königlichen Namen in den Südländern immer so kompliziert sein? »Ich war geschockt, und ich muss zugeben, auch beunruhigt, als ich hörte, was passiert ist.« Sie holte tief Luft. »Ich traue mich kaum zu fragen, aber ... steckte meine Mutter dahinter?«

»Dafür gibt es keinen Beweis, Mylady«, sagte einer von beiden leise.

»Ich habe nicht gefragt, ob ihr Beweise habt, Älteste. Was sagt euch euer Bauchgefühl?«

»Was sagt *dir* dein Bauchgefühl, Prinzessin?«, drängte der andere.

Sie atmete lange aus und richtete kurz den Blick in die Ferne. »Ihr kennt mich beide gut genug, um zu wissen, was *ich* denke. Die Abneigung meiner Mutter dem Ältesten Eanruig gegenüber war allgemein bekannt, und wie du weißt, Ältester Gillivray« – sie gestikulierte zu dem alten blauen Drachen hin – »habe ich das nie verstanden. Er war immer so lieb zu mir. So offen und ehrlich. Und er hat mich ziemlich beschützt.«

»Das Blut in dir, Prinzessin, stammt eindeutig aus den Adern deiner Großmutter.« Der rote Drache – der Älteste Lailoken, nahm Ragnar an – grinste. »Sie hätte dich geliebt, mehr als Worte ausdrücken können.«

»Es schmerzt mich, dass ich sie nie kennenlernen konnte. Soweit ich gehört habe, hätten sie und ich viel gemeinsam.«

»Das stimmt, Prinzessin.« Lailoken trat näher. »Und daran musst du dich in den kommenden Monaten erinnern. Das darfst du nie vergessen.«

»Warum?«, fragte Keita, die Augen in scheinbarer Verwirrung aufgerissen.

Die zwei Ältesten sahen sich an, und Lailoken nickte Gillivray zu.

»Es ist Zeit, Prinzessin«, erklärte Gillivray leise, »dass du anfängst, über deine Zukunft in deinem Volk nachzudenken – und daran zu denken, deinen rechtmäßigen Platz auf dem Thron zu beanspruchen.«

Keita senkte fast unmerklich den Kopf, während ihre braunen Augen den leeren Hof um sie herum absuchten. Als sie fertig war, beugte sie sich ein wenig vor und schob dabei sorgfältig ihre dunkelroten Haare hinters Ohr. »Ich habe und werde auch nie meine königliche Blutsverwandtschaft mit meiner Großmutter vergessen, meine Herren. Aber ich habe schlimmste Befürchtungen, was die Sicherheit meines Vaters und meiner Brüder angeht …«

Lailoken hob seine freie Hand, um sie zu stoppen. »Da gibt es keinen Grund zur Sorge. Wenn deine Mutter versteht, dass dieser Wechsel nur zum Besten ist, bin ich mir sicher, dass sich eine gute Lösung für alle finden wird.«

»Aber wie?«

»Mach dir darüber keine Sorgen. Wir sind in dieser Sache nicht allein, weißt du? Und wir haben dafür gesorgt, dass unsere … Freunde genau wissen, was deine Anliegen und Forderungen sein könnten.«

»Und wer sind diese Freunde, Mylords?«

»Das wird zur rechten Zeit bekannt werden. Im Moment, Mylady, musst du nur wissen, dass deine Chance auf wahren Ruhm und Macht unmittelbar bevorsteht. Bist du bereit dafür?«

Keita nickte und trat zurück. Sie warf einen Blick um sich, bevor sie sagte: »Geht vor, wie ihr es für richtig haltet, Mylords. Ich bin bereit für alles, was die Welt für mich auf Lager hat. Und jetzt geht … mit meinem Segen.«

»Danke, Mylady.«

Die beiden Drachen verneigten sich tief vor der Prinzessin, und sie erwiderte die Geste mit nichts weiter als einem kleinen Kopfnicken. Ohne ein weiteres Wort ging sie in Richtung eines der Felder davon, die die Festung der Menschenkönigin umgaben.

Als sie weg war, sahen sich die zwei Ältesten fest in die Augen, bevor sie sich abwandten und in verschiedene Richtungen davongingen.

Keita stand mit fest vor dem Körper verschränkten Händen da und starrte in die Ferne auf Bäume und noch mehr Bäume, während ihr Atem schnell und keuchend ging. Als Ragnar sie fand, berührte er sie nicht.

»Keita?«

»Sie wagen es, so nahe bei meiner Familie an mich heranzutreten? Sie wagen es, dafür *hier* herzukommen? Ich dachte, sie würden nach mir schicken. Oder einen Boten senden.«

»Sie fühlen sich sicher.«

»Das sollten sie nicht. Sie sollten sich überhaupt nicht sicher fühlen.«

»Keita …«

»Ich hätte sie niederstrecken sollen, als ich die Gelegenheit dazu hatte. Ich hätte Fearghus alarmieren sollen. Er hätte sie in Stücke gerissen, bevor sie auch nur eine Hoffnung auf Flucht hatten.«

»Und was hätte das genützt?«

Keita schloss die Augen, es fiel ihr schwer, ihre Wut unter Kontrolle zu bekommen. »Sie sind *hier* an mich herangetreten,

Ragnar, wo meine Familie nicht mehr als ein paar hundert Fuß entfernt ist!«

»Du musst dich in den Griff bekommen«, sagte er ruhig. »Du musst daran denken, warum wir das tun. Warum wir dieses Risiko eingehen.«

Ragnar hatte recht. Wenn sie ihrer Wut jetzt nachgab, konnte sie alles ruinieren. Gillivray und Lailoken waren unbedeutende Faktoren in diesem Spiel. Marionetten, die wahrscheinlich lange tot sein würden, bevor der eigentliche Kampf begann. Sie glaubte auch nicht, dass sie einen Krieg wollten, doch genau das würde passieren, bevor Königin Rhiannon je ihren Thron aufgab. Aber Keita hatte immer noch die Hoffnung, dass sie einen Krieg verhindern konnte. Dass sie die Eisendrachen aufhalten konnte. Dass sie sie alle aufhalten konnte.

Es dauerte einen Moment, aber dann wurde ihr bewusst, dass ihre Atmung wieder normal war, ihre Hände nicht mehr verkrampft waren und ihr Körper nicht mehr zitterte.

Außerdem hielt Ragnar sie jetzt fest, einen Arm um ihre Taille gelegt, seine Wange an ihren Hinterkopf gedrückt. Er hatte ihre wachsende Wut allein dadurch gelindert.

»Du musst es deiner Mutter sagen«, erinnerte Ragnar sie.

»Noch nicht.«

»Keita, du hast es versprochen.«

»Ich weiß, aber da habe ich sie angelogen.«

»Du wirst ihre Geduld auf die Probe stellen.«

»Meine Mutter hat keine Geduld. Ich aber. Wir warten noch, bis wir es ihr sagen. Es hat noch nicht angefangen, Warlord. Noch nicht.«

Endlich doch wieder lächelnd, erinnerte sie ihn: »Ich habe dir für heute Abend Versprechungen gemacht.«

»Und die können nicht warten.«

Weil sie tief in ihrer Seele verstand, dass Zeit endlich war, wusste sie, dass nichts, was ihr etwas bedeutete, warten konnte.

29

Keita drehte sich in seinen Armen, ihr Körper war viel zu nahe. Zu nahe, wenn er hier der größere Drache sein wollte.

»Das ist sehr süß von dir«, sagte sie.

»Ich bin nicht dafür bekannt, sehr süß zu sein.«

»Nein, bist du nicht.«

»Ich könnte es aber.«

»Nein, könntest du nicht.« Sie kicherte. »Aber ich mag dich trotzdem.«

»Danke. Das ist gut zu wissen.«

Ihre Hände glitten um seine Taille und ihr Bein schlang sich um seine Wade. »Du hältst dich vor mir zurück.«

»Ja.«

»Warum?«

»Warum sollte ich dir alles geben, wenn du deutlich gemacht hast, dass du es nicht haben willst?«

Sie schüttelte den Kopf. »Ich verstehe euch Blitzdrachen nicht. Bei der ersten Frau, die ihr trefft, wollt ihr gleich sesshaft werden und kleine Küken mit ihr haben.«

»Nein, Keita.« Er legte seine Hände um ihr Gesicht. »So einfach ist es nicht. Du bist wohl kaum die erste Frau, die ich kennengelernt habe. Definitiv nicht die erste, mit der ich im Bett war. Aber du bist die erste, die mein ehrliches Interesse geweckt hat. Die mich wirklich lockt.«

»Das wird nicht ewig dauern. Jeder Mann langweilt sich irgendwann.«

»Für Blitzdrachen ist das Leben zu hart, um Langeweile zuzulassen. Und nur ein Dummkopf würde sich in der Nähe der Frauen, die wir bekanntermaßen wählen, langweilen. Wenn man sich langweilt, lässt man die Deckung fallen – und wacht am nächsten Morgen mit hämmernden Kopfschmerzen und einer fehlenden Hinterklaue auf.«

»Das ist eine hübsche Geschichte.«

»Für meinen Vetter war es tragischerweise eine Tatsache.«

Sie schnaubte und vergrub kurz den Kopf an seiner Brust. »So unterhaltsam diese Tatsache auch ist – ich denke an dich.«

»Ach ja?«

Sie tätschelte seine Schulter und ging hinüber zu einem Baum in der Nähe. »Ich kann es nicht, verstehst du?«

»Was kannst du nicht?«

»Zulassen, dass ich gefangen gehalten werde, gegen meinen Willen angekettet, gezwungen, ein Leben voller Lügen zu leben.«

»Die meisten von uns nennen das einfach Inbesitznahme. Menschen nennen es Ehe.«

»Und ich kann das nicht.«

»Was kannst du dann?«

»Außer schön sein?«

»Du bist viel mehr als das, Keita.«

Sie lächelte geziert. »Ich hätte nie gedacht, dass ich dich das einmal sagen höre, Warlord.«

»Wie könnte ich nicht?«, fragte er, ging einen Schritt auf sie zu und beobachtete, wie sie sofort einen Schritt rückwärts machte. Sie wich nie zurück, wenn jemand ihr ein Kompliment über ihre Schönheit oder ihr neuestes Kleid machte oder ihr androhte, sie zu töten. Aber seine einfachen Worte führten dazu, dass sie beinahe in den dunklen Wald hinter ihnen gerannt wäre. »Jeden Tag spielst du ein gefährliches Spiel mit deiner Sippe, den Feinden und dem Hofstaat deiner Mutter. Jeden Tag tust du, was du kannst, um den Thron deines Volkes zu schützen und deine Geschwister voreinander.« Das brachte sie zum Kichern, obwohl sie trotzdem noch einen Schritt vor ihm zurückwich. »Und jeden Tag zeigst du Fürsorge für deine Umgebung, aber ohne diese unattraktive Schwäche, die mich über alle Vernunft ärgert.«

»Éibhear ist nicht schwach.«

»Selbst jetzt beschützt du noch den Schwächsten deiner Horde.«

»Wir haben keine Horden, und Éibhear ist nicht der Schwächste. Ich meine, er ist überhaupt nicht schwach.« Ihr Rücken knallte gegen den Baum hinter ihr, und sie stampfte mit dem Fuß auf. »Also ehrlich! Du bist so gemein zu ihm!«

»Überrede mich doch, nett zu sein.«

»Erpressung ist so unwürdig für einen Drachen.«

»Das ist keine richtige Erpressung. Eher Nötigung«, neckte er sie, während er die Hände links und rechts von ihr gegen den Baum stützte und ihr so den Weg abschnitt. »Und wir Nordländer sind stolz darauf, notfalls Dreckskerle zu sein, die andere drangsalieren.« Er beugte sich vor und küsste sie. So ein sanfter Mund und so eine talentierte Zunge.

Sie hob die Hände, umfasste seinen Kiefer. Und Ragnar wusste, dass er nicht mehr länger dagegen ankämpfen konnte.

Keita wusste nicht, was sie mit diesem Drachen tun sollte. Er stellte keine Forderungen, abgesehen von relativ logischen. Er versprach ihr nichts und schenkte ihr nur sich selbst. Es war nicht fair. Wie sollte sie dagegen ankämpfen? Wie sollte sie sich selbst treu bleiben, wenn er sie unbedingt so sehen musste, wie es sonst keiner tat?

Er machte sich von ihrem Kuss los und sank langsam vor ihr auf die Knie.

Eine Bewegung, die sie noch viel weniger fair fand.

Er schob ihr Kleid bis zur Taille hoch. »Du bist immer nackt unter deinen Kleidern«, bemerkte er.

»Warum auch nicht?«, fragte sie.

Grinsend drückte er seinen Mund auf ihren Bauch, ihre Hüften, ihren Hügel, die Innenseite ihrer Schenkel. Als er sie so weit hatte, dass sie sich wand, legte er den Mund auf ihre Scham und ließ seine Zunge hineingleiten.

Keitas Stöhnen war lang und lauter als beabsichtigt. Es war ihr egal. Es fühlte sich so gut an.

Er stieß seine Zunge immer wieder hinein, machte sie feucht, brachte sie zum Zittern, als wäre sie wieder die Jungfrau, die sie vor sehr langer Zeit gewesen war. Dann zog er seine Zunge heraus und umkreiste stattdessen ihre Klitoris.

Als Keita spürte, wie ihre Knie weich wurden, umklammerte sie Ragnars Hinterkopf und riss ihn von sich weg. Keuchend drückte sie ihn auf den Boden und kletterte auf ihn, ließ sich mit ihrer Scham auf seinen Mund fallen, während sie gleichzeitig seine Männlichkeit aus seiner Hose befreite und in den Mund nahm. Sie spürte sein Knurren an ihrer Haut, genoss es, wie seine Hände ihre Hüften umklammerten. Er hielt sie fest, während er ihre Klitoris zwischen seine Lippen saugte und mit der Zunge bearbeitete.

In diesem Augenblick rief Keita ganz leichte Hitze hervor, um sein Glied zu wärmen, und spürte, wie sich seine Finger noch tiefer in ihre Haut gruben. Sie lächelte mit vollem Mund und brachte den Warlord dazu, ihr alles zu geben, was er hatte.

Ragnar kannte dieses Spiel. Das Wer-bringt-den-anderen-schneller-zum-Orgasmus-Spiel. Bei ihr war es eine Frage des Stolzes, oder? War ihr nicht klar, dass er nicht vorhatte, so leicht aufzugeben?

Er saugte an ihrer Klitoris, zupfte schonungslos an ihr, bis er sie jedes Mal ächzen hörte. Dann ließ er ihre Hüfte los und schlug ihr mit der flachen Hand auf den Hintern. Keita riss den Kopf hoch, schrie auf, und ihr Körper zuckte auf seinem.

Er zog ihren Orgasmus in die Länge, indem er zwei Finger in sie schob und sie weiterhin mit seinen Lippen bearbeitete. Als er wusste, dass sie zumindest für den Moment erschöpft war, hob er sie von sich herunter und ging auf die Knie.

Sie sah keuchend zu ihm auf. Er ergriff ihr Kleid, zog es ihr über den Kopf und warf es über ihre Schulter, wo die feine Seide im Schmutz landete. Sie bemerkte es nicht einmal, und er musste sich große Mühe geben, um nicht zu lächeln. So schnell er konnte, riss er sich die Hose vollends herunter. Dann drehte er sie um – sie waren beide immer noch auf den Knien – und versenkte sich von hinten in ihr.

Ihr Kopf drückte an seine Brust, und er küsste sie, ließ sie sich selbst auf seinen Lippen und seiner Zunge schmecken. Er stieß in sie und konnte kaum an sich halten, als sie jedes Mal die Muskeln anspannte, wenn er sich zurückzog, und ihn mit einem Lächeln und einem Stöhnen ganz in sich aufnahm, wenn er wieder in sie stieß.

Sie nahm eine seiner Hände, mit der er ihre Hüfte umklammerte, und senkte sie bis zu ihrer Scham, wo sein Zeigefinger ihre Klitoris streifte. Er liebte es, wie sie ihm zeigte, was sie wollte, sich nahm, was sie brauchte.

Seine Stöße wurden härter und seine Zähne knabberten an der Seite ihres Halses. Er passte sein Tempo dem des Fingers an ihrer Klitoris an. Ihre Hände umklammerten seine, die Nägel gruben sich in seine Haut.

Er gab ihr, was sie wollte. Er gab ihr alles, stieß in sie, bis sie seinen Namen schrie und er ihren flüsterte. Er ergoss sich in sie, und nichts hatte sich je so unglaublich angefühlt – obwohl er immerhin schon einmal einen Berg versetzt hatte.

Immer noch auf den Knien, keuchend, schwitzend und aneinandergeklammert, schwiegen sie. Es gab nichts zu sagen. Doch als sie ihm diesen Kuss auf die Wange gab, den süßesten Kuss, den er je erlebt hatte, wusste er, dass er nicht aufgeben würde, bis er einen Weg fand, Prinzessin Keita für immer zu halten.

»Sie hat sich bei den leeren Wachhäusern mit ihnen getroffen.«

»Hast du gehört, was gesagt wurde?«

»Nein. Dieser Nordländer lungerte dort herum, und wir wollten nicht gesehen werden.«

»Er ist ihr gefolgt?«

Ihr Leutnant schnaubte höhnisch. »Ich würde mir keine Sorgen machen. Als sie damit fertig war, ihre Mutter zu verraten, hat sie diesen Blitzdrachen gevögelt wie ein gut bezahltes Schankmädchen.«

»Da gibt es keinen großen Unterschied.«

»Willst du, dass wir Gillivray und Lailoken heute Nacht herholen?«

»Nein.« Sie ging um den Drachen herum. »Als Erstes kümmern wir uns um Ihre Majestät. *Danach* befassen wir uns mit den anderen beiden.«

»Bist du dir da sicher?«, fragte ihr Leutnant. »Ihre Mutter ist die Königin.«

»Und sie ist eine Verräterin. Die Nachricht von ihr und Esyld verbreitet sich wie ein Lauffeuer durch die Stadt. Wir müssen jetzt ein Exempel an ihr statuieren, bevor es zu spät ist. Das ist alles, was zählt.«

Der Leutnant nickte, aber bevor er ging, sagte er: »Übrigens ... das ist eine hübsche Augenklappe.«

Elestren ging kurz der Gedanke durch den Kopf, dem Mistkerl *beide* Augen auszureißen, aber sie würde warten und diese Wut geballt auf Keita die Verräterin und Schenkerin Lächerlicher Augenklappen loslassen.

30

Ragnar wachte auf, als er das Schnauben hörte. Er lächelte. »Guten Morgen!«
Die Stute strich ihm mit der Nase über den Kopf und gab ihm ihren Segen, bevor sie sich gemächlich dem nächsten Grasfleck zuwandte. Obwohl Ragnar nicht zum ersten Mal so aufwachte, umgeben von Stuten und ihren Jährlingen, hatte er es bisher nie geschafft, so mit einer Drachin an seiner Seite aufzuwachen. Doch dieses Mal war es anders. Dies war Keita, und sie besaß ihre eigene Entourage – die nur aus Hengsten bestand. Und alle behielten Ragnar genau im Auge.

Irgendwann regte sich auch Keita, öffnete langsam die braunen Augen und streckte die Arme weit von sich.

»Und dir auch einen guten Morgen.« Er küsste sie auf die Stirn, spürte, wie ihre Hand seine Wange streichelte. »Geht es dir besser?«

»Aye. Meine Wut hat sich in kalte Entschlossenheit verwandelt.«

»Dann sollte die Erde vor Angst erzittern.«

»Sarkasmus so früh am Morgen?«

Er strich ihr die Haare aus dem Gesicht. »Das war kein Sarkasmus. Es war Ehrlichkeit. Ich muss zugeben, ich habe dich am Anfang falsch eingeschätzt, Keita, aber den Fehler mache ich nicht noch einmal.«

Ihre Hand glitt in seinen Nacken. »Und ich dachte, ich wäre jetzt schon schrecklich gelangweilt von dir.«

»Ich bin so froh, dass ich dich, was das angeht, enttäuschen konnte.«

»Ich auch«, flüsterte sie und zog sich hoch, bis ihre Lippen nur noch Millimeter von seinen entfernt waren. Ragnar schloss die Augen und wartete auf den Kuss. Als er nicht kam, machte er die Augen wieder auf und merkte, dass sie die Pferde ansah.

»Was ist los?«

»Ich kann nicht glauben, dass ich nicht schon lange daran gedacht habe.« Sie sah ihn an und blinzelte. »Ich bin so eine Idiotin!«

»Was?«

»Wir alle sind Idioten!« Sie krabbelte von ihm weg, schnappte sich ihr Kleid und streifte es sich eilig über den Kopf.

»Warte! Wo willst du hin?«

»Wir sehen uns später!«, schrie sie ihm zu, während sie schon auf die Burg zurannte, die Hengste ihr nachsahen und die Stuten ihre Jährlinge aus dem Weg schubsten.

Er stand auf, sein Glied war schon hart und tropfte. »Ich kann nicht fassen, dass du mich so zurücklässt!«

»Benutz deine Hand!«, rief sie ihm zu, bevor sie über einen kleinen Hügel verschwand.

»Wo genau willst du mit uns hin?«

»Ach, halt den Mund«, befahl Keita ihrer Schwester. Sie hatte genug davon, dieselbe Frage immer und immer wieder zu hören. Die Frauen aus dem Bett und weg von ihren Gefährten zu scheuchen war keine leichte Aufgabe gewesen – außer bei Dagmar, die schon auf und »am Ränkeschmieden« gewesen war, wie Gwenvael es ausgedrückt hatte – was auch stimmte, denn die Gerüchte über Keita und Esyld hatten schon angefangen, sich zu verbreiten –, aber sie dazu zu bringen, ihr mehrere Meilen in den Wald auf der anderen Seite der Östlichen Felder zu folgen, erforderte all ihre Überredungskünste.

Keita spürte, wie eine Hand ihre Haare streifte, wirbelte herum und schlug nach ihrer Schwester, bis Annwyl sie packte und sie trennte.

»Hört endlich auf!«, blaffte sie. »Ihr zwei seid schlimmer als die Zwillinge!«

Keita zog ihr Kleid wieder zurecht. »Es wird nicht lange dauern. Ich verspreche es.« Dann fügte sie mit einem kleinen Knurren hinzu: »Ich versuche zu helfen!«

»Dann hilf«, sagte Talaith. »Wir sind direkt hinter dir.«

Weil sie das Ganze hinter sich bringen wollte, ignorierte Keita ihre Schwester und ging weiter. Als sie eine Erhöhung mit Blick über die Tiefen Schluchten erreichten, blieb sie stehen.
»Wonach suchen wir?«, fragte Talaith.
Wilde Pferde galoppierten aus dem Wald über die Ebenen, die die Schluchten umgaben. Sie waren alle schön und frei, stürmten durch die Landschaft, ohne Lasttiere für Menschen oder Mahlzeiten für Drachen zu sein.
»Pferde?« Annwyl kratzte sich am Kopf. »Ich habe schon ein Pferd.«
»Warte«, sagte Morfyd, die neben Keita trat, »das wird nicht funktionieren.«
»Hast du es überhaupt versucht, Prinzessin Zweifel?«
»Nur Mutter kann sie rufen, und sie hat mir gesagt, dass sie es nicht tun würde.«
»Warum wartest du auf sie?«
»Sie ist unsere Mutter und Königin dieses Landes. Soll ich mich gegen sie stellen?«
»Hast du nicht gelernt, dass es einfacher ist, um Verzeihung zu bitten als um Erlaubnis?«
»Das ist vielleicht die Art von dir und Gwenvael. Ich kann so nicht leben. Abgesehen davon, wenn du sie rufst und verärgerst, Keita, reißen sie diese Menschen in Stücke.«
»In diesem Sinne ...« Dagmar wandte sich zum Gehen, aber Keita hielt sie am Arm fest.
»Überlass das mir.«
Keita ließ Dagmar los und trat auf den höchsten Punkt der Erhöhung. Sie hatte gehofft, Morfyd dazu zu bringen, es zu tun. Als Erbin der magischen Kräfte ihrer Mutter, wenn schon nicht ihres Thrones, wäre es ihr höchstwahrscheinlich leichter gefallen. Aber Keita hatte schon vor langer Zeit gelernt, auf niemanden zu warten, vor allem nicht auf ihre leicht zu ängstigende Schwester.
Tief Luft holend, warf Keita den Kopf zurück und machte den Mund auf. Eine Flammenzunge schoss aus ihr heraus und ver-

kohle die Spitzen einiger Bäume, als Feuer den Himmel über ihnen erfüllte. Als sie das Gefühl hatte, ihren Standpunkt klar genug gemacht zu haben, stoppte Keita die Flamme und richtete den Blick wieder auf die Pferde. Und mitten aus den glänzenden und wogenden Pferdekörpern erschienen sie, spalteten sich von der Herde ab und rannten auf die fünf Frauen zu.

»Heilige ...« begann Annwyl.

»... Scheiße«, vollendete Talaith.

»Lasst mich sprechen.« Keita bedeutete ihnen, von der Hügelkuppe wegzugehen, beschloss dann aber, dass konkretere Anweisungen nötig waren. »Obwohl, Talaith, du kannst dich als Hexe mit ihnen gern in Verbindung setzen. Morfyd, wenn du nicht helfen willst, dann beschwer dich zumindest nicht. Dagmar, wenn du das Gefühl hast, du kannst helfen, dann tu es bitte. Annwyl ... sag *nichts*.«

»Wieso ...?«

»Nichts.«

»Aber ich ...«

»Absolut *nichts*!«, knurrte Keita. Als Annwyl schmollte, aber nicht weiter widersprach, sah Keita zurück zu denen, die auf sie zurannten. Die Zentauren. Eines der wenigen Wesen, denen Drachen Respekt bezeugten und bei denen sie nie auch nur daran dachten, sie als Mahlzeit oder zum Spaß zu jagen. Sie kamen über den Hügelkamm und hielten ruhelos ungefähr zwanzig Fuß von ihnen entfernt an.

Keita neigte leicht den Kopf. »Myladys. Mylords.«

»Du bist Drache, aber du bist nicht die Königin«, sagte ein männlicher Zentaur. »Und du wagst es, uns zu rufen?«

»Hab ich's nicht gesagt?«, flüsterte Morfyd.

»Halt die Klappe!«, schnauzte Keita zurück.

»Vielleicht hat dich niemand gewarnt, dass man mit uns keine Späße treibt«, fuhr der Zentaur fort.

»Mein freundlicher Herr, bitte«, sagte Keita und ignorierte die Beleidigung. »Wenn du mir nur eine Minute Zeit gewährst, um es dir zu erklären ...«

»Keita?« Eine ältere Zentaurin trat aus der kleinen Herde heraus und kam mit leise klappernden Hufen auf die Gruppe zu. »Bei den Göttern ... du bist es wirklich!«

»Bríghid?« Keita lächelte breit, und Erleichterung durchflutete sie. »Oh, Bríghid!«

Die Zentaurin breitete die Arme aus und beugte sich ein wenig herab, damit Keita sich direkt hineinwerfen konnte.

»Ich fasse es nicht«, sagte Bríghid, streichelte Keitas Haare und küsste sie auf die Stirn. »Schau nur, wie groß du geworden bist!«

»Als ich das letzte Mal von dir gehört habe«, sagte Keita, »warst du hinunter an die Grenzen zu Alsandair gezogen.«

»Ich habe mein Herz dem falschen Zentaur geschenkt, also bin ich zu meiner Herde zurückgekehrt.« Sie schob Keita zurück und umfasste ihr Gesicht mit den Händen. »Ihr Götter, Keita. Du bist wirklich noch schöner geworden. Wie ist das möglich?«

»Gute Gene.«

Bríghid lachte. »Das ist meine Keita.« Sie wandte sich wieder der Gruppe zu. »Morfyd?«

»Hallo Bríghid.«

Bríghid streckte Morfyd eine Hand entgegen, und Keitas Schwester nahm sie. Die beiden umarmten sich, dann sagte Bríghid: »Meine Mädchen. Wie schön ihr beide seid.« Sie küsste sie beide auf die Scheitel. »Ich habe so viel Gutes über euch beide gehört. Ich war immer so stolz.«

Keita, die wusste, dass es ihre Schwester ärgern würde, grinste bei Bríghids Worten süffisant. Morfyd entblößte einen Reißzahn, und sofort versteifte sich Bríghid.

»Streitet ihr euch immer noch so viel?« Und die Warnung in ihrer Stimme war eindeutig. Wie immer.

»Nein, Ma'am«, sagten sie auf der Stelle.

»Gut. Also.« Bríghid trat zurück und musterte sie beide. »Keine von euch beiden ist eure Mutter, noch habt ihr sie auf dem Thron abgelöst. Warum riskiert ihr also meine Verärgerung und die meiner Herde?«

Da Bríghids »Verärgerung« oft brutaler war als ihre Wut, erklärte Keita eilig: »Du weißt, dass ich meine hübsche Haut nicht riskieren würde, wenn ich nicht verzweifelt wäre und eure Hilfe bräuchte.«

»Du?«, fragte Bríghid. »Oder sie?«

Als sich Bríghids Blick auf Annwyl richtete, ging die Hand der Königin sofort zu ihrem Schwert, doch Dagmar schlug die Hand weg und erntete ein quengeliges »Au!« von der tapferen, tödlichen Königin.

»Das ist Fearghus' Gefährtin.«

»Sie, die die Zwillinge geboren hat«, sprach Bríghid weiter. »Die Zwillinge, die nicht existieren sollten.«

»Das tun sie aber. Und auch wenn sie körperlich Menschen sind, sind sie im Geiste Drachen.«

Bríghid schnaubte. »Die Menschen kommen nicht mit ihnen zurecht, was?«

»Die Kindermädchen laufen davon.«

»Kann sich ihre Mutter nicht um sie kümmern?«

Annwyl, wie immer leicht beleidigt, trat vor, aber Dagmar sprang vor sie. »Die Königin tut natürlich, was sie kann. Aber sie muss ein Königreich führen. Ein Königreich schützen. Du und deine Herde, wie du es nennst, könnt euch in diesem Land frei bewegen, wie ihr wollt, Mylady, weil Annwyl Königin ist und nicht den Wunsch hat, euch zu versklaven. Wäre es euch lieber gewesen, wenn jemand anderes ihren Platz eingenommen hätte, der vielleicht nicht so … aufgeschlossen wäre? Ich glaube, eure Spezies zu jagen war damals ein Lieblingssport ihres Vaters.«

Mit schmalen Augen schob Bríghid Keita und Morfyd beiseite und trat vor – jetzt stampften ihre Hufe auf dem Boden –, bis sie vor Dagmar und Annwyl stand. Sie beugte sich vor, bis ihr Gesicht dicht vor Dagmars war, und fragte: »Weißt du, was ich bin, Menschliche?«

Keita beobachtete die Gefährtin ihres Bruders genau. Für so ein winziges Ding zeigte sie keine Angst. Stattdessen neigte sie sich ein wenig um Bríghid herum und sagte: »Wenn ich von dem dicken Pferdehintern ausgehe, den du da hinten hast« – Dagmar trat zurück und sah Bríghid unverwandt in die Augen – »würde ich sagen, ein Zentaur.«

Bríghid richtete sich hoch auf und verschränkte die Arme vor der nackten Brust. »Und wer bist du?«

Noch Jahre später würden sie nicht wissen, warum sie es getan hatten, doch bevor Dagmar ein Wort sagen konnte, rezitierte ihre kleine Gruppe im Chor: »Sie ist Dagmar Reinholdt. Dreizehnter Nachkomme von Dem Reinholdt, Einzige Tochter Des Reinholdt, Oberste Kriegsherrin der Dunklen Ebenen, Beraterin Königin Annwyls, Menschliche Kontaktperson für die Drachenältesten der Südländer und Gefährtin des Prinzen Gwenvael des Schönen.«

»Sie ist auch als Die Bestie bekannt«, warf Talaith sicherheitshalber noch ein.

Und Die Bestie drehte sich zu ihnen um: »War das jetzt *wirklich* nötig?«

Es war nur ein flüchtiger Augenblick, aber Keita sah ein kurzes Lächeln auf Bríghids Gesicht. Die Zentaurin verbarg es schnell wieder und sagte: »Mit dreitausendundacht Wintern bin ich viel zu alt, um herumzurennen und *einigermaßen* menschliche Kinder zu jagen.«

Keita konnte sich noch gut erinnern, wie stur Bríghid sein konnte. Vor allem, wenn sie einmal eine Entscheidung getroffen hatte. Wenn sie jetzt mit dem Huf auftrat, würde es kein Zurück geben. Verzweifelt warf sie ihrer Schwester einen Blick zu, und Morfyd sagte: »Natürlich verdienst du deine Entspannung, Bríghid.«

Keita fragte sich, wie ihre Schwester so dumm sein konnte, hob die Hände und formte mit den Lippen die Worte: *Was soll das?*

Morfyd flüsterte tonlos zurück: *Halt die Klappe!* Sie legte eine Hand auf Bríghids Flanke, wo ihre menschliche Gestalt in ihre Pferdegestalt überging. »Aber vielleicht kannst du uns jemanden empfehlen. Jemanden, dem Fearghus vertrauen kann, wie er dir vertrauen würde. Jemand, der ...«

»Ich mache es.« Bríghids Körper spannte sich, als eine junge Zentaurin sich aus der Herde löste. »Ich mache es.«

»Prinzessin Keita, Prinzessin Morfyd, Königin Annwyl ... dies ist meine Tochter, Eadburga. Wir nennen sie kurz Ebba. Sie ist meine fünftälteste und ...«

»Ich mache es.«

»Und anscheinend hat sie es ziemlich eilig, die Herde zu verlassen.« Bríghid beugte sich hinüber und sagte ihrer Tochter leise ins Ohr: »Auch wenn ich hoffe, dass du aus den richtigen Gründen gehst.«

»Das tue ich.«

Bríghid richtete sich wieder auf. »Wenn du dich dazu verpflichtest, Ebba, musst du bleiben und die Kinder großziehen helfen, bis sie erwachsen sind. Bei Menschen ist das mindestens ihr achtzehnter Winter. Meine Bindung an die Drachenkönigin war viel länger, aber ich habe es getan und bin dabei geblieben. Wenn du dich dazu bereit erklärst, wirst du dasselbe schwören, denn ich werde nicht zulassen, dass du Schande über diese Herde bringst, indem du durchgehst.«

»Ich wüsste nicht, wohin ich durchgehen sollte.« Ebbas Schwanz schlug nervös auf ihren Rücken. »Lass es mich machen, Mum. Wir wissen beide, dass ich bereit bin.«

»Vielleicht bist du das.« Bríghid küsste ihre Tochter auf die Stirn und strich ihr liebevoll über die Wange. Sie trat zurück, und nachdem sie sich geräuspert hatte, sagte sie: »Schauen wir uns mal die Königin an.«

Keita bedeutete Dagmar, aus dem Weg zu gehen, doch die schüttelte den Kopf. *Verdammte komplizierte Menschen!*

Keita nahm Dagmars Handgelenk und riss sie aus dem Weg. Bríghid machte Annwyl mit dem gebeugten Zeigefinger ein Zeichen, näherzutreten, und die Königin ging auf sie zu. »Bríghid musterte Annwyl lange, und ihr Gesichtsausdruck wurde immer düsterer, je länger sie hinsah.

»Was ist los?«, fragte Keita.

Bríghid starrte Annwyl an und fragte: »Kenne ich dich?«

Dagmar flüsterte an Keitas Ohr: »Bei aller Vernunft, sie hat mal einen von ihnen getötet, nicht wahr?«

Ragnar betrat den Rittersaal. Noch war keiner aus der königlichen Familie auf, aber sein Bruder und sein Vetter saßen schon am Tisch und frühstückten.

»Wo warst du?«, fragte Vigholf, als Ragnar sich setzte und nach dem Brot griff.

»Draußen.«

»Was ist los, Bruder? Hat Ihre Majestät dich letzte Nacht allein gelassen?«

Als Antwort packte Ragnar seinen Bruder am Hinterkopf und knallte ihn auf den Tisch.

Flüche und Blutschwüre folgten, doch Ragnar ignorierte sie und machte sich über die Schüssel mit heißem Haferbrei her, die ein Diener vor ihn hinstellte.

»Ich dachte, du willst es wissen«, sagte Meinhard zu Ragnar.

»Was wissen?«

»Hab heute Morgen ein paar von diesen Cadwaladrs draußen reden gehört – sie wissen von Keita und Esyld. Ich wusste nicht, von was sie reden, bis eine von ihren Frauen mich in die Ecke getrieben und gefragt hat, wie unsere Reise durch die Außenebenen hierher war.«

»Und?«

»Ich habe ihr alles erzählt – fast. Dachte, das willst du so. Aber du hättest uns vorher warnen sollen.«

»Du hast recht«, gab Ragnar zu. »Tut mir leid.«

Meinhard sah ihn eine Weile an, bis Ragnar fragte: »Was?«

»Wann willst du es ihr sagen?«

»Wem was sagen?«

»Keita. Ihr sagen, dass sie dir gehört?«

»Wenn ich wirklich will, dass sie mir gehört?« Ragnar seufzte. »Niemals.«

Als Bríghid mit den Fingern auf der linken Seite durch Annwyls Haare fuhr, dachte Keita, sie müsse sich gleich verwandeln, sich die Menschenkönigin schnappen und um ihr Leben laufen.

»Als ich dich getroffen habe«, bemerkte Bríghid, »waren die nicht da.«

Annwyl zuckte die Achseln, ihr Blick war auf etwas weit hinter Bríghids Arm gerichtet. »Mein Bruder hatte sie in der Nacht davor abrasiert.«

»Aye.« Bríghid ließ Annwyls Haare los, nahm stattdessen ihr Kinn und hob ihren Kopf an. »Du warst es.«

»Das ist lange her, Herrin.«

Bríghid lächelte. Es war dieses warme, nachsichtige Lächeln, das sie normalerweise für die königlichen Küken von Drachenköniginnen reservierte. »Das macht es nur bedeutsamer. Nicht viele ... wie alt warst du damals? Elf?«

»Zwölf.«

»Richtig. Zwölf. Nun, nicht viele Zwölfjährige würden den Zorn ihres Vaters riskieren, indem sie einen Fremden aus seinem Kerker befreien. Dein Vater wusste, dass er sich einen Zentaur gefangen hatte, aber du nicht, oder? Ich hatte nur zwei Beine, als du mich gefunden hast, und du dachtest, ich sei ein Mensch. Warum hast du dieses Risiko für eine Frau im Kerker deines Vaters auf dich genommen?«

»Du warst nackt und allein im Kerker. Ich wusste, ich konnte dich nicht dort lassen.«

»Woher wusstest du das? Du warst erst zwölf.«

Annwyls in die Ferne gerichteter Blick sprach Bände. »Ich *wusste*, ich konnte dich nicht dort lassen.«

Bríghid nickte. »Wenn sie mich nicht freigelassen hätte«, erklärte sie den anderen, »hätten sie versucht, mich für die Jagd zu benutzen.« Bríghid ließ Annwyls Kinn los, trat zurück und hielt die Hand auf. Ihre Tochter legte ihre Hand in die ihrer Mutter, und Bríghid sagte: »Königin Annwyl, ich biete dir meine Tochter Eadburga an. Es wäre ihr eine Ehre, die Zwillinge derjenigen großzuziehen, die einst eine einsame Frau aus einem Kerker gerettet hat.«

Annwyl räusperte sich. Zuerst dachte Keita, Annwyl sei so viel Lob vielleicht peinlich, doch ein anderer Teil von ihr fragte sich, ob Annwyls Vater herausgefunden hatte, was sie getan hatte. Ob sie für ihren Verrat gelitten hatte. Ziemlich viele der Narben, die Annwyls Körper bedeckten, stammten nicht aus Kämpfen gegen Menschen mit Schwertern.

»Talaiths Tochter auch«, fügte Annwyl hinzu. »Wenn das in Ordnung für dich ist? Die drei sind nicht gern getrennt.«

Ebba nickte. »Das ist in Ordnung.«

»Dann geh.« Bríghid ließ die Hand ihrer Tochter los. »Mit meinem Segen und meiner Liebe.«

Ebba umarmte ihre Mutter, und die kleine Gruppe von Menschen, Drachen und einer Zentaurin blieb auf der Hügelkante stehen, als Brighid und ihre Herde in ihre Schlucht zurückkehrten. Als sie weg waren, wandte sich Ebba zu ihnen um und klang sehr wie ihre Mutter, als sie sagte: »Dann lasst uns anfangen.«

31

Ragnar hörte ein Luftschnappen, und jemand ließ Teller auf den Boden fallen. Dann hörte er seinen Bruder und seinen Vetter anerkennend knurren.

»Na, das ist mal eine gutaussehende Frau«, murmelte Meinhard mit seiner vierten Portion Haferbrei im Mund.

Neugierig schaute Ragnar über seine Schulter. Ihm stockte der Atem, und er stand sofort auf. Mit einem Griff nach hinten zwang er seinen Bruder und seinen Vetter auf die Knie. Er sank selbst auf eines und neigte den Kopf, sowohl aus Respekt als auch aus Notwendigkeit. Er würde sie im Lauf der Zeit ansehen können, aber im Moment schien ihre Magie zu hell und blendete ihn.

»Äh ... Vetter?«, flüsterte Meinhard. »Ein bisschen viel für eine nackte Frau, oder?«

»Sie ist keine nackte Frau, du Idiot!«

»Findet ihr auch, dass es hier irgendwie nach Pferd riecht?«, fragte Vigholf und erntete einen Schlag auf den Kopf.

»Hordendrachen«, sagte die nackte Frau. »Was für ein interessanter Ort.«

Eine sanfte Hand streckte sich und streichelte Ragnars Kopf. Er spürte Magie durch sich strömen, die so alt war wie die Zeit, so mächtig wie der Ozean. »Keine Sorge, Lord Ragnar«, sagte sie. »Es wird nicht leicht, aber es wird jede Mühe wert sein.«

Und, sagte sie in seinem Kopf, *du bist überhaupt nicht wie dein Vater. Diese Furcht kannst du also ablegen.*

Sie nahm die Hand weg, und er spürte sofort das Fehlen ihrer Macht. Sie berührte Meinhards Kinn und Vigholfs Kopf, wo ihm gerade eine hübsche Beule gewachsen war. »Die Ehre von euch dreien verblüfft mich. Du hast deine Verbündeten gut gewählt, Königin Annwyl.«

»Einfach Annwyl.«

»Wie immer du genannt werden willst – du bist trotzdem Königin.« Damit ging sie auf die Treppe zu. »Ich werde allein nach den Kindern sehen.« Dann war sie die Treppe hinauf und verschwunden.

Ein schmutziger nackter Fuß tippte jetzt vor ihm auf den Boden, und Ragnar hob langsam den Kopf. Keita hatte die Arme vor der Brust verschränkt und die Lippen geschürzt. »Ich glaube, dir hängt da noch ein bisschen Sabber an der Lippe, Warlord.«

»Sie ist eine Zentaurin.«

»Ich weiß.«

»Aber sie ist eine Zentaurin.«

»Und ich bin eine Drachin.«

»Aber *sie* ist eine Zentaurin.«

»Vielleicht sollte ich dir den Sabber einfach vom Mund schlagen.«

»Oder wir könnten einfach essen!« Annwyl schnappte Keita am Arm und zog sie zum Tisch.

»Das war nicht feinfühlig, Vetter«, tadelte Meinhard, als die drei aufstanden.

»Aber *sie* ist eine Zentaurin!«

»Wir wissen es!«, schrie ihn der ganze Saal an, also beschloss er, es gut sein zu lassen.

Ebba machte die Tür auf und betrat den Raum. Ein Baby stand auf wackligen Beinen in seinem Bettchen und hielt sich mit seinen winzigen Händen an den Gitterstäben fest.

»Hallo, meine Schöne«, sagte Ebba, als sie nach dem Mädchen griff und es aus dem Bettchen hob.

»Ihr Name ist Rhianwen.«

»Ich weiß. Und du bist Iseabail.« Sie lächelte Rhianwens Schwester an, die im Türrahmen stand und nach Ärger Ausschau hielt. »Aber du nennst sie Rhi.«

»Woher weißt du das?«

»Ich weiß vieles.«

Iseabail kam ins Zimmer. »Du bist das neue Kindermädchen.«

»Das bin ich.«

»Und du bist irgendwie nackt.«

Sie lachte. »Ja, das bin ich auch.« Sie nahm wieder ihre natürliche Gestalt an und hörte das Mädchen nach Luft schnappen, spürte ihre Aufregung und Neugier, ihren Eifer, mehr zu erfahren, alles über Ebbas Art zu wissen. Und, noch wichtiger – noch *beeindruckender* –, ihre augenblickliche Akzeptanz eines Wesens, das sich erheblich von ihr selbst unterschied.

»Oh, bei den Göttern! Du bist eine Zentaurin!«

Ebba lachte. »Ja, das bin ich.«

»Oh ... nein, nein, nein.« Ebba musste sich nicht einmal umdrehen, um zu wissen, dass die arme Izzy jetzt wild durch den Raum stürzte und versuchte, die Zwillinge zu stoppen, die aus ihrem Versteck gekrochen waren und auf den nächsten Nachttisch krabbelten, damit sie sich von dort aus auf Ebbas Rücken werfen konnten. Das Mädchen mit gezogenem Schwert, das direkt auf Ebbas Hals zielte.

Belustigt, wie sie es schon ewig nicht mehr gewesen war, schnalzte Ebba mit der Zunge. Sie hörte, wie Izzy schlitternd zum Stehen kam, und Ebba sah über die Schulter auf die zwei Kleinkinder, die hinter ihr in der Luft hingen.

Das warmherzige Baby in ihren Armen liebkosend – denn die beiden verstanden einander mehr, als es je einer würde ahnen können, selbst die Zwillinge nicht – drehte sich Ebba langsam zu den Geschwistern um und achtete darauf, dabei mit ihrem Pferdehinterteil nichts umzuwerfen.

»So«, sagte sie, »das sind sie also? Die berüchtigten Zwillinge der Blutkönigin.«

Sie grinste sie an, und der Junge, Talan, brach in pathetische falsche Tränen aus. Eine Kunst, die ihn nur sein Onkel Gwenvael gelehrt haben konnte, nach dem, was ihre Mutter ihr immer über »das Küken, das ich zu gleichen Teilen gehasst und geliebt habe« erzählt hatte. Das Mädchen, Talwyn, dagegen knurrte und schnappte, als hätte sie einen Mund voller Reiß- statt Babyzähnen, und stach weiter mit ihrem Holzschwert in Ebbas Richtung.

»Es tut mir leid«, sagte Izzy. »Man hat mir erzählt, dass sie immer so zu … äh … neuen Leuten sind.«

»Das ist schon in Ordnung. Kein Grund, sich zu entschuldigen. Sie wollten nur deine Schwester beschützen, und ich wäre furchtbar unglücklich, wenn sie wie alle anderen Kinder wären.«

»Das sind sie definitiv nicht.«

»Nein. Das sind sie nicht.«

Ebba beugte sich vor und wedelte mit einem Finger vor dem Gesicht des Mädchens, bevor sie ihm das Schwert abnahm. »Jetzt möchte ich mal eines klarstellen, ihr Kleinen. Von jetzt an wird es nichts mehr dergleichen geben. Keine lautlosen Angriffe, keine Angriffe mit Gebrüll, keine Tätlichkeiten irgendeiner Art. Während ihr unter meiner Obhut steht, werdet ihr lesen und schreiben lernen und wie ihr euch angemessen um die kümmert, die ihr eines Tages anführen werdet. Wir werden sehr gute Freunde sein, und ihr werdet lernen, mich zu lieben, denn ich fürchte, alle anderen Möglichkeiten werden euch nicht gefallen.« Sie ging um das Bett herum, und plötzlich fielen die Kinder und schrien.

Izzy schoss wieder durchs Zimmer, die Arme ausgestreckt, um die Babys aufzufangen, doch Ebba hatte nicht vor, sie tatsächlich auf den Boden fallen zu lassen. Zumindest nicht, bis sie viel stabiler waren.

Izzy schob die Hände unter ihren Cousin und ihre Cousine, aber die Kleinkinder schwebten einige Zentimeter über ihnen. Und Ebba hielt sie dort.

Sie nahm wieder menschliche Gestalt an, setzte sich auf die Kante eines der kleinen Betten, rückte Rhi zurecht, damit sie in ihrer Armbeuge lag, und sagte zu Izzy: »Ich glaube, diese Stelle passt zu mir, oder was meinst du?«

Mit einem breiten und ziemlich schönen Lächeln nickte Izzy. »Oh ja, ich glaube, diese Stelle ist *perfekt* für dich.«

Keita beobachtete ihren kleinen Bruder genau. Er war zum Frühstück gekommen, hatte sich ohne seinen üblichen Gruß an den vollen Tisch gesetzt und starrte jetzt das Essen an, das vor ihm stand. Er aß nicht. Er sprach nicht. Er tat nichts, außer sein Essen anzustarren.

Éibhears Verhalten war so seltsam, dass Keita sogar aufhörte, Ragnar wegen seiner Reaktion auf Ebba wütende Blicke zuzuwerfen. Angesichts dessen, dass sie nicht verstand, was dieses seltsame neue und ziemlich unangenehme Gefühl war – sagte die Tatsache, dass ihr Bruder sie davon ablenken konnte, einiges.

Zuerst dachte sie, ihre Brüder steckten hinter Éibhears Laune, deshalb sah sie zu ihnen hinüber. Doch sie waren wie immer ahnungslos. Dann sah sie zu Morfyd, die ihren Bruder genauso beobachtete wie sie selbst. Als Keita sich am Tisch umsah, waren es ihre Schwestern und die Gefährtinnen ihrer Brüder, die die Veränderung an Éibhear dem Blauen bemerkten. Und zu ihrer Überraschung die Nordländer.

Ragnar zog ihre Aufmerksamkeit auf sich und deutete zu Éibhear hinüber. Sie konnte nur die Achseln zucken. Sie hatte keine Ahnung, was los war oder was sie tun konnte, um es wieder in Ordnung zu bringen. Keita hätte ihr zugestimmt, sie brachte gerne Dinge in Ordnung. Vor allem, wenn es dabei um ihren kleinen Bruder ging. Doch so hatte sie ihn noch nie gesehen. Nicht ein einziges Mal in fast einem Jahrhundert.

»Morgen zusammen!«, sagte Izzy, die die Treppe heruntergeschossen kam. Sie blieb lange genug am Tisch stehen, um sich einen Laib Brot zu schnappen, und sah sich um. »Hat jemand mein Hündchen gesehen?«

»Wenn du ihn aus meinem Zwinger hast, du Gör, dann gehört er dir überhaupt nicht«, erinnerte Dagmar ihre Nichte.

»Uups!« Izzy lachte. Dann schwärmte sie: »Ich liebe das neue Kindermädchen! Sie ist ein Zentaur!«

Keita ignorierte den spitzen Blick, den sie von Ragnar zugeworfen bekam.

»Also dann. Ich bin weg, ich renne mit Branwen den Blumenhügel hinauf.«

Keita runzelte die Stirn und richtete ihre Aufmerksamkeit kurz wieder auf ihre junge Nichte. »Wozu?«

»Hast du den Hügel mal gesehen?«, fragte Izzy zurück. »Wenn ich da fünfmal am Tag raufrenne, habe ich bald Beine wie Eisen.«

»Du hast schon Beine wie Eisen.«

»Na gut. Dann Stahl. Stahl ist härter als Eisen, glaube ich.«

»Komm schon, du fette Kuh«, rief Branwen von draußen. »Beweg deinen trägen Hintern!«

»Fett?«, schrie Izzy zurück. Dann rannte sie los, und Keita hörte, wie ihre Cousine auf eine sehr undrachinnenhafte Weise quiekte, bevor sie, da war sie sich sicher, um ihr Leben rannte.

Mit einem kurzen Kichern machte sich Keita wieder an ihr Frühstück, hielt aber inne, als sie sah, dass der Blick ihres Bruders starr auf die Tür gerichtet war, durch die Izzy nach draußen gerannt war.

Jetzt ergab das Ganze natürlich schon mehr Sinn. Hatte Izzy ihn geärgert? Ihn beleidigt? Was hatte Miss Quälgeist *jetzt* wieder mit Mister Sensibel angestellt?

Wie zur Antwort und ohne ein Wort schob Éibhear seinen Stuhl zurück, stand auf und ging.

Inzwischen hatten auch ihre begriffsstutzigen älteren Brüder begriffen, dass etwas nicht stimmte, und gleichzeitig standen alle am Tisch auf und folgten ihm schweigend. Izzy und Branwen waren nach links in Richtung Blumenhügel gerannt. Éibhear dagegen wandte sich nach rechts. Gemeinsam und aus der Entfernung folgte die Gruppe ihrem Bruder, als er durch den Ostausgang hinaus- und den ausgetretenen Pfad entlangging, der zu den Seen führte.

Sein Schritt war ruhig und gleichmäßig, sein Körper entspannt. Aber etwas stimmte ganz und gar nicht, und das wussten sie alle. Doch es schien, als wüsste keiner, was dagegen zu tun war.

Sie folgten ihm über die kleinen Hügel und an mehreren kleinen Seen und einem Fluss vorbei, bis er an den großen See kam, wo der größte Teil des Cadwaladr-Klans gerade ihr vorübergehendes Lager aufgeschlagen hatte.

»Éibhear! Wunderschönen guten Morgen!«, grüßte ihn Ghleanna. Sie und Addolgar mussten an diesem Morgen oder in der

Nacht zuvor angekommen sein. Sie sahen müde aus, aber froh, ihre Familie zu sehen. Doch Ghleannas fröhlicher Gruß wurde von Éibhear mit nichts weiter als einem Nicken erwidert, während er direkt an ihr vorbeiging. Sie blinzelte überrascht und sah zu, wie ihr Neffe an all seinen Verwandten vorbeiging, die alle ihre Tätigkeiten unterbrachen, um ihm nachzusehen.

Er ging weiter, an Onkeln, Tanten, Vettern und entfernten Cousinen vorbei – und ignorierte sie alle. Bis er Celyn erreichte.

»He, Vetter!«, rief Celyn aus, der an diesem Morgen recht fröhlich aussah, und Keita schauderte, denn sie hatte das unbestimmte Gefühl, dass sie wusste, warum. »Was führt dich zu …«

Éibhear hatte ihn an der Kehle gepackt und hob ihn von seinen großen Füßen. Entsetzt nach Luft schnappend, machte Morfyd eine Bewegung auf ihren Bruder zu, aber Keita schnappte ihren linken Arm und Briec ihren rechten, um sie zurückzuhalten. Das war auch gut, denn Éibhear zog seinen Arm zurück und warf Celyn wie ein Kugelstoßer gegen den nächsten Baum.

Keita verzog das Gesicht, als sie etwas brechen hörte, doch da Celyn es allein wieder auf die Beine schaffte, machte sie sich keine Sorgen, dass es sein Kopf gewesen sein könnte.

Celyn drehte den Hals, dass die Wirbel knackten. »Willst du's jetzt, Vetter? Sicher?«

Éibhear sah zu Boden, nahm einen der Übungsschilde hoch, den Keitas Sippe benutzte, wenn sie in Drachengestalt waren, und schleuderte ihn mit solcher Kraft nach Celyn, dass es den menschlichen Körper seines Vetters durch den Baum stieß, vor dem er stand.

»Dann ist er wohl sicher«, murmelte Fearghus.

Annwyl wusste, dass keiner der Drachen sich hier einmischen würde. Die Cadwaladrs nicht, weil sie auf diese Weise immer ihre Probleme lösten. Und Fearghus' Geschwister nicht, weil sie wussten, dass es mit Izzy zu tun hatte.

Erwartete irgendeiner von ihnen, aber vor allem Éibhear, wirklich, dass dieses Mädchen auf ewig Jungfrau blieb? Sie konnten

Izzy nicht mit Annwyl vergleichen. Natürlich war Fearghus ihr Einer und Einziger gewesen, aber das hatte eher an den dreiundzwanzig Jahren unter dem Schutz ihres Vaters gelegen und an den zwei Jahren mit ihren Soldaten, die Angst vor ihr hatten. Hatte Fearghus dafür gesorgt, dass es das Warten wert gewesen war? Absolut. Bedeutete das, dass sie gewartet hätte, wenn sich, bevor sie ihn kennenlernte, die Chance mit jemand anderem ergeben hätte, den sie wirklich mochte? Wahrscheinlich nicht.

Und Éibhear hatte in aller Deutlichkeit klargemacht, dass er »nicht so von Izzy dachte«.

Vielleicht nicht, aber etwas sagte ihr, dass eine Tracht Prügel von Izzys Vater nicht so schlimm gewesen wäre, und Briec war ein gemeiner Kerl, wenn es um seine Frauen ging.

Nein. Es sah aus, als würde sie selbst etwas tun müssen.

Dennoch, auch wenn die Welt sie für noch so verrückt hielt – Annwyl würde sich nicht zwischen zwei kämpfende Drachen werfen. Sie war vielleicht verrückt, aber sie war nicht dumm. Natürlich sah es aus, als würden beide Drachen für diesen Kampf in Menschengestalt bleiben, aber das konnte sich jeden Moment ändern. Und solange sie nicht bereit war, auf Leben und Tod zu kämpfen, zog sie strikte Verhaltensregeln vor, wenn sie gegen ihre Drachensippe kämpfte. Ansonsten riskierte sie eine Verletzung, die nicht einmal Morfyd reparieren konnte. Und ein Leben lang aus dem Fenster zu starren und zu sabbern kam ihr nicht besonders reizvoll vor. Also drehte sich Annwyl um und rannte in die entgegengesetzte Richtung.

Sie stürmte an den Toren ihrer Festung vorbei, in den Wald, an Dagmars Häuschen vorbei und immer weiter, bis sie zu den Westlichen Feldern kam. Sie rannte weiter, bis sie den Blumenhügel sah. Ohne langsamer zu werden, rannte sie darauf zu und den Hügel hinauf. Izzy hatte recht mit diesem Hügel. Annwyl rannte ihn jeden Tag mehrmals hinauf, bis ihre Beine vor Schmerzen schrien. Doch andererseits strich dann Fearghus jede Nacht mit den Händen darüber, knurrte ein bisschen und murmelte: »Deine Beine machen mich ganz wild.«

Den Göttern sei Dank für die Drachenmänner. Sie war relativ sicher, dass es wenige Menschenmänner gab, die dasselbe über ihre Frauen dachten.

»He!« Sie überholte die beiden Mädchen und blieb stehen.

»Annwyl!«, jubelte Izzy. »Willst du mitmachen?«

»Ich glaube, du hast vergessen, mir etwas zu sagen.«

»Ach ja?«

»Über Celyn vielleicht?«

Finster sah Izzy Branwen an.

»Ich war's nicht!«

»Es war nicht Branwen«, bestätigte Annwyl. »Es war Éibhear.«

Izzys Augen wurden groß. »Wa-was? Aber er weiß es nicht!«

»Er erzählt es im Moment jedem …«

»*Was?*«

»… indem er seinen Vetter zu Tode prügelt.«

»Oh, ihr Götter!« Izzys Hand ging an ihren Bauch. »Oh, Götter!«

»Steh nicht herum!«, befahl Annwyl. »Beweg dich!«

»Wie lange weißt du es schon?«, fragte Briec seine Gefährtin, während er zusah, welchen Schaden sein Bruder Celyn zufügte. Celyn war schließlich wieder auf die Beine gekommen und schlug sich jetzt wacker.

»Seit ich sie zusammen gesehen habe, als sie ankamen. Sie haben nichts getan«, fügte sie hinzu. »Aber eine Mutter weiß so etwas.«

»Und du hast nichts zu ihr gesagt?«

»Was hätte ich ihr sagen sollen? Ich habe sie bekommen, als ich sechzehn war. Sie ist neunzehn, und solange sie vorsichtig ist …«

»Du hättest es mir sagen können.«

Talaith grinste anzüglich. »Eine Tracht Prügel ist eine Sache, Lord Arroganz. Deine Familie wird es Éibhear verzeihen. Vor allem, da die Einzigen, die nicht zu wissen scheinen, was er für meine älteste Tochter empfindet, Éibhear und Izzy zu sein scheinen. Aber ein toter Celyn – das würden sie dir nie verzeihen.«

Und die Götter mochten ihn verfluchen, wenn sie nicht recht hatte.

»Ich hatte keine Ahnung«, gab Ragnar zu.

»Ich auch nicht.« Vigholf lehnte mit dem Rücken an einem Baumstamm, die Arme vor der Brust verschränkt. »Wer hätte auch wissen können, dass es der Junge in sich hat?«

»Ich wusste es.« Und die Brüder sahen zu ihrem Vetter hinüber. »Ich wusste, dass es nur darauf wartete, losgelassen zu werden.«

Blut spritzte in Meinhards Gesicht, und er wischte es sich mit dem Handrücken ab. »Er hat eine Wut in sich, der Kerl. Er weiß es nur noch nicht.«

»Jetzt weiß er es.«

»Ach was. Er hat alle möglichen Ausreden dafür. Aber was auch immer ihn in diesen Zustand versetzt hat, ist nur ein Teil davon.«

»Warum haben wir das nicht schon viel früher geschafft?«, fragte Vigholf. »Wir hätten diesen Prinzen in ein paar Schlachten zu mehr gebrauchen können als zum Bäumefällen.«

»Wer hätte diese Prügel eingesteckt? Wem aus unserer Sippe hättest du es aufgehalst, sich von Éibhear dem Ritterlichen verprügeln zu lassen? So ist es besser. Ein Südländer bringt ihn auf die Palme, und wenn er jetzt mit uns zurückkommt, können wir anfangen, diese Wut richtig zu kanalisieren und zu verfeinern, bis er eine lebende Waffe ist, die wir ganz nach Lust und Laune loslassen können.«

Ragnar tippte sich an den Kopf. »Ich hab dir doch gesagt, die Armeen sollten Meinhard Bericht erstatten.«

»Und sie hätten etwas zu berichten gehabt.«

»Du hast ihn den Ritterlichen genannt?«, fragte Dagmar hinter ihnen, und alle drei zuckten zusammen.

»Dagmar …«

»Das war ziemlich kleinlich von dir.« Für alle, die sie nicht kannten, klangen diese Worte wahrscheinlich nicht annähernd so hart, wie sie in Wirklichkeit waren.

Der Blick ihres Gefährten ging zwischen den Nordländern hin und her. »Was gibt es denn an ritterlich auszusetzen?«

»Wenn du im Norden so einen Namen bekommst, heißt das einfach, dass du schwach bist. Zu nett, um zu kämpfen.« Dagmar schüttelte den Kopf. »Und er hat keine Ahnung, oder?«

»Wenn es dich tröstet« – Ragnar sah zu, wie Éibhear seinen Vetter mit dem Gesicht voraus zu Boden schlug und dort mit einer Hand festhielt, während er ihm mit der anderen den Arm auf den Rücken drehte, bis etwas brach – »ich bezweifle, dass er diesen Namen noch viel länger behalten wird.«

Fluchend und mit einem gebrochenen Arm, warf der Vetter Éibhear ab, indem er ihm den Hinterkopf ins Gesicht rammte. Dann drehte er sich zu ihm herum und landete mit seinem gesunden Arm jetzt ebenfalls ein paar ordentliche Treffer auf Éibhears Kopf. Doch diese Treffer schienen Éibhear nur noch wütender zu machen. Der blaue Drache versetzte seinem Vetter einen so harten Kopfstoß, dass das Knacken über den See schallte und alle in Hörweite zusammenzuckten. Dann schnappte der Prinz mit einer Hand die Kehle seines Vetters und begann, ihn mit der anderen ins Gesicht zu schlagen. Was Ragnar am meisten beeindruckte, war, dass beide es schafften, die ganze Zeit über in Menschengestalt zu bleiben. Das war eine Kunst, die nicht einmal Ragnar sich zutraute. Seine Fähigkeit, menschlich zu bleiben, hing oft davon ab, ob ihm danach war oder nicht.

Er schaute hinüber und sah, dass Keita zusah. Sie zuckte bei jedem Schlag zusammen, verzog das Gesicht bei jedem Treffer. Auch wenn sie sich nicht einmischen würde: Es gefiel ihr trotzdem nicht.

Ragnar machte seinem Bruder und seinem Vetter ein Zeichen. »Wir sollten das beenden.«

»Warum?«, fragte Vigholf. »Selbst ihre eigene Sippe mischt sich nicht ein.«

»Ich weiß. Deshalb sollten wir es beenden. Wir sind nicht emotional involviert.«

»Nein«, sagte Meinhard. »Aber ich denke, sie ist es.«

Iseabail drängte sich an allen vorbei, die ihr im Weg waren, und sah Éibhear und Celyn kurz zu. Inzwischen war das Gesicht des Vetters nur noch eine blutige Masse, aber Éibhear hielt ihn trotzdem unverändert mit einer Hand fest, während er wieder und wieder zuschlug. Nicht gerade ritterlich, oder?

Andererseits beschlich Ragnar das Gefühl, dass der Vetter nur aufgehört hatte sich zu wehren, weil Izzy da stand.

Knurrend stapfte Izzy zu ihnen hinüber und riss sich von den Verwandten los, die versuchten, sie aufzuhalten. Als sie sich den beiden kämpfenden Feuerspuckern näherte, nahm sie einen Übungsschild in beide Hände.

»Ihr Götter«, sagte Vigholf bewundernd, und Ragnar musste ihm im Stillen zustimmen. Ein Übungsschild mochte nicht aus purem Stahl gefertigt sein, aber er war für Drachen gebaut, die jeden Tag dafür trainierten, Krieger zu werden. Er erinnerte sich an seinen ersten Tag und wie müde seine Unterarme in den ersten Trainingsmonaten davon geworden waren.

Und doch war da dieser Mensch – und dann auch noch eine Frau –, die den Schild schwang, als sei sie dafür geboren, und irgendwie die Tatsache ignorierte, dass der Schild mehrere Zentimeter größer war als sie und wahrscheinlich genauso viel wog. Sie schwang ihn und traf Éibhears Seite, warf ihn von den Füßen und schleuderte ihn direkt in ein paar seiner Verwandten, die in der Nähe standen. Zum ersten Mal wurde Ragnar bewusst, wie wenig Chancen sein Vater gehabt hatte, als er sich diesem Mädchen und ihrer Hexenmutter Talaith gegenübersah und von ihrer Hand getötet wurde.

Doch es zeigte, wie dickschädelig diese Feuerspucker waren, dass Éibhear sich nur die Schläfe rieb und Izzy einen finsteren Blick zuwarf, als sei sie eine der dunklen Götter persönlich.

»Du dummer Mistkerl!«, schrie ihn Izzy an und schleuderte

den Schild zu Boden, dass dieser so erzitterte, dass sämtliche anwesenden Drachen sie staunend ansahen.

»*Hast du überhaupt darüber nachgedacht, wen du da vögelst?*«, donnerte der Blaue.

»Oh, ich habe durchaus darüber nachgedacht«, antwortete sie, und jedes Wort sprühte Gift. »Ich habe darüber nachgedacht und ich habe jede Sekunde davon *genossen*!«

»Verdammt«, murmelte Vigholf auf Izzys Worte hin. »Das tat weh.«

Izzy streckte den Arm aus und zog den angeschlagenen Vetter mit Branwens Hilfe auf die Beine. Mit einem Arm um Izzys Schultern und dem anderen eng an den Körper gepresst, während Branwen ihn von der anderen Seite stützte, ließ sich der Drache von ihnen zur Festung zurückbringen. Obwohl er schwach war und viel Blut verlor, schaute er ein letztes Mal über die Schulter zurück, um seinem Vetter ein blutiges Lächeln zuzuwerfen.

Der Blaue durchschaute das Lächeln als das, was es war – ein anzügliches Grinsen und ein triumphierendes »Ich habe gewonnen« –, und war schon wieder auf den Beinen, doch Meinhard war schneller und warf ihn zurück auf den Boden.

»Es ist vorbei, Junge«, erklärte ihm Meinhard auf die Art, die ihm immer den Respekt seiner jungen Schützlinge einbrachte. »Alles andere wird nur dazu führen, dass dir dieses Mädchen noch mehr wehtut, als sie es schon getan hat. Und dein Selbstwertgefühl kommt davon auch nicht wieder.«

Morfyd drängte sich zu ihnen und kauerte sich vor ihren Bruder. »Oh, Éibhear.«

»Mir geht's gut, Morfyd.« Éibhear stand auf und seine Schwester mit ihm, während sie ihn mit besorgtem Blick musterte.

Sie nahm seine Hand. »Komm mit mir.« Seine Proteste ignorierend, zog sie ihn weg, und Ragnar ging zu Keita hinüber.

»Alles klar?«, fragte er sie.

»Ich bin nicht diejenige, die in den Schmutz getreten wurde.«

»Nein. Noch war es dein geliebter kleiner Bruder, der in den Schmutz getreten wurde. Eigentlich nicht.«

»Ich habe versucht, dich zu warnen. Du solltest ihn nicht unterschätzen.«

»Ich glaube, ich sollte keinen von euch unterschätzen.« Und ohne groß nachzudenken, wischte er ihr mit dem Daumen ein paar Blutstropfen weg, die ihr auf die Wange gespritzt waren. Ihre Wimpern senkten sich, und ihre Haut wurde heiß. Mehr brauchte sie nicht.

Andererseits brauchte er sogar noch weniger.

Dennoch konnten sie bei allem, was zwischen ihnen vorging, ohne dass ein Wort gesprochen wurde, nicht das Schweigen ignorieren, das sich um sie herum ausgebreitet hatte.

Die Aufmerksamkeit sowohl der königlichen Familie als auch aller anderen war auf sie gerichtet. Ragnar war nicht in der Lage, ihre Gesichtsausdrücke zu deuten, und beschloss, dass das wahrscheinlich auch das Beste war.

Er ließ seine Hand sinken. »Ich werde mal sehen, was ich für deinen Vetter tun kann. Ich bin ein ganz guter Helfer nach einer Schlägerei.«

Die Prinzessin nickte und sagte nichts weiter, also folgte er Izzy und versuchte, all die Blicke zu ignorieren, die auf ihm lagen.

»Ein Blitzdrache?«, fragte Ghleanna. »Aber sonst geht's dir gut?«

Keita verdrehte die Augen. »Wann hat dich je interessiert, was ich tue?«

»Deinen Vater wird es interessieren. Und deine Mutter wird es verdammt noch mal interessieren.«

»Tja, das wird mir schlaflose Nächte bereiten.«

Ghleanna hielt Keitas Arm fest und riss sie ein paar Schritte weg von der Familie. Ihr Griff war brutal und ihr Zorn spürbar. Normalerweise hätte Keita versucht, die Sorgen ihrer Tante zu zerstreuen, und hätte ihr gesagt, was sie hören wollte. Diesmal nicht.

»Was ist das für ein Spiel?«

»Ich weiß nicht, was du …«

Der Griff ihrer Tante wurde noch fester, und Keitas Augen begannen zu tränen. »Keine Spielchen mit mir, kleines Fräulein! Die Lage ist schon schlimm genug, aber jetzt höre ich auch noch von dir und ...«

Ghleanna unterbrach sich, und Keita blaffte: »Ich und wer?«

»Ich kann nicht glauben, dass du so dumm bist.«

Keita versuchte, Ghleannas Finger von ihrem Arm zu lösen. »Ich weiß nicht, wovon du sprichst, und ich wäre dankbar, wenn du mich jetzt loslässt.«

Die Augen ihrer Tante, schwarz wie die von Bercelak, wurden schmal, ihr Mund nur noch ein schmaler Strich. Ghleanna hatte wenig Geduld mit Leuten, die ihr nicht zuhörten und auf ihren Befehl hin nicht sprangen. Aber Keita sprang auf niemandes Befehl hin.

»Lass sie los, Ghleanna.« Fearghus stand jetzt neben ihnen.

»Wir reden nur.«

»Ihr könnt später reden.« Fearghus nahm Keitas anderen Arm und zog sie von ihrer Tante weg. »Komm doch heute Abend zur Burg und sieh dir die Babys an, Ghleanna.«

Fearghus führte Keita weg.

»Ich weiß nicht, was hier vor sich geht«, sagte Fearghus, als sie auf halbem Weg zwischen dem See und der Burg waren. »Aber was auch immer es ist, kleine Schwester: Ich hoffe, du weißt, was du tust.«

»Weiß ich das nicht immer?«

Fearghus blieb stehen. »Ich mache keine Scherze. Ich habe genug Mist, um den ich mir Sorgen machen muss, und will mir nicht auch noch Sorgen machen müssen, dass du Ärger mit den Cadwaladrs bekommst. Vor allem, wenn es stimmt, was ich von dir und Esyld höre.«

»Du musst mir vertrauen, Fearghus«, sagte sie, unfähig, ihren ältesten Bruder über etwas so Wichtiges direkt anzulügen.

»Ich vertraue dir, Keita. Das macht mir ja Sorgen. Du bist normalerweise nicht so ... eindeutig. Und die Macht und Geschwindigkeit, mit der sich dieses Gerücht verbreitet, sehen zu sehr nach Dagmar Reinholdt aus. Ich weiß aber, dass sie dich mag. Warum sollte sie also etwas sagen, das dich so in Schwierigkeiten bringen könnte?«

»Gib mir ein bisschen Zeit. Bitte.«

»Das werde ich.« Er beugte sich herab und küsste sie auf die Wange. »Aber bis dahin sei vorsichtig.«

Izzy nahm Branwen die Schüssel ab. Sie war mit blutigem Wasser gefüllt, das in der letzten halben Stunde viermal erneuert worden war. Sie ging hinaus in den Flur und war erleichtert, dass eine Dienerin mit frischem Wasser und sauberen Tüchern auf sie zugeeilt kam.

Sie tauschten gerade die Schüsseln aus, als ihre Mutter herankam. »Peg, bring das hinein zu Lord Ragnar.« Sie öffnete die Tür und ließ die Dienerin hineingehen, dann nahm sie die Schüssel, die Izzy immer noch in der Hand hielt. Sie stellte sie auf einer Seite der Tür auf den Boden und nahm Izzys Hand.

»Komm.« Izzy ließ sich von ihrer Mutter in ein Zimmer ein paar Türen weiter ziehen. Es war eines der Gästezimmer, das für Adlige und Familienangehörige reserviert war.

Talaith schloss die Tür und drehte sich zu ihr um. Izzy war darauf vorbereitet. Sie wusste, dass ihre Mutter sich auf Éibhears Seite stellen würde. Sie wusste, sie würde erschüttert sein, dass Izzy ihre Jungfräulichkeit nicht für »den Richtigen« aufgespart hatte, wie sie es Izzy empfohlen hatte, kurz bevor diese mit ihrer Einheit aufgebrochen war. Doch das war egal. Izzy hatte ihre Wahl schon vor einigen Monaten getroffen, und jetzt würde sie dafür einstehen und sich nicht dafür schämen, was sie getan hatte oder was eben passiert war. Das würde sie nicht tun. Egal, wie sauer ihre Mutter sein mochte.

»Geht es dir gut?«, fragte ihre Mutter.

Izzy zuckte ein bisschen zusammen vor Überraschung über diese Frage, fing sich aber gleich wieder. Sie entschied sich für lässige Verachtung, wie sie es gerne nannte. »Ich wurde schließlich nicht verprügelt, oder?«

Ihre Mutter trat näher, und Izzy wartete. Auf die Vorwürfe, die Schuldzuweisungen. Sie war auf alles gefasst.

»Ich frage nur nach dir, Iseabail.« Talaith hob die Hand und legte sie an Izzys Wange. »Geht es *dir* gut?«

Izzy blinzelte ein paarmal, um die Tränen zurückzuhalten, die plötzlich hinter ihren Augen brannten. Tränen, die sie früher niemandem außer ihrer Mutter hatte zeigen können. Sie hatte gedacht, dass diese Nähe nicht mehr existierte, dass sie zu alt sei für all dieses »Geheule«, wie Ghleanna es nannte. Doch jetzt, wo ihre Mutter sie nicht verurteilte, sich nur Sorgen um sie machte und sie beide allein in diesem Zimmer waren, konnte sie die Tränen nicht mehr zurückhalten.

»Wie konnte er das tun, Mum?«, schluchzte sie auf. »Vor allen anderen? Gute Götter!« Sie schlug die Hände vors Gesicht. »Sogar vor Dad!«

Ihre Mutter zog Izzy in ihre Arme und kniete sich mit ihr auf den Boden, damit Izzy sich nicht vorbeugen musste, um sich ordentlich ausweinen zu können, und Talaith nicht die ganze Zeit auf den Zehenspitzen stehen musste.

»Und was er zu mir gesagt hat!«

»Ich weiß, Liebes. Das war verletzend und gemein.« Talaith streichelte Izzys Rücken und ließ sie weinen. »Und es ist mir egal, wie wütend er war, es war einfach götterverdammt beschissen.«

Zu wissen, dass ihre Mutter sie verstand und auf ihrer Seite stand, machte für Izzy viel aus. Sie klammerte sich an ihre Mutter und krallte die Hände in den Rücken ihres Hemdes, während sie an ihrer Schulter weinte. Sie hatte keine Ahnung, wie lange sie das tat, aber es dauerte eine ganze Weile. Doch ihre Mutter beklagte sich nicht ein einziges Mal.

Als Izzy sich endlich ausgeweint hatte, setzte sie sich auf den Boden, und Talaith hielt ihre Hände fest in ihren.

»Sei nicht enttäuscht von mir, Mum.«

»Warum sollte ich das?«

»Du weißt schon, weil ich« – sie drehte ihr Gesicht zur Schulter und wischte sich dort die restlichen Tränen ab, da ihre Mutter immer noch ihre Hände festhielt – »nicht gewartet habe.«

»Worauf nicht gewartet?« Als Izzy sie nur ansah, beeilte sie sich zu sagen: »Oh ... oh! Richtig. Warten. Na ja, ich habe ja auch nicht gerade gewartet, oder? Und Celyn ist sehr gutaussehend. Genau wie dein Vater, als wir ...« Talaiths Bemerkung verklang in der Luft, und ihre Augen weiteten sich. Izzy wusste sofort, was ihrer Mutter Sorgen machte.

»Keine Sorge, Mum. Ich ... ich bin vorsichtig.« Die aufgerissenen Augen ihrer Mutter wurden schmal, und Izzy beharrte: »Doch. Ehrlich.« Obwohl man, abgesehen von den Zwillingen und Rhi, noch von keinen anderen drachen-menschlichen Babys gehört hatte, hatte Izzy keine Lust, zu riskieren, was Annwyl und ihrer Mum passiert war. Für Izzy war das einfach ein zu großes Risiko. »Du weißt, wie viel mir das alles bedeutet, und ich bin noch nicht so weit, dass ich beides schaffen kann. Ein Kind und morgens die Ausbildung mit meiner Einheit.«

»Aber du wirst so weit sein. Eines Tages.«

»Das ist mein Plan. Dann kann ich immer noch entscheiden, ob ich kleine Izzys haben will.«

Talaith lächelte. »Solange du einen Plan hast.«

»Ich habe *immer* einen Plan.«

»Gut.« Ihre Mutter drückte ihre Hände. »Und liebst du ihn, Izzy?«

Empört, dass sie überhaupt fragte, antwortete Izzy, ohne zu zögern: »Nach allem, was er Celyn angetan hat? Jetzt nicht mehr!«

Talaith räusperte sich, sah sich im Zimmer um, räusperte sich noch einmal und gestand schließlich: »Ich, äh ... meinte Celyn.«

»Oh.« Mutter und Tochter sahen sich lange an, bevor Izzy zugab: »Das ist jetzt unangenehm.«

Dann brachen sie beide in einen Kicheranfall aus, der sich im Moment vollkommen unangemessen, aber auch sehr notwendig anfühlte.

Ren glitt um die Ecke und wartete, bis die Soldaten an ihm vorbei waren. Er war vor mehr als einem Tag in der Provinz Quintilian angekommen. Er war überrascht gewesen von der Schönheit der Bauten, der Kunst, der Frauen. Die Hitze machte ihn fertig, aber er liebte das Land.

Dennoch, mit dem Schönen kam auch das Hässliche. Die Sklaven, die Grausamkeit, die Misshandlungen. Und im Herzen von alledem standen die Eisendrachen, die hier regierten. Obwohl Drachensymbole jedes Haus, jedes Geschäft und alle Regierungsgebäude dominierten, bewegten sich die Eisendrachen hauptsächlich in Menschengestalt. Aber jeder wusste, wer sie waren. Sie waren andererseits auch kaum zu übersehen.

In gewisser Weise erinnerte ihn das Kräftespiel zwischen Drachen und Menschen unter den Souveränen an die Beziehung zwischen seiner Art und den Menschen des Ostens, bis auf einen großen Unterschied: Es gab keine Angst bei den Ostland-Menschen. Im Gegenteil, sie feierten die Existenz der Drachen, weil sie es wollten, nicht weil sie Angst hatten, es nicht zu tun.

Als die Luft rein war, kreuzte Ren von einer Seite der Höhle zur anderen und glitt dann durch soliden Fels, um von einer Seite der Felswand auf die andere zu kommen. Eine von vielen Fähigkeiten, mit denen seine Art gesegnet war und die zu nutzen er in vollen Zügen genoss, und einer der Gründe, warum Rhiannon ihn auf diese Mission geschickt hatte.

Sobald er auf der anderen Seite war, hielt Ren inne und schaute über das Land, das sich vor ihm erstreckte. Das Land füllte sich gerade, wie es schien, von einem Ende zum anderen mit Soldaten. Legionen über Legionen von Soldaten. Eine ordentliche Anzahl von ihnen Eisendrachen, Tausende und Abertausende von ihnen Menschen. Sie trainierten unter den heißen Sonnen und bereiteten sich auf die Schlacht vor.

Bereiteten sich auf den Krieg vor.

Ren bekämpfte den Drang, in Panik zu verfallen, und zwang sich, sich auf das zu konzentrieren, wozu er hergekommen war:

Informationen sammeln und sie der Südland-Königin bringen. Eine Aufgabe, die er nach besten Kräften erledigen würde.

Er wandte sich von dem bedrückenden Anblick ab und glitt durch die Felswand zurück in die Höhle.

32

Keita kauerte sich neben ihren kleinen Bruder und sah zu, wie Morfyd das Blut von seiner Hand wusch. Es sah aus, als hätte er sich an Celyns Gesicht die Knöchel gebrochen, und Morfyd wollte sichergehen, dass sie richtig heilten und sich nicht entzündeten.

»Ich muss einen Umschlag machen«, sagte Morfyd und suchte ein paar Kräuter in der Nähe als Zutaten zusammen.

Keita hob vorsichtig die Hand ihres Bruders an und hielt sie in ihren. »Geht es dir gut?«, fragte sie.

»Aye, Schwester«, sagte er und klang erschöpft nach seinem Wutausbruch. »Beruhige dich.«

»Oh. Das werde ich.« Dann hieb sie ihm auf seine gebrochenen Knöchel und genoss den Schmerzensschrei, den ihr Bruder ausstieß.

»Was in allen Höllen tust du da?«, verlangte Morfyd zu wissen.

»Du!«, sagte Keita und zeigte auf Éibhear. »Wie kannst du es wagen, Izzy das anzutun! Und dann auch noch vor ihren Eltern!«

»*Ich habe versucht, sie zu beschützen!*«

»Nein, hast du nicht, du verlogener Kerl!«

»Keita!«

Jetzt wirbelte sie zu ihrer Schwester herum. »Und du!«

»Was tue ich denn?«

»Ihn verzärteln! Als hätte er es verdient!«

»Oh, es tut mir so leid, dass ich mich nicht benehme, wie Keita die Schlange es für richtig hält! Es tut mir leid, dass ich nicht nach deinen Vorgaben handle!«

Keita schubste ihre Schwester, und die schubste sie zurück. Sie hatten sich schon fast in den Haaren, als Éibhear dazwischenging. »Hört auf! Was ist bloß los mit euch?«

Keita löste sich von den beiden und stolzierte davon. Sie war zu wütend, um überhaupt klar denken zu können.

Sie fühlte mit Izzy, das war es. Und warum? Weil sie das selbst schon durchgemacht hatte. Dass irgendein Kerl einen vor allen anderen zur Rede stellte, weil er sie aus dem einen oder anderen Grund nicht haben konnte. Na ja, meistens aus einem Grund. Und zwar dem, dass Keita ihn nicht wollte. Und obwohl es nicht genau dasselbe war, wusste sie trotzdem, wie sich ihre Nichte fühlte. Gedemütigt fühlte sie sich. Und wer hätte es ihr verdenken können?

Keita hatte geglaubt, sie hätte Éibhear besser erzogen. Offensichtlich hatte sie sich geirrt! Zumindest das eine Mal.

Und was noch merkwürdiger für sie war? Dass das Einzige, was sie im Moment tun wollte, damit es ihr besser ging, nicht war, shoppen zu gehen, eine Stadt zu zerstören oder etwas aus der Schatzkammer ihrer Mutter zu stehlen. Sie wollte nichts dergleichen. Nein, sie wollte nur Ragnar den Listigen sehen. Ihn sehen. Mit ihm reden. Sich von ihm trösten lassen.

Ein Wunsch, das musste sie zugeben, den sie ein kleines bisschen beängstigend fand!

Ragnar und Vigholf nahmen den jungen Drachen mit hinaus in die Östlichen Felder. Sie stellten ihn mitten hinein und gingen weg. Als sie ein gutes Stück entfernt waren, zogen sie ihre Kleider aus und verwandelten sich.

»Also gut, Junge«, rief Ragnar. »Verwandle dich, wenn du kannst.«

Es dauerte eine Weile, doch dann loderten Flammen auf und der junge Drache war wieder in seiner natürlichen Gestalt.

Ragnar ging zu ihm zurück und prüfte die gebrochenen Knochen in seinem Gesicht, seinen gebrochenen Arm, die gebrochenen Rippen. Ehrlich, Izzy hätte keine Minute später vorbeikommen dürfen.

Ragnar hatte gehofft, er würde in der Lage sein, den jungen Drachen noch in seiner Menschengestalt zu heilen, damit der Junge in einem weichen Bett bleiben konnte, wo Frauen ein und aus gingen, um nach ihm zu sehen und ihn zu trösten wie ihr verletztes Schoßhündchen. Aber Ragnar kannte sich ganz einfach nicht so gut mit menschlichen Knochen aus wie mit den eigenen.

Er wartete, solange er konnte, dass Morfyd zurückkam, denn er wusste, dass ihre Fähigkeiten als Heilerin seine bei Weitem übertrafen, aber nachdem der halbe Nachmittag vergangen war, beschloss er, nicht länger zu warten.

»Was brauchst du von mir?«, fragte Vigholf Ragnar.

»Etwas zu essen. Eine Kuh müsste genügen.«

»Also gut, ich bin gleich zurück.«

Ragnar beugte sich vor. »Hörst du mich, Celyn?«

Der Feuerspucker nickte.

»Es wird wahrscheinlich nicht lange dauern, aber es wird wehtun. Sehr. Verstanden?«

»Tu es«, flüsterte er.

»Ich kann etwas tun, das weniger wehtut, aber es bräuchte länger, bis du wieder ganz gesund bist. Ein paar Tage musst du aber trotzdem im Bett bleiben.«

Celyn zwang die Augen auf und sah Ragnar an. »Tu es.«

Ragnar ging auf die Knie und hob die Vorderklauen über Celyn. Er schloss die Augen und ließ die Macht, die im Boden unter ihm war, durch seinen Körper aufsteigen. Als er hatte, was er brauchte, ließ er diese Macht durch seine Klauen in den Körper des Feuerspuckers fließen.

Celyn knurrte vor Schmerzen und biss die Reißzähne zusammen, während seine Knochen sich an ihren Platz ordneten und wieder zusammenfügten.

Manche hätten vielleicht die weniger schmerzhafte, aber langwierigere Heilungsart bevorzugt, aber Ragnar wusste, warum dieser hier es nicht tat – Iseabail. Celyn würde seinen Vetter keine Sekunde länger als nötig mit ihr allein lassen. Zumindest nicht, wenn er es verhindern konnte.

Ragnar kannte das alles. Drachen, die um eine Frau kämpften – das endete selten gut.

Nachdem er den letzten Knochen gerichtet hatte, vergewisserte sich Ragnar noch einmal, dass er nichts vergessen hatte, das später zu Blutungen führen konnte. Als er sich sicher war, senkte er die Klauen, und sein Körper sackte nach hinten. Er wäre auf dem Boden aufgeschlagen, wenn sein Bruder nicht da gewesen wäre, um ihn aufzufangen.

Keuchend nickte er ihm zu. »Danke.«

»Hier. Etwas zu essen für dich.«

Vigholf servierte Ragnar die immer noch strampelnde Kuh und ließ ihn sie erledigen, indem er seinen Kiefer um ihren Hals legte und ihn brach. Dann aß Ragnar, bis er spürte, wie seine Kraft zurückkehrte.

Als er den Rest seiner Mahlzeit seinem Bruder anbot, setzte Celyn sich schon wieder auf. Er war noch blutverschmiert, und Ragnar war sich sicher, dass er noch tagelang Schmerzen haben würde, aber er war wieder munter.

»Danke«, sagte Celyn mit einem Nicken.

»Gern geschehen.«

Der junge Drache stand auf und taumelte ein wenig.

»Ich helfe ihm besser zurück.« Vigholf ging mit Celyn in Richtung Burg, und Ragnar blieb zurück und stocherte sich Kuhfleisch aus den Zähnen.

Er hatte gerade einen ziemlich großen Rippenknochen entfernt, als Keita auf ihn zukam. Sie hatte sich ein neues Kleid angezogen, die Haare zu einem lockeren Pferdeschwanz gebunden und trug immer noch keine Schuhe. Was hatte sie eigentlich gegen Schuhe?

»Hunger?«, fragte er und bot ihr an, was von dem Kadaver übrig war.

»Nein danke. Wie geht es Celyn?«

»Besser. Ich habe seine Knochen gerichtet, und er hat aufgehört zu bluten. Wie geht es deinem Bruder?«

»Der spielt den selbstgerechten Herrn des Trübsinns an einem der Seen, mit Morfyd als liebevollem Kindermädchen.«

Ragnar nahm menschliche Gestalt an. »Du klingst wütend auf ihn.«

»Bin ich auch. Sehr wütend. Und ich bin wütend auf Celyn. Dieses Spiel zu spielen, und die arme Izzy steht zwischen den Fronten.«

»Die ›arme Izzy‹ kann sich schon selbst behaupten.«
»Das stimmt wohl.«
Sie ging angespannt auf und ab. »Was ist los, Keita?«
»Nichts.«
»Warum wirkst du dann, als würdest du am liebsten die Wände hochgehen?«
»Ich weiß nicht. Ich habe einfach das Gefühl, dass …«
»Etwas auf dich zukommt? Dass etwas kommt, das alles zerstört, was du liebst?«
Keita blieb stehen und wandte sich Ragnar zu. »Eigentlich wollte ich sagen, dass ich das Gefühl habe, dass ich nicht glücklich war, bis ich dich gesehen habe, und ich habe keine Ahnung, was das zu bedeuten hat.«
»Äh … oh.«
»Aber ich habe das Gefühl, dieses ›Etwas kommt, das alles zerstört, was ich liebe‹ sollte mich jetzt mehr beunruhigen, oder was meinst du?«
»Na ja …«
Sie stemmte die Hände in die Hüften. »Mach mir keinen Ärger, Warlord. Was hast du mir verschwiegen?«
»Es ist etwas, das Vigholf mir über eure Menschenkönigin erzählt hat. Es beschäftigt mich schon die ganze Zeit.«
»Götter, wen hat sie jetzt wieder umzubringen versucht?«
»Nein, nein. Nichts dergleichen. Es ist nur … sie hat Träume.«
Keita senkte langsam die Arme. »Was für Träume?«
»Von brutalen Kriegern, die auf Dämonenpferden reiten und ihre Kinder holen kommen.«
Keita ging wieder hin und her, den Blick auf den Boden gerichtet. »Menschliche Krieger?«
»Menschen, ja. Aber Hexen. Wenn ich es richtig beurteile, träumt sie von den Kyvich. Kriegerhexen aus den Eisländern.«
Keita blieb mit dem Rücken zu ihm stehen.
»Ragnar … haben ihre Pferde Hörner?«

Annwyl hatte ihr Training für heute abgesagt, und sie war auch froh darüber. Es war ganz einfach zu viel los, als dass sie sich hätte konzentrieren können. Und nicht konzentriert zu sein, bedeutete mehr Schaden, als sie im Moment zu tolerieren bereit war.

Sie betrat den Rittersaal durch die hintere Tür und fand Talaith am Esstisch. Sie hatte Essen vor sich stehen, schien aber mehr darin herumzustochern, als zu essen.

»Wie läuft's?«, fragte Annwyl, während sie sich neben ihre Freundin auf einen Stuhl fallen ließ.

»Es könnte schlimmer sein, denke ich. Ich wünschte, es wäre besser.«

»Was beunruhigt dich? Abgesehen vom Offensichtlichen, meine ich.«

Talaith schob ihren Teller von sich. »Ich mache mir Sorgen, dass Izzy dumme Entscheidungen treffen könnte, nur um diesen Idioten zu ärgern, den ich liebe wie meinen eigenen Sohn.«

»Es ist frustrierend, wenn man sie liebt, ihnen aber trotzdem das Gesicht einschlagen möchte, oder?«

»Sie sind zu jung für all das.«

»Ich kann sie mit einer neuen Truppe losschicken. Sie kann sich um die Plünderer an der Küste kümmern.«

Talaith verzog das Gesicht. »Das macht es irgendwie zu ihrer Schuld, oder nicht? Sie liebt ihre Einheit, aber wir würden sie wegschicken wegen dieses ... dieses ...«

»Zentaurenmists?«

»Genau. Übrigens«, wechselte sie das Thema. »Ich finde Ebba großartig.«

»Großartig«, stimmte Annwyl zu. Sie hob die Hand. »Horch mal. Sie hält sie ruhig, aber man hat nicht dieses Gefühl des Grauens, jeden Moment ihre entsetzten Schreie zu hören.«

»Es ist wunderbar.«

»Oh je.«

Talaith zuckte zusammen. »Was?«

Annwyl deutete auf die offene Tür des Rittersaals, durch die Éibhear und Morfyd hereinkamen.

Talaith trommelte mit den Fingern auf den Tisch. »Ich sollte mich da nicht einmischen.«

»Nein. Solltest du nicht.«

»Es geht mich nichts an.«

»Nein.«

Drei Sekunden später knallte Talaith die Hände auf den Tisch. »Ich kann mich da nicht raushalten!«

Annwyl rieb sich die Nase, um sich das Lachen zu verkneifen, als sie zusah, wie Talaith um den Tisch herumging und auf Éibhear zusteuerte, der sie mit großen Augen und vollkommen panisch ansah, während Morfyd sich vor ihren Bruder stellte, um ihn zu verteidigen, wenn es nötig war.

»Ich bin jetzt gerade so sauer auf dich, mir fehlen die Worte!«

»Celyn nutzt sie aus!«, verteidigte er sich.

»Das geht dich nichts an, Éibhear.«

»Hör mal, es tut mir leid, wenn ich dich verletzt habe, Talaith …«

»Mich? Das solltest du Izzy sagen.«

»… aber sie hat alle angelogen!«

»Auch das geht dich nichts an.«

Annwyl sah Izzy den Flur entlang zur Treppe stürmen; wahrscheinlich hatte sie Éibhears Stimme gehört. Sie hatte gerade die letzte Stufe erreicht, als Annwyl ihr entgegenkam und sie am Arm festhielt. »Wie wäre es mit einem Spaziergang?«, befahl Annwyl mehr, als es vorzuschlagen.

»Du!«, schrie Izzy über ihre Schulter, während Annwyl sie zum Hinterausgang führte. »Du bist ein selbstgerechter Depp!«

»Ich habe an dich gedacht, du dämliche Kuh!«

»*Kuh?*«

Annwyl zerrte ihre Nichte zur Tür hinaus und immer weiter, da sie überzeugt war, dass Izzy, wenn sie auch nur einen Augenblick anhielt, direkt wieder in den Saal laufen und Éibhear alle blauen Haare einzeln von seinem riesigen Kopf reißen würde.

Ragnar sah Keita scharf an. »Du hast auch von ihnen geträumt?«

»Einmal ... vielleicht zweimal.« Sie kratzte sich an der Kehle. »Ich habe mir nicht viel dabei gedacht, weil prophetische Träume nicht so mein Ding sind.« Sie trat näher. »Wie schlimm ist es?«

»Die Kyvich?« Er lachte kurz auf, aber sie zuckten beide bei dem Klang zusammen. »Ich habe sie nie in der Schlacht gesehen, aber ich habe gehört, dass ein Warlord oder Monarch, der kurz davor ist, einen Krieg zu verlieren, sein Schicksal wenden kann, wenn die Kyvich sich seines Falles annehmen. Eine halbe Kyvich-Legion – und ihre Legionen sind viel kleiner als die Legionen einer normalen Armee – kann eine Stadt in Schutt und Asche legen. Sie gehen den Weg des Kriegers und der Hexe perfekt. Sie töten ohne Bedenken oder Reue, und man hört, dass sie die Seelen der Menschen brechen, die sie verärgern, bis sie ihre persönlichen Kampfhunde sind, so könnte man es nennen. Sie lassen die Ärmsten im Kampf los, um den Feind ein bisschen aufzureiben, und sie fühlen nichts, wenn die Menschen getötet werden.«

»Und was noch?« Sie spannte die Arme, die sie vor der Brust verschränkt hatte. »Etwas verschweigst du mir. Was ist es?«

»Es gibt nur wenige Kyvich-Hexen, die in ihren Rängen geboren werden. Sie ...«

»Sag es.«

»Sie nehmen die Mädchen ihren Müttern weg. Normalerweise, noch bevor sie gehen können. Oft übergeben ihre Mütter sie lieber, als ihre restlichen Kinder oder ihr ganzes Dorf in Gefahr zu bringen. Nicht dass ich den Müttern ihre Zurückhaltung vorwerfe. Die Ausbildung der Kyvich ist brutal und ... gnadenlos. Und sie beginnt, wenn die Mädchen fünf oder sechs Winter alt sind.«

»Und Talwyn wäre perfekt für sie, nicht wahr?«

»Nach allem, was du mir erzählt hast ... außerdem hat Talwyn im Moment aufgrund ihres Alters und ihrer Eltern noch keine Bindung an einen Gott. Aber wenn sie eine Kyvich wird, würden zumindest die Kriegsgötter dafür sorgen, dass sie durch ihre Treuepflicht den Kyvich gegenüber für sie arbeiten würde.« Er holte tief Luft. »Keita, wenn ich gewusst hätte, dass du auch von ihnen geträumt hast ...«

»Wir können uns jetzt nicht darum sorgen, was wir hätten tun sollen, Ragnar.« Jetzt kam ihre königliche Ausbildung zum Tragen: Keita zeigte weder Panik noch Angst. Sie sagte einfach: »Wir müssen Annwyl und Fearghus warnen.«

»Einverstanden.« Ragnar ging über das Feld zurück in Richtung Burg. »Ich glaube, dafür hat Annwyl die ganze Zeit trainiert, ohne dass es ihr bewusst war.«

»Irgendeine Ahnung, wann sie hier sein werden?«

Sie betraten den Wald, der die Burgmauer umgab. »Ich bin mir nicht sicher. Ich habe gehört, ihre Fähigkeiten und Begabungen sind unermesslich. Dass sie sich schnell bewegen und Tausende von Wegstunden unentdeckt gehen können. Um ehrlich zu sein, soweit wir wissen – können sie vielleicht sogar fliegen.«

»Na gut, zumindest ist der größte Teil der Familie hier, um sie zu schützen ...«

Ragnar blieb stehen und schaute über die Schulter. »Keita?«

Er ging zurück zu der Stelle, wo er zum letzten Mal ihre Stimme gehört hatte. »Keita?«

»Lord Ragnar?«, fragte eine Stimme.

Er drehte sich um und sah Éibhear, der in den Wald gestapft kam. »Hast du meine Schwester gesehen? Keita?«

»Hast *du* sie nicht gesehen?«

Éibhear sah ihn an. »Wie bitte?«

»Hast du Keita nicht gesehen? Sie war eben noch hier.«

Éibhear schüttelte den Kopf. »Nein, Sir.«

Ragnar verstand das nicht. »Aber sie war eben noch genau hier!«

Ragnar hörte ihre Stimme in seinem Kopf. Schwach, aber es war eindeutig Keitas.

Oben.

Er hob den Blick und schob dann Éibhear zurück in Richtung Burg. »Geh. Hol deine Brüder und deine Schwester.« Er richtete den Finger auf den Prinzen, der mit verwirrtem Blick stehen blieb.

»Geh! Sofort! Sag ihnen, sie sollen meinem Geruch folgen!«
Dann verwandelte sich Ragnar und schwang sich in die Lüfte.

»Ich sage, wir hätten Éibhear den Bastard umbringen lassen sollen.«

Talaith rieb sich mit den Fingerspitzen die Augen. Sie liebte ihren Gefährten, wirklich, das tat sie. Aber es gab einfach keine Grauzone für ihn. Nur schwarz, weiß und ärgerlich.

»Ihn umzubringen erscheint mir ein bisschen hart«, ermahnte sie Briec. »Es ist ja nicht so, als hätten wir Izzy gezwungen, etwas zu tun.«

»Ich weiß nur, dass Celyn nicht hierbleiben kann«, beharrte Fearghus. »Ich will ihn hier nicht haben, wo er unser Essen isst und unser Frischwasser benutzt, damit seine eiternden Wunden heilen.«

»Ihr seid alle lächerlich«, sagte Morfyd. »Wir können ihn nicht rauswerfen.«

Gwenvael, der als Einziger saß, schleuderte seine Füße auf den Tisch. »Ich bin schon für weniger rausgeworfen worden, ich sehe nicht ein, warum nicht auch er.«

Dagmar hob einen Finger. »Wenn du nichts Nützliches zu diesem Gespräch beizutragen hast, Schänder, dann sei still.«

»Wir würden ihm ja nicht sagen, dass er die Südländer komplett verlassen soll«, argumentierte Fearghus, der sich wahrscheinlich recht großmütig fand.

»*Ich* finde, er sollte die Südländer komplett verlassen.« Briec deutete auf die beiden Nordländer, die am anderen Ende des Tisches aßen. »Er kann mit diesen zwei Idioten in dieses Dreckloch von einem Territorium zurückgehen.«

Talaith zuckte zusammen und flüsterte den jetzt finster dreinblickenden Gästen ein tonloses *Entschuldigung* zu.

Éibhear kam in den Saal gerannt.

»Du hättest ihn umbringen sollen«, sagte Briec noch einmal, bevor sein Bruder ein Wort herausbringen konnte.

»Was ist los?«, fragte Fearghus.

»Eigentlich weiß ich das auch nicht so genau.«

»Was soll das heißen?«

»Lord Ragnar hat mir gesagt, ich soll gehen und euch holen.«

Gwenvaels Füße knallten auf den Boden. »Warum?«

»Ich weiß nicht. Ich habe Keita gesucht, wisst ihr« – er zuckte die Achseln – »dachte mir, wenn es stimmt, was alle sagen, müsste er wissen, wo sie ist, aber dann hat er *mich* gefragt, ob ich Keita gesehen habe. So, wie er sich benahm – es war, als wäre sie direkt vor seinen Augen verschwunden.«

Talaith schüttelte den Kopf. »Das kann nichts Gutes bedeuten.«

»Jetzt beruhigen wir uns mal alle«, unterbrach sie Morfyd. »Sie ist wahrscheinlich weggelaufen, weil sie seinen Anblick nicht mehr ertragen konnte. Ihr wisst, wie sie ist.«

»Vielleicht sollten wir nicht davon ausgehen, dass unsere kleine Schwester einfach mitten in einem Gespräch verschwunden ist, nur um von ihm wegzukommen.« Fearghus deutete auf Gwenvael. »Geh hinter den Wachhäusern nachsehen. Briec, kontrollier die ...«

»Warte. Warte«, sagte Morfyd mit einem gereizten Seufzen. »Gib mir einen Moment, um nach ihr zu sehen.«

Morfyd schloss die Augen, und Talaith beobachtete, wie die Fäden von Magie, die die Drachin jederzeit umgaben, sich von ihrem Körper lösten und sich in alle Richtungen ausstreckten. Es war schön und erstaunlich anzusehen und schade, dass es nur ein paar wenige sehen konnten.

»Dauert das lange?«, fragte Gwenvael. »Mir ist jetzt schon langweilig.«

»Ich schlage vor, wir reißen unserem Vetter den Schorf von den Wunden ... als Zeitvertreib«, meinte Briec.

Morfyd riss die Augen auf und sah sich im Raum um. »Oh, Götter!«

Talaith rutschte von dem Tisch, auf dem sie gesessen hatte. »Was ist los?«

»Elestren.«

Ein Augenblick fassungsloser Stille folgte, in dem alle einander ansahen. Dann rannten sie zur Ausgangstür.

Weil sie sie nicht aufhalten wollten, folgten Talaith und Dagmar ihnen, auch wenn sie nicht vorhatten, irgendwohin zu gehen.

Briec hielt bei den Nordländern an und musterte sie von oben bis unten, bevor er fragte: »Gebt ihr auf sie acht, bis wir zurück sind?«

Vigholf – Talaith konnte den Blitzdrachen nur an seinen kurzen Haaren von seinem Vetter unterscheiden – nickte einmal kurz. Briec warf einen Blick zu Talaith zurück und schoss zur Tür hinaus.

Meinhard – er hatte das längere Haar und den etwas größeren Kopf – schaute auf und fragte: »Meinst du, wir können noch etwas zu essen bekommen, während wir auf euch achtgeben?«

33

Keita landete hart, ihre Schulter schob sich aus dem Gelenk und zwei ihrer Krallen brachen. Ächzend rollte sie auf den Rücken, aber das Seil um ihren Hals, das aus extrastarkem Stahl bestand, zog sich enger und riss sie auf die Knie.

»Komm, komm, Cousine. Ich dachte, du wärst härter.«

Keita hatte ihre Drachengestalt angenommen, sobald ihre Cousine das Seil um ihren Hals geworfen und sie vom Boden hochgerissen hatte wie einen Sack Getreide. Elestren hatte sie nicht weit weggebracht, aber sie befand sich in einer Höhle, die sie nicht kannte. Sie wurde von Fackeln und einer Vielzahl von offenen Feuerstellen hell erleuchtet. Etwas sagte Keita, dass dies ein Treffpunkt war. Aber den Zweck des Treffens wollte sie wahrscheinlich gar nicht wissen.

Elestren schnappte Keita an den Haaren und riss ihren Kopf zurück. »Dachtest du, du könntest deine Königin hintergehen und es gäbe keine Konsequenzen von uns, Prinzessin?«

Als Keita die Frage nicht beantwortete, schubste Elestren sie wieder nach vorn. Keitas Kopf schlug auf dem Boden auf, und ein paar kurze Minuten wurde alles schwarz.

Als sie wieder erwachte, waren weitere Drachen angekommen. Zwei Älteste und mehrere Leibwächter der Königin. Keita bemerkte, dass ihr Vater nicht darunter war.

»Sie ist die Tochter der Königin, Elestren.« Der Älteste Teithi war gerade dabei, Einwände zu erheben.

»Und eine Verräterin. Sie hat Esyld geschützt und sich mit diesen zwei Idioten getroffen, von denen wir sicher wissen, dass sie versuchen, die Königin vom Thron zu stoßen.« Elestren ging um Keita herum. »Ich sage nicht, sie sollte sterben. Aber wir können nicht zulassen, dass sie frei herumstreift und gegen uns arbeitet.«

»Was schlägst du also vor?«

»Wir bringen sie zur Wüstengrenze. Meine Vettern werden sie

in den Salzminen beschäftigen, bis das alles hier in Ordnung gebracht ist.«

Verdammt. Jetzt verstand sie, wo sie war. Der Treffpunkt des Rats der königlichen Leibwache. Hier wählten sie diejenigen aus, die einen Platz in der Leibwache ihrer Mutter verdienten – und verurteilten diejenigen, die die Regeln der Wache brachen. Theoretisch sollte der Rat nur Mitglieder der königlichen Wache verurteilen, keine Mitglieder des Königshauses. Aber Keita hatte das Gefühl, dass ein Prozess auch das Letzte gewesen wäre, was ihre Cousine im Moment zugelassen hätte.

»Du meinst, sie gefangen halten.«

»Wenn unsere Königin dadurch in Sicherheit ist …«

»Er gibt mir die Schuld«, sagte Izzy, als sie sicher war, wieder reden zu können, ohne zu weinen.

»Natürlich gibt er dir die Schuld. Das tun sie immer. So süß unser Éibhear ist, er ist immer noch der Sohn seines Vaters. Er ist immer noch ein Mann.«

»Ich hätte ihn fester mit diesem Schild schlagen sollen.«

Kichernd ließ sich Annwyl mitten im Feld auf den Boden fallen und begann dann, ihr Schwert mit einem Stein zu schärfen. »Ich bin immer noch verblüfft, dass du diesen verdammten Schild überhaupt hochheben konntest.«

»Es war doch nur ein Übungsschild.«

»Für *Drachen*, Izzy. Ein Übungsschild für Drachen.«

Izzy zuckte die Achseln und schaute übers Feld in die umgebenden Wälder. Sie setzte sich neben Annwyl, erleichtert, aus der Burg heraus zu sein, zumindest für eine kleine Weile. Weg von Éibhear *und* Celyn.

»Alles wird gut, Izzy.«

»Nichts wird gut. Die beiden werden sich versöhnen, und ich bin dann die Hure, die zwischen zwei Vettern geraten ist.«

»Glaubst du, Celyn wird dich so schnell sitzenlassen?« Annwyl nahm Izzys Kinn und zog daran, bis Izzy sie ansehen musste. »Oder hoffst du das?«

Frustriert schüttelte Izzy die Hand ihrer Tante ab. »Alle tun so, als müsste Celyn mich jetzt in Besitz nehmen.«
»Willst du das?«
»Nein.«
»Dann willst du es also von Éibhear.«
Izzy schnaubte kurz und abfällig auf. »Den will ich nur von hinten sehen.«
»Wirklich?«
»Er hat mich verurteilt, als hätte er das Recht dazu. Als hätte er in meinem Leben irgendein Mitspracherecht.«
»Du willst Celyn nicht. Du willst Éibhear nicht. Was willst du denn, Izzy die Gefährliche?«
Jetzt sah sie ihre Königin ohne Furcht oder Scham an und gestand die Wahrheit: »Ich will dein Knappe sein.«
»Ich habe schon einen Knappen«, sagte Annwyl nüchtern. »Er ist jetzt fett.«
Schockiert kicherte Izzy. »Annwyl!«
»Es stimmt! Aber er kann wunderbar mit Pferden umgehen. Meine Violence liebt ihn.« Sie warf einen Blick zu dem riesigen schwarzen Tier hinüber, das mehrere Fuß von ihnen entfernt friedlich graste. »Aber mein Knappe ist fett, und das liegt daran, dass ich nirgends hingehe. Ich tue nichts. Wenn du mein Knappe wirst, Izzy, ist dein ganzes Talent verschwendet. Das werde ich nicht zulassen, Liebes. Nicht bei dir.«
»Dann willst du nicht in den Westen gehen und dich den Souveräns stellen?«, fragte Izzy, die in der Nacht zuvor ihre Eltern belauscht hatte.
Annwyl zuckte die Achseln und zog die Knie an, damit sie ihre Arme um die Beine legen konnte. »Ich werde Legionen schicken, damit sie Thracius entgegentreten.«
»Ist das wirklich das, was *du* willst?«
»Mehr kann ich im Moment nicht haben, Izzy.«
Das Pferd scharrte mit den Hufen und schüttelte den Kopf.
Annwyl lachte auf. »Wie du siehst, gefällt das meiner Violence gar nicht.«

Den Blick auf Violence gerichtet, runzelte Izzy die Stirn – sie war sich nicht so sicher, dass es Annwyls Worte waren, die das Pferd beunruhigten.

»Izzy.«

Die Stimme ihrer Königin war leise, als sie ihren Namen sagte, so leise, dass Izzy es vielleicht überhört hätte, wenn sie nicht direkt neben ihr gesessen hätte. Aber Izzy hörte die Angst darin und wandte den Blick langsam von Violence ab.

Sie waren aus dem Wald gekommen, aber Izzy hatte kein Geräusch gehört. Sie bewegten sich wie der Tod. Und doch waren es so viele, dass Izzy sie nicht einmal zählen konnte. So etwas wie sie hatte sie nie zuvor gesehen.

Tierhäute und Leder bedeckten notdürftig die harten, muskulösen Körper, die viele Schlachten gesehen hatten. Und sie alle trugen viele Tätowierungen. Kein Motiv war wie das andere. Manche von ihnen trugen sie auf den Armen, den Schenkeln, der Brust, aber absolut alle hatten tätowierte Gesichter. Schwarze Stammeszeichen, die nur unterbrochen wurden, wenn Wunden im Gesicht Narben hinterlassen hatten.

Die meisten waren zu Fuß, aber gute vierzig von ihnen saßen auf Reittieren, und jeder hatte eine große hundeähnliche Kreatur neben sich.

Was sie ritten, ähnelte Pferden, aber Izzy hatte noch nie so breite gesehen, deren übergroße Muskeln sich spannten, während sie unruhig dastanden und die Köpfe in Richtung Boden schwangen, damit sie mit ihren Hörnern in die Erde graben konnten. Izzy hatte das Gefühl, dass sie ihre Hörner durch dieses Graben schärften. Und ihre Augen waren blutrot. Die hundeähnlichen Tiere hatten ebenfalls Hörner, doch ihre waren nach innen gedreht wie bei den Widdern, die Izzy gern in den Westlichen Bergen jagte. Im Vergleich zu den großen Hunden, die Dagmar züchtete und aufzog, waren diese Wesen hier allerdings größer. Manche sahen aus, als bestünden sie aus annähernd dreihundert Pfund harter Muskelmasse. Wie etwas, das die Unterwelt ausgespuckt hatte.

Doch nichts davon beunruhigte Izzy so sehr wie das, was da an dicken Ketten mit Halsbändern gehalten wurde. Während die Hunde keine Leine trugen und die Pferde keine Sättel, wurden diese Wesen von den dicken Metallbändern um ihre Hälse und den Ketten gelenkt, die ihre Fänger hielten. Sie hatten keine Hörner, keine jenseitigen Augen, keine sich wölbenden, überentwickelten Muskeln – und das lag daran, dass sie Menschen waren. Männer mit Schaum vor dem Mund, mehr als begierig zu töten. Männer, die Verstand und Menschlichkeit schon vor langer, langer Zeit verloren hatten.

Langsam stand Annwyl auf, den Blick nicht auf die ganze Legion vor sich gerichtet, sondern auf das Wesen, das an ihrer Spitze ritt. Eine Frau. Eine Hexe. Izzy war vielleicht nicht wie ihre Mutter und Schwester, aber sie konnte eine Hexe erkennen. Sie erkannte sie alle.

»Izzy?«, sagte Annwyl noch einmal, jetzt mit festerer Stimme. »Geh.«

»Soll ich dich etwa allein kämpfen lassen?«

»Nein. Hol mir Hilfe.«

Die Hexenanführerin hob die Hand, die Handfläche nach oben, den Mittel- und Zeigefinger ausgestreckt. Izzy wartete darauf, dass sie mit dieser Hand einen Zauber schleuderte, aber sie führte ihre Finger nur nach links. Die Halsbänder der Menschen wurden von den Frauen zurückgerissen, die sie an der Leine hielten, und die Metallklammern öffneten sich und fielen herab. Entfesselt heulten die Wesen in ihrem Wahnsinn auf und griffen an.

»Izzy, geh!«, schrie Annwyl und hob eines ihrer Schwerter.

Und Izzy schoss nach Hause, wie ihre Kommandantin es befohlen hatte.

»Willst du noch lange hin und her wandern?«, fragte Dagmar Talaith. »Du machst mich ganz schwindlig.«

»Wie kannst du nur so ruhig sein?«

Damit beschäftigt, eine Liste zu schreiben, antwortete Dagmar: »Ich habe beschlossen, geduldig zu sein. Sich Sorgen zu machen hilft gar nichts.«

»Sie versteht es nicht, weißt du?« Dagmar hob langsam den Kopf und schaute über den Tisch hinweg die Göttin an, die dort saß, die Füße frech auf den Tisch gelegt. Ihr Arm war nachgewachsen. »Nicht jeder ist wie du.«

»Was tust du denn hier?«

Die Kriegsgöttin zog einen Schmollmund. »Das ist aber nicht sehr gastfreundlich.«

»Mit wem redest du da?«, fragte Talaith.

Dagmar seufzte. »Mit einer Göttin.«

Und da warf Talaith die Hände in die Luft und schrie: »Also, das ist nicht gut!«

»Glaubst du wirklich, ihre Brüder werden dich damit durchkommen lassen?«, fragte der Älteste Siarl.

»Ich rede mit Morfyd. Sie wird es verstehen. Und mit den Konsequenzen kann ich umgehen.«

»Warum hast du dir dann überhaupt die Mühe gemacht, uns herzurufen?«

»Ich werde dem Rat präsentieren, was ich gefunden habe, und ihr werdet ein entsprechendes Urteil fällen. Dann wird die Strafe beginnen.«

»Strafe? In den Salzminen?«

»Für den Verrat an unserer Königin.«

»Das gefällt mir nicht«, widersprach der Älteste Teithi.

»Es ist das Beste für alle.«

»Nein, Cousine«, brachte Keita schließlich heraus. »Es ist das Beste für dein Ego.« Sie hob sich mühsam auf ihre Klauen. Es war nicht leicht. Ihr tat alles weh.

»Was ich tue, tue ich für meine Königin.«

»Was du tust«, knurrte Keita zurück, »tust du für dich selbst. Mach nicht die Königin dafür verantwortlich, dass du so eine selbstgerechte Schlampe bist.«

Die Faust krachte seitlich in Keitas Schnauze und schmetterte sie zu Boden.

»Elestren! Hör auf damit!«

»Vielleicht möchte mich die versnobte Schlampe herausfordern.« Elestren trat sie, dass sich Keitas Drachengestalt einmal um die eigene Achse drehte. »Na komm, Prinzessin! Nimm ein Schwert und kämpfe gegen mich! Beweise deine Unschuld, indem du deine Herausforderin tötest.«

»Elestren, hör jetzt sofort auf damit!«, befahl der Älteste Siarl.

»Ich gebe ihr eine Chance, aus der Sache herauszukommen.« Elestren zog ihr Schwert, drehte es um und hielt es Keita an der Klinge hin. »Nimm es, Prinzessin. Beweise mir, dass ich mich irre. Lass die Götter unser Schicksal entscheiden.«

Hustend erhob sich Keita langsam. Als sie sah, wie sich der Körper ihrer Cousine entspannte, hob Keita eine Handvoll Staub auf und schleuderte ihn in Elestrens noch funktionierendes Auge.

Elestren ließ das Schwert fallen und schrie, während sie versuchte, sich den Schmutz herauszuwischen. Keita kam auf die Beine, legte die Vorderklauen zusammen, verschränkte die Krallen und schwang sie nach Elestrens Gesicht. Sie traf sie hart; Elestrens ganzer Kopf wurde zur Seite gerissen. Aber sie stand immer noch und schien relativ unbeeindruckt von dem Schlag, der Keitas Klauen pochen ließ.

Langsam wandte sich Elestren Keita zu.

»Oh ... Mist«, murmelte Keita, bevor ihre Cousine selbst die Faust schwang und Keita rückwärts gegen die Höhlenwand katapultierte. Sie schlug hart auf und dann noch ein bisschen härter auf dem Höhlenboden.

»Elestren! Nein!«

Doch ihre Cousine ignorierte den Befehl des Ältesten Siarl, schnappte Keita an den Haaren und riss sie herum. Sie rammte ein Knie auf Keitas Brust und hob das Schwert, das sie wieder aufgehoben hatte, über Keitas Kopf.

»Tut mir leid, Cousine«, sagte sie, obwohl sie beide wussten, dass sie es nicht ernst meinte.

Die schreienden Männer stürmten vor, und Annwyl machte ihre Waffe bereit, hob sie an, sodass der Griff auf Höhe ihrer Schulter war und die Klinge ein bisschen tiefer. Als die ersten paar nahe genug waren, schwang sie es in einem Bogen. Sie teilte mehrere von ihnen in der Mitte, schlug anderen die Arme ab. Eine Handvoll schoss an ihr vorbei und verfolgte Izzy. Auch wenn sie ihnen gern gefolgt wäre, um ihre Nichte zu schützen, wusste sie, dass sie Izzy sich bewähren lassen musste. Sie konnte und würde sich nicht von diesem Kampf abwenden. Nicht, wo sie nun schon so lange davon träumte.

Hierauf hatte sie gewartet, und sie hatte nicht vor, davonzulaufen.

Weitere Männer griffen sie an, und Annwyl machte sich an die Arbeit.

Izzy sprang über Baumstümpfe und sauste um Felsbrocken herum. Sie hörte die Männer hinter sich kommen, geifernd nach ihrem Blut. Darum flehend. Sie drehte sich nicht um; sie sah sie nicht an. Sie konnte es sich nicht leisten. Der Wald konnte tückisch sein. Und obwohl sie bewaffnet war, konnte sie sich jetzt nicht hinstellen und kämpfen. Nicht, wenn Annwyl Hilfe brauchte. Nicht, wenn diejenigen, die die Zwillinge beschützten – und noch wichtiger: ihre Schwester –, gewarnt werden mussten.

Keita hob die Klauen in der Hoffnung, die Klinge irgendwie abwehren zu können, bevor sie in ihre Brust eindrang, aber ein Lichtblitz ließ sie nach Luft schnappen, und Elestren schrie auf und taumelte von ihr weg. Keita drehte sich um und schaute mit offenem Mund zu, als Morfyd vor ihr landete.

Elestren blinzelte verwirrt. »Morfyd?«

»Du Schlampe!« Morfyd hob die Klauen und schoss blendend weiße Flammen, die Elestren rückwärts schleuderten. »*Meine Schwester!*«, brüllte Morfyd, während sie drohend auf Elestren zuging. »*Du tust das mit meiner Schwester!*«

Elestren kam knurrend auf die Beine. »Du würdest diese verlogene, verräterische *Schlampe* schützen?«

»Sie ist meine *Schwester*!«

Elestren hob ihr Schwert zum Angriff, und Morfyd machte den Mund auf und entfesselte eine Flammenzunge, die sich durch die Höhle schlängelte, sich um die Klinge wand und sie Elestrens versteinerter Umklammerung entriss.

Elestrens Gefolge rannte auf den Ausgang zu, aber sie trafen auf Briec und Gwenvael, die anscheinend nicht in der Stimmung waren, sie gehen zu lassen.

Elestren hob die Klauen. Ein Zeichen der Kapitulation. Eine Bewegung, die ein Cadwaladr selten machte, die aber eindeutig signalisierte, dass der Kampf vorbei war.

Ragnar landete neben Keita und sank auf ein Knie.

»Ihr Götter, Keita!«

»Hilf mir auf.«

Sie hob die Klaue, und er ergriff sie. Fearghus landete auf ihrer anderen Seite und nahm die andere Klaue. Gemeinsam halfen sie ihr aufzustehen.

Keita beobachtete, wie Morfyd die Klaue hob und einen Zauber intonierte, während sie ihre Krallen zur Faust ballte. Elestren ging schreiend auf die Knie, als werde irgendetwas in ihr zerrissen.

Éibhear schnappte Morfyds Schultern und versuchte, sie zurückzuziehen, sie aufzuhalten. Doch mit einer Drehung des Handgelenks schickte diese ihren übergroßen kleinen Bruder in wirbelndem Flug durch die Höhle, während Ragnar und Fearghus Keita eilig aus dem Weg zogen.

Talaith wandte den Blick von Dagmar und der Göttin ab, die sie nicht sehen konnte. Sie hatte ein Gefühl, als drücke ihr etwas die Brust ab, und das letzte Mal, als sie das gespürt hatte, hatte Izzy in der Klemme gesteckt. Sie entfernte sich vom Tisch, ihr Blick schoss hinauf zum oberen Ende der Treppe im Flur. Die Zentaurin stand dort und sah sie an, und Ebbas ruhiger, aber direkter Ausdruck sagte Talaith alles, was sie wissen musste.

In Bruchteilen einer Sekunde war sie über den Tisch hinweggesprungen und rannte zur Vordertür des Rittersaals hinaus.

Talaith sah die beiden Blitzdrachen um das Gebäude herumkommen.

»Vigholf!«, schrie sie. »Meinhard!«

Die beiden blieben stehen und sahen ihr nach, als sie an ihnen vorbeischoss und durch den Seitenausgang der Festungsmauer hinaus. Sie war in der Nähe des Waldes, der sie auf die Westfelder führen würde.

»Mum!«

Sie sah ihre Tochter auf sich zulaufen – sah, was hinter ihr war. Sie fast eingeholt hatte. Männer, die keine Menschen mehr waren. Und das konnte nur eines bedeuten.

Kyvich.

»Bleib nicht stehen!«, schrie Talaith ihr zu. »Lauf weiter!«

Mutter und Tochter stürmten aneinander vorbei, und Talaith zog den Dolch, den sie immer an den Oberschenkel geschnallt trug. Sie schnitt einem dieser Irren die Kehle durch, sprang auf einen Felsblock, stieß sich mit einem Fuß ab und schlitzte einem weiteren die Kehle auf. Als sie wieder auf dem Boden landete, rannte sie weiter, im Vertrauen darauf, dass ihre Tochter auf sich selbst aufpassen konnte.

Izzy tat, was ihre Mutter befohlen hatte, und rannte weiter. Sie rannte, bis sie die Bäume hinter sich gelassen hatte, und in diesem Augenblick warf sich der Erste von hinten auf sie und riss sie zu Boden.

Er erwischte sie an den Haaren, riss ihren Kopf zur Seite und legte seinen Mund seitlich um ihren Hals. Zähne gruben sich in die Haut. Sie schrie auf, ihre Hand angelte nach der Klinge, die sie in ihrem Stiefelschaft versteckt trug. Sie hatte die Finger schon am Griff, als der Mann von ihr weggerissen und ihm der Kopf zerschmettert wurde, als ein Blitzdrache in Menschengestalt ihn auf den Boden knallte.

Izzy ließ ihr Messer los und stand auf.

»Izzy!« Sie sah sich um, als Meinhard ihr eine Axt zuwarf. Sie fing sie auf, wirbelte herum und hackte auf den nächsten Wahnsinnigen ein. Sie hielt inne, schwang die Klinge nach oben und schlitzte einen anderen von den Eingeweiden bis zum Hals auf. Dann hievte sie die Axt hoch und rannte zurück in den Wald.

Sie sah ihre Cousine und schrie: »Hol die Familie! Hol sie alle! Meinhard! Vigholf! Folgt mir!«

Morfyd kauerte vor der wehklagenden Kriegerin zu ihren Füßen. »Hast du wirklich gedacht, du kommst damit davon?«, fragte sie. »Hast du wirklich geglaubt, ich würde dich das mit meiner Schwester tun lassen?«

Sie hörte jemanden rufen, jemand schrie ihr zu, dass sie aufhören solle, aber sie konnte nicht. Nicht, nachdem sie gesehen hatte, was Elestren Keita angetan hatte. Wie sie sie verletzt hatte. Wie sie ganz kurz davor gestanden hatte, sie umzubringen.

»Sag mir, Cousine, wie fühlt sich das an?«, fragte sie flüsternd. »Wie fühlt es sich an, wenn ich das Blut in deinen Adern in Glasscherben verwandle?« Morfyd drückte ihre Faust und machte damit die Scherben in ihrer Cousine größer. »Würdest du jetzt gerne schreien? So, wie du versucht hast, meine Schwester zum Schreien zu bringen?« Sie schnappte Elestrens grüne Haare, riss ihren Kopf hoch und brüllte ihr ins Gesicht: »*Tut es weh?*«

Sie sah zu, wie die Menschenkönigin eine Schneise durch die feindlichen Menschen hieb, die ihre Schwestern, geübt in dieser Kunst, gebrochen und gequält hatten, bis sie nichts weiter waren als Angriffsbestien. Der treue Hund an ihrer Seite dagegen war ihr Kamerad und Partner. Sie beschützte ihn, wie sie sich selbst und ihr Pferd schützte. Aber diese Menschen bedeuteten ihr nichts und dienten nur dazu, die Blutkönigin der Dunklen Ebenen müde zu machen.

Ein Kopf flog vorbei, und Storm hob ihn mit seinen Reißzähnen auf und schüttelte ihn, bevor er ihn ihrem Pferd Todbringer anbot, damit sie Tauziehen damit spielen konnten. Sie spielten so gerne Tauziehen miteinander.

»Ásta«, rief ihre Stellvertreterin Bryndís. »Eine Nolwenn!«

Überrascht, weil sie keine Warnung erhalten hatten, sah Ásta die Nolwenn-Hexe auf das Feld stürmen. Sie hatte einen Dolch und sonst nichts.

Ásta knurrte leise, und Todbringer scharrte unruhig mit den Hufen.

»Hulda«, sagte Ásta leise. »Töte sie!«

Hulda grinste und spannte die Beine, ihr Pferd wusste genau, was zu tun war.

Nolwenns waren der Fluch der Kyvich. Der Grund dafür war schon vor Jahrtausenden aus der allgemeinen Erinnerung verschwunden, aber der Hass blieb.

Die Königin war beinahe fertig mit den Männern – ein Ergebnis, das Ásta wenig störte.

»Lass die zweite Welle los«, sagte sie, und ihre Stimme überstieg nie einen leisen Ruf.

Bryndís hob den Arm. »Zweite Welle!«, rief sie aus. »Vorwärts!«

Kyvich, die sich ihren Platz auf dem Pferd noch nicht verdient hatten, schrien und stürmten mit gezogenen Waffen zu Fuß vor.

Annwyl hatte ihr Schwert gerade aus einem Leichnam zu ihren Füßen gezogen, als sie den Ruf hörte. Sie drehte sich um und sah die Frauen auf sich zustürmen. Ungefähr zwanzig, aber im Gegensatz zu den Leichen, die das Feld übersäten, waren diese Frauen keine wahnsinnigen, unkontrollierbaren, gebrochenen Menschen. Sie waren wie sie. Gut trainiert und nur so verrückt, wie es nötig war, um ihre Aufgabe zu erledigen.

Die erste, die sie erreichte, duckte sich unter der Faust weg, die auf ihr Gesicht gezielt hatte, tauchte darunter hindurch, bis sie hinter Annwyl war und ihr die Faust in die Niere rammte.

Schreiend vor Schmerz und Wut, drehte sich Annwyl um und schwang ihr Schwert. Ihre Klingen trafen sich, krachten mit solcher Wucht aufeinander, dass die Macht des Schlags bis in Annwyls Arm ausstrahlte. Eine weitere Klinge wurde nach ihr geschwungen, und Annwyl neigte sich zurück und fing die Hand ab, die das Schwert hielt. Sie hielt die beiden Frauen fest, mit zusammengebissenen Zähnen und gespannten Muskeln.

Weitere Frauen stürmten auf sie zu, und sie wartete bis zur letzten Sekunde, bevor sie die Beine hob und die, die vor ihr war, trat. Ihre Beine schwangen wieder herab, und Annwyl fiel zurück auf den Boden, die Beine weit gespreizt, mit der Hand immer noch den Schwertarm der einen Frau umklammernd, während sie mit ihrem eigenen Schwert die Klinge einer anderen abwehrte.

Sie riss an dem Arm, den sie festhielt, und drehte ihn, bis er an mehreren Stellen brach. Die Frau sank auf ein Knie, und Annwyl benutzte ihren Ellbogen, um ihr die Knochen der rechten Gesichtshälfte zu zerschmettern.

Die Frau fiel rückwärts – schreiend, aber nicht tot. Annwyl hob eine Klinge, die sie hinten in ihre Hose gesteckt trug, und stieß sie in den Unterbauch der anderen Frau. Diese fiel, ihre Klinge immer noch in der Hand, während Blut aus ihrer Wunde strömte.

Annwyl hatte keine Zweifel, dass sie innerhalb von Sekunden wieder auf den Beinen sein würde; die andere mit dem zerschmetterten Gesicht stand schon wieder halb aufrecht.

Sich abrollend, hob Annwyl die Klinge erneut, aber eine große Hand packte sie von hinten und drehte sie. Annwyl ging mit – sie wollte kein gebrochenes Handgelenk. Sie ließ die Klinge fallen und drehte ihren Körper in dieselbe Richtung, in die ihr Arm gedreht wurde. Sie fiel auf die Knie und drehte sich herum, bis sie ihrer Gegnerin zugewandt war. Dann nahm sie ihre freie Hand, ballte sie zur Faust und rammte sie der Schlampe in die Leiste, bis sie Knochen brechen hörte.

Mit zusammengebissenen Zähnen fiel die Frau auf die Knie, und Annwyl versetzte ihr einen Kopfstoß.

Sie zog ihr den Arm weg, stand auf und schüttelte den Schmerz ab.

Izzy stürmte auf sie zu, und sie trat zur Seite. Izzy sauste vorbei und prallte mit drei Frauen zusammen, die hinter Annwyl aufgetaucht waren.

Die beiden Nordland-Drachen kamen herbeigeflogen und landeten hart vor Annwyl, mit dem Rücken zu ihr. Vigholf schleuderte Blitze auf die Anführerin der Hexen.

Lächelnd hob die kalte, tätowierte Schlampe die Hand, und die Blitze zerbrachen in Stücke und fielen zu Boden. Verblüfft konnten die Drachen sie nur anstarren, und die Frau schnaubte angewidert und drehte ihre Hand. Als hätten Götter ihnen einen Stoß verpasst, wurden die beiden Drachen in den nahen Wald geschleudert, wo sie Bäume niedermähten und eine Schneise schlugen.

Da wurde Annwyl bewusst, dass sie keine Chance hatten.

Nun ... das hatte natürlich bisher auch nie eine Rolle gespielt.

»Was hast du getan?«, verlangte Dagmar von der Göttin zu wissen.

»Wie kommst du darauf, dass ich ...«

Dagmar hieb mit der Faust auf den Tisch und fühlte sich in diesem Moment wirklich wie ihr Vater – er wäre stolz auf sie gewesen.

Eir musterte sie kühl. »Vielleicht, Mensch, vergisst du, wer ich bin.«

»Frau, es interessiert mich einen Schlachtenscheiß, wer du bist. Sag mir, was du getan hast!«

Dagmar hörte ein Hecheln direkt neben ihrem Ohr und drehte sich gerade rechtzeitig um, dass ihr eine enthusiastische Zunge übers Gesicht lecken konnte. Dann verstand sie. Eir hatte nichts getan.

»Nannulf«, sagte sie zu dem Wolfsgott, der sie anhimmelte. »Kannst du mir zeigen, was du getan hast?«

Nannulf stürmte zur Tür, und Dagmar folgte ihm.

Das Letzte, was sie von Eir an diesem Tag hörte, war: »Ich erwarte eine Entschuldigung, du unhöfliche Ziege!«

Ásta wusste es, als der Königin aufging, dass sie keine Chance hatte. Als sie wusste, dass sie heute sterben würde. Genau wie die beiden Frauen, die an ihrer Seite kämpften. Sie wusste, sie würden alle sterben, und sie konnte nichts dagegen tun.

Dennoch ergriff die Menschenkönigin ihr Schwert und machte sich wieder an die Arbeit, um gegen die zu kämpfen, die von den Kyvich-Ältesten immer noch als Novizen betrachtet wurden.

»Feuerspucker«, warnte Bryndís sie ruhig. Sie wusste, wie sehr Ásta es hasste, wenn man sie anschrie. Was hätte es auch genützt? Wenn sie in der Schlacht anfingen, in Panik zu geraten, war alles verloren.

»Schild!«, befahl Ásta.

Bryndís nickte ihrer Einheit zu, die die linke Flanke bildete. Wie eine einzige Frau hoben die Frauen ihre linken Hände, und die Feuerspucker, die den Angriff anführten, waren die Ersten, die gegen diesen Schild krachten, den die Kyvich schufen. Schnauzen brachen, Blut spritzte, sie wurden zurückgeworfen und stießen mit denen hinter ihnen zusammen.

Ásta konzentrierte sich wieder auf die unterlegene Königin – die nicht kämpfte, als wäre sie unterlegen.

Als ihr klar wurde, dass die Raserei, die alle Geschwister in der einen oder anderen Form in sich trugen, ihre Schwester fest im Griff hatte, löste sich Keita von Ragnar und ihrem Bruder und rannte hinkend durch die Höhle, um sich neben ihre Schwester zu kauern.

»Nein, Morfyd. Lass sie los.«

Elestren begann, Blut zu husten. Und Keita sah mit Grausen, dass es mit Glasscherben versetzt war.

»Bitte!« Keita nahm das Gesicht ihrer Schwester zwischen ihre Klauen, zwang sie, ihr in die Augen zu schauen. »Hör auf damit.« Sie schüttelte sie. »Bitte, Morfyd, lass sie in Ruhe. Tu es für mich.«

Morfyd löste ihre Klaue, und Elestrens Kopf knallte zurück auf den Boden. Morfyds Blick schweifte in der Höhle herum, als wisse sie nicht, wo sie war.

Keuchend drückte Keita ihre Schnauze an die ihrer Schwester. »Atme«, flüsterte sie ihr zu. »Atme einfach.«

Morfyd schluckte. »Mir … mir geht es gut. Mir geht es gut.«

Keita lehnte sich zurück und sah ihrer Schwester prüfend in die Augen. Die Raserei war fort, und die Morfyd, die Keita kannte, war wieder da.

Talaith schleuderte einen Feuerball auf das Pferd, das auf sie zustürmte. Es stieg auf die Hinterbeine, und seine Reiterin schwang sich herab und landete auf den Füßen. Sie hob beide Hände und zog sie zurück, um Energie aus dem Land um sie herum zu sammeln, dann schob sie sie vor. Die Macht des Schlags traf Talaith mit voller Wucht, und sie flog rückwärts.

Sie wusste, dass sie auf die Bäume zuflog. Dass die Wahrscheinlichkeit ziemlich groß war, dass sie mit dem Kopf oder Genick voraus an eine kräftige Eiche prallen würde.

Sie rief sich einen Zauber ins Gedächtnis, an dem sie schon länger arbeitete, dachte ihn, benutzte ihn, und eine Macht, die Talaith nie zuvor erlebt hatte, flutete durch sie hindurch und tobte in ihrem Körper. Talaith stoppte die unkontrollierbare Bewegung ihres Körpers und hielt sich selbst in der Schwebe. Dann stieg sie höher; ihr Körper schwebte über dem Land, als hätte sie Flügel. Die Kyvich starrte wütend zu ihr herauf und schrie.

Talaith schrie zurück und raste auf sie zu. Sie kollidierte mit der Hexe, ihre Körper krachten gemeinsam auf den Boden und rissen durch den Schwung einen Graben auf. Während sie noch ausrollten, schlugen sie schon mit bloßen Fäusten und dem uralten Hass ihrer Völker aufeinander ein.

Sie hatten ihr ihre herrliche Axt abgenommen, aber statt ihr mit den vielen Waffen, die sie dabeihatten, den Rest zu geben, kämpften sie mit bloßen Händen. Das war für Izzy in Ordnung. Sie hatte immer etwas für einen ordentlichen Boxkampf ohne Handschuhe übrig.

Sie duckte sich unter einem Schlag, der auf ihr Gesicht zielte, hinweg, doch der Hieb in ihren unteren Rücken saß. Er ließ sie auf die Knie fallen, aber sie stützte sich mit den Händen am Boden ab, streckte das Bein nach hinten und trat jemanden in die Brust. Dann rollte sie sich nach vorn ab, duckte sich unter einem weiteren Schlag in Kopfhöhe weg und konterte mit einem Boxhieb gegen eine Schulter. Knochen splitterten, und der Körper der Angreiferin wurde zurückgerissen, aber die Hexe nutzte den Schwung, um sich einmal um die eigene Achse zu drehen, und traf Izzy mit der Rückseite ihrer Faust ins Gesicht. Der Schlag schleuderte Izzy gegen jemand anderen, der sie an der Kehle packte und mit zu Boden zog.

Izzy schlug nach den Händen, die sie unten hielten, trat nach den Beinen in ihrer Nähe. Aber diejenige, die das Schwert über ihre Brust hielt ... Izzy konnte ihr nicht ausweichen.

Sie rief nicht nach ihrer Mutter oder Annwyl. Sie fochten ihre eigenen Kämpfe, und sie würde in dem Wissen sterben, dass sie getan hatte, was sie konnte, um ihre Königin zu schützen.

Sie hielten sie an Armen und Beinen auf den Boden gepresst fest.

»Tu es, Schlampe!«, schrie Izzy und spuckte dabei Blut auf die, die sie festhielten. »Na los!«

»Wie du willst.« Die Hexe hob die Klinge über Izzys Brust, und auch wenn Izzy sehr gerne zurückgeschreckt wäre und den Blick abgewandt hätte, tat sie es nicht.

Die Klinge schwang herab, und Izzy drückte noch einmal ihren Arm nach oben, überraschte damit die Hexe, die ihn festhielt, und riss sie über ihre Brust. Sie war entschlossen, zumindest eine von diesen verrückten Schlampen mitzunehmen.

»Scheiße!«, schrie die erschrockene Hexe auf.

»Halt, Kyvich!«, rief jemand anderes aus, und die Klinge stoppte nur Zentimeter vom Rücken der Hexe entfernt. Sie atmete aus und sank auf Izzy zusammen.

»Verdammte Scheiße«, flüsterte sie, und Izzy konnte ihr nur vollkommen recht geben.

Ragnar sah zu, als Morfyd ihrer Schwester aufhalf, aber dann nahm er Keita in die Arme und nickte Morfyd zu. »Ich habe sie.«

Morfyd nickte und tätschelte seinen Arm.

Ragnar lächelte auf Keita herab. »Du findest wirklich überall Misthaufen, in die du fallen kannst, oder?«

Keita lachte. »Man könnte es meinen.«

»Was sollen wir jetzt mit denen da machen?«, fragte Briec, der mit Gwenvael immer noch den Ausgang versperrte.

»Wir können sie nicht gehen lassen«, sagte Keita, und als ihre Brüder lächelten und nach ihren Schwertern griffen: »Nein, nein! Wir können sie auch nicht töten!«

»Verdammt.« Briec schob sein Schwert zurück in seine Scheide, und Gwenvael schien zu schmollen.

Keita sah Fearghus an. »Wir brauchen Ghleanna. Sie kann sich um den Haufen hier kümmern. Denn es wird Zeit, dass ich euch allen die Wahrheit sage, was in letzter Zeit vor sich geht.«

»Was denkst du?«, fragte Ragnar.

Sie wischte sich das Blut von der Schnauze. »Ich denke, wir haben keine Zeit mehr.«

Ragnar küsste sie sanft. »Ich glaube, du hast recht.«

Sie war blutverschmiert, übel zugerichtet und kaputt, ihre Knöchel waren aufgerissen, die Nase gebrochen, zumindest eine Schulter ausgekugelt, beide Augen geschwollen, genau wie ihre Lippen und ihr Kinn, sie hatte fast keine Stelle mehr am Körper, die nicht zerschrammt oder geprellt war, und so sah Annwyl, wie die Hexen, die gegen sie gekämpft hatten, zurückwichen. Sie wichen immer weiter zurück, bis sieben der Hexen auf ihren gehörnten Pferden an ihnen vorüberritten, diejenige, die sie als Anführerin ausgemacht hatte, in der Mitte.

Gekleidet in Tierhäute und mit Schmuck aus Silber, Stahl und Tierteilen, sahen sie wirklich aus wie Eislandbarbaren.

Annwyl senkte den Blick und sah ihr Schwert. Sie griff danach, verlor fast das Gleichgewicht, fing sich aber wieder. Sie hob das Schwert mit beiden Händen, stemmte die Füße fest in den Boden und hob das Schwert höher, wobei sie die brüllenden Schmerzen in ihrer verletzten Schulter ignorierte.

Die Hexen hielten ihre Pferde an und stiegen ab. Sie blieben mindestens drei Schritte hinter ihrer Anführerin und blieben ganz stehen, als diese nur noch ein paar Fuß von Annwyl entfernt war.

Sie standen da und sahen sie an, während Annwyl schrie: »Na kommt schon! Lasst es uns zu Ende bringen! *Kommt schon!*«

Die Anführerin legte den Kopf schief. »Du kannst nicht gewinnen«, sagte sie mit leiser, ruhiger Stimme.

»Ich werde dich aber umbringen, du Schlampe. Ich werde schon dafür sorgen. Also komm. Bring es zu Ende.«

Die Hexe warf einen Blick zum Himmel hinauf. »Deine Drachensippe kommt. Ich höre ihren Flügelschlag. Willst du nicht warten?«

»Ich warte auf niemanden.« Annwyl hielt ihr Schwert fester, grub die Füße tiefer in den Boden. »Hebt die Waffen. Greift mich an. Wir beenden das jetzt.«

Die Anführerin griff nach ihrem Schwert, das sie auf den Rücken geschnallt trug. Ein langes Schwert, das mit Runen bedeckt war. Die anderen sechs – drei auf jeder Seite ihrer Anführerin – zogen ebenfalls ihre Waffen. Zwei Langschwerter, ein Kurzschwert, ein Kriegshammer, zwei Äxte: alle mit Runen bedeckt, alle von Frauen gehalten, die wussten, wie man sie benutzt.

Mit erhobenem Schwert kam die Frau auf sie zu.

»Annwyl!«, hörte sie Fearghus brüllen, während er sich näherte.

Annwyl lächelte, denn sie wusste schon: Egal, was hier passierte, sie würde Fearghus auf der anderen Seite treffen, wenn seine Zeit kam. Sie würden nicht ewig getrennt sein.

Als sie direkt vor Annwyl stand, hob die Hexe ihr Schwert hoch in die Luft, die Spitze nach unten gerichtet, und Annwyl zog ihre Waffe ein wenig weiter zurück und zielte direkt auf die Brust der Hexe.

Das Schwert der Hexe stieß zu, und Annwyl beobachtete es genau. Wartete auf den richtigen Moment zum Zustoßen, wartete auf den Moment, wo sie die Chance hatte …

Das Schwert rammte sich vor Annwyl in den Boden, und die Hexe sah zuerst nach links, dann nach rechts.

Sämtliche Hexen, die bei ihr waren, rammten ihre Waffen in den Boden, mit der Klinge oder dem Hammerende voraus. Dann fielen sie vor Annwyl auf die Knie.

Als sie alle auf den Knien waren, sah sich ihre Anführerin zu der Legion von Kriegerhexen hinter sich um. Gleichzeitig fielen diese Hexen ebenfalls auf die Knie, während ihre Pferde die Köpfe senkten und ihre Hunde sich auf die Erde legten.

Annwyl hatte keine Ahnung, was verdammt noch mal hier los war, und hielt ihr Schwert erhoben. »Was soll das?«, wollte sie wissen.

»Wir kommen wegen deiner Kinder.«

»Und ihr werdet sie nicht bekommen.«

Die Hexe lächelte sie an. »Wir sind nicht hier, um sie mitzunehmen. Wir sind hier, um sie zu beschützen, während du unsere Legionen gegen die Souveräns führst.« Die Hexe zog einen Dolch hervor, schnitt sich in die Handfläche, trat vor und zog ihre Hand über Annwyls Gesicht. »Unser Leben und Blut für dich, Königin Annwyl. Ich gebe dir mein Schwert.«

»Mein Schwert für dich«, sagte eine weitere.

»Mein Hammer für dich!«, rief eine andere aus.

»Meine Axt für dich!«, schrie wieder eine andere.

Dann schrie die ganze Legion, sie versprachen ihre Waffen, ihr Leben und ihre Seelen Annwyl und ihren Kindern.

Weil sie verdammt noch mal nicht wusste, was sie tun sollte, sah sich Annwyl um. Wie die Hexe gesagt hatte, schwebte ihre Familie vom Himmel herab, umringte sie, aber es war die kleine Tochter des Warlords, die sie suchte. Sie war diejenige, die die Antworten haben würde, das wusste Annwyl. Dagmar stand da unter all diesen riesigen Drachen, Knut an einer Seite und einen unglaublich niedlichen Welpen auf der anderen. Der Welpe, mit dem Izzy ständig spielen musste.

Dagmars Blick schoss zur Burg hinüber, und Annwyl machte einen Schritt rückwärts, dann noch einen. Sie senkte ihr Schwert, drehte sich um und ging ohne ein weiteres Wort davon.

Fearghus sah zu, wie seine Gefährtin einer Legion von jubelnden und schreienden Kriegerinnen den Rücken zuwandte.

Izzy, die sich sicher gewesen war, sie sei tot, rappelte sich auf und wich rückwärts vor ihnen zurück; ihre Waffe hatte sie aufgehoben und hielt sie bereit. Ihre Mutter tat auf der gegenüberliegenden Seite des Feldes dasselbe. Sie wichen vor den Kriegerinnen zurück, gegen die sie gekämpft hatten, bis sie ein gutes Stück entfernt waren; dann drehten sie sich um und folgten Annwyl.

»Geh mit ihr, Fearghus!«, flüsterte Dagmar ihm zu. »Geh.«

Er tat es, ohne auf die Hexen zu achten, denn er wusste, dass das seine Sippe übernehmen würde.

»Wir schlagen hier unser Lager auf!«, schrie eine der Hexen über das Getöse hinweg. »Verbrennt die Leichen, ein Opfer für unsere Götter und Königin Annwyl!«

Sie erreichten den Seiteneingang der Burg, und Fearghus flog darüber hinweg, während Annwyl, Izzy und Talaith die Tür nahmen.

Annwyl war gerade auf der Treppe, als ihre Beine nachgaben und sie hinfiel.

Fearghus ging an Izzy und Talaith vorbei und fing seine Gefährtin auf, bevor sie auf dem Boden auftraf. Er hob sie hoch und lächelte, als sie die Augen öffnete.

»Dich kann ich auch keine fünf Minuten allein lassen, oder, Weib?«

Annwyl grinste und zeigte ihre blutigen Zähne, aber zumindest waren noch alle Zähne da. »Sie haben angefangen, Ritter«, frotzelte sie zurück.

34

Ren aus der Dynastie der Auserwählten rannte über den felsigen Boden; Soldaten der Souveräns waren ihm direkt auf den nackten Fersen. Er hatte sich zwei Tage lang unentdeckt auf ihrem Territorium bewegt, aber die älteste Tochter von Oberherr Thracius, die sie Vateria nannten – und die Ren Angst einjagte, wie das zuvor noch nie eine Drachin getan hatte –, hatte ihn gesehen und die Wachen ihres Vaters auf ihn gehetzt.

Er wusste, dass er nur eine Chance hatte, also stürmte er einen Hügel hinauf und zog dabei Magie aus allen lebenden Dingen in seiner Nähe. Bäume, Wasser, Gras, alles. Als er es bis nach oben geschafft hatte, entfesselte er die Magie, die einen Durchgang öffnen würde.

Eine Fähigkeit, mit der sein Volk von den Göttern gesegnet war, die über sie wachten. Ren konnte Hunderte von Meilen mit den Durchgängen reisen, die er öffnen konnte. Sein Vater konnte in andere Welten reisen.

Normalerweise brauchte er allerdings Wochen oder Monate, um sorgfältig zu justieren, wo er herauskam, wenn er einen Durchgang benutzte. Zu dumm, dass ihm diese Zeit jetzt fehlte.

Ren wusste, die Soldaten waren direkt hinter ihm, Hände und Klauen griffen nach ihm, und er hoffte, dass der Durchgang, den er eben geöffnet hatte, ihn bringen würde, wohin er musste – und nicht an irgendeinen noch viel schlimmeren Ort.

Aufs Beste hoffend, tauchte Ren kopfüber hinein, knallte den Durchgang hinter sich zu und überließ den Rest den Göttern.

Sie hörten die erschreckten und panischen Schreie aus dem Hof unter sich.

»Mum ist da«, sagte Gwenvael mit den Füßen in Dagmars Schoß, während Izzy ihm mit seinen abendlichen dreihundert

Strichen die Haare bürstete. Sie war als Einzige von ihnen bereit, das ohne Murren zu tun.

Keita wusste nicht, wie alle ihre Geschwister, ihre Gefährten, ihre Kinder, Ragnar, sein Bruder, sein Vetter, Dagmars Hund, Annwyls Hunde und in ein paar Sekunden auch ihre Eltern alle in Fearghus' und Annwyls Schlafzimmer gekommen waren – aber hier waren sie.

Ragnar, der mehr an Krieger gewöhnt war als an »zimperliche kleine Prinzessinnen«, wie Gwenvael Keita jedes Mal nannte, wenn sie sich über die rauen Hände des Nordländers beschwerte, half Annwyl ihre Schulter wieder einzurenken, während Morfyd Keitas gebrochene Rippen heilte und die Platzwunden versorgte, die zu unattraktiven Narben werden konnten, wenn man sie nicht richtig behandelte.

Die Tür flog auf, und Rhiannon kam mit ausgebreiteten Armen ins Zimmer gestürmt. »Meine Kleinen!«, rief sie aus.

Und erntete nur ein gemurmeltes »Mum. Mutter. Mutti« dafür. Das Letzte kam von Keita *und* Gwenvael.

Sie ließ die Arme sinken. »Mehr bekomme ich nicht?«

»Ich esse gerade«, erklärte Briec mit vollem Mund.

Rhiannon kam vollends herein, und ihr Gefährte folgte ihr. Sobald Bercelak jedoch das Gesicht seiner jüngsten Tochter sah, hievte sich Keita aus ihrem Sessel und nahm ihren Vater am Arm.

»Nicht, Daddy.«

»Wenn ich mit ihr fertig bin, wird von dieser grünen Schlampe nichts mehr übrig sein, was mein Bruder auf den Scheiterhaufen legen könnte.«

»Ghleanna kümmert sich darum«, erklärte sie ihm.

»Ist mir egal!«

Als ihr klar wurde, dass ihr Vater kurz davor war, zur Tür hinauszugehen, und dass niemand versuchte, ihn aufzuhalten, schlug sich Keita eine Hand gegen ihre verletzte Seite und schrie vor Schmerzen auf.

Sofort legten sich die Arme ihres Vaters um sie. »Keita? Geht es dir gut?«

Sie presste ein paar Tränen heraus. »Es tut ein bisschen weh. Bring mich bitte zum Sessel, Daddy.«

»Natürlich.« Er stützte sie, und Keita trat mit dem Fuß die Tür zu. »Mein tapferes, süßes Mädchen«, sagte er. »Ist sie nicht unglaublich, Rhiannon? Stellt sich dieser Schlampe Elestren ganz allein.«

Rhiannon hatte ihre jüngste Enkelin hochgenommen und rieb ihre Nase an ihrer. »Ich glaube nicht, dass sie groß eine Wahl hatte, mein Liebling.«

»Sie wusste, dass sie in Gefahr war, aber sie hat mutig diese Familie und deinen Thron geschützt.«

Keita sah, wie Morfyd die Augen verdrehte und höhnisch schnaubte. Als ihr Vater ihr den Rücken zudrehte, um den Sessel sauberzufegen, bevor er Keitas empfindlichen und perfekten Hintern daraufsetzte, zog Keita Morfyd an den Haaren. Morfyd schlug nach ihrer Hand, und Keita schlug zurück. Sie befanden sich bereits mitten in einer Mini-Prügelei, bevor Bercelak bellte: »Hört auf damit!«

»Du hast mir versprochen«, erinnerte Rhiannon Keita, »dass du es mir sagst, sobald jemand an dich herantritt.«

»Ich habe gelogen«, gab Keita zu.

»Dann, schätze ich, solltest du nicht schockiert sein, dass dir in deinen königlichen Hintern getreten wurde.« Ihre Mutter deutete aufs Fenster. »Und warum lungern da lauter spärlich bekleidete Kriegerinnen mit Tätowierungen im Gesicht im Hof herum?«

»Das sind Kyvich«, erklärte Dagmar. »Sie wurden von den Göttern geschickt, die wir unbedingt verehren müssen, um die Babys zu schützen. Aber natürlich musste Annwyl zuerst auf Leben und Tod gegen sie kämpfen, bevor sie den Job übernahmen. Sie sind Eisländerinnen, müsst ihr wissen. So sind sie eben.«

»Ich hasse die Kyvich«, beschwerte sich Talaith von ihrem Platz am Boden aus, wo sie bequem zwischen den weit gespreizten Beinen ihres Gefährten saß.

»Das sagst du ständig«, hielt ihr Briec entgegen, »aber du hast nicht erklärt, warum.«

»Weil die Nolwenns die Kyvich hassen.« Als alle sie nur anstarrten, fuhr sie fort: »Wieso rechtfertige ich mich überhaupt? Ich will sie ganz einfach nicht hier haben.«

»Tja, du wirst wohl damit leben müssen«, sagte Annwyl. »Ich habe nicht Welle um Welle von Barbaren niedergemetzelt und diesen leichtbekleideten Abschaum dahingemordet, damit du einfach sagen kannst: ›Ich mag sie nicht.‹« Den letzten Teil äffte sie Talaith mit hoher Stimme nach, was Talaith nicht besonders zu gefallen schien.

Als er sicher war, dass Keita bequem in ihrem Sessel saß – Elestren war im Moment scheinbar vergessen –, fragte Bercelak Annwyl: »Waren das die, von denen du geträumt hast?«

»Aye. Sie waren es. Bis hin zu den Pferden und diesen verdammten Hunden.«

»Ich liebe diese Hunde«, flüsterte Dagmar Gwenvael zu. »Glaubst du, sie leihen mir ein Zuchtpärchen?«

Bercelak musterte Annwyl. »Und wie hast du es dann gemacht?«

Annwyls Antwort war ein warmes Lächeln, das Bercelak dazu brachte, sie anzugrinsen und ihr stolz zuzunicken.

Da stand Fearghus auf und deutete mit dem Finger auf sie beide. »Was war das?«

Annwyl senkte hastig den Blick zu Boden, und sein Vater zuckte die Achseln. »Was war was?«

»Dieser Blick zwischen euch beiden.«

»Und woher wusste er, dass sie Träume von brutalen Kriegerhexen hatte?«, fragte Gwenvael, der alles hinterfragen musste, und erntete einen Schlag auf den Kopf von Izzy, die mit einer Bürste kaum anders umging als mit ihrem Schwert. »Au!«

»Sei nett!«

»Du?«, wollte Fearghus von Annwyl wissen. »Du und mein ... *Vater?*«

»Ich kann es erklären.«

»Wie kannst du das erklären?«

»Vielleicht sollten wir uns alle beruhigen?«, bat Morfyd.

»Annwyl, antworte mir!«

»Also gut, na schön!«, schnauzte Annwyl zurück. »Du willst die Wahrheit hören? Ich habe im vergangenen Jahr jeden Tag mit deinem Vater trainiert! Da! Jetzt hast du die verdammte Wahrheit!«

Keita sah an Annwyls muskulösen Schultern vorbei zu Ragnar hinüber. Sie liebte den hinreißend verwirrten Gesichtsausdruck, den er im Moment hatte. Sein Bruder und sein Vetter wirkten genauso verloren. Endlich sah er sie an und formte mit dem Mund das Wort: *Trainiert?*

Keita presste schnell ihre Finger an die Lippen, um nicht in Lachen auszubrechen.

»Du hast die ganze Zeit mit ihm trainiert«, fragte ihr ältester Bruder seine Gefährtin, »*und du hast es mir nie erzählt?*«

»Weil ich wusste, dass du dich aufregen würdest!«

Keita zog ihre Schwester am Ärmel. »Kann dieser Tag noch seltsamer werden?«, fragte sie.

Morfyd hob einen Finger. »Es wird in ungefähr drei Sekunden noch seltsamer.«

»Woher weißt du …«

Keita unterbrach sich abrupt, als für einen kurzen Augenblick die Luft aus dem Raum gesaugt wurde und dann zurückströmte und Ren von der Dynastie der Auserwählten nackt mitten zwischen ihnen auf den Boden purzelte.

Gwenvael tippte seiner Nichte auf den Arm. »Dieser Ren weiß einfach immer, wie man einen richtigen Auftritt hinlegt.«

Ragnar verstand die Südland-Royals einfach nicht, würde es wohl auch nie und war sich nicht sicher, ob er es überhaupt wollte. Davon abgesehen hatte er mit der Zeit festgestellt, dass sie verdammt amüsant waren, genau wie sein Bruder und sein Vetter.

Meinhard half dem Ostländer auf und reichte ihm eine Hose, wobei er ihn vor Izzy abschirmte, die versuchte, um ihn herumzuspähen – sehr zu Éibhears wachsendem Verdruss.

»Was für Neuigkeiten hast du, Ren?«, fragte Gwenvael, während Ren sich die Hose anzog.

Meinhard trat zurück, und der jetzt bekleidete Ren stützte die Hände in die Hüften. »Es ist, wie wir befürchtet haben. Thracius bereitet seine Drachenkrieger und menschlichen Soldaten auf einen Doppelangriff auf die Dunklen Ebenen vor. Er bringt seine Drachenkrieger über die Nordländer herunter.« Ren sah Ragnar an. »Mit der Hilfe deines Vetters Styrbjörn.«

»Es überrascht mich nicht, dass er es ist«, bemerkte Meinhard.

»Das ist eine Kleinigkeit«, sagte Ragnar und stellte sich neben Keita.

Vigholf verschränkte die Arme vor der Brust. »Ich werde es genießen, ihm von unten bis oben den Bauch aufzuschlitzen.«

»Und er wird Laudaricus über die Westlichen Berge schicken?«, fragte Annwyl.

Ren nickte. »Soweit ich sehen konnte, Annwyl, hat dieser Mensch Hunderte von Legionen unter seinem Kommando. Aber bevor irgendetwas davon geschieht, hofft Thracius, Keita auf den Thron zu bringen.«

Keitas plötzlicher Ausbruch von Gelächter erschreckte alle im Raum, und sie schlug sich rasch die Hand vor den Mund. »Entschuldigung.«

Ragnar beugte sich ein wenig herab und musterte sie. »Was denkst du gerade?«

»Wenn es nach allen anderen geht, denke ich doch nie!«

Er richtete sich auf, denn er verstand sie in letzter Zeit viel zu gut. »Diese Idee kannst du verdammt noch mal vergessen!«

Keita sah sich im Raum um, als sähe sie ihn zum ersten Mal. »Es tut mir leid. Mir war nicht bewusst, dass ich eine neue Existenzebene betreten habe, wo ich von jemand anders *als mir selbst* Befehle entgegennehme!«

»Schrei mich an, wie du willst, Prinzessin, aber du wirst es nicht tun!«

»Du nennst mich wirklich Pissessin!«

»Was wird sie nicht tun?«, fragte Briec.

Keita hob die Hände, um alle zu beruhigen, aber Ragnar wollte sich nicht beruhigen und zulassen, dass sie sich da allein herauswand.

»Es ist eigentlich ziemlich perfekt«, argumentierte sie.

»Du hast deinen verdammten Verstand verloren!«

»Elestren hat die Arbeit schon für mich gemacht«, erklärte Keita. »Mein Gesicht ist übel zugerichtet und zerschrammt, ich habe diese schrecklichen Platzwunden, die vielleicht *Wochen* brauchen, um zu heilen, und Prellungen an den Rippen. Es ist perfekt!«

»Es ist Wahnsinn.« Und zu Ragnars Entsetzen kam das von Ren. »Du denkst doch nicht ernsthaft daran, in die Provinz Quintilian zu gehen?«

»Wenn ich jetzt dorthin gehe, so wie ich aussehe, wird Thracius mich mit Kusshand empfangen.«

»Und dann?«

»Und dann kümmere ich mich darum.«

»Da bin ich mir sicher. Aber dann wirst du mit seiner vor Wut rasenden Sippe in den Provinzen festsitzen.«

»Ich habe schon Schlimmeres erlebt.«

»Nein, hast du nicht, Keita.« Mit ihrem schlafenden Enkelkind im Arm ging Königin Rhiannon auf ihre Tochter zu. »Ich weiß, was die Souveräns tun können, und ich habe schon meinen Vater an sie verloren – ich werde nicht auch noch eine Tochter verlieren.«

»Mum …«

»Nein.« Und ihre Stimme war ruhig, beherrscht. Die Neckereien, der Humor, die Spitznamen waren in diesem Moment alle fort. »Du magst vielleicht den Thron beschützen, Tochter, aber ich *regiere*. Du wirst nicht in die Provinzen gehen.«

Frustriert und in dem Bewusstsein, dass es im Moment keinen Weg an ihrer Mutter vorbei gab, lehnte sich Keita in ihrem Sessel zurück.

»Hast du zufällig herausgefunden«, fragte Ragnar Ren, »was

oder wer Styrbjörn von seinem Gebiet zu den Südland-Grenzen eskortiert hat?«

»Ja, habe ich«, antwortete Ren. »Und es war etwas recht Überraschendes, wenn auch nicht so überraschend wie das, was ich direkt danach entdeckt habe.«

»Und das wäre?«, fragte Ragnar.

Ren sah sich im Raum um. »Esyld. Ich glaube, ich habe Esyld gefunden.« Mit betrübtem Blick sah er Keita an. »Und sie ist nicht in den Provinzen.«

Keita runzelte die Stirn. »Wo zu den Höllen ist sie dann?«

35

Das Tor von Castle Moor öffnete sich langsam, und Athol sah Keita die Schlange auf sich zuhinken.

Er traute ihr nicht, aber er war neugierig zu erfahren, warum sie zurückkehrte. Diesmal kam sie allein; keine seltsamen Drachenmönche folgten ihr.

»Lady Keita.«

Sie hob den Kopf und streifte ihre Kapuze zurück, und Athol schnappte entsetzt nach Luft, bevor er sich beherrschen konnte.

»Meine Götter, Keita!«

Sie fiel ihm in die Arme und klammerte sich an ihn. »Meine eigene Familie hat mir das angetan, Athol! Und jetzt suchen sie nach mir. Kann ich hierbleiben? Nur eine kleine Weile?«

»Natürlich.« Er half ihr hinein und bedeutete den Wachen, das Tor zu schließen. »Du bist hier sicher, Mylady. Ich verspreche es.«

Der Älteste Gillivray schloss zum Ältesten Lailoken auf. Sie waren beide in Menschengestalt und auf dem Weg zu einer Kutsche, die sie den Rest des Weges zu den Außenebenen bringen würde. Von dort aus würden sie mit einem anderen Transportmittel in die Provinz Quintilian fahren.

Gemeinsam hatten sie die Dunklen Ebenen vor fast zwei Tagen verlassen; sie waren geflohen, als sich die Nachricht von dem Angriff auf Prinzessin Keita verbreitet hatte. Inzwischen war sie verschwunden, ihren Liebhaber aus den Nordländern und seine Verwandten hatte man fortgejagt, und die Königin war so wütend, wie man sie selten zuvor gesehen hatte. Also hatten sich die beiden Ältesten um ihrer eigenen Sicherheit willen und aus Sorge, dass die Cadwaladrs ihre Angriffe gegen sie richten würden, auf den Weg gemacht.

Lehnsherr Thracius hatte für ihre Sicherheit garantiert, und sie würden ihn beim Wort nehmen.

Sie eilten um eine Ecke und erstarrten, als sich Licht, das aus der offenen Hintertür einer Schänke fiel, auf einer Streitaxt spiegelte, die auf breiten Schultern ruhte.

»Mylords.«

»Wer in allen Höllen bist du?«

»Vigholf heiß ich. Der Typ hinter euch ist mein Vetter Meinhard.« Und der hinter ihnen war noch größer als der vor ihnen.

»Lord Bercelak hat uns um einen Gefallen gebeten.«

»Und wir tun gern Gefallen.«

»Ich bin überrascht, dass Ren nicht mitgekommen ist.«

Keita nahm die Tasse Tee, die Athols Assistent ihr reichte, aber sie trank nicht davon, sondern hielt sie nur in zitternden Händen.

»Ich weiß nicht, wo er ist. Es ist alles so schrecklich.«

»Und Gwenvael?« Die Geschwister waren nie gleichzeitig im Schloss gewesen, aber Athol wusste, dass sie verwandt waren. Er wusste außerdem, wer sie waren. Er wusste bei allem, was seinen Herrschaftsbereich betrat, was es war.

»Wütend auf mich. Sie sind alle wütend auf mich. Sie glauben, ich hätte meine Mutter verraten.«

Athol lehnte sich zurück. »Und, hast du das?«

»Natürlich nicht! Ich würde nie so ein Risiko eingehen! Du weißt genau, was sie auch so schon von mir hält.«

»Stimmt.« Sie starrte in ihre Tasse, und Athol fragte: »Warum bist du letztes Mal hergekommen?«

»Ich habe meine Tante gesucht. Ich hatte gehört, dass meine Mutter nach ihr suchte, und …«

»Du wolltest sichergehen, dass sie nicht in Gefahr gerät.«

Unvermittelt stellte Keita ihre Teetasse auf den Beistelltisch, damit sie die Hände ringen konnte. »Du musst verstehen … ich würde Esyld nie etwas tun. Ich musste nur sichergehen, dass sie meiner Mutter nichts sagt, was mir Probleme machen könnte.« Sie leckte sich über die Lippen. »Ich hätte sie nur an einen sicheren Ort schicken lassen, wo meine Mutter sie nicht findet.« Keita zuckte ein bisschen zusammen und berührte vorsichtig die Wunden in ihrem schönen Gesicht. »Jetzt muss ich für *mich* einen sicheren Ort finden.«

»Kann dir niemand helfen?«

»Die zwei Ältesten, die meine Verbündeten am Hof meiner Mutter waren, sind verschwunden.«

»Du meinst Gillivray und Lailoken?«

Keita hob ruckartig den Kopf, die Augen schreckgeweitet. »Ihr Götter!«, schrie sie beinahe und sprang so hastig auf, dass ihr Stuhl rückwärts umfiel und mit Getöse auf dem Boden aufschlug. »Du arbeitest mit meiner Mutter zusammen!«

»Nein, nein!« Athol stand rasch auf und nahm ihre Hände. »Ich schwöre dir, das tue ich nicht. Beruhige dich.«

»Woher wusstest du dann von ...«

»Es ist in Ordnung. Ich verspreche es.«

Athol schloss die Augen; eine Stimme rief ihn. *Bring sie zu mir, Athol.*

Indem er den Arm um Keitas Schultern legte, sagte er: »Komm, Keita. Ich möchte dir jemanden vorstellen.«

Athol führte sie durch eine Tür am hinteren Ende seiner Privaträume, die zu einer Treppe führte. Sein Assistent folgte ihnen, als er Keita in den dritten Stock geleitete – und in eine weitere Zimmerflucht, die sie in ihrer Zeit auf Castle Moor nie gesehen hatte.

»Wohin bringst du mich?«, fragte sie.

»Dies sind meine Privatgemächer für besondere Gäste.«

»Ich bin nicht in Stimmung für so etwas, Athol«, sagte Keita und versuchte, sich von ihm loszumachen.

»Natürlich nicht. Darum geht es hier auch nicht.«

Er führte sie durch mehrere Räume bis nach ganz hinten zu einer Glasflügeltür. Er klopfte einmal, öffnete sie und trat ein.

»Keita, ich freue mich, dir die Cousine deiner Mutter und Lehnsherr Thracius' Ehefrau vorzustellen – Lady Franseza.«

Keita hatte von Franseza gehört. Sie war, wie viele, die Rhiannons Regentschaft gefürchtet hatten, geflohen, als Keitas Mutter an die Macht kam. Aber niemand hatte eine Ahnung gehabt, dass Franseza sich mit Thracius zusammengetan und ihn geheiratet hatte. Andererseits hatte sich damals auch keiner um Franseza geschert.

»Die Cousine meiner Mutter?«, fragte sie und gab sich Mühe, angemessen verwirrt zu klingen.

»Hallo, mein Liebes.«

Franseza war auf quintilianische Art gekleidet, sie hatte ihre menschliche Gestalt in eine lange, ärmellose Tunika gehüllt, goldene Armreifen um die Handgelenke, hängende goldene Ohrringe und eine dicke goldene Kette um den Hals. »Ich habe so lange darauf gewartet, dich endlich kennenzulernen, liebste Cousine.«

»Mich kennenzulernen? Warum?«

»Das können wir alles später besprechen.« Franseza streckte die Arme aus. »Komm. Lass dich ansehen.«

Keita trat vor, um ein großes Bett herum. Aber sie blieb stehen, als ihr Blick auf die nackte Frau fiel, die auf dem Boden lag – mit einem dicken Halsband, von dem eine Kette bis zum Bett führte.

»Esyld!« Keita rannte zu ihrer Tante, drehte sie vorsichtig um und wiegte sie in den Armen. »Was hast du mit ihr gemacht?«

Franseza schauderte dramatisch. »Das war furchtbar von mir, nicht?« Und das Schöne an dieser Aussage war, dass sie ohne die geringste Spur von Sarkasmus gemacht wurde. »Ich weiß, ich weiß. Oberflächlich betrachtet sieht es schrecklich aus, aber sie wollte einfach nicht kooperieren!«

Esyld öffnete die Augen, und als sie Keitas Gesicht sah, klammerte sie sich an den Fellumhang ihrer Nichte. »Ich habe nichts gesagt!«, beschwor sie Keita. »Ich schwöre es! Ich habe ihr nichts gesagt!«

»Schschsch. Es ist gut, Esyld.«

»Ich glaube nicht, dass ihr bewusst ist, dass das Teil des Problems war. Mir nichts zu erzählen. Hätte sie mir etwas erzählt, hätte ich ihr nicht so wehtun müssen. Das war hart für mich, verstehst du? Wir sind schließlich Cousinen ersten Grades!«

Keita wurde schon von der Stimme der Frau übel, aber nichts machte ihr mehr Sorgen als die Tatsache, dass ihre Tante sich kalt anfühlte. Sie war eine Drachin aus den Dunklen Ebenen. Sie war aus Feuer gemacht. Wenn es eines gab, wie sich Esyld niemals anfühlen sollte, dann war das kalt.

Mit verschränkten Händen, die aneinandergelegten Zeigefinger unters Kinn gepresst, fragte Franseza: »Also, Keita, wie würde es dir gefallen, eines Tages die Dunklen Ebenen zu regieren?«

»Regieren? Die Dunklen Ebenen?« Keita hatte große Mühe, das Spiel aufrechtzuerhalten, während sie spürte, wie ihre Tante in ihren Armen starb. Aber sie erkannte, dass dies eine Prüfung – und eine Warnung – für sie war.

»Ich weiß, es klingt unmöglich, Liebes, aber ich verspreche dir, das ist es nicht. Du musst mir nur vertrauen.«

Verzweifelt klammerte sich ihre Tante fester an sie und schüttelte den Kopf. »Keita, bitte!«

»Schon gut, Esyld. Wirklich.« Sie küsste ihre Tante auf die Stirn und senkte sie vorsichtig auf den Boden. Sie tätschelte Esylds Wange und beschloss dann, dass es Zeit war, das Spiel zu beenden. Also schloss sie die Augen und schickte einen Gedanken: *Es ist Zeit, Ragnar.*

Sie stand auf und wandte sich Franseza zu.

Das Lächeln der Drachin wurde breiter. »Bist du gerade dabei, *mich* herauszufordern, Keita die Schlange? Sei nicht dumm.«

»Das bin ich nie.« Keita deutete auf die Schale mit frischem Obst auf dem Tisch neben Franseza. »Ist das Obst hier nicht köstlich? Ich habe es selbst auch immer sehr genossen.«

»Ja. Es ist sehr gut. Und so saftig, ich habe jeden Tag welches gepflückt.«

»Von dem Baum, der über Athols Tor hängt, oder?«

Athol machte einen Schritt vorwärts. »Keita?«

Keita kicherte. »Na gut. Ich kann nicht lügen ... nicht besonders jedenfalls. Aber mal ehrlich, Franseza, ich beobachte dich schon seit Tagen. Jeden Morgen kommst du heraus, pflückst dein Obst und knabberst den ganzen Tag daran, zwischen frischen Kuhkadavern, die geliefert werden. Und die Diener rühren das Obst nicht mehr an, weil du schon ein Dienstmädchen hast auspeitschen lassen, das es gewagt hat. Das sieht den Eisendrachen ähnlich, nicht? Alles für sich zu beanspruchen.«

»Du kleine ...«

»Es war nicht zu bitter, oder? Was ich benutzt habe? Ich versuche immer sehr sorgfältig mit dem Geschmack und allem zu sein.«

Ihr Atem ging keuchend, und mit der Hand auf dem Bauch fragte Franseza: »Glaubst du, ich bin allein hier, dass mich niemand schützt?«

»Ich weiß, dass du nicht allein bist.« Keita warf die Haare zurück. »Weißt du, das Gift wäre viel weniger wirksam, wenn du eine Drachin wärst. Zu dumm, dass Athols Zauber dich in Menschengestalt festhält.«

Die Eisendrachin sah Athol an, aber er schüttelte den Kopf. »Ich kann nicht. Wenn du dich verwandeln kannst, kann sie es auch. Und alle anderen, die sie dabeihat.«

»Zu schade, was, Cousine?«, fragte Keita, die ihr Lächeln nicht mehr zurückhalten konnte.

»Töte sie, Athol!«, befahl Franseza, während sie auf die Knie sank.

Keita schnaubte und wischte abfällig mit der Hand durch die Luft. »Er kann sich kaum rühren, nach dem, was er getrunken hat.« Keita sah sich zu Athol um. »Habe ich erwähnt, dass dein Assistent dich *hasst*? Und er will dieses Schloss. Ich musste ihm nur versprechen, dass wir die Wände reparieren, die wir gleich zerstören werden, und er hat nur zu gern die Banallan-Wurzel in deinen Wein geschmuggelt.« Keita schlug die Hände zusammen. »Ist das nicht lustig?«

Das Gebäude um sie herum bebte, und die Wand hinter Franseza riss auseinander.

Athol streckte den Arm aus, und schrecklich geschwächte Magie flackerte zwischen seinen Händen, bevor er zu Boden stürzte.

Ragnar und Ren betraten an der Stelle den Raum, wo eben noch die Wand gewesen war.

Da sie wussten, dass ihre Magie stark reduziert sein würde, wenn sie sich erst *in* Athols Schloss befänden, hatten sie beschlossen, das Gebäude zuerst von der anderen Seite des Tors her einzureißen und Morfyd draußen zu lassen, wo sie am nächsten Teil von Keitas Plan arbeitete.

Während sich Ragnar und Ren um Athol kümmerten, ging Keita auf Franseza zu.

»Tut mir so leid, dass niemand da ist, um dich zu retten«, sagte Keita im selben Ton, den Franseza benutzt hatte, als sie darüber sprach, was sie Esyld angetan hatte. »Deine Wachen sind damit beschäftigt, sich von meinen Brüdern die Bäuche aufschlitzen zu lassen.«

»Mit alledem«, brachte Franseza keuchend heraus, »bringst du nur Krieg über eure schwachen Königinnen, einen Krieg, der dieses Gebiet zerreißen wird.«

»Vielleicht«, sagte Keita. »Und ich muss zugeben, dass ich so darum gekämpft habe, diesen Krieg aufzuhalten – ich war sogar bereit, dein Gebiet zu betreten, um zu versuchen, etwas auszuhandeln.« Sie kauerte sich nieder und sah in Fransezas Gesicht, das sich aufblähte, während das Gift in ihrem menschlichen Körper wirkte. »Aber dann hat man mir gesagt, dass meine Tante gefangen genommen wurde. Und mein Freund Ren sagte mir, er spüre, sie habe Schmerzen. Danach, Cousine, gab es kein Zurück mehr. Für niemanden. Auch nicht für dich.«

Keita stand wieder auf. »Man sagt, manchmal sei ein Krieg einfach nicht zu vermeiden.« Sie schenkte Franseza ihr hübschestes Lächeln. »Aber mach dir keine Sorgen, Cousine. Mit der Hilfe meiner Freunde und Familie habe ich mir eine wunderbare Idee ausgedacht, damit alles genau richtig läuft!«

Die Menge johlte, als die zwei Gladiatoren einander umkreisten. Es war der letzte Tag der Spiele, und jetzt war Vateria, die älteste Tochter des Lehnsherrn Thracius, gelangweilter als je zuvor in ihrem Leben. Als sie das leichte Erdbeben unter ihren Füßen spürte, hoffte sie sogar, es möge stärker werden und einen Abgrund auftun, der all diese langweiligen Wesen verschlang, die ihre und die Welt ihres Vaters befleckten. Alles, nur damit diese Langeweile endete.

Dann hörte sie das Keuchen und sah, wie sich ihr adliger Vater auf seinem Stuhl vorbeugte. Sie konzentrierte sich wieder auf den Kampf, aber die Gladiatoren waren zurückgewichen. Nicht vor den Hieben ihres jeweiligen Gegenübers, sondern davor, was sich da plötzlich in der Mitte des Platzes gebildet hatte.

Ein geheimnisvoller Durchgang. Sie hatte von dieser Art von Magie gehört, aber nie jemanden getroffen, der sie tatsächlich ausführen konnte.

Es war eine kleine Drachin in Menschengestalt, die heraustrat. Ihrem Aussehen nach eine Südländerin. Sie schaute zu der jetzt stummen Menge hinauf, bis ihr Blick Vaterias Vater fand.

»Lehnsherr Thracius«, rief sie aus. »Ein Geschenk meiner Königin zu Ehren ihres Vaters, meines Großvaters.«

Dann schleuderte sie etwas von sich, und es rollte und holperte, bis es auf dem Feld abrupt anhielt.

Vaterias Vater sprang auf die Füße, doch bis dahin hatte sich das, was da geworfen worden war, von Mensch zu Drachin verwandelt. Vateria erkannte selbst aus dieser Höhe ihre Mutter.

Thracius klammerte sich ans Geländer, sein Blick ging zurück zu der Südländerin.

»Und das hier ist eine Kleinigkeit von mir.«

Sie griff hinter sich in den Durchgang und riss drei männliche Wesen heraus. Zwei Drachen und einen Elf.

»Wenn du Krieg willst, Lehnsherr«, rief die Südländerin zu ihm herauf, »dann sollst du deinen Krieg bekommen!«

Dann war sie fort. Ließ Vaterias wutschnaubenden Vater, der eben seine Gefährtin verloren hatte, und drei zitternde Ausländer mitten in seiner Kampfarena zurück.

Tja, eines musste man sagen – das Leben war soeben um einiges interessanter geworden.

Annwyl wartete in der Einsatzzentrale, das Hinterteil an den Tisch voller Karten und Korrespondenz ihrer Kommandanten gelehnt und die Arme vor der Brust verschränkt. Hinter ihr standen Dagmar und Talaith.

Brastias öffnete die Tür und ließ die zwei Frauen ein.

»Generalin Ásta und ihre Stellvertreterin Bryndís«, meldete er. Er schloss die Tür hinter ihnen und stellte sich neben Annwyl, die muskulösen Arme vor der Brust verschränkt, den Blick unverwandt auf jene gerichtet, die seine Königin herausgefordert hatten.

Die Stellvertreterin, Bryndís, sank auf ein Knie, rammte die Axt in den Boden und senkte den Kopf. Ásta dagegen neigte nur den Kopf. Aber sie hielt ihn geneigt und wartete, bis Annwyl ihr zunickte.

Bevor sie das tat, winkte Annwyl jedoch Dagmar zu sich herüber und flüsterte ihr ins Ohr: »Warum kann ich euch dieses ganze Verneigen und Katzbuckeln nicht abgewöhnen?«

»Weil du uns zwingen würdest, dich im Schlaf umzubringen, wenn du es versuchen würdest«, flüsterte ihre Kriegsherrin zurück; dann zwinkerte sie.

Annwyl grinste, setzte aber sofort wieder einen ordentlich finsteren Blick auf, bevor sie ihre Aufmerksamkeit auf die zwei Frauen richtete.

»Ihr seid also hier« – Ásta hob den Kopf, als Annwyl sprach – »um meine Zwillinge zu beschützen.«

»Das ist die Aufgabe, die uns übertragen wurde. Das ist die Aufgabe, die wir ausführen werden.«

»Und was, wenn ich euch sage, dass ich euch nicht brauche? Was, wenn ich euch sage, dass ihr gehen sollt?«

»Dann gehen wir. Unser Befehl lautet, deine Befehle zu befolgen. Das werden wir auch tun.«

Annwyl warf einen kurzen Blick zurück auf die knurrende Talaith und fragte: »Wir haben hier auch ein Nolwenn-Baby. Wird es in eurer Gegenwart sicher sein?«

»Wir haben nie einer minderjährigen Nolwenn etwas getan.

Wir werden jetzt nicht damit anfangen. Wir sind überhaupt nicht hier, um Schaden zuzufügen, Königin Annwyl. Oder um deine Kinder mitzunehmen. Du hast dich uns im Kampf gestellt und unseren Respekt verdient. Wir werden unsere Befehle ausführen, so gut wir können. Wir werden deine Kinder mit unserem Leben schützen. Mit unseren Seelen, wenn es sein muss.«

»Warum?«

»Weil du das Einzige bist, das zwischen einer Welt vieler Anführer, vieler Kulturen und vieler Götter steht – und einem Diktator. Der Krieg ruft, Königin Annwyl. Du musst antworten.«

Bevor Annwyl etwas sagen konnte, klopfte es an der hinteren Zimmertür, und Ebba trat ein. Sie ging auf zwei Beinen und trug ein Kleid, als sie sich neben Annwyl stellte und ihr ins Ohr flüsterte: »Du wolltest, dass ich dir Bescheid sage, wenn ich die Babys ins Bett bringe.«

»Danke«, antwortete Annwyl, aber dann sah sie, wie die Hexe, Ásta, die Zentaurin ansah und feixte. Die andere, Bryndís, war immer noch auf einem Knie und hatte den Kopf geneigt. »Das ist Ebba«, erklärte Annwyl der Hexe. »Das Kindermädchen der Babys.«

Die beiden Frauen musterten sich gegenseitig von oben bis unten, bis die Hexe sagte: »Eine Zentaurin. Früher haben wir euch zum Spaß gejagt.«

Ebba lächelte. »Und wir haben euch als Zwischenmahlzeit verschlungen. Verärgere mich nicht, Kyvich, oder ich lasse deinen Schwestern nichts übrig, worüber sie trauern können, als das, was ich mir aus den Zähnen pule.« Dann ging sie mit einem Nicken in Annwyls Richtung hinaus.

Annwyl beugte sich noch einmal zu Dagmar hinab und flüsterte ihr ins Ohr: »Ich finde sie toll.«

Rhiannon sah von ihrem Thron aus zu, wie ihre Kinder auf sie zukamen, Gwenvael trug ihre Schwester auf den Armen. Neben ihr standen die übrig gebliebenen Ältesten. Die, die sich mit Elestren eingelassen hatten, waren ebenfalls darunter – unversehrt.

Sie hatten sich, ohne es zu merken, in den Rachedurst der Drachin hineinziehen lassen, und Rhiannon würde es ihnen nicht nachtragen ... diesmal jedenfalls nicht.

»Ist es erledigt?«, fragte Rhiannon, als ihre Kinder vor ihr standen.

»Es ist erledigt«, antwortete ihr ältester Sohn für sie alle.

»Gut.« Sie glitt von ihrem Podium, ging auf Gwenvael zu und strich ihrer Schwester die Haare aus dem zerschundenen Gesicht. Sie dachte daran, warum sie Franseza schon als Küken gehasst hatte – die Schlampe war niederträchtig. »Hallo Schwester.«

Esyld schlug die Augen auf, und sie wurden noch etwas größer, als sie Rhiannon auf sich herabschauen sah. »I-ich habe ihnen nichts gesagt, Schwester! Ich schwöre es! Ich habe nie ...«

»Still jetzt. Es ist vorbei. Ich weiß, was du geopfert hast.« Ihr Götter, das wusste sie wirklich. Der Nordländer hatte Esylds Hand berührt, und was er sah, schickte er Rhiannon. Esylds quintilianischer Liebhaber, der versucht hatte, sie zu warnen, sie zu beschützen, nur um dann vor ihren Augen die Kehle durchgeschnitten zu bekommen; die Schläge; die Folter. Ragnar hatte Rhiannon alles gezeigt. Sie hatte ihn nicht darum gebeten, aber sie verstand, warum er es getan hatte. Damit es keine Fragen mehr über Esylds Loyalität gab, und es gab auch keine. Esyld war loyal und würde auch weiterhin loyal sein – Keita gegenüber. Es war Keita, die Esyld beschützen wollte. Es war Keita, für die sie gelitten hatte, aus Angst davor, was ihrer Nichte geschehen mochte, falls Franseza sie in die Hände bekam. Und so sollte es auch sein. »Du bist in Sicherheit, Schwester. Du bist zu Hause.«

Rhiannon machte ihren Wachen ein Zeichen. »Bringt sie zu den Heilern.«

Esyld wurde Gwenvael vorsichtig aus den Armen genommen und aus dem Besprechungsraum gebracht.

»Es tut uns leid, was du erleiden musstest, Prinzessin Keita«, sagte einer der Ältesten. Rhiannon machte sich nicht die Mühe, hinzusehen, welcher von ihnen es war.

»Und Elestren wurde von ihrem Posten in meiner königlichen Garde entfernt.«

»Elestren sollte von dieser Welt entfernt werden«, sagte Briec.

»Nein.« Keita warf ihrem Bruder einen Blick zu und schüttelte den Kopf. »Das erlaube ich nicht.«

»Warum beschützt du sie, Keita?«

»Sie dachte, ich hätte die Königin verraten – sie hat nur ihre Pflicht getan. Vielleicht ein bisschen zu enthusiastisch. Aber abgesehen davon gehört sie zur *Familie*.« Rhiannon spürte, dass ihre Tochter schon oft gezwungen gewesen war, ihren Brüdern das zu erklären, seit sie nach Castle Moor aufgebrochen waren.

»Die Entscheidung ist getroffen«, sagte Rhiannon und kehrte zu ihrem Thron zurück. »Ghleanna wird über Elestrens Schicksal entscheiden.« Sie setzte sich und warf den Ältesten einen Blick zu. Sie nickten alle, und Rhiannon konzentrierte sich auf ihre Kinder.

»Jetzt wäre da noch eine Sache …«

Gemeinsam gingen Keita und ihre Geschwister, Ragnar und seine Verwandten über den Hof und die Stufen zum Rittersaal hinauf.

Es war ein langer Flug nach Hause gewesen, und alle waren erschöpft und freuten sich auf etwas zu essen und Schlaf.

Doch sie blieben am Fuß der Treppe stehen und warteten. Sie warteten auf Annwyl die Blutrünstige. Sie saß mitten auf der Treppe und beobachtete sie alle. Hinter ihr standen Dagmar, Talaith und Brastias.

»Annwyl?«

Annwyl sah ihrem Gefährten in die Augen. Nach einiger Zeit ergriff sie das Wort. »Wir machen mit der Feier für die Kinder weiter wie geplant. Dann, wenn alles bereit ist, führe ich meine Legionen in die Westlichen Berge und in den Krieg gegen die Souveräns.«

Fearghus atmete hörbar aus. »Und ich werde Königin Rhiannons Truppen in die Nordländer führen und gegen die Eisendrachen kämpfen.«

Die beiden sahen sich lange an, bis Annwyl aufstand und sagte: »Dann, mein Liebling, bereiten wir uns am besten mal vor.«

36 Celyn wartete an dem kleinen See auf Izzy, an den sie so gern zusammen gingen. Es wurde langsam spät, und der erste Tag des dreitägigen Festes zum Geburtstag der Zwillinge würde bald beginnen. Seine Mutter erwartete von ihm, dass er teilnahm, und wie die Dinge momentan standen, sollte er es besser nicht verpassen. Aber er musste Izzy allein sehen.

»Celyn!« Sie stürmte zwischen den Bäumen hindurch und warf sich in seine offenen Arme. »Du wirst es nicht glauben!«, sprudelte sie los, ihre Arme und Beine um ihn geschlungen.

»Was werde ich nicht glauben?«

Sie ließ sich wieder auf den Boden fallen und hielt seine Hände. »Ich gehe mit Annwyl in den Westen. Ich werde ihr Knappe!« Sie sprang aufgeregt auf den Zehenspitzen auf und ab. »Mutter ist *stinksauer*!« Sie lachte und umarmte ihn wieder. »Ich bin raus aus der Truppe und kämpfe an Annwyls Seite!«

Er rang sich ein Lächeln ab. »Das ist wunderbar.«

»Und Brannie kommt mit uns. Deine Mum will nicht, dass wir uns trennen. Sie sagt, wir arbeiten gut zusammen. Ist das nicht toll?«

»Ganz toll.«

Izzy runzelte die Stirn. »Was ist los?«

»Izzy …« Er beschloss, es ihr einfach zu sagen. »Ich werde mit Königin Rhiannons Truppen in die Nordländer geschickt.«

Izzys Augen wurden groß, und sie umarmte ihn noch einmal. »Du hast vielleicht ein Glück, du Schuft!«

»Was?«

Sie trat zurück und grinste ihn an. »Du wirst gemeinsam mit Blitzdrachen kämpfen! Meinhard, Vigholf und Ragnar. Ich und Brannie haben in den letzten Tagen jeden Morgen mit ihnen trainiert, und sie sind genial! Ich glaube, sie sind zum Teil ein Grund, warum Annwyl mich zu ihrem Knappen gemacht hat. Du wirst so viel lernen! Ich bin so neidisch!« Sie boxte ihn gegen die Schulter.

Er gaffte sie mit offenem Mund an, und sie runzelte die Stirn. »Was ist los?«

»Wirst du mich überhaupt nicht vermissen?«

»Natürlich! Ich werde dich schrecklich vermissen!« Aber dann klatschte sie in die Hände und quiekte: »Aber ich werde Annwyls Knappe!«

Gwenvael saß auf dem Stuhl und tippte mit dem Fuß.

»Also«, sagte Dagmar hinter ihm mit sehr ruhiger, sehr kontrollierter Stimme, »ihr werdet alle Esyld zurück in die Außenebenen begleiten, wenn ihr geht?«

»Aye«, sagte er und verschränkte die Hände. »Noch lächelt sie, aber ich glaube, sie hat langsam genug von meiner Mutter. Noch ein bisschen länger, und ich fürchte, sie wird unter dem Druck zusammenbrechen.«

»Bist du sicher, dass sie stark genug ist, um zurückzukehren?«

»Morfyd sagt, dass sie es sein wird, wenn wir aufbrechen. Aber sie muss sich noch erholen.«

»Ich weiß, aber ich bin mir sicher, dass sie bereit ist, in ihr Zuhause zurückzukehren und zu versuchen, darüber hinwegzukommen, was sie durchgemacht hat.«

»Du sorgst doch dafür, dass jemand ein Auge auf sie hat, oder?«

»Habe mich schon darum gekümmert«, sagte sie, die Hand auf seiner Schulter. Ihre sanfte, beruhigende Hand. »Und denk daran, ich liebe dich sehr, Gwenvael.«

»Das weiß ich.« Er wartete mit knirschenden Zähnen. Und er hielt durch, bis er spürte, wie Dagmar die erste Locke seiner kostbaren Haare in die Hand nahm.

»Ich kann nicht!« Er sprang auf und hastete durch den Raum.

Dagmar schlug mit dieser fiesen Schere gegen ihr Bein. Er wusste, dass diese Schere es auf ihn abgesehen hatte. Er *fühlte* es.

»Du kannst nicht mit all diesen Haaren in die Nordländer gehen und kämpfen.« Er bemerkte, dass ihre Stimme jetzt nicht mehr ruhig und kontrolliert war. »Das schickt sich nicht.«

»Wirst du meine Haare denn gar nicht vermissen?«

»Dich selbst werde ich mehr vermissen, aber die Haare müssen weg. Und jetzt setz dich wieder auf diesen verdammten Stuhl!«

»Ich kann das nicht. Es sind meine Haare. Sie lieben mich so, wie ich bin.«

»Du tust gerade, als wollte ich dich kahlscheren! Ich habe nur vor, es dir ungefähr auf der Hälfte des Rückens abzuschneiden.«

Gwenvael schnappte entsetzt nach Luft. »Dann kannst du mich auch gleich kahlscheren!«

Dagmar warf die Schere auf den Boden, und Knut floh vor der seltenen Wut seiner Herrin unters Bett.

»Lass mich wenigstens noch am Fest teilnehmen«, schacherte er. »Noch drei Tage, nicht nur für mich, sondern auch damit *du* in meinen Haaren schwelgen kannst.«

Dagmar verschränkte die Arme vor der Brust. »Mein Vater hatte recht, weißt du? Du *bist* völlig verrückt.«

Briec saß auf dem Bett, hatte die Ellbogen auf die Knie gestützt, das Kinn in die Handflächen gelegt und sah seiner Geliebten zu, wie sie tobte.

»Für wen hält sie sich eigentlich? Macht meine Tochter zu ihrem Knappen!«

»Vielleicht hält sie sich für eine Königin.«

»Ach, halt die Klappe!« Sie tigerte vor ihm auf und ab und sah wunderbar verführerisch aus in ihrem dunkelblauen Kleid, das er für sie hatte machen lassen. »Und diese alberne Idiotin …«

»Du solltest sie einfach Izzy nennen.«

»… rennt herum und verkündet es jedem, als sei es etwas Gutes! ›Ich werde Annwyls Knappe. Ich werde mit dieser wahnsinnigen Monarchin jeden Tag dem Tod gegenübertreten.‹«

»Ich kann mich nicht erinnern, dass die Stimme von unserer Izzy schon immer so hoch war.«

»Halt die Klappe!«

Izzy stürmte den Flur entlang zu ihrem Schlafzimmer. Sie musste sich anziehen; die Gäste des Festmahls kamen schon an. Sie bog um eine Ecke und rannte mit dem Kopf voraus gegen die ziegelmauerartige Brust.

Sie fiel rückwärts und landete hart auf dem Hintern. Und während sie sich die Stirn rieb, die anscheinend den größten Teil des Aufpralls abbekommen hatte, schaute sie ungehalten zu dem großen Schwachkopf auf, der ihr im Weg war.

»Alles in Ordnung?«, fragte er und versuchte, besorgt zu klingen.

»Mir geht's gut.« Er hielt ihr die Hand hin, aber sie schlug sie weg. »Ich will deine Hilfe nicht, vielen Dank auch.«

»Willst du dich jetzt immer so benehmen?«

»Ja.« Izzy stand auf. »Du bist ein Trottel. Ich wusste, dass du ein Trottel bist – mir war nur nicht klar, wie groß deine Trotteligkeit ist!«

»Na schön. Wie du willst.«

Éibhear ging an ihr vorbei, und Izzy spie ihm nach: »Und ein hübscher Schachzug, dafür zu sorgen, dass Celyn zur Truppe deines Bruders geschickt wird.«

Er blieb stehen und drehte sich zu ihr um. »Wovon redest du?«

»Als wüsstest du das nicht!«

»Celyn geht in die Nordländer? Mit *mir*? Also, diesem Zentaurenmist werde ich sofort ein Ende setzen.«

Sie hielt ihn am Arm fest, bevor er Fearghus suchen gehen konnte. »Oder ihr könntet diesen Mist zwischen euch klären. Ich will nicht, dass du auf mich aufpasst, Éibhear. Ich kann es nicht gebrauchen, dass du meine Liebhaber verprügelst ...«

»Benutz dieses Wort mir gegenüber *nie* wieder!«

»... oder darüber bestimmst, wen ich vögeln darf und wen nicht.«

»Das ist doch gar nicht das Thema!«

»Er ist dein Vetter«, erinnerte sie ihn.

»*Und du hast ihn gevögelt!*«, schrie ihr Éibhear ins Gesicht.

Izzy war ganz ruhig, als sie antwortete: »Ja, das habe ich. Mehr als einmal. Und du wirst mir kein schlechtes Gewissen deswegen einreden. Aber er ist dein Vetter. Mach nicht das, was du an deiner Sippe hast, nur wegen etwas kaputt, worauf du keinen Einfluss hast. Und damit meine ich mich.«

Sie ging zu ihrem Zimmer und knallte die Tür hinter sich zu.

Und Branwen sah nicht einmal von ihrem Buch auf, als sie vergnügt bemerkte: »Ich schwöre es, ihr beiden habt die *besten* Streits!«

Fearghus sauste durchs Zimmer und riss seiner Tochter das kleine Messer aus der Hand, während sein Sohn hysterisch lachend rückwärts aufs Bett fiel und Annwyl sich vollends herumdrehte, um das neue Kleid vorzuführen, das Keita für sie ausgesucht hatte.

»Nicht schlecht, oder?«

»Nein.« Fearghus schüttelte den Kopf, wahrscheinlich öfter, als wirklich nötig gewesen wäre. »Überhaupt nicht schlecht.«

»Alles in Ordnung bei dir? Du siehst aus, als würdest du schwitzen.«

»Mir bringt nur der Anblick von dir in diesem Kleid das Blut in Wallung.«

Annwyl zog ein finsteres Gesicht und sah ihre Tochter an. »Hat sie gerade *geprustet*?«

»Nein.« Fearghus legte die Hand über das kichernde Gesicht seiner Tochter und drückte sie neben ihren Bruder aufs Bett. »Sie hat wahrscheinlich nur einen kleinen Schnupfen.«

»Du bist so ein schlechter Lügner. Wie konntest du mich damals nur davon überzeugen, dass du und der Ritter zwei verschiedene Wesen seid?«

»Wahrscheinlich, weil du mich nie einen Satz zu Ende …«

»Es ist verrückt, sich das heute überhaupt nur vorzustellen – du bist *so* ein schlechter Lügner!«

Keita, die es nicht wirklich geschafft hatte, sich für das Festmahl anzuziehen, stieg von Ragnar herunter und krabbelte übers Bett, bis sie ihm ins Gesicht sah.

»Was hast du gerade gesagt?«, fragte sie nach.

Auf der Haut einen Film von Schweiß und, nun ja, von ihr, hob Ragnar den Kopf. »Ich sagte, du solltest uns als Kriegermaid in die Nordländer begleiten.«

»Ist das so etwas wie eine Zelthure?«

»*Nein!*« Er schloss die Augen und holte tief Luft. Dann ließ er sie wieder herausströmen. »Das ist ein ehrenvoller Posten bei meinem Volk.«

»Bist du sicher, dass es nicht nur eine Möglichkeit für dich ist, mich zurück in die Nordländer zu bringen und mich mit deinem besten Stück zu beschäftigen, wenn du nicht gerade die Eisendrachen bekämpfst, damit ich irgendwann für immer bei dir bleibe?«

Ragnar sah sie mit einem Augenaufschlag an. »Natürlich nicht. Wie kommst du auf die Idee?«

Sie deutete mit einem Finger auf ihn. »Weil ich mich keinem männlichen Wesen hingebe. Es macht mir nichts aus, einen regelmäßigen Liebhaber zu haben, aber ich werde nicht wie meine Mutter. An irgendeinen Kerl gefesselt, der mich über alle Vernunft anbetet.«

»Welche Frau würde so etwas schon wollen?«

»Ist das ironisch gemeint?«

»Wie kommst du auf die Idee?« Er deutete auf seine immer noch harte und köstlich dicke Männlichkeit. »Wärst du jetzt vielleicht so freundlich, dich wieder hier heraufzubequemen und zu Ende zu bringen, was du angefangen hast?«

»Solange wir uns richtig verstehen: Ich komme als deine Kriegerschlampe mit...«

»Krieger*maid*!«

»... aber darüber hinaus verpflichte ich mich zu nichts. Und ich werde nicht der Siegerpreis für irgendwelche militärischen Ehren, meine Flügel werden *nie* bedroht, und du wirst nicht einmal daran *denken*, meinen perfekten, *perfekten* Körper mit irgendwelchen Flammen oder Blitzen zu verunstalten, oder was auch immer euresgleichen benutzt, um eure Opfer zu kennzeichnen.«

»Gefährtinnen.«

»Wie auch immer.«

»Ich denke, das ist in Ordnung.«

»Ich werde nicht in Besitz genommen, Warlord. Nicht von dir und auch sonst von niemandem.«

»Schön.«

Überzeugt, ihren Standpunkt klargemacht zu haben, kroch Keita wieder übers Bett und auf Ragnar. Sie brachte sich über ihm in Stellung, damit sie langsam auf ihn gleiten konnte, bis sie ihn wieder komplett in sich aufgenommen hatte.

Keita stöhnte, immer noch erschüttert, wie sie es jedes Mal genoss, Ragnar den Listigen in sich gleiten zu spüren.

Ragnar umfasste ihren Nacken, seine starken Finger massierten ihre Nackenmuskeln. »Aber denk daran, solange du mit mir zusammen bist, Prinzessin …«

»Ich höre immer noch Pissessin …«

»… solange wirst du keinen anderen in dir haben. Keine Klauen oder Hände eines anderen an deinem Körper. Das ist ein fairer Tausch, meinst du nicht?«

»In Ordnung«, keuchte sie, sich bereits auf ihm wiegend, »in Ordnung.«

Dagmar steuerte auf die Treppe zu. Sie trug wieder ein Kleid, das ihr ihre Schwägerin Keita ausgesucht hatte und das genauso gut aussah wie das erste, das sie ihr gegeben hatte. Anscheinend hatte die Prinzessin vor, Dagmar »eine komplett neue Garderobe aus hübschen Dingen!« zu besorgen. Ein Gedanke, der Dagmar ein bisschen entsetzte, hauptsächlich, weil sie wusste, dass Keita keinesfalls die Absicht hatte, diese neue Garderobe zu *kaufen*. Daher hatte sie ein wenig Angst um alle Karawanen, die in den nächsten Tagen möglicherweise durch das Gebiet zogen.

Plötzlich blieb sie stehen und schaute mit hochgezogenen Augenbrauen auf Knut hinab. Sie wusste, dass sie es beide gespürt hatten, und ging zurück in den Flur, bis sie vor dem Zimmer ihrer Nichte stand. Ohne anzuklopfen, ging sie hinein und ertappte ihre Nichte dabei, wie sie eilig etwas hinter ihrem Rücken versteckte.

»Gib her!«, befahl Dagmar mit ausgestreckter Hand.

»Aber …«

»Iseabail, Tochter von Talaith und Briec, *gib ihn her*.«

»Er muntert mich auf!«

»Mach nicht so ein Gesicht, Knappe der Königin!« Und sie sah, wie ihre Nichte die Lippen spitzte bei dem Versuch, das Lächeln zurückzuhalten, das sie jedes Mal überkam, wenn jemand sie so nannte.

»Kann ich ihn nicht behalten, bis wir aufbrechen?«

»Vertrau mir, Izzy. Du kannst ihn überhaupt nicht behalten. Und jetzt gib ihn her.«

Seufzend zog sie den Welpen hinter ihrem Rücken hervor und gab ihn Dagmar. »Ich mag Hunde«, sagte sie.

»Izzy, du magst alles.« Dagmar küsste sie auf die Stirn und verließ den Raum. »Zieh dich an. Bald gibt's Essen.«

Dagmar nahm den Welpen mit hinunter und verließ mit ihm den Rittersaal durch den Hintereingang, bevor sie ihn mit Schwung auf den Boden schleuderte. »Hör auf, so zu tun, als wärst du ein Welpe, Nannulf!«

Der Wolfsgott landete auf seinen riesigen Pfoten und grinste Dagmar mit hängender Zunge an. Hätte er eine menschliche Gestalt besessen, hätte er sie ausgelacht, daran zweifelte sie nicht.

»Und lass meine Nichte in Ruhe!«, warnte sie ihn. Er öffnete das Maul, und sie fügte rasch hinzu: »Und es wird nicht gebellt!« Die Festungsmauern hätten den Schaden, den das angerichtet hätte, nicht verkraftet.

Nannulf schmollte mit hängendem Schwanz, bis Dagmar seinen Kopf tätschelte. Dann schlabberte er ihr mit der Zunge übers Gesicht, drehte sich um, traf Dagmar dabei mit dem Schwanz, warf sie fast um und rannte davon.

»Mit wem redest du, Dagmar?«, fragte Morfyd, die hinter ihr herausgekommen war.

»Mit einem Gott«, antwortete Dagmar schlicht.

Morfyd machte auf dem Absatz kehrt, marschierte wieder hinein und murmelte: »Angeberin.«

Éibhear holte seine Schwester ein und zog sie am Ärmel ihres Kleides. Sie drehte sich mit einer hochgezogenen Augenbraue und missbilligend geschürzten Lippen zu ihm um, bevor er überhaupt ein Wort sagen konnte.

»Sei nicht mehr sauer auf mich, Keita«, bat er. »Ich kann es nicht leiden, wenn du sauer auf mich bist.«

»Hast du dich bei Izzy entschuldigt?«

»Nein.« Er verschränkte die Arme vor der Brust und wusste, dass er eine Schnute zog, aber es war ihm egal. »Und das tue ich auch nicht. Sie ist verrückt! Lässt sich *nichts* sagen!«

»*Sie* lässt sich nichts sagen?«

»Du weißt schon, dass du schon viel länger *meine* Schwester bist als *ihre* Tante, oder? Bedeutet das denn in dieser Familie gar nichts?«

»Natürlich nicht.« Keita ließ ihn stehen, und Éibhear starrte zu Boden. Das war unerträglich. Seine Brüder sagten ihm ständig: »Du hättest Celyn umbringen sollen, als du die Gelegenheit dazu hattest, du Idiot«, und Morfyd hätschelte ihn und sagte ihm: »Alles wird gut, Liebes. Mach dir keine Sorgen.« Alle erwarteten Reaktionen von ihm, aber erst jetzt wurde ihm bewusst, wie sehr er die Reaktionen seiner gesamten Sippe brauchte, inklusive Keitas direktem, aber gerechtem Rat. Dass sie jetzt wütend auf ihn war, ohne mit ihm zu reden oder ihm zu sagen, wie er ihrer Meinung nach mit allem umgehen sollte, war zu viel. Vor allem, weil Keita die Einzige seiner Geschwister war, die ihn nicht behandelte, als sei er dumm oder aus Zucker.

Éibhear hörte etwas über den Boden kratzen, und als er den Kopf hob, sah er, wie Keita einen Stuhl zu ihm herüberzog.

»Ist das nicht Annwyls Thron?«, fragte er und sah sich um, ob das jemanden stören könnte.

»Ich leihe ihn mir nur.« Keita stellte den Thron vor Éibhear hin und stieg auf den gepolsterten Sitz. Jetzt, wo sie auf Augenhöhe waren, legte sie ihm die Hände auf die Schultern. »Du weißt, dass ich dich lieb habe, oder, kleiner Bruder?«

»Ich glaube schon. Aber es wäre nett, es zu hören.«

Keita lächelte, und Éibhear spürte Erleichterung bei diesem Anblick. »Es wird vielleicht einige Zeit dauern – du bist lächerlich stur wie der Rest dieser Familie –, aber ich weiß, dass du das eines Tages wieder in Ordnung bringst. Bis dahin« – sie schlang ihm die Arme um den Hals und umarmte ihn fest – »denk daran, dass meine Liebe und Treue immer dir gehören.«

»Uff. Danke, Keita.«

Sie neigte sich zurück und richtete einen Finger auf ihn. »Aber wenn du grob bist, kleiner Bruder, werde ich nicht zögern, dich einen Dummkopf zu nennen!«

Diesen Teil kannte Éibhear schon.

»He, du dumme Kuh!«, schrie Annwyl durch den Saal. »Was, verflucht noch mal, machst du mit meinem Thron?«

Ragnar starrte seinen Bruder und seinen Vetter mit leicht offenem Mund an.

»Wieso schaust du so?«, fragte Vigholf. »Du hast gesagt, dass wir es tun sollen.«

»Du hast sogar eine Idee gehabt«, warf Meinhard ein.

»Ich dachte, ihr zwei macht Witze! Habt ihr euren verdammten Verstand verloren?«

»Wir wollten nur nett sein«, behauptete sein Bruder.

»Und wenn diese verrückte Menschenkönigin dir den Rest deiner Haare abschneidet, ich will nichts mehr hören …«

»Wer war das?«, fragte Annwyl hinter ihm.

Ragnar wandte sich zu ihr um. »Mylady …«

»Wer? Ich will wissen, wessen Idee das war« – sie hielt eine Trainingskeule, eine Streitaxt, einen Kriegshammer und einen

Schild hoch, alles in der perfekten Größe für ein zweijähriges Mädchen, das sowohl menschliches als auch Drachenblut in sich trug – »und zwar sofort!«

Vigholf und Meinhard hoben die Hände, und die Augen der Königin füllten sich mit Tränen der Rührung. »Das ist so süß von euch! Danke! Vielen Dank euch beiden!« Sie umarmte sie mit weit ausgebreiteten Armen, damit sie um ihre breite Brust herumreichen konnte.

Da sagte Ragnar zu Annwyl: »Und ich hatte die Idee für den Schild.«

Keita drängte sich neben ihre Schwester und den Herzog von diesem oder jenem und seine langweilige menschliche Gefährtin, die Herzogin von irgendetwas anderem, und verkündete: »Ich gehe in den Norden und werde Kriegerschlampe!«

»Maid!«, kreischte Morfyd auf. »Sie wird Kriegermaid!« Sie zwang sich zu einem Lächeln. »Würdet ihr uns bitte entschuldigen?«

Morfyd schnappte Keita am Arm und zerrte sie durch den Rittersaal. »Ist irgendetwas nicht in Ordnung mit dir?«, fragte sie, während sie sie weiterschubste, bis sie am anderen Ende des Raumes angekommen waren. »Etwas Ansteckendes?«

»Warum schreist du so?«

»Kriegerschlampe?«

»Hure. Maid. Wo ist der Unterschied?«

»Du bringst mich absichtlich in Verlegenheit!«

»Es ist eine Gabe, aber du machst es mir auch wirklich leicht.«

Mit zusammengepressten Lippen schubste Morfyd Keita, und Keita schubste sie zurück. Es entstand eine kurze Pause, dann warfen beide ihre Getränke weg und stürzten sich aufeinander, aber Dagmar drängte sich dazwischen, ihren lecker aussehenden Hund an ihrer Seite.

»Fangt ihr schon wieder an?«

»Sie hat angefangen!«, bezichtigten sich beide gegenseitig.

»Ich will nichts davon hören. Dieses Fest findet zu Ehren des

Geburtstags und des Lebens eurer Nichte und eures Neffen statt, und ihr könntet zumindest ihrer Mutter ein bisschen Respekt entgegenbringen, die die härteste Entscheidung treffen musste, die eine Frau treffen kann. Was glaubt ihr, wie schwer dieser Abend für sie ist? Und ihr zwei kämpft wie zwei Wildkatzen?«

Keita musste einsehen, dass die winzige Barbarin recht hatte, also sah sie ihre Schwester an und sagte: »Tut mir leid.«

»Aye«, antwortete Morfyd. »Mir auch.«

»Danke.« Dagmar wollte weitergehen, aber jetzt standen ihr die Menschenkönigin und die wutschnaubende Mutter von deren neuem weiblichem Knappen im Weg.

»Versuchst du, meine Tochter umzubringen?«

»Ja!«, sagte Annwyl und wirbelte zu Talaith herum. »Genau das will ich! Dass meine Nichte getötet wird! Das ist mein ganzes verdammtes Ziel!«

»Mum!« Izzy kam angerannt, ihre glucksende kleine Schwester im Arm, während ihre bewaffneten Zwillingscousins an ihrem Hals hingen. »Du hast mir versprochen, das nicht zu tun!«

»Halt dich da raus, Izzy. Ich rede mit deiner betrügerischen *Schlampe von einer Tante!*«

Dagmar warf einen Blick zurück zu Keita und Morfyd. »Ich werde nicht darüber diskutieren«, sagte sie einfach. »Nein, das werde ich nicht.«

Sie ging weiter und blaffte ein paar Sekunden später: »Knut!«

Der Hund, der sich an Keitas Bein drückte, schaute mit großen braunen Augen zu ihr auf.

»Du gehst besser«, flüsterte Keita.

Und seufzend folgte er seiner Herrin. Die streitenden Schwägerinnen und Izzy waren ebenfalls weitergegangen, sodass auch wirklich *alle* Gäste im Saal ihr hysterisches Geschrei mitbekamen.

»Ich weiß nicht, wie es dir geht«, sagte Keita, als Briec herbeieilen musste, um Izzy zu helfen, ihre Mutter und die Menschenkönigin aller Südländer zu trennen, die inzwischen brüllend aufeinander einschlugen, »aber ich habe einen höchst vergnüglichen Abend.«

Morfyd gab einem der Diener ein Zeichen, ihr Wein nachzuschenken. »Überraschenderweise, Schwester, und vielleicht zum ersten Mal in der Geschichte aller Drachen – muss ich dir recht geben.«

»Sie gehört mir, weißt du?«

Ragnar stieß einen tiefen Seufzer aus. »Ich bin mir nicht sicher, dass Die Bestie diesen speziellen Ausdruck benutzen würde, aber na gut.«

»Ich will nur deutlich machen, wie die Lage ist, Lügenmönch«, erklärte Gwenvael. »Damit du verstehst, warum ich dich töten muss, wenn du etwas versuchst.«

»Hast du immer noch nicht kapiert, dass ich deine Schwester liebe?«

»Hier geht es nicht um Keita. Es geht um mich.«

»Ich dachte, es ginge um Dagmar.«

»In Beziehung zu *mir*.«

Unfähig, das Ganze noch länger zu ertragen, beugte sich Ragnar vor und flüsterte dem Verderber ins Ohr: »Ich habe gehört, du lässt dir die Haare schneiden. All diese langen goldenen Locken, die hilflos zu Boden fallen ...«

Gwenvael machte einen Satz von ihm weg. »*Bastard!*«

Keita trat geistesgegenwärtig zur Seite – die beiden Becher Ale, die sie in der Hand hatte, wären fast Opfer des schwachsinnigen Goldenen geworden – und ließ ihren Bruder vorbei.

»Was war das denn?«, fragte sie Ragnar, während sie ihm einen der Becher reichte.

Ragnar starrte hinein. »Ist das das Gebräu deines Vaters?«

»Sei kein Schwächling, Warlord. Runter damit!«

»Vielleicht später.« Er stellte den Becher auf den Tisch hinter sich.

»Also?«, fragte sie grinsend.

»Also was?«

»Sind meine Brüder schon herübergekommen und haben dich bedroht? Haben sie dir gesagt, dass sie dich halb totschlagen, wenn du versuchst, ihre hinreißende Schwester zu der Deinen zu machen?«

»Äh … nein.«

Ihre Brauen zogen sich zusammen. »Was meinst du mit nein?«

»Ich meine nein. Sie haben kein Wort gesagt. Warte. Das stimmt nicht.« Ihr Gesicht leuchtete auf. »Die zwei Ältesten sagten: ›Aus dem Weg!‹, und ich sagte: ›Verpisst euch!‹ Das war so ungefähr alles.«

Sie stampfte mit dem nackten Fuß auf, und er wusste, dass er irgendwann herausfinden musste, warum sie sich weigerte, Schuhe zu tragen. »Liebt mich diese Familie überhaupt nicht? Bedeute ich niemandem irgendetwas?«

»Ich …«

»Sag es nicht!«

Ragnar lachte und zog Keita in seine Arme.

»Brastias bedrohen sie die ganze Zeit«, beschwerte sie sich. »Warum nicht dich?«

»Weil sie wissen, dass du ihren Schutz nicht brauchst. Du kannst sehr gut auf dich selbst aufpassen.«

Sie schniefte. »Das war jetzt sogar sehr gut.«

»Fand ich auch.«

Lächelnd stellte Keita ihr Ale ab und legte die Arme um Ragnars Hals. »Sag mir, Warlord, diese Kriegerschlampen…«

»Maid.«

»…position. Macht mich das zur Königin der Nordländer?«

»Nein.«

»Gibt es einen Thron?«

»Nein.«

»Einkaufstouren? Eine goldene Kutsche? Eine ganze Truppe gutaussehender Krieger, die mich jederzeit beschützt?«

»Das wären drei ›Neins‹ hintereinander.«

»Was ist dann der Sinn und Zweck eines Kriegerflittchens?«

»Maid. Und im Grunde wirst du meine Haare flechten, bevor ich in die Schlacht fliege.«

Keita sah zu ihm auf. »Du machst Witze.«

»Und du löst sie wieder, wenn ich zurückkomme.«

»Ja klar, nach mehr als einem Jahrhundert als Beschützerin des Throns freue ich mich richtig darauf, die nächsten sechs oder sieben Jahrhunderte deine Haare zu flechten.«

»Ich war verzweifelt«, gab er zu. »Mein Ding war hart, du warst feucht, und ich musste mir eine Ausrede einfallen lassen, wie ich dich dazu bringe, mit mir zu reisen. Ich war mir ziemlich sicher, dass es nicht funktionieren würde, dir zu sagen, dass ich dich liebe und dich meiner Mutter vorstellen will.«

»Und du hättest recht gehabt.« Statt davonzulaufen, nun, da sie sich mit der Wahrheit konfrontiert sah, fragte sie: »Aber was werde ich tun, während du gegen Eisendrachen kämpfst? Außer herumsitzen und schön aussehen und all diese armseligen Nordland-Weibchen in den Schatten stellen?«

»Mir helfen, die zu vernichten, die mich und meine Sippe hintergehen?«

Keita machte einen Schritt rückwärts. »Du würdest mich wissentlich in Gefahr bringen? Wissentlich mein Leben riskieren, um deine Ziele voranzutreiben?«

Er zuckte die Achseln; er konnte sie nicht anlügen. »Wenn ich dadurch bekomme, was ich will ...«

»Ihr Götter«, sagte Keita mit zitterndem Atem, ließ sich wieder in seine Arme fallen und umarmte ihn fest. »Das ist ja, als wolltest du mich hier und jetzt vögeln.«

Ragnar hielt sie fest. »Tja, wenn du wirklich willst, dass deine Brüder mich halb totschlagen ... *so* würden wir es schaffen.«

Epilog

Es schien, als wären die ganzen Dunklen Ebenen an diesem Morgen in Stille getaucht; die Sonnen waren selbst kaum wach, als die Blutkönigin in voller Schlachtmontur auf die Treppen hinaustrat. Ihr Gefährte, schon in Drachengestalt und in seiner Kampfrüstung, wartete mit seiner Sippe auf sie. Ihre letzte gemeinsame Nacht war viel zu kurz gewesen, aber bei den Göttern, sie war denkwürdig gewesen. Und würde ihnen hoffentlich helfen, die Zeit der Trennung zu überstehen.

Sie blieb stehen und sah sich nach ihren Sprösslingen um. Sie kauerte sich nieder und breitete die Arme aus. Ihre Kinder rissen sich von ihrem Kindermädchen los und rannten zu ihrer Mutter, schlangen die Arme um sie und hielten sie fest umklammert. Sie küsste sie beide, hob sie hoch und übergab sie wieder ihrer Hüterin.

Dann beugte sie sich vor und flüsterte: »Wenn es auch nur eine Andeutung von Problemen gibt, Ebba ...«

»... dann nehme ich alle Kinder und bin weg, meine Königin. Mach dir keine Sorgen.«

Die Blutkönigin trat zurück und sah diejenigen an, die sie ihre Schwestern nannte. Die Assassinenhexe, die intrigante Kriegsherrin. Sie hatten vor fast einer Stunde schon tränenreich Abschied genommen, allein und unter sich. Hier vor Publikum würde es nichts dergleichen mehr geben.

Die Königin zwinkerte ihrer kleinen Nichte zu, und das Mädchen winkte ihr zum Abschied zu.

Dann wandte sie sich um und ging die Treppe hinab auf ihren Gefährten zu. Der Drachenprinz der Dunklen Ebenen schmiegte seinen Kopf vorsichtig an sie; die beiden waren schon lange über Worte hinaus. Sie küsste seine Schnauze und ging zu ihrem wartenden Pferd. Ihre älteste Nichte, die jetzt ihr Knappe war, hielt ihr den Helm entgegen. Die Königin setzte ihn auf, warf die lange violette Mähne über die Schulter, die von der Spitze des Helmes herabhing, und zwinkerte dem Nordländer zu, dem diese Haare einst gehört hatten. Er lächelte zurück und neigte kurz respektvoll den Kopf. Sie setzte ihren Fuß in den Steigbügel und stieg auf.

Als sie saß, warf sie einen letzten Blick um sich. General Brastias würde zu ihrer Linken reiten, sein Stellvertreter Danelin zu ihrer Rechten. Drachenprinzessin Morfyd hatte ihre Rolle als Königin Annwyls Kriegsmagierin wieder aufgenommen und wartete geduldig darauf, mit den menschlichen Soldaten aufzubrechen. Ihre Brüder, ihre jüngste Schwester und die drei Hordendrachen, die Prinzessin Keitas Rückkehr in die Südländer begleitet hatten, würden in den Norden reisen, um sich ihren Feinden nahe der Eislandgrenzen zu stellen.

Die Innen- und Außenseiten der Tore von Garbhán Isle und die Seiten der Stufen zum Rittersaal bemannten die Kyvich-Kriegerhexen. Ihre Anführerin neigte den Kopf vor der Königin, und die schwarzen Stammestätowierungen in ihrem Gesicht konnten sie gar nicht so furchterregend wild und grimmig aussehen lassen, wie diese Frau wirklich war.

Die Blutkönigin war zuversichtlich, dass sie nicht mehr tun konnte, um die Sicherheit ihrer Kinder zu sichern, während sie fort war – außer diesen Krieg zu gewinnen. Verlieren war in keiner Schlacht je eine Option für sie gewesen, aber jetzt noch umso weniger. Sie würde kein Bedauern spüren, keine Schuld, keinen Kummer wegen dem, was sie würde tun müssen, um zu gewinnen.

Und Annwyl die Blutrünstige, Königin der Dunklen Ebenen, wusste, wenn dies alles vorüber war, wenn der letzte Schild gespalten war, der letzte Kommandant vernichtet, der letzte Leichnam verbrannt, dann würde entweder ihr Kopf auf einem Spieß in den regierenden Provinzen Quintilians stecken – oder die Blutkönigin würde sich ihren Namen und ihren Ruf wahrhaft verdient haben.